개작과 검열의 사회 · 문화사 (2)

이 저서는 2019년 대한민국 교육부와 한국연구재단의 지원을 받아
수행된 연구임(NRF-2019S1A5A2A03045339).

개작과 검열의 사회 · 문화사 (2)

초 판 인 쇄	2022년 03월 29일
초 판 발 행	2022년 04월 05일
저 자	김영애 · 강영미 · 강진호 · 김준현 · 문한별 유임하 · 이주성 · 장영미 · 조은정 · 홍창수
발 행 인	윤석현
발 행 처	박문사
책 임 편 집	최인노
등 록 번 호	제2009-11호
우 편 주 소	서울시 도봉구 우이천로 353
대 표 전 화	02) 992 / 3253
전 송	02) 991 / 1285
홈 페 이 지	http://jncbms.co.kr
전 자 우 편	bakmunsa@hanmail.net

ⓒ 김영애 외 2022 Printed in KOREA.

ISBN 979-11-92365-02-2   94800   정가 49,000원
     979-11-92365-00-8   (Set)

개작과 검열의 사회·문화사 (2)

김영애 · 강영미 · 강진호 · 김준현 · 문한별 ·
유임하 · 이주성 · 장영미 · 조은정 · 홍창수

박문사

‘개작과 검열의 사회·문화사’는 한국 근현대 문학작품의 개작 양상에 대한 실증적인 탐색을 통해 검열과 개작의 상관관계를 사회·문화사적 관점으로 규명하려는 목적으로 2년 간 수행한 공동연구이다. 여기서 ‘사회·문화사적 접근’은 검열성 개작이 이루어지는 문학 장(場) 내의 사회·문화적 조건들을 입체적으로 조망하는 것을 의미한다. ‘개작’은 문학작품의 출판과 유통 이후 이루어지는 수정 및 새로운 판본의 생산을 일컫는 개념이다. 많은 작가가 개작을 통해 작품의 여러 판본을 지속적으로 생산해 왔음에도 불구하고, 이에 관한 연구는 미흡해서 그 규모와 의미가 과소평가되어 왔다.

지금까지 잘 알려지지 않았지만 대부분의 작가들은 여러 가지 방식의 개작을 통해 작품의 여러 판본을 지속적으로 생산해 왔다. 개작이 이루어지는 원인이나 동기도 매우 다양하다. 시대에 따라 변화하는 출판시장 및 독자의 요구에 부응하기 위해 이루어지는 개작부터, 정치·사회적 상황 변화에 따라 다양한 형태로 이루어지는 사후검열을 통과하기 위해 이루어지는 개작까지, 수많은 이유를 거론하여 유형화할 수 있다.

본 연구진은 '개작과 검열의 상관관계'를 키워드로 삼고, 이 관련성이 명확하게 드러나는 텍스트와 사례들을 대상으로 삼아 개작과 검열의 사회·문화사적 맥락을 검토하고자 했다. 이는 다양한 의미로 해석될 수 있는 개작의 양상을 시대적, 사회·문화적 배경과의 유기적 연관성 하에서 적극적으로 의미화하고, 개작에 나타나는 특징이나 경향을 통시적으로 일별하고 유형화하려는 목적과 닿아 있다. 검열은 작가가, 당대의 사회·문화적 배경이 요구하는 조건에 자신이나 자신의 작품을 부합시키는 과정이다. 그리고 이러한 검열에의 대응은 이미 출판되어 판본이 생겨난 작품인 경우 모두 개작의 형식을 통해 이루어질 수밖에 없다.

개작한 사실이나 그 동기가 작가에 의해서 직접적으로 천명되는 경우는 드물다. 그리고 작가 스스로가 개작 사실 자체에 대해 숨기는 경우도 많다. 특히 검열성 개작의 경우에는 더욱 그러하다. 때문에, 개작의 의미를 명확하게 판가름하기는 쉽지 않은 일이다. 어떤 작품의 개작이 과연 예술적 완결성을 높이기 위해 이루어진 것인지, 아니면 검열을 통과하기 위해 이루어진 것인지를 명확하게 분간하는 것은 매우 정밀한 증명의 과정을 요구한다.

기존 연구에서 개작은 '개별 사건'으로 다루어진 경향이 다분하다. 그러나 검열과 개작의 관계성을 강조하면, 개작은 당대에 존재하는 여러 층위의 조건 및 권력이 적극적으로 개입하는 사회적인 사건의 연쇄라고 할 수 있다. 따라서 작가들의 개작은 개별성보다는 시대적인 공통점과 경향성을 드러내는 경우가 많으며, 이러한 개작의 양상을 면밀히 파악하고 고찰하면, 당대의 사회적 환경이 개작의 주체들, 즉 작가들에게 요구했던 사항들이 무엇인지를 역으로 추론하는 것이 가능하다. 본 연구진은 개작의 경향적 양상을 통해 당대 문학 환경을 더욱 더 실체에 가깝게 재구성할 수 있으리라 기대했다.

본 연구진은 단편적인 차원에서 산발적으로 이루어졌던 개작 연구의 차원을 끌어올려 유기적인 연구 성과를 제출하고, 개작과 검열의 상관관계를 통해 개작의 사회·문화사를 일관성 있게 구성할 수 있는 관점을 제시하여, 연구 대상 시기 사회·문화사를 개작·검열의 양상을 통해 좀 더 구체적이고 실체적으로 재구할 수 있는 실마리를 마련하고자 했다. 지난 2년 간 '개작과 검열의 사회·문화사'라는 과제로 여러 공동연구원들이 해당 주제의 연구를 진행해왔으며, 이 책은 그러한 연구의 결실이라 할 수 있다. 이미 학술지에 게재된 논문을 단행본 체제에 맞게 일부 수정하고 보완하여 한국현대문학의 개작과 검열 연구에 기여할 수 있도록 기획했다.

이 책은 모두 2권으로 구성되었다. '총론'은 개화기부터 최근까지 문학 검열의 흐름과 개작의 양상을 각 장르별 대담 형식으로 간명하게 제시했다. 1권은 해방 이전까지, 2권은 해방 이후부터 지금까지 이루어진 장르별 검열과 개작의 구체적인 양상과 특징을 논구한 각론들을 수록했다. 1권은 총 3부로 구성되었으며 검열·개작 연구의 흐름과 양상을 주제로 한 대담, 검열과 개작의 작용과 반작용 및 근대 교과서의 검열과 통제에 관한 연구논문을 수록했다. 일제강점기 도서과의 소설 검열과 작가들의 대응 방식, 검열에 의한 개작과 작가의 정체성, 카프 해산 이후 문인들의 검열인식, 윤석중 문학의 개작과 검열 양상, 김동인 역사소설의 개작과 검열 양상, 극작가 김송의 자기검열과 예술활동, 강신명의 『아동가요 삼백곡집』의 불온성과 검열 양상, 최서해의 개작과 자기검열 등 8편의 검열·개작 관련 논문과, 근대 국어과 교과서의 검정과 검열, 통감부시기 교과서 검정 제도와 독본교과서 검정 청원본 분석, 일제강점기 초기 교과서 검열을 통해 본 사상 통제의 양상 등 근대 교과서 검열과 통제에 관한 논문 3편을 수록했다. 또한 책 말미에 '『조선출판경찰월보』 수록 문학 작품 검열 목록' 및 '해방 이전 개작·검열 연구 목록'을 부록으로 수록해 후속 연구를 위한 토대와 방향성을 제시하고자 했다.

2권에는 '해방 이후 문학 검열과 개작의 메커니즘'을 중심으로 한 12편의 각론을 수록했다. 1부는 소설 분야의 연구, 2부는 시, 희곡, 비평, 아동문학 분야의 연구로 구성했다. 박영준 소설 『일년』의 검열과 개작, 이무영 소설 『향가』의 개작과 검열, 1949년 황순원의 검열과 개작, 『카인의 후예』 개작과 자기검열, 이병주 소설 속 반공의 규율과 자기검열의 서사, 조해일의 『겨울여자』의 개작 방향과 검열 우회의 의미 등 해방 이후 소설 장르에서의 검열과 개작에 관한 논문을 수록했다. 2부는 채동선 작곡집의 판본 비교를 통한 정지용 시의 검열 연구, 단정수립 후 문학 장의 변화와 이헌구의 문단 회고, 납·월북 동요 작가 작품의 개사 양상, 마해송 소설의 검열과 개작, 극작가 오태영의 검열 전선과 탈주 등 해방 이후 문학 장르 전반에 걸쳐 이루어진 검열과 개작의 다양한 양상을 한자리에 모았다. 또한 부록으로 한국문화예술위원회 아르코예술기록원에서 제공한 심의대본 목록과, 해방 이후 개작·검열 연구 목록을 추가했다.

연구 개시 후 급작스러운 covid-19 확산으로 인해 공동연구 활동에도 물리적인 제약이 생겼고, 이에 본 연구진 또한 애초 계획했던 방식을 대폭 수정할 수밖에 없었다. 예를 들면, 전 연구원이 모여 개최하고자 했던 각종 세미나, 학술대회, 강연, 자료수집을 위한 출장 등은 그 규모를 축소하거나 방식을 전환해야 했다. 전염병 확산은 삶의 형태를 완전히 바꾸어가고 있고 연구의 영역 또한 예외가 아님을 절감할 수 있었다. 이렇듯 공동연구가 처한 외부의 위협에도 불구하고 연구와 토론을 지속해온 끝에 그 결과물을 책으로 출간하게 되었다. 코로나 확산은 분명 위기의 시작이었으나, 한편으로 새로운 연구의 방법과 가능성을 확인할 수 있는 기회이기도 했다. 연구원들의 노고와 적극적인 참여에 경의를 표하며 한국연구재단, 고려대학교 한국어문교육연구소의 지원에 깊이 감사드린다. 귀중한 논문이 이 책에 수록될 수 있도록 흔쾌히 허락해주신 여러 선생님과 책 출간을 맡아주신 박문사 윤석현 대표님께도 감사의 말씀을 전하고 싶다.

2021년 7월
저자 대표 김영애

목차

책머리에 / 5

제1부 해방 이후 검열과 개작의 메커니즘 — 소설

제2부 해방 이후 검열과 개작의 메커니즘 — 시, 희곡, 비평, 아동문학

부록

제1부

해방 이후 검열과 개작의
메커니즘―소설

| 제1장 |

이무영 소설 『향가』의 개작과 검열 연구

김영애(고려대학교)

1. 선행연구 검토와 문제제기

이무영(1908-1960)은 식민지시기를 대표하는 농촌소설가로 평가되어왔다. 그러나 식민지 말기에 발표된 그의 장편소설 『향가』에 관해서는 '농촌소설의 전범', '철저하게 체제 순응적 문학'이라는 다소 상반된 평가가 공존한다. 조진기는 〈매일신보〉 연재본과 1947년 단행본 간의 세밀한 차이에 대해 분석한 글에서 "이무영을 지금까지 한국의 농민문학을 대표하는 작가라고 평가한 것은 실상 그의 문학 속에 내재된 시대정신을 외면할 때만 가능한 것"[1]이라고 비판했다. 이렇듯 식민지시기 이무영 소설의 친일 성향에 동조하는 연구자들도

---

1 조진기, 「이무영의 『향가』 연구」, 『배달말』44, 배달말학회, 2009, 76쪽.

적지 않다. 이를테면『향가』를, 군수물자 조달을 위해 농민의 생산을 독려하는 '생산소설'의 일종으로 규정하는 것이 대표적이다. 그 외에도 일본어 교육의 중요성 및 지원병의 강조 등 서사적 차원에서 당시 제국 일본의 식민 정책에 부합하는 내용을 포함하고 있다는 점도 이러한 혐의의 근거로 제시된다.[2]

이무영은 해방 이후『향가』를 개작하고 이어『일년기』를 연재하여 작가로서의 새로운 입지를 다져나가는 한편, 단정 수립 이후 문총 최고위원 및 펜클럽 중앙위원 등을 역임하여 한국문학을 대표하는 소설가로 자리매김한다. 친일 행적을 지우기 위한 노력의 일환으로 그는 반공주의 노선을 택했다. 한국전쟁 당시 입대하여 해군 대령(국방부 정훈국장)으로 예편하고, 1960년 작고할 때까지 남한 문단 권력의 중심에 서서 많은 영향력을 행사했다. 1947년『향가』개작본 출간 또한 자신에 대한 친일 혐의로부터 벗어나 작가로서 새로운 출발을 하기 위한 실천이었다. 식민지 말기 그의 친일을 "강요에 의한 것이었다기보다는 자발적이고 적극적인 것"[3]이었다고 평가할 때, 해방 직후 그가『향가』의 서사를 대폭 개작한 것은 분명 친일 행적 삭제를

---

2 류양선,『한국농민문학연구』, 서광학술자료사, 1994; 임기현,「이무영과 친일문학」,『청주문학』, 온누리출판사, 1996; 이주형,「일제강점시대 이무영 소설연구」,『국어교육연구』31, 국어교육학회, 1999; 임기현,「이무영의 친일소설과 일본어 사용 문제-『향가』를 중심으로」,『비교문학』47, 한국비교문학회, 2009; 조진기,「이무영의『향가』연구」,『배달말』44, 배달말학회, 2009 등의 연구가 있다. 이 가운데 임기현과 조진기의 논문이 같은 해 '개작'을 키워드로 하여 발표된 사실이 주목을 끈다. 이는 곧『향가』의 개작에 관한 본격적인 논의가 이무영 탄생 100주년이 되는 2008년을 전후로 이루어졌음을 말해준다.
3 임기현,「이무영의 친일소설과 일본어 사용 문제-『향가』를 중심으로」,『비교문학』47, 한국비교문학회, 2009, 264쪽.

목적으로 한 것이었음을 알 수 있다.

해방 이후 그는 자신을 포함한 친일파를 '시대의 희생양'으로 묘사하거나, 당대 친일파 청산 활동을 공개적으로 폄훼하는 발언을 하기도 했다. 『향가』의 개작은 이러한 작가의식의 연장선상에 놓인다. 그렇다면 해방기 『향가』의 개작을 통한 친일 행위의 삭제란 구체적으로 어떤 과정과 방식으로 이루어졌는가를 면밀히 고찰해볼 필요가 있다. 더욱이 이것이 작가 스스로에 의해 자발적으로 이루어진 개작 형태를 취하고 있다는 점에서, 여기에 작동한 내·외적인 검열의 힘을 함께 고려해야 한다. 이때의 검열은 표면적으로 자기검열의 형식을 띠고 있으나 이데올로기에 의한 외부검열의 영향 또한 무시할 수 없기 때문이다. 이는 이무영뿐만 아니라 해방 직후 작가들이 공통적으로 당면해야 했던 상황이다. 해방 직전의 친일 행적과 해방 직후의 자발적 개작은 이러한 검열의 작동과 긴밀한 인과관계를 맺고 있으며, 이무영 또한 이러한 양상에서 자유로울 수 없었을 것이다.

본고는 『향가』의 개작에 관한 여러 요소 중 검열의 문제에 집중해 논의하고자 한다. 『향가』의 개작에 관한 세부적인 내용은 임기현의 논문을 통해 이미 구체적으로 밝혀진 바 있다. 이 논문은 해방 이전에 발표된 원작과 해방 이후의 개작본을 면밀히 비교 대조하여 그 차이와 의미를 상술했다. 본고는 선행 연구가 원작의 생산소설적 측면 및 개작에 대한 비판에 집중되어 있음을 확인하고, 이를 보완하기 위해 개작에 개입한 검열에 관한 논의를 추가적으로 제시하고자 한다. 이에 개작의 구체적인 내용 및 각 판본 간 텍스트 비교 대조를 넘어, 개작에 관여한 검열의 영향과 양상에 주목하고자 한다. 이를 해방 이후 친일 흔적 지우기로 단순화할 수도 있으나, 이러한 단순화는 작가의식 및 텍스트 변화의 많은 부분을 제대로 설명하지 못할 위험이 있다. 텍스트 간 단순 비교 대조를 넘어 텍스트 변화에 관여한 내·외적 힘의 존재를 함께 고려할 때 『향가』의 개작 의도와 효과를 더 명료하게 밝힐 수 있을 것이다. 이와 더불어 『향가』의 개작이 이루어진 시기에 발표된 『일년기』, 『피는 물보다 진하다』 등의 작품을 함께 검토하여 『향가』의 개작 의도 및 검열의 양상과 의미를 심층적으로 고찰해보고자 한다.

2. 『향가』의 개작 배경과 자기검열

이무영은 1942년 조선총독부 관변단체 '조선문인협회'에서 유진오, 유치진 등과 함께 소설·희곡부회 상임간사를 맡았고, 같은 해 〈부산일보〉에 일문소설 『青瓦の家』를 연재했다. 이 작품은 "조선에서 조선인 작가가 일본어로 쓴 최초의 일간신문 연재소설"로 평가되며, 이 작품으로 그는 제4회 '조선예술상'[4]을 수상했다. '조선예술상'

---

4 정실비의 언급에 따르면, "조선예술상은 기쿠치 간이 총독부에서 자금을 지원 받고 모던일본사가 주최한 상이다. 이 상은 조선인 예술가에게 주는 상임에도 불구하고, 심사위원은 모두 일본인으로 구성되어 있다. 일본과 조선의 정치적 권력관계의 불균형이 예술분야의 상에도 그대로 투영되어 있는 것이다. 따라서 이 상은 내선일체 정책 하에서 정치와 예술이 결탁하는 양상을 보여주는 상이라고 할 수 있다." '조선예술상' 제1회 수상작은 이광수의 단편소설 「무명」의 일문 번역본이다. 정실비, 「이광수 원작 「무명」의 번역을 통해서 본 번역자로서의 김사량」, 『한국근대문학연구』30, 한국근대문학회, 2014, 214–215쪽.

은 "일제가 일본의 문화 발전을 위해 조선에서 활동하는 각 방면의 예술가들에게 수여하는 표창"이었으며, 이무영은 이 소설을 통해 "황민으로서 조선동포가 가야 하는 역사적 도정"을 보여주고자 했다고 밝혔다.[5] 『青瓦の家』을 비롯해 이무영이 일문으로 발표한 작품은 적어도 14편 이상이며, 이는 이석훈, 정인택 다음으로 많은 수이다.[6]

이밖에도 그는 일제가 요구하는 내용의 문학작품을 '생산수량전임제'를 통해 생산하자고 주장하는 한편, 무적황군의 활약상을 조선인들에게 널리 알리고자 '대동아전기'를 집필하기도 했다. 또한 그는 전시 체제 하 '생산'의 중요성을 강조하는 일련의 '생산소설'을 발표하여 제국의 식민정책에 영합했다는 비판을 받기도 했다. 1943년 〈매일신보〉 연재 장편소설 『향가』는 이러한 주제의식을 가장 노골적으로 드러낸 작품이다. 이 작품은 일본어 교육, 지원병, 농지 확보를 통한 증산 등을 핵심 문제로 다루고 있다. 이런 문제들은 당시 일제가 '농촌갱생'이란 이름으로 농민수탈을 자행하기 위해 실시한 정책이었고, 이를 아무런 비판 없이 소설로 형상화한 것은 이무영이 제국의 식민정책을 선전하는 데 적극적으로 동조하고 선도했음을 의미한다.[7]

해방 직후 이무영은 자신이 식민지시기에 발표한 농촌소설 계열 작품들을 다시 출간하는 한편, 새로운 작품을 창작하기도 했다. 1940년 〈인문평론〉에 연재했던 『흙의 노예』를 1946년 조선출판사에서 단행

---

5 송하춘, 『한국현대장편소설사전 1917-1950』, 고려대출판부, 2015, 479-480쪽.
6 임기현, 앞의 글, 256-257쪽.
7 조진기, 앞의 글, 99쪽.

본으로 출간하고, 1943년 〈매일신보〉에 연재했던 『향가』를 개작해 1947년 동방문화사에서 출간했다. 또한 『일년기』를 1947년 〈조선교육〉에 연재하고 1948년 장편 『피는 물보다 진하다』를 〈국민신문〉에 연재했다. 해방 직후 이무영의 문학적 행보는 식민지시기 작품의 재출간과 개작, 그리고 새로운 소설 창작을 중심으로 이루어졌다. 이러한 문학적 행보는 작가의 자전적 경험과 긴밀하게 관련되어 있다. 실제로 이무영은 해방 직후 경기도 군포의 농촌마을에서 칩거하다가 1946년부터 활동을 재개했다. 1946년 3월 조선문필가협회에 참여하고, 〈백민〉에 단편 「宏壯小傳」(1946.12)을 개작해 발표하는 등 본격적인 문필활동을 시작한 것이다. 이후 문총 최고위원을 맡으며 우익 문단의 핵심 인사로 부상하고 작고할 때까지 창작 및 교육활동에 종사했다.

해방 이후 이무영의 행보는 우익 이념과 반공주의의 적극적인 수용을 통해 구체화된다. 이주형에 따르면 해방 이후 이무영은 "우익 이데올로기의 정당성과 그에 입각한 적극적 현실대응을 소설을 통해 주창하고, 한편으로는 민족의 정도에 역행하는 존재들을 고발"하고자 했다. 그가 해방 이후 개작해 발표한 소설 「꿩장소전」은 "좌익과 좌익의 친일파 척결론을 수용하지 않겠다"는 태도와, 우익 세력이 정국 주도권을 잡기 시작한 시기 자신의 "현실적 위치와 각오를 선언 없이 드러내는"[8] 작품이다. 해방 정국에서 좌익에 의해 진행된 친일파 척결론은 정당성을 갖지 못한다는 것이 이 작품에 드러난 이

---

8 이주형, 「해방이후 이무영 소설의 전개 양상」, 『국어교육연구』32, 국어교육학회, 2000, 183-184쪽.

무영의 역사의식이라는 것이다.

식민지시기에 등단하고 활동했던 작가들 대부분은 해방 정국에서 자기비판적인 언술이나 작품을 통해 과거 친일 행적을 반성하는 행보를 보였다. 그러나 이무영의 경우는 조금 다르게 보인다. 그는 과거 발표한 소설 중 친일 혐의가 있는 작품들의 내용을 바꾸거나 지우는 한편, 해방 정국에서 벌어진 친일 잔재 청산 움직임에 대해 비판적인 입장을 드러냈다. 『향가』와 「宏壯小傳」의 개작은 이러한 그의 행보를 단적으로 보여주는 사례이다. 뿐만 아니라, 그가 해방기에 발표한 『일년기』, 『피는 물보다 진하다』 등의 작품 또한 이러한 맥락과 연결된다. 당시 여러 문인들의 전향과 더불어 친일 행적에 대한 성찰은 매우 중요하고 예민한 문제로 부상되었다. 이 시기의 검열은 "외적 검열이라기보다는 오히려 내적 검열"이고, "검열의 정치적 종속성" 및 "내적 검열의 집단화 현상"[9]이 강화된 양상으로 드러났다. 이무영 또한 자신의 과거 행적에 대한 반성 및 자기검열의 측면에서 『향가』를 대폭 개작하여 단행본으로 출간했던 것이다.

『향가』는 식민지 말기인 1943년 5월 3일부터 9월 6일까지 122회에 걸쳐 〈매일신보〉에 연재 완료된 장편소설이다. 1947년 동방문화사에서 첫 단행본이 나왔고, 2년 뒤 민중서림에서 동일한 내용으로 재출간되었다. 1947년 동방문화사 출간 단행본 『향가』와 1949년 민중서림 출간 『향가』는 3쪽 분량의 '選集卷末記'가 전자에 누락된 점을 제

---

9 정근식 · 최경희, 「해방 후 검열체제의 연구를 위한 몇 가지 질문과 과제 ― 식민지 유산의 종식과 재편 사이에서(1945~1952)」, 『대동문화연구』74권0호, 성균관대학교 대동문화연구원, 2011, 34-35쪽.

외하고 본문이 모두 동일하다. 즉『향가』의 개작은 1947년 작가에 의해 이루어진 작업임을 확인할 수 있다. 〈매일신보〉 연재본과 1947년 개작본 사이에는 결말의 서사가 크게 달라지는 등 상당한 폭의 개작이 이루어졌다. 1947년본은 1975년 신구문화사『이무영대표작전집』, 2000년 국학자료원『전집』의 저본이 되었다. 1975년 신구문화사판에서는 이전의 오기, 어문규정에 따른 수정 정도의 변화가 있을 뿐 내용 상 1947년 동방문화사본과 동일하다.[10]

"황국사관이나 당대 일본지배를 정당화하는 부분이 삭제되거나 민족의식을 강조하는 내용으로 바뀌었으며, 일본어 교육을 강조하는 부분도 삭제되거나 한국어 교육을 강조하는 것으로 변경"[11]되었다는 개작 관련 평가 또한『향가』개작의 방향성을 뚜렷하게 제시하고 있다. 대부분의 선행연구는『향가』가 어떤 뚜렷한 의도와 목적에 따라 개작되었다는 일치된 결론을 내리고 있다. "대동공영권 수립이라는 목적을 위해서 국민이 총력을 집결하는 전시 하에서 부락의 갱생이라는 하나의 목적을 위해서 협력하는 농촌을 그렸으며, 자작농 창정이라는 국책협력"[12]의 구체적인 상황과 방법을 묘사한 작품이 해방 이후 개작 과정에서 상당히 달라졌다는 것이다. 그 목적은 궁극적으로 자기검열을 통한 친일 흔적 지우기에 있으며, 이무영은 개작본을 통해 친일 행위가 당대 사회 분위기 속에서 불가항력적인 것이었음을 강조하고자 했다.

---

10 임기현, 앞의 글, 241쪽.
11 송하춘, 앞의 책, 546-547쪽.
12 임종국,『친일문학론』, 평화출판사, 1966, 311쪽.

3. 창작활동 재개와 『향가』 개작의 관련성

해방 직후 이무영은 『향가』와 「굉장소전」 등 식민지 말기에 발표했던 작품을 개작하는 한편 『일년기』, 『피는 물보다 진하다』 등의 새로운 장편소설을 발표했다. 이러한 창작활동의 재개는 "원고료를 위한 직업작가로만 머물지 않고 현실에서 지식인으로서의 역할을 담당하는 것"[13]이었다. 그러나 이러한 표면적인 이유뿐만 아니라 1947년 후반기 좌익 서적에 대한 규제가 대대적으로 이루어진 점, 이로인해 좌파 문인들의 활동 근거가 구조적으로 약화된 점, 그리고 이와 상대적으로 우파 문인들이 문단 주도권을 강화해나가기 시작한 점[14] 등이 또 다른 배경으로 작용했다.[15]

『일년기』는 『향가』의 개작이 이루어진 시기에 이무영이 발표한 작품으로, "가난 때문에 어쩔 수 없이 친일을 한 주인공이 해방 후 겪는 고뇌와 곤란"[16]을 서사화한 소설이다. 이 작품은 1947년 12월부터 1949년 2월까지 〈조선교육〉에 연재한 것으로, 『향가』의 개작으로부터 한달 뒤 연재를 시작했다. 따라서 『일년기』의 서사 또한 『향가』의 개작 방향과 의도를 가늠할 단서가 될 수 있다. 이 작품의 서사 골자는 식민지시기 친일을 한 지식인 권탁이 해방 직후 농촌 마을 '안골'로 쫓

---

13 이주형, 앞의 글, 183쪽.
14 정근식 · 최경희, 앞의 글, 34쪽.
15 임경순은 "1945-53년의 검열체계가 문학에서 가장 강력하게 거세한 것은 좌파적 성향이었"으며, 이러한 성향이 제거되는 과정에서 "정치성 자체가 거세되어 버렸다"고 주장했다. 임경순, 「검열논리의 내면화와 문학의 정치성」, 『상허학보』 18, 상허학회, 2006, 288-289쪽.
16 송하춘, 앞의 책, 396쪽.

겨 내려온 이후 겪는 감시와 그로 인한 고통을 그리는 데 있다. 신문기자였던 권탁이 생계를 이유로 어쩔 수 없이 친일을 한 정황과, 해방 직후의 어수선한 사회 분위기, 핍박을 피해 농촌으로 피신했으나 여전한 감시와 그로 인한 고통 등이 현장감 있게 묘사된 작품이다. 이무영이 해방 이후 처음 발표한 장편소설이라는 점에서 『일년기』의 서사는 해방기 이무영의 작가의식을 확인할 수 있는 중요한 근거가 된다.

　　『일년기』의 서사는 실제 이무영이 해방 직후 보인 행적과 상당히 유사하다. 해방 직후를 배경으로 한 이 작품에서 D일보 기자였던 주인공 권탁이 과거에 친일을 했다는 이유로 쫓기는 신세가 되고 시골 마을로 도피하는 내용이나, 마을의 유일한 사상가로 주목 받아 검경의 감시를 받는다는 설정, 보국대에서 노동 동원에 응하라고 압박을 가한 사건 등을 통해 당시 이무영의 행적이 이 작품 속 권탁의 그것과 상당히 일치함을 알 수 있다. 『일년기』는 안골이라는 마을에서조차 안락하게 살아갈 수 없는 권탁의 삶과, 그의 과거 친일 이력 사이의 인과관계에 주목하고 있다. 해방 직후의 혼란한 사회상을 배경으로 삼았으나 이 작품에서 중요한 지점은 바로 권탁의 친일 행적이 해방 이후 비난의 대상이 되고, 이로 인해 그가 정상적으로 살아갈 수 없게 된 현실에 대한 비판적 시선이다. 권탁뿐만 아니라 과거 구장이던 박도선이 인민재판으로 다리가 부러지고 한쪽 눈을 실명했으며, 징용계원이었던 백태복의 열 살 난 아들이 아비 대신 분노한 군중들에게 맞아 죽었다는 설정 또한 해방 직후 친일파 청산을 둘러싼 사회적 분위기를 반영한다. 작중 권탁은 자신의 친일 행적에 대한 반성보다는, 자치대원들의 감시와 탄압, 친일파를 응징하려는 사회적 분위기에 반감을 느끼는 인물처럼 묘사된다. 이는 곧 당시 친일 잔재 청산 움직임에 대한 이무영의 시각을 보여준다.

『일년기』와 비슷한 시기에 발표한 단편 「宏壯小傳」에서도 해방 정국의 친일파 청산을 조롱하는 내용이 삽입되어 있어 이 시기 이무영의 친일파 청산에 관한 입장이 어떠했는가를 짐작케 한다. 「굉장소전」은 1944년 5월 〈文化朝鮮〉에 발표한 일문 단편소설 「宏壯氏」를 한글소설로 개작해 1946년 12월 〈백민〉에 다시 발표한 작품이다. 작가 스스로 일문 소설을 한글 소설로 번역 개작해 재발표한 것은 상당히 이례적인 경우라 할 수 있다. 본명보다 '굉장씨'나 '굉장댁' 등의 별명으로 더 유명한 한 노인에 관한 이야기로, 일정(日政)의 앞잡이 역할을 자처했던 인물이 갑자기 닥친 해방으로 인해 과거 친일파를 척결하는 치안부대원이 되는 과정을 냉소적으로 그렸다. 식민지시기 관청과 관리들에게 아부와 향응을 일삼던 친일파 '굉장씨'가 해방 정국의 혼란함을 틈타 출세와 치부를 꿈꾸다가 좌절되자 치안부대원이 되어 친일파들을 척결하려고 결심한다는 내용의 서사는 곧, 해방 정국의 친일파 청산활동을 조롱하고 희화화하려는 작가의식이 반영된 것이라 할 수 있다.

1948년에 발표한 『피는 물보다 진하다』에서도 친일파를 시대적 희생양으로 묘사함으로써 자신의 친일 이력에 대한 진정한 반성보다는 자기변명에 가까운 태도를 보였다. 1948년 10월 11일부터 〈국민신문〉에 연재되었던 이 작품은 1956년 사상계사에서 단행본으로 출간되면서 『삼년』으로 개제되었다.[17] 이 작품은 해방 직후 한국 사회에서 벌어진 좌우 이데올로기의 대립 양상을 중심으로 여러 인물들의 갈등을 다루고 있다. 특히 민족주의자와 공산주의자가 각각 자신들의 이념을 통해 국가 질서를 수립하고자 첨예하게 갈등하는 양상을 서사의 중심에 배치하고 있다. '피는 물보다 진하다'라는 "제목 자체가 우익의 구호 그대로"[18]인 것처럼 이 작품은 철저하게 우익의 시각으로 해방기와 분단시대의 갈등과 혼란을 소설화했다. 이 작품의 전체 서사는 "우익은 선, 좌익은 악"이라는 견고한 도식에 지배되고 있다. 우익 진영에 속하는 인물은 애국적, 애족적, 인간적, 합리적인 반면 좌익 진영에 속한 인물은 그와 상반되는 자질을 지닌 것으로 묘사된다. 이승만에 대한 절대적인 지지를 보이는 작중 인물들의 입을 빌어 혈통주의를 바탕으로 민족의 화해와 단결을 강조하는 것 또한 이러한 작가의식이 반영된 결과라 할 수 있다.

이 작품에서 형상화한 것처럼 이무영은 해방 직후 우익 이데올로기의 적극적인 수용과 지지를 통해 고립된 상황에서 벗어나 작가로서의 확고한 입지를 다지게 되었다. 당대 대부분의 친일파 문인들이 보인 행적과 유사하게 이무영 또한 좌익이 아닌 우익 이데올로기를 택했고, 이는 자신의 지난 과오를 철저하게 반성하고 비판하는 것과는 다소 거리가 있는 선택이었다. 이러한 작가의식은 곧 작품 속 서사에 구현된 친일파 청산 문제에 곧바로 반영된다. 친일파 청산과 척결이 아닌 포용, 나아가 그들을 독립국가 건설의 한 주체로 설정하

---

17 송하춘의 『한국현대장편소설사전』(530-531쪽)에는 이 작품이 〈한국일보〉의 전신인 〈태양신문〉에 1946년부터 연재되었다고 밝히고 있으나 이는 오류이다. 이 작품은 〈태양신문〉이 아닌 〈국민신문〉에, 1946년이 아닌 1948년 10월 11일부터 연재되었다. 현재 〈국민신문〉 연재본은 18회까지 확인 가능하다.

18 이주형, 앞의 글, 188쪽.

고 있다는 점에서 "이무영 자신의 과거와 현재가 그대로 반영"[19]된 작품으로 볼 수 있다.

실제 이무영은 해방 직후 서울을 떠나 경기도 군포의 한 농촌마을에 은신하면서 정국 혼란이 잠잠해지기를 기다렸다. 은신과 침묵의 시간은 그리 길지 않았고, 이 짧은 기간 동안 이무영은『향가』, 「꿩장소전」 의 개작,『일년기』와『피는 물보다 진하다』등의 작품 기획에 몰두한 것으로 보인다.『일년기』속 권탁이라는 인물에는 해방 직후 작가 자신의 실제 생활의 모습이 직접적으로 투영된 것으로 보인다. 『향가』의 개작과 일련의 작품 창작이 동시적 · 집중적으로 이루어졌다는 것은 곧 둘 간의 강한 연관성을 암시한다.『향가』의 개작에 관여한 자기검열의 방식과 내용이 다른 작품 창작에도 영향을 끼친 것이다. 궁극적으로『향가』, 「꿩장소전」 등 식민지시기에 발표했던 작품들에는 개작을 통해 친일의 흔적을 지우는 방향으로,『일년기』와 『피는 물보다 진하다』등 새로 창작한 작품들에는 당대 친일파 청산을 비판하는 방향으로 자기검열의 힘이 작동했고, 이것이 해방기 이무영의 창작활동을 관통한 핵심이라 할 수 있다.

4. 친일 행적 지우기로서의 자기검열

해방 직후 이무영이『향가』, 「꿩장소전」 을 개작하고『일년기』,『피

---

19 이주형, 앞의 글, 184-187쪽.

는 물보다 진하다』 등을 연이어 발표한 배경에는 이렇듯 자신의 친일 행적을 지우고 새로운 창작의 발판을 마련하려는 자기검열의 힘이 강하게 작동했음을 확인할 수 있다. 『향가』의 개작을 비롯해 해방기 이무영의 창작활동 과정에서 작동한 자기검열의 내용은 크게 두 가지로 정리할 수 있다. 『향가』의 개작을 통해 원작에 구현된 내선일체 관련 내용을 적극적으로 삭제하거나 수정하고자 한 것과, 해방 정국에서 벌어진 친일파 청산 움직임을 비판한 것이다.

먼저, 『향가』 개작 과정이 내포한 자기검열의 작동 방향과 그 내용에 관한 분석이 필요하다. 개작의 내용은 당시 시국 상황을 묘사한 부분, 황국사관을 직설적으로 언급한 부분, 일본어 사용 등으로 유형화할 수 있다.[20] 이러한 개작은 작품의 특정 내용을 삭제하거나 수정하려는 작가의 자기검열이 작동한 결과이다. 작품의 미적 완성도를 높이기 위한 목적보다 "자신의 체제 영합적 행위를 은폐하기 위해 교묘하게 첨삭을 가하여 자신의 흠집을 지우"려는 "불순"[21]한 목적이 더 강하게 작용한 것이다. 특히 대동아전쟁의 당위성을 강조하고 국책을 적극적으로 수용해야 한다는 취지의 내용은 대부분 삭제하고 이를 식민지라는 특수한 시기의 불가피성에 따른 것이라 해명하는 내용으로 수정한 것은 친일 행위에 대한 자기검열의 결과라 할 수 있다.

면장은 다시 오늘날 전시하 농촌의 중임을 말하고 조선민초가 갈망

---

20 임기현, 앞의 글, 245쪽.
21 조진기, 앞의 글, 86쪽.

하던 지원병제도가 실시된지도 수년에 이째껏 단 한 사람의 지원병도 내 보내지 못한 지금까지의 불명예도 쌔끗이 씨처주리라 결론을 지었다.[22]

자작농 창설이 긋나고 뒤니어 춘추 이기로 나누어 해오는 위문대와 애국저금통의 배당을 하고 금년 최초로 지원병에 응모한 여섯 명의 여비와 기타 준비며 보리공출, 배급 등 전시하의 동회다운 긴장 속에서 진행이 되었다.[23]

하늘이 두 쪽이 나는 한이 있더라도 절대명령인 이 공출 수량을 내지 않고는 견디어낼 재주가 없다. 여기에는 변명도 없고 연기도 없다. 공출 수량을 못 채운 사람을 위해서 주재소에는 수백 수천 장의 호출장이 와서 쌓였고, 또 그들을 위해서 들창 높은 마룻방이 즐비하게 대비하고 있다.[24]

네 알았습니다.
속으로야 무슨 맘을 먹었든 이렇게 대답해야 할 시대의 일이다.[25]

첫 번째와 두 번째 인용문은 〈매일신보〉 연재본이 단행본으로 개작되어 출간되는 과정에서 삭제된 부분이다. 세 번째와 네 번째 인용

22 『향가』, 〈매일신보〉, 7. 24.
23 『향가』, 〈매일신보〉, 1943. 9. 6.
24 『향가』, 동방문화사, 1947, 177-178쪽.
25 『향가』, 동방문화사, 1947, 220쪽.

문은 반대로 원작에 없던 내용이 단행본에 추가된 부분이다. 지원병 제도, 자작농 창설과 관련된 내용 중 상당 분량이 단행본 출간 시 삭제되었다는 사실은 이미 임기현과 조진기의 논문에서 상세히 검토된 바 있다. 원작에 없는 내용이 추가된 부분도 상당한데, 개작본에 첨가된 내용 대부분이 친일 행위의 불가피성을 항변하는 것이라는 점에서 이는 작가의 자기변명에 다름 아니다. 적극적인 친일 메시지를 삭제하고, 작품 전체의 서사를 "시대의 일"로 인해 어쩔 수 없는 것으로 바꿈으로써 원작과 개작본 사이에는 적지 않은 주제 변화가 확인된다.

이러한 첨삭의 목적과 의도를 이해하기 위해서는 해방 직후 작가의 자기검열이 어떤 방향으로 작동했는가를 확인하는 일이 필요하다. 앞서 언급한 바와 같이 이무영의 해방 직후 행보는 친일 흔적 지우기, 친일 청산 비판, 그리고 우익 이데올로기의 적극적인 수용으로 요약될 수 있다. 결국 친일에서 반공주의로 연결되는 중간 지점에서 저자는 자기검열성 개작을 단행한 것이다. 이 개작이 원작의 내용과 주제의식을 대폭 바꾸는 수준의 적극적인 성격이었다는 점에서 당시 이무영의 작가의식이 어떠했는가를 알 수 있다. 물론 그가 친일에서 반공주의로 급격하게 전향하는 과정에 해방기 정국과 문단 분위기가 우파 중심으로 점차 재편되어 간 시대적 배경이 중요한 동인으로 작용했다. 시대 변화를 빠르게 간파하고 그에 편승하는 방법으로 이무영은 자기검열을 통한 개작을 선택한 것이다.

또 하나는 해방 정국에서 진행된 친일파 청산의 방법과 방향에 관한 것이다. 이는 자신의 친일 행위를 지우려는 개인적인 차원을 넘어

국가적 차원의 문제에 해당한다. 이무영은 작품을 통해 당시 친일파 단죄의 폭력적인 분위기를 부각시키거나, 부정적인 인물의 모순된 말과 행동을 통해 친일파 척결의 문제를 조롱하는 듯한 태도를 취한다. 친일파에 대한 단죄 움직임이 확산되면서 작가 자신도 이 문제로부터 자유로울 수 없었을 것이나, 이무영은 오히려 그 방법적인 오류를 시대적 혼란상과 교묘하게 뒤섞어버림으로써 당시 친일파 청산 움직임이 마치 정국 혼란의 한 양상인 것처럼 묘사했다. 그가 「굉장소전」이나 『피는 물보다 진하다』, 『일년기』 등의 작품을 통해 공통적으로 항변하고 있는 내용이 바로 이러한 주제의식이며, 이는 곧 이무영이 친일에서 반공주의로 고민 없이 전향한 토대가 되었다.

개작의 방향성에 대한 분석은 곧 검열이 어떻게 개작의 동인으로 작동했는가를 이해할 수 있는 단서를 제공한다. 이무영은 친일 혐의가 있는 작품 『향가』와 「굉장소전」 두 편을 해방 직후 개작했다. 그가 원작을 대대적으로 손보아 작품을 재출간할 정도로 이들 작품이 이무영 작품세계에서 중요한 비중을 차지하는지는 의문이다. 실제로 이들은 이무영 작품 연구에서 거의 언급되지 않았던 것들이다. 특히 그가 일문소설 「굉장소전」을 한글소설로 번역해 발표하면서 원작에는 없는 친일파 청산에 대한 비판적 메시지를 첨가했다는 점은 의미심장하다. 이는 곧 이무영이 자신의 친일 행적에 대해 진지한 반성 없이 시대 변화에 편승한 행태를 상징적으로 보여주는 행위이다. 이무영이 해방 직후 원작 속 논란의 여지가 있는 대목을 기민하게 삭제하고 고쳐 썼다는 사실은 작가 스스로 이 작품의 문제가 무엇인지를 인지하고 있었음을 말해준다. 이무영이 수정하거나 삭제한 내용은 결국 그의 시대 인식과 깊은 관련을 지니는 것들이다. 시대 인식의 차이를 강조함으로써 자신의 친일 행적을 합리화할 근거를 마련하려는 것이다. 여러 작품에서 친일파를 시대의 희생양으로 묘사한 것 또한 이러한 자기 합리화의 의지가 투영된 결과로 볼 수 있다.

5. 검열에 의한 개작의 의미와 효과

본고는 『향가』의 개작에 관한 여러 요소 중 검열의 문제에 집중해 논의하고자 한다. 선행 연구가 『향가』의 생산소설적 측면, 개작에 대한 비판에 집중되어 있음을 확인하고, 이를 보완하기 위해 개작에 관여한 검열의 힘에 관한 논의를 추가적으로 제시하고자 했다. 이에 개작의 구체적인 내용 및 각 판본 간 텍스트 비교 대조를 넘어, 개작에 관여한 검열의 영향과 양상에 주목했다. 이를 해방 이후 친일 흔적 지우기로 단순화할 수도 있으나, 이러한 단순화는 작가의식 및 텍스트 변화의 많은 부분을 제대로 설명하지 못할 위험이 있다. 텍스트 간 단순 비교 대조를 넘어 텍스트 변화에 관여한 내·외적 힘의 존재를 함께 고려할 때 『향가』의 개작 의도와 효과를 더 명료하게 밝힐 수 있다. 이와 더불어 『향가』의 개작이 이루어진 시기에 발표된 『일년기』, 『피는 물보다 진하다』 등의 작품을 함께 검토하여 『향가』의 개작 의도 및 검열의 양상과 의미를 심층적으로 고찰하고자 했다.

해방 이후 이무영의 행보는 우익 이념과 반공주의의 적극적인 수용을 통해 구체화된다. 식민지시기에 등단하고 활동했던 작가들 대부분은 해방 정국에서 자기비판적인 언술이나 작품을 통해 과거 친일 행적을 반성하는 행보를 보였다. 그러나 이무영은 이와 달리 자신이 과거에 발표한 소설 중 친일 혐의가 있는 작품들의 내용을 바꾸거나 지우는 한편, 해방 정국에서 벌어진 친일 잔재 청산 움직임에 대해 비판적인 입장을 드러내는 것으로 차별화된 행보를 보였다. 그가 해방기에 개작하거나 창작한 『향가』, 「꽁장소전」, 『일년기』, 『피는 물보다 진하다』 등의 작품 또한 이러한 맥락과 연결된다.

이무영은 해방 직후 서울을 떠나 경기도 군포의 한 농촌마을에 은신하면서 정국 혼란이 잠잠해지기를 기다렸다. 짧은 은신과 침묵의 시간 동안 이무영은 『향가』, 「꽁장소전」의 개작, 『일년기』와 『피는 물보다 진하다』 등의 작품 기획에 집중했다. 특히 『일년기』속 권탁이라는 인물에는 해방 직후 작가 자신의 실제 모습이 직접적으로 투영된 것으로 보인다. 『향가』의 개작과 일련의 작품 창작이 동시적·집중적으로 이루어졌다는 것은 곧 둘 간의 강한 연관성을 암시한다. 『향가』의 개작에 관여한 자기검열의 방식과 내용이 다른 작품 창작에도 영향을 끼친 것이다. 궁극적으로 『향가』, 「꽁장소전」 등 식민지 시기에 발표했던 작품들에는 개작을 통해 친일의 흔적을 지우는 방향으로, 『일년기』 등 새로 창작한 작품들에는 당대 친일파 청산을 비판하는 방향으로 자기검열의 힘이 작동했고, 이것이 해방기 이무영의 창작활동을 관통한 핵심이라 할 수 있다.

해방 직후 이무영이 『향가』를 개작하고 『일년기』, 『피는 물보다 진하다』 등을 연이어 발표한 배경에는 이렇듯 자신의 친일 행적을 지우고 새로운 창작의 발판을 마련하려는 자기검열의 힘이 강하게 작동했음을 확인할 수 있다. 『향가』의 개작을 비롯해 해방기 이무영의 창작활동 과정에서 작동한 자기검열의 내용은 크게 두 가지로 정리할 수 있다. 『향가』의 개작을 통해 원작에 구현된 내선일체 관련 내용을 적극적으로 삭제하거나 수정하고자 한 것과, 해방 정국에서 벌어진 친일파 청산 움직임을 비판한 것이다.

개작의 목적과 의도를 이해하기 위해서는 해방 직후 작가의 자기검열이 어떤 방향으로 작동했는가를 확인하는 일이 필요하다. 이무영의 해방 직후 행보는 친일 흔적 지우기, 친일 청산 비판, 그리고 우익 이데올로기의 적극적인 수용으로 요약될 수 있다. 결국 친일에서 반공주의로 연결되는 중간 지점에서 저자는 자기검열성 개작을 단행한 것이다. 이 개작이 원작의 내용과 주제의식을 대폭 바꾸는 수준의 적극적인 성격이었다는 점에서 당시 이무영의 작가의식이 어떠했는가를 알 수 있다. 물론 그가 친일에서 반공주의로 급격하게 전향하는 과정에 해방기 정국과 문단 분위기가 우파 중심으로 점차 재편되어 간 시대적 배경이 중요한 동인으로 작용했다. 시대 변화를 빠르게 간파하고 그에 편승하는 방법으로 이무영은 자기검열을 통한 개작을 선택한 것이다.

또 하나는 해방 정국에서 진행된 친일파 청산의 방법과 방향에 관한 것이다. 이는 자신의 친일 행위를 지우려는 개인적인 차원을 넘어 국가적 차원의 문제에 해당한다. 이무영은 작품을 통해 당시 친일파 단죄의 폭력적인 분위기를 부각시키거나, 부정적인 인물의 모순된 말과 행동을 통해 친일파 척결의 문제를 조롱하는 듯한 태도를 취한다. 친일파에 대한 단죄 움직임이 확산되면서 작가 자신도 이 문제로부터 자유로울 수 없었을 것이나, 이무영은 오히려 그 방법적인 오류를 시대적 혼란상과 교묘하게 뒤섞어버림으로써 당시 친일파 청산 움직임이 마치 정국 혼란의 한 양상인 것처럼 묘사했다. 그가 「꽝장소전」이나 『피는 물보다 진하다』, 『일년기』 등의 작품을 통해 공통적으로 항변하고 있는 내용이 바로 이러한 주제의식이며, 이는 곧 이무영이 친일에서 반공주의로 고민 없이 전향한 토대가 되었다.

개작의 방향성에 대한 분석은 곧 검열이 어떻게 개작의 동인으로 작동했는가를 이해할 수 있는 단서를 제공한다. 이무영은 친일 혐의가 있는 작품 『향가』와 「꽝장소전」 두 편을 해방 직후 개작했다. 그가 원작을 대대적으로 손보아 작품을 재출간할 정도로 이들 작품이 이무영 작품세계에서 중요한 비중을 차지하는지는 의문이다. 실제로 이들 작품은 이무영 작품 연구에서 거의 언급되지 않았던 것들이다. 특히 그가 일문소설 「꽝장소전」을 한글소설로 번역해 발표하면서 원작에는 없는 친일파 청산에 대한 비판적 메시지를 첨가했다는 점은 의미심장하다. 이는 곧 이무영이 자신의 친일 행적에 대해 진지한 반성 없이 시대 변화에 편승한 행태를 상징적으로 보여주는 행위이다. 이무영이 해방 직후 원작 속 논란의 여지가 있는 대목을 기민하게 삭제하고 고쳐 썼다는 사실은 작가 스스로 이 작품의 문제가 무엇인지를 인지하고 있었음을 말해준다. 이무영이 수정하거나 삭제한 내용은 결국 그의 시대 인식과 깊은 관련을 지니는 것들이다. 시대 인식의 차이를 강조함으로써 자신의 친일 행적을 합리화할 근거를 마련하려는 것이다. 여러 작품에서 친일파를 시대의 희생양으로 묘사한 것 또한 이러한 자기 합리화의 의지가 투영된 결과로 볼 수 있다.

개작과 검열의 사회 · 문화사 (2)

제2장

1949년의 황순원, 전향과 『기러기』 재독

조은정(성균관대학교)

1. 1949년, 전향, 『기러기』

황순원의 지인들이 그를 기억하는 방식은 대체로 비슷하다. 우선 후학들에게 인상 깊이 각인되어 있는 것은, 황순원에게 소설을 보이면 모든 문장마다 손수 교정을 보아 빨갛게 된 원고를 받을 정도로 작품을 꼼꼼하게 살펴보았다는 점이다.[1] 출판인이나 문학 동료들은 황순원이 일체의 인터뷰, 잡문 등을 사절하고 작품으로만 자기를 드러냈다는 것과 여러 번에 걸쳐 개작은 물론 교정도 성실히 했다는 것을 회고한다.[2] 그리고 문단 조직이나 집회에 거의 참석하지 않았고,

---

1 오유권, 「청산의 백학」, 『말과 삶과 자유』, 문학과지성사, 1985; 이호철, 「소설문학의 영원한 스승 황순원」, 『이 땅의 아름다운 사람들』, 현재, 2003, 266~291쪽; 전상국, 「내 문학의 길에서 바라본 큰 바위 얼굴 황순원 선생」, 김태준·소재영 엮, 『스승』, 논형, 2008, 321~335쪽.

애주가였으나 술 취한 모습을 보여주지 않은 절제의 성품을 기록하기도 했다. 또 황순원은 소설을 써온 이래로 원고 말미에 '탈고일'을 적는 습관이 있었다.

이렇게 열거된 황순원의 특징들은 그가 얼마나 철저하게 작품을 직조해왔는가를 짐작하게 한다. 작가로서 최초의 신문지상의 논전에서 피력한 바 있듯이, 그는 작품을 "전체의 구상이 완료"[3]된 상태에서 썼다고 하며, 당대의 문단 풍토에서 이질적으로 신문연재소설을 쓴 바 없다. 이 역시 황순원이 작품을 기획·구성·집필·게재·수정하는 모든 단계에 공력을 들여 통제했다는 점을 보여준다고 하겠다.

그런데 1951년 발행된 『기러기』는 위에 언급된 황순원의 문학 습관을 고려했을 때 매우 흥미로운 작품집이다. 『기러기』의 수록 소설들은 세 단계의 컨텍스트가 존재한다. 그것은 탈고 시기-매체 수록 시기-단행본 발행 시기로 구분된다. 특히 이 단계들은 역사적 시간성이 획기적으로 구별되는 때로, 각각 식민지기-해방기-한국전쟁기

---

2 김동선, 「황고집의 미학, 황순원 가문」, 『정경문화』, 1984.5. 여기에서는 『황순원 연구(황순원 전집 12)』, 문학과지성사, 1985, 262~263쪽; 「작품으로 말하는 '청솔 위의 학' 작가 황순원씨-문학에 인생 건 '황고집'」, 『경향신문』, 1986.8.23.

3 황순원, 「비평에 앞서 이해를-백철씨의 「전환기의 작품자세」를 읽고」, 『한국일보』, 1960.12.15.(여기에서는 『황순원 연구(황순원 전집 12)』, 문학과지성사, 1993, 325쪽) 참고로 이 논쟁은 백철이 『나무들 비탈에 서다』를 분석하면서 작품 구성의 유기성이 부족하다고 비판하고, 또 사건의 해결에 4·19를 반영할 것을 제안하면서 촉발되었다. 황순원은 "내가 이런 글을 쓰기는 이번이 처음"이라며 백철의 글을 조목조목 분석하고, 그가 얼마나 자신의 소설을 오독하고 있는지 반박했다. 자세한 내용은 백철, 「전환기의 작품자세」, 『동아일보』, 1960.12.9; 백철, 「소설작법」, 『한국일보』, 1960.12.18; 황순원, 「한 비평가의 정신자세-백철씨의 「소설작법」을 도로 반환함」, 『한국일보』, 1960.12.21. 참조.

에 해당한다. 즉 황순원이 직접 적은 탈고일에 따르면 『기러기』는 1940년부터 1944년 동안 쓰여진 소설로, 발표지면이 없어 다락에 쌓아두었던 것을 해방기에 발표했고, 전쟁기에 단행본으로 묶어내게 되었던 것이다. 물론 이는 황순원의 탈고일을 존중했을 때의 사실이다.

황순원의 작품세계에서 탈고일과 발행일의 격차가 1년 이상인 경우는 『기러기』가 거의 유일하다. 그는 대체로 쉬지 않고 꾸준히 창작 활동을 해왔고, 단편소설은 쓴 뒤 몇 달 지나지 않아 지면에 발표하였다. 따라서 『기러기』는 매우 예외적인 텍스트라 할 만하다. 본고는 이 예외성이 해방 이후 황순원의 행보를 살펴보는 데 중요한 착목점이 된다고 생각한다. 그것은 특히 『기러기』의 발표 시기가 문제적이기 때문이다. 『기러기』에 실린 소설 중 현재 서지가 밝혀진 것을 추려보면, 7편의 작품이 1949년 7월부터 1950년 4월 사이에 게재되었다. 엄밀히 말해 이 기간은 '해방기'라기 보다는 단정 수립 이후이며, 이봉범에 의해 "전향 공간"[4]이라 명명된 바 있다. 국가보안법의 제정과 국민보도연맹의 결성으로 제도가 마련[5]된 이 전향의 시공간에서 황순원도 '전향자'가 되었다.

황순원의 해방기 사상적 입장에 대해서는 논란의 여지가 있으나, 그가 1946년 5월 평양에서 월남하였으며, 조선문학가동맹 기관지였던 『문학』에 「아버지」와 「황소들」 두 편의 작품을 실었던 점만으로

---

4 이봉범, 「단정수립 후 전향의 문화사적 연구」, 『대동문화연구』 64집, 성균관대학교 대동문화연구원, 2008. 참조.
5 자세한 내용은 김기진, 『끝나지 않은 전쟁, 국민보도연맹』, 역사비평사, 2002; 김득중, 『'빨갱이'의 탄생 - 여순 사건과 반공 국가의 형성』, 선인, 2009. 참조.

도 당시 남한 정국에서 '전향'[6]을 해야 할 이유는 충분했다. 실제로 그는 1949년 12월 3일 '성명서'를 발표했고 국민보도연맹에도 가입했다.[7] 새롭게 발굴된 아래 〈그림 1〉의 성명서와 신문기사를 참조해 보면, 황순원은 문학가동맹원이었으며 그 때문에 11월 30일 전향성명서를 쓴 후 신문사에 광고 게재를 의뢰하고 곧바로 국민보도연맹에 가입했던 것으로 추정된다.[8]

본인은 해방 후 혼란기에 문학가동맹에 가입하였으나 본의 아님으로 탈퇴하는 동시에 대한민국에 충성을 다할 것을 맹서함.

단기 4282년 11월 30일 서울시 종로구 서대문로 2가 2번지 황순원. (「성명서」, 『서울신문』, 1949.12.3. 조간, 2쪽.)

〈그림 1〉

황순원의 전향 문제는 그간 공식 기록은 물론 연구에서도 거의 언급된 바 없으며, 따라서 이 사건의 의미나 작품에 미친 영향 등도 고

---

6 이 글에서 '전향'은 '제도적' 전향을 지칭한다. 일본이나 식민지 조선에서의 '전향'이 사상의 변화를 의미한다면, 이 시기에는 '좌'에서 '우'로의 이동이 아닌 '국가'로의 수렴을 의미한다고 할 수 있다. 그래서 전향은 이념·사상의 문제라기보다 국가·체제의 선택 문제였으며, 동시에 반공을 국시로 내세우고 설립된 국민국가 체제에서 '국민'을 주조하는 작업과도 직결된 것이었다. 이와 관련해서는 조은정, 「해방 이후(1945~1950) '전향'과 '냉전 국민'의 형성−'전향성명서'와 문화인의 전향을 중심으로」, 성균관대 박사논문, 2018 참조.

7 1949년 12월 2일 현재 '문필가 자진가입자'로 황순원의 이름이 명시되어 있다. 「악몽에서 광명의 길 찾아 시내 만여명 자수−국의원 문필가 전향 이채」, 『자유신문』, 1949.12.2.

8 보다 자세한 내용은 조은정, 앞의 글, 195-198쪽 참조.

찰되지 못했다. 그런데『기러기』가 그의 작품 활동이 가장 정치적으로 해석된 시기에 발표되었다는 점에 주목해 보면 월남, 단정, 전향의 국면을 거치며 황순원이 겪었을 내면의 변화를 읽어낼 수 있는 방법론으로『기러기』를 재독할 수 있다. 황순원이『목넘이 마을의 개』를 통해 당대 사회적 이슈와 역사를 기민하게 포착했던 점을 상기할 때, 창작한 지 5~9년 전의 작품을 민감한 시기에 연달아 발표한 까닭은 단순하지 않을 것이다. 오히려 자유로운 글쓰기가 통제된 시점에 어째서 그는 식민지 시기 작품으로 돌아갔던가 질문해 보아야 하는 것이다.

　그간『기러기』는 일제 말기에 쓰여졌으나 발표할 수 없었다는『기러기』의 머리말과 당시『문장』과『인문평론』의 폐간으로 대표되는 실제 형편이 근거가 되어, 자연스럽게 황순원의 초기 작품으로 인식되어 왔다. 뿐만 아니라 세 번의 전집[9]이 간행되는 동안 단편소설은 모두 탈고일에 따라 배치되었던 탓에『기러기』는 그의 첫 번째 작품집인『늪』(『황순원단편집』의 개제) 다음으로 묶였다.[10] 또한 단행본『기러기』에서 처음 배열된 작품의 순서는 전집에 재수록되면서 한 번도

9　황순원의 전집은 모두 생전에 발간된 것으로, 가장 마지막 판본인 문학과지성사 전집까지도 직접 교정까지 보았다고 한다. ("올해 창작생활 50주년과 경희대 교수직의 정년퇴임을 맞는 그는 이 전집에 약간의 수정 보필을 가해 그의 문학작품의 최종결정판이 될 것으로 보인다."「황순원 전집 일부 문학사에서 발간」,『동아일보』, 1980.12.17.) 그래서 작품의 배치와 순서도 황순원의 의견이 반영되었으리라고 추정할 수 있다.『황순원 전집』1~6, 창우사, 1964;『황순원 문학전집』1~7, 삼중당, 1973;『황순원 전집』1~12, 문학과지성사, 1980~1985.

10　창우사판은 시집과『늪』,『기러기』를 함께 묶어 1권에 배치했다. 삼중당판의 경우 근간 장편소설을 우선 배치한 뒤 남은 지면에 단편소설을 탈고일 순으로 배치하여, 실제적으로『늪』다음에『기러기』가 실린 형태이다. 문지판 전집의 1권 표제는『늪/기러기』이다.

변하지 않는 '질서'를 가졌다. 이렇게 볼 때 『기러기』의 독서 순서와 연구 경향은 사실상 황순원에 '의해' 의도된 것이라고 하겠다. 즉 이 소설들이 독자와 대면한 순간은 1949년의 시점이었음에도 불구하고, 황순원은 이 작품이 일제 말기 작품으로 읽혀지도록 관철시켰던 것이다.

그리하여 이 글은 『기러기』를 제자리(시기)에 두었을 때 생기는 이중의 언어를 분석하고자 한다. 후술하겠지만 이것은 황순원의 일제 말기에 대한 발화인 동시에 전향기에 대한 발화이다. 이 중층의 언어를 메타화 할 때 비로소 『기러기』의 역사적 의미가 드러난다고 할 수 있다.

2. 『기러기』 탈고일의 정치성

『기러기』의 탈고일을 문제삼고자 할 때, 먼저 이 탈고일이 신뢰할 만한 것인가 궁금해진다. 단적으로 말해서 황순원의 탈고일이 사실이 아니라고 말할 근거는 없다. 오히려 그것이 일제 말기에 쓰여졌다는 것을 증명할 만한 근거는 있다. 우선 무엇보다도 황순원 본인이 그렇게 적고 있고,[11] 이후에도 항상 탈고일을 표기한 습관에서 자연

---

11 "여기 모은 작품들은 내 첫 창작집 『황순원단편집』 이후 8·15까지 이르는 동안, 그러니까 『목넘이 마을의 개』 이전까지에 된 작품들입니다. 그 중 「별」과 「그늘」만은 해방 전에 햇빛을 볼 수 있었습니다마는, 그 밖의 전 작품이 그냥 어둠 속에서 해방을 맞이하였습니다. 지금 생각해봐도 밤에나 나오는 별과, 빛을 등진 그늘이, 먼저 햇빛을 보았다는 건 어떤 빗꼬인 사실이 아닐 수 없습니다." 황순원, 「책

스럽게 설명된다. 또한 고향 친구였던 원응서에 따르면 일제 말기에 황순원이 『기러기』 작품들을 낭독해주었고, 특히 「황노인」을 읽고 나서 애칭으로 황순원을 '황노인'이라 불렀다고 한다.[12] 필자 역시 『기러기』와 『늪』의 유사한 독후감이 있었고, 이에 바탕한 연구들이 가지는 논리적 정합성을 인정한다.

그러나 몇 가지 주의할 특징이 있다. 첫째, 황순원이 시를 쓰던 1930년대 초중반에는 매 작품에 탈고일을 표시하지는 않았다.[13] 둘째, 1940년 8월에 간행된 첫 번째 창작집 『늪』에도 탈고일이 없다.[14] 셋째, 『기러기』 중 먼저 발표된 「별」(『인문평론』, 1941.2)과 「그늘」(『춘추』, 1942.3)에는 탈고일이 없다. 이 사실들이 의미하는 바는 곧 황순원이 『기러기』에 수록될 작품들을 발표하면서부터 탈고일을 적기 시작했다는 것이다. 이 점을 일찍이 간파했던 김현은 황순원의 탈고일 습관을 시대적 인식과 연관시켜 해석한 바 있다.

> 『늪』에 실린 단편들에는 그 뒤의 그의 소설에 잘 나타나지 아니하는 두 가지의 특징이 있다. 하나는 작품의 뒤에 제작 연월일이 붙어 있지 않다는 점이며, 현재형으로 시종하는 단편들이 많다는 점이다.

머리에」, 『기러기』, 명세당, 1951, 3쪽. 이후 『기러기』 수록 작품의 서지는 별도의 표시가 없는 경우 모두 명세당 판본을 의미하며, 이후 본문에 쪽수만 적기로 한다.

12 원응서, 「그의 인간과 단편집 『기러기』」, 『황순원연구(황순원전집 12)』, 문학과 지성사, 1985, 254~255쪽 참조.

13 예컨대 「딸기」(『동아일보』, 1931.7.19.)는 '1931.7.5.'로, 「가을」(『동아일보』, 1931.10.14.)은 '1931. 첫가을'로 탈고일을 적었지만, 「살구꽃」(『동아일보』 1932.3.15.)이나 「봄이 왔다고」(『동아일보』, 1932.4.6.)에는 탈고일이 없다.

14 『늪』의 초판본은 확인하지 못했지만, 1964년 창우사판이나 1980년 문지판 전집 모두 탈고일이 없다.

그 뒤에는 언제나 작품 말미에 제작 연월일을 밝히는 버릇을 보여
준 작가가 그때에는 그러지 않았다는 것은, 그가 그때에는 자기가
사는 시대의 의미를 무의식적으로밖에 반성하지 못했다는 것을 뜻
한다. 발표할 길이 없는 단편들을 써 모으면서 그는 시대가 갖는 의
미를 의식적으로 반성하게 되며 (하략)[15]

그렇다면 작품 발표의 자유가 주어진 해방기의 황순원은 어떠했
던가. 넷째, 『목넘이 마을의 개』로 대표되는 황순원의 해방기 소설들
은 7편 중 6편이 1946~1947년에 쓰여졌으며, 6편이 1947년에 발표되
었다. 특히 『문학』 '인민항쟁특집호'에 실은 「아버지」의 경우 1947년
2월 12일에 탈고하여 동월 25일 발간되었을 정도로, 더 이상 서랍 속
에 소설을 숨기지 않아도 되었던 순간 그는 정력적으로 창작을 했고
곧이어 지면에 발표했다. 이렇듯 해방 공간에서 남한 사회의 시급한
문제들에 빠르게 반응하며 민감한 시대적 문제를 건드렸던[16] 황순원
은 다섯째, 1948년경부터 서서히 쓰는 속도를 늦추었고 1949년에는
단 한 편의 작품을 탈고했다.

---

15 김현, 「안과 밖의 변증법」, 『늪, 기러기(황순원전집 1)』, 문학과지성사, 1980, 383쪽.
16 김한식, 「해방기 황순원 소설 재론─작가의 현실 인식과 개작을 중심으로」, 『우
리문학연구』 44, 우리문학회, 2014.10, 510쪽.

〈표 1〉 황순원 작품 목록 – 탈고일순 배치

제목	탈고일	발행일	수록지	수록작품집
별	1940.가을	1941.2	인문평론	기러기
산골아이	1940.겨울	**1949.7**	민성	기러기
그늘	1941.여름	1942.3	춘추	기러기
저녁놀	1941.첫가을			기러기
기러기	1942.봄	1950.1	문예	기러기
병든 나비	1942.봄	1950.2	혜성	기러기
애	1942.첫여름			기러기
황노인	1942.가을	1949.9	신천지	기러기
머리	1942.가을			기러기
세레나아데	1943.봄			기러기
노새	1943.늦봄	1949.12	문예	기러기
맹산할머니	1943.가을	1949.8	문예	기러기
물 한 모금	1943.늦가을			기러기
독 짓는 늙은이	1944.가을	**1950.4**	문예	기러기
눈	1944.겨울			기러기
모자	1947.11	1950.3	신천지	곡예사
몰이꾼	1948.3	1949.2	신천지	학
이리도	1948.5	1950.2	백민	곡예사
청산가리	1948.8			학
여인들	1948.9	1953.10	신천지	학
무서운 웃음	**1949.4**	1949.5	신천지	곡예사
참외	**1950.10**			학
메리크리스마스	1950.12	1950.12	영남일보	곡예사[17]

〈표 1〉은 1948년 12월에 간행된 『목넘이 마을의 개』 수록 작품을

---

17 표 하단의 작품들은 『목넘이 마을의 개』 간행 전후에 쓰여진 것으로, 『기러기』 이
    후의 단행본인 『학』과 『곡예사』에 나뉘어 수록되었다. 예컨대 「몰이꾼」이나 「무
    서운 웃음」과 같은 작품은 『기러기』를 매체에 발표하기 이전 시점에 쓰고 발표까
    지 했음에도 나중에 단행본에 묶인 것이다. 여기에서도 확인되는 바 『기러기』는
    특정한 작품의 구성원리에 의한 기획물이라 하겠다.

제외한 황순원의 해방기 작품 목록이다. 여기에서 주목할 점은(「별」과 「그늘」을 제외한) 『기러기』 수록 작품이 문예지에 실린 기간이 대략 1949년 7월~1950년 4월이라고 할 수 있는데, 황순원은 1949년 5월~1950년 9월까지 단 한 편의 작품도 쓰지 않았다는 사실이다. 이것이 의미하는 바는 여섯째, 그가 『기러기』를 구성하는 동안 이 작업에만 몰두했으리라는 점이다. 더욱이 황순원의 개작 습관을 감안하면 과거에 써두었던 소설일지라도 필경 현재의 시점에서 수정이 이루어졌을 것이다. 그리하여 일제 말기의 탈고일의 질서가 역설적으로 보여주는 것은, 그가 이 작품들을 전향기에 '다시 썼다'는 사실이다. 동시에 식민지기에 써둔 것이라는 단서를 '굳이' 붙여놓는 것은[18] 꼭 그렇게 읽혀야 할 저간의 사정과 의도가 있었기 때문이었다고 추측할 수 있다.

이제 이 탈고일의 진실성 여부와 무관하게 탈고일의 정치성에 문제의식을 가져야한다는 점이 분명해졌다. 『기러기』(혹은 일부)를 일제 말기에 썼든 아니든, 그가 이 작품을 해방기의 역사적 조건 속에서 개작했다는 사실을 추론할 수 있으므로, 『기러기』는 특히 1949년이라는 시점 속에서 다시 논의되어야 한다. 황순원이 1949년 하반기부터 한국전쟁 직전까지 『기러기』를 내는 데 매진했다는 점에서, 이 작품집을 전향기의 산물로 보는 것이 온당하다고 생각한다. 그가 전향기를 살아가는, 견디는 하나의 방법이 바로 일제 말기에 썼다고 표시한 작품을 발표하는 일이었다고 할 수 있다.

---

18 사실 작품의 배경이 일제 말기라 하더라도, 그것을 과거에 써둔 것이라 하더라도 탈고일을 밝혀야 할 이유는 없다. 그가 『기러기』 이전에 탈고일 표기 습관이 정착된 것이 아니었다는 점에서도 식민지기 창작 사실을 밝혀 적은 까닭은 더욱 문제적이다.

3. 황순원의 검열·필화 사건과 '자기 검열'

황순원 문학에 대한 방대한 연구 가운데 해방기 소설을 논의한 것은 소략한 형편인데, 그 또한 대부분 『목넘이 마을의 개』를 중심으로 하고 있다.[19] 한편 초기 작품 계열로 『늪』과 함께 『기러기』를 살펴본 연구들은 대체로 문체, 서정성에 관심을 두었다.[20] 그런데 해방 후 사회현실을 직접적이고 구체적으로 반영했다는 특징으로도, 전통지향성과 동심의식을 드러낸다는 분석으로도 『기러기』의 해석으로는 불충분하다. 본고는 『기러기』 중에서도 별로 주목받지 못한 작품이라고 할 수 있는 「저녁놀」, 「애」, 「머리」, 「세레나아데」를 주요 연구 대상으로 삼는다. 〈표 1〉에 제시했듯이, 이 작품들은 발표지면이 아직 알려지지 않았거나 매체에 수록되지 않고 바로 단행본에 실린 작품들이다. 또 상대적으로 꽁트에 가까운 소품이다. 그런데 필자는 흥미롭게도 이 주목받지 못한 작품들 속에서 전향기 황순원[21]을 설명해주는 단서들을 발견할 수 있었다. 이 작품들에 주목했을 때 전달되는 이야기, 이제 그것을 분석하고자 한다.

「머리」는 반복적으로 꾸는 불쾌한 꿈 때문에 머리가 아프고 불면

---

19 대표적으로 전흥남, 「해방공간 황순원 소설에 나타난 사회상과 작가의식」, 『한국 근현대 소설의 현실 대응력』, 북스힐, 2003; 소형수, 「황순원의 해방기 소설 연구」, 전북대학교 석사논문, 2007; 김한식, 앞의 글 참조.

20 대표적으로 허명숙, 「황순원의 초기 단편소설 연구」, 『숭실어문』 12, 숭실어문학회, 1995; 정수현, 「황순원 단편소설의 동심의식 연구」, 연세대학교 박사논문, 2003 참조.

21 『기러기』의 주인공들은 크게 소년, 장년, 노인으로 대별되는데, 이 글이 분석 대상으로 삼는 소설은 「애」를 제외한 3편이 중장년의 이야기이다.

증에 시달리는 '그'의 하루를 그리고 있다. '메뚜기 꿈'이라 부르는 이 꿈속에서, 그는 "검은 안경잽이 사내"가 권련을 태우다가 메뚜기의 머리에 돋아난 촉각을 담뱃불로 지지는 광경을 목격한다. 그런데 다음번의 담뱃불이 지지는 것은 메뚜기가 아니라 자신의 이마다. 따가워서 불씨를 떨구려 하지만, 자기에게는 손발이 없어 "누구 좀 구원해줄 사람은 없나" 하고 보니 바로 앞에 자기가 서 있다. "아직 열 안팎의 어린 몸인데도 오늘의 수염 나고 주름 잡힌 자기"(159쪽)가 말이다. 그래도 살려달라고 애원해보지만, 자기는 이편을 구해주고 싶다고 생각하면서도 어쩌지 못하더니 달아나버린다. 그러면서 잠이 깬다.

그런데 이 메뚜기 꿈의 기원은 분명하다. 10세 무렵 모란봉 뒤로 메뚜기 사냥을 갔을 때, 자신이 쫓던 메뚜기를 검정 안경잽이 사내가 가로챈 적이 있다. 그 사내는 "콩볶아 주께 방아 찧어라"를 시키더니, 발을 세게 잡아 메뚜기의 발을 다 떨구고 나서, 미소를 지으며 권련불로 청메뚜기 머리를 지져댔다. 그는 차마 더 볼 수 없어 돌아서 냅다 달아나고 말았던 것이다.

이 소설에서 주목할 점은 '검정 안경잽이 사내'는 그를 괴롭히는 가해자이며, '그'는 시간의 추이에 따라 목격자-방관자-피해자가 되어간다는 것이다. 소년 시절의 그가 힘이 약한 존재에게 무력이 행사되는 순간을 목격했던 사건은 오랫동안 트라우마로 남았다. 폭력의 현장을 보고서도 도움을 주지 못하고, 오히려 그 끔찍함에 뒤돌아서 달아나버린 죄책감은 시간이 흐른 뒤에도 꿈을 통해 재현되고 있다. 왜냐하면 현실의 자기는 여전히 비겁하기 때문이다.

두통을 치료할 요량으로 돼지고기를 사올 것을 부탁했으나, 만삭인 아내가 두 번이나 고깃집에 갔다가 빈손으로 돌아왔을 때, 그는 "결국 자기의 모든 불쾌함을 쏟을 만한 곳이란 이 아내 밖에 없는 것"(164쪽)처럼 소리를 질렀다. 또 가난한 이웃집 남매에게 먹을 것을 챙겨주려고 하다가 두통으로 잊었는데, 밤에 아버지가 돌아왔는지 불빛이 감도는 집을 보자 "어떤 안도감"을 느끼며 "아무 일 없는 듯 그곳을 지나쳐버리는 자신을 발견"한다. 이 순간 그는 "메뚜기를 보고 달아나는 것만도 못한 감상을 거기서 본"(166쪽)다.

이렇게 볼 때 「머리」는 현실에 대한 알레고리이며, 소년으로서의 과거와 주름잡힌 장년으로서의 현재가 오버랩 된다는 점에서 『기러기』를 다시 쓰는 황순원의 자아가 투영된 작품으로 읽어볼 수 있다. 과거의 어떠한 경험이 현재의 그를 여전히 통제하고 있으며, 그가 벗어나려고 애를 써도 '손발이 없는' 자신으로서는 어쩔 도리가 없어 그저 "이것으로 오늘의 악마의 날은 아주 끝나 주기를 바랬"(167쪽)던 것이다. 그렇다면 황순원에게 '메뚜기 꿈'의 실체는 무엇이었을까.

메뚜기가 꼼짝없이 화상을 입은 까닭은, 움직이기 위해 반드시 필요한, 더욱이 메뚜기의 상징이기도 한 긴 다리가 잘렸기 때문이다. 글 쓰는 자에게 '손발'은 그의 언어이며, 자신의 세계를 펼치기 위해서는 작품이 필요하다. 따라서 그에게 손발을 앗아간 경험이란 그의 언어를 빼앗아 자르는 일, 즉 검열·필화사건이라고 추론해볼 수 있다. 특히 『기러기』가 발표된 1949년 7월~1950년 4월 무렵의 기간이 '전향문필가 집필금지조치'(1949.11~1950.2), '전향문필가 원고심사제'(1950.2), '원고사전검열조치'(1950.4) 등의 강력한 검열제도로 전향

문화인 통제[22]가 가장 극심했던 시기였다는 점에 주목해보면, '메뚜기 꿈'을 검열의 메타포로 읽어볼 필요가 있다.

필자가 조사한 바에 따르면 황순원은 최소 일제시기에 세 번, 해방기에 한 번 직·간접적인 검열 및 필화사건을 겪었다. 문지판 연보에 따르면, 황순원은 1934년 11월 '동경학생예술좌'에서 첫 시집『방가』를 출판했는데, 이것이 문제가 되어 1935년 8~9월경 "조선총독부의 검열을 피하기 위해 동경에서 간행했다 하여 여름방학 때 귀성했다가 평양경찰서에 붙들려 들어가 29일간 구류당"[23]했다고 한다. 문지판 연보에 수록되면서 이 사실은 연구자들에게 알려져 있는데, 여기에 추가로 두 가지 사건을 더 찾을 수 있었다.

황순원은 본래 첫 시집을 '방가'가 아니라 '만강집(晚崗集)'이라는 표제로 내고자 했던 것 같다.『조선출판경찰월보』72호(1934.9)에는 8월분 '불허가 출판물 목록'이 제시되었는데, 〈그림 2〉와 같이 잡지『신동방』과 함께 황순원의 작품도 명단에 포함되어 있다. '평양'에서 '시집'을 내는, 이름이 '황순원'인 인물은 아마도 황순원이 분명할 것이다. 무엇보다도 '만강(晩岡)'은 황순원의 자(字)이다![24] 이 문서에 따르면, 1934년(소화 9년) 8월 13일 '生キ探求スル人ケ'와 '1933년ノ車輪' 두 작품은 일부 내용이 저촉되어 출판불가 처분을 받았다. 이 가운데『방가』에 실린「1933년의 수레바퀴」가 〈그림 3〉의 시로 추정된다. 이 작품은 오늘날의 현실이 광란의 궤도를 달리는 불행한 시대이나 젊

---

22 이봉범, 앞의 글, 223쪽.
23 「연보」,『황순원 연구(황순원전집 12)』, 문학과지성사, 1985, 222~223쪽.
24 위의 글, 221쪽. '강'의 표기가 '崗', '岡'으로 다르기는 하지만, 문서상의 실수이거나 제목의 의미를 위해 황순원이 바꿔 쓴 것 정도로 이해하면 무리가 없다.

은이들은 두려워 말고 새로운 역사를 준비해야 한다는 내용으로, 두 판본의 메시지는 거의 같다. 다만 "불행한 민중의 희생의 피", "우리의 빈궁"과 같은 다소 과격(?)하거나 직설적인 표현이 삭제되거나 상징으로 대체되었다. 이렇게 볼 때 황순원은 식민지 조선에서 '만강집'의 출판이 좌절되자 그 해 11월 일본에서 『방가』를 간행한 것이고, 따라서 "조선총독부의 검열을 피하기 위해 동경에서 간행했다"는 혐의를 받게 된 맥락이 설명된다.

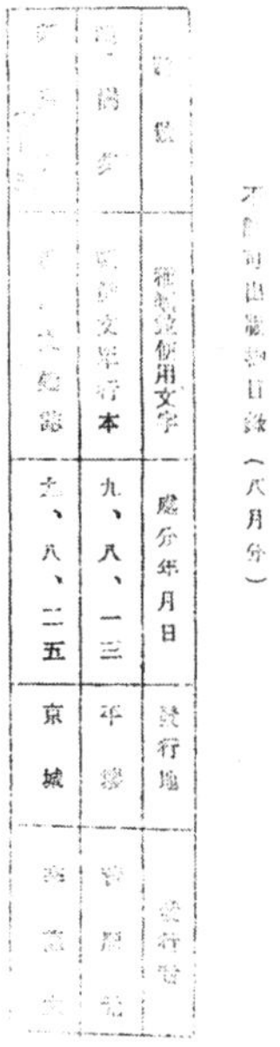

〈그림 2〉 '만강집' 출판불가 문서   〈그림 3〉 「1933년의 수레바퀴」 검열 기록

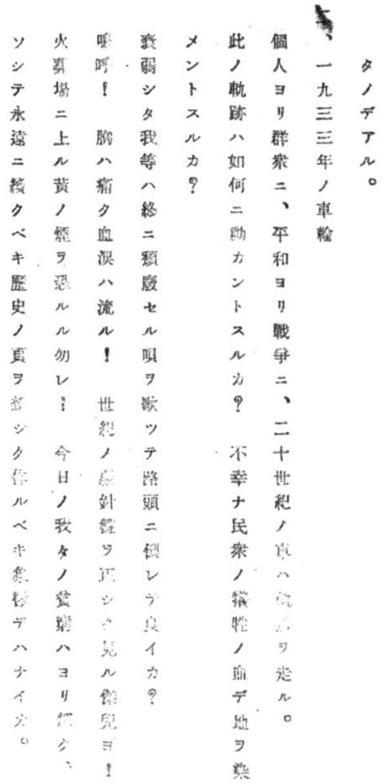

제호	종류 竝 사용문자	처분년월일	발행지	발행자
晩崗集	조선문 단행본	9, 8, 13	평양	황순원

비냐 바람이냐

그렇지 않으면 벼락이냐 지진이냐

불안한 흑운이 떠도는 1933년의 우주.

무에서 유로, 삶에서 죽음으로

그리고 개인에서 군중으로, 평화에서 전쟁으로

20세기의 수레는 광란한 궤도를 달리고 있다

이 한 해의 궤적은 또 무엇을 그릴 것인가.

그래 1933년의 수레바퀴가 험악한 행진곡을 울린다고

젊은 우리는 마지막 퇴폐한 노래만 부르다 길가에 쓰러져야 옳은가

이것으로 젊은이의 종막을 내려야 되는가

아 가슴 아파라 핏물이 괴는구나

울고 울어도 슬픔을 다 못 풀 이날의 현상.

그러나 젊은이여 세기의 지침을 똑바로 볼 남아여

화장터에 솟는 노오란 연기를 무서워할 텐가

오늘 우리의 고통은 보다 더 빛나고 줄기찬 기상을 보일 시련인 것을

자 어서 젊은 우리의 손으로 1933년의 수레바퀴를 힘껏 돌리자

괴로운 역경을 밟고 넘어가게 운전하자

억센 자취를 뒤에 남기도록 뒤에 남기도록 (1933년 원단)

「1933년의 수레바퀴」 전문[25]

개인보다 군중에, 평화보다 전쟁에, 20세기의 차는 궤도를 달린다.
이러한 궤적은 어떻게 움직이려는가? 불행한 민중의 희생의 피로
땅을 물들이려 하는가?
쇠약한 우리는 마침내 퇴폐한 염불을 노래하며 길 위에 쓰러져 있어
도 좋은가?
아아! 가슴은 아프고 피눈물은 흐른다! 세기의 나침반을 바르게 보
는 남아여!
화장장에 오르는 노란 연기를 두려워하지 말라! 오늘날의 우리의 빈
궁은 보다 빛나고 그리고 영원히 계속되어야 할 역사의 페이지를 새
롭게 만들어야 한다는 상징은 아닌가.

〈그림 3〉의 「1933년／車輪」 직역

또 한 가지는 황순원이 1934년 창립에 참여한 '학생예술좌'가
1939년 사상문제로 검거 및 취조를 받은 사건이다. 학생예술좌는
1934년 7월 "동경에 있는 조선학생 중심으로" "금후 조선신극운동
의 一翼인 학생극운동의 일부대로 참가하야 건전한 연극발전을 期

---

25 『황순원전집』 1, 창우사, 1964, 54쪽.

하고"자 조직된 연극단체이다. 이 극단은 1935년 6월 좌원인 주영섭의 〈나루〉와 유치진의 〈소〉를 공연한 이래 지속적으로 각본낭독회와 공연 등의 활동을 이어갔다.[26] 연보에 따르면, 황순원은 1934년 3월 숭실중학교를 졸업한 뒤 일본 동경 와세다 제2고등학원에 입학했는데, 도일한 직후 결성된 이 단체에서 문예부 소속 창립 멤버로 확인된다.[27]

그런데 1939년 창립 6주년 공연으로 이서향의 〈문(門)〉(주영섭 연출)과 함세덕의 〈유명(幽明)〉(박동근 연출)을 준비하던 중,[28] 돌연 좌원들이 종로경찰서에 검거되는 사건이 발생한다. "불온연극의 혐의가 있다 하야" 약 3개월간 단원들을 검거, 취조한 종로경찰서는 1939년 10월 26일 수사를 완료하고 치안유지법 위반으로 주영섭, 마완영, 이서향, 박동근 4명을 경성지방법원 검사국에 송치하였다.[29]

당대 미디어에서 '학생예술좌 사건'으로 불린 이 사건은 당시 사법부 자료에 의한 사건명이 '좌익연극단 사건'이라고 한다. 송치 의견서에 따르면 이들의 검거 사유는 '일본 유학 시절에 좌익서적을 탐독하고 선배에게 감화되어 공산주의를 신봉하였으며, 이를 통해

---

26 「동경학생예술좌 초(初)공연」, 『동아일보』, 1935.5.12. 더 자세한 활동 내용은 정혜경, 「1930년대 재일조선인 연극운동과 학생예술좌」, 『한국민족운동사연구』 35, 한국민족운동사학회, 2003.6; 박영정, 『한국 근대연극과 재일본 조선인 연극운동』, 연극과인간, 2007 참조. 김옥란은 학생예술좌가 한국연극사의 암흑기인 국민연극의 시대에 자체적인 활동을 이어갔고, 해방 후 극예술협회의 뿌리가 되었다는 점에서 그 의의가 적지 않다고 평가한다. 김옥란, 「신협의 교양 대중과 미국연극」, 권보드래 외, 『아프레걸 사상계를 읽다』, 동국대학교출판부, 2009, 164쪽.
27 「동경에 조선인극단 '학생예술좌' 창립」, 『동아일보』, 1934.7.18.
28 「동경학생예술좌 근황」, 『동아일보』, 1939.5.23.
29 「학생예술좌사건」, 『동아일보』, 1939.10.27.

국체(國體)변혁과 사유재산제도 부인을 목적으로 실행운동을 간절히 희망하여 신극단을 조직하여 활동했다'는 것이다.[30] 구체적인 혐의로 비판회 개최와 좌익적 성격의 공연 상연을 들고 있지만, 이 사건을 구체적으로 살펴본 정혜경은 학생예술좌는 정치성을 배격한 순수연극운동을 지향하고 있었고 조직적인 좌익운동과는 일정하게 거리가 있다고 지적했다.[31] 그러나 사건의 실제적 성격이 규명되었다 하더라도 당대에 이것이 '좌익사상고취'란 죄명이었던 것은 중요한 함의를 갖는다. 박동근이 회고한 바처럼 관련자들의 이후 행보를 규제하는 근거로 작용하기 때문이다.

> 창립 6주년 공연을 준비했는데 일본경시청으로부터 한국말 연극을 못한다는 금지명령이 내렸어요. 결국 1939년 8월에 「연극을 통한 좌익사상고취」란 엉뚱한 죄명으로 좌원들이 모두 검거되고 나와 그밖에 네 명이 기소됐습니다. (중략) 그 당시 유학생들에 대한 감시가 심했어요. 그런데 어떤 단원이 좌원들의 주소록을 갖고 있다가 걸렸어요. 그래 7월 그믐께 모두 검거됐지요. 저도 종로서에서 3개월 고생했고 서대문형무소에서 5개월 살고 나왔어요. (질문자; 40년 3월에 해체당한 후 좌원들의 생활에 대해서 좀) 대부분 연극을 안 했어

---

30 정혜경, 앞의 글, 34쪽.
31 위의 글, 37쪽. 박영정도 "판결문을 보면 주로 이들이 일본에서 전개한 동경학생예술좌 활동과 공연대본 〈문〉을 문제삼아 치안유지법 및 출판법 위반(대본 인쇄건)으로 유죄판결을 내리고 있는데, 공연활동을 치안유지법으로 다루는 것도 문제지만 연습용 공연대본 50부를 인쇄하여 단원들끼리 돌려본 행위를 출판행위로 규정한 부분은 일제의 탄압이 얼마나 저급한 맥락에서 이루어졌던가를 잘 보여주는 부분"(앞의 책, 179쪽)이라고 지적한 바 있다.

요. 워낙 혼이 났었으니까.[32]

1939년 11월 13일 경기도지사가 발신한 「경성특비 제2848호-동경 학생예술좌원의 검거취조에 관한 건」을 보면, 종로경찰서에 검거되어 강도 높은 취조를 받은 좌원은 총 9명으로 확인된다.[33] 황순원은 이 9명에 속하지 않으므로 사실 사건의 직접적인 관련자로 보기 어렵다. 그럼에도 황순원이 이 단체와 맺은 인연이 단순하지 않다는 점에서 주목할 필요가 있다. 황순원은 창립 멤버이자 제1회 공연 직전 재정비한 진용에서도 여전히 소속으로 확인된다. 이것은 창립 당시의 구성원이 8명만 남고 10여 명이 새롭게 참여한 명단이다. 그리고 제1회 공연 후 "전문적으로 연극을 공부할 사람만" 참여하기로 성격을 명확히 하여 1935년 7월 1일 규약을 개정하는데, 이 시점에서 황순원은 좌원에서 빠진다.[34] 정리하면 황순원은 1934년 7월부터 1년여 동안 학생예술좌원으로 활동했던 것이다. 그렇지만 "동경학생예술좌에 인연이 깊은 동무들"에 황순원이 소개된 적도 있고, 좌원들은 그가 유학 중에 처음으로 사귄 친구들이었다. 특히 무엇보다도 조선에서 출판이 좌절되었던 그의 첫 시집 『방가』에 이어 두 번째 시집

---

32 「신극 60년의 증언 9-동경학생예술좌」(박동근 인터뷰), 『경향신문』, 1968.11.9. 밑줄은 인용자. 이하 동일. 실제로 김동원과 이해랑도 학생예술좌 사건으로 검거된 후 연극을 그만두고 해방이 되기까지 직장생활을 했다고 한다. 김옥란, 앞의 글, 161쪽.

33 〈경성지방법원 검사국 문서-사상에 관한 정보철 4〉(자료 출처: 국사편찬위원회)

34 이상의 좌원 진용과 성격에 대해서는 「동경학생예술좌 제1회 공연」, 『조선중앙일보』, 1935.5.22; 『막』창간호, 1936.12 참조. (여기에서는 박영정, 앞의 책, 126~127쪽에서 재인용)

『골동품』까지 학생예술좌에서 발행했던 사실을 고려해 보면 친밀감이 높은 단체였으리라 충분히 짐작할 수 있다. 그리하여 직접 관련되지 않았다 하더라도 그가 속했던 단체가 사상 혐의를 받고, 친구들[35]이 수감되는 현장을 목격하는 일은 그의 창작활동에 변화를 줄 수밖에 없다. 황순원이 『기러기』를 쓰기 시작한 시점인 '1940년'을 해명하는 데 학생예술좌 사건은 중요한 연결고리가 될 수 있다.

여기에서 황순원이 『기러기』를 써두고도 발표하지 못한 까닭은 발표기관이 없어서이기도 할 테지만, 글을 발표하는 일이 조심스러워졌기 때문이라는 해석을 제기해볼 수 있다. '만강집'의 출판이 좌절되고, 『방가』의 간행으로 요시찰인물이 되고, 학생예술좌 사건까지 목도하면서 그의 작품은 변화했다. 강렬한 현실 비판의식을 드러내며 세상을 향한 "부르짖음"[36]으로 "힘의 노래"[37]를 불렀던 소년은, 이제 모더니즘에 대한 "실험[38]"을 통해 상징과 은유를 배워갔다. 이 변화를 대개 문학청년의 다양한 습작 과정으로 이해하는 듯한데, 이와 더불어 '자기검열'의 결과일지도 모른다는 문제제기를 더하고자 한다. 그의 행보를 검열 당국에 저촉되지 않을 우회적 표현방법을 찾고, 가급적 작가 자신과 직접 겹치지 않을 소년과 노인을 주인공으로 삼으며, 현재보다는 과거와 꿈을 서술하는 모색으로 읽어보는 것이다.

---

35 수감된 인물 중 마완영(馬完英)은 현주소지가 평양으로 황순원과 동향이며, 주영섭도 평양 출신이다. 앞의 문서 '관계자 / 본적주소직업씨명연령경력' 참조.
36 황순원, '방가' 서문, 『시선집(황순원전집 11』, 문학과지성사, 1985, 표지면.
37 주요한, 「신시단에 신인을 소개함」, 『동광』 33호, 1932.5.1.
38 황순원, '골동품' 서문, 『시선집(황순원전집 11』, 문학과지성사, 1985, 41쪽.

한편 해방 후 다시 자유롭게 노래할 수 있게 된 순간, 황순원은 시를 되찾는다. "모두 잊을 뻔한 내 사람"[39]을 만나 반가워하는 해방의 감격을 그는 「부르는 이 없어도」에 적었다. 그리고 그의 문학 지우들과 숭실학교 동창들이 중심[40]이 되어 간행한 『관서시인집』에 작품 5편을 싣는다. 황순원의 시가 『관서시인집』에 첫 번째 작품으로 배치되었던 만큼, 그가 이 시집의 간행에 중심적인 인물이었음은 자명하다.

그런데 해방 후 북한에서 최초로 출간된 이 공동 사화집은 이내 북조선 문학계에서 『응향』과 함께 비판의 대상이 된다. 오창은에 따르면 『관서시인집』에 대해 처음으로 문제제기를 한 인물은 안막이며, 특히 황순원을 직접적인 공격의 대상으로 삼았다고 한다.[41] 그의 시의 특징인 낭만성, 서정성 등이 '부패한 무사상성'과 '정치적 무관심성'으로 비판되었던 것이다.

---

39 황순원, 「부르는 이 없어도」, 『관서시인집』, 평양: 인민문화사, 1946.1, 4쪽. (출처; 『근대서지』 6, 근대서지학회, 2012.12) 이 시는 창우사판에 실리면서 「그날」로 개제되었고, 『관서시인집』에는 없었던 탈고일 '1945년 8월'도 부기된다.

40 유성호, 「해방 직후 북한 문단 형성기의 시적 형상─『관서시인집』을 중심으로」, 『인문학연구』 46, 조선대학교 인문학연구원, 2012.12 참조. 오창은은 '평양문화협회' 주도였을 것이라고 추측하나, 그의 지적대로 '평양문화협회'의 실질적인 회원명단이 미발굴 상태이므로, 여기에서는 유성호가 필자들의 내력을 조사한 것을 토대로 정리하였다. 오창은, 「해방기 북조선 시문학 형성과 미학의 정치성」, 『어문론집』 48, 중앙어문학회, 2011.11 참조.

41 안막, 「민족예술과 민족문학건설의 고상한 수준을 위하여」, 『문화전선』 5, 문화전선사, 1947. 8. 오창은이 분석한 바, 이 문제는 단지 황순원 개인에 대한 비판이 아니라, 1946년 3월 25일에 창립한 '북조선문학예술총연맹'이 북조선문단의 조직화 과정에서 '평양문화협회'에 대한 문학적 비판으로 이어진 것이라는 데 동의한다. 자세한 내용은 오창은, 앞의 글, 14~19쪽; 현수, 『적치 6년의 북한문단』, 국민사상지도원, 1952, 33-37쪽 참조.

다시 『기러기』로 돌아오면, 「머리」의 '그'는 시간의 추이에 따라 목격자-방관자-피해자가 되어간다고 분석하였다. 지금까지 살펴본 바, 황순원의 시사(詩史)를 온전히 이해하기 위해서는 검열·필화사건을 중요하게 참조해야 한다. 『방가』-『골동품』-『관서시인집』에 이르는 동안 황순원은 복수의 검열 권력과 대면해야 했고, 그 과정에서 자기검열을 시도하기도 했을 것이다. 그리고 "오늘의 수염 나고 주름 잡힌 자기"가 된 1949년, 황순원은 성명서를 발표하고 국민보도연맹에 가입함으로써 전향자가 되었다. 해방기 민중의 역동성과 가능성을 묘파한 그의 작품 때문에 황순원은 다시금 제도적 통제의 피해자가 된 것이다. 그가 분노해 마지않던 식민권력이 철수하고 해방을 맞이했어도, 생계와 창작활동에 위협을 느껴 고향을 등지고 떠나온 '자유민주주의'의 남한에 와서도, 그는 계속해서 "검은 안경잽이 사내"로부터 자유롭지 못했다. 그래서 "메뚜기의 꿈"은 오늘밤에도 다시 나타나 그에게 불면증과 두통이라는 고통을 준다.

「애」는 실현 불가능한 꿈이라고 생각했던 것이 뒤늦게 실현 가능하게 되었으나, 죽음을 통해 결국 실현되지 못할 것[42]을 암시하는 작품으로, 「머리」와 함께 1949년의 맥락 속에서 해석될 여지가 있다.

쉰다섯에 아직 애라고 하나 가져보지 못한 권노인이었다. 그러니 자기보다는 십년이나 남아 아래지만, 사십이 넘도록 애낳이라곤 한번

---

42 「노새」도 누이의 희생을 통해 자금을 확보하고 노새달구지벌이를 시작한 청년이 "네통달구지", "리야카"에 밀려 돈을 벌지 못하는 울분을 묘사하고 있어, 새로운 희망을 품어도 삶이 달라지지 않는 모습을 보여준다.

못해본 아내가 이제 새삼스레 애를 낳으리라고 바랄 수 없는 것은 말할 것도 없고, 그동안 애 봄직한 여인을 한둘 아니게 보아왔어도 번번이 실패만 하고 만 권노인 자신이, 아무래도 자기에게는 애가 태울 팔자가 아닌가보다고 단념해 버린지 이미 오래였다. 그러던 아내가 뜻밖에도 서너달 전부터 이상한 징조가 보이더니 요즘 와서 그것이 태중이라는 것이 분명해진 것이었다. 권노인이 곧 이 아내의 임신에 열중된 것은 물론이었다.(120쪽)

55세인 권노인은 40세가 넘은 아내가 임신를 하게 되자 단념해두 었던 꿈이 실현될 것에 들뜨며, 자기가 도움이 될 만한 일로 지네닭탕을 준비하기로 한다. 그는 애를 보기 위해 외도도 해보았으나 실패하자, 팔자에 없는 애에 대한 꿈을 단념하고 대신 닭과 고양이에 애정을 쏟았다. 그런데 애를 가지게 되자 그는 고양이를 천대하고, 닭을 잡아 그 뼈를 들고 지네를 잡으러 모란봉 뒷산으로 간다. 비를 맞아 감기 기운이 있는 채로 지네 사냥을 계속했던 권노인은 돌아오는 길에 지네닭탕을 먹여온 자신의 수탉이 닭싸움 끝에 절명한 것을 보자 실신한다. 열에 들떠 앓으면서도 권노인은 내일 새로운 수탉을 사와야겠다는 헛소리를 하며 작품은 끝이 난다.

결국 이 작품은 권노인의 죽음을 암시함으로써 그의 꿈의 실현을 좌절시키고 있는데, 작가가 이 결말을 이끌어 내기 위해 시도한 소설적 장치에 주목할 필요가 있다. 사실 「애」에는 다소 지루하게 느껴질 만큼 권노인이 담배를 피우는 장면이 반복적으로 묘사된다.[43] 이는 권노인의 현기증을 가중시키고 마침내 실신에 이르게 하기 위한 필연적 구성이었겠으나, 단편소설에서 간결한 문장을 구사해온 황순원임을 감안하면 눈에 두드러지는 반복이다. 권노인에게 담배란 그가 오롯이 고독해지는 순간에 함께하는 유일한 벗이다. 가끔 어지럼증이 있어 "20여 년 동안이나 장돌뱅이 황아장사를 함께 해준 친구"인 "장수연"을 이제는 끊어야 한다[44]고 생각하면서도 "종시 끊지 못할 뿐 아니라, 이번에 아내의 임신을 안 뒤부터는 자기도 모를 이상한 흥분으로 해 더욱 담배를 피우지 않고는 배겨나지 못"(122쪽)한다. 즉 권노인의 고독과 방랑을 견디게 해준 담배가 이제는 그의 건강과 삶, 더 나아가서 "튼튼한 사내만 낳라"(125쪽)는 그의 희망과 꿈을 위협하게 된 것이다.

　　무어 그렇게 훌륭한 것들도, 자랑할 만한 것들도 못될 것 같습니다. 그저 나대로 꽤 아끼고 사랑해 오는 작품들이기는 합니다. 그것은 내가 이것들과 같이 어두운 한 시기를 살아온 탓인지도 모르겠습니다. 그냥 되는대로 석유상자 밑에나 다락 구석에 들여박혀 있을 수밖에 없기는 했습니다. 그렇건만, 이 쥐가 쏠다 오줌 똥을 갈기고, 좀이 먹어들어가는 글자 위에다, 나는 다시 다음 글자들을 적어 올려

43　"권노인은 담배만을 몇 대 곱박아 피웠다."(122쪽), "권노인은 담배만을 곱박아 피웠다."(123쪽) "그리고는 또 담배를 곱박아 피웠다."(124쪽), "새로 터쳐가지고 나온 담배만 대구 피웠다."(127쪽)

44　"종시 끊지 못할 뿐 아니라 (중략) 담배를 피우지 않고서는 배겨나지 못하는 권노인이었다."(122쪽), "담배를 삼가야겠다, 담배를 삼가야겠다고 몇 번이고 속으로 중얼거렸다."(123쪽), "그저, 담배를 삼가야겠다. 담배를 삼가야겠다, 한다."(124쪽), "담배를 삼가야겠다, 담배를 삼가야겠다. 그러나 자리로 돌아와서는 다시 담배였다."(127쪽)

61

놓아야만 했습니다. 그것은 내 생명이 그렇게 하는, 어찌할 수 없는 일이었습니다. (중략) 말하자면 이 모닥불과 질화로의 반짝이는 불띠 같다고나 할까, 그렇게 명멸하는 내 생명의 불띠가 그 어두운 시기에 이런 글자들을 적지 아니하지 못하게 했다고 보는 게 옳을 것 같습니다. (「책머리에」, 3~4쪽)

인용문에서 황순원은 "어두운 시기"를 "글자"를 적으며 견뎌왔다고 반추한다. 그에게 글쓰기는 권노인의 담배처럼 고독했던 일제 말기를 버티게 해준 벗이었다. 마침내 해방을 맞아 새로운 희망을 품고 열정적으로 글을 썼지만, '전향 공간'에서 그 글들은 황순원의 삶을 위협하는 족쇄가 되었다. 그리하여 위 서문의 탈고일인 "1950년 3월"(5쪽), 황순원은 여전히 "어두운 시기"를 "글자"를 적으며 견디기로 결심했거나 이제는 그만 써야 하는가 고민했을 것으로 보인다.[45] 마침내 『기러기』를 발표할 수 있게 되었지만 그렇다고 자유롭게 말할 수는 없는 현실 속에서, 권노인의 희망과 좌절에는 전향기 황순원의 심상이 투영되어 있다.

---

45 『기러기』의 도처에서 우리는 타인과 대화하기, 관계 맺기를 싫어하는 인물들과 만날 수 있다. 「그늘」의 남도사내와 화가청년, 「기러기」의 쇳네, 「병든 나비」의 정노인, 「황노인」의 황노인, 「맹산할머니」의 주인노파와 천만증 노인, 「독짓는 늙은이」의 송영감 등 청년·여성·노인 구분 없이 그러하며, 『기러기』 자체가 대화가 거의 없는 소설들이다.

4. 숙명적 인식론과 생의 의지

1946년 5월 남한, 여기 이곳에서부터 다시 시작해야 하는 황순원은 이제 어떻게 살아야 하는가에 대해 많은 고민을 했을 것이다. 해방직후 황순원은 최명익, 오영진, 남궁만 등의 재평양 예술인들과 '평양예술문화협회'(1945.9)를 결성하고,[46] 이듬해에는 『관서시인집』을 간행하는 등 활발한 활동을 재기했다. 또 1946년 2월부터 원응서와 같은 학교에서 강사로 일하기도 했는데, 그러던 중 그가 친구에게 약간의 암시를 남긴 뒤 "감쪽같이 월남"했다고 한다.[47] 그러나 사실 월남을 갑작스럽게 단행한 것은 아니고, 가족과도 의논하고 남한에서의 생계도 준비했던 것으로 보인다.[48]

황순원의 월남은 김효석이 지적한 대로, 지주계급[49]이라는 신분과 창작에 대한 외부로부터의 정치적인 억압이라는 두 조건을 함께 고려해야 한다.[50] 황순원이 지주계급이어서 북한의 토지개혁 실시

---

46 현수, 앞의 책, 1쪽.

47 원응서, 앞의 글, 258쪽.

48 김동선에 따르면, 황순원의 장인 양석렬이 가장 먼저 월남하여 동대문 시장에서 수산물 위탁 판매업인 '조선상회'를 열고 경제적 터전을 마련했다고 한다. 다음으로 부친 황찬영이 1946년 3월 단독으로 월남하여 사돈과 재회했고, 황순원은 가족들과 5월에 월남했다. 김동선, 앞의 글, 182쪽.

49 황순원의 가계가 어느 정도였는지 짐작하는 데 다음의 회고를 참조할 수 있다. "소학 4년 겨울방학 때 이미 스케이트를 탔다. 내가 여기서 '이미'라는 말을 쓴 것은, 스케이트가 알려진 지 얼마 안 된 그 당시는 중학 고학년 학생들도 웬만해선 스케이트를 타보지 못하던 시절이기 때문이다. (중략) 소학 오년 때 나는 또 바이올린 레슨을 받은 적이 있었다. 선생은 숭실전문학교에 다니는 학생이었다. 하루 건너끔씩 선생이 있는 기숙사로 레슨을 받으러 다녔다." 황순원, 「자기 확인의 길」, 조연현 편, 『작가수업』, 수도문화사, 1951. (여기에서는 『황순원전집 12』, 문학과지성사, 1985, 191쪽에서 재인용)

에 따라 신변에 위험[51]을 느꼈다는 것은 사실 막연하게 이야기된 측면이 있는데, 윤미란이 채록한 증언에 보다 직접적인 정황이 확인된다.

> 스승 황순원에게 직접 들었다는 김용성의 증언에 따르면, 무상몰수 무상분배의 원칙에 따라 황순원 집안도 토지를 무상몰수 당하고 무상분배를 받았는데, 문제는 "무상분배 받은 토지가 황순원 일가가 살아오던 지역과는 전혀 무관한 낯선 곳의 땅이었다"고 한다. 따라서 고향에서 더이상 살 수 없는 황순원 일가는 월남을 단행한 것이다. (이상 김용성의 증언, 2004년 12월 7일)[52]

인용문에서 보이듯이 분배받은 토지가 그의 삶의 터전이 아니라면, 그래서 그의 고향에서 더이상 살 수 없다면, 앞으로 살아갈 곳은 어느 곳이 되더라도 무방하다. 여기에 『관서시인집』에 대한 비판이 가세되었을 때 황순원은 3·8선 이남을 선택하게 된다. 하지만 좌우 대립이 점차 격화되어 단정수립에 이르게 되자, 그는 이 현실을 "작 둣날"(179쪽) 같다고 느낀다.

---

50 김효석, 「전후 월남작가 연구–월남민 의식과 작품과의 상관관계를 중심으로」, 중앙대학교 박사논문, 2005, 29~32쪽 참조.

51 이 위기의식은 북에 남았던 삼촌들의 행방을 염두에 둘 때 실체 있는 것이었다고 판단된다. 황순원의 아우인 황순필이 한국전쟁 당시 통역장교로 북진하는 국군을 따라 평양에 갔을 때, 함께 월남하지 않았던 세 삼촌 소식을 탐문해보았는데, 황찬옥은 처형당했고 황찬정, 황찬명은 생사를 알 길이 없었다고 한다. 김동선, 앞의 글, 182쪽.

52 윤미란, 「황순원 초기 문학 연구–서정 지향성과 민중 지향성을 중심으로」, 인하대학교 석사논문, 2005, 43쪽.

「세레나아데」의 '그'는 성장하는 동안 무당 들린 여성들을 여러 번 만난다. 눈을 치뜨며 춤추는 시늉을 하던 계집애, 대동강에 빠져 죽은 아이를 위해 굿을 하는 아름다운 젊은 무당, 무당이 내리면서 눈이 멀었다는 소경처녀애, 그리고 신내림을 받으며 작두를 타고 서럽게 울던 이웃집 둘째며느리. '그'는 소경처녀애를 따라하다가 달구지와 부딪쳐 옆머리에 큰 상처가 있다. 그런데 어제밤 그는 만주로 떠난다는 어떤 친구와 술을 마시고 손금을 보러 갔는데, 손금쟁이에게 "어디 큰 흠이 간 데는 없느냐"는 질문에 그 상처를 생각한다.

> 그저 지금 그의 가슴이 두근거려짐은 그 애처로웠던 소경 처녀애의 생명이 새삼스레 가슴 속에 살아 올라오므로였다. 그리고 <u>이 애처로운 생명이 곧 오늘날의 그의 생명으로 느껴졌기 때문이다.</u> 그리고 그것은 또 그대로 이제 만주로 떠난다는 친구에게도 통하는 까닭이었다. 그는 눈을 감았다. 어쩌면 그 옛날 옆집 계집애의 오늘날이야! 하며 치뜨던 때의 눈보다도 <u>더 보기 흉할 오늘의 자기의 눈을 감았다.</u> 그리고는 걸었다. 도시 지난날 그 소경 처녀애를 본떠 걸을 때처럼도 걸어지지 않았다. 술 때문만이 아니었다. <u>앞에 놓인 길이</u> (중략) 얼마 전 색시 무당이 탔던 <u>작둣날처럼 놓여있는 때문이었다. 그러나 그렇다고 버릴 수는 없는 길이었다. 어떻게 해서든지 걸어가야만 할 길이었다. 눈물도 없이.</u> (179쪽)

불현듯 떠오른 소경처녀애를 통해 오늘날 자신의 애처로움이 숙명적인 것이라고 인식하게 되는 '그'는 1943년의, 그리고 1949년의 황순원과 겹쳐진다. 작가는 과거에도 그랬듯이 이 가혹한 현실을 그럼에도 불구하고 견디고 버텨 걸어가야만 한다는 결심의 노래를 쓰는 것이다. 그런데 그가 이러한 결심을 하게 된 데는 "어떤 뉘우침으로 해 뿌듯해짐을 느꼈"(78쪽)던 적이 있기 때문이다.

「저녁노을」은 '그'가 찬란한 저녁노을 아래 거지 남매의 그림자를 보며 중학에 입학하던 해에 경험한 일을 떠올리며 시작된다. 어머니의 풍증으로 그의 집에는 젊은 과부 식모를 들이게 되었는데, 그녀가 단골 물지게꾼과 눈이 맞아 야반도주를 했다. 그런데 며칠 뒤 물지게꾼의 아내가 어린 남매를 데리고 먹고 살 길이 막막하다며 남편의 행방을 물으러 집에 찾아온다. 소득 없이 돌아서 가려는 물지게꾼의 아내를 불러 세운 어머니는 그에게 식모가 남기고 간 보퉁이를 가져오라고 한다. 그는 어머니의 의중을 모른 채 "고약한!" 하며 보퉁이에 들어 있던 속고의를 찢어버렸다.

> 어머니는 젊은 식모가 버리고 간 것이라고 하며, 가지고 가라고 했다. 여인은 처음에 약간 놀란 듯 또는 노여운 듯 보퉁이를 바라보고 있었다. 그도 어머니가 왜 이러나 하고 좋지 않은 생각이었다. 어머니는 저고리와 속고의가 아직 성해 몇 물 입겠더라고 했다. 이 새 무엇을 참고 견디는 듯한 제 얼굴로 돌아온 여인은, 조용히 손을 내밀어 보퉁이를 받아들었다. 그리고는 고맙다고 다시 한 번 허리를 굽혀 인사하고 나서, 옆의 계집애의 손을 이끌고 대문을 나섰다.(83쪽)

인용문에서 그가 치기어린 분노를 표출한 데 반해, 어머니와 여인은 살아가기 위해 모멸과 치욕을 견디는 삶의 자세를 보여준다. 그런 데 소설의 서두에서 이 경험은 "어떤 뉘우침으로 해 뿌듯해짐을 느꼈"(78쪽)던 것으로 기억되어 있다. 이렇게 볼 때 「저녁노을」은 매우 치욕적인 삶일지라도 그것을 견디고 살아남아야 한다는 생의 의지를 담고 있는 작품이다. 1949년의 황순원이 국민보도연맹에 가입하여 전향자가 됨으로써 대한민국의 국민이 된 것처럼 말이다.

「세레나아데」와 「저녁노을」 또 앞서 살펴본 「머리」는 어린 시절의 아프거나 부끄러운 경험이 현재와 오버랩되는 서사구조가 공통적이다. 이 작품들에는 무당 들린 여성들을 보면서 작두날 같은 생을 예감하고, 치욕을 견디고 삶의 의지를 다잡는 어머니들을 통해 삶의 자세를 배우고 반성하지만, 그럼에도 불구하고 여전히 상처에서 벗어나지 못하며 비겁해지는 중장년의 화자가 있다. 이들의 과거는 기억에서 지워지지 않은 채로 현재까지 지속되거나 접속되고 있는 것이다. 흥미롭게도 이와 같은 서사구조는 일제 말기에 쓰여졌으나 전향 공간에서 발표된 『기러기』, 더 나아가 과거에 써둔 소설을 다시 고쳐 쓰는 황순원과 연결된다.

황순원은 국가보안법 제정으로 대표되는 대한민국의 사상통제 시스템에 심각한 문제의식을 느꼈고, 이것이 일제의 치안유지법, 검열제도와 구조적 상동성을 가진다고 인식했던 것 같다. 하지만 '만강집'의 출판 불가, 『방가』로 인한 구금 등의 경험은 그로 하여금 직접 발화하기를 주저하도록 강제했을 것이다. 상황이 이러할 때, 그가 학생예술좌 사건 이후 고향에 칩거하며 쓴 작품들을 떠올린 것은 일견 자연스러운 일이다. 일제 말기 탈고일을 부기함으로써 황순원은 현재적인 비판을 과거의 그것에 빗대는 우회적인 글쓰기를 선택할 수 있었다.

한편 문학가동맹에 가입하고 『문학』지에 민중지향적 작품을 수록했던 일은[53] 이제 대한민국에서 그를 사상적으로 위협하고 있었다. 이때 일제 말기 탈고일은 "일제의 한글 말살 정책에도 불구하고 한글로 된 작품을 써서 간직했다"[54]는 전거를 만들어 주었다. 해방 후 문학장의 화두가 민족문학 수립이었다는 점을 고려해 보면, 일본어로 친일문학을 발표한 문인들과 대별되는 것은 위력적인 안전장치가 될 수 있었다. 여러 논자들에 의해 이러한 해석은 재생산되었고, 그 결과 황순원은 부친의 3·1운동 참여 사실까지 덧붙여지며[55] 남한에서 민족문학의 기표가 되어 갔다.[56] 즉 일제 말기 탈고일은 대한

---

53 일반적으로 황순원 소설에서 사실주의적, 민중주의적 경향은 해방직후 쓴 「술」(『신천지』, 1947.2~1947.4. '술 이야기'의 개제)부터 거론되는데, 소년기에 쓴 소설에서 추상적, 관념적이긴 하나 레디컬한 경향을 보인다고 분석한 논문이 있어 흥미롭다. 윤미란은 「졸업일」(『어린이』 10권4호, 개벽사, 1932.4)과 「남경충(南景虫)」(『숭실활천(崇實活泉)』 12호, 숭실학교학생회, 1932)을 발굴, 분석하였는데, "육테의 로동자, 온세계의 무산자를 깔보는 마음은 버려 주게."에서 단적으로 드러나듯이, 이 작품들이 평양 식민자본주의에 대항하는 소년의 의지를 표현하고 있다고 보았다. 자세한 내용은 윤미란, 앞의 글, 12~21쪽 참조.

54 김동선, 앞의 글, 181쪽.

55 황순원, 「아버지」, 『문학』 인민항쟁특집호, 1947.2. 「아버지」에 나오는 사건과 인물들은 사실성을 가지고 있어 황순원의 자전적 소설로 보기 충분하다. 덧붙여 흥미롭게도 「아버지」 역시 과거의 3·1운동을 현재의 10월항쟁과 연결시켜 의미를 구축해낸다. 과거와 현재가 접속되는 서사구조가 해방기 황순원 소설의 특징이라 할 만하다. 「아버지」의 분석과 관련해서는 조은정, 「'10월항쟁'의 역사화 투쟁과 문학적 표상」, 『한중인문학연구』 46, 한중인문학회, 2015.3. 참조.

56 이 문제와 관련하여 황순원의 「연보」도 문제적이다. 현재 전해지는 '연보'는 황순원이 창우사판 전집을 간행하면서 작성한 것을 기본으로 하여 조금씩 수정·보완된 것이라 할 수 있다. 그런데 앞서 각주 23, 24번에서 다루었던 황순원의 자(字)나 『방가』로 인한 구금사건은 창우사판 연보에 기술하지 않았다. 세월이 많이 흐른 뒤에 공개한 정보인 것이다. 또 전집판의 「연보」는 개인적인 이력 외에 공

민국에서 자칫 '불온'하다고 판단될 수 있는 이력에 적절한 대항기억을 주조시키는 효과를 발휘했던 것이다.

지금까지 『기러기』의 탈고일과 발행일의 질서를 역추적해 『기러기』가 식민지 시기의 작품으로서만이 아니라, 1949년의 작품으로 적극적으로 해석되어야 한다는 문제의식을 드러냈다. 황순원의 생애사를 실증적으로 재검토하며 검열과 '전향'이라는 컨텍스트를 중심에 두고 일제 말기의 탈고일이 가지는 중의적인 의미를 추론할 수 있었다. 그것은 자유롭게 쓰고 발표하지 못하는 일제 말기와 대한민국의 전향 공간에 대한, 사상통제제도를 비판적으로 인식하면서도 자기검열에서 벗어나지 못하는 황순원 자신에 대한 중층의 발화였다.

이러한 분석이 기존의 논의들을 비판하고자 목적한 것은 아니었지만, 황순원이 언제나 문제적인 시기에 놓였던 작가라는 점을 재인식하고, 그가 구축한 서정성의 세계를 탈구축하는 연구가 보다 필요하다는 생각이 든다. 전향기 이후 한국전쟁을 겪으며, 4·19를 목도하며 황순원이 또 어떠한 모습으로 드러날 지에 대해서는 추후 논의를 이어가겠다.

통적으로 기록한 사회적 사건이 있는데, 그것은 민족운동의 상징으로 운위되는 '3·1운동', '광주학생사건', '해방'이다.

개작과 검열의 사회 · 문화사 (2)

제3장

개작의 심미화와
작가주의 신화[*]
황순원의 『카인의 후예』

유임하(한국체육대학교)

1.문제 제기: 개작과 검열의 관점, 작가주의 신화

작가 황순원(1915-2000)은 평생을 일관되게 '작가는 오직 작품으로만 말해야 한다'는 신념의 작가, 문학과 삶을 일치시킨 순수문학의 작가, 한국적 문장을 발굴하고 정립한 작가 등으로 언급된다. 이런 평판이 말해주듯, 그는 한국문학을 대표하는 작가로서 장인정신의 신화 구축을 성취한 드문 사례의 하나다. 이 글은 이같은 작가의 평판이 한국 근현대사의 조건 속에 작가 스스로 선택하고 탄생시킨 문

---

* 이 글은 「월남민의 균형감각과 냉전의 분할선-개작과 검열의 관점으로 『카인의 후예』 다시 읽기」(『한국문학연구』 66, 동국대 한국문학연구소, 2021)를 단행본 취지에 맞게 전면 수정한 것임.

학의 소산으로 문화사적 이해를 필요로 한다는 문제의식에서 출발한다. 그는 식민권력의 검열, 해방 이후 미군정에 이어진 검열, 단정수립기를 거쳐 최근까지도 지속되어온 검열 속에서, 정치와의 거리두기, 작품으로만 발언한다는 철저한 자기관리와 끊임없는 개작행위를 통해 작품 완성도를 높이며 장인정신을 바탕으로 한 '순수문학의 작가'라는 이미지를 구축해왔다. 이러한, 작가 스스로 사회정치적 거리두기는 사실 단정수립기에 전개된 사상검열과 국민화 과정에서 습득한 생존 감각에서 연유하지만, 좀더 자세히 살펴보면 남북의 분단 속에 단련된 월남민의 감각에 가깝다. 황순원 문학은 식민지시기, 해방기 북한, 전쟁과 분단이라는 혹독한 역사적 경험을 통해 검열기구와 길항한 한국문학의 대표적인 사례의 하나였던 셈이다.

황순원은 구상을 완료한 뒤 작품을 집필하는 습관을 가지고 있었다. 구상에서부터 완성도를 높이기 위해 무수히 개고의 흔적을 담아둔 작가의 집필노트에 대한 증언,[1] '문학지 발표-작품집-전집 수록'에 이르는 과정에서 직접 인쇄지에다 교정을 보았다는 일화는 모두 이 '작가의 확고한 정체성'을 이루는 편린들이다. 작가 스스로 구축한, 작품의 구상에서부터 집필, 유통에 이르는 전 과정에 대한 지속적이고 엄격한 자기관리의 이미지는 사실 검열체제의 실재와 길항하며 구축된 것이라는 점에서 주목된다. 그는 표면적으로는 원고의 교열을 표방했지만, 이 과정에서 인물과 사건, 표현의 삭제와 보충

---

1 원응서, 「그의 인간과 단편집 『기러기』」, 『황순원연구』, 황순원전집 12권, 1985/1993.

을 지속적으로 시도하였다는 점에서 개작의 과정을 이어갔다. 대표적인 사례가『카인의 후예』이다.

『카인의 후예』의 경우, 문장이나 단락의 추가나 삭제, 구문과 단어의 대체, 행 바꿈과 행 붙임, 띄어쓰기, 외래어 표기 변화의 반영 등 맞춤법의 미세한 국면에 걸쳐 있다.『카인의 후예』의 경우 교열의 차원이라기보다 부분 개작을 통해 작품의 인물 구성, 사건의 변화를 시도하는 한편, 단어와 구절의 교체와 삽입, 쉼표의 삭제와 추가와 같은 의미론적 수정(교열)과, 1인칭 시제의 3인칭 시제로의 통합, 간접화법의 직접화법으로의 대체 같은 서술상황의 변경 등, 표현 전반에 걸친 지속적인 수정을 통해 구체성과 정확성, 개연성 등을 강화하는 등, 다양한 층위의 개작을 시도하는 특징을 가지고 있다. 작품에서 '안경잽이 골뎅양복 청년'이 '개털오바 청년'으로 바뀐 것은 잘 알려진 예이다.

황순원은『삼사문학』『단층』동인으로 출발하여 소설 쓰기를 병행한 작가다. 그는 시집을 도쿄에서 인쇄한 것이 검열 회피 혐의로 구류처분의 검열 피해를 겪었다. 해방 직후 짧은 '사상검열로부터의 해방'을 맞이한 시공간에서 현실성 강한 소설 몇몇을 '좌익 매체'에 발표했다. 그러나 단정수립기 강력한 반공 검열기제의 출현 속에서 그는,[2] 조선문학가동맹에 맹원으로 가입한 전력이 문제되면서 1949년

---

2 황순원의 시집『방가』출간에 따른 구금조치와 일제의 검열상황, 그의 전향서 작성의 보도된 신문기사는 조은정, 「1949년의 황순원, 전향과『기러기』재독」(『국제어문』66집, 국제어문학회, 2015, 37-67쪽)에서 실증적으로 다룬 바 있다. 이와 함께 이봉범, 「단정수립후 전향의 문화사적 연구」,『대동문화연구』64집, 성균관대 대동문화연구원, 2018; 조은정, 「해방 이후(1945-1950) '전향'과 '냉전국민'의

12월 전향서를 제출하였고 보도연맹에 가입하면서 반공국가의 '냉전국민'(조은정)이 되었다. '1949년 이후' 황순원은 작품 발표 외에는 문단기구나 대중매체와의 거리를 두며 창작에 진력하며 장인정신에 매진하는 작가라는 신화를 만들어가기 시작했다. 『카인의 후예』는 '전향 이후' 반공 냉전의 시대를 살아가며 작가주의의 신화를 만들어내는 분기점이 되는 작품이다.

『카인의 후예』를 검열과 관련지어 논의한 연구는 많은 작품론에 비해서는 다소 소략한 형편이다.[3] 그 중에서도 작품의 판본 중 잡지 연재본과 1954년 중앙문화사본의 비교를 통한 개작 연구는 비교적 활발하다. 조남현은 잡지 연재본과 전집으로서는 3차 최종본에 해당하는 문학과지성사본(1981)을 대조하여 인물, 사건, 표현의 변화 진폭을 상세하게 정리한 바 있다. 조남현의 판본 비교는 개작의 시기별 추이를 모두 살피지는 않았다는 점에서 그 선명한 설명에 비해 개작

형성 – 전향성명서와 문화인의 전향을 중심으로」, 성균관대 박사논문, 2018. 해방의 감격을 노래한 사화집 『관서시인집』(1946.1)이 『응향』 『써클 예원』 『문장독본』 등과 함께, 소위 '응향 필화'로 이어지면서 남북에서 동시에 좌우 진영간 문학을 둘러싼 사상투쟁이 격발된 점도 감안할 필요가 있다. 이에 관해서는 오창은, 「발굴 『관서시인집』 – 문학적 자유와 정치적 역할의 충돌」, 『근대서지』 3집, 근대서지학회, 2011, 283–291쪽.

3 『카인의 후예』의 개작 관련 논의는 다음과 같다.
김만수, 「황순원의 초기 장편소설연구」, 문학사와비평연구회 편, 『1960년대문학연구』, 예하, 1993
김주현, 「『카인의 후예』의 개작과 반공이데올로기의 문제」, 『민족문학사연구』 10, 민족문학사연구소, 1997.
박용규, 「황순원 소설의 개작과정 연구」, 서울대 박사논문, 2005.
조남현, 「우리소설의 넓이와 깊이 – 황순원의 『카인의 후예』」, 『문학정신』, 1989.1-2; 조남현, 『한국소설의 해부』, 문예출판사, 1993.
김종욱, 「희생의 순수성과 복수의 담론 – 황순원의 『카인의 후예』론」, 『현대소설연구』 18, 한국현대소설학회, 2003, 267–291쪽.

의 변화과정에 대한 논의가 누락되어 있다. 김주현, 김만수, 김종욱 등은 모두 연재본과 중앙문화사본을 대상으로 개작에 따른 반공 이데올로기와의 연관(김주현), 형식적 특성과 서사구도, 사건의 변화(김만수), 설화성과 1950년대 내셔널리즘의 연관(김종욱) 등을 논의했다. 또한 박용규는 황순원 소설 전체의 개작을 논의대상으로 삼아 인물과 사건, 형식상 변화와 작가의식을 검토했다. 박용규의 논의는 조남현, 김만수, 김종욱 등의 개작 논의를 확장시켜 통합적이고 실증적으로 황순원 소설의 개작상황 전반을 정리함으로써 황순원 문학연구에서 토대를 마련했다.

이 글에서는 『카인의 후예』의 개작에 담긴 의미 해석 대신, 개작이라는 행위가 가진 정치성과 검열 또는 자기검열과의 문화정치적 연관에 주목하고자 한다. 그 정치성은 당대 문화장의 조건과 그에 대응하는 월남민의 조건에서 비롯된 균형감각이 아닐 수 없다. 이 글은, 북한 토지개혁의 비판 속에 감지되는 월남민의 균형감각에 유의하여 판본 대조를 통해 개작의 윤곽을 짚어보고 그 안에 담긴 재현의 정치성과 자기검열의 역동성을 확인해 보는 데 목표를 두기로 한다. 특히 개작과 자기검열이 가진 개인의 차원이 국가의 법적 사상적 통제장치가 작동하는 사회문화적 차원과 연동된다는 점을 유념해서 1950년대의 문화장과의 연관도 살펴보고자 한다. 이를 위해 개작만큼이나 개작과의 검열의 연관에 주목한 선행 연구를 참고하며[4], 『카

4 특히, 해방 이후의 검열 연구는 해방 이후 미군정에서 취한 식민검열체제의 지속과 단절 속에 반공정책에 기조를 둔 검열기구의 재배치와 감시체제를 구축했다는 점(정근식 · 최경희, 「해방 후 검열체제의 연구를 위한 몇 가지 전제」, 『대동문화연구』74, 성균관대 대동문화연구원, 2011), 미군정의 검열정책 기조가 단정수

인의 후예』의 판본 비교를 통해 개작의 윤곽과 추이를 살펴보고, 이를 바탕으로 개작과 검열(자기검열)이 어떻게 연관되는지, 서술의 수위조절과 냉전의 경계, 소설 속 삽화가 가진 특징들에 주목해 보기로 한다.

2. 개작의 윤곽과 추이

『카인의 후예』는 휴전 직후인 1953년 9월부터 이듬해인 1954년 3월까지 『문예』에 5회 분재되었다가 잡지 폐간으로 연재가 중단되었고 (이하, '연재본'으로 표기함)[5] 그해 12월 중앙문화사에서 단행본으로 출간되었는데(이하 '1954본') 이 과정에서 상당한 개작이 있었다. 1959년 민

립 직후 발생한 여순사건을 계기로 반공검열의 법적 장치와 '전향공간'을 출현시켰다는 것(임경순, 「검열논리의 내면화와 문학의 정치성」, 『상허학보』18, 상허학회, 2006; 각주4)의 이봉범, 조은정 논문 등), 이러한 국가기구와 연계된 민간 문단기구도 검열자 역할을 자임하며 해외 반공진영과 연계된 반공문화냉전을 수행했다는 점(이봉범, 「냉전과 월남지식인, 냉전문화기획자 오영진-한국전쟁 전후 오영진의 문화활동」, 『민족문학사연구』61, 민족문학사학회, 2016; 장세진, 같은 책; 박연희, 「제29차 도쿄 국제펜대회(1957)와 냉전문화사적 의미와 지평」, 『한국학연구』49집, 인하대 한국학연구소, 2018; 권보드래, 「『사상계와 세계문화자유회의」, 『아세아연구』54-2, 고려대 아세아문제연구소, 2011 등)의 성과가 있다. 본 연구는 이들의 문제의식과 실증적 논의에 크게 빚지고 있다.

5 이 기회에 『문예』 연재본의 서지사항을 바로잡는다. 박용규, 「황순원 소설의 개작과정연구」, 서울대 박사논문(2005) 등 많은 논자들이 『카인의 후예』 『문예』 연재를 1953년 9월호에서 1954년 1월호까지로 기술해 놓고 있다. 그러나 필자가 확인한 바로는 『문예』 1953년 9월호(통권 17호, 창간 5년기념호, 1회 분재), 1953년 11월(통권18호, 4권4호, 2회 분재), 1953년 12월호(송년호-4권5호, 3회 분재), 1954년 1월(신춘호, 5권 1호, 4회 분재), 1954년 3월호(통권 21호, 5권 2호, 5회 분재)이다.

중서관판 한국문학전집본(이하 '1959본')에서도 일부 개작이 있었다. 1964년 창우사판 전집(1차전집, 이하 '1964본'으로 표기), 1973년 삼중당판 전집(2차전집)을 거쳐 1981년 문학과지성사판(3차전집, 1981/1993개정판, 이하 '문지본')에 이르는 과정에서도 부분적인 개작을 거치는 등 모두 5개의 판본이 있다.[6]

『카인의 후예』의 잡지 연재분은 1장에서 5장 절반까지다. 첫 단행본(중앙문화사, 1954)에서부터는 작품 전체가 9장으로 구성된 것을 감안하면 전체 분량 중 절반에 해당한다. 5개의 판본 대조를 통해 개작의 전체 윤곽과 범위를 살펴보면, 연재본과 첫 단행본 사이에서 개작 정도가 가장 크며, 그 중에서도 단행본에 분재 수록된 5장 절반까지가 개작의 진폭이 가장 크다.

작품 연재본 분량(1-5장 절반)에 국한시켜 연재본-중앙문화사본(1954)의 개작의 윤곽을 정리해보면 다음과 같다. 1장에서 개작의 방향과 내용은 야학 접수를 통한 토지개혁의 시공성 강화가 주를 이룬다. 삼득이의 미행을 탄식하는 오작녀(1954, 3문장 추가), 도섭영감의 마름 신분과 토지개혁 후 행태 변화, 오작녀의 불만(1954, 4문장 추가) 인물들의 묘사 구체화(홍수, 명구, 골덴양복→개털오바청년(1954)); 계급교육의 중요성 연설 어조 강화(~것입니다.→것이올시다!)(1954, 표현 강화); 야학당 철거 풍경(1954, 1문장을 3문장으로 서술 확대) 등이 주를 이룬다.

2장에서 주요 개작 내용은 다음과 같다. 우익테러와 고조되는 긴

---

6   1995년 동아출판사에서 간행한 한국소설문학대계 황순원편은 문학과지성사본을 저본으로 삼았기 대문에 판본 대조는 생략했다. 이 글에서는 문학과지성사판을 저본으로 삼는다. 삼중당본(1973)은 시간 제약 때문에 판본 대조에서 제외했다.

장감, 탈향 의지와 고향 공간 묘사 강화가 그러한 예이다. 남이 아버지 죽음을 알리러 온 혁의 흥분된 얼굴(1954, 1문장 추가); 혁의 흥분과 훈의 공감(1954, 2문장 추가); 남이아버지의 죽음과 "일이 시작됐다는 느낌" "억울한 죽음"(1954, 3문장의 단락 추가); <u>도섭영감이 군당부 공작대 책임자 개털오바 청년과 만남(1954, 1단락 추가)</u>; 보안서 위치 구체화; 훈이 몇몇 여자와 사귀었으나 오작녀의 눈보다 못하다는 생각으로 약혼마저 파함; 훈이 세찬 감기를 겪은 후 병구완 때문에 훈의 건넌방에 머물게 됨; 도섭영감이 돌담장을 해주지 않음(1954, 한문장 추가); 웃골과 한천 방면 도로, 순안 방향 도로 풍경 구체화; 도섭영감의 집안 내력(1954, 보강); "고장을 떠나야 한다"(1954, 문장 추가)남이 아버지 죽음을 알리러 온 혁의 흥분된 얼굴(1954, 1문장 추가); 혁의 흥분과 훈의 공감(1954, 2문장 추가); 남이아버지의 죽음과 "일이 시작됐다는 느낌" "억울한 죽음"(1954, 3문장의 단락 추가); <u>도섭영감이 군당부 공작대 책임자 개털오바 청년과 만남(1954, 1단락 추가)</u>; 보안서 위치 구체화; 훈이 몇몇 여자와 사귀었으나 오작녀의 눈보다 못하다는 생각으로 약혼마저 파함; 훈이 세찬 감기를 겪은 후 병구완 때문에 훈의 건넌방에 머물게 됨; 도섭영감이 돌담장을 해주지 않음(1954, 1문장 추가); 웃골과 한천 방면 도로, 순안 방향 도로 풍경 구체화; 도섭영감의 집안 내력(1954, 보강); "고장을 떠나야 한다"(1954, 문장 추가) 등이다.

3장의 경우, 농머리 묘사, 불을 수습하는 오작녀(보강), 홍수의 성격(보강), 설화 삭제, 오작녀 남편 인물 및 서술 강화 등이 개작의 주된 내용을 이룬다. 농머리 묘사 대목 보강(1954, 1문장 추가), 참외를 주고 달아난 오작녀 일화를 삭제한 뒤 이른 봄철 불장난과 오작녀의 불끄

기로 단락을 교체하였다(1954, 단락 대체). 특히 '오작녀의 불타는 눈빛'
(1954, 강조); 오작녀남편 최동무의 심정을 달래는 홍수의 대화 문장이
추가되었고, 용제영감의 저수지 파기와 마음에 끌리면 무엇이든 하
고야 마는 성격이 추가되었다. "나라도 서기 전에 토지개혁을 한다
는 건 민족을 분열시키는 시초라는 점이다."라는 문장 추가도 그 중
하나다. 또한 단락 전체가 삭제된 경우도 있다. 오작녀남편이 불출
이어머니에게 수수께끼를 낸 설화가 여기에 해당한다. 불출이 어머
니의 어색한 웃음(4문장 추가)이나 오작녀남편의 팔꿈 위 칼자리 흉터(1
문장 추가), 오작녀남편의 사동 탄광 노동자 사연(추가), 불출이 사건을
입막음시켰다는 오작녀남편의 발언이 3문장 추가되었다. 홍수가 놀
랐다는 오작녀남편의 말을, 오작녀남편이 담판 짓겠다는 말로 대체
하였고 가슴을 내주지 않는 오작녀의 표현이 3문장에서 6문장으로
확대하였다. 홍수가 민청위원장이라는 것을 실감하는 문장이 추가
되었다. 4장에서는 큰애기바윗골, 홍수의 성격이 보강되고 있다.
**"……아, 큰애기바윗골 뻐꾸기가 우네요…… 큰애기가 우네요……
큰애기가 불쌍해요, 큰애기가…… 선생님……."**(1964, 문장 추가)(문지사
본, 238쪽) 등이 그러하다.

　연재본–중앙문화사본 사이의 개작은 연재본의 현재형 시제와 빠
른 전개가 돋보이나 중앙문화사본(1954)에서는 현재형 시제 대신 과
거형 시제로 통일하여 서술의 일관성을 확보한 점이 서술상의 가장
큰 변화이다. 또한, '골뎅양복 청년'을 '개털오바 청년'으로 바꾼 대
목이나, 도섭영감이 숙직실에서 개털오바 청년과 은밀히 만나 과거
를 불문하며 지주숙청에 나설 것을 밀약하는 단락(문지사본, 177-178쪽)

추가는 토지개혁의 현실 비판을 보다 강조하는 국면에 해당한다. 게다가 1인칭의 빠른 전개에서 누락되었거나 구체성이 서술의 부족한 대목 위주로 표현을 구체화하는 한편, 오작녀에 관한 복선 추가, 오작녀 남편의 성격이 보완된다. 또한, 잡지연재본 5장 전반부의 개작 중 큰아기바윗골 전설과 오작녀의 인물 구성 강화가 민중서관본인 1959년판에서 이루어지고 있다는 점도 주목된다. 오작녀의 인물 형상 강화가 1950년대 후반부터 1964년본에 걸쳐 있다는 것은 잡지 연재본과 첫 판본 사이에 재현된 오작녀의 인물구성이 재산 몰수 직전 박훈을 지켜내는 것에 한정됨을 뜻한다. 이 점은 기존 논의에서는 놓친 대목이다.[7]

다음으로, 잡지수록본 외에 첫 단행본인 중앙문화사본과 다른 판본들을 대조하여 개작 양상을 살펴보면, 연재본―중앙문화사본 사이에서 개작의 진폭이 가장 크지만 앞서 정리해 보았던 개작의 양상과는 크게 차이난다. 첫째, 인물이나 사건의 맥락상 유의미한 변화로는 오작녀 남편의 성격 변화, 오작녀의 눈빛과 성격 변화,[8] 도섭영감의 반성과 생에 대한 의지 피력[9] 등이 꼽힌다. 문지사본의 개작은 6

---

7 "이 산줄기가 **동쪽 모서리에 큰아기바윗골 벼랑을 만들고,**"(1959, 삽입)(문지사본, 247쪽); "**창백해진 얼굴에서 눈이 〈새로/다시(1959, 대체)〉 빛을 발했다. 그리고 이 눈만이 이제 남편이 어떠한 말을 하더라도 그것을 감당해 나가려는 것 같았다.**"(1954, 1문장 추가)(문지사본, 265쪽); "오작녀**가/는** 이제는 더 오래 서 있을 수도 없겠는 것이리라.(1959, 삽입) 어깨숨을 쉬면서 훈의 발밑에 풀썩 주저앉아 버리고 말았다. 그러는 그네의 핏기 검힌 입술에 알지 못할 가냘픈 미소의 그늘이 어리어있었다.(1959, 추가)(1981문지사본, 266쪽)

8 오작녀의 눈빛에 대한 개작은 훈과의 친밀성, 상호적 관계를 강화하기 위함이다. 이에 관해서는 이철호, 「반공 서사와 기독교적 주체성 ― 황순원의 『카인의후예』(1954)」, 『상허학보』 58집, 상허학회, 2020, 457~462쪽.

9 9장 결미에서 도섭영감이 생의 의지를 피력하는 장면도 생을 긍정하는 '온정적

장에서 오작녀 남편의 지칭어가 '사내'에서 '오작녀 남편' '최가' 등
으로 바꾸어놓는다. 오작녀 남편의 인물 형상은 연재본과 첫 단행본
이후 부정적 존재에서 긍정적 존재로 지속적으로 변화하고 있다. 훈
과 오작녀의 관계를 힐난하기 위해 불출어멈에게 수수께끼로 낸 더
꺼머리 총각 설화를 삭제한 것도 오작녀남편 최가의 성격변화와 연
계된 것이며, 오작녀가 훈을 부부라 선언하는 대목도 담담하게 받아
들이는 최가의 성격 변화와 연계된 것이다. 이와 맞물려 그의 신랄하
고 잔인한 성격은 문지사본에 가까와질수록 오작녀에 대한 인정, 소
극적인 훈을 질타하는 것처럼 낭만적 사랑과 담대한 자유인상으로
바뀌고 있다.

둘째, 5장 후반부에서 9장에 이르는 개작의 양상은 서술 전반에
영향을 줄 정도는 아니지만 표현의 수정이 지속적으로 이루어지는
모습이다. 그 양상은 단어 및 구문 보완, 문장 삭제 등 미시적 국면에
한정된다는 점이다. 쉼표, 행간 조정, 외래어 표기 변화의 반영 등의
교열이라는 인상을 주지만, 그렇다고 해서 작품의 완성도와 무관한
작업은 아니다. 서술 효과와 관련해서, 간접화법을 직접화법으로 전
환하거나 단어, 구문 교체를 통해 표현의 정확도와 구체성을 확보하
려는 노력이 지속된다는 점 외에 판본들 간의 뚜렷한 차이는 '시대
변화를 반영한 외래어 표기 변화'에서도 잘 확인된다.[10]

휴머니즘'의 강화라는 궤적과 맞닿아 있다. **"그러는 도섭 영감의 심중은, 차라리
〈오늘〉(1959, 추가) 훈의 칼에 자기가 죽는 게 옳았을는지도 모른다는 생각이었
다.(1981 삭제)/ 그래두 살 수 있는 데껴지는 살아야디!"**(문지본 추가, 353쪽)

10   외래어의 경우, 헷드라일이(1954) / 헤들라이트가(1959)/헤드라이트가(1964)(문
학과지성사, 1995, 319쪽). 언어 세공의 사례는, "여러 군데 째뎄는데요(연재본)/

특히, 대화 부분에서 구어체의 묘미를 담아내려는 장인적 세공은 지속적인 현상으로 나타난다는 점이 주목된다. 개작의 초점을 어휘의 차원에 맞추어도, '걸대-암퇘지', '해양한-볕바른', '헤던거리다-허청거리다', '영창-문', '나무가장지-나무가장이-나뭇가지', '담벽락-담벼락', '담끼-땀끼-땀기', '숨을 태우다-숨을 몰아쉬다' 등에서 보듯, 최종본으로 올수록 단어의 변화는 지역어에서 표준어로 이행할 뿐만 아니라 '대화에서는 구어체, 서술에서는 표준어 표기'라는 기준이 차츰 가시화된다. 개작의 과정에서 대화는 지역방언의 고유성과 구어체의 묘미를 실감나게 만들어가지만, 서술 대목에서는 많은 고유어와 지역어들이 탈락하며 어휘의 손실이 일어나고 있다. 개작의 추이에서는 드러나는 표기상 특징은 외래어의 경우 어휘의 시대 변화를 반영하고 있으며(이는 작가의 성실성을 잘 보여주는 지점이다-인용자), 서술의 향방은 표준어 중심의 표기로 차츰 이행하는 특징을 보이고 있어서 평양의 지역성을 벗어나 서울중심주의로 안착하는 모습으로 보아도 크게 무리가 없다. 특히 미시적 개작의 지속성은 작가의 장인정신과 결부되면서 작가 스스로 개작을 심미화하는 현상을 목격하게 된다.

한편, 개작 과정에서 내용 이상의 의미 변화를 초래한 국면을 좀 더 살펴보기로 한다(개작된 부분은 밑줄 표시-인용자).

쨰넸는데요(1954)/ 쨰뎄는데요(1959)/ 쨰디섰는데요(1981/1995). 그리구 식은땀을 막 흘리시구…… 요새 신상이/ 얼굴이(1981/1995) 더 안돼시요(1954)/ 못되섰이요(1981/1995)."(같은책, 183쪽)

	*연재본/1954년본(개작 전)	개작 내용	비고
인용-1)[11]	*연재본 별이 쓸리는 밤이었다. 바람이 꽤 세었다. 서북 지방의 밤공기가 아직 찰 대로 찼다. 삼월 중순께였다. 　산막골 고갯길을 넘어오는 사내가 있었다. 박훈이었다. 거나하니 술이 취한 듯 걸음이 허청거렸다.	별이 쓸리는 밤이었다. 바람이 꽤 세었다. 서북 지방의 밤공기가 아직 찰 대로 찬(1954) 삼월 중순께였다. 　산막골 고갯길을 넘어오는 사내가 있었다. 박훈이었다. 　엔간히(1954) 술이 취한 듯 걸음이 허청거렸다. 그는 지난 넉달 동안이나 어떤 보람을 느껴가면서 〈경영해/운영해〉(1981) 오던 야학을 어제 당에서 나온 공작대원에게 접수를 당한 것이었다. 아무런 예고도 없었다. 훈이 야학 시간이 되어 가보니, 벌써 낯모를 청년이 교단을 점령하고 있었다. 오늘 저녁 이렇게 술이 좀 지나친 것도,(1959, 쉼표 삭제) 그 허전감에서 온 것인지도 몰랐다.(1954, 문장 추가)	
인용-2)[12]	*연재본 훈은 뜻 않았던 때, 뜻 않았던 곳에서 느끼곤 하는 어떤 강박감이 어떤 구체성을 띠어가지고 신변 가까이 닥쳐왔음을 느꼈다. 새로이 온몸에 소름이 끼쳐지면서 술기운도 다 사라지는 심사였다.	훈은 소위 토지개혁이란 걸 앞둔 요지음(1954)/요즈음(1959),(1964, 쉼표 삭제) 뜻않았던 때,(1964, 쉼표 삭제) 뜻 않았던 곳에서 느끼곤 하는 어떤 강박감이 어제 오늘에 와서는(1954) 어떤 구체성을 띠어/띠워(1964)가지고 신변 가까이 닥쳐왔음을　느꼈다. 《어제밤(1954)/어젯밤(1964)》에는 야학을 접수당했다. 이제 무슨 변이 몸에 와 닿을는지 모르는 것이었다.(1954) 새로이 온몸에 소름이 끼쳐지면서 술기운도 다 사라지는 심사였다.	
인용-3)[13]	*연재본 "요새 아바지가 박선생한테 너무해요. 디나간 일두 생각해야디 나빠요. 어머니가 좀 말을 해요. 어머닌 왜 아바지한테 말 한마디 못하구 삽네까?"	"요새 아바지가 박선생한테 너무해요. 디나간 일두 생각해야디 나빠요. 이제 토디개혁인가 뭔가 된다구 해서 그럴 수가 〈이시요(1954)/있이요?(1981)〉 어머니/오마니(1981)가 좀 말을 해요. 어머닌/오마닌(1981) 왜 아바지한테 말 한마디 못하구 삽네까?" 　오작녀 아버지 도섭영감은 이십여년 동안이나 훈네 토지를 관리해 온 마름이었다. 그동안 웬만한 지주 못지않게 잘 살아왔다. 그것이 요즈음 토지개혁이란 걸 앞두고는 모든 행동에 있어서 달라진 것이었다. 그게 오작녀에게는 못마땅했다.(1954)	

인용-4)[14]	*연재본 명구청년이 가까이 오며, 오늘로 야학이 마지막이라고, 한다. 불출이 청년이 마지막 치움질이라도 하듯이, 걸상들을 한옆으로 몰아 놓는다.	명구청년이 가까이 오며, 오늘로 야학이 마지막이라고 **속사겼다(1954)[15]/속삭엿다.(1959)** **불출이가 걸상들을 한옆으로 몰아놓기 시작했다. 이 사람은 또 저녁마다 난로에 불을 피우고 뒷거둠을 해주고 하는 사람이다. 그런데 오늘 밤 불출이의 뒷거둠질은 꼭 마지막 치움질을 하는 그런 거둠질이었다.(1954)**	
인용-5)[16]	*1954년본 도섭 영감은 얼마를 어깨숨을 쉬면서 그렇게 고개를 떨구고 있었다. 그러다 생각난 듯이 쌈지에서 담배를 꺼내어 옆구리에 붙였다. 그리고는 말없이 쌈지를 아들에게로 던졌다. 그러는 도섭 영감의 심중은, 차라리 훈의 칼에 자기가 죽는 게 옳았을는지도 모른다는 생각이었다.	도섭 영감은/의 **온몸에서 맥이 탁 풀려 나갔다. 그러는 그의 심중은 차라리 오늘 훈의 칼에 자기가 죽는 게 옳았을는지도 모른다는 생각이었다.(1981)** 얼마를 어깨숨을 쉬면서 ~~그렇게(1981,삭제)~~ 고개를 떨구고 있었다. 그러다 **퍼뜩(1981,삽입)** 생각난 듯이 쌈지에서 담배를 꺼내어 옆구리에 붙였다. 그리고는 말없이 쌈지를 아들에게로 던졌다. **(1959, 행바꿈)** **그러는 도섭 영감의 심중은, 차라리 《오늘(1959삽입)》 훈의 칼에 자기가 죽는 게 옳았을는지도 모른다는 생각이었다.(1954)/ 그래두 살 수 있는 데꺼지는 살아야디!(1981)**	

인용-1)에서 문장과 문장의 결합에서 생겨나는 의미 변화의 폭은 생각보다 크다. "별이 쓸리는 밤이었다. 바람이 꽤 세었다."라는 작품을 여는 두 문장은 윤동주의 「서시」 마지막 구절 "오늘밤에도 별

---

11 황순원, 『별과같이 살다/카인의 후예』, 전집6권, 1981/1993재판(이하 문지본), 173쪽.
12 위의 책, 177쪽.
13 위의 책, 179쪽.
14 위의 책, 181-182쪽.
15 이 표기는 활판 제작과정에서 활자를 잘못 꽂아 일어난 오식(誤植)인지, 1950년대 한글맞춤법 상 표기논란과 관련 있는 것인지는 좀더 검토해 볼 대목이다.
16 위의 책, 352-353쪽.

이 바람에 스치운다"를 패러디한 것으로 보아도 과히 틀리지 않을
만큼 그 의미가 각별하다. "바람이 꽤 세었다"라는 문장 다음, '서북
지방의 밤'과 '찬 바람'과 '삼월 중순' 등을 단문으로 구성했다가 두
문장을 합침으로써 일어나는 효과는 토지개혁의 분위기를 '별이 쓸
리고 '어둡고 바람 찬', 시련 속의 시공간으로 치환하고 표현을 한층
밀도있게 만든다.[17] 두 문장의 결합 효과는 작품 전체의 어두운 분위
기와 침울한 어조와 잘 어울릴 뿐만 아니라, 서북지방의 인텔리지주
의 관점에 걸맞게 '토지개혁'을 심리적 현실로 구성하는 작중현실의
입구로 기입한 셈이다. 시공간의 원경 다음에, 고갯길을 넘어오는
박훈이 클로즈업되면서 술취한 걸음걸이 다음에 이어지는 야학당
접수장면은 지난 넉달 동안 열었던 야학을 통한 사회에의 기여를 부
정당하는 현실로 이어지고 '허전함'이라는 감정을 선명하게 표현해
낸 것이다. 이 허전함의 감정은 인용3)에서 보듯, 토지개혁을 즈음
한 시기에 절감하는 공포와 '강박증'으로 증폭되는 원천임을 잘 보
여준다.

　인용3)은 개작과정에서 오작녀에 관한 표현이 추가된 부분이다.
이 대목은 훈을 연모하는 오작녀가 지난 날 마름이었던 아버지 도섭
영감이 토지개혁에 즈음하여 달라진 모습을 비판적으로 보는 장면
이다. 오작녀의 비판적인 태도 추가는 소극적이고 침묵하는 서술자
인 박훈 대신, 토지개혁의 현실에 맞서 적극적으로 그를 보호하는 역
할을 부각시키는 복선이자, 발진티푸스에 걸린 오작녀를 간병하는

17　이후에도 개작 연구가 확장, 심화되려면 이 미시적 차원의 개작이 가진 정치성과
　　미적 효과를 감안해야 할 것이다.

훈의 노력과 함께 유년의 친밀성을 강화하는 복선이 되는 점을 보여준다. 설화의 내용 보강 또한, 훈과의 애정이 상호작용을 통해 보다 친밀한 관계로 발전하는 분기점을 이룬다는 점에서 오작녀의 인물 구성과 사건 변화를 낳는 원점에 해당한다. 이런 점에서 인용3)은 복선과 개연성 강화를 통해 오작녀의 역할이 강화되는 특징을 잘 보여준다.

인용4)는 몰수당한 야학당의 마지막 날 풍경이다. 현재형 시제를 과거 시제로 바꾼 것과 함께, 야학에 대한 그간의 경과를 부기하면서 남이 아버지를 살해하는 명구와 불출이의 활동을 첨가해 놓은 대목이다. 또한 명구와 불출이를 추가시킴으로써 야학에서 테러를 모의, 실행하도록 만든 것이 훈이라는 혐의를 받도록, 일관성과 개연성을 강화하는 효과를 발휘하고 있다. 또한, 인용5)는 9장 마무리 대목에서 일어난 도섭영감의 성격 변화를 잘 보여준다. 훈에게 응징당한 뒤 잠시 훈의 칼에 죽는 게 당연할지도 모르겠다는 생각을 하는 대목이 앞에 추가되고 뒷 부분에 "그래두 살 수 있는 데까지는 살아야디!"하는 문장을 부가함으로써 생의 의지를 갖는 장면이다. 이 대목은 앞서 언급했듯이, 최근본으로 올수록 휴머니즘을 강화하며 오작녀, 오작녀 남편, 도섭영감 등의 인간미를 부각시키는 방향성을 확인할 수 있게 해준다.

개작의 거시적 국면에서는 토지개혁의 현실에 대한 시간적 공간적 구체화, 인물의 성격과 사건의 개연성 강화, 복선의 보강 등을 통해 토지개혁으로 인한 폭력적 현실 비판을 보다 강화하는 방향성을 보인다고 할 수 있다. 게다가 개작의 미시적 국면은 방언의 토착성과 표준어의 공공성 사이의 경계가 점차 뚜렷해지는 현상을 보인다. 대화 부분에서는 구어체의 사실성을 유지하나 서술 대목에서는 표준어로 대체되면서 방언의 로컬리티와 표준어의 경계를 보다 뚜렷하게 구획하는 양상을 보인다. 이는 평양이라는 로컬리티가 서울중심주의에 편입되는 현상으로 이해된다. 또한, 판본 대조를 통해 확인되는 서술 국면의 특징은 개작에 준하는 내용 보완이 1954년판에서 대부분 완결된다는 점이다. 방언의 지역 고유성과 표준어의 양립이 1차로 완결되는 지점은 민중서관본(1959)에서이고, 2번째 완결지점은 1차 전집본인 창우사본(1964)임을 확인할 수 있다. 이 말은 『카인의 후예』에 관한 한, 표현의 미시적 교열이 대부분이며, 외래어와 대화 속 구어체 표기가 최종 확정되는 것은 문지사본(1981)이라는 뜻이다 이러한 점은 개작과정에서 2차 전집인 삼중당본(1973)의 개작 정도가 가장 미미하다는 박용규의 언급과 통한다.[18] 문지사본의 대화 속 지문은 방언의 지역성을 담은 구어체의 사실적 묘사가 완결되고, 서술이나 묘사는 대부분 표준으로 대체되며, 쉼표가 많이 삭제되는 특징을 보인다.

판본 대조와 함께 드러나는 개작의 윤곽은 1959년 민중서관판에서 작중현실의 배경을 이루는 토지개혁의 폭력성이 인물, 사건에서 강화되면서 현실 비판의 경향이 더욱 부각된다는 점이다. 개털오바청년의 적대적인 이미지 변화, 도섭영감과 개털오바청년의 보안서 밀담 추가가 부정적 현실 비판의 한 축을 이룬다면, 다른 한편에서는 오작녀의

18 박용규, 같은 논문, 150쪽.

역할과 큰아기바윗골 전설, 훈과의 상호적 관계 등이 여러 지점에서 복선과 사건의 연계성을 강화한다는 점이다. 또한, 중앙문화사판본 이후 상당한 수준의 개작이 줄어드는 현상과 병행해서 표현의 미시적 국면의 비중은 높아진다. 이것은 개작의 지향이 분열을 일으키면서 개작의 성격이 토지개혁 현실 비판과, 표현의 심미화를 통한 작품의 완성도 제고라는 차원으로 분화되었음을 의미한다. 연재본과 1954년 판 사이에 개작은 적대적인 토지개혁조치를 심리적 현실로 담아내기 위한 면모가 두드러지는 반면, '문장 부호에서부터 단락에 이르는' 전 서술 층위의 개작은 인물, 사건의 복선 강화 등, 토지개혁이라는 조치가 시행되는 전후로 변화된 현실 비판을 강화하는 방향과, 심미성 강화와 작품 완성도 제고라는 또다른 방향을 지향하기 때문이다. 그런 측면에서 개작은 북한 현실의 비판에서 장인정신으로 표상되는 신화 구축의 과정으로 그 함의와 지향점이 차츰 이행한 셈이다.

다음으로는 개작의 과정이 검열 및 자기검열과 어떻게 연관되는 지를 논의해 보기로 한다.

3. 개작과 자기검열, 또는 고발과 증언과 작가주의

『카인의 후예』는 김한식의 지적처럼[19] 동시대의 가장 민감한 주제의 하나인 북한의 토지개혁 문제를 다루었다는 점에서 '순수'라는

---

19 김한식, 「해방기 황순원 소설 재론─작가의 현실 인식과 개작을 중심으로」, 『우리문학연구』 44, 우리문학회, 2014, 512쪽. 509-533쪽.

수식어는 적절하지 않은 '반공'의 텍스트이다. 이 텍스트는 앞서 살핀 바와 같이 개작과정에서 '반공'과 '순수'라는 어울리지 않는 두 개의 경로를 따라 반공의 색채를 강화하는 한편, 장인정신의 작가신화를 만들어가는 출발점임을 보여준다. 서북지역 월남 지식인이라는 자기정체성[20]을 가감없이 드러내면서 북한 토지개혁이라는 민감한 테마를 대상으로 삼았다는 것은 전향 이후 그가 밟아온, 정치성 삭제(해방기소설)와 비정치적 성향의 에크리튀르와는 배치되는 일면이 없지 않다.

『카인의 후예』는 단행본으로 출간되자마자 1955년 제2회 아시아자유문학상을 수상하였고 1959년에는 단편 「소나기」가 『엔카운터』 문학상 입선작으로 선정되면서, 황순원은 한국문학을 대표하는 작가의 한 사람이 되었다. 그의 연이은 문학상 수상은 작가주의의 신화를 공고히 하는 데 보탬이 되었지만, 이는 1950년대 문화지형에서는 미국이 지원하는 반공아시아 문화냉전의 흐름과 맞물려 있었다. 박연희는 아시아재단의 아시아자유문학상 제정 취지가 반둥회의를 중심으로 한 비동맹외교에 맞서 일본을 전면에 내세운 아시아지역의 냉전체제 구축과 반공 문화냉전의 일환이었다는 점과 함께, 「소나

---

20 월남민에 대한 이론적 전제와 서북 지역 월남 지식인들의 성향, 남한사회로의 안착에 관해서는 김귀옥, 『월남민의 생활경험과 정체성』, 서울대출판부, 1999; 김성보, 『남북한경제구조의 기원과 전개』, 역사비평사, 2001 참조. 황순원이 1946년 5월 월남한 뒤 그해 9월 서울중학 국어교사로 부임하게 된 데에는 평양고보 출신의 인적 네트워크가 참고되는데, 그 일원으로 서울시 교육감을 역임한 김원규(평고 13회)는 평고의 스파르타 교육방식을 서울중고에 도입하여 많은 대학진학자들을 배출함으로써 입시 명문으로 만들었고 '평고' 출신들은 자제들을 이곳에 진학시켰다는 일화가 있다. 이주희, 「평양고보 출신 엘리트의 월남과정과 정착지」, 김성보 편, 『분단시대 월남민의 서사 – 정착, 자원, 사회의식』, 혜안, 2019, 210-215쪽.

기」가『엔카운터』(1959.5) 문학상 입선작으로 번역 수록된 것 또한 도쿄 펜대회에서 합의한 문화원조의 결과물임을 아시아 반공 문화냉전의 장을 검토하면서 밝힌 바 있다.[21] 이 흐름은 1950년대 문화장과 황순원이 어떻게 연계돼 있었는지를 이해하는 단서이기도 하다. 단정수립기의 전향공간에서 전국문화인총연합회 결성을 주도했던 오영진과의 연관도 주목해볼 대목이다.[22]

　이봉범에 따르면, 오영진은 해방 직후 남북의 냉전상황을 모두 경험했을 뿐만 아니라, 여순사건 이후 실체를 드러낸 소위 '1948년체제'에서 반공문화 기획자로서 미국공보원과 연계하여 문화냉전을 수행한 인물이었다. 황순원은 오영진과의 관계를 그 어느곳에서도 밝힌 바 없으나 두 사람이 공유하는 지점은 기독교와 민족주의를 기반으로 한 평안도 서북지방의 전형적인 지식인 집단이라는 특징이다. 이봉범에 따르면,[23] 오영진은 단정이 수립되자 남북간 군사적 긴

21　박연희,「제29차 도쿄 국제펜대회(1957)와 냉전문화사적 의미와 지평」,『한국학연구』49집, 인하대 한국학연구소, 2018, 201~206쪽.

22　오영진과 황순원의 관계는『3.4문학』동인이라는 고리가 있으나 오의 선친 오윤선과 조만식, 이윤영 등 서북 지도자들과 연계된 황의 선친이 교유한 대목에서 단서를 구할 수 있다. 오윤선의 국채보상운동, 신사참배거부운동에 가담한 평양 대형교회들의 연계 등에서도 간접적으로 확인된다. 평양 숭인학교 설립자였던 오윤선(1878~1950)은 북한에서 조만식과 함께 건국준비위원회를 결성하였고 한경직, 김재준 등이 숭실학교 교사로 재직했다는 점(윤범모・김병기 구술대담,「길을 찾아서-김사량과 오영진」,『한겨레신문』, 2017.4.6.; 김수진,「산정현교회 오윤선 장로」,『한국장로신문』, 2010.3.20; 오영진,『소군정하의 북한-하나의 증언』, 국민사상지도원, 1952/중앙문화사, 1952/국토통일원, 1983 등),「아버지」에 등장하는 일화 중3.1운동 당시 숭덕학교 고등과 교사였던 황의 선친과 남강 이승훈과의 관계(「아버지」) 등은 관서와 관북 일대를 아우르는 월남민 네트워크가 존재하였음을 짐작케 해준다.

23　이봉범,「냉전과 월남지식인, 냉전문화기획자 오영진-한국전쟁 전후 오영진의 문화활동」,『민족문학사연구』 61, 민족문학사학회, 2016; 김옥란,「오영진과 반

장이 고조되는 '1948년체제'의 성립부터 한국문화연구소를 설립, 운영하며 국민보도연맹에 버금가는 좌파 색출과 포섭의 내부평정작업에 기여했을 뿐만 아니라 남한사회에서 체제의 정당성과 우월성을 선전하기 위한 문화사업을 기획한 인물이었다. 또한 그는 월남인 반공단체인 조선민주당, 평남청년회, 서북청년단 등과 공조했고 문총 비상국민선전대 조직과 사상전 시행, 평양문총과 문총 북한지부 결성, 문총 북한지부의 기관지『주간문학예술』발간, 중앙문화사 설립, 『문학예술』발간 등을 주도했다. 오영진이 구축한 1950년대 문화장의 한 부분은 앞서 언급한 한국문화연구소와 함께, 문총 북한지부 기관지였던『주간 문학예술』, 출판사인 중앙문화사, 영화사에 이르며, 그 인적 네트워크 또한 원응서, 김이석, 김동명, 박남수, 조벽암, 최상덕 등 1.4후퇴 때 월남한 문인들과, 일본을 거쳐 월남 전향한 한재덕, 김수영 등에 이른다. 김수영을 제외하고는 이들 대부분이『34문학』과 『단층』파의 동인, 1.4후퇴 후 월남한 문인들이었던 셈이다.

1946년 5월, 이른 월남 후 서울중학 교사로 자리잡았던 황순원은, 월남 결행 전 원응서조차 모를 만큼 은밀하게 월남했다가 가족을 두고 단신 월남한 원응서와 피난지 임시수도 부산에서 재회한다. 전쟁과 피난의 현실에서 황순원이 작가적 삶을 이어간 정황은 당시를 회고한 원응서의 글에서 그 편린을 살필 수 있다. 그의 글에는 황순원의 끝없는 창작과 개고의 근면함을 보여주는 원고노트 장면이 기술돼 있다.[24] 이 대목에다, 원응서와의 깊은 우정을 담은 자전적 서사인

공 아시아 미국-이승만 전기극 「청년」, 「풍운」을 중심으로」,『한국어문학연구(동악어문학)』59집, 한국어문학연구학회(동악어문학회), 2012, 5-55쪽.

「마지막 잔」에 등장하는, 전쟁으로 인한 이산의 고통과 난민적 삶의 절망을 토로하는 장면[25]을 겹쳐 보면, 흥미롭게도 『카인의 후예』와 『곡예사』의 세계를 관통하는 주제가 드러난다. 김현이 말하는 전쟁의 충격에 따른 이데올로기적, 사회적 충격이 바로 그것이다.

전쟁이 발발하자 황순원은 광주에 은신했다가 1.4후퇴 때 부산으로 피난을 떠났다. 그는 피난지 부산에서 전시 연합학교 교사로 있으면서, 「곡예사」의 한 장면처럼 가난에 내몰린 채 흡사 곡예를 하듯 살아가면서도 창작의 끈은 놓지 않았다. 피난지에서 황순원은 다시 난민의 처지로 내몰리며 상처받았다. 그는 원응서와 함께 깊은 절망 속에서 전쟁이라는 거대한 비극을 앞에 놓고 통음하며 『카인의후예』을 구상했을 것이다. 자신의 삶을 절망으로 내몬 전쟁과, 그 기원이 바로 토지개혁이었으므로.

환도 직후인 1953년 9월 『문예』 창간 5주년 기념호에 분재 수록된 작품 내용을 일별해 보면 현재형 시제로 된 빠른 서사 전개가 특징적이다. 이는 전쟁의 참화가 너무나 컸고 그에 따른 도저한 절망에서 비롯된 비판의 강도가 높았기 때문으로 보인다. 토지개혁을 둘러싼

---

24 "6.25라는 민족적 비극 속에서 (…) 황형은 여전히 작품 쓰는 작업만은 게을리하지 않고 있다. 실로 그는 근했다. 언어 감각에 천재적 자질을 타고나 있으면서도 그렇게도 깨를 볶듯이 문장을 고소하고 함축 있게 담는 노력을 나는 이전부터 지금까지 보아왔고, 그의 초고를 노트에다 깨알처럼 쓰고 지우고 썼다가는 또 지워버린 자신도 후에 읽고는 무슨 말인지 몰라할 정도의 숙제 잉크로 까맣게 뭉개진, 그의 초고 노트를 나는 지금 한 권 간직하고 있다." 원응서, 「그의 인간과 단편집 『기러기」」, 『황순원연구』, 황순원전집 12권, 문학과지성사, 261쪽.

25 "부산 피난지에서 원은 나와 그 많은 술을 마셔가며, 민족상잔의 비극을 도발한 자에 대한 비난, 월남 전후의 갖가지 고난, 어떻게든 전쟁이라는 비인간적 행위는 즉각 저지돼야 한다는 소신 등등을 꽤나 열띤 심정이면서 차분한 어조로 펴곤 했다.", 황순원, 「마지막 잔」, 전집 5권, 문학과지성사, 1976/1990 3판, 189쪽.

현실에 대한 비판과 고발의 강도는 신랄하기까지하다. 그러나 작품을 관통하는 기조는, 여러 논자들의 지적처럼 토지개혁 자체에 대한 비판이 아닌 토지개혁의 시행과정에서 드러난 온갖 부정적 현실에 대한 비판이 주류를 이룬다. 그 비판은 국가 수립전에 시행된 토지개혁 조치로 인한 민족 분열과, 훈 자신과 같은 지식인의 사회적 기여가 부정되고 차단된 일방적 현실로 요약된다.

『카인의 후예』 발간 직후, 이 작품을 두고 1950년대 문화장에서는 부류가 다른 반공소설이라 호평한 것도, 1950년대 문화장에서 요구한 일률적이고 정례화된 담론방식을 넘어선 성취 때문일 것이다.[26] 연재본과 중앙문화사본 사이에서 이루어진 개작에서는 '경험적 반공'이 지닌 이데올로기적 편향이 두드러지는 한편, 그 대척점에 개작으로 강화된 큰애기바윗골 전설과 박훈을 연모하며 그를 지켜내려는 오작녀의 헌신적인 모성적 면모가 부각된다. 이 두 대척점은 1950년대 문학과 문화적 연관을 설명해줄 작지만 의미 있는 단서이기도 하다.[27] 이데올로기적 편향으로의 가장 선명한 개작 사례로는

---

26 김광식, 「황순원의 카인의 후예」, 『동아일보』, 1955.1.7. 기사는 단행본 출간에 따른 서평이나 『카인의 후예』를 심리적 리얼리즘으로 언급하며, "이 소설의 주제는 공산당 치하에 살아 있다는 것은 어떠한것인가라는 문제"를 다룬 반공소설이라 보았다. 1950년대 문화장을 둘러싼 황순원의 소설 전유 문제는 박연희, 「제29차 도쿄 국제펜대회(1957)와 냉전문화사적 의미와 지평」, 『한국학연구』48집, 인하대 한국학연구소, 2018, 202-206쪽.

27 김종욱은 민족의 통합성에 대한 작가의 이념적 선택이 계급적 분열성을 대립항으로 전제한 것으로 전쟁의 상황에서 확대 재생산되는 내셔널리즘과의 깊이 연관돼 있다고 언급하고 있다. 김종욱, 「희생의 순수성과 복수의 담론」, 『현대소설연구』18, 한국현대소설학회, 2003, 286-288쪽, 이 글에서는 황순원이라는 작가 자신보다 1950년대 문화장에서 작동한 반공문화냉전의 호명에 증언의 방식으로 응답, 전유되었다는 입장이다. 1955년 이후 황순원의 작가주의 신화 구축은 『카인의 후예』가 반공의 텍스트로 전유되는 문화적 현실과의 거리두기를 통해

앞서 언급했듯이, '안경 쓴 골뎅 양복 청년'이 '개털오바 청년'으로 바뀐 대목이다. 공작대원 청년의 이미지는 '도시풍 안경잽이 청년'에서 개털오바를 입은 '거칠고 저돌적인 체제 대행자'로 바뀐다. 그런 점에서 표1의 2장 내용 중 단락 하나가 통째로 삽입된 대목, 곧 도섭영감에게 과거를 불문하고 지주숙청에 앞장서라는 밀약 장면은 체험적 반공의 관점을 가장 잘 드러내는 대목의 하나다. 이 비타협적인 체제대행자의 행태를 고발하는 장면이야말로 개작을 통해 검열체제에 적극적으로 응답한 자기검열의 증거에 해당한다.

이데올로기적 편향이 1950년대 문화장의 강력한 견인에 응답한 것이었다면, 거기에는 스스로 반공주의자임을 고백함으로써 월남민의 불안정한 상태에서 반공국가의 '냉전국민'으로 보증받으려는 의식적 경로가 존재한다. 그러나 이데올로기적 편향은 그 의미가 전도되면 반-반공의 논리로 통용될 수도 있다. 이 경험적 반공은 취약국가를 지탱하는 내셔널리즘으로 전유되면서 1950년대 중반 이후 분화되었던 정황[28]을 감안하면 언제든지 남한사회 비판으로 전환될 여지를 가진 것도 사실이다. 그런 점에서 토지개혁 자체보다 체제의 비타협성과 폭력성 비판의 방향성이 가진 함의는 월남민의 관점에서 보면 단지 북한 체제에만 국한되는 것은 아니다.[29]

서「소나기」를 비롯한 장인적 면모를 강화해 가는 점과 연계된다.

28 1950년대 반공의 분화에 관해서는 김성보,「한국의 반공주의를 다시 본다」, 김귀옥 외,『분단의 역사인식과 사유를 넘어』, 한울, 2019, 298-325쪽

29 월남민 작가 최태응의 해방기 소설에도 부정적인 남한 현실에 대한 강도높은 비판, 이승만체제에 냉소, 정치와의 거리두기 등이 등장한다.유임하,「어두운 시대 현실과 훼손된 삶의 일화들-온정적 휴머니즘과 최태응 소설의 현재적 의의」, 임규찬 외,『해방과 분단, 경계의 재구성』, 민음사,2016, 241-242쪽.

이데올로기적 호명과 국가적 전유에 맞서는 대척점이자 비판이 이데올로기적 편향으로 고정되지 않도록 만드는 소설의 장치가 바로 마름의 딸 오작녀와 큰애기바윗골 설화다.[30] 윤리적 주체의 가능성[31]에서부터 '다이스포라의 귀환 욕망과 심상지리'[32] '유년기억의 장소이자 모성성의 공간'[33]등, 다양한 해석이 있으나, 오작녀와 설화의 정치성은 단순히 토지개혁의 현실에만 머물지 않는다. 그녀가 가부장적 폭력에 굴하지 않으면서 스스로 근대지를 학습하고 훈과 부부관계임을 공언하며 고립된 훈을 지키려는 행위는 냉전의 경계와 분할을 뒤흔드는 주체의 불온함을 내장한 증거를 보여준다. 뿐만 아니라 그녀는 계급적 한계 속에 불가능한 사랑이 비극적으로 끝나고 마는 큰아기바윗골 설화를 전복, 해체하여 비타협적 현실과 맞서 인간다움이라는 윤리감각을 내세운다. 그런 점에서 그녀는 설화의 비극적 주인공이 아닐 뿐더러 남북 체제 어디에도 속하지 않으며 과거와 현재를 가로질러 지속되는 인간다움의 상징을 표상한다. 관점에 따라서는 이데올로기적 편향에 따른 토지개혁의 대의나 현실을 왜곡한 것으로 비판할 수도 있지만,[34] 이는 계층과 관념을 넘어 사랑과

---

30 임진영은 오작녀와의 큰아기바윗골 설화를 '현실관련성이 미약한 폐쇄적 자립 공간' '현실 초월적 현실 회피적 성격, 순수의 시공간으로 진입한 것'으로 보아 1950년대 남한 문단의 지형도에서 리얼리즘도 모더니즘도 아닌, 반근대적 전통주의의 입장으로 보수화된 것으로 규정했다. 임진영, 「황순원 소설의 변모양상 연구」, 연세대 박사, 1998, 119-163쪽.

31 이재용, 「국가권력의 폭력성에 포획당한 윤리적 주체의 횡단-황순원의 『카인의 후예론』」, 『어문론집』 58집, 중앙어문학회, 2014, 301-324쪽.

32 노승욱, 「황순원 소설에 나타난 디아스포라의 지형도」, 『한국근대문학연구』 31호, 한국근대문학회, 2015, 121-158쪽.

33 오태영, 「냉전-분단체제와 월남서사의 이동문법」, 『현대소설연구』, 77집, 한국소설학회, 2020, 410쪽.

모성성으로 폭력적인 세월을 함께 헤쳐나가는 온정적 휴머니즘,[35] 냉전의 경계를 가로지르며 일상을 살아내는 의지적 존재로 월남민의 균형감각이라고 볼 여지도 충분하다.

4. 『카인의 후예』 다시 읽기, 개작과 검열, 냉전의 민족지

『카인의 후예』를 다시 읽어 보면, 작품 속에 명기된 시간과 공간, 삽화들이 가진 배경이나 역사성은 허구적 서사의 개연성과는 별개로 증언적 가치에 값하는 민족지의 면모를 가지고 있음을 실감하게 된다. 작품에서는 역사적 시공간과 치밀한 구성에서 발견되는 사실의 기록주의가 감지된다.[36]

작품에서 1946년 3월 중순, 산막골이라는 시간적 공간적 배경과 박훈의 소극성, 토지개혁에 대한 무기력함과 무저항적 태도가 지닌 리얼리티는 특정한 장면이나 국면에 한정되지 않는다. 토지개혁의

---

34 대표적인 사례가 한수영의 경우이다. 한수영, 「1950년대 한국소설연구」, 한국문학연구학회 편, 『1950년대 남북한 문학』, 평민사, 1991.

35 송승철은 오작녀가 근대지를 열정적으로 학습하는 모습에 담긴 무한한 가능성에 주목하여 폭력적인 남성 가부장인 아버지에 항거하며 아버지의 질서에서 독립선언하는 모습이 박훈과 동거하면서 지주와 마름딸의 관계로 머물러 여성의 주체 실현 가능성이 차단되는 것은 아쉬운 퇴행이며 문제적인 지점이라고 지적한다. 송승철, 「따뜻한 휴머니즘과 전쟁의 업보」, 『실천문학』 2001봄호, 222-244쪽.

36 이봉범은 오영진의 『소군정하의 북한─한 작가의 수기』를 언급한 대목에서 오영진 특유의 기록주의와 왜곡없이 사실에 부합하는 증언의 가치를 언급하고 있다. 이봉범, 같은 논문, 229쪽. 『카인의 후예』 7장의 소련군 일화들 중 『소군정하의 북한』에서 빌려왔거나 유사한 장면도 있다. 특히 소련군의 추행과 강도행각을 방지하기 위한 담벼락 철조망과 '밤의 오케스트라' 대목이 인상적이다.

대의를 수긍하는 박훈의 태도나, 폭력적인 토지 및 재산몰수에 저항
하려는 아들 혁을 만류하며 재산몰수조치를 거부하고 순순히 연행
되는 용제영감의 면모는 어떤 함의를 갖는가. 토지개혁의 시행을 순
순히 수락하는 이들의 태도는 어디에서 연유하는가. 훈과 용제영감
의 태도에는 김의사나 윤주사에게서처럼 토지개혁을 회피하며 토지
를 보존하려 애쓰는 세태와는 분명히 다른 점이 있다. 이러한 인물
구성은 1945년 11월 신의주사건의 여파는 조선민주당과 우익정파
의 정치적 입지를 축소시키는 전환점이 되었을 뿐만 아니라 무상몰
수 무상분배 원칙에 따른 토지분배는 토지개혁 지지 추세를 확산시
켜 조직적인 테러와 저항이 급속히 줄어든 현실을 정직하게 반영했
음을 의미한다.[37]

또한, 도섭영감을 비판하는 당손이할아버지의 수리조합 발언 속
에 등장하는 일제시기 지주-작인의 상호부조의 일화(문지본, 293쪽)는
토지개혁의 비타협성과 경직된 체제수행자들을 비판하는 장면이긴
하나, 여기에도 역사적 근거가 있다. 즉, 일제가 미곡증산을 명목으
로 한 수리조합사업과 식민지 수탈경제에 맞서, 서북 및 관북지역 일
대의 민족주의 인사들은 협동후원조직을 구성하여 수리조합의 폐

37 소군정 정보보고서를 검토한 김성보에 따르면, 사리원에서 토지개혁과 김일성
  비판 전단지 살포사건이 발생했고(이 사건은 윤주사가 훈을 방문해서 사리원에
  미군이 들어온다는 소문을 언급하는 대목), 토지개혁에 저항하는 사례들은 강원
  도 금화를 제외하면 대부분 황해도, 평안남북도의 서부평야지대에서 발생했는
  데, 지주제가 발전한 지역에서만 상대적으로 저항의 강도가 높았던 것으로 보고
  되었다. 다수의 지주들은 저항 대신 월남을 택했으나 부분적으로나마 임시위원
  회의 시책을 수용한 경우도 있었다. 김성보, 『남북한 경제구조의 기원과 전개』,
  역사비평사, 2001, 151–168쪽.

단을 극복하고자 조직적인 활동을 전개했는데, 이는 역사학계에서는 잘 알려진 사실이다.[38]

7장에서 주인공 훈이 사촌 혁의 부탁을 받고 평양 친구집에 월남 일자를 연기하러 가는 도중에 등장하는 평양 시내 풍정을 담은 삽화들은 그간 연구자들이 그간 별로 주목하지 않았다. 이들 삽화는 1945년에서 1946년 3월 중순에 이르는 평양의 구체적 세부를 증언하기에 손색이 없을 만큼 민족지적 성격이 강하다. 삽화들은 그 형식에 걸맞게 핵서사나 주변서사에서도 분리되어 있으나 박훈의 동선과 맞물려 점묘화의 풍경을 이룬다. 훈이 혁의 부탁을 받고 친구집을 찾아가는 도중에 보게 되는 장소와 지명(선만고무공장, 숭인통 서점, 숭인학교, 장댓재교회, 일본인 거주지 등)이나, 평양 번화가에서 목격한 소련 여군의 교통지도 장면, 숭인통을 거쳐 장댓재교회 담벼락을 따라 언덕 골목을 오르는 삽화는 단순히 배치된 게 아니다. 그 각각의 장소성은 해방 직후 탈식민의 함의와 소군정하에서 벌어진 반소반공사건들과 깊이 연루돼 있다.

해방 직후부터 1946년 3월에 이르는 기간 동안 발생한 다양한 사건들, 예컨대 '장댓재교회 반공투쟁사건'[39] '소련군과 시비가 붙어

---

38 박성섭, 「193년대 중후반 일제의 수리조합 정책을 통한 농총통제 강화」, 『한국독립운동사연구』 60집, 독립기념관 한국독립운동사연구소, 2017, 249-283쪽; 박수현, 「누구를 위한 개발인가―수리조합사업의 실체」, 『내일을 여는 역사』 76, 내일을여는역사재단, 2019, 184-199쪽.

39 '평양 장대현교회사건'은 고당 조만식의 연금에 항의하는 장대현교회의 젊은 목사 황은균이 주도한 1946년 3.1절 '반소규탄대회'를 내세운 항의시위가 3천명으로 추산될 만큼 대집회로 발전하자 일단 구슬러 집회를 해산한 뒤 탄압한 사건이다. 한국통일촉진회 편, 『북한반공투쟁사』, 1970, 178-184쪽.

오작녀남편이 살해된 사건' '팔뚝시계를 네 개씩 찬 소련장교와 그
에게 시간을 물어보며 감사하는 장면' 등은 증언에 육박한다. 삽화
의 면면은 1946년 3월 중순과, 해방 직후 박훈이 세 번에 걸쳐 방문하
면서 느낀 평양의 분위기 변화를 적시할 만큼 구체적이다. 이 또한
증언의 차원에서 기입된 당대의 점묘(點描)에 해당한다.[40] 평양의 거
리와 골목, 일본인 거주지를 둘러보며 도처의 풍경들을 눈에 담는
행위는 월남을 결심한 자의 심성, 고향과 결별하기로 결심한 자가 평
양의 역사적 현실을 기억의 저장고에 담는 의례처럼 기록주의에 입
각한 증언의 민족지에 근접해 있다.[41]

그러나 이 민족지적 성격에 제동을 거는 지점은 피난지의 난민 상
태에서 호명된 기억을 작품 속 삽화로 기입하는 과정에서이다. 삽화
들이 점묘처럼 그 하나하나가 토지개혁 당시의 (지주의 차원에서)
참담한 시대풍경을 형성하지만 그것이 각각 서사의 흐름을 가로막

---

40 평양의 선만고무공장 근처, 사촌 혁의 평양 친구집 장면을 예로 들어보면, 실제
    평양에 고무공장이 많았다는 증언도 있다. 김수진, 「산정현교회 오윤선장로」, 『한
    국장로신문』, 2010.3.20. 작품 속 공간은 픽션이 아닌 사실의 기록, 기록주의에 입
    각한 증언의 면모를 가지고 있다.

41 증언적 삽화로 된 민족지의 특징은 당대에 풍미했던 증언수기류와 대비해 보아
    야만 변별적 가치를 확인해볼 수 있을 것이다. 해방 이후 수기로 명명되는 에크리
    튀르의 양상은, 김동석의 「북조선 인상」(『문학』 8호, 1948.7), 오영진의 『소군정
    하의 북한』(1952), 현수의 『적치9년의 북한문단』(중앙문화사, 1952), 서광제의 『북
    조선기행』(청년사, 1948), 온낙중의 『북조선기행』(조선중앙일보출판부, 1948)
    등에 이른다. 『카인의 후예』에 담긴 기록의 증언적 가치도 이에 육박하는 특성을
    구비하고 있다는 것은 여러 모로 시사적이다. 민족지적 논의에 관해서는 신형기,
    「해방직후 반공이야기와 대중」, 『상허학보』 37, 상허학회, 2013; 이봉범, 「상상의
    자주적 통일 민족국가, 북조선, 1948년체제」, 『한국문학연구』 47집, 동국대 한국
    문학연구소, 2014; 이행선, 「해방공간 소련·북조선 기행과 반공주의」, 『인문과
    학연구논총』 34-2, 명지대 인문과학연구소, 2013 등 참조.

는다. 이러한 심리적 기제야말로 다름아닌 자기검열의 면모에 해당한다. 자기검열의 가장 인상적 대목은 장소에 깃든 정치적 함의에 대한 철저한 침묵이다. 곧 그 장소에 담긴 물산장려운동과 같은 민족의 단합에 대한 기억, 신사참배거부운동, 반소반공데모와 같은 역사적 기억을 일관되게 함구함으로써 서사적 연관을 차단하는데, 이는 서술자 훈의 '세월탓'으로 함축시키는 침묵과 응시가 가진 구조와 무관하지 않다. 이 자기검열의 구조는 검열자(감시와 미행)를 의식하면서부터 그 양상이 달라진다. 평양 방문후 훈을 미행하는 감시자의 존재를 알아차린 다음 훈은 담배를 사서 물고 거리와 골목을 배회하거나(308쪽), 귀가 도중 기찻간에서 행색이 분간하기 힘든 용제영감을 발견하고서도 적극 그를 찾아나서지 않는다. 용제영감을 찾아나선 순간, 훈은 용제영감이 사로잡힐 것을 알기 때문이지만, 행동 대신 침묵과 응시로 일관하는 태도는 감시와 배제라는 폭력적 현실에 대한 최소한의 자기방어, 곧 자기검열의 육화된 면모에 가깝다.

이렇듯, 『카인의 후예』는 지주인텔리의 위치에서 토지개혁 자체가 아니라 토지개혁으로 인한 부정적 현실을 고발하고 증언하는 반공의 텍스트다. 훈은 사촌 혁과 당손이할아버지, 오작녀를 제외하면 격리된 상태에서 침묵하고 적대적인 현실을 응시할 뿐이다. 훈이 침묵하며 응시하는 것은 토지개혁의 낫날과도 같은 적의와 폭력성이며, 침묵과 응시의 태도 너머로 범람하는 것은 지주/농민의 계급의 경계, 사상의 경계, 과거/현재의 경계, 남/북이라는 경계가 만들어지는 냉전의 현실이다. 훈은 그 경계의 어느 한편에 감금된 정치적 난민으로 남아 있으나, 오작녀의 보호 속에 어디에도 속하지 않고 어디에도 속하는 절대의 가치, 곧 인간다움과 시대를 넘어서는 공동체의 가치를 떠올리며 고향을 떠날 결심을 하고 있는 셈이다.

『카인의 후예』는 피난지 수도 부산에서, 다시 난민이 된 월남민이 비극의 출처를 더듬어가며, 절망적 사태와 비극적 원점으로 토지개혁을 지목하며 그 역사적 현실을 재현해낸 텍스트이다. 그런 측면에서 이 텍스트가 '반공소설'의 정형화된 방식을 취하지 않고 '체험에 근거한 반공의 관점'과 서북지역 출신 월남지식인의 민족지라는 특징을 보인다는 것은 시사적이다. 그 특징은 '체험적 반공주의'가 가진 분열적 관점이기도 하다. 곧, 그는 1950년대 문화장에서 검열체제에 적절히 부응하면서도 고향의 원초적 기억에서 불러낸 인간다움의 가치를 대척점으로 설정해 놓았고, 여기에다 황순원은 월남민의 균형감각과, 남북의 냉전 분할선을 넘어선 작가주의를 기입해놓음으로써, 개작의 과정마저 자기검열이라는 사상통제의 차원을 작가주의로 대체해 나갔다. 이 동력이야말로 작가 황순원의 장인정신이 아닐 수 없다.

5. 결론: 개작의 심미화와 작가주의 신화 만들기

지금까지 이 글은 개작과 검열의 관점에서 『카인의 후예』를 다시 읽어보았다. 이 과정에서 이 글은 여러 판본의 대조를 통해 개작의 윤곽을 살폈고 개작과정에 담긴 분화의 의미를 짚어 보았다. 황순원의 개작 행위는 연재본과 중앙문화사본(1954) 사이에 이데올로기적 편향을 느낄 만큼 비판적 관점을 반영하기도 했지만 오작녀의 역할과 설화성을 강화하는 두 개의 흐름을 가지고 있다는 것, 그리고 그 두 가지 방향의 개작은 외형적으로는 1950년대 문화장 안에서 이데올로기적 연관을 강화하는 일면을 가지고 있으나, 1959년본과 1964년판, 최종본인 문지사본에 이르기까지, 개작의 이데올로기적 측면보다 개작의 미시적 국면(단어와 구문 등 표현의 영역)의 비중을 지속적으로 확대함으로써 '심미성 강화'를 통한 작가주의 신화 구축의 과정이었음을 밝혀보고자 했다.

또한 이 글은 개작의 이러한 특징을 바탕으로 1950년대 문화장 속에 황순원의 문학적 변화와 관련한 문화적 조건을 살펴보았다. 『카인의 후예』가 아시아 문화냉전에 호명, 전유되었는지를 간략히 살펴보면서 오영진과 월남문인들의 인적 네트워크, 전쟁의 충격으로 인한 황순원문학의 충격과 변모, 『카인의 후예』 작품 구상과 집필 배경 등을 살펴보았다. 이러한 문화적 조건을 조감하는 한편, 검열과의 연관에도 주목하며 서술자의 침묵과 응시라는 특징이 서북지방의 역사성과 토지개혁 전후의 현실과 연계된 점을 논의했다. 또한 이데올로기적 편향과 그것을 넘어서는 대척점으로 오작녀와 설화성을 강화했다는 점, 오작녀와 설화성 강화야말로 이데올로기적 경계를 넘어서는 소설 장치이며, 여기에서 월남민의 균형감각이 발휘되고 있다고 판단했다.

또한 이 글은 『카인의 후예』는 지주계층의 위치에서 토지개혁 자체가 아니라 그것이 초래한 부정적 현실을 고발하고 증언한 반공의 민족지라는 특징에 주목했다. 이 텍스트는 전향과 검열(자기검열)의

관점에서 다시 읽어 보면, 다양한 판본에 깃든 서술층위의 다양함이
야말로 검열과 국민화의 정치적 국면에서부터 작가주의의 신화 구
축을 통해 체제로부터 자립적인 작가의 자기정립이라는, 해방 이후
-1950년대에 걸친 문화사와 함께한 족적에 해당한다는 점도 확인
했다.

  황순원이라는 작가의 장인정신은 작가 자신이 만들어낸 것이다.
또한, 작품은 허구/사실의 경계지점에 위치해 있으며 남북의 경계
어디에도 속하지만, 그 어디에도 소속되지 아니한 월남민의 위치와
균형감각을 소유한 점, 북한의 토지개혁의 대의는 긍정하나 근대국
가 수립 전에 시행됨으로써 지주의 입장에서 '카인적 원죄'의 비판
하고 있다는 것, 개작과 자기검열은 완성도 제고 외에 반공주의와
냉전의 분할선을 가로질러 이데올로기의 폭력과 인간 욕망을 고발,
증언하는 민족지(Ethnographty)의 특성을 가지고 있다는 점 등을 확인
할 수 있었다. 그런 맥락에서『카인의 후예』개작은 남한의 검열체제
를 의식하면서도 현실의 고발과 증언을 통한 완성도를 제고하는 도
정이었고, '자기검열의 심미화'를 통해 순수문학의 작가주의 신화를
구축하는 도정이었다는 말이 가능하다.

개작과 검열의 사회 · 문화사 (2)

제4장

반공의 규율과 자기검열의 서사

이병주의 「소설 · 알렉산드리아」와 『그해 5월』의 경우

강진호(성신여자대학교)

1. 검열과 자기검열

감시자의 존재가 드러나지 않지만 수용자는 끊임없이 감시되는 구조를 가진 감옥을 최초로 구상한 사람은 벤담이고, 푸코는 그것을 『감시와 처벌』에서 현대사회의 특성을 설명하는데 활용한 바 있다. 가운데 있는 감시탑에서 바깥쪽 감옥의 수감자를 감시하는 시설은 수감자들이 감시자의 존재를 확인하지 못한 채 늘 감시의 눈길을 의식하며 통제를 받는 방식이다. 여기서 사람의 몸은, 통제하고 금지하며 조절하는 권력 앞에 노출된다. 몸을 효과적으로 통제하기 위한 기법과 전술들을 푸코는 규율이라고 했는데,[1] 현대사회는 이 기법들

---

1 미셸 푸코, 오생근 역, 『감시와 처벌』, 나남, 2016.

이 모세혈관처럼 사회 전영역을 관통하면서 구성원들을 다스리는 곳이다.

이런 통제가 한층 노골적이고 전면적으로 이루어진 곳이 전체주의 사회이다. 이승만·박정희 정권 시절의 감시와 통제는 어떤 행동이나 작품을 살피고 조사하는 일을 의미했다. 신문이나 서적, 방송과 영화 등의 표현내용을 문제 삼고 때로는 우편과 같은 개인적 서류에 대해서도 검열이 행해졌다. 규율을 어기면 구금·고문하고 심할 경우는 사회로부터 영원히 격리하는 등 배제의 방법을 동원하였고, 그 과정에서 사람들은 두려움과 공포에 시달렸다. 작품을 발표한 뒤 잠적하거나 검열을 의식해서 아예 작품을 발표하지 않고 폐기하는 경우도 있었다. 그런 공포의 순간에 자연스럽게 만들어진 심리적 방어기제가 자기검열이다. 자기검열은 가상의 시선이나 평가를 상상하면서 시작된다. 그것은 검열을 어겼을 경우 권력으로부터 가해지는 위험에 대한 공포와 불안감에서 스스로를 억압하고 통제하며, 그 억압으로 인해 작가들은 자유로운 표현을 못하고 순치된 내용만을 발표하게 된다. 신체뿐만 아니라 상상과 표현의 자유마저 구속한다는 점에서 그것은 영혼의 족쇄와도 같다.

> 모두 별안간에 가만히 있었다 / 씹었던 불고기를 문 채로 가만히 있었다 / 아니 그것은 불고기가 아니라 돌이었을지도 모른다 / 신은 곧잘 이런 장난을 잘한다 // (그리 흥겨운 밤의 일도 아니었는데) / 사실은 일본에 가는 친구의 잔치에서 / 이토츄(伊藤忠) 상사(商事)의 신문광고 이야기가 나오고 / 곳쿄노 마찌 야야기가 나오다가 / 이북으

로 갔다는 나가타 겐지로 이야기가 나왔다가 // 아니 김영길이가 /
이북으로 갔다는 김영길이 이야기가 / 나왔다가 들어간 때이다 // 내
가 나가토[長門]라는 여가수도 같이 갔느냐고 / 농으로 물어보려는데
/ 누가 벌써 재빨리 말꼬리를 돌렸다… / 신은 곧잘 이런 꾸지람을
잘한다.   ─「나가타 겐지로」[2] (강조-인용자)

수선스러운 술자리에서 별안간 침묵이 흐르고 씹던 불고기가 돌
연 돌로 느껴진 것은 '북'과 관련된 이야기가 '나왔다가 들어간' 데
있다. 모두들 '돌'을 씹은 듯이 얼어붙은 긴장의 순간에 개입된 것은
그 자리에 존재하지도 않지만 어딘가에서 영향력을 행사하는 감시
자의 시선이다. 이 감시의 시선은 "그리 흥겨운 밤의 일도 아니었"던
특별하지 않은 때, 자연스럽게 일상에 침투해서 이렇듯 사소하고 허
망한 방식으로 작동하고, 그것을 김수영은 '신의 장난'이라고 일컬
었다.[3] 김수영은 의용군으로 끌려갔다가 도망해서 거제 포로수용소
에서 2년 가까운 시간을 보냈는데, 이 체험은 그를 평생토록 '레드
콤플렉스'에 시달리게 했다. 5·16이 일어나자 대엿새 동안 행방을
감췄다가 머리를 중처럼 깎고 나타났고,[4] 북쪽에서 돌아오는 포로들
을 다룬 「조국에 돌아오신 상병포로 동지들에게」나 의용군 체험을

2 김수영, 「나가타 겐지로」, 『김수영 전집1』, 민음사, 2018, 221쪽. '나가타 겐지로'
   는 김영길이라는 재일교포 테너 가수로 1960년에 북송되었다. 곳쿄노 마찌(國境
   の町, 국경의 거리)는 1934년 발표되어 크게 유행한 노래 제목이다.
3 김혜진, 「김수영 문학의 '불온'과 언어적 형식」, 『한국시학연구』(55), 한국시학
   회, 2018.8, 191-192쪽.
4 최하림, 『김수영 평전』, 실천문학사, 2018, 340-341쪽.

담은 미완의 소설 「의용군」은 써놓기만 하고 아예 발표조차 하지 않았다. 군사정권에 대한 공포와 두려움, 의용군에 복무한 사실이 드러날지도 모른다는 데 대한 불안이 그를 내면에서 규율한 것이다.

　문필 활동을 시작하면서 김수영과 동갑내기인 이병주(1921년생)가 마주한 현실 역시 한국전쟁이 끝난 직후의 이러한 전제 정권 시절이었다. 당시 전제 정권이 구사한 반공 이데올로기는 한국사회의 성원들에게 어떤 회의나 일탈도 허용하지 않는 강력한 규율이었다. 그것은 비록 특정한 내용의 기의로 채워지지 않은 기표로만 존재하는 것이었지만, 기의의 그 텅 빔을 이용하여 전방위적으로 사상을 규제하는 실제적인 힘을 발휘하였다.[5] 그런 현실에서 이병주는 빨갱이로 오해받아 큰 고통을 겪는다. 이병주는 6.25 당시 인민군과 국군에게 각각 체포되어 고초를 겪는가 하면 출가를 위해 해인사를 방문했을 당시 해인사를 습격한 빨치산에 의해 납치될 뻔한 위기를 넘겼고, 전쟁이 끝난 직후 1954년 하동군 민의원 선거에 출마했을 당시에는 자유당에 의해 빨갱이로 낙인찍혀 낙선한 적도 있었다.[6] 그런 상황에서 필화사건을 겪게 된 것이다. 이병주는 1955년부터 1961년까지 7년 동안 〈국제신보〉에서 편집국장과 주필을 겸하면서 칼럼을 쓰고

5　'반공'이란 공산주의를 반대하고 자유를 지향하는 것이지만, 반대의 대상과 지향의 내용이 '주의'를 붙일 정도로 뚜렷한 실체를 갖고 있지는 않다. 공산주의를 반대하는 이유가 다양하고 지향하는 가치의 내용 또한 천차만별이다. 반공주의는 어떤 구체적 지향과 가치를 내포한 용어가 아니고 특정 집단과 이념을 부정함으로써 성립되는 부정적인(negative) 용어이다. 그래서 반공주의는 강한 배타성을 특징으로 한다.

6　이병주의 『1979년; 이병주 칼럼』(세운문화사, 1978) 및 자전소설 『관부연락선』 참조. 이병주의 사상에 대해서는 정미진의 「공산주의자, 반공주의자 혹은 휴머니스트; 이병주 사상 재론」(『배달말』63, 2108.12, 469-496쪽) 참조.

있었는데, 1961년 5.16 직후 돌연 체포된다. 5.16쿠데타 직후 박정희는 혁명 검찰부를 구성하고 교원노조 운동을 용공으로 매도하며 소속 간부들을 잡아들였는데, 이병주는 교원노조 고문을 맡고 있다는 명목으로 구속된 것이다. 그렇지만 그것이 사실이 아니라는 것이 밝혀지자 혁명검찰은 「조국의 부재」와 「통일에 민족역량을 총집결하라」라는 2개의 칼럼을 문제 삼아 제소한다. '중립통일론'을 주장했다는 이유로 혁명재판부에서 징역 10년형을 선고받고 2년 7개월을 복역한 뒤 석방되었다.

오늘날의 관점에서 보자면 문제 될 것도 없는 칼럼(자세한 것은 3장 참조)이었음에도 불구하고 이병주가 구속되는 고초를 겪었던 것은 박정희가 쿠데타를 합리화하는 과정에서 희생양이 필요했기 때문이다. 박정희는 한국군 내 공산주의자의 일원이었고, 1948년 여순사건 당시에도 공산주의자여서 재판을 통해 사형선고를 받는데, 그 과정에서 군 내부에 있던 3백 명가량의 남로당계 관련자 명단을 넘겨줌으로써 극형을 모면한 경력을 갖고 있었다. 이 전력 때문에 5·16 직후 미국이 그의 사상을 의심하자 좌익, 혁신정당, 교원노조, 각종 노조 지도자, 보도연맹원을 영장 없이 체포했고, 이 과정에서 좌익으로 의심받던 이병주 또한 걸려든 것이다.[7] 그런 관계로 이병주는 구속을 몹시 억울해하고 분노하였다. 더구나 이병주는 박정희와 술자리를 같이할 정도로 안면이 있었고, 쿠데타 이후 실세가 된 황용주(박정희와 대구사범 동창생)와도 친분이 있었다. "술친구였던 박 대통령이 자

---

7 임헌영, 「분단 후 작가 구속 1호 이병주」, 《경향신문》, 2017, 3,2.

기를 2년 7개월이나 감옥살이를 시키다니…. 잡혔을 때는 그러려니 했지만 시일이 지날수록 원한이 사무치게 된 것이다." 그런 절치부심에서 이병주는 박정희 정권이 붕괴될 때까지는 과거 일제강점기나 해방기로 시선을 돌리거나 아니면 간접화법을 통해서 이념과 정치에 대한 견해를 드러낼 수밖에 없었다.

이글에서 주목하는 「소설 · 알렉산드리아」가 직필(直筆)이 아닌 우의(寓意)의 형식으로 발표된 것은 그런 현실과 무관하지 않다. 이병주는 신문사 논설위원으로 있으면서 몇 년간 직필을 구사했고 그에 대해 큰 자부심을 가졌지만, 그것이 자신을 구속하는 상황에서 필설의 방법을 바꾸지 않을 수 없게 된다.[8] '기록자'가 되겠다는 생각에서 '대설가에서 소설가가 되기로' 결심하고, 출옥 후 첫 작품으로 「소설 · 알렉산드리아」를 우의(allegory)의 형식으로 발표한 것이다. 필화 사건 이후 이병주는 '요시찰 대상자'로 일거수일투족을 감시받는 상태였다. 그런 세월을 보낸 뒤 박정희 사후 "원한에 사무쳤던" 박정희 통치 18년을 고발하듯이 서술한 『그해 5월』(82-88)을 발표하는데, 이는 검열의 규율에서 상대적으로 자유로웠던 80년대 초반의 현실을 배경으로 한다. 자기검열이라는 심리적 억압상태는 사회가 민주화되고 민주적 제도가 효력을 발휘하면서 점차 회복되는 모습을 보이

---

8 이병주는 논설을 썼던 수년의 시간을 '내 인생 가운데 가장 아름답게 회상하는 때'라고 하고, 소설가가 된 자신을 "대설가(大說家)가 소설가(小說家)로 전락한 셈"이라고 말한다. 그렇지만 소설은 "인생의 밀도"를 표현하는 데 대설보다 적합하다고 생각했고, 그런 생각에서 소설에다 대설을 삽입하는 형식의 작품을 다수 창작한 것으로 보인다. 소설을 기본 틀로 하면서 논설과 칼럼, 공소장과 변론 등의 대설을 결합한 『그해5월』의 독특한 양식은 그런 사실로 설명할 수 있다. 이병주의 「실격교사에서 작가까지」(『1979년 - 이병주 칼럼』(세운문화사, 1978) 참조.

는데, 고백과 반성이 나타나고 점차 자기검열의 수위가 달라지는 것이다.[9] 더구나 이병주는 전두환과 친밀한 관계를 맺고 있었다. 『대통령들의 초상』에서 이병주는 전두환을 "최선의 결과를 위해 최선의 방책을 찾아선 최선의 노력을 다하는 최선주의자"라고 극찬하고, 수시로 만나 정담을 나누는 등 친분을 맺고 있었다.[10] 『그해 5월』에서 이병주는 자신을 작품 속에 직접 등장시켜 검찰의 공소장과 변호사의 변론, 속기록과 신문기사 등을 인용하여 구속의 부당함을 토로하고 박정희 통치 기간에 일어난 여러 공안사건과 관련 인물들의 행적을 일지 형식으로 제시한다. 후대의 평가를 기다리며 자료를 정리하겠다고 했지만, 사실은 '5.16은 쿠데타'이고 '박정희는 결코 출현하지 말았어야 할 인물'이라는 견해를 자료를 통해서 증언한 것이다. 직필로 구속까지 되었던 작가가 자기를 검열한 권력자를 심판하는 문학사에서 유례를 찾기 힘든 광경을 연출한 것이다.

여기서 「소설·알렉산드리아」와 『그해 5월』을 비교하는 것은, 두 작품이 15년이라는 시차에도 불구하고 작가 자신(혹은 분신)이 중심인물로 등장하고, 사건 역시 동일하다는 데 있다. 『그해 5월』은 「소설·알렉산드리아」를 저본으로 해서 자료를 보완하고 서사를 추가해서 장편화한 개정 증보판이라 해도 지나친 말이 아니다. 그런데, 두 작품 사이에는 반공주의에 따른 검열이라는 프리즘이 놓여 있어 작품의 구성과 내용에는 상당한 변화가 나타난다. 검열로 인해 「소설·알

9　조항제, 「언론 통제와 자기검열 – 개념적 성찰」, 『언론정보연구』 54(3), 서울대 언론정보연구소, 2017.8, 41-72쪽.
10　이병주, 『대통령들의 초상』, 서당, 1991. 「전두환 편」 참조.

렉산드리아」는 우의라는 간접화의 방법을 구사했다면, 『그해 5월』
은 그것이 완화되면서 논설과 칼럼, 공소장과 변론 등을 활용한 직
설의 방법을 구사하였다. 그런 사실을 바탕으로 여기서는 반공주의
가 자기검열의 기제가 되어 작품의 내용과 형식에 어떻게 작용했는
가를 살펴보고자 한다.

2. 검열과 알레고리라는 형식(「소설 · 알렉산드리아」의 경우)

　이병주는 자신의 체험을 근간으로 서사를 구성하는 창작방법을
자주 활용한 작가이다. 자신이 겪은 드라마와 같은 삶의 곡절을 「소
설 · 알렉산드리아」, 『관부연락선』, 『지리산』, 「변명」 등 다수의 소설
과 칼럼을 통해 제시했는데, 이들 작품은 사적 체험을 근간으로 식민
치하의 삶과 이데올로기에 대한 견해를 보여주었다. 이병주는 어떤
사상이라도 사상의 형태로 있을 때는 무해하지만 그것이 정치적인
목표를 갖는 조직으로 행동화되면 자연스럽게 악해진다고 보았다.
공산주의도 나름의 진리를 갖고 있지만 진리를 추구한다는 명목으
로 수단을 가리지 않는 잔인한 방법을 동원하거나 국민을 노예화하
는 등 엄청난 악을 자행했다는 측면에서 비판받아야 한다. 그런 생각
에서 공산주의와 전체주의를 동시에 비판했고, 필화사건의 빌미가
된 칼럼에서는 '이북의 이남화'나 '이남의 이북화'가 아닌 '중립통일'
이 차선의 방법은 될 수 있다고 주장하였다. 하지만 그런 주장은 북
진통일과 반공을 앞세웠던 현실에서는 자칫 오해를 불러일으킬 소

지가 있었고, 실제로 1961년의 필화사건은 그런 오해가 불러온 '불려(不慮)의 화'[11]였다. 그런 상황이었기에 이병주는 「소설·알렉산드리아」에서 감시의 눈을 피하기 위한 여러 장치를 마련한다. 그것은 우선 작품을 전재하면서 제시된 「편집자의 말」과 소설 제목에 '소설'이라는 말을 붙인 데서 드러난다.

> "어떤 사상이건 사상을 가진 사람은 한번은 감옥엘 가야 한다고 생각한다. 사상엔 모가 있는 법인데 그 사상은 어느 때 한번은 세상과 충돌을 일으키기 때문이다."라고 작자는 말하고 있다. 이병주 씨는 직업적인 작가가 아니다. 오랫동안 언론계(전국제신보 주필)에 종사하며 당하고 느낀 현대의 사상을 픽션으로 승화시킨 것이 이 「알렉산드리아」다. 화려하고 사치한 문장과 번뜩이는 사변의 편린들은 침체한 한국 문단에 커다란 자극제가 될 것이다.[12]

작품의 내용을 암시하는 듯한 '사상을 가진 사람은 한번은 감옥엘 가야 한다'는 경구는 「소설·알렉산드리아」의 주인공이자 작가의 분신인 '형'의 삶을 대변한다. 사상은 어느 때 한번은 세상과 충돌하기 마련이고, 그런 충돌로 인해 '형'은 지금 10년 형기로 감옥에 갇혀 있다. 편집자는 이 작품이 '오랫동안 언론계에 종사하며 당하고 느낀 바를 픽션으로 승화시켰다'고 했지만 사실은 작가의 수감체험을 소설의 형식으로 표현한 것이다. 필화사건으로 인해 감옥살이를 한

---

11 이병주, 「소설·알렉산드리아」, 『소설·알렉산드리아』, 한길사, 19쪽.
12 「편집자의 말」, 『세대』, 1965.6, 334쪽.

억울한 처지를 말하고 그 부당함을 간접화된 방식으로 복수하는 내용이다. 그런 자전적 내용을 담고 있기에 편집자는 작품 이름에 의도적으로 '소설'이라는 말을 붙이고 '픽션으로 승화시켰다'고 해서 감시자의 눈을 피하고자 한 것이다. 작품에서 "감옥에서 편지가 나오려면 검열이란 게 있습니다. 그것을 고려에 넣으셔야죠."라고 한 것은 그런 사실에 대한 작가의 고백이다. 작품이 정치 권력에 대한 비판을 먼 이국 알렉산드리아를 배경으로 히틀러와 나폴레옹을 비판하는 방식으로 행하고, 그것을 '환각'이라고 표현한 것은 그런 사실과 관계될 것이다. 작가는 자신을 감옥에 가둔 부정한 정치 현실에 맞설 도구가 필요했고, 알레고리는 정치 권력의 폭력과 일정한 거리를 유지하며 스스로를 방어할 적절한 글쓰기 양식이었던 셈이다.[13]

작품이 두 개의 공간으로 나누어지는 것은 그런 사실과 관계가 있다. 한국의 서대문형무소와 이집트의 알렉산드리아라는 이원화된 공간 설정은 자신이 경험한 '검열'로 대표되는 폭압적 현실을 재현하기 위한 시도이자 그런 현실을 살아야 했던 현실적 삶에 대한 증언이다.

현실의 공간인 서대문형무소는 억울하게 옥살이는 하는 형의 세계이다. 동생에게 보낸 편지를 통해서 볼 수 있는 그 세계는 분노와

---

13 「소설·알렉산드리아」에 대한 연구로는 다음 글을 참조하였다. 고인환, 「이병주 중·단편 소설에 나타난 서사적 자의식 연구」(『국제어문』48, 국제어문학회, 2010) ; 노현주, 「5.16을 대하는 정치적 서사의 두 가지 경우」(『문화와 융합』39, 한국문화융합학회, 2017) ; 손혜숙, 「이병주 소설의 역사서술 전략 연구: 5.16소재 소설을 중심으로」(『비평문학』52, 한국비평문학회, 2014) ; 정미진, 「이병주 소설 연구」(경상대학교 박사논문, 2017.2) ; 조영일, 「이병주는 그때 전향을 한 것일까」(『황해문화』80, 새얼문화재단, 2013.9)

억울함, 원한이 응혈진 장소이다. 형은 일제 때 대학에서 입신출세와
는 거리가 먼 공부를 하면서 코스모폴리탄과 리버럴리스트를 자처
했으며 5.16 직후에는 혁명의 파도에 휩쓸려 10년 형을 선고받고 감
옥에 갇힌 논설위원이다. 형이 구속된 것은 2개의 논설 때문이었다.
2천 편 이상 쓴 논설 가운데 "조국이 없다. 산하가 있을 뿐이다.", "이
북의 이남화가 최선의 통일방식, 이남의 이북화가 최악의 통일방식
이라면 중립통일은 차선의 방법은 되는 것이다. 그런데 이것을 사악
시하는 사고방식은 중립통일론보다 위험하다."라는 구절이 문제 되
어 구속되었는데, 형은 그것은 오독의 산물이라고 주장한다. "조국
이 없다."라는 말에는 진정하게 사랑할 수 있는 조국이 없으니 그러
한 조국을 만들어야 한다는 뜻과 설명이 잇달아 있었지만, 그것이
무시되었고, 또 "중립통일"을 주장하지도 않았는데 마치 반공 국시
를 무시하는 것처럼 이해되었다. 통일이 되어야 한다는 주장을 과도
하게 해석한 것으로, 죄가 있다면 "우리나라를 스칸디나비아반도의
여러 나라와 같은 나라로 만들어 보겠다고 응분의 노력을 다한 죄",
곧 사회민주주의를 옹호한 것 외에는 없다는 것이다. 형이 더욱 억울
해 하는 것은 논설을 썼을 때는 그것을 처벌할 법률이 없어서 먼저
잡아 가둔 다음에 법률을 만들어서 적용한 소급법에 따른 것이라는
점이다. 이렇듯 형의 억울함에 대한 호소가 중심을 이룬다.

한편, 동생이 있는 알렉산드리아는 서대문형무소와는 정반대의
공간이다. "고전적, 중세적, 현대적, 미래파적으로 음탕한 알렉산드
리아. 아라비안나이트적인 교합과 할리우드적인 교합과 이집트적인
교합"이 이루어지며, "다섯 종류의 인종이 붐비고, 다섯 종류의 언어

115

가 소음을 이루고, 몇 타스의 교리가 서로 반복하고 질시하고 있는 도시"이고, 그곳에서는 "남성과 여성만으로선 다할 수 없는 성의 형태, 자웅동종의 형태에 이르기까지 성은 분화하고 그로테스크하게 이지러져" 있다. 이 환상적인 공간과의 대비를 통해서 작가는 억울한 구속에 대해 소명하고 복수의 결의를 다지는데, 복수는 가상의 공간 알렉산드리아에서 이루어진다. 알렉산드리아는 나치에 의해 동생을 잃은 한스 셀러와 독일군의 폭격으로 가족과 고향 모두를 잃고 무희로 살아가는 사라 안젤이 복수를 꿈꾸며 생활하는 곳이다. 한스 셀러와 사라 안젤은 그곳에서 나치의 게슈타포였던 엔드레드를 불러들여 복수하는데, 곧 엔드레드를 유인하는 공연을 열고 엔드레드가 나타나자 한스와 사라는 술자리를 만들어서 살해한다. '엔드레드'의 살해는 개인적인 원한을 푸는 방식으로 이루어지지만, 작가는 환각의 힘을 빌려 이를 "병든 유럽 문명을 단죄"하는 행위라고 의미를 부여한다. 그런 의미 부여대로 알렉산드리아의 법원은 이들에게 '알렉산드리아에서의 퇴거'를 명하고 판결을 보류하는데, 이는 민족의 통일을 염원하며 쓴 논설 한 편 때문에 감옥에 갇혀 있는 형의 처지와는 극명한 대조를 이룬다. 작가는 형이 겪었던 군부독재의 횡포와 사라와 한스가 겪었던 스페인 내란, 2차 대전의 유대인 학살사건을 알레고리적 유비 관계에 놓고, 이를 통해 당시의 시대 상황을 이국의 역사적 사실에 투사한 것이다. 이러한 등가관계를 통해 작가는 독재 권력의 횡포를 비판하고, 이들의 '복수'를 성공시킴으로써 독재 권력에 대한 단죄를 시도한 것이다.

작품 후반부에 제시된 한스와 안젤에 대한 긴 변론은 복수의 정당

성을 보여주는 장치들이다. 안젤에 대한 변론에서, "빨갱이를 폭격
하는 건 좋아요. 우익과 좌익의 싸움이니까 우익이 좌익을 공격하는
건 당연하죠. 그러나 빨갱이를 폭격하려면 빨갱이 있는 곳을 폭격해
야 되지 않겠오? 왜 아무런 죄도 없는 사람들을 죽이는 거죠?"라는
주장은 좌익으로 오해되어 구속된 이병주 자신에 대한 변명으로 읽
어도 무방하다. 빨갱이도 아무것도 아닌 순박한 백성에 지나지 않는
자신을 '오폭했다'는 주장이다. 또 혁명검찰이 내세운 일벌백계주의
에 대해서도 비판한다. 그것은 위험하며 비인도적인 법운용이라는
것. 일벌백계란 전쟁과 같은 극한 상황이 아니고서는 성립될 수 없
다. "나를 희생시켜 다수를 위한다"고 할 때, 언제나 희생되는 사람
은 확실하게 존재하지만, 위함을 받는 다수는 막연한 존재라는 것,
그러니 죄는 어디까지나 죄상과 정상 그대로를 확대추리와 확대해
석을 피하고 다루어야 하지만 일벌백계 사고방식을 도입해서 죄상
파악과 정상참작에 영향을 끼치는 일이 있어선 안된다고 한다. 말하
자면 작가 자신이 일벌백계라는 잘못된 법운용에 의해 희생되었다
는 주장이다.

　이렇듯 「소설·알렉산드리아」는 시종 우의의 형식을 빌려 작가
자신의 억울함과 그에 대한 복수의 심리를 보여준다. 그렇지만 검열
의 현실을 의식하지 않을 수 없었던 관계로 작가는 한편으로 그런
주장에 대해 '그것은 환각'이고 '정신병적인 것'이라고 비판한다.
"도대체 그러한 글을 쓸 수 있다는 정신상태가 틀려먹은 것 아냐. 조
국이 없다가 뭐야."[14] 라고 하면서 동생은 형이 받은 10년은 너무나
적고 사실은 사형이나 무기형을 받아야 한다고 말한다. '혁명이 일

어났고, 그 혁명의 파도에 휩쓸려 형은 감옥에 갈 수밖에 없는 존재였다'는 것이다. 자신의 억울함을 호소하는 형에 대해 이렇게 비판을 가함으로써 작가는 자신을 주시하고 있을 감시자의 눈을 피하고자 한 것이다. 「소설 · 알렉산드리아」를 쓴 1965년은 박정희 군부 정권은 그 기틀을 마련하기 위해 반공 정책을 한층 가혹하게 실시하던 때였고, 그런 현실에서 이병주는 이렇듯 간접화법으로 자신의 의도를 피력한 것이다. 작품 말미에서 '형'이 출옥 후 "행동 스케줄"을 구상하는 장면은 그런 점에서 의미심장하다.

> 그러나 저러나 7년만 지나면 초라한 황제도 바깥바람을 쏘일 수 있을 것이다. 그때의 행동 스케줄을 지금부터 작성하고 있는 것도 좋은 일이 아닌가. / 나는 누에 모양 스스로 뽑아낸 실로서 고치를 만들어 그 속에 들어 누어 번데기가 되었다. 세상 사람들은 모두들 나를 죽었다고 생각할 것이다. 죽었다고까진 생각하지 안해도 죽은 거나 마찬가지라고 생각하고 있을 것이다. 그러나 나는 번데기이긴 하나 죽지는 않았다. 언젠가 때가 오면 내 스스로 싸 올린 이 고치의 벽을 뚫고 나비가 되어 창공으로 날을 것이다. 다시는 작난구러기 아이들에게 잡혀 곤충표본함에 등에 바늘을 꽂히우고 엎드려 있는 꼴을 당하지 않을 것이다. 간악한 날짐승을 피하고 맹랑한 네발짐승도 피하고 전기가 통한 전선에도 앉지 않을 것이고 조심스리 꽃과 꽃 사이를 날라 수백 수천의 알을 낳을 것이다.[15]

---

14 이병주, 「소설 · 알렉산드리아」, 『세대』, 1965.6, 345쪽.
15 이병주, 「소설 · 알렉산드리아」, 『세대』, 1965.6, 410쪽.

다시는 장난꾸러기 아이들에게 잡혀 곤충 표본함에 등에 바늘을 꽂히우고 엎드려 있는 꼴을 당하지 않을 것이라는 다짐은 이후 이병주가 폭풍처럼 쏟아낸 작품을 통해서 입증되거니와 그것을 구체적인 형태로 보여준 것이 검열의 고리가 약화된 시기에 발표된 『그해 5월』이다.

3. 증언과 기록으로서의 글쓰기(『그해 5월』의 경우)

동생을 초점 화자로 해서 '형'의 심경을 서술했던 「소설 · 알렉산드리아」와 달리 『그해 5월』은 작가가 직접 등장해서 자신의 체험을 고백하고, 박정희 정권 시절의 상황을 일지 형식으로 기록한 작품이다. 『그해 5월』은 작가가 작품 속에 직접 등장해서 「소설 · 알렉산드리아」에서 언급할 수 없었던 검찰의 공소장과 변호사의 변론, 신문의 사설 등을 인용해서 자신의 억울함을 변호하듯 서술하였다. 작가는 그것을 역사라고 하지 않고 '구체적인 기록을 정리하는 것'이라고 말하는데, 그것은 "역사를 쓰기엔 시간적인 거리가 아직"이고 "다만 나는 허상이 정립되지 않도록 후세의 사가를 위해 구체적인 기록"을 정리하는 것이라고 한다. 주인공의 이름을 '이사마'라고 정한 것은 그런 의도와 관계되는 바, '사마'는 『사기』를 쓴 사마천의 성(姓)에서 따온 것으로 "20세기 한국의 사마천"이 되고자 하는 결심의 표현이다.[16] 실제로 『그해 5월』은 이사마로 개명한 작가 이병주의 박

---

16 그런 점은 『그해 5월』뿐만 아니라 수필집 『백지의 유혹』(남강출판사, 1973)에서도 언급된다. "竹簡에 한자씩 새겨 넣고 있는 사마천의 모습을 상상하고 그 심정

정희 집권기에 대한 실록적 기록이다.[17]

『그해 5월』에서 우선 주목할 점은 5.16을 '혁명'에서 '쿠데타'로 조정한 대목이다. 「소설 · 알렉산드리아」의 화자는 5.16을 '혁명'으로 명명했는데, 『그해 5월』에서는 영국 기자 조스의 입을 빌려 '쿠데타'로 규정하고 신랄하게 비판한다. '혁명이란 제도의 변혁이다. 왕제를 공화제로 한다든가 자본제를 공산제로 한다든가 하는 식의 변혁이다. 반면 쿠데타는 체제는 그대로 둔 채 권력만을 빼앗는 수작'이다. 가령 민주당 정권은 절대적인 것이 아니라 4년 후엔 바뀔 수 있는 정권이고, 헌법에 의해서 평화적 정권 교체의 길이 열려 있었다. 그런 정권을 임기 전에 빼앗는 것은 헌법을 유린한 것이다. 막강한 무력을 가진 군대가 정부가 하는 일에 불만이 있다고 해서 헌법 유린을 예사로 할 수 없고, 그런 이유에서 쿠데타를 긍정할 수 없다고 한다. 작가의 생각이 집약된 이 견해대로 『그해 5월』은 쿠데타 세력이 저지른 만행에 대한 기록이다.

박정희 권력의 만행은 우선 쿠데타를 정당화하기 위해서 반공주

을 추측하면 실로 처절하다고도 할 수 있는 기록자의 태도와 각오에 부딪친다."(65쪽)

17 실제로 『그해 5월』은 소설이라기보다는 자전적(증언적) 기록에 가깝다. 개인사와 일치하는 실제 체험을 서사의 근간으로 하고, 그 바탕 위에 구속의 부당함을 입증하는 구체적인 자료와 증언을 장황하게 나열하며, 언급되는 인물들 역시 대부분 실재했던 사람들이다. 더구나 작품의 시점 역시 혼란을 보여서, 작가가 구속되고 출소하기까지는 작가의 친구인 '나'가 화자로 등장하지만, 작가가 출옥한 이후에는 작가 자신이 주인공이자 화자로 등장한다. 1권 처음부터 3권의 「1963년 12월 17일」 전반부까지는 '나'가 화자이고, 출옥한 직후에는 작가인 '이주필'이 서술자가 되고, 다음 장인 「망명의 피안」에서는 '이사마'로 개명한 작가가 주인공이 되어 자신의 이야기를 서술한다. 3권 후반부를 읽으면서 독자들이 혼란을 느끼는 것은 그런 시점의 변화에서 비롯되는데, 이는 (미적) 거리가 확보되지 못한 채 작품이 창작되었다는 것을 말해준다.

의를 전면에 내세우면서부터 시작된다. '반공을 국시의 제1의로 삼고 이때까지의 형식적이고 구호에만 그쳤던 반공 태세를 재정비 강화한다.'는 혁명공약 1호를 앞세워 '빨갱이'라는 심증만 들면 누구든 영장 없이 잡아들였다. "김일성의 주구들과 그 동맹자들을 우리 사회에서 철저히 뿌리째 뽑아 우선 사회를 정화해야 하겠다"는 것. 쿠데타와 함께 단행된 대대적인 검거 선풍은 그런 배경에서 이루어졌고, 진보적 입장을 견지했던 이병주가 구금된 것도 '용공단체인 교원노조의 고문'을 맡았다는 데 있었다. 또 쿠데타 과정에서 비협조적이던 국무총리 장면과 일곱 명의 각료를 제거한 것도 '용공분자로서의 혐의'였다. 그런 명분에서 사회 전반에 걸친 대대적인 검거선풍이 일어나는데, 작가가 가장 안타까워하고 분개한 것은 '민족일보 조용수 사건'이다. 민족일보의 사장 조용수에 대한 상세한 기록과 정리는 조용수의 비극이 이병주 자신의 그것과 동일하다는 동병상련의 심리로 이해할 수 있다. 조용수의 혐의는 공소장에서 다음과 같이 언급된다. "조용수 등이 위장 평화통일로 용공세력을 부식, 민족일보 운영자금을 조달하기 위해서 재일 혁신계, 한인 부정자금을 투입하고, 〈민족일보〉를 통해서 반국가체인 목적 수행을 위하여 선동·고무·동조했다는 것"(공소장) 이를테면, 평화적인 통일을 주장한 것이 북한 괴뢰집단의 주장과 동일한 것으로 간주되어 사장 조용수는 사형을 구형받는다. 그렇지만, 이 사건 역시 반공을 앞세워 진보적인 인사들을 탄압하기 위한 것이었다.[18] 〈민족일보〉는 창간된 뒤

---

18 조용수 사건에 대한 자세한 설명은 정진석의 「민족일보와 혁신계언론 필화사건」(『관훈저널』(49), 관훈클럽, 1990.7) 참조.

민주당 정권이 제정하려 했던 반공법을 반대하고 남북교류와 평화
통일을 주장하는 등 진보적인 태도를 보였는데, 그것이 탄압의 빌미
가 된 것이다. 반공 이데올로기가 지배하던 1960년대 초반의 사회 분
위기에서 평화통일론은 공감을 얻기 힘든 것이었다. 더구나 민족일
보 사건에 적용된 '특수범죄 처벌에 관한 특별법(법률 제633호)'은 1961
년 6월 22일에 공포되었는데, 공포된 날로부터 3년 6개월 전의 행위
에 대해서까지도 적용할 수 있도록 만든 소급법이었다. 이병주가 억
울해하는 엉터리 법적용과 동일한 것이었다. 그런 조작과 부적절한
법적용이었기에 작가는 화자의 입을 빌려 "조용수에게 죄가 있다면
그 정열이 너무나 순일하다는 점일 뿐이다. 그의 정열은 순일하여 때
론 과격할 정도였다. 해방 직후 진주서 좌익과 싸울 때도 그는 생명
을 걸었고, 일본에선 조총련의 동포 북송을 방지하기 위해 열차의 레
일 위에 드러눕기까지도 한 사람이 아니었던가."(1권 218쪽)라고 안타
까움을 토로한다.

　조용수 사건과 함께 장황하게 언급되는 것은 이전 작품에서 미처
말하지 못했던 이병주 자신의 필화사건에 대한 부당함과 억울한 심
경이다. 주인공 이사마는 '특수범죄 처벌에 관한 특별법' 위반으로
10년을 언도받았지만, 그것은 소급법의 적용을 받았고 또 공소장의
내용도 터무니없는 것이었다. 그런 사실을 입증하기 위해 작가는 구
속의 원인이 된 두 개의 논설 전문을 제시하고 설명한다. 「조국의 부
재」(『새벽』, 1960.12)에 대해서, "정부를 전복하고 노동자 농민에게 주권
의 우선권을 인정한 프롤레타리아 혁명을 일으켜야만 조국이 있고,
이러한 형태로서의 조국이 아니면 대한민국은 조국이 아니라고 하

고, 차선의 방법으로서 중립화 통일을 하여 외국과의 제 군사협정을
폐기하고 외군이 철수해야만 조국이 있다는 등의 선전 선동을 하여
용공사상을 고취"했다는 내용의 공소장이 소개된다. 또 「통일에 민
족역량을 총집결하자」(《국제신보》, 1961.1.1)에서는 "대한민국과 북괴를
동등시하고" "일반 국민으로 하여금 상기한 민중의 의사에 따라오
지 않으면 폭등을 일으켜야만 통일이 되는 것같이 선동하여 용공사
상을 고취"했다는 공소장을 제시한다. 이 모두가 부당하다는 생각에
서 작가는 「조국의 부재」와 「통일에 민족의 총역량을 집결하자」의
전문을 제시해 스스로를 입증하고자 한다.

중립통일이란 이 심각한 '한국적' 현황 속에서 고민에 빠진 젊은 지
성인들의 몸부림이다. 중립통일론은 고민 끝의 하나의 결론이다. 이
논의의 정당성 여부를 따지는 것은 다음으로 미루더라로 이 논의 자
체를 그저 부정하려는 심산에 우리들은 음흉한 술수를 본다. / 이북
을 이남화한 통일을 최선이라 하고, 이남이 이북화된 통일을 최악이
라 할 때, 중립화 통일론은 차선의 방법이 되는 것이다. / 그런데 이
북의 이남화란, 무력에 의한 정복의 방법 외엔 불가능할 때 굳이 최
선이라고 해서 한국의 헌법 절차에 의한 통일만을 원한다면 이는 통
일하지 말자는 의사표시나 별다를 것이 없다. / 그리고 곧 중립화를
공산화라고 우기는 부류가 있는데, 이는 민주주의를 이해하지 못하
는 사람들이다. (중략) 자주성을 가진 평화적 통일을 우선 마련해 놓
고, 다음은 민주정신·민주정치에 의한 공산주의의 흡수·소화, 이
런 방향으로 정치인의 패기가 발현되지 않고선 조국은 아득한 미래

에 있는 것이다. 요는 중립통일론까지를 사고 범위에 포섭하는 민주
주의적 논의의 바탕을 만드는 게 급선무다.[19]

'중립통일론까지를 염두에 두고 민주주의적 논의를 해보자'는 내
용은 크게 문제될 것도 없고 또 용공이라고 단언할 수도 없다. 중립
통일에 관한 논의까지도 허용하는 언론 풍토가 조성되어야 한다는
내용이지 중립통일을 주장한 것은 아니었기 때문이다. 그렇지만 그
런 사실에도 불구하고 이사마는 교원노조 고문으로 추대되었다는
것과 용공이라는 특수 반국가 행위로 10년 징역이 확정된다. 사실무
근의 내용으로 억울하게 당한 것이었기 때문에 작가는 변호사의 입
을 빌려, 그것은 모두 조작된 것이라고 주장한다.

> "이 주필이 억울한 것은 확실합니다. 내가 그 사건을 맡았으니 더욱
> 더 잘 알죠. 오죽해서 이 주필이 최후의 진술 때 2천여 편이나 쓴 논
> 설 가운데 단 두 개를 골라선 그것도 천 수백 행의 문장 중에서 불과
> 20행도 안되는 분량으로 이곳저곳을 발췌하고 함부로 연결을 지어
> 불온사상을 적시하는 이런 수단을 써서 사람을 얽어맨다면 나는 케
> 네디 대통령의 연설문을 취사 선택하고 당신들처럼 확대해석해서
> 케네디를 크레물린의 스파이로 몰 수가 있겠다고 했겠습니까. 그런
> 데 알아 두십시오. 억울한 사람은 이 주필만이 아닙니다."[20]

---

19 이병주, 『그해 5월』(2권), 한길사, 2006, 23-24쪽.
20 이병주, 『그해 5월』(2권), 한길사, 2006, 170쪽.

작가에게 적용된 법은 발췌와 확대해석에 의한 것이라는 주장이다. 작품 전반부는 이와 같이 작가 자신의 개인적 체험에 대한 기록이다.

그런데 이 작품에서는 「소설·알렉산드리아」에서와 달리 박정희에 대한 평가를 유보하면서 '기록자'의 위치를 유지하겠다고 한다. 「소설·알렉산드리아」에서는 우의의 형태로 박정희에게 복수를 했지만, 『그해 5월』에서는 박정권에 대한 판단 자체를 보류하겠다는 것. 출옥 후 박정권에 대한 입장을 묻자 작가는 다음과 같이 말한다. "나는 이 정권의 편에 설 수는 없어. 세워주지도 않을 것이고, 그러나 반대할 의사는 없어. 나는 오직 지켜볼 뿐이야. 기어이 레지티머시(합법성)를 획득할 수 있을 것인지, 끝끝내 그러지 못하고 파산할 것인지 지켜볼 뿐이다."(3-226) 이를테면, "박정희가 만일 앞으로 좋은 치적을 쌓기만 한다면 나는 그를 구국의 영웅으로 받들 용의가 있습니다."라고 말한다.[21] 그런 생각에서 1961년 5월 16일부터 1963년 12월 17일까지에 있었던 일은 괄호 속에 묶어 불문에 부치고, 기록자로 남겠다는 것이다. 그런 태도로 인해 작품은 외견상 박정희 집권기에 대한 실록적 기록으로 일관하는데, 그 서술은 집요하고 구체적이어서 마치 기록 영화를 보는 듯하다. 작품의 전반부에 해당하는 1~3권에서

---

21 박정희에 대한 이병주의 태도는 「소설·알렉산드리아」에 비해서 상대적으로 완화되어 있다. 출옥 후에도 박정희와 여러 번 만나기도 했고, 측근 인물들과도 친분을 유지했던 데서 그런 태도의 변화를 짐작할 수 있다. 개인적인 원한 때문인지 아니면 그런 원한을 스스로 통제하기 힘들어서인지, "이병주에게 박정희란 붓의 무게중심을 상실할 정도로 소설적으로 다루기 힘든 존재"였다고 한다. 조영일의 「이병주는 그때 전향을 한 것일까」(『황해문화』80, 새얼문화재단, 2013.9, 292-302쪽) 참조.

제시된 박정희가 쿠데타를 일으킨 뒤 대통령에 취임하기까지 자행
된 각종 공안사건과 반혁명사건을 정리하면 다음과 같다.

- 1961년 7월, 부정선거 관련 최인규, 한희석, 송인상, 임흥순, 신
  도환 등 5건, 민족일보사건의 조용수, 폭력행위사건의 이정재
  등 공소 제기
- 7월 29일, 민족일보 사건 공판(공소장 제시), 장건상(독립운동가, 중립
  통일 주장) 구금
- 10월, 이주필(이병주)과 논설위원 변노섭의 공판(공소장 및 변론, 「조
  국의 부재」 및 「통일에 민족역량을 총집결하자」 원문 제시)
- 12월 21일, 곽영주(이승만 경호책임자), 최백근, 최인규, 임화수, 조
  용수 사형 집행
- 12월 23일, 장도영 외 4명 반혁명사건, 사형 구형(공소장 수록, 증인
  박정희의 증언 속기록, 김형욱의 증언 속기록, 판결문, 변호인의 상소장 제시)
- 유족회사건(6.25 때 좌익으로 몰려 학살당한 사람들의 유골을 찾는 모임)
- 김동복 예비역 대령, 6군단장 김응수와 제8사단장 정강도 반혁
  명 사건(공소장 및 판결문 제시)
- 1962년 5월 2일, 밀수범 두목 한필국 사형(공소장과 판결문, 상소 이유
  서 제시)
- 1963년 3월 11일, 박정희 의장 암살 음모 사건 발표(이규광 예비역
  준장, 대령 2명, 중령 5명)
- 8월 11일, 내각 수반 송요찬 구속
- 1963년 12월 16일 이병주 부산 형무소에서 출감

○ 12월 17일, 박정희 대통령 취임

위의 사건들은 간첩 혹은 간첩단으로 발표된 공안사건의 일부이다. 주지하듯이, 공안이란 공공의 안녕과 질서가 편안히 유지되는 상태를 말한다. 따라서 공안사건은 공안을 파괴하고 붕괴시키려는 의도와 행위를 한 조직과 관련자들을 지칭하는 용어이다. 실제로, 박정희 시대에 발생한 대표적인 공안사건은 주로 '간첩' 혹은 '간첩단'으로 발표되었던 사건이었다. 1964년 8월 14일에 발표된 인민혁명당사건, 1967년 7월 8일의 동베를린 거점 북한대남공작단사건, 1968년 8월 24일의 통일혁명당사건, 1971년 4월 20일의 재일교포 유학생학원침투 간첩단 사건, 1974년 4월 25일의 인민혁명단 사건, 학원침투 간첩단 사건 등이 대표적인 사례들이다. 이 사건들은 공안 당국에 의해 간첩죄, 국가보안법, 반공법 등으로 송치 또는 기소되었다.[22] 이병주는 작품에서 이 사건들을 상세하게 소개하면서 박정희의 행위를 비판하는데, 그것은 이들 사건이 모두 박정희가 정치적 위기를 돌파하기 위한 술책으로 조작된 것이라는 데 있다. 가령, 동백림사건은 1967년 6월 8일에 실시된 총선거 이후 부정선거를 규탄하는 시위가 분출하여 급속히 확산되던 시점에 발표되었고, 북한의 청와대 침투와 미국 정보함 프에블로호 피랍사건 등으로 정치·군사적으로 긴장관계가 고조되었던 상황에서 1968년 8월에 통혁당사건이 발표되었다. 박정희 시대의 마지막 공안사건이었던 남민전 역시

---

22 박정희 집권기의 공안사건에 대해서는 정호기의 「박정희시대의 '공안사건'들과 진상규명」(『역사비평』, 역사비평사, 2007.8, 266-287쪽) 참조.

대통령긴급조치 제9호가 발동된 엄혹한 정세 속에서 발표되었다. 이런 사실을 상세히 언급하면서 작가는 "무리한 출발이었기 때문에 그 무리를 호도하기 위한 무슨 수단이 있어야만 했"다고 지적한다. 쿠데타로 정권을 잡았기에 그것을 호도하기 위해 용공과 좌익의 혐의를 이용한 것이고, 그것은 박정희 정권을 유지하기 위한 유력한 도구였다. 『그해 5월』은 이런 실록적 요소들로 채워진 관계로 소설이라기보다 차라리 '5.16의 역사적 평가를 위한 한 우수한 관찰자의 기초자료 모음집'[23]이라 해도 지나친 말이 아니다.

　여기서 작가의 관찰과 정리가 특히 돋보이는 것이 한일국교 정상화 문제이다. 오늘날도 미해결로 남아 있는 식민지배에 대한 사과와 보상문제는 이병주의 관찰과 정리를 통해서 그 해답을 찾을 수 있을 정도로 집요하다. 가령, 한일간의 국교가 정상화되려면 먼저 국민의 생명 문제가 가장 중요시되어야 하고 따라서 적어도 일본인 전사자에 준하는 처우는 당연히 청구해야 하며, 명분도 당당했다. 그런데 한일회담을 주도한 김종필이 선거 때 일본으로부터 사적으로 70억 원을 받았고, 또 군사 정부가 일본으로부터 1억 3천만 달러를 받았다. 그에 대해 국회 진상조사위원회까지 설치되었지만 흐지부지되고 말았다. 한일간의 국교 정상화는 당연하고 한국에 유리하도록 일본의 양보를 촉구하는 태도를 취했어야 했지만, 이처럼 뒷거래가 있었기에 명분이 정당했음에도 불구하고 기껏 5억 달러로 정리된 것이다. 그렇게 함으로써 박정권은 경제위기를 극복하고 정치적 안정

23　임헌영, 「기전체 수법으로 접근한 박정희 정권 18년사」, 『그해 5월』(6권), 한길사, 2006, 290쪽.

을 얻을 수 있었고 그래서 엄청난 반대에도 불구하고 협상을 서둘러 마무리했던 것이다. 일본이 제공한 무상 3억 달러, 유상 2억 달러, 민간차관 3억 달러의 경제원조는 사죄에 필요한 최저의 조건도 충족시키지 못한 것이고, 그런 굴욕외교였기에 반대투위가 생기고 연일 성토 데모가 벌어졌던 것이다. 작가는 이런 과정을 집요하게 추적하여 협상의 전과정을 일목요연하게 제시하는데, 이 문제는 '작가 후기'에서 다시 한번 언급될 정도로 작가가 지대하게 관심을 가졌던 사안이다. 가령, 대만과 같은 수준의 보상을 받았더라면 최소 42억 달러는 받았어야 했는데 현실에서는 기껏 5억 달러에 그쳤다고 아쉬움을 표하면서 "이 전말을 살피기 위해서라도 '장군의 시대'는 계속 씌어져야"(곧, 박정희 집권기에 대한 탐구는 계속되어야) 한다고 다짐한다.

 다음으로 시선을 끈 것은 남정현의 「분지」필화사건이다. 최태응으로부터 남정현이 붙들려 갔다는 소식을 듣고 이사마는 「분지」가 북괴 선전에 동의했다는 이유를 수긍하지 못한다. 남정현은 '동인문학상을 수상한 예리한 관찰안과 수발한 문제의식을 가진 뛰어난 작가'로, 「분지」는 조국을 사랑하는 나머지 그 치부적인 상황을 보아넘길 수가 없어서 쓴 작품이다. 이사마는 남정현 씨의 작품을 다시 읽고도 무슨 까닭으로 이것을 쓴 작가를 체포해야 했는가를 납득하지 못한다. 과격한 선동적 표현이 있는 것도 아니고, 반미적인 경향이 있는 것도 아니다. 미국을 비판하는 것이 미국을 반대하는 것이 아니란 것은 미국을 비판하는 마음의 바닥에는 미국을 찬양하는 마음이 공존할 수 있기 때문이다.

"김일성의 편을 들자"

"한국을 말살하자"

이렇게 들고 나왔다면 작가이건 시인이건 어떤 예술이건 체포해야
마땅하다. 그것이 우리의 숙명적인 제약이니까. 그러나 반공의 명분
으로써 남정현 씨를 체포할 수는 없다. 반공은 공산주의자들이 쓰는
그 수단방법 가리지 않고 목적만 달성하면 그만이라는 사고방식에
대한 반대라야 하니까. 내 의견에 동조하지 않으면 적이다. 적은 죽여
야 한다는 것이 공산주의자의 방침이 아닌가. 그런 방침에 반대하는
것이 진정한 의미에 있어서의 반공이다. 그렇다면 남정현 씨를 얽어
범인으로 만든다는 것은 그것이 바로 공산당적인 수법이 아닌가.[24]

이사마는 지금 감방에 있는 남정현 씨의 모습을 상상하고 "죄 없는
사람을 체포하지 않곤 성립될 수 없는 또는 지탱될 수 없고 유지될 수
없는 정권이 존재한다는 사실을 발견"한다. 이런 태도는 결국 문학을
말살하겠다는 공공연한 선언이라는 것. 비록 필화사건이 발생한 지
15년이 지난 시점에서 씌어진 작품이지만, 이사마의 이런 시각은 수
많은 민주인사들을 탄압한 반공주의의 허구에 대한 통절한 비판이자
고발이다. 작품 말미에서 "반공문학조차도 가능하지 못한 상황은 휴
머니즘문학도 질식케 한다."고 일갈한 것은 몸소 겪고 체험한 현실에
대한 매서운 일침이다. '기록자'의 입장을 유지하고 그 의도대로 자료
를 정리하겠다고 했지만, 사실은 이렇듯 "5.16에 의해 희생된 군상"

---

24 이병주, 『그해 5월』(4권), 한길사, 2006, 197쪽.

을 기록함으로써 "5.16은 민족사적으로 민주정치사적으로 결정적인 비극"이라는 것을 분명히 하면서 작가는 작품을 마무리한다.

4. 통일에서 통일로 종결된 문학

4.19혁명 직후 김수영은 한 신문에 다음과 같이 썼다. "4.26 전까지 나의 작품 생활을 더듬어 볼 때 시는 어떻게 어벌쩡하게 써 왔지만 산문은 전혀 쓸 수가 없었고 감히 써 볼 생각조차도 먹어 보지를 못했다. 이유는 너무나 뻔하다. 말하자면 시를 쓸 때에 통할 수 있는 최소한도의 '캄푸라주'(위장)가 산문에 있어서는 통할 수가 없었기 때문이다."[25] 이 고백대로 4.19를 겪으면서 김수영은 사회와 정치 현실에 대해 격앙되고 과감한 발언을 거침없이 쏟아 놓았다. 4.19는 진보와 자유를 향한 근대적 이성의 정점을 보여준 사건이었고 작가들은 그런 현실에 환호했다. 그러나 그것도 잠시, 혁명은 군사정권에 의해 무참히 짓밟히면서 실패로 귀결되었다. "혁명은 안 되고 나는 방만 바꾸어 버렸다 / 그 방의 벽에는 싸우라 싸우라 싸우라는 말이 / 헛소리처럼 아직도 어둠을 지키고 있을 것이다"[26]라고 자조하는 상황이 되었다.

그런 시점에서 이병주는 한때 술자리를 같이했던 박정희에게 구속당하는 비운을 겪는다. 박정희는 쿠데타와 함께 좌익과 혁신정당

---

25 김수영, 「책형대에 걸린 시 - 인간 해방의 경종을 울려라」, 『김수영 전집2』, 민음사, 2018, 230쪽. 원문은 〈경향신문〉, 1960, 5.20.
26 「그 방을 생각하며」, 앞의 책, 160쪽.

등을 영장도 없이 잡아들였고, 거기에 이병주도 걸려든 것이다. '반공을 국시의 제1의로 삼는다'는 혁명공약대로 박정희는 미국을 비롯한 자유 우방과 유대를 강화하고, 자본주의적 경제건설에 주력하면서 반공법과 국가보안법, 중앙정보부법을 강화 · 신설하여 반공주의를 제도적으로 정착시켰다. 작중의 〈민족일보〉 사건이나 통일혁명당사건, 재일교포 유학생 간첩단사건, 남정현 필화사건 등은 그런 억압적 상황을 보여주는 사례들로, 그 강압적 현실에서 작가들은 상상력과 표현에서 큰 제약을 받았다. 박정희는 정권의 정통성을 만들기 위해 의도적으로 반공을 앞세웠고 그것을 이용해 반대세력을 제압하였다. 해방과 분단 이후 지금까지 우리 사회가 심각한 적색 공포증에 시달렸던 것은 정치권에서 그것을 이렇듯 악용한 데 있다. 전후 현대문학은 광기와도 같은 이 반공주의의 폐단을 척결하고 삶과 사회 전반을 정상으로 돌리는 과정이었다고 해도 지나친 말은 아니다.

이 글에서 주목한 것은 이 반공주의가 작가들에게 자기검열의 기제로 내면화되어 작품의 형식과 내용에 심각한 영향을 주었다는 점이다. 그런 사실을 이병주의 「소설 · 알렉산드리아」와 『그해 5월』을 통해서 살펴보았다. 반공주의는 공산주의에 대한 단순한 부정이 아니라 고문이나 구속과 같은 원초적 공포와 결합되어 있었고, 그래서 이데올로기와 통일의 문제를 천착할 경우 자칫 작가들은 반공주의의 검열망에 걸려들지 않을까 하는 극심한 강박관념에 시달렸다. 이병주가 출옥 후 발표한 작품에서 알렉산드리아라는 먼 외국을 배경으로 전제 군주를 비판하고 징벌하는 서사를 구성한 것은 감시자의 눈을 피하기 위한 '캄푸라주'(위장)였다. 박정희 사후 발표한 『그해 5

월』에서 각종 자료를 활용해서 구속의 부당함을 토로하고 박정희의 만행을 기록한 것은 자기검열의 수위가 낮아지면서 가능했던 일이다. 구속에서 풀려난 이후 이병주는 "떳떳한 직장을 갖지도 못하고, 외국에 나가보지도 못하고 자유를 구속당한 채 전전긍긍 살아왔"다. 그런 공포와 강압에서 이병주는 심리적으로 위축되고 작품 역시 사회 현실의 문제를 담아내는 데 주저할 수밖에 없었다. 박정희의 사망과 함께 '기록자'가 되어 박정희 집권기 전 과정을 일지 형식으로 서술함으로써『그해 5월』은 한 시대를 증언하고 고발하는 문학적 소임을 수행한 것이다.

앞에서 언급한 공안사건 외에도『그해 5월』에서 간과할 수 없는 대목은 박정희의 폭정이 북한에 의해 조장된 면이 적지 않다는 사실에 대한 지적이다. 한국인 35명과 북한 무장유격대 30명이 사망한 청와대습격사건(1.21사건)은 그 자체로도 엄청난 인명의 손실을 가져왔지만 한편으로는 남한 사회를 불안하게 만들고 국민을 구속하는 질곡을 낳았다. 1960년대 후반기에 북한의 대남 도발은 엄청나게 늘었고, 김일성은 70년대에 가서는 남조선을 해방할 것이라는 목표를 세우고 대남공작을 급격하게 활성화시켰다. 그로 인해 박정권은 간첩의 침투를 막는 정책이나 방침을 강화했고, 그것은 결과적으로 국민을 통제하는 정책이나 방침이 되고 또 반정부 행동을 이적행위로 보는 구실을 제공하였다. 박정희는 북한의 침략을 막겠다는 명분을 내세워 장기 집권의 기반을 마련한 3선 개헌을 밀어붙이고 관철시켰다. 그런 현실을 적시하면서 작가는 "죽어나는 것은 북한의 인민이고 남한의 인민이다. 그러니 문제 해결의 핵심은 남북의 통일에 있을 수밖에 없다"고 단언한다. 통일이 되지 않는 한 안정은 바랄 수 없고, 안정된 상태가 아니고선 민족이 그 품위를 지킬 수 없다는 것. 그렇다면 문제는 통일을 어떻게 할 것인가에 모아질 수밖에 없다. 작품 말미에 언급된 이런 견해는 이병주 문학을 집약한 것으로 볼 수 있다. 이병주를 구속시킨 두 편의 칼럼이나 대표작 「소설 · 알렉산드리아」, 『관부연락선』, 『지리산』, 『소설 남로당』 등은 모두 통일에 대한 염원을 담고 있다. 그런 사실을 고려하면 분단과 검열의 족쇄를 뚫고 나간 이병주 문학의 행로란 결국 통일에서 시작해서 통일로 종결되는 통일문학이라 할 수 있을 것이다.

제5장

조해일 장편소설『겨울여자』의 개작 방향과 검열 우회의 의미

이주성(선문대학교)

문한별(선문대학교)

1. 문제제기

특정한 시대를 살아가며 그 당대적 현실을 작품 속에 그려내야 하는 작가에게 있어서 자신의 작품의 의도를 보다 선명하게 할 수 있는 방법은 무엇이 있을 것인가. 가령 일제강점기 사상 탄압의 아래에 놓이거나 유신과 같은 반공주의의 통제된 상황 속에서 작가들의 표현 방식과 주제의식은 어떤 방식으로 구현되고 있는가. 본고의 문제의식은 이 같은 근본적인 질문 속에서 시작된다. 특히 서슬 퍼런 반공주의가 작가의 창작과 관련하여 어떤 의식-무의식적인 대응 체계를 작품 속에 반영하고 있는가는 문학과 정치, 문학과 사회 사이의 관계성을 살펴보는 데 있어서 중요할 수밖에 없다.

본고는 이 문제를 살펴보기 위하여 1970년대 대중적으로 가장 인기가 있었지만 사회 비판적 시각 또한 놓치지 않고 있다는 평가를 받고 있는 조해일의 『겨울여자』를 주목하고자 한다. 그 이유는 아래의 작가 후기에서 비롯되었다.

> 『겨울여자』를 다시 출판하자는 '솔' 출판사의 제안에 동의하였다. 이 기회에 가능하다면 손질해야 할 부분들을 대폭 좀 손질하고 싶다는 욕심도 있었다. 그러나 결과부터 얘기하면 <u>전체적인 개작의 수준에는 이르지 못하고 부분적인 다듬기에 머물고 말았다. 뜻밖에도 그 소설은 그 소설 나름의 허물기 어려운 자기 구조를 가지고 있던 것이다.</u> 다만 발표 당시의 험악한 상황을 고려한 일종의 안전장치라고 할 만한 것들을 이번 기회에 제거할 수 있게 된 것은 다행이었다. 이를테면 정치우화소설이 도리없이 염려해야 하는, 실정법의 보복을 염두에 둔 과민한 안전장치 따위다. 당시의 실정법은 얼마나 기세등등했던가.
> 어쨌든 70년에나 나올 수 있었을 법한 <u>기형적인 연애소설(의 탈을 쓴 정치우화소설)을</u> 오늘의 독자는 어떤 눈으로 읽어줄 것인지…

1975년 1월 1일부터 12월 30일까지 『중앙일보』에 연재된 이 작품은 연재 당시에도 상당한 인기를 끌었다. 이듬해인 1976년 문학과지성사에서 단행본으로 발매되는데, 이는 『겨울여자』의 첫 단행본인 것과 동시에 문학과지성사가 창립된 이래 최초로 발매한 단행본이라는 것이다. 이 단행본 역시 신문연재본의 인기를 이어 발매된 후

베스트셀러가 되었고, 1977년에는 영화화 되어서 당대 최고의 흥행
작으로 유명세를 떨쳤다. 이후 이 작품은 1985년에 중앙일보사에서
다시 단행본으로 출간되는데, 출판사에서 표지에 "각박한 시대에 母
性이 무엇이며 사랑의 의미가 무엇인가를 다시 한번 반성해보자는
뜻"에서 1970년대 베스트 셀러 소설인『겨울여자』를 다시 읽어보자
고 밝히고 있다. 마지막으로 1991년 솔출판사에서 재차 출간되었다.
위의 인용문은 가장 마지막에 나온 솔출판사본의 작가 후기로 개작
과 관련한 의미심장한 언급이 있어서 많은 연구자에게 주목되었다.

　문제는 인용문의 밑줄 친 부분의 의미가 구체적으로 무엇인가에
대해 기존의 연구에서 바라보고 있는 시각에 있다. 조현정은 위의 인
용문에 대해 "이에 따르면 이 소설은 '정치우화소설'에 해당된다. 이
서사의 중심 주제인 듯 보이는 남녀의 연애는 일종의 '안정장치'로
사용된 도구인 셈이다. 이는 서사 곳곳에 숨겨진 당시의 정치적 상
황을 암시하는 문장 혹은 장면들을 통해서도 확인할 수 있다."[1]고 지
적하였고, 최정호는 이 후기를 두고 "당시 '유신'의 눈을 속이기 위
한 하나의 전술이었음을 고백"[2]한 것이라고 판단하기도 하였기 때
문이다. 작가의 후기뿐만 아니라 많은 연구자들도 이 작품이 사회 비
판적 정치우화소설이라는 점에 상당 부분 동의[3]한다.

1　조현정, 「1970년대 대중소설에 드러난 정치성과 대안 사회의 (불)가능성 – 조해
　일의 『겨울여자』를 중심으로」, 한국문학회 2017년 학술대회 발표문, 2017, 57쪽.
2　최정호, 「1970년대 베스트셀러 소설의 형상화 양상 연구」, 홍익대학교 석사논문,
　2005, 75쪽.
3　이화진, 「조해일 대중소설의 서술전략과 남성주체의 내면의식」, 『반교어문』 50,
　반교어문학회, 2018, 247-274쪽.
　김병덕, 「폭압적 정치상황과 소설적 응전의 양상」, 『비평문학』 49, 비평문학회,

미리 밝혀야 할 지점은 본고의 논점이 이 작품이 정치우화소설인지 아닌지에 대해 초점을 맞추어 논의를 전개하려는 것은 아니라는 사실이다. 본고의 핵심은 이 작품이 몇 차례에 걸쳐 개작되었다는 점을 고려해 판본을 대비적으로 확인하는 데에 있으며, 작가 자신이 이 작품을 '정치우화소설'로 명명하고 있다는 사실의 의미는 무엇인지, 그리고 유신시대를 지나 자신의 소설을 개작하면서 '안전장치'라고 부르는 무엇인가를 제거했다고 밝히고 있다는 점이 어떤 의미를 지니는지를 확인하는 데에 있다. 이는 본고에 논의의 출발점을 선명하게 만들어주는데, 그것은 1970년대 중반 그의 최초 연재 작품 『겨울여자』가 기존의 연구자들의 논점이 바라보는 것처럼 유신의 탄압과 통제를 피하기 위하여 표면적으로 사회 비판적이거나 정치적으로 읽히지 않고 의도가 숨겨진 '정치우화소설'[4]로 읽히도록 서술되었다는 판단이 합당한지의 여부를 확인하는 지점일 것이다. 즉 이는 표면적으로는 대중적 애정소설을 표방하면서 정치적이거나 사회 비판적인 요소를 은유적 혹은 상징적으로 이면에 숨겨두었다는 것이 사실인지의 여부와 관련이 있는 것이며, 만일 이 소설이 이후 작가의

2019, 73-98쪽.

박수현, 「조해일의 소설과 도덕주의」, 『어문학』 121, 한국어문학회, 2013, 303-328쪽.

4 사실 '정치우화소설'이라는 용어의 모호성을 고민할 필요가 있다. 이 용어의 정합성을 확인하려면 당대적 정치 상황에 대한 알레고리가 이 작품에 드러나 있다는 점을 지적해야 할 것인데, 알레고리의 경우 표면과 이면의 교직을 선명하게 확인하는 과정을 통해 그 비판적 지점을 파악할 수 없다면 그 기능이 충실하게 수행될 수 없다는 점에서 문제적이기 때문이다. 그러므로 이 작품을 정치적 알레고리 소설로 읽을 경우, 표면에 도드라진 주인공 '이화'의 연애 이야기를 둘러싼 인물들과 상황의 지점들이 정치적 알레고리로 읽힐 수 있어야 한다. 본고는 이 지점을 확인하기 위해 개작으로 변화한 표면과 이면의 관계에 대해 주목해보기로 한다.

말처럼 그 당대적 '안전장치'를 제거했을 때 온전한 '정치소설'로 기능하는지의 여부를 개작의 양상을 구체적으로 살펴봄으로써 확인하고자 하는 데에 있는 것이다.

이를 확인하기 위해서는 몇 가지 가설이 필요하다. 첫째, 이 소설이 최초 연재되었을 당시의 표현과 서술이 사회 비판적이고 정치적으로 읽히지 않고 대중적 애정소설로 읽히도록 되어있는가의 여부와 개작 과정에서 '안전장치'라고 언급된 부분이 제거된 뒤에 보다 정치우화소설로서 기능할 수 있도록 수정되었는지를 비교하여 확인하는 것이다. 둘째, '정치우화소설'이라는 명명에 적합한 표현과 서술이 '안전장치'가 있는 상태에서 적합하게 기능하는지 혹은 이를 제거한 뒤에 선명해졌는지에 대한 여부이다. 이는 근본적으로 이 작품이 정치적 알레고리로 기능하기 위해 필요한 당대적 현실과 밀접한 관계가 있는 것이며, 궁극적으로는 작가의 언급처럼 유신시대 정치적 우화소설이 지녀야만 했던 '안전장치'가 불필요해진 시대 속에서 개작을 통해 보다 선명한 주제의식이 드러나고 있는가의 지점을 확인하는 것이다.

2. 『겨울여자』의 판본과 개작 양상

이미 앞서 서술하였듯, 조해일의 『겨울여자』는 총 3번에 걸쳐 단행본으로 출간되었다. 신문연재본이 마무리된 이듬해인 1976년 『문학과지성사』에서 출간된 1차 단행본부터 시작해 1985년 『중앙일보사』에서 2차 단행본, 1991년 『솔』에서 3차 단행본이 출간되었다. 1~3차 단행본 모두 연재본에서 그대로 출판된 것이 아니라 개작과정을 거쳐서 출간되었는데, 각 판본별로 개작양상이 달리 나타나고 있다. 이번 장에서는 먼저 각 판본별로 어떠한 개작이 이루어졌는지 비교를 통해 살펴보고자 한다.

2.1. 『중앙일보』 연재본과 1, 2차 단행본

이번 절에서는 신문연재본과 함께 개작 양상이 유사하게 나타나는 1~2차 단행본을 먼저 살펴보고자 한다. 출판연도만 놓고 본다면, 문학과지성사출판본과 중앙일보사출판본 사이에는 9년의 시간적 차이가 나고, 중앙일보사출판본과 솔출판본 사이는 6년이라는 비교적 짧은 간격의 시간적 차이를 보인다. 출판일의 거리 차이는 있으나 먼저 신문연재본과 1~2차 단행본의 개작 양상을 살펴보기로 한다. 3차 단행본의 경우, 작가 스스로가 밝힌 '안전장치'의 제거가 개작에 포함되었기 때문이다. 실제 개작된 부분을 정리하여 제시하면 다음과 같다.

〈표 1〉 신문연재본과 1~2차 단행본의 개작 내용 정리

구분	신문연재본	1차 단행본 (문학과지성사)	2차 단행본 (중앙일보사)
내용 삭제 및 추가 (밑줄 삭제)	(9)//그러자 귀하가 화를 내면서 벌떡 일어나 무어라고	p.26//삭제	p.19//삭제
	(16)//도리는 없다는 걸 곧 깨달았다.	p.39//삭제	p.30//삭제
	(60)//기의	p.139//삭제	p.107//삭제
	(65)//이화가 물었다.	p.149//삭제	p.114//삭제
	(96)//그녀가	p.220//삭제	p.169//삭제

	(142)//그럼 좋아요. 선생님도 그럼 선생님답게 가만 앉아계세요.	p.321//삭제	p.247//삭제
	(156)//……	p.354//삭제	p.272//삭제
	(158)//기억할 수 있겠소?	p.365//삭제	p.5//삭제
	(162)//좀 쓰라리긴 할테지만요.	p.376//삭제	p.13//삭제
	(188)//커튼도 걸었고	p.435//삭제	p.58//삭제
	(189)//자주	p.438//삭제	p.60//삭제
	(218)//이 경운 선불이니까.	p.502//삭제	p.109//삭제
	(241)//말라빠진 노란 왜무지한 접시와 함께	p.554//삭제	p.148//삭제
내용 삭제 및 추가 (밑줄 삭제)	(245)//자기 자신을 굳이 신장 1미터70 남짓에 체중 60킬로가 채 못되는 보잘 것 없는 몸뚱이 운운하신 것도 그렇고요. 말하자면 그런 물리적 사고방식에 대한	p.562//삭제	p.153//삭제
	(251)//무척	p.576//삭제	p.165//삭제
	(261)//그리고 외로와질 것이다	p.600//삭제	p.183//삭제
	(264)//자신의 나약해진 마음을 꾸짖었다.	p.606//삭제	p.187//삭제
	(284)//옷을 갈아 입는데도 힘이 들었다.	p.651//삭제	p.221//삭제
	(287)//정말 그럴뻔 했네요.	p.656//삭제	p.226//삭제
	(299)//이화와 수환도 더 따지지 않고 함께 잔을 들어 올렸다.	p.685//삭제	p.247//삭제
	(301)//오래	p.689//삭제	p.250//삭제
	(254)//(추가)	p.584//얘기 몰라요?	p.170//얘기 몰라요?
명사 변형	(7)//레킷의 자루	p.22//라케트의 자루	p.16//라켓트의 자루
	(19)//코피	p.47//커피	p.36//코피
	(160)//커튼	p.370//커어튼	p.9//커튼
	(160)//트랜지스터형	p.370//포오터블	p.9//포터블
	(164)//아파트	p.379//어파아트	p.15//아파트
	(173)//슈퍼마키트	p.400//슈우퍼마아킷	p.32//수퍼 마킷
	(242)//김X이처럼	p.556//김일이	p.150//김일이

내용 변형	(15)//간과해버릴	p.39//지나쳐 버릴	p.29//지나쳐 버릴
	(16)//당사자	p.39//상대방	p.30//상대방
	(113)//석기새끼랑	p.257//석기랑	p.198//석기씨랑
	(124)//모습을	p.281//광경을	p.217//광경을
	(233)//불렀다.	p.535//물었다	p.134//물었다
	(242)//지켜볼	p.555//바라볼	p.149//지켜볼
	(265)//작은 진통이	p.608//자그마한 사건	p.188//자그마한 사건

위 〈표 1〉은 신문연재본에서 문학과지성사출판본, 중앙일보사출판본으로 출간될 때, 각각 어떻게 개작되었는지 비교한 것이다. 개작된 모든 경우를 표에 표기하지는 않았으나[5], 삭제된 경우와 내용 추가의 경우에는 모두 표기하였다. 반면 표현의 변형과 같은 경우에는 일부만 표기하였으며, 명사의 변형과 같은 경우에는 중복을 제외하고 하나만을 남겨놓았다. 또한 내용이 삭제되거나 내용이 추가된 경우, 내용의 변형, 그리고 변형 중에서 명사의 변형만 따로 분류하여 표기하였다.

신문연재본에서 단행본으로 넘어올 때, 삭제된 내용들과 추가된 내용들을 먼저 살펴보면 다음과 같다. 주목할 지점은 내용의 삭제나 추가 모두 소설의 흐름이나 문맥상에 큰 변화를 주지는 않는다는 사실이다. 개작 시에 삭제된 가장 긴 문장인 연재 245회분을 예를 들어 제시하면 아래와 같다.

"그러니까 광준형이 겁장이라고 하신 건 결국 정말 겁장이어서라기보다 그런 사고방식, 사람을 물리적 존재로 파악하는 사고방식에 대

---

5 지면의 한계 때문에 대표적인 것들을 추려서 수록한다.

한 우려를 표명하기 위해서였군요? (자기 자신을 굳이 신장 1미터 70 남짓에 체중 60킬로가 채 못되는 보잘 것 없는 몸뚱이 운운하신 것도 그렇고요. 말하자면 그런 물리적 사고방식에 대한) 우려를 강조하기 위해서 자기 자신의 몸을 예로 드신 셈이군요?"

인물에 대한 구체적인 정보가 서술되었던 것이 삭제된 경우인데, 문장의 삭제 유무와는 상관없이 내용이나 문맥의 차이는 거의 드러나지 않는다. 이는 삭제나 추가 뿐 아니라 내용의 변형에서도 비슷한 양상을 보인다. 변형된 내용 역시 문구나 자구의 변형 정도가 대부분이기 때문이다. 이러한 변형은 내용상의 의미를 변질시키거나 변환시키지 않고, 오히려 표현을 부드럽게 하거나 다른 비슷한 의미의 표현으로 바뀌었을 뿐이다.

또 하나 〈표 1〉을 통해 확인할 수 있는 것은, 문학과지성사출판본과 중앙일보사출판본간의 차이가 거의 나타나지 않는다는 것이다. 두 판본간의 차이라고 한다면 명사의 표기가 다르다는 것 정도이다. 1차 단행본에서는 당대의 표기법에 맞춰 변형된 것으로 보이나, 2차 단행본의 경우에는 다시 신문연재본의 표기를 따라가고 있다. 1~2차 단행본 사이에서 개작양상이 특별한 차이를 보이지 않는 것은, 조해일이 중앙일보사출판본 작가의 말을 통해 "당시의 나로서는 있는 재주를 다 해 쓴 작품이고 지금 같은 이야기를 다시 쓴다고 해도(그럴 수는 없는 노릇이지만) 조금도 더 낫게 쓸 자신은 없다. 손대지 않고 그대로 둔 이유이다. 또 지나간 것은 원형대로 놔두는 것도 미덕이 되리라."라고 밝히고 있듯 이런 이유에서 이다. 〈표 1〉에서 표기한 것 이외에도 문단 나눔의 변화도 있었으나, 이러한 문단 나눔 역시 의미의 변화를 주지 않았다. 이처럼 1~2차 단행본 모두 개작과정을 거쳐 출판되었지만, 신문연재본과 내용이나 문맥상의 차이를 발견하기는 어렵다.

2.2. 솔출판사본의 개작 양상

다음으로는 신문연재본을 중심으로 솔출판본인 3차 단행본의 개작양상을 살펴보도록 한다. 이 3차 단행본은 앞서 언급하였듯 작가 조해일이 개작과정에서 일종의 "안전장치"를 제거하여 출판한 단행본이다. 이 때문에 안전장치의 제거라는 측면에서 1~2차 단행본에서는 삭제되지 않았지만, 3차 단행본에서만 삭제된 내용을 보다 중심적으로 살펴보았다. 또한 3차 단행본에서만 추가된 내용도 모두 정리해보았다. 마지막으로 내용의 변형과 같은 경우에는 현대식 표기법으로 바뀐 경우가 대부분이어서 따로 표로 정리하지는 않았다.

〈표 2〉신문연재본과 솔출판사본의 개작 비교

구분	신문연재본	3차 단행본 (솔)
내용 삭제	(7)//그 어느 쪽인 경우도 그녀로서는 훨씬 유리한 입장에 서게 된다. 왜냐하면 그 비열한 염탐꾼이 이제 그녀의 등뒤에 서 있을 수는 도저히 없겠기 때문이다.	20//삭제
	(11)/읽기에는 꿈에 만난 남자와 그녀가 나눈 대화까지도 그대로 옮겨져 있었다.	26//삭제
	(13)//자동차들도 곡예를 벌이듯 앞을 다루는 일은 오늘만은 사양해도 괜찮다고 생각하는 것같았다.	31//삭제
	(24)//하고 물었다.	50//삭제
	(38)//그녀	73//삭제

내용 삭제	(44)//그	84//삭제
	(45)//에또	87//삭제
	(52)//아냐	99//삭제
	(54)//스리 스타!	104//삭제
	(62)//그러나 기운이 없어 일어나지 못하기는 마찬가지였다.	118//삭제
	(78)//말을 그치고 우리들 주시하고 있다는 것도 미처 눈치채지 못했지. 알 수 없게도 담임선생이	146//삭제
	(79)//반공주의	148//삭제
	(84)//얼굴과 손.발을	156//삭제
	(84)//낯익은 것이 또 아주 낯설어 보이기도 한다는 것이 이번 경우일까	156//삭제
	(84)//자기 사진을 바라보는 것 같은 느낌으로 한동안 그렇게 방 안을 둘러보며 서 있었다. 그리고 곧 그 사진이 틀림없는 자기의 사진이라는 걸 확인하고	157//삭제
	(86)//대강당에는 이미 많은 학생들이 먼저 와서 웅성거리고 있었고 또 계속해서 많은 학생들이 모여들고 있었다. 이화는 같은 과의 다른 학생들과 함께 뒤쪽에 남아있는 빈 의자에 앉았다.	159//삭제
	(86)//우리의 판단으로는	160//삭제
	(87)//않고	161//삭제
	(87)//아주	162//삭제
	(99)//다시	184//삭제
	(100)//그러며 그녀는 이화의 두 눈을 찬찬히 마주 들어다 보았다.	186//삭제
	(101)//더 가까운 예로는 6.25를 일으킨 북한 군대가 또 바로 그런 경우지	187//삭제
	(118)//할 수 없군.	218//삭제
	(118)//이화가 말하고 있었다.	218//삭제
	(122)//아파트	224//삭제
	(124)//이환 자기 느낌을 솔직하게 말한 것뿐이고	228//삭제
	(127)//아녜요, 선생님. 좋으신걸로 하세요.	234//삭제
	(127)//마음은 아무래도 라면 쪽인가 보지? 그럼 라면으로 하도록 하지	234//삭제
	(128)//그 참(기막힌 명언이로군.)	235//삭제
	(130)//오늘은 아침도 제가 지어드렸으니까 저녁도 제가 지어드릴게요.	238//삭제
	(154)//장수길이 말했다.	280//삭제
	(154)//어디	281//삭제
	(155)//그녀는 무심코 옆을 돌아보았다. 군복을 입은 사람의 허리 부분이 시야를 가로막고 있었다.	282//삭제
	(178)//겪는	324//삭제

내용 삭제	(180)//그런 건 아니지만.	329//삭제
	(181)//이화는 배시시 웃어 보였다.	330//삭제
	(182)//그런 것들이 첫 눈에 그를 다른사람들과 쉽사리 구별 할 수 있게 해준 점이기도 했으니까.	331//삭제
	(187)//여기서 마시고 싶어요.	340//삭제
	(202)//자, 어서 세수하고 나오세요. 다 식겠어요.	368//삭제
	(205)//계시냐고 묻자	372//삭제
	(206)//어쩐지 전 처녀신 것만같아요.	375//삭제
	(206)//그러자 그녀는 잠시 표정이 굳어지더니 곧 이가에 다시 미소를 띠며 말했다.	375//삭제
	(214)//그녀는 말했다.	388//삭제
	(217)//하고 어머니는 딸의 표정부터 살폈다.	394//삭제
	(218)//의당	395//삭제
	(243)//대답도	441//삭제
	(244)//예컨대 유물론자들처럼 말이오.	444//삭제
	(248)//그리고 그는 빙긋 웃었다.	451//삭제
	(249)//나에 비하면	452//삭제
	(250)//그의 어떤 마음의 고통이 이쪽의 마음까지 와닿는 것같았다고나 할까.	453//삭제
	(261)//여권론자들 내지	473//삭제
	(262)//어느 부모가 딸자식한테 그런 일을 허락하겠니? 너도 생각을 좀 해보렴.	475//삭제
	(262)//……	475//삭제
	(262)//부드럽게 타이른 뒤 어머니는 곧 방문을 열고 나갔다.	475//삭제
	(263)//남자아이들의 군대에 가있는 것 정도로만 생각해 주셔도 좋겠어요.	476//삭제
	(270)//따라서 아버님께 드린 약속은 거짓말이 될는지도 모르겠소. 그럼에도 불구하고 내가 아버님께	488//삭제
	(270)//그렇다고 물론 어디로 도망칠 시간을 벌자는건 아니었소. 다만 우리가 의논할 시간을 벌자는 거였소.	489//삭제
	(284)//이불자락을 당겨 목까지 끌어 덮었다. 그러나 추위는 점점 더해오기 시작했다.	513//삭제
	(287)//어마, 그런 데가 어딨어요?	518//삭제
	(286)//엄마, 그러다 외려 더 병나겠어요. 신선한 공기 좀 쐬고 들어오면 한결 나을 것같아요.	516//삭제

내용 삭제	(287)//어떡합니까? 그렇게 느껴지는 걸. 전 요즘 전 강한 친구들을 보면 너나없이 모두 뻔뻔하게만 느껴집니다.	518//삭제
	(293)//잠깐이면 몰라도 결근은 어렵겠어요, 선생님. 제가 결근을 하면 그만큼 딴 사람들 일이 나는걸요.	527//삭제
	(300)//나머지 무운을 빌어.	541//삭제
	(302)//그곳에도 눈이 내렸는지요? 혹시 메마르고 추운 날씨만 계속되는 것이나 아닌지요?	544//삭제
	(304)//어쨌든 주위가 온통 흰 빛 일색이었던 것만은 틀림없었다. 막힌 데 없이 저녁은 벌판같은 장소였고	546//삭제
내용 추가 (밑줄 추가)	(1)보고서를 접수 하고 <u>하지 않고는</u>	10//추가
	(8)남기고 이화는 <u>황급히 음료수 값을 치른 뒤</u> 도망치듯	21//추가
	(10)<u>편지를 읽고 난 이화는 혼자만</u>	24//추가
	(10)감춰진 입으로 <u>이렇게</u> 말했다.	27
	(14)그러나 그녀는 실행 <u>했다.</u>	31
	(29)이왕 태워드리는 바에야 <u>실감나게</u>	59
	(54)넣으면서 했다. <u>첫번째에 노란 빛깔의 종 세 개가 나란히 떠올랐으므로 이번에는 매번 다섯 개씩을 한꺼번에 집어넣으면서 했다.</u>	103
	(57)집 뜰을 <u>거닐듯</u>	108
	(70)<u>그럭저럭</u> 옷을 다 입고나서도	133
	(132)시선을 느낀 듯이 <u>약간</u>	241
	(153)허민은 잠시 후회하는 듯한 표정을 지었으나 이화가 반 일방적으로 결정을 지어버렸다. 그리고 식사를 마친 후 중국집에서 나와 허민과 헤어진	278
	(184)<u>얼핏보기에도 외국제로 보이는,</u> 그의 집	335
	(184)<u>제대로 된 풀코스의</u>	336
	(207)<u>좋은 감을 얻어야 디자인도 저절로 나오거든요.</u>	376
	(213)어쩌면 <u>그정도는</u> 필요한 폐쇄성인지도	387
	(214)<u>전에 석기와 갔던 여관방에 비하면</u> 호사스런 방이었다.	389
	(233)깨워드린 것만으로도 벌써 큰 방해가	423
	(234)혹 무슨 뜬소문 같은 걸	424
	(264)한 사람이 그녀를 <u>향해</u> 웃어 보이고	478
	(295)억지로 오게해서 <u>괜히</u> 재미도 없는	531
	(303)<u>이화의 제의도</u> 함께 편지를	544

〈표 2〉는 이전의 1, 2차 단행본이 아닌 솔출판본에서만 내용이 삭제되거나 내용 추가된 부분을 정리한 것이다. 이 〈표 2〉를 통해 확인해볼 것은 '안전장치가 무엇인가'이다. 이 '안전장치'란 조해일에 의하면 유신의 탄압으로부터 벗어나기 위해서 설치해놓은 표현에 해당한다. 이는 즉 유신의 흐름에 맞는 반공이데올로기적 색채를 띠고 있는 표현을 뜻하며, 삭제된 내용 안에는 그러한 표현이 담겨있어야 한다. 그러나 특이하게도 대부분의 삭제된 내용들은 반공이데올로기적 색채를 띠고 있지는 않다. 오히려 1~2차 단행본에서 보였던 내용의 삭제 양상과 유사한 형태로 나타난다. 그나마 "안전장치"로 보이는 표현들은 신문연재본 『겨울여자』의 79회분에서 삭제된 "반공주의"와 101회분 "더 가까운 예로는 6.25를 일으킨 북한 군대가 또바로 그런 경우지", 244회분의 "예컨대 유물론자들처럼 말이요." 이렇게 세 가지 정도만 확인된다. 이 이외의 것들의 개작된 지점들은 조해일이 언급한 "안전장치"와 거리가 멀어 보인다. 밑줄 친 3차 단행본에서 추가된 내용 역시 마찬가지이다. 추가된 내용을 살펴보면 문장을 보다 문장을 부드럽게 만들어주거나, 내용을 보충해주는 서술에 지나지 않는다.

이밖에 〈표-2〉에서 다루지 않은 내용이 변형된 경우는 1~2차 단행본보다 솔출판본에서 더 많이 이루어졌다. 다만 이는 "아뭏든", "아름다와", "외로와"와 같이, 옛 표기법에서 현대식 표기로 바뀐 것이 대부분이어서 표 2에서는 지면상의 문제로 모두 다루지는 않았다. 그러나 내용의 변형 중에 특기할만한 지점들도 존재한다. 신문연재본 50회분에서 "소련"이란 표현이 "러시아로" 바뀌었으며, 78회분에서 "빨갱이도 아니었어."라는 표현이 "공산주의자도 아니었어."라고 바뀌었다는 점이다. 그렇다면 이 같은 '안전장치'의 제거와 변형된 표현들은 어떤 맥락의 변화를 가져왔을 것인가. 이에 대해서는 다음 장에서 상세하게 살펴보기로 한다.

3. 안전장치와 검열 우회

2장에서 살펴본 것처럼 소설 『겨울여자』는 신문연재본부터 시작하여 문학과지성사, 중앙일보사 단행본을 거쳐 1991년 솔출판사본까지 여러 차례의 부분적 개작을 거쳤다. 1~2차 단행본 출간 시에는 신문 연재소설의 내용 가운데 서사의 진행에 불필요한 지점들, 중복되거나 중언부언하는 지점들을 정리하거나 현대적인 표기법에 맞추어 수정하는 차원의 부분 개작이 진행되었고, 3차 단행본인 1991년에 이르러 '안전장치'라고 작가가 명명한 것들이 수정 개작된 것으로 확인된다. 1, 2차 개작의 경우 서사의 내용과 주제의식의 측면에서 큰 변화가 없다는 점을 확인했으므로 3차 개작본의 후기에 언급된 '정치우화소설'로서 오롯이 기능할 수 있도록 유신시대의 '안전장치'를 제거했다는 점이 문맥상으로 어떤 의미 변화를 일으키고 있는가를 이번 장에서 구체적으로 확인하고자 한다.

주지하다시피 이 소설의 주된 서사는 주인공인 '이화'가 고등학교 시절부터 대학생을 거쳐 출판사에 취업을 하고, 빈민 야학에 들어가는 과정까지를 시간순서로 서술하고 있으며, 이 과정에서 6명의 남자들을 만나 관계를 맺는 것으로 서사의 내용을 채우고 있다. 그 첫 번째 대상인 '민요섭'은 정치인의 아들로서 부도덕한 아버지에 반발하여 자신 안으로 칩거하는 인물로 '이화'를 몰래 관찰하고 접근하였다가 결국 순결을 강조하는 '이화'에 의해 거부당하고 스스로 목숨을 끊는다. 두 번째 대상인 '우석기'는 대학 언론사의 학생 기자로 한눈에 반한 '이화'에게 취재를 빌미로 접근하여 깊은 사랑을 꿈꾸지만 학교의 비리와 사회의 부조리에 저항하여 시위를 하다가 강제로 징집되어 군 생활을 하게 되며, '이화'를 만나기 위해 오다가 불의의 교통사고로 목숨을 잃는 인물이다. 세 번째는 '허민'이라는 이름의 역사학 전공 교수이며, '이화'가 다니는 대학의 은사로 아내와 불화를 겪어 홀로 지내며 성적 욕망과 도덕률 사이에서 갈등하는 인물이며, 네 번째는 '오수환'이라는 '석기'의 친구로 '이화'에 대해 끊임없이 희구하지만 친구의 전 애인을 욕망한다는 점에서 갈등하는 인물이다. 다섯 번째로는 속물적인 사업가인 '안세현'이라는 인물로 재력과 능력을 앞세워 '이화'와 결혼을 꿈꾸지만 결국 그녀의 육체에 대한 욕망 때문임을 인정하는 것으로 나오며, 마지막으로 '김광준'은 빈민운동가로 야학을 이끌면서 '이화'를 만나 빈민 구제의 연대성을 깨닫는 인물로 등장한다.

이 6명의 남성 인물 가운데 '민요섭'을 제외한 5명과 '이화'는 성적 관계를 맺으며, 성적 관계는 각각의 인물과 관련한 서사를 종결 하는 기능을 한다. 결국 이 소설의 서사는 위에서 정리한 것처럼 '이화'라는 주인공이 남성 인물들을 만나면서 전개하는 만남과 헤어짐, 욕망과 좌절 혹은 박탈과 관련한 것이며, 이 과정에는 필수적으로 '성'적

관계가 귀결의 요소로 채워진다.

그렇다면 기존 연구자들이 이 소설을 '정치우화소설'로 판단하도록 만든 이 같은 연애와 애정담은 실제 어떤 알레고리적 측면을 가지고 있는가. 신문연재본과 개작본을 대상으로 하여, 각각의 지점들이 지닌 변화한 맥락을 파악해보기로 한다.

> "… 지금 생각해도 그건 초등학교(국민학교) 3학년짜리 꼬마가 감당하기에는 좀 지나친 시련이었어. 난 장난이 좀 심한 편이었지. 공부 시간중에도 예외가 아닐 정도로. 그날도 사회생활 시간인가였는데 난 옆의 아이와 누구 연필심이 더 강한가를 시험하기 위해 서로 연필심을 맞대고 담임 선생 몰래 연필심 씨름에 열중하고 있었어. 어떻게나 열중하고 있었던지 담임 선생이 (① 말을 그치고 우리를 주시하고 있다는 것도 미처 눈치채지 못했지. 알 수 없게도 담임 선생이) 유독 내 이름만 커다란 목소리로 불렀을 때에야 난 우리가 들켜버렸다는 걸 알았어. 난 하던 짓을 멈추고 당황스레 담임 선생을 쳐다보았지. 담임 선생은 잡아먹을 듯이 날 노려보고 있었어. 장난은 둘이서 했는데도 말야. 내 옆의 아이는 숨도 못 쉬고 저까지 부리지나 않나 해서 조마조마한 표정으로 담임 선생의 눈치만 살피고 있는 것 같았어. 하지만 담임 선생은 끝내 그 애의 이름은 부르지 않았어. 나보고만 다시 벽력 같은 소리를 지르며 일어나라고 했어. 난 벌벌 떨면서 일어섰지. 매까나 얻어맞게 생겼다고 속으로 각오를 하면서 말야. 그런데 선생이 나한테 준 벌은 매가 아니었어. 매라면 몇 대 얻어터지는 것쯤 물론 겁은 나지만 참을 순 있는 것이었지. 그런데 매

151

가 아니었어. 뭐였는지 알아?"

"……."

"벌벌 떨면서, 선생이 때리기 위해서 나한테로 달려오거나 선생 앞으로 나오라고 명령하기만 고개 숙인 채 기다리고 있는 내 박박 깎은 머리통 위에 선생의 침방울과 함께 튀어와 떨어진 말은 빨갱이 새끼라는 한마디였어. 난 대번에 그것이 그냥 하는 욕이 아니라는 걸 알았어. 감옥에 가 있던 아버지를 빗대어놓고 하는 욕이라는 걸 알 수 있었지. 난 순간 얼핏 고개를 쳐들어 선생을 쳐다보려고 했지만 선생의 커다란 잎밖에는 아무것도 보이지 않았어. 선생은 재차 빨갱이 새끼라는 소리를 또 했어. 그 엄청나게 커다래 보이는 입으로 말야. 애들이 모두 날 무슨 더러운 물건이라도 쳐다보듯 일제히 바라보고 있다는 걸 느낄 수 있었어. 나하고 같이 장난치다 들킨 내 옆의 애까지 말야. 나는 그만 아무런 항의도 못하고 울음을 터뜨리고 말았어. 어떤 경우에도 우는 것처럼 바보 같은 짓은 없다고 평소엔 생각하던 제법 똑똑하던 꼬마였는데 말야. 그 길로 난 울면서 집으로 와버렸지. 선생은 말리지도 않았어. 지금 생각해보면 자질이 형편없던 선생이었던 것 같아. 괜찮은 선생이었더라면 설사 내가 정말 빨갱이의 자식이었다고 하더라도 그런 식으로 다루진 않았을 거야. 더구나 아버진 정말 공산주의자(② **빨갱이**)도 아니었어. 나중에 커서야 알게 된 사실이지만 아버진 공무원이었는데 당시의 자유당 정권이 꾸민 부정 선거에 협조하지 않았다가 누군가의 모함으로 억울한 혐의를 입었던 거야."**(괄호 속 밑줄 친 부분은 신문 연재본의 서술)**

위의 인용문은 신문연재본과 솔출판사본의 비교를 통한 확인한 수정한 개작 양상이다. 괄호 안에 본고가 밑줄 친 부분은 본디 신문연재본에는 있었다가 삭제되거나 다른 표현으로 바뀐 지점이다. 위의 장면은 '우석기'가 '이화'와 함께 자신의 유년시절이 담긴 대전으로 여행을 떠났다가 자신이 졸업한 학교를 방문하는 과정에서 회상하는 내용인데, 여기에는 초등학교 시절 수업 시간에 자신의 아버지의 과거 때문에 고초를 받는 어린 '석기'의 이야기가 소개된다.

제시된 부분은 '석기'가 아버지의 과거 행적 때문에 '빨갱이'의 자식이라고 경멸당하는 내용과 관련된 지점인데, 신문연재본에서는 이 서술 가운데, ①과 ②의 지점이 삭제 혹은 수정되었다. ①을 살펴보면 선생은 이미 '석기'의 가정사를 알고 있는 상황이며, 또한 그는 유독 '석기'를 집중해서 '주시'하고 있다는 점이 강조되어있다. 이는 뒤에서 언급되지만 같은 장난을 치고 있었던 '석기'와 친구에게 공통으로 적용되는 시선이 아니었으며, 그것은 이후 진술에서 '아버지=빨갱이', '석기=빨갱이의 자식'이라는 연좌적 등치의 시선을 통해 적용되는 차별이었다. 이는 신문연재본에는 "빨갱이"라고 언급된 부분이 1991년 개작 시에 "공산주의자"라는 표현으로 수정된 것과 연결된다. 그런데 개작본에서 '아버지=공산주의자', '석기=공산주의자의 자식'으로 변형되어버린 수정의 방향은 논의의 지점을 만들어낸다. 이는 '빨갱이'라는 표현이 지닌 감정적이면서도 차별적이고 주관적인 표현과 '공산주의자'라는 일반적인 사상성이 표면으로 드러나는 객관화의 표현에서 비롯되는 차이점이다.

"자유당 정권이라는 게 그렇게 나쁜 거였나요?"

"이환 다 좋은데 단 한 가지 정치적인 무지가(**무식이**) 여간 아니군. 자유당 정권이 어떤 정권인고 하면 바로 우리나라 민주주의의 기초를 망가뜨려놓은 정권이라구."

"미안해요. 앞으론 정치에 대해서도 관심을 갖기로 하겠어요."

"이승만이란 사람 알아?"

"옛날에 대통령 했던 분 말이죠?"

"대통력 하다가 쫓겨난 사람이라고 하는 게 더 정확해. 그 사람이 왜 쫓겨났는지 알아? 주위에 좋지 않은 사람을 데리고 있었기 때문이기도 하지만 근본적으로는 국민을 얕잡아보고 업신여겼기 때문이야. 뭐니뭐니 해도 민주주의자가 아니었다는 얘기지. 사람들은 그의 외교 능력, 배일 사상(**, 반공주의**) 등을 높이 평가하지만 또 그건 평가받아서 마땅한 일면도 있지만~ 후략~"

제일 앞 인용문 뒤에 이어지는 '석기'의 자유당 정권에 대한 비판은 신문연재본 당시 이승만에 대해서 높게 평가받는 지점에 대한 언급 즉 "외교 능력, 배일 사상, 반공주의"에서 "반공주의"만을 제외하는 방향으로 수정되었다. '석기'가 이승만이 평가받아야 마땅하다고 언급하는 지점에서 개작 이후 삭제되어버린 '반공주의'는 1991년 당시 동구권의 몰락과 냉전의 해체 속에서 일반적 의미로 수정되었을 가능성도 있지만, 개작의 전체적인 방향성을 유추할 수 있게 한다. 즉 '반공주의'라는 표현이 말하자면 '안전장치'로서 신문 연재 당시에는 기능할 것을 기대하고 서술되었다는 것인데, 이 부분에 대한 삭

제는 결국 '반공주의'에 대한 평가가 더 이상 유효하지 않음을 보여
주는 것처럼 역설적으로 읽힐 수 있다는 점에서 문제적이다. 그런데
여기에는 풀리지 않은 맹점이 존재한다.

우선 '석기'의 아버지에 대한 명명에서 비롯된 감정적 차별 용어로
서 '빨갱이'가 '공산주의자'라는 보다 보편적인 용어로 등치된 것이
오히려 유신 체제 하에서의 글쓰기에서 보다 선명한 비판적 시선을
보여줄 수 있다는 점 때문이다. 신문연재본의 문맥으로 볼 때, '석기'
가 언급하고 있는 '빨갱이'라는 용어는 부정한 것을 고발한 대가로
얻은 정의롭고 긍정적인 맥락을 함의하고 있어서 아래의 인용문에서
연결되는 '반공주의'적 맥락에서 볼 때, 오히려 반대의 의미를 지닐
수 있기 때문이다. 그렇다면 작가가 소위 '안전장치'라고 불렀던 것의
맥락은 '빨갱이'에 대한 것이 아니라 '반공주의'적인 것이어야 마땅
하다. 그러나 개작본에서의 수정은 그 맥락과 상충하는 방향으로 진
행되었고, 반공적인 '안전장치'의 기능이 보여주는 모순을 강조하는
셈이 되어버렸다. 아래의 예문도 유사한 모순을 가지고 있다.

> 군대와 경찰은 원래 예상할 수 있는 어떤 부도덕한 힘으로부터 시민
> 을 보호하기 위해서 창안된 힘의 조직이니까. 따라서 엄격하게 말한
> 다면 군대는 전쟁을 위해서 있는 것이 아니라 평화를 위해서 있는
> 것이라고 해야 옳아. 무엇을 빼앗기 위해서 있는 것이 아니라 지키
> 기 위해서 있는 것이라는 말이 될 거야. 그리고 그 지키기 위해서 존
> 재한다는 군대 본래의 목적에 충실할 때에만 그 군대는 도덕적 의미
> 에서 정당한 군대라고 할 수가 있게 되지. 그런데 세상에는 가끔(아

155

니 어쩌면 너무 자주) 군대 자체가 부도덕한 힘으로 화하는 경우가 있어. 다시 말해서 지키기 위한 힘으로서의 군대가 아니라 **빼앗기 위한 힘으로서의 군대**로 화하는 경우지. 이화는 역사를 배우고 있으니까 이미 알고 있거나 앞으로 알게 되겠지만 역사엔 그런 경우가 적지 않게 나타나고 있어. 가까운 예로 군국주의 시대의 일본 군대나 비슷한 시기의 독일 군대가 바로 그런 경우라고 할 수 있어. <u>(더 가까운 예로는 6.25를 일으킨 북한 군대가 또 바로 그런 경우지)</u>

'석기'가 입대 후 '이화'에게 보낸 편지에는 군 생활에서 깨달은 군대와 힘의 문제에 대해 언급하는 내용이 담겨있다. 원래 이 내용 가운데에는 위의 밑줄 친 부분의 문장이 삽입되어있다가 개작 시에 삭제되었다. 6.25를 일으킨 북한 군대에 대한 비판적인 시선이 담긴 내용은 신문 연재 당시인 유신체제 하에서는 '반공주의'의 맥락으로 읽히기에 충분한 '안전장치'로서 기능하는 것으로 보인다. 그러나 문맥상 서사의 내용으로 보았을 때에 사회 비판적인 정치성 때문에 강제로 징집된 '석기'의 시각으로 설명되는 이 편지의 내용은 전체적으로 '군대' 혹은 '군인 권력'을 비판하기 위한 목적이었을 것으로 추정된다. 즉 표면적으로는 '부도덕한 힘=일본 군대, 독일 군대, 북한 군대'로 연결되는 것처럼 보이지만, 전체적인 맥락상으로는 '부도덕한 힘=군인 권력, 일본, 독일, 북한 군대'로 등치되어버리는 효과를 거두고 있기 때문이다.

결국 조해일이 개작본 후기에서 '안전장치'라고 언급하고 있는 지점은 겉으로는 반공주의적 색채를 강조했던 것들을 냉전 해체 후 제거한 것으로 보이지만, 비판의 지점은 오히려 약화되는 문제점을 보여준다. '안전장치'는 표면적인 표현의 일부에서 작용하는 것이 아니라 맥락 아래에서 기능하는 것이기 때문에 그러하다.

이 외에도 이 작품의 신문 연재본에는 반공주의적 맥락에서 '안전장치'로 기능할 만한 용어들이 개작 과정에서 삭제되거나 수정된 것들이 다수 존재한다. 예를 들어 연재 50회분의 "소련 이민들이 합창대를 조직해서"와 같은 표현은 "러시아 이민들"로 수정되었고, 244회 연재분의 경우 "영국의 러셀 같은 사람이 그런 일을 해보려고 하다가 실패하고 말았소. 요컨대 사람을 물리적 존재로 파악하는 사고 방식이 세상에 존재한다는 게 문제요. 예컨대 유물론자들처럼 말이요."라는 빈민운동가 '김광준'의 언급 가운데 "예컨대 유물론자들처럼 말이요."라고 언급한 지점이 삭제된 것과 같은 지점이다. 빈민운동가인 김광준이 반드시 사회주의적 시선을 유지할 것이라는 기대는 단순한 판단이고 1991년에 이 같은 '안전장치'가 제거된 것은 어찌 보면 표면적인 맥락상으로 타당한 것으로 보이지만, 유물론자를 비판하는 그의 시선 앞에 "사람을 대량으로 살해할 수 있는 무기나 군대조직 같은 것"이라는 언급과 연결할 때 얻게 되는 의미는 결국 '유물론자'를 비판하는 목적이 아니라 군대조직의 비도덕성을 고발한다는 측면으로 해석되어야 한다는 점에서 '유물론자=비도덕=군대조직'이라는 맥락과 의미의 중층성을 상실하게 되어 버린 것이다.

결국 조해일의 작가 후기에서 확인한 '안전장치'라는 것은 일차적으로는 신문연재본에서 확인할 수 있는 것처럼 유신체제 하에서 '반공주의'적 색채를 작품에 일정 정도 반영함으로써 통제와 검열을 피해가려는 의도로 삽입된 것이라 할 수 있다. 그러나 단행본으로 개작되는 과정에서 이 같은 지점을 삭제한 것은 오히려 작품이 '정치우화'로서 기능하는 데에 제한적이거나 모순되는 맥락을 지니게 되었다. 이 같은 '반공주의'적 색채를 의미하는 안전장치를 제거한다는 것은, 그렇다면 이 작품의 본래적 의도를 살릴 수 있었는가. 다음 장에서 살펴보기로 한다.

4. 정치우화소설에서 대중소설로의 탈피

본고는 조해일의 『겨울여자』의 신문연재본과 단행본 사이의 개작 양상을 살펴보면서, 1975년과 1991년의 물리적인 거리와 사회 정치적인 상황의 변화가 실제 작품 수정에 어떤 방향으로 반영되었는가를 중점적으로 고찰하였다. 개작 양상에서 주목한 점은 이 작품이 '정치우화소설'로 기능할 수 있도록 작가가 최초 신문연재본에 '안전장치'로 설정해놓은 것들을 단행본 개작 시에 제거해버림으로써 본래적인 목적인 '정치우화소설'의 모습을 회복하도록 만들겠다는 선명한 방향성을 제시하고 있었다는 사실이다. 이는 과거 신문연재소설이 작가 자신이 의도한 것과는 달리 유신체제 하에서 통제와 검열 등에서 벗어나기 위해서 '안전장치'를 의도적으로 집어넣어야만 했다는 고백을 드러낸 것이다. 이 같은 개작의 방향은 주로 '반공주의'적 담론 혹은 관련 용어들을 표면적으로 삽입했던 것을 삭제하는 것으로 진행되었다. 그렇다면 실제 이 같은 '반공주의'적 맥락의 제거는 이 소설이 본래 의도했던 '안전장치'가 필요 없는 온전한 '정치 우화소설'로서 기능할 수 있도록 성취되었는가.

앞에서 언급한 바와 같이 이 소설은 주인공 '이화'가 만나는 6명의 남자들과 그들과의 관계, 헤어짐 등을 주된 스토리로 하고 있다. 대중적인 연애 소설로 읽힐 수 있는 이 같은 지점은 연구자들의 평가에 따르면 당대의 유신체제 하의 사회 정치적 상황을 비판적으로 고발하는 것을 감추기 위한 메타포로 기능하고 있는 것이다. 그러나 실질적인 개작에서 진행된 '안전장치'의 제거는 단순히 검열이나 통제를 피하기 위한 반공적 맥락의 가미를 제거하는 것으로 기능하지 못하였다. 왜냐하면 반공주의의 맥락으로 삽입된 서술이나 표현들은 반공적 맥락에서만 읽히는 것이 아니라 군사정부의 부도덕성과 권력남용, 부패한 정권에 대한 정의로운 비판 등을 언급하는 데에서 적용되어있고, 이 맥락에서 해당 '안전장치'를 제거하는 순간 당대적 비판의 '정치우화적' 기능은 축소되거나 사라져버리는 결과를 낳았기 때문이다.

그렇기에 이 같은 맥락이 축소된 상태에서 읽게 되는 1991년의 『겨울여자』는 충분한 당대 비판적인 성격을 지니지도, 보편타당한 가치를 제시하거나 정의로움을 이야기하는 맥락에도 도달하지 못한다. '정치우화적' 알레고리는 기본적으로 비판할 수 있는 선명한 부도덕과 부조리의 대상이 존재할 때에 기능할 수 있다. 그러나 이 소설의 개작은 '안전장치'를 제거해버림으로써 오히려 비정치적 소설 더 나아가 특별할 것 없는 애정소설에 맥락이 모호한 사회 비판적 시각이 어색하게 버물려진 상태로 도달하고 말았다.

> 어쨌든 70년에나 나올 수 있었을 법한 기형적인 연애소설(의 탈을 쓴 정치우화소설)을 오늘의 독자는 어떤 눈으로 읽어줄 것인지…

앞서 서론에서 인용한 조해일의 개작 후기에 대한 언급에서 작가가 고민한 지점을 찾아낼 수 있다. 그것은 1970년대를 벗어나 1990년대로 넘어왔을 때, 그 우화는 더 이상 기능할 수 없다는 사실을 태생적으로 직감한 작가의 변과도 맞닿아있는 지점이다.

아이러니하게도 이 소설은 반공주의적 '안전장치'가 필요했던 시절에는 보다 선명한 정치적 우화로서 읽힐 가능성을 가지고 있었다가 그것이 제거되는 순간 대중적 애정소설로 보다 치우치고 만다. 그것은 최초 실제 이 작품이 작가가 언급한 것처럼 '정치우화소설'로 의도되었더라도 신문연재 연애소설이 흔히 보이는 흥미위주의 틀거리에서 벗어나지 못한 인물 설정과 서사 구조에 원인이 있다. 이는 '이화'가 만나는 '민요섭'과 '우석기', '김광준' 등이 표상하는 것과는 별개로 그들을 겪고 바라보는 과정을 통해 얻게 되는 주인공의 사회적 비판의 각성 지점이 협소하기 때문이고, 그녀의 자각이 '성적' 관계로만 표현되어 종결되는 순간 사회 비판적 시선은 정치적으로 '무지'한 '성처녀'의 블랙홀 같은 연애담 속으로 흡수되어버렸기 때문이다.

본고는 이 작품의 당대적 가치, 즉 대중성을 획득하면서도 당대에 이 작품이 던졌던 감춰진 비판적 시선이 무의미함을 지적하는 것이 아니다. 오히려 "연애소설의 탈을 쓴 정치우화소설"을 만들기 위해 혹은 사회 비판적 시선을 감추기 위해 작가가 설정한 정치적 '안전장치'의 제거가 개작 의도와는 별개로 돌아올 수 없는 비정치적 대중 연애소설로 귀결되는 결과를 만들고 말았다는 아쉬움을 말하고 있는 것이다. 그것이 그가 걱정했던 '오늘의 독자'의 눈이 그의 『겨울여자』를 바라보게 되는 안타까운 시선이며 답변이다.

개작과 검열의 사회 · 문화사 (2)

| 제6장 |
『일년』의 검열과 개작

김영애(고려대학교)

1. 선행연구 검토와 문제제기

박영준의 장편소설 『일년』은 1930년대 농민문학의 한 경향성을 대표하는 작품으로 거론되어왔다. 이 작품은 1934년 3월부터 12월까지 『신동아』에 9회 연재 완료되었고, 1974년 처음 단행본으로 출간되었다. 1974년 이전 단행본으로 출간된 기록이 없으며 심지어 해방 직후에도 출간되지 않았다. 이 작품이 그의 다른 작품들과 달리 오랫동안 단행본으로 출간되지 않은 사정에 관해 작가는 한국전쟁 중 원고 유실을 이유로 들었으나 그의 작품 대부분이 단행본으로 출간된 것과 비교하면 그 배경에 석연치 않은 측면이 있다. 더욱이 『일년』의 원고는 『신동아』 연재본을 통해 쉽게 접근 가능하며 이를 토대로 단행본을 출간하는 일은 그리 어렵지 않은 것이기 때문이다. 본고는 『일년』의 단행본 출간 지연 문제가 식민지시기 총독부 검열로 인한 원문 삭제와 높은 관련성을 지닌다고 보고『일년』에 대한 검열과 삭제, 그로 인한 개작 문제를 다루고자 한다. 1974년에서야 첫 단행본이 나왔다는 것은 그간 이 작품에 대한 연구자들의 관심이 부족했음을 의미하는 동시에, 검열과 개작으로 인해 원본 텍스트를 확정하는 문제가 간단하지 않았음을 시사한다.

이선영은 박영준의『일년』에 대해, "1930년대 한국 농촌소설 가운데 대표적 사실주의 작품의 하나"[1]라고 평가했다. 정현기 또한 "서술의 객관성 유지를 통해서 이광수나 심훈이 범했던 교도적 계몽성으로부터 탈피했을 뿐 아니라 농민의 입장에 서서 당시대 농민의 정서를 전형화했다는 점", "사회 현상에 대한 투시와 함께 당위론적 가치 기준을 상징적으로 암시한 점에서 이 작품은 사실주의 작품으로 크게 성공한 예"[2]라고 평가했다. 박영준의『일년』에 대한 기존 논의는 대체로 작가의 등단 초기 작품세계를 규명할 근나 1930년대 농민문학의 일환으로서의 사실주의적 경향성[3]을 드러낸 작품 등으로 이루어졌으며, 본고가 관심을 두고 있는 검열과 개작 문제를 본격적으로 다룬 논의는 찾기 어렵다.

---

1 이선영,「貧困과 孤獨의 意味: 朴榮濬의 作品世界」,『연세어문학』7, 8합집, 연세대학교 국어국문학과, 1976, 33쪽.

2 정현기,「作家의 社會意識論Ⅱ- 朴榮濬의 장편소설『一年』을 中心으로」,『연세어문학』7, 8합집, 연세대학교 국어국문학과, 1976, 136쪽.

3 권영기,「박영준의 농민소설 연구-『일년』과「모범경작생」을 중심으로」(연세대 석사논문, 1977); 이주성,「한국 농민소설 연구-1920~1930년대 농민소설을 중심으로」(세종대 석사논문, 1986); 김병호,「농민소설 연구-이무영과 박영준의 작품을 중심으로」(고려대 석사논문, 1987); 조남철,「일제하 한국 농민문학 연구」(연세대 석사논문, 1985); 김종욱,「강서 적색농민운동과 박영준:『일년』을 중심으로」(『구보학보』22, 구보학회, 2019) 등이 이에 해당한다.

이순은 "『일년』이라는 박영준의 장편은 일반 독자들에게는 무척 생소한 작품이다. 이 작품은 지금으로부터 40년 전 신동아에 게재되었던 소설이다. 삭제 부분이 많아 때로는 스토리가 연결되지 않을 정도의 의식소설이다. 당시의 농민들의 일년 생활을 적나라하게 파헤친 작품으로 주로 일제의 세금과 부역, 국내 지주의 소작료 등에 착취와 핍박을 계속 당하는 점에 초점을 맞추고 있으니만큼 그렇게 상당한 양이 삭제 당한 까닭을 쉽게 짐작할 수 있기도 하다."라고 진술하면서, "작자는 그 심한 삭제로 인하여 일제에 항거하는 농민의 의식이 삭제되어 작품의 핵심이 흐려졌다고 한탄"[4]했다고 하여 이 작품에 대한 검열과 삭제의 정황 및 작가의 심경을 정리하고 있다. 정윤숙의 논의에도 "작품 중 일곱 번째 항목에 해당하는 '호세' 편이 완전 삭제되고, 그 밖에도 일부분이 일제의 검열로 삭제되어 있다."[5]라는 언급이 등장한다. 이순과 정윤숙의 논의는 이 작품의 검열 문제를 단편적으로나마 제기하고, 그에 따라 『신동아』 연재본이 실제 원작과 다르다는 사실을 처음으로 언급한 사례로 보인다.

박영준 소설의 농민문학적 가치에 대한 연구에서도 이 작품을 중점적으로 다루고 있으나, 삭제 당한 텍스트의 의미를 분석한 경우는 드물다. 검열과 개작이라는 키워드를 제외하고 이 작품의 문학사적 의미를 평가하는 것은 불완전한 접근 방식이다. 실제로 이 작품은 최초 발표 당시 텍스트 원문이 잡지 지면에 온전히 게재되지 못하고 검

---

4 이순, 「農民文學考－박영준의 『일년』을 중심으로」, 『연세어문학』7, 8합집, 연세대학교 국어국문학과, 1976, 240쪽.
5 정윤숙, 「박영준 소설에 나타난 사회의식 연구」, 건국대 석사논문, 1996, 25쪽.

열에 의해 원작의 상당 부분이 삭제된 상태로 연재되었다. 또 1974년 단행본 출간 과정에서 작가에 의해 작품 일부가 삭제되거나 수정되었다. 즉『일년』은 외부검열과 자기검열에 의해 두 차례 삭제와 수정이 이루어진 작품이다. 따라서 이 작품의 문학사적 가치와 의미를 제대로 평가하기 위해서는 지금까지 다루지 않은 검열과 개작의 문제를 함께 논의할 필요가 있다.

이에 본고는『일년』의 검열과 개작 양상을 면밀히 고찰하고 식민지시기 연재소설에 가해진 검열의 작동 방식과 이로 인한 개작 간의 인과관계를 살피고자 한다. 더불어, 박영준이『일년』을 처음 단행본으로 출간할 때『신동아』연재본 중 상당 부분을 개작한 점에 관해서도 분석이 필요하다. 선행연구는『신동아』연재본의 검열과 삭제에 대해 언급했지만 작가에 의한 개작에 관해서는 별로 다루지 않았다. 『일년』이라는 텍스트가 외부검열을 거쳐 삭제된 부분과, 이후 작가에 의해 개작된 부분을 비교 대조해 그 차이를 밝힘으로써 개작의 양상 및 방향성에 대한 구체적인 논의가 가능할 것이다. 본고는 선행연구의 성과와 한계를 바탕으로 단행본 개작에 대한 논의를 추가하여 『일년』의 검열과 개작 양상을 전반적으로 고찰하고자 한다.

2.『일년』의 검열과 개작

박태원이 1936년에 발표한『천변풍경』에서 1930년대 경성 청계천변 일대의 사계절 풍경을 시간의 흐름에 따라 묘사한 것처럼, 박영준은 동시대 농촌의 사계절을 서사적 방법으로 재구성했다. 박영준 장편소설 『일년』은 『신동아』 창간 2주년 기념 현상문예 당선작으로 1934년 3월부터 12월까지 연재되었다. 이 작품은 1974년 연세대학교 '대학문고' 7권 『박영준 당선 작품집』으로 처음 출간되었고 여기에는 작가의 말인 '前記', 콩트 「새우젓」(신동아 현상문예당선), 단편 「모범경작생」(조선일보 신춘문예당선) 등이 함께 수록되었다. 표제가 지시하는 바와 같이 이 단행본에는 박영준의 문예 당선작 세 편이 전체 214쪽의 문고판 형태로 수록되었다. 콩트 「새우젓」은 박영준이 『신동아』에 응모해 『일년』과 함께 당선된 작품이다.[6] 지면 발표 시기는 단편 「모범경작생」(『조선일보』 1934.1. 10-1.23)이 앞서나, 실제 창작시기는 장편인 『일년』이 앞설 것으로 짐작되는 만큼 『일년』을 박영준의 처녀작으로 간주해도 무리는 아닐 것이다.[7]

다른 작품들과 달리 단행본 『일년』은 작가의 말년에 처음 세상 빛을 보았다. 1974년은 그가 사망하기 2년 전으로, 박영준의 제자들이 그의 등단 40주년을 기념하여 출간한 것으로 알려졌다. 박영준은 이 단행본의 「前記」에서 『일년』에 대해 "농민의 생활을 씨 뿌릴 때부터 시작하여 여름 가을을 지나 다시 씨 뿌릴 때부터 겨울에 이르기까지

---

6 1934년 『신동아』 창간 2주년 기념 현상문예 당선작 2편(장편소설 1편과 콩트 1편), 『조선일보』 신춘문예 당선작 1편이 동시에 발표되자 당시 문단에서는 이를 매우 이례적인 현상으로 보고 박영준의 창작 역량을 높이 평가했다고 알려졌다.

7 "昭和 七年 여름 처음으로 「서골 敎員의 하로」라는 콩트가 조선일보에 발표되었을 때 동모들이 전부 칭친해준 데 용기가 자라났다."(박영준, 「고독-나의 소설수업」, 『문장』, 1940.7, 234쪽)라는 서술에 따르면 박영준은 「모범경작생」 이전인 1932년 여름 『조선일보』에 콩트 「서골 敎員의 하로」를 먼저 발표한 것으로 보인다.

기록해온 작품"[8]으로 설명했다.

> 특수한 상황 속에서 가난하게만 살던 농민들 - 그들은 대부분이 소
> 작인이었다. 그 소작인들은 일본의 세금과 부역 등으로 부당한 착취
> 를 당했고 또 국내 지주의 지나친 소작료에 신음하며 희망이란 것을
> 잃은 채 살아왔다. 그러한 소작인들의 가난한 생활을 사실적으로 그
> 리려 했던 것이 『일년』이다. 말하자면 되풀이되는 소작인의 일년 동
> 안 생활을 있는 그대로 그려보려 한 작품이다.[9]

1934년 등단과 더불어 박영준은 문단의 관심과 주목을 받는 신진
작가로 부상한다. 1955년 「文學에 自信을 가져보던 일-당선 당시의
소감」이라는 회고록에서 박영준은 등단 경험이 경제적인 문제를 해
결해주었을 뿐만 아니라 "小說을 쓸 수 있을 것이라는 自信을 스스로
가졌던" 계기가 되었다고 술회했다. 그도 그럴 것이 같은 해 작품 세
편이 동시에 공모전에 당선된 사례는 매우 드문 것이었기 때문이다.
이 가운데 「새우젓」은 작가가 익명으로 응모했다고 밝혔다. 화려한
등단으로 당대 문단에서도 박영준의 창작에 대한 기대와 관심이 컸
다고 알려졌다. 작가 스스로 이를 "昭和 九年 學校를 나오던 봄철 就
職해야 되겠다는 생각 外에 아모것도 없을 때 써두었던 作品 셋이 거
이 一時에 發表되였고 또한 大家들의 好評을 처음으로 받았다."[10]라

---

8 박영준, 「나와 東亞의 因緣 文壇 重鎭의 回顧-文學에 自信을 가져보던 일」, 『동아
　　일보』, 1955. 8. 19.
9 박영준, 「前記」, 『박영준 당선 작품집』, 연세대출판부, 1974, 4쪽.
10 박영준, 「고독-나의 소설수업」, 『문장』, 1940. 7, 234쪽.

고 회고했으며, 임화는 「모범경작생」에 대해 "'懸賞文藝'와 일반 작가의 작품을 통틀은 가운데서 가장 주목할 가치가 있는 작품"[11]으로 평가했다.

그러나 박영준은 등단과 동시에 총독부 검열에 의해 원작의 상당한 분량을 삭제 당하는 경험을 해야 했다. 공모전 당선작이 사전검열로 삭제되는 경우는 매우 드물었다. 등단의 기쁨과 검열에 의한 작품 훼손을 동시에 경험한 것이다. 작가는 1934년 발표 당시 총독부의 검열로 인해 원문 중 상당 부분이 삭제 당했고 이로 인해 작품의 핵심인 창작의도가 약화되었다고 술회했다. 소작인의 일년을 있는 그대로 그리기 위해 이들이 당한 부당한 착취 실태와 이들의 절망적인 삶을 사실적으로 묘사하고자 했던 목적이 검열에 의해 좌절되었음을 한탄한 것이다. 삭제 당한 부분은 이러한 착취와 절망의 묘사에 해당한다. 여기서 식민지시기 검열 작동 방식의 한 양상을 찾을 수 있다. 신문이나 잡지에 게재되기 전 사전검열의 일환으로 검열 당국이 납본 원고를 검열하여 부적절한 내용을 강제로 삭제하는 방식이 그것이다. 이미 많은 논자들에 의해 이러한 방식의 검열 문제가 논의되었다.

손혜민은 "단정 수립 이후 문인들의 전향은 49년 11월을 전후하여 이루어졌는데, 이 중에서 박영준은 다른 문인들보다 앞서 자발적으로 전향을 선언한 것으로 유명"[12]하다고 밝혔다. 박영준은 「모범경

---

11 임화, 「新春創作槪評」, 『조선일보』, 1934. 2. 18.
12 손혜민, 「단정 수립 이후 '전향'과 문학자의 주체 구성 – 박영준의 해방기 작품을 중심으로」, 『사이間SAI』 11, 국제한국문학문화학회, 2011, 166쪽.

작생」과 『일년』을 잇달아 발표하는 한편으로, 고향 평안남도 강서 일대를 중심으로 한 적색 농민운동(강서적화사건)과 관련을 맺고 그로 인해 옥고를 치르기도 했다. 수감 생활 이후 박영준은 농민소설 창작과 거리를 두었고 단정 수립 직후 전향 선언을 할 수밖에 없었다. 김종욱은 이를 두고 '정신적 훼절'이라 평가하면서 박영준이 자신의 농민소설을 떠올릴 때마다 수감 생활의 트라우마적 경험을 연관시킬 수밖에 없었을 것이라고 분석했다.[13]

『일년』이 총독부 검열에 의해 내용 일부가 삭제된 채 발표된 것도 이러한 트라우마적 경험과 무관하지 않을 것이다. 작품의 일곱 번째 장을 포함해 많은 분량이 강제로 삭제되고 이로 인해 작품의 주제의식이 흐려졌다고 작가 스스로 평가할 정도라면 검열로 인해 박영준이 받았을 충격 또한 미미한 수준이 아니었으리라 짐작할 수 있다. 또 그가 1934년 「모범경작생」, 『일년』으로 문단에 입문하자마자 농민운동 관련 소설의 창작을 접은 이유도 당시 검열과 무관하지 않을 것이다. 박영준의 농민문학에 대한 '정신적 훼절' 행위는 그의 초기 작품세계가 보여준 무산계급운동으로서의 농민운동의 가능성에 대한 포기를 의미한다. 그 주된 이유로 꼽을 수 있는 것이 농민운동으로 인한 투옥의 경험과 검열에 의한 작품의 훼손이다. 『일년』이 연재된 기간은 문학사적으로 중요한 사건이 발생한 시기이기도 하다. 카프의 강제 해산으로 이어지는 '신건설 사건'이 1934년 5월이고 이로 인해 많은 문인들이 검거·투옥되었다. 『일년』이 검열에 의해 삭제

---

13 김종욱, 앞의 논문, 386쪽. 이와 더불어 유년기 부친의 독립운동 이력으로 인한 옥사에 대한 기억도 트라우마의 한 부분을 차지한다고 분석된다.

당한 것은 이러한 시대적 분위기와도 무관하지 않을 것이다.

이 작품은 연재소설의 형식을 취한 것이지만, 여타의 연재소설과는 달리 현상문예 당선작이기 때문에 전작(全作) 장편이라 할 수 있다. 즉 『신동아』 현상공모에 출품할 당시 이미 작품이 완성된 상태였던 것이다. 이것을 적절한 분량에 따라 나누어 연재를 하기 시작한 것이 1934년 3월호부터이다. 그런데 완성된 전작이 잡지에 연재되는 과정에서 검열이 이루어졌고, 이러한 사전검열 탓에 『일년』은 원작과 달리 검열 당국의 지시에 따라 적지 않은 분량이 삭제된 이후 『신동아』에 연재되었다. 사전검열로 인해 원작이 훼손되고, 결국 『일년』의 원작이 정확히 어떤 형태와 내용이었는지 현재로서는 알 수 없게 되었다. 남아 있는 판본은 모두 사전검열 이후 출간된 것이기 때문이다. 1934년 『신동아』 연재본, 1974년 『박영준 당선 작품집』 수록본, 그리고 그 이후 출간된 각종 전집 수록 판본 모두 원작이 아니라 검열로 원문 일부가 삭제된 판본이다.

3. 외부검열에 의한 삭제

박영준은 『일년』에 대한 출판경찰 당국의 검열로 인해 작품의 주제의식이 약화된 채로 연재를 할 수밖에 없었다고 밝혔다. 특히 소작인들이 일상적으로 경험해 온 수탈과 착취의 문제를 현장감 있게 다룬 대목들이 대거 삭제된 것으로 추측된다. 이러한 문제는 단순하지 않다. 원고의 사전검열로 인해 개작이 이루어지는 경우는 통상적으로 검열 이전의 원본이 대중들에게 공유되지 못한다. 이에 따라『일년』의 정본 확정 문제가 제기될 수 있다. 텍스트 정본 확정은 문학연구에서 선택의 문제가 아니라 필수 영역이다. 앞장에서 언급한 바와 같이『일년』의 원본 텍스트는 현재 남아 있지 않고, 검열로 인해 삭제된 판본만이 남아 있다.

　그렇다면『일년』의 텍스트 가운데 무엇을 정본으로 볼 것인가라는 문제가 제기된다. 현재 남은 판본은 1934년『신동아』연재본을 토대로 출간된 것들이다. 그런데『신동아』연재본은 사전검열에 의해 텍스트 일부가 삭제된 '불완전한' 텍스트이다.『일년』의 텍스트 확정 문제가 단순하지 않은 이유가 여기에 있다. 이 장에서는『일년』의 두 판본, 곧『신동아』연재본과 1974년 단행본을 비교 · 대조해 그 차이를 확인하여 검열로 인한 개작의 구체적인 양상을 분석하고자 한다.『조선출판경찰월보』등 검열의 기록이 남아 있지 않기 때문에 검열과 관련된 직접적인 자료는 찾기 어렵다. 그나마『신동아』 1934년 12월호 압수와 관련된 검열 기록이 있으나, 이는『일년』의 사전검열과 무관해 보인다. '출판법 위반'으로 해당 잡지가 통째로 차압된 것이니 이는『일년』에 대한 검열 문제가 아니라 해당 잡지 자체의 문제로 보아야 한다. 따라서 현재『일년』의 검열과 관련된 구체적인 자료를 확인할 수 없다.『박영준 당선 작품집』에는 검열로 삭제된 부분을 작가가 일일이 부기해두었다. 삭제의 흔적을 최대한 복기해놓았다는 점에서는 단행본에 수록된 텍스트가 원본에 더 근접한 것이라 볼 수도 있지만 단행본에서 또 다시 개작이 이루어졌기 때문에 무엇을 정본으로 볼 것인지에 대해서는 좀 더 신중하고 면밀한 접근이 필요하다.

가장 먼저 발표된 『신동아』 수록 텍스트는 1934년 3월호부터 12월호까지 9회 연재되었고 이중 6월호에는 연재되지 않았다. 본문 전체 26장 중 1-10장은 봄, 11-21장은 여름, 22-23장은 가을, 24-26장은 겨울 이야기로 구성되었다. 지금까지 알려진 바에 따르면, 이중 7장 '戶稅' 편 전체와 '治道', '신축농장', '의사' 장의 일부가 연재 이전 검열 과정에서 삭제된 채 발표되었다. 정확한 분량을 가늠하기는 어려우나 "발표 당시 총독부의 검열로 3분의 1 가량 삭제"되었다고 보는 견해도 있다.[14] 특히 작가가 과도한 세금과 부역으로 인한 소작인들의 부당한 수탈 현장을 사실적·비판적으로 묘사한 대목이 대폭 삭제된 것으로 보인다. 『신동아』 연재본 목차는 다음과 같다.

<표 1> 『신동아』 연재 『일년』(『신동아』, 1934) 목차

	제목	『신동아』 수록	비고
1	보리밭	제1회 1934.3	
2	감자장사	제1회 1934.3	
3	김참봉	제1회 1934.3	
4	출가(出家)	제1회 1934.3	
5	공장에서	제1회 1934.3	
6	조밭	제1회 1934.3	
7	호세(戶稅)	미수록	戶稅篇 全部 削除(연재본 및 단행본 부기)
8	치도(治道)	제2회 1934.4	二面 삭제(연재본 및 단행본 작가 부기)
9	모	제2회 1934.4	
10	단오	제2회 1934.5	

---

14 송하춘, 『한국현대장편소설사전』, 고려대출판부, 2015, 395쪽.

11	김	제3회 1934.7	
12	一等賞(일등상)	제3회 1934.7	단행본에서 '일등상(一等賞)'으로 수정
13	신축농장(新築農場)	제4회 1934.8	'중간 일부 삭제 당함'(단행본 작가 부기) 연재본에 삭제 표시 없음
14	보리가을!	제4회 1934.8	
15	의사	제5회 1934.9	'중간 일부 삭제 당함'(단행본 작가 부기) 연재본에 삭제 표시 없음
16	부상(父喪)	제5회 1934.9	
17	葬禮	제5회 1934.10	
18	영순의 설음	제5회 1934.10	
19	약혼과 파탄	제6회 1934.11	
20	도주(逃走)	최종회 1934.12	
21	팟밭	최종회 1934.12	
22	추수(秋收)	최종회 1934.12	
23	가을달밤	최종회 1934.12	
24	벼맛질	최종회 1934.12	
25	이것이 겨울	최종회 1934.12	
26	소작인조합(小作人組合)	최종회 1934.12	단행본에서 '농민의 각성'으로 제목 수정

『신동아』연재본에서 검열로 인한 삭제의 흔적을 찾기는 사실상 매우 어려운 일이다. 작가 스스로 검열 당한 사실과 그로 인해 원작을 삭제한 사실을 밝히지 않았기 때문이다. 따라서 이 문제는 최초 발표본인『신동아』연재본과 단행본의 비교를 통해 정황을 유추하는 방식에 의존할 수밖에 없다.『신동아』'제1회' 연재 시 '長篇小說', '一等入賞 一年'이라는 표기가 등장하고, 첫 장 제목은 '보리밭'이다. '제2회' 연재 시작 첫머리에 "戶稅 篇은 不得한 事情으로 省略하오니 양해해주시기 바랍니다"라는 부기가 등장한다. 2회분 연재는 '치도

(治道)'와 '모', '단오(端午)' 등으로 각각 1934년 4, 5월호에 분재되었고 '모' 편 시작 전 "戶稅 篇과 治道 篇은 不得已한 事情으로 略하오니 作者와 讀者는 解諒하소서"라는 부기가 있다. 이 부기는 『일년』의 검열과 삭제에 관한 중요한 단서를 제공한다. 즉 『일년』의 원작 삭제는 작가의 동의하에 이루어진 것이 아니라 『신동아』 편집진에 의해 이루어진 결과라는 점이다. 결국 박영준조차 『일년』이 연재 과정에서 삭제 당한 사실을 사전에 알지 못했다는 의미이다.

'제3회'는 '김', '一等賞(일등상)' 등 두 장, '제4회'는 '신축농장(新築農場)', '보리가을!' 등 두 장, 그리고 '제5회'는 '의사', '부상(父喪)', '葬禮' 등 세 장으로 구성되었다. 이중 '신축농장'과 '의사' 또한 원문 일부가 삭제되었다고 작가가 밝혔지만, 『신동아』 연재본에는 이러한 삭제 관련 부기가 등장하지 않는다. 삭제 정도가 '호세'나 '치도'에 비해 미미하기 때문인 것으로 보인다. 작가는 오랜 세월이 지나 불완전한 기억에 의지해 '신축농장'과 '의사'의 중간 부분이 삭제되었다고 1974년 단행본 「前記」에서 언급했다. 따라서 정확히 어느 정도, 어느 대목에서 삭제가 이루어졌는지를 확인하기는 어렵다.

'제6회'는 '약혼과 파탄', 마지막회는 '完'으로 '도주(逃走)', '팟밭', '추수(秋收)', '가을달밤', '벼맛질', '이것이겨울', '소작인조합(소작인조합)' 등 6장으로 구성되었다. 이중 마지막 장 '소작인조합'은 단행본에서 '농민의 각성'으로 수정되었다. 또한 '팟밭' 장의 일부 대사가 지워진 채로 연재되었다. 성순과 순환의 대화 중 연재본에서 지워진 2행 정도가 단행본에서 복원된 것을 확인할 수 있다.

"요즘은 돈만 있으면 농사도 쉽게 하겠단 말이야! 암모니야는 무엇으로 만드는지 이놈만 뿌리여노면 모래땅이라도 나달이 썩어지게 되니가!" 성순이가 땀을 흘니면서 뒤에 오는 순환이에게 말했다. "돈 없는 사람은 그런 것이 나서 더 못살게만 되지 그런 것이 없든 때야 이러케 살님사리가 밝하대겠나?" "그것이 이상하단 말이야 세상이 발달해가는데 하루바지쩍과 지금이 판판 다르게 살기가 힘드니가!" <u>"웅! 세상이 발달하는 것이 (이하 2행 정도 삭제 처리) 그래서 돈없는 사람이야 조상때보담 몇배나 잘살지 않나?"</u>[15]

"요즘은 돈만 있으면 농사두 쉽게 지을 수 있단 말이야! 암모니아는 무엇으로 만드는지 이놈만 뿌리면 모래땅이라두 낟알이 썩어지게 되니까" 성순이가 땀을 흘리면서 뒤에 오는 순환이에게 말했다. "돈 없는 사람은 그런 것이 생겨서 더 못살게만 되지. 그런 것이 없던 때야 이렇게 살림살이가 박했었나?" "그것이 이상하단 말이야! 세상이 발달해가는데 할아버지 때보다 지금이 더 살기가 힘이드니……" <u>"웅, 세상이 발달하는 것이 좋기는 하지만 그게 모두 돈 있는 사람 위주란 말이야, 그래서 돈 있는 사람은 조상 때보다 몇배나 잘살지 않나?"</u>[16]

이 대목에 대해 작가는 별다른 주석을 달지 않았다. 기술 발전으로 근대화의 수혜를 입는 대상이 "모두 돈 있는 사람 위주"라는 순환의 대사가 『신동아』 연재본에서 삭제되었는데, 이 부분은 다른 지면의

---

15 『신동아』, 1934. 12.
16 『일년』, 187-188쪽.

삭제 방식과는 달리 대사 중 일부 표현만 지운 채 인쇄되었다. 즉 인쇄 과정에서 순환의 대사 일부를 의도적으로 지운 것이다. 근대화로 인해 유산계급과 무산계급의 격차가 더 심화된다는 이 대화의 내용은 식민지 근대화에 대한 비판이자 그로 인한 계급 갈등의 심화에 대한 비판으로 이해할 수 있다.

사전검열에 의해 이루어진 원작의 삭제는 작품 전편에서 대대적으로 이루어졌다. 작가 자신도 사전검열에 의해 원작이 삭제된 사실을 인지하지 못했으며, 이로 인해 삭제 이전 원본도 남아 있지 않다. 원본 상실로 인해『신동아』연재본 중 삭제된 내용의 복원이 불가능해졌고, 결국『일년』의 텍스트는 그 온전한 실체를 확인할 수 없게 되었다. 이후 단행본 출간 과정에서 작가가 부분적인 복원을 시도했으나 삭제 이전 원본이 보존되지 않은 상태에서 그 또한 불완전한 것이었다. 『일년』은 원본을 삭제 당한 상태로 연재된 뒤 오랫동안 방치되었다. 이는 박영준이 해방 이후 문단과 학계에서 매우 활발한 활동을 수행한 이력과 대조적이다. 실상「모범경작생」을 포함해 그의 작품 대부분이 해방 이후 재출간되었으나 유독『일년』만이 1974년에야 처음 단행본으로 나왔다는 사실은 이러한 복잡한 사정을 내포하고 있다.

4. 자기검열에 의한 개작

일반적으로 개작은 외부 힘에 의한 것이든, 작가 자신에 의한 것이든 표면상 자발적인 형태로 이루어진다. 그런데 검열에 의해 작품이 삭제되거나 훼손된 채로 발표되는 경우는 자발적인 개작이 아니라 강제적인 개작으로 구분할 수 있다. 즉 작가 자신도 작품이 삭제된 사실을 연재나 발표 이후에나 알게 되는 경우로『일년』은 이러한 강제적인 개작에 해당한다. 사전검열에 의한 개작의 문제는 작품의 원본을 확인할 수 없다는 점과 연결된다. 작품 발표 이전에 검열로 특정 부분이 삭제된 채로 신문이나 잡지 지면에 게재되기 때문에 독자는 작품의 원본이 정확히 무엇인지 알기 어렵고, 작가 또한 삭제된 부분을 정확히 복기해 원본을 보존하기 어렵기 때문이다. 이는 곧 원본 상실의 문제로 이어질 수밖에 없다. 앞서 살펴본 바와 같이 작품의 원본이 따로 존재함에도 불구하고 그것이 어떤 것인지 확인할 수 없는 문제는 텍스트 해석에 중대한 결핍을 야기한다.

그런데 앞서 살핀 강제 개작과 별개로 단행본 출간 과정에서 작가에 의해 수정이 이루어진 부분도 드물지 않게 확인된다. 즉『신동아』연재본을 단행본으로 출간하는 과정에서 박영준은 원본의 내용을 일부 수정했다. 앞서 살핀『신동아』연재본 목차와 비교할 때 단행본 『일년』의 가장 큰 변화는 작가 스스로 밝혔듯 문장, 철자법 위주의 윤문과 검열로 삭제된 대목을 최대한 복원한 것이었다. 두 판본의 목차는 마지막 장을 제외하고 모두 동일하다. 박영준은『일년』첫 단행본의「前記」를 통해 콩트「새우젓」과 장편『일년』이 최초 발표 이후 "한번도 그 얼굴을 보인 적이 없"으며 "作品을 오려 보관해 오던 스크랩을 6 · 25 動亂에 紛失"했다고 밝혔다.

"河東鎬 教授가 新東亞 全秩을 가지고 있음을 알고 그에게 好意를 구하여 그 책으로 제록스를 떴다. 나는 제록스로 뜬 것을 修正하면서『一年』을 다시 읽었다. 가장 初期의 作品이기 때문에 文章이 마음에 들지 않았다. 철자법도 현행 철자법과 많이 달랐다. 그래서 정정을 했지만 전적으로 고칠 수는 없었다. 그런 만큼 不滿이 많은 作品이다. 그러나 나는 日帝의 搾取政策 밑에 신음하던 當時의 農民生活을 그린 나에게 있어서는 소중한 作品이라 생각했다. (중략) 그러나 稅金으로 搾取當하던 이야기와 賦役으로 犧牲되던 이야기들은 당시 削除가 되었다. 日帝에 抗拒하는 農民들의 意識이 削除됐기 때문에 核心을 잃은 作品이 되고 만 느낌이다. 그래서 削除 當한 部分을 補完해 보려했으나 그 作品을 쓰던 當時의 記憶들을 되살릴 수가 없어서 補完을 못한 채 出版하게 된 것을 作者로서 유감스럽게 생각할 뿐이다."[17]

『신동아』연재 후 40년이라는 오랜 시간이 지나『일년』이 처음 단행본으로 묶여 나올 때 박영준은 연재 당시의 정황에 대해 이렇게 회고했다. 그에 따르면 1974년 단행본은 하동호 교수가 소장한『신동아』연재본을 저본으로 삼아 출간되었다. 또『일년』의 원작 중 "세금으로 착취당하던 이야기와 부역으로 희생되던 이야기들"이 연재 당시 삭제되었고, 그로 인해『일년』은 "일제에 항거하는 농민들의 의식이 삭제됐기 때문에 핵심을 잃은 작품이 되고" 말았다. 그는 "당시의 기억을 되살릴 수가 없어서 보완을 못한 채 출판"했다고 밝힘으로써『일년』의 원본이 온전히 남아 있지 않음을 고백했다. 그나마 삭

---

17 「前記」, 3-5쪽.

제된 부분이 어디인지를 대략 밝혀 놓았기에 어느 정도 추정은 가능하나, 이 또한 작가의 불완전한 기억에 의지한 결과이기에 부정확할 수밖에 없다. 작가가 한국전쟁 때 분실한 원고 역시 무삭제 원본이 아니라 검열된 『신동아』 '스크랩'이며, 1974년 첫 단행본 출간 시 참조한 저본 또한 하동호 교수가 소장한 『신동아』 연재본이다. 결국 작가는 『일년』의 원본을 별도로 보존하지 않은 셈이며, 따라서 『일년』의 원본에 관해서는 그 실체를 정확히 확인할 수 없는 상황인 것이다.

그러나 단행본 『일년』은 작가가 「전기」에서 언급한 부분 외에 특정 내용을 삭제·수정한 부분도 있다. 특히 마지막 장인 '소작인조합'은 단행본에서 '농민의 각성'으로 제목이 바뀌었고, 그 내용도 원작과는 다소 다른 방향으로 수정되었다. 대표적으로 '소작인조합' 마지막 구절 중 일부가 단행본에서 삭제되었는데 그 구체적인 내용을 인용하면 다음과 같다.

> "그럼 우리 확실이가 영순이와 사누만…" 편지를 다읽은뒤 그는 놀내인 듯이 말했다. "아마 그런가부외다……" "그런 말이라도 들으니 고맙네 그년이 어대서 죽지나 않었을까 걱정이 여간 아니였네……" "나도 퍽 기쁜데요…" 그들은 옛날과 같은 사돈이 다시 되었다. 소작인조합이 하나 생기였으나 김참봉의 사촌의 따우에 집을 세워놓았든 진억의 집은 얼마전에 헐니고 그들은 이 한봄을 순환네 적은 사랑방에서 지내였다.[18]

___

18 『신동아』, 1934. 12.

"그럼 우리 확실이가 영순이와 사누만…" 편지를 다읽은뒤 그는 놀내인 듯이 말했다. "아마 그런가부외다……" "그런 말이라도 들니니 고맙네 그년이 어대서 죽지나 않었을까 걱정이 여간 아니였네……" "나도 퍽 기쁜데요…" 그들은 옛날과 같은 사돈이 다시 되었다.[19]

『신동아』 연재본의 마지막 대목 중 밑줄 그은 부분은 단행본 출간 시 작가에 의해 삭제된다. 『신동아』 연재본의 마지막 한 문장을 삭제한 이유는 아마도 그 내용 때문으로 짐작된다. 작가는 '소작인조합'이라는 제목을 '농민의 각성'으로 수정하면서 소작인 조합과 관련된 내용을 삭제한 것으로 보인다. 이와 같은 방향의 개작은 마지막 대목에 등장하는 영순의 편지에서도 확인된다.

"형님! 저는 아직 그 공장에서 일을 합니다. 그러나 요사이는 임금을 올니여주어야 일을 하겠다고 공장에 가지도 않고 있습니다. 아마 수백명이 합해서 일을 하지 않으니까 주인도 말을 듣고야 견디겠지요. 우리는 끝날까지 해보려고 벗티고 있습니다."[20]

"형님! 저는 아직 그 공장에서 일을 합니다. 웬일인지 공장에서 임금을 올려주어 지금은 살기가 조금 나아졌습니다. 그새 노동자들이 무슨 일을 한 것 같습니다."[21]

---

19 『일년』, 214쪽.
20 『신동아』 1934. 12.
21 『일년』, 213-214쪽.

　원작에 없는 내용을 추가하거나 기존 내용을 변경·삭제하는 등 박영준은『일년』의 단행본에서 단순한 표현 수정 차원을 넘는 개작을 수행했다. 이러한 수정을 단순 퇴고라 보기 어려운 이유는 소작인, 노동자들의 저항 행위와 관련된 내용만을 의도적으로 삭제한 것이기 때문이다. 삭제 분량이 많지 않다 하더라도 작가가 의도적으로 원작의 특정 내용을 제거하고자 한 것은 중요한 의미를 지닌다. 앞서 살핀 박영준의 전기적 이력을 토대로 추정하면 이러한 개작은『일년』원작의 계급적, 정치적 색채를 부분적으로 지우려는 의도의 반영으로 보인다. '소작인조합'이라는 제목을 '농민의 각성'으로 수정한 것도 이러한 방향성의 연장선상에 놓인다. 물론 일부 문장 삭제와 장 제목 수정으로 이 작품의 주제의식이 크게 바뀌었다고 할 수는 없다. 그러나 분명한 것은 이미 외부검열에 의해 많은 부분이 잘려나간 원작에 작가가 또다시 삭제와 수정을 가했다는 점이다.

　『일년』은 식민지시기 총독부의 검열에 의한 삭제 그로부터 40년 후 작가 스스로에 의한 수정과 삭제 등 이중의 삭제가 이루어진 작품이다. 첫 번째 삭제가 외부 검열에 의한 강제적인 것이었다면 두 번째는 작가의 자기검열에 의해 이루어진 것이다. 원작의 표현을 다듬는 수준을 넘어 서사적 구성 차원의 수정으로까지 확장된 것은 그리 단순하지 않은 문제이다. 단정 수립 직후 박영준이 누구보다 먼저 자발적으로 전향 선언을 했다는 손혜민의 논의를 토대로 보면『일년』에 대한 자기검열과 개작이 어떤 목적과 배경 하에 이루어졌는지 짐작 가능하다. 그에 따르면 해방 이후 '중간파'로 분류되었던 박영준은 1949년을 전후로 한 전향 선언으로 체제 선택을 강요당하고, 이로 인해 자신의 문학적 정체성을 지울 수밖에 없었으며 그의 전향은 해방 이후 조선문학가동맹에 관계한 경력에 대한 자기검열이 작용한 결과로 추정할 수 있다.[22]

『일년』에 대한 개작이 이루어지기까지 긴 시간이 걸린 것은 이 작품이 그간 한번도 단행본으로 출간되지 못했기 때문이다. 1974년에 이르러서야 첫 단행본이 출간되었고 박영준은 이때 처음 자기검열성 개작을 단행한 것이다. 총독부에 의해 원작의 상당 부분이 삭제된 뒤 40년 동안 방치되었던 『일년』을 새롭게 다듬고 복원하는 작업은 작가 자신에게도 각별한 경험이었을 것이다. 단행본 개작은 해방 이후 작가적 정체성 변화를 드러내는 연장선상에 놓이는 한편 자신의 출세작을 제대로 고쳐 세상에 내놓겠다는 작가의 의지가 투영된 결과로 해석된다. 따라서 작가의 자기검열성 개작은 작품의 미적 완성도를 제고하기 위한 목적에서 이루어진 일반적인 개작과 다르게 보아야 한다. 『일년』의 개작은 작가의 전향 선언과 무관하지 않은 행위이며 그렇기에 그 과정에서 자기검열의 압박이 작동했다고 볼 수 있다. 이때 개작의 방향은 정치, 계급의식과 관련된 원작의 서사 일부를 삭제하고 수정함으로써 해방 이후 전향자로서의 작가적 정체성을 증명하는 쪽으로 기울었다.

5. 이중의 삭제와 개작의 의미

박영준의 『일년』은 두 번의 검열로 원작에 대한 이중의 삭제가 이

---

22 손혜민, 앞의 논문, 166-167쪽.

루어진 작품이다. 발표 당시 총독부 검열에 의한 원본 삭제, 해방 이후 단행본 출간 과정에서 작가에 의한 연재본 수정 및 삭제가 그것이다. 본고는 식민지시기와 해방 이후 『일년』이 외부검열과 자기검열에 의해 '이중의 삭제'를 당한 이유와 배경을 탐색하는 데 목적을 두고 1934년 『신동아』 연재본과 1974년 단행본의 텍스트 비교를 통해 구체적인 근거를 제시하고자 했다. 검열과 개작이라는 키워드를 바탕으로 『일년』이라는 텍스트를 분석한 선행연구에서도 작가에 의한 개작 문제는 중요하게 다루어지지 못했다. 단행본 출간 시기가 워낙 늦은 탓도 있겠으나 이미 연재 단계에서 검열이 작동해 원작의 삭제가 이루어진 점에만 집중한 탓도 있을 것이다. 본고는 선행연구의 성과와 한계를 바탕으로 단행본 개작에 대한 논의를 추가하여 『일년』의 검열과 개작 양상을 전반적으로 논의하고자 했다.

1934년 『신동아』 연재 당시 총독부에 의한 외부검열로 원작 내용 상당 부분이 강제적으로 삭제당한 사실에 대해서는 여러 논의를 통해 증명되었다. 박영준이 1934년 「모범경작생」, 『일년』으로 문단에 입문하자마자 농민운동 관련 소설의 창작을 접은 이유도 당시 검열과 무관하지 않을 것이다. 박영준의 농민문학에 대한 '정신적 훼절' 행위는 그의 초기 작품세계가 보여준 무산계급운동으로서의 농민운동의 가능성에 대한 포기를 의미한다. 그만큼 『일년』에 가해진 외부검열과 그로 인한 작품 훼손은 박영준의 창작 전반에 걸쳐 심각한 영향을 끼친 중대한 사건이라 할 수 있다. 이는 농민문학의 새로운 가능성을 보여주었다고 평가되던 그가 창작의 방향을 바꾼 계기가 된 사건이기 때문이다.

사전검열에 의해 이루어진 원작의 삭제는 작품 전편에서 대대적으로 이루어졌다. 작가 자신도 사전검열에 의해 원작이 삭제된 사실을 인지하지 못했으며, 이로 인해 삭제 이전 원본도 남아 있지 않다. 원본 상실로 인해『신동아』연재본 중 삭제된 내용의 복원이 불가능해졌고, 결국『일년』의 텍스트는 그 온전한 실체를 확인할 수 없게 되었다. 이후 단행본 출간 과정에서 작가가 부분적인 복원을 시도했으나 삭제 이전 원본이 보존되지 않은 상태에서 그 또한 불완전한 것이었다.『일년』은 원본을 삭제 당한 상태로 연재된 뒤 오랫동안 방치되었다. 이는 박영준이 해방 이후 문단과 학계에서 매우 활발한 활동을 수행한 이력과 대조적이다. 실상「모범경작생」을 포함해 그의 작품 대부분이 해방 이후 재출간되었으나 유독『일년』만이 1974년에야 처음 단행본으로 나왔다는 사실은 이러한 복잡한 사정을 내포하고 있다.

원작에 없는 내용을 추가하거나 기존 내용을 변경·삭제하는 등 박영준은『일년』의 단행본에서 단순한 표현 수정 차원을 넘는 개작을 수행했다. 이러한 수정을 단순 퇴고라 보기 어려운 이유는 소작인, 노동자들의 저항 행위와 관련된 내용만을 의도적으로 삭제한 것이기 때문이다. 삭제 분량이 많지 않다 하더라도 작가가 의도적으로 원작의 특정 내용을 제거하고자 한 것은 중요한 의미를 지닌다. 앞서 살핀 박영준의 전기적 이력을 토대로 추정하면 이러한 개작은『일년』원작의 계급적, 정치적 색채를 부분적으로 지우려는 의도의 반영으로 보인다. '소작인조합'이라는 제목을 '농민의 각성'으로 수정한 것도 이러한 방향성의 연장선상에 놓인다. 물론 일부 문장 삭제와

185

장 제목 수정으로 이 작품의 주제의식이 크게 바뀌었다고 할 수는 없다. 그러나 분명한 것은 이미 외부검열에 의해 많은 부분이 잘려나간 원작에 작가가 또다시 삭제와 수정을 가했다는 점이다.

『일년』은 식민지시기 총독부의 검열에 의한 삭제 그로부터 40년 후 작가 스스로에 의한 수정과 삭제 등 이중의 삭제가 이루어진 작품이다. 첫 번째 삭제가 외부 검열에 의한 강제적인 것이었다면 두 번째는 작가의 자기검열에 의해 이루어진 것이다. 원작의 표현을 다듬는 수준을 넘어 서사적 구성 차원의 수정으로까지 확장된 것은 그리 단순하지 않은 문제이다. 단정 수립 직후 박영준이 누구보다 먼저 자발적으로 전향 선언을 했다는 손혜민의 논의를 토대로 보면 『일년』에 대한 자기검열과 개작이 어떤 목적과 배경 하에 이루어졌는지 짐작 가능하다. 그에 따르면 해방 이후 '중간파'로 분류되었던 박영준은 1949년을 전후로 한 전향 선언으로 체제 선택을 강요당하고, 이로 인해 자신의 문학적 정체성을 지울 수밖에 없었으며, 그의 전향은 해방 이후 조선문학가동맹에 관여했던 경력에 대한 자기검열이 작용한 결과로 추정할 수 있다.

제2부

해방 이후 검열과 개작의 메커니즘―시, 희곡, 비평, 아동문학

제1장

검열의 흔적 지우기

채동선 작곡 · 정지용 시의 개작 양상을 중심으로

강영미(고려대학교)

1. 서론

1948년 단독 정부가 수립된 이래 남한은 반공이데올로기를 적용하며 국가 체제를 정비하는 과정에서 납·월북 작가뿐만 아니라 그 직계가족에게도 연좌제를 적용하여 이데올로기적 낙인을 찍었다. 당사자가 북한에 귀속되었다는 사실만으로 그 주변인에게까지 차별과 배제의 정책을 시행한 것이다. 1949년 문교부는 국가이념에 위반되는 저작물을 발매금지[1]한다는 방침을 내리고 1957년에는 월북 작

---

[1] "문교부에서는 건전한 국가이념과 철저한 민족정신의 투철을 기하고 특히 학도들에 대한 정신교육에 유감이 없도록 하기 위하여 관계 기관과의 협의하에서 국가이념과 민족정신에 위반되는 저작자의 저작물, 괴흥행물의 간행·발매·연출·수출입 등을 일절 금지하기로 방침을 결정하고 우선 지난 15일 각 중등학교에 장관 명의로 공문을 발하여 중등교과서 중에서 삭제할 저작자와 저작물의 내용을

가 작품의 출판판매금지[2]를 지시한다. 이 조치에 따라 납·월북 작가의 작품은 교육계, 출판계, 음악계 등에서 사라진다.

작시자가 납·월북 작가라는 이유로 노래를 향유하지 못하게 한 것은 작곡가를 향한 일종의 '연좌제'[3]라 할 수 있다. 사회구성원이 정지용 시로 노래 부를 권리를 제한하는 방식으로 납·월북 작가의 작품을 배제하는 차별을 자행했기 때문이다. 이러한 국가 폭력을 비껴가기 위해 채동선의 유족과 지인은 이은상에게 개사 작업을 의뢰하여[4] ≪채동선 가곡집≫(1964)을 발간한다. 정지용의 이름을 노출할 경우 채동선의 가곡집이 출판 판매 금지 처분을 받게 될 것이므로, "국가가 분류하고 통제하는 질서에 따"[5]라 남한 체제의 억압과 배제의 기표인 정지용을 승인과 선택의 기표인 이은상으로 교체한다. 작시자의 교체는 납·월북 작가를 배제하는 검열정책을 피하려는 유족

지시하여 실시하게 하"였다. 교과서에 수록된 정지용의 「옛글」(중등국어3), 「소곡」, 「시와 발표」(중등국어4), 「꾀꼬리와 국화」, 「노인과 꽃」(중등국어2), 「선천」, 「소곡」(중등국어4), 「말별똥」(신생 중등국어1), 「별똥 떨어진 곳 더 좋은 데 가서」(신생 중등국어2), 「67항」(중등국어 작문)이 삭제 조치를 받았다. 「문교부, 국가 이념에 배치되는 중등교과서 내용을 삭제하기로 결정」, 『조선일보』, 1949.10.1.

2　「월북 작가 작품 출판판매금지 문교부서 지시」, 『동아일보』, 1957.3.3.

3　여현철, 「국가폭력에 의한 연좌제 피해 사례 분석: 전시 납북자 가족의 피해 경험을 중심으로」, 『국제정치연구』 21-1(2018), 172쪽.

4　채동선의 차남 채영규의 이메일 회신에 의하면, 정지용의 가사를 이은상이 개사하도록 채동선의 부인에게 권유한 것은 음악계 인사들이라고 한다. 이에 채동선의 부인 이소란이 이은상에게 의뢰하여 개사 작업이 진행됐다고 한다. 이처럼 1950~1960년대에는 납·월북 작가의 작품을 재남 작가의 가사로 교체하는 경우가 왕왕 보인다. 정지용 시를 개사한 박화목과 이은상, 윤복진의 동시를 개작한 윤석중 등이 대표적 사례다. 박화목은 월남 작가이고 윤석중과 이은상은 재남 출신의 중견 문인이었다. 이들은 납·월북 작가의 가사로 인해 노래 자체가 불리지 못하는 상황을 막기 위해, 즉 작곡가의 악곡을 살리기 위해 가사를 교체하는 개사 작업을 한다.

5　에마뉘엘 피에라 저, 권지현 역, 『검열에 관한 검은책』(알마, 2012), 240쪽.

과 음악계 인사의 자체 검열의 산물이었다. 그로 인해 작곡가 채동선
이 정지용의 시로 만든 가곡 8곡 중 7곡이 이은상의 가사로 바뀐다.
채동선이 작곡한 정지용의 〈고향〉이 박화목의 〈망향〉, 이은상의 〈그
리워〉, 이관옥의 〈고향 그리워〉[6]의 네 종의 가사로 불리게 된 게 대표
적 사례다.

　이 연구에서는 1930년대에 채동선 독창곡의 가사가 정지용 시에
서 이은상 가사로 바뀌는 양상에 초점을 두고 국가가 검열을 통해
배제하려 한 월북 시인의 존재가 검열의 틈을 뚫고 드러나는 방식,
그로 인해 파생된 현상을 살피고자 한다. 국가는 검열을 통해 월북
시인의 존재를 지우려 했지만 채동선의 유족은 정지용 시를 이은상
시로 교체하는 방식으로 채동선의 노래를 살리되, 작곡집의 목차와
본문에는 이은상의 개사곡 제목과 가사를 수록하고 작곡집 뒤편의
작품목록에는 개사곡과 원 시의 제목을 병기하는 방식으로 월북 시
인의 존재를 노출했다.

　정지용 시를 이은상이 개사한 데 대해서는 음악계와 문학계에서
연구한 바 있다. 음악계에서는 정지용의 〈고향〉, 박화목의 〈망향〉 이
은상의 〈그리워〉의 악곡과 가사를 비교하며 한국어가 처리되는 방식
을 정치하게 분석하고[7], 채동선 작품의 선율, 조성, 화성적 특징[8]을

6　이정식,『사랑의 시, 이별의 노래』, 한겨레미디어, 2011, 33-36쪽.

7　홍정수,「한국어와 음악(2): 일관작곡가곡의 한국어」,『음악과 민족』 37, 민족음
　악학회, 2009, 97-134쪽.

8　김미옥,「채동선의 삶과 음악」,『음악과 민족』 28, 민족음악학회, 2004, 47쪽.(=「채
　동선(1910~1953)」,『한국음악 20세기 1 - 작곡의 시작: 1920년대까지 출생한 작
　곡가들』, 세종출판사, 2013, 115쪽.)

두루 밝힌 바 있다. 문학계에서는 정지용 시를 개사한 이은상의 개사 곡 목록을 바로잡고[9] 채동선과 정지용의 관계에 주목하여 〈고향〉과 〈바다〉 두 편의 개사 양상을 분석[10]한 바 있다. 채동선의 악보를 확인 하지 않은 채, 악보에 가필된 정보만으로 타인의 작품을 정지용 작 품이라고 잘못 언급[11]한 경우도 있다. 이 모든 현상이 납·월북 작가 에 대한 검열 조치에서 비롯된 현상이다.

따라서 반공이데올로기의 작동과 검열의 관점에서 정지용 시로 만든 가사를 이은상의 가사로 교체한 작품목록을 밝히고, 원곡과 개사곡이 잘못 알려지게 된 맥락을 밝혀서 그동안 부정확하게 알려 진 채동선의 독창곡 목록을 정확하게 제시할 필요가 있다. 정지용 의 원곡보다 이은상의 개사곡이 남한의 교육계와 음악계에 더 크게 영향을 끼치게 된 일련의 과정에 주목하여 냉전과 분단으로 인한 반 공 이데올로기가 낳은 현상이 현재까지 지속되고 있음을 밝히고자 한다.

2장에서는 채동선 작곡집의 작품목록을 통해 정지용 시가 채동선 작곡집에 존재한 방식을 살핀다. 1964년부터 1993년까지 발간된 채 동선의 작곡집 5종의 머리말과 편집후기, 목차와 작품목록의 변화 양상에 주목하여, 시대 정치적 변화에 따라 수록곡이 들고나는 현상,

---

9 오문석, 「한국 근대가곡의 성립과 그 성격」, 『현대문학의 연구』 46, 한국문학연구 학회, 2012, 132-133쪽.

10 장영우, 「채동선 가곡과 정지용 시의 변개」, 『한국문예창작』 13-3호 통권 32, 한 국문예창작학회, 2014, 35-58쪽.

11 이혜진, 「20세기 초 한국 음악의 감성과 채동선 음악예술의 문화사적 가치」, 『한 국문학과 예술』 24, 숭실대학교 한국문학과예술연구소, 2017, 22-23쪽.

검열 주체와 대상, 검열 결과 발생한 효과를 살필 것이다. 판본 비교를 통해 작곡집 발간 당시의 사회 정치 문화적 분위기가 작곡집 구성에 영향을 끼친 흔적이 드러날 것이다. 3장에서는 정지용 시를 이은상이 개사한 방식에 주목한다. 이은상은 채동선이 정지용 시를 염두에 두고 작곡한 멜로디를 따르되 정지용 시의 내용과 정서와 어조를 참조하면서 다른 가사를 써야 하는 이중의 제약 속에서 개사를 했다. 납·월북 작가의 작품에 나타난 경향성과는 다른 성격의 작품을 써야 하는 부담을 안고 가사를 새로 쓴 것이다. 이를 통해 남한 가곡사에서 가사의 내용과 주제가 형성된 경로 중 하나를 살피고자 한다. 4장에서는 검열을 우회하기 위해 만든 개사곡이 1960년대부터 2000년대까지의 다수의 음악 교과서와 가곡집과 음반에 수록되어 유통되며 남한의 음악계에 끼친 영향에 주목할 것이다.

　　정지용 시 원문은 『정지용시집』[12]에서, 정지용 시로 만든 채동선의 독창곡은 7편은 ≪鄭芝溶 詩·蔡東鮮 作曲 獨唱曲集≫[13],에서, 〈바다〉까지 포함한 8편 전곡은 ≪蔡東鮮 歌曲集 第2集 故鄕≫[14]에서 확인했다. 이은상이 개사한 채동선의 가곡은 ≪채동선 가곡집 Dong Sun Tschae Lieder≫[15]과 ≪蔡東鮮 作曲集 그리워≫[16]에서 인용했다.

12　정지용, 『鄭芝溶詩集』, 시문학사, 1935.

13　≪鄭芝溶 詩·蔡東鮮 作曲 獨唱曲集≫, (株)禮音·월간 객석, 1988.3.2.-15.

14　≪蔡東鮮 歌曲集 第2集 故鄕≫, 수문당, 1993.2.30.

15　≪채동선 가곡집 Dong Sun Tschae Lieder≫, 세광출판사, 1964.2.2.

16　≪蔡東鮮 作曲集 그리워≫, 수문당, 1980.5.5.

2. 채동선 작곡집 5종

2.1. 작곡집의 종류 및 구성

채동선의 작곡집은 유족과 음악계 인사를 통해 1964년부터 1993년까지 총 5종이 발간됐다. 5종의 목록은 다음과 같다.

① ≪채동선 가곡집 Dong Sun Tschae Lieder≫, 세광출판사, 1964. 2.2.

② ≪蔡東鮮 作曲集 그리워≫, 수문당, 1980.5.5.

③ ≪채동선 합창곡집 칸타타 한강≫, 세광출판사, 1983.4.25.

④ ≪鄭芝溶 詩·蔡東鮮 作曲 獨唱曲集≫, (株)禮音·월간 객석, 1988. 3.2.-15.

⑤ ≪蔡東鮮 歌曲集 第2集 故鄕≫, 수문당, 1993.2.30.

① ≪채동선 가곡집 Dong Sun Tschae Lieder≫은 식민지 시대 "短篇으로는 旣刊"[17]되어 불리던 노래를 모아 채동선 12주기를 기념하여 발간한 것으로, 이후 발간하는 작곡집의 기본 틀이 됐다. 작곡가 박태현(1907-1993)이 편집위원 대표를 맡아 채동선 작곡집의 기본 틀을 만들었다. '목차, 악보와 가사, 영어 가사, 작품목록'으로 구성했

---

17 박태현, 「머리말」, ≪채동선 가곡집 Dong Sun Tschae Lieder≫, 세광출판사, 1964.
박태현은 1953~1960년 전국문화단체 총연합회 사무국장, 1954~1956년 문교부 예술위원, 음악과 교수요목 제정위원으로 활동한 바 있다.

고, 수록곡은 정지용 시를 개사한 이은상의 7곡, 김동명, 김상용, 김영랑의 시로 만든 3곡 포함 총 10곡을 수록했다.

② ≪蔡東鮮 作曲集 그리워≫는 첫 가곡집을 발간한 후 채동선의 부인 "이소란 여사가 소장하고 있는 유품 속에서 새로운 가곡과 편곡 등이 발견되어 기출판된 가곡집에다 새로운 작품을 보완 출판"[18] 한 것이다. 한국작곡가협회장 김세형이 머리말을 쓰고 편집후기는 음악평론가 한상우가 작성했다. 1975년 한상우는 채동선의 "유품들을 면밀히 검사하던 중 그동안 빛을 보지 못하던 새로운 가곡 〈그 창가에〉를 비롯해서 한국민요의 합창편곡 등을 발견케 되어" 가곡과 합창곡을 보완한 작품집을 내게 됐다고 밝혔다. 이은상이 개사한 7곡, 정지용 시를 채동선 작시로 표기한 1곡, 여타 시인의 노래 5곡, 민요 채보 4곡, 채동선이 작사 작곡한 2곡을 포함한 총 19곡을 수록했다.

③ ≪채동선 합창곡집 칸타타 한강≫은 채동선 30주기를 맞아 "「채동선 기념 사업회」를 결성"[19]하고 이상만, 한상우 등이 정선한 합창곡을 묶어 발간한 합창곡집으로 한강[한강수, 불멸의 노래, Waltz and Barcarolle], 조국[대한 만세, 대한 진혼곡, 건국 행진곡, 개선 합창곡], 도라지 타령을 수록했다. 합창곡으로만 구성한 점에서 그 전후 출간된 작곡집과 차이를 보인다.

④ ≪鄭芝溶 詩·蔡東鮮 作曲 獨唱曲集≫은 1988년 〈다시 찾은 우리의 노래전〉[20]이라는 제목으로 정지용 시에 곡을 붙인 채동선의 원본

---

18 김세형, 「머리말」, ≪蔡東鮮 作曲集 그리워≫, 수문당, 1980.
19 한상우, 「편집후기」, 채동선 합창곡집 칸타타 한강, 세광출판사, 1983
20 정지용의 작품 해금과 채동선의 35주기를 맞아 1988년 3월 5일부터 15일까지 예음홀에서 열린 〈다시 찾은 우리의 노래전〉에서 정지용의 시로 만든 채동선의 가

악보를 전시하며 만든 작곡집이다. "鄭芝溶, 蔡東鮮이 함께 시를 쓰고 곡을 붙인 노래들이 1950년대 이후 부를 수 없는 노래"가 된 이래 처음 공개된 작곡집이다. "鄭芝溶 시에 蔡東鮮이 곡을 붙인 노래 여덟 곡"[21]과 전통 합주곡 등을 "寫譜"한 "친필 악보"를 전시하고 그 결과물을 작곡집으로 발간했다. 정지용의 이름을 작곡집 제목과 목차와 본문에 노출하고, 채동선 친필의 가곡 악보와 전통기악 협주곡[22], 채보한 민요곡 등을 수록했다.

　⑤ ≪蔡東鮮 歌曲集 第2集 故鄉≫[23]은 채동선의 40주기를 맞아 출간한 작곡집이다. 정지용이 "「越北詩人」이라는 汚名으로 "歌詞改作"의 수모를 받아온 지 몇 10년"만에 이은상의 개사곡 〈그리워〉로 고쳐

　　곡 〈고향〉 〈향수〉를 비롯한 친필 악보 20여 점과 함께 1920년대 후반 독일 풍물, 1930년대 우리나라의 풍물, 채동선과 그의 가족 모습을 담은 사진 30여 점이 전시되고, 15일 저녁에는 소프라노 곽신형이 정지용 시로 된 〈고향〉을 불렀다. 김경자, 「정지용 시로 지은 가곡 30여년 만에 선보여」, 『매일경제』, 1988.3.8.; 「정지용 시에 곡 붙인 채동선 가곡 원본전」, 『중앙일보』, 1988.3.10.

21　이상만, 「다시 찾은 우리의 노래展－정지용(鄭芝溶)·채동선(蔡東鮮)의 歌曲」, ≪鄭芝溶詩·蔡東鮮 作曲 獨唱曲集≫, 1988.

22　채동선이 채보하여 친필로 작성한 전통 현악협주곡 영산회상 장단법, 평시조, 전통 관악협주곡인 승평만세지곡 대현보가 수록되어 있다.

23　채동선 기념사업회의 간사 이상만은 "80년에 蔡東鮮歌曲集이 발간되면서 이름마저 〈그리워〉로 고쳐야 했던 名作歌曲 故鄉"을 채동선의 40周忌를 맞아 원제목대로 출간한 것이 ≪蔡東鮮歌曲集 第2集 故鄉≫이라고 밝힌다. "1930년대 채동선은 獨唱曲이라는 이름으로, 고향, 압천, 향수 등의 노래"를 "당시로서는 아주 호화로운 장정으로 노래 하나 하나를 정성스럽게 출간한"바 있고, "1988년 월북 작가 해금조치가 되어 예음에서 간편한 악보가 한정판으로 출판된 일이 있으나 완전한 재편집 복간은 고인의 40주기를 맞아 햇빛을 보게" 되었다고 편집후기에서 밝힌다. 이 작곡집에는 악보와 가사 모두 인쇄된 상태로 19곡이 수록됐으나 목차와 본문의 제목에 차이가 있고, 이전의 작곡집에 수록된 곡 중 전통 관현악 곡은 빠졌다. 노래의 원 제목, 개사자, 채동선 작사 작곡 채보의 연도를 밝히고, 가사의 오탈자, 악보의 오류 등을 바로잡고, 낱장으로 존재하는 악보까지 아우른 결정본을 출간할 필요가 있다.

야 했던 名作歌曲〈故鄉〉"[24]을 표제로 한 작곡집이다. 작곡집의 표제인 '고향'의 글씨는 채동선의 친필 악보의 제목에서 가져왔다. 이상만은「作品集 "고향"의 편집을 마치고」에서 그동안 "정지용 시의 노래들은 이은상에 의해 개사되어 출간되"다가 "1988년 월북 작가 해금조치가 되어 예음에서 간편한 악보가 한정판으로 출판된 일이 있으나 완전한 재편집 복간은 고인의 40주기를 맞아 햇빛을 보게 되었"다며, "채동선 음악을 이 세상에 햇빛을 보게 한 주인은 이소란 여사"이고 "이번 책의 출판에는 큰따님 채진성 씨의 노고가 뒤따랐"으며 "劉漢澈, 尹龍河 그리고 朴泰鉉, 韓相宇"[25] 등의 도움으로 작곡집이 출간됐다며, 1964년부터 1993년까지 발간된 채동선 작곡집 5종의 발간 주체를 명시하고 있다. 29곡의 악보와 가사를 인쇄 상태로 수록했다. 시로 만든 가곡 14편 16종[26], 채동선이 작사 작곡한 2곡 3종, 채동선이 작곡한 3곡, 민요 등을 수록했다.[27]

---

24 박용구,「머리말」,《蔡東鮮 歌曲集 第2集 故鄉》, 수문당, 1993.2.30.

25 이상만,「作品集 "고향"의 편집을 마치고」,《蔡東鮮 歌曲集 第2集 故鄉》, 수문당, 1993.2.30.

26 정지용 시의 원 제목대로 8편이 수록됐는데〈고향〉은 고성과 저성 두 버전의 악보가,〈다른 하늘〉은 독창과 합창 두 버전의 악보가 수록됐다. 그 외에 김동명의〈내 마음은〉, 모윤숙의〈그 창가에〉, 김상용의〈새벽별을 잊고〉, 김영랑의〈모란〉, 한용운의〈진주〉의 악보가 수록됐다.

27 채동선 작사 작곡으로 밝힌〈태극기〉가 일반곡〈우리 태극기〉와 협주곡〈태극기 노래〉의 두 버전으로 수록됐고, 채동선 작사 작곡의〈삼일절 노래〉가 수록됐다. 조지훈 작사의〈선렬 추모가〉와 채동선 작사 작곡의〈개천절〉,〈무궁화의 노래〉가 수록됐고, 민요는 채동선 편곡이라고 밝힌〈새야새야 파랑새야〉,〈서울 아리랑〉,〈진도 아리랑〉, 채동선 채보와 편곡으로 밝힌〈새야새야 파랑새야〉, 채동선이 채보한〈도라지 타령〉이 수록됐고, 송만신 전창 채동선 채보의〈진국명산〉, 채동선 작사 채보의〈둥가타령〉, 채동선 채보(1948)의〈흥타령〉이 수록됐다.

〈표 1〉

번호	작곡집 제목	출판사	출판년도	머릿말	편집후기	표지 題字
1	≪채동선 가곡집≫	世光出版社	1964.2.2	朴泰鉉		
		목차	영어가사	작품목록	약력	사진
		10곡 (가곡)	○	○	○	
2	蔡東鮮 作曲集 ≪그리워≫	출판사	출판년도	머릿말	편집후기	표지 題字
		수문당	1980.5.5.	김세형	한상우	
		목차	영어가사	작품목록	약력	사진
		19곡	○	○	○	○
3	蔡東鮮 合唱曲集 칸타타 ≪漢江≫	출판사	출판년도	머릿말	편집후기	표지 題字
		世光出版社	1983.4.25.	박용구	한상우	海丁 朴泰俊
		목차	영어가사	작품목록	양력	사진
		8곡		○	○	
4	鄭芝溶 詩 · 蔡東鮮 作曲 ≪獨唱曲集≫	출판사	출판년도	머릿말	편집후기	표지 題字
		禮音 · 월간 객석	1988.3.2.-3.15.		李相萬	박두진
		목차	영어가사	작품목록	양력	사진
		14곡		○	○	○
5	蔡東鮮 歌曲集 第2集 ≪故鄕≫	출판사	출판년도	머릿말	편집후기	표지 題字
		수문당	1993.2.30.	朴容九	李相萬	채동선 친필
		목차	영어가사	작품목록	양력	사진
		29곡	○	○	○	○

채동선의 작곡집은 세광출판사와 수문당에서 2차례씩 발간했고 1988년에는 예음·월간 객석에서 채동선의 친필 악보와 전시물을 엮은 작곡집을 발간했다. 머리말은 편집위원 대표인 박태현, 한국작곡가협회장 김세형, 채동선기념사업회장 박용구(2회)가 썼으며, 편집 후기는 음악평론가 한상우와 이상만이 2회씩 썼다. 유족이 채동선의 친필 악보를 제공하더라도 작곡집 발간 과정에는 한국작곡가협회, 채동선기념사업회가 작곡집 편집위원을 꾸려 조직적으로 주관

했음을 알 수 있다. 머리말이나 편집 후기 작성자가 겹친다는 것은 작곡집 발간 과정의 연속성이 있었음을 뜻한다. 이는 기출간 작곡집의 기본 틀을 유지하되, 기존의 문제를 보완하는 방식으로 새 작곡집을 출간했음을 의미한다. ③은 합창곡집이고 ④는 정지용 시를 수록했기에 이은상 개사곡의 영어 가사를 제시하지 않았으나 ⑤는 정지용 시를 가사로 수록했음에도 이은상 개사곡의 영어 가사를 수록하고 있다. 작곡집 출간 과정에 채동선의 부인과 딸 그리고 음악계 인사들이 연속적으로 참여했음에도 불구하고 악보와 가사, 작품목록이 통일된 상태로 치밀하게 제시되지 않고 있다.

2.2. 목차와 작품목록

채동선의 작곡집 5종 중 정지용 시로 만든 가곡을 수록한 작곡집 4종[28]의 목차는 다음과 같다. 목차 상에 보이는 결정적 차이는 1988년 전후로 나타난다. 1988년 이전에는 이은상의 개사곡을 목차로 제시했으나 1988년부터는 정지용 시를 목차로 제시한다.

---

28 1983년에 발간된 ≪채동선 합창곡집 칸타타 한강≫는 채동선이 작사 작곡한 곡만 수록되고 시인의 가사로 만든 노래가 없어 제외했다.

목차와 본문 수록곡			
① 1964	② 1980	④ 1988	⑤ 1993
① 追憶 Mmemories	① 추억	① 故鄕	① 향수
② 동백꽃 Camellia	② 동백꽃	② 鄕愁	② 압천
③ 그리워 Longing for thee	③ 그리워	③ 鴨川	③ 고향(독창)
④ 또 하나 다른 世界 The other world	④ 산엣색씨 들녁사내	④ 산엣색씨 들녁사내	④ 고향(합창)
⑤ 나의 祈禱 My Prayer	⑤ 또하나 다른 세계	⑤ 風浪夢	⑤ 산엣색시 들녁사내
⑥ 갈매기 Seagualls	⑥ 나의 기도	⑥ 또 하나 다른 太陽	⑥ 다른 하늘(독창)
⑦ 내 마음은 My Heart	⑦ 갈매기	⑦ 다른 하늘(독창)	⑦ 다른 하늘(합창)
⑧ 東海 Eastern Sea	⑧ 내마음은	⑧ 다른 하늘(혼성 합창)	⑧ 또 하나 다른 태양
⑨ 새벽 별을 잊고	⑨ 동해		⑨ 바다
⑩ 모란 poeny	⑩ 그 창가에		⑩ 내 마음은
	⑪ 새벽별을 보고		⑪ 풍낭몽
	⑫ 모란		⑫ 그 창가에
	⑬ 진주		⑬ 새벽별을 잊고
			⑭ 모란
			⑮ 진주
			⑯ 선렬추모

① 1964년의 ≪채동선 가곡집≫에는 이은상 시, 채동선 작곡으로 표기한 〈追憶〉〈동백꽃〉〈그리워〉〈또 하나 다른 世界〉〈나의 祈禱〉〈갈매기〉〈東海〉 외에 김동명 시 〈내 마음은〉 김상용 시 〈새벽 별을 잊고〉 김영랑 시 〈모란〉을 수록했다. 목차와 본문만 보면 채동선이 이은상의 시조로 가곡을 만든 것처럼 보인다. 그러나 이은상 작시로 표현한 노래는 모두 정지용 시를 이은상이 개사한 것이다.

② 1980년의 ≪그리워≫에는 1964년 ≪채동선 가곡집≫의 수록곡 외에 채동선 작사·작곡으로 표기한 〈산엣 색씨·들녁 사내〉, 모윤숙 작사의 〈그 창가에〉, 한용운 작시의 〈진주〉를 추가했다. 채동선 작사로 잘못 표기한 〈산엣 색씨·들녁 사내〉는 정지용 시다. 채동선 작사로 표기돼 있어 이은상이 개작하지 않은 것으로 보인다. 이처럼 1964년과 1980년에는 작시자인 정지용의 이름을 이은상이나 채동

선으로 대체해 놓았다.

④ 1988년의 ≪鄭芝溶 詩·蔡東鮮 作曲 獨唱曲集≫은 정지용 시로만 구성했다. 목차에 정지용 시의 원 제목을 밝히고 본문에 작시자 정지용의 이름과 정지용 시로 된 가사를 수록했다. 그동안 배제해 온 정지용의 존재와 시를 복원해 놓은 것이다. 그런데 목차에 없는 작품이 본문에 삽입되어 목차와 본문이 일치하지 않고, 삽입해 놓은 작품의 악보와 작품 번호와 작시자가 불일치하는 현상이 보인다. 악보와 곡의 제목을 확인하지 않은 채 성급히 출간한 데서 비롯된 오류다. 정지용 시 〈바다〉가 누락된 것도 문제다. 1988년 7월 월북 작가 해금조치가 이뤄질 분위기 속에서 정지용을 표제로 내세운 작곡집을 급박하게 발간한 데서 비롯된 현상이다.

⑤ 1993년의 ≪故鄕≫은 채동선의 가곡 전체를 모아 구성한 작곡집이다. 정지용 시로 만든 8편을 모두 수록했고, 1964년 작곡집에 수록한 김동명의 〈내 마음은〉 김상용의 〈새벽 별을 잊고〉 김영랑의 〈모란〉 1980년에 수록한 모윤숙의 〈그 창가에〉 한용운의 〈진주〉 그리고 조지훈의 〈선렬 추모〉를 추가했다. 그동안 부분적으로 추가하던 현대 시인의 시로 만든 가곡을 모두 모아 놓은 작곡집이다.

5종의 작곡집 목차를 보면, 채동선이 시인 7명의 시 14편을 노래로 만들었음을 알 수 있다. 정지용의 「향수」, 「압천」, 「고향」, 「산엣 색시 들녘사내」, 「풍랑몽」, 「바다」, 「또하나 다른 태양」, 「다른 하늘」, 김동명의 「내 마음은」, 김상용의 「새벽별을 보고」, 김영랑의 「모란」, 모윤숙의 「그 창가에」[29]는 독창곡으로, 조지훈의 「선렬 추모가」와 한용운의 「진주」는 합창곡으로, 총 14편의 시를 노래로 만들었다.

결정적 변화는 1988년의 작곡집에 보인다. 그 이전에는 채동선 작곡집의 목차와 본문에 이은상이 개사한 제목과 가사를 수록했으나 1988년부터는 작곡집의 목차와 본문에 정지용 시의 제목과 가사를 수록했다. 월북 문인 해금조치가 시행되는 분위기 속에서 나타난 변화다. 그런데 1988년 이전의 작곡집에서도 정지용의 존재를 확인할 수 있다. 작곡집 뒤편의 작품목록에 이은상의 개사곡과 정지용의 시 제목을 병기해 놓았기 때문이다. 하나의 노래에 또 다른 제목의 노래가 존재하고 있음을 암시한 것이다. 월북 시인의 이름을 노출하지 못하게 되자 작품 제목만 노출하는 방식을 택한 것이다. 월북 시인의 이름을 지우고 작품 제목만 밝히는 방식으로, 부재의 방식으로 실존하는 대상이 있음을 환기한 것이다. 반공 사상이 주입하는 사회적 인증 방식을 따르며 위반하는 방식으로, 남한의 국가 권력을 인정하며 비껴가는 방식으로 체제가 부인하는 납·월북 작가의 존재를 환기했다. 원곡과 개사곡의 제목을 병기하는 방식으로 정지용 시로 된 가사가 복원될 것을 희망한 것이다. 그 희망은 1988년 납·월북 작가의 해금 조치가 시행되면서 40여 년 만에 실현된다.

채동선의 유족은 1964년부터 일부 작품을 선별하여 작곡집을 출간하면서 작품 뒤편에 작품목록을 제공했다. 1964년 첫 작곡집은 목차와 본문에 독창곡 11곡을 수록하되, 뒤편의 작품목록에는 기악곡, 독창곡, 교향곡, 합창곡, 한국민요 편곡, 국악 채보의 6부분으로 구성된 전체 작품목록을 제공했다. 첫 작곡집을 발간할 때부터 유족과

---

29 「그 창가에」는 모윤숙의 시집 목록에서 확인되지 않는다.

음악인이 채동선의 작품 전체를 파악하고 있었던 것이다. 이 작품목록은 5종의 작곡집마다 거의 유사하게 반복되는데, 1988년을 기점으로 작품목록에 변화가 나타난다.

작품목록			
① 1964	② 1980 = ③ 1983	④ 1988	⑤ 1993
獨唱曲 ① 追憶(향수) ② 동백꽃(鴨川) ③ 그리워(고향) ④ 산엣색시 들녘사내 ⑤ 다른 하늘 ⑥ 또 하나 다른 太陽 ⑦ 東海(風浪夢) ⑧ 갈매기(바다) ⑨ 새벽별을 잊고 ⑩ 모란 ⑪ 내 마음은 獨唱曲 ① 선열 추모가 ② 眞珠	獨唱曲 ① 追憶(향수) ② 동백꽃(鴨川) ③ 그리워(고향) ④ 산엣색시 들녘사내 ⑤ 다른 하늘 ⑥ 또 하나 다른 太陽 ⑦ 東海(風浪夢) ⑧ 갈매기(바다) ⑨ 새벽별을 잊고 ⑩ 모란 ⑪ 내 마음은 ⑫ 그 창가에 獨唱曲 ① 선열 추모가 ② 眞珠	獨唱曲 ① 향수(추억) ② 압천(동백꽃) ③ 고향(그리워) ④ 산엣색씨 들녘시내 ⑤ 다른하늘(그창가에) ⑥ 또 하나 다른 태양 (또하나 다른 世界) ⑦ 풍랑몽(동해) ⑧ 바다(갈매기) ⑨ 새벽별을 잃고 ⑩ 모란 ⑪ 내 마음은 獨唱曲 ① 선열 추모가 ② 진주	獨唱曲 ① 追憶(향수) ② 동백꽃(鴨川) ③ 그리워(고향) ④ 산엣색시 들녘사내 ⑤ 다른 하늘 ⑥ 또 하나 다른 太陽 ⑦ 東海(風浪夢) ⑧ 갈매기(바다) ⑨ 새벽별을 잊고 ⑩ 모란 ⑪ 내 마음은 ⑫ 그 창가에 獨唱曲 ① 선열 추모가 ② 眞珠

독창곡의 ①-⑧은 정지용 시로, ⑨-⑫와 합창곡 ①-②는 다른 시인의 시로 만든 노래다. 정지용 시로 만든 노래에만 괄호가 병기돼 있다. 1964-1983년까지는 정지용 시 〈산엣색시 들녘사내〉 〈다른 하늘〉의 제목을 노출하고, 이은상이 개사한 〈또하나 다른 太陽〉의 원 작품인 〈또하나 다른 세계〉를 괄호 안에 병기하지 않았다. 개사곡과 원곡의 제목 표기법이 통일되지 않은 상태다. 이 작품목록이 1993년의 작곡집에도 반복 수록된다. 모윤숙이 작사한 〈그 창가에〉는 1980, 1983년, 1993년의 작곡집에는 추가됐으나 1988년 작곡집에는 〈다른 하늘〉의

개사곡으로 잘못 표기돼 있다.

결정적 변화는 1988년부터 나타난다. 분류 제목인 "독창곡" 목록 다음에 "(괄호 안의 곡명은 개작되어 현재 불리고 있는 곡명임)"[30]이라고 설명해 놓음으로써, 정지용의 〈산엣색씨 들녘사내〉 한 편을 제외한 7편이 개사곡으로 존재했음을 밝혔다. 1988년 이전에는 이은상의 개사곡 제목을 먼저 밝힌 후 괄호 안에 정지용의 시 제목을 표기했으나 1988년부터는 정지용 시를 먼저 제시한 후 괄호 안에 이은상의 개사곡 제목을 밝히는 방식으로 바꿨다. 전자의 표기법은 월북 작가에 대한 당국의 검열 지침을 피하기 위해 정지용의 이름은 노출하지 않고 작품 제목을 드러내기 위한 방편이었고, 후자의 표기법은 정지용의 이름을 드러낼 수 있게 되자 그동안 대체곡으로 활용된 이은상의 개사곡의 존재를 드러내기 위한 방편이었던 것으로 보인다. 냉전과 분단으로 이어진 반공이데올로기가 월북 작가를 부재의 존재로 만들고, 하나의 노래에 두 종의 가사가 존재하게 한 것이다.

여기서도 오류가 보인다. 정지용의 〈다른 하늘〉은 이은상이 〈또 하나 다른 세계〉로 개사했는데 모윤숙 작사의 〈그 창가에〉로 잘못 표기해 놓았고, 정지용의 〈또하나 다른 태양〉은 이은상이 〈나의 기도〉로 개사했는데 〈또하나 다른 세계〉로 잘못 표기해 놓았다.[31] 1988년 3월 월북 작가가 해금되는 분위기 속에서 작곡집을 서둘러 발간하는 과정에서 생긴 오류인 듯하다. 작품목록까지 꼼꼼하게 확인하기 어려

---

30 ≪鄭芝溶 詩·蔡東鮮 作曲 獨唱曲集≫, (株)禮音·월간 객석, 1988.3.2.-15, 56쪽.

31 정지용 시를 개사한 이은상의 곡 이름을 잘못 표기하는 오류가 여기서 발생한 것임을 알 수 있다. 김미옥(2004, 2013)과 이혜진(2017)의 논문을 비롯하여 『한국작곡가사전』(시공사, 1999)에도 정지용 시의 개사곡 제목이 잘못 표기돼 있다.

웠던 급박함이 보인다.

월북 작가 해금에 대해서는 1987년부터 논의해 왔다. 1987년 8월 14일 한국문인협회에서 납·월북 작가 해금 문제와 관련된 월북·납북문인 작품심의위원회를 구성하고, 1987년 9월 7일에는 한국문인협회가 정지용·김기림의 작품 해금을 문화공보부에 건의했다. 이러한 사전 작업을 거쳐, 1988년 6월 29일 민주정의당에서 해방 이전 작품을 중심으로 월북 작가의 작품에 대한 해금을 결정하고 1988년 7월 19일 정부에서는 홍명희 등 5명을 제외한 월북 작가의 해방 전 작품을 해금했으며 1988년 10월 27일에는 납·월북 예술인 1백여 명이 정부수립 이전에 창작한 순수예술작품을 해금했다.[32]

이러한 흐름 속에서 채동선의 유족은 1988년 7월 해금조치가 시행되기 전인 3월에 ③ ≪鄭芝溶 詩·蔡東鮮 作曲 獨唱曲集≫을 발간하고 작품을 전시했다. 작곡집의 표지 제목은 박두진이 썼다. 이 작곡집은 수기로 된 악보와 가사, 인쇄된 악보에 수기 가사, 인쇄된 악보와 가사의 세 종류를 한데 묶어 구성했다. 유족이 소장하고 있던 채동선의 친필 악보를 공개하되, 친필 악보가 없는 경우는 인쇄 상태의 악보로 대체했다. 그 과정에서 목차에 없던 〈내 조국〉이 삽입된다.[33] 이 노래는 5종의 작품목록에도 없다.

---

32 「정부, 월북 작가 해방 전 문학작품 출판 허용」 『경향신문』, 1988.7.19.

33 목차는 〈故鄕, 鄕愁, 鴨川, 산엣 색씨·들녁 사내, 風浪夢, 또 하나 다른 太陽, 다른 하늘(독창), 다른 하늘(혼성 합창)〉으로 돼 있는데, 본문은 〈산엣 색씨·들녁 사내〉와 〈風浪夢〉 사이에 〈낙화암-내 조국〉이 삽입되어 있다. 목차와 본문의 일치 여부를 확인하지 않은 것이다.

위 그림 ①을 보면 "獨唱曲" "第一番" "鄭芝溶 詩", "蔡東鮮 作曲" "作品第十番 其二(Op.10, No2), 獨唱曲(第一番)"이 악보에 인쇄돼 있다. "鄭芝溶 詩" 위에 필기체로 이은상을 적어 놓고, 인쇄된 제목이 있었음직

한 빈자리에 "낙화암"이라는 글씨를 쓴 후 두 줄을 긋고 "내 조국"이라고 수정하고, 악보 아래에는 손으로 가사를 적은 후 줄을 긋고 그 아래에 새 가사를 적어 놓았다. 악보에 인쇄된 정보만 얼핏 보면, 정지용 시를 이은상이 개사하면서, 제목 〈낙화암〉을 〈내 조국〉으로, 윗줄의 가사를 아랫줄의 가사로 수정한 것처럼 보인다. 그런데 인쇄된 악보와 작품 번호는 그림 ②의 모윤숙의 〈그 창가에〉와 동일하다. ① ②의 악보는 각 단의 단수만 다를 뿐 모두 108마디로 구성됐다. ①은 3마디, 4마디, 5마디, 6마디, 8마디가 섞인 23단 108마디로 ②는 4마디씩 균등하게 배분한 27단 108마디로 배치됐다.

②의 〈그 창가에〉의 악보는 1980, 1983, 1993년 작곡집에 동일하게 수록됐으므로 이전에 발간된 작곡집 두 종을 확인했더라면 작시자를 정지용이라고 잘못 인쇄하고, 잘못 인쇄된 정지용의 이름만 보고 이은상이 개사하지는 않았을 것이다. 당시 남한에서 왕성하게 활동하던 모윤숙의 작품을 이은상이 굳이 개사할 필요가 없기 때문이다. 모윤숙의 〈그 창가에〉의 악보에 작시자를 정지용이라고 인쇄한 것은 단순 오류로 보인다. 채동선의 친필 악보를 인쇄하는 과정에서 발생한 오류인 듯하다. 문제는 악보에 인쇄된 정지용이라는 이름만 보고 이은상이 가사를 새로 쓴 데 있다. 유족과 편집 담당자가 악보를 확인하지 않은 상태에서 "정지용 시"라는 기표 자체에 끌려 이은상에게 개사를 의뢰한 것이다. 정지용이 환기하는 월북 작가라는 환유의 사고가 불필요한 개작을 하게 만든 것이다. 〈그 창가에〉 개사를 둘러싼 이러한 해프닝은 1960-1980년대 남한 사회의 반공이데올로기가 유족을 비롯한 문화계 인사들 저변에 깊숙이 작용하고 있었음을 보

여주는 단적인 사례라 할 수 있다.

1988년 월북문인 해금 조치의 분위기를 맞아 정지용 시로 급하게 만든 ③ ≪鄭芝溶 詩·蔡東鮮 作曲 獨唱曲集≫을 발간하는 과정에서 발생한 이 오류는 1993년에 발간된 ⑤ ≪蔡東鮮 歌曲集 第2集 故鄉≫에서 바로잡힌다. 1993년 발간된 작곡집에는 〈낙화암-내 조국〉의 악보를 삭제했다. 1988년의 작곡집 편집 담당자 이상만이 1993년 작곡집의 편집을 계속 맡으면서 이전 작곡집의 잘못을 바로잡은 것이다. 그런데 후대의 일부 연구에서는 ①의 악보만 보고 정지용 시로 만든 채동선의 가곡이 추가 발견됐다고 기술하는 오류를 계속 범하고 있다.

1993년의 작곡집에는 해금 전 발간된 작곡집의 작품목록과 동일하게 이은상의 개사곡을 먼저 제시한 후 괄호 안에 정지용 시의 제목을 밝혀 놓았다. 1988년 작곡집의 목차와 본문에 원 작시자인 정지용의 시 제목을 밝혀 놓았음에도, 그 흐름을 잇지 않고 해금 이전의 수록 방식을 따른 것이다. 앞으로는 정지용의 시 제목을 먼저 밝히고 이은상의 개사곡을 괄호 안에 밝히는 방식으로 작품목록을 작성할 필요가 있다.

지금까지 살핀 작곡집의 목차, 본문의 악보, 작품목록에 나타난 오류를 바로잡아 정지용의 시와 이은상의 개사곡 목록을 정리하면 다음과 같다.

번호	정지용 시	시 창작 년도	작곡 년도	이은상 개사곡	작품 번호
1	향수	1927	1937	追憶	作品第五番 · 其一
2	압천	1927	1937	동백꽃	作品第五番 · 其二
3	고향	1932	1933[34]	그리워	作品第六番 · 其一
4	산엣색시 들녁사내	1926			作品第六番 · 其二
5	다른 하늘	1934		또하나 다른 世界	作品第七番 · 其一
6	또 하나 다른 태양	1934		나의 祈禱	作品第七番 · 其二
7	바다	1927	1937	갈매기	作品第八番 · 其一
8	풍랑몽	1927		東海	作品第十番 · 其一

정지용 시 8편 중 〈산엣색시 들녁사내〉를 제외한 7편을 이은상이
개사했다. 〈산엣색시 들녁사내〉는 채동선 작사로 표기어 발표된 바
있다. 1930년대의 많은 작곡가들이 시조를 가사 삼아 가곡을 작곡하
던 것과 달리 채동선은 정지용의 시로 가곡을 만들어 독창곡이라 명
명한[35] 독보적인 안목이 보인다. 이 외에도 채동선은 김동명, 모윤
숙, 김상용, 김영랑의 시로 독창곡을, 한용운, 조지훈 시로 합창곡을
만들었다. 작곡집에는 수록하지 않은 상태이지만 한글학자 이극로
가 작사한 〈한글 노래〉로 만든 합창곡의 악보도 존재한다. 해방 직후
에는 채동선이 직접 가사를 지어 〈한강〉, 〈조국〉 등의 합창곡을 작곡
하기도 했다. 낱장으로 존재하는 채동선의 악보 전체를 수합하여 원
전 비평을 거친 후 작곡 전집을 발간할 필요가 있어 보인다.

---

34 1933년 채동선의 동생 채선엽의 독창회에서 처음 발표되어 도쿄 유학생들의 심
　　금을 울렸다고 한다.
35 이상만은 1930년대 홍난파, 현제명이 정형시를 대상으로 만든 창작가요와 달리 채
　　동선은 정지용 시를 대상으로 독창곡을 만들었으며, 서양음악뿐만 아니라 국악 채
　　보에도 힘을 기울인 점을 높이 평가하고 있다. 이상만, 「다시 찾은 우리의 노래展－정
　　지용(鄭芝溶) · 채동선(蔡東鮮)의 歌曲」, 《鄭芝溶詩 · 蔡東鮮 作曲 獨唱曲集》, 1988.

3. 채동선 작곡 · 정지용 시의 개작 양상

이 장에서는 개작이 가장 많이 된 〈고향〉을 중심으로 정지용 시를 노래로 만드는 과정, 정지용 시를 이은상의 가사로 바꿔 쓰는 과정에 나타난 변화를 집중적으로 살핀 후 그 외의 개사곡에 나타난 변화 양상을 살필 것이다. 채동선 가곡의 음악적 특징에 대해서는 음악계의 선행연구[36]가 있으므로 이 연구에서는 가사의 변화 과정에 나타난 경향성이 이후 남한 가곡사의 주된 흐름으로 자리잡는 양상에 주목하고자 한다. 정지용 시를 개사한 이은상의 개사 행위에 대해서는 그동안 원곡과 개사곡의 제목만[37] 일부 제시하거나 개사곡 세 편만 집중적으로 분석하는 데[38] 그쳤기에 이은상이 가사를 새로 쓴 7편의 개작 양상의 전모를 파악하기 어려웠다. 따라서 이 장에서는 채동선 가곡에 활용된 정지용의 시 원문이 이후 개사 과정에서 바뀐 양상에 주목할 것이다.

---

36 정지용 작시의 채동선의 〈고향〉은 음절 그룹의 끝에 거의 항상 짧은 음표(8분음표)가 오기 때문에 음절그룹의 분리도, 노래의 아티큘레이션도 어려워 노래를 부르는 사람의 호흡과 관련시켜 본다면 가사의 낭송 면에서 상당히 불리한 조건이라고 한다. 음절 그룹이 분리되어 호흡을 하기 전에 다음 가사가 연속되기에 가사의 내용을 더 숨 가쁘게 표출하게 되는데 이 숨 가쁨이 더 간절한 분위기를 만드는 효과를 낸다는 것이다. 그리하여 명사가 강조되고 토씨는 약화되는 경향을 보이면서 가사의 의미에 더 집중하는 효과를 만든다고 한다. 홍정수, 「한국어와 음악(2): 일관작곡가곡의 한국어」, 『음악과 민족』 제37호(2009), 127쪽. 이 외에 김미옥은 채동선 가곡의 세부 형식, 선율, 조성, 화성, 박자, 리듬 등을 분석해 놓았다. 김미옥, 「채동선의 삶과 음악」, 『음악과 민족』 28(2004), 48-60쪽.

37 오문석, 「한국 근대가곡의 성립과 그 성격」, 『현대문학의 연구』 46(2012), 115-143쪽.

38 장영우(2014), 앞의 논문, 35-58쪽.

3.1. 원본의 삭제와 집단적 망각

1949년 문교부가 월북 작가의 작품을 교과서에 등재하지 못하게
조치했음에도 정지용의 시 「향수」로 만든 채동선의 가곡 〈향수〉는
1965년의 『고등음악』[39] 교과서에 수록된다. 채동선과 동시기에 활
동한 음악가인 이흥렬[40]과 이성삼[41]은 『고등음악』 교과서를 편찬하
면서 〈고향〉을 수록하되 채동선 작곡으로만 표기하고 작시자인 정지
용의 이름은 노출하지 않고 가사만 부분적으로 수정한다. 가사가 바
뀐 부분은 굵게 표시했다.

> **내 살던** 고향에 돌아와도 **내 살던** 고향은 **아니더라**
> **산새는 지저귀고** 뻐꾸기 제철에 울건만
> **내 맘은 제 고향 지니지 않고 먼‒ 항구로 떠도는구나**
>
> **저 산 위에 고이 홀로 오르니 흰점 꽃이 인정스레 웃고**
> **어릴 제** 불던 **버들잎**피리 소리 아니 나고 메마른 입술이 쓰디 쓰다
> 내 살던 고향에 돌아와도 그리던 하늘만이 높푸르구나
>
> 채동선 작곡 〈고향〉

가장 큰 변화는 3음보로 반복되는 리듬감, 안타까움과 아쉬움을

---

39 이흥렬 · 이성삼, 『고등음악』(창인사, 1965), 54-56쪽.
40 이흥렬(1909~1980): 작곡가.
41 이성삼(1914~1987): 음악인, 평론가.

담은 종결어미가 사라진 점이다. "고향에 고향에"가 "내 살던 고향
에"로 바뀌면서 반복에서 생기는 리듬이 줄어들고 '나의 고향'이라
는 개인성이 강조된다. "고향에 고향에 돌아와도"라는 어절 단위의
반복과 변주가 "내 살던 고향에 돌아와도"라는 구문 단위의 반복으
로 바뀌면서 리듬감이 줄어들고, 현재 시제의 종결어미 "아니려뇨"
에 담긴 회한과 아쉬움이 과거시제의 단정적 진술 "아니더라"로 바
뀌면서 화자의 심경이 단선화된다. "마음"이 "내 마음"으로, "메 끝"
이 "저 산"으로와 같이 보통명사에 대명사가 덧붙는 방식으로 바뀌
면서 개별성이 강조되고, 체언형 종결어미 "떠도는 구름"에서 생기
는 압축과 여운이 서술형 종결어미 "떠도는구나"로 바뀌면서 상황
을 받아들이는 체념적 태도가 환기된다. 가사에서 전달되는 리듬과
압축의 효과, 여운과 회한의 정서가 서술형 어미를 통한 체념적, 수동
적 자세로 풀어지고 있다. 교과서 편찬자는 가사의 부분적 수정을 하
는 과정에서 반복의 리듬과 여운과 회한의 정서가 줄어들더라도 정지
용 시의 원 가사를 살려 채동선 노래를 보전하려 한 것으로 보인다.

　그러나 1957년부터 납·월북 작가 작품의 출판 판매 자체가 금지
되자 작시자와 제목과 가사 전체가 교체된다. 그로 인해 채동선의 악
보는 정지용의 〈고향〉, 박화목의 〈망향〉, 이은상의 〈그리워〉, 이관옥
의 〈고향 그리워〉의 네 종류의 가사로 유통되었다. 박화목은 1946년
월남하여 필명 박은종으로 활동한 동요 작가이고, 이은상은 1920년
대부터 시조를 창작하여 가곡의 가사로 제공하며 남한 문단의 거목
으로 자리잡은 시조시인이고, 이관옥은 서울대 음대 교수로 재직한
소프라노 가수다. 이들은 정지용의 가사를 쓸 수 없는 상황에서 새로

운 가사를 써서 채동선의 악곡을 보존했다. 이관옥은 "정지용의 〈고향〉을 부를 수 없게 되자 자신이 직접 〈고향 그리워〉라는 제목으로 가사를 붙여 노래했다"[42]고 밝힌 바 있다. 이들은 정지용의 〈고향〉을 염두에 두되 다음과 같은 방식으로 가사를 바꿔 썼다.

정지용의 〈고향〉은 화자가 고향에 와도 자연만 그대로인지라 마음을 잡지 못하는 상태에 초점을 두었으나, 박화목의 〈망향〉은 그대가 있기에 봄과 고향이 의미가 있다며 마음속의 그대에 초점을 두었고, 이은상의 〈그리워〉는 지난 세월을 헤아리는 것은 부질없으니 상실감을 인정한 상태에서 서로에 대한 그리움을 안고 살자는 데 초점을 두었고, 이관옥의 〈고향 그리워〉는 타향에서 느끼는 외로움 속에서 나를 품어줄 고향을 그리워하는 데 초점을 두었다. 정지용이 고향에서 느낀 격절감을 박화목과 이은상은 님에 대한 그리움으로, 이관옥은 타향에서 느끼는 고향에 대한 그리움으로 바꾸었다. 박화목과 이은상의 개사곡에서는 고향과 임에 대한 그리움이 개인화되는 경향이 나타나고, 이관옥의 개사곡에서는 지리적 격절감 속에 느끼는 고향에 대한 그리움이 나타난다. 정지용 시에서는 고향의 이질감 속에서 격절감을 느끼게 되는 반면 이관옥의 개사곡에서는 물리적 거리가 낳은 그리움을 느끼게 된다.

이들 개사곡 중 박화목이 개사한 〈망향〉은 1958년부터 가곡집[43]에 실리고 1960년대의 『새음악 1』[44]과 『음악』[45] 교과서, 1970년대의 『인

---

42 이정식, 「〈고향〉으로 돌아가면 될 일」, 『이정식 가곡 에세이 사랑의 시, 이별의 노래』(한결미디어, 2011), 33쪽.
43 〈망향〉이 수록된 가곡집이 1958년 발간됐다. 이강렴, 『한국가곡집』(국민음악연구회, 1958).

문계 고등학교 음악』[46] 교과서에 수록된다. 이은상이 개사한〈그리워〉
는 1970년대의『인문계 고등학교 음악』[47] 교과서에 수록되고 1975년
부터 가곡집[48]에 수록된다. 이로 보건대 채동선 가곡의 개사 작업은
1950-1960년대에 집중적으로 진행된 것으로 보인다. "정권유지를
위한 방편으로 암묵적으로 연좌제"[49]를 시행하던 시대 상황 속에서,
납·월북 작가와 관련된 가곡 역시 관련자를 교체하는 방식으로 개
사 작업이 진행된 것이다. 그 결과 동일한 선율의 두 버전의 가사가
교과서와 가곡집에 수록되어 1960-1970년대에 교육을 받고 음악을
즐긴 세대에게 영향을 끼치게 되었다.

이은상은 정지용의「고향」을〈그리워〉로 개사하면서 정지용의 시
「그리워」[50]를 참조한다. 정지용의 시를 훼손하지 않으려는 조심스러
운 태도로 개사를 하는 동시에 개사곡을 통해 정지용 시를 연상케 하
는 이중의 효과를 내고 있다. 세 편을 순차적으로 살펴보자. ①과 ③
의 밑줄은 정지용 시「그리워」와 이은상이 개작한〈그리워〉의 통사
구조가 같은 부분을 표시한 것이다.

---

44 정회갑·김성남,『새음악 1』(현대악보출판사, 1968), 51쪽.

45 신상우,『음악1』(동성문화사, 1968), 106쪽.

46 이병두·조태희,『인문계 고등학교 음악』(국민음악연구회, 1978), 127쪽.

47 김갑·남상훈,『인문계 고등학교 음악』(동아출판사, 1978), 140-142쪽.

48 〈그리워〉가 수록된 가곡집이 1975년에 발간됐다. ≪세광명가350곡선≫(세광출
판사, 1975); ≪학생애창포켓송≫(세광출판사, 1975).

49 김은재·김성천,「연좌제 피해자들의 국가폭력 경험에 대한 사례 연구」,『비판사
회정책』51(2016), 250쪽.

50 이정식,「고향_별교에서 사랑받는 정지용의 시」,『이정식 가곡 에세이 사랑의 시,
이별의 노래』(한겨레미디어)2011, 28-30쪽.

① 정지용, 「그리워」[51]	② 정지용, 「고향」	③ 이은상, 〈그리워〉
그리워 그리워 돌아와도 그리던 고향은 어디며뇨 등녁에 피여있는 들국화 웃어주는데 마음은 어디고 붙일 곳 없어 먼 하늘만 바라본다네 눈물도 웃음도 흘러간 옛추억 가슴아픈 그 추억 더듬지 말자 내 가슴엔 그리움이 있고 나의 웃음도 년륜에 사겨졌나니 내 그것만 가지고 가노라 그리워 그리워 그리워 찾아와도 고향은 없어 진종일 진종일 언덕길 헤매다 가네	고향에 고향에 돌아와도 그리던 고향은 아니러뇨. 산꽁이 알을 품고 뻐꾹이 제철에 울건만, 마음은 제고향 진히지 않고 머언 港口로 떠도는 구름. 오늘도 메끝에 홀로 오르니 힌점 꽃이 인정스레 웃고, 어린 시절에 불던 풀피리 소리 아니나고 메마른 입술에 쓰디 쓰다. 고향에 고향에 돌아와도 그리던 하늘만이 높푸르구나.	그리워 그리워 찾아와도 그리운 옛 님은 아니 뵈네 들국화 애처롭고 갈꽃만 바람에 날리고 마음은 어디고 붙일 곳 없어 먼 하늘만 바라본다네 눈물도 웃음도 흘러간 세월 부질없이 헤아리지 말자 그대 가슴엔 내가 내 가슴에는 그대 있어 그것만 지니고 가자꾸나 그리워 그리워 찾아와서 진종일 언덕 길을 헤매다 가네

정지용의 「그리워」는 「고향」의 초고라 할 만큼 주제와 통사구조 전반이 유사하다. 3연으로 구성된 정지용의 「그리워」는 "그리워 그리워 돌아와도 그리던 고향은"이라는 구문이 반복되며 마음으로 그리던 고향에 찾아와서 그리던 고향이 아님을 깨닫게 되더라도, 추억을 더듬지 말자며 마음을 다독이는 내용이다. 이와 같은 내용이 「고향」에서는 6연으로 재구성되며 그리던 고향이 아님을 확인한 씁쓸함이 강조되는 내용으로 바뀐다. 그런데 이은상은 정지용의 시 「그리워」 1연과 3연을 차용하여 〈그리워〉의 시작과 마무리 부분에 배치하고, 고향에 대한 그리움은 "옛 님"에 대한 그리움으로 바꾸었다. 그 과정에서 정지용 시의 고향에 대한 그리움이 임에 대한 그리움으

51 류희정, 『1920년대 시선 3』(평양문학예술종합출판사, 1992).

로 축소되고 있다. 고향과 관련된 경험에서 유발된 폭넓은 그리움의 내포가 님에 대한 그리움으로 단선화되는 경향이 나타난다.

정지용 시의 구체적, 개별적 체험과 기억으로 구성된 구체적이고 특수한 집단적 정서가 이은상의 개사곡에서 님에 대한 사랑과 이별이라는 일반적이고 보편적이고 개인적인 정서로 바뀌고 있다. 발상의 전환을 통한 사유의 발랄함이 세계에 동화되는 자아의 모습으로 통합되고, 구체적 감각과 비유로 된 참신한 표현이 슬픔과 기쁨이라는 감정의 일반적 진술로 바뀌는 경향을 보인다. 〈고향〉의 개작 과정에 나타나는 이와 같은 특징은 이은상의 개사곡 전반에 유사하게 나타난다. 이러한 방식으로 개사된 노래가 1960년대의 음악교과서에 등재되고 1970년대부터 각종 가곡집에 수록되면서 대중적으로 널리 알려진다. 그 과정에서 정지용 시의 원 가사는 사람들의 기억에서 사라지게 된다.

3.2. 구어적 표현과 동화의 시선

이은상이 개사한 7편 중 앞서 살핀 〈고향〉을 제외한 6편의 개사곡의 특징은 다음과 같다. 본문에서는 정지용 가사의 원곡과 이은상 개사곡의 차이를 중심으로 서술할 것이다. 가사 전문은 원고 뒤편의 [부록]으로 제시한다.

첫째, 정지용의 〈향수〉는 이은상이 〈추억〉으로 개사한다. 〈향수〉에서는 1-5연의 후렴구마다 "그 곳 이 참하 쑴 엔들 니칠니야"라는 구문을 동일하게 반복하는 반면 〈추억〉에서는 각 연마다 다른 후렴구인 "오늘도 나는 너 그려 울었노라", "오늘도 나는 너 위해 빌었노라" "오늘도 나는 즐거이 웃었노라"로 변주하며 각각 2회, 2회, 1회씩 반복한다. 정지용은 동일한 후렴구를 6회 반복하며 잊을 수 없는 고향과 가족에 대한 간절한 그리움을 강조한 반면, 이은상은 3종의 후렴구를 변주하는 방식으로 교체하여 너와 헤어진 안타까움, 그리움, 재회에 대한 바람을 강조한다. 〈고향〉에서는 가족과 함께 한, 돌이킬 수 없는 삶에 대한 기억이 〈추억〉에서는 언젠가 너를 재회할 희망으로 바뀌고 있다. 고향에 대한 물리적 경험, 가족 구성원 간의 구체적 체험에 대한 그리움이 너라는 추상적 대상에 대한 그리움으로 개인화되는 경향이 나타난다.

둘째 정지용의 〈압천〉은 이은상이 〈동백꽃〉으로 개사한다. 〈압천〉에서는 한여름 저물 무렵의 가문 여울물 소리, 비 소식을 암시하며 낮게 나는 제비 한 쌍, 수박 향을 담은 물바람 냄새 등의 청각, 시각, 후각의 구체적 감각을 통해 나그네의 복잡한 내면과 시름을 표현한 반면 〈동백꽃〉에서는 동백꽃의 시각 이미지로 님에 대한 그리움을 표현하고 있다. 〈압천〉에서는 화자가 처한 공간과 시간 속의 심경을 구체적으로 표현한 반면 〈동백꽃〉에서는 님에 대한 그리움을 부엉이와 동백꽃에 빗대어 은유적으로 표현하고 있다. "저물어 저물어"를 "피어서 피어서"로 변주하며 반복한 점 외의 공통점은 찾기 어렵다.

셋째, 정지용의 〈다른 한울〉은 이은상이 〈또 하나 다른 세계〉로 개사한다. 정지용의 〈다른 하늘〉을 채동선이 노래로 만들며 끝에 "아멘"을 추가했는데, 이은상 역시 가사에 "아멘"을 추가했다. 이은상이 정지용의 시 자체가 아니라 채동선 독창곡의 악보를 보며 개사했음을 짐작케 하는 대목이다. 〈다른 하늘〉에서는 "지니리라, 않으련다, 삼으리라"와 어미를 통해 절대자가 나에게 맡긴 일을 하겠다는 1인칭 주체의 의지를 강조한 반면 〈또 하나 다른 세계〉에서는 "그리옵니다, 하옵기로, 이끄소서"와 같은 경어체를 통해 절대자에게 의지하는 순종적 태도를 강조한다. 1인칭 화자의 주체적 의지를 절대자에게 의존하는 수동적 자세로 바꾸었다.

넷째, 정지용의 〈또하나다른太陽〉을 이은상은 〈나의 기도〉로 바꾼다. 정지용은 일상과 자연과 사랑에 피로하고 지친 상태에서도 자신의 행복이 성모 마리아에 있다고 진술하는 방식으로 일상의 피로를 강조하는 동시에 피로한 일상 속에서 찾을 수 있는 유일한 행복이 성모마리아에게 있음을 역설적으로 강조한 반면, 이은상은 "—한다 하여도"라는 통사 구문을 따라 하면서 자신의 생명이 사라져도 "나의 기도만은 남으리"라며 기도 자체를 절대화한다. 결구에서 반복되는 "나의 聖母 마리아"를 이은상은 "永遠한 내 祈禱를"로 변주하여 반복한다.

다섯째, 정지용의 〈바다〉는 이은상이 〈갈매기〉로 개사한다. 두 곡모두 어미 "—한가봐" "—요"를 반복하는 방식은 유사하나 정지용은 역접의 접속부사로 반전의 의미를 전달한 반면 이은상은 순접의 접속부사로 내용을 전개한다. 정지용은 "바다로 거꾸로 떨어지는" 바둑돌과 나의 심사는 "아아무도 모"른다며 이화의 감정을 표현한 반면, 이은상은 자유롭게 비상하는 갈매기와 날고 싶어 하는 나의 심정은 "둘만이 알 뿐이라"며 동화의 감정을 드러낸다. 문장의 흐름은 유사하되 시상 전개 방향이 다르다. 정지용은 알 수 없다는 의문과 호기심으로 여운을 만드는 반면, 이은상은 자연과 동화된 시선으로 세속에서 벗어나고픈 소망을 드러낸다.

여섯째, 〈풍랑몽〉은 이은상이 〈동해〉로 개사한다. 정지용은 "포도빛 밤이 밀려오듯이", "회색 거인이 바람 사나운 날 덮쳐오듯이", "부끄럼성스런 낯가림을 벗듯이끼"와 같은 구체적 감각적 비유로 임이 오기 어려운 상황을 입체적으로 표현한 반면, 이은상은 나와 그대가 함께 한 발자국이 사라지고 함께 부르던 노래도 들일 길이 없어져 옛 기억만 나부낀다는 서술형 문장으로 진술한다. 정지용의 "포도빛 밤"의 짙은 어둠은 이은상의 "수박빛 밤"의 붉고 푸르고 검은 빛으로 교체되면서 비유 효과가 감소한다.

지금까지 살핀 바 이은상은 채동선의 악보를 보며 정지용의 가사를 염두에 두고 개사했다. 정지용의 〈고향〉을 개사하면서 「그리워」의 통사구문까지 활용했다. 〈향수〉와 〈바다〉의 개사 과정에서는 문장의 기본 통사구조와 반복의 패턴을 차용하고, 〈압천〉과 〈풍랑몽〉의 개사 과정에서는 구절을 교체하여 반복하는 패턴을 차용하고, 〈다른 하늘〉과 〈또 하나 다른 태양〉의 개사과정에서는 채동선이 작곡 과정에서 추가한 종교적 감탄사를 반복하는 패턴을 모방했다. 기본적인 문형을 모방 변주하는 방식으로 개사하되 주된 내용은 대폭 교체했다. 공간과 구성원에 대한 구체적이고 개별적인 체험은 이별한 임에 대한 보편적이고 추상적인 감정으로, 대상과 세계에 대한 이화의 감정은 동화의 시선으로, 복합적이고 감각적인 이미지는 이별의 정한이라는 개인 간의 정서로 처리하는 경향을 보였다.

이은상은 정지용 시의 특수하고 구체적인 감각을 일반적이고 보편적인 정서로 바꾸어 가사를 썼다. 특수하고 개별적인 체험이나 구체적인 감각이 드러나지 않는 이은상의 가사는 소리 내 부르기 편하다. 정지용 시의 구체적 감각과 이미지를 이은상은 우리말 구어의 특징을 잘 드러내 소리 내 부르기 좋은 가사로 바꾼 것이다. 하여 이은상의 개사곡으로 노래를 부를 경우 별다른 거부감이 생기지 않게 된다. 이은상의 시조가 1930년대부터 수많은 작곡가에 의해 가곡으로 많이 만들어진 이유도 그의 시조에 나타나는 구어적 특징 때문이라 볼 수 있다.

문제는 채동선이 노래로 만든 정지용의 시 8편에 별다른 사상적, 이데올로기적 흔적이 보이지 않는 데도 가사를 바꾼 데 있다. 정지용 시에 냉전과 분단 이데올로기에 저촉될 만한 내용이 없음에도 작사자의 물리적 귀속에 따라 진행된 개사 작업, 당사자가 부재한 곳에서 유족과 지인에 의해 진행된 개사 작업은 납·월북 작가뿐만 아니라 그와 관련된 문화계 인사들 내면에게까지 반공 이데올로기에 의한 검열 기제가 작동하고 있었음을 뜻한다.

4. 국어 · 음악 교과서와 가곡집 수록 양상

정지용 시 「향수」, 「바다」, 「고향」은 1946년의 국어 교과서[52]에 등재된 바 있으나 이후 국어 교과서에서 사라진다. 그러나 정지용 시로 만든 채동선 노래는 박화목과 이은상이 바꿔 쓴 가사로 음악 교과서

---

52 「향수」, 조선어학회 저, 『중등 국어교본1 · 2학년 소용』, 문교부, 1946.
　　「바다」, 「고향」, 김사엽 저, 『중등 신생국어교본 전』, 대구, 신생교재사, 1946.

에 계속 등재된다. 원 시의 빈자리를 개사곡이 메운 단적인 사례가
〈고향〉이다. 정지용 시 「고향」은 1946년의 국어 교과서에 등재된 바
있으나 1957년 문교부에서 월북 작가 작품의 출판 판매 금지 지시를
내림에 따라 국어 교과서에서 사라진다. 1965년에는 작곡자 채동선
의 이름만 밝힌 상태에서 가사 일부를 변용하여 〈고향〉이라는 제목
그대로 음악 교과서에 수록된 바 있으나 이도 잠시, 1960-1970년대
에는 줄곧 박화목의 〈망향〉과 이은상의 〈그리워〉라는 개사곡으로 음
악 교과서에 수록된다.

작품명	국어 및 음악 교과서 등재 양상	비고
정지용 「고향」	김사엽, 『중등 신생국어교본 전』, 대구: 신생교재사, 1946.	
채동선 〈고향〉	이흥렬[53] · 이성삼, 『고등음악』, 창인사, 1965.	작사자 표기 안 함
박화목 〈망향〉	정회갑[54] · 김성남, 『새음악 1』, 현대악보출판사, 1968. 신상우[55], 『음악1』, 동성문화사, 1968. 정지우 · 박재훈[56], 『표준음악 1』, 호악사, 1969. 이병두 · 조태희[57], 『인문계 고등학교 음악』, 국민음악연구회, 1978. 이상곤, 『인문계 고등학교 음악』, 규문각, 1978. 이용일[58] · 권오성[59], 『인문계 고등학교 음악』, 학문사, 1978.	
이은상 〈그리워〉	김갑 · 남상훈, 『인문계 고등학교 음악』, 동아출판사, 1978.	

---

53 이흥렬(1909~1980) 교수, 작곡가
54 정회갑(1923~2013) 교수, 작곡가
55 신상우(1928~) 교수, 성악가
56 박재훈(1922~) 교수, 작곡가, 목회자
57 이병두(1938~) · 조태희(1938~) 교수, 성악가
58 이용일(1937~) 교수, 작곡가
59 권오성(1941~) 교수, 국악인

1960~1970년대의 음악 교과서 6종에 〈망향〉이 등재돼 있다. 교과서 편찬자는 대부분 1920~1930년생의 작곡가, 성악가, 국악인 출신의 교수다. 이들은 월북 작가의 작품을 금지하는 정부 정책을 받아들여 정지용의 〈고향〉 대신 박화목의 〈망향〉를 음악 교과서에 수록했다. 월북 시인의 존재를 가리기 위한 이들의 개사곡은 1960~1970년대 내내 음악 교과서에 수록됐다. 1960년대는 박화목이 개사한 〈망향〉이 집중적으로 등재되고 1970년대에는 박화목과 이은상의 개사곡이 공존하는 양상을 보인다. 1988년 월북 작가 해금 조치가 이뤄지기 전까지 정지용 시로 만든 채동선의 노래는 박화목과 이은상의 가사로 바뀌어 남한의 음악 교과서에 수록됐다. 식민지시대의 음악 유산을 반쪽만 받아들이게 한 냉전과 분단 이데올로기는 음악 교육을 통해 1960~80년대 내내 영향을 끼치고 있었다. 이뿐만 아니다. 1970년대까지 음악 교과서에 수록된 개사곡은 1958년부터 2000년대까지 대중적인 가곡집에도 수록됐다.

작품명	작사자	가곡집 및 음반
망향	*박화목으로 작사자 표시 나머지는 작사자 표기 없이 채동선 작곡만 표기	《한국가곡집》, 국민음악연구회, 1958.
		《한국가곡백곡집》, 국민음악연구회, 1964.
		《세광애창700곡집》, 세광출판사, 1973.
		《세광애창600곡집》, 세광출판사, 1974.
		《한국의 가곡: 내 마음의 노래_1》, RCA, 1974[음반]*
		《세계명가160곡집》, 국민음악연구회, 1974.
		《세계애창명가곡집》, 교학사, 1975.
		《학생애창450곡집》, 세광출판사, 1975.
		《(학생)애창곡집》, 세광출판사, 1976.
		《애창500가곡집》, 동아출판사, 1978.
		《한국명가곡선집_4》, Jigu Records, 1985.[음반]*

망향(그리워)	이은상	≪한국가곡 100선집_5≫, 신세계, 1980.
그리워(망향)	이은상	≪애창 한국가요 230 상≫, 김규환, 현대음악출판사, 1992.
		≪우리노래 고운노래≫, 아름출판사, 2001.
그리워	이은상	≪세광명가350곡선≫, 세광출판사, 1975.
		≪학생애창포켓송≫, 세광출판사, 1975.
		≪한국231가곡집_1≫, 태림출판사, 1979.
		≪한국가곡대전집≫, 현대음악출판사, 1979.
		≪한국가곡집_3집≫, HKR, 1983.
		≪엄정행 가곡집_2집≫, HKR, 1983.
		≪한국명가곡선집_8≫, Jigu Records, 1985. [음반]
		≪(중・저성용)한국애창가곡집≫, 세광음악출판사, 1989.
		≪한국가곡대전집_1≫, 태림출판사, 1992.
		≪(태림판)한국가곡대전집_1≫, 태림출판사, 1994.
		≪(The)letter: 한국가곡집≫[녹음자료], 유니버설뮤직, 2012.
		≪가곡 바이올린≫, MMC, 2012 [녹음자료]
		≪가곡 바이올린: violin plays Korea area_3≫, MMC, 2012 [녹음자료]
갈매기	이은상	≪세광명가350곡선≫, 세광출판사, 1975.
		≪한국231가곡집_1≫, 태림출판사, 1979.
		≪한국가곡대전집≫, 현대음악출판사, 1979.
		≪(Stereo)한국가곡전집≫, 생음사, 1982.
		≪한국가곡대전집_1≫, 태림출판사, 1992.
		≪(태림판)한국가곡대전집_1≫, 태림출판사, 1994.
동해		≪한국가곡대전집≫, 현대음악출판사, 1979.
새벽별을 잊고	김상용	≪한국231가곡집_1≫, 태림출판사, 1979.
		≪한국가곡대전집_2≫, 태림출판사, 1992.
조선찬가	이은상	≪계몽기가요선곡집≫, 평양:문학예술종합출판사, 1999.

　박화목 작시의 〈망향〉은 1958년 [1회], 1964년 [1회], 1970년대 [8
회], 1980년대 [2회]의 가곡집 및 음반에 총 12회 수록되고, 이은상 작
시의 〈그리워〉는 1970년대 [4회], 1980년대 [4회], 1990년대 [2회],
2010년대 [3회]의 가곡집 및 음반에 총 13회 수록됐다. 〈망향/그리워〉
가 병기된 상태의 이은상 작시로 표기된 노래도 1980, 1990, 2000년

대에 각 1건씩 총 3건이 있다. 1980년대까지는 박화목의 〈망향〉이, 그 후에는 〈망향〉과 〈그리워〉가 공존하는 방식으로, 1980년대부터는 이은상의 〈그리워〉가 가곡집에 수록되고 있다. 이러한 방식으로 남한의 교육계와 가곡계에서 정지용의 존재가 망각돼어 갔다. 망각의 빈 자리를 박화성과 이은상이 채운 것이다. 정지용의 빈자리를 메우기 위한 이들의 개사곡은 결과적으로 정지용의 존재를 가리는 방편으로 활용돼 왔다.

이처럼 정지용의 시로 만든 채동선의 가곡은 1949년 이후 박화목과 이은상의 가사로 향유되어 왔다. 하나의 악보에 두서너 편의 가사가 공존하는 기현상이 납·월북 문인의 검열 조치로 인해 생긴 것이다. 정지용의 존재를 가리기 위한 박화목과 이은상의 개사곡은 남한 시민 다수의 감성에 영향을 끼쳐 왔다. 정지용 시로 된 원 가사가 복원되어도 박화목과 이은상의 가사로 불린 노래의 흔적을 지우거나 그 영향력을 대체할 수 없다. 월북 문인의 검열 흔적은 대체 불가능한 방식으로 우리에게 영향을 끼치고 있다.

5. 결론

이 연구에서는 채동선 작곡집 5종의 목차와 악보와 가사와 작품 목록을 검토하고, 정지용 시로 된 채동선의 가곡을 이은상이 개사한 양상, 1960년대부터는 정지용의 원 가사보다 박화목과 이은상의 개사곡이 더 널리 향유된 양상을 각종 가곡집을 통해 확인함으로써, 반공이데올로기의 여파가 현재까지 영향을 끼치고 있음을 밝혔다. 채동선 작곡집 5종의 목차, 본문의 악보와 가사, 부록의 작품목록에 나타나는 오류는 당국의 검열을 피하는 과정에서 발생된 것이고, 정지용 작시의 노래가 박화목과 이은상의 개사곡으로 각종 가곡집에 수록되는 현상 역시 남한 사회의 반공이데올로기로 인한 검열의 흔적을 여실히 보여준다.

채동선의 가곡은 40년 가까이 이은상의 가사로 향유되었다. 1930년대 채동선은 정지용의 시 8편으로 독창곡을 만들었으나 1949년 월북 작가 작품을 교과서에서 삭제하라는 문교부의 지시에 의해 정지용의 시는 교과서에서 사라지게 된다. 정지용 시로 만든 채동선의 노래 역시 그 자체로 향유되지 못하고 박화목, 이은상 등이 개사한 가사로 불리게 되었다. 그 과정에서 정지용 시로 만든 채동선 가곡의 제목과 이은상의 개사곡 제목이 잘못 기재되거나 개사곡의 제목이 누락되는 현상이 발생하고, 타인의 작품이 정지용 작시, 이은상 개사로 오인되는 현상도 발생했다. 검열을 피해 원 작시자의 존재를 가리는 과정에서 빚어진 현상이었다.

정지용 시의 원곡으로 채동선의 독창곡을 부른다 해도 이미 1960년대부터 2000년대까지 박화목의 〈망향〉과 이은상의 〈그리워〉로 향유된 노래의 존재를 부정할 수는 없다. 그 영향력은 1950년대 이후 남한 노래의 흐름을 전통 서정시인의 작품 중심으로 형성하는 결정적 계기가 되었다. 현대시를 가사로 삼아 만든 노래 대부분이 재남 시인의 작품인 데서 확인할 수 있다. 김소월은 66편, 박목월은 58편, 이은상은 44편, 조병화는 41편, 서정주와 김남조는 25편, 조지훈은

225

24편, 김억은 21편, 박두진은 19편, 김영랑은 17편의 시가 노래로[60] 만들어졌다. 한국음악저작권협회에 등록된 노래 대부분이 김억, 김소월, 이은상, 박목월, 박두진, 조지훈, 서정주, 김영랑, 조병화, 김남조의 시로 만들어졌다.[61]

앞으로는 식민지시기부터 해방기까지 공유한 또 다른 결의 노래가 존재했음을 밝힐 필요가 있다. 식민지시기부터 해방기까지 다양한 결의 노래가 존재했음을, 우리 노래의 스펙트럼이 넓었음을 밝히는 것이 분단 이후 남한의 검열 정책에서 파생된 부정적 영향력을 줄이기는 길이 될 것이다.

[부록]

부록은 정지용 시 제목의 자음 순으로 배치했다. 표의 맨 위에는 정지용의 시 제목(첫 게재지)을 밝히고 ①에는 『정지용시집』(시문학사, 1935)에 수록된 시를, ②에는 ≪채동선 작곡집 제2집 故鄕≫(수문당, 1993)에 실린 정지용의 가사를, ③에는 ≪채동선 가곡집≫(세광출판사, 1964)에 실린 이은상의 가사를 밝혀 놓았다. 시는 '「 」'로, 가곡은 '〈 〉'로 표시했다. ①의 정지용 시가 ②의 채동선 가곡의 가사로 되면서 바뀐 부분은 굵게 표시하고, ②의 정지용의 가사가 ③의 이은상의 가사로 바뀌며 변주된 부분은 밑줄을 그었다.

---

60 한국음악저작권협회에 등록된 자료로 근거한 수치이므로, 1930~1980년대까지의 납·월북 시인의 작품은 온전히 반영되지 않았음을 고려할 필요가 있다. 신영섭, 「한국 현대시의 노래화」, 연세대학교 석사학위논문(2009), 21쪽.

61 강영미, 「'이미'와 '아직'의 변증법」, 『민족문화연구』 72(2016), 349쪽.

고향(『동방평론』4호, 1932.7)		
① 정지용, 「故鄕」	② 정지용, 〈고향〉 고성	③ 이은상, 〈그리워〉
고향에 고향에 돌아와도 그리던 고향은 아니러뇨. 산꽁이 알을 품고 뻐꾹이 제철에 울건만, 마음은 제고향 진히지 않고 머언 港口로 떠도는 구름. 오늘도 메끝에 홀로 오르니 흰점 꽃이 인정스레 웃고, 어린 시절에 불던 풀피리 소 리 아니나고 메마른 입술에 쓰디 쓰다. 고향에 고향에 돌아와도 그리던 하늘만이 높푸르구나.	고향에 고향에 돌아와도 그 리던 고향은 아니려뇨 산꽁이 알을 품고 뻐꾸기 제 철에 울것만 마음은 제 고향 지니지 않고 머언 **하늘만** 떠도는 구름 오늘도 메 끝에 홀로 오르니 흰점 꽃이 인정스레 웃고 어린 시절에 불던 풀피리 소 리 아니나고 메마른 입술이 쓰디 쓰다 고향에 고향에 돌아와도 그 리던 하늘만이 높푸르구나	그리워 그리워 찾아와도 그 리운 옛 님은 아니 뵈네 들국화 애처롭고 갈꽃만 바 람에 날리고 마음은 어디고 붙일 곳 없어 먼 하늘만 바라본다네 눈물도 웃음도 흘러간 세월 부질없이 헤아리지 말자 그대 가슴엔 내가 내 가슴에 는 그대 있어 그것만 지니고 가자꾸나 그리워 그리워 찾아와서 진 종일 언덕 길을 헤매다 가네
	② 정지용 시 〈고향〉 저성	④ 이관옥 〈고향 그리워〉
	고향에 고향에 돌아와도 그 리던 고향은 아니려뇨 산꽁이 알을 품고 뻐꾸기 제 철에 울것만 마음은 제 고향 지니지 않고 머언 **하늘만** 떠도는 구름 오늘도 메 끝에 홀로 오르니 흰점 꽃이 인정스레 웃고 어린 시절에 불던 풀피리 소 리 아니나고 메마른 입술이 쓰디 쓰다 고향에 고향에 돌아와도 그 리던 하늘만이 높푸르구나	내 정든 고향을 떠나와서 낯 설은 타향에 외로운 몸 저 멀리 안개속에 그리운 얼 굴 뵈는 듯 찬바람 불어오는 언덕에 앉 아 먼 하늘만 바라 보노라 내 사랑 그리운 고향 땅아 언 제 나를 품어 주려는가 아련한 꿈 속에 옛노래 그리 워 불러보네 아! 언제 가려나 내동산에 내 정든 고향을 떠나와서 아 득한 하늘 바라 여기 서 있노라

다른 하늘(『가톨릭 靑年』9호, 1934.1)		
① 정지용, 「다른 한울」	② 정지용, 〈다른 하늘〉 독창	③ 이은상 〈또 하나 다른 세계〉
그의 모습이 눈에 보이지 않 었으나 그의 안에서 나의 呼吸이 절 로 **달도다.** 물과 **聖神**으로 다시 낳은 **이후**	그의 모습이 눈에 보이지 않 았으나 그의 안에서 나의 호 흡이 절로 **닮도구** 물과 **성령**으로 다시 낳은 **속 후** 나의 날은 날로 새로운 태 양이로세	나는 오늘도 푸른 하늘을 바 라보며 산과 물 넘어 다른 세 계를 그리옵니다. 온갖 괴로움과 슬픈 눈물 속 에 바재면서 떴다 꺼지는 人 生이기에

나의 날은 날로 새로운 太陽이로세! 뭇사람과 소란한 世代에서 그가 다맛 내게 하신 일을 진히리라! 미리 가지지 않었던 세상이어니 이제 **새삼** 기다리지 않으련다. 靈魂은 불과 사랑으로! 육신은 한낮 괴로움. 보이는 한울은 나의 무덤을 덮흘뿐. 그의 옷자락이 나의 五官에 사모치지 안었으나 그의 그늘로 나의 다른 한울을 삼으리라.	뭇 사람과 소란한 세대에세 그가 다만 내게 하신 일을 지니리라 미리 가지지 않었던 세상이어니 이제 **세상** 기다리지 않으련다 영혼은 불과 사랑으로 육신은 한낱 괴로움 보이는 하늘은 나의 무덤을 덮을 뿐 그의 옷자락이 나의 오관에 사모치지 않었으나 그의 그늘로 나의 다른 하늘을 삼으리라 **아멘** ② 정지용 시 〈다른 하늘〉 합창 그의 모습이 눈에 보이지 않었으나 그의 안에서 나의 呼吸이 절로 닯도다 물과 聖神으로 다시 낳은 이후 나의 날은 날로 새로운 태양이로세 뭇 사람과 소란한 世代에서 그가 다만 내게 하신 일을 지니리라 미리 가지지 않었던 세상이어니 이제 <u>세상</u> 기다리지 않으련다 靈魂은 불과 사랑으로/ 육신은 한낱 괴로움/ 보이는 하늘은 나의 무덤을 덮을 뿐 그의 옷자락이 나의 五官에 사모치지 않었으나 그의 그늘로 나의 다른 하늘을 삼으리라 **아멘**	水晶보다 더 맑은 그 世界가 저기 분명 저기 열려 있다 하옵기로 나는 오늘도 고요히 그리옵니다 푸른 하늘 넘어 있는 그 世界를 고요한 나의 찬미 속에 사랑이 깃든 그 世界/ 주점이 없는 곳/ 오직 永遠한 그 世界 저기 열려 있는 다른 世界를 나는 분명히 믿습니다 나를 그리로 나를 이끄소서 <u>아멘</u>

또하나다른太陽 (『가톨릭靑年』 9호, 1934.2)		
①정지용, 「또 하나 다른 太陽」	② 정지용, 〈또 하나 다른 태양〉	③ 이은상, 〈나의 기도〉
온 고을이 밧들만 한 薔薇 한가지가 솟아난다 하기로 그래도 나는 고하 아니하련다.	온 고을이 밧들만한 장미 한 가지가 솟아난다 하기로 그래도 나는 고하 아니하련다 나는 나의 나히와 별과 바람에도 疲勞웁다	저 빛나는 해와 달과 산과 바다조차 무너진다 하여도 그래도 나의 기도만은 남으리 나의 生命 그마저 풀의 이슬같이 사라지고 다만 하늘과

나는 나의 나히와 별과 바람 에도 疲勞읍다. 이제 太陽을 금시 일어 버린 다 하기로 그래도 그리 놀라울리 없다. 실상 나는 또하나 다른 太陽 으로 살었다. 사랑을 위하얀 입맛도 일는다. 외로운 사슴처럼 벙어리 되 어 山길에 슬지라도— 오오, 나의 幸福은 나의 聖母 마리아!	이제 太陽을 금시 일어버린 다 하기로 그래도 그리 놀라 울리 없다 실상 나는 또하나 다른 太陽 으로 살었다 사랑을 위하얀 입맛도 일는다 의로운 사슴처럼 벙어리 되 어 山길에 슬지라도 오! 나의 幸福은 나의 聖母 마 리아 **나의 聖母 마리아**	땅을 찬 바람만이 불어도 그래도 나의 祈禱만은 남으 리 나의 祈禱! 永遠한 나의 心 臟 속의 祈禱여! 믿음과 소망과 사랑은 나의 힘! 슬픔과 외로움이 다시는 나를 상치지 못하리라 오! 들어주소서 주여 永遠한 <u>오 나의 祈禱/ 永遠한 내 祈禱를</u>

바다(『朝鮮之光』 65호, 1927.3)		
① 정지용 시 「바다 5」	② 정지용, 〈바다〉	③ 이은상, 〈갈매기〉
바둑 돌 은 내 손아귀에 만져지는것이 퍽은 **좋은**가 보아. 그러나 나는 푸른바다 한복판에 던졌지. 바둑돌은 바다로 각구로 떠러지는것이 퍽은 신기 한가 보아. 당신 도 인제는 나를 **그만만** 만지고, 귀를 들어 팽개를 치십시**요**. 나 라는 나도 바다로 각구로 떠러지는 것이, 퍽은 시원 해요, 바둑 돌의 마음과 이 내 심사는 아아무 도 모르지라요.	바둑 **옥돌**은 내 손아귀에 만 져지는 것이 퍽은 좋은가보아 그러나 나는 푸른 바다 한복 판에 던졌지 바둑돌은 바다로 거꾸로 떨 어지는 것이 퍽은 신기한가 보아 당신도 인제는 나를 **그만** 만 지시고 귀를 들어 팽개를 치 십시오 나라는 나도 바다로 거꾸로 떨어지는 것이 퍽은 시원해요 바둑돌의 마음과 이내 심사 는 아아무도 모르지라요	갈매기는 한군데만 앉어 있 는 <u>것</u>이 무척 갑갑한<u>가봐</u> 그래서 밤낮 바다 위로 빙글 빙글 돌지<u>요</u> 갈매기는 바다 위 하늘도 날 아 도는 것이 무척 자유로운 <u>가봐</u> 인제는 나도 거리의 먼지 속 을 휘휘 시원히 벗어나서 갈매기마냥 산으로 바다로 푸른 하늘 뚫고 가고 가고 싶어 갈매기의 마음과 이내 심정 은 아 둘만이 알 뿐이라<u>요</u>

산에ㅅ 색시, 들녁사내」(『文藝時代』, 1호, 1926.11)		
① 정지용, 「산엣 색씨 들녁 사내」	② 정지용, 〈산엣 색시 · 들녁 사내〉	
산엣 새는 산으로, 들녁 새는 들로, 산엣 색씨 잡으러 산에 가세. 작은 재를 넘어 서서, 큰 봉엘 올라 서서, 「호—이」 「호—이」 산엣 색씨 날래기가 표범 같다. 치달려 다러나는 산엣 색씨, 활을 쏘아 잡엇읍나? 아아니다, 들녁 사내 잡은 **손은** 참아 못 놓더라. 산엣 색씨, 들녁 쌀을 **먹였더니** 산엣 말을 잊었읍데. 들녁 마당에 밤이 들어, 활 활 타오르는 화투불 넘 넘어다 보면— 들녁 사내 선우슴 소리, 산엣 색씨 얼골 와락 붉었더라.	산엣 새는 산으로 들녁 새는 들로 산엣 **색색씨** 잡으러 산 에 가세 작은 재를 넘어서서 큰 봉엘 올라서서 호이 호이 산엣 색 씨 날래기가 표범 같다 치달려 다라나는 산엣 색씨 활을 쏘아 잡았음나 아아니 다 들녁 사내 잡은 **손을** 참아 못 놓더라 산엣 색씨 들녁 쌀을 **먹었더니** 산에 말을 잊었음네 들녁 마당에 밤이 들어 **활활 타오르는 화루불 넘넘어다 보면** 들녁 사내 선 웃음 소리 산엣 색씨 얼굴 화락 붉었더라	개사 안 함

압천(『學潮』 2호, 1927.6)		
① 정지용, 「鴨川」	② 정지용 〈압천〉	③ 이은상 〈동백꽃〉
鴨川 十里ㅅ벌에 해는 저믈어…… 저믈어……	압천 십리벌에 해는 저물어 저물어 날이 날마다 님 보내	붉은 동백꽃이 저만치 피어 서 피어서 부질없이도 애타

날이 날마다 님 보내기 목이 자졌다…… 여울 물소 리…… 찬 모래알 쥐여 짜는 찬 사람 의 마음. 쥐여 짜라. 바시여라. 시언치 도 않어라. 역구풀 욱어진 보금자리 뜸북이 홀어멈 울음 울고, 제비 한쌍 떠ㅅ다, **비마지** 춤을 추어. 수박 냄새 품어오는 저녁 **물 바람**. 오랑쥬 껍질 씹는 젊은 나그 네의 시름. 鴨川 十里ㅅ벌에 **해가** 저믈어…… 저믈어……	기 목이 자졌다 여울 물 소리 찬 모래알 쥐여 짜는 찬 사람 의 마음 쥐여짜라 바시여라 시원치도 안어라 역구풀 우거진 보금자리 뜸 북기 홀어멈 울음 울고 제비 한 쌍 떳다 **비듦기** 춤을 추어 수박 냄새 품어오는 저녁 **들 바람** 오렌지 껍질 씹는 젊은 나그네의 시름 압천 십리벌에 **해는** 저믈어 저믈어	는 양 님은 모르고 구슬픈 사 연 밤 새도록 깊은 골에 부엉이 만 울고 몇 바퀴나 휘돌다가 어디 가서 지쳤나 시들 줄 모르는 붉은 꽃잎 어 제도 오늘도 피고 피고 가슴 찢어지라 달빛 아래 피건마는 산 가리고 물 가리어 못 오시 는 님 백진주 같은 눈물 뚝뚝 꽃잎마다 지네 붉은 동백꽃이 저만 <u>피어서</u> <u>피어서</u>

풍랑몽(『朝鮮志光』 69, 1927.7)		
① 정지용, 「風浪夢」	② 정지용, 〈풍랑몽〉	이은상, 〈동해〉
당신 께서 오신다니 당신은 어찌나 오시랴십니가. 끝없는 우름 바다를 안으을 때 葡萄빛 밤이 밀려 오듯이, 그모양으로 오시랴십니가. 당신 께서 오신다니 당신은 어찌나 오시랴십니가. 물건너 외딴 섬, 銀灰色 巨人이 바람 사나운 날, 덮쳐 오듯이, 그모양으로 오시랴십니가.	당신계서 오신다니 당신은 어찌나 오시랴십니까 끝없는 우름 바다를 안으을 때 포도빛 밤이 밀려오듯이 그 모양으로 오시랴십니까 당신계서 오신다니 당신은 어찌나 오시랴십니까 물 건너 외딴 섬은 회색 거인 이 바람 사나운 날 덮쳐오듯 이 그 모양으로 오시랴십니 까 창밖에는 참새떼 눈초리 무 거웁고 창밖에는 시름 겨워	동해바다 백사장은 가슴이 찢기는 슬픈 곳이러라 그대와 내가 거닐던 발자욱 은 찾을 길 없이 쓸려버리고 물결만 치는 슬픈 곳 슬픈 곳 일러라 동해바다 백사장은 가슴이 찢기는 슬픈 곳이러라 그대와 내가 부르던 옛 노래 는 들을 길 없이 사라지고서 물새만 우는 슬픈 곳 슬픈곳 일러라 동해바다 백사장은 가슴이

당신 께서 오신다니 당신은 어찌나 오시랴십니까. 窓밖에는 참새떼 눈초리 무 거웁고 窓안에는 시름겨워 턱을 고 일때, 銀고리 같은 새벽달 붓그럼성 스런 낯가림을 **벗 듯이,** 그모양으로 오시랴십니가. 외로운 조름, 風浪에 어리울때 앞 浦口에는 굿은비 자욱히 둘니고 行船배 **북이 웁니다 북이 웁 니다.**	턱을 고일 때 은고리 잡은 새벽달 부끄럼 성스런 낯가림을 **벗듯이끼** 그 모양으로 오시랍니까 외로운 조름 풍랑에 어리울 때 앞 포구에는 굿은 비 자욱 히 들리고 행선에 **복이 웁니 다 복이 웁니다**	찢기는 슬픈 곳일러라 꿈속 같은 수평선 구름만 뭉기뭉 기 갈매기떼 뜻있는 듯 날아도 는데 멀리가는 조각배 은회 색 옛기억 눈보라같이 나부 껴 눈물만 솟는 슬픈 곳일러 라 수박빛 밤이 파도랑 같이 밀 려 바닷가 기슭에 부딪고 가 슴만 찢어질레라 가신 님 그 리워 가슴만 찢어질레라

향수(『조선지광』 65호, 1927.3)		
① 정지용, 「鄕愁」	② 정지용 〈향수〉	③ 이은상 〈추억〉
넓은 벌 동쪽 끝으로 옛이야기 지줄대는 실개천 이 희돌아 나가고, 얼룩백이 황소가 해설피 금빛 게으른 울음을 우는 곳, ―그 곳이 참하 꿈엔들 잊힐 리야. 질화로에 재가 식어지면 뷔인 밭에 밤바람 소리 말을 달니고, 엷은 조름에 겨운 늙으신 아 버지가 짚벼개를 돋아 고이시는 곳, ―그 곳이 참하 꿈엔들 잊힐 리야. 흙에서 자란 내 마음	넓은 벌 동쪽 끝으로 옛 이야 기 지즐대는 실개천이 희돌 아 나가고 얼룩백이 황소가 해설피 금 빛 게으른 울음을 우는 곳 그곳에 참하 꿈엔들 잊힐리야 질화로에 재가 식어지면 뷔 인 밭에 밤바람 소리 말을 달 리고 엷은 조름에 겨운 늙으신 아 버지가 짚벼개를 돋아 고이 시는 곳 그곳이 참하 꿈엔들 잊힐리라 흙에서 자란 내 마음 파아란 하늘빛이 그립어 함부로 쏜 활살을 찾으려 풀 섶 이슬에 함추름 휘적시든곳 그곳이 참하 꿈엔들 잊힐리야	두견이 울던 그날밤 달빛 흘 러 아롱진 밤은 마을이 꿈속 에 잠긴 밤 꽃잎마냥 바람에 흩날려 문 득 말없이 헤어져 갔길래 오늘도 나는 너 그려 울었노라 아득한 옛날 너랑 하냥 산으 로 강으로 들로 거닐던 그날 푸른 비단결 같이 무늬진 녹 음 속에 두 이름을 아로새겼 길래 오늘도 나는 너 그려 울었노라 깊은 밤 낙엽 소리가 창밖 섬 돌 위에 들리면 옛 기억을 더듬어 옷깃을 여 미고 눈 감고 그려보았기 오늘도 나는 너 위해 빌었노라 다만 외로운 기러기 언제나

파아란 하늘 빛이 그립어
함부로 쏜 활살을 찾으려
풀섶 이슬에 함추름 휘적시
든 곳,

—그 곳이 참하 꿈엔들 잊힐
리야.

傳說바다에 춤추는 밤물결
같은
검은 귀밑머리 날리는 어린
누의와
아무러치도 않고 여쁠것도
없는
사철 발벗은 안해가
따가운 해ㅅ살을 등에 지고
이삭 줏 던 곳,

—그 곳이 참하 꿈엔들 잊힐
리야.

한늘에는 석근 별
알수도 없는 모래성으로 발
을 옮기고,
서리 까마귀 우지짖고 지나
가는 초라한 지붕,
흐릿한 불빛에 돌아 앉어 도
란 도란거리는 곳,

—그 곳이 참하 꿈엔들 잊힐
리야.

전설 바다에 춤추는 밤물결
같은 검은 귀밑머리 날리는
어린 누의와
아무러치도 않고 여쁠 것도
없는 사철 발 벗은 안해가 따
가운 해ㅅ살을 등에 지고 이
삭 줏던 곳
그곳이 참아 꿈엔들 잊을리야

하늘에는 섞은 별 알 수도 없
는 모래성으로 발을 옮기고
서리 까마귀 우지짖고 지나
가는 초라한 지붕 흐릿한 불
빛에 돌아앉아 도란도란거
리는 곳
그곳이 차마 꿈엔들 잊을리야

하늘 끝을 바라보며 그리워
다시 그리워
찬바람 부는 새벽 잠을 못 이
루고 펄펄 눈송이 날리면 날
리는 눈송이 송이마다 그려
보았기
오늘도 나는 너 위해 빌었노라

어느 결에 또다시 종달새 우
는 화사한 봄날 화사한 봄날
겨울이 가면
봄이 오듯 장미꽃 향기 풍기
는 속에 분명 분명 다시 만날
것이기에 만날 것이기에
오늘도 나는 즐거이 웃었노라

233

개작과 검열의 사회 · 문화사 (2)

제2장

단정수립 후 문학 장의 변화와
이헌구의 문단 회고
자기검열과 자기서사의 재구성 양상을 중심으로

김준현(서울사이버대학교)

1. 서론

이 글은 이헌구의 문단 회고[1]를 비롯한 저술 활동을 통해 단정 수립 이후 크게 변화한 문학 장에서 그가 자신의 '자기서사'[2]를 재구성

---

1 문단회고는 문단에 관련된 기억이나 문인 개인의 행적에 대한 기억을 당대의 필요에 의해 재구성하는 집필행위 혹은 그 결과로, 문학 장이 제공하는 환경이나 담론의 영향을 강하게 받는다. 이 과정에서 실제로 일어난 사실로서의 사건이나 행적의 의미를 재해석/재규정하는 일이 빈번하게 일어나며(예컨대, 김동인은 동인지 《창조》의 창간 계기와 목표를 일제강점기에 집필된 문단회고에서는 '근대문학의 수립'으로, 해방 후 집필된 문단회고에서는 '민족문학의 수호'로 각각 다르게 규정한 바 있다), 심하게는 사건이나 행적의 사실관계를 달리하여 재서술하는 경우도 생긴다. 요컨대, 문인들의 회고가 기억을 재구성하고 그 의미를 재해석하는 양상을 살피면, 당시 문학 장의 담론 특성을 파악할 수 있는 경로가 마련되는 것이다.
2 이 글에서 사용하는 '자기서사'란, 자서전이나 회고록 등의 양식에 공통적으로

한 양상을 살피는 것을 목적으로 한다. 단독 정부 수립과 더불어 삼팔선 이남과 이북을 막론하고 정치적/문화적 지형도가 크게 바뀐 것은 이미 많은 논자들에 의해 언급된 바 있고, 이 시기의 특수성을 강조하기 위해 '48체제'[3]라는 개념도 학계에 제출되어 사용되고 있다. 그만큼 1948년에 이루어진 남북한 단독 정부의 수립은 이전까지의 정치적 담론은 물론, 그 강력한 자장 하에 놓여 있거나 혹은 영향을 받았던 문화/문학 장의 담론까지 송두리째 바꿀 정도의 파급력을 지닌 계기였다.

이헌구는 1905년 함경북도에서 탄생하여, 와세다 대학에서 불문학을 전공하고 귀국한 이후, 한국 비평계/문단, 그리고 문예지 등 문학 장 전반에 걸쳐서 중요한 역할을 했던 평론가로 알려져 있다. 그의 평론가, 혹은 이데올로그로서의 전성기는 크게 두 시기에 걸쳐 있다고 할 수 있다. 문학연구자들에 의해서 이헌구는 1930년대 초반 카프와 대립했던 '해외문학파'의 주축 멤버로서, 그리고 1950년대 '자유문학자협회', 혹은 그 기관지 〈자유문학〉의 간행 주체이자 이데올로그로서 주로 조명되고 논의되었다.[4]

포함되어 있는 필자 스스로 자신에 대해 구성한 서사를 지칭한다. 이 자기서사는 기존에 있던 사건들의 사실관계를 변형시키거나, 아니면 그 사건들 간의 연결고리를 재구성하여 얼마든지 자신의 행적을 새로운 의미로 재구성할 수 있는 도구이다.

3 박찬표, 『한국의 48년 체제』, 후마니타스, 2010. 이후 이 개념은 '48체제', '48년 체제'라는 개념으로 유입하, 김준현 등에 의해 지속적으로 사용되었다.

4 그중에서도 연구자들에 의해 주로 주목의 대상이 되었던 것은 전자다. 다음의 저작들이 대표적이라고 할 수 있다 - 김경원, 「이헌구론 - 민족문학 정립을 위한 외국 문학의 수용 문제」, 『한국 현대 비평가 연구』, 강, 1996. / 김효중, 「〈해외문학〉에 관한 비판적 고찰」, 『한민족어문학』, 2000. / 고명철, 「해외문학파와 근대성, 그 몇 가지 문제 : 이헌구의 「해외문학과 조선에 있어서의 해외문학파의 임무와 장래」

이 두 가지 시점을 이헌구 문단 활동의 중요시기로 소환하는 공유 기억에서는 1930년대와 1950년대 이헌구가 보였던 비평 활동의 내용적 맥락이 일관된 것으로 파악하는 내러티브, 혹은 '서사'[5]가 형성되어 있다. 그것은 소위 '사회주의/공산주의에 저항한 현실개조/참여의 문학'이라는 기조였다. 이 맥락에 의하면, 또한 이 맥락으로 구축된 서사에 의하면, 이헌구는 등단부터 은퇴까지 한 가지 의미를 굳건하고도 일관성 있게 지켜온 소장파 학자의 이미지를 획득하고 지키는 데 성공한 것이다.

하지만 이런 일관적 이미지가, 실제로 일어난 사실에 기반을 두고 형성된 것이 아니라, 추후에 소급적으로 구축된 서사(이 맥락에서 '자기서사'는 이것의 하위 개념이다)에 의해서 재구성된 것이 아닐까 묻는 것은 합리적인 문제제기일 것이다. 이 글에서 사용하는 '자기서사의 재구성'이라는 표현은, 자신의 과거를 수필이나 회고록 등의 텍스트를 통해 재구성하는 과정에서 세부 사항을 바꾸거나, 아니면 새로운 맥락을 추가하여 자신의 행적의 의미를 바꾸고, 또 그와 더불어서 문인 자신을 텍스트로 놓고 그 정체성, 성격과 의미 등을 바꾸는 것을 의미한다. 단독정부수립, 소위 '48체제'의 성립의 영향으로 자기서

를 중심으로」, 『한민족 문화연구』 제 10집, 2002. / 서은주, 「한국 근대문학의 타자와 이질언어 – 번역과 문학 장의 내셔널리티 – 해외문학파를 중심으로」, 『현대문학의 연구』, 2004. / 조윤정, 「번역가의 과제, 글쓰기의 윤리 – 임화와 해외문학파의 논쟁적 글쓰기」, 『비교어문연구』, 제 27집, 2009.
후자에 대한 연구로는 김미영, 「반공문학자 이헌구를 추동한 세 가지 힘」, 『한국현대문학연구』, 2018. 가 있다.

5　이 글에서 사용하는 독립된 기호 '서사'와 '자기서사'에 포함된 '서사'는 거의 같은 개념이지만, '서사'가 갖고 있는 인식론적 성격을 더욱 강조할 필요가 있을 때 독립적으로 사용하기로 한다.

사를 재구성한 다수의 문인 중에서 이헌구는 전형적이고도 대표적인 위치를 점하고 있다.

논자는 김동인, 김기진, 백철 등 여러 문인들이 자기서사를 재구성해 온 양상을 연구해 왔다. 예컨대 김동인은 해방 이후 〈창조〉 창간에 얽힌 맥락을 변형함으로써 그 행위 자체의 의미를 다시 설정하였으며, 김기진은 한국전쟁 이후 자신이 과거에 카프를 결성한 의도와 맥락을 적극적으로 재구성한 바 있다. 해방, 단독정부 수립, 한국전쟁 등은 친일 경력, 좌파 활동 경력 등 과거 행적을 적극적으로 재구성할 것을 당대 문인들에게 강력하게 요구했던 조건이었다. 문학 장에 편입할 수 있는, 다시 말해 문인으로서 인정받을 수 있는 자격을 획득하거나 유지하기 위해서는, 시기마다 극적으로 재설정되었던 정치적/문화적 금기에 해당하는 행적을 지우거나, 재의미화하여 알리바이를 만드는 작업이 필수적으로 요구되었던 것이다.

따라서 이헌구가 단독정부 수립 이후 자신의 서사를 적극적으로 재구성하여서 지난 행적들의 알리바이를 구축하고, 의미를 새롭게 하는 것은 이런 맥락의 행위로 읽을 수 있으며, 역으로 당대가 어떤 것을 '금기'로 설정하였는가를 파악하는 근거가 될 수 있다.

> 이헌구의 사례에서 나타나는 자기서사 재구성 양상은 크게 세 가지로 나눌 수 있다.
>
> 1) 자신의 행적을 삭제하거나 변형하여 문단회고/회고성 수필을 작성한다.
>
> 2) 예전에 작성하였던 글을 선집/전집[6] 등 자신의 저작으로 묶는 과

정에서 삭제한다. 이를 통해 해당 문건들은 독자나 문인들의 공유 기억에서 사라지게 된다.

　3) 예전에 작성하였던 글을 수정한다. 문제가 되는 부분을 부분삭제하거나, 수정한다.

　이러한 작업들은, 문서가 디지털화되어 있거나, 아카이브로 정리되어 있지 않은 당시에는 목표를 달성하는 데 있어서 매우 효율적이었다. 이런 작업들을 거쳐서 재구성된 인식론적 서사를 연구자 입장에서 원래 실제적으로 존재했던 '사실'과 면밀하게 비교/대조하기 위해서는 거의 '발굴'에 준하는 에너지가 들어가는 작업이 필요한 경우가 많다.

　논자는 이헌구의 자료를 정리하고 책으로 엮으면서 1948년 8월 이전에 직접 신문이나 문예지/종합지 지면에 수록되었던 원본과, 단정 수립 이후 저자에 의해, 혹은 편자에 의해 단행본에 수록된 원고를 비교/대조하는 작업을 거칠 수 있었다. 이를 통해서 이헌구의 문단 회고와 평론집 편집에서 드러나는 자기서사의 양상을 상세하게 파악할 수 있는 기회를 얻었다. 이 글에서는 이를 통해, 앞에서 서술한 이헌구의 세 가지 자기서사 재구성의 양상을 분석하고, 그 의미를

6　이헌구의 문집/평론집 중에서 본 연구의 주된 논의 대상이 되는 것은 『문화와 자유』(1953), 그리고 『모색의 도정』(1965)이다. 이 두 권의 책은 각각 일제 강점기에 주로 쓰이고 발표되었던 이헌구의 글(전자)과 한국전쟁 발발 이후부터 1960년대 초반까지 발표되었던 글(후자)을 대거 포함하고 있다. 이 두 권의 책에 실린 글들은 이헌구 자신이 직접 편한 것으로서, 이 편집 방향은 이헌구의 당대 담론적 관점을 그대로 반영하고 있는 것이라고 하겠다.

파악하려고 한다.

문단회고는 문단에 관련된 기억이나 문인 개인의 행적에 대한 기억을 당대의 필요에 의해 재구성하는 집필행위 혹은 그 결과로, 문학장이 제공하는 환경이나 담론의 영향을 강하게 받는다. 이 과정에서 실제로 일어난 사실로서의 사건이나 행적의 의미를 재해석/재규정하는 일이 빈번하게 일어나며[7], 심하게는 사건이나 행적의 사실관계를 달리하여 재서술하는 경우도 생긴다. 요컨대, 문인들의 회고가 기억을 재구성하고 그 의미를 재해석하는 양상을 살피면, 전술했던 '금기'의 예처럼, 당시 문학 장의 담론 특성을 파악할 수 있는 경로가 마련되는 것이다.

이 글이 제시하는 가설은, 단순히 '문단회고는 왜곡될 수밖에 없다', 혹은 '자기서사는 재구성되기 마련이다'라는 상식적인 것을 확인하는 차원에서 멈추는 것이 아니다. 이 전제에서 출발하여, 1) 구체적으로 어떤 재구성이 이루어졌고, 2) 이 재구성 양상이 다른 문인들의 그것과는 어떤 공통적인 지향을 보이며, 3) 이 공통점이 단정수립 이후라는 시기와 어떤 연관성을 갖고 있고, 4) 이것을 통해 단정수립이 문학 장에 어떤 조건을 부여하였는지, 5) 그리고 이 조건 하에 형성된 관점과 시각이 이후 연구자들에 의해 충분히 거리 확보 되고 반성되었는지 논의하거나 혹은 그 실마리를 찾는 것이 이 글이 제시하는 가설의 의미이고, 지향하는 바이다. 그리고 이런 작업은 당

7　예컨대, 김동인은 동인지 《창조》의 창간 계기와 목표를 일제강점기에 집필된 문단회고에서는 '근대문학의 수립'으로, 해방 후 집필된 문단회고에서는 '민족문학의 수호'로 각각 다르게 규정한 바 있다.

대 활동했던 문인들의 문단 회고 및 자기 서사에 대한 연구가 종합적
으로 축적되었을 때 그 의미가 극대화될 수 있다. 이 글은 이러한 연
구 작업의 도정에 놓여 있음을 밝혀둔다.

2. '해외문학파'와 카프(임화)와의 논쟁을 이분법적으로 재구성하기

이헌구는 와세다 대학 불문과를 졸업한 이력, 그리고 동문 김광섭
등과 '해외문학연구회'[8]를 결성하여 활동한 이력으로, 귀국과 동시
에 세간의 주목을 받으며 문단에 화려하게 안착한다. 다수의 지면에
서 번역 작업, 비평 작업을 활발하게 수행하던 그가 평단의 주목을
한꺼번에 받게 된 계기는 많이 알려진 바와 같이 1932년 1월 《조선일보》
에 게재한 「해외문학인의 장래와 임무」의 발표와, 그 글에 대한 임화
의 강도 높은 비판으로 촉발된 논쟁이었다. 사실 그 이전에도 임화를
비롯한 카프 계열 인사들에 의한 '해외문학파'에 대한 공격은 있었
으나, 이 글을 통해 본격적인 지상 논쟁 국면으로 접어들게 된다.

임화는 이헌구의 해당 글에 대해, '김철우'라는 필명을 사용하여
「소위 해외문학파의 정체와 장래」라는 제목으로 내용뿐 아니라 저

---

8 '해외문학연구회'라는 명칭, 《해외문학》 창간, 그리고 임화와의 논쟁 계기가 된
   「해외문학인의 장래와 임무」라는 글 제목을 통해 이헌구와 김광섭, 리하윤 등을
   포함한 일련의 문인들에게 '해외문학파'라는 명칭이 부여된다. 물론 처음 이 명
   칭을 사용한 임화가 '해외문학연구회' 문인들을 폄훼하려는 의도를 담았을 가능
   성이 있음도 부정할 수 없다. 멸칭의 성격이 강하지만, 아이러니컬하게도 이 명칭
   이 그동안 학계에서 두루 쓰였으므로, 이 글에서도 따옴표를 사용한 '해외문학
   파'라는 용어를 사용하기로 한다.

자의 인신에 대해서도 강하게 공격하는 글을 발표한다.[9] 이를 출발점으로 하여 이루어진 일련의 논쟁은, 향후 여러 문인과 문학 연구자들에 의해 논구되면서, 그리고 이헌구 자신에 의해서 여러 번에 걸쳐서 언급·논의되면서 근대문학사에서 가장 중요한 논쟁 중 하나로 자리매김한다.

그런데 현재 유통되는 이 논쟁의 의미가 당시 이헌구와 임화, 두 당사자가 설전을 나누던 때와 완전히 똑같은 의미로 문학사에 기록되고, 또 공유기억으로 형성되었으리라고 생각하는 이는 이제 많지 않을 것이다. 사적으로 기록되는 것이든, 공유기억으로 형성되는 것이든 그것이 이루어지는 당대의 시각과 관점, 그리고 여러 가지 사정으로 인해 그 의미가 소급 변형되고 왜곡되는 것임은 이미 여러 사례를 통해 널리 알려지고 공유되었기 때문이다.

하지만 이헌구와 임화의 논쟁의 의미가 재구성된 사례는 관점의 변화에 따라 그 논쟁의 의미가 완전히 반대로 기억되는 사례이기 때문에, 본격적으로 논의의 대상이 될 필요가 있다. 이 장에서는 먼저 '해외문학(파)'을 사이에 둔 이헌구와 임화의 논쟁의 의미가 이 과정에서 어떤 양상으로 변화되었는지를 살펴보려고 한다.

> 1929년—우리들 일본 유학 시절—일본의 문화계에는 정치 예술 일원론 정치 예술 이원론(?)이랄까 이러한 사조가 치열하게 대치하고 있었다. 이는 주로 맑시즘을 신봉하는 자와 예술의 자주성을 주창하

---

9 김철우, 「소위 해외문학파의 정체와 장래」, 《조선지광》, 1931.1.

는 양자의 대립이기도 한 것이다. (밑줄 - 인용자)¹⁰

「산주편편」은 이헌구가 1960년대 중반 〈사상계〉에 5회에 걸쳐 연
재하였던 문단회고이다. 인용된 글은 「산주편편 1」에 실린 글로서, 1회
의 내용은 자연스럽게 1932년 뜨겁게 진행되었던 임화와의 논쟁을
주된 내용으로 삼고 있다. 인용문에서 볼 수 있는 바와 같이, 이 논쟁
의 배경을 설명하는 역할을 하고 있는 「산주편편 1」의 첫 문단은 '맑
시즘 신봉자'와 '예술의 자주성을 주장하는 자'를 양자 대립의 구도
로 설정하는 작업을 적극적으로 수행하고 있다.

그리고 이헌구는 당시 카프에 대한 염증이 한국 문단에서 광범위
하게 퍼져가고 있었다고 서술하면서 「해외문학파의 장래와 임무」라
는 글이 생산되는 배경을 밝히고 있다. 그리고 그 글에서 자신이 표
방했던 목표를 다음과 같이 정리한다.

여기서 장황히 이 글의 내용을 얘기할 용기가 없지만 이 글을 쓴 나
의 근본 의도는 다음과 같이 요약할 수 있을 것이다./"고루한 민족지
상주의는 내 구미에 맞지 않는다. 그렇다고 민족을 무시하는 계급문
학론에도 찬동할 수 없다. 더욱이 나로서 견딜 수 없는 일은 문학을
정치의 한 도구로 사용하는 일도 절대로 용서할 수 없다. 문화적 내
지 예술적 전통과 고전을 올바르게 섭취하여 우리의 새로운 문학 창
조에 기여해야 한다. 그러므로 문학 지상, 예술 지상의 상아탑적, 동

10 이헌구, 「산주편편 1」, 〈사상계〉, 1966.10.

양적 은둔 취미에도 동조할 수 없다……." 였다.[11] (밑줄 - 인용자)

인용문은 「해외문학파의 장래와 의무」라는 텍스트에 대해 30년이 지나서 이헌구 자신이 수행한 해석이다. 이 해석은 자연스럽게, 그 것이 이루어지는 시점인 1960년대의 상황을 반영한 관점을 투영하고 있다. 자세히 서술하겠지만, 사실 〈조선일보〉에 1932년 1월에 발표되었던 원문을 읽고 판단해 보면 이 해석은 거의 '왜곡'이라고도 부를 수 있을 만큼 그 의미를 소급·변형하고 있다. 특히 '문학을 정치의 한 도구로 사용'하는 것에 대한 반감을 담은 내용을 그 원문에서 해석해내기란 불가능에 가깝다(단적으로 '도구'라는 말은 아예 그 글에 한 번도 등장하지 않는다).

임화와의 논쟁은 「산주편편」 1에서 가장 중요한 회고 대상이었음을 미리 서술한 바 있다. 그런데, 앞의 인용문에서는 글의 목적을 크게 변형시켜 해석하고 있었지만, 이어지는 인용문을 보면 이헌구가 임화와의 논쟁이 가지는 성격과 의미도 전혀 다르게 소급하여 재구성하고 있음을 확인할 수 있다.

"여기서 더 첨언할 것은 나 자신 당시 해외문학파의 문학적 성분에 대해 일종의 불만과 반발도 갖고 있었던 것이다. 즉 일부 멤버의 지나친 자존망대와 때로는 언어유희로 자기를 호도하려는 태도에는 불만이 있어서 그런 글을 썼던 것이다. 또 다른 면으로 보면 그러한

---

11 같은 곳.

이들을 선의로 옹호한 결과도 되었던 것이다. 그런데 이것이 이외의 방면으로 불똥이 튀고야 말았던 것이다"[12]

인용문은 임화와의 논쟁에 대해 이헌구가 회고하면서 덧붙인 바인데, 임화의 비판에 맑스의 원전을 예로 들며 날카로운 반박을 가하였던 이헌구는, 그로부터 30여 년이 지난 시점에서 오히려 그런 논점 자체를 재조명하기보다는, 그것이 원치 않은 논쟁이었음을 상대적으로 더 강조하고 있다.

게다가 이 글의 내용은 "해외문학파에 대한 인식 착오, 이 구실을 발견하기 위하여 필자의 6회에 걸친 논문 중 거두절미하고 그 어느 한편 귀퉁이의 적은 단편 일 골자를 집어다가"[13]라고 당시에 임화에게 반박하며 쓴 구절과 정면으로 부딪히고 있다. 이헌구는 임화가 해외문학파에 대해 갖고 있던 인식이 잘못되었다고, 그리고 그 인식을 바탕으로 자신의 글을 '침소봉대' 식으로 왜곡하였다고 비판하였으나, 회고에서는 자신의 텍스트에, 그리고 당시 '해외문학파' 인사들의 행적 중에 그러한 지점이 있었다고 슬그머니 인정하는 식으로 입장을 전환하고 있는 것이다. 또한, 이 「비과학적 이론」처럼 임화와의 구체적인 논쟁 상황에서 발표된 글들은 대개 첫 평론집인 『문화와 자유』에 수록되지 못했음을 밝히지 않을 수 없다.

이 길지 않은 역사적 시간은 비상히 ××한 것으로 전전(戰前) ××주의

---

12 같은 곳.
13 이헌구, 「비과학적 이론」, 〈조선일보〉, 1932.3.11.

에 평화적 조직적 발전의 10년 혹은 20년간도 지당(止當)치 못할 만큼 본질적으로 상이한 수많은 변화를 국제적 정치(政治)에 □여하고 <u>노동자 계급의 생활과 투쟁의 역사</u>에도 산적한 □□을 쌓게 하였다. 불과 1년 전에 토론하고 결정한 제(題)는 이제 와서는 그 구체적 적용의 장면에 있어 비상(非常)한 변화를 받지 않으면 아니 될 ××한 정세의 진행 속에서 우리는 생활하고 있는 것이다.[14] (밑줄 - 인용자)

인용문은 이헌구가 추후『모색의 도정』에「해외문학파의 장래와 임무」를 수록하면서 삭제한 부분이다. ××라고 표시된 부분은 당시 일제에 의해 검열되어 복자 처리된 것으로, 다른 글의 경우『모색의 도정』에 옮기면서 이헌구 스스로가 복자 처리된 부분들을 복원하지만, 인용문은 이 책에 실리지 못하고 삭제되었으므로 원래 있던 글자가 어떤 것이었는지 확인할 길은 없다. 다만 밑줄 친 '노동자 계급의 생활과 투쟁의 역사'의 부분을 보면 복자 처리된 표현들이 사회주의/공산주의와 관련된 용어라는 것을 짐작하는 것이 큰 무리가 아니라는 것도 알 수 있다.

전술했다시피「산주편편」에서 이헌구는 임화와 자신의 당시 논쟁이 '맑시즘을 신봉하는 자와 예술의 자주성을 주창하는 양자의 대립'이라고 표현했지만,『모색의 도정』에서 삭제된 부분은 이런 양자의 이분법적 대립을 이루는 선분이 그다지 명확하지 않다는 것을 확인해준다. 오히려 그런 이분법적 대립이라는 인식과는 반대로,「해

---

14 이헌구,「해외문학파의 장래와 임무」,〈조선일보〉, 1932.1.2.

외문학파의 장래와 임무」는 '노동자 계급의 투쟁'을 중요한 이슈로 두고 서술된 글이라는 것을 알 수 있는 것이다.

거시적으로 보면 해당 글의 주제는 '조선의 문예운동은 자체 자국 내의 성장에만 그치지 아니하고 세계적 문학조류와 공통되는 보조를 밟아'[15]나가는 데 해외문학인의 임무가 있다는 내용이다. 하지만 이헌구가 말하는 세계의 문학 조류 중 중요한 일익을 담당하는 것은 바로 '노동운동', 그리고 복자 처리 된(그러나 당시 단어의 복자 처리 양상에 익숙한 연구자는 어렵지 않게 그것이 무엇인지 짐작할 수 있는) '**XX주의**'였던 것이다. 그렇기 때문에 이헌구가 이것을 '(맑시즘을 신봉하는 자와 이 항대립적으로 구별되는) 예술의 자주성'을 주창하는 글이라고 하는 것은 매우 적극적으로 사실을 재해석(또는 왜곡)하는 '자기서사 재구성'에 해당하는 행위라고 할 수 있다. 『문화와 자유』에서 누락된 부분은 글 전체에서 작은 비중을 차지하는 일부에 불과하지만, 글의 성격을 크게 바꿀 수 있는 중요한 부분인 것이다.

더 나아가 가능한 한도에 있어서 새로운 동반자 내지 동지의 획득은 고립된 조선문예운동에 있어서는 특히 필요한 전술이며 그리되지 아니하면 새로운 문학운동의 전면적 계몽 역할을 감행하지 못할 줄 안 다. (중략) 그러므로 금후의 조선문예운동은 결코 프로문학과 부르문학 해외문학의 세 분야로 구별하여 해외문학을 그 중간적 소시민 인텔리층의 그룹이라고 결정짓는 데 있는 것이 아니요 마땅히 해외문학은

---

15 같은 곳.

유기적으로 조선문단과 적극적으로 교섭하고 提□하여 늘 새로운
제창을 하는 동시 문학의 국제성 더 나아가 조선문학운동의 획기적
발전을 위한 선구적 역할을 행사하여야 할 것이다.[16] (밑줄 - 인용자)

단행본으로 옮겨지는 과정에서 삭제된 부분을 복원해서 다시 맥
락화하여 읽어 보면, 위의 인용문이 다시 해석될 여지가 생긴다. 인
용문은 「해외문학자의 장래와 임무」 이전에 해외문학파에 대해 비
판적 시각을 드러냈던, 그리고 '투쟁의 대상, 공공의적'[17]으로 규정
했던 임화의 「1931년 간의 카프 예술운동의 정황」의 내용을 염두에
둔 부분이다. 밑줄 친 부분을 순서대로 짚어 보면, '동반자 내지 동지
의 획득'은 카프와 '해외문학파'가 동반자적 관계를 맺을 수 있다는
역설이라고 읽을 수 있다. 그리고 무엇보다도 '해외문학을 그 중간
적 소시민 인텔리층의 그룹이라고 결정'짓는 것에 대해 반박하고 있
는데, 이는 두 가지로 해석될 수 있다. 하나는 이런 구별 자체가 경직
되고 추상적이라는 반박이고, 또 하나는 자신들이 소시민 인텔리가
아니라는 반박이다. 삭제된 부분 때문에 이헌구의 반박은 대개 전자
로 읽혔으나, 삭제한 부분을 복원하면 그의 주장은 전자와 후자를
동시에 아우르고 있다고 읽어낼 수 있는 여지가 강해진다. 즉, 임화
가 강조하는 카프의 책무와, 해외문학자의 책무가 다르지 않다는 의
미이다. 이는 카프의 영역과 해외문학자의 영역이 서로 다르다는 소

16 같은 곳.
17 조윤정, 「번역가의 과제, 글쓰기의 윤리 - 임화와 해외문학파의 논쟁적 글쓰기」,
    『비교어문학』 27, 2009.8. 384쪽.

극적인 '동반자' 관계보다, 두 집단의 영역의 교집합이 많다는 적극적 '동반자' 관계에 가깝다는 의미로 읽힐 수 있다.

이와 관련하여 특기해야 할 점은, 김철우(임화)에게 반박하는 목적으로 발표된 두 편의 글, 즉 「비과학적 이론」, 「문화유산에 대한 맑스주의자의 견해」에서 이헌구는 모두 임화의 태도를 '비과학적', '비맑스주의적'이라고 비꼬고 있다는 사실이다. 사실 아주 간단하게 사유해 보아도, 논쟁의 상대를 '비맑스주의적'이라고 비판하고 있던 이헌구가 자신을 '맑시즘 신봉자와 싸우던' 주체로 의미화하는 것은 어폐가 있다는 사실을 파악하기 어렵지 않다. 그리고 이 두 글의 맥락을 짚어가며 따라 읽어 보면, 이헌구는 오히려 '임화보다 자신이 더 맑스주의적이고 과학적임'을 주장하고 있는 것이다. 이는 이헌구의 카프/해외문학인 들의 관계에 대한 주장이 (책무 영역이 겹치는) 적극적 동반자적인 것이라고 읽어낼 수 있는 또 하나의 중요한 근거가 될 수 있다.

「소위 해외문학파의 정체와 장래」에서 임화는 해외문학파가 보여주는 역사에의 관심에 비판을 표명한다. "어디서 역사적 연구란 말이 골동품과 같이 이리 뒤척 저리 뒤척 한다는 새로운 발견을 해내는가?"[18]라는 반박에서 볼 수 있는 바와 같이, 이헌구는 그 '역사적 연구'의 의미를 폄하하는 행위가 '비맑스주의적'이라고 비판하고 있는 것이다. 이 맥락은 「문화유산에 대한 맑스주의자의 견해」로 그대로 이어진다. 그리고 맑스가 셰익스피어와 괴테를, 그리고 레닌이 푸쉬

---

18 이헌구, 「비과학적 이론」, 조선일보, 1932.3.11.

킨을 존중하듯, '맑스주의자'라면 문화유산을 중시하고 역사적 연구에 힘써야 한다는 명제를 여러 가지 사례를 통해 역설하고 있는 것이 「문화유산에 대한 맑스주의자의 견해」라는 글인 것이다.

지금까지의 이야기를 종합해 보면, 이헌구와 임화 사이에 진행되었던 논쟁에서, 이헌구는 해외문학파와 카프를 '맑스주의적 견해'를 공유하여 동반자가 될 수 있는 집단으로 인식했음을 확인할 수 있다. 그러나 1960년대 중반, 반공주의가 강력하게 작동하는 상황에서 집필된 문단 회고에서는 이 논쟁의 논점과 의미 자체를 매우 강력한 정도로 변형하고, 자신이 계급문학에 맞서 싸운 문인이었다는 알리바이를 형성하는 것이다. 그리고 『문화와 자유』, 『모색의 도정』이라는 제목의 비평집의 편집(삭제, 누락 등) 행위도 이러한 문단 회고에 의한 자기서사의 재구성 양상에 충실하게 복무하는 것이다.

이를 통해 우리가 주목해야 할 지점은, 이헌구가 회고와 평론집 저술 활동을 통해 재구성한 임화와의 논쟁은 실제 이루어졌던 논쟁보다 매우 초보적인 수준으로 퇴보되었다는 사실이다. 이헌구와 '해외문학파'를 공격하던 임화의 논의는 프롤레타리아 문학과 (소부르주아 문학을 포함한) 부르주아 문학을 공격하는 그야말로 이분법적인 것이었다. 하지만 그것에 대해 반박하던 이헌구는 그러한 이분법적 대립을 지향할 것을 요구하였으며, 오히려 자신의 주장하는 바가 '맑스주의 문학'과도 양립하거나 일치할 수 있다고 역설하는 세련된 논리를 펼쳤다.[19] 그런데 후대에 이 논쟁의 의미를 재설정하면서, 오

---

19 김윤식도 이헌구의 논박을 '임화의 허점을 찌른' 논설로 고평한 바 있다. (김윤식, 『임화 연구』, 문학사상사, 2008 참고.)

히려 더 강력한 이분법적 틀로 스스로 확보했던 논쟁의 성과를 무화시켰다는 것은 역사의 아이러니라고 할 수 있을 것이다. 게다가, '카프 인사와 논쟁했으면 반공주의적이다'라는 지나치게 단순하여 오류에 가까운 이분법적 명제는 이헌구를 논할 때 뿐 아니라 한국문학의 여러 논쟁들을 살필 때 지속적으로 답습되었다는 점에서 문제적이라고 하지 않을 수 없다.

3. '민족문학'의 인식론적 스펙트럼을 이분화하기

1934년 1월 1일, 〈동아일보〉 신년호에 실리기로 하여 완성되었던 「조선문학은 어데로」라는 글은 일제에 의해 전문 삭제 당한다. 그리하여 20년 가까이 빛을 보지 못하였던 이 글은, 『문화와 자유』에 수록되면서 처음으로 독자에게 소개된다.

발표되지 못했던 글임에도 이헌구 자신에 의해 적극적으로 재소환된 것은, 앞 장에서 살펴보았던 이헌구의 많은 글들이 단정 수립 후 두 편의 평론집이 엮여지는 과정에서 누락되거나 (부분) 삭제된 것과는 정반대의 사례라고 하겠다. 단정 수립 이후 변화한 문학 장에 편입하고 안착하는 과정에서, 앞 장에서 인용된 글들의 내용은 적합하지 못했고, 「조선문학은 어데로」의 내용은 적합했을 것이라는 가설은 너무나 자연스럽게 도출되는 것이기 때문에 이에 대해 자세한 서술을 할 필요는 없어 보인다.[20] 대신 해당 글에서 드러나는 '조선문학'에 대한 이헌구의 관점이 단정 수립 이후의 집필 활동을 통해 어떻게 변화하는지를 구체적으로 살펴보려고 한다.

사실 「산주편편1」에서 강조했던 것처럼, 이헌구는 '민족문학'이라는 키워드를 1950년대를 관통한 이들 중에서는 상대적으로 즐겨 사용하지 않았던 문인이었다. 「조선문학은 어데로」가 쓰여진 1934년은 일제 강점기라는 특수한 상황 때문에, '조선문학'과 더불어 '민족문학'이라는 기호를 함께 쓸 수는 없었고, 동일한 기호라고 보기에도 무리가 있다. 어의가 무쌍하게 변화한 '민족문학'이라는 기호이기 때문에 '조선문학'='민족문학'이라는 등식이 언제나 성립하지 않는다는 것도 이제는 주지의 사실이기도 하다[21]. 하지만 『산주편편』을 집필하던 시기의 이헌구는 '조선의 특수성'과 '조선어의 문제'에 대해 역설하였기 때문에 '조선문학'에 대한 논의가 '민족문학' 논의와 등치되어 당대 문학 장에서 긍정적 의미로 받아들여졌을 것으로 계산했다고 볼 수 있다. 굳이 자신을 '민족주의자'라고 명명하지 않고도, '일제에 맞서 조선 민족의 독립과 독자성 확보를 도모하였다'라는 자기서사를 간접적으로 구축할 수 있게 되는 것이다.

하지만 「산주편편1」에서 서술한 것처럼 이헌구가 '민족문학'이라는 기호로부터 항상 거리를 확보했던 것은 아니다. 이헌구는 「〈해외문학〉 창간 전후」, 「조선 연극사상 극연의 지위」 등 1930년대에도 활발하게 문단회고를 작성했지만, 이 글에서 주목하는 단독정부수립

---

20 1934년에 집필된 원본이 발표되지 않았으므로, 추후에 선집에 실린 글에 얼마만큼의 변형이 가해졌는지를 확인할 수는 없다.

21 예컨대, 이헌구가 언급한 '조선의 특수성'이, '계급 문제에 있어서의 조선의 특수성'으로 해석된다면, 그것을 바탕으로 한 '조선문학'이 민족주의를 기반으로 한 '민족문학'과 동일한 개념이라고 보기는 어려운 것이다.

이후 가장 먼저 발표한 회고는 「해방 후 4년간의 문화동향」이라는 글이다. 이 글은 '문총'의 기관지인 〈민족문화〉창간호에 실린 글로, 글 전면에 '민족진영'이라는 기호를 앞세우고 있다. 그리고 여기에서 말하는 '민족진영'은, '공산진영'과의 양자대립을 기준으로 성립하는 기호이기도 하다.

> 이제 다음에 씌여진 이 일문은 이러한 불우의 환경 속에서도 민족의 자주독립을 위하여 알몸뚱이와 빈주먹과, 그러나 불타는 심장과 끓어오르는 애국의 열의로써 싸워온 민족진영 문화인의 투쟁 기록의 단편인 동시에 남한을 혼란의 와중으로 끌어들인 공산 계열의 모략상의 일면도 점철되어지는 것이다.[22]

 길지 않은 위의 인용문에서도 쉽게 확인할 수 있는 것처럼, 이 글은 시종일관 해방 후 4년을 민족진영과 공산계열의 대결로 점철된 시기로 그리고, 그것을 통해 당시의 문화동향의 서사를 구축하고 있다. 여기에서 '민족문학'은 공산주의에 맞서는 문학이 된다. 이는 1934년의 '계급적 투쟁에서 그 지역, 정치적 특수성을 가지는 조선문학'과도, 또 1965년 그 의미가 소급되어 '일본문학으로부터 자주성을 지키기 위한 민족문학으로서의 조선문학'과도 대비된다. 34년의 '조선문학'이든, 65년의 '조선문학'이든, 공산문학을 그 대척점으로 놓고 존재하지 않기 때문이다.

---

22 이헌구, 「해방 후 4년간의 문화동향」, 『문화와 자유』, 1952. (『이헌구 선집』 428쪽에서 재인용)

그렇기 때문에 지금까지 논의된 것만 하더라도, 벌써 '민족문학'과 그 인접개념으로서의 '조선문학'을 합하면 세 가지의 서로 다른 의미를 가진 기호가 구분되어 도출되는 것이다. 여기에 더해서, 이헌구의 '민족문학'이라는 기호가 가진 다양한 스펙트럼은 더 추가될 수 있다. 『해방기념시집』은 중앙문화협회가 1945년 12월에 발간한 시집인데, 이헌구는 여기에서 '발간사'의 집필을 맡았다. "그러나 8월 15일에 이르기까지 약 5년간의 혼란기와 반동기에 있어서 시인들은 오로지 침묵으로써 웅변 이상으로 우리의 시가와 민족의 정신을 지켜온 영광의 전사였다."[23]라는 서술에서 볼 수 있듯이, 이 글과 책에서의 '민족'은 일제와의 배타적 관계를 전제로 하여 성립하는 개념이었다. 그런데 흥미로운 사실은, 단독정부 수립 이후, 그리고 한국전쟁 이후 강력한 반공주의를 기반으로 한 친정부 성향의 우파 단체로 거듭나는 중앙문화협회에서 발간한 이 시집에, 임화·윤곤강·이용악 등 카프 계열이거나 좌파 계열로 구분되어 후에 월북을 하는 시인들도 적극 참여했다는 것이다. 그렇기 때문에 단독정부 수립 이후에 이헌구가 사용했던 '민족문학'의 두 가지 조건, 즉 '반공'과 '반일' 중 하나의 부분, 즉 '반공'을 결하고 있는 기호로서의 '민족문학'이 『해방기념시집』의 발간사에서 발견되는 것이다. 즉 이헌구의 회고 속 주장을 회고 대상이 되는 당시의 다른 문건이 반박하는 형국이다.

이러한 '민족문학'의 관점은 단독정부 수립을 얼마 남겨놓지 않은 1948년 3월 〈백민〉 지면에 발표한 「민족문학 정신의 재인식」에서도

---

23 이헌구, 「해방기념시집을 내며」, 『해방기념시집』, 중앙문화협회, 1945.12. 3쪽.

그대로 이어진다.

> 민족의 독립이 없는 곳에 문학이 있을 수 없다. 더군다나 세계를 풍
> 미하는 <u>양대 이데올로기에 대한 부동의 비판적 정신을 가지지 아니</u>
> 하는 한 우리의 모든 행동은 실로 그는 문자 나열 뿐이요 작가로서
> 의 자기만족은 될지언정 그것은 문학에 대하여 하등의 '플러스'가
> 되지 못할 뿐 아니라 더군다나 민족 전체에 대한 일대 과오를 범하
> 는 것이 아니라 할 수 없다.[24] (밑줄 - 인용자)

'양대 이데올로기'는 물론 당시의 분단 상황을 염두에 둔 표현이
다. 38선 이남과 이북을 각각 지배하고 있는 '공산주의'와 '자유주의
(자본주의)'를 일컫는 것이다. 당시는 점점 그 실현 가능성에 대해 비관
적인 시각들이 나타나기는 했지만, 여전히 좌우합작과 남북 공동정
부에의 희망이 사회 전면에서 공유되고 있던 시점이다. 단독정부 수
립 이전에는 여전히 남과 북, 그리고 좌와 우가 서로 연대할 수 있다
는 관점이 지배적이었기 때문에, 이헌구도 양대 이데올로기에 대해
'부동의 비판적 정신'을 견지하자고 주장하는 것이 시대적 조류와
대치되지 않았던 것이다.

그러나 불과 몇 달 후, 단독정부 수립 직후에 쓰인 「해방 4년간의
동향」에서는 이헌구가 자신이 사용하는 '민족'과 '민족문학'에 대해
전혀 다른 외연과 내포를 부여하는 극적인 변화가 나타난 것이다.

---

24 이헌구, 「민족문학 정신의 재인식」, 〈백민〉, 1948.3.

위에서 살펴본 것처럼, 이 글에서는 해방 4년 간 자신을 비롯한 소위 '민족진영'이 보여준 행위는 철저하게 공산진영에 맞서기 위한 것이었다고 서술되기 때문이다. '공산진영에 맞서는 것'과, '양대 이데올로기에 대한 부동의 비판적 정신'을 견지하는 것이 서로 다를 뿐 아니라, 관점에 따라서는 서로 상반되는 행위이기도 하다는 것을 굳이 자세히 서술할 필요는 없으리라. 해방 직후부터 단정수립 이전까지 지속되었던 '좌우합작'이나 '중립'적인 입장들, 그리고 그 실천들은 1948년 8월 직후 곧바로 기억에서 소거되고 전혀 다른 서사가 구성되는 것이다.

「반공자유세계 문화인 대회를 제창한다」(1950.1), 「문화전선은 형성되었는가」(1952.12), 「위기의 극복과 착각의 불식」(1953.8), 「공동 생명 선상에서 최후의 방위 전선」(1954.2)은 단정 수립 이후, 그리고 한국전쟁이 휴전으로 일단락되고 분단 상황이 고착된 후, 그래서 한반도의 운명이 냉전체제의 최전방으로 결정된 후에 이헌구에 의해 강경한 필치로 작성되어 발표된 문건들이다.

제목을 통해서도 선명히 드러나지만, 네 글 모두 '반공'이라는 키워드를 전면에 내세우고, 한국이라는 국가가 '반공전선'의 일선에서 중요한 역할을 해야 할 것을 역설하고 있다. 그리고 여기서 주목해야 할 것은, '문화전선', '(반공)문화인 대회' 등, '문학'보다는 넓은 '문화'라는 개념을 쓰고 있기는 하지만 정치적인 목적에 부합하고 또 복무하는 예술의 역할을 강조하고 있다는 사실이다.

이 대목에서 우리는 앞장에서 가장 먼저 인용한 「산주편편1」의 한 구절을 다시 떠올릴 수밖에 없다. "더욱이 나로서 견딜 수 없는 일은 문학을 정치의 한 도구로 사용하는 일도 절대로 용서할 수 없다."라는 구절이 그것이다. 물론 「산주편편1」을 작성할 당시 이헌구의 사고회로에서는 '반공은 정치가 아니다'라는 명제가 전제로 작동했을 가능성도 있다. 하지만 '반공', '반공주의'라는 기호나 이데올로기로부터 거리를 확보한 지금의 시점으로 보면, 사실 '반공문화인 대회'나 '(반공)문화전선' 등의 개념들을 역설하는 행위와 '문학을 정치의 도구로 사용하는 일'을 용납할 수 없다고 선언하는 것 사이에는 심대한 모순이 존재한다고 하지 않을 수 없다.

여기까지 논의가 진행된 시점에서 우리는 '자기서사'라는 개념에 다시 주목하게 된다. 사실 '자기서사'에 쓰이는 '서사'의 개념은 다분히 인식론적 개념이다. 인식된 것의 대척점에 '實在'라는 개념 놓고 사용하기도 하지만, 실제로 일어난 '현실 사건'과 그것을 인식하는 것 사이에 간극이 언제나 필연적으로 존재할 수밖에 없음은 이제 상식적인 차원의 지식이 되었다. 우리는 우리가 실제로 행했던 일들과, 자신이 하거나 하지 않았다고 믿는 일들 사이에 간극이 발생한다는 것을 이제는 잘 알고 있다. 이헌구의 경우도 마찬가지로, 심지어 실재와 인식이 서로 상반되는 사례인 것이다. 이는 그 '인식'이라는 것이 그것이 이루어지는 당대의 상황과 조건에 지대한 영향을 받기 때문에 가능한 일이다. 물론 의도적/의식적으로 이러한 간극이 발생하기도 하지만, 그것이 의도된 것인지 그렇지 않은지를 밝히는 일은 최소한 문학 연구자의 논증 영역은 아닐 때가 많다. 다만 이러한 간극이 발생한 양상을 자세히 살피고, 그리고 그것이 당시의 조건이나 추세와 어떤 관계를 맺고 있는지를 살피는 것이 연구자의 몫일 것이다.

앞장에서 이헌구가 임화를 비롯한 카프 문인들과의 관계, 혹은 사회주의/공산주의 문학과의 거리 설정 문제를 문단 회고와 평론집 편집을 통해 시대에 따라 재구성했던 양상을 살폈다면, 이 장에서는 해방 직후의 저술 활동과 문단 활동에 대한 단정 수립 이후의 서사 재구성 양상, 그리고 단정수립기/한국전쟁기의 행적을 1960년대에 문단 회고를 통해 재의미화하는 양상을 살폈다. 이 양상들을 살피는 데 있어서 키워드 역할을 할 수 있는 '민족문학'이라는 개념을 둘러싼 문학의 정의와 직무에 대해서 살펴보면, 이헌구의 관점은 여러 번에 걸쳐서 극적으로 바뀌었다.

정리를 위해 도식적으로 분류해 보면, 이헌구의 '민족문학'은 1) 반일, 2) 반일, 반공, 3) 반공, 4) (정치로부터의) 자유 등 다양한 외연을 지닌 복수의 기호였다. 하지만 기호의 성격상 그 외연과 내포가 다름은 분석의 과정을 거치지 않고는 잘 드러나지 않으며, 기호의 정의와 용례를 둘러싼 관점의 변화가, 이미 일어나서 그 의미가 고정되었다고 여겨지기 쉬운 과거의 사건과 행적들의 의미를 끊임없이 변화하도록 하는 것이다.

해방 이후 이런 식의 자기서사 재구성은 당시 문단 회고를 적극적으로 제출했던 김동인, 백철, 김기진 등 여러 문인들에게서 예외 없이 드러난다. 그리고 단정수립기 문단 회고는 대개 같은 방향을 지향하며 기존의 서사를 재구성하는데, 그것은 바로 좌/우, 남/북의 이분법을 강화하는 지향점이다. 그리고 이러한 크고 작은 개별적인 프로젝트가 모여서 일정한 경향을 만들고, 그것이 단정수립을 전후한 시기의 한국문학을 연구하는 데 있어 중요한 관점으로 고정되어 있었다는 것을 깨닫고 반성하는 지점까지 나아가는 것. 이것이 당대 문단 회고를 통한 자기서사 재구성 양상의 일반성을 통해 우리가 주목하고 고민해야 할 지점이다.

4. 결론

지금까지 단독 정부 수립 이후 이헌구가 실행한 자기서사의 재구성 양상을 살펴보았다. 문단회고는 문인들의 행적과 당대 문학 장 내에서 벌어진 여러 가지 층위의 사건에 대한 증언의 역할을 한다. 하지만 이 증언의 신빙성은 주로 회고라는 행위를 수행하는 작가의 개인적인 기억에 의존하고 있기 때문에, 변형이나 왜곡의 가능성이 큰 작업이라고 할 수 있다.

단독정부 수립은 문단의 지형도를 크게 바꾸고, 우익/좌익이라는 거대하고도 폭력적인 이분법적 틀을 적용하여 문인들로 하여금 자신들의 이전 시기 행적에서 좌익과의 거리를 확보하는 서사를 재구성하도록 사실상 강제하게 된다. 이헌구에게는 단정 수립 이후의 문학 장에 편입하는 데 있어서는 두 가지 경력이 장애로 작용하게 된다. 하나는 그가 1940년대에 보성중학교장으로서 태평양 전쟁의 참여 독려를 강조했던 이른바 '친일' 경력이다.[25] 그리고 또 하나는 그

---

25 이 친일 경력에 대해서도 크고 작은 삭제와 왜곡이 존재하지만, 이 글의 논점과는 다소 거리가 있으므로 자세히 상술하지는 않았다. 다만 지금까지의 자기서사 재구성 양상을 논구하는 과정에서, 다수의 연구 대상에 해당하는 작가들이 이 '친일'의 문제를 '자기서사화'한 자료들을 모을 수 있었다. 이를 모아서 하나의 연구

가 일본 와세다 대학 시절부터 보여주었던 사회주의/공산주의에 대한 비교적 온건하고 우호적인 태도였다. 두말할 것 없이, 단정 수립으로 개편된 조건에서는 후자 경력이 더욱 치명적인 문제로 작용했다.

이에 따라 1950년대 이헌구의 저작 활동에 있어서 자기서사를 재구축하는 것은 중요한 지분을 갖는 작업이었다. 이 글에서는 이헌구가 일제 강점기, 해방기에 발표된 저작에서 보여주었던 카프에 대한 태도, 그리고 파업이나 노조 관련 시각 등 추후에 '친사회주의적', '용공주의적'이라고 분류될 수 있는 과거의 행적들이 단정수립 이후 본인에 의해 꽤 본격적으로 소급/재구성이 이루어졌음을 밝혔다. 이는 이헌구가 당대 문학 장에 안착하여 본인의 입지를 확보하고 지키기 위한 인정투쟁의 일환이었다는 해석으로 나아가는 데 무리가 없다.

이헌구는 문단회고를 통해서 적극적으로 자신의 비평 행위의 의미를 재해석했으며, 자신의 평론집을 묶는 과정에서 해당 문제를 안고 있거나, 그렇게 해석될 수 있는 텍스트들을 꽤 열심히 삭제하였다. 그리고 선집/전집에 삭제하지 않고 수록한 글에서도 해당 부분을 지우는 경우가 있었다. 이렇게 세 가지 방법으로, 이헌구는 단정수립 이전 자신이 어떤 성향을 가지고 있는 문인인지 자기서사를 재구축한다.

이렇게 필요에 따라 자기서사를 재구성하는 경우는 많다. 심지어 어떤 연구자들은 많은 문인들이 친일 경력이나 좌익 경력을 이런 식으로 지우는 것을 이미 밝혀진 사실이거나 상식적으로 당연한 일이

논문으로 별도로 집필할 계획이 있음을 밝혀둔다.

라고 치부하기도 한다. 그러나 지금까지 이 재구성 양상이 구체적으로 논구되거나 밝혀진 사례는 생각보다 많이 축적되지 않았다. '여러 이유 때문에 재구성이 있었을 것이다'라는 막연한 추론이 아니라, 실제적으로 대조나 비표를 통해 재구성 사례가 확인이 되고, 그리고 그것이 어떤 의미를 지녔는지를 파악하는 작업은 충분히 이루어지지 않은 것이다.

이헌구의 사례도 그러한데, 이헌구가 자기서사를 재구성한 것을 통해 우리가 얻을 수 있는 것은 단순히 그런 동기나 실천이 그에게서도 다른 문인들과 비슷하게 발견된다는 사실 확인에 그치지 않는다. 오히려 자기 서사의 재구성에 대한 필요와 동기를 만드는 것은 당대의 문학 장이고, 따라서 이런 재구성 양상을 통해, 다른 경로로는 구체적으로 파악하기 힘들었거나 알려지지 않았던 당대의 장이 갖고 있던 새로운 일면을 파악할 수 있다.

단독정부 수립이라는 사건의 경우, 강력한 인식론적 이분법을 작동시켜 좌/우, 남/북, 자유/공산 등의, 사실은 완전히 이항대립하지 않는 개념들을 상호모순적인 대결적 짝패의 관계로 만들어버렸다. 이러한 이분법적 관점이 당대 문단회고와 자기서사 구성에서 큰 영향력을 행사했다는 사실은 이 글에서 살펴본 이헌구 뿐 아니라, 김기진, 백철 등 다수의 문인들의 문단회고에서 공통적으로 드러나는 요소들을 통해서 확인된다. 이 당시 이루어진 이분법적 관점이, 당대 문인들에게뿐 아니라, 당대 문학을 연구하는 연구자들에게도 여전히 재생산된다는 점은 반성될 필요가 있을 것이다.

개작과 검열의 사회 · 문화사 (2)

제3장

『조선동요백곡집』의 개사 양상 연구

초판본(1929 · 1933)과 개작본(1964)을 중심으로

강영미(고려대학교)

1. 서론

이 연구에서는 홍난파의 『조선동요백곡집』(1929 · 1933)과 윤석중이 개사한 『난파 동요 100곡집』(1964)의 판본 연구를 진행하여 초판본과 개작본의 변화 양상을 추적하고, 윤석중이 76편에 이르는 동요를 개작한 방식 및 유형, 그 효과를 살피는 데 목표를 둔다. 1964년 나운영 은 『조선동요백곡집』 수록곡 중 "가사를 그대로 부를 수 없는 34곡" 의 가사를 윤석중이 새로 써서 『난파 동요 100곡집』을 발간했다고 밝혔으나 초판본과 개작본의 가사가 다른 작품은 34곡이 아닌 76곡 이다. 제목과 가사를 모두 교체한 34곡, 가사만 일부 교체한 39곡, 삭 제 후 교체한 3곡을 포함하여 원본 수록곡의 76%를 교체 수정했다. 동요집 전체의 가사를 다시 쓰기 한 셈이다.

윤석중은 개사한 사실을 따로 밝히지 않았고 개사한 작품을 본인의 전집에 수록하지도 않았다. 개사 작업은 납·월북 작가의 존재를 지워야 하는 시대의 검열을 피하기 위한 차선책이었을 뿐, 자발적인 창작 활동이라고 생각하지 않은 듯하다. 1920년대의 동요 운동 초창기부터 대표적인 동요 작가로 자리잡은 그가, 같은 시기 창작 활동을 한 동료 작가의 작품을 당사자의 동의 없이 개작한다는 것이 그리 내키는 작업은 아니었을 것이다. 그럼에도 홍난파의 악곡을 살린다는 명분 속에서 선율과 가사가 어긋나는[1] 문제를 감수하며 개사 작업을 수행했다.

1960년대의 음악계에서는 납·월북 작가의 가사를 바꿔 쓰는 작업을 대대적으로 진행했다. 납·월북 작가의 작품을 출판 유통하는 것이 금지[2]된 상태였기에, 작곡가의 선율을 살리기 위해 가사를 교체하는 방편을 택한 것이다. 정지용 시로 만든 채동선 가곡을 이은상이 개사하고[3] 윤복진·신고송·박을송 등의 가사로 만든 박태준의 동요를 윤석중이 개사한 것이 대표적 사례다. 음악계 인사들이 주선하여 문학계 인사가 가사를 고쳐 쓰는 방식으로 개사 작업이 이뤄졌다. 전쟁과 분단으로 이어지는 역사적 특수성에서 비롯된 현상이기에 유족을 비롯한 음악계·문학계·출판계의 관련자 대부분이 개사

---

1 이내선, 「윤복진 동요 연구: 가사에 붙여진 선율 vs 선율에 붙여진 가사」, 『음악이론연구』 34, 서울대 서양음악연구소, 2020.

2 「월북 작가 작품 출판판매금지 문교부서 지시」, 『동아일보』, 1957.3.3.

3 강영미, 「검열과 개작: 채동선 작곡·정지용 시의 개작 양상을 중심으로」, 『한국학』 44-1, 한국학중앙연구원, 2021; 장영우, 「채동선 가곡과 정지용 시의 변개」, 『한국문예창작』 13, 한국문예창작학회, 2014.

작업을 묵인한 것으로 보인다.

이러한 현상에 대해 북한에서는 부정적으로 평가한다. "지금 남조선에서는 가요집들을 출판하면서 입북한 작가들의 이름과 필명들을 모두 다른 이름으로 출판하는 도명(盜名) 행위를 자행하고 있"[4]다며, 식민지시기에 창작된 노래는 "북남겨레의 공동의 유산이"므로 원작자의 이름을 바꿔 쓰는 것은 "위조 행위"[5]이자 역사를 왜곡하는 것이라고 평가한다. 그럼에도 개사자에게 그 책임을 묻고 싶지는 않고 오히려 개사자와 만나 허심탄회하게 진심의 대화를 나누고 싶다고까지 밝힌다.

이는 1960년대에 남한 음악계에서 진행한 개사 작업이 개사자 본인의 자발적인 요구에 의한 것이 아님을 헤아린 것이었다. 당시 "남조선에서 입북작가들에 대한 작품은 금지되어 있고 입북작가들이 창작한 노래는 못 부르게 「금곡」되여 있"[6]던 상황을 알고 있었기에 개사자에 대한 개인적 책임을 묻지 않겠다는 것이다. 단 식민지시기에 창작된 노래는 "후배들에게 물려주어야 할 유산"[7]이므로, 원작자의 이름을 바로잡을 필요가 있다며 원작자와 개사자의 필명을 밝힌 조견표까지 일부 제시하고 있다. 어조를 상당히 완화한 증보판에서도 "이 시기에 창작된 옛 노래의 주인들을 옳게 밝혀서 후대들에게

---

4 최창호는 유행가만 언급하고 있으나, 동요, 가곡 등 가사가 있는 작품에 두루 적용할 수 있다. 최창호, 『민족수난기의 가요들을 더듬어』, 서울: 한국문화사, 2000 (평양: 평양출판사, 1997), 193쪽.
5 같은 책, 197쪽.
6 같은 책, 196쪽.
7 같은 책, 193쪽.

바로 물려주어야"[8]한다고 재차 강조한다.

남한에서도 2010년대부터 원곡과 개사곡 목록을 정리하는 작업을 진행한다. 박태준이 작곡한 동요의 개사곡 목록[9]을 제시한 바 있고, 개사 과정에서 선율과 가사가 어긋나는 현상[10]에 주목한 연구도 나왔다. 홍난파 동요의 개사곡 목록을 제시한 연구[11]도 나온 바 있다.

이 연구에서는 홍난파의『조선동요백곡집』초판본과 윤석중이 가사를 교체한『난파 동요 100곡집』의 판본과 수록곡을 비교하고자 한다. 1960년대 국가 검열이 야기한 개사 작업을 통해, 납·월북 작가의 흔적을 지우고 그 빈자리를 메운 방식에 주목할 것이다.

2. 『조선동요백곡집』과 『난파동요백곡집』

2.1. 초판본 · 개작본 · 영인본 3종의 판본 비교

『조선동요백곡집』은 ①등사본 ②활자본 ③개작본 ④영인본의 네

---

8 최창호, 「이 책을 증보하면서」,『민족수난기의 가요들을 더듬어(증보판)』, 평양출판사, 2003.

9 손태룡, 「박태준의 작곡집 고찰」,『음악문헌학』3, 한국음악문헌학회, 2012;「윤복진의 가사로 된 악곡 고찰」,『음악문헌학』5, 한국음악문헌학회, 2014.

10 이내선, 앞의 글.

11 1964년 난파기념사업회가 발족하면 공식적으로 개사 작업을 진행하고 1991년 원 가사로 복원한 양상에 대해서는 민경찬 등이 목록을 작성한 바 있다. 난파연보 공동연구위원회,『새로 쓴 난파 홍영후 연보』, 한국음악협회 경기도지회 · 민족문제연구소, 2006. 홍난파에 대한 기본 자료는 민경찬의『홍난파 자료집』, 한국예술종합학교 한국예술연구소, 1995에 잘 정리돼 있다.

판본으로 출간됐다. ① 등사본[12]은 1929년 10월 동요 25곡을 수록하여 연악회에서 발간한 『조선동요백곡집』 제1편이고, ② 활자본은 1930년과 1933년에 상편(1)·하편(2) 각각 50곡씩 수록하여 연악회·창문당서점에서 발간한 『조선동요백곡집』으로, 1936년에는 같은 출판사에서, 1946년에는 음악사에서 재발간된 바 있다. ③ 개작본은 1964년 난파기념사업회에서 100곡을 수록하여 발간한 『난파 동요 100곡집』이고 ④ 영인본은 1991년 난파기념사업회에서 1929·1933년의 활자본을 영인해서 발간한 『조선동요백곡집』이다.

등사본에 대한 기록은 1929년 11월 1일자 동아일보의 신간 서평란에서 확인할 수 있다. "朝鮮童謠百曲集 著作者 洪永厚, 發行所 京城 鐘路 二丁目 四五 研樂會, 定價 四十錢"이라는 기사는 1929년 10월 26일 동요 25곡을 등사본 형태로 발간한 『조선동요백곡집』 제1편을 이르는 듯하다. 활자본은 1930년에 발간되는데, 『조선동요백곡집』 상편은 초판 발행일을 1930년 4월 26일로 기재하여 1931년 7월 31일 삼문사서점에서 발간하고 1933년에도 같은 출판사에서 홍영후 작사·홍난파 작곡으로 표기하여 발간한다. 1936년에는 1933년 판본의 판권 옆에 "昭和 拾壹年 貳月卅五日 製本"[13]했다는 구문을 추가 인쇄한 재판도 발간한다. 1946년 음악사에서 발간한 판본도, 1991년 난파기념사업회에서 복간한 판본도 활자본으로 출간한 것이다.[14] 『조선동

---

12 홍난파의 『조선동요백곡집』은 1929년에 등사판으로 일단 꾸며졌다가 1931년에 상권이 1933년에 하권이 옵셋 인쇄로 출판됐다. 한용희, 『한국동요음악사』, 세광음악출판사, 1994, 61쪽; 난파연보공동연구위원회, 앞의 책, 72-73쪽.

13 홍영후, 『조선동요백곡집』, 연악회, 1936.

14 홍난파는 오선보를 새긴 금속판을 나무 위에 붙인 인쇄 원판을 만들어 『조선동요

요백곡집』은 오선보를 새긴 금속판을 나무판에 붙인 원판을 만들어 인쇄했기에, 판본과 출판사가 달라도 악보와 가사는 동일하다. 1944년 의 개작본을 제외한 모든 판본에는 상권 표지 다음 장에 "첫 솜씨로 만든 이 적은 노래책을 조선의 어린이들꼐 드리나이다"라는 문장이 쓰여 있다.

『조선동요백곡집』 상권이 출간되자마자 "全朝鮮 坊坊曲曲에 盛히 愛唱되는 同時에 一方으로는 蓄音機에 吹入되야 레코-드化 되엿스며 一方으로는 全朝 三十有餘의 女學校와 全國 幼稚園, 主日學校, 普通學校 等에서 敎材로 使用"됐다고 한다. 이는 당시 어린이가 부를 노래가 충분치 않은 상태에서, 『조선동요백곡집』이 종교계와 교육계의 독 본이자 음악 교재로서도 널리 활용됐음을 뜻한다. 이러한 영향력과 파급력 속에서 1933년에 "下編 五十曲이 出刊됨에 니르러 名實이 相 副[15]한 朝鮮童謠百曲集이 完成"[16]된다.

개작본은 1964년 발간된다. 1948년부터 납·월북 작가의 작품을 출판 발매하는 것이 금지되어 납·월북 작가의 가사를 포함한 홍난 파의 『조선동요백곡집』 역시 유통할 수 없게 된다. 난파기념사업회

백곡집』을 발간한다. 상권 50곡 중 「달마중」을 제외한 49곡에 해당하는 원판 51 개는 등록문화재 479호로 등록되어 있다. 「2011년도 등록문화재 등록조사 보고 서」, 문화재청, 2011. 이 금속판형을 재인쇄하는 방식으로 1929년 초판을 발간한 후 1931, 1933, 1936에 재판을 찍고, 해방 후인 1946년에는 음악사에서 표지만 달 리하여 발간한 바 있다.

15 '相符'의 오타인 듯하다.

16 1936년 5월 25일 연악회에서 재발간한 『조선동요백곡집』 상편 맨 뒤의 「홍난파 작곡집」 소개란에 수록된 안내문이다. 1936년의 표지에는 "京城 三文社書店 發 行"이라는 문구가 인쇄돼 있고, 출판 사항에는 "1933년 硏樂會에서 발행한 판권 지"에 "昭和拾壹年貳月卄五日 製本"했다는 인쇄를 추가해 놓았다. 홍난파, 『조선 동요백곡집』 상, 삼문사, 1936.

의 이사회에서는 윤석중에게 의뢰하여 "그대로 부를 수 없는 노래말 34편"[17]을 개사하여 『난파 동요 100곡집』을 발간한다. 이후 홍난파 가 작곡한 동요는 "윤석중 선생께서 바꿔지은 가사로 오랫동안 불"[18]리게 된다. 원 가사는 납·월북 작가 해금 조치가[19] 이뤄진 이후 인 1991년에 이르러서야 『조선동요백곡집』의 영인본으로 복간된다.

초판본과 개작본을 살펴보면 머리말에서 밝힌 34편 외에 더 많은 작품을 개작하고 삭제 추가한 양상을 확인할 수 있다. 머리말에 밝힌 34편 중 납·월북 작가의 작품은 21편에 불과하고, 13편은 재남 작가 의 작품이다. 이 외에 가사만 부분 수정한 39편, 삭제 후 새로 삽입한 3편까지 합하면 모두 76편을 수정·교체했음을 알 수 있다. 따라서 초판본과 개작본의 차이를 전반적으로 살핀 후 유독 34편만을 "그대 로 부를 없는 노래"로 규정했는지, 그 외의 작품은 어떤 이유로 개작 했는지 귀납적으로 밝힐 필요가 있다.

2.2. 상하권 등재 작가의 특징

홍난파는 창작 동요[20]에 선율을 입힌 『조선동요백곡집』 상권은

---

17 독고선, 「머리말」, 난파기념사업회, 『난파 동요 100곡집』, 교학도서주식회사, 1964.
18 나운영, 「영인본을 내면서」, 『조선동요백곡집』, 대학당, 1991.
19 「정부, 월북 작가 해방 전 문학작품 출판 허용」, 『경향신문』, 1988.7.19.
20 당시는 동요와 동시라는 개념이 분리되지 않은 상태로 그 둘을 아울러 동요라는 범칭을 사용했다. 이 연구에서는 동요 가사와 동요 악곡의 형태로 구분하여 서술 한다. "연악회라는 음악 전문 단체를 조직해서 젊은 학생들을 지도하던 홍난파는 1928년 6월, 동요 가사를 널리 모집한다는 광고를 신문에 게재"하고 "이미 윤극 영, 박태준에 의해 작곡되었던" 윤석중의 동요 가사를 입수하여 1927년부터 작 곡을 시작한다. 한용희, 『한국동요음악사』, 세광음악출판사, 1994, 61쪽.

1929년에, 하권은 1933년에 발간한다. 상권에는 작사가 25명[21]의 동요 50편을 수록하고, 하권에는 작사가 39명[22]의 50곡을 수록했다. 상권에 수록한 작사가 25명 중 16명[23]은 제외하고 9명[24]은 남기고 30명[25]을 추가하는 방식으로 하권을 구성했다. 하권에는 상권에 수록된 신고송·윤복진의 작품은 2편으로 줄이고, 이정구·이원수의 작품은 2편으로 늘리고 박을송·서덕출·선우만년·유지영·윤석중은 각 1편씩 수록했다. 하권에 새로 등장한 박팔양·방정환·곽노엽·염근수·한정동의 작품은 2편 이상 수록했다.

상권에 2편 이상을 수록한 작가 5명은 윤석중·윤복진·홍난파·신고송·선우만년이다. 5명의 작품 30편은 전체 수록곡의 60%를 차지한다. 당시 동요 작가로 자리 잡은 이들의 작품을 집중적으로 수록했다. 하권에 2편 이상을 수록한 작가 9명은 신고송·윤복진·이정구·이원수·박팔양·방정환·곽노엽·염근수·한정동이다. 9명의 작품 20편은 전체 작품 수의 40%를 차지한다. 2편 이상을 수록한 작가의 비율이 상권은 60%, 하권은 40%다. 상권에서는 전문 동요 작가의 작품을 집중적으로 수록하고 하권에서는 여러 작가의 작품을 폭넓게 소개하는 데 초점을 둔 것으로 보인다. "半島의 童謠 作家 及

---

21 5명(30편), 20명(20편)

22 9명(20편), 30명(30편)

23 홍난파(7편), 김광윤, 김청엽, 박노춘, 박애순, 박영호, 백하, 석홍, 송무익, 오영수, 윤극영, 이정구, 천정철, 최경화, 최순애, 최인준(1편)

24 윤석중, 윤복진, 신고송, 선우만녕, 이원수, 이정구, 박을송, 서덕출, 유지영

25 박팔양(3)[(2)=김려수(1)], 방정환(3), 곽노엽(2), 염근수(2), 한정동(2), 곽복산, 김기진, 김사엽, 김상호, 김성칠, 김영수, 김태오, 남궁랑, 모령, 박노아, 박영희, 박희각, 서금영, 석순봉, 유도순, 이동찬, 이명식, 이원규, 장영실, 장효섭, 전봉제, 주요한, 최영애, 최옥란, 홍옥임(1)

文人 諸氏의 名作을 거의 總羅"[26]했다는 기록이 이를 뒷받침한다.

상권에 수록한 작가는 총 25명으로 5명의 작품 30편을 수록하고 20명의 작품을 1편씩 20편 수록했다. 하권에 수록한 작가는 총 39명으로 9명의 작품을 20편 수록하고 30명의 작품을 1편씩 30편 수록했다. 상권에만 수록한 작가는 16명, 하권에 새로 추가한 작가는 30명, 상하권에 모두 수록한 작가는 9명이다. 이들 9명의 작품을 상권에는 28편, 하권에는 13편 수록했다. 상권에서는 소수 작가의 작품을 집중적으로 수록하고 하권에서는 다수 작가의 작품을 폭넓게 수록했다.

상권보다 하권에서 수록 작품 수를 늘린 이는 이원수 · 이정구(1편→2편), 1편씩 유지한 이는 박을송 · 서덕출, 수록 작품 수를 줄인 이는 윤석중(10편→1편) · 윤복진(8편→2편) · 신고송(3편→2편) · 선우만년 · 유지영(2편→1편)이다. 상권에는 수록했으나 하권에서 제외한 작가 16명(22편)은 홍난파(7편) · 김광윤 · 김청엽 · 박노춘 · 박애순 · 박영호 · 백하 · 석홍 · 송무익 · 오영수 · 윤극영 · 이정구 · 천정철 · 최경화 · 최순애 · 최인준(1편)이다. 하권에 새로 수록한 작가 30명(37편)은 박팔양 · 방정환(3편) · 곽노엽 · 염근수 · 한정동(2편) · 곽복산 · 김기진 · 김사엽 · 김상호 · 김성칠 · 김영수 · 김태오 · 남궁랑 · 모령 · 박노아 · 박영희 · 박희각 · 서금영 · 석순봉 · 유도순 · 이동찬 · 이명식 · 이원규 · 장영실 · 장효섭 · 전봉제 · 주요한 · 최영애 · 최옥란 · 홍옥임(1편)이다. 홍난파가 작사한 작품을 상권에는 7편 수록했으나 하권에는 수록하지 않았다.

상하권에는 카프계의 박팔양 · 김기진 · 박영희, 전문 동요 작가

---

26 홍난파, 「홍난파 작곡집」, 『조선동요백곡집』 상, 삼문사, 1936, 110쪽.

방정환 · 곽노엽 · 염근수 · 한정동 · 김태오 · 남궁랑 · 모령, 여성 작가 서금영 · 최영애 · 최옥란 · 홍옥임, 시인 주요한, 언론인 곽복산 등을 수록했다. 창작자의 성향, 성별, 직업 등을 망라하고 있다. 상하권 수록 작가 및 개작본에서 삭제된 작가 명단을 보이면 다음과 같다. 이름의 자음 순으로 배치했다.

〈표 1〉 상하권 수록 작가 및 개작본에서 삭제된 작가 명단

	작가명(작품 수)	합
상권	윤석중(10) · 윤복진[27](8) · 홍난파(7) · 신고송(3) · 선우만년(2) · 김광윤 · 김청엽 · 박노춘 · 박애순 · 박영호 · 박을송 · 백하 · 서덕출 · 석홍 · 송무익 · 오영수 · 유지영 · 윤극영 · 이원수 · 이정구 · 정상규 · 천정철 · 최경화 · 최순애 · 최인준(1)	25명 50편
하권	박팔양(3)[28] · 방정환(3) · 곽노엽 · 신고송 · 염근수 · 윤복진 · 이정구 · 이원수 · 한정동(2) · 곽복산 · 김기진 · 김사엽 · 김상호 · 김성칠 · 김영수 · 김태오 · 남궁랑 · 모령[29] · 박노아 · 박영희 · 박을송 · 박희각 · 서금영 · 서덕출 · 석순봉 · 선우만년 · 유도순 · 유지영 · 윤석중 · 이동찬 · 이명식 · 이원규 · 장영실 · 장효섭 · 전봉제 · 주요한 · 최영애 · 최옥란 · 홍옥임(1)	39명 50편
초판본	윤석중(11) · 윤복진(10) · 홍난파(7) · 신고송(5) · 방정환 · 선우만년 · 이원수 · 이정구 · 곽노엽 · 박을송 · 박팔양(3) · 서덕출 · 염근수 · 유지영 · 한정동(2) · 곽복산 · 김광윤 · 김기진 · 김사엽 · 김상호 · 김성칠 · 김영수 · 김영희 · 김청엽 · 김태오 · 남궁랑 · 모령 · 박노아 · 박노춘 · 박애순 · 박영호 · 박희각 · 백하 · 서금영 · 석순봉 · 석홍 · 송무익 · 오영수 · 유도순 · 윤극영 · 이동찬 · 이명식 · 이원규 · 장영실 · 장효섭 · 전봉제 · 정상규 · 주요한 · 천정철 · 최경화 · 최순애 · 최영애 · 최옥란 · 최인준 · 홍옥임(1)	55명 100편
개작본	윤석중(47) · 홍난파(7) · 방정환 · 이원수(3) · 곽노엽 · 서덕출 · 염근수 · 한정동(2) · 곽복산 · 김광윤 · 김기진 · 김사엽 · 김상호 · 김성칠 · 김영수 · 김영희 · 김청엽 · 김태오 · 남궁랑 · 모령 · 박노춘 · 박애순 · 박희각 · 서금영 · 석순봉 · 송무익 · 오영수 · 유도순 · 유지영 · 이동찬 · 이명식 · 이원규 · 장영실 · 장효섭 · 전봉제 · 주요한 · 최순애 · 최영애 · 최옥란 · 홍옥임(1)	40명 100편
삭제 작가	윤복진 · 신고송 · 이정구 · 박팔양 · 선우만년 · 박을송 · 박노아 · 박영호 · 백하 · 석홍 · 윤극영 · 정상규 · 천정철 · 최경화 · 최인준	15명
교체작	34편 : 제목과 가사 교체 [납 · 월북 작가 + 재남 작가] 39편 : 가사 일부 교체 3편 : 삭제 후 교체 [24편: 초판본 그대로 수록]	76편

삭제된 작가 중 윤복진 · 신고송 · 이정구 · 박팔양 네 명만 납 · 월북 작가고 그 외는 모두 재남 작가다. 이들의 이름을 지우고 제목과 가사를 전면 혹은 부분 교체하는 방식으로 76편을 개작했다. 원 가사를 그대로 둔 동요는 24편에 불과하다. "그대로 부를 수 없는 노래말 34편"을 바꾸어 『난파 동요 100곡집』을 발간했다는 나운영의 진술과 달리 실제 더 많은 작품을 개작했음을 알 수 있다.

3. 초판본과 개작본의 수록곡 비교

3.1. 초판본과 개작본의 변화 양상

1929년과 1933년에 발간된 초판본의 구성은 다음과 같다. 상하권의 목차에는 '1-100번까지의 일련번호, 작품 제목, 작사가 이름, 수록 면' 순서로 제시하고 본문에는 '제목, 작사자, 작곡자, 악보, 가사'를 수록했다. 고유번호 순으로 배치한 차례와 본문의 순서가 일치한다. 이 판본 그대로 1991년 영인본으로 복간했기에 1929년 · 1933년과 1991년 판본은 동일하다. 1964년의 개작본의 목차에는 자음 순으로 배치한 '작품 제목과 수록지면'을 제시하고, 본문에는 '작품의 일련번호, 제목, 작사가, 작곡가, 악보, 가사'를 배치했다. 목차에서 작

---

27 윤복진은 상권에는 본명 윤복진(5편) · 필명 김수향(2편)과 김귀환(1편)으로, 하권에는 본명으로 2편 수록됐다.
28 박팔양은 하권에 본명 박팔양으로 2편 · 필명 김려수로 1편 수록됐다.
29 모령의 본명은 모기윤이다.

품 제목과 수록 지면을 확인해서 해당 지면을 찾아가야 작품의 일련 번호와 작사자를 확인할 수 있다. 목차는 제목의 자음 순으로, 본문은 작품의 일련번호 순으로 배치했으나 일련번호 목록은 따로 제공하지 않았다. 초판본의 일련번호를 기준으로 개작본의 작품을 정렬하여 초판본과 개작본의 변화 양상을 살피면 다음과 같다.

〈표 2〉 초판본과 개작본의 변화 양상

① 초판본 곡 번호
② 개작본 곡 번호
③ 작사가
④ 원곡 제목
⑤ 개사곡 제목
⑥ 유성기 음반 취입곡[30]

⑦『한국동요곡전집』(1958) 수록곡[31]
⑧『새동요명곡집』(1984) 수록곡[32]
⑨『새동요대전집』(1995) 수록곡[33]
⑩『조선노래대전집』(2004) 수록곡[34]
⑪ 변화 양상[35]

---

30 콜롬비아음반은 콜·빅타음반은 빅, 일축음반은 일로 표기했다. 상권에서 33곡, 하권에서 4권 음반으로 취입함. 송방송, 「洪蘭坡 童謠의 音樂史學的 再檢討─음반 자료를 중심으로」, 『음악과 문화』 6, 세계음악학회, 2002, 111-113쪽.

31 개작본이 나오기 전의 원 작사가의 작품이 수록됐다. 목차와 본문의 배치가 다르고 작사가의 이름이 부정확하게 표기된 곳이 몇 군데 있다. 이재면 편, 『한국동요곡전집』, 신교출판사, 1958.

32 김규환, 『새동요명곡집: 반주 붙임』, 현대악보출판사, 1984.

33 개작본이 나온 이후에는 개사곡이 수록됐다. 편집부 편, 『새동요대전집』, 아름출판사, 1995.

34 『조선노래대전집』, 평양: 문학예술출판사, 2004.

35 '납·월북' 제목·가사'는 납·월북 작가의 작품을 수정한 경우, '제목·가사'는 재남 작가의 제목과 가사를 수정한 경우, '제목'은 제목을 수정하고 가사는 미세하게 바꾼 경우, '가사'는 제목을 그대로 두고 가사만 수정한 경우, '삭제'는 원본에 있던 곡을 삭제한 경우, '추가'는 개작본에 추가한 경우, 빈 칸은 원본과 개작본의 제목과 가사가 동일한 경우를 이른다.

①	②	③	④	⑤	⑥	⑦	⑧	⑨	⑩	⑪
1		유지영	속임		일	④				삭제
2	78	홍난파	도레미파		일	④			④	가사
3	53	윤석중	휘ㅅ바람			④				가사
4		윤극영	할미꼿[36]		일	④				삭제
5	47	홍난파	해바라기		콜	④	④			
6	82	윤석중	달마중	달맞이	콜·일	④	⑤	⑤	④	제목
7	3	신고송	쏘각빗	아기 장갑	일					「납·월북」 제목·가사
8	41	김광윤	조희배		콜	④		④	④	가사
9	12	서덕출	봄 편지			④				가사
10	61	윤석중	엄마 생각		콜	④				
11	65	선우만년	두루맥이	큰 꿈	콜·일					제목·가사
12	31	최순애	옵바 생각			④				가사
13	29	최경화	수레	허수아비	콜	④				제목·가사
14	4	이원수	고향의 봄		콜	④		⑤	④	가사
15	76	윤석중	아가야 자장자장							가사
16	57	윤복진	하모니카	옥수수 하모니카	콜·일			⑤	④	「납·월북」 제목·가사
17	86	김수향	은행나무 아래에서	가을	콜					「납·월북」 제목·가사
18	93	석홍	싀골길	겨울 발소리	콜	④				제목·가사
19	13	백하	감동병아리	먼 길	콜	④				제목·가사
20	27	천정철	나무닙	참새야	콜	④				제목·가사
21	33	송무익	뱃사공		콜·빅	④				
22	6	김청엽	집신짝		콜	④			④	

---

36 박팔양 작사·윤극영 작곡의 「할미꽃」과 동일한 곡이라 홍난파가 작곡한 곡이 아니라는 이유로 삭제한 듯하다. 조선동요연구협회의 『조선동요선집』에는 홍난파 작사로, 홍난파의 『조선동요백곡집』에는 윤극영 작사·홍난파 작곡으로, 강신명의 『아동가요삼백곡집』과 아협동요연구소의 『조선동요백곡선』에는 윤극영 작사·작곡으로 돼 있으나 『윤극영 전집 1』에는 박팔양 작사·윤극영 작곡으로 돼 있다. 홍난파의 악보는 전주가 있고 윤극영의 악보에는 전주가 없다. 다른 부분의 악보는 동일하다.

23		정상규	쌜간가락닙		콜					삭제
24	42	박애순	초생달		콜·일	④				가사
25	7	윤석중	낫에 나온 반달		콜	④		④	④	
26	71	신고송	돌다리	새 나라는 우리 것	콜					「납·월북」 제목·가사
27	32	박노춘	가을 바람		콜·일	④				가사
28	21	윤복진	고향 하늘	고향 하늘	콜·일					「납·월북」 제목·가사
29	48	윤석중	풍당풍당			④	④	④	④	
30	87	홍난파	병정 나팔		콜·빅	④		④		
31	37	최인준	달	일년생						제목·가사
32	70	윤복진	무명초	저쪽						「납·월북」 제목·가사
33	68	박을송	어머니 가슴	백일홍	콜					제목·가사
34	96	김귀환	동리 의원	삼월 삼짓	콜				④	「납·월북」 제목·가사
35	67	홍난파	작은 별			④	④	④	④	가사
36	92	오영수	박꽂 아가씨			④				가사
37	8	신고송	골목대장	엄마도 아빠도						「납·월북」 제목·가사
38	73	윤복진	바닷가에서	나뭇짐					④	「납·월북」 제목·가사
39	98	박영호	어머니	얼마만큼 자랐나						제목·가사
40	89	홍난파	장미꽂		콜				④	가사
41	11	윤석중	봉사꽂	봉숭아	콜	④				제목
42	54	선우만년	옥톡기	바닷가	콜					제목·가사
43	81	윤복진	푸른 언덕	달님						「납·월북」 제목·가사
44	91	윤석중	쫓겨난 동생	꾸중을 듣고		④				제목·가사
45	51	윤석중	쏠돼지			④				
46	88	홍난파	노래를 불너주오	노래		④				제목
47	97	이정구	가을밤	엄마 잠	콜					「납·월북」 제목·가사
48	85	홍난파	기럭이			④				가사

49	99	김수향	참새	달팽이	콜·일					「납·월북」 제목·가사
50	49	윤석중	밤 세 톨을 굽다가		콜	④				
51	62	한정동	소곰쟁이			④				
52	9	이정구	꽃밭	소	빅					「납·월북」 제목·가사
53	94	곽노엽	나발꼿							
54	55	선우만년	봄ㅅ소식	방패연						제목·가사
55	46	염근수	댕댕이							가사
56	26	이원수	우슴							가사
57	19	곽복산	봄이 오면							가사
58	36	서덕출	피리							
59	66	이동찬	개고리		빅	④		④		가사
60	40	장효섭	제비꼿			④				가사
61	20	석순봉	봄바람			④				가사
62	22	박희각	무지개			④	④	⑤		가사
63	77	박노아	봄비	별똥						제목·가사
64	15	신고송	진달내	새해 노래						「납·월북」 제목·가사
65	23	주요한	꼿밧			④				가사
66	56	한정동	갈닙배			④	④			
67	83	김영수	여름			④	④	⑤	④	가사
68	1	박을송	구름	구름				⑤	⑤	제목·가사
69	44	홍옥임	콩 칠팔 새 삼륙			④				
70	35	김사엽	가을	가을맞이		④				제목
71	50	박팔양	까막잡기	자리와 나리						「납·월북」 제목·가사
72	45	윤석중	밤 한 톨이 떽떼굴							
73	10	방정환	형제별							
74	63	최옥란	햇빗은 쨍쨍					⑤		가사
75	69	최영애	꼬부랑 할머니			④				가사
76	95	서금영	누나와 동생			④				가사

									비고
77	58	김태오	입분 달				④		가사
78	79	방정환	귀뜨람이				④		가사
79	75	김상호	형제				④		
80	28	장영실	가을	나뭇잎			④		제목
81	5	박팔양	바람	배					「납·월북」 제목·가사
82	64	윤복진	돌맹이	꽃을 닮자					「납·월북」 제목·가사
83	39	김영희	전화				④		가사
84	80	곽노엽	들국화				④		가사
85	60	김성칠	시냇물				④		
86	14	방정환	허재비						
87	17	이정구	해지는 저녁	수수께끼					「납·월북」 제목·가사
88	90	이명식	자장 노래						가사
89	43	염근수	할머니 편지			빅			
90	18	윤복진	도는 것	다리					「납·월북」 제목·가사
91	74	신고송	잠자는 방아	싸리비					「납·월북」 제목·가사
92	84	전봉제	도적 쥐						
93	52	모령	눈·꽃·새			빅			가사
94	30	김기진	까치야						
95	24	이원수	비누 풍선				④		가사
96	25	김려수	가을	바다와 나					「납·월북」 제목·가사
97	34	남궁랑	영감님				④		
98	16	유도순	쉬집 간 누나				④		가사
99	38	이원규	장군석						
100	59	유지영	고드름				④		가사
	2	윤석중	일어버린 댕기[37]						추가
	72	윤석중	키 대보기					④	추가
	100	윤석중	호랑나비						추가

37 윤석중의 『잃어버린 댕기』(계수나무會, 1933)에 악보가 수록되어 있다. 1933년

①은 초판본 작품의 일련번호 ②는 개작본 작품의 일련번호 ③은 원 작사가 ④는 원곡 제목 ⑤는 윤석중이 개사한 제목이다. ⑥은 레코드로 취입한 곡의 음반사 이름[38]이고 ⑦ ⑧ ⑨ ⑩은 동요곡집에 수록된 곡이 원곡인지 개사곡인지 표시한 것이며 ⑪은 개작한 내용을 밝힌 것이다. 윤석중이 제목과 가사를 모두 바꿔 쓴 경우는 ⑤에 새 제목을 표기한 데서 확인할 수 있고, 제목은 그대로 두고 가사만 부분적으로 바꿔 쓴 경우는 ⑪의 내용을 통해 확인할 수 있다.

개작한 34편 중 ⑪ 변화 양상에 "납·월북, 제목·가사"로 표기한 21편은 납·월북 작가의 작품이고 "제목·가사"로 표기한 13편은 재남 작가의 작품을 개작한 것으로, 이 두 작품군을 "그대로 부를 수 없는 34편"이라 한 것으로 보인다. 윤석중의 「쫓겨난 동생」의 폭력성을 제거하는 방식으로 개사한 「꾸중을 듣고」도 그대로 부를 수 없는 노래에 포함한 듯하다. ⑤에 제목이 바뀐 것으로 표기된 「달맞이」 「봉숭아」, 「노래」 「가을맞이」, 「나뭇잎」은 제목을 수정하되 가사는 어조를 고려하여 단어를 교체하는 차원의 미세한 수정을 했을 뿐 내용상의 변화는 없기에, 그대로 부를 수 없는 노래에 포함하지 않은 것으로 보인다.

1960년대 중반, 난파기념사업회는 납·월북 작가의 작품을 수록한 상태로 『조선동요백곡집』을 출판할 수 없었기 때문에 윤석중에

조선의 경성에서 "尹石重 童詩集 第一集"으로 발간된 『잃어버린 댕기』는 1932년 9월부터 19933년 3월까지의 작품을 수록한 것으로 동시집 첫 부분에 홍난파가 작곡한 「잃어버린 댕기」의 악보를 수록한 후 목차를 제시하고 동시를 수록했다.
38 100곡 중 상권의 33곡, 하권의 4곡, 총 37곡이 3종의 유성기 음반으로도 녹음됐다. '콜'은 콜롬비아음반, '빅'은 빅타음반, '일'은 일축음반을 뜻한다.

게 개사 작업을 의뢰한다. 납·월북 작가의 작품을 삭제하고 새 가사를 써서 홍난파의 악곡을 살리기 위한 방편이었다. 그런데 실제 개작을 하는 과정에서 윤석중은 납·월북 작가의 작품을 새로 쓰는 데 그치지 않고, 1964년 당시의 어법, 어조, 분위기 등을 고려하여 수록 작품의 가사를 대대적으로 수정 보완한다. 가사 전체를 리라이팅하여 업데이트한 것이다. 머리말에서 나운영이 밝힌 "그대로 부를 수 없는 34곡"과 달리 실제 개작된 작품이 76곡에 이르게 된 결정적 이유다.

1964년 윤석중이 개사한 가사는 『새동요명곡집』(1984)과 『새동요대전집』(1995) 등의 동요집에 실려 유포된다. 이 두 권에 수록된 개사곡은 윤석중의 「달마중」 「옥수수 하모니카」, 이원수의 「고향의 봄」 박희각의 「무지개」 김영수의 「여름」, 박을송의 「구름」, 최옥란의 「햇빛은 쨍쨍」 7편이다. 이처럼 윤석중의 개사곡은 이후 여러 동요선집에 수록되면서 원곡의 자리를 대체했다.

원곡은 『한국동요곡전집』과 북한의 『조선노래대전집』에서 확인할 수 있는데, 전자는 개사를 하기 전에 발간한 것이고 후자는 개사곡을 인정하지 않은 북한에서 발간한 것이다. 특이한 점은 북한의 『조선노래대전집』에서는 홍난파의 동요를 '아동가요' 편이 아닌 '해방전 가요' 편에 배치했는데, 16곡 중 3편만 윤복진의 동요이고 나머지는 재남 작가의 작품이라는 점이다. 재남 작가의 동요를 포괄적으로 수록하되 정작 납·월북 작가의 동요는 극히 일부만 수록하고 있다.

3.2. 개사의 유형

앞의 표를 바탕으로, 『조선동요백곡집』의 초판본과 개작본 수록 작가 및 작품의 개작 양상을 범주별로 정리하면 다음과 같다. A와 B 는 나운영이 「머리말」에서 가사를 그대로 쓸 수 없다고 밝힌 34편, C 는 뉘앙스를 살펴 가사를 부분 수정한 39편, D는 초판본의 3편을 삭제하고 개작본에 새로 추가한 3편을 이른다.

〈표 3〉 개작 대상 작가 및 개작 양상

개작 내용	월북 작가	재남 작가			변화 없음
	A. 제목 · 가사	B. 제목 · 가사	C. 제목 · 가사	D. 삭제 · 교체	
작가 수	4	10	30	3	
작품 수	21	13	39	3	24
합	34편		39편	3편	24편

위 표를 보면, 『조선동요백곡집』 수록 작가 총 55명 중 45명[39]의 동요 76편을 수정하고 10명의 24편은 그대로 두었음을 알 수 있다. 윤석중 본인의 동요 11편 중 5편, 홍난파의 동요 7편 중 5편, 방정환의 동요 3편 중 1편, 곽노엽과 서덕출의 동요 2편 중 1편을 수정했다. 한정동의 동요는 2편 모두, 김기진 · 김상호 · 김성칠 · 김청엽 · 남궁랑 · 염근수 · 이원규 · 송무익 · 전봉제 · 홍옥임의 동요 1편은 그대로 살렸다. 윤석중은 본인의 작품을 비롯하여 홍난파, 방정환을 비롯한 당대의 내로라하는 작가의 동요 가사를 대부분 수정했다. 개사

---

39 제목 · 가사를 모두 수정한 경우와 가사만 수정한 범주에 중복 포함된 작가를 제외하면 총 작가 수는 55명이다.

의 목적이 작가 교체가 아닌 작품의 수정 보완에 있음을 확인할 수 있는 대목이다.

1964년 난파기념사업회가 윤석중에게 개사를 의뢰한 목적은 홍난파 동요의 선율을 살리기 위해 납·월북 작가의 흔적을 지우는 것이었다. 이때 윤석중은 원작의 소재, 주제, 어법 등을 최대한 계승하며 변용하는 방식으로 34편은 제목과 가사를 교체하고 39편은 제목이나 가사의 일부만 수정한다. 노래의 선율을 고려하여 음절을 조절하고 한자어를 일상적 구어로 바꿔 노래로 부르기 쉽게 했다. 수록곡 전체의 가사를 당대의 상황에 맞게 업데이트한 것이다.

윤석중은 다음 세 층위에서 개사 작업을 진행한다. 첫째 납·월북 작가 동요의 문제의식 완화 작업, 둘째 재남 작가 동요의 폭력성 제거 작업, 셋째 재남 작가 동요의 가창성을 고려한 정교화 작업. 개사 작업을 촉발한 요인은 첫째에 있으나 실제 개사 과정에서는 당대의 상황에 맞게 내용을 완화하고 어휘, 어조, 내용을 조정하는 작업을 진행한다.

(1) 납·월북 작가 4명의 21편 : 작품의 문제의식 완화

이 범주에는 윤복진(김수향, 김귀환)의 10편, 신고송의 5편, 이정구의 3편, 박팔양(김려수)의 3편이 해당된다. 윤석중이 개사하는 과정에서 도드라지게 변화가 나타난 작품을 중심으로 살피면 다음과 같다.

윤복진의 「하모니카」는 작은 아빠가 선물해준 하모니카를 오빠가 혼자서 불다가 숨겨두고 학교에 가면, 그 하모니카를 나도 불 수 있게 엄마가 찾아준다는 내용으로 1-2절을 구성했으나 윤석중의 「옥수수 하모니카」에서는 아기가 옥수수를 하모니카 삼아 노는 내용으로 바꾼다. 가족 관계의 서사성, 하모니카를 독점하는 오빠의 욕심을 제거하고, 아기가 옥수수를 가지고 노는 장면을 익살스레 그리고 있다. 개사곡은 국민학교 3학년 음악 교과서와 『세광동요곡집』에도 수록되며 널리 알려졌다.

(熱情을 드려서)

1. 등 넘어 콩밧 갈던 엄마 더될 때 누나하고 저녁밥 지어두고서
   뒤동산 은행 남게 기대 안저서 들에 가신 엄마를 기다렷다오

2. 백리길 읍내장에 가신 엄마가 오신단든 그날도 해가 저무러
   누나를 붓잡고 목노아 울제 은행 열매 따주며 달내엿다오

3. 오늘밤은 시월에도 달이 밝은 밤 은행나무 입사귀 단풍 드러서
   바람에 한닙 두닙 떠러지는데 멀니 가신 누나가 그리웁다오

金水鄉, 17「은행나무 아래에서」

(Andante)

1. 우수수 나뭇잎이 떨어집니다 머리에 어깨 위에 떨어집니다
   우수수 나뭇잎이 떨어집니다 땅에서 몸부림을 치고 웁니다.

2. 우수수 나뭇잎이 떨어집니다 가을이 거리 위를 헤맵니다.
   우수수 나뭇잎이 떨어집니다 가을이 물 위로 흘러갑니다.

윤석중, 86「가을」

윤복진의 「은행나무 아래서」는 엄마와 누이에 대한 그리움을 표

현한 동요다. 저녁밥을 지어두고 누이와 함께 엄마를 기다리던 기억, 장에 간 엄마가 돌아오지 않아 울던 나를 달래주던 누이에 대한 추억을 바탕으로, 엄마의 빈자리를 채워주던 누이가 멀리 떠난 상태를 "바람에 한닙 두닙 떨어지는" 은행 나뭇잎으로 비유하여 그리움을 구체화하고 있다. 그리운 감정을 표현하기 위해 홍난파는 "熱情을 드려서"라는 가창법까지 붙였다. 이 노래를 「가을」로 개사하며 윤석중은 가족 관계의 애틋함, 기다림, 그리움 등의 정서를 제거하고 가을철 낙엽이 뒹구는 현상에 초점을 두고 느리게 부르라며 가창법을 교체한다. 원곡처럼 "정열을 들여" 부를 이유가 없었던 것이다.

윤복진의 「무명초」는 이름 없이 살다 소멸하는 존재에 대해 성찰하는 내용이다. 이 노래를 윤석중은 「저쪽」으로 개사하며 산과 강과 아기를 병렬적으로 배치한 자장가로 교체한다. 서사를 제거하고 단순 반복 구문으로 대체했다. 「동리의원」은 차돌이가 흙가루 약을 풀이파리에 싸주고, 솔잎 침을 놓는 병원놀이 노래다. 이 노래를 윤석중은 「삼월삼짓」에서 봄이 되면 제비가 찾아오고 잔디가 돋는다는 내용으로 교체했다. 놀이의 구체성을 제거하고 계절 이야기로 단순화했다. 원곡과 개사곡의 가창법이 대부분 동일하나 주제가 바뀐 이 노래는 가창법을 '자미스럽게'에서 '빠르게'로 바꿀 정도로 세심하게 신경 썼다.

윤복진은 가족 관계의 서사성과 그리움, 노동과 놀이의 구체성, 소멸하는 존재에 대한 통찰과 연민, 미지의 세계에 대한 호기심과 상상력, 자연현상의 인과관계와 사물의 특징을 깊이 관찰하고 성찰한 내용으로 가사를 만들었으나 윤석중은 인간 · 동물 · 곤충 등의 개별적 존재, 자연과 사물의 현상, 계절의 변화에 초점을 두는 방식으로 바꿨다.

이러한 방식은 신고송의 동요를 개사할 때도 유사하게 나타난다.

> 더운 날 점도록 보리를 찟고 고닲은 두 다리 달빛에 젓고
> 방아는 고요히 잠을 잠니다 방아는 고요히 잠을 잠니다
> 울 밑엔 반딧불 파랑 춤추고 뒷논엔 맹꽁이 합창하것만
> 달밤에 방아는 잠을 잠니다 달밤에 방아는 잠을 잠니다.
>
> 신고송, 91 「잠자는 방아」

> 봄에는 싸리비 꽃잎 쓸어라 여름엔 싸리비 빗물 쓸어라
> 가을엔 싸리비 낙엽 쓸어라 겨울엔 싸리비 흰눈 쓸어라
>
> 윤석중, 74 「싸리비」

신고송은 「잠자는 방아」에서 보리 찧는 고된 일을 한 후 멈춰 있는 방아를 달빛에 젖어 고요히 잠자는 모습으로 의인화하여 노동과 쉼, 사물과 자연이 조응하는 현상을 표현했다. 1절에서는 종일 고된 일을 하고 멈춘 상태의 방아를, 2절에서는 밤이 되어 반딧불이 반짝이고 맹꽁이가 우는 한여름의 밤의 생명력을 그리고 있다. 고된 노동과 쉼, 고요함 속의 분주함이 조화를 이루며 사물과 곤충과 동물이 공존하는 한여름밤의 풍경을 홍난파는 돌림노래로 구체화했다. 이 동요를 윤석중은 「싸리비」로 교체한다. "―에는 싸리비 ― 쓸어라"라는 동일한 구문에 사계절에 해당하는 사물을 넣어 단어만 교체하는

방식으로 바꿨다. 돌림노래로 부르는 과정에서 원곡은 가사가 변주되지만 개사곡은 단어만 교체되기에, 노래를 부르며 사물의 관계를 상상하는 효과가 사라진다.

신고송의 「쪽각빗」에서는 길가에 떨어진 조각빗이 여러 사람의 발길에 채이는 모습을 통해 버려진 사물에 대한 가여움과 연민을 표현했으나 윤석중의 「아기 장갑」에서는 길가에 떨어진 아기 장갑 한 쪽을 주워 나뭇가지에 걸어놓아 주인이 되찾기 바라는 희망을 남겼다. 신고송의 「골목대장」에서는 신나게 노느라 옷고름 떨어진 것을 혼내지 말라고 호기롭게 말하는 어린이의 목소리를 구어체로 생동감 있게 표현했으나 윤석중의 「엄마도 아빠도」에서는 부모, 조부모도 어려서는 놀았다는 일반적 진술로 교체했다. 신고송의 깊은 사유와 성찰 대신 윤석중은 동일한 구문을 반복하며 가창성을 강화하는 방식으로 개사하고 있다.

> 문풍지가 붕붕 바람이 부네 아츰부터 붕붕 밤까지 부네
> 저의 집이 없어 우는 소린가 들창문 틈에서 붕붕거리네
> 대문짝이 덜컥 바람이 부네 바람 되어 잠근 문 여러 달라네
> 저의 집 쫓겨나 치워 그러나 대문을 흔들며 여러 달라네
> 대야가 떽떼굴 바람이 부네 어두운 마당을 이리저리로
> 무엇이 서러워 몸부림 하나 떽떼굴 떽떼굴 몹시도 구네
>
> 박팔양, 81 「바람」

구름배가 둥둥 하늘에 떴네 돛단배가 둥둥 바다에 떴네

구름배는 둥둥 구름섬으로 돛단배는 둥둥 푸른 섬으로

윤석중, 5 「배」

박팔양의 「바람」은 바람 소리를 의인화하여 "저의 집이 없어" "쫓겨나 치워" "서러워 몸부침"치는 모습을 "붕붕" "떽떼굴 떽떼굴"이라는 의성어 · 의태어로 표현했다. 돌림노래를 통해 아침부터 밤까지 멈추지 않고 부는 바람의 효과를 구체화하고, 바람 소리에 가난한 삶의 세목을 담았다. 윤석중은 이 노래를 「배」로 개사하며 "−가 둥둥 −에 떳네"라는 동일한 구문에 하늘/바다, 구름섬/푸른 섬을 배치하는 방식으로 반복하고 있다. 한겨울 바람 소리에서 연상되는 추위와 불안감, 서러움 등의 복합적인 감정을, 한여름 바닷가 하늘의 흰 구름의 정적인 묘사로 대체했다. 통사구문을 반복하며 단어만 교체하고 있다. 박팔양의 「까막잡기」는 "꽈꽈꽈꽈꽈 꽈꽈꽈" 소리를 듣고 술래가 찾을 수 있게 하는 놀이 방법을 1-4절에 걸쳐 생동감 있게 표현했으나 윤석중의 「자리와 나리」에서는 '−자리'와 '−나리'로 끝나는 1-2절의 반복적인 말놀이로 교체했다.

(한가로히, 처량하게)

가을밤 외로운 밤 버레 우는 밤 도갓집 뒤산길이 어두어질 때
엄마 품이 그리워 눈물 나오면 마루 끗헤 나와 안저 별만 헴니다
가을밤 고요한 밤 잠 안 오는 밤 기럭이 우름 소래 놉고 나질 때
누나 정이 그리워 눈물 나오면 마르 끗헤 나와 안저 달만 봅니다

이정구, 47 「가을 밤」

(Andante)

아기를 자장자장 재우시다가 엄마가 잠이 먼저 드셨습니다

엄마 젖만 만지면서 놀던 아기도 스르르르 잠이 그만 들었습니다.

윤석중, 97 「엄마 잠」

이정구의 「가을밤」은 엄마와 누나 품이 그리워 잠 못 이루는 화자가 마루 끝에 나와 앉아 마음을 다독이는 내용이다. 날이 어두워지고, 기러기 울음소리가 높아질 때면 더욱 짙어지는 그리움을 달과 별을 바라보며 다스리는 구체적인 상황을 표현했다. 이 노래를 윤석중은 아기를 재우다 잠든 엄마를 따라 아기도 잠드는 모습을 그린 「엄마 잠」으로 교체했다. 이정구의 「꽃밭」에서는 계절별로 달리 피는 꽃을 나열하며 계절의 변화를 표현했으나 윤석중의 「소」에서는 느릿한 소의 행동을 묘사하는 내용으로 바꿨다.

지금까지 살핀 바, 납·월북 작가의 가사에 특별한 경향성이나 사상성이 드러나지는 않는다. 때문에 윤석중이 개작 과정에서 특정 경향성이나 사상성을 교체할 필요는 없었다. 원작에 나타난 가족 간의 그리움, 가난한 삶의 세목에 대한 묘사를 개인적 일상으로 교체하고 고된 노동과 기다림, 오래되고 존재감 없는 사물에 대한 깊은 성찰을 자연과 계절의 변화로 교체했다. 인간 삶의 세목을 관찰하며 성찰하는 내용을 자연과 계절의 변화, 사물의 특징을 서술하는 내용으로 바꿨다. 원곡의 소재, 주제, 발상, 구문을 계승하는 방향으로 개작하되 동요의 절을 줄이고, 통사구문은 단순하게 반복되는 방식으로 교체하여 노래로 부르기 편하게 조정했다. 내용보다는 가창성에 초점

을 둔 것으로 보인다.

(2) 재남 작가 10명의 13편 : 작품의 폭력성 제거

이 범주에는 선우만년의 3편, 박을송의 2편, 윤석중 · 박노아 · 박영호 · 백하 · 석홍 · 천정철 · 최경화 · 최인준의 1편이 해당한다. 이들 재남 작가의 동요는 원곡도 좋고 개사곡도 좋은 편이다. 부모의 부재를 자연이 보듬고, 적막한 시골길을 조화로운 공존의 공간으로 바꾸고, 자연의 변화를 인간관계에 적용하고 의성어의 리듬감을 강조하여 말의 재미를 느끼게 하는 방향으로 개사했다.

이 중 먼저 살필 동요는 윤석중의 「쫓겨난 동생」이다. 개사 작업을 전담한 윤석중은 자신의 동요를 「꾸중을 듯고」라는 제목으로 바꿔 쓰고 가사를 교체했다. 이 동요가 앞서 머리말에서 밝힌 가사를 그대로 부를 수 없는 34곡에 해당하는 듯하다. 근거는 다음과 같다.

> ① 꾸중을 듯고 꾸중을 듯고 ① 술 취한 옵바에게 꾸중을 듯고
>   집에서 엄마한테
>
>   ② 밥 숫갈 입에 문 채 저녁거리로 ③ 쫓겨난 내 동생을 누가 보앗소
>   눈물이 글썽글썽   혼자 나간 우리 동생 어디 있나요
>
> ② 해는 저믈고 해는 저믈고 ④ 가을 바람 살낭살낭 해는 저믈고
>   저녁
>
>   ⑤ 마른 가지 바수수수 닙 덧는 소리 눈물 어린 달님까지 말이 업고나
>   하늘엔 반짝반짝 초저녁별이 불 켜들고 우리 동생 찾고 있어요

「쫓겨난 동생」의 1절에서는 술 취한 오빠에게 밥상머리에서 혼이 난 동생이 숟가락을 입에 문 채 쫓겨난 상황을, 2절에서는 어두운 밤거리를 헤맬 동생을 염려하는 누이의 마음을 서술하고 있다. 술 취한 오빠가 어린 동생을 혼내는 상황, 숟가락을 입에 문 채 쫓겨난 동생의 서러움, 그 상황을 지켜볼 수밖에 없던 누이의 안타까움이 묻어난다. 부모가 부재한 곳에서 "술 취한" 상태로 묘사된 오빠의 폭력성, 밤거리를 홀로 헤맬 동생의 불안함이 "마른 가지 바수수 닙 덧는 소리"로 구체화되고 있다. 오빠를 말리지도, 동생을 달래지도 못하는 누이의 안타까운 처지에 "눈물 어린 달님까지 말이 업"이 공감하고 있다. 「꾸중을 듣고」에서는 엄마에게 꾸중을 듣고 동생이 자발적으로 집을 나간 상황으로 교체했다. 집이라는 안정적 공간, 성인 보호자인 엄마의 존재, 눈물을 글썽인 채 혼자 나간 동생의 모습은 한 가정에서 흔히 있을 법한 일상적 모습이다. 엄마는 정신이 온전한 상태였고 밥상머리에서 혼내지도 않았으며 동생은 쫓겨난 것도 아니다. 잠시 나가 마음을 추스르고 돌아오면 되는 상황이다. 2절에서 "하늘엔 반짝반짝 초저녁 별이 불 켜들고 우리 동생 찾고 잇"다는 진술도 동생이 조만간 집으로 돌아오기를 함께 바라는 마음을 드러내고 있다. 원곡의 통사구문을 유치한 채 다섯 구문을 교체하여 폭력성과 비극성을 완화하고 있다.

선우만년의 「두루맥이」는 아빠의 큰 두루마기를 세 형제가 둘러쓰고 놀며 크기를 가늠하는 내용인데 윤석중은 「큰 꿈」에서 큰 꿈을 꾸고 자라 큰일을 하자는 계몽 담론으로 바꿨다. 「옥토끼」는 계수나무 아래 잠자는 모습으로 형상화한 달 모양을 2절로 묘사했으나 「바닷가」에서는 인적 없는 바닷가의 쓸쓸한 모습을 3절에 걸쳐 바닷가에 떨어진 모자, 아이들이 쌓아 놓은 모래성, 바닷가에 반짝이는 별의 형상으로 묘사했다. 「봄소식」은 봄기운이 퍼지는 과정을 인과관계로 서술했으나 「방패연」에서는 남매를 위해 연을 만들어준 아버지가 볼 수 있게 하늘 높이 연이 날아오르기를 바라는 마음으로 교체했다. 아이들의 놀이를 큰 일꾼 담론으로, 달나라 토끼에 대한 상상을 바닷가의 외로운 풍경에 대한 묘사로, 봄기운을 연을 매개로 한 부모 자식 간의 애틋함으로 교체했다.

박을송의 「어머니 가슴」은 어머니 가슴의 푸근함을 표현했으나 윤석중의 「백일홍」에서는 백일홍이 채송화, 연잎, 맨드라미를 들러리로 하여 시집가는 설정으로 교체했다. 같은 제목에 가사만 바꾼 「구름」의 원곡은 한여름 흰 구름과 벌레와 곤충이 움직이는 생명력에 초점을 두었으나 개사곡에서는 양처럼 자유롭게 떼지어 다니는 구름을 외양간에 갇힌 소와 대조하는 내용으로 교체했다. 어머니의 사랑, 분출하는 생명력을 다양한 꽃 모양, 자유와 구속이 대조되는 상황으로 바꾸어 내용을 풍성하게 만들었다.

박노아의 「봄비」는 이슬비를 맞고 떨어지는 꽃잎을 꽃비로 표현하고, 이슬비에 버들잎이 파래지는 현상에 주목하여 봄비의 생명력을 강조했으나 윤석중의 「별똥」에서는 은하수에서 물장난하다 떨어져 우는 아기별을 찾으러 가자는 동화적 내용으로 바꾸어 호기심을 자극했다. 박영호의 「어머니」는 계절이 바뀌어도 돌아오지 않는 어머니에 대한 그리움으로 사별의 상황을 간접적으로 드러냈으나 윤석중의 「얼마만큼 자랐나」에서는 밤새 자란 꽃나무를 아기가 확인하고, 아기가 자란 것을 해와 그림자가 확인하는 내용으로 교체하여, 사별의 비극성을 성장의 기쁨으로 바꿨다. 백하의 「감둥 병아리」는 햇볕 아래 홀로 졸다 깨어 우는 병아리의 외로움에 주목했으나 윤석중의 「먼 길」에서는 아기와 아빠가 서로 먼저 자는 걸 확인하려고 잠들지 않는 모습으로 교체했다. 연약한 존재인 병아리와 아기를 소재로 하되 홀로 느끼는 외로움을 함께 하며 교감하는 내용으로 바꿨다. 석홍의 「싀골길」은 적막한 시골길을 잠자는 상태로 비유했으나 윤석중의 「겨울 발소리」에서는 흰 눈이 내려 쌓이며 나뭇가지를 보듬고 산토끼가 지나간 자리를 가려주는 내용으로 교체했다. 외롭고 적막한 상태를 서로 덮어주며 위로하는 내용으로 바꿨다. 천정철의 「나무닙」은 바람에 떨어진 낙엽 더미가 추워 떠는 모습으로 의인화했으나 윤석중의 「참새야」에서는 마당에 떨어진 쌀알을 먹으러 오던 참새가 내 모습을 보고 피하는 모습으로 교체했다. 낙엽과 참새 등의 미물이 느낄 법한 추위와 두려움을 염려하는 마음을 표현했다. 최경화의 「수레」는 달, 넝쿨, 메뚜기 등의 자연물로 수레를 만들어 아기를 태우는 놀이를 상상하는 내용이나 윤석중의 「허수아비」에서는 저녁 바람에 추워하는 허수아비에게 옷을 만들어 입히는 내용으로 교체했다. 자연물로 아기 수레와 허수아비 옷을 만드는 상상력을 전개하고 있다. 최인준의 「달」은 감기에 걸려서인지 발병이 나서인지 달이 뜨지 않아 걱정하는 내용이나 윤석중의 「일년생」은 새 모자, 옷, 가방을 준비하여 등교 연습을 하는 신입생의 설레는 마음으로 교체했다. 자연에서 인간으로, 염려에서 설렘으로 초점을 바꾸었다.

이처럼 윤석중은 납·월북 작가의 작품뿐만 아니라 자신의 작품까지 직접 개사하는 방식으로 변화한 상황에 맞게 내용을 조정하고 있다. 자연물을 인간의 삶으로, 홀로 처한 외로움을 공존하며 교감하는 상태로, 부재 상태에 대한 염려를 미래에 대한 기대와 설렘으로 교체하여 긍정적 정서를 강화하는 방향으로 개작하며, 어린이들이 지향할 삶의 방식을 제시하고 있다. 계몽성을 드러낸 개사곡도 종종 보인다.

(3) 재남 작가의 41편 : 가창성을 고려한 정교화

제목은 그대로 둔 채 가사의 일부만 수정한 동요 41편은 노래로 부르는 동요의 특성을 고려하여 발음과 뉘앙스와 문맥을 살려 가사를 교체했다. 홍난파가 작곡한 선율에 맞게, 당대의 어법에 맞게 조사, 단어, 어절, 구문을 수정하는 방식으로, 가사와 선율 사이의 균열을 조정했다. 당대의 표기법 및 어법에 맞게 한자어를 한글로 교체하고, 문맥에 맞게 의미를 구체화하고 중복 표현을 없앴으며, 발음하기 편하고 뜻을 파악하기 쉽게 음절 수를 조정했으며, 부정적인 내용은 순화하고 주제의 통일성은 강화하는 방향으로 바꿨다. 소리 내 부르기 편하도록 수정하는 데 가장 많은 공을 들인 것으로 보인다. 제목 대신 초판본의 일련번호를 [ ] 안에 표시하여 변화 양상을 밝히면 다음과 같다.

① 당대의 표기법 및 어법으로 교체한 경우

"봉사꼿은"을 "봉숭아꽃"으로 교체하여 어절 수에 맞춰 조사를 빼고 명사로 마무리지어 여운을 남기고 있다[41]. "장난군"은 "장난구러기"로, "각시노리"는 "소꿉놀이"로, "가분가분"은 "가만가만"으로[61], "달마중"을 "달맞이"[6]로, "앵도"를 "앵두"로, "보구미"를 "바구니"[67]로 수정하여 이전의 표기법을 1960년대의 표기법으로 교체하고 "당기"를 "구두"로, "조선땅"을 "한국땅"[83]으로 교체하여 당시 쓰지 않는 단어를 일상어로 교체했으며 "봉접들"을 "나비들"[40]로, "반공에"를 "하늘에"[48]로 수정하여 한자어를 한글로 풀어썼으며 "누나와 둘이서"를 "누나하고 나하고"로 교체하여 "둘이서"의 의미를 구체화하고 "노누라면은"을 "놀고 있으면"으로, "목욕하다는"은 "물장난하다"로 교체하여 상황을 명료하게 드러냈다[61]. "꼬여"를 "꿰어"로, "날리웁니다"를 "날린답니다", "나물만 마시오"를 "걱정을 마셔요"로, "울다도 싱긋 웃는다오"를 "웃음이 절로 난다오"[46]처럼 어미나 조사를 교체하여 의미를 구체화했다. 명사, 조사, 어미 등을 교체하여 뜻을 자연스럽게 전달하고 유연하게 발음할 수 있게 조정했다.

② 중복 표현을 없애고 문맥에 맞게 수정한 경우

"그것하면"을 "할 줄 알면"[2]으로 수정하여 대명사의 의미를 풀어쓰고, "어엽분 달아"를 "예쁜 저 달아"로 수정하여 대명사를 붙여 의미를 구체화했다. "팔월에도 보름날엔"을 "팔월에도 추석날엔"[3]으로 수정하여 팔월 보름이 추석임을 명시하고 "밤이 밝도록"을 "날이 밝도록"[59]으로 수정하여 뜻을 바르게 표현했다. "나 젊은 어린 개미"를 "나 어린 개미 손님"[8]으로 수정하여 중복 표현을 줄이고 1절의 "오동닢"을 "과꽃"으로 수정하여 3절에 나오는 "오동잎"과 중복되지 않게 하고 "겨울날이"를 "겨울이"[78]의 3음절로 줄여 악보의 이음줄의 의미를 살리고 중복 표현을 없앴다. "펄펄 지나서"를 비행의 의미를 구체화한 의태어 "훨훨 지나"로 교체하고, "목욕 감으려"를 "몸을 씼으러"로 수정하여 뜻을 쉽고 정확하게 표현하고, "가 잣고나"를 "가고 싶다"[77]로 수정하여 고어를 현대어로 풀어 썼다. 문맥에 맞게 처소격 조사를 조정하고, 수식어를 줄이고 형용사를 통일하여 의미를 단순 명료하게 교체한 경우가 대부분이다. 당시 통용되던 단어와 어법을 고려하고 문맥의 의미를 정확하게 드러내는 방향으로 수정함으로써 낭송하고 노래 부르기 쉽게 했다.

③ 의미 파악하기 쉽게 음절 수를 조정한 경우

"차리인"을 "차린"[14]으로 수정하고 2음절에 맞게 4분음표 두 개를 이음줄로 연결하여 발음을 선명하게 할 수 있게 바꾸고, "압 남산 그 우에서"를 "남산남산 우에서"[24]로 교체하여 소리의 반복을 통해 의미를 파악하기 쉽게 했다. "빛이여 보며"를 "비춰보면서"[60]로 교체하여 늘어진 어미를 본용언과 보조용언의 결합으로 바꾸어 의미와 상황을 강조하고 "좋다지만요"를 "좋긴 좋지만"[57]으로 수정하여 늘어지는 어미를 리듬감 있는 어미의 반복으로 수정했다. 각 음절마다 독립적인 음표를 배치하기 위해 8음표를 16분음표로 나누어 "절룬(♪)다"를 "적신(□□)다"로 수정하고, "읽어(♪)"를 "읽어(□□)"[65]로 수정하여 발음하기 편하게 했다. 5/8박자로 잘못 표기된 것을 6/8박자로 바로 잡기 위해 4분음표 대신 점4분음표로 교체하고 음절수까지 맞춰 "다러온다오(♪♪♪♩)"를 "다가오네(♪♪♪♩)"[67]로 수정했다. "내 저골에"를 "저고리에"[84]로 수정하여 대명사를 삭제하고 줄임말을 본말로 풀어 쓰고, "뜰 우으로 몰녀 다니며"를 "이러저리 몰려다니며"[80]로, "나라를 가는 기러기"를 "짝지어 가는 기러기"[88]로 수정하여 상황을 구체화하고 발음하기 편하게 했다.

④ 부정적 내용을 순화하고 주제의 통일성을 살린 경우

잠 안 자고 칭얼거리는 아기는 장다리 호인들이 업어간다는 내용의 1절을 삭제하고 엄마 꿈을 꾸거나 조는 내용으로 구성한 2절과 3절만 남겨 자장가에서 두려움을 삭제하고[15], "이슬 총각 입 맛초며"를 "이슬하고 입맞추며"로 수정하여 선정성을 배제했으며, "죽을 뻔 했지요"라는 극단적 표현을 "혼이 났지요"로 완곡하게 표현하고 "매 마질가 무서워"를 "야단칠까 봐서"로 수정하여 폭력성을 완화했다. 시집간 누나를 그리워하다 자신이 장가갈 생각을 하는 흐름이 주제의 통일성을 해치므로 "장가 생각 부끄러 남 몰래 웃네"를 "내 마음 달랜답니다"[98]로 수정하여 시집간 누나에 대한 그리움이라는 주제의 통일성을 살렸다.

(4) 삭제 및 교체 3편

『조선동요백곡집』에 수록된 작품 중 유지영의 「속임」, 정상규의 「밝간 가랑닙」, 윤극영의 「할미꽃」 3편이 『난파 동요 100곡집』에서 삭제됐다. 「속임」은 "하눌님이 약주가 취"해 저녁놀이 붉은 것이고 "하눌나라 어두워 불을" 켜 놓은 것이 별이라는 "말을 곧들었"던 자신의 모습을 반추하며 "속임 업시 살면은 오직 조흘가"라며 더 이상

동심을 갖지 않게 됐음을 고백하는 내용이다. 무슨 이유로 삭제했는지 가늠하기 어렵다. 초판본에 수록된 유지영의 동요 두 편 중 「속임」한 편만 삭제했다. 「밝간 가랑님」은 단풍 든 가랑잎이 아궁이의 땔감으로 쓰이는 것을 "빨가버슨 이 몸"이 추워서 부엌 속을 찾아간다고 표현한 동요다. 낙엽이 땔감으로 쓰이는 현상을 의인화하여 동화적으로 표현한 동요를 삭제한 이유 역시 가늠하기 어렵다. 개작본에서 정상규의 작품은 사라진 셈이다. 「할미꽃」은 작곡자가 홍난파가 아니라 윤극영이라서 삭제한 것으로 보인다. 1929년의 초판본과 1991년의 복간본에는 '윤극영 원작·홍난파 작곡'이라 표기됐으나 『윤극영 전집1』[40]에는 박팔양 작사·윤극영 작곡으로 표기돼 있다. 홍난파의 악보에 반주부가 따로 있는 것 빼고 윤극영의 악보와 동일하다. "가시" "늙었나" 부분의 음표가 바뀐 차이[41]만 보인다. 누가 먼저 작곡했는지, 어떤 경로로 두 명의 동요집에 수록됐는지 확인할 길이 없다.

이 외에도 1930년 4월 23일 발행된 『조선동요백곡집』 상권 50곡의 목록에 있던 8번 윤석중의 「모래성」이 김광윤의 「조희배」로 교체[42]된 바 있는데, 「모래성」 역시 작곡자가 윤극영이라 삭제한 것으로 보인다. 1932년에 발간한 『윤석중 동요집』의 69쪽에는 윤석중 작사·윤극영 작곡의 「모래성」이 수록돼 있다. 홍난파 생전에 등사본을 활자본으로 인쇄하는 과정에서 특정 작품을 교체했다는 것은 작곡가

---

40 윤극영, 『윤극영 전집』, 현대문학, 2004, 592쪽. 조선동요연구협회의 『조선동요 선집』(1931)에는 「할미꽃」의 작사자가 홍난파로 잘못 표기돼 있다.

41 홍난파의 '가시'에 해당하는 8분음표 둘을 윤극영은 점팔분음표와 16분음표로 교체하고, '-나'에 해당하는 '4분음표를 8분음표와 쉼표로 바꿨다.

42 난파연보공동연구회, 앞의 책, 75-76쪽.

본인의 확인을 거친 것이라 볼 수 있다.

　이 3편을 삭제하고 새로 추가한 작품은 윤석중의 「잃어버린 댕기」, 「키 대보기」, 「호랑나비」 3편이다. 「잃어버린 댕기」는 1933년에 발간한 윤석중의 첫 개인 동시집 『잃어버린 댕기』[43] 맨 앞면에 악보와 가사가 수록돼 있다. 홍난파의 『조선동요백곡집』(1933)에는 수록하지 않은 이 동요를 『난파 동요 100곡집』(1964년)에는 새로 삽입해 놓았다. 개사자 본인의 첫 개인 동요집의 표제곡으로서의 상징성을 지닌 작품이라서 홍난파 동요집의 개작본에 삽입해 놓은 듯하다. 『조선동요백곡집』 수록곡 중 가장 짧은 동요는 10마디로 구성된 「할미꽃」이고, 가장 긴 동요는 42마디로 된 「밤 한 톨이 떽떼굴」이다[44]. 1933년 『조선동요백곡집』을 발간할 당시에는 한 면당 한 곡씩 배치하는 방식으로 편집을 했기에 105마디(6쪽)에 이르는 「잃어버린 댕기」를 수록하기 어려웠을 것으로 보인다. 윤석중이 『난파 동요 100곡집』의 개사를 전담하면서 본인 동시집의 표제작인 「잃어버린 댕기」를 상징적으로 추가해 놓은 것으로 보인다. 「키 대보기」는 한창 성장하는 과정에서 누구 키가 더 큰지 견주는 동심을 표현한 동요고, 「호랑나비」는 내가 가진 것보다 다른 게 더 좋아 보이는 심리를 꽃과 나비에 비유한 동요로 「바닷가에서」[45]의 발상과 문장 전개 방식이 유사하다. 지

43　윤석중의 『잃어버린 댕기』, 게수나무會, 1933.

44　『조선동요백곡집』의 상권에는 48곡이 한 면에 수록되고, 윤복진의 「하모니카」와 박을송의 「어머니 가슴」(26마디)만 두 면에 수록됐다. 하권에는 49곡이 한 면에 수록되고 윤석중의 「밤 한 톨이 떽떼굴」(42마디)만 두 면에 수록됐다.

45　1. 바닷가의 모래밧헤 어엽분 돌 주어보면 다른 돌만 못해 보여 다시 새 것 밧굼니다
　　2. 바닷가의 모래밧헤 수도 모를 둥근 차돌 어엽버서 밧군 것도 주서 들면 슬혀져요
　　3. 바닷가의 모래밧헨 돌맹이도 너무 만하 맨 처음에 바린 것을 다시 찾다 해가 져요

금까지 살핀 바 초판본에 있던 곡을 삭제하고 개작본에서 새 동요를 삽입한 별다른 이유는 추정하기 어렵다.

4. 개사의 효과 및 남은 문제

1960년대 동요 분야에 나타난 개사 작업은 창작자 본인이 소외된 상태에서 타인에 의해 진행됐다. 작곡가의 선율을 살린다는 명분 아래 원작자의 동의 없이 타인이 가사를 수정한 것이다. 납·월북 작가의 작품을 배제하는 검열의 자장 속에서, 조선의 동요 '백곡(100)'을 살린다는 명분 속에서 납·월북 작가의 흔적을 지우고 다른 이의 가사로 대체한 것이다.

윤석중은 납·월북 동요 작가의 작품을 도맡아 개사했다. 원 가사에 따라 만든 선율에 맞춰 새 가사를 써야 하는 이중의 제약 속에서 개사 작업에 착수했다. 원곡의 취지와 분위기를 100% 살리는 것은 불가능하다는 한계를 안고, 1960년대 남한 사회에서 요구한 납·월북 작가의 존재 지우기 작업에 동참했다. 그 과정에서 몇 가지 문제가 발생했다.

그동안 남한 음악계, 문학계에서는 납·월북 작가의 작품을 타인이 개사한 사실을 따로 밝히지 않았다. 일부 개사곡이 교과서에 수록되고 음반으로 취입되어 유통됐으나, 원곡이 존재하는 사실을 밝히지 않았다. 작곡가를 연구하는 과정에서 부분적으로 개사곡 목록을 제시하는 정도에 머물렀다. 따라서 윤석중이 개사한 동요의 전체 목록을 작성하여 윤석중의 창작곡과 개사곡의 차이를 비교하고, 윤석중이 개사하는 과정에서 보인 경향성이 이후 남한 동요계에 끼친 영향을 살필 필요가 있다.

윤석중은 가사와 선율이 어긋나는 한계를 감수하며 개사 작업을 수행했다. "원래 가사의 내용에 맞게 표현하고자 붙여진 선율이 이미 고정되어 버렸기 때문에"[46] 그 선율에 따라 가사를 수정하더라도 원곡의 느낌을 살리기는 어렵다. 가사와 선율의 일치 관계를 고려할 때 개사곡이 원곡과 같은 노래일 수 없다.[47] 이러한 한계를 안고 개사 작업을 수행한 1960년대의 상황에 대해 동요사의 관점에서 평가할 필요가 있다.

분단 이후 남한은 납·월북 작가의 작품을 윤석중이 개사하는 방식으로 그 흔적을 지우는 작업을 했으나, 북한은 재남 작가의 작품도 유연하게 수용한다. 북한에서도 시기마다 부침 현상을 보이기는 하지만 재남 작가의 흔적을 지우기 위해 타인이 가사를 고쳐 쓰는 작업은 진행하지 않았다.[48] 『조선동요대전집』(2004)이 남한 문학에 대한 개방적 관점[49]을 보인 1992년 이후에 발간된 것이라는 점을 고려하

---

46 이내선은 박태준 작곡·윤석중 작사의 동요를 윤석중이 개사한 양상에 대해 연구한 바 있다. 가사와 선율의 일치 관계를 볼 때 원곡과 개사곡은 같은 노래일 수 없다고 판단한다. 이는 홍난파가 작곡한 동요 가사를 바꿔 쓴 경우에도 적용할 수 있다. 이내선, 앞의 글, 63쪽.

47 이 연구는 동요 가사만 비교하는 한계를 안고 있다. 원곡과 개사곡의 가사와 선율의 상관성에 대한 추가 연구를 통해 논의를 보완할 필요가 있다.

48 1960년대에 발간한 『현대조선문학선집 10 아동문학집』에는 윤복진, 이정구 등의 납·월북 작가의 동요 작품을 원 가사 그대로 수록하고 있다. 현대조선문학선집편찬위원회, 『현대조선문학선집 10 아동문학집』, 조선작가동맹출판사, 1960.

49 북한에서는 분단 이후 남한의 창작 경향이 다양하게 변하고 있음에도 그 실태를 모르므로, 남한 문학을 체계적으로 분석 연구해야 하며 남한의 진보적 작품을 북

더라도 말이다.

분단 후 남한 동요계에서 사라진 납·월북 작가의 작품은 북한 동요계에서도 사라진다. 1960년에 발간한 『현대조선문학선집 10_아동문학집』에는 윤복진, 신고송을 비롯한 납·월북 작가의 동요를 다수 수록했으나 2004년 발간한 『조선노래대전집』(2004)에는 재남 작가의 동요는 수록하면서 정작 납·월북 작가의 동요는 배제하는 경향을 보인다. 남한에서 그 존재를 부인당한 이들이 북한 동요계에서도 점차 배제되는 양상에 대해서도 주목할 필요가 있다.

식민지 시기 공유한 동요임에도, 분단으로 인해 남북은 서로 다른 방식으로 동요의 정전화 작업을 진행한다. 일부 작가의 동요는 남북한 동요선집에 모두 등재되거나 배제되고 일부는 한쪽에만 등재되는 양상을 보인다. 이러한 과정을 거쳐 남북한 동요계는 서로 다른 동요 정전을 형성하며 오늘에 이르게 됐다. 이는 분단의 비극이 현재까지 이어지고 있음을 뜻한다. 따라서 남북한이 서로 다른 방식으로 진행해온 동요 정전화 과정을 되짚어볼 필요가 있다. 서로의 차이를 인정할 때 이후 공동 작업이 가능해지기 때문이다.

이러한 작업을 진행하기 위한 기초 작업으로써 이 연구에서는 남한의 검열 정책에서 비롯된 동요의 개사 작업, 그 과정에서 빚어진 특징적 현상에 주목했다. 납·월북 작가의 작품을 배제하는 과정에

한에서 출판해야 한다고 표방한 바 있다. 한설야, 「전후 조선 문학의 현 상태와 전망－제2차 조선 작가 대회에서 한 한설야 위원장의 보고」, 『제2차 조선 작가 대회 문헌집』, 조선작가동맹출판사, 1956, 73-74쪽; 강영미, 『정전 검열 기억』, 지만지, 2019, 304-305쪽. 이러한 문제의식의 실천적 결과물이 2004년의 『조선노래대사전』으로 출간된 것으로 보인다.

서 진행된 개사 작업의 특징, 개사 작업 이후 창작 동요의 성향이 특정한 방향으로 형성되게 된 경로를 살폈다. 이러한 작업을 통해 식민지 시대 동요의 스펙트럼이 폭넓었으며, 앞으로 남북이 공유할 새로운 동요 정전 목록이 필요함을 환기했다.

5. 결론

『조선동요백곡집』의 개작본인『난파 동요 100곡집』의 머리말에는 "가사를 그대로 부를 수 없는 34곡"의 가사를 윤석중이 다시 썼다고 밝혔다. 그런데 실제 초판본과 다른 작품은 34곡이 아닌 76곡이다. 제목과 가사를 모두 교체한 34편, 가사만 일부 교체한 39편, 삭제 후 교체한 3편을 포함하여 원본 수록곡의 76%를 교체 수정했다. 원래의 취지는 납·월북 작사가의 가사를 교체하는 것이었으나, 실제 수록곡 전체를 점검하는 과정에서 더 많은 작품을 개작했다.

가사와 선율이 어긋나는 한계를 안고 수행한 윤석중의 개사 작업은 납·월북 작가의 빈자리를 메우며 대체하는 작업이었다. 식민지 시대의 텍스트를 1960년대의 언어에 맞게 수정하고 악보에 맞게 가사의 호흡을 조율하는 정교화 작업이었고 식민지시기 당대와 1960년대의 대화와 소통의 과정이었다. 이후 남한의 동요계가 지향할 방향성을 제시하는 기획과 설계의 과정이기도 했다. 이후 윤석중의 개사곡이 남한 동요계, 교육계에 널리 유포되며 특정한 흐름을 만든 데서 확인할 수 있는 바다.

이처럼 1960년대에는 납·월북 작가의 빈자리를 메우기 위해 재남 작가가 노래의 가사를 고쳐 쓰는 작업을 진행했다. 그럼에도 이러한 현상을 야기한 시대적, 문화적, 정치적 맥락에 대해서는 섬세하게 살피지 않았다. 검열이라는 시대적 제약이 타인의 개작을 허용한 것이다. 그로 인해 원곡을 대체한 개사곡이 동요계·가곡계·가요계에 유포되고, 원작자의 자리를 개사자가 대체하게 되었으며, 원래의 가사에 따라 만든 선율에 새로운 가사를 붙이는 과정에서 가사와 선율이 어긋나는 문제가 발생했다. 이러한 현상이 발생하게 된 맥락은 사실관계를 확인하는 작업을 통해, 가사와 선율이 어긋나게 된 현상은 문학 연구자와 음악 연구자의 공동 연구를 통해 밝힐 필요가 있다.

개작과 검열의 사회 · 문화사 (2)

제4장

검열과 언론 통제와 글쓰기 문화

마해송의 『모래알 고금』을 중심으로

장영미(성신여자대학교)

1. 아동문학과 검열

본 연구는 마해송 작품을 중심으로 아동문학 검열사를 조망하고, 이를 기반으로 검열이 작가의 글쓰기에 미친 영향이 무엇인지를 규명하는 데 목적이 있다. 한국의 근현대 문화사, 사상사는 검열과 표현의 자유 간의 길항 혹은 긴장 관계 속에서 구성되었다. 가시적 및 비가시적 폭력을 본질로 하는 검열은 사상과 문화통제, 사회통제의 기본적 수단이다. 나아가 자기검열의 일상화를 통해 잠재적인 저항 의지까지를 분쇄하는데 목표를 둔다.[1] 그런 현실에서 아동문학가 마해송을 떠올릴 수 있다. 마해송은 굴곡진 한국의 근현

---

1 이봉범, 「검열국가 대한민국과 표현의 자유」, 『내일을 여는 역사』79, 내일을 여는 역사재단, 2020(12), 125쪽.

대사를 두루 겪어온 작가로 아동문학의 발전에 지대한 영향을 끼친 인물이다. 마해송의 동화는 풍자와 우의적인 작품이 많은데, 동·식물을 인격화하여 세태를 풍자하고 사회를 고발하는 특성을 갖고 있다. 이러한 저항성이 강한 작품 경향은 한편으로 어린 독자들에게 계몽적이고 교훈적이라는 부정적 평가를 받기도 한다. 그렇지만 마해송은 질곡과 파행의 민족사에서 자유와 민족정신, 즉 저항의식을 구현하여 어린 독자를 일깨웠다는 평가가 한층 지배적이다. 그런 평가대로 마해송은 등단한 일제강점기부터 작고 전인 1960년대까지 시대 현실에 조응하는 다양한 소재와 주제로 작품세계를 일구어 왔다.

마해송을 저항 작가로 규정하는 데 있어서 「토끼와 원숭이」, 『모래알 고금』은 주목할 작품이다. 이 두 작품은 일제강점기부터 1950년대 말~60년대 초, 사회·문화적 환경 속에서 생산된 검열과 관계된다는 공통점을 갖는다. 「토끼와 원숭이」는 1931년 어린이(8월호, 제9권 7호)에 처음 선보였다가 이후 조선총독부의 검열로 인해 압수되어 삭제를 당한다. 일본의 침략과 전쟁, 외세의 개입 등을 풍자했다는 이유로 연재가 중단되었다가 해방이 되고 난 이후에 완결된 작품이다. 또한 『모래알 고금』은 이승만 정권 시기인 1950년대 중후반부터 1960년대 초까지를 배경으로 당대 사회의 부조리와 혼란스러운 모습을 담고 있다. 『모래알 고금』은 연재와 중단, 다시 연재되는 등 우여곡절을 겪은 작품으로도 유명하다. 즉, 당시 이승만 정권의 언론 탄압을 적나라하게 보여준 《경향신문》의 폐간과 검열, 그로 인한 작가의 창작의 위축과 글쓰기 방식의 변화 등을 보여주는 중요한 작품이다.[2] 두 작품은 마해송의 작가정신을 이해할 수 있는 것이면서 동시에 검열과 글쓰기 방식의 변화를 파악할 수 있는 공통점을 갖고 있다. 그런 점에서 본고는 마해송의『모래알 고금』을 대상으로 국가 검열이 자기검열로 이어지는, 즉 검열을 매개로 한 아동문학의 대응과 창작방식의 변화에 대해 고찰해 보고자 한다. 이는 그동안 저항문학으로 특징되는 마해송의 문학적 특성을 국가권력과 규율의 관계 속에서 살피려는 시도이다. 이를 위해 먼저 식민지시기부터 1960년대 초반까지 진행되었던 검열 양상을 통해 작가들이 취한 방식은 어떤 것이 있는지, 그러한 환경 속에서 마해송은 어떤 방식을 취하였는지를 살필 것이다.

주지하듯이, 우리 문학/문화사는 검열과는 뗄 수 없는 관계에 놓여 있다. 일제강점기부터 해방과 1950~60년대, 이후 박정희에서 전두환 정권기까지 방법과 양상만 달라졌을 뿐 검열이 사회문화 전반을 지배한 시기였다. 그런 사실을 바탕으로 그동안 검열과 관련한 많은 연구들이 쏟아져 나왔고, 이를 통해서 폐쇄적이고 왜곡된 현대사의 단면들이 구체적으로 드러났다. 이 과정에서 검열에 대한 작가들의 대응 역시 만만치 않았음을 알 수 있다. 가령, 일제가 주로 검열

---

2 1959년, ≪경향신문≫ 폐간은 자유당 정권이 언론을 탄압한 최대사건이면서 자유당의 몰락을 재촉하는 결과를 가져왔다. 이 사건은 정권과 한 신문이 벌인 대결이면서 당시 정치 상황의 한 단면을 보여주는 것이다. ≪경향신문≫은 폐간처분이 내려진 후, 만 1년 동안 법정투쟁을 통해 복간하게 된다.『모래알 고금』은 당시 경향신문에 연재하던 아동소설로 신문의 발간, 폐간에 따라 연재, 중단, 다시 연재라는 혼란한 시간을 담은 작품이다. ≪경향신문≫의 폐간은 한편으로 극단적인 언론탄압이면서 다른 한편에서 체제의 불응하여 발생한 보복성 검열에서 기인하였다는 점을 간과할 수 없기에 본 논문에서 주목하게 된다.

한 대목은 계급투쟁, 내선일체의 부정, 조선의 민족의식 고취 등 정치적인 것들이 대부분이었다. 이런 대목들을 은폐하기 위해서 작가들은 은유와 상징 등의 이중어법, 금지어 바꿔쓰기 등 다양한 우회의 방법을 동원하였다.[3] 작가들은 또한 신문과 잡지에 발표했던 글을 단행본에 수록하는 과정에서 정치적 내용을 삭제하거나 순화해서 수록하기도 하였다. 검열의 통제하에서 작가들은 자신의 의도를 표현하는 데 한계를 느낄 수밖에 없었고, 그래서 그것을 우회하거나 아니면 은유적으로 표현하는 방법을 강구한 것이다. 그리고 해방 이후 한국 사회는 냉전, 분단체제, 권위주의적 정권이 장기간 지속되면서 헌법상 명문화되어 있는 국민기본권의 제한, 위축뿐 아니라 문화, 일상, 의식의 영역 전반이 국가권력의 관리 체계에 갇히게 되었다.[4] 이렇듯 우리의 문학/문화사는 시기별로 검열제도를 감당해 왔고, 그에 따라 작가들은 다양한 형태로 창작을 수행해 왔다. 마해송은 우회의 방법을 주로 구사하였다. 동식물을 의인화하여 당면한 사회문제를 고발하였고, 이를 통해서 저항의식을 표현하였다. 그의 저항의식은 고발의식과 밀접한 관계를 갖는데, 주목할 것은 그것이 단순히 고발이 아니라 아동문학의 한계를 뛰어넘고 새로운 양식을 창출하는 방식으로 드러난다는 데 의미가 있다.

그동안 아동문학의 검열 관련 연구는 일부 논의가 진행되었지만 상대적으로 미흡한 실정이다. 시대적 환경에서 기인한 탓인지, 다른 시기보다 일제강점기를 대상으로 한 논의가 주를 이룬다. 먼저 류덕

---

3 한만수, 『허용된 불온』, 소명출판, 2015, 301쪽.
4 이봉범, 앞의 글, 125쪽.

제(2010), 최미선(2012), 이정석(2019), 문한별(2013, 2019)[5]을 주목할 수 있다. 『별나라』, 『신소년』, 『어린이』와 『학생』, 『불온소년소녀독물역문(不穩少年小女讀物譯文)』과 『언문소년소녀독물의 내용과 분류』 등을 대상으로 일제의 탄압 양상과 검열의 성격, 방향을 중심으로 검열 문제를 다루었다. 이 연구는 그동안 미답지였던 아동문학 검열 연구를 본격화하면서 초석을 다졌다는 점에서 의미 있다. 그러나 특정 텍스트만을 대상으로 하여 한국 아동문학과 아동에 대한 일제의 통제와 탄압 양상을 살피는 정도에 그쳐서 식민지시기 아동문학의 특성을 새롭게 환기하지는 못하였다. 해방 후의 검열 연구는 박금숙의 논문을 주목할 수 있다. 박금숙은 2편의 논문(2013, 2015)[6]을 통해 강소천의 동요/동시, 그리고 동화의 검열과 개작 양상을 논하였다. 강소천이 해방 이전에 창작했던 것을 월남 이후 체제 이념 혹은 그에 부합하는 방향 등으로 개작한 것을 적극적으로 논의한 사례인데, 자기검열을 이해할 수 있는 연구다. 한국전쟁 이후 유신체제 기간 동안 한국 아동문학을 억압한 것은 반공주의의 검열이었다. 당시 국가의 정책에 의한 검열이든 아니면 내적 동기에 의한 것이든 검열 문제는 전후 작가들

5 류덕제, 「『별나라』와 계급주의 아동문학의 의미」, 『국어교육연구』46, 국어교육학회, 2010 ; 최미선, 「『신소년』의 서사 특성과 작가의 경향 분석」, 『한국아동문학연구』27, 한국아동문학학회, 2014 ; 이정석, 「일제강점기 「출판법」 등에 의한 아동문학 탄압 그리고 항거」, 『한국아동문학연구』36, 한국아동문학학회, 2019 ; 문한별, 「『조선출판경찰월보』를 통해서 고찰한 일제강점기 단행본 소설 출판 검열의 양상」, 『한국문학이론과비평』58, 한국문학이론과비평학회, 2013 ; 문한별, 「일제강점기 초기 교과서 검열을 통해서 본 사상통제의 양상」, 『한국어문학국제학술포럼』44, 2019 등.
6 박금숙·홍창수, 「강소천 동요 및 동시의 개작 양상 연구」, 『한국아동문학연구』25호, 한국아동문학학회, 2013 ; 박금숙, 「강소천 동화의 서지 및 개작 연구」, 고려대 박사논문, 2015.

이 피해갈 수 없는 관문이었다. 선안나는 아동문학사에서 금기시되었던 반공과 검열의 문제를 심도 있게 논하였다.[7] 이상의 논의에서 알 수 있듯이, 한국 아동문학에 대한 검열 연구는 미답지에 가깝다. 검열로 인해 나타난 현상 분석은 어느 정도 진행되었지만, 검열에 대응하는 작가의 창작 방식에 주목한 연구는 찾아보기 어렵다. 본 연구는 이상의 논의를 바탕으로 마해송을 중심으로 검열에 대한 작가의 대응 방식과 특성에 주목하고자 한다.[8] 즉, 마해송의 작품을 검열과의 연관성 속에서 고찰하여 언론 통제가 작가의식과 창작에 어떠한 영향을 미쳤는지 탐구할 것이다.

2. 아동문학 검열사와 작가의 대응

근·현대 아동문학은 '검열'과 더불어 시작되고 전개되어 왔다. 방정환은 활동했던 내내 검열 대상이 되어 많은 글이 삭제되거나 압

7　선안나의 「1950년대 아동문학과 반공주의－산문문학을 중심으로」(『창비어린이』4, 창작과비평사, 2006), 「1950년대 아동문학과 반공주의－아동잡지를 중심으로」(『동악어문학』46, 동악어문학회, 2006)

8　지금까지 마해송에 대한 연구는 작가론/작품론의 차원에 머물러 있다. 이들 논문은 특정 시대별, 주제별 등 일정한 방향성을 띠고 있고, 작가의 문학적 특성하는 데 초점을 모으고 있다. 주요 논문으로는 김정헌의 「마해송 동화에 나타난 저항의식 연구」(한국교원대 석사논문, 1996), 박상재의 「한국 창작동화에 나타난 환상성 연구」(단국대 석사논문, 1998), 신수진, 「마해송 동화의 현실 인식 연구」(단국대 석사논문, 1997), 이영미의 「마해송 동화 연구－공간분석 중심으로」(연세대 교대원 석사, 1992), 이정숙, 「마해송 동화의 교육적 가치 연구－바위나리와 아기별을 중심으로」(숙명여대 석사논문, 2001), 장소영, 「마해송 동화연구－풍자성을 중심으로」(동덕여대 석사논문, 1997) 등.

수당하였다. 실제로 방정환의 『어린이』, 『신소년』, 『별나라』, 『소년 조선』, 『학생』 등의 잡지는 모두 검열이라는 여과 장치를 통과해야 만 간행될 수 있었다. 그런데 검열은 해방 이후에도 여전히 행해졌 다. 남과 북의 분단과 남한의 반공 이데올로기는 공공연하게 작가들 을 억압하고 규율하여 창작을 위축시키거나 저해하였다. 이런 점에 서 검열은 한국 아동문학의 창작과 유통의 기본 조건이었다.

방정환에 대한 추도사에서 이태준이 "이젠 그대에겐 검열난(檢閱難) 의 고통도 없을 것이로다"[9]라고 하면서 애도했던 것은 검열의 현실 을 단적으로 보여준다. 방정환은 아동문학/문화운동가로 활동했던 내내 검열의 통제를 받았고 특히 1926년 일제의 검열제도가 확립된 이후에는 한층 더 가혹하게 검열에 시달렸다. 『조선출판경찰월보』 에는 제2호(1928.10)부터 거의 매월 방정환의 책과 글들이 검열로 삭제 및 압수된 기록이 나타난다. 1호에는 검열 대상자로 방정환이 언급 되어 있고, 2호에서는 『어린이』가 "관북 수해 정황, 일본 면적과 인 구에 관련된 정보, 독일과의 전투에서 자국 군대를 구출한 용감한 벨기에 소년기수의 애국 미담" 등의 내용이 삭제되었다는 기사 개요 가 실려 있다. 이처럼, 아동문학을 포함한 문학과 언론, 출판 분야에 서 일제강점기 내내 검열과 탄압으로 통제가 일상화되었다. 그 검열 에서 아동문학 역시 예외가 아니었다. 마해송에 의하면 어린이날이 만들어지고 아동문화운동을 펼치는데 일제의 검열과 탄압 때문에 오래 지속되지 못했다는 것을 알 수 있다.

---

9   이태준, 「평안할 지어다」, 『별건곤』, 1931.9.

이렇듯 식민지 작가들은 일제의 검열에 의해 포위된 형국이었지만, 그 압박 속에서 나름의 대응을 펼친다. 작가들은 검열을 의식해서 갖가지 표현을 바꾸기도 했고, 특정 가공의 인물을 만들어내기도 했으며, 플롯을 변형시키기도 했다. 심지어는 검열관이 좋아할 문구를 의도적으로 삽입하면서 검열을 우회하고자 시도하기도 했다. 가령, 윤석중과 강소천은 비유적 수법으로, 이주홍과 마해송은 풍자와 해학으로 검열에 대응하였다. 『별나라』와 『신소년』처럼 일제에 저항하면서 비판적 경향을 견지했던 잡지가 1920년대 말부터 과거 역사물로 방향을 돌리면서 검열에 맞선 것을 주목해볼 수 있다.

방정환을 비롯한 문학인들은 과거 역사 쪽으로 시선을 돌려서 현실을 우회적인 방법으로 문제 삼았다. 1920년대 이후 역사동화는 아동잡지에서 빠지지 않고 등장하는 주요한 소재였다. 우리 역사의 위인을 소재로 역사 동화를 만들어 미래 세대인 어린 청소년들에게 미래 세대인 어린 청소년들에게 읽을거리를 제공한 것이다. 읽을거리를 제공한 것이다. 당시 역사동화 작가들은 당시의 식자층으로서 미래의 주역이 될 아동들의 교육문제에 관심을 가지고, 교훈적 · 민족적 측면의 동화를 저술하는 데에 역점을 두었다. 고주몽 이야기, 이율곡 선생 이야기, 이충무공 이야기 홍길동 이야기 등을 예로 들 수 있다. 물론 이러한 역사동화는 조선총독부의 검열로 인해 삭제를 당하기 일쑤였다. 일본과의 관계에 얽힌 임진왜란, 즉 율곡 이이의 십만양병설[10]과 이충무공의 한산대첩 등은 예외없이 삭제되었다. 이런

---

10 「이달의 역사 이율곡 선생」, 『어린이』(1929, 2월).

사실을 통해서 필자는 일제강점기 역사동화의 진술 형태나 사건 전개, 일화 구성 등이 검열에 대응하는 우회적인 방식이었다는 데 주목하고자 한다. 일제강점기의 작가들은 활동 기간 내내 검열의 자장 속에서 고뇌하며 작가만의 대응 방식을 모색한 것을 알 수 있다.

해방 후부터 1950~60년대에는 검열이 두 가지 양상으로 전개되었다. 해방 후의 시기는 일제강점기의 친일 행위와 친체제적인 것들을 부정하거나 변형하려는 욕망이 강렬했던 시기로, 작가 스스로를 검열하는, 즉 자기검열 들 수 있다. 이원수는 1941년 「니 닦는 노래」[11]를 해방된 1946년에 동일한 제목의 「이 닦는 노래」[12]로 재발표한다. 「니 닦는 노래」는 표면적으로는 구강 보건이라는 주제를 제시하지만, 사실은 시대적 환경을 고려할 때 전시동원체제 아래 성전(聖戰)에 나가 건강한 황국신민으로 목숨을 바쳐야 한다는 내용이다. 그런데, 해방 후 재발표되면서 시행(詩行)을 줄이고, 이를 잘 닦는 아이의 아름다운 모습으로 개작된다. 즉, 해방 전의 검열이 주로 텍스트에 대한 정치적 검열이었다면, 해방 후 검열은 작가 스스로에 대한 통제인 심리적 내면 검열의 양상을 띤다. 일제강점기 발표한 텍스트가 해방 후 검열의 대상이 되기 전에, 작가 자신이 내·외적으로 사상검열을 먼저 하는 것이다. 국가검열과 자기감열 사이에서 자발성과 비자발성, 외적 검열과 내적의 검열의 경계가 불분명하고 변동될 수 있는 상황에서, 내·외적 검열이 동시에 진행된 것이 해방 이후 검열의 사회·문화사적 환경이다.

---

11 ≪매일신보≫, 1941.10.21.
12 『주간소학생』(7호), 1946.3.25.

아울러 해방 이후 검열은 무엇보다 월남 작가나 월북 문인의 작품을 중심으로 이루어진 것을 알 수 있다. 1945년 해방된 이후 1948년 남한 단독정부가 수립되기까지의 미군정체제 아래에서 작가들은 감시와 검열의 대상이 되었다. 1948년 12월 국가보안법을 제정해 좌익 문인을 축출하고 1949년 6월에 국민보도연맹을 조직하여 전향 문인을 관리하면서 본격화된다. 1949년 9월에는 『중등 국어』 교과서에 실린 월북 시인의 시를 일괄 삭제한다. 아동문학의 경우도 1930년대 아동문학운동 주역인 현덕을 월북작가라는 이유로 배제하고, 월남 작가인 김영일에 대해서는 친일동시를 덮어두고 자유 동시론의 선구자라는 것을 부각시킨다. 이런 일련의 과정에서 해방 직후 진보적인 경향의 글을 발표했던 작가들은 남한에 정착하기 위해서는 그런 행위를 부정하지 않을 수 없는 상황에 처한다. 가령, 강소천은 해방 후 남북 분단의 상황에서 북조선문학예술총동맹의 아동문학 분과 전문위원으로 활동한 작가이다. 그는 북조선문학동맹의 기관지로 발행된 『아동문학』에도 창간호부터 줄곧 작품을 발표하였다. 한국동란 중에 월남한 후 반공이데올로기에 입각해서 남한 아동문학을 이끌었던 그의 이력에 비추어 본다면, 해방기 북한체제에서 남긴 그의 발자취는 매우 중요한 의미를 갖는다. 강소천은 월남하면서 가지고 온 동요/동시, 동화를 개작하여 발표한다. 이 중에 부분적이든 전체적이든 확인된 개작만도 약 36편[13]에 달하고, 몇 편의 작품을 여러 번 개작한 경우도 나타난다. 이러한 점은 특히 광복 전과 광복 후,

---

13 박금숙 · 홍창수, 「강소천 동요 및 동시의 개작 양상 연구」, 『한국아동문학연구』 25호, 한국아동문학학회, 2013, 40~41쪽.

6·25전쟁 전에 창작한 초기작품들에서 찾아볼 수 있다. 강소천은 자기 작품에 대한 검열을 철저하게 했던 작가로 간주되며, 여러 차례의 개작은 작품에 대한 애정과 함께 사상검열과 연결지어 이해되는 대목이다. 이렇듯, 일제강점기부터 활동했던 작가들이 해방 이후 문단의 주역이 되면서 자신의 작품을 새롭게 정전화하는데, 이 과정에서 친일적 요소나 식민주의적 요소를 제거하거나 약화시키는 방식으로 검열에 대응하는 것을 목격할 수 있다. 또 해방기 때 좌익이나 중립 계열로 활동했던 작가들이 이승만 정권 치하로 들어서면서는 그런 경향을 제거하거나 변형하는 방식으로 스스로를 검열·조정한 것을 볼 수 있다.

한국전쟁 이후 1950~60년대 검열은 남과 북이 고착되면서 남한에서는 1958년에 국가보안법이 제정되고 그것을 근거로 언론을 통제하는 방향으로 전개되었다. 그로 인해 반공 이념은 승공(勝共) 위주의 적극적 성격으로 변화되고, 한층 가혹하게 사회를 통제한다. 혁명공약 1항에서 "반공을 국시의 제일의로 삼고 지금까지 형식적으로 구호에만 그친 반공태세를 재정비 강화한다."고 하여 반공주의는 지배 이데올로기로 승화되는 것이다. 그런 현실에서 문교부와 문화공보부 등에서는 반공 이론서와 교과서, 아동문학 작품집 등을 간행하여 반공주의를 계몽·선전한다. 이런 현실에서 작가들은 정권의 눈치를 보면서 자유로운 창작을 할 수 없고, 오히려 현실 권력에 참여하여 보수 우익문단을 형성한다. 반공이란 자유와 민주주의를 뜻하며, 반공문학은 참다운 문학 또는 인간성 옹호의 문학으로 규정되며, 아동문학은 그 보루로서의 역할을 수행한 것이다. 이 과정에서 체제의 허구성이 드러나면서 그에 대한 다양한 대응으로 저항정신을 담은 작품이 등장하는데, 1950년대 중후반 ≪경향신문≫에 연재한 마해송의 『모래알 고금』이 대표적이다.

3. 이승만 시대와 언론, 저항하는 글쓰기

이승만은 1948년 5·10 단독선거를 통해 대통령이 되었고, 1952년 한국전쟁 중에 불법을 통해 대통령에 재선된다. 그런 이승만은 1956년 대통령 선거에서 또다시 부정선거를 통해 장기집권을 꾀한다. 정통성과 정당성을 갖지 못한 정권이었기에 국민들의 저항에 직면하고, 그것을 억압하고 정권을 유지하기 위해서 이승만은 언론을 단속하고 통제하였다. 그 과정에서 이승만 정권은 반공주의를 적극 활용한다. 북한 위협을 빙자하여 공산주의자를 공동체 내부에서 추방하고 그들에게 공격자, 적대자의 이미지를 덮어씌우며 억압하였다. 한 집단의 정체성은 다른 집단에 대한 관계를 통해서 만들어진다고 할 때, 이승만 정권의 공산주의자에 대한 인식과 이미지를 형성하는 것은 남한 정권의 존립을 위해서 가장 중요한 일이었다. 분단 정권이라는 부담을 안고 출범한 이승만은 내·외의 공산주의 세력과 맞서면서 반공 정권의 정체성을 형성해 나갔다.[14] 사실, 초기 이승만 정권은 반공이라는 금기 외에는 언론정책에 대한 정교한 틀을 갖고 있지 않았다. 일시

---

14 김득중, 「여순사건과 이승만정권의 반공이데올로기 공세」, 『역사연구』14, 역사학연구소, 2004(12), 14쪽.

적인 검열은 있었지만 검열을 제도화한 것은 아니었다. 전쟁기간에도 검열이 거의 없었던 것을 상기하면 언론은 비교적 자유로웠던 셈이다.[15] 하지만 제주 4 · 3 사건과 여순사건 등을 거치면서 이승만 정권의 반공산주의 정책이 노골화되고, 갈수록 이승만 정권이 지향하는 국민국가 또는 민족국가 형성에 적합한 인재를 만들기 위해 교과서 내용을 국가가 규제한 것처럼 언론 역시 길들이기 시작한다.

≪경향신문≫의 폐간(1958)은 이승만 정권의 부정선거, 권력 비리 등을 비판하는 언론과 그것을 통제하려는 정권의 싸움을 상징적으로 보여준다. 1960년 4 · 19혁명은 행동 주체가 학생이었으나 '혁명적 감정'을 일깨운 원동력은 언론이었다.[16] 이승만 정권의 언론 단속은 대한민국 수립 직후인 1948년 9월 22일에 7개 항 발표에서부터 시작되었다. 이승만 정권은 좌경언론을 뿌리뽑다는 명분 아래 '정부를 모략하는 기사', '허위 사실을 날조 · 선동하는 기사' 등을 내세워 국가와 정부에 대한 그 어떤 비판도 할 수 없도록 하였다.[17] 이런 상황에서 언론은 이승만 정권과 관련된 부정부패와 선거부정을 과감하게 비판하였고, 정권 역시 언론을 억압하였다. 즉, 당시 이승만 정권은 국민들의 대 정부 불만이 늘어가고 야당의 목소리가 커지면서 권력 유지를 위하여 더욱 강압적인 방법으로 반대 세력을 다스리려 하였다. 특히 1958년 이승만 정권은 다가오는 1960년 대통령 선거에서 승리를 거두기 위해 야당 탄압을 위한 내부 위협의 외부화 전략

---

15 정진석, 「4 · 19혁명과 언론의 역할」, 『관훈저널』115, 관훈클럽, 2010(6), 190쪽.
16 정진석, 위의 글, 182쪽.
17 손석춘, 「언론, 정권자본과 유착된 또 하나의 권력」, 『내일을 여는 역사』31, 내일을 여는 역사재단, 2008(3), 57-58쪽.

을 집중적으로 사용하였는데, 그 대표적인 예가 국가보안법의 강화, 조봉암의 제거, ≪경향신문≫의 폐간이다. 가톨릭이 운영 주체였던 ≪경향신문≫은 민주당 신파와 밀접한 관계를 갖고 있었으므로 야당 입장에서 정치적 공세를 취한 것이다. 이승만 정권은 두 달여에 걸쳐 ≪경향신문≫의 오보들을 잡아내어 명분을 축적한 후 국가안보를 지킨다는 명목하에 1959년 4월 30일 ≪경향신문≫을 폐간시킨다.[18] ≪경향신문≫은 법정투쟁을 통해 만 1년 후에 복간한다. 결국, ≪경향신문≫의 폐간은 자유당 정권이 언론을 탄압한 최대사건이면서 자유당 몰락을 재촉하는 결과를 가져온 사건이다.

당시 ≪경향신문≫에 연재 중이었던 『모래알 고금』(2)도 신문사 폐간으로 인해 연재가 중단되었다가 1960년 4월 27일 속간된 뒤 다시 연재되었다. 신문사의 정간, 복간 등으로 『모래알 고금』은 연재와 중단, 다시 연재 등의 우여곡절을 겪으며 3부작으로 완결된다. 『모래알 고금』 연작의 발표 시기와 회차를 보면 다음과 같다.

	발표 연도	연재 회차
『모래알 고금』1부	1957년 9월 10일-1958년 1월 22일	1회-134회
『모래알 고금』2부	1959년 1월 7일-4월 30일	135회-247회
	≪경향신문≫ 정간 처분으로 중단	×
	1960년 4월 28일-6월 17일	248회-298회
『모래알 고금』3부	1960년 6월 18일-1961년 2월 1일	299회-524회

---

18 정진석, 「경향신문 폐간 사건」, 『한국 현대 언론사론』, 전예원, 1985, 341쪽.

　마해송은 혼돈의 상황인 분단 시대로 들어오면서 장편동화 1958
년 『모래알 고금』을 발표하였다. 『모래알 고금』 3부작은, 해방 이후
이승만 정권의 정치적으로 혼란한 시대적 환경과 물질적/정신적 궁
핍한 소시민들의 삶을 그린 작품이다. 이 작품들은 모래알 '고금'의
시선으로 이야기가 전개된다는 점에서 동일하지만, 작품들이 연작
으로서의 긴밀성이나 유기성을 지닌 것은 아니다. 앞에서 언급한 ≪
경향신문≫의 정간과 복간 과정에 따라 작품에 큰 변화가 생긴다는
것을 주목할 필요가 있다. 연재 중단되기 전과 다시 연재하면서 이전
내용과는 확연히 달라지기 때문이다.

　『모래알 고금』1부는 모래알의 이동 경로를 따라 전개된다. 한 알
의 모래알 '고금'이 일인칭 관찰자가 되어 개구쟁이 임이식의 호주
머니에 들어간다. 임이식과 그의 친구들이 벌이는 소꿉놀이를 통해
세상의 부조리한 면을 들여다보기도 하고, 가난한 소녀 부모의 비극
적인 삶과 구두닦이 아이의 삶을 들여다보기도 한다. 『모래알 고금』
1부는 어린이들의 편이 되어 그들의 생활과 직접 연관 있는 것을 돌
아보고 있다. 이처럼 『모래알 고금』1부는 세상의 밝은 면과 어두운
면을 대조해 가면서 어린이 스스로 성찰하도록 하는 내용을 중심으
로 한다. 1부는 어린이들의 생활을 중심으로 하였는데, 2부의 초반
도 내용은 유사하다.

　『모래알 고금』2부 부제인 토끼와 돼지처럼, 첫째는 '토끼', 둘째
는 '돼지'라 부르며 아버지로 차별받는 둘째 을성이를 중심으로 한
다. 2부는 ≪경향신문≫이 폐간당하기 전에는 형과 비교당하는 둘째
의 설움과 고통을 주된 내용으로 한다. 하지만, ≪경향신문≫ 정간과

복간 이후부터는 혼란한 사회 현실과 독재 정권 비판을 주 내용으로
한다. 복간 이후에는 을성이가 도둑 소굴에 들어가서 겪는 이야기가
집중적으로 펼쳐진다. 을성이가 붙잡혀 간 소굴은 어린이를 꾀어다
가 소매치기도 시키고 여자를 꾀어다가 날치기도 시키는 것뿐 아니
라, 정권의 하수인 노릇을 하는 정치 깡패가 사는 곳이다. 정치 깡패
들의 행동은 이승만 정권의 힘을 믿고 아무것도 무서울 것이 없는
사람들로 생생하게 그려진다.

> 참 무서운 깡패 두목의 집이었습니다. (……) 나라의 큰일을 맡아
> 보는 사람들의 심부름을 하게 된 것입니다. 제 편에 반대하는 모임
> 이나 뼈대 있는 사람들을 깡패를 시켜서 무찌르게 한 것입니다. 민
> 주주의 국가에서는 누구든지 하고 싶은 말을 하고 제가 뽑고 싶은
> 사람을 뽑을 수 있는 것이 아닙니까? 그런데 그렇게 했다가는 다시
> 뽑힐 수가 없을 만큼 못된 짓만 했던 것입니다. 그렇지만 그 자리를
> 물러나고 싶지는 않고 정당한 방법으로는 그 자리에 연연해 앉아 있
> 을 수가 없기 때문에 깡패를 썼던 것입니다. 우리를 반대하는 것들
> 은 누구든지 맥을 못 추게 때려 눕혀! 투표하러 나오지 못하게 가두
> 어 두고! 그런 심부름을 하게 되니 세도가 등등했습니다.[19]

위의 인용문은 당시 이승만 정권의 모습을 그대로 묘사한 대목이
다. 이승만이 정권을 유지하기 위해 부정선거를 치르고 그것을 비판

---

19 마해송, 『모래알 고금』(264), 《경향신문》, 1960.5.14.

하는 세력에게는 무력을 행사하였다. 정치 깡패들은 정권의 힘을 믿고 경찰 서장도 두려워하지 않고 세상을 어지럽힌다. 이렇듯 무서운 소굴에 붙잡혀 갔던 을성이는 간신히 빠져나와 아버지를 만난다. 을성 아버지는 그동안의 일을 반성하는데, 자신의 잘못된 행동은 사회에 대한 화풀이였다고 한다. 을성 아버지는 이 사회는 "깡패만이 활개 치는 세상"인데 그 까닭은 "제일 높은 데 앉은 늙은이가 그게 깡패 대장"이기 때문이라고 강하게 주장한다. 또한 이승만 대통령을 노골적으로 '씰룩이 영감'이라 지칭하며 정권의 부패를 비판한다. 이처럼 『모래알 고금』2부는 복간되면서 사회 현실과 독재 정권을 정면으로 비판한다. 이는 마해송이 세계를 바라보는 방식이면서 ≪경향신문≫의 폐간이라는 국가권력의 검열에 정면으로 맞서는 글쓰기 방식이라 할 수 있다. 『모래알 고금』2부 연재 중단과 복간이라는 당대 사회의 정치적 상황으로부터 직접적인 영향을 받은 것이다. 복간된 이후의 2부 내용은 복간 정의 서사의 초점이 가족에서 이후 사회로 이동하면서 이전의 내용과는 확연히 다른 것을 확인할 수 있다. 즉, 독재 정권을 비판하고 사회 정의와 자유를 갈망하는 내용을 적극적으로 표출한다.

마해송의 『모래알 고금』2부와 3부는 전후 황폐하고 혼란스러운 시대를 배경으로 하여 적나라한 세계를 재현하였다. 이는 한편으로 어린이들에게 버거운 삶이기도 하지만 다른 한편으로는 어린이 또한 세계를 사는 구성원이라는 점에서 부정과 부패가 만연한 사회를 외면하지 않고 사실적으로 서술하여 세계를 인식케 한 것으로 여겨진다.

　『모래알 고금』3부는 1960년 4·19혁명 이후 연재한 것으로 사회 비판적 논조가 강하고 하위주체들이 작품의 중심을 이룬다. 이는 4·19의 영향을 직접 받고 쓴 작품이기 때문에 이전의 2부와는 차별화된다. 즉, 『모래알 고금』2부에서 을성이 아버지가 시민들의 목소리를 대변하여 사회에 불만을 표출하였다면, 『모래알 고금』3부는 하위주체들이 대통령과 집권당에 대한 불만을 노골적으로 형상화하고 있다. 3부 비둘기가 돌아오면은 4·19의 영향을 직접 받고 쓴 작품으로 사회 비판적 논조가 한층 강화된 작품이다. 이승만 자유당 정권의 부패와 3·15 부정선거, 그리고 4·19 혁명이 일어난 우리 역사의 굴곡과 수난을 생생하게 보여준다. 모든 사회 현상들이 부패하고 타락된 정치 현상으로 지적되고, 작가의 시선은 당대 정치 사회의 부패상을 규탄하는 데 모아진다. 이처럼 마해송은 독재 정권의 비리를 고발하면서 자유, 민주, 정의를 외치고 있다.

　마해송의 후기 작품은 이승만 정권과 함께 한다. 마해송의 창작 활동 시기는 초기 식민지 시기와 해방기 그리고 전후로 나누어 볼 수 있다. 마해송은 어느 시기든 저항의식을 담고 사회를 비판하는 특징을 지닌 작가다. 하지만, 식민지 시기 알레고리 형식으로 민족의 현실과 역사를 풍자해온 것에 비하면, 전후의 아동소설은 그 형식이 다르다. 혼란한 사회와 그 안에서 고통받는 어린이의 현실을 적나라하게 반영하고 그 원인을 부패한 정권으로 규정하며 비판한다. 이러한 현실 비판 정신을 거침없이 표현한 작가는 당시로는 찾아보기 힘들다. 특히, 사회를 반영하고 세계를 있는 그대로 보여주는 것을 목적으로 하는 언론의 탄압, 즉 《경향신문》의 폐간은 마해송에게 창작

방식을 달리하게 한 주요한 요인이었다. 마해송에게 검열과 언론 단속은 오히려 아동들에게 사회고발과 비판을 더욱 적나라하게 드러내는 계기였다. 4·19 혁명을 예견한 작품 「꽃씨와 눈사람」이 그 단적인 사례이다.

「꽃씨와 눈사람」은 1960년 1월 1일자 ≪한국일보≫에 발표한 단편이다. 꽃씨는 힘없고 약한 민중, 눈사람은 이승만을 비유하면서 당시 사회 현상을 묘사한다. 눈사람은 아이들의 힘으로 만들어졌지만, 오히려 아이들에게 호령하며 군림한다는 내용이다. 마해송은 이 작품을 통해 독선적 지배자의 허세에 저항하면서 새롭고 참신한 세대교체가 이뤄지길 소망하고 현실의 모순된 문제를 비판하고 풍자하였다. 작가는 이 작품에 대한 애정을 여실히 드러낸다. 강소천과 대담을 나누면서, 근래 창작한 작품 중에서 마음에 드는 것으로 「꽃씨와 눈사람」을[20] 꼽았다. 이는 여러 이유가 있겠지만, 마해송은 당시 부패한 이승만 정권의 몰락을 누구보다 기다렸고 그것을 미리 감지한 작가적 안목이 돋보이는 대목이다. 이는 마해송이 이승만을 타락한 한 개인으로 보는 것이 아니라, 오히려 인간의 악을 문제 삼은 것이다. 마해송이 이승만을 악이라 칭한 데서 그런 사실이 드러난다.

"이승만이라는 노인의 이름이 가끔 머리에 떠오른다. 그의 악이라는 것이 무엇이었을까? 라고 물음표를 던진다. 장기집권을 하면서

---

20 마해송, 「나와 문학 생활이라는 대담」, 문학과지성사, 2014, 704-705쪽.

빚은 것이 악이라고 하면서 물러나야 할 때를 가리지 못한 것이 그의 악의 정점이라고 한다."[21]

아울러 "한사람이 오랫동안 집권하면 본의 아니더라도 독재에 흐르기 쉽다."[22]는 내용에서도 마해송이 인간의 악을 어떻게 생각하고 있는지를 파악할 수 있다. 이러한 마해송의 발언과 인식은 작가로서의 사회적 책무에서 빚어진 것이라 할 수 있다. 그동안 마해송의 문학적 특징은 저항의식이 단연 우세하였다. 하지만 이러한 경향은 한편으로 작가의 창작 방식과 사상에 의한 것이지만, 다른 한편으로 아동들을 한 인격체로서 인식하는 데서 기인한 것이다. 마해송은 아이들을 스스로 판단하고 결정할 수 있는 경험을 지속적으로 제공하는 것, 아이들이 권리를 행사하고 독립적인 인격체로서 존중받을 수 있는 사회적 관계와 구조를 만들어내는데, 국가와 사회의 책임이 있다[23]는 것을 인식하고 실천한 작가였다. 그는 어린이를 보호의 대상이 아니라 권리의 주체로 인식하고 있었다. 이점은 아동문학에서 아동이 주체가 되고 목적이 되어야 한다는 사실과 연관된다. 그동안 아동을 어리다는 이유로 아동이 처한 현실을 있는 그대로 보여주지 않는 동심천사주의가 지배적이었다. 작가란 무엇인가, 아동문학 작가가 아동들에게 무엇을 주어야 하는가. 마해송은 이런 작가로서의 책무에 대해 고민한 작가였다. 그는 앞에서 언급한 『모래알 고금』 연

21 마해송, 위의 책, 741-742쪽.
22 마해송, 위의 책, 465쪽.
23 배경내, 「어린이 그리고 인권」, 『문화과학』21, 문화과학사, 2000(3), 103쪽.

작 외에도 시대 환경에 따라 변모의 과정을 거치면서, 우의적인 수법
으로 세계를 비판하고 풍자하였다. 따라서 그의 글쓰기 방식은 국가
와 체제, 사회 검열에 굴복하지 않고 그것에 정면으로 저항하고 대응
한 것이라 할 수 있다.

4. 결론을 대신하며

동화 담론은 역사적 문명화 과정을 구성하는 역동적 요소라는 점
과 각각의 상징 작용이 공적 영역에서 사회화에 개입하는 행동이라
고 할 수 있다. 동화 한편을 출판한다는 것은 상징적인 공적 발언이
자 작가 자신과 독자인 아이들과 문명화 과정 전체를 중재하는 행위
이다.[24] 검열체제를 지배/저항의 이분법으로만 재단해서는 안되는
이유가 여기에 있다. 검열의 본질과 작동 체계 그리고 검열이 끼친
사회·문화적 영향력의 지속성을 제대로 포착해야만이 그 본질을
알 수 있다. 검열의 가장 큰 특징은 법적 기제, 특히 헌법적 가치를 둘
러싼 지배 권력과 문화 주체가 종횡으로 상호 교류하는 장이라는데
있다. 그런 사실은 역사동화의 등장에서 알 수 있다. 지배와 저항의
대립이 지배적으로 관철되는 동시에 공모, 타협, 은폐, 우회, 왜곡,
방관 등이 복잡다단하게 착종되면서[25] 파생된 것이 역사동화이다.
1920년대 말 작가들이 검열에 대응하기 위해 역사동화에 기울인 관

---

24 잭 자이프스 지음(김정아 옮김), 『동화의 정체』, 문학동네, 2008, 28쪽.
25 이봉범, 앞의 글, 126쪽.

심은 글쓰기 문화의 특성을 이해할 수 있는 좋은 사례이다. 일제강점기의 작가들은 활동 내내 검열의 자장에서 고뇌하며 작가만의 대응 방식을 모색하였다.

본고는 마해송 작품을 대상으로 아동문학 검열사를 조망하고, 이를 기반으로 검열이 작가의 글쓰기에 미친 영향을 규명하고자 하였다. 구체적으로는 1958년 ≪경향신문≫의 폐간이 작가의 글쓰기 방식에 어떠한 영향을 미쳤는지를 중심으로 살폈다. 문학은 그 시대의 사회·문화적 환경 속에서 싹트고 자라기 때문에 어떤 식으로든 당대 정신을 반영하며, 그에 맞는 형식을 산출하게 된다. 이러한 상황에 마해송은 어린이를 보호의 대상이 아닌, 권리의 주체로 상정하고 작품을 창작한 것을 발견할 수 있다. ≪경향신문≫이 정권의 입장에 동의하지 않는다는 이유로 검열당하고 폐간과 복간되면서, 거기다 작품을 연재한 마해송의 글쓰기는 확연히 달라진다. 물론 이는 주제 의식 면에서 달라진 것으로 볼 수도 있지만, 그가 이전에 저항정신을 담은 작품을 알레고리와 우의적 기법을 통해 창작한 것을 상기하자면, 『모래알 고금』은 다른 양상을 보인다. 『모래알 고금』에서 마해송은 이승만 대통령을 '씰룩이 영감'이라 지칭하며 정권의 부패를 정면으로 문제 삼는다. 신문의 복간과 함께 『모래알 고금』 2부는 사회 현실과 독재 정권에 한층 적극적으로 대응하는 변화를 보인 것이다. 이런 방식의 창작은 마해송이 세계를 바라보는 태도이면서 국가권력의 검열에 정면으로 맞서는 글쓰기 방식이라 할 수 있다.

굴곡진 우리의 역사에서 많은 작가들이 시대의 사회·문화적 환경에 따라 검열을 당하고 그에 대응하기 위해 여러 방식을 통해 창작

을 하였다. 한 연구자가 언급했듯이 그 방법의 하나는 두리뭉실한 글
쓰기 방식이었다. 4·19 이후 그나마 이원수가 가장 활발한 비평 활
동을 하였지만, 누구의 어떤 글을 지칭하는 것인지 또는 어떤 상황을
지적하는 것인지 정확히 언급하지 않고 두루뭉술한 표현을 하는 경
우가 대부분이었다. 문단 내부의 이해 관계자가 아니면 전모를 제대
로 파악할 수 없는 이러한 글쓰기 방식 또한 반공주의로 인한 내면
검열의 결과로 볼 수 있다. 이는 비단 1950년대뿐만 아니라 검열이
실시된 시기 언제나 존재하였다. 그런 견지에서 본 연구는 마해송의
『모래알 고금』은 검열에 따른 문학적 대응의 하나로 규정할 수 있을
것이다.

개작과 검열의 사회 · 문화사 (2)

제5장

극작가 오태영 희곡의 검열과 개작

희곡 「난조유사」와 개작 공연본 「임금알」을 중심으로

홍창수(고려대학교)

1. 문제 제기

이 논문은 극작가 오태영의 희곡 「난조유사(卵朝遺事)」와 개작본 「임금알」을 중심으로 검열과 개작의 양상을 분석한다. 원작과 개작본의 차이를 분석하되, 관련 자료들을 통해 작가가 검열을 받는 피검열의 상황과 과정, 검열에 대응하는 행동과 방식을 함께 분석함으로써 해당 작품들만이 아니라, 검열에 대항하는 작가의 실천 행위도 의미화하려 한다. 이를 위해 먼저 관련 자료들을 통해 피검열자 오태영이 겪어야 했던 피검열의 과정을 재구한다. 소문과 추측에만 의존했던 피검열의 상황과 과정을 객관적으로 기록하려 한다.

1948년생인 오태영은 20대 중반인 1974년 「보행연습」으로 『중앙일보』 신춘문예에 등단한 극작가였다. 이미 등단 전후에 왕성하게 다양한 테마의 문제적인 희곡들을 10편 정도 창작, 발표하여 젊은 극작가답게 열정과 패기를 보여주었다. 등단 후 2년 만에 첫 장막희곡 「난조유사」를 발표하였고 이 작품이 연극계의 기라성 같은 중견 극작가들과 함께 제1회 대한민국연극제에 공식 참가작으로 선정된 것만 보아도 신인 작가로서의 가능성을 엿볼 수 있다. 그러나 오태영의 1970년대의 활동은 그 이상 빛을 발하지 못하였고 연극계에서도 제대로 평가를 받지 못하였다. 1980년대 초반이 지나면서 그의 작품들이 연극계에서 다시 관심을 끌기 시작하였다. 1984년에 공연한 「빵」과 1988년에 공연한 「매춘」은 각각 권위주의적인 기성 연극계와 기성 사회를 신랄하게 비판하고 풍자하여 주목을 받았다. 「빵」은 매년 실시되는 대한민국연극제와 작품 심사의 문제를 빵에 비유하여 풍자하였고 「매춘」은 '예술과 외설', '표현의 자유' 등의 문제들을 촉발시켰다. 오태영은 부조리하고 권위적인 사회와 불협화음을 일으켰고, 그 불협화음의 중심에는 그의 문제적인 작품들이 있었다. 그 가운데에 1977년에 공연 금지된 「난조유사」와, 「난조유사」를 개작하여 1985년에 공연을 올린 「임금알」도 있다. 이 두 작품은 박정희와 전두환 정권의 검열과 깊은 관련을 맺고 있다.

「난조유사」를 심의한 한국공연윤리위원회('공윤'으로 약칭)는 1976년 5월 12일에 한국예술윤리위원회('예윤'으로 약칭)의 후신으로 설치된 심의기구였다. 박정희 정권은 유신 체제의 위기를 막고 국가의 통제력을 극대화하기 위해 1974년부터 일련의 긴급조치를 발동하면서 국가가 점차 검열권을 강화해나가고 있었다. 1974년부터 발동된 일련의 긴급조치 상황에서 1975년 6월 문화공보부는 '공연 활동의 정화 대책'을 발표했고, 예윤의 사전 심의를 문화공보부에 보고하는 제도를 만들었으며, 최종적으로는 공윤의 설치를 통해 막강한 검열권을 실질적으로 행사할 수 있었다. 1980년에 들어선 전두환 정권은 기존의 공윤을 이어가면서 조직을 보강하고 강화했다.[1]

1977년에 빛을 보지 못한 「난조유사」와 「임금알」은 두 정권의 검열 때문에 공연이 금지되었거나 제대로 주목을 받지 못했다. 그러나 희곡사나 연극사의 측면에서 의미가 없는 것이 아니다. "비록 특정 텍스트가 검열에 의해 빛을 보지 못했다 하더라도, 검열 제도가 상정하고 있는 지배 이데올로기에 동화되지 않는 작가의식을 제기했다는 행위 자체가 문학사적, 희곡사적 '운동'에 속하는 것이다."[2]

오태영은 다섯 권의 희곡집[3] 발간과 일정한 연극적인 성과를 거두었음에도 아직까지 제대로 된 평가를 받지 못하였다. 오태영과 그의 작품 세계를 본격적으로 다룬 논고는 매우 드문 편이다. 한상철은 오태영을 신성파괴자의 정신을 지닌 작가로 규정하고 그의 작품 세계를 희극적인 색채가 강한 우화의 세계로 보았다.[4] 김성희는 1990년대 말 이후의 작품 세계에 주목하여 통일과 분단, 첨예화된 자본주의

1 문옥배,『한국공연예술통제사』, 예술, 2013, 307-313쪽 참고.
2 박명진,「사전검열대상희곡 텍스트에 나타난 정치성 – 1980년대 공윤의 검열에서 반려된 작품을 중심으로」,『어문연구』, 제31권 제2호(2003년 여름), 218~219쪽.
3 『임금알』(예니, 1985),『바람 앞에 등을 들고』(예니, 1989),『불타는 소파』(창작마을, 2001),『수레바퀴』(지성의 샘, 2006),『부활 그 다음』(동행, 2011)
4 한상철,「삶의 고통과 우화 – 오태영의 희곡」,『바람 앞에 등을 들고』, 예니, 1989.

의 모순 등 무거운 주제를 희극으로 가볍게 다루면서 전복적 상상력
이 번득이는 작가로 규정했다.[5] 최은옥은 오태영 작가가 영향을 받
은 해롤드 핀터의 「방」과 오태영의 「작은 방」을 비교하였고,[6] 작가
와 두 차례의 인터뷰를 가졌다.[7] 2010년과 2018년 두 차례에 걸친 인
터뷰는 작가의 생애와 작품 세계를 이해하는 데 많은 도움을 준다.
이 인터뷰들에는 좌익 활동을 한 형제들을 둔 가족사의 비애, 그의
작품 검열과 공연 금지에 얽힌 체험담이 담겨 있다.

　본 연구가 수행하려는 두 작품에 관해 본격적으로 주목한 논문은
정현경의 『1970년대 연극 검열 연구』[8]다. 연구자는 1970년대 박정희
정권의 문화정책과 관련된 공연법을 살피면서 오태영의 「난조유사」
와 개작본 「임금알」을 분석하였다. 오태영의 희곡을 본격적으로 연
구했다는 점뿐만 아니라 작품을 분석하면서 검열의 양상을 살펴 오
태영의 정권에 대한 풍자와 비판을 간파한 점이 돋보였다. 그런데 이
연구는 본고가 접근하려는 관점이나 연구 방향에 차이가 있다. 본고
는 앞에서 이미 언급한 대로 작품에 나타난 검열의 양상만을 분석하
는 게 아니라, 관련 자료들을 통해 피검열자가 처한 검열의 상황과
검열에 대응하는 행동방식을 함께 분석하고 의미화하는 것이다. 그

5　김성희, 「전복적 상상력을 통한 풍자와 역설: 오태영론」, 한국희곡작가협회, 『한
국희곡』 22, 2006.

6　최은옥, 「오태영의 작가의식과 희곡 「조용한 방」 연구―핀터 희곡 「방」과 비교 분
석을 통해」, 『인문과학연구』 41, 강원대학교 인문과학연구소, 2014.6, 5~42쪽.

7　최은옥, 「극작가 오태영과의 대화」, 한국희곡작가협회, 『한국희곡』 39, 2010.9,
6~28쪽. 최은옥, 「블랙리스트의 수레바퀴, 응시와 저항의 글쓰기 : 작가 오태영과
의 만남」, 『공연과이론』 72호, 2018.12.31, 185~200쪽.

8　정현경, 「1970년대 연극 검열 양상 연구」, 충남대 박사논문, 2015.4.

런데 이 연구가 오태영 희곡 연구에서 범한 오류는 「임금알」 텍스트 선정에 있다. 이 연구가 1985년에 공연되었다며 분석대상으로 삼은 「임금알」은 2014년도에 발간된 텍스트여서 1985년의 공연 대본과는 확연히 다르다. 1985년 11월 「임금알」 공연 직후 작가는 예니 출판사를 통하여 공연대본과 팜플렛의 자료들을 모아 『임금알』을 발간했다.[9] 연구자는 2014년도 「임금알」 버전을 1985년에 공연된 대본으로 잘못 알고 연구했다. 공연을 올린 1985년, 즉 전두환 정권의 검열 상황에서 모든 권력은 총구에서 나온다느니, 탱크부대와 공수부대를 동원한다느니, 군사 쿠데타와 같은 대사를 공연 무대에서나 대본에서 표현할 수 있는 상황이 아니었다.[10] 이 연구에선 2014년도 「임금알」 버전은 포함시키지 않을 것이다. 2014년도 버전은 검열의 시기, 즉 박정희와 전두환 정권 하에서 창작된 작품들과는 창작의 억압적 상황, 사회적 맥락 등 여러 면에서 다르기 때문이다.[11]

---

9 오태영, 『임금알』, 예니, 1885.11.30. 「오태영 작가와의 전화 인터뷰」(2021.4.30.) 에서 작가는 공연 대본을 거의 그대로 책으로 출간했다고 밝혔다. 참고로 「임금알」의 공연 기간은 1985년 11월 1일~14일이고, 책 발간일은 같은 달인 11월 30일 이다. 또한 이 책에는 대본 이외에 팜플렛의 주요 내용이 그대로 실려 있다. 작가의 말과 사진, 연출가의 말과 사진, 출연진의 배역과 사진, 스탭들의 사진 등이 수록되어 있다.

10 정현경, 같은 논문, 102쪽.

11 2014년도 「임금알」 버전이 연구대상으로서 의미 없다는 것이 아니다. 이 버전은 피검열자가 처한 검열의 연장선상에 있을 뿐더러, 검열의 시기에 표현하지 못했던 내용들을 마음껏 표현했다는 점에서 작가의 의식과 무의식의 또 다른 산물이 지만, 검열의 시기에 창작된 작품들과 결을 달리하기에 차후의 과제에서 다루고자 한다.

2. 「난조유사」와 피검열의 과정

「난조유사」와 같이 검열에 탈락된 작품을 연구할 때, 늘 부딪히는 문제는 검열의 과정에서 생기는 정보의 불균형이다.[12] 검열자와 달리 피검열자는 정보 접근에 근본적으로 제한이 있고 검열자와의 관계에서 소통 구조가 일방적으로 재편되며 검열에 탈락된 작품을 둘러싼 소문과 추측만이 만들어질 뿐이다. "'부득이한 이유'라는 묘한 설명과 함께 공연중지령이" 내려졌다는 당시의 신문 기사만 보아도 공연 취소의 '아리송한' 이유가 납득이 안 되는데,[13] 후대에 와서 그 이유를 알아낸다는 게 여간 어려운 일이 아닐 것이다. 다행히 2010년 대에 들어와 「난조유사」의 공연 취소와 관련된 작가의 인터뷰뿐만 아니라, 검열 관련 대본들과 자료들이 공개되고 발굴되면서 피검열자가 겪은 당시의 검열 상황을 구체적으로 복구하는 데 도움이 되었다. 자료들 가운데 작가의 인터뷰는 40여년 전의 기억을 소환하는 것이어서 사실에 근거한 이야기겠지만 때로는 주관적이고 착오가 생길 수 있으므로, 인터뷰 역시 관련 자료를 통해 입증이 필요하다. 본고에서 다루려는 피검열의 과정은 「난조유사」가 공식적으로 참가하게 된 대한민국연극제부터 시작하여 작가가 피검열자로서 겪었던 피검열의 과정을 지나 「난조유사」의 검열 결과까지다.

「난조유사」가 공식적으로 참가한 제1회 대한민국연극제는 박정

---

12 검열에 관한 정보의 불균형은 김태희, 「1970년대 연극 검열 연구―신춘문예 기념 공연을 중심으로」, 『드라마연구』, 제52호, 132쪽 참고.
13 「아리송한 난조유사 공연의 취소」, 『경향신문』, 1977.10.5.

희 정권의 "문예중흥 5개년 계획의 제4차연도에 해당되는 1977년 문예 정책의 목표를 '민족문화의 재발견'에 두고 시행된"[14] 사업들 중 연극 분야 사업이다. 당시의 문화공보부는 연초부터 언론 보도를 통해 창작 활동의 지원 확대 방안 중 하나로서 대한민국연극제의 신설과 상금 내용을 강조하였다.[15] 표면적으로는 거창하게 '대한민국'이라는 이름의 새로운 연극제를 신설하고 그에 걸맞은 상금을 마련한 것으로 보이나 실상은 달랐고 연극계에서 여러 불만이 표출되었다. 연극제를 주관한 한국문화예술진흥원은 세부계획에서 지원 대상을 한국연극협회의 정회원 단체 및 집행위원회가 추천하는 지방단체로 제한하였다.[16] 대한민국연극제 이전의 지원책은 연극인들이 기대했던 것만큼 큰 도움이 되지 못하였고 시행착오를 겪으며 잡음이 끊임없이 일었다.[17] 연극계 내의 부익부 빈익빈 현상의 심화, 부족한 공연장 수로 인한 짧은 공연기간과 그로 인한 영세성, '나누어 먹기식'이라는 잡음 등이 일어나 유신정권은 대한민국연극제를 통해서 사후 지원 방식으로 전환하였다. 대한민국연극제는 '연극제'라는 이름 아래 내로라하는 극단들을 집합시켜 경연하는 방식이었다. 1977년이 박정희 정권이 유신 체제를 강화하던 시기라는 점에서 대한민국연

---

14 「한국연극제 신설」, 『조선일보』, 1977.1.15.

15 상금은 대통령상 2백만원, 문공부 장관상 4개 부문에 각 1백만원씩이다. 「한국연극제 신설」, 『조선일보』, 1977.1.15.

16 연극계의 반발에 대해서는 「대한민국연극제 세부계획을 확정」(『동아일보』, 1977.3.14.)과 「극단서 반발하는 연극제 시행계획 상금 대폭 줄고 창작곡 과다 요구」(『조선일보』, 1977.3.26) 참고.

17 대한민국연극제 이전의 연극 지원책에 관해서는 이승희, 「연극」, 한국예술종합학교 한국예술연구소 엮음, 『한국현대예술사대계 IV』, 시공사, 2004, 167~169쪽 참고.

극제의 신설과 상금 제도는 겉으로 정부가 베푸는 큰 시혜인 것처럼 느끼게 하면서 속으로는 지원시스템을 한국연극협회로 일원화하여 연극인들과 연극단체들의 통제를 강화하고 유신 체제에 대한 불만을 잠재우려는 문화 술책이었다. 이 연극제의 세부계획은 1977년 3월에 발표되었고, 4월부터 '반공문학상'과 '대한민국작곡상'의 공모와 함께 연극제 참가작에 대한 공모 광고가 본격적으로 나가기 시작했다.[18] 이 연극제에 12개의 극단이 응모했고 심사를 통해 최종적으로 공연 일정과 함께 10개의 극단이 선정되었다.

이 연극제는 9월 9일에서 11월 9일까지 진행되었다. 극단 제작극회가 맡은, 오태영 작가의 「난조유사」는 연극제의 다섯 번째 공연으로 공연 일정이 10월 7일부터 12일까지 잡혀 있었다. 당연히 이 연극제에서 심사를 받아 선정된 공식 참가작들도 모두 공윤의 사전 심의를 받아야 했다. 공식 참가작으로 선정된 극단들은 공연하기 전에 각자 심의를 받기 위해 공연 대본과 함께 공윤에 심의 신청을 했다. 당시에 매월 발간된 『공연윤리』의 '무대공연물 심의 통계표'에는 1개월 전에 심의한 무대공연물, 특히 다수의 희곡들의 심사 결과와 그 사유가 적혀 있다. 이 통계표를 종합해보면, 대한민국연극제의 10편의 공식 참가작은 모두 공윤의 심의를 거쳐야 했다. 모든 작품은 8월에서 10월까지 공윤의 심의를 거쳤고 이 가운데 오태영 작 「난조유사」, 차범석 작 「오판」, 이재현 작 「비목」이 심의에서 문제가 되었다. 후자의 두 작가는 극작 활동을 열심히 하는 중견 작가였다. 기존 연

---

18 한국연극협회, 『한국연극』, 1977년 4월호의 뒷날개.

구에는 이 연극제에서 「난조유사」만 심의에 걸린 작품으로 보았으
나, 실상은 세 작품이 검열에 걸렸다. 각각 8월과 9월에 심의를 받은
「오판」과 「비목」의 심의 결과는 '수정통과'였고, 사유는 '부적절한
대사'였다.[19] 「오판」과 「비목」은 연극제의 일정대로 공연된 것으로
보아 해당 작가들이 공윤에서 지적한 '부적절한 대사'를 충실히 수
정하였을 것이다. 그런데 9월에 심의를 받은 「난조유사」는 심의 결
과가 '반려'다. 그 사유는 "본 작품의 공연이 부적당하다고 생각됨"
이다. 『공연윤리』에는 이 작품이 왜 공연으로서 부적당한지 구체적
인 이유를 적시하지 않고 있다. 공윤이 부적당하다고 언급한 사유는
일방적인 평가일 뿐이다.

「난조유사」의 공연 금지 결정이 나기 전에 작가는 이상한 조짐을
느꼈다고 한다. 필자와의 인터뷰에서 작가는 「난조유사」의 공연을 2
주 정도 앞둔 시점에 당시 연극제의 기획을 맡고 있었던 최창봉으로
부터 한 통의 전화를 받았다고 한다. 내용은 다음 날 남산 쪽에 있는
공윤에 가서 작품 얘기를 잘 들어보라는 것이었다고 한다.[20] 최창봉
은 당시 공연윤리위원회의 부위원장이었다.[21] 작가가 공윤 위원들을

---

19 「난조유사」 외에 제1회 대한민국연극제 출품작들이 공윤의 심의를 받은 시기와
   기록은 다음과 같다. (『공연윤리』 12호~14호) 8월에 심의 받은 작품들 : 「물도리
   동」 - 무수정 통과, 「화조」 - 무수정 통과, 「오판」 - 수정 통과(대사 중 부적당한 부
   분이 지적됨), 9월에 심의 받은 작품들 : 「빛은 멀어도」 - 무수정 통과, 「비목」 - 수
   정 통과(부적절한 대사가 지적됨), 「사자와의 경주」 - 무수정 통과, 「이혼파티」
   - 무수정 통과, 10월에 심의 받은 작품 : 「참새와 기관차」 - 무수정 통과. 이밖에
   「아벨만의 재판」은 『공연윤리』에는 누락되었으나 아르코예술기록원에 있는 사
   전심의 대본에 8월에 심의 받은 것으로 확인된다.
20 홍창수, 「오태영 작가와의 전화 인터뷰」, 2021.4.23.
21 최창봉은 공연윤리위원회의 부위원장직을 2대(1976.10~1978.10)와 3대(1978.10~
   1980.08)에 걸쳐 맡았고, 4대(1980.08~1982.08)와 5대(1982.08~1984.08)에는 위

만난 날을 따져보면, 「난조유사」의 첫 공연 예정일이 10월 7일이니까 그날로부터 약 2주 전인 9월 20일경이었을 것이다. 관련 기록을 살펴보니, 작가가 공윤 위원들과 만난 장소와 시점에 대한 기억은 거의 맞다. 공윤이 발간하는 『공연윤리』 14호에는 '9월중 무대공연물 심의 통계표'가 있다.[22] 그 통계표에는 9월에 심의를 받은 「난조유사」가 있다. 좀더 구체적으로 극단이 공윤에 제출했던 공연대본의 표지에는 공윤이 대본을 접수한 날짜가 적혀 있는데 9월 15일로 되어 있다. 그러니까 작가가 공윤 사무실에 간 날은 공윤에 대본이 접수된 9월 15일 이후에서 9월 말 사이이므로 공연 2주 정도라는 시점이 거의 맞아 떨어진다. 또한 작가는 공윤과의 만남을 남산에 있는 공윤 사무실에서 했다고 말했는데, 당시 한국공연윤리위원회의 주소가 '서울특별시 중구 남산동 3가 34번지의 5호'였다.[23] 장소에 대한 언급도 맞다.

그렇다면 공윤 위원들이 작가를 불러서 무엇을 지적했는가?

최은옥   심의에 걸린 부분이라면 작품의 어떤 요소가 있었어야 했을 텐데요?

오태영   "모든 건국 신화는 긍정적으로 이야기되어야 하는데 이 작품에는 부정적인 요소가 있다."라는 것이었어요. "권력을 얻는 과정의 정당성에 문제를 제기한 것이 아니냐"는 질문을 받은 거지요. 박정희 대통령 시절 아닙니까? 군사혁명

원장직을 맡았다. 문옥배, 『한국공연예술통제사』, 예술, 2013, 309쪽 참고.
22 한국공연윤리위원회, 『공연윤리』 14호, 1977.10.15, 7쪽.
23 『공연윤리』의 매호 1쪽에는 공윤의 주소와 전화번호가 명시되어 있다.

즉 군사 쿠데타로 정권을 잡은 군사정권. 위원회의 위원들이라는 사람들이 질문을 하는데 나는 중압감 같은 것을 크게 느끼지 않았어요. 화가 날 뿐이지. 끝나기 전에 작가에게 말을 할 기회를 주더군. "나는 내 작품이 어디가 잘못 되었는지 모르겠다. 그 부분에 빨간 줄을 그어주십시오. 줄을 그어주시면 집에 가서 생각을 해보겠습니다"라고 했어요.

최은옥　위기의 순간이었을 텐데, 작가로서는 고친다는 것도 아니고, 안 고친다는 것도 아니고, 절묘한 말씀을 하셨다는 생각이 드는데요.

오태영　나도 그동안 많이 배운 거죠. 그런데 그 당시에 빨간 줄을 그어달라는 것이 꽤 불온한 말이었던 것 같아요. 내 말이 끝나자 누군지 한 사람이 "회의 끝내죠"라고 말하더군요. 소위 말하는 기관에서 나온 사람이죠. 그러니까 갑자기 분위기가 싸늘해졌어요. (후략)[24]

　작가의 말에 의하면, 공윤이 지적하는 작품의 근본 문제는 두 가지다. 하나는 건국신화다. 건국신화는 긍정적으로 이야기되어야 하는데 부정적인 요소가 있다는 것이다. 다른 하나는 이 건국신화와 연관된 작품의 주제로서 이 작품이 권력을 얻는 과정의 정당성에 문제를 제기하고 있다는 것이다. 다행히도 작가의 말을 뒷받침할만한, 짧은 기록이 있다.

24　최은옥, 「극작가 오태영과의 대화」, 『한국희곡』 39. 한국희곡작가협회, 2010.9, 15~16쪽.

 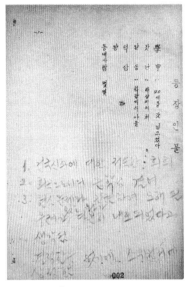

〈사진 1〉 공윤이 접수한 「난조유사」 대본의 표지

〈사진 2〉 「난조유사」 대본 안에 적힌, 심의위원의 단평

공윤에서 심의 후 보관하고 있는 공연대본에는 심의를 한 짤막한 메모가 적혀 있다.(위의 두 〈사진 1, 2〉 참고)[25] 공연 심의를 받기 위해 제출했던 공연대본의 표지에는 대본 접수일과 심의 결과가 적힌 도장이 두 개 찍혀 있고, 표지의 다음 장에는 '등장인물' 소개란 밑에 빨간색 펜으로 다음과 같이 적혀 있다; "1. 건국신화에 대한 저속한 희화 2. 희곡으로서의 문학성 결여 3. 현실문제와 관련하여 오해될 우려가 있는 요소가 다분히 내포되었다고 생각됨 / 결정할 수 없기에 소위원회에 상정함" 분명히 이 메모는 「난조유사」 공연 취소의 '반려' 이

25 2021년 3월 11일 한국문화예술위원회 아르코예술기록원은 1960~90년대 공연예술 검열대본을 공개하였다.

유다. 당시 「난조유사」를 읽고 심의한 '무대공연물' 담당 심의위원이 대본에 그대로 적은 내용이었을 것이다. 메모에 적힌 대로라면, 해당 심의위원은 문제가 심각하다고 판단하고 '반려' 가부를 결정할 수 없어서 소위원회에 상정을 했고, 9월 20일경 소위원회에서는 작가를 불러서 작품의 문제점들을 알려주고 작가의 의견을 듣는 절차를 밟았을 것이다. 그러나 작가가 위원들의 지적에 불복하자, 소위원회는 '반려'라는 이름의 공연 금지를 최종적으로 결정했다. 위원들은 작가가 생각해보겠다는 말을 수정 요구에 대한 불응이나 거부로 보았고 '반려' 결정을 내린 것이고 그 결정을 극단에 통보한 것이다. 작가나 공연 준비중이던 극단 제작극회는 당혹스러울 수밖에 없었고, 연극제의 전체 공연 일정도 변화가 불가피할 수밖에 없었다. 극단 제작극회는 당시 공백이 된 세실극장의 대관 기간을 메우기 위해 과거에 공연했던 윌리엄 인지 작 「버스 정류장」(이근삼 역)을 급하게 무대에 올렸다.[26] 물론 이 공연은 연극제의 공식참가작이 아니었다. 「난조유사」의 공연 중지로 인한, 연극제 집행위원회의 배려였던 것으로 보인다. 제1회 대한민국연극제는 공윤의 검열이라는 외부의 요인으로 문제가 발생하긴 했지만, 나머지 일정을 계획대로 진행하였다. 공연대본에 메모가 된 「난조유사」의 '반려' 이유 세 가지는 『공연윤리』 14호(1977.10.15.)에 실린 글 「3/4분기 무대공연물 심의분석」에 그대로 적혀 있다.[27]

---

26 「'버스 정류장' 공연 극단 '제작극회'」, 『경향신문』, 1977.10.07.
27 조영래, 「3/4분기 무대공연물 심의분석」, 한국공연윤리위원회, 『공연윤리』 14호, 1977.10.15., 4쪽. 이 글은 조영래가 쓴 것으로 되어 있으나, 그는 무대간사여서 직접 심의하지는 않았을 것이다. 이 글은 무대공연물 담당 심의위원들이 활동한 내

3. 「난조유사」의 특성과 공윤의 '반려' 이유 검토

작가의 인터뷰와 「난조유사」 대본에 적힌 메모의 의미가 정확히 무엇인지를 파악하려면, 그리고 개작본 「임금알」과 비교하여 분석하려면, 「난조유사」의 분석이 선행되어야 한다. "공윤이 평한 대로 「난조유사」는 '건국신화를 저속하게 희화'화해서 권력을 독점하려는 박정희 정권을 풍자하고 있다는 점에서 '현실문제와 관련하여 오해'의 소지를 내포하고 있다."[28] 그런데 공윤의 입장에서 「난조유사」를 이해하는 것이 아니라, '반려'의 이유들이 「난조유사」와 어느 정도 부합되는지, 공윤이 내세운 그 이유들의 정신적 근거가 무엇인지를 살피는 게 더욱 중요하다. 그래야만 '반려' 이유, 즉 검열의 합리적 정당성 여부를 검토할 수 있기 때문이다.

「난조유사」는 삼국유사에 나오는, 알에서 태어난 박혁거세 같은 시조의 건국신화를 극의 모티브로 가져와 세속적 현실에서 건국신화를 재현하려는 희극적 성격이 강한 드라마다. 총 10개의 장으로 구성된 이 희곡의 플롯은 크게 두 부분으로 나뉜다. 주인공 학갑이 자신의 무지하고 순진한 아들 알동을 각성시켜 왕으로 만드는 과정(1장~8장)과 알동 왕의 통치 행위(9, 10장)다. 극의 플롯이 대부분 학갑이 무지하고 순진한 아들을 왕으로 만드는 과정에 집중하고 있어 알동

용을 분석·정리한 것으로 보인다. '반려의 내역'에는 다음과 같이 적혀 있다. "희곡 가운데에 건국신화를 저속하게 희화시키고, 희곡으로서의 문학성이 결여되고, 현실문제와 관련하여 오해될 우려가 있는 요소가 다분히 내포되었다고 판단된 작품이 반려되었다."

28 정현경, 앞의 논문, 95쪽.

왕의 통치 행위 부분은 소략하다. 건국신화에 의거하여 왕이 되는 비결을 터득한 기인(奇人) 학갑이 아들 알동을 왕으로 만들기 위해 비현실적인 난생(卵生)의 상황을 인위적으로 재현하고 여러 가지 술수를 쓰는 모습은 황당하면서도 재미있다. 왕의 목표를 이루기 위해 맞게 되는 학갑과 아내의 시련도 '희극의 보호받는 세계'[29] 안에 있어서 우스꽝스럽게 느껴져 웃음은 증폭된다.

이 희곡은 학갑의 왕 만들기 드라마다. 학갑은 극의 처음부터 결말에 이르기까지 주도면밀하게 아들 알동을 왕으로 만들고 왕을 보좌하면서 알동의 장엄한 최후를 지켜보는, 능동적인 인물로 등장한다. 이에 반해 알동은 무지하고 순진하며 학갑의 세뇌와 조력에 의해 움직이는, 수동적인 인물로 등장한다. 꼭두각시와 같은 존재로 비판적 풍자의 대상이 된다. 그러나 10장에서 알동 왕은 성격과 행동이 완전히 뒤바뀐다. 9장에서와는 전혀 다르게 고뇌하고 사색하는, 능동적인 통치자로 변모한다. 단순히 자신이 통치하는 나라의 백성만이 아니라 보편적인 존재로서의 인간의 근원적인 문제를 치유하려고 한다. 그 해결 방식은 하늘로 승천하여 죽음을 관장하는 신과 대결하여 이기는 것이다. 작가는 아마도 고전설화의 세계처럼 전근대의 세계를 배경으로 설정하여 인과적 비약이나 환상 등의 비현실적 요소들을 수용하면서 희극적이고 풍자적으로 극화된 세계를 지향하고 있는 듯이 보인다. 제목 '난조유사', 즉 알에서 태어난 왕조의 사적(事跡)이란 뜻이 작가가 극에서 언급한 건국신화들이 수록되어 있는, 일

---

29 Robert W. Corrigan, "Comedy and The Comic Sprit", *Comedy Meaning and Form*, Harper & Row, 1981. p.9.

연의 『삼국유사』를 의식하여 제목을 지은 것도 그러한 이유였을 것이다. 그렇다고는 해도 작가가 "'알동'이 신과 대결하기 위해 길을 떠나는 급진적인 사건 전환은 무리하게 인물의 성격을 가공하면서 인물 형상화에 균열을 일으켰다."[30] 그런데 특히 좀더 주목해야 할 점은 하늘에서 승천하고 추락하기까지 학갑과 군중의 반응과 태도다.

알동   자, 날아라, 날개! 높이높이 날아라.

날개를 탄 알동, 비상한다.
비상을 상징하는 음향, 군중의 합창이라도 좋다.
알동, 하늘을 한번 선회한다.

여럿   알동임금 만세!

알동, 한번 다시 비상한다.
알동, 급회전 추락한다.

학갑   (울부짖으며) 장하다, 장해, 내 아들!

장엄한 합창소리와 함께 막이 내린다.[31]

---

30 정현경, 앞의 논문, 99쪽.
31 오태영, 「난조유사」, 제1회 대한민국연극제 참가작품, 1977.9, 14쪽.

지시문만 봐서는 알동 왕의 추락이 단순 사고인 듯 보이지만, 그 상황을 생각해본다면 신과의 대결에서 패배한 것일 수도 있다. 추락의 원인이 무엇이든 간에 알동 왕이 추락하는 상황에서도 군중들의 "장엄한 합창소리"가 울려퍼지고 학갑은 아들의 추락에 슬프게 울부짖으면서도 아들의 행동을 '장하다'고 감탄한다. 이 결말부에서 학갑과 군중은 알동 왕을 숭고한 영웅으로 대하는 듯하다. 9장까지의 왕은 순진하고 무지했지만, 10장에 오면 백성을 통치하고 세속 세계를 지배하는, 일반적인 왕이 아니라, 인간의 근원적인 고통에서 벗어나는 길을 찾으려 했던 성인과 같은 신적인 영웅이 된다. 이 작품 전체에서 왕의 존재는 두 가지 모습으로 나타난다. 비판의 대상이기도 하고 숭모의 대상이기도 하다. 비판은 풍자의 미의식으로 통하고, 숭모는 숭고의 미의식으로 통한다. 작품에서 하나의 대상이 두 가지의 상반된 모습으로 나타난다는 것은 분명히 문제점이다. 플롯의 흐름상 10장에서 끝나기 때문에 10장에서의 왕의 모습이 작가가 궁극적으로 추구하는 왕의 상, 진정한 왕이라고도 볼 수 있다. 그러나 9장과 10장이 자연스럽게 연결되지 않고 둘 사이의 이질성이 너무 커서 작가가 비약과 환상이 존재하는 설화의 세계를 의도했다 하더라도, 작품 전체로 볼 때는 서로 다른 두 가지 왕의 모습이 관객의 뇌리에 남고, 혼란을 불러일으킬 수 있다.

본고의 이같은 해석과 다른, 기존의 견해가 있다. 정현경은 이 결말부를 통해 1970년대의 유신 정권의 욕망을 풍자하고 유신정권에 순응했던 대중을 비판했다고 보았다.[32] 10장에 대한 필자의 해석과 달리, 연구자는 10장에서도 풍자가 관철되고 있다고 보았고 그 근거로서 알동과 학갑의 헛된 욕망과, 그것을 가능하게 하는 대중들의 무관심과 동조를 제시하였다. 이러한 견해도 일면 가능하다. 그러나 앞에서 언급했듯이 10장은 이전의 장들에 비해 이질성이 너무 커서 알동과 학갑의 행위를 단순히 조롱과 풍자의 행위로만, 군중들의 합창을 대중들의 무관심과 동조로만 해석하기에는 어려움이 있다. 이 견해대로 10장에서도 풍자가 일관되게 효과적으로 관철되었다면, 이 작품을 공연한 공연본에서 작가가 10장 전체를 삭제하지 않았을 것이다. 그러나 작가는 공연시 10장 전체를 없애고 이와는 전혀 다른 장면, 즉 알동왕과 정부가 위기에 내몰리는 풍자 장면을 삽입하였다.

　이제 다시 공윤의 검열 메모 세 가지를 보자. 우선 '2. 희곡으로서의 문학성 결여' 부분이다. 정현경은 "공윤은 이 작품이 지닌 정치 풍자적인 성격만을 내세워 '반려'하지 않고, 심의 기준에 없는 '문학성의 결여'라는 명분을 내세워 '반려'라는 심의 결정을 정당화한다."고 지적했다. 심의 기준에 없는 명분이란 해석은 맞다. 다만 실제로 공윤 심의에서 '문학성의 결여'로 작품이 '반려'당한 사실[33]이 있었다는 점에서 심의위원이 때때로 기준을 넘어 문학적 완성도의 차원에서 평가한 것으로 보인다.

　다음은 '1. 건국신화에 대한 저속한 희화'다. 작가의 인터뷰를 통

32　정현경, 앞의 논문, 100쪽.
33　『공연윤리』 16호의 '11월중 무대공연물 심의 통계표'에는 극단 은하의 작품 「푸른 낙엽」의 심의 결과가 '반려'인데, 그 사유가 "희곡으로서 수준 이하의 작품이라 판단되어 반려함"이다. 한국공연윤리위원회, 『공연윤리』 16호, 1977.12.15, 16쪽.

해서도 드러났지만, 공윤은 건국신화를 문제 삼았다. 이 지적에는 "건국신화는 고상하며 저속하게 희화해서는 안 된다"는 전제가 깔려 있다. 이 전제는 나라를 세운 시조의 생애를 다룬 건국신화를, 훼손시키거나 변형시켜서는 안 되는, 숭고한 정전처럼 보려는 관점이 바탕에 깔려 있다. 김수로나 박혁거세 같은 우리의 건국신화는 고대 부족국가를 세운 시조를 미화하기 위해 신이한 탄생과 비범한 능력을 서사화한 것이다. 건국신화를 '저속하게' 희화화했다고 보는 시선에는 권위주의적인 의식이 깔려 있고, 텍스트 해석의 다양성은 물론 각색이나 개작 등 독창적인 상상력에 기초한 창작의 자유도 인정하지 않으려는 경직된 사고방식이 깔려 있다. 또한 어떤 심사위원은 이 작품에 사용된 '선화공주' 노래를 부정적인 의미로 사용한 것을 비판하였다고 한다. '선화공주' 노래는 작가가 백제 무왕이 불렀다는 「서동요」를 패러디한 노래로서 학갑이 왕과 만나기 위해 선화공주와 알동이 밤을 함께 보냈다는 내용의 가사를 소년들한테 유포시킨 노래다.[34] '건국신화에 대한 저속한 희화'와 선화공주 노랫말 비판은 박정희 정권의 민족주의와 전통문화예술 옹호 정책에 근거한다고 본다. 이 정책은 공윤의 '공연윤리강령'[35]에 그대로 나타나 있다. 이 강령에는 민족의 자주성 확립, 전통적인 민족문화 예술의 계

---

34 공윤 위원들이 건국신화의 부정적 요소를 지적한 언급은 작가 인터뷰에 나오나, 백제 무왕이 불렀다는 「서동요」를 패러디한 '선화공주 노래' 부분은 작가가 필자와의 인터뷰에서 추가로 공개한 내용이다. 작가는 말한다. "어떤 공윤 위원이 '선화공주 노래'를 갖고 비판하더라고요. 공연이 끝나면 다른 건 다 사라져도 관객들한테 오래 남는 건 '선화공주 노래'인데 부정적으로 다루면 되겠느냐는 거였어요." 홍창수, 「오태영 작가와의 전화 인터뷰」, 2021.4.23.

35 한국공연윤리위원회, 『공연윤리』 6호, 1977.2.15, 3쪽.

승 발전, 민족의 자주성과 민족정기를 저해할 외래 풍조 철저 배격 등이 강조되고 있다. 공윤 위원들한테는 신성한 건국신화를 세속화한 것이나 선화공주 노랫말이 주는 부정적 이미지 등은 모두 불경스러운 것으로 받아들여졌을 것이다. 공윤의 검열은 신화나 「서동요」 부대 설화의 패러디조차 허용되지 않는다. 더욱이 작품만 보더라도 공윤이 '건국신화의 희화'로만 보는 것은 무리한 해석이다. 위에서 언급했듯이 이 작품은 작가의 왕에 대한 시선이 두 가지로 나타나며 플롯의 흐름상 단순히 나라와 백성을 통치하는 세속의 왕이 아니라, 인간의 근본 고통을 치유하려고 신과 대결하는 신적인 영웅을 희구한 것으로 보인다. 작가는 비약과 환상이 허용되는 전근대의 세계를 빌어와 세속 세계에서의 새로운 영웅의 신화를 만들어보려 한 것이다.

다음은 '3. 현실문제와 관련하여 오해될 우려가 다분한 요소'다. 이 지적은 「난조유사」를 당대 현실에 대한 알레고리로 본 것이다. 작가의 인터뷰 내용[36]을 덧붙여 생각한다면, 그 우려란 이 작품이 '권력 획득 과정의 정당성을 문제' 삼은 점이고, 다시 말해 박정희의 정권 찬탈의 정당성을 알레고리로 만들었다는 점이다. 이 작품에서 학갑이 아들을 왕으로 만드는 계략들이 과연 박정희가 군사 쿠데타를 통해 정권을 찬탈하는 과정과 정확히 알레고리적으로 대응되는가? 그렇지 않다. 설령 '권력 획득 과정의 정당성을 문제' 삼았다고 하더라도, 알동 왕이 박정희 대통령으로 비유될 수 없다. 「난조유사」는

---

36 최은옥, 앞의 글, 15쪽.

단순히 알동에 대한 풍자만이 아니라 숭모의 주제를 담고 있고 후자가 더 강하게 나타나기 때문이다. 그런데도 공윤은 권력 획득의 정당성만을 부각시켜 지적하고 '반려'의 근거로 삼는다. '건국신화에 대한 저속한 희화'와 '현실문제와 관련하여 오해될 우려가 다분한 요소'라는 메모는 점잖게 문학 비평적인 언어로 표현되었지만, 그 이면에는 당시의 정권을 조롱하거나 비판하지 말라는 기의가 숨어 있다. 메모와는 달리, 작가가 공윤 위원들로부터 직접 들었다는 '권력 획득의 정당성 문제'가 바로 당시의 권력과 관련된 '반려'의 핵심이다. 그러나 이런 입장은 어디까지나 공윤의 일방적인 입장이지 작가의 입장이 아니다. 공윤이 만남의 마지막에 작가에게 준 한 번의 발언 기회에서 작가는 "내 작품이 어디가 잘못 되었는지 모르겠습니다. 그 부분에 빨간 줄을 그어주십시오. 줄을 그어주시면 집에 가서 생각을 해보겠습니다"[37]라고 말했다고 한다. 이 말은 작가가 위원들의 지적을 받아들이기 어렵다는 우회적 표현이다.

「난조유사」 대본의 메모와 작가의 인터뷰가 전하는 메시지는 분명하다. 공윤 위원은 검열 위원으로 등장하여 박 정권의 문화 정책에 근거한 '공연윤리강령'의 잣대를 기준으로 권력의 관점에서 건국신화를 정전화하였고 권위주의적이고 경직된 사고방식으로 일방적으로 작품을 폄하시켜 부정하였다.

---

37 최은옥, 앞의 글, 16쪽.

4. 검열전선의 단독자와 연극계의 침묵

오태영 작가의 검열 불복 행위는 1970년대에 접어들면서 연극계에서 가시화되던 검열 전선의 하나의 사례가 된다. "검열 전선은 검열자(검열을 하는 기구, 집단)와 피검열자(검열을 받는 사람, 사건이 속한 집단)가 충돌했을 때 형성되는 접점을 뜻하는 유동적인 개념이다. 검열자와 피검열자는 이들을 둘러싼 입체적이고 역동적인 조건 속에서 충돌한다. 검열자의 의도와 함께 피검열자의 의지와 역량이 더해질 때 형성된다."[38] 연극계에서의 검열 전선은 박정희 정부가 유신 체제의 위기를 느끼며 검열 기준을 강화하면서 부작용이 생겼고, 심의 결과에 승복하지 못 하는 피검열자들이 출현하기 시작하면서 형성된 것이다.[39] 특히 오태영과 같이 젊은 작가들이 처음으로 연극계의 피검열자가 되어 검열전선에 서 있다는 점은 주목할 만하다. 김태희는 1970년대 신춘문예에 당선된 작가들 중 공윤에 의해 금지 처분 받은 젊은 작가들과 작품을 주목하였다.[40] 신춘문예에 당선된 오종우, 정성주, 이병도는 대학교 연극반 출신으로서 진보적 성향을 지닌 신인 작가들이다. 특히 오종우는 신춘문예 당선소감에서 문단 정치를 하는 기존 문인들의 행태와 검열자들에 대해 날 선 비판을 하여 논쟁을 촉발

---

38 임경순, 「70년대 문학검열의 작동방식과 문학의 두 얼굴」, 『한국문학연구』49, 동국대 한국문학연구소, 2015.12, 257쪽 참고.

39 이승희, 「'藝倫'의 역사적 추이와 제도적 임계」, 민족문학사학회, 『민족문학사연구』63권, 2017.4, 311-314쪽 참고.

40 1970년대 공연 금지된, 신춘문예 당선자들과 그들의 진보적 성향에 대해서는 김태희, 「1970년대 연극 검열 연구―신춘문예 기념공연을 중심으로」, 『드라마연구』, 제52호, 150-151쪽 참고.

시켰다. 이 젊은 피검열자들은 기존 체제로 쉽사리 통제할 수 없는 새로운 세대의 등장이었다. 오태영 역시 기존 체제가 쉽게 통제할 수 있는 작가가 아니었다. 오태영 역시 검열을 거부함으로써 기존 체제에 쉽게 동화되거나 편입되지 않았다.

역사에 가정이 없지만, 대한민국연극제에서 검열에 걸렸던 「오판」과 「비목」처럼—물론 「난조유사」와 비교했을 때 심의 결과가 약했지만—오태영 작가도 공윤 위원들과의 만남에서 수정 의사를 밝혔다면, 심의 결과는 '수정 통과'로 나오고 「난조유사」는 개작된 상태로 공연되었을 가능성이 높다. 그러나 오태영은 그렇게 하지 않았다. 오태영은 공윤 위원들이 작품을 삐딱하게 썼다고 공박을 하고 '권력 획득의 정당성 문제'를 제기하는 것에 화가 났다고 한다.[41] 오태영은 건국신화와 선화공주 노래를 들먹이며 작품을 비판하는 것을 받아들이기 어려웠고, 위원들이 권위주의적이고 일방적인 태도로 검열하는 모습을 받아들이기 어려웠을 것이다. "끝나기 전에 작가에게 말을 할 기회를 주더군."[42]이란 말은 만남이 일방적인 검열이었음을 말해준다.

공연 금지로 인한 충격과 피해는 작가나 극단이 마찬가지였겠지만, 둘의 입장은 달랐다. 공연을 준비한 극단이 정신적이고 시간적인 손실을 입었다면, 작가는 이후 연극계에서 기피 인물이 되었고 극작 활동에 제약을 받았다. 그가 남산의 공연윤리위원회에서 검열을 받은 사실이 마치 남산의 중앙정보부에 끌려가서 검열에 불복한 것

---

41 최은옥, 위의 글, 15쪽.
42 최은옥, 앞의 글, 15쪽.

처럼 소문이 와전되어 연극계에선 그를 기피하였고, 기성 극단들도 그의 작품을 공연하기를 꺼렸다고 한다.[43] 그 후로도 작가는 쓰는 작품마다 연극제 심사에 계속 떨어져서 자신의 작품들과 글 쓰는 자신, 극작 행위 등에 대해 심각하게 고민하였다고 한다.[44]

그렇다면 「난조유사」의 공연 '반려'에 대해 연극제를 진행하는 집행위원회는 어떤 입장을 취했는가? 집행위원회는 심사를 거쳐 「난조유사」를 연극제의 공식 참가작으로 선정하였고 공연 일정까지 발표하며 행사를 진행하였다. 피상적으로 보면, 집행위원회의 입장에선 공윤의 '반려' 결정이 당혹스러울 수밖에 없었을 것이다. 갑작스레 어그러진 공연 일정을 조정하고 공연을 무사히 마쳐야 하는 부담만이 아니라 무엇보다도 집행부의 자존심과 위신도 실추되었기 때문이다. 공윤이 심의를 담당하는 국가의 법정기구였지만, 이 연극제는 문화공보부가 연극예술에 대한 효율적인 통제의 의도를 갖고 언론에 선전하면서 '대한민국'의 이름을 붙여 기획한 첫 번째 문화행사가 아니었던가. 그래서 공윤 심의위원 이명원은 공윤에 대해 대한민국연극제측의 불만을 의식하면서 공윤이 겪는 근본적인 어려움, 즉 사회 각계각층의 압력으로부터 공연계를 지켜주는 방패 역할을 하면서 동시에 공연계의 동향을 감시하는 이율배반적인 역할의 어려움을 해명하는 글을 발표하였다.[45]

그런데 연극제 집행위원회는 내부적으로 불만이 있었겠지만, 공

---

43 최은옥, 앞의 글, 15~16쪽.
44 홍창수, 「오태영 작가와의 전화 인터뷰」, 2021.4.23.
45 이명원, 「샌드위치의 고민」, 한국공연윤리위원회, 『공연윤리』, 1977.12, 5쪽.

식적으로 「난조유사」의 공연 '반려' 결정에 대해 이의를 제기하지 않았던 것으로 보인다. 막후에서야 공윤과 소통을 하며 「난조유사」 문제를 거론했을 것이나, 대외적으로 공식적으로 이것을 문제 삼거나 항의를 한 기록은 보이지 않는다. 공식 참가작들 중 검열에 걸렸던 중견작가들의 다른 두 작품은 수정 후에 공연을 하게 되었기에, 젊은 신인 작가 오태영만이 검열의 직접적인 피해자로서 덩그러니 혼자서 검열 문제를 껴안은 상황이 되어버렸다. 검열전선에 선 1인 단독자였다. 연극제 집행위원회는 왜 공식참가작의 공연 금지 처분에 대해 공식적으로 아무런 대응을 하지 않았는가? 고작 집행위원회가 취한 것은 극단 제작극회에게 공백으로 남은 대관 기간을 메우게 해준 것뿐이다. 집행위원회의 위원들은 대체 누구이고 이 연극제의 심사를 맡은 작품심의소위원회의 심사위원들은 누구인가?

집행위원회 : 서항석, 이진순, 이해랑, 차범석, 이근삼, 김의경, 유민영
작품심의소위원회 : 서항석, 김광용, 한로단, 김의경, 유민영[46]

이들은 연극계에서 활동하고 있었던 연출가, 극작가, 교수, 비평가다. 낱낱이 다 살피지 않더라도 연극계와, 그들중 일부는 문화계에 영향력을 행사하는, 중견급 이상의 연극계 인사들이다. 그런데 특이한 점은 이들 중 다수가 과거의 예윤에서 활동했고 소수가 현재 공윤에서 활동중인 위원이라는 점이다. 우선, 서항석, 이해랑, 차범

---

46 「좌담 ; 제1회대한민국연극제 "한국연극의 집합이 되도록......"」, 한국연극협회, 『한국연극』, 1977.8, 42쪽.

석은 직책이나 활동 시기가 각기 다르거나 겹칠 수 있지만, '예윤'에서 제1대에서 6대 사이에 상임위원이나 윤리위원을 맡아 활동했다.[47] 유민영과 이근삼은 이때에 각각 공윤의 심의위원과 윤리위원으로 활동중이었다. 유민영은 1976년 5월부터 1980년 6월까지 활동하였고,[48] 이근삼의 활동 기간은 정확히 파악이 안 되나, 1977년 10월에 그의 이름이 공윤 윤리위원 명단에 있는데, 주로 영화 분야를 맡은 것으로 보인다.[49] 제1회 대한민국연극제의 집행위원회 7명 중 5명이 예윤과 공윤과 직접 관련 있는 위원들이라는 것은 무엇을 의미하는가? 박정희 정권에서 예윤과 공윤은 어떤 기구였는지 다시 돌아보게 하는 대목이다.

예윤(1966.1. 창립)은 발족과정에서 자발적, 직접적 참여뿐만 아니라 설치, 운영의 자율성을 지니고 있었으나, 공윤(1976.5.창립)은 관련법에 의거해 법정기구로 발족하면서 예윤에 비해 막강한 검열권을 실질적으로 행사했고, 이는 국가가 문화예술 통제에 대해 조직적이고 제도적으로 접근함을 의미했다.[50] 그런데 예윤이 민간기구로서 자율심의를 했다고는 하나, 실질적으로 예윤과 공윤에 심의의 기준을 부

---

47 제1대(66.1.27.~) 상임위원은 이해랑, 윤리위원은 서항석, 재2대(67.2.~) 윤리위원 서항석 이해랑, 제3대(69.2.~) 윤리위원 서항석 이해랑, 제4대(71.3.5.~) 상임위원 차범석, 제5대(72.12.22.~) 윤리위원 차범석, 제6대(74.12.20.~75.5.1.) 위원 차범석. 이승희, 앞의 논문, 291쪽 참고.

48 유민영에 관해서는 다음과 같은 기록이 있다. "본 위원회 공연물 전문심의위원 유민영(단국대교수)씨가 5월 9일 본 위원회심의위원직을 의원 사임하였다. / 공윤 창설(76년 5월부터 현재까지 만4년 동안 무대 심의위원으로서 공윤 발전에 기여해온 바 있다.", 한국공연윤리위원회, 『공연윤리』46호, 1980.6.15, 1쪽.

49 한국공연윤리위원회, 『공연윤리』14호, 1977.10, 1쪽. 같은 책의 2쪽에는 이근삼이 직접 쓴 글「주제나 내용이 다양─하반기 우수영화 심사 소감」이 실려 있다.

50 문옥배, 앞의 책, 293쪽.

여한 것은 박정희 정권이었다. 정현경은 1970년대 연극을 심의한 예
윤과 공윤을, 심의라는 이름으로 예술의 자유를 보호하고 진흥하는
자체 기구로 존재하기보다 당대의 지배 이데올로기에 준해서 연극을
평가하고 공연 여부를 결정하는, 국가의 대리 기구였다고 보았다.[51]

　예윤과 공윤은 각각 국가를 대리하는 민간기구이거나 국가의 법
정기구로서 '심의'라는 명목 아래 검열을 수행하였다. 앞에서 설명
했다시피 공연 '반려' 결정으로 연극제 집행위원회는 불만을 표출하
여 공윤과 갈등을 일으킬 수도 있었으나, 이미 검열을 수행했거나 수
행중인 자들이었기에 누구보다도 공윤의 검열 시스템과 조직을 잘
알고 있었고 당시의 공윤과 마찰을 피하면서 '반려' 사태를 무마하
고 싶었을 것이다. 실제로 집행위원회 위원들 중 2명의 공윤 위원이
있었으니 사태의 원만한 처리가 훨씬 더 용이했을 것이다. 이 연극제
의 집행위원이자 희곡심의위원이어서 사실상 수장격인 서항석은 연
극제를 총평하는 글 「민족예술의 대제전－제1회 연극제를 지켜보고
나서」에서 이 연극제를 "이 나라 문화사상 획기적인 사실의 하나"로
서 강조하면서 행사가 무난히 치러진 것을 기쁘게 생각한다고 하였
다.[52] 그는 「난조유사」를 직접 거명하진 않았지만, "戱曲小委에서 조
건부로 통과된 한 戱曲이 改作의 손이 미치지 못하여 결국 참가하지
못하게 된 것은 더욱 섭섭한 일이었다."[53]고 밝혔다. 이 대목에서 주
목할 점은 '희곡소위', 즉 희곡을 심사한 소위원회에서 「난조유사」

51　정현경, 앞의 논문, 21쪽 참고.
52　서항석, 「민족예술의 대제전－제1회 연극제를 지켜보고 나서」, 1977.12, 43쪽.
53　서항석, 위의 글, 43쪽.

의 개작을 조건부로 연극제 공연을 허가해주었는데, 개작을 못 한
것이 작가의 책임이라는 논리다. 서항석은 '공윤'이나 '검열'에 대해
서는 한 마디 언급도 하지 않고, 검열 사태의 불행을 작가에게 떠넘
기고 '섭섭한 일' 정도로 축소한다. 예윤 창립 때부터 3대까지 윤리
위원을 맡았던 서항석이 운영했던 연극제에는 검열이 끼어들 틈이
전혀 없었다.

　연극계의 공식적인 반응은 어떠했을까? 이 연극제를 다룬 합평이
나 좌담을 보면 쉽게 알 수 있다. 한 마디로 말해, 연극평론가, 교수,
연출가 등 연극계의 인사들 중 누구도 「난조유사」의 검열 문제를 언
급하지 않았다. 연극제가 끝난 후 열린 「제1회 대한민국연극제 평가
좌담」[54]에서 참석자들은 집행부 안의 작품 선정 심사기구의 독립성,
참가 단체의 제한 범위 등 주로 연극제 기획과 운영의 면에 치중하여
문제점들을 지적하였으나, 검열로 인한 공연 금지 문제는 전혀 언급
하지 않았다. 『조선일보』에도 연극제 관련 합평 기사가 실렸는데, 참
석자들이 주로 공연작들의 작품성에 관해서 촌평했을 뿐, 검열은 언
급하지 않았다.[55] 이로써 연극계에서 대외적으로 발언권을 갖고 있
고 영향력 있는 연극인들과 인사들은 연극제의 검열 사태에 대해 모
두 외면했거나 침묵하였다. 20대 중반의 젊은 극작가 오태영은 검열
불복 행위를 통해 검열전선의 불씨를 만들었으나, 공식 참가작을 변
호하고 감싸야 할 연극제 집행위원회는 말할 것도 없고 연극계 유력

---

54 「제1회 대한민국연극제 평가좌담」, 한국연극협회, 『한국연극』, 1977.12, 39~40
　　쪽 참고.
55 「기대 이상도 이하도 아닌 성과」, 『조선일보』, 1977.11.12.

인사들로부터도 도움이나 지지도 받지 못한 채 외롭게 그 고통을 감내해야 했다. 연극계에서 1970년대에 새로운 피검열자들의 출현으로 검열전선이 가시화되는 증후가 나타났으나, 이들은 제도권의 기성 연극계에서 영향력이 거의 없는 새로운 세대의 작가들로서 친정부적이고 권위적인 분위기 속에서 공연 금지의 부당함을 사회적인 이슈나 쟁점으로 부각시키거나 확대하지 못하여 공론의 장을 형성하지 못한 것으로 보인다. 물론 제도권 밖 재야에서 사회와 정치 문제를 극으로 만들면서 진보적 운동을 본격화하기 시작한 마당극 계열은 논외로 한다. 검열에 관해 기성 연극계가 순응하고 침묵하는 분위기는, 같은 시기인 1970년대 문학에서의 검열전선과는 매우 대조되는 분위기였다. 임경순은 1970년대 문학에서의 검열 전선은 유신 이후 문인들이 본격적으로 사회운동에 참여하면서 가장 치열하고 역동적으로 작동하였다고 한다.[56] 1970년 「오적」의 필화로부터 문인 61명 개헌청원 서명운동, 문인지식인 간첩단사건, 민청학련 사건을 거치면서 정권과 충돌하며 자유실천문인협의회가 출범하는 등 활발한 움직임을 보였다.

　오태영은 새로운 피검열자로서 등장하여 단독자의 고통을 맛보면서 1970년대 후반과 80년대 초반 보수적이고 권위적인 연극계와 거리를 두면서 힘들게 보냈지만 사그라들거나 사라지지 않았다. 1984년 기성 연극계를 풍자하는 「빵」을 들고 나타났으며, 1985년 공연 금지된 작품 「난조유사」를 다시 꺼내어 검열당국을 속이면서 정

56　임경순, 앞의 논문, 256~270쪽 참고.

치풍자극의 공연을 올리는 전략을 짜서 공연을 성사시켰다. 그 작품이 바로 공연본 「임금알」이다.

5. 탈주의 전략 및 공연본 「임금알」의 특성과 의미

5.1. 탈주의 이중 전략

오태영 작가는 「난조유사」를 다시 공연하기 위해 공윤에 서류를 신청했다. 접수 날짜는 1980년 3월 21일이다. 작가는 왜 이때 다시 공연을 하려고 신청했을까? 우선 이때가 외적으로는 소위 '서울의 봄' 시기였다.[57] '서울의 봄'은 1968년 체코슬로바키아의 '프라하의 봄'에 비유된다. 이 기간은 1979년 박정희가 사망한 10 · 26 사건 이후 전두환이 이끄는 신군부에 의해 1980년 5월 17일 5 · 17 비상계엄 전국확대 조치가 단행되기 전까지의 기간을 말한다. 이 기간 중에 최규하 정부가 출범하여 박정희 정부에서 실시했던 긴급조치를 해제했고 긴급조치로 처벌받은 재야 인사들을 복권했으며 유신헌법 폐지 및 민주적 선거 요구 등 민주화운동이 벌어졌던 시기였다. 다른 이유로는 정통성이 없는 왕의 무능을 비판하고 풍자하는 「난조유사」가 '서울의 봄' 시기에 적합하다고 판단했을 수 있다. 작가는 「난조유사」를 극단 에저또의 제46회 공연으로 올리면서 직접 연출까지 맡으려

---

57 1980년 '서울의 봄'에 관해서는 『한국민족문화대백과사전』, http://encykorea.aks.ac.kr/Contents/Item/E0075759 참고.

〈사진 3〉 1980년 3월 공윤에 신청한 대본의 표지

했다.(위의 〈사진3〉 참고) 그러나 1980년 4월 11일, 공윤의 심의 결과는
'반려', 즉 공연 금지였다. 작가의 말에 의하면, '반려'의 이유는 이전
의 대본에서 "한 글자도 안 고쳐졌다는 것"[58]이다. 작가는 유신 정권
이 끝남에 따라 사회 전반적으로 민주화 운동이 거세지고 있어서 공
연 금지된 작품도 순조롭게 공연되리라 기대했을 것이다. 연극계에
서는 "77년 당시의 불가 이유가 이미 소멸됐는데 다시 반려한 것은
납득할 수 없다'거나 '원칙적으로 연극대본은 관객들에 의해 심판받
아야 한다'는 의견들"이 오갔다고 한다.[59]

---

58   최은옥, 앞의 글, 16쪽.
59   앞의 기사, 『동아일보』, 1985.09.13.

359

연극계의 소문대로 1977년 당시의 공연 금지 이유가 소멸한 것은 맞다. 그런데 「난조유사」는 왜 이번에도 '반려'된 것일까? 공윤의 검열이 소위 '서울의 봄' 시기에만 잠시 다소 완화된 듯하다. 『공연윤리』의 3월에 심의한 「심의물 해설」에는 "10.26 사태 이후 문화계는 새로운 자유화 경향이 일고 있는데 특히 연극계는 이러한 현상이 두드러지게 나타나고 있는 것 같다. 공산권 작가의 작품, 반체제 작품을 서슴없이 공윤 심의에 회부하고 있음은 이를 증명하고 있는 것이다. / 3월에 희곡은 30편이 심의에 회부되었는데 29편이 통과 1편이 반려되었다."[60]라고 기록되어 있다. 이 기록대로라면, 3월 공연 신청 작품 중에서 반려된 1편은 「난조유사」다. 나머지 통과된 29편 중에서 유신 체제에서 금지되었던 공산권 작가와 반체제의 작품들이 몇 편인지는 모르겠으나, 적어도 전두환의 신군부가 5월 17일 비상계엄전국확대 조치를 취하기 전까지 공윤은 통상적인 업무를 하면서 검열의 강도를 다소 완화시켰으리라 짐작된다. 이런 점에서 1980년 「난조유사」의 '반려'가 1977년의 제출 대본과 동일하다는 이유였다면, 1980년도 「난조유사」를 통과시켰을 경우, 공윤의 '심의' 기준과 심의의 일관성에 어긋난다는 명분이 작용했다고 본다.

1980년 9월 전두환 정권이 들어서면서 공윤은 박정희 정권에 이어 조직이 재정비되고 강화되었다. 유신 정권에서는 윤리위원과 별도로 각 분야의 공연물을 심의하는 전문심의위원회를 두어 운영해 왔는데, 전두환 정권에서는 분야별 전문심의위원회에 변화가 있었

---

60 「심의물 해설」, 한국공연윤리위원회, 『공연윤리』 44호, 1980.4.15, 8쪽.

다.[61] 1982년에는 분야별 전문심의위원회가 공연물, 가요·음반, 영화, 비디오 분과로 구성되었는데, 1986년에는 광고물 분야가 추가되어 5개의 분야별 위원회로 확대되었다. 유신 정권에서도, '서울의 봄' 시기에도 공연을 금지당한 오태영 작가는 전두환 정권이 들어서면서 공연을 올릴 기회가 더욱 요원했을 것이다. 그러던 중 그는 당시에 왕성하게 공연 활동하던 극단 76과 만나 자신의 작품 「빵」을 1984년 11월에 공연하게 되었다.[62] 당시 극단 76의 대표이자 연출가는 기국서였다. 「빵」은 대한민국연극제를 재미있게 풍자한 희곡이었다. '대한민국 빵경연제'에 번번이 낙선, 빵 판매의 허가가 나지 않은 빵가게 주인이 고집 세게 심사위원 입맛에 맞지 않은 빵을 7년째 만들면서 벌어지는 풍자극이다. 「빵」은 빵을 심사하는 심사위원들의 심사 및 선정 기준 등을 비판적으로 사유하게 한다. 「빵」이 인기를 끌게 되자, 오태영은 극단 76과 함께 「난조유사」 공연을 다시 도모하였다.

「난조유사」는 이미 두 차례나 공연 금지를 당한 경력이 있어서 당시의 연출가나 극단들이 이 작품에 선뜻 손을 내밀지 않는 분위기였다고 한다. 게다가 박정희의 유신 체제에서 공고해진 공윤의 검열 시스템이 전두환 정권에 와서 한층 더 정비되어 작동하고 있었다. 무엇인가 방법을 달리하지 않으면, 전두환 정부에서 「난조유사」의 공연은 불가능한 상황이었다.

---

61 분야별 전문심의위원회의 변화에 대해서는 문옥배, 앞의 책, 313쪽 참고.
62 「연극제 풍자한 연극 '빵' 공연」, 조선일보, 1984.11.14. "11월 17일~30일까지 문예회관소극장에서 공연"

「빵」이 성공하고 다음 해에 다시 「난조유사」를 내요. 대본을 살짝 고치긴 고쳤어요. 그냥 우리들끼리. 또 그때는 우리도 약아져서 심의용 대본과 실연 대본을 따로 만들었어요. 일종의 눈속임이죠. 공연윤리위원회는 대본만 보고 공연허가 도장을 찍는 거고, 우리는 다른 대본으로 공연하는 거죠. 방법이 없어요. 그 뒤부터 국가에서는 대본 심의와 실연 심의도 같이 하더라고. (웃음)[63]

작가는 공연을 위한 전략을 짰다. 물론 이 전략은 이 작품을 올리는 극단 76의 대표이자 연출가인 기국서의 도움을 받으며 진행되었다. 겉으로는 공윤의 요구를 수용하며 타협하는 방식을 취하면서 속으로는 작가가 원하는 방향으로 공연을 올리는 것이다. 그 전략은 공윤이 공연 대본의 사전 심의를 엄격히 하는 데 반해, 실제 공연물에 대해서는 심의를 안 한다는 허점을 역이용한 것이다. 우선 공윤이 제의한 제목 변경과 일부 개작을 수용하여 작품을 공윤의 구미에 맞게 수정한 후에 다시 공윤에 제출한다.[64] 제출본은 작가의 표현대로 '보들보들한 심의용 대본'이다.(아래 〈사진4〉) 그러나 실제 공연에서 사용하는 대본은 심의용 대본과는 성격이 달랐다. "체제 비판의 강도를 한층 더 업그레이드"[65]시켜 작가가 하고 싶었던 공연을 올리는 것이었다. 이러한 전략은 두 차례나 공연 금지를 당한 작가가 오랜 시간이 흐르면서 나름대로 고안해낸 저항의 방식이었다. 작가 오태영

---

63   최은옥, 앞의 글, 16쪽.
64   「8년만의 해금무대/시대풍자극 「임금알」」, 『동아일보』, 1985.09.13.
65   최은옥, 앞의 글, 17쪽.

〈사진 4〉 1985년 공윤에 제출한「임금알」대본의 표지
(원제목을 지우고 '임금알'로 제목을 바꿔 적은 것이 보인다.)

은 극단 76과 힘을 합쳐서 공윤 규제의 허점을 파고들어 검열을 통과했다. 공윤은 8월 4일자로 극단에게 합격증을 주었는데, 합격번호는 85-930호다.[66] 이로써 1977년에 공연 금지되었던「난조유사」의 첫 공연, 아니 제목을 바꾸고 공윤을 속인「임금알」의 첫 공연이 막이 올랐다. 1985년 11월 1일에서 14일까지 서울문예회관 소극장에서 공연되었다.

---

66 「8년만의 해금무대/시대풍자극「임금알」」,『동아일보』, 1985.09.13.

5.2. 공연본 「임금알」의 특성과 의미

그렇다면, 구체적으로 작가와 극단이 공연 전략을 내세우며 사용한 두 편의 대본, 즉 공윤 심의용 대본과 공연용 대본은 어떻게 다를까? 두 번씩이나 공연을 금지시킨 공윤의 검열을 통과했던 전략은 어떤 의미를 지니는 걸까? 실제 공연은 어떠했을까? 두 개작본을 구분해서 논의하기 위해 공윤에 제출한 「임금알」 대본은 '심의본 「임금알」'로, 실제 공연에 사용된 대본은 '공연본 「임금알」'로 표기하겠다.

공연본 「임금알」을 논할 때, 전제되어야 할 사항이 있다. 「임금알」이 「난조유사」를 개작한 대본이라 해도, 작업 방식이 다르다는 점이다. 이점은 두 작품을 비교·분석하는데 매우 중요하다. 「난조유사」가 전적으로 작가 개인의 창조물로서 어느 정도 문학성을 띠고 있다면, 공연본 「임금알」은 작가가 주도적으로 수정해나가되, 극단 76의 연출가 기국서의 연출적인 도움을 받으며 개작된 대본이다. 「난조유사」는 각 장별 새로운 상황에 등장하는 군소 인물들의 대사와 행동까지도 비교적 세심하게 표현되었다. 「난조유사」가 작가의 문학성이 발휘된 대본이라면, 공연본 「임금알」은 연출의 입장이 반영되고 공연성이 좀더 뚜렷하게 강조된 대본이다.

우선, 심의본 「임금알」부터 간단히 살펴보자. 심의본 「임금알」은 공윤 검열의 통과가 목적이었으므로 공윤의 구미에 맞게 만들어서 공윤에 제출한 대본이다. 작가는 「난조유사」를 개작하여 제출했고, 공윤은 제목 변경과 일부 개작을 제의했다. 작가는 공윤의 제의를 수

〈사진 5〉 1985년 공윤에 제출한 「임금알」 〈사진 6〉 1985년 실제 공연한 「임금알」
　　　　대본의 마지막 면(37쪽)　　　　　　　대본의 마지막 면(44쪽)

용하여 지금의 심의본을 만들어 최종적으로 공윤에 다시 제출한 것
이다.[67] 위의 〈사진 5〉와 〈사진 6〉에서 보듯 제출한 대본을 기준으로
비교했을 때, 심의본 「임금알」은 공연본 「임금알」과 제본의 크기와
편집 체제가 비슷한 데도 공연본에 비해 대본의 길이가 약 7면가량
축소되었다. 심의본의 분량이 공연본에 비해 상대적으로 적을 수밖
에 없다. 공윤이 일부 개작을 제의했다고는 하나 문제가 되는 부분을
삭제하라는 내용이었기 때문이다.

　공연본 「임금알」과 비교했을 때, 심의본 「임금알」은 현실이나 사회

67　「8년만의 해금무대/시대풍자극 「임금알」」, 『동아일보』, 1985.09.13.

를 부정적으로 비판한 대사도 삭제되었지만, 가장 많이 삭제된 부분은 왕과 직·간접적으로 관련된 내용이다. 왕을 부정적으로 묘사하거나 왕의 언행, 왕위의 정통성과 국정 등을 비판하거나 풍자하는 대목들은 모두 삭제됐다. 이 작품에서 왕의 존재가 큰 비중을 차지하고 있고, 공연본의 경우 작가는 특히 왕의 존재와 정통성 및 정부 정책의 비판과 풍자를 강화했기 때문에, 심의본 「임금알」에서 왕과 국정을 부정적으로 다룬 내용의 전면 삭제는 작품을 기형적이거나 미완성 상태로 만들었다. 아래의 한 예는 원작 「난조유사」와 비교했을 때, 공연본에는 추가되었으나 심의본에는 없는 부분들 중 한 예다. 왕좌에 오른 알동이 자신의 통치이념으로 내세운 '새대가리들의 정부'를 축하하는 합창 장면이다. '새대가리들'이 정부의 요직을 차지하고 있는 내용을 풍자한다.

> **합창** ('합창'의 오기:인용자) 발톱세다 독수리는 국방대신에 앉혀라.
> 꾸벅꾸벅 올빼미는 국무대신에 앉혀라.
> 말잘한다 앵무새는 문공대신에 앉혀라.
> 물찬제비 공작새는 관광대신 그냥왔다.
> 잘달린다 타조는 체육대신 앉혀라.
> 너희만 날개있냐 나도야 날개있다.
> 나도야 알이있다 박쥐선생은 외무대신
> 꿩, 참새, 종달이, 딱따구리 온갖 잡새들
> 모여들어 너나없이 지지배배 지지배배.[68]

---

68 오태영, 『임금알』, 앞의 책, 38쪽.

공연본 「임금알」은 실제 공연을 염두에 두고 대본 수정 작업이 이루어졌다. 우선 인물에 관한 변화가 있다. 공연본에서는 「난조유사」 4장의 소년이나 5장의 덕삼의 아내가 삭제되었고 원작에서의 인물 덕삼이 오생원으로 바뀌었다. 군소 인물들의 이러한 변화는 그들의 극중 역할이 미미하여 극의 성격, 플롯이나 주제 등에 의미있는 변화를 주지 않는다. 극에서 의미 있는 변화는 학갑, 알동, 간난네[69] 같은 주요 인물이다. 우선, 알동의 어머니 간난네의 역할 축소가 두드러졌다. 「난조유사」에서 간난네는 학갑을 도와 알동을 왕으로 만드는 데 협력한다. 그러나 정작 알동이 왕이 된 이후에는 뚜렷한 역할이 없다. 그래서인지 공연본에서 간난네는 4장까지만 등장한다. 학갑을 도와 나무 위에 올랐다가 동네 사람들한테 발각되고 괴롭힘을 당해 죽고 만다. 따라서 간난네가 알동과 이별하는 원작의 6장은 삭제되었다.

이렇게 보면, 인물 변화에서 가장 의미있는 인물들이 학갑과 알동이다. 그런데 작품 개작 시 장면이나 상황의 첨삭과 변경은 동시에 인물과 주제의 변화에도 영향을 미친다. 드라마에서 상황과 인물과 주제는 창작의 기본적 사고의 원천으로서 서로 영향을 미친다.[70]

공연본에서 「난조유사」의 10장 전체의 삭제와 새로운 장면의 추가는 가장 큰 변화다. 총 열 개의 장으로 구성된 「난조유사」는 공연본을 통해 여덟 개의 장이 되었다. 이로 인해 극의 플롯과 주제가 바

---

69 「난조유사」에는 인물 이름이 '갓난네'로 표기되어 있으나, 「임금알」에는 '간난네'로 표기되어 있다.
70 루이스 E. 캐트론 저, 홍창수 역, 『희곡쓰기의 즐거움』, 작가, 2011, 102쪽.

꿔고 인물의 성격도 바뀌었는데, 왕의 최측근 역할을 맡은 학갑보다는 알동 왕의 성격이 크게 바뀌었다. 원작과 공연본 모두 학갑은 왕의 최측근으로서 왕을 보좌한다. 원작의 결말에서 학갑은 하늘의 신과 대결하는 알동 왕에 대해 '장하다'며 성인 영웅으로 칭송한다. 이에 반해 공연본에서의 학갑은 왕에게 신문고 설치를 제안하나 거절당하고 만다. 독재자 같은 왕을 모시며 따르는 충신의 역할에 그친다.

원작 「난조유사」의 10장 때문에 생긴, 왕의 상반된 두 가지 모습, 즉 풍자의 대상으로서의 왕과, 숭고의 대상으로서의 왕에 대한 충돌과 혼란은 10장 전체를 삭제함으로써 공연본에서 사라진다. 다시 말해 하늘의 신과 대결을 벌이는, 성인과 같은 영웅은 사라지고, 알동 왕과 새로운 정부를 비판·풍자하는 장면들이 추가되었다. 이로써 공연본은 〈난조유사〉에서 9장까지 보여줬던 알동의 성격, 즉 왕에 대한 조롱과 풍자를 극의 결말까지 일관성있게 유지하면서 정치 풍자를 강화하였다. 당대 현실 정치를 더욱 강하게 느끼게 하는 알레고리 세계를 구축하였다.

왕이 패배를 인정하고 알동에게 왕위를 순조롭게 넘겨주는 상황도 박정희의 장기집권에 대한 우회적 풍자일 수 있지만, 정권을 넘겨받은 알동 왕이 스스로 통치 이념을 '새대가리들의 정부'라고 지칭하는 것 자체가 자기 비하의 풍자 형태다. '새대가리'란 표현은 사전에서 우둔한 사람을 놀림조로 이르는 말이기 때문이다. "달걀에 의한 달걀을 위한 달걀의 정치"[71]라는 슬로건을 내세우며 알에서 태어

---

71 오태영, 『임금알』, 앞의 책, 38쪽.

난 왕의 정통성을 강조하였지만, 이 정통성은 알의 신화를 거짓으로 조작하는 무리와 세력에 의해 무참히 파괴될 위기에 직면한다.

> 알동   대체 무슨 소리들이요?
>
> 학갑   거짓 신화를 조작하려는 무리들이 도처에서 준동하고 있습니다.
>
> 알동   거짓 신화를 조작해?
>
> 학갑   나도 알에서 태어났다. 내가 진짜 알이다. 방방곡곡 알동이가 하루 수백명씩 태어나고 있습니다.
>
> 알동   하루 수백명씩?
>
> 학갑   몇몇 악덕상인들은 선동자와 결탁해서 비밀장소에 최신식 스텐레스 알 공장을 차려놓고…… (공장화, 기업화)
>
> 알동   스텐레스 알 공장?
>
> 상인, 하나가 지나간다. 어깨에 악어이빨, 상어이빨을 멨다.
>
> 상인   틀니 사려. 틀니 있습니다. 악어틀니 있어요. 천팔백개의 강력한 이빨을 자랑하는 상어이빨이 단돈 만원.
>
> 알동   아니 그럼, 저 상어이빨이 단돈 만원.
>
> 알동   아니 그럼, 저 상어이빨 틀니를 끼고
>
> 학갑   가짜 알에서 태어난 녀석들이.
>
> 알동   한손엔 떡을 들고
>
> 학갑   역사의 수레바퀴

> **알동**　신화를 조작해서
>
> **학갑**　아이쿠, 마치 우리가 했듯이
>
> **알동**　진정하라 폭도들은 짐의 권위를 과소평가하는 모양인데 짐
> 은 12년 전 진짜 알에서 태어난 정통파 달걀의 후예로써
>
> **남자**　알에서 태어난자 임금되어 마땅하다. 허나 그대는 플라스틱
> 가짜 알 조작된 신화로써 정당성이 없다.
>
> **알동**　해산. 저지시켜라. 달걀성을 사수하라.
>
> 공·계란 등이 난무, 투척되는데 　-幕-[72]

　인용문은 공연본의 결말부다. 알동 왕은 타락한 독재자로 등장한
다. "미운털은 솎아내고, 고운털은 떡을 주고, 개털들은 떡고물이나
뿌려주"[73]는 사람들을 편 가르고 차별한다, "입이 하나니 눈도 하나
요, 마음도 하나, 마음이 하나니 태양도 하나"라는 논리로 국론에 대
한 자유와 다양성을 인정하지 않는다. 신문고 설치를 반대하고 향락
을 위해 '아방궁 건설'을 제안한다. 이러한 상황에서 등장하는 인물
'남자'는 예전의 알동처럼 왕이 되려는 자다. 알의 신화를 거짓으로
조작하는 무리들이 계속 늘어나고 있고 민심은 흉흉하여 왕의 정통
성을 인정하지 않는다. 왕위만이 아니라 새대가리 정부의 존립마저
위태롭게 한다. 알동 왕은 "진짜 알에서 태어난 정통파 달걀의 후예"
를 주장하나, 알의 정부는 시위 속에 파국에 직면한다.

72　오태영, 『임금알』, 위의 책, 44쪽.
73　오태영, 『임금알』, 위의 책, 41쪽.

대본의 마지막 한 줄 "공·계란 등이 난무, 투척되는데"라는 지시문은 불완전한 문장이다. 검열을 의식하여 시위하는 장면을 애매하게 표현한 것이다. 이 무대에는 이미 알동 왕의 초상화 대형 그림이 공과 계란의 투척 대상물로서 설치되어 있다. 이 미완성의 지시문은 어떻게 연출되었을까? 이 지시문만 보면, 몇 명의 인물들이 무대에서 알동 왕을 향해 공과 달걀을 투척한 것으로만 생각하기 쉬우나, 실제 공연에서는 관객들도 입장 시에 미리 받은 공과 달걀을 투척하였다고 한다.[74] 관객의 동참은 매우 의미심장하다. 원작 「난조유사」는 관객과 유리된 상태에서 드라마가 진행되는 폐쇄 구조를 지녔지만, 공연본 「임금알」은 개방 구조의 특성을 지닌다. 더욱이 관객이 시위에 동참하는 퍼포먼스의 형태로 말미암아 박정희부터 전두환 정권에 이르기까지 통제와 억압의 체제에서 터뜨리지 못했던 분노를 표출하여 카타르시스를 느끼게 해준다. 그런데 극의 결말에 관객이 동참하여 시위 형태로 나아가는 방식은 극단 76이 종종 작품에서 사용한 방식이기도 하다. 당시 창단 10주년이 되는 극단 76은 「관객모독」, 「빵」에서도 극에 관객이 참여하거나 관객에게 열려 있는 공연을 선보였다. 극단 76의 대표이자 연출가인 기국서는 "연출작업에서 가장 중요하게 생각하는 것은, 또 앞으로도 실험의 과제로 계속 연구될 부분이 바로 '관객'하고의 만남"[75]이라고 말하였다. 관객의 시위 장면 아이디어는 연출가에게도 매력적으로 다가왔을 것이다.

공연본에서 무엇보다도 주목할 것은 학갑, 간난네, 알동과 같은

---

74 최은옥, 앞의 글, 17쪽.
75 「만남; 기국서 특유의 자유스러움+재치」, 한국연극협회, 『한국연극』, 1985.12, 15쪽.

주요 인물을 제외하고 10여 명이 넘는 등장인물들을 4명의 배우들이 소화하고 있다는 점이다. 4명의 등장인물은 각각 '인물',[76] 배우1, 배우2, 배우3이다.[77] 이 4명의 배우는 장마다 바뀌는 상황에 따라 새로운 인물(들)을 맡으면서 1인다역을 펼친다. 3~5장의 동네사람들, 5장의 양부 덕삼과 7장의 소년, 포도대장, 포졸, 8장의 왕, 문관들, 남자, 백성 등을 연기하고 때에 따라서는 춤을 추고 노래를 부르기도 한다.

이들의 극적인 기능을 좀더 구체적으로 살펴보자. 원작에서는 "쇠스랑을 든 박첨지와 몽둥이를 든 장정"[78]이 등장하여 학갑을 때리고 쓰러뜨려 간난네가 훔쳐간 비닐지를 챙겨서 퇴장한다. 인물들의 행위와 움직임이 진지하며 사실적이다. 그러나 공연본 「임금알」에선 비사실적이고 희극적인 춤의 형태로 표현되었다, "4명의 배우들이 몽둥이 춤을 추"[79]면, 학갑은 허둥대다가 스스로 반창고와 코피 모양의 접착물을 붙이고 쓰러짐으로써 관객의 웃음을 유발한다. 배우들의 연기가 희극적으로 연출되고 가장된 것임을 관객에게 인지시킨다. 또한 4장에서는 동네사람들로 등장하여 간난네를 괴롭히고 "궤짝 속의 알을 차지하려는 무용 및 판토마임"[80]을 한다. 8장의 결말부에서는 '새들의 정부'를 우회적으로 비판하는 합창도 하고 알동 왕을 향해 공과 달걀을 던지며 시위하기도 한다. 이처럼 4명의 배우가 하는 역할은 마치 고대 그리스 연극에 등장하는 코러스의 역할과 유

---

76 등장인물의 이름을 '인물'로 정하였다.
77 오태영, 『임금알』, 앞의 책, 49~50쪽.
78 오태영, 「난조유사」, 제1회 대한민국연극제 참가작품, 1977.9, 4쪽.
79 오태영, 『임금알』, 예니, 앞의 책, 13쪽.
80 오태영, 『임금알』, 예니, 위의 책, 23쪽.

사하다. 코러스처럼 노래와 춤을 추면서도 배우들처럼 인물을 맡아 연기를 하였다.[81] 장면마다의 연기 변신과 다양한 역할은 극에 희극적인 활력과 재미를 더하면서 연극성을 강화한다. 극의 분위기와 흐름, 양식으로서의 희극적이고 풍자적인 성격 형성에 확실하게 기여한다.

그런데 「임금알」에서 보여준 여러 기법들, 즉 관객에게 말하는 해설자의 등장, 4명 배우의 1인다역과 다양한 역할, 관객의 참여로 이어지는 열린 결말 형식이 이 작품의 비사실주의적인 양식적 특성을 확실히 보여준다. 그러나 이러한 기법들은 적어도 기법만의 문제가 아니라 인식과 실천과 관련된 문제로서 특정한 극양식을 지칭하기는 어려우나, 1960~80년대에 해외에서 수용된 서사극과, 이 시기에 자생적으로 성장·발전한, 진보적인 마당극과도 관련성이 있어 보인다. 브레히트가 정립한 서사극은 수동적인 관객의 태도를 변화시키고 관객이 현실을 구체적으로 인식하는 데 사용 가능한 생산재로서 현실을 변혁시켜야 하는 연극으로 보았다.[82] 1970년대 중반부터 마당극에선 당시에 벌어진 실제 사건을 소재로 하여 사건의 진상을 대중에게 알리기 위한 작품들이 탄생하였다. 이 가운데 「동일방직 문제 해결하라」(1978년)는 공연이 시위로 발전하여 배우들과 관객들이 경찰서에 연행되는 사태가 벌어지기도 하였다. 그후 1980년대 초중반 내내 대학문화의 대표주자였던 마당극은 일종의 대리집회

---

81 오스카 G. 브로켓·프랭클린 J. 힐디 저, 전준택·홍창수 역, 『연극의 역사』 I, 연극과인간, 2004, 58쪽.

82 한국브레히트학회, 『브레히트 연극 사전』, 한국외국어대학교지식출판콘텐츠원, 2021, 749쪽.

였다.[83]

두 개의 서로 다른 대본으로 검열을 통과하고 공연을 올리는 양면 전략은 탈주의 전략이다. 탈주는 지배적인 지위를 갖는 권력과 결부되어 그 가치를 뒤집거나, 혹은 그로부터 슬며시 벗어나면서 전혀 다른 양상의 가치나 결과를 생산함으로써 새로운 창조 영역을 생성하는 실천이다.[84] 오태영 작가는 박정희 정권부터 전두환 정권에 이르기까지 오랫동안 지속된 검열의 세계에서 검열의 허점을 이용하여 검열당국을 속이며 통제 체제의 영역 밖으로 '탈주'를 시도하였다. 개작을 통해 원작 「난조유사」에 있었던 두 가지 왕의 면모 중, 왕에 대한 풍자 부분을 더욱 구체적이고 풍부하게 형상화함으로써 원작과는 달리 독재 정치에 대한 풍자와 알레고리의 세계를 선명하게 구축하였다. 작가는 공연 금지 이후 8년 간의 긴 세월이 고통이었겠지만, 전혀 무의미한 시간은 아니었다. 원작 「난조유사」를 객관적으로 돌아볼 충분한 시간을 가졌을 것이다. 「임금알」은 서사극과 마당극의 기법과 정신을 받아들이게 되었고 공연을 본 관객이 현실에 참여하는 인식을 갖기를 바랐다. 탈주의 정신은 작품 안팎에서 선명하게 빛났고 저항의 탈주선을 보여주었다.

오태영 작가의 탈주는 일단 성공했다. 여기에서 '일단'이란 표현은 계획한 대로 공연이 성사되었다는 뜻이다. 두 차례나 금지된 작품을 전두환 정권에서 공연한다는 것만으로도 성공한 것이었다. 그러

---

83 1970~80년대 마당극에 관해서는 이영미, 『마당극 양식의 원리와 특성』, 한국예술종합학교 한국예술연구소, 41~48쪽 참고.

84 이진경, 『탈주선 위의 단상들』, 문화과학사, 1998, 132쪽.

나 실제 공연이 연습한 대로 만족스럽게 올려지진 않았다. 관객이 알 동 왕에게 공과 달걀을 투척하는 엔딩 장면이 작가가 기대한 만큼 극 적이면서 효과적으로 구현되지 않은 것 같다. 이에 대한 작가의 지적 에 연출가 기국서는 연습 부족의 탓으로 돌렸지만, 실상은 이미 공연 전에 정체 불명의 협박 전화가 계속 걸려왔고 공연을 수정할 수밖에 없었다고 한다.[85] 작가와 극단은 검열당국의 사전 심의를 무사히 통 과했지만 대본과 달리 반체제적이고 반사회적인 공연을 올렸을 때, 공연에 대해 모종의 압박이 들어올 거라고는 짐작하지 못했던 것 같 다. 특히 관객이 시위하는 결말 장면의 경우, 검열당국만이 아니라 보수적이고 친정부적인, 연극계 기성세력의 눈을 피하기는 쉽지 않 았을 것이다. 공연에 대한 압박은 대본만이 아니라 실제 공연에도 가 해지고 있었다.

공연 당시의 신문과 연극전문지를 살펴보니, 「임금알」에 대한 리 뷰나 신문 기사가 전혀 보이지 않는다. 월간지였던 연극 전문지 『한 국연극』 12월호에는 「임금알」의 공연 사진 한 장이 실렸을 뿐이다. 「임 금알」에 대한 리뷰는 없었다. 8년 만에 해금 작품이 공연될 것이라며 기사를 실어줬던 신문들도 기사를 게재하지 않아 공연 전의 모습과 는 대조적이었다. 단언하기는 어렵지만, 「임금알」 공연이 당시의 독 재 정권을 비판하는 풍자극이어서 연극전문지와 신문사에서 자율적 으로 리뷰나 기사를 게재하지 않았거나 게재를 금하는 압박을 받았 을 것으로 짐작된다.

---

85 최은옥, 앞의 글, 17쪽.

6. 맺음말

이 논문은 극작가 오태영의 희곡 「난조유사(卵朝遺事)」와 「임금알」
을 중심으로 검열과 개작의 양상을 분석하였다. 원작과 개작본의 차
이를 분석하되, 관련 자료들을 통해 작가가 검열을 받는 피검열의 상
황과 과정, 검열에 대응하는 행동과 방식을 함께 분석함으로써 기존
의 한국 현대 희곡사와 연극사에서 제대로 평가받지 못했던 작품들
의 의의를 되새겨보았다. 「난조유사」는 알에서 태어난 박혁거세 같
은 시조의 건국신화를 극의 모티브로 가져와 세속적 현실에서 건국
신화를 재현하려는 희극성이 강한 드라마다. 공윤에 의한 「난조유사」
의 공연 금지는 박정희 유신정권의 문화정책, 즉 '공연윤리강령'에
나타난 민족주의와 전통문화예술 옹호의 논리에 근거한 것으로서
공윤이 권위주의적이고 경직된 사고방식과, 권력의 관점에서 자의
적이며 지나치게 부정적으로 작품을 해석하였다. 오태영의 검열 불
복 행위는 1970년대에 접어들면서 연극계에서 가시화되던 검열 전
선의 한 사례였는데, 「난조유사」의 공연을 진행하는 대한민국연극
제의 집행위원회는 말할 것도 없고 제도권에 있던 연극계의 기성세
력도 「난조유사」의 공연 금지에 침묵으로 일관하면서 젊은 신인작
가 오태영만이 검열의 피해자로 남았다.

1970년대 후반 연극계의 검열전선에서 단독자였던 오태영은 80년
대 전두환 정권에서 검열을 통과하고 공연을 성사시키기 위해 이중
의 전략을 짜서 극단 76과 함께 실행했다. 검열당국을 속이기 위한
심의용 대본과 실제로 공연할 공연용 대본을 만들었던 것이다. 공연

본 「임금알」은 왕에 대한 풍자와 숭고의 미의식이 충돌하는 「난조유사」의 결함을 없애고 왕과 왕위의 정통성에 대한 풍자를 강조함으로써 당시 독재 정치에 대한 풍자와 알레고리의 세계를 선명하게 구축하며 저항의 탈주선을 보여주었다. 그리고 원작과는 달리, 4명의 코러스를 다채롭게 활용하여 극의 재미와 활력을 부여했고 관객과 소통하는 개방 구조의 특성을 지녔다. 특히 관객이 시위에 동참하는 결말 장면은 정권의 통제와 억압에 짓눌렸던 분노를 표출시키는 계기를 제공했다. 1970년대 중반에 공연 금지당했던 「난조유사」와 1985년에 공연되었으나 공연에 대한 외부의 압력으로 주목을 받지 못했던 「임금알」은 작가 오태영의 작가 생애에서도 중요한 의미를 차지하겠지만, 한국현대 희곡사와 연극사에서도 중요하게 자리매김 되어야 한다고 본다.

1970~80년대의 검열을 다룬 본고를 준비하면서 새로운 테마들과 마주치게 되었다. 대한민국연극제라는 국가적인 문화 행사의 존재와 역사에 대해, 검열전선의 불씨들을 꺼버리게 하는 제도권 내 연극계의 기성세력에 대해, 예윤이나 공윤과 같은 검열당국의 조직과 활동에 대해, 예술가들을 검열하는, 검열당국의 검열자/피검열자에 대해, 검열을 당하여 아직도 세상에 조명을 받지 못한 희곡들/작가들에 대해, 그리고 본고에서 다룬 오태영 작가의 다른 희곡들에 대해 많은 궁금증과 질문들이 떠올랐다. 이것들 모두 하나씩 천착하며 풀어나가야 할 과제로 남겨둔다.

개작과 검열의 사회 · 문화사 (2)

부록

아르코예술기록원 심의대본 목록[*]

종류	작품명	부제	행사명	작가	장르	연도	공연단체	심의정보_심의처
심의대본	…시대			홍미엽	연극	1984	장로회 신학대학 코이노니아 극회	한국공연윤리 위원회
심의대본	'72 스타의 밤		뮤직칼쇼- 코리아 만만세	김활천	대중	1972	-	한국예술문화 윤리위원회
심의대본	'87 로미오와 줄리엣			윌리엄 셰익스피어; William Shakespeare	연극	1986	극단 하다	공연윤리위원회
심의대본	'88 소년 홍길동(악보)		어린이 뮤지컬 전문극단 꾸러기 창단공연	권재우	연극	1988	어린이 뮤지컬 전문 극단 꾸러기	공연윤리위원회
심의대본	'88 소년 홍길동		어린이 뮤지컬 전문극단 꾸러기 창단공연	권재우	연극	1988	어린이 뮤지컬 전문 극단 꾸러기	공연윤리위원회
심의대본	'89 옹고집전		극단 한강 창단공연	이경행	연극	1989	극단 한강	공연윤리위원회
심의대본	(1인극) 허풍쟁이			이언호	연극	1983	-	한국공연윤리 위원회
심의대본	(1인극) 호녀(狐女) 갈잎			후지타 아사야; 藤田朝也	연극	1993	-	공연윤리위원회
심의대본	(4막의 탐정희극) 고독한 남자의 함정	그 여자 사람잡네		로베르 토마; Robert Thomas	연극	1992	우리극단 마당	공연윤리위원회
심의대본	(가무극) 情이 흐르네		예그린 제10회 공연	원작 고은, 구성 문예부	연극	1969	예그린	한국예술문화 윤리위원회
심의대본	(가정비화) 장화홍련전 (薔花紅蓮傳)		서울국악단 박미숙과 그 일행 제13회 작품	한철수	연극	1971	서울국악단, 박미숙과 그 일행	한국예술문화 윤리위원회
심의대본	(간증 선교극) 하늘의 종소리			미상	연극	1989	한국기독여성 문인 선교회	공연윤리위원회
심의대본	(간증선교극) 이 민족을 주소서			미상	연극	1988	한국기독여성 문인 선교회	공연윤리위원회
심의대본	(강부자 모노드라마) 붉은 캉거루		극단 시민극장 제8회 공연	강유일	연극	1982	극단 시민극장	한국공연윤리 위원회
심의대본	(강태기모노드라마) 돈			최송림	연극	1987		공연윤리위원회
심의대본	(경희극) 땅딸이 이기동 리사이틀			미상	연극	1978	대한연예공사	한국공연윤리 위원회

* 본 부록은 「한국문화예술위원회 아르코예술기록원」에서 제공한 자료를 토대로 한 심의대본 목록임을 밝힌다. 이 단행본의 출간 취지를 이해하시고 귀중한 자료를 제공해주신 기록원에 깊은 감사를 드린다.

심의대본	(경희극) 무식한 양반			미상	연극	1981	대한연예공사	한국공연윤리위원회
심의대본	(경희극) 무식한 양반			미상	연극	1981	대한연예공사	한국공연윤리위원회
심의대본	(경희극) 무식한 양반	전국 관광 열차쑈		신영애	연극	1978	문화연예공사	한국공연윤리위원회
심의대본	(경희극) 신식 대 구식			미상	연극	1981	신성악극단	한국공연윤리위원회
심의대본	(경희극) 신식 대 구식			미상	연극	1981	신성악극단	한국공연윤리위원회
심의대본	(고구려사화 창무극) 옛이야기		여성국극단 서울 「박미숙과 그 일행」 제5회 상연작품	허빈, 각색 이유진	연극	1968	여성국극단 서울	한국예술문화윤리위원회
심의대본	(고대극) 연꽃이 피었네			주태문	연극	1966	남원여성농악단	한국예술문화윤리위원회
심의대본	(고전무용극) 무영탑			구성 이화수	무용	1975	-	한국예술문화윤리위원회
심의대본	(공동창작 번역극) Que cherchez-vous?		Voix-Amies 제12회 불어연극	미상	연극	1986	Voix-Amies	공연윤리위원회
심의대본	(괴기전시) 드라큐라의 집			미상	기타	1986	서라벌인형 전시극	공연윤리위원회
심의대본	(괴기전시) 세계유령의 성			구성 윤정현	기타	1986	십자성인형기획	공연윤리위원회
심의대본	(괴기전시물) 유령의 집			이재갑	기타	1984	새벽인형극회	한국공연윤리위원회
심의대본	(구성대본) 도깨비 꿈동산			미상	연극	1993	극단 롯데월드	공연윤리위원회
심의대본	(국군장병 및 경로잔치 기금을 위한)'84 탤런트의 밤			미상	대중	1984	한국텔리비젼 방송기자협회	한국공연윤리위원회
심의대본	(그랜드 쇼) 5월의 찬가 (五月의 讚歌)	새마을의 경사	6,25 제22주년 및 예비군 창설 제4주년, 재향군인의 날 20주년 기념행사; 반공연예대제전	구성 김성천	복합	1972	-	한국예술문화윤리위원회
심의대본	(그랜드 코메디 쇼) 서울의 笑法者			서영춘, 구성 서영춘	연극	1967	국제쇼-	한국예술문화윤리위원회
심의대본	(그랜드 코메디 쇼) 정말 웃기네			구성 박응수	연극	1970	서라벌악극단	한국예술문화윤리위원회
심의대본	(그랜드 코메디 쇼) 웃음 豊年 노래 豊年		신신쇼- 창립기념 시민회관 공연	김성천	연극	1966	신신쇼-	한국예술문화윤리위원회
심의대본	(그루지아) 베리코니: 작품소개		93 춘천국제연극제 참가작	메라브 엘리자쉬빌리	연극	1993	아그리안대학 티빌리시극단	공연윤리위원회
심의대본	(그림자극) 곰돌이 행진곡			구성 강승균	연극	1983	-	한국공연윤리위원회
심의대본	(그림자극) 성냥팔이 소녀			한스 안데르센; Hans Andersen, 각색 강승균	연극	1983	-	한국공연윤리위원회
심의대본	(김광원이 펼치는 풍자 한마당) 맹물타령			김광원	연극	1989	극단 르네상스	공연윤리위원회
심의대본	(김동훈의 일인극) 로라 스켓을 타는 오뚜기			오태석	연극	1978	극단 실험극장	한국공연윤리위원회
심의대본	(김성구 무언극) 매호氏 거기서 뭐 하는거요			김성구	연극	1984	-	한국공연윤리위원회
심의대본	(김성구 무언극) 매호氏 거기서 뭐 하는거요		기획제작 예니 제17차 기획작품	미상	연극	1983	극단 예니	한국공연윤리위원회

심의대본	(꼭두극) 빨간모자			샤를 페로 ; Charles Perrault	연극	1982	-	한국공연윤리위원회
심의대본	(꼭두극) 산속의 임금님			미상	연극	1982	-	한국공연윤리위원회
심의대본	(꼭두극) 선녀와 나무꾼	날개옷		미상	연극	1985	-	한국공연윤리위원회
심의대본	(남북통일 계몽작품) 그 날을 위해		극단 가족 제20회 공연	박공서	연극	1988	극단 가족	공연윤리위원회
심의대본	(노래 무용극) 톰소여의 모험		꽃사슴 아동극단 제27회 공연작	마크 트웨인 ; Mark Twain, 편극 김정호	연극	1978	꽃사슴 아동극단	한국공연윤리위원회
심의대본	(노래극) 신드밧드의 모험		어린이를 위한 특별 프로그램 1	각색 이창기	연극	1987	극단 배우극장	공연윤리위원회
심의대본	(노래극) 신드밧드의 모험		어린이를 위한 특별 프로그램 1	각색 이창기	연극	1987	극단 배우극장	공연윤리위원회
심의대본	(농촌극) 광부에 딸			각색 하관호	연극	1973	극단 국민극단	한국예술문화윤리위원회
심의대본	(농촌극) 광부에 딸			각색 하관호	연극	1973	극단 국민극장	한국예술문화윤리위원회
심의대본	(뉴질랜드) 달과 무스타파 : 공연 개요			미상	연극	1991	스트링어렛쿼드 푸펫 티어터	공연윤리위원회
심의대본	(뉴질랜드) 사랑은 미로 : 작품소개		93 춘천국제연극제 참가작	데니시 월시	연극	1993	공원 극단	공연윤리위원회
심의대본	(단막 비극) 집에 돌아와서			게오르그히르쉬휄드	연극	1991		공연윤리위원회
심의대본	(단막극 ; 반공계몽극) 조국의 할아버지			주소옥	연극	1975	극단 역사무대	한국예술문화윤리위원회
심의대본	(단막극) 갈근마을 아이들		아동극단 무지개 제6회 공연	강기홍	연극	1978	아동극단 무지개	한국공연윤리위원회
심의대본	(단막극) 거룩한 직업		극단 중앙 제4회 공연작품 ; 토요 싸롱 무대	이근삼	연극	1975	극단 중앙	한국예술문화윤리위원회
심의대본	(단막극) 나나 + 게오르그	음악이 끝날 때		알프레트 베르크만 ; Alfred Bergmann	연극	1977	-	한국공연윤리위원회
심의대본	(단막극) 바보네 가게		제3회 회원단체 합동 연극제 참가작품	김일부	연극	1980	극단 예원극장	한국공연윤리위원회
심의대본	(단막극) 사람찾기			신근수	연극	1975	극단 무대	한국예술문화윤리위원회
심의대본	(단막극) 사랑의 열매		아동극단 무지개 제8회 공연작품	강기홍	연극	1979	아동극단 무지개	한국공연윤리위원회
심의대본	(단막극) 선악과		84년도 한국신문예협회 추대작품	박공서	연극	1984	극단 가족	한국공연윤리위원회
심의대본	(단막극) 십자의 표시가 있는 곳		극단 중앙 제10회 공연작품	유진 오닐 ; Eugene O'Neill	연극	1976	극단 중앙	한국예술문화윤리위원회
심의대본	(단막극) 싸리골 사람들			오재호	연극	1979	-	한국공연윤리위원회
심의대본	(단막극) 악몽(원제: 싸리골 사람들)			오재호	연극	1981	-	한국공연윤리위원회
심의대본	(단막극) 악몽(원제: 싸리골 사람들)			오재호	연극	1979	-	한국공연윤리위원회
심의대본	(단막극) 어떤 취침시간			숀 오케이시 ; Sean O'Casey	연극	1970	-	한국예술문화윤리위원회

383

심의대본	(단막극) 유리로 만든 벽	한국청소년연극교육협회 ; 제3회 회원단체합동 연극제 참가작품	김대경	연극	1980	극단 예원극장	한국공연윤리 위원회
심의대본	(단막극) 흉내내기	제3회 회원단체 합동극 제 참가작품	각색 박기선	연극	1980	청소년극단 물레방아	한국공연윤리 위원회
심의대본	(단막인형극) 울 줄 모르는 고양이	극단 영 OP. NO. 20-B	각색 강승균	연극	1991	극단 영	공연윤리위원회
심의대본	(단막풍자극) 쉐익스피어의 여인들		찰스 조지 ; Charles George	연극	미상	극단 여인극장	한국예술문화 윤리위원회
심의대본	(단막풍자극) 쉐익스피어의 여인들	숭의여전 연극부 제11회 공연	찰스 조지 ; Charles George	연극	1975	숭의여전 연극부	한국예술문화 윤리위원회
심의대본	(단막희곡) 모험에의 영원한 정착		최명천	연극	1982	-	한국공연윤리 위원회
심의대본	(단막희곡) 심판(審判)		김용락	연극	1971		한국예술문화 윤리위원회
심의대본	(단막희곡) 해조음		김용철	연극	1972	동국대학교 사범 대학 부속고등학교 연극반	한국예술문화 윤리위원회
심의대본	(단막희곡) 잘 되갑니다		장인식	연극	1967	실바스타쇼	한국예술문화 윤리위원회
심의대본	(대만) 서유기 : 공연 개요		미상	연극	1991	이완젠 인형극단	공연윤리위원회
심의대본	(대형 신화 인형극) 손오공 삼주 파초선(원전 : 서유기)		전운정 ; 錢云程	연극	1992	중국 사천성 성도시 목우피영 예술극원	공연윤리위원회
심의대본	(대형신화인형극) 손오공 삼조 파초선(원전 : 서유기)	중화사천성 청두시 (청 두성도목우피경예술극 원) 한국 초청 공연 ; 中國 四川省 成都市 (成都木 偶皮影藝術劇院) 한국 초청 공연	전운정 ; 錢云程	연극	1994	인형극단 환타지	공연윤리위원회
심의대본	(도깨비가 들려주는 이야기) 늑대와아기 돼지 / 당나귀 알		제이콥스 ; Joseph Jacobs, 한국 전래동 화, 각색 최승기	연극	1989	꿈동산 인형극회	공연윤리위원회
심의대본	(독일) 광대들의 쇼 - 어린이 들을 위한 인형극 : 공연 개요	대전 엑스포 세계꼭두놀 이 페스티벌 ; 미도파 메 트로홀 개관 1주년 기념 국제 인형극제	미상	연극	1993	핑케 팔츠	공연윤리위원회
심의대본	(독일) 밀림속의 생활 : 작품 개요	93 춘천국제연극제 참가작	베르톨트 브레히트 ; Bertolt Brecht	연극	1993	김나지움 휠바흐 극단	공연윤리위원회
심의대본	(동극) 밤나무골의 영수	아동극단 새들 제15회 공연작품	주평	연극	1972	아동극단 새들	한국예술문화 윤리위원회
심의대본	(동화극 오페렛타 ; 아라비 안 나이트 중에서) 巨人 투 라카스와 少年	79년 꽃사슴아동극단 제 29회 대공연 및 TV녹화 작품	각색 김정호	연극	1979	꽃사슴 아동극단	한국공연윤리 위원회
심의대본	(러시아 민화에서) 내이름은 코로보크	극단 영 OP. No. 54	강승균	연극	1993	극단 영	공연윤리위원회
심의대본	(러시아 전래동화 원작) 구두쇠 주인과 머슴		각색 김지훈	연극	1993	-	공연윤리위원회
심의대본	(러시아 전래동화) 구두쇠 주인과 머슴		각색 김지훈	연극	1992	예술극단 통일	공연윤리위원회
심의대본	(러시아 내게서 세상은 사 라지고 : 작품소개	93 춘천국제연극제 참가작	다닐 한스	연극	1993	극단 변화	공연윤리위원회

심의대본	(러시아) 인형들의 마술 세계 : 공연 개요	대전 엑스포 세계꼭두놀이 페스티벌 ; 제5회 춘천 인형극제 ; 미도파 메트로홀 개관 1주년 기념 국제 인형극제	미상	연극	1993	니콜라이 주코브 인형 극단 ; Nikolai Zykov Puppet Theatre	공연윤리위원회
심의대본	(록 뮤지컬) 지하철 1호선		폴커 루드비히 ; Volker Ludwig, 각색 김민기	연극	1994	극단 학전	공연윤리위원회
심의대본	(록 뮤지컬) 지하철 1호선		폴커 루드비히 ; Volker Ludwig, 각색 김민기	연극	1994	극단 학전	공연윤리위원회
심의대본	(마당놀이) 열두마당과 뒷풀이) 房子傳	문화방송 창사24주년 기념공연	김지일	연극	1985	-	한국공연윤리위원회
심의대본	(마당놀이) 배비장전	MBC 창사 26주년 기념 ; 제7회 MBC 마당놀이	김지일	연극	1987	극단 미추	공연윤리위원회
심의대본	(마당놀이) 별주부전	문화방송 창사1주년 기념공연	극본 김지일	연극	1982	극단 민예	한국공연윤리위원회
심의대본	(마당놀이) 봉이 김선달	MBC 창사 25주년 기념	각색 김지일	연극	1986	-	공연윤리위원회
심의대본	(마당놀이) 토선생전		안종관, 극본 김지일	연극	1993	극단 미추	공연윤리위원회
심의대본	(마임극) 겨울새의 울음과 4월의 어느 시인	극단 스튜디오 탈 제2회 정기공연 작품	구성 황석연	연극	1984	극단 스튜디오 탈	한국공연윤리위원회
심의대본	(마임극) 메시지2		황석연	연극	1984	극단 환상무대 25시	한국공연윤리위원회
심의대본	(마임극) 메시지2		황석연	연극	1984	극단 환상무대 25시	한국공연윤리위원회
심의대본	(마임행위극) 거대한 눈		윤진섭	연극	1987		공연윤리위원회
심의대본	(멸공동화극) 백조의 노래	개교15주년 기념 학예회 공연 및 제2회 청소년 연극제 참가작품	곽영석	연극	1981	청주 운호국민학교	한국공연윤리위원회
심의대본	(모노드라마) 빌라도의 고백		이진수	연극	1983		한국공연윤리위원회
심의대본	(모노드라마) 빌라도의 고백	극단 대하 제14회 공연 작품	이진수	연극	1980	극단 대하	한국공연윤리위원회
심의대본	(모노드라마) 빌라도의 고백		이진수	연극	1985		한국공연윤리위원회
심의대본	(모노드라마) 빨알간 피터의 告白(원작 : 어느 學術院에 제출된 報告 ; Ein Bericht für eine Akademie)		프란츠 카프카 ; Franz Kafka	연극	1988		공연윤리위원회
심의대본	(모노드라마) 소시민(小市民)		김용락	연극	1971	-	한국예술문화윤리위원회
심의대본	(모노드라마) 원점으로	극단 자유전선 제2회 공연작품	차정룡	연극	1971	극단 자유전선	한국예술문화윤리위원회
심의대본	(모노드라마) 장사꾼의 길		이계준	연극	1986	-	공연윤리위원회
심의대본	(모노드라마) 진실로 진실로 진실로		이보라	연극	1980	극단 창고극단	한국공연윤리위원회
심의대본	(모노드라마) 진실로 진실로 진실로		이보라	연극	1980	-	한국공연윤리위원회
심의대본	(모노드라마) 황무지(荒蕪地)		이반	연극	1979	극단 현대극장	한국공연윤리위원회

심의대본	(무언극) 광대의 일기			김영태	연극	1978	극단 창고극장	한국공연윤리위원회
심의대본	(무언극) 동물원 구경가자			유진규	연극	1978	극단 창고극장	한국공연윤리위원회
심의대본	(무언극) 매호氏네 보보행진			구성 김성구	연극	1987	극단 76극장	공연윤리위원회
심의대본	(무언극) 엔노모노가다리; 손 손과 그리고 얼굴(가제 : 태고적이야기)			운호 고지로	연극	1986	일본 청각장애자 극단	공연윤리위원회
심의대본	(무용극) 백조의 날개	새들 연기실 제13회공연 작품		주평	연극	1970	새들연기실	한국예술문화 윤리위원회
심의대본	(무직칼 코매디) 웃으며 꽃 피우자			구성 이상무	연극	1971	백만불악극단	한국예술문화 윤리위원회
심의대본	(무직칼 코믹쇼) 男子食母			각색 김성천	대중	1969	스왕그랜드	한국예술문화 윤리위원회
심의대본	(무직컬 그랜드 쇼) 서로 도우며 잘 살자			미상	대중	1969	대도회	한국예술문화 윤리위원회
심의대본	(뮤-직칼 코메듸 쇼) 부자 쌍곡선			구성 윤왕국	대중	1969	쇼- 뽀트	한국예술문화 윤리위원회
심의대본	(뮤-직칼쇼-) 20세기쇼	우리는 정사에 남는 조국의 일꾼이 됩시다; 1975년 대행진곡		김일광	대중	1975	이십세기흥업사 악극단	한국예술문화 윤리위원회
심의대본	(뮤-직칼쇼-) 20세기쇼	우리는 정사에 남는 조국의 일꾼이 됩시다; 1975년 대행진곡		김일광	대중	1975	이십세기흥업사 악극단	한국예술문화 윤리위원회
심의대본	(뮤지칼 그랜드 쇼) 70년의 순향전(春香傳)	스타의 밤		미상	대중	1970	연기분과위원회	한국예술문화 윤리위원회
심의대본	(뮤지칼 그랜드 쇼) 74년 가수의 대향연			이상필, 구성 서양훈	대중	1974	대지연예공사	한국예술문화 윤리위원회
심의대본	(뮤지칼 그랜드 쇼) 님과함께 벗과함께			김성천	대중	1973	프린스쇼	한국예술문화 윤리위원회
심의대본	(뮤지칼 그랜드 쇼) 팔자 편네			구성 김성천	대중	1970	황금마차	한국예술문화 윤리위원회
심의대본	(뮤지칼 그랜드 쇼) 황태자의 사랑	삼익흥업사악극단 시민회관 제4회 대공연; 신성일·문희쇼		구성 김성천	대중	1970	삼익흥업사 악극단	한국예술문화 윤리위원회
심의대본	(뮤지칼 그랜드 쑈) 73년 가수의 대향연			이한필	대중	1973	한국연예협회 가수분과 위원회	한국예술문화 윤리위원회
심의대본	(뮤지칼 그랜드쇼) 아씨	추석놀이 대공연		임희재	대중	1970	새별쇼	한국예술문화 윤리위원회
심의대본	(뮤지칼 그랜드 쑈) 靑春 하이웨이			각본 김성천	대중	1969	프린스쇼	한국예술문화 윤리위원회
심의대본	(뮤지칼 드라마) 세리 삭개오			이반	연극	1971	-	한국예술문화 윤리위원회
심의대본	(뮤지칼 방첩코메듸) 태백산맥; 웃어야 할까 울어야 할까			김활천	연극	1967	신신쇼-	한국예술문화 윤리위원회
심의대본	(뮤지칼 코메듸 쇼-) 쇼 十大 歌手쇼			구성 배삼룡	대중	1968	새별연예사	한국예술문화 윤리위원회
심의대본	(뮤지칼 코메듸 쇼) 새나라 폭소박람회(爆笑博覽會)			김보의·백금녀, 구성 김보의·백금녀	대중	1971	새나라쇼-	한국예술문화 윤리위원회

심의대본	(뮤지칼 코메듸 쑈-) 파란눈의 며누리와 일본 며누리		시민회관 개관 제7주년 기념공연대본	각본 김성천	대중	1968	-	한국예술문화 윤리위원회
심의대본	(뮤지칼 코메듸 쇼-) 쇼 十大歌手쇼		새별쇼 상연대본	구성 김포의	대중	1968	새별쇼	한국예술문화 윤리위원회
심의대본	(뮤지칼 코메디 쇼) 청춘만세(靑春萬歲)			김성천	대중	1972	대지연예사	한국예술문화 윤리위원회
심의대본	(뮤지칼 코메디) 우리도 한번 잘살어 보세			구성 김성천	연극	1973	무궁화악극단	한국예술문화 윤리위원회
심의대본	(뮤지칼 코메디) 八道江山			구성 김석민 · 김희갑	연극	1967	한국예술문화 진흥회	한국예술문화 윤리위원회
심의대본	(뮤지칼 코믹 쇼-) 男子食母			구성 김성천	대중	1968	프린스 쇼	한국예술문화 윤리위원회
심의대본	(뮤지칼 플레이) 우린, 새우젓이요		새우잡이 '93 ; 극단 제3극장 재창단 공연	구성 전세권	연극	1993	극단 제3극장	공연윤리위원회
심의대본	(뮤지칼 플레이) 우린, 새우젓이요		새우잡이 '93 ; 극단 제3극장 재창단 공연	구성 전세권	연극	1993	극단 제3극장	공연윤리위원회
심의대본	(뮤지칼) 도깨비 도도			미상	연극	1986	극단 현대 앙상블	공연윤리위원회
심의대본	(뮤지칼쇼-) 71年代의 사랑			김석민	대중	1971	대지흥행사	한국예술문화 윤리위원회
심의대본	(뮤지칼쇼)박단마귀국 가요제			김화랑	대중	1970	프린스악극단	한국예술문화 윤리위원회
심의대본	(뮤지컬 그랜드 쇼) 춘하추동3650일		한국연예협회 창립 제10주년 기념 대축제	각색 김성천	대중	1972	한국연예협회	한국예술문화 윤리위원회
심의대본	(뮤지컬 그랜드 쇼) 춘하추동3650일		한국연예협회 창립 제10주년 기념 대축제	각색 김성천	대중	1972	한국연예협회	한국예술문화 윤리위원회
심의대본	(뮤지컬 드라마) 님을 찾는 하늘소리			유치진, 각색 이강백	연극	1993	서울예술단	공연윤리위원회
심의대본	(뮤지컬 드라마) 님의 침묵	만해 한용운의 일대기		김상열	연극	1983	우리극단 마당	한국공연윤리 위원회
심의대본	(뮤지컬 코메디 인형극) 돈 주앙			V. 리바노프 · G. 바르진, 희곡 B. 골돕스끼	연극	1995	-	공연윤리위원회
심의대본	(뮤지컬 코메디 인형극) 돈 주앙			V. 리바노프 · G. 바르진, 희곡 B. 골돕스끼	연극	1995		공연윤리위원회
심의대본	(뮤지컬 코메디 SHOW) 웃고 노래하며 조국 지키자			구성 최수경	대중	1977	제일연예공사	한국공연윤리 위원회
심의대본	(뮤지컬 코메디) 땅콩껍질 속의 연가		뮤지컬센터 미리내 제4회 공연작품	송영, 각색 최창권	연극	1979	뮤지컬센터 미리내	한국공연윤리 위원회
심의대본	(뮤지컬 코메디) 피핀 (Pippin)			로저 허슨 ; Roger O. Hirson	연극	1987	극단 광장	공연윤리위원회
심의대본	(뮤지컬 코메디) 피핀 (Pippin)			로저 허슨 ; Roger O. Hirson	연극	1987	극단 광장	공연윤리위원회
심의대본	(뮤지컬 코메디) 피핀 (Pippin)			로저 허슨 ; Roger O. Hirson	연극	1987	극단 광장	공연윤리위원회
심의대본	(뮤지컬 코메디) 황성이 어디메와			송인현	연극	1995	극단 아름	공연윤리위원회
심의대본	(뮤지컬 코미크; 그랜드 바라이어디 쇼-) 황금빛 휴일(黃金빛 休日)		프린스 쇼- 시민회관 진출 제30회 기념공연	백림	대중	1968	프린스 쇼	한국예술문화 윤리위원회
심의대본	(뮤지컬 푸레이) 춤추는 힛쏭		이미자 · 박춘석 콤비 쇼	구성 설백	연극	1968	-	한국예술문화 윤리위원회

부록

심의대본	(뮤지컬) 무애가		김상열	연극	1991	극단 신시	공연윤리위원회
심의대본	(뮤지컬) 스크루우지(원작: A Christmas Carol)	크리스마스 캐롤	찰스 디킨스; Charles Dickens, 각색 양정현	연극	1986	극단 현대 앙상블	공연윤리위원회
심의대본	(뮤지컬) 요술공주 밍키		슈도 다케시; 首藤剛志, 각색 윤승일	연극	1986	극단 동아	공연윤리위원회
심의대본	(뮤지컬) 피노키오	극단 대중극장 어린이연극 특별공연	원작 카를로 콜로디; Carlo Collodi, 각색 이재현	연극	1985	극단 대중극장	한국공연윤리위원회
심의대본	(뮤직칼 그랜드 쇼-) 無錢旅行		심철호	연극	1968	서울쇼	한국예술문화윤리위원회
심의대본	(뮤직칼 그랜드 쇼-) 웃음도 절로 노래도 절로		이상무	연극	1968	악극단 청춘가족	한국예술문화윤리위원회
심의대본	(뮤직칼 그랜드 쇼-) 인생(人生)은 희극(喜劇)이다		김성천	대중	1968	새별 쇼	한국예술문화윤리위원회
심의대본	(뮤직칼 그랜드 쇼-) 행복(幸福)의 웨이딩드레스		각본 김성천	대중	1968	새별 쇼-	한국예술문화윤리위원회
심의대본	(뮤직칼 그랜드 쇼-) 희망실은 유신열차		김성천	대중	1973	스마일 SHOW	한국예술문화윤리위원회
심의대본	(뮤직칼 그랜드 쇼-) 꽃피는 八道江山	새별 쇼 시민회관 추석대공연; 윤정희·김희갑 쇼-	구성 김성천	대중	1969	새별 쇼-	한국예술문화윤리위원회
심의대본	(뮤직칼 그랜드 쇼-) 사랑의 쌍곡선(雙曲線)	최성룡·남정임 쇼; 프린스 쇼 시민회관 구정 대공연	구성 김성천	대중	1971	프린스쇼	한국예술문화윤리위원회
심의대본	(뮤직칼 그랜드 쇼) 스타의 밤	평강공주와 바보온달	미상	대중	1970	한국예술문화진흥회	한국예술문화윤리위원회
심의대본	(뮤직칼 그랜드 쇼) 웃음실은 관광열차	사단법인한국연예협회 연기분과위원회 제1회 대희극인제	구성 김완률	대중	1973	사단법인한국연예협회 연기분과위원회	한국예술문화윤리위원회
심의대본	(뮤직칼 그랜드 쇼) 즐거운 쇼· 쇼		김진	대중	1969	호화선	한국예술문화윤리위원회
심의대본	(뮤직칼 그랜드 쇼) 찬란(燦爛)한 성좌(星座)		구성 김성천	대중	1970	AAA쇼	한국예술문화윤리위원회
심의대본	(뮤직칼 그랜드 쇼) 청춘 행진곡		각색 김성천	대중	1977	서울 쇼	한국공연윤리위원회
심의대본	(뮤직칼 그랜드 쇼) 청춘신호등(靑春信號燈)	프린스 쇼- 제38회 시민회관 대공연	구성 김성천	대중	1969	프린스쇼	한국예술문화윤리위원회
심의대본	(뮤직칼 그랜드 쑈-) 공처가 진정서		김성천	대중	1966	-	한국예술문화윤리위원회
심의대본	(뮤직칼 그랜드 쑈; 구봉서·서영춘의) 청춘특등비서(靑春特等秘書)		구성 김성천	대중	1969	프린스쇼	한국예술문화윤리위원회
심의대본	(뮤직칼 그랜드 플레이) 유월, 구월, 십이월 그리고 삼월	74' 스타의 밤	김성철	대중	1974	한국영화인협회 연기위원회	한국예술문화윤리위원회
심의대본	(뮤직칼 그랜드쇼; 꼬마스타 김정훈) 장가가는 날		구성 김성천	대중	1970	뉴코리어 악극단	한국예술문화윤리위원회
심의대본	(뮤직칼 그랜드쇼-) 쌍십애상곡(雙十愛想曲)	김상희 리싸이틀; 서울신문사문화대상 수상기념 공연	구성 김성천	대중	1970	한국자유예술단	한국예술문화윤리위원회
심의대본	(뮤직칼 그랜드쇼) 인생복덕방(人生福德房)	사단법인 청소년선도협의회 불우청소년돕기대 희극인제	구성 송해·구봉서·서영춘	대중	1974	사단법인 청소년선도협의회	한국예술문화윤리위원회

심의대본	(뮤직칼 그랜드쇼-) 잠깐만 쉬어갑시다			전영만, 구성 전영만	대중	1978	예명, 연예계획	한국공연윤리위원회
심의대본	(뮤직칼 그랜드쇼) 70年代의 大合唱		제4회 가수의 날 기념축제 ; 가요 반세기사 특별 대공연	김성천 · 박호	대중	1970	한국연예협회	한국예술문화윤리위원회
심의대본	(뮤직칼 그렌드 쇼) 靑春 하이웨이			각본 김성천	대중	1969	프린스쇼	한국예술문화윤리위원회
심의대본	(뮤직칼 그렌드 쇼) 노래하는 새마을			박철	대중	1972	호화선	한국예술문화윤리위원회
심의대본	(뮤직칼 그렌드 Show) 칵텔 런퍼레트			번안 조영호	대중	1970	새랑랑쇼-	한국예술문화윤리위원회
심의대본	(뮤직칼 쇼) 노래 실은 황금마차(黃金馬車)			이상무	대중	1967	황금마차	한국예술문화윤리위원회
심의대본	(뮤직칼 쇼-) 코리아의 별		패티 김 · 후라이보이 · 길옥윤 도미고별 ; 박재란 귀국인사	황정태	대중	1968	서울째즈발레발레크럽, 박춘석과 그 악단	한국예술문화윤리위원회
심의대본	(뮤직칼 쇼) 대연예제전	가요, 폭소, 춤, 구룹사운드 대경연	20세기 쇼; 싸우며 건설하자! 건전한 국민생활! 명랑한 사회건설!	구성 송묵	대중	1972	이십세기흥업사	한국예술문화윤리위원회
심의대본	(뮤직칼 쇼) 서울의 찬가	파라마운트 쇼	20世紀쇼- ; 20th Century Show	송묵	대중	1972	20세기광업사	한국예술문화윤리위원회
심의대본	(뮤직칼 쑈) 우리는 효자			구성 김성천	대중	1971	신세계악극단	한국예술문화윤리위원회
심의대본	(뮤직칼 코메딕 쇼-) 웃으면 幸福이 온다			구성 이상무	대중	1966	악극단 청춘가족	한국예술문화윤리위원회
심의대본	(뮤직칼 코메딕 플레이) 청춘고속도로			구성 김성천	대중	1972	합동쇼	한국예술문화윤리위원회
심의대본	(뮤직칼 코메딕 SHOW) 땅딸이 이기동 리싸이틀			구성 이기동	대중	1978	대한연예공사	한국공연윤리위원회
심의대본	(뮤직칼 코메딕 SHOW) 웃는 얼굴에 복이 있다	배삼룡 리사이틀		김완률	연극	1975	배삼룡	한국예술문화윤리위원회
심의대본	(뮤직칼 코메딕) 노래실은 황금마차			구성 양석천	연극	1972	황금마차 쇼-	한국예술문화윤리위원회
심의대본	(뮤직칼 코메딕) 노래실은 황금마차			구성 김성천	연극	1972	황금마차 쇼-	한국예술문화윤리위원회
심의대본	(뮤직칼 코메딕) 노래하는 大春香傳			구성 김성천	연극	1972	한국자유예술단	한국예술문화윤리위원회
심의대본	(뮤직칼 코메딕) 배삼룡 풍년감사제(裵三龍 豊年感謝祭)			구성 배삼룡	연극	1977	대한연예공사, 제일연예공사	한국공연윤리위원회
심의대본	(뮤직칼 코메딕) 배삼룡 풍년감사제(裵三龍 豊年感謝祭)			구성 배삼룡	연극	1977	대한연예공사, 제일연예공사	한국공연윤리위원회
심의대본	(뮤직칼 코메딕) 사랑 실은 꽃마차			양석천	연극	1970	코메딕 코리아	한국예술문화윤리위원회
심의대본	(뮤직칼 코메딕) 사랑 실은 꽃마차			양석천	연극	1970	코메딕 코리아	한국예술문화윤리위원회
심의대본	(뮤직칼 코메딕) 웃으면서 일하자			구성 전예민	연극	1966	서울쑈-	한국예술문화윤리위원회
심의대본	(뮤직칼 코메딕) 웃음실은 八道江山; 뭇척 그리웠어요		추석명절 대공연 쇼- 플레이보이 시민회관공연대본	김성천	연극	1966	쇼- 플레이보이, 이미자	한국예술문화윤리위원회
심의대본	(뮤직칼 코메딕) 즐겁게 놀아라			구성 최수경	연극	1966	새마을악극단	한국예술문화윤리위원회

심의대본	(뮤직칼 코메디) 폭소 대춘향전		제3회 희극제 ; 불우이웃 돕기 자선대희극제	구성 양석천	연극	1975	사단법인 한국연예협회 연기분과 위원회	한국예술문화 윤리위원회
심의대본	(뮤직칼 코메디) 뭉쳐서 일하자			구성 김성천	연극	1973	한국연예단장협회 산하 중앙무대 악극단	한국예술문화 윤리위원회
심의대본	(뮤직칼 코메쇼) 춘향은 절개, 도령은 뱃짱		70년 송년 연예 대제전	구성 김성천	대중	1970	새별 연예부	한국예술문화 윤리위원회
심의대본	(뮤직칼그랜드쑈-) 靑春은 黃金이다		신성일 윤정희 쇼 ; 구정 시민회관 공연대본	각본 김성천	대중	1969	프린스쇼	한국예술문화 윤리위원회
심의대본	(뮤직칼쇼-) 노래하는 서울 쇼-			김성천	대중	1971	서울악극단	한국예술문화 윤리위원회
심의대본	(뮤직코메디) 무식한 양반			구성 이영민	연극	1966	서울쑈-	한국예술문화 윤리위원회
심의대본	(뮤직프레이 ; 스타- 훼스티발) 전진! 전진! 전진!(前進! 前進!)			김석민, 구성 김석민	연극	1975	한국연예단장협회	한국예술문화 윤리위원회
심의대본	(뮤직프레이 ; 스타- 훼스티발) 전진! 전진! 전진!(前進! 前進!)			김석민	연극	1975	한국연예단장협회	한국예술문화 윤리위원회
심의대본	(뮤직프레이 ; 스타- 훼스티발) 전진! 전진! 전진!(前進! 前進!)			김석민, 구성 김석민	연극	1975	한국연예단장협회	한국예술문화 윤리위원회
심의대본	(뮤직프레이 ; 스타- 훼스티발) 전진! 전진! 전진!(前進! 前進!)			김석민, 구성 김석민, 개작 고봉산	연극	1973	한국연예단장협회, 협회산하각단체 한국 예술문화진흥회	한국예술문화 윤리위원회
심의대본	(미국) 세상에서 가장 위대한 작은 쇼: 공연 개요		대전 엑스포 세계꼭두놀이 페스티벌 ; 미도파 메트로홀 개관 1주년 기념 국제 인형극제	미상	연극	1993	Jim Gamble Puppet Production	공연윤리위원회
심의대본	(미국) 이야기 해 주세요		제3회 춘천인형극제 참가작	Randel Mcgee	연극	1991	멕기 인형극단 ; McGee Puppet Production	공연윤리위원회
심의대본	(미국) 크고 나쁜 늑대에 대한 심판: 작품내용		93 춘천국제연극제 참가작	데이비드 커스벌트 · 대니 루비오 · 밥 브루스	연극	1993	걸프포트 극단	공연윤리위원회
심의대본	(민예 탈놀이) 창포각시		극단 민예극장 제24회 공연	공동편극 허규 · 장소현	연극	1976	극단 민예	한국공연윤리 위원회
심의대본	(민예 탈놀이) 창포각시		극단 민예극장 제24회 공연	공동편극 허규 · 장소현	연극	1976	극단 민예	한국공연윤리 위원회
심의대본	(민예탈놀이) 매화각시전			편극 허규	연극	1975	민예극단	한국예술문화 윤리위원회
심의대본	(박영규를 위한 1인극) 불효자는 웁니다			오태석	연극	1994	-	공연윤리위원회
심의대본	(박채규 모노드라마) 공처가를 울린 빚쟁이(원제 : 곰)			원작 안톤 체호프 ; Anton Pavlovich Chekhov, 각색 이관용	연극	1983	-	한국공연윤리 위원회
심의대본	(박채규, 양현자 부부의 광대극!!) 장날			박채규	연극	1989	-	공연윤리위원회
심의대본	(반공 계몽극) 선을 잃은 붉은영들			박공서	연극	1983	극단 가족	한국공연윤리 위원회
심의대본	(반공계몽극본) 악몽(惡夢)			김성수	연극	1978		한국공연윤리 위원회

심의대본	(반공극) 31번지(番地)의 38선(線)		6.25 25주년 상기 "멸공시민의 밤" 공연작품	김석민	연극	1975	사단법인한국연예협회	한국예술문화윤리위원회
심의대본	(반공극) 31번지(番地)의 38선(線)		6.25 25주년 상기 "멸공시민의 밤" 공연	김석민	연극	1975	사단법인한국연예협회	한국예술문화윤리위원회
심의대본	(반공극) 그 밤은 말이 없다		뉴-스타 상연대본	최수경	연극	1969	대한민국 재향군인회 서울특별시지회 향군연예부	한국예술문화윤리위원회
심의대본	(반공극) 나는 속죄한다		극단「예술극장」하반기(9월~11월) 공연작품(1978)	문영환	연극	1978	극단 예술극장	한국공연윤리위원회
심의대본	(반공극) 나는 自由를 찾아서			남인대	연극	1971	극단 자유전선	한국예술문화윤리위원회
심의대본	(반공극) 남과 북		이십세기흥업사 공연	구성 김송묵	연극	1976	이십세기흥업사	한국공연윤리위원회
심의대본	(반공극) 南과 北		20세기흥업사 공연	김송묵	연극	1978	20세기흥업사	한국공연윤리위원회
심의대본	(반공극) 내가 넘은 三八선			김정우	연극	1968	독립극단	한국예술문화윤리위원회
심의대본	(반공극) 노래의 대행진(大行進) ; 부자상봉기	민족의 찬가	광복 30주년 기념 예술제	김활천	연극	1975	사단법인 전국공연단체협회 산하 악극단 신세계 푸로모숀	한국예술문화윤리위원회
심의대본	(반공극) 노래의 대행진(大行進) ; 부자상봉기	민족의 찬가	광복 30주년 기념 예술제	김활천	연극	1975	각창연예단	한국예술문화윤리위원회
심의대본	(반공극) 노래의 대행진(大行進) ; 부자상봉기	민족의 찬가	광복 30주년 기념 예술제	김활천	연극	1975	장소팔 푸로덕슌	한국예술문화윤리위원회
심의대본	(반공극) 노래의 대행진(大行進) ; 부자상봉기	민족의 찬가	광복 30주년 기념 예술제	김활천	연극	1975	사단법인 전국공연단체협회 산하 호화선악극단	한국예술문화윤리위원회
심의대본	(반공극) 돌아온 아들			미상	연극	1984	신성악극단	한국공연윤리위원회
심의대본	(반공극) 돌아온 아들			미상	연극	1984	신성악극단	한국공연윤리위원회
심의대본	(반공극) 망향(望鄕)의 동산(東山)			장덕희	연극	1981	-	한국공연윤리위원회
심의대본	(반공극) 변질자			이길주	연극	1986	극단 꿈동산	공연윤리위원회
심의대본	(반공극) 봄밤에 온 사나이		6.25 26주 상기 공연	김석민	연극	1976	신성악극단	한국공연윤리위원회
심의대본	(반공극) 봄밤에 온 사나이		6.25 26주 상기 공연	김석민	연극	1976		한국공연윤리위원회
심의대본	(반공극) 山川도 울고 나도 울었다			최수경	연극	1971	-	한국예술문화윤리위원회
심의대본	(반공극) 삼인의 동지			김석민	연극	1976	-	한국공연윤리위원회
심의대본	(반공극) 쇠사슬			박숭인	연극	1984	-	한국공연윤리위원회
심의대본	(반공극) 여름날 갑자기			원작 최대형, 각본 장정기	연극	1975	극단 스타	한국예술문화윤리위원회
심의대본	(반공극) 용사들의 무덤		아동극단 꽃사슴, 극회 아카데미 제19회 공연	김정호	연극	1975	아동극단 꽃사슴, 극회 아카데미	한국예술문화윤리위원회

심의대본	(반공극) 원흉(元兇) 김일성(金日成)의 딸			김영만	연극	1968	극단 자유전선	한국예술문화윤리위원회
심의대본	(반공극) 자유가 그리워	악몽		박승인	연극	1982	-	한국공연윤리위원회
심의대본	(반공극) 지하실의 영웅들		제3회 청소년극단 합동연극제	김정호	연극	1980	꽃사슴아동극단	한국공연윤리위원회
심의대본	(반공극) 진짜 가짜 소동			미상	연극	1982	원일연예사	한국공연윤리위원회
심의대본	(반공드라마 씨리즈) 지하실의 영웅들			김정호	대중	1975	아동극단 꽃사슴	한국예술문화윤리위원회
심의대본	(반공드라마) 자유의 품에	고향은 그리워		박용훈	대중	1975	동아배우탈렌트 연기실, 한국TV영화제작본부	한국예술문화윤리위원회
심의대본	(반공드라마) 自由의 품에			박용훈	대중	1978	극단 백조	한국공연윤리위원회
심의대본	(반공드라마) 태양이 부끄러워			배삼용	대중	1969	중앙무대	한국예술문화윤리위원회
심의대본	(반공방첩 계몽극) 재생의 길			서라벌	연극	1970	한국곡예협회 산하 동아마법단	한국예술문화윤리위원회
심의대본	(반공악극) 북(北)에는 태양(太陽)이 없다			김석민, 구성 백만유	연극	1972	한국자유예술단	한국예술문화윤리위원회
심의대본	(반공악극) 빛을 등진 사람들			김성천	연극	1975	뉴코리아악극단	한국예술문화윤리위원회
심의대본	(반공악극) 저주의 노래			김성천, 구성 김성천	연극	1977	신신악극단	한국공연윤리위원회
심의대본	(반공악극) 저주의 노래			김성천, 구성 김성천	연극	1977	신신악극단	한국공연윤리위원회
심의대본	(반공악극) 촛불		'68 연예제	김석민	연극	1968	한국연예협회, 한국예술문화진흥회	한국예술문화윤리위원회
심의대본	(반공음악극) 후회하지 마라			이덕섭	연극	1969	악극단 대도회	한국예술문화윤리위원회
심의대본	(반공촌극) 진짜 아버지는 누구요		제4회 반공희극인제	양석천	연극	1976	한국연예협회	한국공연윤리위원회
심의대본	(방첩극) 갈등	113으로 다이알을 돌려라	국극단 금호 제3회 작품	이길주	연극	1980	국극단 금호	한국공연윤리위원회
심의대본	(방첩악극) 나에게 자유를 달라			미상	연극	1969	산업경제신문사	한국예술문화윤리위원회
심의대본	(버라이어티쇼) 음악은 즐거워			구성 김문응	대중	1968	-	한국예술문화윤리위원회
심의대본	(불가리아) 길에서 태어난 용		제3회 춘천인형극제 참가작	카렐 차페크; Karel Capek	연극	1991	센츄럴 인형극단; Central Puppet Theatre	공연윤리위원회
심의대본	(불가리아) 세상에서 가장 좋은 것&팔레스코: 공연 개요		대전 엑스포 세계꼭두놀이 페스티벌	미상	연극	1993	블라고에브그라드 시립 인형극단	공연윤리위원회
심의대본	(불교포교극) 환생			조성근	연극	1992		공연윤리위원회
심의대본	(불어극) 이방인			알베르 카뮈; Albert Camus, 각색 Robert AZENCOTT	연극	1988	-	공연윤리위원회
심의대본	(사설집) 금수궁가	김명곤 창작 판소리		김명곤	연극	1988	극단 아리랑	공연윤리위원회
심의대본	(사소설적 소극) 달걀	쌍벌죄 소동		펠리시앙 마르소; Félicien Marceau	연극	1985	극단 자유	한국공연윤리위원회

심의대본	(상고비화) 백란궁에 오신 님		거북선 여성국악예술단 창립공연 작품	이일파	연극	1971	거북선 여성국악 예술단	한국예술문화 윤리위원회
심의대본	(상고비화) 비운의 왕비			이일파	연극	1966	이군자와 그 일행	한국예술문화 윤리위원회
심의대본	(상고비화) 비원의 왕손		서울국극단 제11회 작품	이종화	연극	1970	서울국극단, 박미숙과 그 일행	한국예술문화 윤리위원회
심의대본	(상고사화) 서낭당의 연정		서울여성국극단 제32회 신작발표	이종화	연극	1971	서울여성국극단, 박미숙과 그 일행	한국예술문화 윤리위원회
심의대본	(상고야화) 눈물진 사랑놀이		유진 여성국극단 창립 제2회 상연작품	이일목, 편작 동화춘	연극	1972	유진 여성국극단	한국예술문화 윤리위원회
심의대본	(새로 쓰는 콩쥐팥쥐) 노래 하는 목걸이			송인현	연극	1992	-	공연윤리위원회
심의대본	(새로운 형태의 뮤지컬) 메밀꽃 필 무렵		창사 23주년 기념	이효석	연극	1984	문화방송	한국공연윤리 위원회
심의대본	(생명 연극) 다리 밑에서 주웠지	조성희 일인극		권인찬 · 박성진	연극	1993	문화사회	공연윤리위원회
심의대본	(선교공연) 공원이야기			이의우	연극	1990	-	공연윤리위원회
심의대본	(선교성극) 엘리, 엘리, 레마 사박다니!(원작: Jesus Christ Super Star)	주하나님 아버지시여, 어찌하여 나를 버리시나이까!	예장가족 1980년도 공연 작품	팀 라이스 ; Tim Rice, 각색 문시운	연극	1980	극단 예장가족	한국공연윤리 위원회
심의대본	(성극) 드고아에서 온 사람			로즈마리 모르간 ; Rosemary Morgan	연극	1978		한국공연윤리 위원회
심의대본	(성극) 드고아에서 온 사람	예언자 아모스		로즈마리 모르간 ; Rosemary Morgan	연극	1978		한국공연윤리 위원회
심의대본	(성극) 드고아에서 온 사람	예언자 아모스		로즈마리 모르간 ; Rosemary Morgan	연극	1983	한국기독교시청각	한국공연윤리 위원회
심의대본	(성탄절 성극) 빈 방 있습니까			최종률	연극	1989	선교극단 증언	공연윤리위원회
심의대본	(세계동화) 아기돼지삼형제			각색 제임스 할리웰 필립스 ; James Halliwell-Phillipps	연극	1984	-	한국공연윤리 위원회
심의대본	(세계적인 천재가희) 윤복희 귀국쇼(尹福姬 歸國쇼)			미상	대중	1968		한국예술문화 윤리위원회
심의대본	(소련) Kolobok		제3회 춘천인형극제 참가작	Nikolay Petrenko	연극	1991	키에프 인형극단 ; Kiev State Puppet Theatre	공연윤리위원회
심의대본	(쇼- 스토리) 스타의 밤		스타 푸레이	구성 박명	대중	1968	아시아 쇼-	한국예술문화 윤리위원회
심의대본	(스타- 의 밤 ; 뮤직플레이) 1971의 대합창			구성 백만리	연극	1971	한국영화인협회 연기분과, 새별흥업사	한국예술문화 윤리위원회
심의대본	(스페인) 수업 : 작품개요		93 춘천국제연극제 참가작	외젠 이오네스코 ; Eugene Ionesco	연극	1993	카롤로스 III	공연윤리위원회
심의대본	(슬로베니아) 귀여운 생쥐, 옛날 옛날에 나무 한 토막이 있었대요 : 공연 개요		대전 엑스포 세계꼭두놀이 페스티벌 ; 미도파 메트로홀 개관 1주년 기념 국제 인형극제	미상	연극	1993	루투코노브 글레달리스체 루블리아나	공연윤리위원회
심의대본	(승공 계몽극) 신이 없는 붉은 영들			박공서	연극	1983	극단 가족	한국공연윤리 위원회
심의대본	(승공계몽작) 노한 인생		한일대학생승공대회 (韓日大學生勝共大會)	박공서	연극	1968	-	한국예술문화 윤리위원회
심의대본	(시극) 바람있는 땅			배용제, 각색 7인 공동	연극	1991	극단 늘 푸른 수레바퀴	공연윤리위원회

부록

심의대본	(시극) 빛이여, 빛이여		제1회 현대시를 위한 실험무대	정진규	연극	1979	극단 민예극장	한국공연윤리위원회
심의대본	(시극) 빼앗긴 들에도 봄은 오는가		극단 상황 창단3·1절 기념공연	이인석	연극	1975	극단 상황	한국예술문화윤리위원회
심의대본	(시극) 새들도 세상을 뜨는구나			주인석	연극	1988	연우무대	공연윤리위원회
심의대본	(시극) 어미와 참꽃	광주의 땅과 하늘에 바치는 노래		하종오	연극	1990	-	공연윤리위원회
심의대본	(시극) 판각사(板刻師)의 노래		연극·한판 80	박제천	연극	1979	극단 76극장	한국공연윤리위원회
심의대본	(시민위안 연예대공연) 3,000만의 대행진			미상	복합	1974	-	한국예술문화윤리위원회
심의대본	(신파극) 신 장한몽(新 長恨夢)		한국연극배우협회 주최 고설봉선생 팔순 기념공연작품	차범석	연극	1992	한국연극배우협회	공연윤리위원회
심의대본	(신화인형극) 손오공	화운동(火雲洞)		미상	연극	1995		공연윤리위원회
심의대본	(실험극) 방관4			기국서	연극	1987	극단 76극장	공연윤리위원회
심의대본	(쎄미뮤지컬) 의사 망나니		극단 중앙 제2회 공연작품	몰리에르; Moliere, 번안 민촌	연극	1975	극단 중앙	한국예술문화윤리위원회
심의대본	(쑝 드라마쇼) 추억(追憶)의 앨범			김송묵	대중	1981	20세기흥업사	한국공연윤리위원회
심의대본	(아동뮤지칼) 인어공주		극단 부활 제16회 어린이 극장	이재현	연극	1993	극단 부활	공연윤리위원회
심의대본	(아일랜드) 한밤의 법정: 작품소개		93 춘천국제연극제 참가작	브라이언 메리맨	연극	1993	올리비안 극단	공연윤리위원회
심의대본	(악극) 1부 새마을의 연가 쇼; 2부 노래의 파노라마		박시춘 회갑기념 공연 작품	김석민	대중	1973	-	한국예술문화윤리위원회
심의대본	(악극) 홍도야 울지마라			임선규, 각색 김상렬	연극	1994	극단 가교	공연윤리위원회
심의대본	(알프레드의) 작은살인		극단 춘추 13회 공연	줄스 파이퍼; Jules Feiffer	연극	1981	극단 춘추	한국공연윤리위원회
심의대본	(어린이 뮤지칼) 집없는 아이			원작 엑토르 말로; Hector Malot, 각색 김병훈	연극	1987	-	공연윤리위원회
심의대본	(어린이 뮤지칼) 집없는 아이			원작 엑토르 말로; Hector Malot, 각색 김병훈	연극	1987	-	공연윤리위원회
심의대본	(어린이 뮤지컬 드라마) 신데렐라		80년 어린이날 기념공연	샤를 페로; Charles Perrault, 각색 이반	연극	1980	선명회어린이합창단, 선명회어린이무용단	한국공연윤리위원회
심의대본	(어린이 뮤지컬 드라마) 신데렐라(악보)		80년 어린이날 기념공연	샤를 페로; Charles Perrault, 각색 이반	연극	1980	선명회어린이합창단, 선명회어린이무용단	한국공연윤리위원회
심의대본	(어린이 뮤지컬 인형극) 카시탕가와 코끼리			안톤 체호프; Anton Pavlovich Chekhov·쿠브린, 각색 사갈로프·하이트	연극	1993	-	공연윤리위원회
심의대본	(어린이 뮤지컬) 개구장이 스머프			미상	연극	1992	극단 쑥갓	공연윤리위원회
심의대본	(어린이 뮤지컬) 귀여운 곤충들의 대합창			蓑田 正治, 각색 바람개비 공동작업	연극	1990	극단 바람개비	공연윤리위원회
심의대본	(어린이 뮤지컬) 미녀와 야수			미상	연극	1995	교육극단 징검다리	공연윤리위원회

심의대본	(어린이 뮤지컬) 백조왕자			한스 안데르센; Hans Andersen	연극	1994	극단 현장	공연윤리위원회
심의대본	(어린이 뮤지컬) 신데렐라			샤를 페로; Charles Perrault	연극	1993	극단 키드	공연윤리위원회
심의대본	(어린이 뮤지컬) 알라딘 (원작: 아라비안 나이트)			각색 송인현	연극	1995	극단 안데르센	공연윤리위원회
심의대본	(어린이 뮤지컬) 은하철도 999			마츠모토 레이지; 松本零士	연극	1989	-	공연윤리위원회
심의대본	(어린이 연극) 오성과 한음			이국형	연극	1987	극단 서울 포인트	공연윤리위원회
심의대본	(어린이를 위한 마당극) 바우전	극단 영 작품 No. 72		강승균	연극	1994	극단 영	공연윤리위원회
심의대본	(어린이를 위한 뮤지컬 연극) 톰 소여의 모험			마크 트웨인; Mark Twain	연극	1992	-	공연윤리위원회
심의대본	(어린이를 위한 뮤지컬 연극) 톰 소여의 모험			마크 트웨인; Mark Twain	연극	1992	-	공연윤리위원회
심의대본	(어린이의 벗) 방정환 선생	어린이 날 제정 60회 기념; 어린이 큰잔치 참가작품		김정호	연극	1982	청소년극단 백조	한국공연윤리 위원회
심의대본	(에드가 앨런 포우의) 미국의 꿈	극단 에저또·신협 공동 기획 작품		토니 하우스비얼트; Toni Hauswirth·구에리노 마졸라; Guerino Mazzola	연극	1987	극단 에저또, 극단 신협	공연윤리위원회
심의대본	(여성국극) 옛사랑	서라벌국악예술단 제5회 공연		김효경	연극	1992	서라벌국악예술단	공연윤리위원회
심의대본	(연극 그리고 영화) 묵시(默示)	구조주의 연극		김응수	연극	1982	극단 가야 (구 극단 거론)	한국공연윤리 위원회
심의대본	(연쇄뮤직 쇼) 다섯번째의 경사(慶事)			구성 김완율	연극	1968	스리쩨븐쇼	한국예술문화 윤리위원회
심의대본	(연출대본) 만리장성(萬里長城)			막스 프리쉬; Max Frisch	연극	1986	극단 현대극장	공연윤리위원회
심의대본	(연희굿) 천하굿	굿패 비나리 첫번째 굿판		미상	전통	1984	굿패 비나리	한국공연윤리 위원회
심의대본	(열과 정을 쏟은 대상의 싱거스타) 김흔 발표회			미상	대중	1978	흔, 현, 민3兄弟트리오, AAA 아세아 프로덕숀	한국공연윤리 위원회
심의대본	(영국) 오딧세이: 작품소개	93 춘천국제연극제 참가작		미상	연극	1993	-	공연윤리위원회
심의대본	(영어 연극) The Man Who Married A Dumb Wife			아나톨 프랑스; Anatole France	연극	1974	-	한국예술문화 윤리위원회
심의대본	(오스트리아) 서푼짜리 가극: 작품소개	93 춘천국제연극제 참가작		다리오 포; Dario Fo	연극	1993	인칭 극단	공연윤리위원회
심의대본	(우리나라 전래동화) 금도끼 은도끼			미상	연극	1994	-	공연윤리위원회
심의대본	(우리나라 전래동화) 은혜 갚은 두꺼비; 금도끼 은도끼; 연이와 버들동자; 늑대와 일곱마리 아기 양			미상	연극	1987	-	공연윤리위원회
심의대본	(우크라이나) 중용의 정신: 작품 해설	93 춘천국제연극제 참가작		안토니 구그닌	연극	1993	미모그라프	공연윤리위원회
심의대본	(원어극) 햄릿(Hamlet)			윌리엄 셰익스피어; William Shakespeare	연극	1986	국제대학 영어영문학회 연극반	공연윤리위원회
심의대본	(윤복희 모노드라마) 새끼줄			구성 윤복희	연극	1986	극단 현대양상블	공연윤리위원회

부록

심의대본	(윤심덕의) 사의 찬미			윤대성	연극	1986	극단 실험극장	공연윤리위원회
심의대본	(음악극) 어느 소녀 이야기			채애라	연극	1994	-	공연윤리위원회
심의대본	(음악극) 한녜의 승천(昇天)	창립 10주년 기념 대공연; 극단 민예극장 제69회공연		원작 오영진, 각색 장소현	연극	1983	극단 민예극장	한국공연윤리 위원회
심의대본	(의식개혁 선진화를 위한) 풍선이요, 풍선	제1회 사회정화연극공연		성준기	연극	1985	사회정화운동 종로구추진협의회	한국공연윤리 위원회
심의대본	(이봉조 작품집) 10년만의 초대(招待)	신곡 박목월 작시; 조국의 노래		구성 김포의	연극	1971	한국자유예술단	한국예술문화 윤리위원회
심의대본	(이솝 이야기) 기린과돼지			이솝 ; Aesop	연극	1984	-	한국공연윤리 위원회
심의대본	(이영란 모노드라마) 다시 서는 방			최미영	연극	1994	-	공연윤리위원회
심의대본	(이진순 선생 마지막 연출 작품) 갈매기	지촌 이진순 선생 10주기 추모공연		안톤 체호프 ; Anton Pavlovich Chekhov	연극	1994	극단 광장	공연윤리위원회
심의대본	(인도) 안다유그; 작품소개	93 춘천국제연극제 참가 작		드람비르 바라티	연극	1993	인도국립예술 연구소	공연윤리위원회
심의대본	(인도네시아) 마하바라타 : 해설 및 줄거리	제3회 춘천인형극제 참 가작		각색 이마데 시자 ; Imade Sija	연극	1991	이마데 시자 ; Imade sija Puppeteer	공연윤리위원회
심의대본	(인형극) 개구장이 스누피			찰스 M. 슐츠 ; Charles Monroe Schulz	연극	1986	극단 까망 인형극회	공연윤리위원회
심의대본	(인형극) 꼬마 재봉사			그림형제 ; Brüder Grimm	연극	1986	-	공연윤리위원회
심의대본	(인형극) 꼭두각시			박검지	연극	1966	서울인형극회	한국예술문화 윤리위원회
심의대본	(인형극) 꼭두각시 놀음			미상	연극	1975	현대인형극회	한국예술문화 윤리위원회
심의대본	(인형극) 도깨비 이야기; 성미 급한 고양이; 동물들의 운동회			하혜자	연극	1986	극단 해바라기	공연윤리위원회
심의대본	(인형극) 서유기(외) 7편	제2회 서울국제인형극제		미상	연극	1985	서라 신홍각장중극단, 민와좌, 마닐라 블랙 극장, 쎈쎌극단, 이레 슈아틸라 인형극장, 극단 도라, 뿌끄 인형 극단, 극단 다께노꼬	한국공연윤리 위원회
심의대본	(인형극) 아리바바와 40인의 도적//(꽁트) 울지않는 수탉님	극단 영 제9회 공연		미상	연극	1986	극단 영	공연윤리위원회
심의대본	(인형극) 영원한 두길			신관흥	연극	1985	-	한국공연윤리 위원회
심의대본	(인형극) 오리와 요술공; 팬 더곰과 고릴라; 어떤 이야기			미상	연극	1986	극단 까망	공연윤리위원회
심의대본	(인형극) 외토리 로버트			미상	연극	1988	극단 영	공연윤리위원회
심의대본	(인형극) 잉어의 선물; 마술 사의 제자			원작 해외 민화, 각 색 하혜자	연극	1988	극단 해바라기	공연윤리위원회
심의대본	(인형극) 춘향전			미상	연극	1975	현대인형극회	한국예술문화 윤리위원회
심의대본	(인형극) 파랑새	세계청소년의 해 기념; 극단 고향 제34회 대공연		모리스 마테를링크 ; Maurice Maeterlinck, 각색 가와지리 다이지 ; 川尻泰司	연극	1985	극단 고향	한국공연윤리 위원회

심의대본	(인형극) 파랑새			모리스 마테를링크; Maurice Maeterlinck, 각색 안정의	연극	1985	서울인형극회	한국공연윤리 위원회
심의대본	(인형극) 화랑관창; 달을 따온 익살꾼			편극 최명노	연극	1968	극단 예협	한국예술문화 윤리위원회
심의대본	(인형극) 흥부전			미상	연극	1975	현대인형극회	한국예술문화 윤리위원회
심의대본	(일본) 경단장수, 설녀, 사자 춤: 공연 개요		대전 엑스포 세계꼭두놀 이 페스티벌	미상	연극	1993	구루마	공연윤리위원회
심의대본	(일본) 무용 인형극: 공연 개요			미상	연극	1991	구루마 인형극좌	공연윤리위원회
심의대본	(일본) 배고픈 애벌레: 공연 개요			미상	연극	1991	지지로 인형극단	공연윤리위원회
심의대본	(일본) 삐에로(마리오네트): 공연 개요			미상	연극	1991	그리짱 인형극단	공연윤리위원회
심의대본	(일본) 삿갓 쓴 돌부처: 공연 개요			미상	연극	1991	다께노꼬 인형극단	공연윤리위원회
심의대본	(일본) 세마리의 양		제3회 춘천인형극제 참가작	Kouichi Maeda	연극	1991	인형극단 돈또; Puppet Theater Tonto	공연윤리위원회
심의대본	(일본) 수업: 작품개요		93 춘천국제연극제 참가작	외젠 이오네스코; Eugene Ionesco	연극	1993	문예좌	공연윤리위원회
심의대본	(일본) 숲속의 시		제3회 춘천인형극제 참가작	Yamagata Fumio	연극	1991	밍와좌; Minwaza; 民話座	공연윤리위원회
심의대본	(일본) 해님 달님: 공연 개요			미상	연극	1991	와께짱 인형극단	공연윤리위원회
심의대본	(일본전통인형극) 분라쿠 (文樂)공연단 내한공연: 공 연개요			미상	연극	1985	-	한국공연윤리 위원회
심의대본	(일선장병 위문을 위한) 제2 회 뽀빠이 이상용 웃음발표회			미상	대중	1973	-	한국예술문화 윤리위원회
심의대본	(일인극) 우리들의 김무용	가리왕의 땅		김영무, 각색 정현	연극	1988	극단 민예	공연윤리위원회
심의대본	(일인극본; 모노드라마) 이 원승의 「하늘텃따지」, (원제: 가리왕의 땅)			김영무	연극	1992	-	공연윤리위원회
심의대본	(입체전시물) 드라큐라성 (城)			이재각	기타	1984	새별인형극회	한국공연윤리 위원회
심의대본	(장막희곡) 오돌또기			노경식	연극	1983	민예극단	한국공연윤리 위원회
심의대본	(전래아동 뮤지컬) 콩쥐팥쥐			각색 이신애	연극	1994		공연윤리위원회
심의대본	(전래동화 원작; 마당놀이) 흥부전			선대웅	연극	1994	극단 쟁이	공연윤리위원회
심의대본	(전래동화) 황금 거위			각색 유은영	연극	1988	극단 로얄씨어터	공연윤리위원회
심의대본	(전래동화) 효성스런호랑이			미상	연극	1984		한국공연윤리 위원회
심의대본	(전면개작본) 뻐꾹, 뻑 뻐꾹			이언호	연극	1978	극단 상황	한국공연윤리 위원회
심의대본	(전설·창무극) 시집가는 날		여성국극단 서라벌 상연 작품	이유진	연극	1970	여성국극단 서라벌	한국예술문화 윤리위원회
심의대본	(제3회) 플레이보이컵 쟁탈 보컬그룹 경연대회			미상	대중	1971	-	한국예술문화 윤리위원회

심의대본	(주제연극 희곡대본) 나 때문에 우리가족 다투는 건 싫어요!!!	정신지체아 가정의 가족기능 향상을 위한 집단가족치료 프로그램	김은미	연극	1995	방화2종합사회복지관	공연윤리위원회
심의대본	(주한독일문화원) 알브레히트 로저 공연 협조요청서		게오르크 레히너; Georg Lechner	연극	1979	구스타프와 그의 앙상블; Gustaf und Sein Ensemble	한국공연윤리위원회
심의대본	(줄거리) 쥐의 씨름/ 마음씨 착한 할아버지와 욕심보 할아버지		미상	연극	1986	서울인형극회	한국공연윤리위원회
심의대본	(중국) 서유기: 공연 개요	대전 엑스포 세계꼭두놀이 페스티벌; 제5회 춘천 인형극제; 미도파 메트로홀 개관 1주년 기념 국제 인형극제	미상	연극	1993	중국목우예술단; 中國木偶藝術團	공연윤리위원회
심의대본	(중국) 서유기 중 저팔계 편: 공연 개요		미상	연극	1991	목우예술단	공연윤리위원회
심의대본	(중국) 손오공; 가오 청의 전투: 작품내용	93 춘천국제연극제 참가작	첸진광	연극	1993	베이징 극단	공연윤리위원회
심의대본	(중·고생을 위한) 학생 극본집		오혜령·주평·이 근삼·하유상·차 범석	연극	1975	-	한국예술문화윤리위원회
심의대본	(창무극) 한 많은 일부종사	서라벌국극단; 박금희와 그 일행 제7회 작품	이영재, 각색 동화춘	연극	1969	서라벌국극단, 박금희와 그 일행	한국예술문화윤리위원회
심의대본	(창작 무언 인형극) 어느 인생		미상	연극	1991	서울인형극단	기타
심의대본	(창작 무언 인형극) 혹부리 할아버지; 배고픈 애벌레		안정의(배고픈 애벌레)	연극	1991	꿈나무극장	공연윤리위원회
심의대본	(창작 판소리) 사마이 꽃이 되리라	극단 민예극장 공연작품	최인석	연극	1983	극단 민예극장	한국공연윤리위원회
심의대본	(창작 판소리) 사마이 꽃이 되리라		최인석	연극	1983	극단 민예극장	한국공연윤리위원회
심의대본	(창작 판소리) 오월 광주		임진택	연극	1994	-	공연윤리위원회
심의대본	(창작교육극) 신호등은 내 친구		한상곤	연극	1992	-	공연윤리위원회
심의대본	(창작극) 얼과 빛	제4회 전국 지방연극제 인천직할시 참가작품	김용락	연극	1986	극단 예인	공연윤리위원회
심의대본	(창작기획물) 톰소여의 모험		마크 트웨인; Mark Twain, 각색 김광태	연극	1991	-	공연윤리위원회
심의대본	(창작동화) 까까먹고맴맴		미상	연극	1984	-	한국공연윤리위원회
심의대본	(창작무용 대본) 산하		김기파	무용	미상	-	공연윤리위원회
심의대본	(청소년 어린이를 위한) 폭소 손오공의 대모험		극본 김선옥, 구성 김선옥	연극	1981	극단 예원	한국공연윤리위원회
심의대본	(최영준 모노드라마) 팔불출		전영호	연극	1987	극단 예전무대	공연윤리위원회
심의대본	(추리극) 갈 수 없는 나라	극단 거론 제38회 공연작품	원작 조해일, 각색 하유상	연극	1980	극단 거론	한국공연윤리위원회
심의대본	(秋夕맞이) 박상규 신작발표대공연(朴口奎 新作發表大公演)		각색 김일태	대중	1978	한국예술산업센타, MBC 문화방송	한국공연윤리위원회
심의대본	(추송웅 모노드라마) 빠알간 피터의 고백		프란츠 카프카; Franz Kafka	연극	1980	-	한국공연윤리위원회

심의대본	(추송웅 모노드라마) 빠알간 피터의 고백(告白)			프란츠 카프카; Franz Kafka	연극	1977	-	한국공연윤리 위원회
심의대본	(추송웅 모노드라마) 빠알간 피터의 고백(告白)			프란츠 카프카; Franz Kafka	연극	1977	-	한국공연윤리 위원회
심의대본	(추송웅 모노드라마) 빠알간 피터의 고백(告白)			프란츠 카프카; Franz Kafka	연극	1983	-	한국공연윤리 위원회
심의대본	(충효사상앙양) 작은별 한 가족 공연			각색 강문수	연극	1978	작은별연예단	한국공연윤리 위원회
심의대본	(캐나다) 감자인형 피크닉 대소동: 공연 개요	미도파 메트로홀 개관 1 주년 기념 국제 인형극제		미상	연극	1993	Theatre Beyond Words, Potato People	공연윤리위원회
심의대본	(캐나다) 마술의 세계 외: 공 연 개요	대전 엑스포 세계꼭두놀 이 페스티벌; 제5회 춘천 인형극제; 미도파 메트 로홀 개관1주년 기념 국 제 인형극제		미상	연극	1993	Famous People Players	공연윤리위원회
심의대본	(컬럼 연극) 광화문 블루스			심난파	연극	1988	극단 예당	공연윤리위원회
심의대본	(코메듸 그랜드 쇼) 대희극 제전			구성 김성천	연극	1970	프린스쇼	한국예술문화 윤리위원회
심의대본	(코메듸 그랜드 쇼) 대희극 제전(大喜劇祭典)			구성 김성천	연극	1970	새별쇼	한국예술문화 윤리위원회
심의대본	(코메듸 뮤직 쑈-) 감나무꼴 의 인조인간			구성 박명	대중	1968	대지연예사	한국예술문화 윤리위원회
심의대본	(코메듸 쇼-) 사랑의 멜로듸			미상	대중	1968	새랑랑	한국예술문화 윤리위원회
심의대본	(코메듸 쇼-) 웃으며 보세요			구성 이상무	대중	1966	나하나악극단	한국예술문화 윤리위원회
심의대본	(코메듸 쇼) 20세기 사나이			미상	대중	1969	라이온	한국예술문화 윤리위원회
심의대본	(코메듸 쇼) 웃기지 맙시다			이상무	대중	1969	새나라	한국예술문화 윤리위원회
심의대본	(코메듸 쇼) 청춘극장			구성 서영춘	대중	1969	뉴 코리아	한국예술문화 윤리위원회
심의대본	(코메듸- 쇼) 스타와 연애합 시다			구성 명진	대중	1966	무궁화악극단	한국예술문화 윤리위원회
심의대본	(코메듸) 바보같은 사나이			구성 이영진	연극	1972	-	한국예술문화 윤리위원회
심의대본	(코메듸·판토마임) 봄바 람은 五里亭			구성 양훈	연극	1969	금철푸로덕슌	한국예술문화 윤리위원회
심의대본	(코메디 쇼-) 人生 휴지통			구성 김성천	대중	1968	가도악극단	한국예술문화 윤리위원회
심의대본	(코메디 쇼) 후라이 보이 우 주에 가다			구성 이종곤	대중	1968	AAA 쇼	한국예술문화 윤리위원회
심의대본	(코메디쇼) 행복한 파도 소리			미상	대중	1972	럭키쇼	한국예술문화 윤리위원회
심의대본	(코믹 뮤지칼; 현대판) 놀부전	MBC 라디오의(청춘만세 청춘만세) 코믹 뮤지칼		구성 이종환	연극	1972	새별 쇼	한국예술문화 윤리위원회
심의대본	(코믹 뮤지칼; 현대판) 놀부전	MBC 라디오의(청춘만세 청춘만세) 코믹 뮤지칼		구성 이종환	대중	1972	새별 쇼	한국예술문화 윤리위원회
심의대본	(코믹 트레지디) 마지막 포옹(The Disposal)			윌리엄 인지; William Inge	연극	1988	-	공연윤리위원회

심의대본	(코믹 플레이)(서영춘의) 쇼 - 처럼 즐거운 인생		각본 김성천	대중	1968	프린스쇼	한국예술문화 윤리위원회
심의대본	(코믹환타지) 우리 나발을 불었다		김상열	연극	1990	극단 신시	공연윤리위원회
심의대본	(콜럼비아) 초승달: 작품소개	'93 춘천국제연극제 참가작	미상	연극	1993	-	공연윤리위원회
심의대본	(키노드라마 제1탄) 쌍룡검 객 팽돌이의 모험	극단 모델 제7회 대공연: TBC라이오 소년극장 인 기연속극 완전무대화	원작 고성의, 극본 고성의	연극	1978	아동극단 모델	한국공연윤리 위원회
심의대본	(탈춤과 창을 위한) 배비장전		김상열	연극	1987	우리극단 마당	공연윤리위원회
심의대본	(탈춤과 맵을 위한) 배비장 전(裵裨將傳)		김상열	연극	1982	우리극단 마당	한국공연윤리 위원회
심의대본	(판소리 인형극) 변가 옹가	극단 민예극장 창립 10주 년 기념 대잔치	김한영	연극	1983	극단 민예극장	한국공연윤리 위원회
심의대본	(판소리 창작극)(방디기의) 서울구경		최인석	연극	1994	-	공연윤리위원회
심의대본	(판토마임) 투 나잇스 더 나잇		미상	연극	1982	-	한국공연윤리 위원회
심의대본	(패숀 쇼를 위한 마임 드라마) 새 人形의 집		김용락	연극	1973	-	한국예술문화 윤리위원회
심의대본	(풍자극) 생쥐가 고양이 잡네	사랑방 소극장 개관공연	니콜라이 고골; Nikolai Gogol, 각색 김영문	연극	1988	극단 묵시록	공연윤리위원회
심의대본	(프랑스 전래동화) 마녀공주		각색 이준우	연극	1993	극단 유니콘	공연윤리위원회
심의대본	(프랑스 전래동화) 미녀와 야수		미상	연극	1993	극단 두율	공연윤리위원회
심의대본	(프랑스 전래동화) 인어 공주		개작 월트 디즈니, 각색 이준우	연극	1993	극단 유니콘	공연윤리위원회
심의대본	(프랑스) 논쟁: 작품소개	'93 춘천국제연극제 참가작	피에르 드 마리보; Pierre de Marivaux	연극	1993	실리 건 극단	공연윤리위원회
심의대본	(프랑스동화 원작) 내가 만약 엄마라면.		샤를 페로; Charles Perrault, 각색 임진 덕	연극	1994	극단 안데르센	공연윤리위원회
심의대본	(핀란드) 황금새: 공연 개요	대전 엑스포 세계꼭두놀 이 페스티발	시르파 시보리 아슾; Sirppa Sivori-Asp	연극	1993	푸른 사과 인형극단	공연윤리위원회
심의대본	(핀랜드) 아이노우: 작품소개	'93 춘천국제연극제 참가작	피르코 쿠리카	연극	1993	극단 피에스코	공연윤리위원회
심의대본	(한국전래동화 원작) 금도끼 은도끼		각색 김종문	연극	1994	소뚜껑 인형극단	공연윤리위원회
심의대본	(항일광복운동극) 상해의 꽃	극단 백조 창립 제3주년 기념공연 작품	박용훈, 각색 반지암	연극	1979	극단 백조	한국공연윤리 위원회
심의대본	(항일투쟁기) 보합단의 검은 장갑	국극단 신무대 제2작품	이길주	연극	1973	국극단 신무대	한국예술문화 윤리위원회
심의대본	(해학 창극) 뺑파전		김일구	연극	1988	김일구국악단	공연윤리위원회
심의대본	(헝가리) 찬티: 공연 개요	제5회 춘천인형극제; 미 도파 메트로홀 개관 1주 년 기념 국제 인형극제	미상	연극	1993	Ort-Iki Puppet Theatre	공연윤리위원회
심의대본	(현대가정 계몽극) 어머니 울지마세요		호걸남	연극	1993	한국특산물홍보 연예단	공연윤리위원회
심의대본	(현대무용 3막대본) 흙으로 빚은 사리의 나들이		김복희	무용	미상	김복희 · 김화숙 무용단	공연윤리위원회

심의대본	(호랑이 傳) 맥		서울민속극단 한국의 맥 시리즈	김인성	연극	1986	서울민속극단	공연윤리위원회
심의대본	(호주) 리챠드 브래드쇼와 그의 그림자 친구들: 공연 개요		대전 엑스포 세계꼭두놀이 페스티벌; 미도파 메트로홀 개관 1주년 기념 국제 인형극제	미상	연극	1993	Richard Bradshow	공연윤리위원회
심의대본	(호주) 생명에서 죽음으로: 작품소개		93 춘천국제연극제 참가작	패트릭 러셀	연극	1993	겨자씨 극단	공연윤리위원회
심의대본	(혼자하는연극; 모노드라마) 섬			김상수	연극	1992	김 아트 인스티튜트; 김 Art Institute	공연윤리위원회
심의대본	(Aids 계몽극) 사랑의 진실			박공서	연극	1994	World Family Performing Arts Company; 월드패밀리 퍼포밍아트 컴퍼니	공연윤리위원회
심의대본	(Exoricism) 신(神) 패거리		필리핀 아시아 연극 훼스티발 참가작품; 극단 대하 제23회 공연	김용락	연극	1983	극단 대하	한국공연윤리위원회
심의대본	(J. C. 하리스의 흑인민화집에서) 리어마스 할아버지 이야기	끝이 없는 이야기		조엘 챈들러 해리스; Joel Chandler Harris	연극	1990	-	공연윤리위원회
심의대본	(S. 베케트를 위한 무언극) 고도를 기다리는 두 뼈에로		극단 쎄실극장 제12회 공연작품; 무언극 씨리즈 제1탄	사무엘 베케트; Samuel Beckett, 구성 채윤일	연극	1980	극단 쎄실극장	한국공연윤리위원회
심의대본	[제목미상]			미상	연극	1969	-	한국예술문화윤리위원회
심의대본	(수정본) 콜라병(공연 윤리위원회 제출용)	이정일 한판극		최송림	연극	1993	극단 거론	공연윤리위원회
심의대본	0,917		극단 배우극장 제17회 공연작품	이현화	연극	1980	극단 배우극장	한국공연윤리위원회
심의대본	0,917			이현화	연극	1984	극단 쎄실	한국공연윤리위원회
심의대본	007 초코렛 사랑		극단 사조 17회 공연	유승봉	연극	1987	극단 사조	공연윤리위원회
심의대본	0時의 同伴者		극단 제작극회 제27회 공연 작품	아가사 크리스티; Agatha Christie	연극	1979	극단 제작극회	한국공연윤리위원회
심의대본	0의 도시		서울연극제 참가작품	오태영	연극	1989	극단 제3무대	공연윤리위원회
심의대본	1000일의 「앤」		극단 배우극장 제6회 공연작품	맥스웰 앤더슨; James Maxwell Anderson	연극	1977	극단 배우극장	한국공연윤리위원회
심의대본	1000日의 앤		극단 배우극장 제16회 공연작품	맥스웰 앤더슨; James Maxwell Anderson	연극	1980	극단 배우극장	한국공연윤리위원회
심의대본	105인의 연극 애호인이 선정한 6개의 단막극		극단 민예극장 제42회 공연	장소현·이강백·박조열·노경식·윤대성·이삼근	연극	1979	극단 민예극장	한국공연윤리위원회
심의대본	12夜		성심여대 연극반 제18회 정기공연	윌리엄 셰익스피어; William Shakespeare	연극	1979	성심여대 연극반	한국공연윤리위원회
심의대본	13 3/4살의 소년 아드리안 모올의 비밀일기			수 타운센드; Sue Townsend	연극	1986	실험극장	공연윤리위원회
심의대본	13 3/4살의 소년 아드리안 모올의 비밀일기			수 타운센드; Sue Townsend	연극	1986	실험극장	공연윤리위원회

심의대본	1793년 7월 14일		극단 프라이에 뷔네 52회 정기공연	페터 바이스; Peter Weiss, 각색 김종일	연극	1984	극단 프라이에 뷔네	한국공연윤리위원회
심의대본	1876~1894(한국근세사 중에서)		연우무대 Workshop3	미상	연극	1981	극단 연우무대	한국공연윤리위원회
심의대본	19 그리고 80	해롤드와 모드	극단 현대앙상블 제14회 공연작품	콜린 히긴스; Colin Higgins	연극	1987	극단 현대앙상블	공연윤리위원회
심의대본	19 그리고 80		극단 현대예술극장 32회 공연작품	콜린 히긴스; Colin Higgins	연극	1994	극단 현대예술극장	공연윤리위원회
심의대본	1919 31			김상수	연극	1982		한국공연윤리위원회
심의대본	1972년의 대행진			김석민, 구성 김석민	복합	1972	사단법인한국연예단장협회 선정 공연단체 산하 각 공연단체	한국예술문화윤리위원회
심의대본	1975년 어느 일요일 밤		6,25 25주년 상기 반공예술제	김석민	연극	1975	-	한국예술문화윤리위원회
심의대본	1980년 5월			오태석	연극	1980	-	한국공연윤리위원회
심의대본	1984		극단 가교 111회 정기공연	조지 오웰; George Orwell, 각색 정종화	연극	1984	극단 가교	한국공연윤리위원회
심의대본	1986년 7월			전기주	연극	1986	극단 76	공연윤리위원회
심의대본	1월 16일 밤		서울공대 연극회 제16회 정기 공연작품	아인 랜드; Ayn Rand	연극	1977	서울공대 연극회	한국공연윤리위원회
심의대본	1월 16일 밤에 생긴 일		극단 대하 제2회 쎄실 극장 공연	아인 랜드; Ayn Rand	연극	1978	극단 대하	한국공연윤리위원회
심의대본	200회 OB카니발		동양TV 스펙타클 쇼-OB 카니발 200회 기념공연	미상	대중	1969	AAA 쇼	한국예술문화윤리위원회
심의대본	20세기의 그리스도			P. T. Turner	연극	1977	밀알 성극 선교회	한국공연윤리위원회
심의대본	24時			안민수	연극	1981	서울예술전문대학 동랑레퍼터리극단	한국공연윤리위원회
심의대본	2박 3일		극단 가야 제2회 공연	남정희	연극	1984	극단 가야	한국공연윤리위원회
심의대본	2번가의 죄수(二番街의 罪人)		극단 고향 제19회 공연 작품	닐 사이먼; Neil Simon	연극	1978	극단 고향	한국공연윤리위원회
심의대본	3.1절 기념 대공연		반공연예제	구성 이백천·정호택	복합	1971	예술문화단체 총연합회	한국예술문화윤리위원회
심의대본	30일간의 야유회			이근삼	연극	1980	-	한국공연윤리위원회
심의대본	30일간의 야유회(30日間의 野遊会)			이근삼	연극	1982	극단 민우	한국공연윤리위원회
심의대본	30일간의 야유회(三〇日間의 野遊會)			이근삼	연극	1981		한국공연윤리위원회
심의대본	3명 중 가장 행복한 남자 (Le plus heureux des trois)			외젠 라비슈; Eugene Labiche	연극	1977		한국공연윤리위원회
심의대본	3분 정차		극단 민중극장 제21회 공연 작품	이어령	연극	1976	극단 민중극장	한국공연윤리위원회
심의대본	3천만의 대합창(三千萬의 大合唱)		국민총화로 승공통일!	김석민	대중	1973	한국연예단장협회 새나라악극단	한국예술문화윤리위원회
심의대본	49번째 행위			신홍식	연극	1981	극단 창고극장	한국공연윤리위원회
심의대본	49번째 행위			신홍식	연극	1982	극단 거론	한국공연윤리위원회

심의대본	49회전			신홍식	연극	1981	극단 76	한국공연윤리위원회
심의대본	4월 9일	그날을 잊지 않기 위하여	극단 연우무대 제22회 공연	이상우	연극	1988	극단 연우무대	공연윤리위원회
심의대본	4월굿, 사월		제7회 전국민족극 한마당	미상	연극	1994	전국민족극운동 협의회	공연윤리위원회
심의대본	5.16 기념 플레이보이배 쟁탈 보칼크럽 대경연			구성 최성일	대중	1969	플레이보이쇼	한국예술문화윤리위원회
심의대본	5270		극단 맥토 제20회 공연	노먼 홀랜드 ; Norman Holland	연극	1978	극단 맥토	한국공연윤리위원회
심의대본	5일간		민예극단 제13회 공연 작품	헨리 쟈이거	연극	1975	극단 민예	한국예술문화윤리위원회
심의대본	5파운드를 드릴께요		극단 맥토 제13회 공연 작품	존 보웬 ; John Bowen	연극	1976	극단 맥토	한국공연윤리위원회
심의대본	68번째의 자살		극단 조형극장 제5회 공연작품	이스라엘 호로비츠 ; Israel Horovitz	연극	1979	극단 조형극장	한국공연윤리위원회
심의대본	69 인기연예인 퍼레이드		제24회 경찰의 날 기념 경찰 유가족 및 경찰 가족 위한 대회	미상	대중	1969	-	한국예술문화윤리위원회
심의대본	6월의 별들			미상	대중	1971	명랑스테이지 악극단	한국예술문화윤리위원회
심의대본	70 소오울 싸운드 카니발			구성 김성천	대중	1970	AAA Show	한국예술문화윤리위원회
심의대본	70년대의 사랑		8.15, 25주년 기념 뮤지칼 그랜드 쇼	김석민, 구성 김석민	연극	1970	새나라쇼	한국예술문화윤리위원회
심의대본	72년 가수의 대향연			이상필	연극	1972	한국자유예술단	한국예술문화윤리위원회
심의대본	77년 가수의 대향연			백승찬, 구성 서양훈	연극	1977	사단법인 한국연예협회, 가수분과위원회	한국공연윤리위원회
심의대본	7년만의 외출		극단 신협 제123회 공연	조지 악셀로드 ; George Axelrod	연극	1988	극단 신협	공연윤리위원회
심의대본	7인의 신부(七人의 新婦)		중앙일보 창사 30주년; 호암아트홀 개관 10주년 기념공연	로렌스 카샤; Lawrence Kasha · 데이빗 랜데이 ; David Landay	연극	1995	극단 신시 뮤지칼 컴퍼니	공연윤리위원회
심의대본	92 수전노		극단 대하 제35회 공연	몰리에르 ; Moliere, 번안 김완수	연극	1992	극단 대하	공연윤리위원회
심의대본	9월의 노래			알렉스 고트리브 ; Alex Gottlieb	연극	1980	극단76	한국공연윤리위원회
심의대본	가가맨과 스머프			이중직	연극	1988	-	공연윤리위원회
심의대본	가갸거리의 고교씨			김자림	연극	1985		한국공연윤리위원회
심의대본	가갸거리의 고교氏			김자림	연극	1985	극단 영그리	한국공연윤리위원회
심의대본	가난의 신과 부자의 신			원작 로마야 게이고, 편극 정근	연극	1990	안데르센 인형극회, 야마이모 인형극단	공연윤리위원회
심의대본	가난한 사람들			미상	연극	1986		공연윤리위원회
심의대본	가라데혼 추신구라		서울올림픽 문화예술축전 서울국제연극제 참가 작품	다케다 이즈모 ; 竹田出雲	연극	1988	가부끼; Grand Kabuki Troupe	공연윤리위원회
심의대본	가로지기 타령		극단 민예극장 제78회 공연작품	허규	연극	1984	극단 민예극장	한국공연윤리위원회

403

심의대본	가마솥에 누룽지		선교극단 말죽거리 제2회 정기공연	손현미	연극	1993	선교극단 말죽거리	공연윤리위원회
심의대본	가믐		제20회 전국아동극 경연대회 참가작품	이명분	연극	1980	경기도 안성군 양진 국민학교	한국공연윤리위원회
심의대본	가벼운 통증(痛症)		극단 가교 89회 공연	해럴드 핀터; Harold Pinter	연극	1978	극단 가교	한국공연윤리위원회
심의대본	가섭스님과 수녀 마리아			양국승	연극	1993	-	공연윤리위원회
심의대본	가스등			패트릭 해밀턴; Patrick Hamilton	연극	1987	극단 챔프	공연윤리위원회
심의대본	가스등			패트릭 해밀턴; Patrick Hamilton	연극	1989	극단 배우극장	공연윤리위원회
심의대본	가스등			패트릭 해밀턴; Patrick Hamilton	연극	1985	우리극단 마당	한국공연윤리위원회
심의대본	가시나무새		극단 충우 제3회 대공연	콜린 매컬로; Colleen McCullough, 각색 하유상·심회만	연극	1990	극단 충우	공연윤리위원회
심의대본	가실이(嘉實이)		극단 민예극장 제34회 공연작품	신명순	연극	1978	극단 민예극장	한국공연윤리위원회
심의대본	가엾은 새의 보금자리 (원작: 버드베드)			레너드 멜피; Leonard Melfi	연극	1976	극단 76	한국공연윤리위원회
심의대본	가을 소나타			잉그마르 베르히만; Ingmar Bergman	연극	1988	극단 사조	공연윤리위원회
심의대본	가을 소나타			잉그마르 베르히만; Ingmar Bergman	연극	1981	-	한국공연윤리위원회
심의대본	가을 소나타			잉그마르 베르히만; Ingmar Bergman	연극	1988	극단 사조	공연윤리위원회
심의대본	가을 소나타		'95 전국대학연극제 참가작	잉그마르 베르히만; Ingmar Bergman, 각색 김정수	연극	1995	이화여자대학교 연극회 극터	공연윤리위원회
심의대본	가정상담소(家庭相談所)		극단 현대극회 제(9)2 공연	박경창	연극	1970	극단 현대극회	한국예술문화윤리위원회
심의대본	가제트 형사			각색 최성민	연극	1988	극단 친구들	공연윤리위원회
심의대본	가죽버선		서울 문리대 연극회 제18회 공연 작품	채만식	연극	1974	서울 문리대 연극회	한국예술문화윤리위원회
심의대본	가출기			윤조병	연극	1991	우리극단 마당	공연윤리위원회
심의대본	각설이 어미			최송림	연극	1994	극단 태양	공연윤리위원회
심의대본	각자의 테이블(Separate Tables)			테렌스 래티건; Terence Rattigan	연극	1981	극단 실험극장	한국공연윤리위원회
심의대본	각자의 테이블(Separate Tables)		숙명여대 영어영문학과 졸업연극	테렌스 래티건; Terence Rattigan	연극	1974	숙명여대 영어영문학과	한국예술문화윤리위원회
심의대본	각하(閣下)		제(9)기 졸업공연작품	김상민	연극	1968	현대연기학원	한국예술문화윤리위원회
심의대본	간난이의 효심			미상	연극	1993	-	공연윤리위원회
심의대본	간에 탈난 토끼			미상	연극	1987	극단 손가락	공연윤리위원회
심의대본	간첩은 체포된다	쌍가면의정체는 x57호		김덕봉	연극	1966	공인반공연예단	한국예술문화윤리위원회
심의대본	간첩잡은 홍노인(間諜잡은 洪老人)			이무랑	연극	1968	계몽예술연구회	한국예술문화윤리위원회
심의대본	갈 길은 먼데…		서울예술단 제12회 정기공연	김상열	연극	1992	서울예술단	공연윤리위원회

심의대본	갈가마귀			오재호	연극	1980	극단 창고극장	한국공연윤리위원회
심의대본	갈근마을 아이들		아동극단 무지개 창립 공연작품	강기홍	연극	1973	아동극단 무지개	한국예술문화윤리위원회
심의대본	갈매기		극단 광장 제61회 공연 작품	안톤 체호프; Anton Pavlovich Chekhov	연극	1983	극단 광장	한국공연윤리위원회
심의대본	갈매기		여인극장 창립공연	안톤 체호프; Anton Pavlovich Chekhov	연극	1966	여인극장	한국예술문화윤리위원회
심의대본	갈매기		극단 맥토 제31회 공연 작품	안톤 체호프; Anton Pavlovich Chekhov	연극	1980	극단 맥토	한국공연윤리위원회
심의대본	갈매기		연출가워크숍 세번째 공연	안톤 체호프; Anton Pavlovich Chekhov	연극	1993	한국연극연출가협회	공연윤리위원회
심의대본	갈매기 우는 마을			박향	연극	1983	-	한국공연윤리위원회
심의대본	갈매기의 집		새마음 갖기 제4회 학생 극대회 참가작품	전신	연극	1977	한국아동극협회	한국공연윤리위원회
심의대본	갈보리 언덕		정의여자중학교 개교 5주년 기념공연	폴 존슨; Paul Johnson	연극	1976	정의여자중고등학교	한국공연윤리위원회
심의대본	갈색(褐色)머리카락			김종달	연극	1969	드라마센타(동랑레퍼토리극단)	한국예술문화윤리위원회
심의대본	갈수없는 숲		극단 신협 르네쌍스 소극장 개관 기념 공연	조성현	연극	1974	극단 신협	한국예술문화윤리위원회
심의대본	갈잎의 노래		극단 대하 창립 기념 작품	박운원	연극	1978	극단 대하	한국공연윤리위원회
심의대본	감마선(線)은 달무늬 얼룩진 금잔화(金盞花)에 어떤 영향을 주었는가?		극단 뿌리 제26회 공연	폴 진델; Paul Zindel	연극	1981	극단 뿌리	한국공연윤리위원회
심의대본	감마선은 달무늬 얼룩진 금잔화에 어떠한 영향을 주었나			폴 진델; Paul Zindel	연극	1982		한국공연윤리위원회
심의대본	감마선은 달무늬 얼룩진 금잔화에 어떤 영향을 주었나			폴 진델; Paul Zindel	연극	1987	극단 코러스	공연윤리위원회
심의대본	감마선은 달무늬 얼룩진 금잔화에 어떤 영향을 주었는가			폴 진델; Paul Zindel	연극	1988	극단 안산예술극장	공연윤리위원회
심의대본	감마선은 달무늬 얼룩진 금잔화에 어떤 영향을 주었는가?		Y.W.C.A 청년부 아해 클럽 제9회 공연	폴 진델; Paul Zindel	연극	1983	Y.W.C.A 청년부 아해 클럽	한국공연윤리위원회
심의대본	감마선은 달무늬 얼룩진 금잔화에 어떤 영향을 주었는가?		제1회 전국대학연극축전 출전작품	폴 진델; Paul Zindel	연극	1978	경북대학교 극예술연구반	한국공연윤리위원회
심의대본	감마선은 달무늬 얼룩진 금잔화에 어떤 영향을 주었는가?		서울대학교 가정대학 학도호국단 연극회 제6회 공연	폴 진델; Paul Zindel	연극	1975	서울대학교 가정대학 학도호국단 연극회	한국예술문화윤리위원회
심의대본	감마선은 달무늬 얼룩진 금잔화에 어떤 영향을 주었는가?		동덕여대 연극부 가을 공연	폴 진델; Paul Zindel	연극	1974	동덕여대 연극부	한국예술문화윤리위원회
심의대본	감마선은 달무늬 얼룩진 금잔화에 어떤 영향을 주었는가?			폴 진델; Paul Zindel	연극	1976	극단 쎼실	한국공연윤리위원회
심의대본	감자와 쪽제비와 여교원(女敎員)			함세덕	연극	1992	창고극장	공연윤리위원회
심의대본	감찰관(監察官)			니콜라이 고골; Nikolai Gogol	연극	1985	극단 춘추	한국공연윤리위원회
심의대본	갑남을녀로 태어나서		제14회 전국남여중고등학교 연극경연대회 출품작	윤증환	연극	1975	-	한국예술문화윤리위원회

405

심의대본	甲男乙女로 태어나서			윤등환	연극	1979	-	한국공연윤리위원회
심의대본	갑오세 가보세		극단 아리랑 제3회 정기공연; 제1회 민족극한마당 참가작품	김명곤	연극	1988	극단 아리랑	공연윤리위원회
심의대본	갓	삼막짜리 안 연극	프라이에 뷔네 제2회 공연	쿠르트 괴츠 ; Curt Goetz	연극	1968	프라이에 뷔네	한국예술문화윤리위원회
심의대본	가죽버선			채만식	연극	1973	-	한국예술문화윤리위원회
심의대본	갑남을녀로 태어나서		제14회 전국남여중고등학교 연극경연대회 출품작	윤중환	연극	1975	-	한국예술문화윤리위원회
심의대본	갓스펠(GODSPELL)			존마이클 테블락; John Michael Tebelak, 각색 이지수	연극	1993	-	공연윤리위원회
심의대본	갓스펠(GODSPELL)	.		존마이클 테블락; John Michael Tebelak, 각색 이지수	연극	1993	-	공연윤리위원회
심의대본	갓스펠(GODSPELL)		뮤지컬센터 미리내 제5회 정기공연	존마이클 테블락; John Michael Tebelak, 재구성 조셉 베루; Joseph Beruh · 스튜어드 던컨; Stuart Duncan · 에드가랜스 버리; EdgarLans Bury	연극	1980	뮤지컬센터 미리내	한국공연윤리위원회
심의대본	갓스펠(GODSPELL)			존마이클 테블락; John Michael Tebelak	연극	1989	청소년극단 창조	공연윤리위원회
심의대본	갓스펠(GODSPELL)		극단 뿌리 제51회 정기대공연 작품	존마이클 테블락; John Michael Tebelak, 재구성 조셉 베루; Joseph Beruh · 스튜어드 던컨; Stuart Duncan · 에드가랜스 버리; EdgarLans Bury	연극	1986	극단 뿌리	공연윤리위원회
심의대본	갓스펠(GODSPELL)		1990년도 하반기 정기작품	존마이클 테블락; John Michael Tebelak, 재구성 조셉 베루; Joseph Beruh · 스튜어드 던컨; Stuart Duncan · 에드가랜스 버리; EdgarLans Bury	연극	1990	-	공연윤리위원회
심의대본	갓스펠(GODSPELL)		극단 맥토 제49회 정기대공연 작품	존마이클 테블락; John Michael Tebelak, 재구성 조셉 베루; Joseph Beruh · 스튜어드 던컨; Stuart Duncan · 에드가랜스 버리; EdgarLans Bury	연극	1987	극단 맥토	공연윤리위원회
심의대본	갓스펠(GODSPELL)		극단 맥토 제49회 정기대공연 작품	존마이클 테블락; John Michael Tebelak	연극	1987	극단 맥토	공연윤리위원회

심의대본	갓스펠(GODSPELL)			존 마이클 테블락 ; John Michael Tebelak	연극	1988	-	공연윤리위원회
심의대본	갓스펠(GODSPELL)			존 마이클 테블락 ; John Michael Tebelak	연극	1995	-	공연윤리위원회
심의대본	강건너 너부실로	극단 여인극장 제78회 대공연 ; 창단 20주년 기념공연		노경식	연극	1986	극단 여인극장	공연윤리위원회
심의대본	강도의 꿈			원작 성준기, 각색 조수연	연극	1988	-	공연윤리위원회
심의대본	강릉매화전			이재현	연극	1981	극단 실험극장	한국공연윤리위원회
심의대본	강명화(康明花)	극단 원방각 상연대본 ; 1967년도 상반기작품		김흥우	연극	1967	극단 원방각	한국예술문화윤리위원회
심의대본	강산따라 가락따라			구성 이문근	복합	1974	-	한국예술문화윤리위원회
심의대본	강요된 비극			안톤 체호프 ; Anton Pavlovich Chekhov	연극	1972	-	한국예술문화윤리위원회
심의대본	강제결혼			몰리에르 ; Moliere, 각색 김호대	연극	1985	우리극단 마당	한국공연윤리위원회
심의대본	강제결혼(强制結婚)	81년 극단 엘칸토극장 공연작품		몰리에르 ; Moliere	연극	1981	극단 엘칸토극장	한국공연윤리위원회
심의대본	강호무림의 용화 향도			황보위경	연극	1979	청소년극단 물레방아	한국공연윤리위원회
심의대본	개같은 청춘	극단 예당 제19회 정기공연작품		원작 알란 모일 ; Allan Moyle, 각본 이민재	연극	1991	극단 예당	공연윤리위원회
심의대본	개구리 반찬	극단 76 제7회 공연작품		김병준	연극	1978	극단 76	한국공연윤리위원회
심의대본	개구리 삼형제			김영식	연극	1994	별마당인형극회	공연윤리위원회
심의대본	개구리 연못 / 초록별 여행			미상	연극	1992	-	공연윤리위원회
심의대본	개구리 왕눈이			미상	연극	1993	극단 하나	공연윤리위원회
심의대본	개구리 왕자			미상	연극	1994		공연윤리위원회
심의대본	개구리 왕자			그림형제 ; Brüder Grimm, 각색 안혁, 번안 안혁	연극	1993	아동뮤지컬전문 극단 꿈상자	공연윤리위원회
심의대본	개구리 왕자			그림형제 ; Brüder Grimm	연극	1991		공연윤리위원회
심의대본	개구리 왕자			조재학	연극	1992		공연윤리위원회
심의대본	개구장이 데니스			미상	연극	1994	-	공연윤리위원회
심의대본	개구장이 데니스			미상	연극	1995	교육극단 징검다리	공연윤리위원회
심의대본	개구장이 돌이			미상	연극	1989	극단 로가로세	공연윤리위원회
심의대본	개구장이 돼지 삼총사			미상	연극	1989	우리인형극회	공연윤리위원회
심의대본	개구장이 돼지 삼총사			미상	연극	1991		공연윤리위원회
심의대본	개구장이 또또와 왕바보	극단 영 OP. No. 71		강승균	연극	1994	극단 영	공연윤리위원회
심의대본	개구장이 샛별이			미상	연극	1991	호돌이인형극회	공연윤리위원회
심의대본	개구장이 샛별이			미상	연극	1992	꾸러기 인형극회	공연윤리위원회
심의대본	개구장이 스머프			미상	연극	1988	극단 쑥갓	공연윤리위원회
심의대본	개구장이 스머프			미상	연극	1988	극단 쑥갓	공연윤리위원회

심의대본	개구장이 스머프			미상	연극	1989	-	공연윤리위원회
심의대본	개구장이 스머프			미상	연극	1992	극단 동방	공연윤리위원회
심의대본	개구장이 스머프 삼형제			각색 한상곤	연극	1993	극단 뜨락	공연윤리위원회
심의대본	개구장이 푸푸			A. 린드버그	연극	1986	인형극단 손가락	공연윤리위원회
심의대본	개구장이 푸푸			A. 린드버그	연극	1987		공연윤리위원회
심의대본	개구장이 푸푸			A. 린드버그	연극	1991	극단 손가락	공연윤리위원회
심의대본	개구장이들의 우주 대모험			미상	연극	1990	-	공연윤리위원회
심의대본	개구장이들의 우주 대모험			미상	연극	1991		공연윤리위원회
심의대본	개구장이들의 축제			라이너 하크펠트; Rainer Hachfeld	연극	1984	극단 광장	한국공연윤리 위원회
심의대본	개구장이와 마법			미상	연극	1986		공연윤리위원회
심의대본	개구쟁이 스머프			이창기	연극	1994	-	공연윤리위원회
심의대본	개구쟁이와 마법사		95 서울어린이연극제 참가작	미상	연극	1995	바탕골 가족극장	공연윤리위원회
심의대본	개미귀신			원작 이외수, 희곡 양국승	연극	1993		공연윤리위원회
심의대본	개미와 배짱이 / 소와 개구리 / 시골쥐 서울쥐 / 밥통과 손, 발			이솝; Aesop	연극	1986	서울인형극회	공연윤리위원회
심의대본	개미와 베짱이		새마을 운동 촉진 학생극발 표 및 지방순회 공연작품	주평	연극	1972	성신여자사범대학 부속국민 학교	한국예술문화 윤리위원회
심의대본	개미와 베짱이			이솝; Aesop	연극	1992		공연윤리위원회
심의대본	개미와 베짱이			이솝; Aesop	연극	1991	서울인형극단	공연윤리위원회
심의대본	개미와 베짱이			이솝; Aesop	연극	1993	서울인형극회	공연윤리위원회
심의대본	개미와 비둘기			원작 이솝; Aesop, 각색 김종문	연극	1994	소뚜껑 인형극단	공연윤리위원회
심의대본	개미와 비둘기			미상	연극	1990	서울인형극단	공연윤리위원회
심의대본	개미와 아이스크림			임규	연극	미상		공연윤리위원회
심의대본	개뿔			이강백	연극	1986	서울미대 극예술 연구회	한국공연윤리 위원회
심의대본	개뿔		극단 가교 제96회 공연; 제3회 대한민국 연극제 참가작품	이강백	연극	1979	극단 가교	한국공연윤리 위원회
심의대본	개뿔			이강백	연극	1988	-	공연윤리위원회
심의대본	개의 행복			강준용	연극	1985	-	한국공연윤리 위원회
심의대본	거꾸로 사는 세상			권병길	연극	1988	극단 자유	공연윤리위원회
심의대본	거꾸로 사는 세상			권병길	연극	1988	극단 자유	공연윤리위원회
심의대본	거꾸로 사는 세상			권병길	연극	1988	극단 자유	공연윤리위원회
심의대본	거꾸로 선 사람들			박영서	연극	1969	서강연극회	한국예술문화 윤리위원회
심의대본	거룩한 직업		극단 아카데미 5회 공연	이근삼	연극	1974	극단 아카데미	한국예술문화 윤리위원회
심의대본	거북이와 토끼 / 콩쥐팥쥐 이야기			각색 강준택	연극	1986		공연윤리위원회
심의대본	거세된 남자			프란츠 사버 크뢰츠; Franz Xaver kroetz	연극	1987	극단 민중극단	공연윤리위원회

심의대본	거세된 남자			프란츠 크사버 크뢰츠; Franz Xaver kroetz	연극	1987	극단 민중극단	공연윤리위원회
심의대본	거울 속의 당신		제16회 서울연극제 참가작	노경식	연극	1992	극단 사조	공연윤리위원회
심의대본	거울보기			구성 박은희	연극	1994		공연윤리위원회
심의대본	거인 투라카스와 소년		아동극단 꽃사슴 제10회 대공연 및 TV녹화 작품	김정호	연극	1975	아동극단 꽃사슴	한국예술문화 윤리위원회
심의대본	거제도 사람들		극단 동양극장 창단공연 작품	박만순	연극	1982	극단 동양극장	한국공연윤리 위원회
심의대본	거지왕자			마크 트웨인; Mark Twain	연극	1987	안데르센 인형극회	공연윤리위원회
심의대본	거짓말 하는 여인 (La Menteuse)	거짓말 속의 幸福	극단사조 제38회 정기공 연 작품	브리케르; Bricaire · 레제그; Lasayguess	연극	1993	극단 사조	공연윤리위원회
심의대본	거짓말장이 목동 / 소가 된 아저씨			미상	연극	미상	뻬에로 인형극회	공연윤리위원회
심의대본	건강진단		극단 산울림 제9회 공연	조해일	연극	1974	극단 산울림	한국예술문화 윤리위원회
심의대본	건너가게 하소서			김성일	연극	1993	극단 춘추, 연예인 선교회	공연윤리위원회
심의대본	건너가게 하소서			김성일	연극	1993	연예인선교회, 극단 춘추	공연윤리위원회
심의대본	건널목 삽화			윤조병	연극	1981	극단 에저또	한국공연윤리 위원회
심의대본	건축사와 아씨리 황제			페르난도 아라발; Fernando Arrabal	연극	1985	신선극장	한국공연윤리 위원회
심의대본	건축사와 아씨리 황제		극단 고향 제17회 공연 대본	페르난도 아라발; Fernando Arrabal	연극	1977	극단 고향	한국공연윤리 위원회
심의대본	건축사와 아씨리 황제			페르난도 아라발; Fernando Arrabal	연극	1983	극단 신협	한국공연윤리 위원회
심의대본	걸덕쇠 타령			미상	연극	1985	극단 도라	한국공연윤리 위원회
심의대본	걸떡쇠 타령			미상	연극	1988	-	공연윤리위원회
심의대본	걸떡쇠 타령			황병도	연극	1992	극단 서울무대	공연윤리위원회
심의대본	걸리버 여행			원작 조나단 스위프 트; Jonathan Swift	연극	1995	뻬에로 인형극회	공연윤리위원회
심의대본	걸리버 여행기(Gulliver's Travels)			조나단 스위프트; Jonathan Swift, 각색 앨런 리; Alan Leigh	연극	1990	민중극단	공연윤리위원회
심의대본	검은 가면의 무도회(검은 假面의 舞蹈會)		극단 은하 제9회 정기 공연작	이용희	연극	1976	극단 은하	한국예술문화 윤리위원회
심의대본	검은 고양이			에드거 앨런 포; Edgar Allan Poe	연극	1982	-	한국공연윤리 위원회
심의대본	검은 고양이		추송웅 모노드라마 (No.3)	에드거 앨런 포; Edgar Allan Poe, 각색 추송웅	연극	1981	-	한국공연윤리 위원회
심의대본	검은 고양이			에드거 앨런 포; Edgar Allan Poe	연극	1982	-	한국공연윤리 위원회
심의대본	검은 고양이 / 함정과 진자 / 제인 에어			에드거 앨런 포; Edgar Allan Poe, 샬롯 브론테; Charlotte Bronte	연극	1975	-	한국예술문화 윤리위원회

심의대본	검은 고양이 네로			하유상	연극	1973	-	한국예술문화 윤리위원회
심의대본	검은 몸들	극단 시민극장 소극장 개관기념공연		장 주네 ; Jean Genet	연극	1984	극단 시민극장	한국공연윤리 위원회
심의대본	검은 백조	제58회 극단 프라이에 뷔네 정기공연 대본		마르틴 발저 ; Martin Walser	연극	1985	극단 프라이에 뷔네	한국공연윤리 위원회
심의대본	검은 브람스에 하얀 영가 (靈歌)를			제임스 손더스 ; James Saunders	연극	1979	극단 쎄실극장	한국공연윤리 위원회
심의대본	검은 브람스에 하얀 영가를	극단 작업 제29회 공연		제임스 손더스 ; James Saunders	연극	1979	극단 작업	한국공연윤리 위원회
심의대본	검은새	극단 성좌 제52회 공연작품 ; 제9회 대한민국 연극제 참가작품		정복근	연극	1985	극단 성좌	한국공연윤리 위원회
심의대본	검정고무神			민용태	무용	미상	-	공연윤리위원회
심의대본	검찰관			니콜라이 고골 ; Nikolai Gogol	연극	1978	-	한국공연윤리 위원회
심의대본	검찰관			니콜라이 고골 ; Nikolai Gogol	연극	1988	-	공연윤리위원회
심의대본	검찰측증인(檢察側證人)	극단 민중극장 제41회 공연		아가사 크리스티 ; Agatha Christie	연극	1978	극단 민중극장	한국공연윤리 위원회
심의대본	겁장이 생쥐와 말하는 버섯			문옥자	연극	1991	서울인형극회	공연윤리위원회
심의대본	겁장이 점보			미상	연극	1990	우리인형극회	공연윤리위원회
심의대본	겁쟁이 점보			미상	연극	1989	우리인형극회	공연윤리위원회
심의대본	게사니	제7회 대한민국 연극제 참가작품		이근삼	연극	1983	극단 민중극장	한국공연윤리 위원회
심의대본	게사니	이근삼교수회갑 기념공연		이근삼	연극	1989	민중극단	공연윤리위원회
심의대본	겨울 무지개			미상	연극	1992	극단 느깨	공연윤리위원회
심의대본	겨울 사자(獅子)들	서라벌 소극장 개관 기념 공연		제임스 골드먼 ; James Goldman	연극	1981	극단 창조극장	한국공연윤리 위원회
심의대본	겨울 사자(獅子)들	서라벌 소극장 개관 기념 공연		제임스 골드먼 ; James Goldman	연극	1981	-	한국공연윤리 위원회
심의대본	겨울 사자(獅子)들	극단 산울림의 현대작가 시리즈 제5탄! ; 극단 산 울림 제6회 공연작품		제임스 골드먼 ; James Goldman	연극	1972	극단 산울림	한국예술문화 윤리위원회
심의대본	겨울 사자(獅子)들	극단 성좌 제51회 공연		제임스 골드먼 ; James Goldman	연극	1985	극단 성좌	한국공연윤리 위원회
심의대본	겨울 사자들	극단 산울림의 현대작가 시리즈 제5탄 ; 극단 산울 림 제6회 공연		James Goldman	연극	1972	극단 산울림	기타
심의대본	겨울 사자들			제임스 골드먼 ; James Goldman	연극	1993	극단 로뎀	공연윤리위원회
심의대본	겨울江 하늬바람	극단 에저또 56회 공연작품		박범선	연극	1981	극단 에저또	한국공연윤리 위원회
심의대본	겨울에서 가을까지(Four Seasons)	극단 뿌리 제20회 공연		아널드 웨스커 ; Arnold Wesker	연극	1980	극단 뿌리	한국공연윤리 위원회
심의대본	겨울에서 가을까지(Four Seasons)	극단 뿌리 창립공연		아널드 웨스커 ; Arnold Wesker	연극	1977	극단 뿌리	한국공연윤리 위원회

심의대본	겨울이야기	서울대학교 개교 30주년 기념 연극제 사회과학대학 · 법과대학 · 경영대학 · 음악대학 합동공연	윌리엄 셰익스피어; William Shakespeare	연극	1976	서울대학교 사회과학대학, 서울대학교 법과대학, 서울대학교 경영대학, 서울대학교 음악대학	한국예술문화윤리위원회
심의대본	겨울호텔의 일곱 번째 테이블 (Seperate Tables)	극단 춘추 창단 공연작품	테렌스 래티건; Terence Rattigan	연극	1979	극단 춘추	한국공연윤리위원회
심의대본	격정만리	극단 아리랑 제8회 정기 공연 작품	김명곤	연극	1991	극단 아리랑	공연윤리위원회
심의대본	결산(決算)		하인리히 뷜; Heinrich Boll	연극	1977	-	한국공연윤리위원회
심의대본	결산(決算)		하인리히 뷜; Heinrich Boll	연극	1978	-	한국공연윤리위원회
심의대본	결산(決算)		하인리히 뷜; Heinrich Boll	연극	1977	-	한국공연윤리위원회
심의대본	결혼	극단 거론 공연작품	이강백	연극	1981	극단 거론	한국공연윤리위원회
심의대본	결혼		이강백	연극	1986	극단 시민극장	공연윤리위원회
심의대본	결혼		이강백	연극	1981		한국공연윤리위원회
심의대본	결혼	극단 자유극장 제46회 대공연	이강백	연극	1974	극단 자유극장	한국예술문화윤리위원회
심의대본	결혼	극단80 제6회 정기공연	이강백	연극	1984	극단80	한국공연윤리위원회
심의대본	결혼	극단한걸음 첫번째 공연	이강백	연극	1983	극단 한걸음	한국공연윤리위원회
심의대본	결혼		이강백	연극	1993	-	공연윤리위원회
심의대본	결혼(Marriage)		니콜라이 고골; Nikolai Gogol	연극	1982	-	한국공연윤리위원회
심의대본	결혼 중매	극단 중앙 제7회 공연작품	윌리엄 셰익스피어; William Shakespeare, 번안 민촌	연극	1975	극단 중앙	한국예술문화윤리위원회
심의대본	결혼 중매인	서울대학교 공과대학 연극회 제2회 공연 대본	손톤 와일더; Thornton Wilder	연극	1968	서울대학교 공과대학 연극회	한국예술문화윤리위원회
심의대본	결혼 중매인(仲媒人)	서울간호전문학교 연극반 제2회 공연	손톤 와일더; Thornton Wilder	연극	1977	서울간호전문학교 연극반	한국공연윤리위원회
심의대본	결혼상담소(結婚相談所)	현대극회 제1회 공연작품	박경창	연극		현대극회	한국예술문화윤리위원회
심의대본	결혼소동		니콜라이 고골; Nikolai Gogol	연극	1980	극단 민중극장	한국공연윤리위원회
심의대본	결혼소동		니콜라이 고골; Nikolai Gogol	연극	1979	극단 민중극장	한국공연윤리위원회
심의대본	결혼시키세요	극단 예술극장 2회 공연	노엘 카워드; Noel Coward	연극	1977	극단 예술극장	한국공연윤리위원회
심의대본	결혼연습	쌀롱 떼아뜨르(秋) 개관 1주년기념 특별공연 작품	진 스톤; Gene Stone · 레이 쿠니; Ray Cooney	연극	1981	-	한국공연윤리위원회
심의대본	결혼연습	극단 아름 창단 공연	진 스톤; Gene Stone · 레이 쿠니; Ray Cooney	연극	1988	극단 아름	공연윤리위원회
심의대본	결혼연습		진 스톤; Gene Stone · 레이 쿠니; Ray Cooney	연극	1983		한국공연윤리위원회

411

심의대본	결혼중매(The Matchmaker)			손톤 와일더 ; Thornton Wilder	연극	1981	극단 현대극장	한국공연윤리위원회
심의대본	결혼중매(The Matchmaker)	개교 70주년 기념 숭의 극회 발표회(제4회)		손톤 와일더 ; Thornton Wilder	연극	1973	숭의여자고등학교 연극부	한국예술문화 윤리위원회
심의대본	결혼하기 싫은 남자	극단 로얄씨어터 제65회 정기공연		닐 사이먼 ; Neil Simon	연극	1991	극단 로얄씨어터	공연윤리위원회
심의대본	겹 괴기담(Double Gothic)			마이클 커비 ; Michael Kirby	연극	1982	동랑레퍼터리극단	한국공연윤리위원회
심의대본	경음악 경연대회			각색 이재춘	대중	1966	아시아 쇼	한국예술문화 윤리위원회
심의대본	계엄령(L'Etat de Siege)	극단 로얄씨어터 제32회 정기공연 ; 제26회 동아 연극상 참가작 ; 제13회 서울연극제 참가신청작		원작 알베르 카뮈 ; Albert Camus, 각색 서강이	연극	1989	극단 로얄씨어터	공연윤리위원회
심의대본	계엄령(L'Etat de Siege)	극단 로얄씨어터 제25회 공연 작품		원작 알베르 카뮈 ; Albert Camus, 각색 서강이	연극	1988	극단 로얄씨어터	공연윤리위원회
심의대본	고고 갤러파티			구성 최성일	연극	1970	프레이보이 푸로덕슌	한국예술문화 윤리위원회
심의대본	고고 카니발			김성천	대중	1970	뉴- 코리아쇼	한국예술문화 윤리위원회
심의대본	고금 강짜 전집(古今 강짜 全集)			구성 이서구	연극	1968	아시아쑈	한국예술문화 윤리위원회
심의대본	고대상사 모양도	민예극단 제17회 공연작품		김희창	연극	1975	극단 민예	한국예술문화 윤리위원회
심의대본	고대상사모양도	민예극단 제17회 공연		김희창	연극	1975	극단 민예	한국예술문화 윤리위원회
심의대본	고도를 기다리며			사무엘 베케트 ; Samuel Beckett	연극	1983	극단 쎄실	한국공연윤리위원회
심의대본	고도를 기다리며	중앙대학교 연극영화과 과 지방순회 공연		사무엘 베케트 ; Samuel Beckett	연극	1975	중앙대학교 연극 영화학과	한국예술문화 윤리위원회
심의대본	고도를 기다리며	극단 대하 3회 공연작품		사무엘 베케트 ; Samuel Beckett	연극	1978	극단 대하	한국공연윤리위원회
심의대본	고도를 기다리며	극단 산울림 제42회 공연 작품 ; '88 서울국제연극 제 참가작품		사무엘 베케트 ; Samuel Beckett	연극	1988	극단 산울림	공연윤리위원회
심의대본	고도를 기다리며	소극장 산울림 개관기념 공연 ; 극단 산울림 제28 회 공연		사무엘 베케트 ; Samuel Beckett	연극	1985	극단 산울림	한국공연윤리위원회
심의대본	고도를 기다리며			사무엘 베케트 ; Samuel Beckett	연극	1980	한국외국어대학교 학도 호국단문예부 연극반	한국공연윤리위원회
심의대본	고도를 기다리며	서울대학교 사회과학대 학 연극회 창립공연		사무엘 베케트 ; Samuel Beckett	연극	1975	서울대학교 사회과 학대학 연극회	한국예술문화 윤리위원회
심의대본	고도를 기다리며	76극단 제12회 공연작품		사무엘 베케트 ; Samuel Beckett	연극	1979	76극단	한국공연윤리위원회
심의대본	고도를 기다리며	중앙대학교 연극영화학 과 지방공연		사무엘 베케트 ; Samuel Beckett	연극	1975	중앙대학교 연극 영화학과	한국예술문화 윤리위원회
심의대본	고도를 기다리며			사무엘 베케트 ; Samuel Beckett, 구성 김동수	연극	1977	-	한국공연윤리위원회

심의대본	고도를 기다리며			사무엘 베케트 ; Samuel Beckett	연극	1983	극단 뿌리	한국공연윤리위원회
심의대본	고도우를 기다리며			사무엘 베케트 ; Samuel Beckett	연극	미상	극단 미완성	공연윤리위원회
심의대본	고도우를 기다리며		극단 미완성 제2회 공연 작품	사무엘 베케트 ; Samuel Beckett	연극	1984	극단 미완성	한국공연윤리위원회
심의대본	고도우를 기다리며			사무엘 베케트 ; Samuel Beckett	연극	1981	극단 창고극장	한국공연윤리위원회
심의대본	고도우를 기다리며			사무엘 베케트 ; Samuel Beckett	연극	1975	-	한국예술문화윤리위원회
심의대본	고도우를 기다리며			사무엘 베케트 ; Samuel Beckett	연극	1984	-	한국공연윤리위원회
심의대본	고도우를 기다리며			사무엘 베케트 ; Samuel Beckett	연극	1987	극단 76극장	공연윤리위원회
심의대본	고독(孤獨)이라는 이름의 여인(女人)		극단 뿌리 제16회 공연작품	앙드레 슈발츠-바르트 ; Andre Schwarz-Bart	연극	1979	극단 뿌리	한국공연윤리위원회
심의대본	고독한 영웅			김인성	연극	1987	극단 챔프	공연윤리위원회
심의대본	고독한 영웅(孤獨한 英雄)		극단산하제11회 상연 작품	후구다 쯔네아리 ; 福田恒存	연극	1969	극단 산하	한국예술문화윤리위원회
심의대본	고래		극단 주부토 제4회 공연 작품	유진 오닐 ; Eugene O'Neill	연극	1981	극단 주부토	한국공연윤리위원회
심의대본	고래		극단 중앙 제8회 공연 작품	유진 오닐 ; Eugene O'Neill	연극	1975		한국예술문화윤리위원회
심의대본	고려인 떡쇠(高麗人 떡쇠)		창립 10주년 기념 대공연; 극단 민예극장 제19회 작품	김희창	연극	1983	극단 민예극장	한국공연윤리위원회
심의대본	고려인 떡쇠(高麗人 떡쇠)		극단 민예극장 창립공연 작품	김희창	연극	1973	극단 민예극장	한국예술문화윤리위원회
심의대본	고려장		창립기념 제1회 공연작품	박용훈	연극	1983	성인극단 초원, 청소년극단 백조	한국공연윤리위원회
심의대본	고려장(高麗葬)		창립8주년 기념 공연작품	박용훈	연극	1983	청소년극단 백조, 성인극단 초원	한국공연윤리위원회
심의대본	고시래		극단 시민극장 제23회 정기공연	박재서	연극	1986	극단 시민극장	공연윤리위원회
심의대본	고양이「쥬리」는 어디로 갔을까요?		1977년도 삼일로 창고 극장의 창작극 시리즈	강추자	연극	1977	극단 창고극장	한국공연윤리위원회
심의대본	고요한 밤 외로운 밤			로버트 앤더슨 ; Robert Anderson	연극	1977	극단 뿌리	한국공연윤리위원회
심의대본	고은이의 그림			미상	연극	1990	우리인형극단	공연윤리위원회
심의대본	고추먹고 맴맴 담배먹고 맴맴		극단 춘추 제40회 작품	엄한얼	연극	1987	극단 춘추	공연윤리위원회
심의대본	고추먹고 맴맴 담배먹고 맴맴		극단 춘추 제40회 작품	엄한얼	연극	1987	극단 춘추	공연윤리위원회
심의대본	고해	작은 선박에 해상 경보	성심여대 연극반 제16회 정기공연	테네시 윌리엄스 ; Tennessee Williams	연극	1977	성심여대 연극반	한국공연윤리위원회
심의대본	고해(告解)	작은선박에 해상 경보	극단 여인극장 제19회상 연극본	테네시 윌리엄스 ; Tennessee Williams	연극	1972	극단 여인극장	한국예술문화윤리위원회
심의대본	곡예대본	지상 및 공중곡예		한국곡예협회	연극	1981	동춘 곡예단	한국공연윤리위원회
심의대본	곤충기(昆虫記)	がんばれくーちゃん		장 앙리 파브르; Jean Henri Fabre, 각색 하시모토 마사유키 ; 橋下正幸	연극	1982	子供劇場	한국공연윤리위원회

심의대본	골짜기의 그림자(The Shadow Of The Glen)			존 밀링턴 싱 ; John Millington Synge	연극	1972	-	한국예술문화 윤리위원회
심의대본	곰돌이 행진곡 / 못난 아기복어 / 개구리왕자 / 충치이야기		극단 영 제3회 공연작품	강승균	연극	1985	극단 영	한국공연윤리 위원회
심의대본	空			한진	연극	1970	극단 현대극회	한국예술문화 윤리위원회
심의대본	공중전화 / 요한을 찾읍니다 / 위협 / 생명(生命)		제26회 극단 드라마센타 공연; 1970 신춘문예당 선희곡 축하공연	윤기호, 이현화, 김세용, 박일동	연극	1970	극단 드라마센타	한국예술문화 윤리위원회
심의대본	공중전화 / 학위논문		극회 피에로 창립공연 대본	윤기호, 서진성	연극	1971	극회 피에로	한국예술문화 윤리위원회
심의대본	공중전화박스는 비어있다			데이비드 홀리웰; David Halliwell	연극	1987	극단 로얄 씨어터	공연윤리위원회
심의대본	관객모독			페터 한트케; Peter Handke	연극	1986	극단 76극장	공연윤리위원회
심의대본	관객모독		제8회 정기공연	페터 한트케; Peter Handke	연극	1985	중앙의대 연극반	한국공연윤리 위원회
심의대본	관객모독		극단 작업 제27회 공연	페터 한트케; Peter Handke	연극	1978	극단 작업	한국공연윤리 위원회
심의대본	관객모독		극회 프라이에뷔네 제35회 정기공연	페터 한트케; Peter Handke	연극	1977	극회 프라이에뷔네	한국공연윤리 위원회
심의대본	관객모독		76극단 제13회 공연 작품	페터 한트케; Peter Handke	연극	1979	극단 76	한국공연윤리 위원회
심의대본	관객모독			페터 한트케; Peter Handke	연극	1984	극단 76극장	한국공연윤리 위원회
심의대본	관객모독			페터 한트케; Peter Handke	연극	1984	극단 76극장	한국공연윤리 위원회
심의대본	관객모독			페터 한트케; Peter Handke	연극	1984	-	한국공연윤리 위원회
심의대본	관광지대(觀光地帶)			박조열	연극	1970	건국대학교 연극부	한국예술문화 윤리위원회
심의대본	관리인			해럴드 핀터 ; Harold Pinter	연극	1986	극단 동주	공연윤리위원회
심의대본	관리인			해럴드 핀터 ; Harold Pinter	연극	1977	극단 실험극장	한국공연윤리 위원회
심의대본	광대들의 D-45		극단 성좌 제70회 공연작품	양일권	연극	1988	극단 성좌	공연윤리위원회
심의대본	광대들의 D-45		극단 성좌 제70회 공연작품	양일권	연극	1988	극단 성좌	공연윤리위원회
심의대본	광대별곡		극단 장자못 창립공연작품	양일권	연극	1989	극단 장자못	공연윤리위원회
심의대본	광대와 총통		극단 고향 제27회 공연작품	김동길	연극	1980	극단 고향	한국공연윤리 위원회
심의대본	광대학교		프라이뷔네 61회 정기공연; 우리극장 8회 정기공연	프리드리히 뷔히터	연극	1987	극단 프라이뷔네, 극단 우리극장	공연윤리위원회
심의대본	광대학교			프리드리히 뷔히터	연극	1992	-	공연윤리위원회
심의대본	광대학교			프리드리히 뷔히터	연극	1992	우리극단 마당	공연윤리위원회
심의대본	광란의 숲			미상	연극	미상	계명대학교 극예술 연구회	공연윤리위원회
심의대본	광인		예술선교극회 · 극단 광대 합동공연작품	김마테오(성수)	연극	1985	예술선교극회, 극단 광대	한국공연윤리 위원회
심의대본	광인들의 도시(狂人들의 都市)		극단 춘추 제32회 공연작	성준기	연극	1985	극단 춘추	한국공연윤리 위원회

심의대본	광인일기	아름다운 세상, 아름다운 사람		김현묵	연극	1988	-	공연윤리위원회
심의대본	광인일기	아름다운 세상, 아름다운 사람		김현묵	연극	1988	-	공연윤리위원회
심의대본	광화문부르스			원작 심난파, 각색 무세중	연극	미상	극단 공간	한국공연윤리위원회
심의대본	괴수 김일성을 고발한다			원안 이유집, 극본 김영만	연극	1976	극단 스타	한국공연윤리위원회
심의대본	괴수 김일성을 고발한다			원안 이유집, 극본 김영만	연극	1976	극단 스타	한국공연윤리위원회
심의대본	괴테의 젊은 베르테르의 슬픔			원작 괴테 ; Johann Wolfgang von Goethe, 각색 허성수	연극	1984	극단 명작극장	한국공연윤리위원회
심의대본	교류(交流)	극단 신협 69회 공연작품		한노단	연극	1966	극단 신협	한국예술문화윤리위원회
심의대본	교장 선생님을 혼내주세요			송재찬, 각색 김자환	연극	1994	여도국민학교	공연윤리위원회
심의대본	교통생활 캠페인 / 꼬마천사와 꼬마 거지			인형극단 손가락	연극	1984	인형극단 손가락	한국공연윤리위원회
심의대본	구도의 결혼 外 2편	제1회 아시아 연극인 페스티발		펀잡 록 레하스 ; Punjob Lok Rebas 外	연극	1995	극단 펀잡 록 레하스 (파키스탄), 투외 뜨레 극장 유스 씨어터 (베트남), 극단 하구루마좌(일본)	공연윤리위원회
심의대본	구두 속에 사는 난쟁이들			미상	연극	1995	-	공연윤리위원회
심의대본	구두방 할아버지			미상	연극	1993	서울인형극회	공연윤리위원회
심의대본	구두방 할아버지와 요정들			미상	연극	1990	우리인형극회	공연윤리위원회
심의대본	구두쇠	단대극회 3회공연작품		몰리에르 ; Moliere	연극	1969	단대극회	한국예술문화윤리위원회
심의대본	구두쇠(원명 : 수전노)	극단 중앙 제6회 공연		몰리에르 ; Moliere	연극	1975	극단 중앙	한국예술문화윤리위원회
심의대본	구두쇠 스쿠루지			찰스 디킨스 ; Charles Dickens	연극	1991	인형극단 유니피아	공연윤리위원회
심의대본	구두쇠 스크루지			원작 찰스 디킨스 ; Charles Dickens, 각색 박태윤	연극	1992	-	공연윤리위원회
심의대본	구두장이 한스			미상	연극	1978	중동고 Boy Scout 동문회	한국공연윤리위원회
심의대본	구두장이 한스			극본 주평	연극	1974	-	한국예술문화윤리위원회
심의대본	구두장이 한스	제6회 전국학생극대회 참가작품		편극 주평	연극	1979	상명사대 부속 여자중학교	한국공연윤리위원회
심의대본	구로동 연가	한국음악극연구소 · 극단 연우무대 합동공연		문호근 · 원창연	연극	1988	한국음악극연구소, 극단 연우무대	공연윤리위원회
심의대본	구로동 연가	한국음악극연구소 · 극단 연우무대 합동공연		문호근 · 원창연	연극	1988	한국음악극연구소, 연우무대	공연윤리위원회
심의대본	구로동 연가	한국음악극연구소 · 극단 연우무대 합동공연		문호근 · 원창연	연극	1988	한국음악극연구소, 극단 연우무대	공연윤리위원회
심의대본	구로동 연가	한국음악극연구소 · 극단 연우무대 합동공연		문호근 · 원창연	연극	1988	한국음악극연구소, 극단 연우무대	공연윤리위원회
심의대본	구로동 연가			문호근 · 원창연	연극	1994		공연윤리위원회

415

심의대본	구름가고 푸른하늘			김영무	연극	1985	극단 대하	한국공연윤리위원회
심의대본	구름에 달 가듯이			차범석	연극	1979	세종대학 연극부	한국공연윤리위원회
심의대본	구리빛 인디안			조안나 M. 글래스; Joanna McClelland Glass	연극	1980	극단 대하	한국공연윤리위원회
심의대본	구슬뿌리		극단 열돌회 4회 공연작	나상만	연극	1988	극단 열돌회	공연윤리위원회
심의대본	구슬뿌리		극단 열돌회 4회 공연작	나상만	연극	1988	극단 열돌회	공연윤리위원회
심의대본	구운몽		'89 MBC 마당놀이	김만중, 극본 김상열	연극	1989	-	공연윤리위원회
심의대본	구조자		극회 프라이에 뷔네 제30회 정기공연	R. 궤링; R. Gufrin	연극	1975	극회 프라이에 뷔네	한국예술문화윤리위원회
심의대본	구주부 구세평전(具主簿救世平傳)		극단 민예극장 제20회 공연대본	이언호	연극	1975	극단 민예극장	한국예술문화윤리위원회
심의대본	구토		극단 76 제2회 공연 작품	원작 장 폴 사르트르; Jean Paul Sartre, 각색 한익기	연극	1976	극단 76	한국공연윤리위원회
심의대본	국물 있사옵니다			이근삼	연극	1990	-	공연윤리위원회
심의대본	국물 있사옵니다		극단 아카데미 7회 작품	이근삼	연극	1975	극단 아카데미	한국예술문화윤리위원회
심의대본	국물 있사옵니다		극단 아카데미 7회 작품	이근삼	연극	1975	극단 아카데미	한국예술문화윤리위원회
심의대본	국물 있사옵니다		극단 서울 제2회 공연작품	이근삼	연극	1992	극단 서울	공연윤리위원회
심의대본	국물 있사옵니다			이근삼	연극	1993	-	공연윤리위원회
심의대본	국물 있사옵니다		이근삼 교수 정년퇴임 기념공연	이근삼	연극	1994	서강대 신방과	공연윤리위원회
심의대본	국악의 향기			구성 강한용	연극	1978	한일국악예술단	한국공연윤리위원회
심의대본	군고구마			리보라	연극	1988	극단 창고극장	공연윤리위원회
심의대본	군도		극회 프라이에 뷔네 제33회 정기 공연	프리드리히 실러; Friedrich Schiller	연극	1976	극회 프라이에 뷔네	한국예술문화윤리위원회
심의대본	군도		극단 민예극장 제52회 공연; 독일문화원 개원 10주년 기념 공연	프리드리히 실러; Friedrich Schiller	연극	1980	-	한국공연윤리위원회
심의대본	군도(群盜)		극단 광장 18회 공연작품	프리드리히 실러; Friedrich Schiller, 각색 이진순	연극	1973	극단 광장	한국예술문화윤리위원회
심의대본	군상	삶에는 규칙이 없다 그러나 이유는 있다		김성철	연극	미상	-	기타
심의대본	군화의 색(軍靴의 色)		현대극회 제2회 공연작품	최헌	연극	1969	현대극회	한국예술문화윤리위원회
심의대본	굴뚝 위의 사랑			조일도	연극	1988	극단 미래	공연윤리위원회
심의대본	굿 닥터			닐 사이먼; Neil Simon	연극	1986	민중극단	공연윤리위원회
심의대본	굿 닥터			닐 사이먼; Neil Simon	연극	1990	-	공연윤리위원회
심의대본	굿 닥터			닐 사이먼; Neil Simon	연극	1987	극회 막	공연윤리위원회

심의대본	굿 닥터			닐 사이먼 ; Neil Simon	연극	1991	우리극단 마당	공연윤리위원회
심의대본	굿바이 E. T		예일극장 제10회 공연대본	원작 윌리엄 코츠윙클 ; William Kotzwinkle, 각색 김일부	연극	1983	극단 예일극장	한국공연윤리 위원회
심의대본	굿이브닝 디어			머레이 시스갈 ; Murray Schisgal	연극	1988	극단 상록수	공연윤리위원회
심의대본	궁궁을을 1894		극단 함께사는세상 다섯 번째 공연; 제7회 민족극 한마당 참가작	미상	연극	1994	전국민족극운동협 의회, 극단 함께사는 세상	공연윤리위원회
심의대본	궁정에서의 살인		민예극회 제2회 공연작품	강용흘	연극	1974	민예극회	한국예술문화 윤리위원회
심의대본	귀로			오재호	연극	미상	극단 드라마센타	한국예술문화 윤리위원회
심의대본	귀여운 펑키			데이비드 W. 듀콘 ; David W. Duclon	연극	1987	극단 손가락	공연윤리위원회
심의대본	귀족수업		극단 맥토제55회공연작품	몰리에르 ; Moliere	연극	1990	극단 맥토	공연윤리위원회
심의대본	귀족수업		민중극장 제52회 공연	몰리에르 ; Moliere	연극	1980	극단 민중극장	공연윤리위원회
심의대본	귀족이 될 뻔한 사나이 (귀족수업)		극단 광장 제64회공연작품	몰리에르 ; Moliere	연극	1983	극단 광장	한국공연윤리 위원회
심의대본	귀천(歸天)	즐거운 아기 소풍 끝나는 날	극단 아미 제3회 정기공연	조광화	연극	1993	극단 아미	공연윤리위원회
심의대본	귀향			해럴드 핀터 ; Harold Pinter	연극	1975	-	한국예술문화 윤리위원회
심의대본	귀향			해럴드 핀터 ; Harold Pinter	연극	1987	극단 청년	공연윤리위원회
심의대본	귀향			해럴드 핀터 ; Harold Pinter	연극	1987	극단 청년	공연윤리위원회
심의대본	귀향(歸鄕)			해럴드 핀터 ; Harold Pinter	연극	1984	극단 환경무대 공장	한국공연윤리 위원회
심의대본	귀향일기			이상례	연극	1988	민중극단	공연윤리위원회
심의대본	그 날을 위해			원작 박공서	연극	1988	-	공연윤리위원회
심의대본	그 女子 사람 잡네	낯선 여인의 함정	극단 대하 제16회 공연	로베르 토마 ; Robert Thomas	연극	1983	극단 대하	한국공연윤리 위원회
심의대본	그 女子 사람 잡네	낯선 여인의 함정	극단 대하제16회 공연작품	로베르 토마 ; Robert Thomas	연극	1981	극단 대하	한국공연윤리 위원회
심의대본	그 女子 사람 잡네	낯선 여인의 함정 (陷穽)	극단 대하제16회 공연작품	로베르 토마 ; Robert Thomas	연극	1983	극단 대하	한국공연윤리 위원회
심의대본	그 女子 사람 잡네	낯선 여인의 함정 (陷穽)		로베르 토마 ; Robert Thomas	연극	1990	-	공연윤리위원회
심의대본	그 女子 사람 잡네	낯선 여인의 함정		로베르 토마 ; Robert Thomas	연극	1988	-	공연윤리위원회
심의대본	그 女子 사람 잡네		극단 자유극장 제76회 공 연작품	로베르 토마 ; Robert Thomas	연극	1978	극단 자유극장	한국공연윤리 위원회
심의대본	그 女子 사람 잡네			로베르 토마 ; Robert Thomas	연극	1987	극단 로얄 씨어터	공연윤리위원회
심의대본	그 女子 사람 잡네(원작: Le piege pour un homme seul)	낯선 여인의 함정 (陷穽)		로베르 토마 ; Robert Thomas	연극	1991		공연윤리위원회

심의대본	그 다음		극단 산하 제29회 공연작품	테렌스 맥널리; Terrence McNally	연극	1975	극단 산하	한국예술문화 윤리위원회
심의대본	그 다음		1975년 세계여성의 해 기념 공연; 극단 여인극장 제26회 공연작품	테렌스 맥널리; Terrence McNally	연극	1975	극단 여인극장	한국예술문화 윤리위원회
심의대본	그 밤 그 바다		극단 서울무대 제3회 공연작품	오태영	연극	1983	극단 서울무대	한국공연윤리 위원회
심의대본	그 여자 겹나네			윌리엄 마스트로시몬; William Mastrosimone	연극	1988	우리극단 마당	공연윤리위원회
심의대본	그 자매에게 무슨 일이 일어났나(원작: Whatever happened to Baby Jane?)			헨리 파렐; Henry Farrel, 재창작 정복근	연극	1994	극단 학전	공연윤리위원회
심의대본	그 찬란하던 여름을 위하여		극단 민예극장 제81회 공연작품; 제8회 대한민국 연극제 참가작	최인석	연극	1984	극단 민예극장	한국공연윤리 위원회
심의대본	그 해 치네치타의 여름			나탈리아 긴즈버그; Natalia Ginzburg	연극	1980	극단 민중극장	한국공연윤리 위원회
심의대본	그 해 치네치타의 여름			나탈리아 긴즈버그; Natalia Ginzburg	연극	1986	왕과 시	공연윤리위원회
심의대본	그 해 치네치타의 여름		극단 뿌리 제59회 정기 공연	나탈리아 긴즈버그; Natalia Ginzburg	연극	1987	극단 뿌리	공연윤리위원회
심의대본	그 해 치네치타의 여름		극단 민중극장 제29회 공연	나탈리아 긴즈버그; Natalia Ginzburg	연극	1977	극단 민중극장	한국공연윤리 위원회
심의대본	그것은 목탁구멍 속의 작은 어둠이었습니다		극단 민예극장 제101회 정기공연 작품	이만희	연극	1990	극단 민예극장	공연윤리위원회
심의대본	그곳에 누구요?		극단 에저또 34회 공연	김용락	연극	1977	극단 에저또	한국공연윤리 위원회
심의대본	그날 그날에		극단 광장 제37회 공연; 제3회 대한민국연극제 참가작품	이반	연극	1979	극단 광장	한국공연윤리 위원회
심의대본	그날을 위해			박공서	연극	1988	-	공연윤리위원회
심의대본	그날이 오늘		극단 민중극장 제3회 워크샾 공연	질 글루·AC 토마스	연극	1977	극단 민중극장	한국공연윤리 위원회
심의대본	그날이 오면		3·1절 67주년 기념 및 통일무대 창단 기념 공연 작품	작시 심훈·이상화·이육사, 희곡 임종철	연극	1986	통일무대	한국공연윤리 위원회
심의대본	그녀가 버린 일곱남자		극단 광장 제34회 공연	조 오튼; Joe Orton	연극	1979	극단 광장	한국공연윤리 위원회
심의대본	그녀가 버린 일곱남자		극단 광장 제34회 공연	조 오튼; Joe Orton	연극	1979	극단 광장	한국공연윤리 위원회
심의대본	그놈의 장미꽃 때문에		극단 제작극회 제21회 대공연	프랭크 D. 길로이; Frank D. Gilroy	연극	1978	극단 제작극회	한국공연윤리 위원회
심의대본	그놈의 장미꽃 때문에		극단 배우극장 제11회 공연 작품	프랭크 D. 길로이; Frank D. Gilroy	연극	1979	극단 배우극장	한국공연윤리 위원회
심의대본	그는 그녀의 남편에게 어떻게 거짓말을 했나		극단 현대극회 제8회 공연	조지 버나드 쇼; George Bernard Shaw	연극	1970	극단 현대극회	한국예술문화 윤리위원회
심의대본	그늘진 세월	상국화	서울여성국극단 제9회 작품	한철수	연극	1969	서울여성국극단	한국예술문화 윤리위원회
심의대본	그대는 죽지않으리			김성수	연극	1984	예술선교극단	한국공연윤리 위원회

심의대본	그대의 말일뿐		제4회 대한민국 연극제 초청공연작품	김상열	연극	1980	극단 현대극장	한국공연윤리 위원회
심의대본	그대의 말일뿐			김상열	연극	1987	우리극단 마당	공연윤리위원회
심의대본	그래 우리 암스텔담에 가자			이만희	연극	1995	滿(만) 기획	공연윤리위원회
심의대본	그래도 우리는 볍씨를 뿌린다		극단 광장 대한민국 연극제 참가작; 극단 광장 제100회 공연	박범신	연극	1986	극단 광장	공연윤리위원회
심의대본	그래서, 광대였다		극단 거목 제1회 공연	김윤복	연극	1984	극단 거목	한국공연윤리 위원회
심의대본	그래서…그렇구, 또, 그래서…그렇다		극단 거론 제24회 공연	엘빈 실바누스; Erwin Sylvanus	연극	1978	극단 거론	한국공연윤리 위원회
심의대본	그러기 때문에 나는 결심했읍니다			스와보미르 므로제크; Slawomir Mrozek	연극	1981	-	한국공연윤리 위원회
심의대본	그럼 벗어볼까요?		극단 광장 제20회 공연	데이비드 캠프톤	연극	1974	극단 광장	한국예술문화 윤리위원회
심의대본	그리고 그들의 뒷모습		여성기획 그 첫번째 이야기-어머니를 위하여; 극단 모임 제3회 정기공연	이해수	연극	1994	극단 모임	공연윤리위원회
심의대본	그리고 리어든 양은 조금씩 마시기 시작했다		극단 실험극장 제61회 공연	폴 진델; Paul Zindel	연극	1980	극단 실험극장	공연윤리위원회
심의대본	그리고 리어든 양은 조금씩 마시기 시작했다		극단 실험극장 제61회 공연	폴 진델; Paul Zindel	연극	1978	극단 실험극장	한국공연윤리 위원회
심의대본	그리고….아무도 남지 않았다		극단 창조극장 제34회 공연작품	아가사 크리스티; Agatha Christie, 번안 방헌	연극	1994	극단 창조극장	공연윤리위원회
심의대본	그리스(Grease)			짐 제이콥스; Jim Jacobs · 워렌 케이시; Warren Casey	연극	1994	극단 신시 뮤지컬 컴퍼니	공연윤리위원회
심의대본	그리스(Grease)			짐 제이콥스; Jim Jacobs · 워렌 케이시; Warren Casey	연극	1994	극단 신시 뮤지컬 컴퍼니	공연윤리위원회
심의대본	그리운 앙뜨완느		극단 민중극장 27회 공연; 제14회 동아연극상 참가작품	장 아누이; Jean Anouilh	연극	1977	극단 민중극장	한국공연윤리 위원회
심의대본	그리운 옛시절		극단 예맥 제7회 정기공연	해럴드 핀터; Harold Pinter	연극	1978	극단 예맥	한국공연윤리 위원회
심의대본	그리하여 해뜨고	한서 남관 억 선생 일대기(翰西 南官 憶先生 一代記)	극단 창조극장 특별기획 대공연 작품	양일권	연극	1986	극단 창조극장	공연윤리위원회
심의대본	그린 줄리아		극단 실험극장 제51회 공연 작품	폴 에어블만; Paul Ableman	연극	1976	극단 실험극장	한국공연윤리 위원회
심의대본	그린 줄리아		극단 실험극장 제53회 공연	폴 에어블만; Paul Ableman	연극	1976	극단 실험극장	한국공연윤리 위원회
심의대본	그린 줄리아		극단 실험극장 제53회 공연	폴 에어블만; Paul Ableman	연극	1976	극단 실험극장	한국공연윤리 위원회
심의대본	그린 줄리아		실험극장 51회 공연작품	폴 에어블만; Paul Ableman	연극	1976	실험극장	한국공연윤리 위원회
심의대본	그린 줄리아			폴 에어블만; Paul Ableman	연극	1991	극단 광장	공연윤리위원회

심의대본	그림없는 그림책	한스안델센의소년시절	아동극단 딱따구리 창립공연작품	원작한스 안데르센; Hans Andersen, 극본, 차범석	연극	1980	아동극단 딱따구리	한국공연윤리위원회
심의대본	그림없는 그림책		극단 영 Op. No. 64	원작한스 안데르센; Hans Andersen, 각색 강승균	연극	1992	극단 영	공연윤리위원회
심의대본	그림자 이야기		그룹 외인부락 두번째 공연 작품	김두삼	연극	1982	그룹 외인부락	한국공연윤리위원회
심의대본	그림자를 낚는 사나이		극단 맥토 제19회 공연	장 사르망; Jean Sarment	연극	1978	극단 맥토	한국공연윤리위원회
심의대본	그물 안의 여인들		동아연극대상 수상 기념 공연; 동아일보 제6회 장편희곡당선작; 극단 자유극장 제19회 공연작품	박양원	연극	1971	극단 자유극장	한국예술문화윤리위원회
심의대본	그물에 걸린 배			엄한얼	연극	1980	극단 앙띠	한국공연윤리위원회
심의대본	그즈음의 두 사람			박주영	연극	1992	극단 작은신화	공연윤리위원회
심의대본	극(劇) 423		극단 위위 제4회 공연 작품	서계인	연극	1983	극단 위위	한국공연윤리위원회
심의대본	극락과 지옥			구성 이관옥	연극	1983	-	한국공연윤리위원회
심의대본	극락과 지옥			구성 정용기	연극	1981	-	한국공연윤리위원회
심의대본	금강			신동엽, 각색 원창연·문호근·이이화·이현관	연극	1994	가극단 금강	공연윤리위원회
심의대본	금강산의 호랑이 퇴치			원작 김소운·김양기, 구성 세끼야 유끼오	연극	1989	도모시비; ともしび	공연윤리위원회
심의대본	금관의 예수			김지하	연극	1988	극단 공간	공연윤리위원회
심의대본	금도끼 은도끼			미상	연극	1993	삐에로 인형극회	공연윤리위원회
심의대본	금도끼 은도끼			미상	연극	1995	서울인형극회; Puppet Theatre Seoul	공연윤리위원회
심의대본	금송아지			조건	연극	미상	통일여성국극단	한국공연윤리위원회
심의대본	금수회의록		극단 산울림 제39회 공연	안국선, 각색 장윤환	연극	1988	극단 산울림	공연윤리위원회
심의대본	금수회의록		극단 산울림 제39회 공연	안국선, 각색 장윤환	연극	1988	극단 산울림	공연윤리위원회
심의대본	금오신화			이하륜	연극	1981	극단 민예극장	한국공연윤리위원회
심의대본	금지된 사랑			김용락	연극	1983	극단 신협	한국공연윤리위원회
심의대본	금지된 장난		극단 서울무대 제15회 정기 공연	김훈	연극	1986	극단 서울무대	한국공연윤리위원회
심의대본	금지된 장난		극단 서울무대 제15회 공연	김평우	연극	1986	극단 서울무대	공연윤리위원회
심의대본	금지된 장난		극단 서울무대 제15회 정기 공연	김훈	연극	1986	극단 서울무대	한국공연윤리위원회
심의대본	금희의 5월		민족극한마당 참가작품	노경수	연극	1988	극단 광주토박이	공연윤리위원회
심의대본	금희의 5월		민족극한마당 참가작품	미상	연극	1988	극단 광주토박이	공연윤리위원회
심의대본	기국서의 햄릿			윌리엄 셰익스피어; William Shakespeare	연극	1981		한국공연윤리위원회

심의대본	기도		극회 씨알 제4회 공연	페르난도 아라발; Fernando Arrabal	연극	1975	극회 씨알	한국예술문화 윤리위원회
심의대본	기도(祈禱)			페르난도 아라발; Fernando Arrabal	연극	1991	극단 자유	공연윤리위원회
심의대본	기도(祈禱)			페르난도 아라발; Fernando Arrabal	연극	1982	극단 자유극장	한국공연윤리 위원회
심의대본	기도(祈禱) / 아버지연설			페르난도 아라발; Fernando Arrabal, 기 프와시; Guy Foissy	연극	1972	-	한국예술문화 윤리위원회
심의대본	기분으로 앓는 사나이		극단 고향 제18회 대공연	몰리에르; Moliere	연극	1978	극단 고향	한국공연윤리 위원회
심의대본	기생 강명화(妓生 康明花)			김흥우	연극	1967		한국예술문화 윤리위원회
심의대본	기요히메 만다라: 작품 개요 및 줄거리			미상	연극	1993	-	공연윤리위원회
심의대본	기적을 만든 사람들	애니 설리반 선생과 헬렌켈러	세계장애자의 해를 위한 자선공연	윌리엄 깁슨; William Gibson	연극	1981	극단 문예극장	한국공연윤리 위원회
심의대본	길		제2회 대한민국 연극제 참가작품; 극단 작업 제 26회 공연작품	김상열	연극	1978	극단 작업	한국공연윤리 위원회
심의대본	길			김숙현	연극	1979	대한불교 조계종 조계사청년회	한국공연윤리 위원회
심의대본	길		극단 중앙무대 창단공연 작품	김상열	연극	1992	극단 중앙무대	공연윤리위원회
심의대본	기도			페르난도 아라발; Fernando Arrabal	연극	1976		한국예술문화 윤리위원회
심의대본	기름밥		제12회 신동아논픽션 최우 수작; 극단 상황제3회공연 ; 창단 1주년 기념공연	정태정	연극	1976		한국공연윤리 위원회
심의대본	기묘한 G선			박미전	연극	1987	민중극단	공연윤리위원회
심의대본	기분으로 앓는 사나이		극단 고향 제10회 대공연	몰리에르; Moliere	연극	1975	극단 고향	한국예술문화 윤리위원회
심의대본	기생 산홍이		극단 도라 공연작품	남정희	연극	1985	극단 도라	한국공연윤리 위원회
심의대본	기적(奇蹟)은 사랑과 함께 (The Miracle Worker)		여인극장 제47회 공연대 본; 신극70주년 기념공 연; 제16회 동아연극상 참가작품	윌리엄 깁슨; William Gibson	연극	1978	극단 여인극장	한국공연윤리 위원회
심의대본	기적(奇蹟)을 만든 사람들 (The Miracle Worker)		여인극장 제6회 공연대본	윌리엄 깁슨; William Gibson	연극	1968	여인극장	한국예술문화 윤리위원회
심의대본	기적을 만드는 사람	헬렌, 빛을 잡아라		윌리엄 깁슨; William Gibson	연극	1994	-	공연윤리위원회
심의대본	기적을 만든 사람들		극단 여인극장 제6회 공연	윌리엄 깁슨; William Gibson	연극	1968	극단 여인극장	한국예술문화 윤리위원회
심의대본	기적을 파는 백화점		극단 실험극장 제54회 공연 작품	이어령	연극	1976	극단 실험극장	한국공연윤리 위원회
심의대본	길 떠나는 가족			김의경	연극	1991	극단 현대극장	공연윤리위원회
심의대본	길몽		제5회 대한민국 연극제 참가작품; 극단 사계 15 회 공연	최명희	연극	1981	극단 사계	한국공연윤리 위원회

부록

심의대본	길손			케네스 굿맨; Kenneth Sawyer Goodman	연극	1980	한국 기독교 시청각	한국공연윤리위원회
심의대본	길옥윤 리싸이틀			미상	대중	1966	쇼-플레이 보이	한국예술문화윤리위원회
심의대본	길옥윤음악발표회(吉屋潤音樂發表會)		연예생활 30주년 기념	미상	대중	1978	-	한국공연윤리위원회
심의대본	길잃은 아기백조	미운아기새끼		한스 안데르센; Hans Andersen	연극	1986	왕자인형극단	공연윤리위원회
심의대본	길잃은 아기백조	미운아기새끼		한스 안데르센; Hans Andersen	연극	1986	왕자인형극단	공연윤리위원회
심의대본	김대건 성인전			이용배	연극	1985	극단 서낭당	한국공연윤리위원회
심의대본	김대건 안드레아 신부			미상	연극	1987	한국현대인형극센터	공연윤리위원회
심의대본	김상희 쇼-			구성 김성천	대중	1970	AAA프로모션	한국예술문화윤리위원회
심의대본	김선생님, 지금 뭐하세요?			미상	연극	1995	극단 징검다리	공연윤리위원회
심의대본	김성구 침묵극			김성구	연극	1977	극단 창고극장	한국공연윤리위원회
심의대본	김지하의 대설(大說) 남(南): 황병도의 광대설 남			김지하, 각색 김태수·황병도	연극	1991	극단 완자무늬	공연윤리위원회
심의대본	김추자 리사이틀(金秋子 리사이틀)			구성 황정태	대중	1974		한국예술문화윤리위원회
심의대본	김추자 신곡발표회			구성 김일태	대중	1978	MBC 문화방송	한국공연윤리위원회
심의대본	김추자 컴백 리싸이틀			구성 전우중	대중	1972	황금마차	한국예술문화윤리위원회
심의대본	김추자 컴백 쇼			미상	대중	1971	신세계푸로모션	한국예술문화윤리위원회
심의대본	깊고 푸른 바다		극단 배우극장 제20회 공연	테렌스 래티건; Terence Rattigan	연극	1983	극단 배우극장	한국공연윤리위원회
심의대본	깊은 잠			전기주	연극	1988	극단 실천무대	공연윤리위원회
심의대본	까마귀			남원	연극	1972	극단 일월	한국예술문화윤리위원회
심의대본	까바노자를 위한 예식		극단 에서도 제44회공연 작품	페르난도 아라발; Fernando Arrabal	연극	1979	극단 에저또	한국공연윤리위원회
심의대본	까치교의 우화		제7회 대한민국 연극제 참가작품	김상열	연극	1983	극단 현대극장	한국공연윤리위원회
심의대본	까치옷			방정환	연극	1986	-	공연윤리위원회
심의대본	깨비의 대모험			미상	연극	1991	-	공연윤리위원회
심의대본	깨비의 대모험			미상	연극	1994	극단 는깨	공연윤리위원회
심의대본	깨어진 항아리		극회 프라이에 뷔네 제27회 정기공연; 제4회 전국 순회공연	하인리히 폰 클라이스트; Heinrich von Kleist	연극	1974	극회 프라이에 뷔네	한국예술문화윤리위원회
심의대본	깨어진 항아리			하인리히 폰 클라이스트; Heinrich von Kleist	연극	1980	민예극단	한국공연윤리위원회
심의대본	깨어진 항아리		극단 작업 제45회 공연 작품	하인리히 폰 클라이스트; Heinrich von Kleist	연극	1988	극단 작업	공연윤리위원회

심의대본	깨진 메추리알/꼬마 깜둥이 삼보/나를 찾아서 Ⅰ·Ⅱ			구성 하혜자	연극	1986	극단 해바라기	공연윤리위원회
심의대본	껍데기를 벗고서			미상	연극	1988	-	공연윤리위원회
심의대본	꼬꼬 아줌마와 둘리 삼총사			미상	연극	1990	서울인형극단	공연윤리위원회
심의대본	꼬리 뽑힌 호랑이			집단창작 놀이패 탈	연극	1987	놀이패 탈	공연윤리위원회
심의대본	꼬리가 잡힌 욕망			파블로 피카소 ; Pablo Picasso	연극	1983	극단 가교	한국공연윤리위원회
심의대본	꼬리잘린 호랑이			김영식	연극	1994	별마당인형극회	공연윤리위원회
심의대본	꼬마 니꼴라			원작 르네 고시니 ; Rene Goscinny, 각색 이상화	연극	1986	-	공연윤리위원회
심의대본	꼬마 니꼴라			르네 고시니 ; Rene Goscinny	연극	1994	극단 징검다리	공연윤리위원회
심의대본	꼬마 도깨비의 모험			미상	연극	1994	-	공연윤리위원회
심의대본	꼬마 로봇 삐삐의 우주여행			김문홍	연극	1993	반달인형극회	공연윤리위원회
심의대본	꼬마 물고기의 사랑			이상교, 각색 박혜경	연극	1995	개구쟁이 인형극단	공연윤리위원회
심의대본	꼬마 보안관 밤쇠/해님 달님			현주은	연극	1993		공연윤리위원회
심의대본	꼬마 삼총사	극단 대중 어린이뮤지컬 시리즈		원작 알렉상드르 뒤마 ; Alexandre Dumas, 구성 이창기	연극	1988	극단 대중	공연윤리위원회
심의대본	꼬마 요술장이 마야			황석연	연극	1987	극단 흐름	공연윤리위원회
심의대본	꼬마 요술장이 짜리 짜리 몽땅짜리			이영준	연극	1988	우리인형극회	공연윤리위원회
심의대본	꼬마 요술장이 짜리 짜리 몽땅짜리			이영준	연극	1991	우리인형극회	공연윤리위원회
심의대본	꼬마 자동차 붕붕			각색 최형섭	연극	1988	극단 여명	공연윤리위원회
심의대본	꼬마 자동차 붕붕			미상	연극	1993	우리인형극단	공연윤리위원회
심의대본	꼬마강시 루팡			미상	연극	1989	극단 스탠바이	공연윤리위원회
심의대본	꼬마마녀 꼬꼬			오트프리트 프로이슬러 ; Otfried Preussler, 각색 김덕수	연극	1994		공연윤리위원회
심의대본	꼬마와 광대	박상숙·최규호 판토마임		미상	연극	1980		한국공연윤리위원회
심의대본	꼬마와 유괴범/세발자전거			미상	연극	1989	삐에로 인형극회	공연윤리위원회
심의대본	꼬마인형의 나들이/얼굴 파는 백화점			구성 김은영	연극	1987		공연윤리위원회
심의대본	꼬마천사와 꼬마거지			원작 채희준, 각색 채애라	연극	1992	극단 보물상자	공연윤리위원회
심의대본	꼬마탐정 톰과 괴도 루팡			미상	연극	1991	극단 은하수	공연윤리위원회
심의대본	꼬마탐정과 변장작전			미상	연극	1992	유니피아 인형극단	공연윤리위원회
심의대본	꼭꼭 숨어랴 머리카락 보인다	극단 우리네땅 아홉번째 공연		엄한얼	연극	1986	극단 우리네땅	공연윤리위원회
심의대본	꼭두, 꼭두!	창작극회 제73회 공연 및 제11회 전국 연극제 본선 참가작품		광벽창	연극	1993	창작극회	공연윤리위원회
심의대본	꼭두각시 놀음			미상	연극	1983	한국문화예술진흥원	한국공연윤리위원회
심의대본	꼭두들의 대축제			심영식	연극	1992	인형극단 꾸러기	공연윤리위원회

심의대본	꼴찌를 사랑해요		로얄씨어터 제56회 정기공연	공동구성, 각색 김혁수	연극	1990	극단 로얄씨어터	공연윤리위원회
심의대본	꼽추마누라(원작: 삼각모자)		극단 은하 제24회 공연작품	알라르콘 이 아리사; Alarcón y Ariza, 각색 허규	연극	1979	극단 은하	한국공연윤리위원회
심의대본	꽃 파는 처녀			원작 이상화, 각색 이상화	연극	1990	극단 세계로	공연윤리위원회
심의대본	꽃 피우는 아이			고지형	연극	1988	놀이패 베꾸마당	공연윤리위원회
심의대본	꽃과 노래와 사랑과 밤에			김석민, 구성 김석민	대중	1972	한국연예단장협회 산하 파라마운드 쇼-	한국예술문화윤리위원회
심의대본	꽃과 십자가		극단 에저또 극장	오학영	연극	1977	극단 에저또	한국공연윤리위원회
심의대본	꽃넋			신수연	연극	1981	숭실고등학교 연극부	한국공연윤리위원회
심의대본	꽃녀 꽃녀 꽃녀		제14회 공연작품	심회만	연극	1980	극단 배우극장	한국공연윤리위원회
심의대본	꽃다운 이내청춘		제1회 민족극한마당 참가작품	최성희	연극	1988	여성극단 미얄	공연윤리위원회
심의대본	꽃다운 이내청춘		제1회 민족극한마당 참가작품	최성희	연극	1988	여성극단 미얄	공연윤리위원회
심의대본	꽃들에게 희망을 외 4편			심영식	연극	1991	인형극단 꾸러기	공연윤리위원회
심의대본	꽃등불			구성 강한용	무용	1978	아세아민속무용단	한국공연윤리위원회
심의대본	꽃무덤	청소년극단 물레방아제10회대공연작품		고성의	연극	1981	청소년극단 물레방아	한국공연윤리위원회
심의대본	꽃무덤		극단 가람 · 물레방아 합동대공연 작품	박기선	연극	1983	청소년극단 가람, 아동극단 물레방아	한국공연윤리위원회
심의대본	꽃상여(꽃喪輿)		고려의대연극반 제7회 정기공연	하유상	연극	1973	고려의대 연극반	한국예술문화윤리위원회
심의대본	꽃샘		아동극단 무지개 제5회 공연 작품	이재현	연극	1976	아동극단 무지개	한국공연윤리위원회
심의대본	꽃샘		아동극단 무지개 제5회 공연 작품	이재현	연극	1976	아동극단 무지개	한국공연윤리위원회
심의대본	꽃샘(花泉)		아동극단 무지개 제2회 공연작품	이재현	연극	1974	아동극단 무지개	한국예술문화윤리위원회
심의대본	꽃섬		극단 민예극장 제84회 공연; 제6회 현대시를 위한 실험무대	이탄	연극	1984	극단 민예극장	한국공연윤리위원회
심의대본	꽃은 나비를 원한다			오스카 와일드; Oscar Wilde	연극	1980	극단 조형극장	한국공연윤리위원회
심의대본	꽃을 사절합니다			노만 바라슈;Norman Barasch · 캐롤 무어; Carroll Moore	연극	1987	우리극단 마당	공연윤리위원회
심의대본	꽃을 사절합니다			노만 바라슈;Norman Barasch · 캐롤 무어; Carroll Moore	연극	1987	새 이웃 주부극회	공연윤리위원회
심의대본	꽃을 사절합니다		극단 중동 창립준비공연작품	노만 바라슈;Norman Barasch · 캐롤 무어; Carroll Moore	연극	1969	극단 중동	한국예술문화윤리위원회

심의대본	꽃을 사절합니다	동인6; 전용극장 연극촌 개관기념공연	노만바라슈; Norman Barasch · 캐롤 무어; Carroll Moore	연극	1982	극단 동인	한국공연윤리 위원회
심의대본	꽃이 지기로서니	광복 30주년 기념 공연; 극단 신협 제83회 대공연	하유상	연극	1975	극단 신협	한국예술문화 윤리위원회
심의대본	꽃잎 겨서 피		오태영	연극	1993	-	공연윤리위원회
심의대본	꽃잎을 먹고사는 기관차 (機關車)		임희재	연극	1966	-	한국예술문화 윤리위원회
심의대본	꽃점술(Counting the Ways) / 듣기(Listening)		에드워드 올비; Edward Albee	연극	1979		한국공연윤리 위원회
심의대본	꽃파는 처녀		각색 이상화	연극	1991	극단 세계로	공연윤리위원회
심의대본	꽃파는 처녀		각색 이상화	연극	1991	극단 세계로	공연윤리위원회
심의대본	꽃피기 전에	극단 종 창립5주년 기념 작품	청암	연극	1972	극단 종	한국예술문화 윤리위원회
심의대본	꽃피기 전에	극단 종 창립5주년 기념 작품	청암	연극	1972	극단 종	한국예술문화 윤리위원회
심의대본	꽃피는 三千里		김석민, 구성 김석민	연극	1977	삼호푸로덕션	한국공연윤리 위원회
심의대본	꽃피는 三千里		김석민, 구성 김석민	연극	1977	중앙무대악극단	한국공연윤리 위원회
심의대본	꽃피는 三千里		김석민, 구성 김석민	연극	1977	무궁화악극단	한국공연윤리 위원회
심의대본	꽃피는 三千里		김석민, 구성 김석민	연극	1977	대양연예기업사	한국공연윤리 위원회
심의대본	꽃피는 三千里		김석민, 구성 김석민	연극	1977	국제예능공사	한국공연윤리 위원회
심의대본	꽃피는 三千里	전국공연단체협회 제3회 선정 뮤직프레이; 분쇄하 자 공산침략 상기하자6.25!	김석민, 구성 김석민	연극	1974	전국공연단체협회	한국예술문화 윤리위원회
심의대본	꽃피는 三千里	전국공연단체협회 제3회 선정 뮤직프레이; 제3회 무대예술상 시상 기념공 연 상연작품; 분쇄하자 공 산침략 상기하자6.25!	김석민, 구성 김석민	연극	1977	국제예능공사	한국공연윤리 위원회
심의대본	꽃피는 체리	극단 산울림 제3회 공연	Robert Oxton Bolt	연극	1971	극단 산울림	한국예술문화 윤리위원회
심의대본	꽃피는 체리	극단 사조 제22회 공연	로버트 볼트; Robert Oxton Bolt	연극	1989	극단 사조	공연윤리위원회
심의대본	꽃피는 체리	극단 가교 105 공연	로버트 볼트; Robert Oxton Bolt	연극	1981	극단 가교	한국공연윤리 위원회
심의대본	꽃피는 체리	1978년 명지실업전문학 교 제5회 정기공연	로버트 볼트; Robert Oxton Bolt	연극	1978	명지실업전문학교 극예술연구회	한국공연윤리 위원회
심의대본	꽃피는 체리	극단 산울림 제17회 공연 작품; 동아연극상 세번 째 참가작품	로버트 볼트; Robert Oxton Bolt	연극	1977	극단 산울림	한국공연윤리 위원회
심의대본	꽃피는 체리	극단 여인극장 제82회 공 연작품	로버트 볼트; Robert Oxton Bolt	연극	1987	극단 여인극장	공연윤리위원회
심의대본	꾀많은 토끼(원작: 한국 전래 동화)		김종문	연극	1994	개구쟁이인형극단	공연윤리위원회
심의대본	꾸러기 가족	어린이극 전문극단 햇님 극장 2회 공연	톰 존스; Tom Jones	연극	1993	어린이극 전문극단 햇님극장	공연윤리위원회

심의대본	꾸러기 돌이 / 이게 왠 긴 꼬리냐? / 꽃뱀 이야기 / 두꺼비 왕자님		꼭두극단 낭랑 제3회 공연	김은영, 그림형제 ; Brüder Grimm, 공동 구성	연극	1986	꼭두극단 낭랑	공연윤리위원회
심의대본	꾸러기 만세		극단 영 OP. NO:11	강승균	연극	1991	극단 영	공연윤리위원회
심의대본	꾸러기 만세 외 2편			미상	연극	1994	-	공연윤리위원회
심의대본	꾸러기가 제일이야			극본 강승균	연극	1987	극단 영	공연윤리위원회
심의대본	꾸러기들의 꿈동산			김창률	연극	1992	극단 신화	공연윤리위원회
심의대본	꾸러기들의 대행진			구성 현천행	연극	1993	극단 서울무대	공연윤리위원회
심의대본	꾸러기들의 축제			라이너 하크펠트 ; Rainer Hachfeld	연극	1987	극단 광장	공연윤리위원회
심의대본	꾸러기들의 축제			라이너 하크펠트 ; Rainer Hachfeld	연극	1987	극단 광장	공연윤리위원회
심의대본	꾸러기와 악기대왕		극단 아름 어린이 뮤지칼 특별공연	김병훈	연극	1989	극단 아름	공연윤리위원회
심의대본	꾸러기와 요술장이			미상	연극	1986	-	공연윤리위원회
심의대본	꾸러기와 요술장이			미상	연극	1986	-	공연윤리위원회
심의대본	꾸러기행진곡			미상	연극	1985	-	한국공연윤리위원회
심의대본	꿀꿀이와 다람이 / 내꺼야 / 사랑의 오두막			미상	연극	1991	극단 영	공연윤리위원회
심의대본	꿀맛			셀라 딜래니 ; Shelagh Delaney	연극	1982	-	한국공연윤리위원회
심의대본	꿀맛			셀라 딜래니 ; Shelagh Delaney	연극	1987	-	공연윤리위원회
심의대본	꿀맛			셀라 딜래니 ; Shelagh Delaney	연극	1981	극단 민중극장	한국공연윤리위원회
심의대본	꿀맛			셀라 딜래니 ; Shelagh Delaney	연극	1985	극단 민중극장	한국공연윤리위원회
심의대본	꿀맛			셀라 딜래니 ; Shelagh Delaney	연극	1976	경희치대 연극부	한국공연윤리위원회
심의대본	꿀맛			셀라 딜래니 ; Shelagh Delaney	연극	1976	경희치대 연극부	한국공연윤리위원회
심의대본	꿀맛		극단 민중극장 제21회 공연 작품	셀라 딜래니 ; Shelagh Delaney	연극	1976	극단 민중극장	한국공연윤리위원회
심의대본	꿀벌 마야의 모험		극단 청개구리 창립작품	전경수	연극	1994	극단 청개구리	공연윤리위원회
심의대본	꿀벌 마야의 모험			각색 홍용기	연극	1994		공연윤리위원회
심의대본	꿈			신대남	연극	1983	퍼포먼스그룹 위위	한국공연윤리위원회
심의대본	꿈		극단 프라이에뷔네 제38회 정기공연	귄터 아이히 ; Günter Eich	연극	1977	극단 프라이에뷔네	한국공연윤리위원회
심의대본	꿈		예일 청소년극단 제8회 공연작품	원작 이광수, 각색 권재우	연극	1981	예일 청소년극단	한국공연윤리위원회
심의대본	꿈		극단 나루 창단 작품	귄터 아이히 ; Günter Eich	연극	1988	극단 나루	공연윤리위원회
심의대본	꾸러기 만세			강승균	연극	1987	극단 영	공연윤리위원회
심의대본	꿈 먹고 물 마시고			이근삼	연극	1993	우리극단 마당	공연윤리위원회
심의대본	꿈 먹고 물 마시고			이근삼	연극	1987	우리극단 마당	공연윤리위원회
심의대본	꿈 먹고 물 마시고		극단 민예극장 제61회 공연	이근삼	연극	1981	극단 민예극장	한국공연윤리위원회

심의대본	꿈 먹고 물 마시고	극단 민예극장 제80회 공연작품	이근삼	연극	1984	극단 민예극장	한국공연윤리 위원회
심의대본	꿈 먹고 물 마시고		이근삼	연극	1988	챔프예술마당	공연윤리위원회
심의대본	꿈꾸기 대회		신용삼	연극	1978	민중극장	한국공연윤리 위원회
심의대본	꿈꾸는 기차	극단 모시는 사람들 여덟 번째 작품	김정숙	연극	1992	극단 모시는 사람들	공연윤리위원회
심의대본	꿈꾸는 기차	극단 모시는 사람들 여덟 번째 작품	김정숙	연극	1992	극단 모시는 사람들	공연윤리위원회
심의대본	꿈꾸는 별들	청소년을 위한 연극 ②	윤대성	연극	1986	동랑청소년극단	공연윤리위원회
심의대본	꿈꾸는 철마	서울예술단 제14회 정기 공연	김정숙	연극	1992	서울예술단	공연윤리위원회
심의대본	꿈꾸러기	연우무대 16	오인두	연극	1986	연우무대	공연윤리위원회
심의대본	꿈나라별요정		미상	연극	1991	인형극단 유니피아	공연윤리위원회
심의대본	꿈속의 장난감		미상	연극	1990	삐에로인형극회	공연윤리위원회
심의대본	꿈을 먹고 사는 사람들	극단 민예 제2회 작품	황유철	연극	1968	극단 민예	한국예술문화 윤리위원회
심의대본	꿈을 찾는 아이들		미상	연극	1992	-	공연윤리위원회
심의대본	끝없는 바다	극단 맥토 제7회 공연	백승규	연극	1975	극단 맥토	한국예술문화 윤리위원회
심의대본	끝없는 아리아		에드나 빈센트 밀레이; Edna St. Vincent Millay	연극	1975	서울의대 연극부	한국예술문화 윤리위원회
심의대본	끝없는 아리아		에드나 빈센트 밀레이; Edna St. Vincent Millay	연극	1970	NCC 시청각교육국 성극부	한국예술문화 윤리위원회
심의대본	끝없는 아리아		에드나 빈센트 밀레이; Edna St. Vincent Millay	연극	1976		한국예술문화 윤리위원회
심의대본	끝없는 아리아		에드나 빈센트 밀레이; Edna St. Vincent Millay	연극	1974		한국예술문화 윤리위원회
심의대본	끝없는 아리아		에드나 빈센트 밀레이; Edna St. Vincent Millay	연극	1979	한국기독교시청각	한국공연윤리 위원회
심의대본	끝이 좋으면 모두 좋다		윌리엄 셰익스피어; William Shakespeare	연극	1988	-	공연윤리위원회
심의대본	끝이 좋으면 모두 좋다		윌리엄 셰익스피어; William Shakespeare	연극	1988	-	공연윤리위원회
심의대본	나 홀로 집에 1탄		미상	연극	1993	극단 거인	공연윤리위원회
심의대본	나는 딥스예요!		원작 버지니아 M. 액슬린; Virginia M. Axline, 각색 김기하	연극	1986	극단 시민극장	공연윤리위원회
심의대본	나는 보았다	내가 넘은 38선	김문호	연극	1970	한국반공사상 연예대회 연극호	한국예술문화 윤리위원회
심의대본	나는 소망한다 내게 금지된 것을		양귀자, 각색 김광림	연극	1994	극단 동쪽	공연윤리위원회
심의대본	나는 아니야/독백 한 마디/ 오하이오 즉흥극/ 로커바이	사무엘 베케트 훼스티벌 86-II 공연작품	사무엘 베케트; Samuel Beckett	연극	1986	전원극장	공연윤리위원회
심의대본	나는 아니야/ 미행자		사무엘 베케트; Samuel Beckett, 신용삼	연극	1979	극단 창고극장	한국공연윤리 위원회
심의대본	나는 어이 돌이 되지 못하고	강계식선생 고희기념 배 우극장 공연	윤정선	연극	1986	배우극장	공연윤리위원회
심의대본	나는야 바보사또		미상	연극	1993		공연윤리위원회

심의대본	나도 인간이 되련다		제13회 전국남녀고교 연극 경연대회 참가 양정고등학 교 연극반 제15회 공연	유치진	연극	1974	양정고등학교 연극반	한국예술문화 윤리위원회
심의대본	나도 할 수 있으까		원주 인형극제 초청 작품 진행 프로그램	미상	연극	1994	IMURA'S COMPANY	공연윤리위원회
심의대본	나무사랑하기			김종문	연극	1994	개구쟁이인형극단	공연윤리위원회
심의대본	나뭇꾼과 선녀			각색 이성희	연극	1994	꼭두극단 무지개	공연윤리위원회
심의대본	나방떼		극단 에저또 제62회 공연 작품	페터 한트케 ; Peter Handke	연극	1982	극단 에저또	한국공연윤리 위원회
심의대본	나비			비잔 모피드 ; Bijan Mofid	연극	1988	우리극단 마당	공연윤리위원회
심의대본	나비			비잔 모피드 ; Bijan Mofid	연극	1977	극단 가교	한국공연윤리 위원회
심의대본	나비	새는 날고 날다	연극 : 한판80	김두삼	연극	1979	극단 76극장	한국공연윤리 위원회
심의대본	나비부인			주세페 지아코사 ; Giuseppe Giacosa · 루 이지 일리카 ; Luigi Illica	음악	1984	-	한국공연윤리 위원회
심의대본	나비의 탄생		극단 여인극장 제24회 공연	문정희	연극	1974	극단 여인극장	한국예술문화 윤리위원회
심의대본	나비의 탄생	애벌레의 성장		우테 그리클스타인 ; Ute Krieglsten	연극	1993	안데르센인형극	공연윤리위원회
심의대본	나비처럼 자유롭게			레오나드 거쉬 ; Leonard Gershe	연극	1977	극단 현대극장	한국공연윤리 위원회
심의대본	나비처럼 자유롭게			레오나드 거쉬 ; Leonard Gershe	연극	1986	-	공연윤리위원회
심의대본	나비처럼 자유롭게		극단 춘추제18회 공연작품	레오나드 거쉬 ; Leonard Gershe	연극	1982	극단 춘추	한국공연윤리 위원회
심의대본	나비처럼 자유롭게		극단 춘추제18회 공연작품	레오나드 거쉬 ; Leonard Gershe	연극	1982	극단 춘추	한국공연윤리 위원회
심의대본	나비처럼 자유롭게			레오나드 거쉬 ; Leonard Gershe	연극	1980	극단 민중극장	한국공연윤리 위원회
심의대본	나비처럼 자유롭게			레오나드 거쉬 ; Leonard Gershe	연극	1985	극단 춘추	한국공연윤리 위원회
심의대본	나비처럼 자유롭게			레오나드 거쉬 ; Leonard Gershe	연극	1988	극단 광장	공연윤리위원회
심의대본	나뽈레옹·꼬냑			김지하	연극	1988	극단 공간	공연윤리위원회
심의대본	나쁜 말버릇			미상	연극	1990	서울인형극단	공연윤리위원회
심의대본	나생문		극단 성좌 제71회 공연작 품 ; 제25회 동아연극상 참가작품	원작 아쿠타가와 류 노스케 ; 芥川龍之 介, 편극 김학천	연극	1988	극단 성좌	공연윤리위원회
심의대본	나생문		극단 성좌 제10회 공연	아쿠타가와 류노스 케 ; 芥川龍之介	연극	1976	극단 성좌	한국공연윤리 위원회
심의대본	나생문		극단 성좌 제10회 공연	아쿠타가와 류노스 케 ; 芥川龍之介	연극	1976	극단 성좌	한국공연윤리 위원회
심의대본	나선(Spiral) : 공연 개요		아미엘극단 마임극 특별 초청공연	미상	연극	1989	아미엘극단	공연윤리위원회
심의대본	나야! 친구야!			각색 이미양	연극	1994	극단 현장	공연윤리위원회

심의대본	나와 밀가루			이영란	연극	1994	-	공연윤리위원회
심의대본	나운규의 일생	나운규 선생 50주기 추모 기념 작품 ; 극단 묵시록 창립작품		이상구	연극	1988	극단 묵시록	공연윤리위원회
심의대본	나운명과 옥황상제			정시운	연극	1986	극단 하나	공연윤리위원회
심의대본	나의 귀여운 친구 똥보	극단 춘추 2회 공연작품		찰스 로렌스 ; Charles Laurence	연극	1980	극단 춘추	한국공연윤리위원회
심의대본	나의 라임 오렌지나무			원작 J. M. 데 바스콘셀로스 ; J. M. de Vasconcelos, 각색 이창기	연극	1987	극단 대중	공연윤리위원회
심의대본	나의 라임 오렌지나무	95 청소년 연극		원작 J. M. 데 바스콘셀로스 ; J. M. de Vasconcelos, 각색 이광열	연극	1994	극단 예일	공연윤리위원회
심의대본	나의 라임오렌지나무	버팀목 제2회 정기공연		원작 J. M. 데 바스콘셀로스 ; J. M. de Vasconcelos	연극	1991	극단 버팀목	공연윤리위원회
심의대본	나의 살던 고향은...	공동창작 연우무대			연극	미상	극단 새뚝이	공연윤리위원회
심의대본	나의 살던 고향은…	극단 연우무대 13회 정기 공연작품		공동구성 연우무대	연극	1984	극단 연우무대	한국공연윤리위원회
심의대본	나의 살던 고향은…			공동창작 연우무대	연극	1987	극단 새뚝이	공연윤리위원회
심의대본	나의 선녀 마레끼아레			안종관	연극	1981	우리극단 마당	한국공연윤리위원회
심의대본	나이 서른에 우린	'95 전국대학연극제 참가작		공동창작 영남대학교 천마극단	연극	1995	영남대학교 천마극단	공연윤리위원회
심의대본	나이팅게일 / 다섯알의 완두콩 / 미운오리새끼 / 나비 / 영감님이 하는 일은 항상 옳아요			미상	연극	1987	-	공연윤리위원회
심의대본	나훈아 쇼	'72 나훈아의 꿈 제1탄		김성천	대중	1972	-	한국예술문화윤리위원회
심의대본	낙랑공주, 호동왕자 그리고 새끼줄			각색 박재서	연극	1985		한국공연윤리위원회
심의대본	낙랑인 가라전(樂娘人 嘉羅田)			김상열	연극	미상	극단 현대극장	한국공연윤리위원회
심의대본	낙랑인 가라전(樂浪人 嘉羅田)			김상열	연극	1986	우리극단 마당	공연윤리위원회
심의대본	낙랑인 가라전(樂郞人 嘉羅田)			김상열	연극	1983	극단 현대극장	한국공연윤리위원회
심의대본	낙서지우기			안호관	연극	1985	신림여자중학교	한국공연윤리위원회
심의대본	낙엽(落葉)			원작 이병주, 각색 차범석	연극	1976	극단 배우극장	한국예술문화윤리위원회
심의대본	낙원으로 가는 길			김석민	연극	1973	A라이온 예술공사	한국예술문화윤리위원회
심의대본	낚시터 전쟁			이근삼	연극	1990	극단 민예극장	공연윤리위원회
심의대본	낚시터 전쟁 / 향교의 손님			이근삼	연극	1987	극단 민예극장	공연윤리위원회
심의대본	난 영화 배우가 되어야 해!	극단 뿌리 창단 15주년 기념공연		닐 사이먼 ; Neil Simon	연극	1991	극단 뿌리	공연윤리위원회
심의대본	난 옛날 어떤 사람같은…			페터 한트케 ; Peter Handke	연극	1986	극단 여름	공연윤리위원회

심의대본	난 의사요			몰리에르 ; Molière	연극	1983	극단 여운	한국공연윤리위원회
심의대본	난장이 구둣방			그림형제 ; Brüder Grimm	연극	1987	-	공연윤리위원회
심의대본	난장이가 쏘아올린 작은 공	극단 쎼실극장 제7회 공연작품 ; 「날개」,「안개」에 이은 창작극 시리즈 제3탄!		조세희, 각색 이언호	연극	1979	극단 쎼실극장	한국공연윤리위원회
심의대본	난조유사	제작극회 제18회 공연 ; 제1회 대한민국연극제 참가작품		오태영	연극	1977	제작극회	한국공연윤리위원회
심의대본	난조유사	극단 에저또 제46회 공연		오태영	연극	1980	극단 에저또	한국공연윤리위원회
심의대본	난조유사(卵朝遺事)	극단 76극장 10주년 기념 세번째 공연		오태영	연극	1985	극단 76극장	한국공연윤리위원회
심의대본	난파(難破)	94 공연예술아카데미 제6기 수료발표공연작품		김우진	연극	1994	공연예술아카데미 6기	공연윤리위원회
심의대본	날 수 없는 새			김두삼	연극	1991	극단 창고극장	공연윤리위원회
심의대본	날개			이상, 각색 정하연	연극	1981	극단 쎼실	한국공연윤리위원회
심의대본	날개			이인석	연극	1975	현대문학전속극회	한국예술문화윤리위원회
심의대본	날개	극단 쎼실극장 제5회 공연작품		이상, 각색 정하연	연극	1977	극단 쎼실극장	한국공연윤리위원회
심의대본	날개			이상, 각색 강준용	연극	1982	-	한국공연윤리위원회
심의대본	날개			이상, 각색 정하연	연극	1985	극단 쎼실	한국공연윤리위원회
심의대본	날개 달린 고양이			미상	연극	1994	우리인형극단	공연윤리위원회
심의대본	날개는 침대속에			페르난도 아라발 ; Fernando Arrabal	연극	1985	무세중 전위 예술단	한국공연윤리위원회
심의대본	날개달린 아이들			번안 김국	연극	1990	교육극단 사다리	공연윤리위원회
심의대본	날개를 펼쳐(원작 : 키드)			히가시 유타카 ; 東 由多加	연극	1993	극단 안산벌	공연윤리위원회
심의대본	날개를 펼쳐(원작 : 키드)			히가시 유타카 ; 東 由多加	연극	1993	극단 안산벌	공연윤리위원회
심의대본	날갯짓	조형극장 제1회 워크숍 작품		김병종	연극	1980	극단 조형극장	한국공연윤리위원회
심의대본	날아라 새들아			미상	연극	1992	극단 연우무대	공연윤리위원회
심의대본	날아라 손오공	극단 영 OP. No. 69		원작 오승은, 각본 강승균	연극	1993	극단 영	공연윤리위원회
심의대본	날아라 슈퍼보드			허영만	연극	1994	극단 늘푸른 나무	공연윤리위원회
심의대본	날아라 종이얼굴			방태수	연극	1981	극단 에저또	한국공연윤리위원회
심의대본	날으는 요술 부채			미상	연극	1990	우리인형극회	공연윤리위원회
심의대본	날자 날자 한번만 더 날자꾸나	이상(李箱)과 세 연인들	극단 춘추 제16회 공연작품 ; 제19회 동아연극상 참가작품	김용락	연극	1982	극단 춘추	한국공연윤리위원회
심의대본	날지 않는 새		'95 전국대학연극제 참가작	미상	연극	1995	경북대 경대연극반	공연윤리위원회

심의대본	남들은 몰러		극단 서울무대 제20회 공연	윤찬준	연극	1988	극단 서울무대	공연윤리위원회
심의대본	남들은 몰러		극단 서울무대 제20회 공연	윤찬준	연극	1988	극단 서울무대	공연윤리위원회
심의대본	남들은 몰러		극단 서울무대 제20회 공연	윤찬준	연극	1988	극단 서울무대	공연윤리위원회
심의대본	남바			미상	연극	1991	-	공연윤리위원회
심의대본	남바		극단 가가 제2회 공연작품	김시라	연극	1986	극단 가가	한국공연윤리위원회
심의대본	남사당의 하늘		극단 미추 일곱번째 작품	윤대성	연극	1993	극단 미추	공연윤리위원회
심의대본	남성이라는 동물			제임스 서버 ; James Thurber · 엘리엇 누젠트 ; Elliott Nugent	연극	1986	극단 이레	공연윤리위원회
심의대본	남여흑(藍與黑)			왕란 ; 王藍, 각색 구원륜	연극	1969	-	한국예술문화윤리위원회
심의대본	남자 가정부를 원하세요?		극단 여인극장 제109회 공연	휴 레너드 ; Hugh Leonard	연극	1994	극단 여인극장	공연윤리위원회
심의대본	남자는 남자다	1925년 킬코아 병영에서의 하역부 갈리 가이의 변신		베르톨트 브레히트 ; Bertolt Brecht	연극	1989	극단 여름	공연윤리위원회
심의대본	남자의 마음			조이스 레이번 ; Joyce Rayburn	연극	1986	-	공연윤리위원회
심의대본	남자충동	주먹 쥔 아들들의 폭력충동	환퍼포먼스 제12회 작품; 제21회 서울연극제 공식 참가작	조광화	연극	1997	환 퍼포먼스	공연윤리위원회
심의대본	남진 리사이틀	홍부전 중에서		미상	대중	1973	AAA 푸로모션	한국예술문화윤리위원회
심의대본	남진 발표회	뮤지컬 (꽃분이)		구성 김일태	대중	1977	아세아푸로덕션	한국공연윤리위원회
심의대본	남진 발표회			구성 김일태	대중	1977	AAA프로덕션	한국공연윤리위원회
심의대본	남진(南珍) 귀국 쇼		남진 무대복귀 기념공연	구성 김보의	대중	1971	AAA 쇼	한국예술문화윤리위원회
심의대본	남태평양(South Pacific)			오스카 해머스타인 2세 ; Oscar Hammerstein II · 조슈아 로건 ; Joshua Logan	연극	1976		한국예술문화윤리위원회
심의대본	납작해진 호랑이			미상	연극	1990	우리인형극단	공연윤리위원회
심의대본	낮은데로 임하소서			이청준, 극본 남정희	연극	1984	극단 에저또	한국공연윤리위원회
심의대본	낮잠 자는 바보들		극단 앙띠 10회 자선 정기공연	이기형	연극	1979	극단 앙띠	한국공연윤리위원회
심의대본	낯선 사나이			루퍼트 브룩 ; Rupert Brooke	연극	1969	극단 드라마센타	한국예술문화윤리위원회
심의대본	내 거룩한 땅에		극단 광장 제11회 공연극본	이재현	연극	1970	극단 광장	한국예술문화윤리위원회
심의대본	내 고향으로 날 보내주			원작 해리엇 비처스토 ; Harriet Beecher Stowe	연극	1975	경복여자상업고등학교 연극반	한국예술문화윤리위원회
심의대본	내 고향으로 날 보내주오		합동극제 참가작품	해리엇 비처 스토 ; Harriet Beecher Stowe, 각색 신신범	연극	1983	청소년극단 늘푸른	한국공연윤리위원회

431

심의대본	내 고향으로 날 보내주오 (원작 : 톰 아저씨의 오두막 ; Uncle Tom's Cabin)			원작 해리엇 비처 스토 ; Harriet Beecher Stowe, 각색 차범석	연극	1966	-	한국예술문화 윤리위원회
심의대본	내 사랑 마리(Mary, Mary)		극단 산하 제36회 공연 작품	장 커 ; Jean Kerr	연극	1977	극단 산하	한국공연윤리 위원회
심의대본	내 사랑은 언제나 그것을			문시운	연극	1986	극단 예장가족	공연윤리위원회
심의대본	내 생명은 누구의 것인가		극단 제작극회 제30회 공연 ; 제17회 동아연극상 참가작품	브라이안 클라크 ; Brian Clark	연극	1980	극단 제작극회	한국공연윤리 위원회
심의대본	내 아들을 위하여(All My Sons)		실험극장 제18회 공연 작품	아서 밀러 ; Arthur Miller	연극	1966	-	한국예술문화 윤리위원회
심의대본	내 아들을 위하여(All My Sons)		제25회 정기공연	아서 밀러 ; Arthur Miller	연극	1977	서울대학교 의과대학 학도호국단 연극부	한국공연윤리 위원회
심의대본	내 아들을 위하여(All My Sons)		동국대학교 연극영화학과 제26회 졸업공연	아서 밀러 ; Arthur Miller	연극	1988	동국대학교 연극 영화과	공연윤리위원회
심의대본	내 이름은 리전	클리포드 · 비어스의 자서전(自敍傳)에 의(依)해서	삼일로 창고극장 개관 3주년 기념	노라 스털링 ; Nora Stirling · 니나 리드누르 ; Nina Ridenour	연극	1979	극단 창고극장	한국공연윤리 위원회
심의대본	내 이름은 코로보크		극단 영 39회 작품	강승균	연극	1990	극단 영	공연윤리위원회
심의대본	내 이름은 트레버		Theatre Group 신협 128회 정기공연	존 보웬 ; John Bowen	연극	1990	극단 신협	공연윤리위원회
심의대본	내 이름은 하비		극단 에저또 제41회 공연 작품	마리코일 체이스 ; Mary Coyle Chase	연극	1979	-	한국공연윤리 위원회
심의대본	내 이름을 찾아주세요		극단 은하 제10회 공연	원작 김순권, 각색 한창수	연극	1976	극단 은하	한국공연윤리 위원회
심의대본	내 친구 꼬마 도깨비			미상	연극	1988	-	공연윤리위원회
심의대본	내 친구 딥스(원작 : Dibs in search of self)			원작 버지니아 M. 액슬린 ; Virginia M. Axline, 각색 윤승일	연극	1987	극단 손가락	한국예술문화 윤리위원회
심의대본	내 친구 스누피		햇님극장 공연 I	원작 존 고든 ; John Gordon	연극	1992	햇님극장	공연윤리위원회
심의대본	내 핏줄		극단 현대극회 제12회 공연	박경창	연극	1971	극단 현대극회	한국예술문화 윤리위원회
심의대본	내 힘으로 살아보자			김성천	연극	1973	뉴스타악극단	한국예술문화 윤리위원회
심의대본	내.물.빛			마이클 커비 ; Michael Kirby	연극	1980	동랑레퍼터리 극단	공연윤리위원회
심의대본	내가 날씨에 따라 변할사람 같소?			이강백	연극	1986	극단 통인무대	공연윤리위원회
심의대본	내가 날씨에 따라 변할사람 같소?		제2회 전국청소년연극 축전 참가작품	이강백	연극	1991	(사) 한국청소년공연 예술진흥회	공연윤리위원회
심의대본	내가 날씨에 따라 변할사람 같소?		극단 실험극장 제78회 공연	이강백	연극	1981	극단 실험극장	한국공연윤리 위원회
심의대본	내가 날씨에 따라 변할사람 같소?		극단 실험극장 제60회 공연 ; 동아연극상 대상 수상기념 작품	이강백	연극	1978	극단 실험극장	한국공연윤리 위원회
심의대본	내가 날씨에 따라 변할사람 같소?		극단 실험극장 제60회 공연 ; 동아연극상 대상 수상기념 작품	이강백	연극	1978	극단 실험극장	한국공연윤리 위원회
심의대본	내가 너에게 무엇을 어떻게 주랴		극단 신협 창작무대 제2호	안옥희	연극	1983	극단 신협	한국공연윤리 위원회

심의대본	내가 말 없는 방랑자라면		극단 민중극장 제4회 대한민국 연극제 참가작품	구성 정진수	연극	1980	극단 민중극장	한국공연윤리위원회
심의대본	내가 없는 방	우리 자신도 몰랐다	예인그룹 극단 하늘천따지 제3회 공연작품	강성희	연극	1984	극단 하늘천따지	한국공연윤리위원회
심의대본	내가 하나님을 보리라!		창립 5주년 기념공연 성극	미상	연극	1985	할렐루야 교회	한국공연윤리위원회
심의대본	내마		극단 가교 제22회 대공연	이강백	연극	1974	극단 가교	한국예술문화윤리위원회
심의대본	내별은 어느걸까			미상	연극	1991	호돌이인형극회	공연윤리위원회
심의대본	내사랑 히로시마			마르그리트 뒤라스; Marguerite Duras	연극	1993	-	공연윤리위원회
심의대본	내이름은 두통이			김영식	연극	1994	별마당인형극회	공연윤리위원회
심의대본	내일의 나라			미상	연극	1987	극단 백의	공연윤리위원회
심의대본	내일이면 늦으리			원작 알프레드 마샬; Alfred Marshall, 각색 이상화	연극	1987	극단 미래	공연윤리위원회
심의대본	내일이면 늦으리			원작 알프레드 마샬; Alfred Marshall, 각색 이상화	연극	미상	극단 미래	공연윤리위원회
심의대본	내친구 꼬마도깨비 / 꼬마도깨비 뚜뚜		극단 영 Op. No.33	강승균	연극	1994	극단 영	공연윤리위원회
심의대본	내친구 말괄량이 삐삐			원작 아스트리드 린드그렌; Astrid Lindgren, 각색 이광열	연극	1993	극단 예일	공연윤리위원회
심의대본	냇물			주평	연극	1974	-	한국예술문화윤리위원회
심의대본	냇물			주평	연극	1976	-	한국공연윤리위원회
심의대본	냇물			주평	연극	1987	명성여자중학교 연극부	공연윤리위원회
심의대본	냥반면		제2회 전국대학 연극축전 공연극본	유현종	연극	1979	전남대학교 학도호국단 문예부 연극반	한국공연윤리위원회
심의대본	너구리와 할아버지			아나자와 요시하루	연극	1992	인형극단 노라이누	공연윤리위원회
심의대본	너는 반석이니라		극단 춘추 제51회 공연작품; '92 세계성령화 대성회 준비공연	매리 P. 햄린	연극	1989	극단 춘추	공연윤리위원회
심의대본	너는 아는가			박승인	연극	1981	-	한국공연윤리위원회
심의대본	너덜강 돌무덤		제13회 도의문화저작상 우수작품	박환용	연극	1990	-	공연윤리위원회
심의대본	너도 먹고 물러나라		극단 20주년 기념 공연 씨리즈5	윤대성	연극	1980	극단 실험극장	한국공연윤리위원회
심의대본	너도 먹고 물러나라	한량굿「장대장네굿」에서	극단 실험극장 제6회 소극장 무대	윤대성	연극	1973	극단 실험극장	한국예술문화윤리위원회
심의대본	너도 먹고 물러나라	한량굿「장대장네굿」에서	극단 실험극장 제6회 소극장 무대	윤대성	연극	1973	극단 실험극장	한국예술문화윤리위원회
심의대본	너도 한번 뽐내봐라			닐 사이먼; Neil Simon	연극	1988	극단 우리극단 마당	공연윤리위원회
심의대본	너를 어떻게 할까		제작극회 제14회 공연작품	박현숙	연극	1971	극단 제작극회	한국예술문화윤리위원회

심의대본	너에게로 가서 무엇이 되고 싶다		극단 아띠 제3차 정기공연	임찬일	연극	1987	극단 아띠	공연윤리위원회
심의대본	너에게로 가서 무엇이 되고 싶다		극단 아띠 제3차 정기공연	임찬일	연극	1987	극단 아띠	공연윤리위원회
심의대본	너의 이름은 화니(Fanny)		극단 은하 제20회 공연	마르셀 파뇰 ; Marcel Pagnol	연극	1978	극단 은하	한국공연윤리 위원회
심의대본	너희를 용서하리라			윤대성	연극	1982	극단 신협	한국공연윤리 위원회
심의대본	넋의 소리		극단 제3무대 제44회 정 기공연 작품	김흥우	연극	1994	극단 제3무대	공연윤리위원회
심의대본	넌센스			단 고긴 ; Dan Goggin	연극	1991	극단 대중	공연윤리위원회
심의대본	넛츠(NUTS)		극단 로뎀창단공연작품	톰 토퍼 ; Tom Topor	연극	1989	극단 로뎀	공연윤리위원회
심의대본	네 멋대로 해라			별무리	연극	미상	-	공연윤리위원회
심의대본	넥스트(NEXT)		홍익극연구회 1975년 대 학극 연합제	테렌스 맥널리 ; Terrence McNally	연극	1975	홍익극연구회	한국예술문화 윤리위원회
심의대본	女子는 남자를 쏘았다			이문웅	기타	미상	-	한국공연윤리 위원회
심의대본	女子들만사는 거리의 창길이		극단 쎄실극장 창작극 시리즈 제4회 작품	조선작, 각색 채윤일	연극	1980	극단 쎄실극장	한국공연윤리 위원회
심의대본	年上의 女子			원작 제이 알렌 ; Jay Allen, 각색 정진수	연극	1987	민중극단	공연윤리위원회
심의대본	노(怒)하지 않는 얼굴		학원창립 20주년 기념행 사 예술의 밤 공연	홍승주	연극	1969	경희중학교 연극반	한국예술문화 윤리위원회
심의대본	노녀들의 발톱		극단 배우극장 제19회 공 연작품 ; 동아연극상 참 가작품	김자림	연극	1982	극단 배우극장	한국공연윤리 위원회
심의대본	노란 펭귄의 여행			김종문	연극	1994	소뚜껑 인형극단	공연윤리위원회
심의대본	노래 千里 웃음 千里			장세건	연극	1968	명랑스테이지	한국예술문화 윤리위원회
심의대본	노래에 웃음싣고			구성 전예명	연극	1982	-	한국예술문화 윤리위원회
심의대본	노래와 함께 사는 사람들			김활천, 구성 김활천	복합	1975	-	한국예술문화 윤리위원회
심의대본	노래와 함께 사는 사람들			김활천, 구성 김활천	복합	1975	-	한국예술문화 윤리위원회
심의대본	노래의 大行進			김활천, 구성 김활천	복합	1978	사단법인 전국공연 단체협회 회원단체, 극동악극단	한국공연윤리 위원회
심의대본	노래의 大行進			김활천, 구성 김활천	복합	1977	새별악극단	한국공연윤리 위원회
심의대본	노래의 大行進			김활천, 구성 김활천	복합	1977	현대악극단	한국공연윤리 위원회
심의대본	노래의 大行進			김활천, 구성 김활천	복합	1977	혜성악극단	한국공연윤리 위원회
심의대본	노래하는 거리의 아이들		극단 춘추 제55회 공연 ; 꿈나래극장 씨리즈 제2탄	원작 이란드 해리스, 각색 고문헌	연극	1990	극단 춘추	공연윤리위원회
심의대본	노래하는 관광뻐스			구성 최수경	연극	1968	새마을악극단	한국예술문화 윤리위원회
심의대본	노래하는 나무잎		아동교육극단 바람개비 창단공연 작품	구성 홍현석	연극	1989	아동교육극단 바람 개비	공연윤리위원회

심의대본	노래하는 별주부			미상	연극	1987	극단 대중극장	공연윤리위원회
심의대본	노래하는 별주부			미상	연극	1987	극단 대중극장	공연윤리위원회
심의대본	노래하는 팔도강산			김철	연극	1972	김철 PR프로덕숀 미원애용자사슨순회반	한국예술문화윤리위원회
심의대본	노래하는 호화선			구성 박철	복합	1978	호화선악극단	한국공연윤리위원회
심의대본	노래하라 그대!			임철우	연극	1993	-	공연윤리위원회
심의대본	노래하며 늑대잡기		극단 영 OP.No.58	강승균	연극	1994	극단 영	공연윤리위원회
심의대본	노력하지않고 성공하는 법	출세 대작전		에이브 버로우즈; Abe Burrows	연극	1992	극단 민중극장	공연윤리위원회
심의대본	노부부의 선글라스		극단 동인극장 2회 공연	전옥주	연극	1981	극단 동인극장	한국공연윤리위원회
심의대본	노부인의 방문			프리드리히 뒤렌마트; Friedrich Durrenmatt	연극	1976	극단 민중극장	한국공연윤리위원회
심의대본	노부인의 방문		교사연극동우회 제15회 정기공연	프리드리히 뒤렌마트; Friedrich Durrenmatt	연극	1992	교사연극동우회	공연윤리위원회
심의대본	노부인의 방문(老婦人의 訪問)		극단가교 제12회 공연	프리드리히 뒤렌마트; Friedrich Durrenmatt	연극	1968	극단 가교	한국예술문화윤리위원회
심의대본	노부인의 방문(老婦人의 訪問)		성균극회 제12회 대공연	프리드리히 뒤렌마트; Friedrich Durrenmatt	연극	1971	성균극회	한국예술문화윤리위원회
심의대본	노부인의 방문(老婦人의 訪問)			프리드리히 뒤렌마트; Friedrich Durrenmatt	연극	1979	극단 현대극장	한국공연윤리위원회
심의대본	노비문서		극단 상황 제3회; 창단 4주년 기념공연	윤대성	연극	1978	극단 상황	한국공연윤리위원회
심의대본	노비문서		극단 상황 제3회; 창단 1주년 기념 공연	윤대성	연극	1976	극단 상황	한국공연윤리위원회
심의대본	노비문서(奴婢文書)		극단산하제19회공연작품	윤대성	연극	1973	극단 산하	한국예술문화윤리위원회
심의대본	노선이탈		서울예술신학교 제4회 졸업생 작품 발표	손현미	연극	1993	-	공연윤리위원회
심의대본	노아		퍼포먼스그룹 위위 제3회 공연작품	미상	연극	1982	퍼포먼스그룹 위위	한국공연윤리위원회
심의대본	노아		극단 가교 제11회 공연; 기독교 연합회 시청각교육국 창립 10주년 기념	앙드레 오베이; Andre Obey	연극	1968	극단 가교	한국예술문화윤리위원회
심의대본	노아의 일기			송옥의	연극	1992	-	공연윤리위원회
심의대본	노예와 사자			오랜드 헤리스; Aurand Harris	연극	1988	극단 현대앙상블	공연윤리위원회
심의대본	노예와 사자			오랜드 헤리스; Aurand Harris, 각색 최영애	연극	1988	극단 현대앙상불	공연윤리위원회
심의대본	노을에 학은 사라지다			기노시타 준지; 木下順二, 각색 장순안	연극	1992	구리시민극단	공연윤리위원회
심의대본	노을진하늘을날아가는새들		극단자유제144회정기공연	미상	연극	1992	극단 자유극장	공연윤리위원회
심의대본	노이		퍼포먼스 그룹 위위 제6회 공연작	미상	연극	1983	퍼포먼스 그룹 위위	한국공연윤리위원회

심의대본	노인, 새되어 날다			신태범	연극	1987	극단 예술극장	공연윤리위원회
심의대본	노처녀와 도둑	MENOTTIS OPERA		잔 카를로 메노티; Gian Carlo Menotti	음악	1981	숙명여대 음대	한국공연윤리 위원회
심의대본	노처녀와도둑/ 쟈니 스키키	김자경오페라단 제23회 정기공연		잔 카를로 메노티; Gian Carlo Menotti, 조 바키노 포르차노; Giovacchino Forzano	음악	1979	김자경오페라단	한국공연윤리 위원회
심의대본	노총각 장가갈 때	극단 제3무대 제19회 공연		크리스토퍼 햄튼; Christopher Hampton	연극	1979	극단 제3무대	한국공연윤리 위원회
심의대본	노크! 노크!	공간극장 개관기념 공연 작품		줄스 파이퍼; Jules Feiffer	연극	1977	-	한국공연윤리 위원회
심의대본	녹두장군	극단 서낭당 제8회 공연		엄인희	연극	1984	극단 서낭당	한국공연윤리 위원회
심의대본	녹두장군(綠豆將軍)	극단 서낭당 제8회 공연		엄인희	연극	1984	극단 서낭당	한국공연윤리 위원회
심의대본	논다 놀아			이길재	연극	1991	극단 하나	공연윤리위원회
심의대본	놀부면	제38회 공연		원작 최인훈, 각색 허규	연극	1979	극단 민예극장	한국공연윤리 위원회
심의대본	놀부면			원작 최인훈, 각색 허규	연극	1983	극단 민예극장	한국공연윤리 위원회
심의대본	놀부면			원작 최인훈, 각색 허규	연극	1972	극단 실험극장	한국예술문화 윤리위원회
심의대본	놀부면			원작 최인훈, 각색 허규	연극	1977	민예극단	한국공연윤리 위원회
심의대본	놀부와 수탉 / 코끼리 코는 왜 길까?	극단 영 19회 공연		미상	연극	1988	극단 영	공연윤리위원회
심의대본	놀부전	문화방송 창사 22주년 기념공연		김지일	연극	1983	-	한국공연윤리 위원회
심의대본	놀부전	민예극단 제4회 공연 작품		최인훈, 각색 허규	연극	1974	극단 민예	한국예술문화 윤리위원회
심의대본	놀부전	민예극단 제4회 공연 작품		최인훈, 각색 허규	연극	1974	극단 민예	한국예술문화 윤리위원회
심의대본	놀부전			최인훈, 각색 허규	연극	1993	극단 미추	공연윤리위원회
심의대본	놀부학 개론			김현묵·박경호	연극	1988	극단 백의	공연윤리위원회
심의대본	농녀			윤조병	연극	1984	성균극회(성균관 대학교)	한국공연윤리 위원회
심의대본	농녀(農女)	극단 에저또 61회 공연작품; 제6회 대한민국 연극제 초청작품		윤조병	연극	1982	극단 에저또	한국공연윤리 위원회
심의대본	농녀(農女)	극단 에저또 61회 공연작품; 제6회 대한민국 연극제 초청작품		윤조병	연극	1982	극단 에저또	한국공연윤리 위원회
심의대본	농민(農民)	극단 에저또 제63회 공연작품; 제7회 대한민국 연극제 참가작품		윤조병	연극	1983	극단 에저또	한국공연윤리 위원회
심의대본	농부아저씨의 눈물			김영식	연극	1994	별마당인형극회	공연윤리위원회
심의대본	농악놀이			구성 강한용	전통	1974	김영철국악농악단	한국예술문화 윤리위원회
심의대본	농악대본			유순복	전통	1978	여성농악단	한국공연윤리 위원회

심의대본	농토	극단 에저토 제58회 공연; 제5회 대한민국연극제 참가작품	윤조병	연극	1981	극단 에저토	한국공연윤리 위원회
심의대본	뇌우	국립극단 개관 15주년 기념공연; 제134회 정기공연	차오위; 曹禺	연극	1988	국립극단	공연윤리위원회
심의대본	뇌우(雷雨)		차오위; 曹禺	연극	1983	극단 신협	한국공연윤리 위원회
심의대본	뇌우(雷雨)	극단 신협 창단40주년 기념공연	차오위; 曹禺	연극	1986	극단 신협	공연윤리위원회
심의대본	뇌우(雷雨)	극단 신협 창단40주년 기념공연	차오위; 曹禺	연극	1986	극단 신협	공연윤리위원회
심의대본	뇌우(雷雨)		차오위; 曹禺	연극	1972	극단 신협	한국예술문화 윤리위원회
심의대본	누가 누굴 눌러?!		미상	연극	1990	-	공연윤리위원회
심의대본	누가 버지니아 울프를 두려워 하는가?		에드워드 올비; Edward Albee	연극	1980	삼일로창고극단	한국공연윤리 위원회
심의대본	누가 버지니아 울프를 두려워하랴		에드워드 올비; Edward Albee	연극	1967	극단 신협	한국예술문화 윤리위원회
심의대본	누가 버지니아 울프를 두려워하랴		에드워드 올비; Edward Albee	연극	1976	극단 자유극장	한국공연윤리 위원회
심의대본	누가 버지니아 울프를 두려워하랴	극단 조형극장 제3회 공연작품	에드워드 올비; Edward Albee	연극	1979	극단 조형극장	한국공연윤리 위원회
심의대본	누가 버지니아 울프를 두려워하랴	극단 광장 제63회 공연 작품	에드워드 올비; Edward Albee	연극	1983	극단 광장	한국공연윤리 위원회
심의대본	누구를 위하여 종은 울리나	극단 은하 제14회 공연 작품	원작 어니스트 헤밍웨이; Ernest Hemingway, 각색 김춘수	연극	1977	극단 은하	한국공연윤리 위원회
심의대본	누구세요		이현화	연극	1980	극단 민중극장	한국공연윤리 위원회
심의대본	누구세요?	극단 시민극장 제8회 공연	이현화	연극	1982	극단 시민극장	한국공연윤리 위원회
심의대본	누구세요?	극단 쎄실 창작극 시리즈 8; 극단 쎄실 제48회 공연	이현화	연극	1986	극단 쎄실	공연윤리위원회
심의대본	누구세요?	극단 뿌리 제30회 공연 작품	이현화	연극	1982	극단 뿌리	한국공연윤리 위원회
심의대본	누구세요?	민중극장 제33회 공연	이현화	연극	1978	민중극장	한국공연윤리 위원회
심의대본	누구세요?		이현화	연극	1988	극단 뿌리	공연윤리위원회
심의대본	누구시더라	극단 춘추 제44회 공연	강철수	연극	1988	극단 춘추	공연윤리위원회
심의대본	누군들 광대가 아니랴	'95 전국대학연극제 참가작	박평목	연극	1995	아주대학교 아몽 극 예술연구회	공연윤리위원회
심의대본	누드 모델	극단 집시 제10회 공연작	강준용	연극	1984	극단 집시	한국공연윤리 위원회
심의대본	눈 먼 도미(都彌)		문정희	연극	1986	-	공연윤리위원회
심의대본	눈 먼 동생(원작: 눈먼 제로니모와 그의 형 ; Der blinde Geronimo und sein Bruder)		원작 아르투어 슈니츨러; Arthur Schnitzler, 각색 이영순	연극	1979	-	한국공연윤리 위원회
심의대본	눈 먼 美女		보리스 파스테르나크; Boris Pasternak	연극	1969	극단 자유극장	한국예술문화 윤리위원회

심의대본	눈물의 모자지정		서라벌여성국극단; 박금희와 그 일행 제9회 작품	손명숙, 각색 동화춘	연극	1970	서라벌여성국극단, 박금희와 그 일행	한국예술문화윤리위원회
심의대본	눈의 여왕			각색 김형선	연극	1994	-	공연윤리위원회
심의대본	눈의 여왕			원작 한스 안데르센; Hans Andersen, 각색 윤승일	연극	1992	극단 동아	공연윤리위원회
심의대본	뉘랑 같이 먹고 살꼬?		제4회 대한민국연극제 참가공연	이하석	연극	1980	극단 원각사	공연윤리위원회
심의대본	뉴스타 팝 그랑쁘리 콘테스트			미상	대중	1972	새별악극단	한국예술문화윤리위원회
심의대본	뉴스타 팝 그랑쁘리 콘테스트			미상	대중	1972	새별악극단	한국예술문화윤리위원회
심의대본	뉴욕뉴욕 코메리칸 블루스			장두이	연극	1985	알 댄스 디어터 사운드 대공연 작품	한국공연윤리위원회
심의대본	느릅나무 그늘의 욕망		극단 성좌 제53회 공연 작품	유진 오닐; Eugene O'Neill	연극	1985	극단 성좌	한국공연윤리위원회
심의대본	느릅나무 그늘의 욕망		극단 춘추 70회 공연	유진 오닐; Eugene O'Neill	연극	1994	극단 춘추	공연윤리위원회
심의대본	느릅나무 밑의 욕망		극단 민중극장 제22회 공연	유진 오닐; Eugene O'Neill	연극	1976	극단 민중극장	한국공연윤리위원회
심의대본	느릅나무 밑의 욕망		극단 민중극장 제41회 공연	유진 오닐; Eugene O'Neill	연극	1978	극단 민중극장	한국공연윤리위원회
심의대본	느릅나무 밑의 욕망			유진 오닐; Eugene O'Neill	연극	1976	-	한국예술문화윤리위원회
심의대본	느릅나무 밑의 욕망			유진 오닐; Eugene O'Neill	연극	1985		한국공연윤리위원회
심의대본	느티나무골			성순종	연극	1977	새마을민속예술단	한국공연윤리위원회
심의대본	늑대와 소년			미상	대중	1993	-	공연윤리위원회
심의대본	늑대와 소년			미상	대중	1993		공연윤리위원회
심의대본	늑대와 아기돼지 당나귀알			미상	연극	1991	엔젤극단	공연윤리위원회
심의대본	늑대와 아기돼지 당나귀알			미상	연극	1991	엔젤극단	공연윤리위원회
심의대본	늑대와 여우			각색 심영식	연극	1988		공연윤리위원회
심의대본	늘봄고을		제6회 한국청소년연극제 참가작품	이명분	연극	1985	인천교육대학부속 국민학교	한국공연윤리위원회
심의대본	늙은 쥐		제2회 젊은 연극제 참가	한태숙	연극	1974	예림	한국예술문화윤리위원회
심의대본	능금이 익어갈 때	내 땅		박용훈	연극	1980	청소년극단 백조	한국공연윤리위원회
심의대본	늦가을의 황혼			프리드리히 뒤렌마트; Friedrich Durrenmatt	연극	1974	극단 고향	한국예술문화윤리위원회
심의대본	늪지대 사람들			월레 소잉카; Wole Soyinka	연극	1986	민중극단	공연윤리위원회
심의대본	니나			올웬 와이마크; Olwen Wymark	연극	1976	극단 창고극장	한국공연윤리위원회
심의대본	니나 + 게오르그 (Nina+Georg)	음악이 끝날 때 (When the music's Over)		알프레트 베르크만; Alfred Bergmann	연극	1980	-	한국공연윤리위원회

심의대본	닌자 거북이			미상	연극	1991	나래기획	공연윤리위원회
심의대본	닌자 거북이			미상	연극	1991	호돌이 인형극회	공연윤리위원회
심의대본	닌자 거북이			원작 비비 힐러; B. B. Hiller, 각색 김창현	연극	1992	극단 객석	공연윤리위원회
심의대본	닌자 거북이			극본 이기석	연극	1994		공연윤리위원회
심의대본	닌자 거북이			원작 비비 힐러; B. B. Hiller, 각색 홍보선	연극	1994	극단 가람	공연윤리위원회
심의대본	님의 침묵			김상열	연극	1986	우리극단 마당	공연윤리위원회
심의대본	님의 침묵			김상열	연극	1983	우리극단 마당	한국공연윤리위원회
심의대본	님의 침묵			김상열	연극	1986	우리극단 마당	공연윤리위원회
심의대본	님의 침묵		만해 한용운 선생 탄생 100주년 기념공연	이재현	연극	1979	만해 한용운 선생 기념사업회, 대한불교 조계종 전국 신도회	한국공연윤리위원회
심의대본	님의 침묵	만해 한용운의 일대기		김상열	연극	1986	우리극단 마당	공연윤리위원회
심의대본	다 같은 사람인데		가정법률상담소 창립 30주년 기념작품	김수남	연극	1986	-	공연윤리위원회
심의대본	다(DA)		극단 여인극장 제54회 공연	휴 레너드; Hugh Leonard	연극	1980	극단 여인극장	한국공연윤리위원회
심의대본	다녀오겠습니다	오늘밤에는 별이 보인다		정하연	연극	1990	극단 사조, 극단 성좌	공연윤리위원회
심의대본	다녀오겠습니다	오늘밤에는 별이 보인다		정하연	연극	1990	극단 사조, 극단 성좌	공연윤리위원회
심의대본	다니엘라			원작 루이제 린저; Luise Rinser, 각색 이상화	연극	1988	극단 미래	공연윤리위원회
심의대본	다리 위에서 바라본 풍경			아서 밀러; Arthur Miller	연극	1991	극단 하나	공연윤리위원회
심의대본	다리에서 바라본 풍경 (A View From the Bridge)			아서 밀러; Arthur Miller	연극	1977	경희대학교 영어영 문학과 연극부	한국공연윤리위원회
심의대본	다리위에 서서		청우극회 창립공연	청우극회	연극	1970	청우극회	한국예술문화 윤리위원회
심의대본	다불맨		극단 자유극장 제34회 공연작품	프리드리히 뒤렌마트; Friedrich Durrenmatt	연극	1973	극단 자유극장	한국예술문화 윤리위원회
심의대본	다섯			이강백	연극	1985	-	한국공연윤리 위원회
심의대본	다시 뵙겠읍니다		한국 신연극60주년 기념 작품; 극단 광장제5회 공 연대본; 창단 2주년 기념	고동율	연극	1968	극단 광장	한국예술문화 윤리위원회
심의대본	다시 태어난 홍당무			쥘 르나르; Jules Renard	연극	1988	극단 또만납시다	공연윤리위원회
심의대본	다시놀		극단 시민극장 제23회 정기공연	박재서	연극	1986	극단 시민극장	공연윤리위원회
심의대본	다시놀		극단 시민극장 제23회 정기공연	박재서	연극	1986	극단 시민극장	공연윤리위원회
심의대본	다시라기		극단 민예극장 제44회 공연; 제3회 대한민국연극제 참가작품	허규	연극	1979	극단 민예	한국공연윤리 위원회

심의대본	다시핀 무궁화		극단 탈무리 제1회공연작; 1987년 전국 순회공연작품	미상	연극	1987	극단 탈무리	공연윤리위원회
심의대본	다음		극단 서울무대 제6회 공연	테렌스 맥널리; Terrence McNally	연극	1984	극단 서울무대	한국공연윤리위원회
심의대본	다음 사람(NEXT)			테렌스 맥널리; Terrence McNally	연극	1976	극단 창고극장	한국공연윤리위원회
심의대본	다음엔 뭐지?		극단 영 제17회 공연	미상	연극	1988	극단 영	공연윤리위원회
심의대본	다이알 M을 돌려라		극단 사조 6회 공연작품	프레드릭 노트; Frederick Knott	연극	1982	극단 사조	한국공연윤리위원회
심의대본	다이알 M을 돌려라		1972년 극단 신협 신춘대 공연; 극단 신협 제80회 공연	프레드릭 노트; Frederick Knott	연극	1972	극단 신협	한국예술문화윤리위원회
심의대본	다이알 M을 돌려라			프레드릭 노트; Frederick Knott	연극	1987	샘터파랑새극장	공연윤리위원회
심의대본	다이알 M을 돌려라		극다 광장 제40회 공연작품	프레드릭 노트; Frederick Knott	연극	1980	극단 광장	한국공연윤리위원회
심의대본	닥터 지바고			보리스 파스테르나크; Boris Pasternak	연극	1993	극단 띠오빼빼	공연윤리위원회
심의대본	단 하나의 빛		선교극단 생명 제11회 정기공연작품	극본 최종률, 각색 김은집	연극	1992	선교극단 생명	공연윤리위원회
심의대본	단 한번 거짓말 속의 영원한 사랑		극단 문예극장 제2회 공연	엘빈 실바누스; Erwin Sylvanus	연극	1980	극단 문예극장	한국공연윤리위원회
심의대본	단 한번 거짓말 속의 영원한 사랑		극단 중앙 제17회 공연작품	엘빈 실바누스; Erwin Sylvanus	연극	1977	극단 중앙	한국공연윤리위원회
심의대본	단 한번 거짓말 속의 영원한 사랑			엘빈 실바누스; Erwin Sylvanus	연극	1979	극단 대하	한국공연윤리위원회
심의대본	단 한번 거짓말 속의 영원한 사랑		극단 대하 제32회 정기 공연 작품	엘빈 실바누스; Erwin Sylvanus	연극	1991	극단 대하	공연윤리위원회
심의대본	단군왕검 / 백설공주			미상	연극	1986	인형극단 손가락	공연윤리위원회
심의대본	단막 오페라 심청가			오태석	음악	1983	-	한국공연윤리위원회
심의대본	단역배우의 봄·여름·가을·겨울		극단 성좌 제22회 공연	존 오스본; John Osborne · 안토니 크레이튼; Anthony Creighton	연극	1979	극단 성좌	한국공연윤리위원회
심의대본	단절			정기현	연극	1975	극회 엘핀(Elfin)	한국예술문화윤리위원회
심의대본	단추			장소현	연극	1976		한국공연윤리위원회
심의대본	단추와 단추구멍		한국극작워크숍 시연작품	이병원	연극	1975	한국극작워크숍	한국예술문화윤리위원회
심의대본	단톤의 죽음		극단 한울 첫번째 공연작품	게오르그 뷔히너; Georg Buchner	연극	1983	극단 한울	한국공연윤리위원회
심의대본	단톤의 죽음			게오르그 뷔히너; Georg Buchner	연극	1987	극단 현대극장	공연윤리위원회
심의대본	달 나오기		극단 에저또 제39회 공연; 제2회 대한민국연극제 참가작품	김용락	연극	1978	극단 에저또	한국공연윤리위원회
심의대본	달 나오기			김용락	연극	1983	극단 도라	한국공연윤리위원회

심의대본	달나라와 딸꾹질		여인극장 제25회 공연	전진호	연극	1974	극단 여인극장	한국예술문화윤리위원회
심의대본	달나라와 딸꾹질		극단 거론 35회 공연	전진호	연극	1979	극단 거론	한국공연윤리위원회
심의대본	달님, 쟝(Jean de la Lune)			마르셀 아샤르;Marcel Achard	연극	1992	-	공연윤리위원회
심의대본	달라진 저승			김광림	연극	1989	극회 황산벌	공연윤리위원회
심의대본	달라진 저승	저승 연극 "태평천국의 흥망"의 공연 도중 생긴 일들		김광림	연극	1987	극단 연우무대	공연윤리위원회
심의대본	달라진 저승	저승 연극 "태평천국의 흥망"의 공연 도중 생긴 일들		김광림	연극	1987	극단 연우무대	공연윤리위원회
심의대본	달래강 달래산		제3회 청소년연극축전 참가작품	이창기	연극	1992	한국청소년공연예술진흥회	공연윤리위원회
심의대본	달래강 처녀		여성국악예술단 거북선 창립공연 작품	이일목	연극	1970	여성국악예술단 거북선, 이군자와 그 일행	한국예술문화윤리위원회
심의대본	달려라 꼬꼬꼬		극단 영 27회 작품	강승균	연극	1990	극단 영	공연윤리위원회
심의대본	달려라 아내!		극단 사조 춘계공연	정하연	연극	1987	극단 사조	공연윤리위원회
심의대본	달려라 아내!		극단 뿌리 춘계공연 ; 극단 뿌리 제39회 정기공연	정하연	연극	1984	극단 뿌리	한국공연윤리위원회
심의대본	달려라 아내여		극단 뿌리 춘계공연	정하연	연극	1978	극단 뿌리	한국공연윤리위원회
심의대본	달려라 아내여!		극단 사계 창립 대공연	정하연	연극	1976	극단 사계	한국예술문화윤리위원회
심의대본	달려라 하니			미상	연극	1990	극단 예인	공연윤리위원회
심의대본	달려라 하니			미상	연극	1991	극단 중앙	공연윤리위원회
심의대본	달리는 바보들		현대문화사 직속극단 「현대」 제1회 공연 레퍼토리	최인호	연극	1971	극단 현대	한국예술문화윤리위원회
심의대본	달리는 바보들		극단 "중앙" 제3회 공연 작품 토요 싸롱무대	최인호	연극	1975	극단 중앙	한국예술문화윤리위원회
심의대본	달리는 부산 열차(달리는 釜山 列車)			김진	연극	1969	부산쇼	한국예술문화윤리위원회
심의대본	달맞이			김병관	연극	1987	-	공연윤리위원회
심의대본	달맞이 꽃			김병종	연극	1982	-	한국공연윤리위원회
심의대본	달아 달아 밝은 달아		제4회 대학 연극 축전 참가 ; 문헌극회 47회 정기대공연 작품	최인훈	연극	1981	성균관대학교 학도호국단 문예부 문헌극회	한국공연윤리위원회
심의대본	달아달아 밝은 달아		극단 시민극장 제2회 공연 ; 제3회 대한민국연극제 참가작	최인훈	연극	1979	극단 시민극장	한국공연윤리위원회
심의대본	달아달아 밝은 달아		극단 우리무대 제2회 정기공연 ; 제3회 전국지방연극제 참가작품	최인훈	연극	1985	극단 우리무대	한국공연윤리위원회
심의대본	달집			노경식	연극	1983	극단 뿌리	한국공연윤리위원회
심의대본	달집		광복30주년 기념 공연 ; 극단 여인극장 제27회 공연	노경식	연극	1975	극단 여인극장	한국예술문화윤리위원회

441

심의대본	달하 노피곰 도다샤 井			노경식	연극	1982	극단 민예극장	한국공연윤리위원회
심의대본	담배내기			오재호	연극	1969	-	한국예술문화윤리위원회
심의대본	당나귀 가죽			샤를 페로; Charles Perrault	연극	1987	불란서 떼아뜨르 뒤 농브르도르 극단	공연윤리위원회
심의대본	당나귀 그림자 재판			프리드리히 뒤렌마트; Friedrich Durrenmatt	연극	1987	극단 시민극장	공연윤리위원회
심의대본	당나귀 그림자에 대한 소송	극회 프라이에 뷔네 제21회 공연작품		프리드리히 뒤렌마트; Friedrich Durrenmatt	연극	1973	극회 프라이에 뷔네	한국예술문화윤리위원회
심의대본	당나귀의 소원			미상	연극	1991	교육극단 사다리	공연윤리위원회
심의대본	당신 멋대로 생각하세요	극단 춘추 창립준비공연작품		앨런 에이크번; Alan Ayckbourn	연극	1979	극단 춘추	한국공연윤리위원회
심의대본	당신 좋으실 대로	국어순화운동기금마련을 위한 연합대학극회 창립공연		윌리엄 셰익스피어; William Shakespeare	연극	1973	연합대학극회	한국예술문화윤리위원회
심의대본	당신들은 내리지 않는 역	다미회 제7회 공연작품; 주식회사 진로 다미회 제7회 자선공연 작품		이어령	연극	1985	다미회	한국공연윤리위원회
심의대본	당신은 무엇이요	극단 제3무대 28회 작품		김용락	연극	1982	극단 제3무대	한국공연윤리위원회
심의대본	당신을 찾습니다	민예극단 제14회 공연작품		신근수	연극	1975	극단 민예극장	한국예술문화윤리위원회
심의대본	당신의 어릿광대는 어디로 갔읍니까?			양일권	연극	1980	-	한국공연윤리위원회
심의대본	당신의 어릿광대는 어디로 갔읍니까?			양일권	연극	1981	우리극단 마당	한국공연윤리위원회
심의대본	당신의 어릿광대는 어디로 갔읍니까?			양일권	연극	1987	챔프 예술마당	공연윤리위원회
심의대본	당신의 어릿광대는 어디로 갔읍니까?			양일권	연극	1978	극단 창고극장	한국공연윤리위원회
심의대본	당신의 여인과 축배를	극단 제작극회 제29회 공연		노만 바라슈; Norman Barasch · 캐롤 무어; Carroll Moore	연극	1979	극단 제작극회	한국공연윤리위원회
심의대본	당신의 王國	극단 76 제7회 공연작품		강추자	연극	1978	극단 76	한국공연윤리위원회
심의대본	당신의 침묵(원작: Woza Albert)			원작 퍼시 므트와; Percy Mtwa · 음본게니 은게마; Mbongeni Ngema · 바니 사이먼; Barney Simon, 각색 김현묵	연극	1992	환퍼포먼스	공연윤리위원회
심의대본	당신이 정말 좋아하는 걸로 (Gallows humor)	극단 맥토 제22회 공연작품		잭 리처드슨; Jack Richardson	연극	1979	극단 맥토	한국공연윤리위원회
심의대본	닻을 내리다			김춘수	연극	1976	-	한국공연윤리위원회
심의대본	대가(The Price)			아서 밀러; Arthur Miller	연극	1987	-	공연윤리위원회

심의대본	대가(The Price)			아서 밀러 ; Arthur Miller	연극	1987	-	공연윤리위원회
심의대본	대결			미상	연극	미상	극단 한강	공연윤리위원회
심의대본	대결	제1회 민족극한마당 참 가작품; 극단 한강 제1회 정기공연		극단 한강	연극	1988	극단 한강	공연윤리위원회
심의대본	대머리 여가수			외젠 이오네스코; Eugene Ionesco	연극	1975	서울대학교 법대 연극회	한국예술문화 윤리위원회
심의대본	대머리 여가수	극단 시민극장 제14회 공연		외젠 이오네스코; Eugene Ionesco	연극	1984	극단 시민극장	한국공연윤리 위원회
심의대본	대머리 여가수	극단 챔프 제16회 정기 공연		외젠 이오네스코; Eugene Ionesco	연극	1988	제작극단 챔프	공연윤리위원회
심의대본	대머리 여가수	극단 중앙 제21회 공연 작품		외젠 이오네스코; Eugene Ionesco	연극	1979	극단 중앙	한국공연윤리 위원회
심의대본	대머리 여가수			외젠 이오네스코; Eugene Ionesco	연극	1976	극단 자유극장	한국예술문화 윤리위원회
심의대본	대머리 여가수(La Cantatrice Chauve)			외젠 이오네스코; Eugene Ionesco	연극	1985	-	한국공연윤리 위원회
심의대본	대머리 여가수(女歌手)	극단 자유극장 제5회 공 연작품		외젠 이오네스코; Eugene Ionesco	연극	1969	극단 자유극장	한국예술문화 윤리위원회
심의대본	대머리 여가수(女歌手)			외젠 이오네스코; Eugene Ionesco	연극	1982	극단 창고극장	한국공연윤리 위원회
심의대본	대머리 여가수(女歌手)	극단 자유극장 제26회 공 연대본		외젠 이오네스코; Eugene Ionesco	연극	1972	극단 자유극장	한국예술문화 윤리위원회
심의대본	대머리 여가수(女歌手)	극단 시민극장 18회 공연		외젠 이오네스코; Eugene Ionesco	연극	1986	극단 시민극장	공연윤리위원회
심의대본	대머리 여가수(女歌手)	극단 자유 창단 25주년 기 념공연 두번째		외젠 이오네스코; Eugene Ionesco	연극	1990	극단 자유	공연윤리위원회
심의대본	대머리 여가수(女歌手)			외젠 이오네스코; Eugene Ionesco	연극	1991	극단 자유	공연윤리위원회
심의대본	대머리 여가수(女歌手)	극단 자유극장 75회 공연		외젠 이오네스코; Eugene Ionesco	연극	1978	극단 자유극장	한국공연윤리 위원회
심의대본	대머리 여가수(女歌手)	극단 가교 제12회 공연		외젠 이오네스코; Eugene Ionesco	연극	1970	극단 가교	한국예술문화 윤리위원회
심의대본	대면(大面)	극단 한울 세번째 공연		김창화	연극	1983	극단 한울	한국공연윤리 위원회
심의대본	대바구니 인형극			미상	연극	1992	도로꼬 인형극단	공연윤리위원회
심의대본	대사없는 연기(Ⅰ)			사무엘 베케트 ; Samuel Beckett	연극	1975	극단 가교	한국예술문화 윤리위원회
심의대본	대성당의 살인			T. S. 엘리엇 ; Thomas Stearns Eliot	연극	1988	극단 본향	공연윤리위원회
심의대본	대성당의 살인			T. S. 엘리엇 ; Thomas Stearns Eliot	연극	1988	극단 본향	공연윤리위원회
심의대본	대수양	수도여자사범대학 연극 부 제6회 정기공연		김동인, 각색 이광래	연극	1978	수도여자사범대학 연극부	한국공연윤리 위원회
심의대본	대왕은 죽기를 거부했다			이근삼	연극	1988	극단 비룡	공연윤리위원회
심의대본	대전 엑스포(Taejon Expo) '93 Street Performance			미상	연극	1993	-	공연윤리위원회

심의대본	大也의 딸		제3회 전국지방연극제 참가작품 ; 제9회 대한민국연극제 초청공연	차범석	연극	1985	경상북도극단 은하극장	한국공연윤리위원회
심의대본	대통령 아저씨 그게 아니예요			박제홍	연극	1988	-	공연윤리위원회
심의대본	대한		극단 민중극장 제22회 공연	이재현	연극	1976	극단 민중극장	한국공연윤리위원회
심의대본	대합실		극단 거론 제37회 공연	정연희, 각색 신중선	연극	1979	극단 거론	한국공연윤리위원회
심의대본	대희극제(大喜劇祭)			구성 양석천	대중	1968	프린스 쇼	한국예술문화윤리위원회
심의대본	댈리부인 애인 생겼네!		극단 배우극장 제12회 공연	윌리엄 헨리 ; William Hanley	연극	1980	극단 배우극장	한국공연윤리위원회
심의대본	댈리부인 애인 생겼네!			윌리엄 헨리 ; William Hanley	연극	1981	-	한국공연윤리위원회
심의대본	댈리부인 애인 생겼네!			윌리엄 헨리 ; William Hanley	연극	1981	-	한국공연윤리위원회
심의대본	댕기동자		극단 봉선화 어린이극장 창단기념 대공연	원작 조동희, 각본 유진	연극	1989	극단 봉선화	공연윤리위원회
심의대본	더러운 속옷		극단 여인극장 제83회 공연작품	톰 스토파드 ; Tom Stoppard	연극	1987	극단 여인극장	공연윤리위원회
심의대본	더러운 속옷		극단 여인극장 제71회 공연	톰 스토파드 ; Tom Stoppard	연극	1984	극단 여인극장	한국공연윤리위원회
심의대본	더러운 손	도로레스에게		장 폴 사르트르 ; Jean Paul Sartre	연극	1987	극단 신협	공연윤리위원회
심의대본	더럽혀진 옷		극단 민중극장 제32회 공연	프랑수아즈 사강 ; Francoise Sagan	연극	1977	극단 민중극장	한국공연윤리위원회
심의대본	더불어 가져갈 수 없다(You Can't Take It With You)		서울여자대학 연극부 제5회 연극공연 ; 개교11주년 기념	조지 S. 코프만 ; George S. Kaufman · 모스 하트 ; Moss Hart	연극	1972	서울여자대학	한국예술문화윤리위원회
심의대본	더블께임			로베르 토마 ; Robert Thomas	연극	1982	극단 맥토	한국공연윤리위원회
심의대본	덜덜다리		민예극단 제12회 공연 작품	장소현	연극	1975	민예극단	한국예술문화윤리위원회
심의대본	덜미		극단 거론 우리극 시리즈	미상	연극	1986	극단 거론	공연윤리위원회
심의대본	덤 웨이터		극단 작업 제44회 공연	해럴드 핀터 ; Harold Pinter	연극	1987	극단 작업	공연윤리위원회
심의대본	덤 웨이터		극단 작업 제11회 공연	해럴드 핀터 ; Harold Pinter	연극	1975	극단 작업	한국예술문화윤리위원회
심의대본	덤 웨이터		극단 제3무대 제18회 공연	해럴드 핀터 ; Harold Pinter	연극	1979	극단 제3무대	한국공연윤리위원회
심의대본	덧치맨	보들레르의 죽음		르로이 존스 ; LeRoi Jones(아미리 바라카 ; Amiri Baraka)	연극	1977	극단 창고극장	한국공연윤리위원회
심의대본	덫			이응수	연극	1975	-	한국예술문화윤리위원회
심의대본	덫에 걸린 집		극단 산울림 제44회 공연	정복근	연극	1988	극단 산울림	공연윤리위원회
심의대본	데리브 : 공연개요		프랑스 마임극단	미상	연극	1995	극단 필립 장피	공연윤리위원회
심의대본	데모스테스(Demostes)의 재판	天上의 재판		이근삼	연극	1982		한국공연윤리위원회

심의대본	데미안			헤르만 헤세; Hermann Hesse	연극	1982	극단 작업	한국공연윤리 위원회
심의대본	데미안	극단 작업 제47회 특별기 획 공연		원작 헤르만 헤세; Hermann Hesse, 각색 김춘수	연극	1989	극단 작업	공연윤리위원회
심의대본	데미안	극단 작업 제24회 공연; 엘칸토 예술극장 개관기 념공연		원작 헤르만 헤세; Hermann Hesse, 각색 김춘수	연극	1978	극단 작업	한국공연윤리 위원회
심의대본	데이비드 글래스 솔로 마임 공연			미상	연극	1987	-	공연윤리위원회
심의대본	덴동어미 화전가(花煎歌)			원작 작자미상 부녀 가사, 각색 최원창	연극	1994	성균관대학교 극예 술연구회	공연윤리위원회
심의대본	도깨비 꿈동산			미상	연극	1995		공연윤리위원회
심의대본	도깨비 도도			미상	연극	1986	극단 현대 앙상블	공연윤리위원회
심의대본	도깨비 만들기			정복근	연극	1985	신선극장	한국공연윤리 위원회
심의대본	도깨비 만들기			정복근	연극	1983	극단 민예극장	한국공연윤리 위원회
심의대본	도깨비 물리치기			미상	연극	1989		공연윤리위원회
심의대본	도깨비 방망이			미상	연극	1987	극단 동방	공연윤리위원회
심의대본	도깨비 방망이			미상	연극	1987	극단 동방	공연윤리위원회
심의대본	도깨비 방망이			미상	연극	1994		공연윤리위원회
심의대본	도깨비 방망이			미상	연극	1994	극단 열림무대	공연윤리위원회
심의대본	도깨비 방망이			미상	연극	1994	극단 파랑	공연윤리위원회
심의대본	도깨비 방망이			미상	연극	1991	극단 동방	공연윤리위원회
심의대본	도깨비 이야기			한덕치	연극	1988	-	공연윤리위원회
심의대본	도깨비가 준 세가지 선물			미상	연극	1995	서울인형극회; Puppet Theatre Seoul	공연윤리위원회
심의대본	도깨비와 혹부리 영감			각색 전영준	연극	1992	극단 신라	공연윤리위원회
심의대본	도깨비와 혹부리 영감			미상	연극	1993	극단 두울	공연윤리위원회
심의대본	도대체 어떻게 된거야			미상	연극	1991	우리극단 마당	공연윤리위원회
심의대본	도둑들의 무도회	성심여대 제5회 불어 연 극 공연		장 아누이; Jean Anouilh	연극	1971	성심여대	한국예술문화 윤리위원회
심의대본	도둑들의 무도회(Le Bal Des Voleurs)			장 아누이; Jean Anouilh	연극	1977	-	한국공연윤리 위원회
심의대본	도둑들의 바캉스	극단 서울무대 제18회 공 연작품		성준기	연극	1987	극단 서울무대	공연윤리위원회
심의대본	도라지			오태석	연극	1994	극단 목화	공연윤리위원회
심의대본	도마시의 결혼 (도마市의 結婚)	라디오 드라마 방송 60주 년 기념 대공연		김병준	연극	1993	한국성우협회	공연윤리위원회
심의대본	도마의 증언	선교극회 증언 창단공연 작품		미상	연극	1980	선교극회 증언	한국공연윤리 위원회
심의대본	도미			문정희	연극	1986	극단 떼아뜨르 추	공연윤리위원회
심의대본	도산 안창호	극단 신협 연극제 제1작품		구성 김창화	연극	1982	극단 신협	한국공연윤리 위원회
심의대본	도스토옙스키라는 이름의 거북이			페르난도 아라발; Fernando Arrabal	연극	1986	-	공연윤리위원회
심의대본	도스토옙스키란 이름의 거 북이	극단 넝쿨 제2회 공연 작품		페르난도 아라발; Fernando Arrabal	연극	1975	극단 넝쿨	한국예술문화 윤리위원회

심의대본	도시의 강			전기주	연극	1981	극단 민중극장	한국공연윤리위원회
심의대본	도시의 나팔소리(都市의 喇叭소리)		제1회 전국지방연극제 인천직할시 참가작품 ; 극단 극우회 제16회 공연작품	윤조병	연극	1983	극단 극우회	한국공연윤리위원회
심의대본	도시의 벽(都市의 壁)		제작극회 제13회 공연작품	신명순	연극	1969	제작극회	한국예술문화윤리위원회
심의대본	도요새와 들오리	이름없는 별들	청소년 연극 ③	윤조병	연극	1988	동랑청소년극단	공연윤리위원회
심의대본	도적들의 무도회		극단 동우회 신춘공연작품	장 아누이 ; Jean Anouilh	연극	1982	극단 동우회	한국공연윤리위원회
심의대본	도적들의 무도회			장 아누이 ; Jean Anouilh	연극	1979	극단 현대극장	한국공연윤리위원회
심의대본	도적들의 무도회		극단 동우회 신춘공연작품	장 아누이 ; Jean Anouilh	연극	1982	극단 동우회	한국공연윤리위원회
심의대본	도적들의 무도회(舞蹈會)			장 아누이 ; Jean Anouilh	연극	1981	-	한국공연윤리위원회
심의대본	도적들의 무도회(舞蹈會)		극단 자유극장 32회 대공연 작품	장 아누이 ; Jean Anouilh	연극	1973	극단 자유극장	한국예술문화윤리위원회
심의대본	도적들의 무도회(舞蹈會)			장 아누이 ; Jean Anouilh	연극	1974	민중극장	한국예술문화윤리위원회
심의대본	독배			정복근	연극	1988	극단 현대극장	공연윤리위원회
심의대본	독신녀 아파트의 호랑나비		극단 성좌 제17회 공연	존 보웬 ; John Bowen	연극	1979	극단 성좌	한국공연윤리위원회
심의대본	독약과 노파(Arsenic and Old Lace)		The 24th English Drama	조셉 케셀링 ; Joseph Kesselring	연극	1980	HanKuk University of Foreign Studies	한국공연윤리위원회
심의대본	독일 물체 인형극			미상	연극	1987	서울인형극회	공연윤리위원회
심의대본	독재자 학교			에리히 캐스트너 ; Erich Kastner	연극	1990	극단 배우극장	공연윤리위원회
심의대본	돈 내지 맙시다			다리오 포 ; Dario Fo	연극	1987		공연윤리위원회
심의대본	돈 내지 맙시다			다리오 포 ; Dario Fo	연극	1991	극단 대학로극장	공연윤리위원회
심의대본	돈 내지 맙시다			다리오 포 ; Dario Fo	연극	1995	극단 대학로극장	공연윤리위원회
심의대본	돈 내지 맙시다(1막)			Dario Fo	연극	미상	-	공연윤리위원회
심의대본	돈 내지 맙시다(2막)			Dario Fo	연극	미상	-	공연윤리위원회
심의대본	돈 카를로		서울오페라단 제4회 공연	카미유 드 로클 ; Camille de Locle · 조세프 메리 ; Joseph Mery	음악	1977	서울오페라단, 국립교향악단(관현악)	한국공연윤리위원회
심의대본	돈 카를로		서울오페라단 제4회 공연	카미유 드 로클 ; Camille de Locle · 조세프 메리 ; Joseph Mery	음악	1977	서울오페라단, 국립교향악단(관현악)	한국공연윤리위원회
심의대본	돈마	말타기		다카도 가나메 ; 高堂 要	연극	1994	-	공연윤리위원회
심의대본	돈키호테		극단 혜화 창단기념 공연 작품	미구엘 드 세르반테스 ; Miguel de Cervantes	연극	1992	극단 혜화	공연윤리위원회
심의대본	돈환		극단 성좌 제9회 공연	막스 프리쉬 ; Max Frisch	연극	1972	극단 성좌	한국예술문화윤리위원회
심의대본	돌고 돌아도 낯 설은 땅			구성 장희용	연극	1982	-	한국공연윤리위원회

심의대본	돌밭에 핀 꽃			이수연	연극	1976	대한기독교 구라회, 세영장학회	한국예술문화 윤리위원회
심의대본	돌아돌아 돌고돌아			미상	연극	1990	우리극단 마당	공연윤리위원회
심의대본	돌아온 말괄량이 삐삐			미상	연극	1995	극단 파랑새	공연윤리위원회
심의대본	돌아온 아들			미상	연극	1994	인형극단 꼬마	공연윤리위원회
심의대본	돌아온 아버지			채새미	연극	1995	-	공연윤리위원회
심의대본	돌아온 짱구		제3회 무대공연작품 ; 어린이날 제정 60돌 기념 인형극 잔치	구성 심우성	연극	1983	현대인형극회	한국공연윤리 위원회
심의대본	돌아온 짱구			구성 심우성	연극	1985	현대인형극회	한국공연윤리 위원회
심의대본	동거인(同居人)		극단 광장 제8회 공연 대본	김자림	연극	1969	극단 광장	한국예술문화 윤리위원회
심의대본	동굴 속의 사람들			윌리엄 사로얀 ; William Saroyan	연극	1973	극단 밀	한국예술문화 윤리위원회
심의대본	동리자전		제 17회 공연 ; 청소년 연맹제 참가작품	박지원	연극	1985	경복여자상업고등 학교 연극부	한국공연윤리 위원회
심의대본	동리자전			김용락	연극	1984	-	한국공연윤리 위원회
심의대본	동물농장	2막으로 꾸며진 우화		원작 조지 오웰 ; George Orwell, 각색 넬슨 본드 ; Nelson Bond	연극	1985	우리극단 마당	한국공연윤리 위원회
심의대본	동물들의 합창			미상	연극	1991	호돌이인형극회	공연윤리위원회
심의대본	동물원		극회 프라이에 뷔네 제34회 정기공연	쿠르트 괴츠 ; Curt Goetz	연극	1976	극회 프라이에 뷔네	한국공연윤리 위원회
심의대본	동물원 이야기(The Zoo Story)			에드워드 올비 ; Edward Albee	연극	1986	극단 뿌리	공연윤리위원회
심의대본	동물원 이야기(The Zoo Story)			에드워드 올비 ; Edward Albee	연극	1979	-	한국공연윤리 위원회
심의대본	동물원 이야기(The Zoo Story)			에드워드 올비 ; Edward Albee	연극	1982	-	한국공연윤리 위원회
심의대본	동물원 이야기(The Zoo Story)			에드워드 올비 ; Edward Albee	연극	1978	극단 뿌리	한국공연윤리 위원회
심의대본	동물원 이야기(The Zoo Story)			에드워드 올비 ; Edward Albee	연극	1970	극단 자유극장	한국예술문화 윤리위원회
심의대본	동물원 이야기(The Zoo Story)			에드워드 올비 ; Edward Albee	연극	1976	극단 자유극장	한국예술문화 윤리위원회
심의대본	동물원 이야기(The Zoo Story)			에드워드 올비 ; Edward Albee	연극	1977	-	한국공연윤리 위원회
심의대본	동물원(動物園)의 호박꽃		동우 극회 추계 공연작품	이근삼	연극	1968	동우 극회	한국예술문화 윤리위원회
심의대본	동물원의 호박꽃		우리극단마당 제5공연	이근삼	연극	1987	우리극단 마당	공연윤리위원회
심의대본	동물원의 호박꽃		극단 넝쿨 제3회공연작품	이근삼	연극	1975	극단 넝쿨	한국예술문화 윤리위원회
심의대본	동물원의 호박꽃			이근삼	연극	1976	한양예술원	한국예술문화 윤리위원회
심의대본	동물원의 호박꽃			이근삼	연극	1976	한국학생극협회	한국예술문화 윤리위원회

심의대본	동물의 사육제			각색 남궁연	연극	1994	바탕골 어린이 극단	공연윤리위원회
심의대본	동반자		극단 부활 제24회 공연	이재현	연극	1989	극단 부활	공연윤리위원회
심의대본	동승동연가			오은희	연극	1993	극단 맥토	공연윤리위원회
심의대본	동승동연가			오은희	연극	1993	극단 맥토	공연윤리위원회
심의대본	동승(童僧)			함세덕	연극	1991	극단 연우무대	공연윤리위원회
심의대본	동승(童僧)		신협 제131회 공연	함세덕	연극	1993	극단 신협	공연윤리위원회
심의대본	동이 트기 전에		서라벌여성국극단 제2회 작품	동화춘	연극	1967	서라벌여성국극단	한국예술문화 윤리위원회
심의대본	동작그만		극단 부활 제25회공연작품	최성호	연극	1989	극단 부활	공연윤리위원회
심의대본	동쥬앙		서울대학교 사범대학 연극회 제21회 대공연	막스 프리쉬 ; Max Frisch	연극	미상	서울대학교 사범대학 연극회	기타
심의대본	동쥬앙		서울대학교 사범대학 연극회 제21회 대공연	막스 프리쉬 ; Max Frisch	연극	1970	서울대학교 사범대학 연극회	한국예술문화 윤리위원회
심의대본	동지섣달 꽃 본듯이		MBC 창사 30주년 기념 ; '91 연극의 해 송년연극 제	이강백	연극	1991	MBC 문화방송, 한국 연극협회	공연윤리위원회
심의대본	동천홍(東天紅)		극단 실험극장 제42회 공연 극본	오영진	연극	1973	극단 실험극장	한국예술문화 윤리위원회
심의대본	동천홍(東天紅)		동대극예술연구회 9회 공연	오영진	연극	1976	동국대학교 극예술 연구회	한국공연윤리 위원회
심의대본	동키호테	라만차의 영웅	극단 실험극장 22회 공연	원작 미구엘 드 세르반 테스 ; Miguel de Cervantes, 각색 데일 와 써맨 ; Dale Wasserman	연극	미상	극단 실험극장	한국예술문화 윤리위원회
심의대본	동키호테		극단 예술극장(예장가 족) 1986년 가을공연작품	원작 미구엘드 세르 반테스 ; Miguel de Cervantes, 각색 문시운	연극	1986	극단 예술극장	공연윤리위원회
심의대본	동키호테			미구엘 드 세르반테 스 ; Miguel de Cervantes	연극	1988	-	공연윤리위원회
심의대본	동키호테			미구엘 드 세르반테 스 ; Miguel de Cervantes	연극	1988	-	공연윤리위원회
심의대본	동키호테		극단 실험극장 제48회 공 연 ; 실험극장 개관 기념 공연	원작 미구엘드 세르반 테스 ; Miguel de Cervantes, 각색 데일 와 써맨 ; Dale Wasserman	연극	1975	극단 실험극장	한국예술문화 윤리위원회
심의대본	동키호테 내 사랑			이근삼	연극	1988	불꽃기획	공연윤리위원회
심의대본	東學꾼	새야 새야 파랑새야	동아연극 출연 참가 ; 극 단 민예 창립공연대본	유소봉	연극	1968	극단 민예	한국예술문화 윤리위원회
심의대본	동향		신춘문예 축하공연	김현주	연극	1975	한국연극연구원, 서울예술전문학교	한국예술문화 윤리위원회
심의대본	동행			한기철	연극	1980	극단 민중극장	한국공연윤리 위원회
심의대본	동환		극단 성좌 제9회 공연 작품	막스 프리쉬 ; Max Frisch	연극	1972	극단 성좌	한국예술문화 윤리위원회
심의대본	돼지꿈		연우무대 5	황석영	연극	1980	연우무대	한국공연윤리 위원회
심의대본	돼지들의 산책			김용락	연극	1985	-	한국공연윤리 위원회
심의대본	돼지들의 산책			김용락	연극	1972	극단 에저또	한국예술문화 윤리위원회

심의대본	돼지와 오토바이			이만희	연극	1994	-	공연윤리위원회
심의대본	돼지와 오토바이			이만희	연극	1995	-	공연윤리위원회
심의대본	돼지와 오토바이		'95 전국대학연극제 참가작	이만희	연극	1995	덕성여자대학교 운현극예술연구회	공연윤리위원회
심의대본	두 사형집행인			페르난도 아라발; Fernando Arrabal	연극	1974	극단 실험극장	한국예술문화 윤리위원회
심의대본	두레박을 울려라			장수동	연극	1986	극단 낭랑	공연윤리위원회
심의대본	두리벙			라이너 하크펠트; Rainer Hachfeld, 번안 김학천	연극	1977	극단 현대극장	한국공연윤리 위원회
심의대본	두리벙			라이너 하크펠트; Rainer Hachfeld	연극	1984	-	한국공연윤리 위원회
심의대본	두리벙			라이너 하크펠트; Rainer Hachfeld	연극	1982	극단 광장	한국공연윤리 위원회
심의대본	두리벙			라이너 하크펠트; Rainer Hachfeld	연극	1982		한국공연윤리 위원회
심의대본	두리벙과 개구장이들			라이너 하크펠트; Rainer Hachfeld	연극	1992	-	공연윤리위원회
심의대본	두리의 연못여행	으악! 메기가 나타났다		정태영	연극	1994	-	공연윤리위원회
심의대본	두번째의 밤			제라르 레피누아 · 도미니크 우다르	연극	1992	도미니크 우다르	공연윤리위원회
심의대본	두보의 고향을 아십니까		우석의대 연극부 제3회 공연	이재우	연극	1970	우석의대 연극부	한국예술문화 윤리위원회
심의대본	둘리공			미상	연극	1994	극단 하늘	공연윤리위원회
심의대본	둘리의 모험			각색 윤성진	연극	1991	극단 중앙	공연윤리위원회
심의대본	둘이 서서 한발로			김병준	연극	1977	-	한국공연윤리 위원회
심의대본	둘이 타는 자전거			닐 사이먼; Neil Simon	연극	1984	-	한국공연윤리 위원회
심의대본	둥개 둥개 이야기 둥개	호랑이와 도깨비		이은희	연극	1993	극단 넘비 곰비	공연윤리위원회
심의대본	둥둥 낙랑둥(둥둥 樂浪둥)			최인훈	연극	1978	동아대학교 극예술 연구회	한국공연윤리 위원회
심의대본	둥둥 도깨비			미상	연극	1986	-	공연윤리위원회
심의대본	둥둥 떠다니는 사람들			유진규	연극	1978	-	한국공연윤리 위원회
심의대본	둥둥 떠다니는 섬		극단 민예극장 제05회 공연	엄인희	연극	1994	극단 민예극장	공연윤리위원회
심의대본	둥둥 떠다니는 섬	부유도		엄인희	연극	1987		공연윤리위원회
심의대본	뒤로 걷는 사람들			김정민	연극	1979	극단 앙띠	한국공연윤리 위원회
심의대본	뒤죽박죽 도깨비		극단 물뫼 무지개극장 제8회 공연	미상	연극	1994	극단 물뫼	공연윤리위원회
심의대본	듀엣		극단 신화 창단 5주년 기념공연	윤수진	연극	1994	극단 신화	공연윤리위원회
심의대본	드고아에서 온 사람			로즈마리 모르간; Rosemary Morgan	연극	1978	극단 성청	한국공연윤리 위원회
심의대본	드라큐라 백작			브람 스토커; Bram Stoker	연극	1975	한국외대 영어과	한국예술문화 윤리위원회

449

부록

심의대본	드라큐라 백작(伯爵)		원작 브람 스토커; Bram Stoker, 각색 해밀톤 딘; Hamilton Deane · 존 L. 발더스턴; John L. Balderston	연극	1983	-	한국공연윤리위원회
심의대본	드라큘라 백작(伯爵)	극단 춘추 3회 공연작품	브람 스토커; Bram Stoker, 각색 해밀톤 딘; Hamilton Deane · 존 L. 발더스턴; John L. Balderston	연극	1980	극단 춘추	한국공연윤리위원회
심의대본	드레서	극단 춘추 제27회 공연작품	로날드 하우드; Ronald Harwood	연극	1984	극단 춘추	한국공연윤리위원회
심의대본	듣고 계신가요?		공동 창작, 각색 손남목	연극	1991	극단 두레	공연윤리위원회
심의대본	들개		이외수	연극	1993	극단 서울무대	공연윤리위원회
심의대본	들국화, 사랑을 발견하다		미상	연극	1986	-	공연윤리위원회
심의대본	들소	제5회 대한민국 연극제 참가; 극단 실험극장 제79회 공연작품	이문열	연극	1981	극단 실험극장	한국공연윤리위원회
심의대본	들풀	극단 모시는 사람들 6년 12번째 연극	김정숙	연극	1994	극단 모시는 사람들	공연윤리위원회
심의대본	들풀의 노래		김지일	연극	1989	극단 현대극장	공연윤리위원회
심의대본	들풀의 노래		김지일	연극	1989	극단 현대극장	공연윤리위원회
심의대본	디디와 세나		미상	연극	1981	인도네시아 마임극단	한국공연윤리위원회
심의대본	따뜻한 손길이 내 손에 닿을 때…		원작 아르투어 슈니츨러; Arthur Schnitzler, 편극 이원경	연극	1979	극단 창고극장	한국공연윤리위원회
심의대본	따라지 족보(族譜)	극단 성좌 제2회 공연	이재우	연극	1969	극단 성좌	한국예술문화윤리위원회
심의대본	따라지의 향연	극단 자유 제141회 공연작품	에두아르도 스칼페타; Eduardo Scarpetta	연극	1991	극단 자유	공연윤리위원회
심의대본	따라지의 향연	극단 자유극장 27회 공연	에두아르도 스칼페타; Eduardo Scarpetta	연극	1972	극단 자유극장	한국예술문화윤리위원회
심의대본	따라지의 향연(饗宴)	극단 자유극장 창립공연 작품	에두아르도 스칼페타; Eduardo Scarpetta	연극	1966	극단 자유광장	한국예술문화윤리위원회
심의대본	따라지의 향연(饗宴)	극단 자유극장 제90회 공연 작품	에두아르도 스칼페타; Eduardo Scarpetta	연극	1980	극단 자유극장	한국공연윤리위원회
심의대본	따블맨(Double Man)	극단 거론(구 동인무대) 제20회 공연작품	프리드리히 뒤렌마트; Friedrich Durrenmatt	연극	1978	극단 거론	한국공연윤리위원회
심의대본	딸꾹질	극단 현대극회 제16회 공연	윤조병	연극	1973	극단 현대극회	한국예술문화윤리위원회
심의대본	딸들 자유연애(自由戀愛)를 구가(謳歌)하다	극단 신동 제8회공연	하유상	연극	1966	극단 신동	한국예술문화윤리위원회
심의대본	딸의 침묵		톰 토퍼; Tom Topor	연극	1994	극단 제3무대	공연윤리위원회
심의대본	땅속나라 도깨비		미상	연극	1989	극단 동인80	공연윤리위원회
심의대본	땅크레드와 끌로랭드의 전투 (탄크레디와 클로린다의 결투)		토르쿠아토 타소; Torquato Tasso	음악	1986	-	공연윤리위원회

심의대본	땡큐 선생님			미상	연극	1994	-	공연윤리위원회
심의대본	땡큐 하나님			닐 사이먼 ; Neil Simon	연극	1990	극단 뿌리	공연윤리위원회
심의대본	땡큐 하나님			닐 사이먼 ; Neil Simon	연극	1992	-	공연윤리위원회
심의대본	땡큐 하나님		극단 뿌리 창단 10주년 기념공연작품 No.1 ; 극단 뿌리 제43회 정기대공연 작품	닐 사이먼 ; Neil Simon	연극	1985	극단 뿌리	한국공연윤리 위원회
심의대본	떡.			집단창작 극단 까망, 구성 이용우, 기록 이용우	연극	1984	극단 까망	한국공연윤리 위원회
심의대본	떡배와 돌배			안일순	연극	1988	극단 미얄	공연윤리위원회
심의대본	떼루, 떼루		극단 창고 · 하나 합동공 연 작품 ; 리보라 선생 고 희 기념공연 작품	리보라	연극	1989	극단 창고, 극단 하나	공연윤리위원회
심의대본	또다른 거짓(La Fausse Suivante)			피에르 드 마리보 ; Pierre de Marivaux	연극	1989	-	공연윤리위원회
심의대본	또또와 삐삐의 별난 여행		극단 배우극장 어린이 연극 시리즈 2	이창기	연극	1991	극단 배우극장	공연윤리위원회
심의대본	또또와 삐삐의 별난 여행		극단 배우극장 어린이 연극 시리즈 2	이창기	연극	1991	극단 배우극장	공연윤리위원회
심의대본	똑딱나라 뚜뚜나라			목진석	연극	1989	서가인형극회	공연윤리위원회
심의대본	똥개(원제 : 자정의 외출)			김철진	연극	1984	극단 세계극장	한국공연윤리 위원회
심의대본	똥바다			김지하 · 임진택	연극	1987	연희광대패	공연윤리위원회
심의대본	똥보 친구			찰스 로렌스 ; Charles Laurence	연극	1987	㈜동우개발	공연윤리위원회
심의대본	뚱이와 쪽이		서울국제인형극제참가작	구성 이명숙	연극	1985	샛별인형극회	한국공연윤리 위원회
심의대본	뚱이와 쪽이		서울국제인형극제참가작	구성 이명숙	연극	1985	샛별인형극회	한국공연윤리 위원회
심의대본	뚱이와 쪽이		서울국제인형극제참가작	구성 이명숙	연극	1985	샛별인형극회	한국공연윤리 위원회
심의대본	뚱이와 쪽이			구성 이명숙	연극	1985	현대 인형극회	한국공연윤리 위원회
심의대본	뛰는 놈 위에 나는 놈	이중놀이	극단 배우극장 제18회 공연작품	로베르 토마 ; Robert Thomas	연극	1980	극단 배우극장	한국공연윤리 위원회
심의대본	뛰는 놈 위에 나는 놈			로베르 토마 ; Robert Thomas	연극	1985	-	한국공연윤리 위원회
심의대본	뛰는 놈 위에 나는 놈			로베르 토마 ; Robert Thomas	연극	1983	-	한국공연윤리 위원회
심의대본	뛰는 놈 위에 나는 놈 (원명 : 더블게임)		극단 맥토 제48회 정기 공연 작품	로베르 토마 ; Robert Thomas	연극	1987	극단 맥토	공연윤리위원회
심의대본	뛰뛰 그룹		우리극단 마당 1월 공연; 우리극단 마당 제4회 공연	원작 최상규, 각색 이혜경	연극	1982	우리극단 마당	한국공연윤리 위원회
심의대본	뛰뛰 그룹			원작 최상규, 각색 이혜경	연극	1984	우리극단 마당	한국공연윤리 위원회
심의대본	뛰뛰빵빵			공동구성 한두레	연극	1985	극단 한두레	한국공연윤리 위원회

심의대본	뜨거운 바다			스가 고헤이 ; つか こうへい	연극	1985	극단 황토	한국공연윤리 위원회
심의대본	뜨거운 바다			스가 고헤이	연극	1988	스가 고헤이 사무소	공연윤리위원회
심의대본	뜨거운 바다			스가 고헤이 ; つか こうへい	연극	1994	-	공연윤리위원회
심의대본	뜨거운 양철 지붕 위의 고양이			테네시 윌리엄스 ; Tennessee Williams	연극	1990	극단 대중극장	공연윤리위원회
심의대본	뜨거운 양철지붕 위의 고양이	극단 자유극장 35회 대공 연작품		테네시 윌리엄스 ; Williams, Tennessee	연극	1973	극단 자유극장	한국예술문화 윤리위원회
심의대본	뜨거운 양철지붕 위의 고양이			테네시 윌리엄스 ; Tennessee Williams	연극	1975	성균극회	한국예술문화 윤리위원회
심의대본	뜨거운 양철지붕 위의 고양이	극단 성좌 제17회 공연 작품		테네시 윌리엄스 ; Tennessee Williams	연극	1979	극단 성좌	한국공연윤리 위원회
심의대본	뜨거운양철지붕위의고양이 (Cat on a Hot Tin Roof)	서울의대 연극부 제12회 공연		테네시 윌리엄스 ; Tennessee Williams	연극	1968	서울의대 연극부	한국예술문화 윤리위원회
심의대본	뜨거운양철지붕위의고양이 (Cat on a Hot Tin Roof)			테네시 윌리엄스 ; Tennessee Williams	연극	1984	국제대학영어영문 학회	한국공연윤리 위원회
심의대본	뜨거운양철지붕위의고양이	극단 성좌 제41회 공연 작품		테네시 윌리엄스 ; Tennessee Williams	연극	1983	극단 성좌	한국공연윤리 위원회
심의대본	뜨거운양철지붕위의고양이	극단 광장 94회 공연작품; 동아연극상 참가 작품		테네시 윌리엄스 ; Tennessee Williams	연극	1986	극단 광장	공연윤리위원회
심의대본	뜨거운양철지붕위의고양이	극단 예맥 제6회 정기 공연작품		테네시 윌리엄스 ; Tennessee Williams	연극	1977	극단 예맥	한국공연윤리 위원회
심의대본	뜨거운 연인(戀人)들			닐 사이먼 ; Neil Simon	연극	1990	-	공연윤리위원회
심의대본	뜨거운 연인(戀人)들			닐 사이먼 ; Neil Simon	연극	1982	-	한국공연윤리 위원회
심의대본	뜨거운 연인(戀人)들(LAST OF THE RED HOT LOVERS)			닐 사이먼 ; Neil Simon	연극	1984	-	한국공연윤리 위원회
심의대본	뜨거운 연인들	극단 시민극장 제5회 공연		닐 사이먼 ; Neil Simon	연극	1980	극단 시민극장	한국공연윤리 위원회
심의대본	뜨거운-조식(朝食)도 먹자구	신협 창립 30주년 제87회 특별공연작품		진 스톤 ; Gene Stone · 레이 쿠니 ; Ray Cooney, 각색 김기영	연극	1977	극단 신협	한국공연윤리 위원회
심의대본	뜨거운·홍차(紅茶)도 같이 해요	신협 창립 30주년 제87회 특별공연		진 스톤 ; Gene Stone · 레이 쿠니 ; Ray Cooney, 각색 김기영	연극	1977	극단 신협	한국공연윤리 위원회
심의대본	뜻대로 생각하세요			Luigi Pirandello	연극	미상	극단 광명	공연윤리위원회
심의대본	뜻대로 생각하세요			루이지 피란델로 ; Luigi Pirandello	연극	1989	롯데	공연윤리위원회
심의대본	뜻대로 하세요			윌리엄 셰익스피어 ; William Shakespeare	연극	1982	-	한국공연윤리 위원회
심의대본	뜻대로 하세요	극단 가교 제101회 공연		윌리엄 셰익스피어 ; William Shakespeare	연극	1980	극단 가교	한국공연윤리 위원회
심의대본	뜻대로 하세요			루이지 피란델로 ; Luigi Pirandello	연극	1992	극단 광명	공연윤리위원회
심의대본	띠앗꼭지	보따리를 풀어라	도립극단 제21회 정기공연	송인현	연극	1995	경기도립극단	공연윤리위원회
심의대본	라 뮤지카		극단 자유 제98회 공연	마르그리트 뒤라스 ; Marguerite Duras	연극	1982	극단 자유극장	한국공연윤리 위원회

심의대본	라 트라비아타(La Traviata)			프란체스코 마리아 피아베 ; Francesco Maria Piave	음악	1971	-	한국예술문화 윤리위원회
심의대본	라.롱드			아르투어 슈니츨러 ; Arthur Schnitzler	연극	1982	극단 실험극장	한국공연윤리 위원회
심의대본	라보엠(La Bohème)			주세페 지아코사 ; Giuseppe Giacosa · 루이지 일리카 ; Luigi Illica	음악	1980	-	한국공연윤리 위원회
심의대본	라보엠(La Bohème)		세계 평화의 날 기념 경희대학교 음악대학 오페라 공연	주세페 지아코사 ; Giuseppe Giacosa · 루이지 일리카 ; Luigi Illica	음악	1982	경희대학교 음악대학	한국공연윤리 위원회
심의대본	라보엠(La Bohème)		세계 평화의 날 기념 경희대학교 음악대학 오페라 공연	주세페 지아코사 ; Giuseppe Giacosa · 루이지 일리카 ; Luigi Illica	음악	1982	경희대학교 음악대학	한국공연윤리 위원회
심의대본	라보엠(La Bohème)			주세페 지아코사 ; Giuseppe Giacosa · 루이지 일리카 ; Luigi Illica	음악	1980	-	한국공연윤리 위원회
심의대본	라보엠(La Bohème)			주세페 지아코사 ; Giuseppe Giacosa · 루이지 일리카 ; Luigi Illica	음악	1969	-	한국예술문화 윤리위원회
심의대본	라보엠(La Bohème) (대사본)		김자경 오페라단 제13회 정기공연	주세페 지아코사 ; Giuseppe Giacosa · 루이지 일리카 ; Luigi Illica	음악	1974	김자경 오페라단	한국예술문화 윤리위원회
심의대본	라이온 킹			월트 디즈니 ; Walt Disney, 극본 염미정	연극	1994	극단 서울도깨비	공연윤리위원회
심의대본	라틴쿼타 쇼			미상	복합	1975	라틴쿼타가무단	한국예술문화 윤리위원회
심의대본	락 · 스트리트			구성 김태수	연극	1983	신촌무대	한국공연윤리 위원회
심의대본	락 · 스트리트			구성 김태수	연극	1983	신촌무대	한국공연윤리 위원회
심의대본	랑랑이와 마법사 듀란다크			미상	연극	1991	극단 동방	공연윤리위원회
심의대본	러브 스토리		극단 종 제2회 공연작품	원작 에릭 시걸 ; Erich Segal 극본 차정룡	연극	1972	극단 종	한국예술문화 윤리위원회
심의대본	러브라인		극단 서울무대 제15회 공연	로날드 리브먼 ; Ronald Ribman	연극	1986	극단 서울무대	공연윤리위원회
심의대본	러브라인		극단 서울무대 제19회 공연	로날드 리브먼 ; Ronald Ribman	연극	1988	극단 서울무대	공연윤리위원회
심의대본	러브라인			로날드 리브먼 ; Ronald Ribman, 각색 김세영	연극	1993	극단 서울무대	공연윤리위원회
심의대본	레 미제라블(Les Miserables)			원작 빅토르 위고 ; Victor Hugo	연극	1988	극단 현대극장	공연윤리위원회
심의대본	레 미제라블(Les Miserables)			원작 빅토르 위고 ; Victor Hugo	연극	1993	극단 광장	공연윤리위원회
심의대본	레 미제라블(Les Miserables)		제1회 청소년을 위한 특별공연작품	원작 빅토르 위고 ; Victor Hugo, 각색 뿔 아샤르	연극	1984	한국연극협회	한국공연윤리 위원회
심의대본	레 미제라블(Les Miserables)		한국성우협회 창립 30주년 기념 대공연	원작 빅토르 위고 ; Victor Hugo	연극	1992	한국성우협회	공연윤리위원회

심의대본	레 미제라블(Les Miserables)			원작 빅토르 위고 ; Victor Hugo	연극	1988	극단 현대극장	공연윤리위원회
심의대본	레 미제라블(Les Miserables)			원작 빅토르 위고 ; Victor Hugo	연극	1988	극단 현대극장	공연윤리위원회
심의대본	레 미제라블(Les Miserables)			원작 빅토르 위고 ; Victor Hugo	연극	1993	극단 광장	공연윤리위원회
심의대본	레 미제라블(Les Miserables)			원작 빅토르 위고, 대본 알랭 부빌 ; Alain Boublil	연극	1993	롯데월드 예술극장	공연윤리위원회
심의대본	레드 카네이션			글렌 휴즈 ; Glenn Hughes	연극	1976	극단 창고극장	한국공연윤리위원회
심의대본	레드 카네이션			글렌 휴즈 ; Glenn Hughes	연극	1976	극단 창고극장	한국공연윤리위원회
심의대본	렌의 연인 시몬의 독백			문시운	연극	1984	극단 예장가족	한국공연윤리위원회
심의대본	렌의 연인 시몬의 독백			문시운	연극	1984	극단 예술극장	한국공연윤리위원회
심의대본	렛쓰댄스	댄스를 춥시다 ; 디스코와 룸바		미상	연극	1985	-	한국공연윤리위원회
심의대본	老女들의 발톱	극단 배우극장 제19회 공연 ; 동아연극상 참가작품		김자림	연극	1982	극단 배우극장	한국공연윤리위원회
심의대본	로라스켑을 타는 오뚜기	한 등장인물(登場人物)을 위한 연극(演劇)		오태석	연극	1969	-	한국예술문화윤리위원회
심의대본	로만 코메디			원작 플라우투스 ; Plautus	연극	1982	극단 창고극장	한국공연윤리위원회
심의대본	로물루스 대제			프리드리히 뒤렌마트 ; Friedrich Durrenmatt	연극	1966	한국 외국어 대학 독일어과	한국예술문화윤리위원회
심의대본	로물루스 대제(大帝)	극단 광장 제33회 공연		프리드리히 뒤렌마트 ; Friedrich Durrenmatt	연극	1978	극단 광장	한국공연윤리위원회
심의대본	로물루스 대제(大帝)	극회 프라이에 뷔네 제4회 공연		프리드리히 뒤렌마트 ; Friedrich Durrenmatt	연극	1969	프라이에 뷔네	한국예술문화윤리위원회
심의대본	로물루스는 말씀하셨다 (로물루스 大帝)			프리드리히 뒤렌마트 ; Friedrich Durrenmatt	연극	1978	-	한국공연윤리위원회
심의대본	로미오 20	'87 서울연극제 참가작품		김상열	연극	1987	극단 현대극장	공연윤리위원회
심의대본	로미오와 줄리엣			윌리엄 셰익스피어 ; William Shakespeare	연극	1989	민중극단	공연윤리위원회
심의대본	로미오와 줄리엣			윌리엄 셰익스피어 ; William Shakespeare	연극	1977	런던 셰익스피어	한국공연윤리위원회
심의대본	로미오와 줄리엣	동아연극상 참가작품		윌리엄 셰익스피어 ; William Shakespeare	연극	1972	드라마쎈타서울연극학교 레퍼트리극장	한국예술문화윤리위원회
심의대본	로미오와 줄리엣	여고생 극화 제4회 공연		윌리엄 셰익스피어 ; William Shakespeare	연극	1975	송곡여자고등학교	한국예술문화윤리위원회
심의대본	로미오와 줄리엣			윌리엄 셰익스피어 ; William Shakespeare	연극	1978	극단 현대극장	한국공연윤리위원회
심의대본	로미오와 줄리엣(Romeo And Juliet)			윌리엄 셰익스피어 ; William Shakespeare	연극	1972	극단 일월	한국예술문화윤리위원회

심의대본	로미오와 줄리엣(Romeo And Juliet)			윌리엄 셰익스피어; William Shakespeare	연극	1973	-	한국예술문화 윤리위원회
심의대본	로미오와 줄리엣(Roméo et Juliette)			윌리엄 셰익스피어; William Shakespeare	연극	1980	-	한국공연윤리 위원회
심의대본	로봇트 대행진			차병권	연극	1974	승봉기업주식회사	한국예술문화 윤리위원회
심의대본	로봇트 대행진			차병권	연극	1975	-	한국예술문화 윤리위원회
심의대본	로빈 후우트	제3회 회원단체 합동연 극제 새들 참가작품		원작 하워드 파일; Howard Pyle	연극	1980	극단 새들	한국공연윤리 위원회
심의대본	로빈훗트의 모험			하워드 파일; Howard Pyle, 각색 최 운선	연극	1984	극단 동원극장	한국공연윤리 위원회
심의대본	로젠크란츠와 길덴스턴은 죽었다	극단76 제10주년 기념공 연		원작 톰 스토파드; Tom Stoppard, 각색 이길환	연극	1986	극단 76	공연윤리위원회
심의대본	로키의 승리			미상	연극	1992	-	공연윤리위원회
심의대본	롤러 스케이트를타는오뚜기			오태석	연극	1979	극단 거론	한국공연윤리 위원회
심의대본	롤러 스케이트를타는오뚜기			오태석	연극	1980	극단 에저또	한국공연윤리 위원회
심의대본	롤러 스케이트를타는오뚜기	극단 작업 제25회 공연		오태석	연극	1978	극단 작업	한국공연윤리 위원회
심의대본	롤러 스케이트를타는오뚜기			오태석	연극	1984	-	한국공연윤리 위원회
심의대본	롤러 스케이트를타는오뚜기			오태석	연극	1993	-	공연윤리위원회
심의대본	루루	극단 우리극장 제2회 공 연작품; 박종서 교수임 회갑 기념공연; 제16회 동아연극상 참가 작품		프랑크 베데킨트; Frank Wedekind	연극	1979	극단 우리극장	한국공연윤리 위원회
심의대본	루루의 모험	극단 영 제 42회 작품		미상	연극	1990	극단 영	공연윤리위원회
심의대본	루브(LUV ; 사랑)	1974 봄레퍼터리 드라마 센터		머레이 시스갈; Murray Schisgal	연극	1974	동랑레퍼터리극단	한국예술문화 윤리위원회
심의대본	루브(LUV ; 사랑)			머레이 시스갈; Murray Schisgal	연극	1986		공연윤리위원회
심의대본	루브(LUV)			머레이 시스갈; Murray Schisgal	연극	1990	우리극단 마당	공연윤리위원회
심의대본	루브(LUV)	쌀롱 떼아뜨르 秋 개관1 주년 기념 가을 공연 작품		머레이 시스갈; Murray Schisgal	연극	1981	쌀롱 떼아뜨르 秋	한국공연윤리 위원회
심의대본	루브(LUV)	쌀롱 떼아뜨르 秋 개관1 주년 기념 가을공연작품		머레이 시스갈; Murray Schisgal	연극	1981	쌀롱 떼아뜨르 秋	한국공연윤리 위원회
심의대본	루브(LUV)			머레이 시스갈; Murray Schisgal	연극	1987	우리극단 마당	공연윤리위원회
심의대본	루브(LUV)			머레이 시스갈; Murray Schisgal	연극	1983	우리극단 마당	한국공연윤리 위원회
심의대본	루브(LUV)			머레이 시스갈; Murray Schisgal	연극	1991	우리극단 마당	공연윤리위원회
심의대본	루브(LUV)	극단 가교76소극장 자매 결연 기념공연		머레이 시스갈; Murray Schisgal	연극	1979	극단 가교	한국공연윤리 위원회

심의대본	루브(LUV)			머레이 시스갈 ; Murray Schisgal	연극	1977	극단 현대극장	한국공연윤리위원회
심의대본	루브(LUV)		극단 광장 86회 공연작품	머레이 시스갈 ; Murray Schisgal	연극	1985	극단 광장	한국공연윤리위원회
심의대본	루브(LUV)			머레이 시스갈 ; Murray Schisgal	연극	1994	-	공연윤리위원회
심의대본	루브(LUV)			머레이 시스갈 ; Murray Schisgal	연극	1992	-	공연윤리위원회
심의대본	루시아	아멘		이길주	연극	1973	-	한국예술문화윤리위원회
심의대본	루시아	아멘		이길주	연극	1973	-	한국예술문화윤리위원회
심의대본	루시퍼의 유혹			김성수	연극	1987	극단광대	공연윤리위원회
심의대본	루시퍼의 유혹			김성수	연극	1987	극단 광대	공연윤리위원회
심의대본	루터		극단 증언 제2회 공연작	존 오스본 ; John Osborne	연극	1981	극단 증언	한국공연윤리위원회
심의대본	루터		루터 탄생 500주년 기념 ; 선교극단 증언 제9회공연	존 오스본 ; John Osborne	연극	1983	선교극단 증언	한국공연윤리위원회
심의대본	뤼시엔과 푸주한(Lucienne et le Boucher)			마르셀 에메 ; Marcel Aymé	연극	1978	Voix-Amies	한국공연윤리위원회
심의대본	뤼시엔과 푸주한(Lucienne et le Boucher)			마르셀 에메 ; Marcel Aymé	연극	1982		한국공연윤리위원회
심의대본	류관순		이화여자고등학교 연극부 제13회 연극 발표회 ; 개교 90주년 기념 공연	김상열	연극	1976	이화여자고등학교 연극부	한국공연윤리위원회
심의대본	류시스트라테		성균관대학교 음악대학 연극회 창립공연 극본	아리스토파네스 ; Aristophanes	연극	1975	성균관대학교 음악대학 연극회	한국예술문화윤리위원회
심의대본	六월의 대향연			경향신문사 문화부	복합	1969		한국예술문화윤리위원회
심의대본	리골레토(Rigoletto)			프란체스코 마리아 피아베 ; Francesco Maria Piave	음악	1970		한국예술문화윤리위원회
심의대본	리골렛토			프란체스코 마리아 피아베 ; Francesco Maria Piave	음악	1979	-	한국공연윤리위원회
심의대본	리어왕		극단 집현 창립공연	원작 윌리엄 셰익스피어 ; William Shakespeare, 번안 조일도	연극	1982	극단 집현	한국공연윤리위원회
심의대본	리어왕			윌리엄 셰익스피어 ; William Shakespeare	연극	1984	동랑레퍼터리극단	한국공연윤리위원회
심의대본	리어왕			윌리엄 셰익스피어 ; William Shakespeare	연극	1983	극단 사조	한국공연윤리위원회
심의대본	리어왕		호주 PlayBox 극단 내한 공연	윌리엄 셰익스피어 ; William Shakespeare	연극	1993	호주 PlayBox 극단	공연윤리위원회
심의대본	리어왕		직장인 연극동호회 2회 공연	윌리엄 셰익스피어 ; William Shakespeare	연극	1987	시민극단	공연윤리위원회
심의대본	리어왕			원작 윌리엄 셰익스피어 ; William Shakespeare, 번안 안민수	연극	1973	드라마센타 서울연극학교 레퍼터리극단	한국예술문화윤리위원회

심의대본	리어왕	일본 SCOT(Suzuki Company of Toga) 제1회 베세토 연극축제 참가작품	윌리엄 셰익스피어; William Shakespeare	연극	1994	SCOT(Suzuki Company of Toga)	공연윤리위원회
심의대본	리어왕(King Lear)	동국대학교 예술대학 연극영화학과 제30회 졸업공연	윌리엄 셰익스피어; William Shakespeare	연극	1992	동국대학교 예술대학 연극영화학과	공연윤리위원회
심의대본	리처드 3세	중앙대학교 연극영화학과 4학년 졸업공연 작품	윌리엄 셰익스피어; William Shakespeare	연극	1979	중앙대학교 연극영화학과	한국공연윤리위원회
심의대본	리투아니아		루퍼트 브룩; Rupert Brooke	연극	1986	서울청소년지도육성회, 극단 내일	공연윤리위원회
심의대본	리투아니아		루퍼트 브룩; Rupert Brooke	연극	1975	단대극회	한국예술문화윤리위원회
심의대본	리투아니아	극단 중앙 제5회 공연 작품	루퍼트 브룩; Rupert Brooke	연극	1975	극단 중앙	한국예술문화윤리위원회
심의대본	리투아니아		루퍼트 브룩; Rupert Brooke	연극	1991	극단 창고극장	공연윤리위원회
심의대본	리틀 말콤	극단 실험극장 제107회 공연	데이비드 홀리웰; David Halliwell	연극	1987	극단 실험극장	공연윤리위원회
심의대본	마가렛의 침대	동인-3	윌리엄 인지; William Inge	연극	1981	극단 동인극장	한국공연윤리위원회
심의대본	마귀할멈과 소치기		미상	연극	1990	-	공연윤리위원회
심의대본	마네킹의 축제(祝祭)	극단 실험극장 제68회 공연	이근삼	연극	1979	극단 실험극장	한국공연윤리위원회
심의대본	마녀공주		미상	연극	1992	-	공연윤리위원회
심의대본	마농(Manon)	김자경오페라단 제22회 정기공연	앙리 메이야크; Henri Meilhac · 필리프 질; Philippe Gille	음악	1979	김자경오페라단	한국공연윤리위원회
심의대본	마당극 각설이		이봉운	연극	1985	극단 80	한국공연윤리위원회
심의대본	마당극 일식(日蝕) 풀이		현기영	연극	1985	-	한국공연윤리위원회
심의대본	마당놀이 놀부전		김현묵	연극	1995	-	공연윤리위원회
심의대본	마당놀이 춘향전	극단 통인무대 제2회 공연 작품	구성 강성범	연극	1984	극단 통인무대	한국공연윤리위원회
심의대본	마라나타	예술선교단 창단작품	각색 석정	연극	1989	예술선교단	공연윤리위원회
심의대본	마라와 사드		페터 바이스; Peter Weiss	연극	1991	-	공연윤리위원회
심의대본	마로니에의 길		정하연	연극	1987	-	공연윤리위원회
심의대본	마로윗츠 햄릿(Marowitz Hamlet)	극단 맥토 제36회 공연	원작 윌리엄 셰익스피어; William Shakespeare, 재구성 찰스 마로윗츠; Charles Marowitz	연극	1980	극단 맥토	한국공연윤리위원회
심의대본	마리아에게 고함(L'Annonce Faite A Marie)		폴 클로델; Paul Claudel	연극	1984	-	한국공연윤리위원회
심의대본	마리우스		마르셀 파뇰; Marcel Pagnol	연극	1969	극단 자유극장	한국예술문화윤리위원회
심의대본	마술가게		이상범	연극	1992	극단 연우무대	공연윤리위원회
심의대본	만다라		원작 김성동, 각색 엄인희	연극	1982	극단 도솔천	한국공연윤리위원회

457

부록

심의대본	만드라골라				마키아벨리 ; Niccolò Machiavelli	연극	1988	극단 서울앙상블	공연윤리위원회
심의대본	만하탄의 선신(善神)				잉게보르크 바하만 ; Ingeborg Bachmann	연극	1979	-	한국공연윤리위원회
심의대본	말	언, 어(言, 語)	뮤지컬 극단 사계 창단공연		이강백	연극	1989	극단 사계	공연윤리위원회
심의대본	마란아타		장로회 신학대학 추수감사절 축제무대		원작 니코스 카잔차키스 ; Nikos Kazantzakis, 각색 이보라	연극	1976	은성극회	한국공연윤리위원회
심의대본	마로니에의 길		제작극회 제34회 공연		정하연	연극	1981	극단 제작극회	한국공연윤리위원회
심의대본	마로윗츠 햄릿(Marowitz Hamlet)		극단 맥토 제5회 공연		원작 윌리엄 셰익스피어 ; William Shakespeare, 재구성 찰스 마로윗츠 ; Charles Marowitz	연극	1974	극단 맥토	한국예술문화윤리위원회
심의대본	마르셀로 곤잘레스 내한공연				미상	연극	1993	-	공연윤리위원회
심의대본	마리 떼레즈는 말이 없다		극단 산울림 제26회 공연 작품		마르그리트 뒤라스 ; Marguerite Duras	연극	1980	극단 산울림	한국공연윤리위원회
심의대본	마리, 마리(Mary, Mary)		극단 성좌 제55회 공연 작품		장 커 ; Jean Kerr	연극	1986	극단 성좌	공연윤리위원회
심의대본	마리타, 제발 나를 찾아내줘요 나는 서른이 다 되었어요		극단 예니 20차 작품		명계남	연극	1983	극단 예니	한국공연윤리위원회
심의대본	마법노예들	아라비아나이트			주평	연극	1978	아동극단 샛별	한국공연윤리위원회
심의대본	마법사와 도깨비				미상	연극	1991	극단 동방	공연윤리위원회
심의대본	마법사와 스머프	숲 속의 요정			페요(피에르 컬리포드) ; Peyo(Pierre Culliford), 각색 서영희	연극	1988	극단 마니또	공연윤리위원회
심의대본	마법사와 스머프		웅진어린이극단 창립 공연		페요(피에르 컬리포드) ; Peyo(Pierre Culliford), 각색 서영희	연극	1988	웅진어린이극단	공연윤리위원회
심의대본	마법사와 스머프	숲 속의 요정	웅진어린이극단 창립 공연		페요(피에르 컬리포드) ; Peyo(Pierre Culliford), 각색 서영희	연극	1988	웅진 어린이 극단	공연윤리위원회
심의대본	마법에 걸린 공주				미상	연극	1989	뿌뿌뿌 인형극회	공연윤리위원회
심의대본	마법의 동물원				미상	연극	1992	아리랑 극단	공연윤리위원회
심의대본	마법의 시간여행				방은미 · 손정희	연극	1993	극단 아리랑	공연윤리위원회
심의대본	마술가게				이상범	연극	1993	-	공연윤리위원회
심의대본	마술도사(개작)		극단 얄라성 제4회 공연		박기동	연극	1975	극단 얄라성	한국예술문화윤리위원회
심의대본	마술사		극단 얄라성 제4회 공연		박기동	연극	1975	극단 얄라성	한국예술문화윤리위원회
심의대본	마술사		극단 얄라성 제4회 공연		박기동	연극	1975	극단 얄라성	한국예술문화윤리위원회
심의대본	마술사 듀란다아트		극단 교실 · 현대앙상블 합동공연		카를로 고치 ; Carlo Gozzi	연극	1987	극단 교실, 현대앙상블	공연윤리위원회
심의대본	마술사의 제자				김창활	연극	미상	극단 신협	기타
심의대본	마술사의 제자(魔術師의 弟子)				김창활	연극	1969	극단 신협	한국예술문화윤리위원회

심의대본	마술피리(THE MAGIC FLUTE)			요한 엠마누엘 쉬카 네더 ; Johann Emanuel Schikaneder	음악	1981	서울대학교 음악대학	한국공연윤리 위원회
심의대본	마스게임	서울대학교 치의예과 연극회 제12회 정기공연		윤대성	연극	1974	서울대 문리대 치예 과 연극회	한국예술문화 윤리위원회
심의대본	마스께임			윤대성	연극	1974	동랑레퍼터리극단	한국예술문화 윤리위원회
심의대본	마스터 해롤드			아돌 후가드 ; Athol Fugard	연극	1983	극단 실험극장	한국공연윤리 위원회
심의대본	마음의 등불			구성 강한용	연극	1977	장흥심무용단	한국공연윤리 위원회
심의대본	마음의 범죄			베스 헨리 ; Beth Henley	연극	1985	극단 배우극장	한국공연윤리 위원회
심의대본	마음의 범죄			베스 헨리 ; Beth Henley	연극	1983	극단 부활	한국공연윤리 위원회
심의대본	마음의 심층(深層)	삼일로창고극장 개관 2주년 기념공연		헨리 덴커 ; Henry Denker	연극	1978	극단 창고극장	한국공연윤리 위원회
심의대본	마음의 움직임 : 작품내용			유진규 · 최규호 · 박 상숙 · 유홍영 · 임도 완 · 마임그룹 사다리	연극	1993	-	공연윤리위원회
심의대본	마의 태자	동국대학교 개교83주년; 동국대학교 연영학과창과 30주년; 불탄 2533주년 기념 공연		유치진	연극	1989	극단 맥토, 동국대학 교 연영학과	공연윤리위원회
심의대본	마의 태자	승의극예회 제1회 발표 작품		유치진	연극	1970	승의극예회	한국예술문화 윤리위원회
심의대본	마이 페어 레이디(My Fair Lady)(원명 : PYGMALION)			조지 버나드 쇼 ; George Bernard Shaw	연극	1973	-	한국예술문화 윤리위원회
심의대본	마이클선장 : 작품개요			구성 안정의	연극	1986	서울인형극회	공연윤리위원회
심의대본	마적			미상	연극	미상	-	한국공연윤리 위원회
심의대본	마지막 수업	극단 서울무대 · 서울연 기자쎈타 합동공연		원작 알퐁스 도데 ; Alphonse Daudet, 각 색 정하연	연극	1988	극단 서울무대, 서울연기자쎈타	공연윤리위원회
심의대본	마지막 수업	극단 새들 제32회 공연		원작 알퐁스 도데 ; Alphonse Daudet, 각 색 정연	연극	1982	극단 새들	한국공연윤리 위원회
심의대본	마지막 수업	극단 서울무대 제13회 공연		원작 알퐁스 도데 ; Alphonse Daudet, 각 색 정하연	연극	1985	극단 서울무대	한국공연윤리 위원회
심의대본	마지막 수업	극단 가람 제7회 공연		원작 알퐁스 도데 ; Alphonse Daudet, 각 색 정하연	연극	1984	극단 가람	한국공연윤리 위원회
심의대본	마지막 승부			원작 페터 바이스 ; Peter Weiss	연극	1982	극단 에저또	한국공연윤리 위원회
심의대본	마지막 잎새			원작 오 헨리 ; O. Henry, 각색 현천행, 구성 현천행	연극	미상	극단 서울무대	공연윤리위원회
심의대본	마지막 잎새			원작 오 헨리 ; O. Henry, 극본 주평	연극	1974	-	한국예술문화 윤리위원회

459

심의대본	마지막 잎새			오 헨리;O. Henry, 각색 현천행, 구성 현천행	연극	1995	극단 서울무대	공연윤리위원회
심의대본	마지막 종말을 위한 협주곡			노만 바라슈;Norman Barasch · 캐롤 무어;Carroll Moore	연극	1982	-	한국공연윤리위원회
심의대본	마지막 키스를 당신께		극단 에저또 제67회 공연	윌리엄 인지;William Inge	연극	1984	극단 에저또	한국공연윤리위원회
심의대본	마지막 테이프		극단76 제6회	사무엘 베케트;Samuel Beckett	연극	1977	극단76	한국공연윤리위원회
심의대본	마지막 테이프 / 붉은 카네이숀			사무엘 베케트;Samuel Beckett, 글렌 휴즈;Glenn Hughes	연극	1970	극단(69)	한국예술문화윤리위원회
심의대본	마지막 포옹		극단 신협 No. 102; 서울 아카데미극장 개관 기념 공연	윌리엄 인지;William Inge	연극	1982	극단 신협	한국공연윤리위원회
심의대본	마지막 포옹(The Disposal) / 에봐스미스의 죽엄(An Inspector Calls)			윌리엄 인지;William Inge, 존 프리스틀리;John Boynton Priestley	연극	1989	-	공연윤리위원회
심의대본	마천루의 창을 닦아라(원작: 존 랑페르; John l'Enfer)		극단에저또 창립 10주년; 제35회 공연 작품	디디에 드쿠앵;Didier Decoin, 각색 윤조병	연극	1978	극단 에저또	한국공연윤리위원회
심의대본	마탄의 사수(Der Freischütz)		(제5회) 한양음대 오페라 공연	프리드리히 킨트;Friedrich Kind	음악	1979	한양대학교 음악대학	한국공연윤리위원회
심의대본	마태오의 땅			설재록	연극	1985	부산계성여자상업고등학교	한국공연윤리위원회
심의대본	마태오의 땅			설재록	연극	1984	극단 제3무대, 극단 도라, 극단거울	한국공연윤리위원회
심의대본	막(幕)			장시우	연극	1986	극단 아쉬레	공연윤리위원회
심의대본	막(幕)			장시우, 각색 무세중	연극	1986	극단 아쉬레	공연윤리위원회
심의대본	막녀		극단 배우극장 제15회 공연	김숙현	연극	1980	극단 배우극장	한국공연윤리위원회
심의대본	만드라골라			마키아벨리;Niccolò Machiavelli	연극	1993	한국연극배우협회	공연윤리위원회
심의대본	만리장성		극회 프라이에 뷔네 제29회 정기공연	막스 프리쉬;Max Frisch	연극	1975	극회 프라이에 뷔네	한국예술문화윤리위원회
심의대본	만리장성		극단 가교 98회 공연	막스 프리쉬;Max Frisch	연극	1980	극단 가교	한국공연윤리위원회
심의대본	만리장성(萬里長城)			막스 프리쉬;Max Frisch	연극	1986	극단 현대극장	공연윤리위원회
심의대본	만리장성(萬里長城)	하나의 소극(笑劇)	극단 외연 · 외대연극회 제1회 합동공연작품	막스 프리쉬;Max Frisch	연극	1991	극단 외연, 외대연극회	공연윤리위원회
심의대본	만석중놀이	망석승희(忘釋僧戱)		미상	연극	1983	-	한국공연윤리위원회
심의대본	만선		국풍81; 전국 대학연극제 서울지구 합동공연작품	천승세	연극	1981	국풍81	한국공연윤리위원회
심의대본	만선(滿船)		제6회 정기공연	천승세	연극	1972	고려대학교 의과대학 연극반	한국예술문화윤리위원회

심의대본	만선(滿船)		서울대학교 총연극회 미대 · 인문대 합동공연; 개교 30주년 기념공연	천승세	연극	1976	서울대학교 총연극회 미대, 서울대학교 총연극회 인문대	한국예술문화 윤리위원회
심의대본	만선(滿船)		호암아트홀 개관기념 공연	천승세	연극	1985	-	한국공연윤리 위원회
심의대본	만인보			미상	연극	1993		공연윤리위원회
심의대본	만인의총(萬人義冢)			노경식	연극	1986	육군본부 문선대	공연윤리위원회
심의대본	말		크리스챤아카데미 창립 20주년 기념 연극	이강백	연극	1985	크리스챤 아카데미	한국공연윤리 위원회
심의대본	말 없는 神의 자식들		극단 제3무대 35회 공연 작품	마크 메도프 ; Mark Medoff	연극	1987	극단 제3무대	공연윤리위원회
심의대본	말괄량이 길들이기			윌리엄 셰익스피어 ; William Shakespeare	연극	1977	극단 가교	한국공연윤리 위원회
심의대본	말괄량이 길들이기			윌리엄 셰익스피어 ; William Shakespeare, 각색 박준용	연극	1994	-	공연윤리위원회
심의대본	말괄량이 길들이기			윌리엄 셰익스피어 ; William Shakespeare	연극	1982	극단 가교	한국공연윤리 위원회
심의대본	말괄량이 길들이기		고교생을 위한 서강 연극 특별공연	윌리엄 셰익스피어 ; William Shakespeare	연극	1980	-	한국공연윤리 위원회
심의대본	말괄량이 길들이기			윌리엄 셰익스피어 ; William Shakespeare	연극	1971	단대극회	한국예술문화 윤리위원회
심의대본	말괄량이 길들이기		극단 가교 25주년기념 127회 정기공연	윌리엄 셰익스피어 ; William Shakespeare	연극	1991	극단 가교	공연윤리위원회
심의대본	말괄량이 삐삐			원작 아스트리드 린드그렌 ; Astrid Lindgren, 구성 박재운	연극	1991	극단 로가로세	공연윤리위원회
심의대본	말괄량이 삐삐			아스트리드 린드그렌 ; Astrid Lindgren, 각색 이규현	연극	1994	극단 예촌	공연윤리위원회
심의대본	말괄량이 삐삐			아스트리드 린드그렌 ; Astrid Lindgren, 극본 최영준	연극	1987	극단 예전무대	공연윤리위원회
심의대본	말괄량이 삐삐			아스트리드 린드그렌 ; Astrid Lindgren	연극	1986	새들어린이 극장	공연윤리위원회
심의대본	말괄량이 삐삐		어린이날 제정 60회 기념 새들 33회 대공연	아스트리드 린드그렌 ; Astrid Lindgren	연극	1982	극단 새들	한국공연윤리 위원회
심의대본	말괄량이 삐삐			아스트리드 린드그렌 ; Astrid Lindgren, 구성 조재학	연극	1993	-	공연윤리위원회
심의대본	말괄량이 삐삐			원작 아스트리드 린드그렌 ; Astrid Lindgren, 각색 신대영	연극	1993	극단 동방	공연윤리위원회
심의대본	말괄량이 삐삐		극단 춘추 제62회 공연 작품; 꿈나래극장 씨리즈 제3탄	아스트리드 린드그렌 ; Astrid Lindgren, 구성 최정구	연극	1992	꿈나래극장	공연윤리위원회
심의대본	말괄량이 삐삐			원작 아스트리드 린드그렌 ; Astrid Lindgren, 구성 현천행	연극	1994	극단 서울무대	공연윤리위원회
심의대본	말괄량이 삐삐			아스트리드 린드그렌 ; Astrid Lindgren, 각색 홍보선	연극	1995	극단 가람	공연윤리위원회

심의대본	말괄량이 삐삐		극단 연극마을 창단 기념 공연	아스트리드 린드그렌; Astrid Lindgren	연극	1995	극단 연극마을	공연윤리위원회
심의대본	말괄량이 삐삐		어린이날 제정 60회기념 새들33회 대공연	원작 아스트리드 린드그렌; Astrid Lindgren, 지음·이성	연극	1982	극단 새들	한국공연윤리위원회
심의대본	말괄량이 삐삐의 나홀로집에			미상	연극	1993	예성무대	공연윤리위원회
심의대본	말들린 사람		극단 시민극장 제6회 공연; 제4회 대한민국연극제 초청공연; 제17회 동아연극상 참가작품	이상현	연극	1980	극단 시민극장	한국공연윤리위원회
심의대본	말없는 동작 II / 콜링 투게더 / 인형들의 합창 / 未成年은 成人이 되고자 한다			사무엘 베케트; Samuel Beckett, J. 유아사; Joji Yuasa, 김성구, 페터 한트케; Peter Handke	연극	1984	-	한국공연윤리위원회
심의대본	말하는 새	아라비안 나이트		서인수	연극	1987	우리인형극회	공연윤리위원회
심의대본	맘대로 나라			미상	연극	1993	교육극단 사다리	공연윤리위원회
심의대본	망나니		극단 실험극장 제29회 공연대본	윤대성	연극	1969	극단 실험극장	한국예술문화윤리위원회
심의대본	망나니 행진곡		극단 은하 제17회 공연	원작 몰리에르; Moliere, 번안 민촌	연극	1978	극단 은하	한국공연윤리위원회
심의대본	망치와 덩치		극단 영 OP. No.37	강승균	연극	1991	극단 영	공연윤리위원회
심의대본	매듭풀기		민중극장 78년 신춘문예 희곡 당선작 공연	임정인	연극	1978	민중극장	한국공연윤리위원회
심의대본	매매춘(買賣春)			미상	연극	1988	극단 여명	공연윤리위원회
심의대본	매스 어필	그리스도를 놓친 사제		빌 C. 데이비스; Bill C. Davis	연극	1987	극단 바탕골	공연윤리위원회
심의대본	매일 만나기에는 우리는 너무나 사랑했었다			미상	연극	1993	-	공연윤리위원회
심의대본	매장된 아이			샘 셰퍼드; Sam Shepard	연극	1991	-	공연윤리위원회
심의대본	매정한것!(Ruthless!)			조엘 패일리; Joel Paley	연극	1993	-	공연윤리위원회
심의대본	매춘			오태영	연극	1987	극단 바탕골	공연윤리위원회
심의대본	매춘			오태영	연극	1987	극단 바탕골	공연윤리위원회
심의대본	매춘			오태영	연극	1987	극단 바탕골	공연윤리위원회
심의대본	매춘			오태영	연극	1987	극단 바탕골	공연윤리위원회
심의대본	매춘 2			정우숙	연극	1988	-	공연윤리위원회
심의대본	매춘 2			정우숙	연극	1988	극단 본향	공연윤리위원회
심의대본	맥베드		극단 우리극장 제4회 공연	원작 윌리엄 셰익스피어; William Shakespeare, 각색 유혜련	연극	1981	극단 우리극장	한국공연윤리위원회
심의대본	맥베스			윌리엄 셰익스피어; William Shakespeare	연극	1986	극단 테아트로무	공연윤리위원회
심의대본	맥베스		창단 26주년 공연; 극단 여인극장 100회 기념 작품	윌리엄 셰익스피어; William Shakespeare	연극	1991	극단 여인극장	공연윤리위원회
심의대본	맥베스		극단 우리극장 제4회 공연 작품	원작 윌리엄 셰익스피어; William Shakespeare, 각색 유혜련	연극	1981	극단 우리극장	한국공연윤리위원회

심의대본	맥베스		극단 실험극장 제31회 공연극본	윌리엄 셰익스피어; William Shakespeare	연극	1969	극단실험극장	한국예술문화 윤리위원회
심의대본	맥베스			윌리엄 셰익스피어; William Shakespeare	연극	1991	일본 류잔지 컴퍼니	공연윤리위원회
심의대본	맥베스		의극회 창립공연; 서울 대학교 의과대학 연극회 10주년(20회) 및 의예과 제10회 기념공연	윌리엄 셰익스피어; William Shakespeare	연극	1973	-	한국예술문화 윤리위원회
심의대본	맥베스			원작 윌리엄 셰익스 피어; William Shakespeare, 각색 박 준용	연극	1983	-	한국공연윤리 위원회
심의대본	맥베스		극단 미추 여덟번째 공연 작품	윌리엄 셰익스피어; William Shakespeare	연극	1994	극단 미추	공연윤리위원회
심의대본	맥베스(Macbeth)			윌리엄 셰익스피어; William Shakespeare	연극	1992		공연윤리위원회
심의대본	맥베스(Macbeth)		중앙대학교 개교기념 및 연극영화과 제6회 졸업 공연	윌리엄 셰익스피어; William Shakespeare	연극	1966	중앙대학교 연극영 화과	한국예술문화 윤리위원회
심의대본	맥베스(Macbeth)			윌리엄 셰익스피어; William Shakespeare	연극	1977	-	한국공연윤리 위원회
심의대본	맨 오브 라만차(Man of La Mancha)			데일 와써맨; Dale Wasserman	연극	1992	Albert Marre's Production	공연윤리위원회
심의대본	맨 오브 라만차(Man of La Mancha)			데일 와써맨; Dale Wasserman	연극	1992	Albert Marre's Production	공연윤리위원회
심의대본	맨발로 공원을			닐 사이먼; Neil Simon	연극	미상	극단 한양레퍼토리	공연윤리위원회
심의대본	맨발로 공원을		극단 광장 제59회 공연 작품	닐 사이먼; Neil Simon	연극	1983	극단 광장	한국공연윤리 위원회
심의대본	맨발로 공원을		극단 뿌리 제78회 공연 작품	닐 사이먼; Neil Simon	연극	1990	극단 뿌리	공연윤리위원회
심의대본	맨발로 공원을			닐 사이먼; Neil Simon	연극	1975	-	한국예술문화 윤리위원회
심의대본	맨발의 이사도라		극단 춘추 제37회 작품	이사도라 덩컨; Isadora Duncan, 각색 이재현	연극	1986	극단 춘추	공연윤리위원회
심의대본	맨하탄의 연인들			미상	연극	1987	-	공연윤리위원회
심의대본	맹물로 움직이는 기관차 (The Water Engine)			데이비드 마멧; David Mamet	연극	1980	극단 현대극장	한국공연윤리 위원회
심의대본	맹사장대 공 기사		극단 춘추 제45회 공연 작품	김창일	연극	1988	극단 춘추	공연윤리위원회
심의대본	맹진사댁 경사			오영진	연극	1977	-	한국공연윤리 위원회
심의대본	맹진사댁 경사			오영진	연극	1969		한국예술문화 윤리위원회
심의대본	맹진사댁 경사			오영진	연극	1986		공연윤리위원회
심의대본	맹진사댁 경사		90 전국 청소년연극축전 참가작품	오영진	연극	1990	한국청소년공연예 술진흥회	공연윤리위원회
심의대본	맹진사댁 경사		극단 실험극장 제46회 공연작품	오영진	연극	1975	극단 실험극장	한국예술문화 윤리위원회

심의대본	맹진사댁 경사			오영진	연극	1974	-	한국예술문화 윤리위원회
심의대본	맹진사댁 경사		성신여자사범대학 연극부 제11회 정기공연	오영진	연극	1976	성신여자사범대학 연극부	한국공연윤리 위원회
심의대본	맹진사댁 경사(孟進士宅 慶事)		86 아시아 문화예술축전 연극제 참가작품; 극단 실험극장 제101회 공연	오영진	연극	1986	극단 실험극장	공연윤리위원회
심의대본	맹진사댁 경사(孟進士宅 慶事)			오영진	연극	1986	한국외국어대학교 중국어과	공연윤리위원회
심의대본	맹진사댁 경사(孟進士宅 慶事)		제5회 한국연극영화예 술상 대상수상기념공연; 극단실험극장 제27회 공연작품	오영진	연극	1969	극단 실험극장	한국예술문화 윤리위원회
심의대본	맹진사댁 경사(孟進士宅 慶事)		1971년도 한양대학교 총 학생회 행당제 기념공연 작품	오영진	연극	1971	한양대학교	한국예술문화 윤리위원회
심의대본	맹진사댁 경사(孟進士宅 慶事)	시집가는 날	극단 실험극장 제40회 공 연극본	오영진	연극	1972	극단 실험극장	한국예술문화 윤리위원회
심의대본	맹진사댁 경사(孟進士宅 慶事)		단국대학교 단대극회 10 회 대공연	오영진	연극	1973	단국대학교 단대극회	한국예술문화 윤리위원회
심의대본	맹진사댁 경사(孟進士宅 慶事)		창작극장 제3탄!; 극단 대하 제7회 공연작품	오영진	연극	1979	극단 대하	한국공연윤리 위원회
심의대본	맹진사댁 경사(猛進士宅 慶事)			오영진	연극	1974	주한외국인학생회	한국예술문화 윤리위원회
심의대본	맹진사댁 경사(猛進士宅 慶事)			오영진	연극	1972	극단 실험극장	한국예술문화 윤리위원회
심의대본	맹진사댁 경사(Grande Joie chez Main Jinn-sa ou Les Fetes du Mariage)			오영진	연극	1982	-	한국공연윤리 위원회
심의대본	맹진사댁 경사(Wedding Day)			오영진	연극	1981	-	한국공연윤리 위원회
심의대본	맹진사댁 경사(Wedding Day)		The 1st Performance of the Munhwa English Theater Group	오영진	연극	1982	문화어연 영어극단	한국공연윤리 위원회
심의대본	머더러(Murderer)			앤소니 셰퍼 ; Anthony Shaffer	연극	1987	극단 서울앙상블	공연윤리위원회
심의대본	머털도사		'95 MBC 가족뮤지컬	원작 이두호, 극본 김상열	연극	1995	문화방송 문화사업팀	공연윤리위원회
심의대본	머털도사와 또매			원작 이두호, 각색 김종철	연극	1994	극단 파랑새	공연윤리위원회
심의대본	머털도사와 또매형			이두호	연극	1991	-	공연윤리위원회
심의대본	머털도사와 또매형		MBC-TV '90 추석맞이 특 집프로 방영작 연극화	원작 이두호, 각색 김종철	연극	1991	극단 두레	공연윤리위원회
심의대본	머털도사와 또매형			이두호	연극	1994	서울 커넥션	공연윤리위원회
심의대본	머털도사와 또매형			이두호	연극	1994	극단 새벽	공연윤리위원회
심의대본	먹보와 도깨비			박경문	연극	미상		공연윤리위원회
심의대본	먼훗날의 동화(童話)			박구홍	연극	1991	극단 시민극장, 극단 에저또	공연윤리위원회
심의대본	멈취선 저 상여는 상주도 없다더냐		대한민국 연극제 참가 작품	오종우	연극	1982	연우무대	한국공연윤리 위원회

심의대본	멋쟁이 상놈		극단 대하 제19회 공연 작품	이언호	연극	1982	극단 대하	한국공연윤리 위원회
심의대본	멋쟁이 신사			원작 발터 하젠클레버; Walter Hasenclever, 각색 김정	연극	1993	극단 우리극장	공연윤리위원회
심의대본	멍멍이의 친구(원작: 일본 민화)			각색 박경래	연극	1994	개구쟁이인형극단	공연윤리위원회
심의대본	멍청이네 가게		처용 극회 첫 번째 공연	이수연	연극	1990	처용 극회	공연윤리위원회
심의대본	메두사의 뗏목		극단 프라이에 뷔네 제64회 정기공연	게오르크 카이저; Georg Kaiser	연극	1990	극단 프라이에 뷔네	공연윤리위원회
심의대본	메두사의 뗏목		'92 푸른연극제 참가작	게오르크 카이저; Georg Kaiser	연극	1992	극단 演과 얼레	공연윤리위원회
심의대본	메디아		극단 맥토 제8회 대공연	원작 에우리피데스; Euripides, 각색 로빈슨 제퍼스; Robinson Jeffers	연극	1975	-	한국예술문화 윤리위원회
심의대본	메디아			에우리피데스; Euripides	연극	1985	-	한국공연윤리 위원회
심의대본	메디아 환타지			김아라 · 김윤미	연극	1995		공연윤리위원회
심의대본	메시아			김남석	연극	1984		한국공연윤리 위원회
심의대본	메시아(Messiah)			찰스 제넨스; Charles Jennens	음악	1977		한국공연윤리 위원회
심의대본	메시아의 오심		크리스마스 칸타타	미상	음악	1977		한국공연윤리 위원회
심의대본	메시지 2			황석연	연극	1984	극단 환상무대25시	한국공연윤리 위원회
심의대본	메시지 III			황석연	연극	1984	극단 환상무대 25시, 동원극장	한국공연윤리 위원회
심의대본	메씨나의 신부(新婦)		성균극회 11회 대공연	프리드리히 실러; Friedrich Schiller	연극	1970	성균극회	한국예술문화 윤리위원회
심의대본	명동매화전		극단 부활 제18회 공연	이재현	연극	1987	극단 부활	공연윤리위원회
심의대본	명랑한 과부		김자경 오페라단 제39회 정기공연	빅토르 레옹; Viktor Léon · 레오 슈타인; Leo Stein	음악	1987	김자경 오페라단	공연윤리위원회
심의대본	명랑한 과부		김자경 오페라단 제39회 정기공연	빅토르 레옹; Viktor Léon · 레오 슈타인; Leo Stein	음악	1987	김자경 오페라단	공연윤리위원회
심의대본	명랑한 한스		극단 영 Op. No. 66	원작 다다 도오루, 각색 강승균	연극	1992	극단 영	공연윤리위원회
심의대본	명사또	장화홍련전		각색 동화춘	연극	1973	서라벌국극단	한국예술문화 윤리위원회
심의대본	명승찾아 삼천리			구성 강한용	전통	1977	무궁화민속가무단	한국공연윤리 위원회
심의대본	명탐정 톰과 제리			조셉 롤랜드 바베라; Joseph Roland Barbera · 윌리엄 한나; William Hanna	연극	1987	-	공연윤리위원회
심의대본	모가지가 긴 두사람의 대화			박조열	연극	1971	현대극회	한국예술문화 윤리위원회

심의대본	모닥불 아침이슬		제8회 대한민국 연극제 출품작품; 극단 여인극장 제72회 공연작품	윤조병	연극	1984	극단 여인극장	한국공연윤리위원회
심의대본	모닥불이 꺼져 가고 있다			미상	연극	1987	-	공연윤리위원회
심의대본	모란꽃			박효선	연극	1994	-	공연윤리위원회
심의대본	모래요정 바람돌이			미상	연극	1991	-	공연윤리위원회
심의대본	모래요정 바람돌이			미상	연극	1991	-	공연윤리위원회
심의대본	모래요정 바람돌이			미상	연극	1991	-	공연윤리위원회
심의대본	모모		극단 산하 제43회 공연작품	원작 미하엘 엔데; Michael Ende, 각색 차범석	연극	1979	극단 산하	한국공연윤리위원회
심의대본	모모와 마담 로자르	〈자기앞의 生〉에서		에밀 아자르; Emile Ajar, 각색 노능걸	연극	1979	극단 평민극장	한국공연윤리위원회
심의대본	모범작문(模範作文)		극단 쎄실극장 창작극 시리즈 제4회 작품	조선작	연극	1980	극단 쎄실극장	한국공연윤리위원회
심의대본	모자 바꾸기		우리극장9회 정기공연; 프라이에 뷔네62회 정기공연	파울 마르; Paul Maar	연극	1988	극단 프라이에 뷔네	공연윤리위원회
심의대본	목걸이와 올가미			최송림	연극	1992	극단 창조극장	공연윤리위원회
심의대본	목공지氏 못 봤소?!(원제: 목킨포트씨의 고통이 어떻게 극복되었는가)			페터 바이스; Peter Weiss	연극	1995	극단 가교	공연윤리위원회
심의대본	목련존자여 지옥문을 열어라			이광래	연극	1980	한국청소년극단 대일	한국공연윤리위원회
심의대본	목로 주점(酒店)			오태영	연극	1978	극단 창고극장	한국공연윤리위원회
심의대본	목마(木馬)		1971 신춘문예 당선희곡 축하공연	차신자	연극	1971	극단 드라마센터	한국예술문화윤리위원회
심의대본	목소리		극단 에저또 20회 공연	윤대성	연극	1974	극단 에저또	한국예술문화윤리위원회
심의대본	목소리		교사연극동우회 극단 수업 제3회 정기공연	윤대성	연극	1990	극단 수업	공연윤리위원회
심의대본	목소리		극단 에저또 제20회 공연작품	윤대성	연극	1974	극단 에저또	한국예술문화윤리위원회
심의대본	목소리		극회 사월무대 제2차 공연	장 콕토; Jean Cocteau	연극	1975	극회 사월무대	한국예술문화윤리위원회
심의대본	목소리		극단 산울림 제22회 공연작품	장 콕토; Jean Cocteau	연극	1978	극단 산울림	한국공연윤리위원회
심의대본	목소리		극단 애버그린 1회 공연	장 콕토; Jean Cocteau	연극	1982	극단 애버그린	한국공연윤리위원회
심의대본	목포의 눈물	한많은 인생		김봉수	연극	1985	우정악극단	한국공연윤리위원회
심의대본	목화 마차		극단 뿌리 제13회 공연	테네시 윌리엄스; Tennessee Williams	연극	1979	극단 뿌리	한국공연윤리위원회
심의대본	몰났지? 잡힐줄			서영춘	대중	1970	황금마차쇼	한국예술문화윤리위원회
심의대본	몰리에르 희곡집			몰리에르; Moliere	연극	1976	-	한국예술문화윤리위원회
심의대본	몸은 가도 마음만은			이영재	연극	1966	이군자와 그 일행	한국예술문화윤리위원회

심의대본	못생긴 미녀			박재서	연극	1987	대동극회	공연윤리위원회
심의대본	못생긴 미녀			박재서	연극	1987	-	공연윤리위원회
심의대본	못생긴 미녀			박재서	연극	1987	대동극회	공연윤리위원회
심의대본	못잊어		극단 성좌 제20회 공연 ; 제3회 대한민국연극제 참가작품	이재현	연극	1979	극단 성좌	한국공연윤리 위원회
심의대본	몽땅 드릴까요			서영춘, 구성 서영춘	대중	1968	신신 쏘-	한국예술문화 윤리위원회
심의대본	몽땅털어놉시다		극단 가교 창립 3주년 기념 제10회공연	이근삼	연극	1968	극단 가교	한국예술문화 윤리위원회
심의대본	몽땅털어놉시다			이근삼	연극	1971	우석의대 연극부	한국예술문화 윤리위원회
심의대본	몽유병환자		공대 연극회 제10회 공연	이재현	연극	1973	서울공대 연극부	한국예술문화 윤리위원회
심의대본	몽유병환자			이재현	연극	1976	극단 실험극장	한국공연윤리 위원회
심의대본	몽타쥬			미상	연극	1998	-	기타
심의대본	묘원(墓苑)에서		극단 에저또 30회 공연 작품	신용삼	연극	1977	극단 에저또	한국공연윤리 위원회
심의대본	묘지의 태양			차범석	연극	1975	극단 산하	한국예술문화 윤리위원회
심의대본	무녀도		극단 광장 제95회 공연작 품 ; 동아연극상 참가작품	김동리, 각색 하유상	연극	1986	극단 광장	공연윤리위원회
심의대본	무녀도(巫女圖)			원작 김동리, 각색 차범석	연극	1994	극단 띠오빼빼	공연윤리위원회
심의대본	무대의 꿈			박벤수	연극	1992	-	공연윤리위원회
심의대본	무덤없는 주검			장 폴 사르트르 ; Jean Paul Sartre	연극	1985	극단 광장	한국공연윤리 위원회
심의대본	무덤없는 주검		극단 광장 56회 공연작품	장 폴 사르트르 ; Jean Paul Sartre	연극	1982	극단 광장	한국공연윤리 위원회
심의대본	무덤없는 주검		극단 에저또 48회 공연 작품	장 폴 사르트르 ; Jean Paul Sartre	연극	1980	극단 에저또	한국공연윤리 위원회
심의대본	무서운 부모들(Les Parents Terribles)			장 콕토 ; Jean Cocteau	연극	1988	극단 부아자미	공연윤리위원회
심의대본	무엇이 될고 하니			박우춘	연극	1983	극단 한울	한국공연윤리 위원회
심의대본	무엇이 될고 하니			박우춘	연극	1991	극단 자유누리	공연윤리위원회
심의대본	무엇이 될고 하니		제2회 대한민국연극제 참가	박우춘	연극	1981	극단 자유극장	한국공연윤리 위원회
심의대본	무엇이 될고 하니		극단 자유극장 77회 공연 ; 제2회 대한민국 연극제 참가작품	박우춘	연극	1978	극단 자유극장	한국공연윤리 위원회
심의대본	무엇이 될고 하니		제2회 대한민국연극제 참가	박우춘	연극	1990	극단 자유극장	공연윤리위원회
심의대본	무용수		OB아이스배 '94 전국대 학연극제 ; 중앙대학교 연극반 영죽무대 제53회 정기공연	이대산	연극	1994	중앙대학교 영죽무대	공연윤리위원회
심의대본	무익조(無翼鳥)	한 영웅적인 공공 조종사의 이야기	창립6주년기념 제20회 공연작품	원작 이어령, 각색 김의향	연극	1966	극단 실험극장	한국예술문화 윤리위원회

심의대본	무인도		제11회 집시 공연작품	강준용	연극	1984	집시	한국공연윤리위원회
심의대본	무정란		극단 여인극장 제25회 공연작	전진호	연극	1974	극단 여인극장	한국예술문화윤리위원회
심의대본	무지개 쓰러지다		극단 산울림 창작극 순회 공연	정하연	연극	1975	극단 산울림	한국예술문화윤리위원회
심의대본	무지개 쓰러지다		극단 주부토 제2회 공연 작품	정하연	연극	1981	극단 주부토	한국공연윤리위원회
심의대본	무지개는 반원이었습니다			김정일 · 유혜진	연극	1990	서울청소년지도육성회	공연윤리위원회
심의대본	무지개를 따라서			김형석	연극	1984	인형극단 따다구리	한국공연윤리위원회
심의대본	무희		극단 여인극장 제28회 공연	오영진	연극	1975	극단 여인극장	한국예술문화윤리위원회
심의대본	문(門)			심우성	연극	1985	-	한국공연윤리위원회
심의대본	門(원작 : Vor dem Gesetz ; Before the Law)			프란츠 카프카; Franz Kafka, 각색 장소현	연극	1976	극단 민예	한국공연윤리위원회
심의대본	문 밖에서		극회 4월무대 제3회 작품 제작	볼프강 보르헤르트; Wolfgang Borchert	연극	1975	극회 4월무대	한국예술문화윤리위원회
심의대본	문 밖에서		성대독문과 제1회공연	볼프강 보르헤르트; Wolfgang Borchert	연극	1968	성대독문과	한국예술문화윤리위원회
심의대본	문 밖에서		극회 능라촌 제7회; 창립 제5주년 기념공연	볼프강 보르헤르트; Wolfgang Borchert	연극	1975	극회 능라촌	한국예술문화윤리위원회
심의대본	문 밖에서		극회 무리 제5회 정기 대공연	볼프강 보르헤르트; Wolfgang Borchert	연극	1978	극회 무리	한국공연윤리위원회
심의대본	문 밖에서			볼프강 보르헤르트; Wolfgang Borchert	연극	1984	비평과 전위	한국공연윤리위원회
심의대본	門 밖에서(DRAUSSEN VOR DER RUR)		제5회 연극 발표회 작품	볼프강 보르헤르트; Wolfgang Borchert	연극	1966	중앙대학교 연극영화과	한국예술문화윤리위원회
심의대본	문디(원제 : 풍인)		극단 반도 창단기념 공연	이만희	연극	1988	극단 반도	공연윤리위원회
심의대본	문열어!!!			권영근	연극	1986	-	공연윤리위원회
심의대본	문열어!!!			권영근	연극	1986	-	공연윤리위원회
심의대본	문을 살며시 닫아요		1975년도 세계연극의 해 기념 공연	클레어 부스 루스; Clare Boothe Luce	연극	1975		한국예술문화윤리위원회
심의대본	물고기의 축제		유미리 연극展 1994	유미리	연극	1994	극단 민중극단	공연윤리위원회
심의대본	물도리동		극단 민예극장 제80회 공연; 제10회 대한민국 연극제 출품작	허규	연극	1986	극단 민예극장	공연윤리위원회
심의대본	물도리동		극단 민예극장 제33회 공연극본; 제1회 대한민국 연극제 참가작품	허규	연극	1977	극단 민예극장	한국공연윤리위원회
심의대본	물리학자들(物理學者들)		극단 창조 · 여인극장 합동공연작품	프리드리히 뒤렌마트; Friedrich Durrenmatt	연극	1968	극단 창조, 여인극장	한국예술문화윤리위원회
심의대본	물보라			오태석	연극	1986	-	공연윤리위원회
심의대본	물새야, 물새야		극단 제작극회 제28회 공연; 16회 동아연극상 참가작품; 제3회 대한민국 연극제 참가작품	정하연	연극	1979	극단 제작극회	한국공연윤리위원회

심의대본	물의 역			오타 쇼고 ; 太田省吾	연극	1988	전형극장	공연윤리위원회
심의대본	물장구		극단 중앙 11회 공연 작품	프릿츠 O. 카린시 ; Fritz O. Karinthy	연극	1976	극단 중앙	한국공연윤리위원회
심의대본	뭍에 오른 배		신극60년기념 연희극예회 제29회공연	이일룡	연극	1968	연희극예회	한국예술문화윤리위원회
심의대본	뭐니, 머니, 모니(원제: 서푼 짜리 아르바이트)		'91 연극 영화의 해 사랑의 큰잔치 참가작품 ; 극단 거론 52회 공연 작품	남정희	연극	1991	극단 거론	공연윤리위원회
심의대본	뭐라고 말할 수 없네요			조 오튼 ; Joe Orton	연극	1986	극단 예술촌	공연윤리위원회
심의대본	美國에 산다		제5회 대한민국연극제 참가작품 ; 극단 광장 45회 공연작품	이재현	연극	1981	극단 광장	한국공연윤리위원회
심의대본	미국의 꿈		극단 에저또 · 신협 공동 기획작품	토니 하우스비얼트 · 구에리노 마쫄라	연극	1987	극단 에저또, 극단 신협	공연윤리위원회
심의대본	미국의 꿈			에드워드 올비 ; Edward Albee	연극	1979	-	한국공연윤리위원회
심의대본	미궁			페르난도 아라발 ; Fernando Arrabal	연극	1985	극단 76 극장	한국공연윤리위원회
심의대본	미궁		극단 광장 제43회 공연 작품	페르난도 아라발 ; Fernando Arrabal	연극	1981	극단 광장	한국공연윤리위원회
심의대본	미궁			정하연	연극	1974	-	한국예술문화윤리위원회
심의대본	미궁			페르난도 아라발 ; Fernando Arrabal	연극	1979	극단 맥토	한국공연윤리위원회
심의대본	미녀와 야수			원작 장 콕토 ; Jean Cocteau, 각색 지성원	연극	1992	극단 이지	공연윤리위원회
심의대본	미녀와 야수			원작 장 콕토 ; Jean Cocteau, 각색 지성원	연극	1992	극단 이지	공연윤리위원회
심의대본	미녀와 야수			잔마리 르 프랭스드 보몽 ; Jeanne Marie Le Prince de Beaumont	연극	1994	극단 예일	공연윤리위원회
심의대본	미녀와 야수			번안 김태홍	연극	1993	-	공연윤리위원회
심의대본	미녀와 야수			원작 장 콕토 ; Jean Cocteau, 극본 최성룡	연극	1993	-	공연윤리위원회
심의대본	미녀와 야수		'93 SBS 어린이 뮤지컬	극본 김상렬	연극	1993	SBS 편성국 문화 사업부	공연윤리위원회
심의대본	미녀와 야수			원작 장 콕토 ; Jean Cocteau, 각색 지성원	연극	1993	극단 무지개	공연윤리위원회
심의대본	미녀와 야수		극단 꾸러기 제2회 무대 공연작품	원작 장 콕토 ; Jean Cocteau, 각색 지성원	연극	1992	극단 꾸러기	공연윤리위원회
심의대본	미녀와 야수			각색 김학제	연극	1995	극단 예군	공연윤리위원회
심의대본	미란돌리나의 연인들		극단 자유극장 제64회 공연	카를로 골도니 ; Carlo Goldoni	연극	1976	극단 자유극장	한국공연윤리위원회
심의대본	미래소년 코난			각색 남상백	연극	1992	극단 예인	공연윤리위원회
심의대본	미래소년 코난			각색 손장열	연극	1993	-	공연윤리위원회
심의대본	미련한 팔자대감		극단 가교 제2회 전국 계몽 순회공연	이근삼	연극	1969	극단 가교	한국예술문화윤리위원회
심의대본	미로		극단 은하 제12회 공연 작품	레지날드 로즈 ; Reginald Rose	연극	1976	극단 은하	한국공연윤리위원회

심의대본	미몽의 토로			미상	연극	1982	-	한국공연윤리위원회
심의대본	미성년(未成年)은 성인(成人)이 되고자 한다			페터 한트케 ; Peter Handke	연극	1980	극단 76	한국공연윤리위원회
심의대본	미술관에서의 혼돈과 정리	극단 에저또극장 제25회 공연		이강백	연극	1976	극단 에저또극장	한국예술문화윤리위원회
심의대본	미스 줄리(Miss Julie)			아우구스트 스트린드베리 ; August Strindberg	연극	1993	-	공연윤리위원회
심의대본	미스타 페터			프란츠 카프카 ; Franz Kafka	연극	1987	-	공연윤리위원회
심의대본	미스터 후라이데이	소극장 공간사랑 개관 2주년 기념 공연 작품		미셸 아드리안 ; Mitchell Adrian	연극	1979	극단 창고극장	한국공연윤리위원회
심의대본	미시시피씨의 결혼	극단 로뎀 창단공연 작품		프리드리히 뒤렌마트 ; Friedrich Durrenmatt	연극	1988	극단 로뎀	공연윤리위원회
심의대본	미시시피씨의 결혼	1974년도 겨울 상연회 제13회 정기공연		프리드리히 뒤렌마트 ; Friedrich Durrenmatt	연극	1974	서울대학교 상과대학 연극회	한국예술문화윤리위원회
심의대본	미시시피씨의 결혼	극단 맥토 제50회 정기 공연		프리드리히 뒤렌마트 ; Friedrich Durrenmatt	연극	1989	극단 맥토	공연윤리위원회
심의대본	미시시피씨의 결혼 / 로물루스 대제			프리드리히 뒤렌마트 ; Friedrich Durrenmatt	연극	1976	-	한국공연윤리위원회
심의대본	미완의 언덕	한국농아극단 제2회 공연		이상근	연극	1985	한국농아극단	한국공연윤리위원회
심의대본	미운 아기 오리			한스 안데르센 ; Hans Andersen	연극	1986	혹부리 인형극단	공연윤리위원회
심의대본	미운 오리 새끼	극단 민중극장 제1회 워샵 공연		A. A. 밀른 ; A. A. Milne	연극	1975	극단 민중극장	한국예술문화윤리위원회
심의대본	미운 오리 새끼			한스 안데르센 ; Hans Andersen	연극	1992	우리인형극회	공연윤리위원회
심의대본	미운 오리새끼	극단 영 OP. NO.44		원작 한스 안데르센 ; Hans Andersen, 각색 강승균	연극	1991	극단 영	공연윤리위원회
심의대본	미워해도 어쩔수 없어	극단 조형극장 제17회 공연		김영무	연극	1982	극단 조형극장	한국공연윤리위원회
심의대본	미키와 도널드			미상	연극	1988	-	공연윤리위원회
심의대본	미키와 도널드			미상	연극	1994	극단 거인	공연윤리위원회
심의대본	민달팽이	연우무대 9		이상우, 구성 연우 무대	연극	1982	연우무대	한국공연윤리위원회
심의대본	민상가			무세중	연극	1984	무세중 전위 예술단	한국공연윤리위원회
심의대본	민상가			무세중	연극	1984	-	한국공연윤리위원회
심의대본	민속놀이 큰잔치			구성 강한용	복합	1978	김뻑국국악예술단	한국공연윤리위원회
심의대본	민속의 꽃다발			구성 이일파	연극	1971	여성국악예술단 거북선, 이군자와 그 일행	한국예술문화윤리위원회

심의대본	민속의 향연			구성 박해일	연극	1978	충효민속예술단	한국공연윤리 위원회
심의대본	민속의 향연			구성 박해일	연극	1978	충효민속예술단	한국공연윤리 위원회
심의대본	민속의 향연			구성 민요분과	전통	1977	사단법인 한국국악 협회 민요분과	한국공연윤리 위원회
심의대본	민속의 향연			구성 황용주	전통	1977	대한민국예술단	한국공연윤리 위원회
심의대본	민속제전			구성 김영운	전통	1978	통일민속가무단	한국공연윤리 위원회
심의대본	민속제전			구성 김영운	전통	1976	통일민속가무단	한국예술문화 윤리위원회
심의대본	민요잔치			미상	연극	1972	극단 새불	한국예술문화 윤리위원회
심의대본	민족예술의 대제전			김석민, 구성 김석민, 각색 임천수·임춘앵	연극	1974	코리아엔젤스가무단, 임춘앵민속무용단	한국예술문화 윤리위원회
심의대본	민족예술의 제전			미상	복합	1973	문공부 인가 코리아 엔젤스무용단	한국예술문화 윤리위원회
심의대본	민족을 구한 남매			미상	연극	1989	-	공연윤리위원회
심의대본	민족의 적			황돈	연극	1976	-	한국공연윤리 위원회
심의대본	민중들, 반란을 연습하다	독일의 비극	극회 프라이에 뷔네(Freie Bühne ; 전국대학 독문과 연극회) 제3회 공연 ; 1968 년 한국일보 연극상 특별 상 수상 기념공연	귄터 그라스 ; Gunter Grass	연극	1969	극단 프라이에 뷔네	한국예술문화 윤리위원회
심의대본	민초(民草)		극단 우리극장 제4회 정 기공연 ; 제18회 동아연극 상 참가작품	주강현	연극	1981	극단 우리극장	한국공연윤리 위원회
심의대본	민초(民草)		극단 우리극장 제4회 정 기공연 ; 제18회 동아연극 상 참가작품	주강현	연극	1981	극단 우리극장	한국공연윤리 위원회
심의대본	밑바닥에서		동국대학교 예술대학 연 극영화학과 제29회 졸업 공연	원작 막심 고리키 ; Maxim Gorky, 번안 전훈	연극	1991	-	공연윤리위원회
심의대본	밑바닥에서(밤주막)			막심 고리키 ; Maxim Gorky	연극	1990	극단 동우(광주)	공연윤리위원회
심의대본	바냐 아저씨		극단 제3무대 17회 작품	안톤 체호프 ; Anton Pavlovich Chekhov	연극	1979	극단 제3무대	한국공연윤리 위원회
심의대본	바니걸[토끼소녀] 제1회 리싸이틀			구성 김일태	대중	1976	삼호푸로덕션	한국예술문화 윤리위원회
심의대본	바다 위에서 부르짖는 일곱 개의 절규		극단 가교 제17회 대공연	알레한드로 카소나 ; Alejandro Casona	연극	1971	극단 가교	한국예술문화 윤리위원회
심의대본	바다로 나가는 사람들			이반	연극	1973	-	한국예술문화 윤리위원회
심의대본	바다에서		극단 아벨 창단 기념 공연	스와보미르 므로제 크 ; Slawomir Mrozek	연극	1988	극단 아벨	공연윤리위원회
심의대본	바다여 말하라			박만규	연극	1971	극단 예그린	한국예술문화 윤리위원회
심의대본	바다여 말하라(성악보)			박만규	연극	1971	극단 예그린	한국예술문화 윤리위원회

심의대본	바다와 아침등불		제2회 대한민국 연극제 참가작품; 극단 민예극장 제36회 공연작품	허규	연극	1978	극단 민예극장	한국공연윤리 위원회
심의대본	바다의 침묵(沈默)		극단 산울림 제18회 공연 작품	베르코르; Vercors, 각색 오징자	연극	1977	극단 산울림	한국공연윤리 위원회
심의대본	바다의 피아노		극단 영 제18회 공연	미상	연극	1988	극단 영	공연윤리위원회
심의대본	바다풍경			에드워드 올비; Edward Albee	연극	1982	-	한국공연윤리 위원회
심의대본	바다풍경			에드워드 올비; Edward Albee	연극	1976	극단 창고극장	한국공연윤리 위원회
심의대본	바다풍경(風景)		극단 뿌리 제14회 공연 작품	에드워드 올비; Edward Albee	연극	1979	극단 뿌리	한국공연윤리 위원회
심의대본	바닷가의 연정		극단 신협 제88회 공연 작품	에드워드 J. 무어; Edward J. Moore	연극	1979	극단 신협	한국공연윤리 위원회
심의대본	바닷속 잔치			미상	연극	1989	우리인형극단	공연윤리위원회
심의대본	바라나시		서울연극제 출품작품	김상열	연극	1994	-	공연윤리위원회
심의대본	바람과 함께 사라지다		중앙일보 · 동양방송 창립 14주년 기념공연	원작 마가렛 미첼; Margaret Mitchell, 극본 차범석	연극	1978	극단 현대극장, 극단 광장, 극단 산하, TBC 탈렌트실	한국공연윤리 위원회
심의대본	바람꽃			윤선필	연극	1986	-	공연윤리위원회
심의대본	바람부는 날에도 꽃은 피네			김정옥	연극	1984	-	한국공연윤리 위원회
심의대본	바람속에 지푸라기			김벌래	연극	1974	극단 아카데미	한국예술문화 윤리위원회
심의대본	바람속에 지푸라기			김벌래	연극	1974	극단 아카데미	한국예술문화 윤리위원회
심의대본	바람을 본 소년			원작 C. W. 니콜; Clive Williams Nicol, 각색 아키야마; 秋山英沼, 구성 세키야 유키오; 關矢幸雄	연극	1990	-	공연윤리위원회
심의대본	바람이 남긴 흔적			김성수	연극	1988	극단 광대	공연윤리위원회
심의대본	바람이 전해준 선물			가스오, 각색 박공	연극	1986	-	한국공연윤리 위원회
심의대본	바람처럼 강물처럼			최미화	연극	1988	민중극단	공연윤리위원회
심의대본	바람처럼 강물처럼			구성 정진수	연극	1990	극단 민중극장	공연윤리위원회
심의대본	바람처럼 강물처럼			최미화	연극	1988	민중극단	공연윤리위원회
심의대본	바람처럼 파도처럼			윤대성	연극	1987	극단 실험극장	공연윤리위원회
심의대본	바람타는 성(城)		극단 에저또 제64회 공연 작품	이반	연극	1983	극단 에저또	한국공연윤리 위원회
심의대본	바리데기		병리실험실 '92 푸른연극 제 참가작	송선호	연극	1992	-	공연윤리위원회
심의대본	바벨탑(塔) 무너지다		극단 광장 제9회 공연 극본	김숙현	연극	1969	극단 광장	한국예술문화 윤리위원회
심의대본	바보 아저씨들(원작: 나는 공산당이 싫어요)		반공예술제 공연극본	원작 변형두, 각색 김석민	연극	1970	한국자유예술단	한국예술문화 윤리위원회
심의대본	바보 얼수 이야기			미상	연극	1994	-	공연윤리위원회
심의대본	바보 온달과 평강공주			각색 김익현	연극	1993	-	공연윤리위원회

심의대본	바보 이반			레프 톨스토이 ; Lev Nikolayevich Tolstoy	연극	1988	극단 영	공연윤리위원회
심의대본	바보 이반		극단 영 Op No. 34	원작 레프 톨스토이 ; Lev Nikolayevich Tolstoy, 각색 강승균	연극	1992	극단 영	공연윤리위원회
심의대본	바보온달과 도깨비방망이			미상	연극	1994	극단 파랑	공연윤리위원회
심의대본	바보온달과 평강공주			미상	연극	1992	-	공연윤리위원회
심의대본	바보온달과 평강공주			미상	연극	1994	-	공연윤리위원회
심의대본	바보와 도깨비			신대영	연극	1990	극단 동방	공연윤리위원회
심의대본	바보와 돌부처			우윤주	연극	1991	서울인형극회	공연윤리위원회
심의대본	바보와 울보		극단 민예극장 제25회 공연 작품	김희창	연극	1976	극단 민예	한국공연윤리 위원회
심의대본	바빌론의 공주(LA PRINCESSE DE BABYLONE)			볼테르 ; Voltaire	연극	1983	-	한국공연윤리 위원회
심의대본	바쁘다 바빠			이길재	연극	1991	극단 하나	공연윤리위원회
심의대본	바쁘다 바빠		제9회 공연작품 ; 창단 1주년 기념공연	이길재	연극	1987	극단 하나	공연윤리위원회
심의대본	바쁘다 바빠 : 종합편			이길재	연극	1994	극단 하나	공연윤리위원회
심의대본	바쁘다 바빠 2			이길재	연극	1990	극단 하나	공연윤리위원회
심의대본	바쁘다 바빠 2			이길재	연극	1988	극단 하나	공연윤리위원회
심의대본	바쁘다 바빠 3			이길재	연극	미상	극단 하나	공연윤리위원회
심의대본	바위성 왕자와 수정 공주	백조의 날개	아동극단 샛별 3회 대공연 작품	주평	연극	1979	아동극단 샛별	한국공연윤리 위원회
심의대본	바퀴벌레에 바퀴달기		창단 기념 공연작품	전하현	연극	1987	불악극단	공연윤리위원회
심의대본	바하를 들으며 당신을		극단 제작극회 제26회공연	피터 쉐퍼 ; Peter Shaffer	연극	1979	극단 제작극회	한국공연윤리 위원회
심의대본	박(縛)			미상	전통	1991	불교극단 바람	공연윤리위원회
심의대본	박람회 다음날			원작 토마스 하디 ; Thomas Hardy, 각색 프랑크 하베이 ; Frank Harvey	연극	1977	극단 배우극장	한국공연윤리 위원회
심의대본	박사(博士)를 찾아서		극단 여인극장 제105회 정기대공연	조원석	연극	1993	극단 여인극장	공연윤리위원회
심의대본	박수(拍手)		극단 여인극장 제28회공연	오영진	연극	1975	극단 여인극장	기타
심의대본	박쥐		빈 오페라단 초청 대공연, 세종문화회관 개관기념	리하르트 게네 ; Richard Genée · 칼 하프너 ; Karl Haffner	음악	1978	빈 오페라단	한국공연윤리 위원회
심의대본	박쥐		빈 오페라단 초청 대공연, 세종문화회관 개관기념	리하르트 게네 ; Richard Genée · 칼 하프너 ; Karl Haffner	음악	1978	빈 오페라단	한국공연윤리 위원회
심의대본	反그리고통 · 막 · 살 · 통일을 위한 막걸리 살풀이			기국서 · 무세중	연극	미상	극단 76극장	한국공연윤리 위원회
심의대본	반공괴기전			미상	기타	미상	-	한국공연윤리 위원회
심의대본	반공괴기전			변순제	기타	1983	변순제특수기술 연구소	한국공연윤리 위원회
심의대본	반공괴기전			구성 변순제	기타	1985	변순제특수기술 연구소	한국공연윤리 위원회

심의대본	반공소년 이승복			미상	연극	1987	안데르센 인형극회	공연윤리위원회
심의대본	반공연예대제전 제1부 연극 멸공전선(反共演藝大祭典 第1部 演劇 滅共戰線)		6,25 제22주년 및 예비군 창설 제4주년·재향군인의 날 20주년 기념행사	김성천, 구성 전택이	연극	1972	한국연예단장협회	한국예술문화윤리위원회
심의대본	반녀		국제대학일어문학회 제6회 정기공연극본	미시마 유키오;三島由紀夫	연극	1975	국제대학일어문학회	한국예술문화윤리위원회
심의대본	반노			원작 염재만, 각색 하유상	연극	1980	-	한국공연윤리위원회
심의대본	반노		극단 춘추 20회 공연작품	염재만, 각색 하유상	연극	1982	극단 춘추	한국공연윤리위원회
심의대본	반노			원작 염재만, 각색 하유상	연극	1980	창고극장	한국공연윤리위원회
심의대본	반노			염재만, 각색 하유상	연극	1987	극단 전망	공연윤리위원회
심의대본	반노			염재만, 각색 하유상	연극	1987	극단 전망	공연윤리위원회
심의대본	반노			원작 염재만, 각색 하유상	연극	1987	-	공연윤리위원회
심의대본	반바지			장 아누이; Jean Anouilh	연극	1994	극단 한양레퍼토리	공연윤리위원회
심의대본	반신반수	엘리의 정신병동		하창길	연극	1990		공연윤리위원회
심의대본	반인간(反人間)			김정개	연극	1974	이대부고 동문극회	한국예술문화윤리위원회
심의대본	발가벗은 광대		유진규 무언극 공연	유진규	연극	1977		한국공연윤리위원회
심의대본	발가벗은 호랑이/ 고양이와 생선/ 헨젤과 그레텔			한스 안데르센; Hans Andersen	연극	1985	-	한국공연윤리위원회
심의대본	발바리의 추억		극단 맥토 제49회 정기 공연 작품	강철수	연극	1989	극단 맥토	공연윤리위원회
심의대본	발코니	몽상의 집	공간3&5 개관공연 및 극단 사람 창단공연	장 주네; Jean Genet	연극	1985	극단 사람	한국공연윤리위원회
심의대본	밤길		극단 넝쿨 제2회 공연	김일부	연극	1974	극단 넝쿨	한국예술문화윤리위원회
심의대본	밤나무골의 영수		아동극단 새들 제15회 공연	주평	연극	미상	아동극단 새들	기타
심의대본	밤마다 해바라기			박성재	연극	1976	극단 자유극장	한국예술문화윤리위원회
심의대본	밤쇠와 아기사자			미상	연극	1992	우리인형극회	공연윤리위원회
심의대본	밤에만 날으는 새		제3회 대한민국 연극제 참가작품; 극단 작업 제30회 공연예정	전진호	연극	1979	극단 작업	한국공연윤리위원회
심의대본	밤으로의 긴 여로		연극기획 스튜디오 탈 창립공연 작	유진 오닐; Eugene O'Neill	연극	1983	스튜디오 탈	한국공연윤리위원회
심의대본	밤으로의 긴 여로			유진 오닐; Eugene O'Neill	연극	1982	극단 세계극장	한국공연윤리위원회
심의대본	밤으로의 긴 여로		동국대학교 연극영화학과 졸업공연작	유진 오닐; Eugene O'Neill	연극	1977	동국대학교 연극영화과	한국공연윤리위원회
심의대본	밤으로의 긴 여로		'86 아시아 문화예술축전 연극제 참가작품	유진 오닐; Eugene O'Neill	연극	1986	극단 신협	공연윤리위원회
심의대본	밤으로의 긴 여로		극단 산울림 제13회 공연 작품	유진 오닐; Eugene O'Neill	연극	1976	극단 산울림	한국예술문화윤리위원회
심의대본	밤으로의 긴 여로(旅路)		극단 은하 23회 공연작품	유진 오닐; Eugene O'Neill	연극	1979	극단 은하	한국공연윤리위원회

심의대본	밤으로의 긴 여로(旅路)		신협 제79회	유진 오닐 ; Eugene O'Neill	연극	1971	극단 신협	한국예술문화 윤리위원회
심의대본	밤으로의 긴 여로(旅路)		극단 성좌 제47회 공연 작품	유진 오닐 ; Eugene O'Neill	연극	1984	극단 성좌	한국공연윤리 위원회
심의대본	밤의 묵시록(默示錄)		극단 뿌리 제18회 공연작품 ; 제17회 동아연극상 참가 작품	정복근	연극	1980	극단 뿌리	한국공연윤리 위원회
심의대본	밤의 묵시록(默示錄)		극단 뿌리 제24회 공연 작품 ; 제5회 대한민국 연극제 참가 작품 ; 제18회 동아 연극상 참가 작품	정복근	연극	1981	극단 뿌리	한국공연윤리 위원회
심의대본	밤주막			막심 고리키 ; Maxim Gorky	연극	1989	한국연극협회 연기 분과위원회	공연윤리위원회
심의대본	밤중부터 아침까지		극단 신협 한일문화교류 시리즈1 ; 극단 신협 제 105회 공연	원작 모치즈키 레이 ; 望月領, 각색 이화수	연극	1983	극단 신협	한국공연윤리 위원회
심의대본	밤풍경		극예 제3회 공연 ; 까페 빠 리 금요극장	해럴드 핀터 ; Harold Pinter	연극	1973	극예	한국예술문화 윤리위원회
심의대본	밥			미상	연극	미상	연희광대패	한국공연윤리 위원회
심의대본	밥		연희광대패 창단공연	김지하	연극	1985	연희광대패	한국공연윤리 위원회
심의대본	밥			김지하	연극	1987	연희광대패	공연윤리위원회
심의대본	밥			김지하, 각색 임진택	연극	1985	연희광대패	한국공연윤리 위원회
심의대본	바람과 함께 사라지다		중앙일보·동양방송 창 립14주년 기념공연	원작 마가렛 미첼; Margaret Mitchell, 극 본 차범석	연극	1979	극단 현대극장	한국공연윤리 위원회
심의대본	밧줄			유진 오닐 ; Eugene O'Neill	연극	1986	예우	공연윤리위원회
심의대본	밧줄		극단 은하 제2회 공연	윤한수	연극	1974	극단 은하	한국예술문화 윤리위원회
심의대본	방			해럴드 핀터 ; Harold Pinter	연극	1974	-	한국예술문화 윤리위원회
심의대본	방 20		극단 Contemporary 창립 공연 작품	김환석	연극	1974	극단 Contemporary	한국예술문화 윤리위원회
심의대본	방범비 내셨나요?		극단 전원극장 제7회 정 기공연 ; 제9회 공연작	이원기	연극	1991	극단 전원극장	공연윤리위원회
심의대본	방울꽃 요정			미상	연극	1991		공연윤리위원회
심의대본	방자전(房子傳)		극단 우리네땅 제7회 공연	박우춘	연극	1985	극단 우리네땅	한국공연윤리 위원회
심의대본	방황하는 별들		동랑청소년극단 제14차 공연	윤대성	연극	1988	동랑청소년극단	공연윤리위원회
심의대본	방황하는 별들		동랑청소년극단 제14차 공연	윤대성	연극	1988	동랑청소년극단	기타
심의대본	방황하는 별들			윤대성	연극	1991		공연윤리위원회
심의대본	방황하는 별들		동랑청소년극단 창립공연 ; 1985 청소년 공연 예술제	윤대성	연극	1985	동랑청소년극단	한국공연윤리 위원회
심의대본	방황하는 별들			윤대성	연극	1990		공연윤리위원회

심의대본	배고픈 호랑이				미상	연극	1991	아동극단 굴렁쇠	공연윤리위원회
심의대본	배꼽	무. 무. 무;武 舞 無			김학준	연극	1984	극단 도라	한국공연윤리위원회
심의대본	배꼽				김학준	연극	1984	극단 도라	한국공연윤리위원회
심의대본	배나무집 딸		공간사랑 신파극시리즈 기획작품		허영	연극	1980	극단 에져또	한국공연윤리위원회
심의대본	배뱅이				엄인희	연극	1987	극단 미추홀	공연윤리위원회
심의대본	배뱅이 환상가(원작: 민속의 향연)				각색 김성천, 구성 김성천	연극	1977	이화가무단	한국공연윤리위원회
심의대본	배뱅이굿		극단 민예극장 창립7주년 기념공연		박성재	연극	1981	극단 민예극장	한국공연윤리위원회
심의대본	배보다 더 큰 배꼽 I	배꼽 품바			미상	연극	1995	-	공연윤리위원회
심의대본	배보다 더 큰 배꼽 II	배꼽 타령			미상	연극	1995	-	공연윤리위원회
심의대본	배비장				각색 박황	연극	1977	한국국악단	한국공연윤리위원회
심의대본	배비장 알비장				이동진	연극	1984	-	한국공연윤리위원회
심의대본	배비장전				김상열	연극	1980	극단 시민극장	한국공연윤리위원회
심의대본	배비장전				미상	연극	1976	주한 외국인 연극회	한국공연윤리위원회
심의대본	배비장전				미상	연극	1976	주한 외국인 연극회	한국공연윤리위원회
심의대본	배비장전				김상열	연극	1986	쎄실극장	공연윤리위원회
심의대본	배비장전				김상열	연극	1986	극단 한가위	공연윤리위원회
심의대본	배비장전				김상열	연극	1990	-	공연윤리위원회
심의대본	배비장전		극단 부활 미국순회 공연 작품		이재현	연극	1988	극단 부활	공연윤리위원회
심의대본	배신				해럴드 핀터; Harold Pinter	연극	1989	-	공연윤리위원회
심의대본	배신	배신당한 사람이 더욱 배신하는, 배 신했던 사람이 자 신도 배신당하게 되는 현대사회			해럴드 핀터; Harold Pinter	연극	1985	극단 시민극장	한국공연윤리위원회
심의대본	배신(背信)	이수일과 심순애 (李守一과 沈順愛)			임성구, 각색 서정수	연극	1987	극단 향토	공연윤리위원회
심의대본	배애앰(The Serpent)		푸른극장 태 · 멘 개관기 념 공연작품		장 클로드 반이탤리; Jean-Claude van Itallie	연극	1982	-	한국공연윤리위원회
심의대본	백구야 껑충 나지마라(白鷗 야 껑충 나지마라)				오태석	연극	1991	-	공연윤리위원회
심의대본	백두거인의 비밀				정지은	연극	미상	극단 현장, 극단 해오름	기타
심의대본	백란궁에 오신 손님				이일파	연극	1977	여성국극단 서울, 박미숙과 그 일행	한국공연윤리위원회
심의대본	白馬江 달밤에		예술의전당 토월극장 개관기념공연		오태석	연극	1993	극단 목화	공연윤리위원회
심의대본	백색의 거짓말장이들		중앙문화대상수상 기념 공연		피터 쉐퍼; Peter Shaffer	연극	1979	극단 창고극장	한국공연윤리위원회

심의대본	백설공주			원작 그림 형제; Brüder Grimm	연극	1989	안데르센인형극회	공연윤리위원회
심의대본	백설공주			원작 그림형제; Brüder Grimm, 극본 이반	연극	1982	극단 현대극장	한국공연윤리위원회
심의대본	백설공주			각색 이반	연극	1983	극단 현대극장	한국공연윤리위원회
심의대본	백설공주			각색 장건수	연극	1991	극단 중연	공연윤리위원회
심의대본	백설공주	아동극단 새들 24회 공연 작품		극본 이성	연극	1977	아동극단 새들	한국공연윤리위원회
심의대본	백설공주	극단 현대극장 제2회 해태 명작극장		원작 그림형제; Brüder Grimm, 각색 이반	연극	1978	극단 현대극장	한국공연윤리위원회
심의대본	백설공주			원작 그림형제; Brüder Grimm	연극	1987	-	공연윤리위원회
심의대본	백설공주			원작 그림형제; Brüder Grimm, 각색 이상화	연극	1987	한국현대인형극센터	공연윤리위원회
심의대본	백설공주			원작 그림형제; Brüder Grimm	연극	1987	서울인형극회	공연윤리위원회
심의대본	백설공주			각색 정대용	연극	1994	극단 은별이랑	공연윤리위원회
심의대본	백설공주와7난장이	'81 제2회 청소년 연극제 출연작품		원작 그림형제; Brüder Grimm, 각색 홍현태	연극	1981	서울 영등포구국민학교 동극부	한국공연윤리위원회
심의대본	백설공주와 난장이들			각색 황정은	연극	1991	아동극단 크레파스	공연윤리위원회
심의대본	백설공주와 일곱 난장이			원작 그림형제; Brüder Grimm	연극	1987	극단 푸른들	공연윤리위원회
심의대본	백설공주와 일곱 난장이			원작 그림형제; Brüder Grimm	연극	1987	극단 푸른들	공연윤리위원회
심의대본	백설공주와 일곱 난장이			미상	연극	1993	극단 동방	공연윤리위원회
심의대본	백설공주와 일곱 난장이들			이규현	연극	1993	극단 예촌	공연윤리위원회
심의대본	백설공주와 일곱난장이			미상	연극	1991	우리인형극회	공연윤리위원회
심의대본	백설공주와 일곱난장이			미상	연극	1994	서울인형극회	공연윤리위원회
심의대본	백양섬의 욕망	극단 자유 제82회 공연 작품		우고 베티; Ugo Betti	연극	1979	극단 자유	한국공연윤리위원회
심의대본	백양섬의 욕망(白羊섬의 慾望)			우고 베티; Ugo Betti	연극	1985	극단 자유	한국공연윤리위원회
심의대본	백의 미망인	극단 민중극장 제45회 공연 작품		마리오 프라띠; Mario Fratti	연극	1979	극단 민중극장	한국공연윤리위원회
심의대본	백일홍	제8회 은하수청소년 극장		서빈	연극	1981	청소년극단 은하수	한국공연윤리위원회
심의대본	백자의 혼(白磁의 魂)			신상철	연극	1984	성동여자실업고등학교 한별단	한국공연윤리위원회
심의대본	백작 외더란트			막스 프리쉬; Max Frisch	연극	1969	-	한국예술문화윤리위원회
심의대본	백조 왕자			미상	연극	1994	극단 무지개	공연윤리위원회
심의대본	백조 왕자			미상	연극	1994	극단 무지개	공연윤리위원회
심의대본	백조 왕자			미상	연극	1995	극단 열림무대	공연윤리위원회

심의대본	백조 왕자			한스 안데르센 ; Hans Andersen	연극	1986	극단 푸른들	공연윤리위원회
심의대본	백조 왕자			한스 안데르센 ; Hans Andersen	연극	1986	극단 푸른들	공연윤리위원회
심의대본	백조의 날개	바위성왕자와 수정공주	아동극단 물레방아 제10회 대공연작품	주평	연극	1982	아동극단 물레방아	한국공연윤리위원회
심의대본	백조의 호수			각색 박장렬	연극	1994	-	공연윤리위원회
심의대본	백조의 호수			원작 블라디미르 베기체프 ; Vladimir Begichev · 바실리 겔처 ; Vassily Geltser, 각색 정근	연극	1991	안데르센인형극회	공연윤리위원회
심의대본	백조의 호수			각색 박장렬	연극	1993	-	공연윤리위원회
심의대본	백치		극단 서울 앙상블 창단 10주년 기념 공연	원작 도스토옙스키 ; Fyodor Mikhailovich Dostoevskii, 각색 사이먼 그레이 ; Simon Gray	연극	1995	극단 서울 앙상블	공연윤리위원회
심의대본	백치 아다다		백제 예술 전문대학 방송 연예과 동아리 미립 제2회 공연작품 ; '96 전국대학연극제 참가작	원작 계용묵, 각색 김경미	연극	1995	백제예술전문대학 방송 연예과 동아리 미립	공연윤리위원회
심의대본	밴더호프家 사람들		교사연극협회 극단 교극 제17회 정기공연	조지 S. 코프만 ; George S. Kaufman · 모스 하트 ; Moss Hart	연극	1993	극단 교극	공연윤리위원회
심의대본	뱀			장 클로드 반 이탤리 ; Jean-Claude van Itallie	연극	1975	극단 에저또	한국예술문화윤리위원회
심의대본	뱀		제1회 전국대학 연극 축전	장 클로드 반 이탤리 ; Jean-Claude van Itallie	연극	1978	중앙대학교 학도호국단	한국공연윤리위원회
심의대본	뱀		극단 에저또 극장 제37회 정기공연 ; 신극 70년 기념공연	장 클로드 반 이탤리 ; Jean-Claude van Itallie	연극	1978	극단 에저또 극장	한국공연윤리위원회
심의대본	뱀			장 클로드 반 이탤리 ; Jean-Claude van Itallie	연극	1973	동국대학교 연극영화과	한국예술문화윤리위원회
심의대본	뱀		극단 넝쿨 제3회 공연작품	장 클로드 반 이탤리 ; Jean-Claude van Itallie	연극	1975	극단 넝쿨	한국예술문화윤리위원회
심의대본	뱀			장 클로드 반 이탤리 ; Jean-Claude van Itallie	연극	1979	극단 창고극장	한국공연윤리위원회
심의대본	배뱅이굿		극단 민예극장 창립7주년 기념 ; 극단 민예극장 제49회 특별공연	박성재	연극	1980	극단 민예극장	한국공연윤리위원회
심의대본	뱀(The Serpent)		극단 에저또 제50회 공연작품	장 클로드 반 이탤리 ; Jean-Claude van Itallie	연극	1980	극단 에저또	한국공연윤리위원회
심의대본	버림받은 육신			심상천	연극	1985	극단 슈퍼스타, 영화 인희망복지회	한국공연윤리위원회
심의대본	버림받은 자의 기도		극단 이상파 · 극단 광대 합동공연작품	김성수	연극	1986	극단 이상파, 극단 광대	공연윤리위원회
심의대본	버스 정류장(빠스 停留場)		제작극회 제16회 공연작품	윌리엄 인지 ; William Inge	연극	1977	제작극회	한국공연윤리위원회
심의대본	버스정류장		단대극회 제4회 공연작품	윌리엄 인지 ; William Inge	연극	1970	단대극회	한국예술문화윤리위원회

심의대본	벌			이인석	연극	1975	동대극회	한국예술문화 윤리위원회
심의대본	버스정류장(뻐스(停留場)		극단 부활 제4회 공연 작품	윌리엄 인지; William Inge	연극	1983	극단 부활	한국공연윤리 위원회
심의대본	버지니아 그레이의 초상		서울대학교 의과대학 연극부 '74 Workshop 공연	그웬돌린 피어슨; Gwendoline Pearson	연극	1974	서울대학교 의과대학 연극부	한국예술문화 윤리위원회
심의대본	버찌 농장		극단 예술극장 창립공 연작	안톤 체호프; Anton Pavlovich Chekhov	연극	1972	극단 예술극장	한국예술문화 윤리위원회
심의대본	버틀러는 무엇을 보았나?			조 오튼; Joe Orton	연극	1982	극단 성좌	한국공연윤리 위원회
심의대본	번데기		극단 맥토 제62회 정기공 연 작품; 제18회 서울연 극제 참가작	오은희	연극	1994	극단 맥토	공연윤리위원회
심의대본	번데기		극단 맥토 제62회 정기공 연 작품; 제18회 서울연 극제 참가작	오은희	연극	1994	극단 맥토	공연윤리위원회
심의대본	번지없는 주막		극단 가교 제130회 정기 공연	김상열	연극	1993	극단 가교	공연윤리위원회
심의대본	번지없는 주막			양일권	연극	1982	우리극단 마당	한국공연윤리 위원회
심의대본	벌거벗은 사람들		극단 사조 제15회 공연	조 오튼; Joe Orton	연극	1987	극단 사조	공연윤리위원회
심의대본	벌거벗은 임금님			미상	연극	1990	극단 동방	공연윤리위원회
심의대본	벌거벗은 임금님			각색 김정숙	연극	1986	극단 에저또	공연윤리위원회
심의대본	벌거벗은 임금님		어린이날 60주년 기념축 제 대공연; 꽃사슴 아동 극단 제34회 공연작품	원작 한스 안데르센; Hans Andersen, 편극 김정호	연극	1982	꽃사슴 아동극단	한국공연윤리 위원회
심의대본	벌거벗은 임금님			한스 안데르센; Hans Andersen, 각색 박경 태	연극	1994	아동극단 징검다리	공연윤리위원회
심의대본	벌거벗은 임금님			한스 안데르센; Hans Andersen, 각색 김소 희	연극	1992	-	공연윤리위원회
심의대본	벌거벗은 임금님			한스 안데르센; Hans Andersen, 각색 김소 희	연극	1992	-	공연윤리위원회
심의대본	벌거벗은 임금님			미상	연극	1994	-	공연윤리위원회
심의대본	벌거숭이 임금님			김충웅	연극	1988	극단 제3세계	공연윤리위원회
심의대본	벌거숭이 임금님		제2회 한국 청소년 연극 제 참가작품	한스 안데르센; Hans Andersen, 극본 이성	연극	1981	서울송전국민학교	한국공연윤리 위원회
심의대본	벌거숭이 임금님			미상	연극	1993	무지개극장	공연윤리위원회
심의대본	벌거숭이의 방문		제2회 현대시를 위한 실 험무대; 극단 민예극장 제47회 공연	강우식	연극	1980	극단 민예극장	한국공연윤리 위원회
심의대본	벙어리 냉가슴 앓지마세요		이해랑이동극장 제4회 공연레퍼토리	박진	연극	1969	이해랑이동극장	한국예술문화 윤리위원회
심의대본	벙어리 마누라를 얻은 판사			아나톨 프랑스; Anatole France	연극	1982	극단 도라	한국공연윤리 위원회
심의대본	벙어리 마누라를 얻은 판사 (判事)		극단 작업 제33회 공연 작품	아나톨 프랑스; Anatole France	연극	1980	극단 작업	공연윤리위원회

479

부록

심의대본	벚꽃 동산		동국대학교 연극영화학과 제25회 졸업공연	안톤 체호프 ; Anton Pavlovich Chekhov	연극	1987	동국대학교 연극영화학과	공연윤리위원회
심의대본	벚꽃 동산			안톤 체호프 ; Anton Pavlovich Chekhov	연극	1987	외대 야간 노어과 브 나로드극회	공연윤리위원회
심의대본	벚꽃 동산			안톤 체호프 ; Anton Pavlovich Chekhov	연극	1987	외대 야간 노어과 브 나로드 극회	공연윤리위원회
심의대본	벚꽃 동산		체홉 탄생 130주년을 맞아 UNESCO가 선언한 체홉의 해 기념 소련국립아카데미 말리극장 초청 대공연	안톤 체호프 ; Anton Pavlovich Chekhov	연극	1990	소련국립아카데미 말리극장, 극단 자유	공연윤리위원회
심의대본	벚꽃 동산			안톤 체호프 ; Anton Pavlovich Chekhov	연극	1977	극단 작업	한국공연윤리위원회
심의대본	벚꽃 동산			안톤 체호프 ; Anton Pavlovich Chekhov	연극	1977	극단 작업	한국공연윤리위원회
심의대본	벚꽃동산(Вишнёвый сад)			안톤 체호프 ; Anton Pavlovich Chekhov	연극	1969	한국외국어대학	한국예술문화윤리위원회
심의대본	벚나무 동산			안톤 체호프 ; Anton Pavlovich Chekhov	연극	1969	한국외국어대학	한국예술문화윤리위원회
심의대본	벚나무는 누구를 좋아하지		제2회 춘천인형극제 참가작	이무라 준	연극	1990	나도할수있을까인형극장, 이무라 준 인형극단	공연윤리위원회
심의대본	베니스의 상인			윌리엄 셰익스피어; William Shakespeare	연극	1975	-	한국예술문화윤리위원회
심의대본	베니스의 상인			윌리엄 셰익스피어; William Shakespeare	연극	1980	-	한국공연윤리위원회
심의대본	베니스의 상인			윌리엄 셰익스피어; William Shakespeare	연극	1990	-	공연윤리위원회
심의대본	베니스의 상인		극단 성좌 제84회 공연작품 ; 1992년 상반기 공연	윌리엄 셰익스피어; William Shakespeare	연극	1992	극단 성좌	공연윤리위원회
심의대본	베니스의 상인(商人)			윌리엄 셰익스피어; William Shakespeare	연극	1983	극단 시민극장	한국공연윤리위원회
심의대본	베니스의 상인(商人)			윌리엄 셰익스피어; William Shakespeare	연극	1976	-	한국예술문화윤리위원회
심의대본	베니스의 상인(商人)			윌리엄 셰익스피어; William Shakespeare	연극	1979	-	한국공연윤리위원회
심의대본	베니스의 상인(商人)			윌리엄 셰익스피어; William Shakespeare	연극	1977	-	한국공연윤리위원회
심의대본	베니스의 상인(商人)		한 · 영수교 100주년 기념 공연	윌리엄 셰익스피어; William Shakespeare	연극	1983	-	한국공연윤리위원회
심의대본	베라크의 아폴로(The Apollo Of Bellac) / 존경할 만한 창부(The Respectful Prostitute)			장 지로두; Jean Giraudoux · 장폴 사르트르; Jean Paul Sartre	연극	1969	-	한국예술문화윤리위원회
심의대본	베랑제 1세 사라지다			외젠 이오네스코; Eugene Ionesco	연극	1976	극단 작업	한국공연윤리위원회
심의대본	베르나르다 알바의 집		전국대학 연극축전 참가작품	페데리코 가르시아 로르카; Federico Garcia Lorca	연극	1979	상명여자사범대학	한국공연윤리위원회
심의대본	베르나르다 알바의 집			페데리코 가르시아 로르카; Federico Garcia Lorca	연극	1968	서울여자대학 학생회	한국예술문화윤리위원회

480 개작과 검열의 사회 · 문화사 (2)

심의대본	베를린이여 안녕히			미상	연극	1990	극단 광장	공연윤리위원회
심의대본	베린다는 어디로 갔을까요		극단 여인극장 제43회 공연	피터 쉐퍼 ; Peter Shaffer	연극	1980	극단 여인극장	한국공연윤리위원회
심의대본	베케트 훼스티벌			사무엘 베케트 ; Samuel Beckett	연극	1986	극단 전원	공연윤리위원회
심의대본	베켓트		극단 산하 제6회 공연 대본	장 아누이 ; Jean Anouilh	연극	1966	극단 산하	한국예술문화 윤리위원회
심의대본	베토벤			미상	연극	1989	안데르센인형극회	공연윤리위원회
심의대본	벨라의 결혼소동			에롤 힐 ; Errol Gaston Hill	연극	1986	-	공연윤리위원회
심의대본	벳칸코 오니(ベッカンコおに)	도깨비의 사랑이 야기		사네토우 아키라, 각색 후지타 아사야	연극	1995	극단 에루무	공연윤리위원회
심의대본	벽			김용락	연극	1974	배문고 연극부	한국예술문화 윤리위원회
심의대본	벼랑 끝에 선 여자들			김용범	연극	1993	-	공연윤리위원회
심의대본	벽(壁)		THE TALENTS PRODUCTION 실험공연 작품	장 폴 사르트르 ; Jean Paul Sartre, 각색 심 강택	연극	1976	극단 예장	한국공연윤리 위원회
심의대본	벽과 창			최인석	연극	1986	-	공연윤리위원회
심의대본	벽과 창			최인석	연극	1990	-	공연윤리위원회
심의대본	벽난로위의 귀뚜라미		인천개항 100주년 제64회 전국체전 축하초대공연	원작 찰스 디킨스 ; Charles Dickens, 각색 전신	연극	1983	인천직할시 교사극회	한국공연윤리 위원회
심의대본	벽속의 회전목마		극단 은하 제5회 공연작	이용희	연극	1975	극단 은하	한국예술문화 윤리위원회
심의대본	변가웅가		극단 문예극장 제5회 공연	김한영	연극	1982	극단 문예극장	한국공연윤리 위원회
심의대본	변강쇠 타령(打令)			각색 박황	연극	1977	한국국악단	한국공연윤리 위원회
심의대본	변방에 우짖는 새		연우무대 18	현기영	연극	1987	극단 연우무대	공연윤리위원회
심의대본	변방에 우짖는 새		연우무대 18	현기영	연극	1987	극단 연우무대	공연윤리위원회
심의대본	변방에 우짖는 새		연우무대 18	현기영	연극	1987	극단 연우무대	공연윤리위원회
심의대본	변신		극단 민중극장 45회 공연	원작 프란츠 카프카 ; Franz Kafka, 각색 차 알스 디젠조 ; Charles Dizenzo	연극	1979	극단 민중극장	한국공연윤리 위원회
심의대본	변주			강성희	연극	1975	-	한국예술문화 윤리위원회
심의대본	별		극단 문예극장 창단기념 공연	원작 알퐁스 도데 ; Alphonse Daudet, 각 색 정하연	연극	1981	극단 문예극장	한국공연윤리 위원회
심의대본	별 헤는 밤		서라벌국악예술단 제9회 공연	최성수	연극	1995	서라벌국악예술단	공연윤리위원회
심의대본	별난 로맨스		민예극장 개관기념공연	테네시 윌리엄스 ; Tennessee Williams	연극	1979	극단 가교	한국공연윤리 위원회
심의대본	별님들은 세상에 한사람씩 의미를 두어 사랑한다는데		별자리 정신극회 제2회 공연	김정일	연극	1994	별자리 정신극회	공연윤리위원회
심의대본	별따기			장소현	연극	1972	극단 민중극장	한국예술문화 윤리위원회

심의대본	별을 먹고 사는 여자		극단 고향 제21회	닐 사이먼 ; Neil Simon	연극	1978	극단 고향	한국공연윤리위원회
심의대본	별을 수놓은 女人		극단 가교 제91회 공연	닐 사이먼 ; Neil Simon	연극	1978	극단 가교	한국공연윤리위원회
심의대본	별을 수놓은 女子			닐 사이먼 ; Neil Simon	연극	1982	-	한국공연윤리위원회
심의대본	별을 수놓은 여인			닐 사이먼 ; Neil Simon	연극	1990	우리극단 마당	공연윤리위원회
심의대본	별을 수놓은 여자			닐 사이먼 ; Neil Simon	연극	1980	-	한국공연윤리위원회
심의대본	별을 수놓은 여자		극단 엘칸토극장 제8회 공연작품	닐 사이먼 ; Neil Simon	연극	1981	극단 엘칸토극장	한국공연윤리위원회
심의대본	별을 수놓은 여자		극단 고향 제31회 공연	닐 사이먼 ; Neil Simon	연극	1980	극단 고향	한국공연윤리위원회
심의대본	별을 수놓은 여자			닐 사이먼 ; Neil Simon	연극	1986	민중극단	공연윤리위원회
심의대본	별이 빛나는 밤에			미상	대중	1971	AAA 쇼	한국예술문화윤리위원회
심의대본	별이 빛나는 밤에		문화방송 인기프로 "별이 빛나는 밤에" 무대공연	구성 이종환	대중	1971	프린스악극단	한국예술문화윤리위원회
심의대본	별주부전			미상	연극	1995	-	공연윤리위원회
심의대본	병사들의 합창		극단 신협 르네상스 소극장 개관 기념 공연	이재현	연극	1974	극단 신협	한국예술문화윤리위원회
심의대본	병사와 수녀			찰스 쇼 ; Charles Shaw	연극	1988	극단 대중극장	공연윤리위원회
심의대본	병사와 수녀(兵士와 修女)	그대여 순백(純白)의 영혼이여	극단 대중극장 제15회 공연작품	원작 찰스 쇼 ; Charles Shaw, 각색 이상화	연극	1985	극단 대중극장	한국공연윤리위원회
심의대본	보, 아타			J. 마틴	연극	1994	우리극단 마당	공연윤리위원회
심의대본	보덴호(湖를 건너는 기사(騎士)		극단 에저또 제59회 공연 작품	페터 한트케 ; Peter Handke	연극	1981	극단 에저또	한국공연윤리위원회
심의대본	보덴호수, 말타고 건넌 기사			페터 한트케 ; Peter Handke	연극	1984	-	한국공연윤리위원회
심의대본	보물 곡괭이		'89 MBC 어린이뮤지컬	미상	연극	1989	극단 현대예술극장	공연윤리위원회
심의대본	보물맷돌 / 원숭이의 재판 / 꿀단지 이야기			구성 김형석	연극	1990	극단 돈키호테(일본)	공연윤리위원회
심의대본	보물맷돌 / 원숭이의 재판 / 꿀단지 이야기		한국 일본 어린이 인형극 교환교류 합동공연 작품	구성 김형석	연극	1987	인형극단 환타지, 극단 돈키호테	공연윤리위원회
심의대본	보물맷돌 외 4편			미상	연극	1987	한국현대인형극센터	공연윤리위원회
심의대본	보물섬			로버트 루이스 스티븐슨 ; Robert Louis Stevenson, 각색 이창기	연극	1986	극단 대중극장	한국공연윤리위원회
심의대본	보물섬			로버트 루이스 스티븐슨 ; Robert Louis Stevenson	연극	1995	극단 원미동 사람들	공연윤리위원회
심의대본	보물섬		어린이를 위한 특별기획 공연	로버트 루이스 스티븐슨 ; Robert Louis Stevenson, 각색 이창기	연극	1986	극단 대중극장	공연윤리위원회

심의대본	보물섬		원작 로버트 루이스 스티븐슨; Robert Louis Stevenson, 각색 쥴스 엑키트 굳먼; Jules Eckert Goodman	연극	1977	극단 현대극장	한국공연윤리위원회
심의대본	보물섬	극단 춘추 제6회 공연작품; 꿈나래극장시리즈4탄	원작 로버트 루이스 스티븐슨; Robert Louis Stevenson, 구성 이창기	연극	1992	극단 춘추	공연윤리위원회
심의대본	보물섬	어린이를 위한 특별기획 공연	로버트 루이스 스티븐슨; Robert Louis Stevenson, 각색 이창기	연극	1988	극단 대중극장	공연윤리위원회
심의대본	보물섬		로버트 루이스 스티븐슨; Robert Louis Stevenson	연극	1992	삐에로 인형극회	공연윤리위원회
심의대본	보물섬		원작 로버트 루이스 스티븐슨; Robert Louis Stevenson	연극	1993	극단 중원극회	공연윤리위원회
심의대본	보물섬(2막)		로버트 루이스 스티븐슨; Robert Louis Stevenson	연극	1994	-	공연윤리위원회
심의대본	보배	1981년도 제2회 전국 청소년 연극제 참가 작품	전신	연극	1981	경기도 안성군 양진 국민학교	한국공연윤리위원회
심의대본	보석과 여인		이강백	연극	1986	극단 시민극장	공연윤리위원회
심의대본	보석과 여인		이강백	연극	1976	극단 자유극장	한국예술문화윤리위원회
심의대본	보석과 여인	극단 앙띠 제7회 공연	이강백	연극	1977	극단 앙띠	한국공연윤리위원회
심의대본	보석과 여인		이강백	연극	1987	극단 외연	공연윤리위원회
심의대본	보석과 여인(寶石과 女人)/ 결혼(結婚)		이강백	연극	1979	극단 창고극장	한국공연윤리위원회
심의대본	보석상	교황 요한바오로 2세 방한 기념공연; 극단 민중극장·광장·대중극장 합동공연	카롤 보이티와(요한 바오로 2세); Karol Josef Wojtyla	연극	1984	극단 민중극장, 극단 광장, 극단 대중극장	한국공연윤리위원회
심의대본	보스맨과 레나		아돌 후가드; Athol Fugard	연극	1980	극단 조형극장	한국공연윤리위원회
심의대본	보이체크	개교 15주년 기념공연; 제6회 독어연극	게오르그 뷔히너; Georg Buchner	연극	1969	한국외국어대학 도이취어과	한국예술문화윤리위원회
심의대본	보이체크		게오르그 뷔히너; Georg Buchner	연극	1988	극단 현대극장	공연윤리위원회
심의대본	보이체크		게오르그 뷔히너; Georg Buchner	연극	1982	동랑레퍼터리극단	한국공연윤리위원회
심의대본	보이체크(Woyzeck)	제26회 정기공연	게오르그 뷔히너; Georg Buchner	연극	1978	서울대학교 의과대학 학도호국단 연극부	한국공연윤리위원회
심의대본	보이체크(Woyzeck)		게오르그 뷔히너; Georg Buchner	연극	1969	한국외국어대학교 독일어과	한국예술문화윤리위원회
심의대본	보이체크(Woyzeck) / 평화 (Der Frieden)	Die Brücke; German Theatre Ensemble for Overseas; World Tour 1972	게오르그 뷔히너; Georg Buchner, 페터 학스; Peter Hacks	연극	1972	The Goethe Institute Munich	한국예술문화윤리위원회

심의대본	보이첵크			게오르그 뷔히너; Georg Buchner, 각색 Werner Lehman	연극	1975	동랑레퍼터리극단	한국예술문화 윤리위원회
심의대본	보잉 보잉	극단 뿌리 제32회 정기 공연작품		원작 마르끄 까몰레 띠; Marc Camoletti, 각 색 베버리 크로스; Beverley Cross	연극	1982	극단 뿌리	한국공연윤리 위원회
심의대본	보잉 보잉	극단 뿌리 제50회 정기 공연작품		원작 마르끄 까몰레 띠; Marc Camoletti, 각 색 베버리 크로스; Beverley Cross	연극	1986	극단 뿌리	공연윤리위원회
심의대본	보잉 보잉			마르끄 까몰레띠; Marc Camoletti	연극	1988	극단 뿌리	공연윤리위원회
심의대본	보잉 보잉			마르끄 까몰레띠; Marc Camoletti	연극	1986	극단 아라야	공연윤리위원회
심의대본	보잉보잉			마르끄 까몰레띠; Marc Camoletti	연극	1984	우리극단 마당	한국공연윤리 위원회
심의대본	보칼팀 경연대회(競演大會)			구성 김포의	대중	1968	쇼- 푸레이보이	한국예술문화 윤리위원회
심의대본	보컬 클럽 경연대회	쇼-풀레이 보이 경연대회		구성 전우	대중	1966	-	한국예술문화 윤리위원회
심의대본	보통 고릴라			원작 주완수, 각색 남만원	연극	1988	극단 오월하늘	공연윤리위원회
심의대본	보행연습 / 부활절(復活節)			오태영 · 김병준	연극	1974	드라마센타 서울연극 학교 레퍼터리 극단	한국예술문화 윤리위원회
심의대본	복많은 의사선생	서울대학교 의예과 연극 부 제13회 정기공연		몰리에르; Moliere	연극	1975	-	한국예술문화 윤리위원회
심의대본	복사꽃 필때마다			이강열	연극	1986	극단 창고극장	공연윤리위원회
심의대본	복음행진			원작 휴 마독스, 각 색 백영걸	연극	1979	기독교대한성결교회, 청년회전국연합회 예술선교단	한국공연윤리 위원회
심의대본	복지에서 성지로			극단 자갈치 공동작 품	연극	1988	극단 자갈치	공연윤리위원회
심의대본	복지에서 성지로			극단 자갈치 공동작 품	연극	1988	극단 자갈치	공연윤리위원회
심의대본	볼폰느			J. Romains · S. Zweig	연극	1995	-	공연윤리위원회
심의대본	봄날	1984년도 대한민국 연극 제 신청작품; 극단 성좌 제49회 공연		이강백	연극	1984	극단 성좌	한국공연윤리 위원회
심의대본	봄봄봄, 밤밤밤?	극단 대하 제10회 공연 작품		톰 스토파드; Tom Stoppard	연극	1980	극단 대하	한국공연윤리 위원회
심의대본	봄을 기다린 노래인사 서유석	이룩하자! 자주국 방, 자립경제, 총 화유신	제1회 서유석 발표회	구성 진필홍	대중	1977	-	한국공연윤리 위원회
심의대본	봄의 축제 '71 안길웅 리사이틀			미상	대중	1971	프린스악극단	한국예술문화 윤리위원회
심의대본	봄의 향연			미상	연극	1968	프린스	한국예술문화 윤리위원회
심의대본	봄의 환상곡(幻想曲)			구성 김활천	복합	1972	뉴- 코리아 악극단	한국예술문화 윤리위원회

심의대본	봄이 오면 산에 들에			최인훈	연극	1983	극단 도라	한국공연윤리위원회
심의대본	봄이 오면 산에 들에			최인훈	연극	1988	극단 나루	공연윤리위원회
심의대본	봄이 오면 山에 들에			최인훈	연극	1979	-	한국공연윤리위원회
심의대본	봄·봄		MBC 창사 24주년 특별 기념공연	원작 김유정, 각색 오태석	연극	1985	-	한국공연윤리위원회
심의대본	봄·봄			원작 김유정, 각색 오태석	연극	1985	-	한국공연윤리위원회
심의대본	봉산탈춤(鳳山탈춤) 대사			이두현	전통	1974	-	한국예술문화윤리위원회
심의대본	봉선화		제4회 회원단체 합동 연극제	김동순	연극	미상	청소년극단 혜성	한국공연윤리위원회
심의대본	봉숭아 꽃물		연우무대 25 ; 제27회 동아연극상 참가작	원작 김민숙, 각색 이상우	연극	1990	극단 연우무대	공연윤리위원회
심의대본	봉이 김선달			김상열	연극	1982	-	한국공연윤리위원회
심의대본	부도덕 행위로 체포된 어느 여인의 증언		극단 뿌리 제12회 대공연	아돌 후가드 ; Athol Fugard	연극	1979	극단 뿌리	한국공연윤리위원회
심의대본	부도덕 행위로 체포된 여인의 증언		삼일로 창고극장 개관 기념공연	아돌 후가드 ; Athol Fugard	연극	1986	극단 한샘	공연윤리위원회
심의대본	부도덕 행위로 체포된 여인의 증언			아돌 후가드 ; Athol Fugard	연극	1981	극단 문예극장	한국공연윤리위원회
심의대본	부도덕한 행위로 체포된 한 여인의 증언			아돌 후가드 ; Athol Fugard	연극	1982	극단 동원극장	한국공연윤리위원회
심의대본	부드러운 야생마			윌리엄 인지 ; William Inge	연극	1986	극단 르네상스	공연윤리위원회
심의대본	부르주아 귀족		서울올림픽 문화예술축전 서울국제연극제 참가 작품	몰리에르 ; Moliere	연극	1988	코메디 프랑세즈	공연윤리위원회
심의대본	부리부리 박사의 나들이			이상화	연극	1985	현대인형극회	한국공연윤리위원회
심의대본	부리부리박사	이상한 나라 여행	제1회 국내 인형극 잔치	조용수	연극	1986	현대인형극회	공연윤리위원회
심의대본	부리부리박사의 나들이		제3회 무대 공연 작품 ; 「어린이날」 제정 60돌 기념 인형극 잔치	구성 이상화	연극	1983	현대인형극회	한국공연윤리위원회
심의대본	부부로쉬	꾸르틀린느를 위한 연극		조르주 쿠르틀린 ; Georges Courteline	연극	1984	알리앙스 프랑세즈	한국공연윤리위원회
심의대본	부부연습	안방싸움	극단 자유극장 제17회 공연작품	마르틴 발저 ; Martin Walser	연극	1971	극단 자유극장	한국예술문화윤리위원회
심의대본	부부연습			마르틴 발저 ; Martin Walser	연극	1978	극단 청우회	한국공연윤리위원회
심의대본	부부환상곡(夫婦幻想曲)			로베르 토마 ; Robert Thomas	연극	1979	-	한국공연윤리위원회
심의대본	부엌이야기			미상	연극	1990	서울인형극단	공연윤리위원회
심의대본	부용화선			화선검 ; 花仙劍, 각색 오지복	연극	1995	중국 사천성 부용화 천극단	공연윤리위원회
심의대본	부자		민예극단 제18회 공연 대본	노경식	연극	1975	민예극단	한국예술문화윤리위원회

부록

심의대본	부자 다람쥐 외			그림형제 ; Brüder Grimm	연극	1985	극단 영	한국공연윤리위원회
심의대본	부자상봉기 / 노래의 대행진		광복 30주년 기념 예술제	김활천	연극	1975	-	한국예술문화윤리위원회
심의대본	부자유친(父子有親)	사도세자 이야기	극단 목화 연극제 참가작품; 극단목화그일곱번째공연; 제11회 서울연극제	오태석	연극	1987	극단 목화	공연윤리위원회
심의대본	부자유친(父子有親)		92 극단목화 일본 마에바시(日本前橋) 공연작품	오태석	연극	1992	극단 목화	공연윤리위원회
심의대본	북		극단 고향 제32회 대공연 작품	노경식	연극	1981	극단 고향	한국공연윤리위원회
심의대본	부정병동(不貞病棟)		〈서울신문문화대상 수상 기념 극단 산울림 제6회 공연	김용락	연극	1972	극단 산울림	한국예술문화윤리위원회
심의대본	부정병동(不貞病棟)		서울신문문화대상 수상 기념; 극단 산울림 제5회 공연	김용락	연극	1972	극단 산울림	한국예술문화윤리위원회
심의대본	부활(復活)		토월회 창립 50주년 기념 합동공연작품	원작 레프 톨스토이 ; Lev Nikolayevich Tolstoy, 극본 차범석	연극	1973	한국연극협회	한국예술문화윤리위원회
심의대본	부활(復活)		배우극장 제2회 대공연	원작 레프 톨스토이 ; Lev Nikolayevich Tolstoy, 각색 권태웅	연극	1969	배우극장	한국예술문화윤리위원회
심의대본	부활절		선교극단 증언 제12회 공연작	아우구스트 스트린드베리 ; August Strindberg	연극	1985	선교극단 증언	한국공연윤리위원회
심의대본	부활제		성심여자대학 연극반 제17회 정기공연	아우구스트 스트린드베리 ; August Strindberg	연극	1978	성심여자대학 연극반	한국공연윤리위원회
심의대본	북벌(北伐)		세종문화회관 개관기념 예술제(종합연극대공연)	김의경	연극	1978		한국공연윤리위원회
심의대본	북실 진달래		제7회 민족극 한마당 참가작	미상	연극	1994	전국민족극운동협의회, 놀이패 열림터	공연윤리위원회
심의대본	북어대가리			이강백	연극	1993	극예술발전연구회	공연윤리위원회
심의대본	북위38도(北緯三八度)		극단 거상 제2회 공연 작품	최석민	연극	1979	극단 거상	한국공연윤리위원회
심의대본	북치고 장고치고			조일도	연극	1981	-	한국공연윤리위원회
심의대본	분노의 강			최종석	연극	1970	동아마술단	한국예술문화윤리위원회
심의대본	분노했던 피라미		중동고등학교 제12회공연 작품	김기팔	연극	1969	중동고등학교	한국예술문화윤리위원회
심의대본	분례기(糞禮記)	똥예		방영웅, 각색 김기팔	연극	1968	극단 신협	한국예술문화윤리위원회
심의대본	분수를 모르는 쥐			미상	연극	1984	서울인형극회	한국공연윤리위원회
심의대본	분신			프리드리히 뒤렌마트 ; Friedrich Durrenmatt	연극	1979	극단 예맥	한국공연윤리위원회
심의대본	불가불가		제11회 서울연극제 참가작품	이현화	연극	1987	극단 쎄실	공연윤리위원회

심의대본	불가불가			이현화	연극	1989	-	공연윤리위원회
심의대본	불가불가			이현화	연극	1988		공연윤리위원회
심의대본	불가불가			이현화	연극	1989	경희대학교 한의과 대학 연극부 고도극회	공연윤리위원회
심의대본	불감증			주인석	연극	1987	극단 아리랑	공연윤리위원회
심의대본	불구경		민예극단 제14회 공연 작품	신근수	연극	1975	극단 민예	한국예술문화 윤리위원회
심의대본	불구경			신근수	연극	1975	극단 예술극장	한국예술문화 윤리위원회
심의대본	불꺼진 여신상(원제 : 코메리카의 무서운 아이들)		극단 부활 제27회 공연	이재현	연극	1992	극단 부활	공연윤리위원회
심의대본	불꽃		극단 여인극장 제50회 공연	데이비드 스토리 ; David Storey	연극	1979	극단 여인극장	한국공연윤리 위원회
심의대본	불난 집에 부채질(원제 : 플레이 보이)		극단 밀 제12회 공연	존 밀링턴 싱 ; John Millington Synge	연극	1978	극단 밀	한국공연윤리 위원회
심의대본	불만의 도시(不滿의 都市)		극단 가교 제14회 공연	유현종	연극	1969	극단 가교	한국예술문화 윤리위원회
심의대본	불의 나라			박범신, 각색 정우숙	연극	1988	극단 창조극장	공연윤리위원회
심의대본	불임의 계절		제14회 서울연극제출품 작품 ; 극단 여인극장 제97회 공연작품	배봉기	연극	1990	극장 여인극장	공연윤리위원회
심의대본	불장난			이용우	연극	1994	극단 까망	공연윤리위원회
심의대본	불청객			전옥주	연극	1976	서울대학 인문대학 연극회	한국예술문화 윤리위원회
심의대본	불청객(不請客)		극단 문예극장 특별공연	전옥주	연극	1981	극단 문예극장	한국공연윤리 위원회
심의대본	불타는 별들			윤대성	연극	1990	-	공연윤리위원회
심의대본	불타는 별들			윤대성 · 송민호	연극	1989	동랑청소년극단	공연윤리위원회
심의대본	불효자 껴끌이전			김정숙	연극	1994	-	공연윤리위원회
심의대본	붉은 그림자의 눈물			정진호	연극	1984	극단 Group - Ⅰ, Ⅱ	한국공연윤리 위원회
심의대본	붉은 소년단원			정풍작	연극	1981	충북 청주시 석교 국민학교	한국공연윤리 위원회
심의대본	노래하는 별주부			미상	연극	1987	극단 대중극장	공연윤리위원회
심의대본	붉은노을 속에 허수아비로 남아			김창일	연극	1994	극단 선창	공연윤리위원회
심의대본	붕붕은 겁쟁이			김점열	연극	1992	극단 토토	공연윤리위원회
심의대본	붕붕은 겁쟁이			김점열	연극	1992	극단 토토	공연윤리위원회
심의대본	브라드 · 낫트		극단 실험극장 제73회 공연 ; 극단 실험극장 창립 20주년 기념공연 씨리즈	아돌 후가드 ; Athol Fugard	연극	1980	극단 실험극장	한국공연윤리 위원회
심의대본	브라우닝 버전(The Browning Version)			테렌스 래티건 ; Terence Rattigan	연극	1975	-	한국예술문화 윤리위원회
심의대본	브라이튼 해변의 추억			닐 사이먼 ; Neil Simon	연극	1994	-	공연윤리위원회
심의대본	브라이튼 해변의 추억			닐 사이먼 ; Neil Simon	연극	1986	민중극단	공연윤리위원회

심의대본	브라이튼 해변의 추억			닐 사이먼 ; Neil Simon	연극	1984	우리극단 마당	한국공연윤리위원회
심의대본	브라이튼 해변의 추억		극단 제작극회 제43회 공연	닐 사이먼 ; Neil Simon	연극	1991	극단 제작극회	공연윤리위원회
심의대본	브레맨 음악대			원작 그림형제 ; Brüder Grimm, 각색 이상화	연극	1987	-	공연윤리위원회
심의대본	브레멘 음악대			원작 그림형제 ; Brüder Grimm	연극	1989	우리인형극단	공연윤리위원회
심의대본	브레멘 음악대			원작 그림형제 ; Brüder Grimm	연극	1989	안데르센인형극회	공연윤리위원회
심의대본	블랙 러브(원작 : 태양이 빛나는 사이 ; While the Sun Shines)			테렌스 래티건 ; Terence Rattigan	연극	1988	극단 춘추	공연윤리위원회
심의대본	블랙 러브(원작 : 태양이 빛나는 사이 ; While the Sun Shines)		극단 춘추 제26회 공연	테렌스 래티건 ; Terence Rattigan	연극	1983	극단 춘추	한국공연윤리위원회
심의대본	블랙 코메디		극단 성좌 35회 공연작품	피터 쉐퍼 ; Peter Shaffer	연극	1982	극단 성좌	한국공연윤리위원회
심의대본	블랙 코메디		극단 춘추 제49회 공연	피터 쉐퍼 ; Peter Shaffer	연극	1989	극단 춘추	공연윤리위원회
심의대본	블랙 코메디		제61회 극단 성좌 공연	피터 쉐퍼 ; Peter Shaffer	연극	1987	극단 성좌	공연윤리위원회
심의대본	블랙 코메디		극단 엘칸토 창단 공연 작품	피터 쉐퍼 ; Peter Shaffer	연극	1980	극단 엘칸토	한국공연윤리위원회
심의대본	블랙 코메디		극단 성좌 제48회 공연 작품	피터 쉐퍼 ; Peter Shaffer	연극	1984	극단 성좌	한국공연윤리위원회
심의대본	블랙 코메디		극단 성좌90회 공연작품	피터 쉐퍼 ; Peter Shaffer	연극	1994	극단 성좌	공연윤리위원회
심의대본	블랙 코메디		극단 물뫼 제52회 정기 공연	피터 쉐퍼 ; Peter Shaffer	연극	1994	극단 물뫼	공연윤리위원회
심의대본	블랙 코미디		극단 산울림 제11회 공연	피터 쉐퍼 ; Peter Shaffer	연극	1975	극단 산울림	한국예술문화윤리위원회
심의대본	블랙 코미디			피터 쉐퍼 ; Peter Shaffer	연극	1992	우리극단 마당	공연윤리위원회
심의대본	블랙 코미디(Black Comedy)			피터 쉐퍼 ; Peter Shaffer	연극	1984	-	한국공연윤리위원회
심의대본	블랙크로스	악마들의 예배	극단 광대 · 극단 환타지 합동공연작품	김성수	연극	1985	극단 광대, 극단 환타지	한국공연윤리위원회
심의대본	블루스			심난파	연극	1985	공간극단	한국공연윤리위원회
심의대본	블루스			심난파	연극	1986	극단 사랑	공연윤리위원회
심의대본	블르-코메리칸			미상	연극	1988	극단 어울림	공연윤리위원회
심의대본	비		극단 로얄씨어터 제3회 공연작품	원작 서머셋 모옴 ; William Somerset Maugham, 각색 존 콜튼 ; John Colton · 클레멘스 란돌프 ; Clemence Randolph	연극	1987	극단 로얄씨어터	공연윤리위원회

심의대본	비		극단 맥토 제30회 공연 작품	원작 서머셋 모옴 ; William Somerset Maugham, 각색 존 콜튼 · 클레멘스 란돌프 ; John Colton · Clemence Randolph	연극	1980	극단 맥토	한국공연윤리 위원회
심의대본	비계 낀 감자		극단 시민극장 제16회 정기공연	외젠 이오네스코 ; Eugene Ionesco	연극	1985	극단 시민극장	한국공연윤리 위원회
심의대본	비계 낀 감자		극단 시민극장 제16회 정기공연	외젠 이오네스코 ; Eugene Ionesco	연극	1985	극단 시민극장	한국공연윤리 위원회
심의대본	비계덩어리		극단 사계 제5회 대공연	원작 기 드 모파상 ; Guy de Maupassant, 각색 유보상	연극	1977	극단 사계	한국공연윤리 위원회
심의대본	비구여비구여!		불기2534년 석가탄신일 기념작	현장스님	연극	1990	중앙 승가대학생회	공연윤리위원회
심의대본	비닐하우스			오태석	연극	1994	극단 목화	공연윤리위원회
심의대본	비단끈의 노래		제4회 현대시를 위한 실험무대	김후란	연극	1981	극단 민예극장	한국공연윤리 위원회
심의대본	비로자나 불(佛)에 관한 명상		제9회 대한민국 무용제 참가작품	김연혜	무용	미상	-	공연윤리위원회
심의대본	비목(碑木)		제1회 대한민국 연극제 참가작품 ; 극단 여인극 장 제41회 대공연	이재현	연극	1977	극단 여인극장	한국공연윤리 위원회
심의대본	비몽사몽(非夢似夢)		우리극장 프라이에 뷔네 50회 기념대공연 작품	페터 한트케 ; Peter Handke	연극	1983	우리극장 프라이에 뷔네	한국공연윤리 위원회
심의대본	비석			김희창	연극	1981	부산수산대학 백경 극예술연구회	한국공연윤리 위원회
심의대본	비석		하기방학 지방순회공연	김창	연극	1974		한국예술문화 윤리위원회
심의대본	비옹사옹			이강백	연극	1990	중앙대학교 연극학과	공연윤리위원회
심의대본	비옹사옹		오현주 표현예술 연구소 제1기생 Work Shop 공연	이강백	연극	1990	오현주 표현예술 연구소	공연윤리위원회
심의대본	비틀거리며 달리는 사람			미란 스티트 ; Milan Stitt	연극	1977	극단 쎄실극장	한국공연윤리 위원회
심의대본	비풍초똥팔삶			박철	연극	1988	극단 신화	공연윤리위원회
심의대본	비풍초똥팔삶			박철	연극	1988	-	공연윤리위원회
심의대본	빅토르 혹은 권좌의 아이들 (Victor ou les Enfants au pouvoir)			로제 비트락 ; Roger Vitrac	연극	1982	-	한국공연윤리 위원회
심의대본	빈방			김훈	연극	1981	극단 민중극장	한국공연윤리 위원회
심의대본	빈방 있습니까			최종률	연극	1993	극단 증언	공연윤리위원회
심의대본	빈방 있습니까			최종률	연극	1986	한국기독교 시청각	공연윤리위원회
심의대본	빈방 있습니까		선교극단 증언 성탄절공 연작	최종률	연극	1982	선교극단 증언	한국공연윤리 위원회
심의대본	빈방 있습니까			최종률	연극	1984	한국기독교 시청각	한국공연윤리 위원회
심의대본	빈방 있습니까		선교극단 증언 성탄공연 축하작품	최종률	연극	1981	선교극단 증언	한국공연윤리 위원회

심의대본	빈민굴		제17회 정기공연	막심 고리키 ; Maxim Gorky	연극	1971	서울대학교 의과대학 연극부	한국예술문화 윤리위원회
심의대본	빈상여놀이			이길주	연극	1985	극단 꿈동산	한국공연윤리 위원회
심의대본	빌라도의 고백			이진수	연극	1988	극단 동아	공연윤리위원회
심의대본	빌라도의 고백			이진수	연극	1989	극단 동아	공연윤리위원회
심의대본	빌라도의 보고서			원작 발레루스 파테쿠러스; Valleus Paterculus, 각색 조철규	연극	1984	선교기획 강민 프로덕션	한국공연윤리 위원회
심의대본	빌라도의 보고서(報告書)			발레루스 파테쿠러스; Valleus Paterculus	연극	1980	-	한국공연윤리 위원회
심의대본	빗물속에 감춰진 눈물		극단 하나 창단 10주년 기념공연작품	이길재	연극	1994	극단 하나	공연윤리위원회
심의대본	빙글빙글 돈 머리			미상	연극	1993	일본 고지마야만스 개극장 ; 小島屋万助 劇場	공연윤리위원회
심의대본	빙글빙글 돈 머리			미상	연극	1994	고지마야 만스게 극장(일본)	공연윤리위원회
심의대본	빛과 그림자			미상	연극	미상	-	공연윤리위원회
심의대본	빛나라! 녹색우주선		일본 아동극단 노바라 창립 20주년 기념 한국 공연 작품	아키라 이시카와; 石川明	연극	1990	아동극단 노바라	공연윤리위원회
심의대본	빛나라! 녹색우주선			아키라 이시카와; 石川明	연극	1995	극단 무궁화	공연윤리위원회
심의대본	빛은 멀어도		대한민국연극제 참가 작품	박현숙	연극	1977	극단 성좌	한국공연윤리 위원회
심의대본	빠담 빠담 빠담			미상	연극	1986	극단 현대극장	공연윤리위원회
심의대본	빠담 빠담 빠담			미상	연극	1986	극단 현대극장	공연윤리위원회
심의대본	빠진 게 있네요(결합)			외젠 이오네스코; Eugene Ionesco	연극	1975	-	한국예술문화 윤리위원회
심의대본	빨간 모자			샤를 페로; Charles Perrault	연극	1986	서울인형극회	한국공연윤리 위원회
심의대본	빨간 모자			샤를 페로; Charles Perrault	연극	1992	우리인형극회	공연윤리위원회
심의대본	빨간 부채와 파란 부채 / 일본의 사계 / 보배맷돌			미상	연극	1992	극단 돈키호테	공연윤리위원회
심의대본	빨간모자 아가씨와 크리스마스		극단 영 Op. No. 49	강승균	연극	1992	극단 영	공연윤리위원회
심의대본	빨간신		아동극단 쌍방울 창립 공연	원작 한스 안데르센; Hans Andersen, 각색 주평	연극	1978	아동극단 쌍방울	한국공연윤리 위원회
심의대본	빨간신		아동극단 쌍방울 창립 공연	원작 한스 안데르센; Hans Andersen, 각색 주평	연극	1978	아동극단 쌍방울	한국공연윤리 위원회
심의대본	빨강머리 앤			원작 루시 모드 몽고메리 ; Lucy Maud Montgomery, 극본 차정룡	연극	1979	한국청소년극단 거상	한국공연윤리 위원회

심의대본	빨강머리 앤		제1회 어린이극장 ; 는깨 소극장 개관기념	원작 루시 모드 몽고메리 ; Lucy Maud Montgomery	연극	1987	극단 는깨	공연윤리위원회
심의대본	빨강머리 앤			원작 루시 모드 몽고메리 ; Lucy Maud Montgomery, 각색 이재현	연극	1990	극단 로얄씨어터	공연윤리위원회
심의대본	빨강머리 앤			원작 루시 모드 몽고메리 ; Lucy Maud Montgomery, 각색 윤승일	연극	1987	극단 동아	공연윤리위원회
심의대본	빨강머리 앤			루시 모드 몽고메리 ; Lucy Maud Montgomery	연극	1990	-	공연윤리위원회
심의대본	빨강머리 앤			원작 루시 모드 몽고메리 ; Lucy Maud Montgomery	연극	1993	극단 해오라기	공연윤리위원회
심의대본	빨강머리 앤			루시 모드 몽고메리 ; Lucy Maud Montgomery	연극	1994	-	공연윤리위원회
심의대본	빨강머리 앤		극단 부활 제1회 어린이 극장	원작 루시 모드 몽고메리 ; Lucy Maud Montgomery, 극본 이재현	연극	1986	극단 부활	공연윤리위원회
심의대본	빨강머리 앤		극단 부활 제1회 어린이 극장	원작 루시 모드 몽고메리 ; Lucy Maud Montgomery, 극본 이재현	연극	1986	극단 부활	공연윤리위원회
심의대본	빨강머리 앤			원작 루시 모드 몽고메리 ; Lucy Maud Montgomery, 각색 김경묵	연극	1987	극단 챔프 예술마당	공연윤리위원회
심의대본	빨강바다			이병도	연극	1988	극단 예당	공연윤리위원회
심의대본	빨강여우			아더 포께	연극	1992	극단 가교	공연윤리위원회
심의대본	빵		극단 76극장 1984 가을 무대	오태영	연극	1984	극단 76극장	한국공연윤리위원회
심의대본	빠랑 떼리블			장 콕토 ; Jean Cocteau	연극	1986	극단 실험극장	공연윤리위원회
심의대본	빵집 마누라		극단 광장 제31회 공연	마르셀 파뇰 ; Marcel Pagnol	연극	1978	극단 광장	한국공연윤리위원회
심의대본	빵집 마누라		극단 광장 제101회 공연	마르셀 파뇰 ; Marcel Pagnol	연극	1986	극단 광장	공연윤리위원회
심의대본	빵집 마누라		극단 광장 제23회 공연 ; 창립 10주년 기념 제1차 공연	마르셀 파뇰 ; Marcel Pagnol	연극	1976	극단 광장	한국예술문화윤리위원회
심의대본	빵집 마누라		극단 중앙 제17회 공연	마르셀 파뇰 ; Marcel Pagnol	연극	1978	극단 중앙	한국공연윤리위원회
심의대본	빵집 마누라			마르셀 파뇰 ; Marcel Pagnol	연극	1993	극단 로뎀	공연윤리위원회
심의대본	뺑파전(傳)	심청전	94마당놀이	김지일	연극	1994	극단 미추	공연윤리위원회
심의대본	뻐꾸기 둥지 위로 날아간 사람		극단 사계 제2회 대공연	원작 켄 키지 ; Ken Kesey, 각색 유보상	연극	1976	극단 사계	한국공연윤리위원회

심의대본	뻐꾸기 둥지 위로 날아간 사람	극단 사계 제2회 대공연	원작 켄 키지 ; Ken Kesey, 각색 유보상	연극	1976	극단 사계	한국공연윤리위원회
심의대본	뻐꾸기 둥지 위로 날아간 사람	극단 사계 창립 12주년 기념공연	원작 켄 키지 ; Ken Kesey, 각색 유보상	연극	1988	극단 사계	공연윤리위원회
심의대본	뻐꾸기 둥지 위로 날아간 사람	극단 사계 제2회 대공연	원작 켄 키지 ; Ken Kesey, 각색 유보상	연극	1976	극단 사계	한국공연윤리위원회
심의대본	뻐꾸기 둥지 위로 날아간 사람	극단 사계 제14회 대공연	원작 켄 키지 ; Ken Kesey, 각색 유보상	연극	1979	극단 사계	한국공연윤리위원회
심의대본	뻐꾹, 뻑 뻐꾹		이언호	연극	1978	극단 상황	한국공연윤리위원회
심의대본	뽀빠이		미상	연극	1993	-	공연윤리위원회
심의대본	뿌리		원작 알렉스 헤일리 ; Alex Haley, 극본 김한영	연극	1982	극단 현대극장	한국공연윤리위원회
심의대본	뿌리		원작 알렉스 헤일리 ; Alex Haley	연극	1982	극단 현대극장	한국공연윤리위원회
심의대본	뿌리	극단 광장 제29회 공연 극본	원작 알렉스 헤일리 ; Alex Haley, 각색 하유상	연극	1977	극단 광장	한국공연윤리위원회
심의대본	뿌리 깊은 나무들	광복절 축전 백만인의 연극	하유상 · 이재현 · 오태석 · 이근삼	연극	1969	사단법인 한국연극협회	한국예술문화윤리위원회
심의대본	삐삐		미상	연극	1985	인형극단 손가락	한국공연윤리위원회
심의대본	삐에로 놀이		로베르 팽제 ; Robert Pinget	연극	1988	극단 대중극장	공연윤리위원회
심의대본	삐에로 쇼- 놀이 보따리		구성 김성구	연극	1989	매호씨 극단	공연윤리위원회
심의대본	뻣쭉이와 신데렐라	샛별 2회 대공연작품	원작 한스 안데르센 ; Hans Andersen, 각색 서빈	연극	1978	아동극단 샛별	한국공연윤리위원회
심의대본	사계(四季) 밖의 겨울		조일도	연극	1978	민중극장	한국공연윤리위원회
심의대본	사계절(四季節)의 사나이	극단 가교 제115회 공연	로버트 볼트 ; Robert Oxton Bolt	연극	1986	극단 가교	한국공연윤리위원회
심의대본	사계절의 황홀한 파티	정신박약아 돕기 공연	손톤 와일더 ; Thornton Wilder	연극	1976	극단 산하	한국공연윤리위원회
심의대본	사곡사곡(死谷砂谷)		송성한	연극	1976	극단 원방각	한국예술문화윤리위원회
심의대본	사기꾼		원작 박효상, 각본 오준영	연극	1987	-	공연윤리위원회
심의대본	사기꾼		미상	연극	1988	극단 가라말	공연윤리위원회
심의대본	사당네(寺黨네)		이병원	연극	1976	극단 창고극장	한국공연윤리위원회
심의대본	사또	광복 30주년 소극장 FESTIVAL	장소현	연극	1975	극단 맥토	한국예술문화윤리위원회
심의대본	사람은 죽어서 어디로 가나		미상	연극	1991	극단 처용	공연윤리위원회
심의대본	사람의 아들	극단 실험극장 제104회 공연	이문열	연극	1987	극단 실험극장	공연윤리위원회
심의대본	사람의 아들	극단 실험극장 창단 20주년 기념 공연 ; 실험극장 제70회 공연	이문열	연극	1980	극단 실험극장	한국공연윤리위원회

심의대본	사람의 아들			원작 이문열, 각색 이기봉	연극	1984	극단 터	한국공연윤리 위원회
심의대본	사람의 아들			이문열	연극	1992	-	공연윤리위원회
심의대본	사람의 아들		극단 단원 창단공연	이문열	연극	1987	극단 단원	공연윤리위원회
심의대본	사람의 아들		실험극장 제104회 공연	이문열	연극	1987	극단 실험극장	공연윤리위원회
심의대본	사람찾기		극단 예술극장 준비공연2	신근수	연극	1975	극단 예술극장	한국예술문화 윤리위원회
심의대본	사랑		극단 드라마센타 제26회 공연대본	머레이 시스갈; Murray Schisgal	연극	1970	극단 드라마센타	한국예술문화 윤리위원회
심의대본	사랑 도둑			이일목	연극	1986	한국여성국극예술단, 이군자와 그 일행	공연윤리위원회
심의대본	사랑 이어주기			미상	연극	1988	우리극단 마당	공연윤리위원회
심의대본	사랑과 기쁨의 후회			월터 롤리; Walter Raleigh	연극	1975	-	한국예술문화 윤리위원회
심의대본	사랑과 위선의 홍정(원명: 따르뛰프)		몰리엘 탄생 350주년 기념 축제 참가 작품 극단자유극장 제25회공연	몰리에르; Moliere	연극	1972	극단 자유극장	한국예술문화 윤리위원회
심의대본	사랑과 죽음의 희롱		극단 서울 예술좌 춘계 공연	로맹 롤랑; Romain Rolland	연극	1978	극단 서울 예술좌	한국공연윤리 위원회
심의대본	사랑과 죽음이 만날 때 (Interview)			피터 스웨트; Peter Swet	연극	1982	극단 신촌무대	한국공연윤리 위원회
심의대본	사랑과 증오		극단 신협 제93회 공연 작품	샤를 빌드라크; Charles Vildrac	연극	1980	극단 신협	한국공연윤리 위원회
심의대본	사랑금지		마로니에극장 개관기념 공연; 극단광장 제105회 정기공연	샘 셰퍼드; Sam Shepard	연극	1987	극단 광장	공연윤리위원회
심의대본	사랑내기		쌀롱 떼아뜨르 추 개관 2주년 기념 공연	안소니 쉐퍼; Anthony Shaffer	연극	1982	극단 떼아뜨르 추	한국공연윤리 위원회
심의대본	사랑도둑			이일목	연극	1986	한국여성국극예술단, 이군자와 그 일행	공연윤리위원회
심의대본	사랑만들기		극단 대하 제43회 정기 공연	김용락	연극	1994	극단 대하	공연윤리위원회
심의대본	사랑보쌈(원작: 장끼전)		극단 신협 제114회 공연 작품; 신협 창극단 창단 공연	각색 심회만	연극	1986	극단 신협	한국공연윤리 위원회
심의대본	사랑산조			박재서	연극	1987	현대예술극장	공연윤리위원회
심의대본	사랑산조			박재서	연극	1987	-	공연윤리위원회
심의대본	사랑산조			박재서	연극	1987	-	공연윤리위원회
심의대본	사랑앓이 소동(A Midsummer-Night's Dream)		극단 거론 제15회 공연 작품	윌리엄 세익스피어; William Shakespeare	연극	1987	극단 거론	공연윤리위원회
심의대본	사랑은 기적(奇蹟)을 싣고 (The Miracle Worker)		극단 성좌 제29회 공연작품; 세계 신체장애자의 해 기념공연	윌리엄 깁슨; William Gibson	연극	1981	극단 성좌	한국공연윤리 위원회
심의대본	사랑은 기차를 타고			장시우	연극	1986	극단 아쉬레	공연윤리위원회
심의대본	사랑은 돈보다			E. 스타키; E. Starkey	연극	1974	극회 씨알	한국예술문화 윤리위원회
심의대본	사랑은 물결을 타고		스타-의 밤	김성동	연극	1966	프린스쇼	한국예술문화 윤리위원회

심의대본	사랑은 죽음과 함께	서울간호전문대학 연극반 제4회 공연	존 패트릭 ; John Patrick	연극	1979	서울간호전문대학 연극반	한국공연윤리위원회
심의대본	사랑은 파도를 넘어		구성 윤왕국	연극	1969	뉴·코리아 쇼	한국예술문화윤리위원회
심의대본	사랑을 내기에 걸고		안소니 쉐퍼 ; Anthony Shaffer	연극	1984	극단 광장	한국공연윤리위원회
심의대본	사랑을 내기에 걸고		안소니 쉐퍼 ; Anthony Shaffer	연극	1990	우리극단 마당	공연윤리위원회
심의대본	사랑을 내기에 걸고		안소니 쉐퍼 ; Anthony Shaffer	연극	1991	우리극단 마당	공연윤리위원회
심의대본	사랑을 내기에 걸고 (SLEUTH)		안소니 쉐퍼 ; Anthony Shaffer	연극	1983	우리극단 마당	한국공연윤리위원회
심의대본	사랑을 위한 도박	극단 부활 17회 정기공연	안소니 쉐퍼 ; Anthony Shaffer	연극	1987	극단 부활	공연윤리위원회
심의대본	사랑을 위한 도박		안소니 쉐퍼 ; Anthony Shaffer	연극	1995	극단 중원극회	공연윤리위원회
심의대본	사랑을 찾아서	한국현대연극의 재발견 2(특별공연)	김광림	연극	1993	극단 연우무대	공연윤리위원회
심의대본	사랑의 고향(故鄕)		박죽성	연극	1978	서라벌악극단	한국공연윤리위원회
심의대본	사랑의 고향(故鄕)		박죽성	연극	1978	서울악극단	한국공연윤리위원회
심의대본	사랑의 고향(故鄕)		박죽성	연극	1978	극동악극단	한국공연윤리위원회
심의대본	사랑의 고향(故鄕)		박죽성	연극	1978	대도회악극단	한국공연윤리위원회
심의대본	사랑의 고향(故鄕)		박죽성	연극	1978	신세계악극단	한국공연윤리위원회
심의대본	사랑의 고향(故鄕)		박죽성	연극	1978	신세계악극단	한국공연윤리위원회
심의대본	사랑의 고향(故鄕)		박죽성	연극	1978	아랑악극단	공연윤리위원회
심의대본	사랑의 고향(故鄕)		박죽성	연극	1978	현대악극단	한국공연윤리위원회
심의대본	사랑의 깃빨을 들어라		서영춘, 구성 서영춘	연극	1967	-	한국예술문화윤리위원회
심의대본	사랑의 꿈		미상	연극	1987	-	공연윤리위원회
심의대본	사랑의 노래가 들려오네		미상	연극	1989	옥란le	공연윤리위원회
심의대본	사랑의 매듭 풀기 / 질투심 많은 무희(舞姬)		메건 테리 ; Megan Terry, 페르난도 아라발 ; Fernando Arrabal	연극	1978		한국공연윤리위원회
심의대본	사랑의 묘약(L'Elisir d'Amore)	한양음대 제4회 오페라 공연	펠리체 로마니 ; Felice Romani	음악	1977	한양음대	한국공연윤리위원회
심의대본	사랑의 묘약(L'Elisir d'Amore)	한양음대 제4회 오페라 공연	펠리체 로마니 ; Felice Romani	음악	1977	한양대학교 음악대학	한국공연윤리위원회
심의대본	사랑의 묘약(The Elixir of Love)		펠리체 로마니 ; Felice Romani	음악	1982	서울오페라단	한국공연윤리위원회
심의대본	사랑의 묘약(The Elixir of Love)		펠리체 로마니 ; Felice Romani	음악	1982	서울오페라단	한국공연윤리위원회

심의대본	사랑의 선물			쥰바	연극	1993	교육극단 사다리	공연윤리위원회
심의대본	사랑의 열매	아동극단 무지개 창립 공연 작품		강기홍	연극	1973	-	한국예술문화 윤리위원회
심의대본	사랑의 전화			민혜경	연극	1988	민중극단	공연윤리위원회
심의대본	사랑의 종말을 위한 협주곡 (協奏曲)	극단 문예극장 제4회 공연		노만 바라슈; Norman Barasch · 캐롤 무어; Carroll Moore	연극	1977	극단 문예극장	한국공연윤리 위원회
심의대본	사랑의 축제			톰 존스; Tom Jones	연극	1982	홍익극연구회	한국공연윤리 위원회
심의대본	사랑의 함정			사이먼 그레이; Simon Gray	연극	1982	-	한국공연윤리 위원회
심의대본	사랑의 함정			사이먼 그레이; Simon Gray	연극	1982	-	한국공연윤리 위원회
심의대본	사랑하는 바보	극단 동인5 제1회 공연 작품		샘 셰퍼드; Sam Shepard	연극	1988	극단 동인5	공연윤리위원회
심의대본	사막이 꽃이 되리라			최인석	연극	1983		한국공연윤리 위원회
심의대본	사모곡(思母曲)(원제 : 동승)	불교 포교 연극		함세덕	연극	1993	불교극단 종	공연윤리위원회
심의대본	사문의 母			현장	연극	1991	극단 바람	공연윤리위원회
심의대본	사병동(死病棟)			윤시덕	연극	미상	극단 드라마센타	기타
심의대본	사병동(死病棟) / 다섯	1971신춘문예 당선희곡 축하공연		윤시덕, 이강백	연극	1971	극단 드라마센터, 서울공대 연극부	한국예술문화 윤리위원회
심의대본	사생아(私生兒)	서라벌예술대학 종합 예술제작품		최혜자	연극	1966	서라벌 예술대학	한국예술문화 윤리위원회
심의대본	사생활			노엘 카워드; Noel Coward	연극	1992	우리극단 마당	공연윤리위원회
심의대본	사생활(私生活)	극단 대하 제15회 공연 작품		노엘 카워드; Noel Coward	연극	1981	극단 대하	한국공연윤리 위원회
심의대본	사생활(私生活)	극단 현대앙상블 3회 공연작품		노엘 카워드; Noel Coward	연극	1986	현대앙상블	공연윤리위원회
심의대본	사생활(私生活)	극단 은하 제10회 공연 작품		한창수	연극	1976	극단 은하	한국공연윤리 위원회
심의대본	사생활(私生活)	극단 성좌 제13회 공연 작품		노엘 카워드; Noel Coward	연극	1977	극단 성좌	한국공연윤리 위원회
심의대본	사셨네!			휴 마독스	연극	1976	은광여자고등학교 연극부	한국공연윤리 위원회
심의대본	사소한 것들(Trifles)			수전 글래스펠; Susan Glaspell	연극	1977		한국공연윤리 위원회
심의대본	사슴나비	극단 작업 제41회 공연; 제6회 대한민국 연극제 참가작품		하유상	연극	1982	극단 작업	한국공연윤리 위원회
심의대본	사씨남정기	숭의여자전문학교 연극 부 제10회 공연		원작 김만중, 각색 차범석	연극	1974	숭의여자전문학교 연극부	한국예술문화 윤리위원회
심의대본	사운드 오브 뮤직			하워드 린지; Howard Lindsay · 러셀 크루 즈; Russel Crouse	연극	1986	극단 현대극장	공연윤리위원회
심의대본	사운드 오브 뮤직			하워드 린지; Howard Lindsay · 러셀 크루 즈; Russel Crouse	연극	1981	극단 현대극장	한국공연윤리 위원회

심의대본	사운드 오브 뮤직			원작 마리아 본 트랩 ; Maria Von Trapp	연극	1991	-	공연윤리위원회
심의대본	사운드 오브 뮤직			하워드 린지 ; Howard Lindsay · 러셀 크루즈 ; Russel Crouse, 극본 정근	연극	1984		한국공연윤리위원회
심의대본	사운드 오브 뮤직			대본 하워드 린지 ; Howard Lindsay · 러셀 크루즈 ; Russel Crouse, 각색 정근	연극	1984	-	한국공연윤리위원회
심의대본	사위감을 구합니다		극단 광장 제17회 공연 극본	킨테로 형제 ; Álvarez Quintero Brothers	연극	1972	극단 광장	한국예술문화윤리위원회
심의대본	사의 찬미		공연예술 창작활성화 지원작품 ; 극단 실험극장 110회 공연	윤대성	연극	1988	극단 실험극장	공연윤리위원회
심의대본	사의 찬미			윤대성	연극	1993	수원대학교 천마 극예술 연구회	공연윤리위원회
심의대본	사이 사이 사이			미상	연극	1989	-	공연윤리위원회
심의대본	사자와 여우			미상	연극	1987	-	공연윤리위원회
심의대본	사자와의 경주(死者와의 競走)		극단 민중극장 제30회 공연 ; 제1회 대한민국 연극제 참가작품	이어령	연극	1977	극단 민중극장	한국공연윤리위원회
심의대본	사주 팔자 고침시다			오효진	연극	1986	우리극단 마당	공연윤리위원회
심의대본	사주 팔자 고침시다			오효진	연극	1986	우리극단 마당	공연윤리위원회
심의대본	사주 팔자 고침시다			오효진	연극	1986	우리극단 마당	공연윤리위원회
심의대본	사주 팔자 고침시다			오효진	연극	1990	-	공연윤리위원회
심의대본	사주 팔자 고침시다			오효진	연극	1991	우리극단 마당	공연윤리위원회
심의대본	사진작가		극단 76극장 워크숍 공연	김경원	연극	1986	극단 76극장	공연윤리위원회
심의대본	사천 꽃밭			우봉규	연극	미상		공연윤리위원회
심의대본	사천의 선인(四川의 善人)			베르톨트 브레히트 ; Bertolt Brecht	연극	1990	한양대학교 인문과학대학 연극영화학과	공연윤리위원회
심의대본	사파리의 흉상		극단 성좌 제81회 공연 ; 제15회 서울연극제 공식 참가 작품	이재현	연극	1991	극단 성좌	공연윤리위원회
심의대본	사형수가 남긴 한마디			홀워디 홀 ; Halworthy Hall · 로버트 미들마스 ; Robert Middlemass	연극	1978	극단 은하	한국공연윤리위원회
심의대본	사흘간의 파수꾼 / 유실물		극단 가교 제2회 창작극 발표회	이강백, 이근삼	연극	1973	극단 가교	한국예술문화윤리위원회
심의대본	사흘간의 파수꾼 / 회담(会談)		극단 가교 제2회 창작극 발표회	이강백, 조성현	연극	1973	극단 가교	한국예술문화윤리위원회
심의대본	산국(山菊)		제3세계 연극제 참가작품 ; 극단 여인극장 제58회 공연	황석영	연극	1981	극단 여인극장	한국공연윤리위원회
심의대본	산국(山菊)		제2회 대한민국 연극제 참가작품 ; 극단 여인극장 제46회 공연	황석영	연극	1978	극단 여인극장	한국공연윤리위원회
심의대본	산국(山菊)			황석영	연극	1983	-	한국공연윤리위원회

심의대본	산국(山菊)		극단 민예극장 공연작품 제83회; 민예상설무대 여섯	황석영	연극	1984	극단 민예극장	한국공연윤리 위원회
심의대본	산너머 개똥아			김경화	연극	1994	-	공연윤리위원회
심의대본	산넘어 남촌에는(山넘어 南村에는)		제4회 대한민국 연극제 참가작품	정복근	연극	1980	극단 가교	공연윤리위원회
심의대본	山女人		제작극회 제11회 공연	김경옥	연극	1963	극단 제작극회	기타
심의대본	산리스에서의 회합(Le Rendez-vous de Senlis)			장 아누이; Jean Anouilh	연극	1979	한국외국어대학교 불어교육과	한국공연윤리 위원회
심의대본	산막(山幕)			토부	연극	1968	전진극회	한국예술문화 윤리위원회
심의대본	산불		서울올림픽 문화예술 축전 서울국제연극제 참가 작품; 극단 여인극장 제 88회 대공연	차범석	연극	1988	극단 여인극장	공연윤리위원회
심의대본	산불			차범석	연극	1984	극단 광장	한국공연윤리 위원회
심의대본	산불		극단 산하 제24회 공연	차범석	연극	1975	극단 산하	한국예술문화 윤리위원회
심의대본	산불			차범석	연극	1993	극단 연우무대	공연윤리위원회
심의대본	山불		극단 산하 제24회 공연	차범석	연극	미상	극단 산하	기타
심의대본	山불		극단 산하 제51회 정기공 연; 창극 20주년 기념 공 연작품	차범석	연극	1982	극단 산하	한국공연윤리 위원회
심의대본	山불		극단 산하 제7회 공연 대본	차범석	연극	1966	극단 산하	한국예술문화 윤리위원회
심의대본	산씻김	하나의 오보에를 위한 A		이현화	연극	1981	극단 동랑레퍼터리	한국공연윤리 위원회
심의대본	산씻김		극단 쎄실극장 창작극시 리즈 제5탄!	이현화	연극	1982	극단 쎄실극장	한국공연윤리 위원회
심의대본	山에서		현대극회 제4회 공연	김상민	연극	1969	극단 현대극회	한국예술문화 윤리위원회
심의대본	산장(山莊)의 밤			배운철	연극	1966	이동무대	한국예술문화 윤리위원회
심의대본	산타 크루즈(Santa Cruz)			막스 프리쉬; Max Frisch	연극	1975	성대 독어독문학회	한국예술문화 윤리위원회
심의대본	산타 크루쯔			막스 프리쉬; Max Frisch	연극	1975	성균관대 독어독문 학회	한국예술문화 윤리위원회
심의대본	산타크로스는 있는가	망태들과 수녀님	극단 화룡 창립기념공연	장선우	연극	1995	극단 화룡	공연윤리위원회
심의대본	산타클로스는 있는가	어른들을 위한 우화	전국대학연극제 출품작	원작 장선우	연극	1994	중앙대학교 신방과 또아리	공연윤리위원회
심의대본	산토끼			김창활	연극	1975	극단 예술극장	한국예술문화 윤리위원회
심의대본	산토끼			김창활	연극	1975	극단 예술극장	한국예술문화 윤리위원회
심의대본	산토끼		극단 작업 제7회 공연	김창활	연극	1974	극단 작업	한국예술문화 윤리위원회
심의대본	살로메	ク・ナウカ(ク・ナウカ) 한국공연	오스카 와일드; Oscar Wilde	연극	1993	쿠나우카; ク・ナウカ	공연윤리위원회

부록

심의대본	살로메		극단 산하 제33회 공연	오스카 와일드 ; Oscar Wilde	연극	1976	극단 산하	한국공연윤리위원회
심의대본	살살이와 땅딸이 웃음의 대결	서영수·이기동 코메디		미상	연극	1970	프린스 쇼	한국예술문화윤리위원회
심의대본	살아있는 이중생 각하			오영진	연극	1984	우리극단 마당	한국공연윤리위원회
심의대본	살아있는 이중생 각하(李重生閣下)		고려대학 의과대학 제12회 정기공연	오영진	연극	1978	고려대학 의과대학	한국공연윤리위원회
심의대본	살아있는 이중생(李重生) 각하			원작 오영진, 각색 공동각색	연극	1993	-	공연윤리위원회
심의대본	살인 놀이			외젠 이오네스코 ; Eugene Ionesco	연극	1987	신선레파토리	공연윤리위원회
심의대본	살인수의 특사일			Maca Cage Bolton	연극	1969	보성여자중·고등학교	한국예술문화윤리위원회
심의대본	살인청부업자들(殺人請負業者들)			해럴드 핀터 ; Harold Pinter	연극	1969	-	한국예술문화윤리위원회
심의대본	살짜기 옵서예(성악보)			미상	연극	1978	-	한국공연윤리위원회
심의대본	살풀이 춘향전			미상	연극	1988	극단 민예극장	공연윤리위원회
심의대본	삶의 노래	모세의 가면	장두이 귀국 공연	마크 탈렌버그·장두이	연극	1993	극단 코러스 플레이어즈 ; KORUS Players Company	공연윤리위원회
심의대본	삼각모자(三角帽子)		민예극단 제22회 공연	알라르콘이 아리사; Alarcón y Ariza, 각색 허규	연극	1976	민예극단	한국예술문화윤리위원회
심의대본	삼각모자(三角帽子)		민예극단 제22회 공연 대본	알라르콘이 아리사; Alarcón y Ariza, 각색 허규	연극	1976	민예극단	한국예술문화윤리위원회
심의대본	삼바의 모험		극단 영 OP. NO. 26	강승균	연극	1991	극단 영	공연윤리위원회
심의대본	삼시랑			노경식	연극	1985	극단 실험극장	한국공연윤리위원회
심의대본	삼총사			알렉상드르 뒤마 ; Alexandre Dumas	연극	1991	극단 동방	공연윤리위원회
심의대본	삼태목에 심은 뜻은		양정 개교 80주년 기념 대 예술제	김오민·이정섭	연극	1985	양정고등학교 연극반	한국공연윤리위원회
심의대본	삿갓 쓴 돌부처			미상	연극	1992	다께노조 인형극단	공연윤리위원회
심의대본	상상병 환자			몰리에르 ; Moliere	연극		-	공연윤리위원회
심의대본	상상병 환자		몰리에르 희곡선	몰리에르 ; Moliere	연극	1987	성심여자대학	공연윤리위원회
심의대본	상상병 환자(Le Malade Imaginaire)			몰리에르 ; Moliere	연극	1987	성심여자대학	공연윤리위원회
심의대본	상아의 집		극단 신예 제2회 공연 작품	신명순	연극	1976	극단 신예	한국공연윤리위원회
심의대본	상아의 집(纏娥의 집)		극단 실험극장 25회 공연 극본 ; 신극 60년 기념 ; 제3회 연극절 참가	신명순	연극	1968	극단 실험극장	한국예술문화윤리위원회
심의대본	상환			프릿츠 O. 카린시 ; Fritz O. Karinthy	연극	1979	서울예술전문대학	한국공연윤리위원회
심의대본	상화와 상회(想華와 尙火)		제17회 서울연극제 공식 참가공연	최현묵	연극	1993	민중극단	공연윤리위원회

심의대본	상황극 민상가(民喪家)			무세중	연극	1984	무세중전위예술단	한국공연윤리위원회
심의대본	새			이병도	연극	1980	극단 창고극장	한국공연윤리위원회
심의대본	새 아침	군사혁명예술축전		박진	연극	미상	-	기타
심의대본	새나라 폭소박람회(爆笑博覽會)			김포의 · 백금녀	연극	1968	사단법인 한국연예단장협회 산하 새나라쇼-	한국예술문화윤리위원회
심의대본	새는 날아가다			김두삼	연극	1980	극단 76	한국공연윤리위원회
심의대본	새는 날아가다			김두삼	연극	1982		한국공연윤리위원회
심의대본	새동산			강한용	연극	1975	한순서민속무용단	한국예술문화윤리위원회
심의대본	새들도 세상을 뜨는구나			주인석	연극	1988	극단 연우무대	공연윤리위원회
심의대본	새마을 저금 열차	새마을 운동촉진 학생극 발표 및 순회공연		주평	연극	1972	서울교동국민학교 동극부	한국예술문화윤리위원회
심의대본	새마을 저금통장	제3회 회원단체합동연극제 참가작품		미상	연극	1980	청소년극단 혜성	한국공연윤리위원회
심의대본	새마을 춘향전			구성 김문호	연극	1977	합동백호국극단	한국공연윤리위원회
심의대본	새마을 춘향전(삽입곡)			구성 김문호	연극	1977	합동백호국극단	한국공연윤리위원회
심의대본	새마을의 풍년송			김석민, 구성 김석민	대중	1972	한국예술문화진흥회	한국예술문화윤리위원회
심의대본	새마을의 풍년송(豊年頌)			김석민	복합	1976	-	한국예술문화윤리위원회
심의대본	새봄맞이연예대제전			백승찬	복합	1978	사단법인 한국연예협회, 전국공연단체협회	한국공연윤리위원회
심의대본	새야 새야	부산여자대학 수련극회 제18회 정기공연		정경미	연극	1979	부산여자대학 수련극회	한국공연윤리위원회
심의대본	새야 새야 파랑새야	극단 산하 제22회 공연		차범석	연극	1974	극단 산하	한국예술문화윤리위원회
심의대본	새여 흰 새로 날으랴	심여자대학 연극반 제19회 정기공연		이기형	연극	1981	심여자대학 연극반	한국공연윤리위원회
심의대본	새타니	극단 에저또 극장 공연 No. 23		이언호 · 박제천	연극	1975	극단 에저또 극장	한국예술문화윤리위원회
심의대본	새타니	극단 거론 제31회 공연작품		이언호 · 박제천	연극	1979	극단 거론	한국공연윤리위원회
심의대본	색시공	극단 자유극장 제47회 공연 대본		장윤환	연극	1974	극단 자유극장	한국예술문화윤리위원회
심의대본	색시공	극단 자유극장 제47회 공연		장윤환	연극	1978	극단 자유극장	한국공연윤리위원회
심의대본	색시공			장윤환	연극	1987	-	공연윤리위원회
심의대본	색시공(色是空)	극단 고향 제33회 대공연작품		장윤환	연극	1981	극단 고향	한국공연윤리위원회
심의대본	색시공(色是空)			장윤환	연극	1983	극단 우리네땅	한국공연윤리위원회

심의대본	색시공(色是空)			장윤환	연극	1985	우리극단 마당	한국공연윤리위원회
심의대본	색시공(色是空)			장윤환	연극	1985	극단 오랜친구	한국공연윤리위원회
심의대본	샌프란시스코에서 다시 한 번	극단 뿌리 24회 공연		버나드 슬레이드; Bernard Slade	연극	1981	극단 뿌리	한국공연윤리위원회
심의대본	샛바람			이반	연극	1994	-	공연윤리위원회
심의대본	생명은 합창처럼	극단 신협 르네쌍스 소극장 개관 기념 공연		오학영	연극	1974	극단 신협	한국예술문화윤리위원회
심의대본	생명의 소리			김금지	연극	1979	극단 자유	한국공연윤리위원회
심의대본	生命의 이벤트			장석원	연극	1981	극단 창고극장	한국공연윤리위원회
심의대본	생의 부르는 소리	동아연극대상 수상기념 공연; 극단 자유극장 제38회 대공연 작품		이기영	연극	1974	극단 자유극장	한국예술문화윤리위원회
심의대본	생일잔치			해럴드 핀터; Harold Pinter	연극	1988	-	공연윤리위원회
심의대본	생일잔치	한국극작워크숍 시연		이하륜	연극	1975	-	한국예술문화윤리위원회
심의대본	생일잔치	극단 현대극회 제16회 공연		윤대성	연극	1973	극단 현대극회	한국예술문화윤리위원회
심의대본	생일파아티	극단 드라마센타 제27회 공연; 동아연극상특별상 연출상		해럴드 핀터; Harold Pinter	연극	1970	-	한국예술문화윤리위원회
심의대본	생일파티			해럴드 핀터; Harold Pinter	연극	1975	-	한국예술문화윤리위원회
심의대본	생일파티	극단 산하 제50회 공연		해럴드 핀터; Harold Pinter	연극	1982	극단 산하	한국공연윤리위원회
심의대본	생일파티			해럴드 핀터; Harold Pinter	연극	1986	그룹 쌍씨	공연윤리위원회
심의대본	생일파티			해럴드 핀터; Harold Pinter	연극	1976	극단 세대	한국공연윤리위원회
심의대본	생일파티(生日파아티)	1974 봄레퍼터리 드라마센터		해럴드 핀터; Harold Pinter	연극	1974	동랑레퍼터리극단	한국예술문화윤리위원회
심의대본	생쥐와 다람쥐			정근	연극	1991	안데르센 인형극회	공연윤리위원회
심의대본	생쥐와 인간	극단 로얄씨어터 제8회 공연작품		존 스타인벡; John Steinbeck, 각색 류근혜	연극	1987	극단 로얄씨어터	공연윤리위원회
심의대본	생쥐와 인간	드라마센타 앙상블 제5회 공연작품		존 스타인벡; John Steinbeck	연극	1968	드라마센타 앙상블	한국예술문화윤리위원회
심의대본	샤까나이진혼곡	극단 산울림 초청 지인회 공연		미나가미 쯔도무; 水上勉	연극	1989	극단 산울림	공연윤리위원회
심의대본	샤론의 꽃			미상	무용	미상		공연윤리위원회
심의대본	서글픈 대화	극단 신협 르네상스 소극장 개관 기념 공연		하유상	연극	1974	극단 신협	한국예술문화윤리위원회
심의대본	서글픈 대화	불우이웃돕기 성금 모금 공연		하유상	연극	1979	현대종합기술개발㈜극회	한국공연윤리위원회
심의대본	서기 2,000년 백설공주	은하수 청소년극장 공상 과학시리즈 제1탄!		원작 그림형제; Brüder Grimm, 극본 박용천	연극	1982	청소년극단 은하수	한국공연윤리위원회

심의대본	서낭당의 연정	상고사화		김혁수	연극	1991	통일여성국극단 박미숙과 그 일행	공연윤리위원회
심의대본	서민귀족			몰리에르 ; Moliere	연극	1988	-	공연윤리위원회
심의대본	서상기		극단 조형극장 제15회 공연	왕실보 ; 王實甫	연극	1979	극단 조형극장	한국공연윤리위원회
심의대본	서영춘 발표회			김일태	대중	1978	-	한국공연윤리위원회
심의대본	서울 0번지			장경근	연극	1988	극단 하나	공연윤리위원회
심의대본	서울 국제 꼭두극 축제: 참가국팀 및 작품소개			미상	연극	1988	루부리아나 꼭두극장(유고슬라비아), 스톡흘름 꼭두극장(스웨덴), 리틀엔젤스 꼭두극단(영국), 꼭두극단 산울림(한국), 꼭두극단 영(한국), 리챠드 브레드쇼 그림자극단(호주), 에스토니아 공화국 국립다린 꼭두극단(소련), 페르미 꼭두극단(소련), 꼭두극단 마스크(일본)	공연윤리위원회
심의대본	서울 국제 꼭두극 축제: 해외 참가국팀 및 작품소개			미상	연극	1991	브라싸 국립 꼭두극단(불가리아), 루브리아나 국립 꼭두극단(유고슬라비아), 자다르 꼭두극단(유고슬라비아), 아퀼리노 꼭두극단(스페인), 꼬뿌디 꼭두극단(프랑스), 기도반데스 극단(네덜란드), 뜨거운 돌위의 물 한 방울 극단(스위스), 멜라란치오 극단(이탈리아), 마스크 꼭두극단(일본), 타슈켄트 꼭두극단(소련), 톨라 파가 쿠투 꼭두극단(인디아), 맥지 꼭두극단(미국)	공연윤리위원회
심의대본	서울 말뚝이			장소현	연극	1984	극단 민예극장	한국공연윤리위원회
심의대본	서울 말뚝이			장소현	연극	1987	극단 민예극장	공연윤리위원회
심의대본	서울 말뚝이			장소현	연극	1981	극단 민예극장	한국공연윤리위원회
심의대본	서울 말뚝이			장소현	연극	1974	민예극단	한국예술문화윤리위원회
심의대본	서울 말뚝이			장소현	연극	1976	-	한국공연윤리위원회
심의대본	서울 삐에로		극단 서울무대 제21회공연	최기인	연극	1988	극단 서울무대	공연윤리위원회
심의대본	서울 삐에로		극단 서울무대 제21회공연	최기인	연극	1988	극단 서울무대	공연윤리위원회
심의대본	서울 품바			박재서	연극	1988	극단 대중극장	공연윤리위원회

심의대본	서울구경			최인석	연극	1985	우리극단 마당	한국공연윤리위원회
심의대본	서울구경	사막의꽃이 되리라		최인석	연극	1985	-	한국공연윤리위원회
심의대본	서울방자			김용락	연극	1987	극단 대중극장	공연윤리위원회
심의대본	서울시민			히라따 오리자; 平田 オリザ	연극	1993	청년단(일본)	공연윤리위원회
심의대본	서울야곡(서울夜曲)			이상무	연극	1970	-	한국예술문화윤리위원회
심의대본	서울이여 안녕			김진	연극	1970	럭키쇼	한국예술문화윤리위원회
심의대본	서울홍길동	극단 시민극장 제16회 공연작품		원작 박양호, 각색 권경종	연극	1985	극단 시민극장	한국공연윤리위원회
심의대본	서울홍길동	극단 시민극장 제16회 공연작품		원작 박양호, 각색 권경종	연극	1985	극단 시민극장	한국공연윤리위원회
심의대본	서유기			미상	연극	1992	신흥각 인형극단 (타이완)	공연윤리위원회
심의대본	서쪽나라의 멋장이			존 밀링턴 싱; John Millington Synge	연극	1986	-	한국공연윤리위원회
심의대본	서쪽나라의 멋쟁이			존 밀링턴 싱; John Millington Synge	연극	1985	극단 서강	한국공연윤리위원회
심의대본	서쪽나라의 장난꾸러기	극단 문예극장 창립 작품		존 밀링턴 싱; John Millington Synge	연극	1976	극단 문예극장	한국예술문화윤리위원회
심의대본	서쪽나라의 장난꾸러기	극단 문예극장 창립 작품		존 밀링턴 싱; John Millington Synge	연극	1976	극단 문예극장	한국예술문화윤리위원회
심의대본	서천(西天)꽃밭			우봉규	연극	1991	-	공연윤리위원회
심의대본	서푼짜리 아르바이트	극단 가교 제118회 정기공연		남정희	연극	1987	극단 가교	공연윤리위원회
심의대본	서푼짜리 아르바이트			남정희	연극	1987	-	공연윤리위원회
심의대본	서푼짜리 아르바이트			남정희	연극	1987	-	공연윤리위원회
심의대본	서푼짜리 오페라			Bertolt Brecht	연극	1998	극단 자세 레파토리	기타
심의대본	서푼짜리 오페라			베르톨트 브레히트; Bertolt Brecht	연극	1988	민중극단	공연윤리위원회
심의대본	서푼짜리 오페라			베르톨트 브레히트; Bertolt Brecht	연극	1988	민중극단	공연윤리위원회
심의대본	서푼짜리 오페라			베르톨트 브레히트; Bertolt Brecht	연극	1988	민중극단	공연윤리위원회
심의대본	석가(釋迦)	4.8 기념공연작품		조영후	연극	1969	-	한국예술문화윤리위원회
심의대본	선각자여!	제10회 대한민국 연극제 참가 신청작품		이재현	연극	1985	극단 민중극장	한국공연윤리위원회
심의대본	선객	극단 청암 1982년 하반기 공연작품		박진관	연극	1982	극단 청암	한국공연윤리위원회
심의대본	선객(禪客)			박진관	연극	1982	극단 창고극장	한국공연윤리위원회
심의대본	선과 악	제8회 전국고등학교 연극경연대회 참가작품		고춘섭	연극	1969	-	한국예술문화윤리위원회
심의대본	선녀는 땅 위에 산다			김영무	연극	1992		공연윤리위원회

심의대본	선샤인 보이스			닐 사이먼 ; Neil Simon	연극	1983	극단 민중극장	한국공연윤리 위원회
심의대본	선샤인 보이스			닐 사이먼 ; Neil Simon	연극	1987	-	공연윤리위원회
심의대본	선샤인 보이스		극단 고향 제20회 공연 작품	닐 사이먼 ; Neil Simon	연극	1978	극단 고향	한국공연윤리 위원회
심의대본	선샤인 보이스			닐 사이먼 ; Neil Simon	연극	1986	민중극단	공연윤리위원회
심의대본	선인장 꽃			에이브 버로우즈 ; Abe Burrows	연극	1983	극단 민중극장	한국공연윤리 위원회
심의대본	선인장 꽃			에이브 버로우즈 ; Abe Burrows	연극	1985	극단 민중극장	한국공연윤리 위원회
심의대본	선인장 꽃		극단 민중극장 제49회 공연	에이브 버로우즈 ; Abe Burrows	연극	1979	극단 민중극장	한국공연윤리 위원회
심의대본	선인장 꽃		극단 민중극장 제49회 공연	에이브 버로우즈 ; Abe Burrows	연극	1980	극단 민중극장	한국공연윤리 위원회
심의대본	선인장 꽃			에이브 버로우즈 ; Abe Burrows	연극	1984	서울간호전문대학	한국공연윤리 위원회
심의대본	선재동자	어린 나그네		현장스님	연극	1993	극단 바람	공연윤리위원회
심의대본	섬(Island)			아돌 후가드 ; Athol Fugard · 윈스턴 쇼나 ; Winston Ntshona · 존 카니 ; John Kani	연극	1990	-	공연윤리위원회
심의대본	섬, 소리, 빛		한국농아극단 창단공연	구성 권혁수 · 이상근	연극	1984	한국농아극단	한국공연윤리 위원회
심의대본	섬기는 사람, 받는 사람 (연출대본)		천주교 200주년 기념공연	오태석	연극	1984	명동성당 문화분과 위원회	한국공연윤리 위원회
심의대본	성(城)			원작 프란츠 카프카 ; Franz Kafka, 각색 김 춘수	연극	1978	극단 작업	한국공연윤리 위원회
심의대본	성 막달라 마리아		극단 가가 제2회 공연 작품	김시라	연극	1986	극단 가가	한국공연윤리 위원회
심의대본	성(聖)? 성(性)?	이제는 낙원으로 (Paradise Now)	극단 제3세계 제4회 정기 공연 작품	각색 극단 제3세계	연극	1988	극단 제3세계	공연윤리위원회
심의대본	성난 들장미			서영춘	대중	1969	뉴코리아	한국예술문화 윤리위원회
심의대본	성난 얼굴로 돌아다 보라		개교 16주년 기념공연	존 오스본 ; John Osborne	연극	1970	한국외국어대학 연극부	한국예술문화 윤리위원회
심의대본	성난 얼굴로 돌아다 보라			존 오스본 ; John Osborne	연극	1986	극단 서울 앙상블	공연윤리위원회
심의대본	성난 얼굴로 돌아다 보라		극단 성좌 제3회 공연 ; 동 아연극상 참가	존 오스본 ; John Osborne	연극	1970	극단 성좌	한국예술문화 윤리위원회
심의대본	성난 얼굴로 돌아다 보라			존 오스본 ; John Osborne	연극	1980	극단 76극장	한국공연윤리 위원회
심의대본	성난 얼굴로 돌아보라		극단 원방각 창립공연	존 오스본 ; John Osborne	연극	1975	극단 원방각	한국예술문화 윤리위원회
심의대본	성난 얼굴로 돌아보라			존 오스본 ; John Osborne	연극	1985	-	한국공연윤리 위원회

심의대본	성난 얼굴로 돌아보라!	극단 광장 48회 공연작품	존 오스본; John Osborne	연극	1982	극단 광장	한국공연윤리 위원회
심의대본	성냥 좀 빌립시다		막스 프리쉬; Max Frisch	연극	1985	-	한국공연윤리 위원회
심의대본	성냥팔이 소녀		한스 안데르센; Hans Andersen	연극	1992	우리인형극회	공연윤리위원회
심의대본	성냥팔이 소녀		한스 안데르센; Hans Andersen, 각색 황승만	연극	1994	극단 Cat's Box	공연윤리위원회
심의대본	성냥팔이 소녀		원작 한스 안데르센; Hans Andersen, 각색 김기성	연극	1992	-	공연윤리위원회
심의대본	성녀 말리카		미상	연극	미상	-	한국공연윤리 위원회
심의대본	성불합시다		이용우	연극	1976	민예극단	한국예술문화 윤리위원회
심의대본	성실함의 중요성	숭의여전 문예부 연극반 제15회 공연	오스카 와일드; Oscar Wilde	연극	1976	숭의여전 문예부 연극반	한국공연윤리 위원회
심의대본	성자 이차돈	봉축 기념 공연 및 청소년의 달 기념공연	차범석	연극	1981	한국청소년극단 대일	한국공연윤리 위원회
심의대본	성자 이차돈(聖者 異次頓)		극본 심우성, 각색 정철호	연극	미상	신라국악예술단	공연윤리위원회
심의대본	성자의 샘		존 밀링턴 싱; John Millington Synge	연극	1986	-	공연윤리위원회
심의대본	성자의 샘(The Well of the Saints)		존 밀링턴 싱; John Millington Synge	연극	1986	-	공연윤리위원회
심의대본	성자의 샘물		존 밀링턴 싱; John Millington Synge	연극	1979	연세 극예술 연구반	한국공연윤리 위원회
심의대본	성자의 샘물		존 밀링턴 싱; John Millington Synge	연극	1971	성심여자고등학교	한국예술문화 윤리위원회
심의대본	성자의 샘물		존 밀링턴 싱; John Millington Synge	연극	1975	건국대학교	한국예술문화 윤리위원회
심의대본	성자의 샘물	극단 문예극장 제2회 공연	존 밀링턴 싱; John Millington Synge	연극	1976	극단 문예극장	한국예술문화 윤리위원회
심의대본	성자의 샘물(聖者의 샘물)		존 밀링턴 싱; John Millington Synge	연극	1976	극단 중앙	한국공연윤리 위원회
심의대본	성춘향	한국방문의 해 및 국악의 해 기념; 서울예술단 제20회 정기공연	극본 박만규, 각색 강영걸	연극	1994	서울예술단	공연윤리위원회
심의대본	세 개의 마술주머니		Jeffry Chaucer	연극	1993	교육극단 사다리	공연윤리위원회
심의대본	세 개의 실크모자(Tres Sombreros de Copa)		미겔 미우라; Miguel Mihura	연극	1981		한국공연윤리 위원회
심의대본	세 마리의 꿀돼지		정근	연극	1991	안데르센인형극회	공연윤리위원회
심의대본	세 번째 행위	극단 에저또 46회 공연	신석하	연극	1980	극단 에저또	한국공연윤리 위원회
심의대본	세 여인		안톤 체호프; Anton Pavlovich Chekhov	연극	1982	-	한국공연윤리 위원회
심의대본	세계(世界)에 고(告)하는 노래		구성 박축성·황정태	대중	1978	한국예술산업센타	한국공연윤리 위원회

심의대본	세계(世界)에 고(告)하는 노래	6월 1일 가수의날 제정기념; 기념공연큰 노래잔치	구성 김석민	복합	1967	한국연예협회	한국예술문화 윤리위원회
심의대본	세계괴물괴수전		미상	기타	1978	-	한국공연윤리 위원회
심의대본	세계대납인형전시회(世界 大蠟人形展示會)		미상	기타	1974	서울 전시 쎈타	한국예술문화 윤리위원회
심의대본	세계를 위해 달리자		박공서	연극	1989	극단 가족(세계가족 예술단)	공연윤리위원회
심의대본	세리 삭개오		이반	연극	미상		한국예술문화 윤리위원회
심의대본	세발자전거	극단 종각 창단공연	미상	연극	1989	극단 종각	공연윤리위원회
심의대본	세번은 짧게 세번은 길게		미상	연극	1983	극단 실험극장	한국공연윤리 위원회
심의대본	세번은 짧게 세번은 길게	극단 실험극장 제67회 공연	이어령	연극	1979	극단 실험극장	한국공연윤리 위원회
심의대본	세비야의 이발사(Le Barbier de Seville)		보마르셰; Beaumarchais	연극	1983		한국공연윤리 위원회
심의대본	세빌리아의 이발사	극단 자유극장 제23회 대공연	보마르셰; Beaumarchais	연극	1972	극단 자유극장	한국예술문화 윤리위원회
심의대본	세빌리아의 이발사	극단 자유극장 제57회 공연	보마르셰; Beaumarchais	연극	1976	극단 자유극장	한국예술문화 윤리위원회
심의대본	세빌리아의 이발사	극단 민중극장 제59회 공연	보마르셰; Beaumarchais	연극	1982	극단 민중극장	한국공연윤리 위원회
심의대본	세빌리아의 이발사		보마르셰; Beaumarchais	연극	1984	-	한국공연윤리 위원회
심의대본	세상은 요지경		이근삼	연극	1993		공연윤리위원회
심의대본	세상은 우리를 가만히 두지 않는다	'95 전국대학연극제 참가작	서신혜	연극	1995	홍익극 연구회	공연윤리위원회
심의대본	세일즈맨의 죽음		아서 밀러; Arthur Miller	연극	1978	극단 현대극장	한국공연윤리 위원회
심의대본	세일즈맨의 죽음		아서 밀러; Arthur Miller	연극	1982		한국공연윤리 위원회
심의대본	세일즈맨의 죽음	극단 중앙무대 창립공연 작품	아서 밀러; Arthur Miller	연극	1986	극단 중앙무대	공연윤리위원회
심의대본	세일즈맨의 죽음	극단성좌 제46회 공연 작품	아서 밀러; Arthur Miller	연극	1990	극단 성좌	공연윤리위원회
심의대본	세일즈맨의 죽음	극단 산하 제27회 공연	아서 밀러; Arthur Miller	연극	1975	극단 산하	한국예술문화 윤리위원회
심의대본	세일즈맨의 죽음	극단 성좌 제67회 공연 작품	아서 밀러; Arthur Miller	연극	1988	극단 성좌	공연윤리위원회
심의대본	세일즈맨의 죽음		아서 밀러; Arthur Miller	연극	1980	-	한국공연윤리 위원회
심의대본	세일즈맨의 죽음	서울대학교 자연대학 학도호국단 의예과 연극부 17회 정기공연	아서 밀러; Arthur Miller	연극	1977	서울대학교 자연대학 학도호국단 의예과 연극부	한국공연윤리 위원회
심의대본	세일즈맨의 죽음	'94 극단 성좌 기획공연	아서 밀러; Arthur Miller	연극	1994	극단 성좌	공연윤리위원회
심의대본	세일즈맨의 죽음	'93 2학기 연극 제작	아서 밀러; Arthur Miller	연극	1993	중앙대학교 예술대 학 연극학과	공연윤리위원회

심의대본	세일즈맨의 죽음		창고극장 개관6주년 기념공연	아서 밀러 ; Arthur Miller	연극	1982	-	한국공연윤리 위원회
심의대본	세일즈맨의 죽음(Death Of A Salesman)			아서 밀러 ; Arthur Miller	연극	1980	-	한국공연윤리 위원회
심의대본	세자매		동국대학교 연극영화과 제18회 졸업공연	안톤 체호프 ; Anton Pavlovich Chekhov	연극	1980	동국대 연극영화과	한국공연윤리 위원회
심의대본	세추앙의 착한 女子			베르톨트 브레히트 ; Bertolt Brecht	연극	1993	건국대 극예술연구회	공연윤리위원회
심의대본	센트럴파크의 여름			닐 사이먼 ; Neil Simon	연극	1987	-	공연윤리위원회
심의대본	셋		극단 가교 제1회 창작극 발표회	이강백	연극	1972	극단 가교	한국예술문화 윤리위원회
심의대본	셋			이강백	연극	1976	-	한국예술문화 윤리위원회
심의대본	셋			이강백	연극	1994	-	공연윤리위원회
심의대본	세일즈맨의 죽음		극단 성좌 제46회 공연 작품	아서 밀러 ; Arthur Miller	연극	1983	극단 성좌	한국공연윤리 위원회
심의대본	세자매		동국대학교 연극영화 과 제16회 졸업공연작품	안톤 체호프 ; Anton Pavlovich Chekhov	연극	1978	동국대학교 연극영 화학과	한국공연윤리 위원회
심의대본	세자매		동국대학 연극영화과 졸업공연	안톤 체호프 ; Anton Pavlovich Chekhov	연극	1972	동국대학 연극영화과	한국예술문화 윤리위원회
심의대본	세자매(세姉妹)		극단 여인극장 제104회 공연작품	안톤 체호프 ; Anton Pavlovich Chekhov	연극	1992	극단 여인극장	공연윤리위원회
심의대본	셋이서 윈무곡(왈쓰)을		극단 산하 제28회 공연	차범석	연극	1975	-	한국예술문화 윤리위원회
심의대본	셰도우 박스		극단 에저또 제60회 공연	마이클 크리스토퍼 ; Michael Cristofer	연극	1982	극단 에저또	한국공연윤리 위원회
심의대본	소			유치진	연극	1982	-	한국공연윤리 위원회
심의대본	소			유치진	연극	1975	서울예술전문학교, 동랑레퍼터리극단	한국예술문화 윤리위원회
심의대본	소		극단 동양 창립공연	유치진	연극	1971	극단 동양	한국예술문화 윤리위원회
심의대본	소공녀 세라		전국 초청 순회 자선 공연	원작 프랜시스 버넷 ; Frances Hodgson Burnett, 각색 신택기	연극	1986		공연윤리위원회
심의대본	소공녀 세라			프랜시스 버넷 ; Frances Hodgson Burnett	연극	1989	그룹 쌍시	공연윤리위원회
심의대본	소공녀 세라			원작 프랜시스 버넷 ; Frances Hodgson Burnett, 각색 박태윤	연극	1992	극단 갈채	공연윤리위원회
심의대본	소공녀 세라			프랜시스 버넷 ; Frances Hodgson Burnett	연극	1992	-	공연윤리위원회
심의대본	소공녀 세라			프랜시스 버넷 ; Frances Hodgson Burnett	연극	1993	-	공연윤리위원회
심의대본	소공녀 세라			원작 프랜시스 버넷 ; Frances Hodgson Burnett	연극	1993	극단 무지개	공연윤리위원회

심의대본	소공자			원작 프랜시스 버넷; Frances Hodgson Burnett, 각색 박태윤	연극	1991	극단 갈채	공연윤리위원회
심의대본	소낙비			차범석	연극	1976	중동중학교 연극반	한국공연윤리 위원회
심의대본	소녀와 얀의 모험		호주 REM 극단 초청공연	REM Theatre	연극	1994	REM Theatre	공연윤리위원회
심의대본	소라의 기도			최치권	연극	1983	한국청소년연극협회	한국공연윤리 위원회
심의대본	소라의 기도			최치권	연극	1983	한국청소년연극협회	한국공연윤리 위원회
심의대본	소리			강수성	연극	1975	-	한국예술문화 윤리위원회
심의대본	소리굿 아구			공동구성 놀이패 한 두레	연극	1984	놀이패 한두레	한국공연윤리 위원회
심의대본	소리굿 아구			공동구성 놀이패 한 두레	연극	1984	놀이패 한두레	한국공연윤리 위원회
심의대본	소리없는 만가	만가: 죽은 자의 넋 을 달래는 우리 민족 고유의 상여소리		공동창작 놀이패 한 두레	연극	1994	놀이패 한두레	공연윤리위원회
심의대본	소망의 자리			정우숙	연극	1988	민중극단	공연윤리위원회
심의대본	소생쌍십애	나를 버리지마오	6.25 20주년 기념 반공연 예제	김성천	대중	1970	-	한국예술문화 윤리위원회
심의대본	소설가 Y씨와 쥐고기		극단 은하 제3회 공연	원작 유금호, 각본 한창수	연극	1975	극단 은하	한국예술문화 윤리위원회
심의대본	소시민의 결혼(Die Kleinbürgerhochzeit)			베르톨트 브레히트; Bertolt Brecht	연극	1990	-	공연윤리위원회
심의대본	소식 / 위자료			박조열, 차범석	연극	1972	-	한국예술문화 윤리위원회
심의대본	소양강(昭陽江)의 오두막		전국예술제 참가작품	미상	연극	1966	관인 합동 연기학원	한국예술문화 윤리위원회
심의대본	소오올 째즈 파티			미상	대중	1969	신세계 프로모션	한국예술문화 윤리위원회
심의대본	소작(小作)의 땅		극단 상황 2회 공연; 한국 문화예술진흥원 창작희 곡 지원 작품	노경식	연극	1976	극단 상황	한국공연윤리 위원회
심의대본	소작지		극단 고향 제25회 공연작 품; 제16회 동아연극상 참가작품	노경식	연극	1979	극단 고향	한국공연윤리 위원회
심의대본	소작지(小作地)		한국연극협회 전라남도 지부 제1회 지방연극제 참가작품	노경식	연극	1983	극단 시민	한국공연윤리 위원회
심의대본	소쩍새의 울음			류종원	연극	1972	-	한국예술문화 윤리위원회
심의대본	소풍		극단 제작극회 제17회 대 공연; 제14회 동아연극 상 참가작품	윌리엄 인지; William Inge	연극	1977	극단 제작극회	한국공연윤리 위원회
심의대본	속물(俗物)들의 마지막 축배		극단 고향 제16회 공연 작품	S·N·베어먼; Samuel Nathaniel Behrman	연극	1977	극단 고향	한국공연윤리 위원회

심의대본	속임수에 걸린 꾀보 토끼			미상	연극	1994	-	공연윤리위원회
심의대본	손성권의 빨간 피이터의 고백(원제: 어느 학술원에 드리는 보고서; Ein Bericht für eine Akademie)			원작 프란츠 카프카; Franz Kafka	연극	1993	-	공연윤리위원회
심의대본	손오공			오승은, 각색 조동희	연극	1987	극단 자유	공연윤리위원회
심의대본	손오공			오승은, 구성 박기산	연극	1992	소나무어린이극단	공연윤리위원회
심의대본	손오공	날아라 슈퍼보드		미상	연극	1994	극단 푸른솔	공연윤리위원회
심의대본	손오공			오승은	연극	1994	-	공연윤리위원회
심의대본	손오공			오승은, 구성 박기산	연극	1992	소나무어린이극단	공연윤리위원회
심의대본	손오공			미상	연극	1994	극단 어린왕자	공연윤리위원회
심의대본	손오공(완성본)	극단 굴렁쇠 어린이 창단 공연 작품		각색 박연	연극	1993	극단 굴렁쇠 어린이	공연윤리위원회
심의대본	손오공, 닭싸음, 용춤, 학과 거북이 : 작품내용			미상	연극	1994	-	공연윤리위원회
심의대본	손오공과 지구 결사대			미상	연극	1993	아동극단 징검다리	공연윤리위원회
심의대본	손오공삼주파초선(孫悟空三週芭蕉扇)			전운정 ; 錢云程	연극	1992	成都市木偶皮影艺术剧院	공연윤리위원회
심의대본	송 앤드 댄스(Song And Dance)			돈 블랙 ; Don Black	연극	1987		공연윤리위원회
심의대본	송골매들의 리싸이틀			구성 최수경	대중	1985	제일연예공사	한국공연윤리위원회
심의대본	송아와 올빼			강진헌	연극	1974	-	한국예술문화윤리위원회
심의대본	송창식 음악회			미상	대중	1974		한국예술문화윤리위원회
심의대본	송해 연기생활 27주년 기념 대공연			송해	대중	1977		한국공연윤리위원회
심의대본	쇠뚝이 놀이	몰리에르 탄생 350주년 기념축전 참가작품		원작 몰리에르 ; Moliere, 번안 오태석	연극	미상		한국예술문화윤리위원회
심의대본	쇠뚝이 놀이	몰리에르 탄생 350주년 기념축전		원작 몰리에르 ; Moliere, 번안 오태석	연극	1972	-	한국예술문화윤리위원회
심의대본	쇠뚝이 놀이	몰리에르 탄생 350주년 기념축전		몰리에르 ; Moliere, 각색 오태석	연극	1972		한국예술문화윤리위원회
심의대본	쇼- 멋대로 놀아라			구성 김완율	연극	1966	한국예술문화진흥회	한국예술문화윤리위원회
심의대본	쇼쇼- 파리			구성 양석천	연극	1968	새별 쇼	한국예술문화윤리위원회
심의대본	쇼쇼쇼	동양TV 인기프로 쇼쇼쇼 제200회 기념공연		미상	대중	1968	AAA 쇼	한국예술문화윤리위원회
심의대본	쇼쇼쇼	동양TV 인기프로 쇼쇼쇼 제200회 기념공연		미상	대중	1968	AAA 쇼	한국예술문화윤리위원회
심의대본	쇼쇼쇼			구성 황정태	대중	1968	아세아 쇼	한국예술문화윤리위원회
심의대본	수녀 안제리카			조바키노 포르차노; Giovacchino Forzano	음악	1981	-	한국공연윤리위원회
심의대본	수녀 안제리카	제19회 정기 공연 대본		조바키노 포르차노; Giovacchino Forzano	음악	1977	김자경 오페라단	한국공연윤리위원회

심의대본	수렵사회			이근삼	연극	1975	극단 민중극장	한국예술문화 윤리위원회
심의대본	수렵사회			이근삼	연극	1981	-	한국공연윤리 위원회
심의대본	수렵사회		서울 공대 연극회 19회 정기공연	이근삼	연극	1978	서울공대연극회	한국공연윤리 위원회
심의대본	수리뫼		시극 동인회 제3회 공연	장호	연극	1968	시극 동인회	한국예술문화 윤리위원회
심의대본	수사관		극단 은하 제3회 공연 작품	박성재	연극	1975	극단 은하	한국예술문화 윤리위원회
심의대본	수업			외젠 이오네스코; Eugene Ionesco	연극	1979	극단 맥토	한국공연윤리 위원회
심의대본	수업			외젠 이오네스코; Eugene Ionesco	연극	1975	극단 자유극장	한국예술문화 윤리위원회
심의대본	수업		극단 실험극장20주년기념 공연 씨리즈3	외젠 이오네스코; Eugene Ionesco	연극	1980	극단 실험극장	한국공연윤리 위원회
심의대본	수업(授業)		극단 시민극장 제16회 공연	외젠 이오네스코; Eugene Ionesco	연극	1985	극단 시민극장	한국공연윤리 위원회
심의대본	수업(授業)			외젠 이오네스코; Eugene Ionesco	연극	1977	-	한국공연윤리 위원회
심의대본	수업(授業)		극단 시민극장 제16회 공연	외젠 이오네스코; Eugene Ionesco	연극	1985	극단 시민극장	한국공연윤리 위원회
심의대본	수업(授業)			외젠 이오네스코; Eugene Ionesco	연극	1993	-	공연윤리위원회
심의대본	수업(Le Leçon)			외젠 이오네스코; Eugene Ionesco	연극	1982	-	한국공연윤리 위원회
심의대본	수업(The Lesson)			외젠 이오네스코; Eugene Ionesco	연극	1978	-	한국공연윤리 위원회
심의대본	수업료를 돌려주세요		극단 신협 제125회 공연 작품	프릿츠 O. 카린시; Fritz O. Karinthy	연극	1988	극단 신협	공연윤리위원회
심의대본	수업료를 돌려주세요		전국 남녀 중.고등학교 연극 경연 대회; 제6회 STUNT NIGHT	프릿츠 O. 카린시; Fritz O. Karinthy	연극	1966	휘문고등학교	한국예술문화 윤리위원회
심의대본	수업료를 돌려주세요		제1기생 Work Shop 공연	프릿츠 O. 카린시; Fritz O. Karinthy	연극	1981	극단 엘칸토극장	한국공연윤리 위원회
심의대본	수업료를 돌려주세요			프릿츠 O. 카린시; Fritz O. Karinthy	연극	1977		한국공연윤리 위원회
심의대본	수업료를 돌려주세요			프릿츠 O. 카린시; Fritz O. Karinthy	연극	1977	-	한국공연윤리 위원회
심의대본	수요일은 언제나		극단 부활 창단 공연	뮤리엘 레스닉; Muriel Resnik	연극	1982	극단 부활	한국공연윤리 위원회
심의대본	수요일은 언제나		극단 제작극회 제19회 공연	뮤리엘 레스닉; Muriel Resnik	연극	1978	극단 제작극회	한국공연윤리 위원회
심의대본	수요일은 언제나		극단 신협 제06회 공연	뮤리엘 레스닉; Muriel Resnik	연극	1982	극단 신협	한국공연윤리 위원회
심의대본	수요일은 언제나		극단 춘추 29회 공연	뮤리엘 레스닉; Muriel Resnik	연극	1984	극단 춘추	한국공연윤리 위원회
심의대본	수전노		극단 신협 106회 공연	몰리에르; Moliere	연극	1983	극단 신협	한국공연윤리 위원회

심의대본	수전노			몰리에르; Moliere, 각색 정병희	연극	1980	극단 80	한국공연윤리위원회
심의대본	수전노		극단 원방각 제14회 공연	몰리에르; Moliere	연극	1976	극단 원방각	한국예술문화윤리위원회
심의대본	수전노(守錢奴)		서울연극학교 1973년도 졸업기념 공연	몰리에르; Moliere	연극	1974	서울연극학교	한국예술문화윤리위원회
심의대본	수전노(守錢奴)		극단 광장 제13회 공연	몰리에르; Moliere	연극	1971	극단 광장	한국예술문화윤리위원회
심의대본	수전노(守錢奴)		극단 사조 제10회 대공연	몰리에르; Moliere	연극	1985	극단 사조	한국공연윤리위원회
심의대본	수족관			프란츠 크사버 크뢰츠; Franz Xaver kroetz	연극	1988	극단 현대극장	공연윤리위원회
심의대본	수족관			프란츠 크사버 크뢰츠; Franz Xaver kroetz	연극	1988	극단 현대극장	공연윤리위원회
심의대본	수탉의 명예			장수철	연극	1992	우리극단 마당	공연윤리위원회
심의대본	수탉이 안 울면 암탉이라도		극단 자유 130회 공연	김정옥	연극	1988	극단 자유	공연윤리위원회
심의대본	순경과 찬송가		극단 쎄실극장 무언극 시리즈 제2탄	오 헨리; O. Henry, 구성 채윤일	연극	1980	극단 쎄실극장	한국공연윤리위원회
심의대본	순교(殉敎)		극단 묵시 창립기념공연	박원식	연극	1986	한국기독교문화예술선교원	공연윤리위원회
심의대본	순교자 이차돈			차범석	연극	1974	극단 극협	한국예술문화윤리위원회
심의대본	순애 내 사랑	늙은 변사의 모놀로그		하유상	연극	1988	극단 예전무대	공연윤리위원회
심의대본	순애 내 사랑	어느 변사의 모놀로그		하유상	연극	1988	극단 예전무대	공연윤리위원회
심의대본	순애 내 사랑			조일제, 구성 황병도	연극	1990	청파프로덕션	공연윤리위원회
심의대본	순애 내 사랑			미상	연극	1993	극단 청파	공연윤리위원회
심의대본	순애 내 사랑			미상	연극	1993	극단 대학로 극장	공연윤리위원회
심의대본	순장(殉葬)		연극·한판 80	김영덕	연극	1980	극단 76극장	한국공연윤리위원회
심의대본	술		극단 산울림 제38회 공연	이석영	연극	1987	극단 산울림	공연윤리위원회
심의대본	술집과 한강		현대문학 문인극회 제3회 공연; 현대문학 문인극회 연구공연	윤조병	연극	1978	현대문학사(현대문학 문인극회)	한국공연윤리위원회
심의대본	숨은물		극단 무천 창단공연	정복근	연극	1992	극단 무천	공연윤리위원회
심의대본	숲 속의 대장간			주평	연극	1987	-	공연윤리위원회
심의대본	숲속에 곤충 대소동			미상	연극	1994	-	공연윤리위원회
심의대본	숲속의 고양이 / 깨진 항아리		꼭두극단 낭랑 제2회 공연	하혜자	연극	1985	꼭두극단 낭랑	한국공연윤리위원회
심의대본	숲속의 대장간			미상	연극	1981	서울신정국민학교 연극부	한국공연윤리위원회
심의대본	숲속의 대장간			주평	연극	1985	-	한국공연윤리위원회
심의대본	숲속의 방		소극장 산울림 개관2주년 기념 극단 산울림 제34회 공연작품	원작 강석경, 각색 서영명	연극	1987	극단 산울림	공연윤리위원회

심의대본	숲속의 방	소극장 산울림 개관2주년 기념 극단 산울림 제34회 공연	원작 강석경, 각색 서영명	연극	1987	극단 산울림	공연윤리위원회
심의대본	숲속의 요정	81 아카데미 창단공연 ; 한국 청소년 합동 연극제 참가	주평	연극	1981	81 아카데미	한국공연윤리 위원회
심의대본	숲속의 요정 / 착각		김형석	연극	1984	인형극단 딱따구리	한국공연윤리 위원회
심의대본	숲속의 요정 스머프		김정철	연극	1988	극단 동인 화이브	공연윤리위원회
심의대본	쉐익스피어의 여인들	제2회 공연대본	찰스 조지 ; Charles George	연극	1967	여인극장	한국예술문화 윤리위원회
심의대본	쉘부르의 우산		자크 데미 ; Jacques Demy	연극	1988	극단 대중극장	공연윤리위원회
심의대본	슈-슈-슈-잇	극단 뿌리 제68회 정기공연	이현화	연극	1988	극단 뿌리	공연윤리위원회
심의대본	슈-슈-슈-잇	극단 쎄실 창작극 시리즈	이현화	연극	1985	극단 쎄실	한국공연윤리 위원회
심의대본	쉬까 다 실바	서울올림픽 문화예술축 전 서울국제연극제 참가	루이스 아우베르토 데 아브레우	연극	1988	마쿠나이마 극단 ; Grupo de Theatro Macunaima	공연윤리위원회
심의대본	쉬바여 돌아오라		윌리엄 인지 ; William Inge	연극	1988	-	공연윤리위원회
심의대본	쉬바여 돌아오라		윌리엄 인지 ; William Inge	연극	1988	-	공연윤리위원회
심의대본	쉬잔의 피서지		미상	연극	1992	우리극단 마당	공연윤리위원회
심의대본	슈우베르트의 마지막 세레나데	자유무대 5회 작품	줄리 보바소 ; Julie Bovasso	연극	1974	자유무대	한국예술문화 윤리위원회
심의대본	스가나렐(Sganarelle)		몰리에르 ; Moliere	연극	1986	-	공연윤리위원회
심의대본	스카뺑의 간계	극단 고향 제15회 대공연	몰리에르 ; Moliere	연극	1977	극단 고향	한국공연윤리 위원회
심의대본	스니키 핏치의 부활(復活)		제임스 L. 로젠버그 ; James L. Rosenberg	연극	1973	극단 실험극장	한국예술문화 윤리위원회
심의대본	스니키 핏치의 일생	극단 중앙 제8회 공연	제임스 L. 로젠버그 ; James L. Rosenberg	연극	1975	극단 중앙	한국예술문화 윤리위원회
심의대본	스니키 핏치의 죽음		제임스 L. 로젠버그 ; James L. Rosenberg	연극	1982	극단 서강	한국공연윤리 위원회
심의대본	스카뺑의 간계		몰리에르 ; Moliere	연극	1994	-	공연윤리위원회
심의대본	스카뺑의 간계(Les Fourberies de Scapin) / 위비 왕(Ubu Roi) / 대머리 여가수 (La Cantatrice Chauve)		몰리에르 ; Moliere, 알프레드 자리 ; Alfred Jarry, 외젠 이 오네스코 ; Eugene Ionesco	연극	1981	성심여대 불어불문 학과	한국공연윤리 위원회
심의대본	스쿠루지 아저씨		각색 윤태희	연극	1994	교육극단 동화나라	공연윤리위원회
심의대본	스쿠루지 아저씨		원작 월트 디즈니 ; Walt Disney, 각색 곽 동근	연극	1995	극단 중원극회 어린 이극장	공연윤리위원회
심의대본	스크루우지		찰스 디킨스 ; Charles Dickens	연극	1994	-	공연윤리위원회
심의대본	스크루지 할아버지		원작 찰스 디킨스 ; Charles Dickens, 각색 이창기	연극	1988	극단 배우극장	공연윤리위원회

부록

심의대본	스크루지 할아버지			원작 찰스 디킨스; Charles Dickens, 각색 이창기	연극	1988	극단 배우극장	공연윤리위원회
심의대본	스크루지 할아버지의 크리스마스 캐럴			원작 찰스 디킨스; Charles Dickens, 각색 임연희	연극	1994	극단 백상	공연윤리위원회
심의대본	스타를 찾습니다			성준기	연극	1987	극단 서울무대	공연윤리위원회
심의대본	스텐넬리의 슈퍼서커스			미상	연극	1992	파커 인형극단	공연윤리위원회
심의대본	스텔라			테렌스 켈리	연극	1978	극단 배우극장	한국공연윤리위원회
심의대본	스토리			미상	연극	1986	-	공연윤리위원회
심의대본	스튜 속에 양파(Onions in the Stew)			베티 맥도날드; Betty MacDonald	연극	1977	성심여대 영어영문학과	한국공연윤리위원회
심의대본	스트립-티스			스와보미르 므로제크; Slawomir Mrozek	연극	1975	극단 민중극장	한국예술문화윤리위원회
심의대본	스트립티스			스와보미르 므로제크; Slawomir Mrozek	연극	1983	극단 동원극장	한국공연윤리위원회
심의대본	슬로안씨를 즐겁게 하자		극단 산하9회 공연	조 오튼; Joe Orton	연극	1968	극단 산하	한국예술문화윤리위원회
심의대본	슬루쓰	사랑을 위한 도박	극단 광장 제46회 공연 작품	안소니 쉐퍼; Anthony Shaffer	연극	1981	극단 광장	한국공연윤리위원회
심의대본	슬루쓰		극단 민중극장 제28회 공연	안소니 쉐퍼; Anthony Shaffer	연극	1977	극단 민중극장	한국공연윤리위원회
심의대본	슬픈 개선		여고생 극회 백합 제3회 공연	윤중환	연극	1975	여고생 극회 백합	한국예술문화윤리위원회
심의대본	슬픈 까페의 노래		여현수 작품 발표회	원작 카슨 매컬러스; Carson McCullers, 각본 에드워드 올비; Edward Albee	연극	1977	-	한국공연윤리위원회
심의대본	슬픈 까페의 노래		서울대학교 의예과 연극부 10주년 기념; 의극회 제2회 공연	원작 카슨 매컬러스; Carson McCullers, 각색 에드워드 올비; Edward Albee	연극	1976	서울대학교 자연대학 학도호국단 의예과 연극부 16회, 서울대학교 의과대학 학도호국단 연극회 24회	한국공연윤리위원회
심의대본	슬픈 카페의 노래		극단 산하 제49회 공연	원작 카슨 매컬러스; Carson McCullers, 각색 에드워드 올비; Edward Albee	연극	1982	극단 산하	한국공연윤리위원회
심의대본	슬픈 학의 노래	학과 소년		각색 권재우	연극	1988	어린이 뮤지컬 전문 극단 꾸러기	공연윤리위원회
심의대본	승무		제16회 전국 학생극 대회	주평	연극	1979	-	한국공연윤리위원회
심의대본	시간의 그림자			마누엘 루트겐홀스트	연극	1991	극단 미추	공연윤리위원회
심의대본	시간의 문법		'86 아시아문화예술연극제 참가; 극단 춘추 제36회 공연	최인석	연극	1986	극단 춘추	공연윤리위원회
심의대본	시간의 문법(時間의 文法)		86 아시아문화예술연극제 참가; 극단 춘추 제36회 공연	최인석	연극	1986	극단 춘추	공연윤리위원회
심의대본	시골쥐와 서울쥐			각색 현주은	연극	1994	꼭두극단 무지개	공연윤리위원회

심의대본	시도II			김응수	연극	1979	극단 거론	한국공연윤리위원회
심의대본	시라노(Cyrano)			원작 에드몽 로스탕 ; Edmond Rostand, 각색 Bill DeArmond	연극	1971	-	한국예술문화윤리위원회
심의대본	시련			아서 밀러 ; Arthur Miller	연극	1978	극단 실험극장	한국공연윤리위원회
심의대본	시련	동국대학교 연극·영화학과 제27회 졸업공연		아서 밀러 ; Arthur Miller	연극	1989	동국대학교 연극영화학과	공연윤리위원회
심의대본	시련(試練)	극단 성좌 40회 기념공연		아서 밀러 ; Arthur Miller	연극	1982	극단 성좌	한국공연윤리위원회
심의대본	시련(試練)	고려대학교 개교 80주년 기념 연극공연 작품		아서 밀러 ; Arthur Miller	연극	1985	고려대학교 극예술연구회	한국공연윤리위원회
심의대본	시몬의 독백			문시운	연극	1986	극단 예장가족	공연윤리위원회
심의대본	시민 쉽펠	극단 프라이에 뷔네 제54회 정기공연		카를 슈테른하임 ; Carl Sternheim	연극	1984	극단 프라이에 뷔네	한국공연윤리위원회
심의대본	시제 "님"			한용운·김소월, 발췌 박덕흠, 구성 이용우	연극	1990	-	공연윤리위원회
심의대본	시즈위 밴지는 죽었다	김성윤 공연기획 제1회		아돌 후가드 ; Athol Fugard · 윈스턴 쇼나 ; Winston Ntshona · 존 카니 ; John Kani	연극	1986		공연윤리위원회
심의대본	시즈위 밴지는 죽었다	극단 고향 제22회 공연		아돌 후가드 ; Athol Fugard · 윈스턴 쇼나 ; Winston Ntshona · 존 카니 ; John Kani	연극	1978	극단 고향	한국공연윤리위원회
심의대본	시즈위 밴지는 죽었다			아돌 후가드 ; Athol Fugard · 윈스턴 쇼나 ; Winston Ntshona · 존 카니 ; John Kani	연극	1982	극단 작업	한국공연윤리위원회
심의대본	시집가는 날	제2회 전국대학 연극축전 참가		오영진	연극	1979	숙명여자대학교 학도호국단 문예부 연극반	한국공연윤리위원회
심의대본	시집가는 날	1988년 서울장애자올림픽 문화예술축전 기념공연		오영진 각색 이승규	연극	1988	-	공연윤리위원회
심의대본	시집가는 날	중앙아트홀 개관기념 공연		오영진	연극	1984		한국공연윤리위원회
심의대본	시집가는 쥐			淸水俊夫	연극	1980	-	한국공연윤리위원회
심의대본	식민지(植民地)에서 온 아나키스트			김의경	연극	1985	극단 민중극장	한국공연윤리위원회
심의대본	식민지(植民地)에서 온 아나키스트	대한민국 연극제 참가		김의경	연극	1984	극단 민중극장	한국공연윤리위원회
심의대본	신나는 궁궐여행			각색 조재학	연극	1995	-	공연윤리위원회
심의대본	신나는 보물섬 여행			로버트 루이스 스티븐슨 ; Robert Louis Stevenson	연극	1991	극단 은하수	공연윤리위원회
심의대본	신다리	극단 민예극장 제63회 공연		이병원	연극	1982	극단 민예극장	한국공연윤리위원회
심의대본	신더스	극단 성좌 제63회 공연 ; 제24회 동아연극상 참가		야누스 글로바츠키 ; Janusz Glowacki	연극	1987	극단 성좌	공연윤리위원회

513

부록

심의대본	신데레라공주		아동극단 모델 제16회 대공연	각색 서빈	연극	1977	아동극단 모델	한국공연윤리 위원회
심의대본	신데레라와 삐삐		극단 명작극장 제18회 공연	샤를 페로; Charles Perrault, 각색 서빈	연극	1992	극단 명작극장	공연윤리위원회
심의대본	신데레라와 삐삐		극단 명작극장 제18회 공연	샤를 페로; Charles Perrault, 각색 서빈	연극	1992	극단 명작극장	공연윤리위원회
심의대본	신데렐라			미상	연극	미상	은하수 노래극회	한국예술문화 윤리위원회
심의대본	신데렐라			미상	연극	1994	어린이극장 까치	공연윤리위원회
심의대본	신데렐라			원작 샤를 페로; Charles Perrault, 각색 박채규	연극	1987	극단 은맥	공연윤리위원회
심의대본	신데렐라			샤를 페로; Charles Perrault	연극	1989	(극단 내일 부설극단) 무지개극장	공연윤리위원회
심의대본	신데렐라			샤를 페로; Charles Perrault	연극	1989	극단 민중	공연윤리위원회
심의대본	신데렐라			샤를 페로; Charles Perrault	연극	1987	극단 사성	공연윤리위원회
심의대본	신데렐라			샤를 페로; Charles Perrault	연극	1990	-	공연윤리위원회
심의대본	신데렐라			샤를 페로; Charles Perrault, 각색 정진수	연극	1987	민중극단	한국공연윤리 위원회
심의대본	신데렐라			원작 루스 뉴튼; Ruth Newton, 각색 정진수	연극	1987	민중극단	공연윤리위원회
심의대본	신데렐라			루스 뉴튼; Ruth Newton, 각색 정진수	연극	1980	극단 민중극장	한국공연윤리 위원회
심의대본	신데렐라			루스 뉴튼; Ruth Newton, 각색 정진수	연극	1982	극단 민중극장	한국공연윤리 위원회
심의대본	신데렐라			샤를 페로; Charles Perrault	연극	1987	극단 아히동	공연윤리위원회
심의대본	신데렐라			극본 이반	연극	1992	극단 현대극장	공연윤리위원회
심의대본	신데렐라			샤를 페로; Charles Perrault	연극		은하수 노래극회	한국예술문화 윤리위원회
심의대본	신데렐라		극단 민중극장 세계아동 의 해 기념 공연	루스 뉴튼; Ruth Newton	연극	1979	극단 민중극장	한국공연윤리 위원회
심의대본	신데렐라		극단 민중·광장·대중 극장 합동공연; 제1회 한 국 어린이 예술 큰잔치	샤를 페로; Charles Perrault	연극	1984	극단 민중, 극단 광장, 극단 대중극장	한국공연윤리 위원회
심의대본	신데렐라		극단 아카데미 제2회 공 연작품	한스 안데르센; Hans Andersen, 편극 이길 재	연극	1982	극단 아카데미	한국공연윤리 위원회
심의대본	신데렐라			샤를 페로; Charles Perrault	연극	1991	-	공연윤리위원회
심의대본	신데렐라			각색 이반	연극	1992	극단 현대극장	공연윤리위원회
심의대본	신데렐라			미상	연극	1991	극단 동방	공연윤리위원회
심의대본	신데렐라			미상	연극	1993	-	공연윤리위원회
심의대본	신데렐라			샤를 페로; Charles Perrault	연극	1993	극단 로얄 씨어터	공연윤리위원회

심의대본	신데렐라			샤를 페로; Charles Perrault	연극	1993	극단 로얄 씨어터	공연윤리위원회
심의대본	신데렐라			샤를 페로; Charles Perrault	연극	1987	-	공연윤리위원회
심의대본	신데렐라(Cinderella)	경기예술극단 제2회 정기 공연		원작 샤를 페로; Charles Perrault, 각색 황계호	연극	1994	경기예술극단	공연윤리위원회
심의대본	신들린 허수아비			미상	연극	1990	극단 허수아비	공연윤리위원회
심의대본	신랑 나이 65세	극단 대하 제28회 정기 공연		김영무	연극	1988	극단 대하	공연윤리위원회
심의대본	신랑감을 구합니다	극단 춘추 제10회 공연		킨테로 형제; Álvarez Quintero Brothers	연극	1981	극단 춘추	한국공연윤리위원회
심의대본	신랑감을 구합니다	극단 여명 제2회 정기 공연 작품		킨테로 형제; Álvarez Quintero Brothers	연극	1988	극단 여명	공연윤리위원회
심의대본	신바드의 모험	극단 세계 어린이명작극장 특별대성황 공연		각색 황계호, 구성 황계호	연극	1987	극단 세계	공연윤리위원회
심의대본	신바드의 모험			미상	연극	1995	-	공연윤리위원회
심의대본	신바람	극단 신협 제82회 공연		한노단	연극	1974	극단 신협	한국예술문화 윤리위원회
심의대본	신밧드의 모험			미상	연극	1991	-	공연윤리위원회
심의대본	신밧드의 모험			구성 정운봉	연극	1992		공연윤리위원회
심의대본	신밧드의 모험			각색 홍용기	연극	1994	극단 푸른솔	공연윤리위원회
심의대본	신밧드의 모험			미상	연극	1995	-	공연윤리위원회
심의대본	신밧드의 모험(원작: 아라비안 나이트)			각색 고진희	연극	1994	-	공연윤리위원회
심의대본	神父 지옥에 가다	전 예술선교극회 제27회 공연작품		원작 앤드류 M. 그릴리; Andrew M. Greeley, 각본 김성수	연극	1985	극단 광대	한국공연윤리위원회
심의대본	神父 지옥에 가다			원작 앤드류 M. 그릴리; Andrew M. Greeley, 각본 김성수	연극	1988	극단 광대	공연윤리위원회
심의대본	神父님 우리들의 神父님			조반니노 과레스키; Giovannino Guareschi, 각색 김춘수	연극	1981	극단 작업	한국공연윤리위원회
심의대본	신부부학 개론(원작: The Open Couple)	열려진 결혼을 위하여		프랑카 라메; Franca Rame · 다리오 포; Dario Fo, 각색 박찬응	연극	1988	극단 현대앙상블	공연윤리위원회
심의대본	신비한 깃털 모자			미상	연극	1992	아동극단 는깨	공연윤리위원회
심의대본	신시(神市)	극단 실험극장 제36회 공연		이재현	연극	1971	극단 실험극장	한국예술문화 윤리위원회
심의대본	신시(神市)	극단 실험극장 제36회 공연; 한국연극영화예술상 대상수상 기념공연		이재현	연극	1971	극단 실험극장	한국예술문화 윤리위원회
심의대본	신앙과 고향(信仰과 故鄕)			Karl Schönherr	연극	미상	-	기타
심의대본	신앙과 고향(信仰과 故鄕)	서라벌예술대학 종합예술제		칼 쇤헤어; Karl Schönherr	연극	1968	서라벌예술대학 연극영화학회	한국예술문화 윤리위원회
심의대본	신은 인간의 땅을 떠나라			박찬홍	연극	미상	-	공연윤리위원회
심의대본	신은 인간의 땅을 떠나라			박찬홍	연극	1991	극단 화랑	공연윤리위원회

515

심의대본	신은 인간의 땅을 떠나라			박찬홍	연극	1988	-	공연윤리위원회
심의대본	神은 人間의 땅을 떠나라			박찬홍	연극	1986	극단 사조	공연윤리위원회
심의대본	神은 人間의 땅을 떠나라			박찬홍	연극	1987	-	공연윤리위원회
심의대본	神은 人間의 땅을 떠나라			박찬홍	연극	1985	-	한국공연윤리위원회
심의대본	신은 인간의 땅을 떠나라!!!			박찬홍	연극	1988	극단 동두천	공연윤리위원회
심의대본	신은 인간의 땅을 떠나라!!!			박찬홍	연극	1988	극단 홍익	공연윤리위원회
심의대본	신의 대리인			롤프 호흐후트 ; Rolf Hochhuth	연극	1971		한국예술문화윤리위원회
심의대본	신의 대리인(神의 代理人)			Rolf Hochhuth	연극	미상	-	기타
심의대본	신의 대리인(神의 代理人)			롤프 호흐후트 ; Rolf Hochhuth	연극	1966	극단 자유극장	한국예술문화윤리위원회
심의대본	神의 딸		극단 환타지 제28회 공연 작품	김성수	연극	1985	극단 환타지	한국공연윤리위원회
심의대본	신의 딸 아그네스		제89회 공연	존 피엘마이어 ; John Pielmeier	연극	1983	극단 실험극장	한국공연윤리위원회
심의대본	신의 아그네스			존 피엘마이어 ; John Pielmeier	연극	1993		공연윤리위원회
심의대본	신의 아그네스(神의 아그네스)		극단 실험극장 제99회공연작품	존 피엘마이어 ; John Pielmeier	연극	1986	극단 실험극장	공연윤리위원회
심의대본	신의 외출		건국대학교 제2회 대학 연극제 참가	이병도	연극	1979	건국대학교	한국공연윤리위원회
심의대본	神의 침묵			장-자크 킴 ; Jean-Jacques Kihm	연극	1985	성균극회	한국공연윤리위원회
심의대본	神이 버린 女子			김성수	연극	1987	극단 광대	공연윤리위원회
심의대본	신이국기			최인석	연극	1989	극단 미추	공연윤리위원회
심의대본	신이춘풍전(新李春風傳)		'92 MBC 마당놀이 ; 창사 31주년 기념	김지일	연극	1992	-	공연윤리위원회
심의대본	신중현 리사이틀			미상	대중	1971	새별 쇼	한국예술문화윤리위원회
심의대본	신중현 리싸이틀			구성 황정태	대중	1969	플레이보이 쇼	한국예술문화윤리위원회
심의대본	신춘 옴니버스 리싸이틀			김재종	대중	1975	AAA Show	한국예술문화윤리위원회
심의대본	신파극(新派劇)		극단 대하 신연극70주년 기념 공연	편극 강계식, 감수 조풍연	연극	1978	극단 대하	한국공연윤리위원회
심의대본	신파극(新派劇)		극단 대하 신연극70주년 기념 공연	편극 강계식, 감수 조풍연	연극	1978	극단 대하	한국공연윤리위원회
심의대본	신파극 육혈포 강도			장희용	연극	1987		공연윤리위원회
심의대본	신품바			미상	전통	1994	극예술연구회	공연윤리위원회
심의대본	신혼 첫날밤에 생긴 일	결혼행진곡	극단 세계극장 제10회 정기공연	유명연	연극	1987	극단 세계극장	공연윤리위원회
심의대본	신화 1900		서울대학교 의과대학 연극부 제33회 정기공연	윤대성	연극	1987	서울대학교 의과대학 연극부	공연윤리위원회
심의대본	신화 1900		백마레파토리 제4회 정기공연	윤대성, 각색 손경희	연극	1993	백마레파토리	공연윤리위원회

심의대본	신화 1900(神話一九○○)		제6회 대한민국 연극제 초청작품 ; 제84회 극단 실험극장 공연	윤대성	연극	1982	극단 실험극장	한국공연윤리 위원회
심의대본	신화인형극 손오공 대본	화운동(火雲洞)		미상	연극	1994	중국국립인형극단	공연윤리위원회
심의대본	실과 바늘의 악장(樂章)		극단 민중극장 7회	이근삼	연극	1968	극단 민중극장	한국예술문화 윤리위원회
심의대본	실내극			장정일	연극	1987	민중극단	공연윤리위원회
심의대본	실수연발		중앙대학교 연극영화학과 열돌회 자축공연	William Shakespeare 번안 김상열	연극	1986	중앙대학교 연극영화 학과	공연윤리위원회
심의대본	실수연발			원작 윌리엄 셰익스피 어 ; William Shakespeare, 번안 김상열	연극	1984	우리극단 마당	한국공연윤리 위원회
심의대본	실수연발		중앙대학교 연극영화학 과 열돌회 자축공연	원작 윌리엄 셰익스피 어 ; William Shakespeare, 번안 김상열	연극	1986	중앙대학교 연극영화 학과	공연윤리위원회
심의대본	실수연발(失手連發)		극단 가교 제16회 공연 ; 동아연극상 참가작품	원작 윌리엄 셰익스피 어 ; William Shakespeare, 각색 김상열	연극	1971	극단 가교	한국예술문화 윤리위원회
심의대본	실수연발(失手連發)		가톨릭 의과대학 신축교 사낙성기념공연	윌리엄 셰익스피어 ; William Shakespeare	연극	1968	가톨릭 의과대학	한국예술문화 윤리위원회
심의대본	실수연발(失手連發)			윌리엄 셰익스피어 ; William Shakespeare	연극	1979	극단 현대극장	한국공연윤리 위원회
심의대본	실종기(失踪記)		극단 산하 제17회 공연	박양원	연극	1971	극단 산하	한국예술문화 윤리위원회
심의대본	심수일과 이순애			이상우	연극	1994		공연윤리위원회
심의대본	심야의 가면		1988년 동경국제연극제 참가작품	나이토 히로노리 ; 內藤裕敬	연극	1988	극단 미나미카와치 반자이이치자(南河 內万歳一座)	공연윤리위원회
심의대본	심우성 인형극			구성 심우성	연극	1984	-	한국공연윤리 위원회
심의대본	심정의 Paradise			박공서	연극	1985	극단 가족	한국공연윤리 위원회
심의대본	심청이			엄인희	연극	1983	현대인형극회	한국공연윤리 위원회
심의대본	심청이는 왜 두 번 인당수에 몸을 던졌는가		오늘의 작가 시리즈 1 - 오태석 연극제 첫 번째 작품	오태석	연극	1994	극단 목화	공연윤리위원회
심의대본	심청전	Die Schönste Blume		각색 크리스티나 브 렌코바 ; Kristina Brenkova	연극	1971	성균관대학교 독문 학회	한국예술문화 윤리위원회
심의대본	심청전		세종문화회관 개관기념 예술제 ; 김자경 오페라단 창단10주년 제20회 기념 공연	김동진	음악	1978	김자경오페라단	한국공연윤리 위원회
심의대본	심청전		세종문화회관 개관기념 예술제 ; 김자경 오페라단 창단10주년 제20회 기념 공연	김동진	음악	1978	김자경오페라단	한국공연윤리 위원회
심의대본	심청전		서울올림픽 문화예술 축 전 ; '88 MBC 마당놀이	김지일	연극	1988	-	공연윤리위원회
심의대본	심청전			미상	연극	1990	서울인형극단	공연윤리위원회

부록

심의대본	심청전		동국대학교 연극영화과 졸업공연	편극 이진순	연극	1975	동국대학교 연극영화과	한국예술문화윤리위원회
심의대본	심청전		'94 마당놀이	김지일	연극	1995	-	공연윤리위원회
심의대본	심청전 중 눈 뜨는 대목			미상	연극	미상	-	공연윤리위원회
심의대본	심판			김용락	연극	1984	-	한국공연윤리위원회
심의대본	심판(審判)		극단 실험극장 제44회 공연	원작 Franz Kafka 각색 앙드레 지드; Andre Gide · 장 루이 바로 Jean-Louis Barrault	연극	미상	극단 실험극장	기타
심의대본	심판(審判)		극단 민중극장 재기 10년 기념 공연	프란츠 카프카; Franz Kafka, 각색 앙드레 지드; Andre Gide · 장 루이 바로 Jean-Louis Barrault	연극	1984	극단 민중극장	한국공연윤리위원회
심의대본	심판(審判)		극단 실험극장 제44회 공연	프란츠 카프카; Franz Kafka, 각색 앙드레 지드; Andre Gide · 장 루이 바로 Jean-Louis Barrault	연극	1974	극단 실험극장	한국예술문화윤리위원회
심의대본	심판(審判)		극단 민중극장 제51회 공연	프란츠 카프카; Franz Kafka, 각색 앙드레 지드; Andre Gide · 장 루이 바로 Jean-Louis Barrault	연극	1980	극단 민중극장	한국공연윤리위원회
심의대본	십이야		극단 가교 제108회 정기 공연	윌리엄 셰익스피어; William Shakespeare	연극	1983	극단 가교	한국공연윤리위원회
심의대본	십이야(十二밤)			윌리엄 셰익스피어; William Shakespeare	연극	1971	서울여대 연극부	한국예술문화윤리위원회
심의대본	십이야(十二夜)			윌리엄 셰익스피어; William Shakespeare	연극	1983	극단 창고극장, 일본 극단 발견의 회	한국예술문화윤리위원회
심의대본	십이야(十二夜)		세계 연극의 날 기념;극단 산하 · 민예극장 합동 공연	윌리엄 셰익스피어; William Shakespeare	연극	1980	극단 산하 · 민예극장	한국공연윤리위원회
심의대본	십이야(十二夜)		서울간호전문학교 연극반 제3회 공연	윌리엄 셰익스피어; William Shakespeare	연극	1978	서울간호전문학교 연극반	한국공연윤리위원회
심의대본	십이야(十二夜)		서울대학교 음악대학 제8회 연극공연	윌리엄 셰익스피어; William Shakespeare	연극	1969	서울대학교 음악대학	한국예술문화윤리위원회
심의대본	십이야(Twelfth Night)			윌리엄 셰익스피어; William Shakespeare	연극	1992	-	공연윤리위원회
심의대본	십자가 표시가 있는 곳 (Where The Cross Is Made)			유진 오닐; Eugene O'Neill	연극	1978	-	한국공연윤리위원회
심의대본	십자의 표지가 있는 곳		극단 앙띠 20회 공연	유진 오닐; Eugene O'Neill	연극	1980	극단 앙띠	한국공연윤리위원회
심의대본	싸움터 산책		극단 맥토 제2회 공연	페르난도 아라발; Fernando Arrabal	연극	1973	극단 맥토	한국예술문화윤리위원회
심의대본	싸이코드라마			원작 이영호, 각색 연규철	연극	1986	월례심리극회	공연윤리위원회
심의대본	싹눈 양배추의 욕망			머레이 시스갈; Murray Schisgal	연극	1987	극단 광장	공연윤리위원회

심의대본	싼타 할아버지의 이야기 (3편)		극단 영 41회	미상	연극	1990	극단 영	공연윤리위원회
심의대본	싼타클로스는 있는가	어른들을 위한 우화		장선우	연극	1987	극단 제3세계	공연윤리위원회
심의대본	쌀		제9회 대한민국 연극제 참가작품	최인석	연극	1985	극단 민예극장	한국공연윤리 위원회
심의대본	쌍눈 양배추의 욕망		극단 창조극장 제13회 공연	머레이 시스갈; Murray Schisgal	연극	1986	극단 창조극장	공연윤리위원회
심의대본	쌍씨			앙토냉 아르토; Antonin Artaud	연극	1992	극단 반도	공연윤리위원회
심의대본	쌍혹부리 영감			각색 박정복	연극	1986	경남 인형극회	공연윤리위원회
심의대본	쌘위치 변주곡(Sandwich Variation)		제1회 정기공연	대본 심언정, 구성 박은희	연극	1994	서울교육극단	공연윤리위원회
심의대본	써머팝스페어		해외로 진출하는 팝 스타 카니발	미상	대중	1972	신세계푸로모숀	한국예술문화 윤리위원회
심의대본	써커스 "아르고 벨레노" (Zrikus Arcoballeno)			우테 그리클스타인; Ute Krieglsten, 정리 임진덕	연극	1993	-	공연윤리위원회
심의대본	썩는 소리			김정률	연극	미상	-	기타
심의대본	쏠티와 함께			미상	연극	1989	샬롬노래선교단	공연윤리위원회
심의대본	쏠티와 함께 3(Psalty 3)			미상	연극	1990	샬롬노래선교단; Shalom Singing Mission	공연윤리위원회
심의대본	쏠티와 함께 4			미상	연극	1992	샬롬노래선교단	공연윤리위원회
심의대본	쏠티와 함께 5(Psalty 5)			미상	연극	1994	샬롬노래선교단	공연윤리위원회
심의대본	씨라노 드 벨쥬락그			Edmond Rostand	연극	미상	-	기타
심의대본	씨소			윌리엄 깁슨; William Gibson	연극	1976	극단 창고극장	한국공연윤리 위원회
심의대본	씨소			윌리엄 깁슨; William Gibson	연극	1976	극단 창고극장	한국공연윤리 위원회
심의대본	아 사이공			미상	연극	1994	-	공연윤리위원회
심의대본	아 아빠, 가엾은 우리 아빠			아서 코핏; Arthur Lee Kopit	연극	1976	극단 보리수	한국공연윤리 위원회
심의대본	아 아빠, 가엾은 우리 아빠, 엄마가 아빠를 옷장 속에 숨겨 놓았어요 그래서 나는 어찌나 슬픈지 몰라요			아서 코핏; Arthur Lee Kopit	연극	1976	극단 보리수	한국공연윤리 위원회
심의대본	아 아빠, 가엾은 우리아빠, 엄마가, 아빠를 옷장속에 매달아 놓았어요 그래서 나는 너무나 슬퍼요		극단 여인극장 45회 공연	아서 코핏; Arthur Lee Kopit	연극	1978	극단 여인극장	한국공연윤리 위원회
심의대본	아 폴란드여 폴란드여	어느 유태인 학살의 회상		엘빈 실바누스; Erwin Sylvanus	연극	1982	우리극단 마당	한국공연윤리 위원회
심의대본	아, 체르노빌(1, 2막)			블라디미르 구바레프; Vladimir Gubarev	연극	1988	극단 민중	공연윤리위원회
심의대본	아, 체르노빌(1막)			블라디미르 구바레프; Vladimir Gubarev	연극	1988	민중극단	공연윤리위원회
심의대본	아! 골고다			폴 존슨; Paul Johnson	연극	1976	도원동 교회	한국공연윤리 위원회
심의대본	아! 살았다	다시 태어난 뜨거운 사랑		휴 마독스	연극	1979	기독교 대한성결교 회 청년회 전국연합 회 예술선교단	한국공연윤리 위원회

심의대본	아! 아빠, 가엾은 우리 아빠......			아서 코핏 ; Arthur Lee Kopit	연극	1983	극단 태양극장	한국공연윤리위원회
심의대본	아! 안평대군		서라벌 국악 예술단 정기 7회 공연	이재현	연극	1994	서라벌 국악 예술단	공연윤리위원회
심의대본	아! 체르노빌(1, 2막)			블라디미르 구바레프 ; Vladimir Gubarev	연극	1988	민중극단	공연윤리위원회
심의대본	아! 체르노빌(1막)			블라디미르 구바레프 ; Vladimir Gubarev	연극	1988	민중극단	공연윤리위원회
심의대본	아! 체르노빌(2막)			블라디미르 구바레프 ; Vladimir Gubarev	연극	1988	민중극단	공연윤리위원회
심의대본	아가다의 죽음			김성수	연극	1984	예술선교극회	한국공연윤리위원회
심의대본	아가씨 길들이기	결혼학교	극단 자유극장 제18회 대공연	몰리에르 ; Moliere	연극	1971	극단 자유극장	한국예술문화윤리위원회
심의대본	아가씨, 손길을 부드럽게 (원작 : Meurtre D'un Serin)		극단 미래 제5회 공연	원작 소피 카타라 ; Sophie Cathala, 각색 이상화	연극	1987	극단 미래	공연윤리위원회
심의대본	아가씨, 손길을 부드럽게 (원작 : Meurtre D'un Serin)		극단 부활 제9회 정기 공연	원작 소피 카타라 ; Sophie Cathala, 각색 이상화	연극	1985	극단 부활	한국공연윤리위원회
심의대본	아가씨와 건달들			에이브 버로우즈 ; Abe Burrows · 조 스월링 ; Jo Swerling	연극	1989	극단 광장	공연윤리위원회
심의대본	아가씨와 건달들			에이브 버로우즈 ; Abe Burrows · 조 스월링 ; Jo Swerling	연극	1986	민중극단	공연윤리위원회
심의대본	아가씨와 건달들		90년도 상반기 정기작품	에이브 버로우즈 ; Abe Burrows · 조 스월링 ; Jo Swerling	연극	1990	극단 민중	공연윤리위원회
심의대본	아가씨와 건달들			원작 데이먼 러니언 ; Damon Runyon, 극본 에이브 버로우즈 ; Abe Burrows · 조 스월링 ; Jo Swerling	연극	1987	극단 대중극장	공연윤리위원회
심의대본	아가씨와 건달들		극단 광장 · 대중극장 합동기획 공연	원작 데이먼 러니언 ; Damon Runyon, 극본 에이브 버로우즈 ; Abe Burrows · 조 스월링 ; Jo Swerling	연극	1987	극단 광장, 대중극장	공연윤리위원회
심의대본	아가씨와 건달들		극단 광장 · 대중극장 합동기획 공연	에이브 버로우즈 ; Abe Burrows · 조 스월링 ; Jo Swerling	연극	1987	극단 광장, 대중극장	공연윤리위원회
심의대본	아가씨와 건달들		극단 광장 · 대중극장 합동기획 공연	원작 데이먼 러니언 ; Damon Runyon, 극본 에이브 버로우즈 ; Abe Burrows · 조 스월링 ; Jo Swerling	연극	1987	극단 광장, 대중극장	공연윤리위원회
심의대본	아가씨와 건달들			원작 데이먼 러니언 ; Damon Runyon, 각색 에이브 버로우즈 ; Abe Burrows · 조 스월링 ; Jo Swerling	연극	1987	민중극단	공연윤리위원회

심의대본	아가씨와 건달들		극단 대중극장 제4회 공연	원작 데이먼 러니언; Damon Runyon, 각색 에이브 버로우즈; Abe Burrows · 조 스 월링 ; Jo Swerling	연극	1983	극단 대중극장	한국공연윤리 위원회
심의대본	아가씨와 건달들		극단 대중극장 제4회 공연	원작 데이먼 러니언; Damon Runyon, 각색 에이브 버로우즈; Abe Burrows · 조 스 월링 ; Jo Swerling	연극	1983	극단 대중극장	한국공연윤리 위원회
심의대본	아가씨와 건달들			에이브 버로우즈; Abe Burrows · 조 스 월링 ; Jo Swerling	연극	1987	극단 대중극장	공연윤리위원회
심의대본	아가씨와 건달들		민중극단91년도 하반기 정기작품	에이브 버로우즈; Abe Burrows · 조 스 월링 ; Jo Swerling	연극	1991	민중극단	공연윤리위원회
심의대본	아가씨와 건달들			에이브 버로우즈; Abe Burrows · 조 스 월링 ; Jo Swerling	연극	1995	-	공연윤리위원회
심의대본	아가씨와 건달들			에이브 버로우즈; Abe Burrows · 조 스 월링 ; Jo Swerling	연극	1994		공연윤리위원회
심의대본	아가씨와 건달들(Guys and Dolls)			에이브 버로우즈; Abe Burrows · 조 스 월링 ; Jo Swerling	연극	미상	-	한국공연윤리 위원회
심의대본	아기 공룡 둘리(종합편)			원작 김수정, 각색 황혜숙	연극	1994	극단 시선	공연윤리위원회
심의대본	아기 도깨비와 요술궁전			미상	연극	1990	극단 웅진 어린이극장	공연윤리위원회
심의대본	아기 토끼의 효성			미상	연극	1994	-	공연윤리위원회
심의대본	아기곰 다롱이			강승균	연극	1995	-	공연윤리위원회
심의대본	아기공룡 둘리		극단 객석 · 탑거리 소극 장 개관기념공연	원작 김수정, 각색 김창현	연극	1989	극단 객석	공연윤리위원회
심의대본	아기공룡 둘리			원작 강수정, 구성 박재운	연극	1994	예성무대	공연윤리위원회
심의대본	아기돼지 삼형제			제이콥스; Joseph Jacobs, 구성 이순미	연극	미상	-	공연윤리위원회
심의대본	아기돼지 삼형제			미상	연극	1991	나래기획	공연윤리위원회
심의대본	아기돼지 삼형제			미상	연극	1991	-	공연윤리위원회
심의대본	아기돼지 삼형제		딩동댕 인형극회 제1회 무대공연	제이콥스; Joseph Jacobs	연극	1993	딩동댕 인형 극회	공연윤리위원회
심의대본	아기돼지 삼형제			미상	연극	1991	호돌이인형극회	공연윤리위원회
심의대본	아기돼지 삼형제			미상	연극	1994	서울인형극회	공연윤리위원회
심의대본	아기돼지 삼형제		극단 영 Op. no. 2	미상	연극	1992	극단 영	공연윤리위원회
심의대본	아기돼지 삼형제			원작 제이콥스;Joseph Jacobs, 구성 신대영	연극	1991	극단 동방	공연윤리위원회
심의대본	아기돼지 삼형제			미상	연극	1992	꾸러기인형극회	공연윤리위원회
심의대본	아기돼지 삼형제		극단 영 OP. no. 2	미상	연극	1992	극단 영	공연윤리위원회
심의대본	아기돼지 삼형제 / 냠냠냠 (압탑 이야기) / 엉터리 사냥 꾼 / 금동이와 길동이			미상	연극	1987	-	공연윤리위원회
심의대본	아기이리와 꼬마돼지 삼형제			미상	연극	1990	서울인형극단	공연윤리위원회

심의대본	아기토끼의 효성 / 일곱마리 아기양과 늑대 / 숲속의 작은 집 / 인형들의 춤과 노래잔치			미상	연극	1989	우리인형극회	공연윤리위원회
심의대본	아낌없이 주는 나무			구성 이성희	연극	1984	극단 서낭당	한국공연윤리위원회
심의대본	아내란 직업을 가진 女人		극단 여인극장 제55회 공연	서머셋 모음; William Somerset Maugham	연극	1980	극단 여인극장	한국공연윤리위원회
심의대본	아내란 직업을 가진 女人		극단 여인극장 제55회 공연	서머셋 모음; William Somerset Maugham	연극	1985	극단 여인극장	한국공연윤리위원회
심의대본	아내란 직업을 가진 女人			서머셋 모음; William Somerset Maugham	연극	1990	-	공연윤리위원회
심의대본	아내란 직업을 가진 여인			서머셋 모음; William Somerset Maugham	연극	1977		한국공연윤리위원회
심의대본	아내란 직업의 女人		극단 여인극장 제109회 공연	서머셋 모음; William Somerset Maugham	연극	1994	극단 여인극장	공연윤리위원회
심의대본	아내란 직업의 여인		극단 여인극장 제35회 공연	서머셋 모음; William Somerset Maugham	연극	1976	극단 여인극장	한국공연윤리위원회
심의대본	아노다			미상	연극	1981	인도네시아 마임극단	한국공연윤리위원회
심의대본	아다미(熱海) 事件		한·일수교 20주년 기념 공연	츠카 코헤이; つか こうへい	연극	1985	-	한국공연윤리위원회
심의대본	아담과 이브의 일기		극단 제3세계 제5회 정기 공연	원작 마크 트웨인; Mark Twain, 각색 김충응	연극	1988	극단 제3세계	공연윤리위원회
심의대본	아담을 사랑한 男子			모던트 쉐프; Mordaunt Shairp	연극	1987	극단 서울앙상블	공연윤리위원회
심의대본	아득하면 되리라			오태영	연극	1976	극단 가교	한국공연윤리위원회
심의대본	아라비안 나이트			미상	연극	1992	극단 꾸러기	공연윤리위원회
심의대본	아라비안 나이트			미상	연극	1993	극단 광야	공연윤리위원회
심의대본	아라비안 나이트의 알라딘의 모험	알라딘의 요술 등잔	아동극단 모델 제5회 공연	주평	연극	1977	아동극단 모델	한국공연윤리위원회
심의대본	아롱이와 다롱이			이백현	연극	1990	극단 유니피아	공연윤리위원회
심의대본	아르쉬트룩 대왕		극단 배우극장 제27회 공연	로베르 팽제; Robert Pinget	연극	1988	극단 배우극장	공연윤리위원회
심의대본	아르쉬트룩 대왕		극단 배우극장 제27회 공연	로베르 팽제; Robert Pinget	연극	1988	극단 배우극장	공연윤리위원회
심의대본	아르쉬트룩 大王			로베르 팽제; Robert Pinget	연극	1977	극단 창고극장	한국공연윤리위원회
심의대본	아름다운 사람			유진규	연극	1983	마임극단 예니	한국공연윤리위원회
심의대본	아름다운 사람			유진규	연극	1983	-	한국공연윤리위원회
심의대본	아름다운 사람		연극·한판80	유진규	연극	1979	극단 76극장	한국공연윤리위원회
심의대본	아름다운 사람6			유진규	연극	1983	-	한국공연윤리위원회

심의대본	아름다운 천사들		제6회 한국청소년연극제 참가작품	박재현	연극	1985	인천동명국민학교	한국공연윤리위원회
심의대본	아름다운 팔도강산			구성 장소팔	연극	1974	삼천리국악예술단	한국예술문화윤리위원회
심의대본	아리랑		극단 챔프 제14회 공연	편극 고설봉	연극	1988	극단 챔프	공연윤리위원회
심의대본	아리랑		극단 아리랑 창단공연	김명곤	연극	1986	극단 아리랑	공연윤리위원회
심의대본	아리랑		동아일보 창간70주년 기념공연	유현종	연극	1990	극단 미추	공연윤리위원회
심의대본	아리랑		중앙대학교 예술대학 연극영화학과 4학년 졸업공연	박성재	연극	1987	중앙대학교 예술대학 연극영화학과	공연윤리위원회
심의대본	아리랑		'90 공연예술 아카데미 2기 공연	박성재	연극	1990	한국문화예술진흥원 문화발전연구소	공연윤리위원회
심의대본	아리랑			미상	연극	1981	극단 중앙무대	한국공연윤리위원회
심의대본	아리랑 2		제11회 정기공연	원작 김명곤, 각색 권호웅	연극	1993	극단 아리랑	공연윤리위원회
심의대본	아리랑 광무(狂舞)		극단 우리극장 제6회 정기공연	주강현	연극	1982	극단 우리극장	한국공연윤리위원회
심의대본	아리랑 민요잔치			김영운	연극	1966	햇님국악단	한국예술문화윤리위원회
심의대본	아리송하네요		88서울예술단 제5회 정기공연	김상열	연극	1989	88서울예술단	공연윤리위원회
심의대본	아마데우스	모짤트는 살해되었다	극단 춘추 제7회 공연	피터 쉐퍼 ; Peter Shaffer	연극	1980	극단 춘추	한국공연윤리위원회
심의대본	아마데우스			피터 쉐퍼 ; Peter Shaffer	연극	1983	극단 춘추	한국공연윤리위원회
심의대본	아마데우스			피터 쉐퍼 ; Peter Shaffer	연극	1985	극단 대중극장	한국공연윤리위원회
심의대본	아마데우스		극단 춘추 제22회 공연	피터 쉐퍼 ; Peter Shaffer	연극	1983	극단 춘추	한국공연윤리위원회
심의대본	아메데		1982년도 신입생 환영 및 42회 춘계 정기공연	외젠 이오네스코 ; Eugene Ionesco	연극	1982	홍익극연구회	한국공연윤리위원회
심의대본	아메리카 들소			데이비드 마멧 ; David Mamet	연극	1986	민중극단	공연윤리위원회
심의대본	아메리카 들소			데이비드 마멧 ; David Mamet	연극	1987	극단 한얼	공연윤리위원회
심의대본	아메리카의 꿈		극단 산하 제44회 공연	에드워드 올비 ; Edward Albee	연극	1980	극단 산하	한국공연윤리위원회
심의대본	아메리카의 꿈		극단 산하 제44회 작품	에드워드 올비 ; Edward Albee	연극	1979	극단 산하	한국공연윤리위원회
심의대본	아메리카의 이브			자끄 가브리엘 ; Jacques Gabriel	연극	1985	극단 실험극장	한국공연윤리위원회
심의대본	아메스트의 美女		극단 뿌리 제77회 공연	윌리엄 루스 ; William Luce	연극	1990	극단 뿌리	공연윤리위원회
심의대본	아메스트의 美女		극단 뿌리 제17회 공연	윌리엄 루스 ; William Luce	연극	1980	극단 뿌리	한국공연윤리위원회
심의대본	아무도 모른다			류재창	연극	1970	동대연극부	한국예술문화윤리위원회

523

부록

심의대본	아무런 이야기			이봉재	연극	1974	극단 에저또	한국예술문화 윤리위원회
심의대본	아바쿰(AVVAKUM)	서울올림픽 문화예술축 전 서울국제연극제 참가 작품		아바쿰; Аввакум Петров 각색 블로 디미르 스타니우스 키; Wlodzmiez Staniewski	연극	1988	가르지니차 극단; Gardzienice Theatre Association	공연윤리위원회
심의대본	아버지 바다			이반	연극	1989	극단 현대극장	공연윤리위원회
심의대본	아버지. 아버지!	극단 사계 제18회 공연		윌리엄 인지; William Inge	연극	1982	극단 사계	한국공연윤리 위원회
심의대본	아버지의 죽음			원작 아서 밀러; Arthur Miller, 극본 윤대성	연극	1993	극단 현대예술극장	공연윤리위원회
심의대본	아벨만 이야기	극단 상황 제4회 공연예 정 작품		이근삼	연극	1978	극단 상황	한국공연윤리 위원회
심의대본	아벨만의 재판	천마무대 19회 정기공연; 제2회 전국 대학연극축 전 참가공연		이근삼	연극	1979	영남대학교 연극반	한국공연윤리 위원회
심의대본	아벨만의 재판(裁判)	극단 가교 제1회 대한민 국 연극제 참가작품		이근삼	연극	1977	극단 가교	한국공연윤리 위원회
심의대본	아벨만의 재판(裁判)	극단 가교 제113회 정기 공연		이근삼	연극	1985	극단 가교	한국공연윤리 위원회
심의대본	아빠	극단 여인극장 제80회 공연		휴 레너드; Hugh Leonard	연극	1987	극단 여인극장	공연윤리위원회
심의대본	아빠 얼굴 예쁘네요	연우무대 17		김광림	연극	1986	연우무대	공연윤리위원회
심의대본	아빠! 뽀뽀 하지마세요			안느이유	연극	1979	극단 은하	한국공연윤리 위원회
심의대본	아빠와 딸			도로시 아마드; Dorothy Ahmad	연극	1981	-	한국공연윤리 위원회
심의대본	아빠와 딸	극단 미추홀 제5회 공연		도로시 아마드; Dorothy Ahmad	연극	1981	극단 미추홀	한국공연윤리 위원회
심의대본	아빠의 딸	극단 미추홀 제5회 공연		도로시 아마드; Dorothy Ahmad	연극	1981	극단 미추홀	한국공연윤리 위원회
심의대본	아세아 가요제			구성 문예부	대중	1970	새별 연예부	한국예술문화 윤리위원회
심의대본	아세아 가요제 굿바이 쇼	東京의 밤		구성 문예부	대중	1970	프린스 쇼	한국예술문화 윤리위원회
심의대본	아세아 그룹 싸운드 카니발 : 출연자 명단/ 프로그램			김진	대중	1969	-	한국예술문화 윤리위원회
심의대본	아이 러브유	극단 대하 제26회 공연		에이브 아인혼; Abe Einhorn	연극	1984	극단 대하	한국공연윤리 위원회
심의대본	아이다(AIDA)	이태리 파르마 오페라단 초청공연		안토니오 기슬란초니; Antonio Ghislanzoni	음악	1978	이태리파르마 오페라단	한국공연윤리 위원회
심의대본	아이다(AIDA)			안토니오 기슬란초니; Antonio Ghislanzoni	음악	1979	-	한국공연윤리 위원회
심의대본	아이다(AIDA)	세종문화회관개관기념 이태리파르마오페라단 초청공연		안토니오 기슬란초니; Antonio Ghislanzoni	음악	1978	이태리파르마 오페라단	한국공연윤리 위원회
심의대본	아이다(AIDA)			안토니오 기슬란초니; Antonio Ghislanzoni	음악	1979	-	한국공연윤리 위원회

심의대본	아이들만의 도시		아동극단 딱따구리 7회 공연	원작 헨리 윈터펠트; Henry Winterfeld, 극본 나종순	연극	1983	아동극단 딱따구리	한국공연윤리 위원회
심의대본	아일랜드		실험극장 제105회 공연	구성 아돌 후가드; Athol Fugard · 윈스턴 쇼나; Winston Ntshona · 존 카니; John Kani	연극	1987	극단 실험극장	공연윤리위원회
심의대본	아일랜드		실험극장 제105회 공연	구성 아돌 후가드; Athol Fugard · 윈스턴 쇼나; Winston Ntshona · 존 카니; John Kani	연극	1987	극단 실험극장	공연윤리위원회
심의대본	아일랜드			아돌 후가드; Athol Fugard · 윈스턴 쇼나; Winston Ntshona · 존 카니; John Kani	연극	1981	극단 문예극장	한국공연윤리 위원회
심의대본	아일랜드			구성 아돌 후가드; Athol Fugard · 윈스턴 쇼나; Winston Ntshona · 존 카니; John Kani	연극	1980	극단 실험극장	한국공연윤리 위원회
심의대본	아일랜드			아돌 후가드; Athol Fugard · 윈스턴 쇼나; Winston Ntshona · 존 카니; John Kani	연극	1990	-	공연윤리위원회
심의대본	아일랜드		극단 객석 창단 공연	아돌 후가드; Athol Fugard · 윈스턴 쇼나; Winston Ntshona · 존 카니; John Kani	연극	1988	극단 객석	공연윤리위원회
심의대본	아일랜드			구성 아돌 후가드; Athol Fugard · 윈스턴 쇼나; Winston Ntshona · 존 카니; John Kani	연극	1977	극단 실험극장	한국공연윤리 위원회
심의대본	아제아제바라아제		극단 탈 사월초파일 기념 공연	위기철	연극	1984	극단 탈	한국공연윤리 위원회
심의대본	아주 아주 커다란 무우			미상	연극	1989	인형극단 보물섬	공연윤리위원회
심의대본	아침 정오 그리고 밤			이스라엘 호로비츠; Israel Horovitz · 테렌스 맥널리; Terrence McNally · 레너드 멜피; Leonard Melfi	연극	1987	작은신화	공연윤리위원회
심의대본	아침 한때 눈이나 비			오태석	연극	1993	창무회, 극단 목화	공연윤리위원회
심의대본	아침부터 자정까지			게오르크 카이저; Georg Kaiser	연극	1992	극단 현대예술극장	공연윤리위원회
심의대본	아침부터 자정까지(Von Morgens Bis Mitternachts)	Stuck in zwei Teilen		게오르크 카이저; Georg Kaiser	연극	1983	-	한국공연윤리 위원회
심의대본	아침에는 늘 혼자예요		극단 연우무대 제1회 공연	김광림	연극	1978	극단 연우무대	한국공연윤리 위원회

부록

심의대본	아침에는 늘 혼자예요.			김광림	연극	1978	극단 대하, 연우무대	한국공연윤리위원회
심의대본	아파트 부부			복원규	연극	1966	쇼- 뾰드	한국예술문화윤리위원회
심의대본	아파트 열쇠를 빌려드립니다			닐 사이먼;Neil Simon	연극	1987	민중극단	공연윤리위원회
심의대본	아파트 열쇠를 빌려드립니다			닐 사이먼;Neil Simon	연극	1986	민중극단	공연윤리위원회
심의대본	아파트 열쇠를 주세요	극단 대중극장 제5회 공연		이재현	연극	1984	극단 대중극장	한국공연윤리위원회
심의대본	아파트의 류시스트라테			원작 아리스토파네스, 개작 이상우	연극	1993	-	공연윤리위원회
심의대본	아파트의 비둘기			전기주	연극	1980	극단 민중극장	한국공연윤리위원회
심의대본	아폴로			장 지로두;Jean Giraudoux	연극	1984	-	한국공연윤리위원회
심의대본	아폴로			장 지로두;Jean Giraudoux	연극	1988		공연윤리위원회
심의대본	아프리카			오태석	연극	1994	극단 목화	공연윤리위원회
심의대본	아프리카			오태석	연극	1984	극단 목화	한국공연윤리위원회
심의대본	아프리카 동화			미상	연극	1991	교육극단 사다리	공연윤리위원회
심의대본	아홉시의 우편배달	동인극단 제9회 공연		하워드 새클러; Howard Sackler	연극	1983	동인극단	한국공연윤리위원회
심의대본	아홉시의 우편배달			하워드 새클러; Howard Sackler	연극	1974	연합대학극회	한국예술문화윤리위원회
심의대본	악령(惡靈;Les possédés)	서울대학교 총연극회 제16회 공연		원작 도스토옙스키; Fyodor Mikhailovich Dostoevskii, 각색 알베르 카뮈;Albert Camus	연극	1969	서울대학교 총연극회	한국예술문화윤리위원회
심의대본	악마와 톰			원작 워싱턴 어빙; Washington Irving	연극	1975	-	한국예술문화윤리위원회
심의대본	악마의 변호인			모리스 L. 웨스트; Morris Langlo West	연극	1985	예술선교극회, 극단 광대	한국공연윤리위원회
심의대본	악마의 요술거울	극단 신기루 제2회 공연		최정구	연극	1989	극단 신기루	공연윤리위원회
심의대본	악마의 제자	극단 민중·광장 합동 공연		조지 버나드 쇼; George Bernard Shaw	연극	1982	극단 민중, 극단 광장	한국공연윤리위원회
심의대본	악마의 제자	극단 민중·광장 합동 공연		조지 버나드 쇼; George Bernard Shaw	연극	1982	극단 민중, 극단 광장	한국공연윤리위원회
심의대본	악마의 제자(惡魔의 弟子)	단국대학교 단대극회 제12회 대공연		조지 버나드 쇼; George Bernard Shaw	연극	1974	단대극회	한국예술문화윤리위원회
심의대본	안 내놔 못 내놔			다리오 포;Dario Fo	연극	1990	우리극단 마당	공연윤리위원회
심의대본	안 내놔? 못 내놔!			다리오 포;Dario Fo	연극	1988	-	공연윤리위원회
심의대본	안 내놔? 못 내놔!			다리오 포;Dario Fo	연극	1985	극단 서강	한국공연윤리위원회
심의대본	안 내놔? 못 내놔!			다리오 포;Dario Fo	연극	1993	극단 창가	공연윤리위원회
심의대본	안 내놔? 못 내놔!!			다리오 포;Dario Fo	연극	1983	극단 실험극장	한국공연윤리위원회

심의대본	안개		극단 쎄실극장 제6회 공연; 창작극 시리즈 제2탄!	이현화	연극	1978	극단 쎄실극장	한국공연윤리위원회
심의대본	안개를 낚다		79년도 신춘문예희곡 당선작발표회	최정주	연극	1979	극단 민중극장	한국공연윤리위원회
심의대본	안개소리 / 결혼기념일(結婚記念日)		극단 현대극회 제7회 공연	차범석, 하유상	연극	1970	극단 현대극회	한국예술문화윤리위원회
심의대본	안개속을 흐르는 강		OB아이스배 '94 전국대학연극제; 제36차 정기 가을 공연	원작 김성남, 각색 김성남	연극	1994	전남대학교 유네스코 학생회 연극반	공연윤리위원회
심의대본	안개의 성(城)		제7회 대한민국연극제 참가작품; 극단 작업 제42회 공연	최명희	연극	1983	극단 작업	한국공연윤리위원회
심의대본	안나 크리스티			유진 오닐 ; Eugene O'Neill	연극	1977	극단 현대극장	한국공연윤리위원회
심의대본	안나 크리스티			유진 오닐 ; Eugene O'Neill	연극	1991	극단 이목구비체	공연윤리위원회
심의대본	안나 클라이버		극단 민중극장 제35회 공연	알퐁소 싸스트르 ; Alfonso Sastre	연극	1978	극단 민중극장	한국공연윤리위원회
심의대본	안나 클라이버	Anna Kleiber - 연인 안나	극단 금파 창단공연	알퐁소 싸스트르 ; Alfonso Sastre	연극	1989	극단 금파	공연윤리위원회
심의대본	안네 후랑크의 日記		극단 신협 제78회 공연	안네 프랑크 ; Anne Frank, 각색 프란세스 구드리치 ; Frances Goodrich · 앨버트 해킷 ; Albert Hackett	연극	1971	극단 신협	한국예술문화윤리위원회
심의대본	안네의 일기		극단 얄라성 제4회 공연	안네 프랑크 ; Anne Frank, 각색 프란세스 구드리치 ; Frances Goodrich · 앨버트 해킷 ; Albert Hackett	연극	1975	극단 얄라성	한국예술문화윤리위원회
심의대본	안네의 일기		황정순 여사 연기생활 45주년 기념공연; 극단 신협 제112회 공연	안네 프랑크 ; Anne Frank	연극	1984	극단 신협	한국공연윤리위원회
심의대본	안네의 日記			안네 프랑크, 각색 프란세스 구드리치 ; Frances Goodrich · 앨버트 해킷 ; Albert Hackett	연극	1969	가톨릭의과대학연극회	한국예술문화윤리위원회
심의대본	안녕! 슬픈 무지개			장정호	연극	1990	-	공연윤리위원회
심의대본	안녕하세요 산타크로스 할아버지			고성주	연극	1986	극단 신라, 극단 코리아	공연윤리위원회
심의대본	안도라		신촌 극단 창립 공연	막스 프리쉬 ; Max Frisch	연극	1976	신촌 극단	한국공연윤리위원회
심의대본	안도라			막스 프리쉬 ; Max Frisch	연극	1981	서울간호전문대학	한국공연윤리위원회
심의대본	안도라		극단 성좌 제15회 공연	막스 프리쉬 ; Max Frisch	연극	1978	극단 성좌	한국공연윤리위원회
심의대본	안도라		서울 산업대학 극예술 연구회 제26회 정기공연	막스 프리쉬 ; Max Frisch	연극	1979	서울산업대학 극예술 연구회	한국공연윤리위원회
심의대본	안도라		고려대학교 극예술연구회 제42회 정기공연	막스 프리쉬 ; Max Frisch	연극	1977	고려대학교 극예술 연구회	한국공연윤리위원회

심의대본	안토니와 클레오파트라	극단 실험극장 창단30주년 기념공연 ; 극단 실험극장 제117회 공연	윌리엄 셰익스피어 ; William Shakespeare	연극	1990	극단 실험극장	공연윤리위원회
심의대본	안티고네		소포클레스 ; Sophocles	연극	1983	-	한국공연윤리위원회
심의대본	안티고네		소포클레스 ; Sophocles	연극	1987	하정레파터리시스템	공연윤리위원회
심의대본	안티고네	극단 금파 제2회 정기공연	소포클레스 ; Sophocles, 각색 장아누이 ; Jean Anouilh	연극	1991	극단 금파	공연윤리위원회
심의대본	안티고네	제1회 전국대학연극축전 출품작	소포클레스 ; Sophocles	연극	1978	동덕여대 극예술연구반	한국공연윤리위원회
심의대본	안티고네	극단 가교 19회 대공연	소포클레스 ; Sophocles, 다시씀 장아누이 ; Jean Anouilh, 고쳐옮김 루이스 갈란티어 ; Lewis Galantiere	연극	1973	극단 가교	한국예술문화윤리위원회
심의대본	안티고네		소포클레스 ; Sophocles	연극	1977	숭의여자전문학교 학도호국단 문예부 연극반	한국공연윤리위원회
심의대본	안티고네	극단 가교 제l07회 공연	소포클레스 ; Sophocles, 다시씀 장아누이 ; Jean Anouilh, 고쳐옮김 루이스 갈란티어 ; Lewis Galantiere	연극	1979	극단 가교	한국공연윤리위원회
심의대본	안티고네		소포클레스 ; Sophocles, 번안장아누이 ; Jean Anouilh, 각색 루이스 갈란티어 ; Lewis Galantiere	연극	1984	극단 실험극장	한국공연윤리위원회
심의대본	안티고네		원작 소포클레스 ; Sophocles, 각색 장아누이 ; Jean Anouilh	연극	1991	-	공연윤리위원회
심의대본	안티고네	명지대학교 사회교육원 연극영화학과 극단 백마 레파토리 제2회 공연	장아누이 ; Jean Anouilh	연극	1991	명지대학교 연극영화학과 극단 백마 레파토리	공연윤리위원회
심의대본	안티고네		소포클레스 ; Sophocles, 다시씀 장아누이 ; Jean Anouilh, 고쳐옮김 루이스 갈란티어 ; Lewis Galantiere	연극	1984	우리극단 마당	한국공연윤리위원회
심의대본	알 수 없는 노릇이군	극단 실험극장 제37회 공연	프리드리히 뒤렌마트 ; Friedrich Durrenmatt	연극	1971	극단 실험극장	한국예술문화윤리위원회
심의대본	알라딘		각색 운태희	연극	1993	-	공연윤리위원회
심의대본	알라딘과 마술램프		미상	연극	1994	-	공연윤리위원회
심의대본	알라딘과 요술램프	극단 실험극장 제109회 공연	엘리자베스 브라운 둘리	연극	1988	극단 실험극장	공연윤리위원회

심의대본	알라딘과 요술램프			미상	연극	1988	-	공연윤리위원회
심의대본	알라딘과 요술램프			미상	연극	1992	예술기획 IMG	공연윤리위원회
심의대본	알라딘과 요술램프	극단 실험극장 제109회 공연		엘리자베스 브라운 둘리	연극	1988	극단 실험극장	공연윤리위원회
심의대본	알라딘과 요술램프			엘리자베스 브라운 둘리	연극	1991	-	공연윤리위원회
심의대본	알라딘과 요술램프			극본 세르게이 오브 라스초프 ; Sergey Vladimirovich Obraztsov	연극	1995	러시아연방국립아카 데미 중앙인형극장	공연윤리위원회
심의대본	알라딘과 요술램프			극본 세르게이 오브 라스초프 ; Sergey Vladimirovich Obraztsov	연극	1995	러시아연방국립아카 데미 중앙인형극장	공연윤리위원회
심의대본	알라딘과 요술램프/ 번데기 의 외투/ 아기 토끼의 효성/ 황금 알을 낳는 닭/ 헨젤과 그레텔			서인수, 그림형제 ; Brüder Grimm, 각색 서인수	연극	1986	-	공연윤리위원회
심의대본	알라딘과 요술장이 지니			미상	연극	1995	-	공연윤리위원회
심의대본	알라딘의 램프	극단 영 제40회 작품		미상	연극	1990	-	공연윤리위원회
심의대본	알라딘의 마술램프			미상	연극	1994	-	공연윤리위원회
심의대본	알라딘의 모험			미상	연극	1994	서울인형극회	공연윤리위원회
심의대본	알라딘의 요술등잔	꽃사슴아동극단 창립대 공연		주평	연극	1973	꽃사슴아동극단	한국예술문화 윤리위원회
심의대본	알라딘의 요술등잔	새들어린이극장 30회 기념 대공연		극본 이성	연극	1980	새들어린이극장	한국공연윤리 위원회
심의대본	알라딘의 요술등잔	아동극단 새들 제20회 공연		미상	연극	1975	아동극단 새들	한국예술문화 윤리위원회
심의대본	알라딘의 요술램프			미상	연극	1991	-	공연윤리위원회
심의대본	알라딘의 요술램프			각색 장경희	연극	1994	-	공연윤리위원회
심의대본	알라딘의 요술램프			미상	연극	1993	극단 동방	공연윤리위원회
심의대본	알라망			유덕형	연극	1986	-	공연윤리위원회
심의대본	알랑뱅이 늑대 대소동			미상	연극	1990	우리인형극단	공연윤리위원회
심의대본	알로에의 교훈			아돌 후가드 ; Athol Fugard	연극	1983	우리극단 마당, 극단 맥토	한국공연윤리 위원회
심의대본	알로에의 교훈	극단 성좌 제62회 공연		아돌 후가드 ; Athol Fugard	연극	1987	극단 성좌	공연윤리위원회
심의대본	알로에의 교훈			아돌 후가드 ; Athol Fugard	연극	1981	우리극단 마당, 극단 맥토	한국공연윤리 위원회
심의대본	알리바바			미상	연극	1993	서울인형극회	공연윤리위원회
심의대본	알리바바 40인의 도적	'84 극단 딱다구리 9회 정기공연		극본 정근	연극	1984	극단 딱다구리	한국공연윤리 위원회
심의대본	알리바바와 40인의 도적	'79 세계 아동의 해 특별 기념 ; 꽃사슴 아동극단 제28회 대공연		편극 김정호	연극	1979	꽃사슴 아동극단	한국공연윤리 위원회
심의대본	알리바바와 40인의 도적	'79 세계 아동의 해 특별 기념 ; 꽃사슴 아동극단 제28회 대공연		미상	연극	1979	꽃사슴 아동극단	한국공연윤리 위원회
심의대본	알리바바와 40인의 도적	'84 극단 딱따구리 9회 정 기공연		극본 정근	연극	1984	극단 딱다구리	한국공연윤리 위원회

529

심의대본	알리바바와 40인의 도적			각색 김익현	연극	1994	아동극단 징검다리	공연윤리위원회
심의대본	알마아타의 사람들		극단 부활 제38회 공연	이재현	연극	1994	극단 부활	공연윤리위원회
심의대본	알바의 집		여인극장 제4회 공연	페데리코 가르시아 로르카; Federico Garcia Lorca	연극	1968	여인극장	한국예술문화 윤리위원회
심의대본	알비장		민예극단 제39회 공연; 민예극장 개관 기념 연극 제 첫 번째 작품	이동진	연극	1979	극단 민예	한국공연윤리 위원회
심의대본	알프스 소녀 하이디			미상	연극	1990	극단 민중극단	공연윤리위원회
심의대본	알프스 소녀 하이디			요한나 슈피리; Johanna Spyri	연극	1988	그룹 쌍씨	공연윤리위원회
심의대본	알프스 소녀 하이디			요한나 슈피리; Johanna Spyri	연극	1994	극단 동방	공연윤리위원회
심의대본	알프스 少女 하이디		아동극단 딱다구리 제3회 공연	원작 요한나 슈피리; Johanna Spyri, 극본 나종순	연극	1980	아동극단 딱다구리	한국공연윤리 위원회
심의대본	알피			빌 노턴; Bill Naughton	연극	1984	극단 서강	한국공연윤리 위원회
심의대본	암야의 집			티에리 모니에; Thierry Maulnier	연극	1981	-	한국공연윤리 위원회
심의대본	암야의 집			티에리 모니에; Thierry Maulnier	연극	1976	서울대학교 총연극회	한국예술문화 윤리위원회
심의대본	압살롬의 제비			이반	연극	미상	숭의여자고등학교	한국예술문화 윤리위원회
심의대본	앙리 4세			루이지 피란델로; Luigi Pirandello	연극	1985	극단 신선극장	한국공연윤리 위원회
심의대본	아Q정전			원작 루쉰; 魯迅, 각색 진백진; 陳白塵	연극	1989	시어터그룹 신협127	공연윤리위원회
심의대본	애니			원작 토마스 미한; Thomas Meehan, 각색 김광태	연극	1991	-	공연윤리위원회
심의대본	애니			토마스 미한; Thomas Meehan	연극	1987	-	공연윤리위원회
심의대본	애니			원작 토마스 미한; Thomas Meehan, 각색 김광태	연극	1990	소나무어린이극단	공연윤리위원회
심의대본	애니			토마스 미한; Thomas Meehan	연극	1992	극단 광장	공연윤리위원회
심의대본	애니		현대문화극장 개관기념 공연	토마스 미한; Thomas Meehan, 각색 윤석화	연극	1985	-	한국공연윤리 위원회
심의대본	애니			원작 해럴드 그레이; Harold Gray, 각색 지광훈	연극	1993	극단 뜨락	공연윤리위원회
심의대본	애니			토마스 미한; Thomas Meehan	연극	1992	동화나라	공연윤리위원회
심의대본	애니			토마스 미한; Thomas Meehan	연극	1994	-	공연윤리위원회
심의대본	애니			토마스 미한; Thomas Meehan	연극	1994	-	공연윤리위원회

심의대본	애니(Annie)		현대문화극장 개관기념 공연	토마스 미한; Thomas Meehan, 각색 윤석화	연극	1985	-	한국공연윤리 위원회
심의대본	애니깽		'90 전국 청소년연극축전 참가작품	김상열	연극	1990	한국 청소년 공연예술 진흥회	공연윤리위원회
심의대본	애니깽		극단 신시 창단 공연	김상열	연극	1988	극단 신시	공연윤리위원회
심의대본	애니깽		극단 신시 창단 공연	김상열	연극	1988	극단 신시	공연윤리위원회
심의대본	애로이스의 결혼수업			노엘 카워드; Noel Coward, 각색 문시운	연극	1984	-	한국공연윤리 위원회
심의대본	애벌레의 여행 / 빨간모자			미상	연극	1992		공연윤리위원회
심의대본	애오라지		극단 민예극장 제4회 대한 민국 연극제 참가작품; 극단 민예극장 제51회공연	허규	연극	1980	극단 민예극장	한국공연윤리 위원회
심의대본	앨리스의 이상한 나라		제10회 아시아경기대회 경축; 새들어린이극장 제41회 대공연	원작 루이스 캐럴; Lewis Carrol, 극본 이성	연극	1986	새들어린이극장	공연윤리위원회
심의대본	앨리스의 이상한 나라			원작 루이스 캐럴; Lewis Carrol, 극본 이성	연극	1980	새들어린이극장	한국공연윤리 위원회
심의대본	앵무새 리코와 알파			이병도	연극	1979	극단 민중극장	한국공연윤리 위원회
심의대본	앵무새 리코와 알파			이병도	연극	1986	-	공연윤리위원회
심의대본	야간열차(夜間列車)		제9기 졸업공연	알버트 까리에르	연극	1968	현대연기학원	한국예술문화 윤리위원회
심의대본	야누스의 심판(審判)		극단 은하 제15회 공연	최기인	연극	1977	극단 은하	한국공연윤리 위원회
심의대본	야만의 결혼(野蠻의 結婚)			얀 끄펠렉; Yann Queffelec, 각색 나종순	연극	1987	극단 작업	공연윤리위원회
심의대본	야만의 결혼(野蠻의 結婚)			얀 끄펠렉; Yann Queffelec, 각색 나종순	연극	1987	극단 작업	공연윤리위원회
심의대본	야만의 결혼(野蠻의 結婚)			얀 끄펠렉; Yann Queffelec, 각색 나종순	연극	1987	극단 작업	공연윤리위원회
심의대본	야만의 결혼(野蠻의 結婚)			얀 끄펠렉; Yann Queffelec, 각색 나종순	연극	1987	극단 작업	공연윤리위원회
심의대본	야상곡		극단 프라이에 뷔네 제42회 공연	볼프강 힐데스하이머; Wolfgang Hildesheimer	연극	1978	극단 프라이에 뷔네	한국공연윤리 위원회
심의대본	야인환상곡			장시우	연극	1986	극단 아쉬레	공연윤리위원회
심의대본	약산의 진달래(藥山의 진달래)		극단 배우극장 제4회 혁신공연	차범석	연극	1973	극단 배우극장	한국예술문화 윤리위원회
심의대본	약장사			오태석	연극	1978		한국공연윤리 위원회
심의대본	약장사		극단 미추홀의 두번째 무대	오태석	연극	1981	극단 미추홀	한국공연윤리 위원회
심의대본	약장사			오태석	연극	1978	극단 공간	한국공연윤리 위원회
심의대본	약장사			오태석	연극	1981	극단 민예극장	한국공연윤리 위원회
심의대본	약장사			오태석	연극	1976	-	한국예술문화 윤리위원회

심의대본	약장사			오태석	연극	1985	-	한국공연윤리위원회
심의대본	약장수			오태석	연극	1986	-	공연윤리위원회
심의대본	약장수			오태석	연극	1978	-	한국공연윤리위원회
심의대본	양피 군빠이-쇼			구성 채규철	연극	1967	다이야몬드-쇼	한국예술문화윤리위원회
심의대본	양반(兩班)의 코			이일훈	연극	1966	서라벌중고등학교 연극반	한국예술문화윤리위원회
심의대본	양반굿			마광수	연극	1981	홍익극연구회	한국공연윤리위원회
심의대본	양반을 골리는 하인 / 삐에로와 함께 / 춤추는 인형			각색 황석연	연극	1985	인형극단 손가락	한국공연윤리위원회
심의대본	양반전(兩班傳)	현대문학사전속극회 제2회 공연		유현종	연극	1972	현대문학사전속극회	한국예술문화윤리위원회
심의대본	양아치	제1회 민족극한마당 참가작품		미상	연극	1988	극단 새뚝이	공연윤리위원회
심의대본	양아치	제1회 민족극한마당 참가작품		미상	연극	1988	극단 새뚝이	공연윤리위원회
심의대본	양의원(梁議員)	극단 에저또 제70회 공연; 창립 20주년 기념공연		이용찬	연극	1987	극단 에저또	공연윤리위원회
심의대본	양주 산태놀이	꼭두놀음패 어릿광대 첫번째 공연		미상	연극	1980	꼭두놀음패 어릿광대	한국공연윤리위원회
심의대본	양주별산대	'88 서울 마리오네뜨월드 참가작품; 꼭두극단 산울림 창단공연		미상	연극	1988	꼭두극단 산울림	공연윤리위원회
심의대본	양지의 미소			최명래	연극	1968	극단 예협	한국예술문화윤리위원회
심의대본	어-드 커플			닐 사이먼; Neil Simon	연극	1987	민중극단	공연윤리위원회
심의대본	어느 날	극회 원 창립공연		정진화	연극	1975	극회 원	한국예술문화윤리위원회
심의대본	어느 날의 환상			하유상	연극	1975	극단 무대	한국예술문화윤리위원회
심의대본	어느 똥개의 여름	극단 전원 창단 10번째 작품		원작 김주성, 각색 정홍빈	연극	1995	극단 전원	공연윤리위원회
심의대본	어느 몽유병 환자	고려대학교 의과대학 연극부 제9회 공연		이재현	연극	1975	고려대학교 의과대학 연극부	한국예술문화윤리위원회
심의대본	어느 몽유병환자 (夢遊病患者)			이재현	연극	1970	극단 실험극장	한국예술문화윤리위원회
심의대본	어느 소녀의 슬픈 사랑 이야기			박정일	연극	1994	극단 어디서나	공연윤리위원회
심의대본	어느 소시민의 분노	극단 여인극장 102회 정기공연; 제15회 서울연극제 공식참가작품		박제홍	연극	1991	극단 여인극장	공연윤리위원회
심의대본	어느 위치(位置)	극단 현대극회 제15회 공연		박경창	연극	1973	극단 현대극회	한국예술문화윤리위원회
심의대본	어느 유태인 학살의 회상			엘빈 실바누스; Erwin Sylvanus	연극	1974	극단 밀	한국예술문화윤리위원회

심의대본	어느 이방부녀(異邦父女)의 애정고백			신종상	연극	1987	-	공연윤리위원회
심의대본	어느 이방부녀의 애정고백			신종상	연극	1987		기타
심의대본	어느 조각가와 탐정			오종우	연극	1975	-	한국예술문화윤리위원회
심의대본	어느 족보(族譜)가 그 빛을 더 하랴!	제11회 서울연극제참가작품 ; 극단 제작극회 제38회 공연		조원석	연극	1987	극단 제작극회	공연윤리위원회
심의대본	어느 족보(族譜)가 그 빛을 더 하랴!	제11회 서울연극제 참가작품 ; 극단 제작극회 제38회 공연		조원석	연극	1987	극단 제작극회	공연윤리위원회
심의대본	어느 폴란드 유태인 학살의 회상	극회 상단 창립공연		엘빈 실바누스 ; Erwin Sylvanus	연극	1975	극회 상단	한국예술문화윤리위원회
심의대본	어느 학술원에 드리는 보고			프란츠 카프카 ; Franz Kafka	연극	1980	극단 76극장	한국공연윤리위원회
심의대본	어느 학술원에 드리는 보고서	극단 에저또 제71회 공연		프란츠 카프카 ; Franz Kafka	연극	1988	극단 에저또	공연윤리위원회
심의대본	어니언스 노래 가사집			미상	대중	1974	-	한국예술문화윤리위원회
심의대본	어두운 층계 위	극단 능라촌 제13회 공연		윌리엄 인지 ; William Inge	연극	1976	극단 능라촌	한국공연윤리위원회
심의대본	어두워질 때까지	극단 사조 제5회 공연		프레드릭 노트 ; Frederick Knott	연극	1982	극단 사조	한국공연윤리위원회
심의대본	어두워질 때까지	극단 맥토 제34회 공연		프레드릭 노트 ; Frederick Knott	연극	1980	극단 맥토	한국공연윤리위원회
심의대본	어두워질 때까지			프레드릭 노트 ; Frederick Knott	연극	1981	극단 맥토	한국공연윤리위원회
심의대본	어두워질 때까지	극단 광장 제102회 공연		프레드릭 노트 ; Frederick Knott	연극	1986	극단 광장	공연윤리위원회
심의대본	어두워질 때까지	극단 고향 77년 3월 공연		프레드릭 노트 ; Frederick Knott	연극	1977	극단 고향	한국공연윤리위원회
심의대본	어두워질 때까지	극단 광장 제102회 공연		프레드릭 노트 ; Frederick Knott	연극	1993	극단 광장	공연윤리위원회
심의대본	어둠 속의 작업			마르그리트 유르스나르 ; Marguerite Yourcenar	연극	1991	-	공연윤리위원회
심의대본	어둠의 자식들	연우무대 7 ; 문예회관 개관 기념 공연		원작 황석영, 각색 김광림	연극	1981	극단 연우무대	한국공연윤리위원회
심의대본	어디서 무엇이 되어 만나랴	경희극장 제1회 대학연극축전 참가작품 ; 경희극장 제36회 정기공연		최인훈	연극	1978	경희극장	한국공연윤리위원회
심의대본	어디서 무엇이 되어 만나랴	극단 자유 창단 20주년 기념공연		최인훈	연극	1986	극단 자유	공연윤리위원회
심의대본	어디서 무엇이 되어 만나랴	극단 자유극장 제52회 공연		최인훈	연극	1975	극단 자유극장	한국예술문화윤리위원회
심의대본	어디서 무엇이 되어 만나랴	극단 자유극장 30회 공연		최인훈	연극	1972	극단 자유극장	한국예술문화윤리위원회
심의대본	어디서 무엇이 되어 만나랴	제2회 대학연극축전 참가 ; 문행극회 43회 정기대공연		최인훈	연극	1979	성균관대학교 학도호국단 문예부 문행극회	한국공연윤리위원회

533

부록

심의대본	어떤 거울			이용우	연극	1991	극단 까망	공연윤리위원회
심의대본	어떤 목사님		공간 마당극시리즈 참가작품	박재서	연극	1985	공연예술그룹 완자무늬	한국공연윤리위원회
심의대본	어떤 사람도 사라지지 않는다		제6회 대한민국 연극제 참가작품; 극단 대하 제20회 공연	최인석	연극	1982	극단 대하	한국공연윤리위원회
심의대본	어떤 승부			최명천	연극	1982	-	한국공연윤리위원회
심의대본	어리석은 임금님			미상	연극	1989		공연윤리위원회
심의대본	어린 왕자			생텍쥐페리; Saint Exupery	연극	1990	레닌그라드 인형극단	공연윤리위원회
심의대본	어린 왕자			생텍쥐페리; Saint Exupery	연극	1986	극단 백의	공연윤리위원회
심의대본	어린 왕자			원작 생텍쥐페리; Saint Exupery, 각색 조흥	연극	1975	극단 르네쌍스	한국예술문화윤리위원회
심의대본	어린 왕자		극단 성좌 제19회 공연	원작 생텍쥐페리; Saint Exupery, 각색 하인즈 헹그스트	연극	1979	극단 성좌	한국공연윤리위원회
심의대본	어린 왕자			원작 생텍쥐페리; Saint Exupery, 각색 최정근	연극	1987	-	공연윤리위원회
심의대본	어린 왕자			생텍쥐페리; Saint Exupery, 각색 이홍규	연극	1986	극단 하정 레파터리 시스템	공연윤리위원회
심의대본	어린 왕자(The Little Prince)			생텍쥐페리; Saint Exupery	연극	1981	-	한국공연윤리위원회
심의대본	어릿 광대			양일권	연극	1991	극단 하나	공연윤리위원회
심의대본	어릿광대와 친구들		극단 영 Op. No. 71	극본 강승균, 구성 이정민	연극	1994	극단 영	공연윤리위원회
심의대본	어머니			최명래	연극	1968	극단 민예	한국예술문화윤리위원회
심의대본	어머니			유치진	연극	1970	상명여자고등학교	한국예술문화윤리위원회
심의대본	어머니			장정일	연극	1987	민중극단	공연윤리위원회
심의대본	어머니		극단 여인극장 제86회 공연	박제홍	연극	1988	극단 여인극장	공연윤리위원회
심의대본	어머니 이야기		극단 고향 제34회 공연	김용락	연극	1985	극단 고향	한국공연윤리위원회
심의대본	어머니 흰눈이 내려요			소치영, 각색 권순실	연극	1987	극단 사랑	공연윤리위원회
심의대본	어머니 흰눈이 내려요			소치영, 각색 권순실	연극	1987	극단 사랑	공연윤리위원회
심의대본	어머니에게 드리는 노래		1975년 여성의 해 기념	김활천	복합	1975	무궁화푸로모션	한국예술문화윤리위원회
심의대본	어머니의 비원			김석민, 각색 박철	연극	1975	호화선악극단	한국예술문화윤리위원회
심의대본	어메이징 테크니컬러 드림 코트			팀 라이스; Tim Rice	연극	1993	극단 현대극장	공연윤리위원회
심의대본	어미		극단 황토 창단 공연	오태석	연극	1982	극단 황토	한국공연윤리위원회
심의대본	어미		극단 황토 창단 공연	이노우에 히사시; 井上ひさし	연극	1982	극단 황토	한국공연윤리위원회

심의대본	어미와 참꽃			하종오	연극	1988	우리극단 마당	공연윤리위원회
심의대본	어미와 참꽃			하종오	연극	1989	우리극단 마당	공연윤리위원회
심의대본	어미와 참꽃			하종오	연극	1988	우리극단 마당	공연윤리위원회
심의대본	어미의 땅			하종호	연극	1990	-	공연윤리위원회
심의대본	어제와 내일 사이에서	어떤 류의 사랑 이야기	극단 로얄씨어터 82회 정기공연	강월도	연극	1994	극단 로얄씨어터	공연윤리위원회
심의대본	어쩌면 좋아		여인극장 제9회 공연	윤대성	연극	1969	여인극장	한국예술문화 윤리위원회
심의대본	어쩐지 돌연변이			강월도	연극	1988	극단 가교	공연윤리위원회
심의대본	억압된 욕망(抑壓된 慾望)		현대극회 제5회 공연	수전 글래스펠; Susan Glaspell	연극	1969	현대극장	한국예술문화 윤리위원회
심의대본	억울한 도둑		극단 에저또 창단 20주년 기념공연	미상	연극	1988	극단 에저또	공연윤리위원회
심의대본	억울한 도둑			유진규	연극	1988	-	공연윤리위원회
심의대본	억척어멈과 그 자식들		주한독일문화원 개원 10 주년 기념공연	베르톨트 브레히트; Bertolt Brecht	연극	1980	-	한국공연윤리 위원회
심의대본	언챙이 곡마단		제6회 대한민국 연극제 참가작품; 창단6주년 기념 특별공연	김상열	연극	1982	극단 현대극장	한국공연윤리 위원회
심의대본	언챙이 곡마단		우리극단 마당 제51회 공연	김상열	연극	1986	우리극단 마당	공연윤리위원회
심의대본	언챙이 곡마단		중앙대학교 개교 70주년 및 연극영화학과 창설 30 주년 기념공연	김상열	연극	1988	중앙대학교 연극 영화학과	공연윤리위원회
심의대본	얼굴찾기		현대무용단 탐 대한민국 무용제 참가작품	장수동	무용	미상	-	공연윤리위원회
심의대본	얼레야			오현주	연극	1991	서울창무극단	공연윤리위원회
심의대본	엄마 사랑해요	올백		박상철	연극	1991	-	공연윤리위원회
심의대본	엄마 찾아 삼만리			미상	연극	1988	엔젤 인형극회	공연윤리위원회
심의대본	엄마 찾아 삼만리			에드몬도 데 아미치스 ; Edmondo De Amicis	연극	1987	극단 샹시	공연윤리위원회
심의대본	엄마, 나 어떻게 태어났어?			구성: 정수진 · 도기륜	연극	미상	극단 놀이터	기타
심의대본	엄마가, 아빠를 옷장속에 매달아놓았어요. 그래서 나는 너무나 슬퍼요		극단 여인극장 78회 공연 ; 창단 20주년 기념 공연	아서 코핏 ; Arthur Lee Kopit	연극	1986	극단 여인극장	공연윤리위원회
심의대본	엄마를 기억하며(I Remember Mama)			존 반 드루텐; John Van Druten	연극	1975	-	한국예술문화 윤리위원회
심의대본	엄마의 모습			원작 캐스린 포브스; Kathryn Forbes, 각색 존 반 드루텐; John Van Druten	연극	1972	숭의여자고등학교	한국예술문화 윤리위원회
심의대본	엄마의 모습(I Remember Mama)		계성여자고등학교 창립 제33주년 기념대공연	원작 캐스린 포브스; Kathryn Forbes, 각색 존 반 드루텐; John Van Druten	연극	1977	계성여자고등학교 학도호국단 연극반	한국공연윤리 위원회
심의대본	엄마의 모습(I Remember Mama)		계성여자고등학교 창립 제33주년 기념대공연	원작 캐스린 포브스; Kathryn Forbes, 각색 존 반 드루텐; John Van Druten	연극	1977	계성여자고등학교 학도호국단 연극반	한국공연윤리 위원회
심의대본	엄마찾아 삼만리			미상	연극	1992	극단 반도	공연윤리위원회

심의대본	엄마찾아 삼만리			미상	연극	1994	극단 무지개	공연윤리위원회
심의대본	심중한 감시			장 주네 ; Jean Genet	연극	1978	극단 창고극장	한국공연윤리위원회
심의대본	엄지공주			원작 한스 안데르센; Hans Andersen, 구성 신대영	연극	1990	극단 동방	공연윤리위원회
심의대본	에덴야화	인간의 절대적 자유와 독립의 쟁취를 위한 두번째 이야기		박찬홍	연극	1988	극단 홍익	공연윤리위원회
심의대본	에덴의 동쪽		극단 춘추 제25회 작품	존 스타인벡 ; John Steinbeck, 각색 하유상	연극	1983	극단 춘추	한국공연윤리위원회
심의대본	에디뜨 삐아프의 사랑과 예술			백승규	연극	1982	극단 현대극장	한국공연윤리위원회
심의대본	에디뜨 삐아프의 사랑과 예술			백승규	연극	1977	극단 현대극장	한국공연윤리위원회
심의대본	에리뉴에스			원작 장 폴 사르트르 ; Jean Paul Sartre, 번안 윤중환	연극	1974	백합극회	한국예술문화윤리위원회
심의대본	에바 스미스양의 죽음			존 프리스틀리 ; John Boynton Priestley	연극	1986	-	공연윤리위원회
심의대본	에바 스미스양의 죽음		극단 시민극장 제3회 공연	존 프리스틀리 ; John Boynton Priestley	연극	1979	극단 시민극장	한국공연윤리위원회
심의대본	에바 스미스양의 죽음		극단 시민극장 제3회 공연	존 프리스틀리 ; John Boynton Priestley	연극	1979	극단 시민극장	한국공연윤리위원회
심의대본	에비타			팀 라이스 ; Tim Rice	연극	1981	극단 현대극장	한국공연윤리위원회
심의대본	에비타			팀 라이스 ; Tim Rice	연극	1988	극단 현대극장	공연윤리위원회
심의대본	에스터			각색 김희보	음악	1972	-	한국예술문화윤리위원회
심의대본	에케호모			최송림	연극	1987	극단 연극방	공연윤리위원회
심의대본	에쿠우스			피터 쉐퍼 ; Peter Shaffer	연극	1983	-	한국공연윤리위원회
심의대본	에쿠우스		극단 실험극장 제69회 공연 ; 극단 실험극장 창립 20주년 기념공연 시리즈]	피터 쉐퍼 ; Peter Shaffer	연극	1979	극단 실험극장	한국공연윤리위원회
심의대본	에쿠우스		1991년도 교사연극동우회 제12회 극단 수업 5회 공연	피터 쉐퍼 ; Peter Shaffer	연극	1991	극단 수업	공연윤리위원회
심의대본	에쿠우스		극단 실험극장 제47회 공연 ; 극단 실험극장 전용 극장 개관 기념공연	피터 쉐퍼 ; Peter Shaffer	연극	1975	극단 실험극장	한국예술문화윤리위원회
심의대본	에쿠우스			피터 쉐퍼 ; Peter Shaffer	연극	1977	-	한국공연윤리위원회
심의대본	에쿠우스			피터 쉐퍼 ; Peter Shaffer	연극	1985	-	한국공연윤리위원회
심의대본	에스트라미티			윌리엄 마스트로시몬 ; William Mastrosimone	연극	1992	우리극단 마당	공연윤리위원회
심의대본	엔드게임(End Game)			사무엘 베케트 ; Samuel Beckett	연극	1990	민중극단	공연윤리위원회

심의대본	엘 쿠웨드로 가지마라!			권터 아이히; Günther Eich	연극	1988	극단 나우	공연윤리위원회
심의대본	엘가	빅토리아 두번째 공연		원작 프란츠 그릴파 르처; Franz Grillparzer, 각색 게 르하르트 하웁트만; Gerhart Hauptmann	연극	1970	-	한국예술문화 윤리위원회
심의대본	엘가	극단 가교 104회 공연		게르하르트 하웁트만 ; Gerhart Hauptmann	연극	1981	극단 가교	한국공연윤리 위원회
심의대본	엘레판트 맨			버나드 포머란스; Bernard Pomerance	연극	1981	-	한국공연윤리 위원회
심의대본	엘렉트라	젊은 연극제 작품 No.3		원작 소포클레스; Sophocles, 구성 강나현	연극	1982	극단 신협	한국공연윤리 위원회
심의대본	엘렉트라	서울대학교 총연극회 사 대·자연대 합동공연; 개교 30주년 기념공연		소포클레스; Sophocles	연극	1976	서울대학교 사범대 자연대학 연극회	한국예술문화 윤리위원회
심의대본	엘로이즈와 늑대			미상	연극	1994	-	공연윤리위원회
심의대본	엘리 엘리 이손을			강성희	연극	1986	-	공연윤리위원회
심의대본	엘리베이터	제6회 정기공연		이재현	연극	1982	한국방송통신대학 극예술연구회	한국공연윤리 위원회
심의대본	엘리베이터			이재현	연극	1972	극단 실험극장	한국예술문화 윤리위원회
심의대본	엘리베이트	극단 성우 창립작품		이재현	연극	1980	극단 성우	한국공연윤리 위원회
심의대본	여관집 여주인			카를로 골도니; Carlo Goldoni	연극	1986	극단 떼아뜨르 추	공연윤리위원회
심의대본	여대생을 구합니다	극단 신협 제89회 공연		나탈리아 긴즈버그; Natalia Ginzburg	연극	1979	극단 신협	한국공연윤리 위원회
심의대본	여름밤의 꿈	71학년도 서라벌예술대 학 종합예술전 연극부문		윌리엄 셰익스피어; William Shakespeare	연극	1971	서라벌예술대학	한국예술문화 윤리위원회
심의대본	여름밤의 꿈			윌리엄 셰익스피어; William Shakespeare	연극	1975	대한간호학생연합회	한국예술문화 윤리위원회
심의대본	여배우와 도둑놈(원제 : 배 우와 도둑놈 그리고 여자)	극단 예군 제2회 정기 공연		제임스 커크우드; James Kirkwood, 번 안 김혁수	연극	1994	극단 예군	공연윤리위원회
심의대본	여성연예인공연(女性演藝 人公演)	싸우며 건설하자 반공방 첩 자주국방을 위한 운동 참가		김석민, 구성 김석민	복합	1968		한국예술문화 윤리위원회
심의대본	여왕과 반역자			우고 베티; Ugo Betti	연극	1985	-	한국공연윤리 위원회
심의대본	여왕과 장미			우고 베티; Ugo Betti	연극	1985	극단 창고극장	한국공연윤리 위원회
심의대본	여왕과 창녀(女王과 娼女)	는깨 예술극장 개관 기념 공연		우고 베티; Ugo Betti	연극	1987	극단 는깨	공연윤리위원회
심의대본	여우			정복근	연극	1976	민예극단	한국예술문화 윤리위원회
심의대본	여우			정복근	연극	1976	극단 창고극장	한국공연윤리 위원회
심의대본	여우야 여우야 뭐하니			공동구성	연극	1994	극단 우화	공연윤리위원회

심의대본	여우와 개구리 / 라 뮤지카		극단 자유극장 28회 Café 공연	사샤 기트리 ; Sacha Guitry, 마르그리트 뒤라스 ; Marguerite Duras	연극	1972	극단 자유극장	한국예술문화 윤리위원회
심의대본	여우와 곰돌이			미상	연극	1989	안데르센인형극회	공연윤리위원회
심의대본	여우와 까마귀			각색 채애라	연극	1994	-	공연윤리위원회
심의대본	여우와 두루미 / 오유란		매호씨 극단 - 어린이 극장	이솝 ; Aesop, 박재서, 구성 김성구	연극	1988	매호씨 극단	공연윤리위원회
심의대본	여우와 메추라기 / 청개구리			미상	연극	1985	인형극단 손가락	한국공연윤리 위원회
심의대본	여우와 포도		극단 산울림 제25회 공연	길레르메 휘게레도 ; Guilherme Figueiredo	연극	1979	극단 산울림	한국공연윤리 위원회
심의대본	여우와 포도			길레르메 휘게레도 ; Guilherme Figueiredo	연극	1985	-	한국공연윤리 위원회
심의대본	여의사와 도박꾼		극단 아름 제4회 정기 공연	데이비드 마멧 ; David Mamet	연극	1989	극단 아름	공연윤리위원회
심의대본	여인과 수인		극단 자유극장 제49회 공연	알렉산드르 솔제니친 ; Aleksandr Solzhenitsyn	연극	1975	극단 자유극장	한국예술문화 윤리위원회
심의대본	여자 부부			닐 사이먼 ; Neil Simon	연극	1988	극단 로얄 씨어터	공연윤리위원회
심의대본	여자 부부			닐 사이먼 ; Neil Simon	연극	1988	극단 로얄씨어터	공연윤리위원회
심의대본	여자가 옷을 입을 때		극단 사계 제14회 공연	노엘 카워드 ; Noel Coward	연극	1979	극단 사계	한국공연윤리 위원회
심의대본	여자만세		서울연극연기자그룹 제2회 공연	박재서	연극	1986	서울연극연기자그룹	공연윤리위원회
심의대본	여자의 끝마음			윌리엄 마스트로시몬 ; William Mastrosimone	연극	1985	우리극단 마당	한국공연윤리 위원회
심의대본	여자의 범죄			베스 헨리 ; Beth Henley	연극	1987	극단 로얄씨어터	공연윤리위원회
심의대본	여자의 애인		극단 현대예술극장 31회 공연	윌리엄 헨리 ; William Henry	연극	1993	극단 현대예술극장	공연윤리위원회
심의대본	여자의 창		극단 동인 제7회 공연	프랭크 마커스 ; Frank Marcus	연극	1982	극단 동인	한국공연윤리 위원회
심의대본	역광		1975년 세계여성의 해 기념 공연 ; 극단 여인극장 제26회 공연	강성희	연극	1975	극단 여인극장	한국예술문화 윤리위원회
심의대본	역사의 강(歷史의 江)		극단 한울 두번째 공연	김창화	연극	1983	극단 한울	한국공연윤리 위원회
심의대본	역풍	거슬러 부는 바람	극단 민예극장 제09회 공연	김영무	연극	1989	-	공연윤리위원회
심의대본	역풍		극단 민예극장 제09회 공연	김영무	연극	1989	-	공연윤리위원회
심의대본	연극, 제1번(演劇, 第一番)		극회 예맥 제2회 공연	최홍순	연극	1974	극회 예맥	한국예술문화 윤리위원회
심의대본	연극만들기			미상	연극	1991	-	공연윤리위원회
심의대본	연극이라는 연극			신성욱	연극	1987	극단 사람	공연윤리위원회

심의대본	연극이라는 연극			신성욱	연극	1987	극단 사람	공연윤리위원회
심의대본	연극이라는 연극			신성욱	연극	1987	-	공연윤리위원회
심의대본	연극이라는 연극			신성욱	연극	1987	극단 사람	공연윤리위원회
심의대본	연극이라는 연극			신성욱	연극	1987	극단 사람	공연윤리위원회
심의대본	연극쟁이 (Der Threatermacher)	극단 세미 제40회 정기 공연		토마스 베른하르트; Thomas Bernhard	연극	1994	극단 세미(世美)	공연윤리위원회
심의대본	연못나라 금도끼			미상	연극	1994	극단 어린왕자	공연윤리위원회
심의대본	연분은 따로 있다	서라벌국극단 박금희와 그 일행 창립 제10회 작품		손명숙, 편작 동화춘	연극	1970	서라벌국극단, 박금 희와 그 일행	한국예술문화 윤리위원회
심의대본	연애방정식			릴리언 피크 ; Lilian Peake	연극	1993	-	공연윤리위원회
심의대본	연애방정식(원제 : Man out of Reach)	극단 부활 제8회 정기 공연		원작 릴리언 피크 ; Lilian Peake, 각색 이 상화	연극	1985	극단 부활	한국공연윤리 위원회
심의대본	연애삼매(Liebelei)			아르투어 슈니츨러 ; Arthur Schnitzler	연극	1971	-	한국예술문화 윤리위원회
심의대본	연애수난기			차정룡	연극	1973	-	한국예술문화 윤리위원회
심의대본	연애수첩	제작극회 제37회 공연		장 클로드 카리에; Jean-Claude Carriere	연극	1987	극단 제작극회	공연윤리위원회
심의대본	연약한 침입자	극단 실험극장 제9회 공연		김용락	연극	1976	극단 실험극장	한국예술문화 윤리위원회
심의대본	연인 안나			알퐁소 싸스트르; Alfonso Sastre	연극	1985	극단 민중극장	한국공연윤리 위원회
심의대본	연인 안나(戀人 안나)	극단 민중극장 제8회 상연		알퐁소 싸스트르; Alfonso Sastre	연극	1969	극단 민중극장	한국예술문화 윤리위원회
심의대본	연인 안나(戀人 안나)			알퐁소 싸스트르; Alfonso Sastre	연극	1974	극단 밀	한국예술문화 윤리위원회
심의대본	연인과 타인			르네 테일러 ; Renee Taylor · 조셉 볼로냐 ; Joseph Bologna	연극	1987	민중극단	공연윤리위원회
심의대본	연인과 타인(戀人과 他人)			르네 테일러 ; Renee Taylor · 조셉 볼로냐 ; Joseph Bologna	연극	1982	극단 민중극장	한국공연윤리 위원회
심의대본	연인과 타인(戀人과 他人)			르네 테일러 ; Renee Taylor · 조셉 볼로냐 ; Joseph Bologna	연극	1980	극단 민중극장	한국공연윤리 위원회
심의대본	연인과 타인(恋人과 他人)			르네 테일러 ; Renee Taylor · 조셉 볼로냐 ; Joseph Bologna	연극	1985	극단 민중소극장	한국공연윤리 위원회
심의대본	연자방아간 우화(寓話)	1977년도 삼일로 창고극 장의 창작극 시리즈		오태영	연극	1977	극단 창고극장	한국공연윤리 위원회
심의대본	연지가마 꽃가마			김성천	연극	1972	자유예술단	한국예술문화 윤리위원회
심의대본	열 개의 인디안 인형			아가사 크리스티 ; Agatha Christie	연극	1988	-	공연윤리위원회
심의대본	열 개의 인디안 인형			아가사 크리스티 ; Agatha Christie	연극	1984	극단 대중극장	한국공연윤리 위원회
심의대본	열 개의 인디안 인형	건국대학교 16회 공연		아가사 크리스티 ; Agatha Christie	연극	1970	건국대학교	한국예술문화 윤리위원회

539

심의대본	열 개의 인디안 인형	극단 제작극회 제20회 대공연	아가사 크리스티 ; Agatha Christie	연극	1978	극단 제작극회	한국공연윤리위원회
심의대본	열 개의 인디안 인형		아가사 크리스티 ; Agatha Christie	연극	1992	-	공연윤리위원회
심의대본	열 개의 인디안 인형	극단 신협 제04회 공연	아가사 크리스티 ; Agatha Christie	연극	1980	극단 신협	한국공연윤리위원회
심의대본	열 개의 인디안 인형(人形)	극단 주부토 창단공연	아가사 크리스티 ; Agatha Christie	연극	1980	극단 주부토	한국공연윤리위원회
심의대본	열 개의 인디언 인형	극단 맥토 제10회 공연	아가사 크리스티 ; Agatha Christie	연극	1976	극단 맥토	한국예술문화윤리위원회
심의대본	열 사람의 고요한 바다		송린	연극	1984	퍼포먼스 그룹 위위	한국공연윤리위원회
심의대본	열두 개의 얼굴을 가진 女子		정시운	연극	1980	극단 배우극장	한국공연윤리위원회
심의대본	열두 개의 얼굴을 가진 女子		정시운	연극	1985	극단 하나	한국공연윤리위원회
심의대본	열두 개의 얼굴을 가진 여자		정시운	연극	1988	극단 하나	공연윤리위원회
심의대본	열두 달의 요정 이야기	극단 영 OP, NO, 65	강승균	연극	1992	극단 영	공연윤리위원회
심의대본	열쇠		윤대성	연극	1972	-	한국예술문화윤리위원회
심의대본	열쇠	극단 가교 창작극 발표회	윤대성	연극	1974	극단 가교	한국예술문화윤리위원회
심의대본	열쇠	덕성여대 운현극회 제0회 공연	윤대성	연극	1975	덕성여대 운현극회	한국예술문화윤리위원회
심의대본	열쇠와 자물쇠		미상	연극	1991	우리극단 마당	공연윤리위원회
심의대본	열쇠와 자물쇠	우리극단 마당 제58회 공연	괴테 ; Johann Wolfgang von Goethe, 번안 김상열	연극	1987	우리극단 마당	공연윤리위원회
심의대본	열쇠와 자물쇠		괴테 ; Johann Wolfgang von Goethe	연극	1983	우리극단 마당	한국공연윤리위원회
심의대본	열일곱, 열여덟, 열아홉	극단 우리극장 제10회 정기공연	디터 히르쉬베르그	연극	1988	극단 우리극장	공연윤리위원회
심의대본	열차를 기다리며		김윤미	연극	1988	민중극단	공연윤리위원회
심의대본	열한개의 출산	극단 예맥 제3회 공연	김용락	연극	1974	극단 예맥	한국예술문화윤리위원회
심의대본	염소와 암호랑이	극단 자유 제08회 공연	로베르 토마 ; Robert Thomas	연극	1982	극단 자유극장	한국공연윤리위원회
심의대본	영고		정종화	연극	1994	-	공연윤리위원회
심의대본	영광의 대합창(榮光의 大合唱)	나훈아 리사이틀	김석민, 구성 나훈아	대중	1973	라이온스연예공사	한국예술문화윤리위원회
심의대본	영구와 까치		미상	연극	미상	-	공연윤리위원회
심의대본	영구와 까치		미상	연극	1991	극단 중앙	공연윤리위원회
심의대본	영구와 꼬마강시		미상	연극	1989		공연윤리위원회
심의대본	영국인 애인	극단 산울림 제35회 공연	마르그리트 뒤라스 ; Marguerite Duras	연극	1987	극단 산울림	공연윤리위원회
심의대본	영국인 애인	극단 산울림 제35회 공연	마르그리트 뒤라스 ; Marguerite Duras	연극	1987	극단 산울림	공연윤리위원회

심의대본	영문밖의 길	순교자 주기철 목사의 생애	선교무대 밀알 제25회 공연	김대근	연극	1984	선교무대 밀알	한국공연윤리 위원회
심의대본	영신무(迎神舞)		극단 맥토 제2회 공연	양윤석	연극	1973	극단 맥토	한국예술문화 윤리위원회
심의대본	영웅만들기		극단 미추 네 번째 작품; 스 포츠조선 창간 기념공연	김지일	연극	1990	극단 미추	공연윤리위원회
심의대본	영웅은 울지 않는다	밤에 많이 피는 꽃	서라벌여성국극단 박금희 와 그 일행 신작 12회 작품	동화춘	연극	1970	서라벌여성국극단, 박금희와 그 일행	한국예술문화 윤리위원회
심의대본	영원(永遠)한 꽃	유관순	창립 제1회 공연	박용훈	연극	1978	아동극회 백조	한국공연윤리 위원회
심의대본	영원한 디올라!			앙드레 슈발츠-바르 트 ; Andre Schwarz- Bart, 각색 한태숙	연극	1978	-	한국공연윤리 위원회
심의대본	영원한 제국			이인화, 각색 이용우	연극	1994	극단 반도	공연윤리위원회
심의대본	영원한 제국		극단 반도 18회 서울연극 제 참가작품	이인화	연극	1994	극단 반도	공연윤리위원회
심의대본	영치기 영차 두레박을 올려라			장수동	연극	1984	극단 민예극장	한국공연윤리 위원회
심의대본	영환도사와 강시소자			미상	연극	1990	극단 내일 부설극단 무지개 극장	공연윤리위원회
심의대본	예그린과 함께 대예술제	각본심의 신청서		미상	복합	1971	예그린악단	한국예술문화 윤리위원회
심의대본	예언(豫言)의 소리		기독교예술인단 창립대 공연	강대운	연극	1978	기독교예술인단	한국공연윤리 위원회
심의대본	예언자와 목수		1976년 제1회 전도대공 연 '새롭게 하소서'	O. 하트만 ; Olov Hartman	연극	1976	연예인교회	한국공연윤리 위원회
심의대본	옛날 옛날 한 옛날		제8회 우리극단 마당 공연	이창우, 각색 김상렬	연극	1982	우리극단 마당	한국공연윤리 위원회
심의대본	옛날 옛날 한 옛날		제8회 우리극단 마당 공연	이창우, 각색 김상렬	연극	1982	우리극단 마당	한국공연윤리 위원회
심의대본	옛날 옛날에			이강열	연극	1986	-	공연윤리위원회
심의대본	옛날 옛적에 : 바보와 도깨 비 편			이재석	연극	1993	-	공연윤리위원회
심의대본	옛날 옛적에 휘어이 휘이		극단 산하 제36회 공연	최인훈	연극	1976	극단 산하	한국공연윤리 위원회
심의대본	옛날 옛적에 휘어이 휘이			최인훈	연극	1982		한국공연윤리 위원회
심의대본	옛날 옛적에 휘어이 휘이		극단 산하 제52회 공연 ; 창단 20주년 기념 창작극 씨리즈 2	최인훈	연극	1983	극단 산하	한국공연윤리 위원회
심의대본	옛날 옛적에 휘어이 휘이			최인훈	연극	1978		한국공연윤리 위원회
심의대본	옛날 옛적에 휘어이 휘이			최인훈	연극	1978	극단 창고극장	한국공연윤리 위원회
심의대본	옛날 옛적에 휘어이 휘이		한국방송통신대학 극예 술연구회 제2회 공연	최인훈	연극	1979	한국방송통신대학 극예술연구회	한국공연윤리 위원회
심의대본	옛날 옛적에 휘어이 휘이			최인훈	연극	1982	-	한국공연윤리 위원회
심의대본	옛날에 옛날에 이야기 마당		극단 에저또 어린이 극장	김수은	연극	1987	극단 에저또	공연윤리위원회

심의대본	오! 나의 얼굴			이어령	연극	1985	실험극장	한국공연윤리위원회
심의대본	오! 머나먼 나라여		극단 배우극장 워크샵 공연	스탠리 리처즈; Stanley Richards	연극	1980	-	한국공연윤리위원회
심의대본	오구	죽음의 형식		이윤택	연극	1993	연희단거리패	공연윤리위원회
심의대본	오구			이윤택	연극	1991	예성무대	공연윤리위원회
심의대본	오늘, 한국에 오신 예수님			문시운	연극	1988	-	공연윤리위원회
심의대본	오늘같은 날		극단 부활 제5회 공연	김정률	연극	1984	극단 부활	한국공연윤리위원회
심의대본	오늘같은 날			김정률	연극	1980	화요일에 만난 사람들	한국공연윤리위원회
심의대본	오늘같은 날		극단 동인극장 제5회 공연	김정률	연극	1982	극단 동인극장	한국공연윤리위원회
심의대본	오늘같은 날		태·멘 푸른극단 9월 공연	김정률	연극	1984	푸른극단	한국공연윤리위원회
심의대본	오늘밤은 참으세요	침대소동	극단 신협 111회 공연	원작 레이 쿠니; Ray Cooney·존 채프만; John Chapman, 각색 마르셀 미뜨와; Marcel Mithois	연극	1984	극단 신협	한국공연윤리위원회
심의대본	오델로		극단 넝쿨 제6회 공연	윌리엄 셰익스피어; William Shakespeare	연극	1976	극단 넝쿨	한국예술문화윤리위원회
심의대본	오델로			윌리엄 셰익스피어; William Shakespeare	연극	1979	-	한국공연윤리위원회
심의대본	오델로			원작 윌리엄 셰익스피어; William Shakespeare, 각색 이원경	연극	1977	극단 창고극장	한국공연윤리위원회
심의대본	오도메 분라쿠(乙女文樂): 공연개요			미상	연극	1985	히도미좌; ひとみ座	한국공연윤리위원회
심의대본	오동동			김현묵	연극	1994	극단 예성무대	공연윤리위원회
심의대본	오로라 공주와 필립 왕자		극단 백조 제14회 정기대공연	극본 이성, 각색 박용훈	연극	1984	청소년극단 백조, 성인극단 초원	한국공연윤리위원회
심의대본	오로라 공주와 필립 왕자(원명: 숲속의 잠자는 공주)			원작 샤를 페로; Charles Perrault, 극본 이성	연극	1980	청소년극단 백조	한국공연윤리위원회
심의대본	오로라를 위하여			조지 버나드 쇼; George Bernard Shaw	연극	1979	극단 창고극장	한국공연윤리위원회
심의대본	오로라를 위하여		제16회 서울연극제 참가작	김상열	연극	1992	극단 신시	공연윤리위원회
심의대본	오리 반? 칠면조 반?(원작: 안데르센의 미운 오리 새끼)		아동극단 굴렁쇠 제2차 정기공연	원작 한스 안데르센; Hans Andersen, 각색 송귀선	연극	1994	아동극단 굴렁쇠	공연윤리위원회
심의대본	오리엔트 특급살인		극단 제3무대 제9회 공연	원작 아가사 크리스티; Agatha Christie, 각색 하유상	연극	1976	극단 제3무대	한국공연윤리위원회
심의대본	오리엔트 특급살인		극단 제3무대 제9회 공연	원작 아가사 크리스티; Agatha Christie, 각색 하유상	연극	1976	극단 제3무대	한국공연윤리위원회
심의대본	오리의 연가			미상	연극	1986	-	공연윤리위원회

심의대본	오멘 2			미상	기타	미상	-	한국공연윤리위원회
심의대본	오며 가며		홍익 극 연구회 창립 10주년 기념 가을공연	메건 테리 ; Megan Terry	연극	1974	홍익 극 연구회	한국예술문화윤리위원회
심의대본	오며 가며			메건 테리 ; Megan Terry	연극	1975	-	한국예술문화윤리위원회
심의대본	오며 가며(Coming and Going)		홍익 극 연구회 창립 10주년 기념 가을 공연	메건 테리 ; Megan Terry	연극	1974	홍익 극 연구회	한국예술문화윤리위원회
심의대본	오며 가며(Comings And Goings)			메건 테리 ; Megan Terry	연극	1981	극단 창고극장	한국공연윤리위원회
심의대본	오며 가며(Comings And Goings)			메건 테리 ; Megan Terry	연극	1981	-	한국공연윤리위원회
심의대본	오며 가며 外			메건 테리 ; Megan Terry	연극	1981	극단 창고극장	한국공연윤리위원회
심의대본	오발탄		극단 신협 제104회 공연	이범선, 각색 황동근	연극	1982	극단 신협	한국공연윤리위원회
심의대본	오셀로		동국대학교 연극영화학과 100회기념 대공연	윌리엄 셰익스피어 ; William Shakespeare	연극	1971	동국대학교 연극영화학과	한국예술문화윤리위원회
심의대본	오셀로		극단 실험극장 제39회 공연	윌리엄 셰익스피어 ; William Shakespeare	연극	1972	극단 실험극장	한국예술문화윤리위원회
심의대본	오셀로		호암아트홀 기획공연	윌리엄 셰익스피어 ; William Shakespeare	연극	1985	-	한국공연윤리위원회
심의대본	오셀로		극단 시민극장 제13회 송년대공연	윌리엄 셰익스피어 ; William Shakespeare	연극	1983	극단 시민극장	한국공연윤리위원회
심의대본	오셀로 ; Othello			윌리엄 셰익스피어 ; William Shakespeare	연극	1975	동국대학교 영어영문학과	한국예술문화윤리위원회
심의대본	오셀로(Othello)			윌리엄 셰익스피어 ; William Shakespeare	연극	1974	-	한국예술문화윤리위원회
심의대본	오셀로(Othello)			윌리엄 셰익스피어 ; William Shakespeare	연극	1978	-	한국공연윤리위원회
심의대본	오스트라키스모스		극단 시민극장 제6회 공연; 제4회 대한민국 연극제 참가작품	이현화	연극	1980	극단 시민극장	한국공연윤리위원회
심의대본	오이디푸스 왕		극단 작업 제34회 공연	소포클레스 ; Sophocles	연극	1980	극단 작업	한국공연윤리위원회
심의대본	오이디푸스 왕		서울올림픽 문화예술축전 서울국제연극제 참가 작품	소포클레스 ; Sophocles	연극	1988	그리스 국립극장; Greek National Theatre	공연윤리위원회
심의대본	오이디푸스와의 여행		무천 3	장정일, 재구성 김아라	연극	1995	극단 무천	공연윤리위원회
심의대본	오이디프스 王		극단 춘추 제23회 공연	소포클레스 ; Sophocles	연극	1983	극단 춘추	한국공연윤리위원회
심의대본	오이디프스 王			소포클레스 ; Sophocles	연극	1967	극단 신협	한국예술문화윤리위원회
심의대본	오장군의 발톱		'90 전국 청소년 연극 축전 참가작품	박조열	연극	1990	한국 청소년 공연예술 진흥회	공연윤리위원회
심의대본	오장군의 발톱		극단 자유극장 제52회 공연	박조열	연극	1975	극단 자유극장	한국예술문화윤리위원회
심의대본	오장군의 발톱			박조열	연극	1987	-	공연윤리위원회
심의대본	오장군의 발톱			박조열	연극	1987	-	공연윤리위원회

심의대본	오장군의 발톱			박조열	연극	1994	극단 미추	공연윤리위원회
심의대본	오장군의 발톱			박조열	연극	1993	세종대학교 극예술 연구회	공연윤리위원회
심의대본	오즈의 마법사		'90 MBC 가족극장	원작 라이먼 프랭크 바움 ; Lyman Frank Baum	연극	1990	극단 현대극장	공연윤리위원회
심의대본	오즈의 마법사			라이먼 프랭크 바움 ; Lyman Frank Baum ; 각색 홍윤기	연극	1987	-	공연윤리위원회
심의대본	오즈의 마법사			라이먼 프랭크 바움 ; Lyman Frank Baum	연극	1992	극단 쑥갓	공연윤리위원회
심의대본	오즈의 마법사			라이먼 프랭크 바움 ; Lyman Frank Baum	연극	1994	극단 HMC 하이얀 어린이극장	공연윤리위원회
심의대본	오즈의 마법사			라이먼 프랭크 바움 ; Lyman Frank Baum	연극	1991	극단 쑥갓	공연윤리위원회
심의대본	오즈의 마법사			원작 라이먼 프랭크 바움 ; Lyman Frank Baum	연극	1994	극단 두울	공연윤리위원회
심의대본	오즈의 마법사			라이먼 프랭크 바움 ; Lyman Frank Baum	연극	1991	-	공연윤리위원회
심의대본	오즈의 마법사			라이먼 프랭크 바움 ; Lyman Frank Baum	연극	1992	-	공연윤리위원회
심의대본	오즈의 마법사			라이먼 프랭크 바움 ; Lyman Frank Baum	연극	1993	극단 아이와 놀이	공연윤리위원회
심의대본	오즈의 마법사		어린이 명작 극장 시리즈 NO.2	라이먼 프랭크 바움 ; Lyman Frank Baum	연극	1993	-	공연윤리위원회
심의대본	오즈의 마법사			라이먼 프랭크 바움 ; Lyman Frank Baum	연극	1994	-	공연윤리위원회
심의대본	오즈의 마법사			원작 라이먼 프랭크 바움 ; Lyman Frank Baum	연극	1995	극단 한울	공연윤리위원회
심의대본	오지의 사람들			최명수	연극	1994		공연윤리위원회
심의대본	오클라호마!(Oklahoma!)			원작 린 릭스 ; Lynn Riggs, 대본 오스카 해머스타인 2세 ; Oscar Hammerstein II	연극	1974	-	한국예술문화 윤리위원회
심의대본	오판		극단 산하 제38회 공연 ; 제1회 대한민국연극제 참가작품	차범석	연극	1977	극단 산하	한국공연윤리 위원회
심의대본	오해			알베르 카뮈 ; Albert Camus	연극	1986	극단 예이샴	공연윤리위원회
심의대본	오해			알베르 카뮈 ; Albert Camus	연극	1982	극단 도라	한국공연윤리 위원회
심의대본	오해			알베르 카뮈 ; Albert Camus	연극	1989	극단 유빈 ART	공연윤리위원회
심의대본	오해		극회 예맥 제4회 공연	알베르 카뮈 ; Albert Camus	연극	1975	극회 예맥	한국예술문화 윤리위원회
심의대본	오해			알베르 카뮈 ; Albert Camus	연극	1973	-	한국예술문화 윤리위원회

심의대본	오해			알베르 카뮈 ; Albert Camus	연극	1973	-	한국예술문화 윤리위원회
심의대본	오해		극회 무리 제4회 공연	알베르 카뮈 ; Albert Camus	연극	1976	극회 무리	한국공연윤리 위원회
심의대본	오해		극단 세계극장 4회 정기 공연	알베르 카뮈 ; Albert Camus	연극	1985	극단 세계극장	한국공연윤리 위원회
심의대본	오해		극단 세계극장 4회 정기 공연	알베르 카뮈 ; Albert Camus	연극	1985	극단 세계극장	한국공연윤리 위원회
심의대본	오해(誤解)		극단 여인극장 제15회 공연	알베르 카뮈 ; Albert Camus	연극	1971	극단 여인극장	한국예술문화 윤리위원회
심의대본	오해(誤解)		심우회 제6회 공연	알베르 카뮈 ; Albert Camus	연극	1974	심우회	한국예술문화 윤리위원회
심의대본	오해(誤解)			알베르 카뮈 ; Albert Camus	연극	1978	-	한국공연윤리 위원회
심의대본	오해(誤解)를 마시오			이진섭	연극	1966	이동극장	한국예술문화 윤리위원회
심의대본	온갖 잡새가 날아드네			이강백	연극	1984	극단 민예극장	한국공연윤리 위원회
심의대본	온세상 모두가		서울특별시 교사극회 창립기념공연	신근영	연극	1971	서울특별시 교사극회	한국예술문화 윤리위원회
심의대본	올리버			원작 찰스 디킨스 ; Charles Dickens, 극본 라이어넬 바트 ; Lionel Bart, 구성 정진수	연극	1991	극단 민중	공연윤리위원회
심의대본	올리버			원작 찰스 디킨스 ; Charles Dickens, 극본 라이어넬 바트 ; Lionel Bart, 구성 정진수	연극	1987	민중극단	공연윤리위원회
심의대본	올리버			원작 찰스 디킨스 ; Charles Dickens, 극본 라이어넬 바트 ; Lionel Bart, 구성 정진수	연극	1987	민중극단	공연윤리위원회
심의대본	올리버			찰스 디킨스 ; Charles Dickens	연극	1992	극단 가교	공연윤리위원회
심의대본	올리버			원작 찰스 디킨스 ; Charles Dickens, 극본 라이어넬 바트 ; Lionel Bart, 구성 정진수	연극	1986	-	한국공연윤리 위원회
심의대본	올리버 트위스트			찰스 디킨스 ; Charles Dickens	연극	1989		공연윤리위원회
심의대본	올리버 트위스트		1989년 한국청소년연극제 참가작품	원작 찰스 디킨스 ; Charles Dickens, 극본 라이어넬 바트 ; Lionel Bart, 각색 이남렬	연극	1989	한양여자고등학교 연극부	공연윤리위원회
심의대본	올리버 트위스트		꽃사슴 아동극단 제32회 공연	원작 찰스 디킨스 ; Charles Dickens, 각색 김정호	연극	1980	꽃사슴 아동극단	한국공연윤리 위원회
심의대본	올리버 트위스트		극단 로얄씨어터 제76회 정기공연	찰스 디킨스 ; Charles Dickens, 각색 이정숙	연극	1994	극단 로얄씨어터	공연윤리위원회

심의대본	올리버 트위스트			원작 찰스 디킨스; Charles Dickens, 구성 박재운	연극	1993	극단 예성무대	공연윤리위원회
심의대본	올리버 트위스트		꽃사슴 아동극단 제37회 공연	원작 찰스 디킨스; Charles Dickens, 편극 김정호	연극	1986	꽃사슴 아동극단	공연윤리위원회
심의대본	올리버!		제61회 어린이날 기념 공연	원작 찰스 디킨스; Charles Dickens, 구성 라이어넬 바트; Lionel Bart	연극	1983	극단 현대극장	한국공연윤리 위원회
심의대본	올리버!		제61회 어린이날 기념 공연	라이어넬 바트; Lionel Bart	연극	1983	극단 현대극장	한국공연윤리 위원회
심의대본	올리버!(Oliver!)			라이어넬 바트; Lionel Bart	연극	1969	서강대학 연극회	한국예술문화 윤리위원회
심의대본	올리브 트위스트			원작 찰스 디킨스; Charles Dickens, 각색 이광열	연극	1992	극단 예일	공연윤리위원회
심의대본	올리브 트위스트			원작 찰스 디킨스; Charles Dickens, 각색 이광열	연극	1992	극단 예일	공연윤리위원회
심의대본	올빼미와 고양이			빌 만호프; Bill Manhoff	연극	1987	극단 이레	공연윤리위원회
심의대본	올빼미와 고양이			빌 만호프; Bill Manhoff	연극	1988	극단 로얄씨어터	공연윤리위원회
심의대본	올빼미와 고양이		극단 로얄시어터 제66회 정기공연	빌 만호프; Bill Manhoff	연극	1992	극단 로얄시어터	공연윤리위원회
심의대본	올스타 쇼			구성 백림	연극	1967	쇼-플레이보이	한국예술문화 윤리위원회
심의대본	올페			테네시 윌리엄스; Tennessee Williams	연극	1982	-	한국공연윤리 위원회
심의대본	올페의 후예		여인극장 제8회 공연	테네시 윌리엄스; Tennessee Williams	연극	1969	여인극장	한국예술문화 윤리위원회
심의대본	올훼의 죽음			이강백	연극	1986	환상무대 25시	공연윤리위원회
심의대본	올훼의 죽음			이강백	연극	1986	극단 시민극장	공연윤리위원회
심의대본	옹고집전		경복여자상업고등학교 22번째 공연	극본 이강덕	연극	1989	경복여자상업고등 학교	공연윤리위원회
심의대본	옹고집전		경복여자상업고등학교 22번째 공연	극본 이강덕	연극	1989	경복여자상업고등 학교	공연윤리위원회
심의대본	옹고집전			윤대성	연극	1995	-	공연윤리위원회
심의대본	옹달샘			미상	연극	1985	서울인형극회	한국공연윤리 위원회
심의대본	와아냐 아저씨		동국대학교 연극영화과 제6회 졸업공연	안톤 체호프; Anton Pavlovich Chekhov	연극	1968	동국대학교 연극영 화과	한국예술문화 윤리위원회
심의대본	완전한 만남			원작 김하기, 희곡 이창복	연극	1993	극단 열린무대	공연윤리위원회
심의대본	완전한 크리스마스 성가			에일린 사전트	연극	1981	극단 문예극장	한국공연윤리 위원회
심의대본	왕곰 쟈크 / 늑대와 어린 양			미상	연극	1988	뽀뽀뽀 인형극회	공연윤리위원회

심의대본	왕과 나		현대예술극장 개관 2주년 기념공연	마가렛 랜든; Margaret Landon, 각색 양정현	연극	1987	극단 현대앙상블	공연윤리위원회
심의대본	왕과 나		현대예술극장 개관 2주년 기념공연	마가렛 랜든; Margaret Landon, 각색 양정현	연극	1987	극단 현대앙상블	공연윤리위원회
심의대본	왕교수의 직업			차범석	연극	1987	극단 예우	공연윤리위원회
심의대본	왕교수의 직업			차범석	연극	1975	-	한국예술문화 윤리위원회
심의대본	왕교수의 직업			차범석	연극	1979	극단 대하	한국공연윤리 위원회
심의대본	왕은 죽어가다		극단 시민극장 제22회 공연	외젠 이오네스코; Eugene Ionesco	연극	1986	극단 시민극장	공연윤리위원회
심의대본	왕은 죽어가다		극회 사월무대 창립 공연	외젠 이오네스코; Eugene Ionesco	연극	1974	극회 사월무대	한국예술문화 윤리위원회
심의대본	王은 죽어가다		극단 사월무대 제6회 공연	외젠 이오네스코; Eugene Ionesco	연극	1976	극단 사월무대	한국공연윤리 위원회
심의대본	王은 죽어가다			외젠 이오네스코; Eugene Ionesco	연극	1971	-	한국예술문화 윤리위원회
심의대본	왕의 죽음			양일권	연극	1991	함께하는 극단 하나	공연윤리위원회
심의대본	왕이 된 허수아비			원작 박효상, 각색 이민재	연극	1987	-	공연윤리위원회
심의대본	왕이 된 허수아비			이민재	연극	1986	극단 중앙	공연윤리위원회
심의대본	왕이 된 허수아비			이민재	연극	1987	극단 왕과 허수아비	공연윤리위원회
심의대본	왕자		제4회 대한민국연극제 참가공연	신명순	연극	1980	극단 연우무대	한국공연윤리 위원회
심의대본	왕자와 거지			원작 마크 트웨인; Mark Twain, 각색 임진번	연극	미상	안데르센인형극회	공연윤리위원회
심의대본	왕자와 거지			마크 트웨인; Mark Twain	연극	1987	극단 한강	공연윤리위원회
심의대본	왕자와 거지			마크 트웨인; Mark Twain	연극	1989	-	공연윤리위원회
심의대본	왕자와 거지			마크 트웨인; Mark Twain	연극	1987	-	공연윤리위원회
심의대본	왕자와 거지			원작 마크 트웨인; Mark Twain, 각색 임진번	연극	1991	안데르센인형극회	공연윤리위원회
심의대본	왕자와 거지			원작 마크 트웨인; Mark Twain, 각색 이경아	연극	1991	-	공연윤리위원회
심의대본	왕자와 거지			마크 트웨인; Mark Twain, 각색 남상백	연극	1994	-	공연윤리위원회
심의대본	왕자와 거지 / 재롱이 잔치		현대인형극회 제8회 무대공연	마크 트웨인; Mark Twain, 조용석, 각색 이상화	연극	1986	현대인형극회	공연윤리위원회
심의대본	왕자호동		프라하'91 국제 무대미술 축제 장려상 수상기념	구히서	연극	1991	-	공연윤리위원회
심의대본	왜 그러세요?		극단 광장 창립 10주년 기념 제2차 공연	이근삼	연극	1976	극단 광장	한국예술문화 윤리위원회

심의대본	왜장과 열녀			김재종	연극	1977	삼호푸로덕션	한국공연윤리 위원회
심의대본	외계에서 온 꾸러기 토토/ 금 도끼 은도끼/ 고양이와 생선			미상	연극	1993	인형극단 환타지	공연윤리위원회
심의대본	외계인 알프			미상	연극	1990	삐에로인형극회	공연윤리위원회
심의대본	외계인 E.T		극단 새들 제36회 공연	원작 윌리엄 코츠윙클; William Kotzwinkle, 각 색 이상화	연극	1983	극단 새들	한국공연윤리 위원회
심의대본	외괴인간 고스타와 수퍼 똘이		창작극 씨리즈 제1탄	각색 박태윤	연극	1991	극단 갈채	공연윤리위원회
심의대본	외더란트 백작 (Graf Öderland)			막스 프리쉬 ; Max Frisch	연극	1969	성균관대학교 독어 독문학회	한국예술문화 윤리위원회
심의대본	외로운 별			고성주	연극	1981	-	한국공연윤리 위원회
심의대본	외로운 별들			유강호 · 송민호	연극	1991	동랑청소년극단	공연윤리위원회
심의대본	외로운 人生			원작 임선규, 각색 전예명	연극	1982	악극단 스타-푸로덕숀	한국공연윤리 위원회
심의대본	외밭골 아이들			주평	연극	1981	경남울산시 전하 국민학교	한국공연윤리 위원회
심의대본	외솔 최현배		외솔 최현배선생 동상 건립을 위한 모금공연	이재현	연극	1990	극단 부활	공연윤리위원회
심의대본	외줄 위에 선 사람들			그레이엄 그린; Graham Greene	연극	1981	극단 76극장	한국공연윤리 위원회
심의대본	왼길 오른길 하늘길		꼭두극단 랑랑 제4회 정기공연	박은희	연극	1986	꼭두극단 랑랑	공연윤리위원회
심의대본	요건 몰랐지?			구성 이상무	연극	1966	새나라악극단	한국예술문화 윤리위원회
심의대본	요술 버섯			김성철	연극	미상	극단 예터	공연윤리위원회
심의대본	요술공주 밍키		극단 부활 제15회 어린이 극장	이재현	연극	1992	극단 부활	공연윤리위원회
심의대본	요술공주 밍키			미상	연극	1994	극단 동방	공연윤리위원회
심의대본	요술공주 샐리			미상	연극	1990		공연윤리위원회
심의대본	요술부채			미상	연극	1989	안데르센인형극회	공연윤리위원회
심의대본	요술신발			미상	연극	1989	우리인형극단	공연윤리위원회
심의대본	요술장미			잔마리 르 프랭스 드 보몽 ; Jeanne Marie Le Prince de Beaumont	연극	1992	-	공연윤리위원회
심의대본	요술장이 오즈		극단 광장 87회 공연	라이먼 프랭크 바움; Lyman Frank Baum, 각색 이재현	연극	1985	극단 광장	한국공연윤리 위원회
심의대본	요술쟁이 여우/ 아기곰 다롱이			강승균	연극	1986	인형극단 영	공연윤리위원회
심의대본	요술쟁이 여우/ 아기돼지 삼형제			강승균	연극	1990	인형극단 영	공연윤리위원회
심의대본	요술피리		제64회 어린이날 기념공 연; MBC가 보여드리는 '86 어린이 뮤지컬 드라마	김상열	연극	1986	극단 현대극장	공연윤리위원회

심의대본	요술항아리 / 꾸러기들의 행진 / 고양이 목에 방울달기 / 엉어맞은 당나귀 / 꾀많은 토끼			서인수	연극	1986	우리인형극회	공연윤리위원회
심의대본	요정의 숲		아동극단 새들 제18회 공연	주평	연극	1974	아동극단 새들	한국예술문화 윤리위원회
심의대본	요지경			이근삼	연극	1980	극단 76극장	한국공연윤리 위원회
심의대본	요지경			이근삼	연극	1986	극단 외연	공연윤리위원회
심의대본	욕망의 섬			우고 베티 ; Ugo Betti, 각색 김혁수	연극	1988	극단 로얄씨어터	공연윤리위원회
심의대본	욕망이라는 이름의 전차		극단 여인극장 창단 10주년 제36회 공연	테네시 윌리엄스 ; Tennessee Williams	연극	1976	극단 여인극장	한국공연윤리 위원회
심의대본	욕망이라는 이름의 전차		서울대학교 총연극회 가정대 · 공대 합동공연	테네시 윌리엄스 ; Tennessee Williams	연극	1976	서울대학교 총연극회	한국예술문화 윤리위원회
심의대본	욕망이라는 이름의 전차		극단 대중극장 제19회 공연	테네시 윌리엄스 ; Tennessee Williams	연극	1988	극단 대중극장	공연윤리위원회
심의대본	욕망이라는 이름의 전차			테네시 윌리엄스 ; Tennessee Williams	연극	1978	-	한국공연윤리 위원회
심의대본	욕망이라는 이름의 전차		외대 연극회 제9회 정기 공연	테네시 윌리엄스 ; Tennessee Williams	연극	1973	외대 연극회	한국예술문화 윤리위원회
심의대본	욕망이라는 이름의 전차		극단 여인극장 제85회 공연	테네시 윌리엄스 ; Tennessee Williams	연극	1988	극단 여인극장	공연윤리위원회
심의대본	욕망이라는 이름의 전차 (慾望이라는 이름의 電車)		극단 여인극장 창단 10주년 기념 제36회 공연	테네시 윌리엄스 ; Tennessee Williams	연극	1976	극단 여인극장	한국공연윤리 위원회
심의대본	욕망이라는 이름의 전차 (慾望이라는 이름의 電車)		극단 대중극장 제2회 공연	테네시 윌리엄스 ; Tennessee Williams	연극	1983	극단 대중극장	한국공연윤리 위원회
심의대본	욕망이라는 이름의 전차 (慾望이라는 이름의 電車)		극단 여인극장 제 10회 공연	테네시 윌리엄스 ; Tennessee Williams	연극	1969	여인극장	한국예술문화 윤리위원회
심의대본	욕망이라는 이름의 전차 (慾望이라는 이름의 電車)			테네시 윌리엄스 ; Tennessee Williams	연극	1981	-	한국공연윤리 위원회
심의대본	욕망이라는 이름의 전차 (慾望이라는 이름의 電車)		극단 춘추 제30회 공연	테네시 윌리엄스 ; Tennessee Williams	연극	1984	극단 춘추	한국공연윤리 위원회
심의대본	욕망이라는 이름의 전차 (慾望이라는 이름의 電車)		극단 대중극장 제19회 공연	테네시 윌리엄스 ; Tennessee Williams	연극	1986	극단 대중극장	공연윤리위원회
심의대본	욕망이라는 이름의 전차 (慾望이라는 이름의 電車)		극단 여인극장 제22회 공연	테네시 윌리엄스 ; Tennessee Williams	연극	1973	극단 여인극장	한국예술문화 윤리위원회
심의대본	욕망이라는 이름의 전차 (慾望이라는 이름의 電車)		극단 여인극장 제22회 공연	테네시 윌리엄스 ; Tennessee Williams	연극	1984	극단 여인극장	한국공연윤리 위원회
심의대본	욕망이라는 이름의 전차 (慾望이라는 이름의 電車)		극단 여인극장 제45회 공연	테네시 윌리엄스 ; Tennessee Williams	연극	1978	극단 여인극장	한국공연윤리 위원회
심의대본	욕망이라는 이름의 전차 (電車)		극단 여인극장 제60회 공연	테네시 윌리엄스 ; Tennessee Williams	연극	1981	극단 여인극장	한국공연윤리 위원회
심의대본	욕심장이 거인		인형극단 환타지 제4회 정기공연	원작 오스카와일드 ; Oscar Wilde, 각색 김형석	연극	1986	인형극단 환타지	공연윤리위원회
심의대본	욕심장이 심술통			김명호	연극	1986	어린이 인형극회	공연윤리위원회
심의대본	음음 공주와 도둑			미상	연극	1994	극단 광야	공연윤리위원회
심의대본	용가리	전설을 남긴 처녀	극단 은하수 창립 공연	서빈	연극	1979	극단 은하수	한국공연윤리 위원회

심의대본	용감한 너구리		극단 영 Op. No. 60	강승균	연극	1992	극단 영	공연윤리위원회
심의대본	용감한 사형수		극단 중앙 토요싸롱 무대	홀워디 홀 ; Halworthy Hall · 로버트 미들매스 ; Robert Middlemass	연극	1975	극단 중앙	한국예술문화윤리위원회
심의대본	용감한 사형수		극단 밀 제11회 공연	홀워디 홀 ; Halworthy Hall · 로버트 미들매스 ; Robert Middlemass	연극	1977	극단 밀	한국공연윤리위원회
심의대본	용감한 사형수(勇敢한 死刑囚)		제9기 졸업공연	홀워디 홀 ; Halworthy Hall	연극	1968	현대연기학원	한국예술문화윤리위원회
심의대본	용감한아기 원숭이 손오공			이하기	연극	1995	-	공연윤리위원회
심의대본	용궁이야기		샘터 파랑새극장 개관기념 인형극	미상	연극	1984	서울인형극회	한국공연윤리위원회
심의대본	용마여 오라		극단 민예극장 제86회 공연	최인석	연극	1984	극단 민예극장	한국공연윤리위원회
심의대본	용이 나리사		한국방송공사 창사 경축 뮤지컬	이상열	연극	1988	극단	공연윤리위원회
심의대본	용이 나리사		한국방송공사 창사 경축 뮤지컬	이상열	연극	1988	-	공연윤리위원회
심의대본	용정강(龍汀江)			이용우	연극	1985	극단 까망	한국공연윤리위원회
심의대본	우담바라		극단 부활 제29회 공연	원작 남지심, 각색 이재현	연극	1990	극단 부활	공연윤리위원회
심의대본	우람이와 마법사		'92 KBS 어린이 뮤지컬	이강덕	연극	1992	-	공연윤리위원회
심의대본	우람이와 마법사		'92 KBS 어린이 뮤지컬	이강덕	연극	1992	-	공연윤리위원회
심의대본	우리(檻)		극단 산하 제14회 공연	마리오 프라띠 ; Mario Fratti	연극	1970	극단 산하	한국예술문화윤리위원회
심의대본	우리(La Gabbia)		제15회 정기공연	마리오 프라띠 ; Mario Fratti	연극	1976	서울대학교 의예과 연극부	한국공연윤리위원회
심의대본	우리 생애(生涯)의 어느 하오(下午)		극단 신협 제121회 정기공연	조성현	연극	1988	극단 신협	공연윤리위원회
심의대본	우리 생애의 어느 하오		극단 신협 제121회 정기공연	조성현	연극	1988	극단 신협	공연윤리위원회
심의대본	우리 속에 갇힌 조련사		극단 성좌 제18회 공연	앤 젤리코 ; Ann Jellicoe	연극	1979	극단 성좌	한국공연윤리위원회
심의대본	우리 속에 갇힌 조련사		극단 성좌 제18회 공연	앤 젤리코 ; Ann Jellicoe	연극	1979	극단 성좌	한국공연윤리위원회
심의대본	우리 어머니			구성 윤일주	연극	1977	-	한국공연윤리위원회
심의대본	우리 엄마는 누구요		창립 2주년 기념 서라벌여성국극단 신작 제7회 발표	동화춘	연극	1968	서라벌여성국극단	한국예술문화윤리위원회
심의대본	우리 여기있다			박만규	연극	1972	예그린	한국예술문화윤리위원회
심의대본	우리 읍내		충북대학교 극연구회 창립 10주년 기념 ; 제20회 정기공연	손톤 와일더 ; Thornton Wilder	연극	1979	충북대학교 극연구회	한국공연윤리위원회
심의대본	우리 읍내			손톤 와일더 ; Thornton Wilder	연극	1979	극단 현대극장	한국공연윤리위원회

심의대본	우리 읍내		제13회 연극발표회	손톤 와일더 ; Thornton Wilder	연극	1971	이화여자고등학교 연극부	한국예술문화 윤리위원회
심의대본	우리 읍내		여고생 극회 백합 제2회 공연	손톤 와일더 ; Thornton Wilder	연극	1975	극회 백합	한국예술문화 윤리위원회
심의대본	우리 읍내		극단 민예극장 제41회 공연	손톤 와일더 ; Thornton Wilder, 번안 이영구	연극	1979	극단 민예극장	한국공연윤리 위원회
심의대본	우리 읍내		서울간호전문학교 연극반 창립공연	손톤 와일더 ; Thornton Wilder	연극	1976	서울간호전문학교 문예부 연극반	한국공연윤리 위원회
심의대본	우리 읍내			손톤 와일더 ; Thornton Wilder	연극	1985	-	한국공연윤리 위원회
심의대본	우리 읍내(Our Town)			손톤 와일더 ; Thornton Wilder	연극	1968		한국예술문화 윤리위원회
심의대본	우리 읍내(Our Town)		The 8th Regular Performance	손톤 와일더 ; Thornton Wilder	연극	1979	The English Literature Dept. of Kuk Je College	한국공연윤리 위원회
심의대본	우리 읍내(Our Town)			손톤 와일더 ; Thornton Wilder	연극	1969	서울여자대학생 회 연극부	한국예술문화 윤리위원회
심의대본	우리가정 꽃동산			구성 복원규	연극	1971	쑈· 보트	한국예술문화 윤리위원회
심의대본	우리같은 사람들(Types Like Us) / 하늘이 무너질때 (When The Sky Falls) : 작품 텍스트 및 해설			공동구성 트레버 아쉴러 · 아담 보나노 · 레이첼 골드랙 · 카르리 헨데슨 · 토마스무어 · 조디 올드 · 스티븐 스코트 · 폴 토마스 · 에린 윌리암스 · 스테파니 윌리암스	연극	1990	-	공연윤리위원회
심의대본	우리공장 이야기			미상	연극	1988	놀이패 한두레	공연윤리위원회
심의대본	우리는 뉴해이븐을 폭격 (爆擊)했다			조지프 헬러 ; Joseph Heller	연극	1977	극단 민중극장	한국공연윤리 위원회
심의대본	우리는 뉴해이븐을 폭격 했다			조지프 헬러 ; Joseph Heller	연극	1974	극단 민중극장	한국예술문화 윤리위원회
심의대본	우리는 유토피아			원작 스테판 안드레스 ; Stefan Andres, 각색 문서룡	연극	1986	-	공연윤리위원회
심의대본	우리는 천사가 아니다 (La Cuisine Des Anges)			알베르 위송 ; Albert Husson	연극	1993	-	공연윤리위원회
심의대본	우리동네			원작 이문구, 공동각색 연희광대패	연극	1987	연희광대패	공연윤리위원회
심의대본	우리동네			원작 이문구, 공동각색 연희광대패	연극	1987	연희광대패	공연윤리위원회
심의대본	우리동네 갑오년		제7회 민족극 한마당 참가작	미상	연극	1994	전국민족극운동협의회, 놀이패 우금지	공연윤리위원회
심의대본	우리들 사랑(원작 : 거지의 오페라 ; The Beggar's Opera)			원작 요한 크리스토프 페푸쉬 ; Johann Christoph Pepusch, 극본 문호근	연극	1987	한국음악극연구회	공연윤리위원회
심의대본	우리들 사랑(원작 : 거지의 오페라 ; The Beggar's Opera)			원작 요한 크리스토프 페푸쉬 ; Johann Christoph Pepusch, 극본 문호근	연극	1987	한국음악극연구회	공연윤리위원회

심의대본	우리들 세상			이강백	연극	1986	한국청소년연극협회	공연윤리위원회
심의대본	우리들의 거울			미상	연극	1987	성동고등학교	공연윤리위원회
심의대본	우리들의 광대	극단 떼아뜨르 추 하계 특별공연 ; 추송웅 모노 드라마(No.2)		유현종	연극	1984	극단 떼아뜨르 추	한국공연윤리위원회
심의대본	우리들의 광대	추송웅 모노드라마 (No.2)		유현종	연극	1981	극단 현대극장	한국공연윤리위원회
심의대본	우리들의 광대	추송웅 모노드라마 (No.2)		유현종	연극	1982	-	한국공연윤리위원회
심의대본	우리들의 광대	추송웅 모노드라마 (No.2)		유현종	연극	1979	극단 현대극장	한국공연윤리위원회
심의대본	우리들의 꽃동산	제3회 전국 어린이 연극 경연대회 참가작품		이명분	연극	1994	인천교육대학교 부속국민학교	공연윤리위원회
심의대본	우리들의 노래가 들려오네			닐 사이먼 ; Neil Simon	연극	1988	극단 로얄씨어터	공연윤리위원회
심의대본	우리들의 일그러진 영웅			이문열, 각색 이용우	연극	1990	극단 까망	공연윤리위원회
심의대본	우리들의 저승	연우무대 2		김광림	연극	1979	극단 연우무대	한국공연윤리위원회
심의대본	우리들의 저승	연우무대 2		김광림	연극	1979	극단 연우무대	한국공연윤리위원회
심의대본	우리들의 죽음			박항서	연극	1970	동대연극부	한국예술문화 윤리위원회
심의대본	우리들이 거기 있었을때	극단 서울무대 제18회공연		김선	연극	1987	극단 서울무대	공연윤리위원회
심의대본	우리들이 거기 있었을때	극단 서울무대 제18회공연		김선	연극	1987	극단 서울무대	공연윤리위원회
심의대본	우리땅에 우리가 간다			미상	연극	1988	-	공연윤리위원회
심의대본	우리로 서는 소리			김정숙	연극	1990	극단 모시는 사람들	공연윤리위원회
심의대본	우리산 우리강	극단 서낭당 제7회 공연		구성 심우성	연극	1983	극단 서낭당	한국공연윤리위원회
심의대본	우리산 우리강			구성 심우성	연극	1985	극단 서낭당	한국공연윤리위원회
심의대본	우리읍내	극단 실험극장 제32회공연 ; 제7회 동아연극상 참가		손톤 와일더 ; Thornton Wilder	연극	1970	극단 실험극장	한국예술문화 윤리위원회
심의대본	우리읍내	극단 민중극장 제43회 공연		손톤 와일더 ; Thornton Wilder	연극	1979	극단 민중극장	한국공연윤리위원회
심의대본	우리읍내			손톤 와일더 ; Thornton Wilder	연극	1983	-	한국공연윤리위원회
심의대본	우리읍내(우리邑內)	황스튜디오 제1회 공연		손톤 와일더 ; Thornton Wilder	연극	1971	황스튜디오	한국예술문화 윤리위원회
심의대본	우리의 노래가 들려오네			닐 사이먼 ; Neil Simon	연극	1986	민중극단	공연윤리위원회
심의대본	우리의 영원한 꼬마친구 모모			미하엘 엔데 ; Michael Ende, 각색 남궁연	연극	1992	극단 여름	공연윤리위원회
심의대본	우리의 영원한 꼬마친구 모모			미하엘 엔데 ; Michael Ende, 각색 남궁연	연극	1992	극단 여름	공연윤리위원회
심의대본	우리의 영원한 꼬마친구 모모			미하엘 엔데 ; Michael Ende, 각색 남궁연	연극	1992	극단 여름	공연윤리위원회
심의대본	우리의 절규	음지와 양지(陰地 와 陽地)		구성 김송연	대중	1976	이십세기흥업사	한국예술문화 윤리위원회

심의대본	우리집 식구는 아무도 못말려			원작 조지 S. 코프만; George S. Kaufman · 모스하트; Moss Hart, 각색 송승환	연극	1994	환퍼포먼스	공연윤리위원회
심의대본	우리집 식구는 아무도 못말려			조지 S. 코프만; George S. Kaufman · 모스 하트; Moss Hart	연극	1986	-	공연윤리위원회
심의대본	우리집 식구는 아무도 못말려		극단 민중극장 제36회 공연	조지 S. 코프만; George S. Kaufman · 모스 하트; Moss Hart	연극	1978	극단 민중극장	한국공연윤리 위원회
심의대본	우리집 식구는 아무도 못말려		극단 민중극장 · 광장 · 대중극장 합동공연	조지 S. 코프만; George S. Kaufman · 모스 하트; Moss Hart	연극	1984	극단 민중극장, 극단 광장, 극단 대중극장	한국공연윤리 위원회
심의대본	우리집 식구는 아무도 못말려!			조지 S. 코프만; George S. Kaufman · 모스 하트; Moss Hart	연극	1981	극단 민중극장	한국공연윤리 위원회
심의대본	우린 아무것도 하지 않았다			남정희	연극	1983	-	한국공연윤리 위원회
심의대본	우물			김홍곤	연극	미상	국립극단	기타
심의대본	우물 안 개구리			미상	연극	1990	서울인형극단	공연윤리위원회
심의대본	우물 안 영도자(領導者)		현대극회 제1회 공연	김용락	연극	1969	현대극회	한국예술문화 윤리위원회
심의대본	우울증 환자		극단 프라이뷔네 60회 정기공연	보토 슈트라우스; Botho Strauβ	연극	1986	극단 프라이에뷔네	공연윤리위원회
심의대본	우울한 고별사		극단 위위 제9회 공연	이민옥	연극	1985	극단 위위	한국공연윤리 위원회
심의대본	우자 알버트			바니 사이먼; Barney Simon	연극	1988	우리극단 마당	공연윤리위원회
심의대본	우자 알버트			바니 사이먼; Barney Simon	연극	1984	우리극단 마당	한국공연윤리 위원회
심의대본	우자 알버트	까만원숭이와 하얀당나귀		바니 사이먼; Barney Simon	연극	1984	우리극단 마당	한국공연윤리 위원회
심의대본	우자 알버트			퍼시 므트와; Percy Mtwa · 음본게니 은게마; Mbongeni Ngema · 바니 사이 먼; Barney Simon	연극	1986	우리극단 마당	공연윤리위원회
심의대본	우자 알버트	일어나라 알버트	극단 춘추 제43회 작품	퍼시 므트와; Percy Mtwa · 음본게니 은게마; Mbongeni Ngema · 바니 사이 먼; Barney Simon	연극	1988	극단 춘추	공연윤리위원회
심의대본	우정			에두아르도 데 필리 포; Eduardo De Filippo	연극	1969	사범대학 학생회 학예부	한국예술문화 윤리위원회
심의대본	우정			에두아르도 데 필리 포; Eduardo De Filippo	연극	1976		한국예술문화 윤리위원회
심의대본	우정(友情)		극단 자유극장 41회 공연; 까페 떼아뜨르 금요무대	에두아르도 데 필리 포; Eduardo De Filippo	연극	1974	극단 자유극장	한국예술문화 윤리위원회
심의대본	우주소년 코보왕자			김영식	연극	1994	별마당인형극회	공연윤리위원회
심의대본	우주소년 토토의 대소동 / 사자와 별 / 고양이와 생선			미상	연극	1988		공연윤리위원회

심의대본	우주알파마왕과 패트	'83 꽃사슴 아동극단 제35회 대공연	김정호	연극	1983	꽃사슴 아동극단	한국공연윤리 위원회
심의대본	우주에서 온 깨비들		이종원	연극	1993	극단 하나	공연윤리위원회
심의대본	우체국	민예극단 제23회 공연	라빈드라나드 타고르; Rabindranath Tagore	연극	1976	민예극단	한국예술문화 윤리위원회
심의대본	우체국	민예극단 제23회 공연	라빈드라나드 타고르; Rabindranath Tagore	연극	1976	극단 민예	한국예술문화 윤리위원회
심의대본	운명의 힘		프란체스코 마리아 피아베; Francesco Maria Piave	음악	1975	서울오페라단	한국예술문화 윤리위원회
심의대본	운상각		오태석	연극	1989	-	공연윤리위원회
심의대본	운수대통이요		박재서	연극	1986	극단 서낭당	한국공연윤리 위원회
심의대본	운수대통이요		박재서	연극	1986	극단 서낭당	공연윤리위원회
심의대본	울타리	극단 가교 제119회 정기 공연	어거스트 윌슨; August Wilson	연극	1987	-	공연윤리위원회
심의대본	울퉁 불퉁 아저씨 / 햇님 달님		미상	연극	1991	극단 손가락	공연윤리위원회
심의대본	웃고 우는 사람들		김신	연극	1969	삼익흥업사	한국예술문화 윤리위원회
심의대본	웃는 가정에 복이 온다		구성 임일호	연극	1966	서라벌악극단	한국예술문화 윤리위원회
심의대본	웃어봅시다		심철호	연극	1970	무궁화쑈	한국예술문화 윤리위원회
심의대본	웃으며 살자		이상무	연극	1967	봉산악극단	한국예술문화 윤리위원회
심의대본	웃음 넘치는 교수대		잭 리처드슨; Jack Richardson	연극	1983	극단 도라	한국공연윤리 위원회
심의대본	웃음 넘치는 교수대	실험극장 50회 공연	잭 리처드슨; Jack Richardson	연극	1976	실험극장	한국예술문화 윤리위원회
심의대본	웃음 싣고 삼천리		구성 장소팔	연극	1974	장소팔 푸로덕숀	한국예술문화 윤리위원회
심의대본	웃음 싣고 삼천리		구성 장소팔	연극	1972	장소팔 푸로덕숀	한국예술문화 윤리위원회
심의대본	웃음거리 재녀들(Les Précieuses Ridicules)		몰리에르; Moliere	연극	1985	-	한국공연윤리 위원회
심의대본	워커힐 쇼	동남아 순회 공연단 귀국 공연	구성 워커힐	복합	1969	국제관광공사 워커힐, 새별연예주식회사	한국예술문화 윤리위원회
심의대본	워커힐 하나비쇼		미상	연극	1970	새별 쇼	한국예술문화 윤리위원회
심의대본	원고지		이근삼	연극	1975	극단 가교	한국예술문화 윤리위원회
심의대본	원고지	극단 넝쿨 제2회 공연	이근삼	연극	1974	극단 넝쿨	한국예술문화 윤리위원회
심의대본	원무		오종우	연극	1974	-	한국예술문화 윤리위원회
심의대본	원술랑		유치진	연극	1986	극단 에저또	공연윤리위원회
심의대본	원숭이와 소년	한국 국제 아동 청소년 연극협회 초청	이시가와 메이; 石川明	연극	1989	극단 노바라	공연윤리위원회

심의대본	원숭이의 손	극단 맥토 제15회 공연	원작 W. W. 제이콥스; William Wymark Jacobs, 각색 루이스 파카	연극	1977	극단 맥토	한국공연윤리위원회
심의대본	원시인		오태영	연극	1987	극단 서강	공연윤리위원회
심의대본	원시인이 되기 위한 벙어리 몸짓		구성 심철종	연극	1986	-	공연윤리위원회
심의대본	원폭피해자 (I am a Hibakusha)		홍가이 ; Kai Hong	연극	1988	-	공연윤리위원회
심의대본	원하시면 드릴께요	극단 성좌 제68회 공연	조 오튼 ; Joe Orton	연극	1988	극단 성좌	공연윤리위원회
심의대본	원하시면 사랑을 드릴께요	극단 춘추 제34회 공연	조 오튼 ; Joe Orton	연극	1985	극단 춘추	한국공연윤리위원회
심의대본	원하시면 사진을 드릴께요	극단 성좌 · 뿌리 합동 공연	조 오튼 ; Joe Orton	연극	1980	극단 성좌, 극단 뿌리	한국공연윤리위원회
심의대본	원효대사	김자경오페라단 제7회 정기공연	김민부	음악	1971	김자경오페라단	한국예술문화윤리위원회
심의대본	원효대사	김자경오페라단 제7회 정기공연; 김자경오페라단 창단 3주년 기념공연	김민부	음악	1971	김자경오페라단	한국예술문화윤리위원회
심의대본	원효찬가		김영근	연극	미상	고려여성국극단	공연윤리위원회
심의대본	월드컵 쇼		구성 김상원	복합	1974	-	한국예술문화윤리위원회
심의대본	월리를 찾아라		원작 마틴 핸드포드; Martin Handford, 구성 임규	연극	1994	극단 서울커넥션	공연윤리위원회
심의대본	월부로 산 목마	극단 맥토 제38회 공연	페르난도 아라발; Fernando Arrabal	연극	1981	극단 맥토	한국공연윤리위원회
심의대본	월부로 산 목마(木馬)	극단 맥토 제23회 공연	페르난도 아라발; Fernando Arrabal	연극	1979	극단 맥토	한국공연윤리위원회
심의대본	월하의 결투		김성천	연극	1970	-	한국예술문화윤리위원회
심의대본	월하의 무법자(月下의 無法者)	'70 송년 대폭소제 웨스턴스토리 그랜드 쇼	구성 김성천	연극	1970	프린스 쇼	한국예술문화윤리위원회
심의대본	웨스트 사이드 스토리		아서 로렌츠; Arthur Laurents	연극	1991	롯데월드 예술극장	공연윤리위원회
심의대본	웨스트 사이드 스토리	극단 예술극장 제3회 대공연	원작 제롬 로빈스; Jerome Robbins, 각색 아서 로렌츠; Arthur Laurents	연극	1978	극단예술극장, 아가페 합창단	한국공연윤리위원회
심의대본	웨스트 사이드 스토리		원작 제롬 로빈스; Jerome Robbins, 각색 아서 로렌츠; Arthur Laurents	연극	1978	뮤지칼 아카데미, 아가페 합창단	한국공연윤리위원회
심의대본	웨스트 사이드 스토리		아서 로렌츠; Arthur Laurents	연극	1991	롯데월드 예술극장	공연윤리위원회
심의대본	웨스트 사이드 스토리		아서 로렌츠; Arthur Laurents	연극	1994	극단 신시 뮤지컬 컴퍼니	공연윤리위원회
심의대본	웨스트 사이드 스토리		아서 로렌츠; Arthur Laurents	연극	1994	극단 신시 뮤지컬 컴퍼니	공연윤리위원회
심의대본	웨스트 사이드 스토리 (West Side Story)		아서 로렌츠; Arthur Laurents	연극	1987	-	공연윤리위원회

심의대본	웨스트 사이드 스토리 (West Side Story)			아서 로렌츠;Arthur Laurents	연극	1987	극단 현대극장	공연윤리위원회
심의대본	웨스트 사이드 스토리 (West Side Story)			아서 로렌츠;Arthur Laurents	연극	1985	-	한국공연윤리위원회
심의대본	웨스트 사이드 스토리 (West Side Story)			아서 로렌츠;Arthur Laurents	연극	1987	극단 현대극장	공연윤리위원회
심의대본	웬일이세요, 당신?	소극장 산울림 개관3주년 기념;극단 산울림 제40회 공연	정복근	연극	1988	극단 산울림	공연윤리위원회
심의대본	위기의 사람들(원제:12인의 노한들)		레지날드 로즈;Reginald Rose	연극	1991	극단 창조무대	공연윤리위원회
심의대본	위기의 여자(危機의 女子)	소극장 산울림 개관1주년 기념;극단 산울림 제30회 공연	시몬 드 보부아르;Simone de Beauvoir, 각색 정복근	연극	1986	극단 산울림	공연윤리위원회
심의대본	위기일발(The Skin of Our Teeth)		손톤 와일더;Thornton Wilder	연극	1977	-	한국공연윤리위원회
심의대본	위대한 결단	극단 로뎀 제2회 공연	빌 데이비스;Bill Davis	연극	1989	극단 로뎀	공연윤리위원회
심의대본	위대한 무명인(偉大한 無名人)		김성수	연극	1987	극단 예술선교극회	공연윤리위원회
심의대본	위대한 실종	민예극단 제17회 공연	이근삼	연극	1975	극단 민예	한국예술문화윤리위원회
심의대본	위대한 실종(偉大한 失踪)	제12회 정기공연	이근삼	연극	1987	한국방송통신대학 극예술 연구회	공연윤리위원회
심의대본	위뷔왕		알프레드 자리;Alfred Jarry	연극	1985	극단 현대극장	한국공연윤리위원회
심의대본	위선자 따르뛰프	예우 제3회 발표회	몰리에르;Moliere	연극	1976	극단 예우	한국공연윤리위원회
심의대본	위위	극단 신협 연극제 제2작품	가브리엘 아루;Gabriel Arout	연극	1982	극단 신협	한국공연윤리위원회
심의대본	위자료(慰籍料)		차범석	연극	1973	동양공업고등학교 전문학교	한국예술문화윤리위원회
심의대본	위험지역	제5회 전국 남녀중고등학교 연극 경연 대회 참가작품	유진 오닐;Eugene O'Neill	연극	1966	한양공업고등학교	한국예술문화윤리위원회
심의대본	위험지역	극단 중앙 제9회 토요무대 공연	유진 오닐;Eugene O'Neill	연극	1976	극단 중앙	한국예술문화윤리위원회
심의대본	위험한 커브		탕크레트 도르스트;Tankred Dorst	연극	1980	-	공연윤리위원회
심의대본	윈저의 명랑한 아낙네	극단 광장 창립공연	윌리엄 셰익스피어;William Shakespeare	연극	1966	극단 광장	한국예술문화윤리위원회
심의대본	윈터셋(Winter-set)	겨울과 봄사이	맥스웰 앤더슨;Maxwell Anderson	연극	1978	극단 맥토	한국공연윤리위원회
심의대본	유관순		심우성	연극	미상	한국국악협회	공연윤리위원회
심의대본	유관순		편극 이유진	연극	1971	여성국극단 서라벌	한국예술문화윤리위원회
심의대본	유다여 닭이 울기 전에		오태석	연극	1983	-	한국공연윤리위원회
심의대본	유다의 닭	동우회 6회 공연	오태석	연극	1982	동우회	한국공연윤리위원회

심의대본	유다의 닭		실험극장 제28회 공연	오태석	연극	1969	실험극장	한국예술문화 윤리위원회
심의대본	유다의 십자가(十字架)			이재현	연극	1986	극단 성좌	공연윤리위원회
심의대본	유다의 음성		극단 앙띠 제6회 공연	오학영	연극	1977	극단 앙띠	한국공연윤리 위원회
심의대본	유도		극단 성좌70회 기념 대공연; 서울국제연극제 참가작품	윤조병	연극	1988	극단 성좌	공연윤리위원회
심의대본	유랑극단		극단 가교 미국순회 기념 공연	이근삼	연극	1986	극단 가교	공연윤리위원회
심의대본	유랑극단		'90 전국 청소년 연극축 전 참가작품	이근삼	연극	1990	한국 청소년 공연예술 진흥회	공연윤리위원회
심의대본	유랑극단		오현주 표현예술 연구소 제2기생 작품발표회	이근삼	연극	1991	오현주 표현예술 연구소	공연윤리위원회
심의대본	유랑극단		극단 가교 제18회 공연; 광복 30주년 기념 지방공연	이근삼	연극	1975	극단 가교	한국예술문화 윤리위원회
심의대본	유랑극단		제42회 극단 뿌리 정기 공연	이근삼	연극	1984	극단 뿌리	한국공연윤리 위원회
심의대본	유랑극단		제3회 전국청소년 연극 축전 참가작품	이근삼	연극	1992	한국 청소년 공연예술 진흥회	공연윤리위원회
심의대본	유랑극단(流浪劇團)		서울대 음악대학 학도호 국단 문예부 무대예술연 구회 제16회 공연	이근삼	연극	1977	서울대 음악대학 학도 호국단 문예부 무대예 술연구회	한국공연윤리 위원회
심의대본	유랑극단(流浪劇團)	분장실(扮裝室)	통대극회 제3회 공연	김상민	연극	1979	한국방송통신대학 극 예술 연구회(통대극회)	한국공연윤리 위원회
심의대본	유령		극단 산하 제26회 공연	헨릭 입센 ; Henrik Ibsen	연극	1975	극단 산하	한국예술문화 윤리위원회
심의대본	유령			헨릭 입센 ; Henrik Ibsen	연극	1985	예우	한국공연윤리 위원회
심의대본	유령			헨릭 입센 ; Henrik Ibsen	연극	1993	극단 한양레퍼토리	공연윤리위원회
심의대본	유령 하나에 두 여인(Deux Femmes pour un Fantôme)			르네 드 오발디아 ; René de Obaldia	연극	1983	-	한국공연윤리 위원회
심의대본	유령 하나에 두 여인/ 고추/ 위끌로			르네 드 오발디아 ; René de Obaldia, 장 폴 사르트르 ; Jean Paul Sartre	연극	1983	인터 유럽 스펙터클 연극단	한국공연윤리 위원회
심의대본	유령소나타		서울산업대학 극예술 연구회 제23회 정기공연	아우구스트 스트린 드베리 ; August Strindberg	연극	1978	서울산업대학 극예술 연구회	한국공연윤리 위원회
심의대본	유리동물원			테네시 윌리엄스 ; Tennessee Williams	연극	1976	극단 창고극장	한국공연윤리 위원회
심의대본	유리동물원		극단 사월무대 제2차 정기공연	테네시 윌리엄스 ; Tennessee Williams	연극	1975	극단 사월무대	한국예술문화 윤리위원회
심의대본	유리동물원			테네시 윌리엄스 ; Tennessee Williams	연극	1992	우리극단 마당	공연윤리위원회
심의대본	유리동물원		극단 뿌리 제10회 대공연; 신극 70주년 기념공연	테네시 윌리엄스 ; Tennessee Williams	연극	1981	극단 뿌리	한국공연윤리 위원회
심의대본	유리동물원		극단 뿌리 제10회 대공연; 신극 70주년 기념공연	테네시 윌리엄스 ; Tennessee Williams	연극	1978	극단 뿌리	한국공연윤리 위원회

심의대본	유리동물원		극단 뿌리 제56회 정기 공연	테네시 윌리엄스; Tennessee Williams	연극	1987	극단 뿌리	공연윤리위원회
심의대본	유리동물원		극단 뿌리 15주년 기념 공연	테네시 윌리엄스; Tennessee Williams	연극	1991	극단 뿌리	공연윤리위원회
심의대본	유리동물원			테네시 윌리엄스; Tennessee Williams	연극	1984	극단 뿌리	한국공연윤리 위원회
심의대본	유리동물원			테네시 윌리엄스; Tennessee Williams	연극	1993	극단 창가	공연윤리위원회
심의대본	유리동물원			테네시 윌리엄스; Tennessee Williams	연극	1995	천리안 연극마당	공연윤리위원회
심의대본	유리동물원(유리動物園)			테네시 윌리엄스; Tennessee Williams	연극	1966	-	한국예술문화 윤리위원회
심의대본	유리동물원(유리動物園)		극단 산하 제21회 공연	테네시 윌리엄스; Tennessee Williams	연극	1974	극단 산하	한국예술문화 윤리위원회
심의대본	유리로 만든 벽			김대경	연극	1987	성동여실(성동여자 실업고등학교)	공연윤리위원회
심의대본	유별난 부부		극단 은하 제25회 공연	원작 몰리에르; Moliere, 번안 민촌	연극	1979	극단 은하	한국공연윤리 위원회
심의대본	유산소동		극단 넝쿨 창립공연	스탠리 호튼; Stanley Houghton	연극	1974	극단 넝쿨	한국예술문화 윤리위원회
심의대본	유산소동		제9기 졸업공연	스탠리 호튼; Stanley Houghton	연극	1968	현대연기학원	한국예술문화 윤리위원회
심의대본	유성(流星)		서울공대연극회 창립10 주년 기념 공연; 서울공대 연극회 제17회 정기공연	프리드리히 뒤렌마 트; Friedrich Durrenmatt	연극	1977	서울공대 연극회	한국공연윤리 위원회
심의대본	유전무죄 무전유죄(有錢無 罪 無錢有罪)	카타쿰베 (지하무덤)	로얄 씨어터 제43회 정기 공연	김영근	연극	1990	극단 로얄 씨어터	공연윤리위원회
심의대본	유진규 판토마임 발표회		극단 에저또극장 제25회 공연	유진규·이언호· 김성구	연극	1976	극단 에저또극장	한국예술문화 윤리위원회
심의대본	유진규(柳鎭奎) 김성구(金成 九) 2人의 판토마임 콘서트		극단76극장 제29회 공연	유진규·김성구	연극	1980	극단76극장	한국공연윤리 위원회
심의대본	유진규의 몸짓·공연개요		연강 명인전 여섯번째	미상	연극	1994	-	공연윤리위원회
심의대본	유치진(柳致眞)의 나도 인 간(人間)이 되련다에서		제13회 전국남녀고교 연극 경연대회 참가; 양정고등 학교 연극반 제15회 공연	미상	연극	1974	양정고등학교 연극반	한국예술문화 윤리위원회
심의대본	유쾌한 요술장이			극본 주평	연극	1974	-	한국예술문화 윤리위원회
심의대본	유태인의 학살			엘빈 실바누스; Erwin Sylvanus	연극	1980	극단 극우회	한국공연윤리 위원회
심의대본	유토피아를 먹고 잠들다		극단 산울림 제36회 공연; 제 11회 서울 연극제 참가작품	이강백	연극	1987	극단 산울림	공연윤리위원회
심의대본	유혹			해럴드 핀터; Harold Pinter	연극	1982	-	한국공연윤리 위원회
심의대본	유희(원작: The Collection)		극단 로얄씨어터 제81회 정기공연	해럴드 핀터; Harold Pinter	연극	1994	극단 로얄씨어터	공연윤리위원회
심의대본	유희			박영서	연극	1969	서강연극회	한국예술문화 윤리위원회
심의대본	유희의 끝		극단 가교 제110회 공연	사무엘 베케트; Samuel Beckett	연극	1983	극단 가교	한국공연윤리 위원회
심의대본	유희의 끝			사무엘 베케트; Samuel Beckett	연극	1992	극단 마루	공연윤리위원회

심의대본	육시(戮屍)		제19회 극단반도 정기공연	장원범	연극	1993	극단 반도	공연윤리위원회
심의대본	육혈포강도			임성구	연극	1989	-	공연윤리위원회
심의대본	육혈포강도			장희용	연극	1984	극단 도라	한국공연윤리위원회
심의대본	육혈포강도(六六砲强盜)		공간사랑 신파극시리즈 기획작품	이강렬	연극	1980	극단 조형극장	한국공연윤리위원회
심의대본	윤회		극단 춘추6회 공연; 제17회 동아연극상 참가작품	서머셋 모옴; William Somerset Maugham	연극	1980	극단 춘추	한국공연윤리위원회
심의대본	은고리	아들의 연인		원작 시드니 하워드; Sidney Coe Howard, 번안 윤정모	연극	미상	극단 사조	공연윤리위원회
심의대본	은고리	아들의 연인	극단 사조 4회 공연	원작 시드니 하워드; Sidney Coe Howard, 번안 윤정모	연극	1982	극단 사조	한국공연윤리위원회
심의대본	은세계(銀世界)		신연극70주년 기념공연; 세종문화회관 개관기념 예술제	원작 이인직, 각색 차범석	연극	1978	-	한국공연윤리위원회
심의대본	은장도	사랑의 보검	서라벌여성국극단 박금희와 그 일행 신작 제16회 작품	허광희	연극	1972	서라벌여성국극단, 박금희와 그 일행	한국예술문화윤리위원회
심의대본	은하수로 가는 배달부			카를 비트링거; Karl Wittlinger	연극	1979	극단 에저또	한국공연윤리위원회
심의대본	은하수를 아시나요			카를 비트링거; Karl Wittlinger	연극	미상	극단 창조극장	한국공연윤리위원회
심의대본	은하수를 아시나요			카를 비트링거; Karl Wittlinger	연극	1993	극단 창조무대	공연윤리위원회
심의대본	은하수를 아시나요?		극회 프라이에 뷔네 제26회 공연; 서울 5개 대학가 순회 공연 및 광주 초청공연	카를 비트링거; Karl Wittlinger	연극	1974	극회 프라이에 뷔네	한국예술문화윤리위원회
심의대본	은하수를 아시나요?		극단 에저또 제29회 공연	카를 비트링거; Karl Wittlinger	연극	1976	극단 에저또	한국공연윤리위원회
심의대본	은하철도 999			극본 이창기	연극	1988	극단 배우극장	공연윤리위원회
심의대본	은하철도 999			극본 이창기	연극	1988	극단 배우극장	공연윤리위원회
심의대본	은혜갚은 까치			미상	연극	1994	인형극단 꼬마	공연윤리위원회
심의대본	은혜갚은 두꺼비			미상	연극	1994	우리인형극단	공연윤리위원회
심의대본	은혜갚은 삐삐 / 우주소년 코보왕자			김영식, 이호경	연극	1992	별마당인형극회	공연윤리위원회
심의대본	은혜를 모르는 늑대			미상	연극	1991	엔젤극단	공연윤리위원회
심의대본	은혜를 모르는 늑대			미상	연극	1991	엔젤극단	공연윤리위원회
심의대본	음악공화국			박용숙	연극	1975	한양대학교 연극영화과	한국예술문화윤리위원회
심의대본	의무의 희생자(義務의 犧牲者)			외젠 이오네스코; Eugene Ionesco	연극	1969	한국외국어대학 불어과	한국예술문화윤리위원회
심의대본	의무의 희생자(Victimes du devoir)			외젠 이오네스코; Eugene Ionesco	연극	1969	한국외국어대학 불어과	한국예술문화윤리위원회
심의대본	의사 지바고			원작 보리스 파스테르나크; Boris Pasternak, 각색 차범석	연극	1975	극단 배우극장	한국예술문화윤리위원회

심의대본	의상을 입어라!			구성 조영남	연극	1986	극단 현대앙상블	공연윤리위원회
심의대본	의자들			외젠 이오네스코 ; Eugene Ionesco	연극	1981	극단 현대극장	한국공연윤리위원회
심의대본	의자들			외젠 이오네스코 ; Eugene Ionesco	연극	1977	극단 창고극장	한국공연윤리위원회
심의대본	의자들(椅子들)			외젠 이오네스코 ; Eugene Ionesco	연극	1980	-	한국공연윤리위원회
심의대본	의자들(椅子들)			외젠 이오네스코 ; Eugene Ionesco	연극	1980	극단 가교	공연윤리위원회
심의대본	의학의 승리(Le Triomphe de la Médecine)			쥘 로맹 ; Jules Romains	연극	1976	-	한국공연윤리위원회
심의대본	이 땅은 니캉 내캉			김사열	연극	미상	놀이패 탈	공연윤리위원회
심의대본	이 세계 절반은 나	크리스챤아카데미 20주년 기념 축하공연		엄인희	연극	1985	크리스챤아카데미, 주부아카데미 협의회, 둥우리	한국공연윤리위원회
심의대본	이 세상(世上) 크기만한 자유(自由)	극단 산하 42회 공연		강성희	연극	1980	극단 산하	한국공연윤리위원회
심의대본	이 세상에서 제일 못생긴 사나이	극단 미래 제3회 공연		원작 아치 오보러 ; Arch Oboler, 각색 이상화	연극	1987	극단 미래	공연윤리위원회
심의대본	이 세상에서 제일 못생긴 사나이	푸른 극단 제9회 공연		원작 아치 오보러 ; Arch Oboler, 각색 이상화	연극	1985	푸른 극단	한국공연윤리위원회
심의대본	이 시간(時間)을 즐겁게			구성 전예명, 대본 나미라	연극	1966	나미라 악극단	한국예술문화윤리위원회
심의대본	이구아나의 밤			테네시 윌리엄스 ; Tennessee Williams	연극	1985		한국공연윤리위원회
심의대본	이구아나의 밤	극단 여인극장 제11회 공연		테네시 윌리엄스 ; Tennessee Williams	연극	1970	극단 여인극장	한국예술문화윤리위원회
심의대본	이길재 모노드라마			원작 윌리엄 셰익스피어 ; William Shakespeare · 양일권 · 정시운, 편극 이길재, 번안 이길재	연극	1992	함께하는 극단 하나	공연윤리위원회
심의대본	이대감 망할대감	토월회 창립 50주년 기념 합동공연		박승희	연극	1973	-	한국예술문화윤리위원회
심의대본	이대감 망할대감(이大監 亡할大監)	신연극70주년 기념공연 ; 세종문화회관 개관기념 예술제		박승희	연극	1978	-	한국공연윤리위원회
심의대본	이데올로기의 초상(肖像)	'95 전국대학연극제 참가작		미상	연극	1995	서울대학교 공대 연극회	공연윤리위원회
심의대본	이듬해 이맘때			버나드 슬레이드 ; Bernard Slade	연극	1986	민중극단	공연윤리위원회
심의대본	이듬해 이맘때	극단 민중극장 제38회 공연		버나드 슬레이드 ; Bernard Slade	연극	1978	극단 민중극장	한국공연윤리위원회
심의대본	이듬해 이맘때			버나드 슬레이드 ; Bernard Slade	연극	1978	극단 자유극장	한국공연윤리위원회
심의대본	이등차표			박준용	연극	1975	-	한국예술문화윤리위원회

심의대본	이디프스 왕 / 콜로너스의 이디프스 / 앤티고니			소포클레스; Sophocles	연극	1975	-	한국예술문화 윤리위원회
심의대본	이디프스 왕 / 콜로너스의 이디프스 / 앤티고니			소포클레스; Sophocles	연극	1976	-	한국공연윤리 위원회
심의대본	이땅은 니캉내캉			김사열	연극	1988	놀이패 탈	공연윤리위원회
심의대본	이땅은 니캉내캉			김사열	연극	1988	놀이패 탈	공연윤리위원회
심의대본	이런 일 저런 일			김진	연극	1969	-	한국예술문화 윤리위원회
심의대본	이름없는 꽃은 바람에 지고	'86 오끼나와 동양연극제 참가		김정옥	연극	1986	극단 자유	공연윤리위원회
심의대본	이름없는 여인	우리극단 마당 제44회 공연		로물루스 리니; Romulus Linney	연극	1986	우리극단 마당	한국공연윤리 위원회
심의대본	이미자(李美子) 리싸이틀			구성 황정태	대중	1969	프린스 쇼	한국예술문화 윤리위원회
심의대본	이방인			알베르 카뮈; Albert Camus	연극	1988	-	공연윤리위원회
심의대본	이방인들(異邦人들)			이재현	연극	1992	극단 부활	공연윤리위원회
심의대본	이쁜이			홍선애	연극	1987	-	공연윤리위원회
심의대본	이사도라 이사도라	극단 평민극장 제8회 공연		이사도라 덩컨; Isadora Duncan, 각색 이재현	연극	1978	극단 평민극장	한국공연윤리 위원회
심의대본	이상(李箱)의 날개	극단 미추홀 제3회 작품		미상	연극	1981	극단 미추홀	한국공연윤리 위원회
심의대본	이상±현상	이상을 위한 만가		각색 장두이, 구성 장두이	연극	1977	카톨릭대학교 문학과 연극동호회 이상 현상	한국공연윤리 위원회
심의대본	이상무의 횡재(李常務의 橫財)	제2회 대한민국 연극제 참가작품		이근삼	연극	1978	극단 시민극장	한국공연윤리 위원회
심의대본	이상적인 남편(An Ideal Husband)	서울의대 연극부 8회 공연		오스카 와일드; Oscar Wilde	연극	1966	서울대학교 의과대학 연극부	한국예술문화 윤리위원회
심의대본	이상한 궤			리보라	연극	1989	극단 창고극장	공연윤리위원회
심의대본	이상한 나라 앨리스			원작 루이스 캐럴; Lewis Carrol	연극	1994	극단 해오라기	공연윤리위원회
심의대본	이상한 나라의 두찌			김성제	연극	1995	-	공연윤리위원회
심의대본	이상한 나라의 앨리스			루이스 캐럴; Lewis Carrol	연극	1993	-	공연윤리위원회
심의대본	이상한 나라의 앨리스	극단 영 Op. No. 68		루이스 캐럴; Lewis Carrol	연극	1993	극단 영	공연윤리위원회
심의대본	이상한 나라의 엘리스			원작 루이스 캐럴; Lewis Carrol(Charles Lutwidge Dodgson), 각색 윤태희	연극	1993	교육극단 동화나라	공연윤리위원회
심의대본	이상한 부부			Neil Simon	연극	미상	극단 드라마센타	기타
심의대본	이상한 부부	극단 에저또 47회 공연		닐 사이먼; Neil Simon	연극	1980	극단 에저또	한국공연윤리 위원회
심의대본	이상한 부부			닐 사이먼; Neil Simon	연극	1978	극단 창고극장	한국공연윤리 위원회
심의대본	이상한 수탉과 몽둥이			미상	연극	1989	우리인형극단	공연윤리위원회

561

심의대본	이상한 신발장사	오징어		강승균	연극	1985	우리인형극회	한국공연윤리위원회
심의대본	이수일과 심순애			조일제, 편극 하유상	연극	1983	우리극단 마당	한국공연윤리위원회
심의대본	이수일과 심순애			미상	연극	1985	극단 아쉬레	한국공연윤리위원회
심의대본	이수일과 심순애			조일제, 편극 하유상	연극	1982	-	한국공연윤리위원회
심의대본	이수일과 심순애			조중환	연극	1988	우리극단 마당	공연윤리위원회
심의대본	이수일과 심순애(李守一과 沈順愛)	장한몽(長恨夢)	신극70주년 기념 신파극 대공연	조중환	연극	1982	-	한국공연윤리위원회
심의대본	이수일과 심순애(李守一과 沈順愛)	장한몽(長恨夢)	극단 가교 제102회 정기공연 ; 신파극 정기공연	조일제, 편극 하유상	연극	1981	극단 가교	한국공연윤리위원회
심의대본	이수일과 심순애(李守一과 沈順愛)	장한몽(長恨夢)	극단 가교 제90회 신극70주년 기념 신파극 대공연	조일제, 편극 하유상, 고증 고설봉	연극	1978	극단 가교	한국공연윤리위원회
심의대본	이수일과 심순애(李守一과 沈順愛)	장한몽(長恨夢)		조일제, 편극 하유상	연극	1983	우리극단 마당	한국공연윤리위원회
심의대본	이수일전		'88 마당놀이 ; 극단 중연 제5회 정기공연	김인성	연극	1988	극단 중연	공연윤리위원회
심의대본	이순신			미상	연극	1973	서라벌 예술대학	한국예술문화윤리위원회
심의대본	이식수술		꼭둑각시를 위한 연극	오태석	연극	1971	-	한국예술문화윤리위원회
심의대본	이식수술(移植手術)	꼭둑각시를 위한 연극		오태석	연극	1983	극단 민예극장	한국공연윤리위원회
심의대본	이야기 보따리			미상	연극	1987	-	공연윤리위원회
심의대본	이야기 아줌마의 인형극			각색 강유영	연극	1985	인형극장 보물섬	한국공연윤리위원회
심의대본	이어도(異魚島)		극단 서울예술좌 신춘 대공연	이청준, 각색 하유상	연극	1981	극단 서울예술좌	한국공연윤리위원회
심의대본	이어도, 이어도, 이어도		극단 신협 제85회 공연	원작 이청준, 각색 하유상	연극	1976	극단 신협	한국예술문화윤리위원회
심의대본	이어도, 이어도, 이어도		극단 신협 제85회 공연	원작 이청준, 각색 하유상	연극	1976	극단 신협	한국예술문화윤리위원회
심의대본	이은관 서도창 발표회(李殷官西道唱發表會)			미상	전통	1976	-	한국예술문화윤리위원회
심의대본	이종철 선생 회갑 기념공연(李鍾哲先生回甲記念公演)			구성 김성천	복합	1969	프린스 쇼-	한국예술문화윤리위원회
심의대본	이춘풍전		문화방송 창사23주년 기념공연	김지일	연극	1984	-	한국공연윤리위원회
심의대본	이탈리아 밀짚모자(Un Chapeau de Paille D'Italie)			외젠 라비슈 ; Eugene Labiche · 마르크 미셸 ; Marc-Michel	연극	1981		한국공연윤리위원회
심의대본	이탤리안 걸		극단 제작극회 제15회 공연	원작 아이리스 머독 ; Iris Murdoch, 각색 아이리스 머독 ; Iris Murdoch · 제임스 손더스 ; James Saunders	연극	1971	극단 제작극회	한국예술문화윤리위원회

심의대본	이혼파티		극단 사계 제17회 공연	유보상	연극	1981	-	한국공연윤리위원회
심의대본	이혼파티		극단 배우극장 23회	유보상	연극	1985	극단 배우극장	한국공연윤리위원회
심의대본	이혼파티(離婚파티)			유보상	연극	1983	우리극단 마당	한국공연윤리위원회
심의대본	이화부부 일주일		극단 자유극장 53회 공연	김영태	연극	1975	극단 자유극장	한국예술문화윤리위원회
심의대본	이화부부 일주일			김영태	연극	1976	극단 창고극장	한국공연윤리위원회
심의대본	인간부결(人間否決)		극단 광장 제2회 공연	고동율	연극	1966	극단 광장	한국예술문화윤리위원회
심의대본	인간시장(人間市場)		극단 대중극장 창단 출발 첫 작품	원작 김홍신, 각색 하유상	연극	1982	극단 대중극장	한국공연윤리위원회
심의대본	인간의 목소리			미상	연극	1989	-	공연윤리위원회
심의대본	인간적인 진실로 인간적인			오혜령	연극	1967	극단 드라마센타	한국예술문화윤리위원회
심의대본	인간적인 진실로 인간적인		극단 산하 제20회 공연	오혜령	연극	1975	극단 산하	한국예술문화윤리위원회
심의대본	인간적인 진실로 인간적인		극단 교실 창립 공연	오혜령	연극	1977	극단 교실	한국공연윤리위원회
심의대본	인간적인 진실로 인간적인 (人間的인 眞實로 人間的인)			오혜영	연극	1975	극단 산하	한국예술문화윤리위원회
심의대본	인간파괴		극단 제3무대 제22회 공연	안성희	연극	1980	극단 제3무대	한국공연윤리위원회
심의대본	인간화첩			미상	무용	미상	-	공연윤리위원회
심의대본	인공수정		극단 르네쌍스 제3회 공연	원작 최중락, 각색 조흥일	연극	1975	극단 르네쌍스	한국예술문화윤리위원회
심의대본	인공수정		극단 역사무대 창립공연	김춘권	연극	1975	극단 역사무대	한국예술문화윤리위원회
심의대본	인디안 꼬마 "아스카"			미상	연극	1989	우리인형극단	공연윤리위원회
심의대본	인사이드 드라이 워터			미상	연극	1995	호주 인형극단 스카이락	공연윤리위원회
심의대본	인생 제2장			닐 사이먼 ; Neil Simon	연극	1986	민중극단	공연윤리위원회
심의대본	인생일식			강문수	연극	1958	국립극단	문교부
심의대본	인생차압		극단 고향 제11회 대공연 ; 진주·마산 지방순회공연	오영진	연극	1975	극단 고향	한국예술문화윤리위원회
심의대본	인어공주			원작 한스 안데르센 ; Hans Andersen, 극본 정근	연극	1990	-	공연윤리위원회
심의대본	인어전설(人魚傳說)			정의신	연극	1993	극단 신숙양산박 (新宿梁山泊)	공연윤리위원회
심의대본	인체뎃상		에버그린 제2회 공연	염무천	연극	1982	극단 에버그린	한국공연윤리위원회
심의대본	인체뎃상			염무천	연극	1984	-	한국공연윤리위원회
심의대본	인터내셔널 에어포트		극단 사조 제42회 공연	지평남 · 신혜련	연극	1995	극단 사조	공연윤리위원회

563

심의대본	인터뷰		홍익 극 연구회 창립 10주년 기념 가을 공연	장 클로드 반이탤리; Jean-Claude van Itallie	연극	1974	홍익 극 연구회	한국예술문화윤리위원회
심의대본	인터뷰(Interview)			장 클로드 반이탤리; Jean-Claude van Itallie	연극	1978	-	한국공연윤리위원회
심의대본	인형과 마임			미상	연극	1994	서울인형극회	공연윤리위원회
심의대본	인형들의 잔치			구성 이명숙	연극	1986	현대인형극회	공연윤리위원회
심의대본	인형들의 잔치			구성 이명숙	연극	1985	현대인형극회	한국공연윤리위원회
심의대본	인형들의 휴일			구성 이명숙	연극	1986	현대 인형극회	공연윤리위원회
심의대본	인형시대			이규환	연극	1974	가호자들	한국예술문화윤리위원회
심의대본	인형의 집			헨릭 입센; Henrik Ibsen	연극	1986	한국방송통신대학 극예술연구회	공연윤리위원회
심의대본	인형의 집			헨릭 입센; Henrik Ibsen	연극	1968	-	한국예술문화윤리위원회
심의대본	인형의 집		극단 맥토 제9회 공연	헨릭 입센; Henrik Ibsen	연극	1976	극단 맥토	한국예술문화윤리위원회
심의대본	인형의 집(人形의 집)		극단 광장 42회 공연	헨릭 입센; Henrik Ibsen	연극	1981	극단 광장	한국공연윤리위원회
심의대본	인형의 집(人形의 집)		극단 성좌 제6회 공연	헨릭 입센; Henrik Ibsen	연극	1971	극단 성좌	한국예술문화윤리위원회
심의대본	인형의 집(人形의집)		극단 성좌 제6회 공연	헨릭 입센; Henrik Ibsen	연극	1971	극단 성좌	한국예술문화윤리위원회
심의대본	일 트로바토레(Il Trovatore)			살바도레 캄마라노; Salvadore Cammarano · 레오네 엠마누엘레 바르다레; Leone Emanuele Bardare	음악	1972	-	한국예술문화윤리위원회
심의대본	일곱난쟁이와 백설공주			원작 그림형제; Brüder Grimm, 구성 윤승일	연극	1989	극단 동아	공연윤리위원회
심의대본	일심교			차범석	연극	1972	중동고등학교	한국예술문화윤리위원회
심의대본	일어나 비추어라		극단 제작극회 제32회 공연; 제4회 대한민국 연극제 참가작품	오혜령	연극	1980	극단 제작극회	한국공연윤리위원회
심의대본	일어나 빛을 발하라!		극단 춘추 제39회 공연	김종철	연극	1987	극단 춘추	공연윤리위원회
심의대본	일어나라 알버트			원작 바니 사이먼; Barney Simon	연극	1988	극단 청파앙코르	공연윤리위원회
심의대본	일어나라 알버트여!			원작 바니 사이먼; Barney Simon, 각색 김관수	연극	1988	-	공연윤리위원회
심의대본	일어서는 사람들		민족극한마당 참가작품	김태종	연극	1988	놀이패 신명	공연윤리위원회
심의대본	일어서는 사람들		민족극한마당 참가작품	김태종	연극	1988	놀이패 신명	공연윤리위원회
심의대본	일요일의 불청객		극단 실험극장 제45회 공연	이근삼	연극	1974	극단 실험극장	한국예술문화윤리위원회
심의대본	일요일의 불청객(日曜日의 不請客)		극단 실험극장 제45회 공연	이근삼	연극	1974	극단 실험극장	한국예술문화윤리위원회
심의대본	일요일의 불청객(日曜日의 不請客)			이근삼	연극	1984	다미회	한국공연윤리위원회

심의대본	일요일의 불청객(日曜日의 不請客)		극단 실험극장 지방공연; 제49회 공연	이근삼	연극	1975	극단 실험극장	한국예술문화 윤리위원회
심의대본	일하는 나날들: 작품개요			미상	연극	1991	무대예술실험실 (멕시코)	공연윤리위원회
심의대본	일하며 노래하고 건설하며 춤추세			구성 동화춘	전통	1975	동화춘국악예술단	한국예술문화 윤리위원회
심의대본	잃어버린 고무신			김영식	연극	1994	별마당인형극회	공연윤리위원회
심의대본	잃어버린 고향		제4회 학생극 시범공연	오혜령	연극	1976	창문여자고등학교	한국공연윤리 위원회
심의대본	잃어버린 바하를 찾아서…			피터 쉐퍼 ; Peter Shaffer	연극	1986	극단 동명	공연윤리위원회
심의대본	잃어버린 별을 찾아			D. C. 윌슨	연극	1982	한국기독교시청각	한국공연윤리 위원회
심의대본	잃어버린 역사(歷史)를 찾아서		제9회 대한민국연극제 참가작품	김의경	연극	1985	극단 현대극장	한국공연윤리 위원회
심의대본	잃어버린 王子			이일목	연극	1971	거북선국악단, 이군자와 그 일행	한국예술문화 윤리위원회
심의대본	임금님과 트로르			각색 정애란	연극	1989	-	공연윤리위원회
심의대본	임금알		극단 76극장 10주년 기념 세번째 공연	오태영	연극	1985	극단 76극장	한국공연윤리 위원회
심의대본	임금알			오태영	연극	1987	극단 동두천	공연윤리위원회
심의대본	임금알			오태영	연극	1987	극단 동두천	공연윤리위원회
심의대본	임신소동	쟈케가의 소동		앙드레 루생 ; André Roussin	연극	1968	여인극장	한국예술문화 윤리위원회
심의대본	임자찾기		극단 민예극장 제88회 공연	허영자	연극	1985	극단 민예극장	한국공연윤리 위원회
심의대본	잉태 I			김응수	연극	1979	극단 거론	한국공연윤리 위원회
심의대본	自1122年			오태석	연극	1981	동랑레퍼터리극단	한국공연윤리 위원회
심의대본	자기만의 방			원작 버지니아 울프; Virginia Woolf, 번안 류숙렬, 각색 류숙렬	연극	1992	-	공연윤리위원회
심의대본	自己의 귀			피터 쉐퍼 ; Peter Shaffer	연극	1980	-	한국공연윤리 위원회
심의대본	자동차 묘지			페르난도 아라발; Fernando Arrabal	연극	1978	. 극단 가교	한국공연윤리 위원회
심의대본	자동차 묘지(墓地)		극단 앙띠 제8회 공연	페르난도 아라발; Fernando Arrabal	연극	1977	극단 앙띠	한국공연윤리 위원회
심의대본	자명고			신동운	연극	1977	홀리디 인 서울 가무단	한국공연윤리 위원회
심의대본	자명고			박만규	무용	1986	발레블랑	공연윤리위원회
심의대본	자살		'92 푸른연극제 참가작	김현묵	연극	1992	예성무대	공연윤리위원회
심의대본	자살계약서(自殺契約書)		극단 성좌 창립공연	원작 쟈크 로베르; Jacques Robert, 각색 최헌	연극	1969	극단 성좌	한국예술문화 윤리위원회
심의대본	자살나무		극단 가교 89회 공연	정복근	연극	1978	극단 가교	한국공연윤리 위원회
심의대본	자아비판			유치진	연극	1971	동덕여대 연극부	한국예술문화 윤리위원회

심의대본	자아비판(自我批判)			유치진	연극	1971	동덕여자 연극부	한국예술문화윤리위원회
심의대본	자아비판 / 관객모독 / 현명하게 말하기 / 카스파			페터 한트케; Peter Handke	연극	1992	한마루2000, 극단 여름	공연윤리위원회
심의대본	자아성찰			미상	연극	1987	-	공연윤리위원회
심의대본	자유도시		극단 에저또 72회 공연	브라이언 프리엘; Brian Friel	연극	1987	극단 에저또	공연윤리위원회
심의대본	자유도시		극단 에저또 제62회 공연	브라이언 프리엘; Brian Friel	연극	1982	극단 에저또	한국공연윤리위원회
심의대본	자유도시		극단 에저또 72회 공연	브라이언 프리엘; Brian Friel	연극	1987	극단 에저또	공연윤리위원회
심의대본	자유무대(여로) / 수사반장		1971년 텔레비 올스타-쇼-; 한국텔레비견연기자협회 창립기념	구성 김성천 · 백은선	연극	1971	-	한국예술문화윤리위원회
심의대본	자유무역호텔(L'Hôtel du Libre-Échange)			조르주 페이도; Georges Feydeau · 모리스 데발리에르; Maurice Desvallières	연극	1976	-	한국예술문화윤리위원회
심의대본	자유의 품에		창립공연 6회	박용훈	연극	1974	인터내쇼날 뉴훼이스 크럽, 국제영화배우 학원	한국예술문화윤리위원회
심의대본	자유의 품에	꽃피는 내고향	창립공연 6회 작품	박용훈	연극	1974	인터내쇼날 뉴훼이스 크럽	한국예술문화윤리위원회
심의대본	자유혼(自由魂)		극단 여인극장 제84회 공연; 제11회 서울연극제 출품 작품	윤정선	연극	1987	극단 여인극장	공연윤리위원회
심의대본	자전거		제7회 대한민국 연극제 참가작품	오태석	연극	1983	동랑레퍼터리극단, 서울예술전문대학	한국공연윤리위원회
심의대본	자전거			오태석	연극	1987	극단 목화	공연윤리위원회
심의대본	자전거			오태석	연극	1994	-	공연윤리위원회
심의대본	자전차(自轉車)		제7회 대한민국연극제 참가작품	오태석	연극	1983	동랑레퍼터리극단	한국공연윤리위원회
심의대본	자정의 외출(子正의 外出)		79년도 신춘문예희곡 당선작발표회	김철진	연극	1979	극단 민중극장	한국공연윤리위원회
심의대본	자크 혹은 순종(Jacques ou la Soumission)			외젠 이오네스코; Eugene Ionesco	연극	1979	서울대 사범대학 불어과	한국공연윤리위원회
심의대본	자화상(自畵像)			윤한수	연극	1986	극단 창작무대	공연윤리위원회
심의대본	작가를 찾는 6명의 등장 인물		극단 맥토 제6회 공연	L. 필란델로; 루이지 필란델로; Luigi Pirandello	연극	1975	극단 맥토	한국예술문화윤리위원회
심의대본	작가를 찾는 6인의 등장인물(作家를 찾는 六人의 登場人物)		극단 에저또 제40회 공연	루이지 피란델로; Luigi Pirandello	연극	1979	극단 에저또	한국공연윤리위원회
심의대본	작년에 왔던 각설이		극단 우리네땅 창립공연	박우춘	연극	1983	극단 우리네 땅	한국공연윤리위원회
심의대본	작업2	사랑에 대한 이야기 셋		미상	연극	1994	문예동인 얼아리	공연윤리위원회
심의대본	작은 곤충들의 대모험		현대토아트홀 개관 1주년 기념 특별공연	哀田正治	연극	1989	극단 노바라	공연윤리위원회

심의대본	작은 마녀의 모험	박기선 아동극 씨리즈 제1탄	서영희	연극	1987	극단 신동	공연윤리위원회
심의대본	작은 사랑의 멜로디	극단 제3무대 34회 작품	비탈 아자 ; Vital Aza · 미겔 라모스 카리온 ; Miguel Ramos Carrion, 각색 이창구	연극	1986	극단 제3무대	공연윤리위원회
심의대본	작은 사랑의 멜로디	극단 제3무대 30회 작품	비탈 아자 ; Vital Aza · 미겔 라모스 카리온 ; Miguel Ramos Carrion, 각색 이창구	연극	1983	극단 제3무대	한국공연윤리위원회
심의대본	작은 사랑의 멜로디	극단 신협 제02회 공연	비탈 아자 ; Vital Aza · 미겔 라모스 카리온 ; Miguel Ramos Carrion	연극	1980	극단 신협	한국공연윤리위원회
심의대본	작은 사랑의 멜로디		비탈 아자 ; Vital Aza · 미겔 라모스 카리온 ; Miguel Ramos Carrion, 각색 이창구	연극	1992	극단 제3무대	공연윤리위원회
심의대본	작은 선박에의 해상경보		테네시 윌리엄스 ; Tennessee Williams	연극	미상	서울공대연극회	한국예술문화윤리위원회
심의대본	작은 선박에의 해상경보		테네시 윌리엄스 ; Tennessee Williams	연극	1974	서울공대 연극회	한국예술문화윤리위원회
심의대본	작은 아씨들		루이자 메이 알코트 ; Louisa May Alcott	연극	1969	이화여고 연극부	한국예술문화윤리위원회
심의대본	작은 아씨들		원작 루이자 메이 알코트 ; Louisa May Alcott, 각색 이재현	연극	1991	극단 부활	공연윤리위원회
심의대본	작은 아씨들	숭의여자전문학교 학도 호국단 문예부 연극반 주최 제1회 공연(제13회)	루이자 메이 알코트 ; Louisa May Alcott	연극	1975	숭의여자전문학교 학도호국단 문예부 연극반	한국예술문화윤리위원회
심의대본	작은 여우들	극단 가교 제106회 대공연	릴리언 헬만 ; Lillian Hellman	연극	1981	극단 가교	한국공연윤리위원회
심의대본	작은 오두막		앙드레 루생 ; André Roussin, 각색 낸시 밋퍼드 ; Nancy Mitford	연극	1988	-	공연윤리위원회
심의대본	작은 이데올로기 전쟁		김 마테오(성수)	연극	1985	극단 광대	한국공연윤리위원회
심의대본	작은 인어공주	'94 MBC 가족뮤지컬	원작 한스 안데르센 ; Hans Andersen, 극본 김상열	연극	1994	-	공연윤리위원회
심의대본	잔네비는 돌아오는가	극단 에저또 극장 제24회 공연	윤조병	연극	1975	극단 에저또	한국예술문화윤리위원회
심의대본	잔영	극단 은하 제8회 공연	김숙현	연극	1976	극단 은하	한국예술문화윤리위원회
심의대본	잔영	극단 은하 제8회 공연	김숙현	연극	1976	극단 은하	한국예술문화윤리위원회
심의대본	잔재 外		미상	대중	1984	Show GoGo	한국공연윤리위원회
심의대본	잘 못 푼 미적분(微積分)		시드니 하워드 ; Sidney Coe Howard	연극	1976	극단 원방각	한국공연윤리위원회

심의대본	잘 살아보세			미상	연극	1971	다이아몬드	한국예술문화 윤리위원회
심의대본	잘 살아봅시다			박진	연극	1970	이해랑 이동극장	한국예술문화 윤리위원회
심의대본	잘 살어보세			박응수	연극	1969	다이아몬드 쇼-	한국예술문화 윤리위원회
심의대본	잘못 태어난 사람들을 비추는 달			유진 오닐 ; Eugene O'Neill	연극	1983	극단 창조극장	한국공연윤리 위원회
심의대본	잘자요, 엄마(Night Mother)			마샤 노먼 ; Marsha Norman, 각색 김수현	연극	1986	-	공연윤리위원회
심의대본	잠녀풀이			문무병	연극	1983	-	한국공연윤리 위원회
심의대본	잠이 자고 싶은 사나이			볼프강 힐데스하이 머 ; Wolfgang Hildesheimer	연극	미상	-	공연윤리위원회
심의대본	잠자는 숲속의 공주			원작 샤를 페로 ; Charles Perrault, 각색 윤승일	연극	1989	극단 동아	공연윤리위원회
심의대본	잠자는 숲속의 공주			한스 안데르센 ; Hans Andersen	연극	1993	-	공연윤리위원회
심의대본	잠자는 숲속의 공주			각색 이영준	연극	1990	-	공연윤리위원회
심의대본	잠자는 숲속의 공주			원작 한스 안데르센 ; Hans Andersen, 각색 김한성	연극	1993	인형극단 아이사랑	공연윤리위원회
심의대본	잠잘 준비는 다 됐나요?			알렉스 고트리브 ; Alex Gottlieb	연극	1981	-	한국공연윤리 위원회
심의대본	잠적(潛跡)			하인리히 뵐 ; Heinrich Boll	연극	1977	-	한국공연윤리 위원회
심의대본	장난꾸러기 유령(幽靈)		극단 여인극장 제40회 공연	노엘 카워드 ; Noel Coward	연극	1977	극단 여인극장	한국공연윤리 위원회
심의대본	장날			박채규	연극	1987	극단 은맥	공연윤리위원회
심의대본	장날			박채규	연극	1987	극단 은맥	공연윤리위원회
심의대본	장날		불우 이웃돕기 순회공연	박채규	연극	1986	극단 인화무대	공연윤리위원회
심의대본	장날			박채규	연극	1988	마당 세실극장	공연윤리위원회
심의대본	장날			박채규	연극	1993	-	공연윤리위원회
심의대본	장대장네굿			윤대성	연극	1984	극단 민예극장	한국공연윤리 위원회
심의대본	장미문신		극단 성좌 제56회 공연	테네시 윌리엄스 ; Tennessee Williams	연극	1986	극단 성좌	공연윤리위원회
심의대본	장미사랑			존 오런	연극	1986	극단 동방	공연윤리위원회
심의대본	장미의 관			조 오튼 ; Joe Orton	연극	1988	극단 세미	공연윤리위원회
심의대본	장미의 성(薔薇의 城)		극단 산하 제14회 공연	차범석	연극	1968	극단 산하	한국예술문화 윤리위원회
심의대본	장미촌으로의 외출(外出)			장석주	연극	1981	-	한국공연윤리 위원회
심의대본	장미화 신작 발표회			구성 김일태	대중	1978	삼성프로덕숀	한국공연윤리 위원회

심의대본	장보고, 열리는 바다			김청일, 각색 최창권	연극	1992	한국청소년공연 예술진흥회	공연윤리위원회
심의대본	장보고, 열리는 바다			김지일, 각색 최창권	연극	1992	한국청소년공연 예술진흥회	공연윤리위원회
심의대본	장사(壯士)의 꿈	연우무대 8		황석영	연극	1981	연우무대	한국공연윤리 위원회
심의대본	장사(壯士)의 꿈	연우무대 12 앵콜공연		황석영	연극	1984	연우무대	한국공연윤리 위원회
심의대본	장사꾼의 길			이계준	연극	1986	-	공연윤리위원회
심의대본	장사의 꿈	아리랑 극단 제2회 정기 공연		원작 황석영, 각색 김명곤	연극	1987	극단 아리랑	공연윤리위원회
심의대본	장산곶 매	연우무대 4		황철영	연극	1980	극단 연우무대	기타
심의대본	장생가(長生歌)	극단 쎄실극장 제19회 공연 ; (날개) (안개) (난장이가 쏘아올린 작은공)에 이은 창작극시리즈 제4탄!		정성주	연극	1981	극단 쎄실극장	한국공연윤리 위원회
심의대본	장석원 이벤트			미상	연극	1980	-	한국공연윤리 위원회
심의대본	장엄한 예식	극단 문예극장 창단공연		페르난도 아라발 ; Fernando Arrabal	연극	1981	극단 문예극장	한국공연윤리 위원회
심의대본	장엄한 예식(禮式)	극단 문예극장 창단공연		페르난도 아라발 ; Fernando Arrabal	연극	1981	극단 문예극장	한국공연윤리 위원회
심의대본	장엄한 예식(禮式)	극단 춘추 제35회 공연		페르난도 아라발 ; Fernando Arrabal	연극	1985	극단 춘추	한국공연윤리 위원회
심의대본	장엄한 예식(禮式)	극단 춘추 제35회 공연		페르난도 아라발 ; Fernando Arrabal	연극	1985	극단 춘추	한국공연윤리 위원회
심의대본	장우 신춘 음악 발표회			미상	대중	1975	장우	한국예술문화 윤리위원회
심의대본	장터에 난리났네			김호태	연극	1988	우리극단 마당	공연윤리위원회
심의대본	장터에 난리났네			김호태	연극	1990	우리극단 마당	공연윤리위원회
심의대본	장터에 난리났네			김호태	연극	1985	우리극단 마당	한국공연윤리 위원회
심의대본	장터에 난리났네			김호태	연극	1985	우리극단 마당	한국공연윤리 위원회
심의대본	장터에 난리났네!			김호태	연극	1991	우리극단 마당	공연윤리위원회
심의대본	장화 신은 고양이			원작 샤를 페로 ; Charles Perrault, 각색 유원의	연극	1991	-	공연윤리위원회
심의대본	장화 신은 고양이			샤를 페로 ; Charles Perrault	연극	1992	-	공연윤리위원회
심의대본	장화를 신은 고양이	꺼꾸리 창단공연		샤를 페로 ; Charles Perrault, 각색 이성희	연극	1983	극단 꺼꾸리	한국공연윤리 위원회
심의대본	장화신은 고양이			원작 샤를 페로 ; Charles Perrault, 각색 박계배	연극	1987	샘터파랑새극장	공연윤리위원회
심의대본	장화신은 고양이			원작 샤를 페로 ; Charles Perrault	연극	1987	샘터파랑새극장	공연윤리위원회
심의대본	장화신은 고양이			샤를 페로 ; Charles Perrault	연극	1987	-	공연윤리위원회

부록

심의대본	장화신은 고양이		원작 샤를 페로; Charles Perrault, 각색 박재운	연극	1992	-	공연윤리위원회
심의대본	장화신은 고양이		샤를 페로; Charles Perrault	연극	1992	극단 두울	공연윤리위원회
심의대본	장화와 홍련		미상	연극	1986	왕자 인형극단	공연윤리위원회
심의대본	장화와 홍련		각색 안태식	연극	1971		한국예술문화 윤리위원회
심의대본	장화홍련전		각색 김지철	연극	1987	극단 한별	공연윤리위원회
심의대본	재건마을의 합창	창립 14주년 기념작품; 제1회 어린이극회 파랑새 협연	박용훈	연극	1974	인터내쇼날 뉴훼이 스크럽, 어린이극회 파랑새	한국예술문화 윤리위원회
심의대본	재건부부		김성천	연극	1969	실바스타 쇼-	한국예술문화 윤리위원회
심의대본	재롱이의 작은 이야기		이백현	연극	1990	극단 유니피아	공연윤리위원회
심의대본	재즈(Jazz)		마르셀 파뇰; Marcel Pagnol	연극	1978	-	한국공연윤리 위원회
심의대본	재치(才致)를 뽐내는 아가 씨들	극단 문예극장 제3회 작품	몰리에르; Moliere	연극	1976	극단 문예극장	한국공연윤리 위원회
심의대본	재치를 뽐내는 아가씨들		몰리에르; Moliere, 각색 김성수	연극	1987	극단 광대	공연윤리위원회
심의대본	재크와 콩나무		각색 서인수	연극	1986	우리 인형극회	공연윤리위원회
심의대본	재크와 콩나무		미상	연극	1988	서울인형극회	공연윤리위원회
심의대본	재크와 콩나무		미상	연극	1993	서울인형극회	공연윤리위원회
심의대본	재크와 콩나무 / 도깨비 방망이		각색 심영식	연극	1988	-	공연윤리위원회
심의대본	쟈니스키키	제19회 정기 공연	조바키노 포르차노; Giovacchino Forzano	음악	1977	김자경 오페라단	한국공연윤리 위원회
심의대본	쟈쥬(Zazou)		제롬 사바리; Jérôme Savary	연극	1991	극단 서울	공연윤리위원회
심의대본	쟈갈과 악어 이야기		미상	연극	1993		공연윤리위원회
심의대본	쟌다크 오를레앙의 소녀	청소년극장 제2회 공연	프리드리히 실러; Friedrich Schiller	연극	1977	극단 현대극장	한국공연윤리 위원회
심의대본	저녁노을에 학이 사라지다		키노시타 준지; 木下順二	연극	1974	극단 아카데미	한국예술문화 윤리위원회
심의대본	저수지		엄인희	연극	1983		한국공연윤리 위원회
심의대본	적	서울의대 연극반 1988년 34회 정기공연	막심 고리키; Maxim Gorky	연극	1988	서울의대 연극반	공연윤리위원회
심의대본	저편에서	연우무대 19; 무대극형 식의 확장과 성찰을 위한 실험공연	홍성기	연극	1987	극단 연우무대	공연윤리위원회
심의대본	저편에서	연우무대 19; 무대극형 식의 확장과 성찰을 위한 실험공연	홍성기	연극	1987	연우무대	공연윤리위원회
심의대본	적	민예극단 제15회 공연	이영규	연극	1975	극단 민예	한국예술문화 윤리위원회
심의대본	저녁 4시의 구름을 보셨나요	이화음대 3회 음악극	이세기	연극	1975	이화음대	한국예술문화 윤리위원회

심의대본	저녁노을에 학이 사라지다			키노시타 준지; 木下順二	연극	1980	극단 제3무대	한국공연윤리 위원회
심의대본	저수지 / 부유도(浮游島)			엄인희	연극	1982	-	한국공연윤리 위원회
심의대본	저승에서 만난 부부(夫婦)			박조열	연극	1974	극회 씨알	한국예술문화 윤리위원회
심의대본	적(敵)			이영규	연극	1974	-	한국예술문화 윤리위원회
심의대본	赤 과 白	극단 성좌제44회 공연작품; 제7회 대한민국 연극제 참가작품		이재현	연극	1983	극단 성좌	한국공연윤리 위원회
심의대본	적과 흑	극단 고향제13회 대공연		원작 스탕달; Stendhal, 각색 차범석	연극	1976	극단 고향	한국공연윤리 위원회
심의대본	전국 보컬 경음악 경연 대회			구성 최성일	대중	1970	-	한국예술문화 윤리위원회
심의대본	전당포 강도(원제: 육혈포 강도)			각색 황승만	연극	1995	우리극단 마당	공연윤리위원회
심의대본	전래동화 콩쥐팥쥐			극본 안정의	연극	1984	서울인형극회	한국공연윤리 위원회
심의대본	전범자(戰犯者)	제2회 대한민국 연극제 참가작품		이재현	연극	1978	극단 현대극장	한국공연윤리 위원회
심의대본	전봉준	동아일보 창작·창극대 공연		배봉기	연극	1988	동아일보	공연윤리위원회
심의대본	전사(戰士)의 자식들(원작: 소포클레스의 엘렉트라)			구성 송선호	연극	1993	극단 서울	공연윤리위원회
심의대본	전선(戰線)의 봄	일선장병에게 시민위안 대공연 복주머니 보내기		미상	연극	1975	-	한국예술문화 윤리위원회
심의대본	전설의 기술			마이클 커비; Michael Kirby	연극	1984	동랑레퍼터리극단	한국공연윤리 위원회
심의대본	전원교향악			앙드레 지드; Andre Gide	연극	미상	극단 여인극장	한국예술문화 윤리위원회
심의대본	전원교향악(田園交響樂)			원작 앙드레 지드; Andre Gide, 번안 이원경	연극	1974	-	한국예술문화 윤리위원회
심의대본	전율의 잔	선교극단 증언 제8회 공연		엘리자베스 베리힐; Elizabeth Berryhill	연극	1982	선교극단 증언	한국공연윤리 위원회
심의대본	전쟁	극단 에저또 제26회 공연		장 클로드 반 이탤리; Jean-Claude van Itallie	연극	1976	극단 에저또	한국공연윤리 위원회
심의대본	전쟁			장 클로드 반 이탤리; Jean-Claude van Itallie	연극	1982	극단 청암	한국공연윤리 위원회
심의대본	전쟁과 평화	극단 광장 제26회 공연; 창립10주년 기념 대공연		원작 레프 톨스토이; Lev Nikolayevich Tolstoy, 각색 알프렛 노이만·엔빈 피스카토르·군드람 쁘류우파	연극	1976	극단 광장	한국공연윤리 위원회
심의대본	전쟁터의 산책	극단 76 제5회 공연		페르난도 아라발; Fernando Arrabal	연극	1977	극단 76	한국공연윤리 위원회

심의대본	전학 간 친구			미상	연극	1983	-	한국공연윤리위원회
심의대본	전화			서동성	연극	1988	-	공연윤리위원회
심의대본	젊은 베르테르의 슬픔			원작 괴테 ; Johann Wolfgang von Goethe, 각색 허성수	연극	1978	-	한국공연윤리위원회
심의대본	젊은 베르테르의 슬픔			원작 괴테 ; Johann Wolfgang von Goethe, 각색 차정룡	연극	1975	극단 밀	한국예술문화윤리위원회
심의대본	젊은 베르테르의 슬픔		극단 성좌 36회 공연	원작 괴테 ; Johann Wolfgang von Goethe, 각색 권재우	연극	1982	극단 성좌	한국공연윤리위원회
심의대본	젊은 음악제	팝송 페스티발		박죽성, 구성 박죽성	대중	1978	상록수악극단	한국공연윤리위원회
심의대본	젊은 음악제(音樂祭)			박죽성	대중	1978	사단법인 전국공연단체협회 회원단체 신성악극단	한국공연윤리위원회
심의대본	젊은 음악제(音樂祭)			구성 김석민	대중	1974	-	한국예술문화윤리위원회
심의대본	젊은 한 밤의 몽유			김충호	연극	1992	-	공연윤리위원회
심의대본	젊음의 대제전		제1회 모듬연주인 단합 공연	구성 안치행	연극	1977	-	한국공연윤리위원회
심의대본	점을 칩니다			오재호	연극	1975	-	한국예술문화윤리위원회
심의대본	占을 칩니다			오재호	연극	1970	한양공고 연극반	한국예술문화윤리위원회
심의대본	정(精)			신상철	연극	1985	성동여자실업고등학교	한국공연윤리위원회
심의대본	정말 확실해			샘 보브릭 ; Sam Bobrick	연극	1994	우리극단 마당	공연윤리위원회
심의대본	정미소			오태석	연극	1972	대광중학교	한국예술문화윤리위원회
심의대본	정복되지 않는 女子		극단 조형 제92회 공연	서머셋 모음 ; William Somerset Maugham, 각색 심회만	연극	1980	극단 조형	한국공연윤리위원회
심의대본	정복되지 않는 女子		극단 신협 제116회 공연	원작 서머셋 모음 ; William Somerset Maugham, 각색 심회만	연극	1986	극단 신협	공연윤리위원회
심의대본	정복되지 않는 女子		맥토 제17회 공연	서머셋 모음 ; William Somerset Maugham, 각색 심회만	연극	1978	극단 맥토	한국공연윤리위원회
심의대본	정복되지 않는 女子		고설봉 선생 고희기념 ; 극단 신협 · 극단 조형극장 합동공연	서머셋 모음 ; William Somerset Maugham, 각색 심회만	연극	1982	극단 신협, 극단 조형극장	한국공연윤리위원회
심의대본	정복되지 않는 女子		극단 신협 제92회 공연	서머셋 모음 ; William Somerset Maugham, 각색 심회만	연극	1979	극단 신협	한국공연윤리위원회
심의대본	정복되지 않는 여자			서머셋 모음 ; William Somerset Maugham, 각색 조근상	연극	1985	인생극단	한국공연윤리위원회

심의대본	정복되지 않는 처녀		로얄씨어터 제48회 정기공연	서머셋 모옴; William Somerset Maugham, 각색 김혁수	연극	1990	극단 로얄씨어터	공연윤리위원회
심의대본	정복되지 않는 처녀		극단 부활 제30회 공연	서머셋 모옴; William Somerset Maugham, 각색 김혁수	연극	1990	극단 부활	공연윤리위원회
심의대본	정복자 노만 - 식사예절			앨런 에이크번; Alan Ayckbourn	연극	1989	민중극단	공연윤리위원회
심의대본	정부 수립 30년 경축 방송제전(수정고)			구성 김일태	복합	1978	-	한국공연윤리위원회
심의대본	정원에서의 사랑		제8회 정기공연	페데리코 가르시아 로르카; Federico Garcia Lorca	연극	1974	동덕여자대학 연극반	한국예술문화윤리위원회
심의대본	정의(正義)의 사람들			알베르 카뮈; Albert Camus	연극	1980	-	한국공연윤리위원회
심의대본	정의(正義)의 사람들 / 오해			알베르 카뮈; Albert Camus	연극	1977	-	한국공연윤리위원회
심의대본	정의가 나를 부를 때			이반	연극	1986	-	공연윤리위원회
심의대본	정의의 기사 동키호테			원작 미구엘 드 세르반테스; Miguel de Cervantes, 각색 백정임	연극	1993	-	공연윤리위원회
심의대본	정의의 사람들			알베르 카뮈; Albert Camus	연극	1986	극단 에저또	공연윤리위원회
심의대본	정의의 사람들		극단 로얄씨어터 제23회 공연	알베르 카뮈; Albert Camus	연극	1988	극단 로얄씨어터	공연윤리위원회
심의대본	정의의 사람들			알베르 카뮈; Albert Camus	연극	1987	극단 에저또	공연윤리위원회
심의대본	정의의 사람들			알베르 카뮈; Albert Camus	연극	1974	-	한국예술문화윤리위원회
심의대본	젖먹이 살인사건 / 월급날		극단 미추홀 제5회 공연; 신파극씨리즈 제1탄	미상	연극	1982	극단 미추홀	한국공연윤리위원회
심의대본	젖먹이 살인사건 / 월급날		극단 76극장 제23회 공연; 신파극 씨리즈 참가작품	미상	연극	1980	극단 76극장	한국공연윤리위원회
심의대본	젖섬 시그리 불	유도	극단 성좌 제69회 공연	윤조병	연극	1988	극단 성좌	공연윤리위원회
심의대본	第3 스튜디오		1985년도 극단 가교; 대한민국연극제 참가작품	김상열	연극	1985	극단 가교	한국공연윤리위원회
심의대본	제10층		극단 실험극장 창단 20주년 기념공연 씨리즈 3	이재현	연극	1980	극단 실험극장	한국공연윤리위원회
심의대본	제10층(第十層)		극단 실험극장 제30회 공연	이재현	연극	1969	극단 실험극장	한국예술문화윤리위원회
심의대본	제10층(第十層) / 교행(交行) / 비석(碑石)		극단 실험극장 제30회 공연	이재현, 오태석, 김희창	연극	1969	극단 실험극장	한국예술문화윤리위원회
심의대본	제10층 / 미열			이재현, 조성현	연극	1975	-	한국예술문화윤리위원회
심의대본	제17 포로수용소		국민대학 개교 32주년 기념 북악극회 정기공연; 제1회 전국대학연극축전 참가작	도날드 비반; Donald Bevan · 에드먼드 트로친스키; Edmund Trzcinski	연극	1978	국민대학교 북악극 예술연구회	한국공연윤리위원회
심의대본	제1회 그룹 싸운드 카니발			구성 서병우	대중	1971	AAA 푸로모숀	한국예술문화윤리위원회

심의대본	제1회 서울국제인형극제 : 공연 프로그램 개요			미상	연극	1984	꽃동네, 남사당, 딱다구리, 문화인형극회, 서낭당, 서울인형극회, 영, 초란이, 현대 인형극회	한국공연윤리위원회
심의대본	제1회 송대관 발표회		76년도 문화방송 10대 가수왕 기념공연	구성 김일태	대중	1977	-	한국공연윤리위원회
심의대본	제1회 썬데이 서울 배 쟁탈 보칼 그룹 경연대회			미상	대중	1971		한국예술문화윤리위원회
심의대본	제1회 아시아 1인극제 : 출연자 및 작품 줄거리		제1회 아시아 1인극제	미상	연극	1988	-	공연윤리위원회
심의대본	제2의 침대		극단 자유 제127회 공연	로베르 토마 ; Robert Thomas	연극	1987	극단 자유	공연윤리위원회
심의대본	제2의 침대		극단 자유 81회 공연	로베르 토마 ; Robert Thomas	연극	1979	극단 자유	한국공연윤리위원회
심의대본	제2회 플레이보이컵 쟁탈 보칼그룹 경연대회			구성 김성천	대중	1970	대지흥행사	한국예술문화윤리위원회
심의대본	제2회 하춘화 리사이틀			구성 서영춘	대중	1975	새별악극단	한국예술문화윤리위원회
심의대본	제2회 하춘화 리사이틀			구성 서영춘	대중	1975	새별악극단	한국예술문화윤리위원회
심의대본	제3의 눈동자	타인의 눈	극단 광장 제52회 공연	피터 쉐퍼 ; Peter Shaffer	연극	1982	극단 광장	한국공연윤리위원회
심의대본	제3의 서울			김석민	연극	1969	새별 쇼	한국예술문화윤리위원회
심의대본	제3회 서울국제인형극제 외국인형극단 공연대본 (시쁘 오프닝 외 9편)			미상	연극	1986	서울국제인형극제	공연윤리위원회
심의대본	제4의 공간			미상	연극	1987	-	공연윤리위원회
심의대본	제4회 서울 국제 인형극제 외국 인형극단 공연 대본		제4회 서울 국제 인형극제	미상	연극	1987	서라신흥각장중극단(중국), 도로꼬좌(일본), 다께노꼬극(일본), 레스리 트로우부릿지 인형 오페라 극단(뉴질랜드)	공연윤리위원회
심의대본	제5방향			전세권	연극	1972		한국예술문화윤리위원회
심의대본	제5회 서울인형극제			미상	연극	1994	루팡가 인형극단(스리랑카), 스트링어텟취드(뉴질랜드 · 독일), 브레 기뇰(프랑스), 밤비 인형극단(일본), 다께노꼬 인형극단(일본)	공연윤리위원회
심의대본	제5회 세계 민속 예술제 세부 계획서			한국외국어대학 학도호국단	복합	1977	한국외국어대학	한국공연윤리위원회
심의대본	제5회 플레이보이컵 쟁탈 보칼그룹 경연대회			미상	대중	1973	금성흥행주식회사, 대지연예사	한국예술문화윤리위원회
심의대본	제8요일			마렉 플라스코 ; Marek Flasko, 각색 차인국	연극	1989	극단 예당	공연윤리위원회

심의대본	제8요일		극단 사하 창단공연	원작 마렉 플라스코; Marek Flasko, 공동각색 전규태·송종석	연극	1989	극단 사하	공연윤리위원회
심의대본	제목 미상			미상	연극	1983	-	한국공연윤리위원회
심의대본	제목 미상			미상	연극	1984	-	한국공연윤리위원회
심의대본	제목 미상:[십이얘 대본 일부]			미상	연극	1994	-	공연윤리위원회
심의대본	제목 미상:[흥부와 놀뷔 대본]			미상	연극	1994	극단 해오라기	공연윤리위원회
심의대본	제목 미상:공연 프로그램 안내			미상	무용	미상		공연윤리위원회
심의대본	제비와 흥부		1980년도 제1회 한국청소년연극제 참가작품	미상	연극	1980	서울 충무국민학교 동극부	한국공연윤리위원회
심의대본	제십층		극단 얄라성 제3회 공연	이재현	연극	1974	극단 얄라성	한국예술문화윤리위원회
심의대본	제인 에어		극단 산하 제39회 공연	원작 샬롯 브론테; Charlotte Bronte, 각색 헬렌 제롬; Helen Jerome	연극	1978	극단 산하	한국공연윤리위원회
심의대본	제쭈안의선인		극단 우리극장 제3회 정기공연	베르톨트 브레히트; Bertolt Brecht	연극	1980	극단 우리극장	한국공연윤리위원회
심의대본	조각가와 탐정			오종우	연극	1978	연우무대 II	한국공연윤리위원회
심의대본	조각사의 십자가			김성수	연극	1984	예술선교극회	한국공연윤리위원회
심의대본	조각사의 십자가			김성수	연극	1985	극단 광대	한국공연윤리위원회
심의대본	조국에 고한다			김봉수	연극	1985	우정악극단	한국공연윤리위원회
심의대본	조국의 밀사	내가 넘어온 삼팔선 (三八線)		이원, 각색 김덕봉	연극	1966	공인반공연예단	한국예술문화윤리위원회
심의대본	조국의 푸른 하늘			김성천	연극	1971	A라이온 예술공사	한국예술문화윤리위원회
심의대본	조국찬가(祖國讚歌)			김성천	연극	1977	아리랑연예공사	한국공연윤리위원회
심의대본	조국찬가(祖國讚歌)			김성천	연극	1977	아리랑연예공사	한국공연윤리위원회
심의대본	조국찬가(祖國讚歌)			김성천	연극	1978	락희악극단	한국공연윤리위원회
심의대본	조국찬가(祖國讚歌)			김성천	연극	1977	삼천리연예공사	한국공연윤리위원회
심의대본	조국찬가(祖國讚歌)	건설보		김성천	연극	1969	사단법인한국연예단장협회	한국예술문화윤리위원회
심의대본	조르주 당댕 혹은 쩔쩔매는 남편(George Dandin ou le Mari Confondu)			몰리에르; Moliere	연극	1979	서울대 사범대학 불어과	한국공연윤리위원회
심의대본	조숙한 계집애들		극단 가교 제124회 공연	장현량, 각색 김인성	연극	1990	극단 가교	공연윤리위원회
심의대본	조신의 꿈		동국대학교 개교80주년 기념공연	김흥우	연극	1986	극단 광장, 극단 맥토, 극단 신협	공연윤리위원회

심의대본	조영남 쇼-			구성 황정태	대중	1969	AAA 쇼	한국예술문화윤리위원회
심의대본	조용한 (방)			오태영	연극	1974	앙상블	한국예술문화윤리위원회
심의대본	조용한 방			오태영	연극	1986	-	공연윤리위원회
심의대본	조용한 방		제2회 젊은연극제 참가작품	오태영	연극	1974	서울앙상불그룹	한국예술문화윤리위원회
심의대본	조용한 방			오태영	연극	1978		한국공연윤리위원회
심의대본	조용한 방			오태영	연극	1979	-	한국공연윤리위원회
심의대본	조정현 우스게소리 대축제 (심의용)			조정현	복합	1984	-	한국공연윤리위원회
심의대본	조종(吊鐘)	외출개론		최송림	연극	1988	극단 밀알	공연윤리위원회
심의대본	족보(族譜)		제5회 대한민국 연극제 참가작품	이강백	연극	1981	극단 자유	한국공연윤리위원회
심의대본	존경할 만한 창녀(尊敬할 만한 娼女)		극단 여인극장 제79회 공연; 창단 20주년 기념공연	장폴사르트르; Jean Paul Sartre	연극	1986	극단 여인극장	공연윤리위원회
심의대본	존경할만한 창부(娼婦)			장폴사르트르; Jean Paul Sartre	연극	1980	-	한국공연윤리위원회
심의대본	존스황제			유진 오닐; Eugene O'Neill	연극	1989	-	공연윤리위원회
심의대본	종(鐘)		극단 산하 제41회 공연; 제2회 대한민국 연극제 참가작품	오태석	연극	1978	극단 산하	한국공연윤리위원회
심의대본	종(鐘)은 울지 않아도			김은집	연극	1987	극단 생명	공연윤리위원회
심의대본	종(鐘)이여 울려라	에밀레 종		박만규	연극	1972	예그린	한국예술문화윤리위원회
심의대본	종로 고양이		공연예술 아카데미 92년 수료 공연	조광화	연극	1992	한국문화예술진흥원	공연윤리위원회
심의대본	종이 말		극단 영 작품 No. 50	강승균	연극	1995	극단 영	공연윤리위원회
심의대본	종이연		제3회 대한민국 연극제 참가 작품	장소현	연극	1979	극단 현대극장	한국공연윤리위원회
심의대본	종치는 소년		민예극단 제6회 공연	신명순	연극	1974	극단 민예	한국예술문화윤리위원회
심의대본	좋은 의사			닐 사이먼; Neil Simon	연극	1983	-	한국공연윤리위원회
심의대본	좌석 없는 극락열차 / 회의(會議)			원작 오영수, 각색 김홍우	연극	1969	동국대학교 연극영화학과	한국예술문화윤리위원회
심의대본	좌우지간(左右之間)			한창수	연극	1971	-	한국예술문화윤리위원회
심의대본	죄와 벌		극단 신협 제86회 공연	원작 도스토옙스키; Fyodor Mikhailovich Dostoevskii, 각색 하유상	연극	1976	극단 신협	한국공연윤리위원회
심의대본	죄와 벌(罪와 罰)		극단 시민극장 제8회 대공연	원작 도스토옙스키; Fyodor Mikhailovich Dostoevskii, 각색 하유상	연극	1982	극단 시민극장	한국공연윤리위원회

심의대본	죄와 벌(罪와 罰)		극단 신협 제115회 공연	원작 도스토옙스키 ; Fyodor Mikhailovich Dostoevskii, 각색 하유상	연극	1986	극단 신협	공연윤리위원회
심의대본	주말이면 언제나		극단 부활 제13회 공연	죠르즈드 때르반	연극	1986	극단 부활	공연윤리위원회
심의대본	주머니 속에서 탱고를			조르주 페이도 ; Georges Feydeau	연극	1982	-	한국공연윤리위원회
심의대본	주머니 속에서 탱고를		극단 자유극장 창단 10주년 기념 ; 제60회 대공연	조르주 페이도 ; Georges Feydeau	연극	1976	극단 자유극장	한국공연윤리위원회
심의대본	주머니 속에서 탱고를			조르주 페이도 ; Georges Feydeau	연극	1979	극단 자유극장	한국공연윤리위원회
심의대본	주머니 속에서 탱고를…		극단 자유 제142회 공연	조르주 페이도 ; Georges Feydeau	연극	1991	극단 자유	공연윤리위원회
심의대본	주목받고 싶은 생 (원제 : 유랑극단)		88서울예술단 제6회 정기공연	원작 이근삼, 각색 김일태	연극	1989	88서울예술단	공연윤리위원회
심의대본	주목받고 싶은 생 (원제 : 유랑극단)		88서울예술단 제6회 정기공연	원작 이근삼, 각색 김일태	연극	1989	88서울예술단	공연윤리위원회
심의대본	主人 푼틸라와 下人 맛티		극단 우리극장ㆍ극단 가교 합동공연	베르톨트 브레히트 ; Bertolt Brecht	연극	1993	극단 우리극장, 극단 가교	공연윤리위원회
심의대본	主人 푼틸라와 下人 맛티		극단 우리극장ㆍ극단 가교 합동공연	베르톨트 브레히트 ; Bertolt Brecht	연극	1993	극단 우리극장, 극단 가교	공연윤리위원회
심의대본	주홍글씨			원작 나다니엘 호손 ; Nathaniel Hawthorne, 각색 이상화	연극	1989	극단 미래	공연윤리위원회
심의대본	죽은 나무 꽃피우기		제5회 동아연극대상 수상 기념 ; 극단 광장7회 공연	조성현	연극	1969	극단 광장	한국예술문화 윤리위원회
심의대본	죽음과 소녀			아리엘 도르프만 ; Ariel Dorfman	연극	1992	극단 미추	공연윤리위원회
심의대본	죽음으로 살아난 여인		극단 엘칸토극장 제3회 정기공연 ; 신체장애자를 위한 공연	김진엽	연극	1981	극단 엘칸토극장	한국공연윤리위원회
심의대본	죽음의 계곡을 찾아서			이반	연극	1986	문화선교회 예닮	공연윤리위원회
심의대본	죽음의 덫			이라 레빈 ; Ira Levin	연극	1982	극단 실험극장	한국공연윤리위원회
심의대본	죽음의 덫		극단 예술촌 제2회 공연	이라 레빈 ; Ira Levin	연극	1987	극단 예술촌	공연윤리위원회
심의대본	죽음의 보고서	정인숙 살해사건		심회만	연극	1988	극단 신협	공연윤리위원회
심의대본	죽음의 보고서	정인숙 살해사건		심회만	연극	1988	극단 신협	공연윤리위원회
심의대본	죽음의 보고서	정인숙 살해사건		심회만	연극	1988	극단 신협	공연윤리위원회
심의대본	줄리어스 시저(Julius Caesar)			윌리엄 셰익스피어 ; William Shakespeare	연극	1979	-	한국공연윤리위원회
심의대본	줄리어스 씨이저		극단 고향 창립 십주년 기념	윌리엄 셰익스피어 ; William Shakespeare	연극	1988	우리극단 마당	공연윤리위원회
심의대본	줄리어스 씨이저		서울대학교 총연극회 제17회 정기공연	윌리엄 셰익스피어 ; William Shakespeare	연극	1971	서울대학교 연극회	한국예술문화 윤리위원회
심의대본	줄리어스 씨이저			윌리엄 셰익스피어 ; William Shakespeare	연극	1974	중앙대학교 연극영화과	한국예술문화 윤리위원회

심의대본	줄리어스 씨이저			윌리엄 셰익스피어; William Shakespeare	연극	1984	-	한국공연윤리위원회
심의대본	중국 인형극의 진수: 삼국지 중에서 오관참육장(五關斬六將)		제2회 춘천인형극제 참여 공연	미상	연극	1990	이완젠 인형극단; 亦宛然 布袋戲劇団	공연윤리위원회
심의대본	중국인			왕생선	연극	1976	-	한국공연윤리위원회
심의대본	中國人			편저 王生善	연극	1983	-	한국공연윤리위원회
심의대본	중매(仲媒)를 합시다		이해랑이동극장 제3회 레퍼토리	황유철	연극	1968	이해랑 이동극장	한국예술문화윤리위원회
심의대본	중매인		극단 산하 제30회 대공연	손톤 와일더; Thornton Wilder	연극	1976	극단 산하	한국예술문화윤리위원회
심의대본	중매인			손톤 와일더; Thornton Wilder	연극	1970	서울여자대학	한국예술문화윤리위원회
심의대본	중매인(仲媒人)			손톤 와일더; Thornton Wilder	연극	1970	동덕여자대학	한국예술문화윤리위원회
심의대본	중매인(The Matchmaker)			손톤 와일더; Thornton Wilder	연극	1982	-	한국공연윤리위원회
심의대본	중매인(The Matchmaker)			손톤 와일더; Thornton Wilder	연극	1990	성심여대 영문과	공연윤리위원회
심의대본	중매인(The Matchmaker)			손톤 와일더; Thornton Wilder	연극	1983	-	한국공연윤리위원회
심의대본	중매쟁이		극단 제작극회 제30회 공연	손톤 와일더; Thornton Wilder	연극	1980	극단 제작극회	한국공연윤리위원회
심의대본	중화민국 정통예술 사절 방한 대공연		광복 30주년 기념·한중 문화 교류	구성 채서월	무용	1975	채서월무용단	한국예술문화윤리위원회
심의대본	쥐구멍에도 직사광선 비칠 날 있다			미상	연극	1991	우리극단 마당	공연윤리위원회
심의대본	쥐덫		극단 춘추 제19회 공연	아가사 크리스티; Agatha Christie	연극	1981	극단 춘추	한국공연윤리위원회
심의대본	쥐덫		극단 제3무대 제29회 공연	아가사 크리스티; Agatha Christie	연극	1982	극단 제3무대	한국공연윤리위원회
심의대본	쥐덫		극단 제3무대 제8회 작품	아가사 크리스티; Agatha Christie	연극	1976	극단 제3무대	한국공연윤리위원회
심의대본	쥐덫			아가사 크리스티; Agatha Christie	연극	1988	극단 대중	공연윤리위원회
심의대본	쥐덫			아가사 크리스티; Agatha Christie	연극	1988	극단 로라	공연윤리위원회
심의대본	쥐덫			아가사 크리스티; Agatha Christie	연극	1986	우리 극단 마당	공연윤리위원회
심의대본	쥐덫		극단 제3무대 15회 공연	아가사 크리스티; Agatha Christie	연극	1978	극단 제3무대	한국공연윤리위원회
심의대본	쥐덫		아카데미영화타렌트 배우학원 극회 아카데미 5회 공연	아가사 크리스티; Agatha Christie	연극	1973	극회 아카데미	한국예술문화윤리위원회
심의대본	쥐덫		극단 알라성 제5회 공연	아가사 크리스티; Agatha Christie	연극	1975	극단 알라성	한국예술문화윤리위원회
심의대본	쥐덫		극단 제3무대 창립 20주년 기념 공연	아가사 크리스티; Agatha Christie	연극	1993	극단 제3무대	공연윤리위원회

심의대본	쥐덫			아가사 크리스티 ; Agatha Christie	연극	1983	우리극단 마당	한국공연윤리 위원회
심의대본	쥐덫		극단 제3무대 창립 10주년 기념작품; 극단제3무대 33회 공연	아가사 크리스티 ; Agatha Christie	연극	1985	극단 제3무대	한국공연윤리 위원회
심의대본	쥐덫에 걸린 고양이		극단 에저또 제66회 공연	로베르 토마 ; Robert Thomas	연극	1984	극단 에저또	한국공연윤리 위원회
심의대본	쥐들		새마음 갖기 제17회 전국아동극 경연대회 참가작품	미상	연극	1977	서울특별시 덕수국민학교	한국공연윤리 위원회
심의대본	쥐새끼들		극단 여인극장 제62회 공연	아가사 크리스티 ; Agatha Christie	연극	1981	극단 여인극장	한국공연윤리 위원회
심의대본	쥬노와 공작		제2회 대학 연극 축전 출품	숀 오케이시 ; Sean O'Casey	연극	1979	서강대학교 서강 연극회	한국공연윤리 위원회
심의대본	쥬노와 공작		극단 산하 47회 공연	숀 오케이시 ; Sean O'Casey	연극	1981	극단 산하	한국공연윤리 위원회
심의대본	쥬노와 공작			숀 오케이시 ; Sean O'Casey	연극	1984	극단 서강	한국공연윤리 위원회
심의대본	쥬논과 아보스			안드레이 보즈네센스키 ; Andrei Voznesensky	연극	1991	랭콤 극단	공연윤리위원회
심의대본	쥬라기(紀)의 사람들		제6회 대한민국연극제 참가작품 ; 극단 산울림 제28회 공연	이강백	연극	1982	극단 산울림	한국공연윤리 위원회
심의대본	쥬리 양(孃)		극단 배우극장 제15회 공연	아우구스트 스트린드베리 ; August Strindberg	연극	1980	극단 배우극장	한국공연윤리 위원회
심의대본	쥬리 양(孃)		극단 맥토 제42회 공연	아우구스트 스트린드베리 ; August Strindberg	연극	1984	극단 맥토	한국공연윤리 위원회
심의대본	쥬리에		극단 여인극장 제39회 공연	아우구스트 스트린드베리 ; August Strindberg	연극	1977	극단 여인극장	한국공연윤리 위원회
심의대본	쥴리 양			아우구스트 스트린드베리 ; August Strindberg	연극	1987	극단 동행극단	공연윤리위원회
심의대본	즉흥극			테드 모젤 ; Tad Mosel	연극	1987	코러스	공연윤리위원회
심의대본	즉흥극			테드 모젤 ; Tad Mosel	연극	1982	-	한국공연윤리 위원회
심의대본	즉흥시인			원작 한스 안데르센; Hans Andersen, 극본 차정룡	연극	1974	극단 예인극장	한국예술문화 윤리위원회
심의대본	즉흥시인(卽興詩人)		기적극장 창립준비공연	원작 한스 안데르센; Hans Andersen, 극본 주평	연극	1971	기적극장	한국예술문화 윤리위원회
심의대본	즐거운 새마을			구성 강한용	연극	1977	새마을민속예술단	한국공연윤리 위원회
심의대본	즐거운 여행			손톤 와일더 ; Thornton Wilder	연극	1974	-	한국예술문화 윤리위원회
심의대본	즐거운 여행		극회 슈룹 창립 공연	손톤 와일더 ; Thornton Wilder	연극	1974	극회 슈룹	한국예술문화 윤리위원회

부록

심의대본	즐거운 여행(旅行)			손톤 와일더; Thornton Wilder	연극	1966	-	한국예술문화 윤리위원회
심의대본	즐거운 인형들의 휴일			구성 조용수	연극	1986	현대인형극회	공연윤리위원회
심의대본	즐거운 청춘극장			김성천	연극	1969	뉴- 코리아 쇼	한국예술문화 윤리위원회
심의대본	증세(症勢) / 상 그 주변(像 그 周邊)	현대극회 제6회 공연		김상민, 최일구	연극	1969	현대극회	한국예술문화 윤리위원회
심의대본	증인	명지전문학교 연극회 제2회 정기공연		신명순	연극	1975	명지전문학교 연극회	한국예술문화 윤리위원회
심의대본	증인(證人)	제작극회 제39회 공연		신명순	연극	1988	제작극회	공연윤리위원회
심의대본	증인(證人)	극단 제작극회 제39회 공연		신명순	연극	1988	극단 제작극회	공연윤리위원회
심의대본	증인(證人)	실험극장 제17회 공연		신명순	연극	1966	실험극장	한국예술문화 윤리위원회
심의대본	지(知)봐라 돈놔라			미상	연극	1983	-	한국공연윤리 위원회
심의대본	지금 부재중(不在中)			사이먼 그레이; Simon Gray	연극	1982	극단 민중극장	한국공연윤리 위원회
심의대본	징			주동운	연극	1993	한국방송통신대 극예술연구회	공연윤리위원회
심의대본	지금 우리는			미상	연극	1991	기독교문화 미리암 선교회	공연윤리위원회
심의대본	지난 여름 갑자기	극단 여인극장 제64회 공연		테네시 윌리엄스; Tennessee Williams	연극	1981	극단 여인극장	한국공연윤리 위원회
심의대본	지난 여름 갑자기	극단 여인극장 제34회 공연		테네시 윌리엄스; Tennessee Williams	연극	1976	극단 여인극장	한국예술문화 윤리위원회
심의대본	지난 여름 갑자기	동국대학교 연극영화학 과 제23회 졸업공연		테네시 윌리엄스; Tennessee Williams	연극	1985	동국대학교 연극 영화학과	한국공연윤리 위원회
심의대본	지는 해를 서러워 않음은			김지일	연극	1994	한국청소년공연 예술진흥회	공연윤리위원회
심의대본	지붕 위에 오르기			김병종	연극	1980	극단 민중극장	한국공연윤리 위원회
심의대본	지상 최대의 서커스			미상	연극	1992	극단 민들레	공연윤리위원회
심의대본	지상최대의 워커 · 힐쑈-			박기변 · 김동만	복합	1967	-	한국예술문화 윤리위원회
심의대본	지옥과 인생	불극회 종 창립 대공연		김대은	연극	1986	불극회 종	공연윤리위원회
심의대본	지옥의 세계			미상	기타	1984	동방괴기전시단	한국공연윤리 위원회
심의대본	지저스크라이스트 수퍼스타			팀 라이스; Tim Rice	연극	1983	극단 현대극장	한국공연윤리 위원회
심의대본	지저스크라이스트 수퍼스타			팀 라이스; Tim Rice	연극	1983	극단 현대극장	한국공연윤리 위원회
심의대본	지저스크라이스트 수퍼스타	극단 예술극장 창립 공연		원작 성서, 편극 양 일권, 구성 윤증환	연극	1976	극단 예술극장	한국공연윤리 위원회
심의대본	지저스 크라이스트 슈퍼스 타(Jesus Christ Superstar)			팀 라이스; Tim Rice, 극본 이반	연극	1980	극단 현대극장	한국공연윤리 위원회
심의대본	지저스 크라이스트 슈퍼스 타(Jesus Christ Superstar)			팀 라이스; Tim Rice	연극	1994	-	공연윤리위원회

심의대본	지저스 크라이스트 슈퍼스타(Jesus Christ Superstar)			팀 라이스 ; Tim Rice	연극	1990	극단 현대극장	공연윤리위원회
심의대본	집			김광림	연극	1994	예술의전당	공연윤리위원회
심의대본	지저스 크라이스트 슈퍼스타(Jesus Christ Superstar)			팀 라이스 ; Tim Rice	연극	1994	-	공연윤리위원회
심의대본	지저스, 지저스			미상	연극	1995	기독교문화 미리암	공연윤리위원회
심의대본	지젤			미상	연극	1994		공연윤리위원회
심의대본	지지	소극장 공간사랑 개관 12주년 기념공연		원작 시도니 가브리엘 콜레트 ; Sidonie-Gabrielle Colette, 각색 아니타 루스 ; Anita Loos	연극	1988	극단 공간	공연윤리위원회
심의대본	지진			백형	연극	1986	-	공연윤리위원회
심의대본	지킴이	극단 미추 창립공연		정복근	연극	1987	극단 미추	공연윤리위원회
심의대본	지킴이	극단 미추 창립공연		정복근	연극	1987	극단 미추	공연윤리위원회
심의대본	지평선 너머			유진 오닐 ; Eugene O'Neill	연극	1994	-	공연윤리위원회
심의대본	지평선 너머	극단 밀 제7회 공연		유진 오닐 ; Eugene O'Neill	연극	1975	극단 밀	한국예술문화윤리위원회
심의대본	지평선 너머(Beyond the Horizon)			유진 오닐 ; Eugene O'Neill	연극	1978	-	한국공연윤리위원회
심의대본	지평선 너머(Beyond The Horizon)			유진 오닐 ; Eugene O'Neill	연극	1984	성심여자 대학 영어영문학과	한국공연윤리위원회
심의대본	지하도(地下道)			오종우	연극	1978	극단 쎄실극장	한국공연윤리위원회
심의대본	지하실의 아마겟돈			김성수	연극	1987	극단 광대	공연윤리위원회
심의대본	지하실의 아마겟돈			김성수	연극	1987	극단 광대	공연윤리위원회
심의대본	지하실의 아마겟돈			김성수	연극	1987	극단 광대	공연윤리위원회
심의대본	지하여장군	극단 신협 르네상스 소극장 개관 기념 공연		김흥우	연극	1974	극단 신협	한국예술문화윤리위원회
심의대본	지하철의 하루	극단 하나 제8회 공연		이길재	연극	1987	극단 하나	공연윤리위원회
심의대본	직업도 가지가지			구성 박재홍	대중	1966	오아시스 쇼	한국예술문화윤리위원회
심의대본	진 게임 ; THE GIN GAME	극단 작업 제35회 공연		도널드 L. 코번 ; D. L. Coborn	연극	1981	극단 작업	한국공연윤리위원회
심의대본	진 브로디의 전성시대			뮤리엘 스파크 ; Muriel Spark, 각색 제이 프레슨 알렌 ; Jay Presson Allen	연극	1986	민중극단	공연윤리위원회
심의대본	진기한 콘서트			원작 세르게이 오브라스초프 ; Sergey Vladimirovich Obraztsov	연극	1992	-	공연윤리위원회
심의대본	진실노			조건	연극	1972	새마을민속예술단	한국예술문화윤리위원회
심의대본	진유영의 작은 악마(惡魔)	극단 대중극장 창단공연		극본 하유상	연극	1982	극단 대중극장	한국공연윤리위원회
심의대본	진짜 거지 가짜 부자			김승길	연극	1992	극단 하나	공연윤리위원회

581

부록

심의대본	진짜 서부극			샘 셰퍼드; Sam Shepard	연극	1984	극단 민중극장	한국공연윤리위원회
심의대본	진짜 신파극		극단 서전 제20회 서울연극제 공식 참가작품	홍원기	연극	1996	극단 서전	공연윤리위원회
심의대본	진짜 하운드 경위			톰 스토파드; Tom Stoppard	연극	1984	극단 예우	한국공연윤리위원회
심의대본	진짜웅 가짜웅		극단 영 제10회 작품	미상	연극	1987	극단 영	공연윤리위원회
심의대본	진흙 속의 고양이		극단 산하 제12회 공연	오학영	연극	1969	극단 산하	한국예술문화윤리위원회
심의대본	진흙 인간(人間)			미상	연극	1986	-	한국공연윤리위원회
심의대본	집 없는 아이		극단 춘추 72회 공연	원작 엑토르 말로; Hector Malot, 각색 김병훈	연극	1994	극단 춘추	공연윤리위원회
심의대본	집 없는 아이			엑토르 말로; Hector Malot	연극	1994	-	공연윤리위원회
심의대본	집 없는 천사			엑토르 말로; Hector Malot	연극	1990	-	공연윤리위원회
심의대본	집 없는 천사		극단 악상 뜨리끄 제3회 작품	엑토르 말로; Hector Malot	연극	1987	극단 악상 뜨리끄	공연윤리위원회
심의대본	집 없는 천사			엑토르 말로; Hector Malot	연극	1990	극단 쑥갓	공연윤리위원회
심의대본	집없는 천사 레미			엑토르 말로; Hector Malot, 각색 박태윤	연극	1991	극단 갈채, 어린이 동화극장	공연윤리위원회
심의대본	징소리			원작 문순태, 각색 심현우	연극	1983	극단 시민극장	한국공연윤리위원회
심의대본	째즈 페스티발: 제2부(뮤직칼 코메디) 사랑은 파도를 타고			윤왕국	복합	1969	프린스 쇼	한국예술문화윤리위원회
심의대본	째즈보칼 훼스티발			구성 김성천	대중	1969	새별 쇼	한국예술문화윤리위원회
심의대본	쫄병만세			김인성	연극	1993	극단 거론	공연윤리위원회
심의대본	쫓겨난 사람들			김영무	연극	1969	-	한국예술문화윤리위원회
심의대본	찌꺼기들		단국대학교 연극영화과 제2회 졸업공연	야누쉬 구아보스키	연극	1992	단국대학교 연극영화과	공연윤리위원회
심의대본	찍순이의 신랑감			미상	연극	1989	안데르센인형극회	공연윤리위원회
심의대본	찟뜨라; CHITRA			원작 라빈드라나드 타고르; Rabindranath Tagore	연극	1986	-	공연윤리위원회
심의대본	차(茶)와 동정			로버트 앤더슨; Robert Anderson	연극	1968	드라마센타 앙상블 '67	한국예술문화윤리위원회
심의대본	차라리 바라보는 별이 되리		극단 광장 제22회 공연	박진	연극	1975	극단 광장	한국예술문화윤리위원회
심의대본	차알리 브라운		극단 서울무대 제10회 공연	클락 게스너; Clark Gesner	연극	1984	극단 서울무대	한국공연윤리위원회
심의대본	차알리 브라운; You're a Good Man, Charlie Brown			번안 클락 게스너; Clark Gesner	연극	1985	-	한국공연윤리위원회
심의대본	차알리 브라운; You're a Good Man, Charlie Brown		극단 아름 제2회 공연	번안 클락 게스너; Clark Gesner	연극	1988	극단 아름	공연윤리위원회

심의대본	차알리 브라운 ; You're a Good Man, Charlie Brown		극단 아름 제2회 공연	번안 클락 게스너 ; Clark Gesner	연극	1988	극단 아름	공연윤리위원회
심의대본	차알리 브라운 ; You're a Good Man, Charlie Brown / 트레버 ; Trevor			번안 클락 게스너 ; Clark Gesner, 존 보우엔 ; John Bowen	연극	1985	-	한국공연윤리 위원회
심의대본	차이코프스키를 위한 변주곡		극단 창고극장 101회 정기공연	곽노흥	연극	1988	극단 창고극장	공연윤리위원회
심의대본	착실한 전진			김성천	연극	1972	한국자유예술단	한국예술문화 윤리위원회
심의대본	착실한 전진			김성천	연극	1972	한국자유예술단	한국예술문화 윤리위원회
심의대본	착한사람(Good)			C. P. 테일러 ; Cecil Philip Taylor	연극	1984	-	한국공연윤리 위원회
심의대본	찰리 브라운	스누피와 개구장이들		클락 게스너 ; Clark Gesner	연극	1982	-	한국공연윤리 위원회
심의대본	찰리브라운(You're A Good Man, Charlie Brown)			존 고든 ; John Gordon	연극	1978	-	한국공연윤리 위원회
심의대본	찰리브라운(You're A Good Man, Charlie Brown)			존 고든 ; John Gordon	연극	1987	극단 코러스	공연윤리위원회
심의대본	찰리브라운(You're A Good Man, Charlie Brown)			존 고든 ; John Gordon	연극	1987	극단 코러스	공연윤리위원회
심의대본	찰리브라운(You're A Good Man, Charlie Brown)		홍익극연구회 제30회 정기공연	존 고든 ; John Gordon	연극	1980	홍익극연구회	한국공연윤리 위원회
심의대본	찰리브라운(You're A Good Man, Charlie Brown)		홍익극연구회 제30회 정기공연	존 고든 ; John Gordon	연극	1976	홍익극연구회	한국공연윤리 위원회
심의대본	찰리브라운(You're A Good Man, Charlie Brown)			존 고든 ; John Gordon	연극	1988	-	공연윤리위원회
심의대본	참다운 친구		제4회 청소년 연극제 참가작품	지평	연극	1983	서울 덕수국민학교	한국공연윤리 위원회
심의대본	참사랑		서라벌여성국극단 · 박금희와 그 일행 제6회 신작 공연	편작 동화춘	연극	1968	서라벌여성국극단, 박금희와 그 일행	한국예술문화 윤리위원회
심의대본	참새와 기관차			윤조병	연극	1988	극단 객토	공연윤리위원회
심의대본	참새와 기관차(機關車)		극단 에저또 44회 공연 ; 제1회 대한민국 연극제 참가작	윤조병	연극	1977	극단 에저또	한국공연윤리 위원회
심의대본	참새와 허수아비 / 금도끼 은도끼			구성 김형석	연극	1991	인형극단 환타지	공연윤리위원회
심의대본	참으셔요, 엄마! / 셔츠			메건 테리 ; Megan Terry, 레너드 멜피 ; Leonard Melfi	연극	1978	극단 창고극장	한국공연윤리 위원회
심의대본	처녀비행	불시착		이만희	연극	1986	극단 향토	공연윤리위원회
심의대본	처녀비행	불시착		이만희	연극	1986	극단 향토	공연윤리위원회
심의대본	처용 아비(處容 아비)		극단 우리극장 제3회 정기공연	김한영	연극	1980	극단 우리극장	한국공연윤리 위원회
심의대본	처용(處容)의 웃음소리		극단 서울무대 창단공연	신상성	연극	1983	극단 서울무대	한국공연윤리 위원회
심의대본	처용(處容)의 웃음소리		극단 서울무대 제14회 공연	신상성	연극	1985	극단 서울무대	한국공연윤리 위원회

부록

심의대본	처용의 얼굴		공연예술아카데미 수료자 제1회 합동공연	최문정	연극	1991	한국문화예술진흥원 공연예술아카데미	공연윤리위원회
심의대본	처용의 웃음소리		극단 서울무대 창단 공연	신상성	연극	1983	극단 서울무대	한국공연윤리위원회
심의대본	처음부터 하나가 아니었던 두개의 섬			이근배	연극	1980	극단 민예극장	한국공연윤리위원회
심의대본	천국과 지옥		한국청소년 합동연극제 참가작품	원작 괴테; Johann Wolfgang von Goethe, 각색 이성	연극	1981	-	한국공연윤리위원회
심의대본	천국을 거부한 사나이		서울대학교 자연과학대학 의예과 연극부 제14회 정기공연	F. 슬레이든-스미스; Francis Sladen-Smith	연극	1975	서울대학교 자연과학대학 의예과 연극부	한국예술문화윤리위원회
심의대본	천국을 빌려드립니다			유보상	연극	1980	극단 제3무대	한국공연윤리위원회
심의대본	천년의 고독			정의신	연극	1989	극단 신주쿠양산박; 新宿梁山泊	공연윤리위원회
심의대본	천민귀족(賤民貴族; Le Bourgeois gentilhomme)			몰리에르; Moliere	연극	1968	단대극회	한국예술문화윤리위원회
심의대본	천방지축 하니와 워리		극단 춘추 52회 공연	원작 이진주, 각색 최석천	연극	1989	극단 춘추	공연윤리위원회
심의대본	천사 바빌론에 오다		극단 광장 제10회 공연, 동아연극상 참가작품	프리드리히 뒤렌마트; Friedrich Durrenmatt	연극	1970	극단 광장	한국예술문화윤리위원회
심의대본	천사들의 합창			원작 아벨 산타크루즈; Abel Santa Cruz, 각색 김은희	연극	1994	극단 뜨락	공연윤리위원회
심의대본	천사요정 스머프			미상	연극	1988	극단 무지개극장	공연윤리위원회
심의대본	천사의 날개		'92 장애청소년연극축전 참가작품	최송림	연극	1992	한국청소년공연예술진흥회	공연윤리위원회
심의대본	천사의 외출			이수연	연극	1990		공연윤리위원회
심의대본	천사의 요리			미상	연극	1993	-	공연윤리위원회
심의대본	천지창조			토마스 리들레이; Thomas Lidley	음악	1977		한국공연윤리위원회
심의대본	천지창조	아담과 이브 그리고 그 이후	극단 맥토 제18회 공연	아서 밀러; Arthur Miller	연극	1978	극단 맥토	한국공연윤리위원회
심의대본	천지창조			토마스 리들레이; Thomas Lidley	음악	1977		한국공연윤리위원회
심의대본	천하제일루		중국 북경인민예술극원 제1회 베세토연극축제 참가작품	허기평	연극	1994	북경인민예술극원, 국제극예술협회 한국본부	공연윤리위원회
심의대본	철기시대			김정개	연극	1975	동국극회	한국예술문화윤리위원회
심의대본	철기시대			김정개	연극	1975	동국극회	한국예술문화윤리위원회
심의대본	철기시대			김정개	연극	1975	동국극회	한국예술문화윤리위원회
심의대본	철기시대			김정개	연극	1975	동국극회	한국예술문화윤리위원회
심의대본	철부지들		홍익극연구회 제28회 정기공연	톰 존스; Tom Jones	연극	미상	홍익극연구회	한국예술문화윤리위원회

심의대본	철부지들			톰 존스 ; Tom Jones	연극	1983	우리극단 마당	한국공연윤리위원회
심의대본	철부지들		극단 뿌리 창단 10주년 기념 공연 No 2 ; 극단 뿌리 제46회 정기 공연	톰 존스 ; Tom Jones	연극	1985	극단 뿌리	한국공연윤리위원회
심의대본	철부지들			톰 존스 ; Tom Jones	연극	1983	우리극단 마당	한국공연윤리위원회
심의대본	철부지들			톰 존스 ; Tom Jones	연극	1990	극단 대중	공연윤리위원회
심의대본	철부지들			톰 존스 ; Tom Jones	연극	1990	극단 대중	공연윤리위원회
심의대본	철부지들			톰 존스 ; Tom Jones	연극	1990	88 서울예술단 연극 아카데미	공연윤리위원회
심의대본	철부지들			톰 존스 ; Tom Jones	연극	1990	88 서울예술단 연극 아카데미	공연윤리위원회
심의대본	철부지들		극단 아름 제 15회 정기 공연	톰 존스 ; Tom Jones	연극	1991	극단 아름	공연윤리위원회
심의대본	철부지들			톰 존스 ; Tom Jones	연극	1995	서울예술단	공연윤리위원회
심의대본	철부지들(Fantasticks)			톰 존스 ; Tom Jones	연극	1974	-	한국예술문화윤리위원회
심의대본	철부지들(Fantasticks)			톰 존스 ; Tom Jones	연극	1986	Total Theater Seoul	공연윤리위원회
심의대본	철부지들(Fantasticks)		홍익 극 연구회 제28회 정기공연	톰 존스 ; Tom Jones	연극	1975	홍익 극 연구회	한국예술문화윤리위원회
심의대본	철부지들(The Fantasticks)		극단 가교 제20회 공연	톰 존스 ; Tom Jones	연극	1973	극단 가교	한국예술문화윤리위원회
심의대본	철부지들(The Fantasticks)			톰 존스 ; Tom Jones	연극	1988	극단 수업	공연윤리위원회
심의대본	철부지와 애숭이			톰 존스 ; Tom Jones	연극	1988	우리극단 마당	공연윤리위원회
심의대본	철수야(원작: 종이연)			장소현, 각색 김상열	연극	1982	우리극단 마당	한국공연윤리위원회
심의대본	첫날밤?..이야기?		경기예술극단 제2회 정기 공연	황계호	연극	1994	경기예술극단	공연윤리위원회
심의대본	청개구리			미상	연극	1984	서울인형극회	한국공연윤리위원회
심의대본	청개구리			미상	연극	1987	-	공연윤리위원회
심의대본	청개구리			미상	연극	1994	서울인형극회	공연윤리위원회
심의대본	청개구리 / 늑대와 아기 돼지 일곱마리			미상	연극	1988	서울인형극회	공연윤리위원회
심의대본	청개구리 / 서울쥐 시골쥐 / 소와 개구리			안정의	연극	1989	서울인형극회	공연윤리위원회
심의대본	청개구리는 왜 날이 궂으면 우는가		제1회 서울국제인형제 참가작품	유치진	연극	1984	극단 서낭당	한국공연윤리위원회
심의대본	청개구리의 슬픔			각색 정근	연극	1991	안데르센인형극회	공연윤리위원회
심의대본	청개구리의 슬픔		새마음 갖기 제18회 전국 아동극 경연대회 참가작품	미상	연극	1978	서울 신천 국민학교	한국공연윤리위원회
심의대본	청계마을의 우화		극단 세미 제32회 정기공연 ; 제16회 서울연극제 참가작품	차범석	연극	1992	극단 세미	공연윤리위원회
심의대본	청계천			이민	연극	1978	-	한국공연윤리위원회

심의대본	청동예수		극회 상설무대 대한가톨릭학생총연합회 공동순회 공연	이동진	연극	1972	극회 상설무대, 대한가톨릭학생총연합회	한국예술문화윤리위원회
심의대본	靑山아 말해다오	효자문(孝子门)		각색 남인대	연극	1984	극단 고협	한국공연윤리위원회
심의대본	청소년을 위한 연극대본집 I		제1회 전국청소년종합예술제 연극제	김상렬 · 노경식 · 이반	연극	1984	한국청소년연맹, 안양예술고, 밀양고교생극연구회	한국공연윤리위원회
심의대본	청소년을 위한 연극대본집 I		제1회 전국청소년종합예술제 연극제	김상렬 · 노경식 · 이반	연극	1984	한국청소년연맹, 안양예술고, 밀양고교생극연구회	한국공연윤리위원회
심의대본	청소년을 위한 연극대본집 II		제1회 전국청소년종합예술제 연극제	윤대성 · 정복근 · 이현화	연극	1984	한국청소년연맹, 대구 연합, 춘천기계공고, 대전상고, 전주여고, 고동녹동고	한국공연윤리위원회
심의대본	청춘 메아리(靑春 메아리)		문희 · 신성일 맘모스쑈; 프린스쇼 시민회관 제40회 대공연	구성 김성천	연극	1969	-	한국예술문화윤리위원회
심의대본	청춘가도		프린스 쇼- 구정대공연	구성 김성천	연극	1970	프린스 쇼	한국예술문화윤리위원회
심의대본	청춘신호 SOS			김종택	연극	1961	낭랑악극단	문교부
심의대본	청춘의 불야성			구성 김종택	연극	1966	랑랑쑈	한국예술문화윤리위원회
심의대본	청춘행진곡			구성 김성천	대중	1974	서울쇼	한국예술문화윤리위원회
심의대본	청혼합니다			이철	연극	1969	드라마센타(동랑레퍼토리극단)	한국예술문화윤리위원회
심의대본	체육관/자동차 경주/오! 예술이여 / 별과 도둑		제1회 박성일 무언극 발표회	미상	연극	1991		공연윤리위원회
심의대본	첼로(원제 : 간통)		극단 전망 아홉번째 공연	정복근	연극	1994	극단 전망	공연윤리위원회
심의대본	초(超) 아담과 이브			전옥주	연극	1976		한국예술문화윤리위원회
심의대본	초대받은 두 배우			김호태	연극	1988		공연윤리위원회
심의대본	초분(草賁)			오태석	연극	1975	동랑레퍼터리극단	한국예술문화윤리위원회
심의대본	초분(草賁/ 胎胎)/ 춘풍의 처(春風의妻)/JILSA/LIFELINE			오태석	연극	1978	-	한국공연윤리위원회
심의대본	초승에서 그믐까지		제10회 대한민국 연극제 참가 작품	윤조병	연극	1986	극단 성좌	공연윤리위원회
심의대본	초승에서 그믐까지		'86 아시아 경기대회 문화예술축전 연극제 참가 ; 극단 성좌 제57회 공연	윤조병	연극	1986	극단 성좌	공연윤리위원회
심의대본	초승에서 그믐까지			윤조병	연극	1988	-	공연윤리위원회
심의대본	초신(超神)의 밤		광주시립극단8회 공연작 ; 극단 우리네땅8회 공연작	나상만	연극	1986	극단 우리네 땅	공연윤리위원회
심의대본	초우(草雨) 속의 파트너		극단 은하 제18회 공연	몰리에르 ; Moliere	연극	1978	극단 은하	한국공연윤리위원회
심의대본	초코렛 데이트(원명 : Blind Date)			프랭크 마커스 ; Frank Marcus	연극	1980	떼아뜨르 추	한국공연윤리위원회

심의대본	초혼		동랑레퍼터리극단 80년 가을공연	안민수	연극	1980	동랑레퍼터리극단	한국공연윤리위원회
심의대본	총각파티		극단 미추홀 창단 공연	원작 패디 체이예프스키; Paddy Chayefsky, 각색 이상화	연극	1981	극단 미추홀	한국공연윤리위원회
심의대본	총각파티(總角파티)		극단 미추홀 창단 공연	원작 패디 체이예프스키; Paddy Chayefsky, 각색 이상화	연극	1981	극단 미추홀	한국공연윤리위원회
심의대본	총각파티(總角파티)			원작 패디 체이예프스키; Paddy Chayefsky, 각색 이상화	연극	1978	극단 사계	한국공연윤리위원회
심의대본	총각파티(總角파티)			원작 패디 체이예프스키; Paddy Chayefsky, 각색 이상화	연극	1984	극단 부활	한국공연윤리위원회
심의대본	총각파티(總角파티)			원작 패디 체이예프스키; Paddy Chayefsky, 각색 이상화	연극	1987	극단 미래	공연윤리위원회
심의대본	총각파티(總角파티)			원작 패디 체이예프스키; Paddy Chayefsky, 각색 이상화	연극	1980	극단 춘추	한국공연윤리위원회
심의대본	총잡이의 그림자(The Shadow Of A Gunman)			숀 오케이시; Sean O'Casey	연극	1975	-	한국예술문화윤리위원회
심의대본	총장님 불렀읍니다			최명천	연극	1981	-	한국공연윤리위원회
심의대본	최규호 무언극대본			미상	연극	1979	극단 제3무대	한국공연윤리위원회
심의대본	최선생			김석만	연극	1990	극단 연우무대	공연윤리위원회
심의대본	최후의 뜨거운 연인들			닐 사이먼; Neil Simon	연극	1986	민중극단	공연윤리위원회
심의대본	최후의 뜨거운 연인들			닐 사이먼; Neil Simon	연극	1987		공연윤리위원회
심의대본	최후의 뜨거운 연인들			닐 사이먼; Neil Simon	연극	1990	우리극단 마당	공연윤리위원회
심의대본	최후의 뜨거운 연인들		쎄실극장 첫 공연	닐 사이먼; Neil Simon	연극	1976	극단 쎄실	한국공연윤리위원회
심의대본	최후의 뜨거운 연인들		쎄실극장 첫 공연	닐 사이먼; Neil Simon	연극	1976	극단 쎄실	한국공연윤리위원회
심의대본	최후의 유혹		극단 청동 1회 작품	원작 니코스 카잔차키스; Nikos Kazantzakis, 각색 백도기	연극	1975	극단 청동	한국예술문화윤리위원회
심의대본	최후의 유혹		극단 청동 1회 공연	원작 니코스 카잔차키스; Nikos Kazantzakis, 각색 백도기	연극	1975	극단 청동	한국예술문화윤리위원회
심의대본	추석 카니발 71			구성 서병우	대중	1971	새별 쇼	한국예술문화윤리위원회
심의대본	추억의 연상			김성천, 구성 김성천	연극	1970	합동연예공사	한국예술문화윤리위원회
심의대본	축구왕 슛돌이			구성 현천행	연극	1994	극단 서울무대	공연윤리위원회

심의대본	축생도(畜生圖)		연극 · 한판 80	김병종	연극	1979	극단 76극장	한국공연윤리위원회
심의대본	춘풍의 처		바탕골 예술관 개관 기념 공연	오태석	연극	1986	극단 목화	공연윤리위원회
심의대본	춘풍의 처			오태석	연극	1995	-	공연윤리위원회
심의대본	춘풍의 처(春風의 妻)			오태석	연극	1982	-	한국공연윤리위원회
심의대본	춘향전			미상	연극	1978		한국공연윤리위원회
심의대본	춘향전			유치진	연극	1981	-	한국공연윤리위원회
심의대본	춘향전		1994년 국악의 해 기념 초청공연	최옥주	무용	1994	중국연변가무단	공연윤리위원회
심의대본	춘향전			미상	연극	1986	한국청소년연극협회	공연윤리위원회
심의대본	춘향전			구성 심철호	연극	1986	김진진과 여성국극단, 극단 사랑	공연윤리위원회
심의대본	춘향전		정부 초청 외국인 유학생 한국어 연극	유치진	연극	1972	-	한국예술문화윤리위원회
심의대본	춘향전			각색 유치진	연극	1974	수도여자사범대학 연극부	한국예술문화윤리위원회
심의대본	춘향전		주한 외국인 연극공연	미상	연극	1975	-	한국예술문화윤리위원회
심의대본	춘향전			각본 박병기	연극	1966	자유이동극악단	한국예술문화윤리위원회
심의대본	춘향전(사랑의 연가)		서라벌국악예술단 제6회 공연	김효경	연극	1993	서라벌국악예술단	공연윤리위원회
심의대본	춘향전(春香傳)			유치진	연극	1974	수도여자사범대학 연극부	한국예술문화윤리위원회
심의대본	춘향전(春香傳)			각색 다케우치 노부미즈 ; 竹內伸光	연극	1981	-	한국공연윤리위원회
심의대본	춘향전(春香傳)		동랑 유치진 선생 10주기 추모공연	유치진	연극	1984	동랑레퍼터리극단, 서울예술전문대학, 서울예술전문대학 동창회	한국공연윤리위원회
심의대본	춘향전(春香傳)		'90 MBC 마당놀이	각색 김지일	연극	1990		공연윤리위원회
심의대본	춘향전(春香傳)		극단실험극장 제41회 공연	이재현	연극	1973	극단 실험극장	한국예술문화윤리위원회
심의대본	춘향전(春香傳)		제12회 정기공연	이재현	연극	1977	성신여자사범대학 연극반	한국공연윤리위원회
심의대본	춘희		서울오페라단 제5회 공연 ; 한국초연 30주년 기념공연	원작 알렉상드르 뒤마피스 ; Alexander Dumas fils, 대본 프란체스코 마리아 피아베 ; Francesco Maria Piave	음악	1977	서울오페라단, 시립교향악단(관현악)	한국공연윤리위원회
심의대본	춘희(라 트라비아타)			프란체스코 마리아 피아베 ; Francesco Maria Piave	음악	1975	경희오페라단	한국예술문화윤리위원회
심의대본	춘희(椿姬)		극단 춘추 제11회 작품	알렉상드르 뒤마 피스 ; Alexander Dumas fils	연극	1981	극단 춘추	한국공연윤리위원회

심의대본	출구 없는 방			장 폴 사르트르 ; Jean Paul Sartre	연극	1976	극단 창고극장	한국공연윤리위원회
심의대본	출구없는 방(Huis-Clos)			장 폴 사르트르 ; Jean Paul Sartre	연극	1985	극단 거론	한국공연윤리위원회
심의대본	출구없는 방(出口없는 房)			장 폴 사르트르 ; Jean Paul Sartre	연극	1983	-	한국공연윤리위원회
심의대본	출구없는 방(出口없는 房)			장 폴 사르트르 ; Jean Paul Sartre	연극	1982	-	한국공연윤리위원회
심의대본	출구없는 방(Huis clos)			장 폴 사르트르 ; Jean Paul Sartre	연극	1983	-	한국공연윤리위원회
심의대본	출발			윤대성	연극	1974	극회 씨알	한국예술문화윤리위원회
심의대본	출발(出發)			윤대성	연극	1974	극단 씨알	한국예술문화윤리위원회
심의대본	출산	극단 예맥 제3회 공연		김용락	연극	1974	극단 예맥	한국예술문화윤리위원회
심의대본	출상전야(出喪前夜)	극단 아띠 창단공연		조형주	연극	1986	극단 아띠	공연윤리위원회
심의대본	출세기			윤대성	연극	1982	-	한국공연윤리위원회
심의대본	출세기			윤대성	연극	1982	-	한국공연윤리위원회
심의대본	출세기			윤대성	연극	1974	동랑레퍼터리극단	한국예술문화윤리위원회
심의대본	출세기			윤대성	연극	1976	동랑레퍼터리극단	한국공연윤리위원회
심의대본	출세기	제2회 전국청소년연극 축전 참가작품		윤대성	연극	1991	(사)한국청소년공연예술진흥회	공연윤리위원회
심의대본	출세기	배우협회 창립공연		윤대성	연극	1991	한국연극배우협회	공연윤리위원회
심의대본	출세기	보성고등학교 개교 88주년 기념 인경극회 제1회 공연		윤대성	연극	1994	보성교우회, 보성예술인회	공연윤리위원회
심의대본	출세기(出世記)			윤대성	연극	1976	동랑레퍼터리극단	한국예술문화윤리위원회
심의대본	출세는 공짜로 주나			서영춘	연극	1969	-	한국예술문화윤리위원회
심의대본	출세대작전	출세해서 남주나		에이브 버로우즈 ; Abe Burrows	연극	1988	민중극단	공연윤리위원회
심의대본	춤			마이클 커비 ; Michael Kirby	연극	1981	서울예술전문대학 동랑레퍼터리 극단	한국공연윤리위원회
심의대본	춤			마이클 커비 ; Michael Kirby	연극	1981	서울예술전문대학 동랑레퍼터리 극단	한국공연윤리위원회
심의대본	춤			마이클 커비 ; Michael Kirby	연극	1983	서울예술전문대학 동랑레퍼터리극단	한국공연윤리위원회
심의대본	춤추는 걸레			이상화	연극	1987	극단 미래	공연윤리위원회
심의대본	춤추는 걸레			이상화	연극	1987	극단 미래	공연윤리위원회
심의대본	춤추는 꿀벌	극단 여인극장 103회 정기공연		노경식	연극	1992	극단 여인극장	공연윤리위원회
심의대본	춤추는 말뚝이	극단 민예극장 제46회 공연		장소현	연극	1980	극단 민예극장	한국공연윤리위원회

589

심의대본	춤추는 욕망(慾望)			아가사 크리스티 ; Agatha Christie	연극	1980	극단 조형극장	한국공연윤리 위원회
심의대본	춤추는 인형들 그 아픔 끝에 매달린 우리들의 신화			엄한얼	연극	1978	극단 앙띠	한국공연윤리 위원회
심의대본	춤추는 허수아비		극단 사계 19회 공연	유보상	연극	1982	극단 사계	한국공연윤리 위원회
심의대본	춤추는 허수아비			유보상	연극	1985	우리극단 마당	한국공연윤리 위원회
심의대본	춤추는 허수아비			유보상	연극	1984	극단 76극장	한국공연윤리 위원회
심의대본	춤패 아홉 "한상근의 춤"			구성 한상근	무용	1984	-	한국공연윤리 위원회
심의대본	충돌 : 작품 개요		서울올림픽 문화예술축전 서울국제연극제 참가작품	미상	연극	1988	스보시 극단 ; Gvoci The Company of Crazy Mimes	공연윤리위원회
심의대본	충치 이야기		극단 영 작품 No, 8	강승균	연극	1995	극단 영	공연윤리위원회
심의대본	취버영감의 소집영장			테렌스 맥닐리 ; Terrence McNally	연극	1980	극단 조형극장	한국공연윤리 위원회
심의대본	취재전선		극단 르네쌍스 창립공연	조홍일	연극	1974	극단 르네쌍스	한국예술문화 윤리위원회
심의대본	취재전선			조홍일	연극	1978	극단 오계절	한국공연윤리 위원회
심의대본	층계를 내려간 화가		화동연우회 '93년도 공연	톰 스토파드 ; Tom Stoppard	연극	1993	화동연우회	공연윤리위원회
심의대본	치고 또 치고		푸른극단 제2회 공연	조일도	연극	1983	푸른극단	한국공연윤리 위원회
심의대본	치룽이와 또룽이		'90 어린이날 기념 특별 공연	조동희	연극	1990	극단 파랑새	공연윤리위원회
심의대본	치르치르와 미치르의 파랑새			원작 모리스 마테를 링크 ; Maurice Maeterlinck, 각색 윤 승일	연극	1988	극단 동아	공연윤리위원회
심의대본	친구 미망인(未亡人)의 남편			하신토 베나벤테 ; Jacinto Benavente	연극	1979	-	한국공연윤리 위원회
심의대본	친구 미망인(未亡人)의 남편			하신토 베나벤테 ; Jacinto Benavente	연극	1982	극단 창조극장	한국공연윤리 위원회
심의대본	친구 미망인의 남편			하신토 베나벤테 ; Jacinto Benavente	연극	1980		한국공연윤리 위원회
심의대본	친구 미망인의 남편			하신토 베나벤테 ; Jacinto Benavente	연극	1990	-	공연윤리위원회
심의대본	친구들			아베 고보 ; 安部公房	연극	1985	극단 민중극장	한국공연윤리 위원회
심의대본	친구야 고향에 가자			구성 김성천	연극	1973	서울악극단	한국예술문화 윤리위원회
심의대본	친애(親愛)하는 여러분		극단 동인극장 창단 공연	장희일	연극	1980	극단 동인극장	한국공연윤리 위원회
심의대본	칠산리			이강백	연극	1989	민중극단	공연윤리위원회
심의대본	칠수와 만수	우리들 꿈의 평균 은 얼마?	연우무대 15 ; 제23회 동아 연극상 참가작	오종우	연극	1986	극단 연우무대	공연윤리위원회

심의대본	칠수와 만수			황춘명, 각색 오종우·이상우	연극	1992	극단 학전	공연윤리위원회
심의대본	침대소동			레이 쿠니 ; Ray Cooney · 존 채프만; John Chapman	연극	1986	극단 부활	공연윤리위원회
심의대본	침대소동			레이 쿠니 ; Ray Cooney · 존 채프만; John Chapman	연극	1988	극단 부활	공연윤리위원회
심의대본	침대소동		극단 세미 제30회 공연	레이 쿠니 ; Ray Cooney · 존 채프만; John Chapman	연극	1992	극단 세미	공연윤리위원회
심의대본	침묵의 감시			전기주	연극	1988	-	공연윤리위원회
심의대본	침묵의 눈			전기주	연극	1986	극단 76	공연윤리위원회
심의대본	침묵의 독무대		극단 세실극장 무언극 시리즈 제3탄; 김동수 이동극장 시리즈	미상	연극	1983	극단 세실극장	한국공연윤리위원회
심의대본	침묵의 빨간 피이터(원작: 어느 학술원에 제출된 보고 ; Ein Bericht für eine Akademie)		한국 현대마임 농아극단 창단 4주년 기념공연	원작 프란츠 카프카; Franz Kafka, 각색 이상근	연극	1987	한국 현대마임 농아극단	공연윤리위원회
심의대본	침실의 익살			앨런 에이크번; Alan Ayckbourn	연극	1979	극단 대하	한국공연윤리위원회
심의대본	침실의 익살		극단 광장 제35회 공연	앨런 에이크번; Alan Ayckbourn	연극	1979	극단 광장	한국공연윤리위원회
심의대본	칭칭	헬로 굿바이		원작 프랑수아 비에두 ; Frangois Billetdoux, 각색 시드니 마이클스 ; Sidney Michaels	연극	1992	극단 로템	공연윤리위원회
심의대본	카니발 수첩(手帖)		제3극장 3회 공연	황유철	연극	1966	제3극장	한국예술문화윤리위원회
심의대본	카덴자			이현화	연극	1993	-	공연윤리위원회
심의대본	카덴자		극단 민중극장 제37회 공연; 제2회 대한민국연극제 참가작품	이현화	연극	1978	극단 민중극장	한국공연윤리위원회
심의대본	카덴자		극단 쎄실 창작극 시리즈	이현화	연극	1985	극단 쎄실	한국공연윤리위원회
심의대본	카덴자		극단 쎄실 창작극 시리즈	이현화	연극	1985	극단 쎄실	한국공연윤리위원회
심의대본	카덴자			이현화	연극	1987	극단 쎄실	공연윤리위원회
심의대본	카디후를 向하여 東으로			유진 오닐 ; Eugene O'Neill	연극	1966	-	한국예술문화윤리위원회
심의대본	카라마조프가의 형제들		극단 신협 제113회 혁신 공연	원작 도스토옙스키; Fyodor Mikhailovich Dostoevskii, 각색 자크 코포 ; Jacques Copeau	연극	1985	극단 신협	한국공연윤리위원회
심의대본	카라마조프家의 兄弟들		극단 광장 제14회 공연	원작 도스토옙스키; Fyodor Mikhailovich Dostoevskii, 각색 자크 코포 ; Jacques Copeau	연극	1971	극단 광장	한국예술문화윤리위원회

심의대본	카라마조프의 兄弟	극단 신협 제)07회 혁신 공연	원작 도스토옙스키; Fyodor Mikhailovich Dostoevskii, 각색 자크 코포; Jacques Copeau	연극	1982	극단 신협	한국공연윤리 위원회
심의대본	카르멘		원작 프로스페르 메리메; Prosper Mérimée, 각색 이찬규	연극	1991	극단 맥토	공연윤리위원회
심의대본	카르멘		프로스페르 메리메; Prosper Mérimée	연극	1981	-	한국공연윤리 위원회
심의대본	카르멘	극단 맥토 신춘맞이 특선 공연; 91' 서울연극제 참가 신청작품	원작 프로스페르 메리메; Prosper Mérimée, 각색 이찬규	연극	1991	극단 맥토	공연윤리위원회
심의대본	카리브의 보물섬	정통 아동극단 갈채의 4주년 축하 기념공연	각색 박태윤	연극	1991	극단 갈채	공연윤리위원회
심의대본	카발레리아 루스티카나 (Cavalleria Rusticana)		원작 조반니 베르가; Giovanni Verga, 대본·조반니 타르조니 토체티; Gio- vanni Targioni Tozzetti · 구이도 메나시; Guido Menasci	음악	1975	-	한국예술문화 윤리위원회
심의대본	카발렐리아 루스티카나; 팔리아치(Pagliacci)		조반니 타르조니 토체티; Gio- vanni Targioni Tozzetti · 구이도 메나시; Guido Menasci, 루제로 레온카발로; Ruggero Leoncavallo	음악	1980	김자경 오페라단	한국공연윤리 위원회
심의대본	카사블랑카여 다시 한 번		우디 앨런; Woody Allen	연극	1987	극단 한국	공연윤리위원회
심의대본	카사블랑카여 다시 한 번!		우디 앨런; Woody Allen	연극	1981	극단 실험극장	한국공연윤리 위원회
심의대본	카사블랑카여 다시 한 번!	극단 실험극장 제)64회 공연	우디 앨런; Woody Allen	연극	1979	극단 실험극장	한국공연윤리 위원회
심의대본	카사블랑카여 다시 한 번!		우디 앨런; Woody Allen	연극	1985	극단 실험극장	한국공연윤리 위원회
심의대본	카스파		페터 한트케; Peter Handke	연극	1983	극단 에저토	한국공연윤리 위원회
심의대본	카스파	극단프라이에뷔네제)9회 정기공연	페터 한트케; Peter Handke	연극	1978	극단 프라이에 뷔네	한국공연윤리 위원회
심의대본	카스파		페터 한트케; Peter Handke	연극	1983	-	한국공연윤리 위원회
심의대본	카스퍼는 뭐든지 다할 수 있어!/늑대와 세마리의 백조/게으름뱅이와 토끼와 고슴도치/열두 달/여우의 재판/파우스트		미상	연극	1990	서울인형극회	공연윤리위원회
심의대본	카인의 빵-?	선교무대 밀알 제23회	이동진	연극	1981	선교무대 밀알	한국공연윤리 위원회
심의대본	카타리나 브룸의 잃어버린 명예	제1회 중앙대학교 신문방송대학원 대공연	하인리히 뵐; Heinrich Boll, 각색 이강덕	연극	1984	중앙대학교 신문방송대학원	한국공연윤리 위원회
심의대본	카프카의 원숭이(원명: 학술원에 드리는 보고)		프란츠 카프카; Franz Kafka	연극	1986	데아뜨르 무	공연윤리위원회

심의대본	칵테일 파티		T. S. 엘리엇 ; Thomas Stearns Eliot	연극	1975	극단 원방각	한국예술문화 윤리위원회
심의대본	칼노래 칼춤	마당극 20년, 한두레 20년 기념공연	미상	연극	1994	놀이패 한두레	공연윤리위원회
심의대본	캉디드(CANDIDE)		볼테르 ; Voltaire, 각색 레너드 번스타인 ; Leonard Bernstein	연극	1978	한국외국어대학 영어연극회	한국공연윤리 위원회
심의대본	캉디드(CANDIDE)		볼테르 ; Voltaire	연극	1978	한국외국어대학 학도호국단	한국공연윤리 위원회
심의대본	캐롤	극단 민예극장 제37회 공연	스와보미르 므로제크 ; Slawomir Mrozek	연극	1978	극단 민예극장	한국공연윤리 위원회
심의대본	캐바레		죠 메스트로프 ; Joe Masteroff	연극	1987	극단 광장	공연윤리위원회
심의대본	캐바레		죠 메스트로프 ; Joe Masteroff	연극	1987	극단 광장	공연윤리위원회
심의대본	캐바레		죠 메스트로프 ; Joe Masteroff	연극	1985	-	한국공연윤리 위원회
심의대본	캔디		미즈끼 교오코 ; 水木杏子	연극	1985	흑부리 인형 극단	한국공연윤리 위원회
심의대본	캔디. 캔디. 캔디	청소년극단 은하수 제5회 공연	원작 미즈끼 교오코 ; 水木杏子, 극본 채윤일	연극	1980	청소년극단 은하수	한국공연윤리 위원회
심의대본	캔디와 안소니		원작 미즈끼 교오코 ; 水木杏子, 각색 채윤일, 윤색 서빈	연극	1983	청소년극장 은하수	한국공연윤리 위원회
심의대본	캔디와 테리우스	제10회 은하수 청소년 극장	미즈끼 교오코 ; 水木杏子, 각본 김야설, 윤색 박경배	연극	1982	극단 은하수	한국공연윤리 위원회
심의대본	캔버스 위에서 암흑을……		권영근	연극	1986	-	공연윤리위원회
심의대본	캘리포니아 호텔 444호실	극단 성좌 제30회 공연	닐 사이먼 ; Neil Simon	연극	1981	극단 성좌	한국공연윤리 위원회
심의대본	캡틴 너구리		이상훈	연극	1994	흐름만들기	공연윤리위원회
심의대본	캣츠(Cats)		T. S. 엘리엇 ; Thomas Stearns Eliot	연극	1993	-	공연윤리위원회
심의대본	캣츠(Cats)		T. S. 엘리엇 ; Thomas Stearns Eliot	연극	1993	-	공연윤리위원회
심의대본	캣츠(Cats)		T. S. 엘리엇 ; Thomas Stearns Eliot	연극	1991	-	공연윤리위원회
심의대본	커피속의 일곱얼굴(원작: Die Bitteren Tränen der Petra von Kant)	극단 프라이에 뷔네 제40회 공연	원작 라이너 베르너 파스빈더 ; Rainer Werner Fassbinder, 번안 김상렬	연극	1978	극단 프라이에 뷔네	한국공연윤리 위원회
심의대본	커피에 캔디를 넣어 드릴까요?		장원상 · 최상진	연극	1978	-	한국공연윤리 위원회
심의대본	코 하나 눈 둘	제3회 대한민국 연극제 참가작품	윤조병	연극	1979	극단 에저또	한국공연윤리 위원회
심의대본	코끼리 인간		미상	연극	1988	-	공연윤리위원회
심의대본	코끼리 인간		미상	연극	1988	-	공연윤리위원회
심의대본	코러스라인		미상	연극	1992	극단 광장	공연윤리위원회

심의대본	코러스라인			미상	연극	1992	극단 광장	공연윤리위원회
심의대본	코러스라인(A Chorus Line)			마이클 베넷; Michael Bennett, 구성 마이클 베넷; Michael Bennett, 대본 제임스 커크우드; James Kirkwood · 니콜라스 단테; Nicholas Dante	연극	1994	SBS 서울방송	공연윤리위원회
심의대본	코러스라인(A Chorus Line) : Conductor's Score			마이클 베넷; Michael Bennett, 구성 마이클 베넷; Michael Bennett, 대본 제임스 커크우드; James Kirkwood · 니콜라스 단테; Nicholas Dante	연극	1994	-	공연윤리위원회
심의대본	코르작크와 그의 고아들			엘빈 실바누스; Erwin Sylvanus	연극	1973	극회 맥토	한국예술문화 윤리위원회
심의대본	코리아 게이트	김한조 대미로비 공작의 극화	극단 부활 제21회 공연	이재현	연극	1988	극단 부활	공연윤리위원회
심의대본	코메디와 노래			박성복, 구성 박성복	연극	1977	-	한국공연윤리 위원회
심의대본	코메디 소나타		극단 대중극장 제3회 공연	조 오튼; Joe Orton	연극	1983	극단 대중극장	한국공연윤리 위원회
심의대본	코메리칸의 아이들			이재현	연극	1985	극단 부활	한국공연윤리 위원회
심의대본	코미디클럽			미상	연극	미상	극단 연극세상	기타
심의대본	코뿔소		극단 산울림 제15회 공연	외젠 이오네스코; Eugene Ionesco	연극	1976	극단 산울림	한국공연윤리 위원회
심의대본	코뿔소			외젠 이오네스코; Eugene Ionesco	연극	1988	극단 전원	공연윤리위원회
심의대본	코뿔소		의극회 및 서울의대 연극반 1985년 31회 공연	외젠 이오네스코; Eugene Ionesco	연극	1985	의극회, 서울의대 연극반	한국공연윤리 위원회
심의대본	코뿔소			외젠 이오네스코; Eugene Ionesco	연극	1985	성심여자대학	한국공연윤리 위원회
심의대본	코펠리아			세인트 레옹; Saint Leon	연극	1993	바탕골소극장	공연윤리위원회
심의대본	코펠박사님과 신비한 인형			미상	연극	1995	-	공연윤리위원회
심의대본	콘도에서 생긴일(가제)		극단 서울 제3회 작품	이상화	연극	1993	-	공연윤리위원회
심의대본	콜라병(공연윤리 위원회 제출용)			최송림	연극	1993	극단 거론	공연윤리위원회
심의대본	콜렉숀		극단 맥토 제12회 공연	해럴드 핀터; Harold Pinter	연극	1976	극단 맥토	한국공연윤리 위원회
심의대본	콜렉터			존 파울즈; John Fowles, 각색 전옥주	연극	1981	극단 창고극장	한국공연윤리 위원회
심의대본	콜렉터			존 파울즈; John Fowles, 각색 전옥주	연극	1982	극단 태양극장	한국공연윤리 위원회
심의대본	콜렉터		극단 서울무대 제11회 공연	원작 존 파울즈; John Fowles, 각색 전옥주	연극	1984	극단 서울무대	한국공연윤리 위원회
심의대본	콜렉터		극단 챔프 4회 정기공연	원작 존 파울즈; John Fowles, 각색 전옥주	연극	1987	극단 챔프	공연윤리위원회

심의대본	콜렉터			원작 존 파울즈; John Fowles, 각색 전옥주	연극	1980	극단 고향	한국공연윤리위원회
심의대본	콜렉터		극단 거론 제42회 공연	존 파울즈; John Fowles, 각색 전옥주	연극	1981	극단 거론	한국공연윤리위원회
심의대본	콜렉터			원작 존 파울즈; John Fowles, 각색 전옥주	연극	1982	-	한국공연윤리위원회
심의대본	콜렉터			원작 존 파울즈; John Fowles, 각색 전옥주	연극	1970	-	한국예술문화윤리위원회
심의대본	콜렉터			원작 존 파울즈; John Fowles, 각색 전옥주	연극	1974	극단 밀	한국예술문화윤리위원회
심의대본	콜렉터		푸른극단 제3회 공연	원작 존 파울즈; John Fowles, 각색 전옥주	연극	1983	푸른극단	한국공연윤리위원회
심의대본	콜렉터			원작 존 파울즈; John Fowles, 각색 전옥주	연극	1980	극단 배우극장	한국공연윤리위원회
심의대본	콜렉터		극단 샘터파랑새극장 제2회 공연	존 파울즈; John Fowles, 각색 전옥주	연극	1985	극단 샘터파랑새극장	한국공연윤리위원회
심의대본	콜렉터			존 파울즈; John Fowles	연극	1992	우리극단 마당	공연윤리위원회
심의대본	콩쥐 팥쥐			미상	연극	1987	극단 무지개	공연윤리위원회
심의대본	콩쥐 팥쥐		아동극단 새들 16회 공연; 제4차 일본공연 극본	주평	연극	1973	아동극단 새들	한국예술문화윤리위원회
심의대본	콩쥐 팥쥐		아동극단 모델 제2회 공연	주평	연극	1976	아동극단 모델	한국공연윤리위원회
심의대본	콩쥐 팥쥐			미상	연극	1994	극단 예촌	공연윤리위원회
심의대본	콩쥐 팥쥐		교육극단 동화나라 5회 정기공연	각색 윤태희	연극	1994	교육극단 동화나라	공연윤리위원회
심의대본	콩쥐 팥쥐			각색 최종열	연극	1994	-	공연윤리위원회
심의대본	콩쥐 팥쥐			한국전래동화, 각색 김지훈	연극	1992	아동극단 파라솔	공연윤리위원회
심의대본	콩쥐 팥쥐			미상	연극	1986	흑부리 인형극단	공연윤리위원회
심의대본	콩쥐와 팥쥐	콩쥐와 팥쥐엄마		구성 박재훈	연극	1994	-	공연윤리위원회
심의대본	콩쥐와 팥쥐			각색 박태윤	연극	1992	-	공연윤리위원회
심의대본	쿠크박사의 정원		극단 실험극장 제66회 공연	이라 레빈; Ira Levin	연극	1979	극단 실험극장	한국공연윤리위원회
심의대본	쿠크박사의 정원(Dr. Cooks Garden)		극회 실극 제2회 공연	이라 레빈; Ira Levin	연극	1991	극회 실극	공연윤리위원회
심의대본	크녹크		성균 극회 제14회	쥘 로맹; Jules Romains	연극	1968	성균관대학교 성균극회	한국예술문화윤리위원회
심의대본	크람프톤 교수		극단 프라이에 뷔네 제57회 정기공연	게르하르트 하웁트만; Gerhart Hauptmann	연극	1985	극단 프라이에 뷔네	한국공연윤리위원회
심의대본	크레덴다	자유를 위한 마지막 보고서	극단 제작극회 제44회 공연	조원석	연극	1992	극단 제작극회	공연윤리위원회
심의대본	크리넥스를 한아름 가득히			테네시 윌리엄스; Tennessee Williams	연극	1979	극단 대하	한국공연윤리위원회
심의대본	크리스마스 이브			써마스 오브라이언	연극	1981	-	한국공연윤리위원회
심의대본	크리스마스 캐럴	스크루우지	학생극단 동연 제12회 공연	원작 찰스 디킨스; Charles Dickens, 각색 이건용	연극	1966	아동극단 동연	한국예술문화윤리위원회

심의대본	크리스마스 캐롤	스크루우지 영감		원작 찰스 디킨스; Charles Dickens, 각색 박병모	연극	1985	-	한국공연윤리위원회
심의대본	크리스탈 클리어		극단 로얄씨어터 제41회 정기공연	필영	연극	1989	극단 로얄씨어터	공연윤리위원회
심의대본	크리스티나 女王		극단 산하 제47회 특별 공연	루스 올프; Ruth Wolf	연극	1981	극단 산하	한국공연윤리위원회
심의대본	클라페 인형극단의 무언극			미상	연극	1990	클라페 인형극단	공연윤리위원회
심의대본	키다리아저씨			미상	연극	미상	삐에로 인형극회	공연윤리위원회
심의대본	키리에	위대한 위증	극단 여인극장 제110회 정기공연	이현화	연극	1995	극단 여인극장	공연윤리위원회
심의대본	키브쓰의 처녀(處女)		극단 산하 제18회공연	M. 베른슈타인; Mordechai Bernstein	연극	1972	극단 산하	한국예술문화 윤리위원회
심의대본	키즈멧(KISMET)	A Musical Arabian Night		찰스 레더러; Charles Lederer · 루터 데이 비스; Luther Davis	연극	1984	-	한국공연윤리위원회
심의대본	킹.리.어			원작 윌리엄 셰익스피어; William Shakespeare, 각색 오은희	연극	1993	극단 반도	공연윤리위원회
심의대본	타령		극단 에저또 한국일보특별상 수상 기념 공연	김봉호	연극	1973	극단 에저또	한국예술문화 윤리위원회
심의대본	타바코 로오드			어스킨 콜드웰; Erskine Caldwell, 각색 잭 커크랜드; Jack Kirkland	연극	1981	-	한국공연윤리위원회
심의대본	타바코 로오드			어스킨 콜드웰; Erskine Caldwell, 각색 잭 커크랜드; Jack Kirkland	연극	1973	극단 신협	한국예술문화 윤리위원회
심의대본	타바코 로오드			어스킨 콜드웰; Erskine Caldwell, 각색 잭 커크랜드; Jack Kirkland	연극	1973	극단 신협	한국예술문화 윤리위원회
심의대본	타오르게 하소서		1985 연예인교회 선교 대공연	전아	연극	1985	연예인교회 선교 위원회	한국공연윤리위원회
심의대본	타의(他意)			이언호	연극	1974	극단 작업	한국예술문화 윤리위원회
심의대본	타이거		극단 시민극장 제6회 공연	머레이 시스갈; Murray Schisgal	연극	1980	극단 시민극장	한국공연윤리위원회
심의대본	타이거		극단 자유극장 제36회 공연	머레이 시스갈; Murray Schisgal	연극	1976	극단 자유극장	한국예술문화 윤리위원회
심의대본	타이거 / 유별난 작은 일들		극단 자유극장 36회 공연	머레이 시스갈; Murray Schisgal, 로버트 앤더슨; Robert Anderson	연극	1974	극단 자유극장	한국예술문화 윤리위원회
심의대본	타이피스트			머레이 시스갈; Murray Schisgal	연극	1980	극단 자유극단	한국공연윤리위원회
심의대본	타이피스트			머레이 시스갈; Murray Schisgal	연극	1975	극단 자유극장	한국예술문화 윤리위원회
심의대본	타이피스트			머레이 시스갈; Murray Schisgal	연극	1987	극단 민중극단	공연윤리위원회

심의대본	타이피스트(The Typist)			머레이 시스갈 ; Murray Schisgal	연극	1973	극단 자유극장	한국예술문화 윤리위원회
심의대본	타이피스트(The Typist)			머레이 시스갈 ; Murray Schisgal	연극	1969	극단 자유극장	한국예술문화 윤리위원회
심의대본	타인(他人)의 눈		극단 여인극장 제43회 공연	피터 쉐퍼 ; Peter Shaffer	연극	1978	극단 여인극장	한국공연윤리 위원회
심의대본	타인(他人)의 머리			마르셀 에메 ; Marcel Aymé	연극	1968	극단 동인극장	한국예술문화 윤리위원회
심의대본	탑		극단 신협 제90회 공연 ; 제3회 대한민국 연극제 참가작품	노경식	연극	1979	극단 신협	한국공연윤리 위원회
심의대본	타인(他人)의 방			피터 쉐퍼 ; Peter Shaffer	연극	1983	극단 쌀롱 떼아뜨르	한국공연윤리 위원회
심의대본	타인들			이기봉	연극	1983	극단 터	한국공연윤리 위원회
심의대본	타인의 눈		극단 서울무대 제8회 공연	피터 쉐퍼 ; Peter Shaffer	연극	1984	극단 서울무대	한국공연윤리 위원회
심의대본	타인의 방		극단 신협 제125회 공연 ; 황정순극장 개관 기념 공연	원작 최인호, 각색 주동운, 윤색 최정근	연극	1988	극단 신협	공연윤리위원회
심의대본	타인의 하늘		제11회 서울연극제 참가 작품	노경식	연극	1987	극단 실험극장	공연윤리위원회
심의대본	타임머신과 공룡			이숙희	연극	1994	공연기획 열림	공연윤리위원회
심의대본	탄생/청소부/건강식품/아 버지와 아들			유진우	연극	1992	-	공연윤리위원회
심의대본	탈선춘향전			구성 김진	연극	1971	뉴 스타악극단	한국예술문화 윤리위원회
심의대본	탈속			김영무	연극	1993	민예극단	공연윤리위원회
심의대본	탈속(脫俗)			김영무	연극	1992	-	공연윤리위원회
심의대본	탈의 소리		청음농아극단 제2회 기 획공연	김상열	연극	1990	청음농아극단	공연윤리위원회
심의대본	탈의 소리		제13회 전국남여중고등 학교 연극경연대회 출품작	김상열	연극	1974	송곡여자고등학교 연극부	한국예술문화 윤리위원회
심의대본	탈출연습(脫出練習)		극단 산하 제42회 공연	피터 쉐퍼 ; Peter Shaffer	연극	1978	극단 산하	한국공연윤리 위원회
심의대본	탑(塔)		극단 여인극장 제70회 공연	노경식	연극	1984	극단 여인극장	한국공연윤리 위원회
심의대본	탑(Der Turm)		성균관대학교 독어독문 학과 제7회 정기공연	페터 바이스 ; Peter Weiss	연극	1984	성균관대학교 독어 독문학과	한국공연윤리 위원회
심의대본	탕아 돌아오다		극단 넝쿨 창립공연	앙드레 지드 ; Andre Gide, 각색 길명일	연극	1974	극단 넝쿨	한국예술문화 윤리위원회
심의대본	탕아 돌아오다		극단 76 창립 공연	원작 앙드레 지드 ; Andre Gide, 각색 김 태원	연극	1976	극단 76	한국공연윤리 위원회
심의대본	태			오태석	연극	미상	서울예술전문학교, 드라마센타	기타
심의대본	태			오태석	연극	1975	동랑레퍼터리극단	한국예술문화 윤리위원회
심의대본	태			오태석	연극	1980	극단 76극장	한국공연윤리 위원회

심의대본	태(胎)			오태석	연극	1986	-	공연윤리위원회
심의대본	태(胎)			오태석	연극	1978	-	한국공연윤리위원회
심의대본	태백산맥			원작 조정래, 공동각색 극단 자갈치	연극	1987	극단 자갈치	공연윤리위원회
심의대본	태백산맥(太白山脈)			조정래, 각색 공동각색	연극	1994		공연윤리위원회
심의대본	太陽은 또 다시 뜬다 (원명 : 두령바위)	기미년실화 순국제암29 선열추모 대공연		라소운	연극	1980	청소년극단 혜성	한국공연윤리위원회
심의대본	太陽이 빛나는 사이	극단 광장 제38회 공연		테렌스 래티건 ; Terence Rattigan	연극	1980	극단 광장	한국공연윤리위원회
심의대본	태양제국의 멸망	중앙대학교 연극반 영죽무대 제51회 정기 공연 및 OB SKY 연극제 참가작품		피터 쉐퍼 ; Peter Shaffer	연극	1993	중앙대학교 연극반 영죽무대	공연윤리위원회
심의대본	태을성군 그리고 춘향 (太乙星君 그리고 春香)	고려대학교 의과대학 연극부 제11회 공연 ; 신입생 환영공연		장두이	연극	1977	고려대학교 의과대학 연극부	한국공연윤리위원회
심의대본	태초에 지구는 / 신중하게, 그러나 빠르지 않게			장 피엘 아미엘 ; Amiel	연극	1988	극단 현대앙상블	공연윤리위원회
심의대본	태풍	제2회 대한민국연극제 참가작품		정복근	연극	1978	극단 가교	한국공연윤리위원회
심의대본	태풍			윌리엄 셰익스피어 ; William Shakespeare	연극	1992	공연집단 두레	공연윤리위원회
심의대본	태풍(颱風)	제2회 대한민국 연극제 참가작품		정복근	연극	1978	극단 가교	한국공연윤리위원회
심의대본	택시 택시			김상수	연극	1988	-	공연윤리위원회
심의대본	택시, 택시(TAXI, TAXI)			김상수	연극	1988	-	공연윤리위원회
심의대본	탱고			스와보미르 므로제크 ; Slawomir Mrozek	연극	1982	-	한국공연윤리위원회
심의대본	탱고	민예극단 제7회 공연		스와보미르 므로제크 ; Slawomir Mrozek	연극	1974	극단 민예	한국예술문화윤리위원회
심의대본	탱고	극단 민중극장 제40회 공연		스와보미르 므로제크 ; Slawomir Mrozek	연극	1978	극단 민중극장	한국공연윤리위원회
심의대본	탱고			스와보미르 므로제크 ; Slawomir Mrozek	연극	1992	-	공연윤리위원회
심의대본	탱자 가라사대			원작 장덕균, 각색 지성원	연극	1990	-	공연윤리위원회
심의대본	탱자꽃	제작극회 창립 30주년 기념대공연		정하연	연극	1986	극단 제작극회	공연윤리위원회
심의대본	터	제6회 대한민국 연극제 참가 작품 ; 제101회 극단 신협 공연		김정률	연극	1982	극단 신협	한국공연윤리위원회
심의대본	터울			최현묵	연극	1988	극단 처용	공연윤리위원회
심의대본	터울			최현묵	연극	1988	극단 처용	공연윤리위원회
심의대본	털없는 개			원작 박선석, 극본 리종훈 · 김웅걸	연극	1994	연변연극단	공연윤리위원회
심의대본	테레지아의 유방(Les Mamelles de Tirésias)			기욤 아폴리네르 ; Guillaume Apollinaire	연극	1976	-	한국예술문화윤리위원회

심의대본	테스	순결한 女人	극단 시민극장 제10회 신춘대공연	원작 토마스 하디 ; Thomas Hardy, 각색 하유상	연극	1983	극단 시민극장	한국공연윤리위원회
심의대본	테스	순결한 女人	극단 시민극장 제10회 신춘대공연	원작 토마스 하디 ; Thomas Hardy, 각색 하유상	연극	1983	극단 시민극장	한국공연윤리위원회
심의대본	토간별곡	칡순먹고 간을 키웠더니		극본 안종관	연극	1980	극단 고향	한국공연윤리위원회
심의대본	토끼야 위험해!			김종문	연극	1994	-	공연윤리위원회
심의대본	토끼와 자라			미상	연극	1991	극단 민중극장	공연윤리위원회
심의대본	토끼와 포수			박조열	연극	1981	극단 뿌리	한국공연윤리위원회
심의대본	토끼와 포수		극 동우회 우리들 제4회 공연	박조열	연극	1975	극동우회 우리들	한국예술문화윤리위원회
심의대본	토끼와 포수		광복 30주년 기념 공연	박조열	연극	1975	극단 민중극장	한국예술문화윤리위원회
심의대본	토끼와 포수		극단 중앙 제15회 공연	박조열	연극	1977	극단 중앙	한국공연윤리위원회
심의대본	토끼와 포수			박조열	연극	1992	우리극단 마당	공연윤리위원회
심의대본	토끼와 포수(砲手)		극단 부활 제15회 정기공연	박조열	연극	1987	극단 부활	공연윤리위원회
심의대본	토끼와 포수(砲手)			박조열	연극	1981	한국방송통신대학 극예술 연구회	한국공연윤리위원회
심의대본	토끼의 모험(원제: 별주부전)			미상	연극	1987	극단 무지개	공연윤리위원회
심의대본	토끼의 용궁 구경			구성 박재운	연극	미상	극단 예성무대	공연윤리위원회
심의대본	토끼의 재판			구성 안정의	연극	1986	서울인형극회	공연윤리위원회
심의대본	토끼전(원명 : 토끼 용궁에 가다)		어린이날 제정 60주년 기념 ; 새들 34회 특별대공연	극본 신근영	연극	1982	극단 새들	한국공연윤리위원회
심의대본	토끼전(원명 : 토끼 용궁에 가다)		어린이날 제정 60주년 기념 ; 새들 34회 특별대공연	극본 신근영	연극	1982	극단 새들	한국공연윤리위원회
심의대본	토막		가정대학 연극회 제7회 정기공연	유치진	연극	1976	서울대학교 가정대학 연극회	한국공연윤리위원회
심의대본	토선생전		극단 마당 49회 공연	각색 안종관	연극	1986	극단 마당	공연윤리위원회
심의대본	토선생전		극단 사조 제10회 정기공연 ; 제21회 동아연극상 참가작품	안종관	연극	1984	극단 사조	한국공연윤리위원회
심의대본	토선생전			안종관	연극	1987	극단 미추	공연윤리위원회
심의대본	토선생전			안종관	연극	1987	극단 미추	공연윤리위원회
심의대본	토선생전			안종관	연극	1995	극단 미추	공연윤리위원회
심의대본	토선생전 : 칡순먹고 간을 키웠더니		극단 맥토 제37회 공연	안종관	연극	1980	극단 맥토	한국공연윤리위원회
심의대본	토스카		서울오페라단 창단기념 대공연	주세페 지아코사 ; Giuseppe Giacosa · 루이지 일리카 ; Luigi Illica	음악	1975	서울오페라단	한국예술문화윤리위원회
심의대본	토스카(합창곡집)			주세페 지아코사 ; Giuseppe Giacosa · 루이지 일리카 ; Luigi Illica	음악	1982	수도오페라단	한국공연윤리위원회

심의대본	토요일 토요일 밤에		mbc-TV Golden Show ; 초하 대공연	번안 조영호	복합	1974	MBC 문화방송, AAA 푸로모션	한국예술문화윤리위원회
심의대본	토요일에 초대받은 손님들 (土曜日에 招待받은 손님들)		극단 제3무대 13회 작품	노엘 카워드 ; Noel Coward	연극	1977	극단 제3무대	한국공연윤리위원회
심의대본	토함산처녀(吐含山處女)		한국민속예술가무극단 신라 창립 제1회 작품	이유진	연극	1968	가무극단 신라	한국예술문화윤리위원회
심의대본	톰 소여와 허클베리 핀			원작 마크 트웨인 ; Mark Twain	연극	1995	-	공연윤리위원회
심의대본	톰 소여의 모험			마크 트웨인 ; Mark Twain	연극	1986	인형극단 손가락	공연윤리위원회
심의대본	톰 소여의 모험			원작 마크 트웨인 ; Mark Twain, 각색 김창현	연극	1988	극단 예당	공연윤리위원회
심의대본	톰 소여의 모험			마크 트웨인 ; Mark Twain	연극	1987	-	공연윤리위원회
심의대본	톰 소여의 모험		아동극단 딱따구리 제6회 공연	원작 마크 트웨인 ; Mark Twain, 극본 이영준	연극	1981	아동극단 딱따구리	한국공연윤리위원회
심의대본	톰 소여의 모험		꽃사슴 아동극단 제36회 공연	원작 마크 트웨인 ; Mark Twain, 각색 김정호	연극	1984	꽃사슴 아동극단	한국공연윤리위원회
심의대본	톰 소여의 모험		아동극단 방울새 창단 공연	원작 마크 트웨인 ; Mark Twain, 각색 이동태	연극	1987	아동극단 방울새	공연윤리위원회
심의대본	톰 소여의 모험		아동극단 방울새 창단 공연	원작 마크 트웨인 ; Mark Twain	연극	1987	아동극단 방울새	공연윤리위원회
심의대본	톰 소여의 모험			원작 마크 트웨인 ; Mark Twain	연극	1994	극단 예일	공연윤리위원회
심의대본	톰 소여의 모험		극단 챔프 1주년 기념 공연	마크 트웨인 ; Mark Twain, 각색 김정득	연극	1988	극단 챔프	공연윤리위원회
심의대본	톰 소여의 모험			마크 트웨인 ; Mark Twain	연극	1992	극단 온누리	공연윤리위원회
심의대본	톰 소여의 모험			원작 마크 트웨인 ; Mark Twain, 각색 홍보선	연극	1993	중원극회	공연윤리위원회
심의대본	톰 소여의 모험			원작 마크 트웨인 ; Mark Twain, 극본 이동태	연극	1994	극단 하동	공연윤리위원회
심의대본	톰 소여의 모험			원작 마크 트웨인 ; Mark Twain, 극본 이동태	연극	1995	극단 하동	공연윤리위원회
심의대본	톰 소오여의 모험			원작 마크 트웨인 ; Mark Twain, 각색 이창기	연극	1988	-	공연윤리위원회
심의대본	톰 소오여의 모험			원작 마크 트웨인 ; Mark Twain, 각색 이창기	연극	1988	-	공연윤리위원회
심의대본	톰 아저씨의 오두막집			해리엇 비처 스토 ; Harriet Beecher Stowe, 각색 차인국	연극	1987	극단 챔프	공연윤리위원회

심의대본	톰과 제리			각색 최제영	연극	미상	극단 현장	공연윤리위원회
심의대본	톰과 제리			각색 최제영	연극	1994	극단 현장	공연윤리위원회
심의대본	톰과 제리			미상	연극	1994	극단 동방	공연윤리위원회
심의대본	톰과 제리		극단 열림 창단 제1회공연	미상	연극	1992	극단 열림	공연윤리위원회
심의대본	톰아저씨의 오두막집			각색 차인국	연극	미상	극단 챔프	공연윤리위원회
심의대본	통(桶) 뛰어넘기		극단 성좌 창단25주년 기념공연	이강백	연극	1993	극단 성좌	공연윤리위원회
심의대본	통곡소리	이조야화		극본 이길주	연극	1979	국극단 금호	한국공연윤리위원회
심의대본	통일에의 염원	땅을 잃은 사람들		이일파	연극	1981	동진국악단	한국공연윤리위원회
심의대본	통일에의 염원	땅을 잃은 사람들		이일파	연극	1981	동진국악예술단	한국공연윤리위원회
심의대본	통일이여 오라(원작: 수전노; L'Avare)			원작 몰리에르; Moliere, 번안 이창구, 각색 서민	연극	1980	극단 대하, 극단 은하	한국공연윤리위원회
심의대본	통일이여 오라(원작: 수전노; L'Avare)			원작 몰리에르; Moliere, 번안 이창구, 각색 서민	연극	1980	극단 은하	한국공연윤리위원회
심의대본	통·막·살(통일을 위한 막걸리 살풀이)			기국서 · 무세중	연극	미상	극단 76극장	한국공연윤리위원회
심의대본	퇴색된 천속의 인형들			미상	연극	1982	-	한국공연윤리위원회
심의대본	투우사의 왈쓰		극단 배우극장 제7회 작	장 아누이; Jean Anouilh	연극	1977	극단 배우극장	한국공연윤리위원회
심의대본	트렁크 극장: 작품내용			미상	연극	1984	-	한국공연윤리위원회
심의대본	트레버(Trevor)			존 보웬; John Bowen	연극	1973	-	한국예술문화윤리위원회
심의대본	트로이 전쟁(戰爭)	제물 헬레나	극단 여인극장 제18회 공연	볼프강 힐데스하이머; Wolfgang Hildesheimer	연극	1972	극단 여인극장	한국예술문화윤리위원회
심의대본	트로이의 여인들(The Trojan Women)			에우리피데스; Euripides	연극	1971	-	한국예술문화윤리위원회
심의대본	트루웨스트(True West)			샘 셰퍼드; Sam Shepard	연극	1994	극단 한양레퍼토리	공연윤리위원회
심의대본	틈입자	갑자기 뛰어든 사람-민중서관사전		모리스 마테를링크; Maurice Maeterlinck	연극	1976	심우	한국예술문화윤리위원회
심의대본	티타임의 정사			해럴드 핀터; Harold Pinter	연극	미상	극단 민중극장	한국공연윤리위원회
심의대본	티타임의 정사			해럴드 핀터; Harold Pinter	연극	1980	극단 실험극장	한국공연윤리위원회
심의대본	티타임의 정사			해럴드 핀터; Harold Pinter	연극	1987	-	공연윤리위원회
심의대본	티타임의 정사			해럴드 핀터; Harold Pinter	연극	1978	극단 실험극장	한국공연윤리위원회
심의대본	티타임의 정사			해럴드 핀터; Harold Pinter	연극	1976	극단 창고극장	한국공연윤리위원회

심의대본	티타임의 정사(情事)	극단 제작극회 제35회 공연		해럴드 핀터 ; Harold Pinter	연극	1985	극단 제작극회	한국공연윤리위원회
심의대본	파도소리			정교	연극	1983	-	한국공연윤리위원회
심의대본	파도소리			정교	연극	1980	-	한국공연윤리위원회
심의대본	파도타는 사람들	극단 서울무대 제8회 공연		박찬홍	연극	1984	극단 서울무대	한국공연윤리위원회
심의대본	파란 구두			미상	연극	1992	로즈 인형극단	공연윤리위원회
심의대본	파랑새			모리스 마테를링크 ; Maurice Maeterlinck	연극	1988	-	공연윤리위원회
심의대본	파리떼			장 폴 사르트르 ; Jean Paul Sartre	연극	1983	-	한국공연윤리위원회
심의대본	파리떼	극회 백합 제8회 시민회관 별관 공연		원작 소포클레스 ; Sophocles, 윤색 장 폴 사르트르 ; Jean Paul Sartre, 번안 윤증환	연극	1976		한국공연윤리위원회
심의대본	파리떼			장 폴 사르트르 ; Jean Paul Sartre	연극	1984	극단 76 극장	한국공연윤리위원회
심의대본	파리의 한국 아가씨			구성 박춘석	연극	1966	-	한국예술문화윤리위원회
심의대본	파벽(破壁)	극단 실험극장 제29회 공연 ; 제8회 대한민국 연극제 참가작품		윤대성	연극	1984	극단 실험극장	한국공연윤리위원회
심의대본	파선(破船)	명지 극예술동문회 제2회 공연		에릭 베스트팔 ; Eric Westphal	연극	1981	명지 극예술 동문회	한국공연윤리위원회
심의대본	파선(破船)	극단 맥토 제29회 공연		에릭 베스트팔 ; Eric Westphal	연극	1979	극단 맥토	한국공연윤리위원회
심의대본	파수꾼	한국현대연극의 재발견2		이강백	연극	1993	극단 연우무대	공연윤리위원회
심의대본	파수꾼			이강백	연극	1986	극단 시민극장	공연윤리위원회
심의대본	파수꾼			이강백	연극	1986	극단 시민극장	공연윤리위원회
심의대본	파수꾼	극단 현대극회 제18회 공연		이강백	연극	1975	극단 현대극회	한국예술문화윤리위원회
심의대본	파수꾼	극단 현대극회 제18회 공연	.	이강백	연극	1975	극단 현대극회	한국예술문화윤리위원회
심의대본	파우스트	극단 자유극장 제50회 대공연		괴테 ; Johann Wolfgang von Goethe	연극	1975	-	한국예술문화윤리위원회
심의대본	파우스트 : 제1부			괴테 ; Johann Wolfgang von Goethe	연극	미상	-	한국예술문화윤리위원회
심의대본	파우스트 : 제1부			괴테 ; Johann Wolfgang von Goethe	연극	1966	극단 산하	한국예술문화윤리위원회
심의대본	파종			정인섭	연극	1980	대일기획	한국공연윤리위원회
심의대본	판놀이 아리랑 고개	연우무대 10		구성 유해정	연극	1982	극단 연우무대	한국공연윤리위원회
심의대본	판도라의 상자			숙대 반극회 공동창작	연극	1994	숙명여자대학교 반극회	공연윤리위원회

심의대본	판진이(判眞이)				김정률	연극	1983	극단 대하	한국공연윤리위원회
심의대본	판토마임을 봅시다				구성 신영철	연극	1982	예니	한국공연윤리위원회
심의대본	팔리아치(Pagliacci)				루제로 레온카발로; Ruggero Leoncavallo	음악	1980	김자경 오페라단	한국공연윤리위원회
심의대본	팔자좋은 의사선생				몰리에르; Moliere	연극	1981	극단 문예극장	한국공연윤리위원회
심의대본	팔자좋은 의사선생	극단 수업 제2회 정기공연			몰리에르; Moliere	연극	1989	극단 수업	공연윤리위원회
심의대본	팔자좋은 의사선생	극단 작업 제7회 공연			몰리에르; Moliere	연극	1974	극단 작업	한국예술문화윤리위원회
심의대본	팔자좋은 의사선생	극단 딱따구리 여름특별 공연			몰리에르; Moliere	연극	1984	극단 딱따구리	한국공연윤리위원회
심의대본	팔자좋은 중매쟁이	극단 은하 제17회 공연			원작 윌리엄 셰익스피어; William Shakespeare, 번안 민춘	연극	1978	극단 은하	한국공연윤리위원회
심의대본	팝 페스티발				미상	대중	1970	한국자유예술단	한국예술문화윤리위원회
심의대본	팝송 페스티발	경음악과 팝송의 콘테스트			김석민, 구성 김석민	대중	1973	한국예술문화진흥회	한국예술문화윤리위원회
심의대본	팥쥐의 시간여행				각색 김종필	연극	1994	극단 꿈나무	공연윤리위원회
심의대본	패러디(La Parodie)				아르튀르 아다모프; Arthur Adamov	연극	1985	-	한국공연윤리위원회
심의대본	팽				박재서	연극	1986	극단 시민극장	공연윤리위원회
심의대본	팽	극단 시민극장 22회공연			박재서	연극	1986	극단 시민극장	공연윤리위원회
심의대본	팽	참, 세상 한번 팽팽 팽팽 잘도 돈다	극단 참 창단 공연		박재서	연극	1988	극단 참	공연윤리위원회
심의대본	팽	극단 새솔 창단공연			박재서	연극	1985	극단 새솔	한국공연윤리위원회
심의대본	퍼포먼스 - 그림자놀이 Ⅱ : 공연기획서	화가 최육경 추념 퍼포먼스			덕성여자대학 서양화과 동문회	연극	1987	덕성여자대학 서양화과 동문회	공연윤리위원회
심의대본	펄시스터 리싸이틀				각색 황정태	대중	1969	AAA 쇼	한국예술문화윤리위원회
심의대본	페드라	극단 성좌 제12회 공연			장 라신; Jean Racine	연극	1977	극단 성좌	한국공연윤리위원회
심의대본	페스트	극회 아카데미 3회 작품			알베르 카뮈; Albert Camus	연극	1973	극회 아카데미	한국예술문화윤리위원회
심의대본	페티 김 빠이 빠이 쇼				미상	대중	1966	-	한국예술문화윤리위원회
심의대본	평강공주와 바보온달				각색 황재성	연극	1992	-	공연윤리위원회
심의대본	평강공주와 바보온달				각색 황재성	연극	1992	-	공연윤리위원회
심의대본	평강공주와 바보온달				각색 김기성	연극	1993	-	공연윤리위원회
심의대본	평민귀족(Le Bourgeois Gentilhomme)	학원창립 20주년 기념 예술가의 밤 공연			몰리에르; Moliere	연극	1969	경희고등학교 연극부	한국예술문화윤리위원회
심의대본	평전 오레스				오태영	연극	1989	-	공연윤리위원회
심의대본	평전비형(評傳비형)				오태영	연극	1983	-	한국공연윤리위원회

심의대본	폐선(廢船)		민중극장 78년 신춘문예 공연	김한영	연극	1978	민중극장	한국공연윤리 위원회
심의대본	폐항의 밤			이건청	연극	1981	극단 민예극장	한국공연윤리 위원회
심의대본	포기와 베스			원작 헤이워드 부처; DuBose Heyward · Dorothy Heyward	연극	1976	극단 가교	한국공연윤리 위원회
심의대본	포기와 베스			원작 헤이워드 부처; DuBose Heyward · Dorothy Heyward	연극	1966	극단 드라마센타	한국예술문화 윤리위원회
심의대본	포기와 베스		개교 81주년 기념 대공연	원작 헤이워드 부처; DuBose Heyward · Dorothy Heyward	연극	1976	성균관대학교 연극반, 성균극회	한국공연윤리 위원회
심의대본	포도원에 들어간 여우			미상	연극	1990	뻬에로인형극회	공연윤리위원회
심의대본	포로교환			김상수	연극	1985	극단 창고극장	한국공연윤리 위원회
심의대본	포로교환			김상수	연극	1985	극단 창고극장	한국공연윤리 위원회
심의대본	포로들		한양대학교 연극영화과 1978년도 졸업연극공연	이재현	연극	1978	한양대학교 연극 영화과	한국공연윤리 위원회
심의대본	포포王子와 피피公主		극단 우리극장 제1회 정기공연	게오르그 뷔히너; Georg Buchner	연극	1979	극단 우리극장	한국공연윤리 위원회
심의대본	폭설			정미경	연극	1987	민중극단	공연윤리위원회
심의대본	폭소 삼국지(爆笑 三國志)		구정 시민회관 공연	각색 김성천	연극	1968	-	한국예술문화 윤리위원회
심의대본	폭소 퍼레이드		무언극 콘테스트	김석민	연극	1972	한국예술문화진흥회	한국예술문화 윤리위원회
심의대본	폭소 퍼레이드		무언극 콘테스트	김석민	연극	1975	한국예술문화진흥회	한국예술문화 윤리위원회
심의대본	폭소백화점			김진환	연극	1969	삼익흥업사	한국예술문화 윤리위원회
심의대본	폭소의 거리			구성 김진	연극	1971	대도회악극단	한국예술문화 윤리위원회
심의대본	폭풍 속의 아이들			정근	연극	1989	한국방송공사	공연윤리위원회
심의대본	폭풍(暴風)의 언덕			원작 에밀리 브론테; Emily Bronte, 각색 고 노 다에코; 河野多惠子	연극	1972	극단 (9)	한국예술문화 윤리위원회
심의대본	폭풍의 바다			강용준	연극	1994	극단 이어도	공연윤리위원회
심의대본	폴의 모험			미상	연극	1991	-	공연윤리위원회
심의대본	표류하는 너를 위하여			미상	연극	1988	극단 둥우리	공연윤리위원회
심의대본	표류하는 너를 위하여			정복근	연극	1993		공연윤리위원회
심의대본	푸른 구슬			미상	연극	1992	교육극단 사다리	공연윤리위원회
심의대본	푸른 구슬			미상	연극	1995	-	공연윤리위원회
심의대본	푸른 낙엽(落葉)		극단 은하 제15회 공연	최기인	연극	1977	극단 은하	한국공연윤리 위원회
심의대본	푸른 장미			미상	연극	1987	-	공연윤리위원회

심의대본	푸름은 온누리에		미상	연극	1980	사단법인 한국성인 교육회	한국공연윤리 위원회
심의대본	푸름이의 모험		백미숙	연극	1993	우리인형극회	공연윤리위원회
심의대본	푼수의 서울체류기		미상	연극	1987	극단 그리매	공연윤리위원회
심의대본	풀리지 않는 매듭		김상열	연극	1984	극단 우리극장	한국공연윤리 위원회
심의대본	풀잎각시	아동극단 새들 제21회 유아부 작품	주평	연극	1976	한양예술원 아동극단 「새들」	한국예술문화 윤리위원회
심의대본	풀잎각시	전국 아동극경연대회 작품	주평	연극	1977	-	한국공연윤리 위원회
심의대본	풀잎각시	1980년도 제1회 한국 청소년연극제 ;(아동극 20회) 출연 작품	주평	연극	1980	서울 영등포국민학교 동극부	한국공연윤리 위원회
심의대본	풀잎이야기		미상	연극	1994	-	공연윤리위원회
심의대본	품바	푸른극단 제1회 공연	김시라	연극	1983	푸른극단	한국공연윤리 위원회
심의대본	품바		김시라	연극	1987	-	공연윤리위원회
심의대본	품바		김시라	연극	1985	-	한국공연윤리 위원회
심의대본	품바		김시라	연극	1989	-	공연윤리위원회
심의대본	풍금소리	극단 여인극장 제76회 공연; 제9회 대한민국 연극제 참가작품	윤조병	연극	1985	극단 여인극장	한국공연윤리 위원회
심의대본	풍차바람 굴레 속에		김정빈, 각색 정애란 · 정미란	연극	1988	극단 처녀	공연윤리위원회
심의대본	프라델(Pradel)		미상	연극	1985	-	한국공연윤리 위원회
심의대본	프라자호텔 719호실		닐 사이먼 ; Neil Simon	연극	1993		공연윤리위원회
심의대본	프란다스의 개	대학로 어린이 극장 2회 공연	원작 위다; Ouida(Maria Louise Ramé), 각색 김상열	연극	1989	극단 현대극장	공연윤리위원회
심의대본	프란다스의 개	제3회 해태 명작극장	원작 위다; Ouida(Maria Louise Ramé), 각색 김상열	연극	1978	극단 현대극장	한국공연윤리 위원회
심의대본	프란다스의 개		원작 위다; Ouida(Maria Louise Ramé), 각색 손선홍	연극	1993	-	공연윤리위원회
심의대본	프랑스 인형극		오승은, 각색 쟝 륙 빵소	연극	1982	-	한국공연윤리 위원회
심의대본	프랑스 판토마임 아미엘극 단 초청공연 프로그램		미상	연극	1989	아미엘극단	공연윤리위원회
심의대본	프랜티스 박사님의 남자 여 비서	극단 성좌 · 뿌리 합동 공연	조 오튼 ; Joe Orton	연극	1980	극단 성좌, 극단 뿌리	한국공연윤리 위원회
심의대본	프로이드, 성(性)의 해석		원작 장 폴 사르트르 ; Jean Paul Sartre, 각 색 허정	연극	1988	극단 광장	공연윤리위원회
심의대본	플라자 호텔	극단 부활 제20회 공연	닐 사이먼 ; Neil Simon	연극	1988	극단 부활	공연윤리위원회

부록

심의대본	플라자 호텔			닐 사이먼 ; Neil Simon	연극	1993	우리극단 마당	공연윤리위원회
심의대본	플란더즈의 개		은하수 3회 공연	원작 위다 ; Ouida(Maria Louise Ramé), 각색 채윤정	연극	1980	청소년극단 은하수	한국공연윤리 위원회
심의대본	플란더즈의 개			원작 위다 ; Ouida(Maria Louise Ramé), 각색 최정구	연극	1988	극단 신기루	공연윤리위원회
심의대본	플레이어			신흥식	연극	1980	-	한국공연윤리 위원회
심의대본	플로랑스는 어디에			로베르 토마 ; Robert Thomas	연극	1989	우리극단 마당	공연윤리위원회
심의대본	피가로의 결혼			보마르쉐 ; Beaumarchais	연극	1990	성심여대 불문과	공연윤리위원회
심의대본	피그말리온			조지 버나드 쇼 ; George Bernard Shaw	연극	1986	우리극단 마당	공연윤리위원회
심의대본	피나포어(H.M.S. Pinafore)	뱃사람을 사랑한 아가씨(The Lass That Loved a Sailor)	한국외국어대학 제15회 영어연극	윌리엄 길버트 ; William Gilbert	음악	1971	한국외국어대학	한국예술문화 윤리위원회
심의대본	피노키오		미상	미상	연극	미상	극회 배우수업	공연윤리위원회
심의대본	피노키오		극단 대중극장 어린이연 극 특별공연	카를로 콜로디 ; Carlo Collodi, 각색 이재현	연극	1987	극단 대중극장	공연윤리위원회
심의대본	피노키오		극단 대중극장 어린이연 극 특별공연	카를로 콜로디 ; Carlo Collodi	연극	1987	극단 대중극장	공연윤리위원회
심의대본	피노키오		각색 이재현		연극	1993	극단 부활	공연윤리위원회
심의대본	피노키오		제2회 도투락 아동극장 ; 아동극단 꽃사슴 제30회 대공연	원작 카를로 콜로디 ; Carlo Collodi, 편극 김 정호	연극	1979	아동극단 꽃사슴	한국공연윤리 위원회
심의대본	피노키오			카를로 콜로디 ; Carlo Collodi	연극	1992	서울인형극회	공연윤리위원회
심의대본	피노키오			카를로 콜로디 ; Carlo Collodi	연극	1992	극단 동방	공연윤리위원회
심의대본	피노키오			카를로 콜로디 ; Carlo Collodi	연극	1991	우리인형극회	공연윤리위원회
심의대본	피노키오			원작 카를로 콜로디 ; Carlo Collodi, 각색 남 연화	연극	1994	-	공연윤리위원회
심의대본	피노키오			카를로 콜로디 ; Carlo Collodi	연극	1994	인형극단 아이사랑	공연윤리위원회
심의대본	피노키오			카를로 콜로디 ; Carlo Collodi	연극	1993	교육극단 동화나라	공연윤리위원회
심의대본	피노키오			카를로 콜로디 ; Carlo Collodi	연극	1993	교육극단 동화나라	공연윤리위원회
심의대본	피노키오			카를로 콜로디 ; Carlo Collodi	연극	1993	중원극회	공연윤리위원회
심의대본	피노키오			카를로 콜로디 ; Carlo Collodi	연극	1995	극회 배우수업	공연윤리위원회
심의대본	피노키오			개작 월트 디즈니, 각색 이준우	연극	1995	극단 유니콘	공연윤리위원회
심의대본	피리부는 사나이			독일 전래동화, 각색 이연희	연극	1988	계몽기획	공연윤리위원회

심의대본	피리부는 사나이		독일 전래동화, 각색 이연희	연극	1988	계몽기획	공연윤리위원회
심의대본	피리의 조화곡(造化曲)		김성천	연극	1966	스왕 그랜드 쑈-	한국예술문화 윤리위원회
심의대본	피리의 조화곡(造化曲)		김성천	연극	1971	현대 그랜드쑈-	한국예술문화 윤리위원회
심의대본	피서지에서 생긴 일	극단 주부토 제3회 공연	이근삼	연극	1981	극단 주부토	한국공연윤리 위원회
심의대본	피아노 소리를 싫어하는 손	The 8th Performance	RHee Minok	연극	1984	퍼포먼스 그룹 위위	한국공연윤리 위원회
심의대본	피아노 소리를 싫어하는 손	The 8th Performance	RHee Minok	연극	1984	퍼포먼스 그룹 위위	한국공연윤리 위원회
심의대본	피에로의 합창 '판토마임'		최규호	연극	1980	-	한국공연윤리 위원회
심의대본	피엘 빠뜨랑	극단 조형극장 제15회 공연	미상	연극	1982	극단 조형극장	한국공연윤리 위원회
심의대본	피엘 파트랑 선생	극단 신연 창립 공연	미상	연극	1980	극단 동랑극장	한국공연윤리 위원회
심의대본	피엘 파트랑 선생	극단 신연 창립 공연	미상	연극	1980	극단 동랑극장	한국공연윤리 위원회
심의대본	피의 결혼		페데리코 가르시아 로르카; Federico Garcia Lorca, 구성 김정옥, 변안 김정옥	연극	1983	-	한국공연윤리 위원회
심의대본	피의 결혼		페데리코 가르시아로 르카; Federico Garcia Lorca, 구성 김정옥	연극	1988	극단 자유극장	공연윤리위원회
심의대본	피의 결혼 1/2		페데리코 가르시아로 르카; Federico Garcia Lorca, 구성 김정옥	연극	1988	극단 자유극장	공연윤리위원회
심의대본	피의 결혼 2/2		페데리코 가르시아로 르카; Federico Garcia Lorca, 구성 김정옥	연극	1988	극단 자유극장	공연윤리위원회
심의대본	피의 결혼(結婚)	극단 민중극장 제31회 공연	페데리코 가르시아 로르카; Federico Garcia Lorca	연극	1977	극단 민중극장	한국공연윤리 위원회
심의대본	피의 결혼(結婚)		페데리코 가르시아로 르카; Federico Garcia Lorca, 변안 최인석	연극	1991	-	공연윤리위원회
심의대본	피의 결혼(結婚)	극단 자유 제148회 정기 공연	페데리코 가르시아로 르카; Federico Garcia Lorca, 구성 김정옥	연극	1995	극단 자유	공연윤리위원회
심의대본	피임사회	극단 창고극장 제27회 공연	정을병	연극	1981	극단 창고극장	한국공연윤리 위원회
심의대본	피임사회	극단 창고극장 제27회 공연	정을병	연극	1981	극단 창고극장	한국공연윤리 위원회
심의대본	피임사회		정을병	연극	1983	-	한국공연윤리 위원회
심의대본	피자맨	극단 로얄씨어터 제73회 정기공연	달렌스 크레비토	연극	1993	극단 로얄씨어터	공연윤리위원회

심의대본	피크닉		극단 여인극장 제16회 공연: 제8회 동아연극상참가	윌리엄 인지; William Inge	연극	1971	극단 여인극장	한국예술문화 윤리위원회
심의대본	피크닉(Picnic)			윌리엄 인지; William Inge	연극	1969	한국외국어대학	한국예술문화 윤리위원회
심의대본	피크닉(Picnic)			윌리엄 인지; William Inge, 주해 이근삼	연극	1975	-	한국예술문화 윤리위원회
심의대본	피터와 늑대		바탕골어린이극단 제2회 정기공연	세르게이 프로코피예프; Sergei Prokofiev, 각색 남궁연	연극	1993	바탕골어린이극단	공연윤리위원회
심의대본	피터와 해적선			서영희	연극	1988	극단 광대	공연윤리위원회
심의대본	피터팬			제임스 매튜 배리; James Matthew Barrie	연극	1989	민중극단	공연윤리위원회
심의대본	피터팬			제임스 매튜 배리; James Matthew Barrie	연극	1989	민중극단	공연윤리위원회
심의대본	피터팬			제임스 매튜 배리; James Matthew Barrie, 구성 극단 대중	연극	1988	극단 대중	공연윤리위원회
심의대본	피터팬		제60회 어린이날기념 공연	제임스 매튜 배리; James Matthew Barrie, 극본 이반	연극	1982	극단 현대극장	한국공연윤리 위원회
심의대본	피터팬			원작 제임스 매튜 배리; James Matthew Barrie, 각색 이상화	연극	1987	현대인형극회	공연윤리위원회
심의대본	피터팬		극단 영 OP. NO. 45	원작 제임스 매튜 배리; James Matthew Barrie, 각색 강승균	연극	1991	극단 영	공연윤리위원회
심의대본	피터팬			원작 제임스 매튜 배리; James Matthew Barrie, 각색 이상화	연극	1992	극단 未未	공연윤리위원회
심의대본	피터팬			제임스 매튜 배리; James Matthew Barrie, 각색 이상화	연극	1992	극단 未未	공연윤리위원회
심의대본	피터팬		'94 SBS 어린이 뮤지컬	제임스 매튜 배리; James Matthew Barrie, 극본 김상열	연극	1994	SBS 서울방송	공연윤리위원회
심의대본	피터팬		'94 SBS 어린이 뮤지컬	제임스 매튜 배리; James Matthew Barrie	연극	1994	SBS 서울방송	공연윤리위원회
심의대본	피터팬			원작 제임스 매튜 배리; James Matthew Barrie, 각색 정진수	연극	1994	극단 장	공연윤리위원회
심의대본	피터팬			제임스 매튜 배리; James Matthew Barrie	연극	1992	극단 쑥갓	공연윤리위원회
심의대본	피터팬			제임스 매튜 배리; James Matthew Barrie	연극	1994	-	공연윤리위원회
심의대본	피터팬			제임스 매튜 배리; James Matthew Barrie	연극	1993	극단 하나	공연윤리위원회
심의대본	피터팬			원작 제임스 매튜 배리; James Matthew Barrie, 각색 김익현	연극	1993	-	공연윤리위원회

심의대본	피터팬			미상	연극	1990	극단 동방	공연윤리위원회
심의대본	피터팬/ 개구장이 아기오리		인형극단 환타지 2회 정기공연	원작 제임스 매튜 배리; James Matthew Barrie, 각색 김형석	연극	1985	인형극단 환타지	한국공연윤리위원회
심의대본	피터팬/ 해님 달님/ 피노키오/ 교통 생활 캠페인			미상	연극	1984	인형극단 손가락	한국공연윤리위원회
심의대본	피터팬/ 햇님달님/ 꼬마천사와 꼬마거지			제임스 매튜 배리; James Matthew Barrie	연극	1985	-	한국공연윤리위원회
심의대본	피터팬과 후크선장			제임스 매튜 배리; James Matthew Barrie, 극본 김종철	연극	1992	-	공연윤리위원회
심의대본	피터팬과 후크선장			각색 임연희	연극	1994	-	공연윤리위원회
심의대본	피터팬과 후크선장			미상	연극	1993	극단 키드	공연윤리위원회
심의대본	피피오		대전 EXPO'93 어린이 뮤지컬!	주경섭	연극	1993	극단 동아어린이 명작극장	공연윤리위원회
심의대본	피피오		대전 EXPO'93 어린이 뮤지컬!	주경섭	연극	1993	극단 동아어린이 명작극장	공연윤리위원회
심의대본	픽크닉 작전(作戰)		극단 자유극장 춘계대공연	죠르즈 드 때르뵈뉴	연극	1968	극단 자유극장	한국예술문화윤리위원회
심의대본	필립 박사님의 위대한 분노		극단 프라이에 뷔네 제40회 정기공연	막스 프리쉬; Max Frisch	연극	1978	극단 프라이에 뷔네	한국공연윤리위원회
심의대본	필립 장띠 극단 프로그램			미상	연극	1984	극단 필립 장띠	한국공연윤리위원회
심의대본	필부의 꿈		제9회 연극제 참가작품; 물레를 돌리는 마음, 그 두번째 공연	오태석	연극	1985	극단 목화	한국공연윤리위원회
심의대본	필사의 도망자 (The Desperate Hours)			조셉 헤이즈; Joseph Hayes	연극	1970	-	한국예술문화윤리위원회
심의대본	핏줄			아돌 후가드; Athol Fugard	연극	1986	우리극단 마당	공연윤리위원회
심의대본	핏줄		극단 한양레퍼토리 창단공연	윌리 러셀; Willy Russell	연극	1992	극단 한양레퍼토리	공연윤리위원회
심의대본	핏줄		극단 한양레퍼토리 창단공연	윌리 러셀; Willy Russell	연극	1992	극단 한양레퍼토리	공연윤리위원회
심의대본	핑크 드레스			원작 앤 알렉산더; Anne Alexander, 각색 이경배	연극	1980	청소년극단 혜성	한국공연윤리위원회
심의대본	핑크 멜로디		극단 창조극장 제10회 공연	피터 쉐퍼; Peter Shaffer	연극	1985	극단 창조극장	한국공연윤리위원회
심의대본	핑크빛 죽음			자크 로베르; Jacques Robert	연극	1980	극단 맥토	한국공연윤리위원회
심의대본	핑키와 팽키(원작: Pink Panther and Sons)	강도를 잡아라	극단 친구들 창단공연	각색 최성민	연극	1988	극단 친구들	공연윤리위원회
심의대본	하나님 아헤들			윤계한	연극	1993	-	공연윤리위원회
심의대본	하나님의 뜻			존 마이클 테블락; John Michael Tebelak	연극	1976	동랑레퍼터리극단	한국예술문화윤리위원회
심의대본	하나님이 반한 사람 (원작: God's Favorite)		극단 선교무대 밀알 제30회 정기공연	닐 사이먼; Neil Simon	연극	1987	극단 선교무대 밀알	공연윤리위원회
심의대본	하나를 위한 이중주		극단 산울림 제45회 공연	톰 켐핀스키; Tom Kempinski	연극	1988	극단 산울림	공연윤리위원회

심의대본	하나를 위한 이중주			톰 켐핀스키 ; Tom Kempinski	연극	1988	극단 산울림	공연윤리위원회
심의대본	하나야 춤을 추어라			미상	연극	1994	-	공연윤리위원회
심의대본	하나의 점 속에서		극단 예 창단기념 공연	미상	연극	1988	극단 예	공연윤리위원회
심의대본	한		극단 동아 창단공연	김진국	연극	1986	극단 동아	공연윤리위원회
심의대본	하녀들			장 주네 ; Jean Genet	연극	1981	극단 거론	한국공연윤리위원회
심의대본	下女들			장 주네 ; Jean Genet	연극	1981	극단 맥토	한국공연윤리위원회
심의대본	下女들			장 주네 ; Jean Genet	연극	1973	극단 여인극장	한국예술문화윤리위원회
심의대본	하느님 큰일났읍니다		연우무대 3	김동환	연극	1979	연우무대	한국공연윤리위원회
심의대본	하늘 보고 활 쏘기			노경식	연극	1980	극단 고향	한국공연윤리위원회
심의대본	하늘 보고 활쏘기			노경식	연극	1980	극단 76	한국공연윤리위원회
심의대본	하늘 이여! 슬픔이여라!(원작: 톰 아저씨의 오두막; Uncle Tom's Cabin)			해리엇 비처 스토 ; Harriet Beecher Stowe, 각색 차인국	연극	1985	극단 시대	한국공연윤리위원회
심의대본	하늘과 바람과 별과 시			유철종	연극	1985	고흥녹동고등학교	한국공연윤리위원회
심의대본	하늘나라에서 온 우리들의 친구		극단 광장 제104회 정기공연	켄 메데마 ; Ken Medema	연극	1987	극단 광장	공연윤리위원회
심의대본	하늘만큼 먼 나라		극단 산울림 제29회 공연; 제9회 대한민국연극제 참가작품	노경식	연극	1985	극단 산울림	한국공연윤리위원회
심의대본	하늘보고 활쏘기			노경식	연극	1980	극단 산하	한국공연윤리위원회
심의대본	하늘아. 무엇을 더 말하랴		극단 광장 20회 공연 (서울 및 지방공연)	이재현	연극	1974	극단 광장	한국예술문화윤리위원회
심의대본	하늘에 꽃피우리	어떤 사랑의 이야기	극단사조 제9회 공연; 교황 요한바오로 II세 방한 기념공연	이희우, 윤색 백일성	연극	1984	극단 사조	한국공연윤리위원회
심의대본	하늘에 핀 녹두꽃		동국극단 창립공연	이희우	연극	1994	동국극단	공연윤리위원회
심의대본	하늘에서 내려온 수박꼬마			정재봉	연극	1989	우리인형극회	공연윤리위원회
심의대본	하늘에서 내려온 수박꼬마			정재봉	연극	1990	우리인형극회	공연윤리위원회
심의대본	하늘에서 온 우리들의 친구			켄 메데마 ; Ken Medema	연극	1987	극단 광장	공연윤리위원회
심의대본	하늘에서 온 우리들의 친구			미상	연극	1990	극단 내일	공연윤리위원회
심의대본	하늘옷			미상	연극	1994	-	공연윤리위원회
심의대본	하늘을 나는 양탄자			극본 송인현, 구성 김의경	연극	1993	극단 현대극장	공연윤리위원회
심의대본	하늘을 나는 양탄자			극본 송인현, 구성 김의경	연극	1993	극단 현대극장	공연윤리위원회
심의대본	하늘을 날으는 목마			유수호	연극	1985	한국방송공사	한국공연윤리위원회
심의대본	하늘이 다시 열렸네!	우리의 얼을 찾아서…		박세일	연극	1994	연극표현연구소	공연윤리위원회

심의대본	하늘이여			정성주	연극	1979	극단 민중극장 (스튜디오)	한국공연윤리 위원회
심의대본	하드락 드라마			미상	연극	1979	-	한국공연윤리 위원회
심의대본	하리가 보고 싶어요			박상철	연극	1994	-	공연윤리위원회
심의대본	하멸태자(원작 : Hamlet)			원작 윌리엄 셰익스 피어 ; William Shakespeare, 번안 안 민수	연극	1976	동랑레퍼터리극단	한국공연윤리 위원회
심의대본	하모니카			미상	연극	1995	극단 성남 '93	공연윤리위원회
심의대본	하비	극단 에저또 68회 공연		리코일 체이스 ; Mary Coyle Chase	연극	1985	극단 에저또	한국공연윤리 위원회
심의대본	하숙집 사람들			조원석	연극	1988	극단 작업	공연윤리위원회
심의대본	하얀 집	극단 성좌 제24회 공연 ; 제4회 대한민국 연극제 초청 작품		이재현	연극	1980	극단 성좌	한국공연윤리 위원회
심의대본	하이디			요한나 슈피리 ; Johanna Spyri	연극	1987	민중극단	공연윤리위원회
심의대본	하춘화 리사이틀			김성천	대중	1974	새별악극단	한국예술문화 윤리위원회
심의대본	하춘화(河春化) 리사이틀	폭소연산(爆笑 燕山)		김성천	대중	1975	새별 쇼	한국예술문화 윤리위원회
심의대본	한	극단 동아 창단공연		김진국	연극	1986	극단 동아	공연윤리위원회
심의대본	하킴의 이야기			노르베르또 아빌라 ; Norberto Ávila	연극	1989		공연윤리위원회
심의대본	학(鶴)이여, 사랑일래라	극단여인극장제65회공연 ; 제5회 대한민국 연극제 참가작품		차범석	연극	1981	-	한국공연윤리 위원회
심의대본	학마을 사람들	고려대연극반 제8회 정기공연		원작 이범선, 각색 이재현	연극	미상	고려의대 연극반	한국예술문화 윤리위원회
심의대본	학마을 사람들	극단 광장 제21회 공연		원작 이범선, 각색 이재현	연극	1975	극단 광장	한국예술문화 윤리위원회
심의대본	학마을 사람들	극단 광장 제21회 공연		원작 이범선, 각색 이재현	연극	1975	극단 광장	한국예술문화 윤리위원회
심의대본	학마을 사람들	극단 광장 제15회 공연		원작 이범선, 각색 이재현	연극	1972	극단 광장	한국예술문화 윤리위원회
심의대본	학마을 사람들	고려의대연극반 제8회 정기공연		원작 이범선, 각색 이재현	연극	1974	고려의대연극반	한국예술문화 윤리위원회
심의대본	학마을사람들	극단광장제6회공연 ; 신 연극 60주기념 ; 연극부 참가작품		원작 이범선, 각본 이재현	연극	1968	극단광장	한국예술문화 윤리위원회
심의대본	학술원에 드리는 보고	극단 프라이에 뷔네 제37회 공연		프란츠 카프카 ; Franz Kafka	연극	1977	극단 프라이에 뷔네	한국공연윤리 위원회
심의대본	학술원에 드리는 새로운 보고	극단 우리극장 제7회 공연		프란츠 카프카 ; Franz Kafka	연극	1985	극단 우리극장	한국공연윤리 위원회
심의대본	학식을 뽐내는 여인들 (Les Femmes Savantes)			몰리에르 ; Moliere	연극	1977	상명여사대 불어과	한국공연윤리 위원회
심의대본	학용품들의 소동			미상	연극	1993	우리인형극단	공연윤리위원회

부록

심의대본	학자와 거지	향교의 손님/낚시터 전쟁			이근삼	연극	1990	극단 로얄씨어터	공연윤리위원회
심의대본	한 번 두 번 세 번 그래서 스물다섯번		극단 자유극장 제71회 공연		버나드 슬레이드; Bernard Slade	연극	1977	극단 자유극장	한국공연윤리위원회
심의대본	한 줌의 흙				박석성	연극	1987	극단 아리랑	공연윤리위원회
심의대본	한 춤				정연도	복합	1988	놀이패 한두레	공연윤리위원회
심의대본	한강은 흐른다				원작 유치진, 극본 윤대성	연극	1987	88서울예술단	공연윤리위원회
심의대본	한강은 흐른다		故 동랑 유치진 선생 1주기 추모 공연		유치진	연극	1975	-	한국예술문화윤리위원회
심의대본	한강은 흐른다(漢江은 흐른다)	기억하시나요, 그날을?	88서울예술단 지방순회 공연		유치진, 각색 윤대성	연극	1990	88서울예술단	공연윤리위원회
심의대본	한국판 "크리스마스"		불우이웃돕기 "개그" 대잔치		미상	연극	1984	극동연예	한국공연윤리위원회
심의대본	한낮에 꿈꾸는 사람들		극단신협 창작 제1회 무대		이무영	연극	1983	극단 신협	한국공연윤리위원회
심의대본	한네의 승천		민예극단 제19회 공연		원작 오영진, 각색 장소현	연극	1975	극단 민예	한국예술문화윤리위원회
심의대본	한네의 昇天		극단 민예극장 제40회 대공연		원작 오영진, 각색 장소현	연극	1979	극단 민예극장	한국공연윤리위원회
심의대본	한다발				페터 한트케; Peter Handke	연극	1984	-	한국공연윤리위원회
심의대본	한만선(韓滿線)				오태석	연극	1983	-	한국공연윤리위원회
심의대본	한밤에 팝송		리마 김 귀국공연; 뉴코리아 악극단 시민회관 공연대본		미상	대중	1971	뉴코리아악극단	한국예술문화윤리위원회
심의대본	한불수교 100주년 기념 프랑스 인형극단: 작품 소개				미상	연극	1986	서울인형극회	공연윤리위원회
심의대본	한솥밥 먹기				정동주	연극	1985	-	한국공연윤리위원회
심의대본	한스와 그레텔		제8회 대한민국 연극제 참가작품		최인훈	연극	1984	극단 창고극장	한국공연윤리위원회
심의대본	한스와 그레텔		제8회 대한민국 연극제 참가작품		최인훈	연극	1984	극단 창고극장	한국공연윤리위원회
심의대본	한씨연대기				원작 황석영, 각색 극단 연우무대	연극	1989	극단 연우무대	공연윤리위원회
심의대본	한씨연대기(韓氏年代記)		연우무대 14		황석영	연극	1985	연우무대	한국공연윤리위원회
심의대본	한씨연대기(韓氏年代記)		대한민국 연극제 참가 작품		황석영	연극	1984	-	한국공연윤리위원회
심의대본	한여름 밤의 꿈				윌리엄 셰익스피어; William Shakespeare	연극	1977	경복여자상업고등학교 연극부	한국공연윤리위원회
심의대본	한여름밤의 꿈				윌리엄 셰익스피어; William Shakespeare	연극	1978	극단 오계절	한국공연윤리위원회
심의대본	한여름밤의 꿈		한일 셰익스피어 연극제 참가작품		윌리엄 셰익스피어; William Shakespeare	연극	1983	극단 가갸	한국공연윤리위원회
심의대본	한여름밤의 꿈				윌리엄 셰익스피어; William Shakespeare	연극	1986	한국연극협회	공연윤리위원회

심의대본	한여름밤의 꿈			윌리엄 셰익스피어 ; William Shakespeare	연극	1985	-	한국공연윤리 위원회
심의대본	한여름밤의 꿈		계원예술고등학교 연극학과 졸업생 및 재학생 합동공연	윌리엄 셰익스피어 ; William Shakespeare	연극	1989	계원예술고등학교 연극학과	공연윤리위원회
심의대본	한여름밤의 꿈			윌리엄 셰익스피어 ; William Shakespeare	연극	1991	극단 학전	공연윤리위원회
심의대본	한여름밤의 꿈		수도여자사범대학 영어 영문학과 제8회 졸업 영어연극	윌리엄 셰익스피어 ; William Shakespeare	연극	1975	수도여자사범대학 영어영문학회	한국예술문화 윤리위원회
심의대본	한여름밤의 꿈			윌리엄 셰익스피어 ; William Shakespeare	연극	1977	YWCA 성인부, 극단 오계절	한국공연윤리 위원회
심의대본	한여름밤의 꿈		한국연극연출가협회 1992년 하반기 워크숍, 네명의 연출가가 연출하는 네가지 한여름밤의 꿈	윌리엄 셰익스피어 ; William Shakespeare	연극	1992	한국연극연출가협회	공연윤리위원회
심의대본	한여름밤의 꿈		극단 교극 제 19회 정기 공연	윌리엄 셰익스피어 ; William Shakespeare	연극	1994	교사연극협회	공연윤리위원회
심의대본	한여름밤의 情事			마가레트 매너스, 각색 전진호	연극	1970	-	한국예술문화 윤리위원회
심의대본	한여름밤의 정사(情事)			마가레트 매너스, 각색 전진호	연극	미상	-	한국예술문화 윤리위원회
심의대본	한일친선 팝송 훼스티발			미상	대중	1972	사단법인한국연예 단장협회 산하 신세계 프로모숀	한국예술문화 윤리위원회
심의대본	한잎의 진실			강준용	연극	1986	극단 집시	공연윤리위원회
심의대본	한중록		수도여자사범대학 연극부 제5회 정기공연	이재현	연극	1977	수도여자사범대학 연극부	한국공연윤리 위원회
심의대본	할 수 없이 의사가 되어		극단 성전 제27회 정기 공연	몰리에르 ; Molière	연극	1995	삼성전자 연극동호회 극단 성전	공연윤리위원회
심의대본	할로윈의 유령대소동			원작 댄 애크로이드 Dan Aykroyd ; 해롤드 래미스 ; Harold Ramis, 각색 지성원	연극	1991	-	공연윤리위원회
심의대본	할로윈의 유령대소동			원작 댄 애크로이드 Dan Aykroyd ; 해롤드 래미스 ; Harold Ramis, 각색 지성원	연극	1991	-	공연윤리위원회
심의대본	항구의 밤			김석민	연극	1971	현대악극단	한국예술문화 윤리위원회
심의대본	항파두리 놀이			미상	연극	1990	우리극단 마당	공연윤리위원회
심의대본	해결되지 않는…		극단 (9) 창립공연	이원경	연극	1970	극단 (9)	한국예술문화 윤리위원회
심의대본	해곡(海哭)		극단 춘추 제28회 공연 ; 제8회 대한민국 연극제 참가작품	김길호	연극	1984	극단 춘추	한국공연윤리 위원회
심의대본	해곡(海哭)		극단 춘추 제28회 공연 ; 제8회 대한민국 연극제 참가작품	김길호	연극	1984	극단 춘추	한국공연윤리 위원회

심의대본	해님 달님			정복근	연극	1985	서울인형극회	한국공연윤리위원회
심의대본	해님 달님			각색 박순정	연극	1994	-	공연윤리위원회
심의대본	해님 달님			각색 정복근	연극	1993	서울인형극회	공연윤리위원회
심의대본	해돋이			김철진	연극	1976		한국공연윤리위원회
심의대본	해뜨기 전		Freie-Bühne(프라이에 뷔네) 창립공연	게르하르트 하웁트만; Gerhart Hauptmann	연극	1968	전국독어독문과연극회(프라이에 뷔네)	한국예술문화윤리위원회
심의대본	해뜨는 골목길			최종률	연극	1987	극단 생명	공연윤리위원회
심의대본	해마(海馬)		극단 대하 제21회 공연	에드워드 J. 무어; Edward J. Moore	연극	1982	극단 대하	한국공연윤리위원회
심의대본	해마(海馬)			에드워드 J. 무어; Edward J. Moore	연극	1984	극단 맥토	한국공연윤리위원회
심의대본	해마(海馬)		극단 중앙 제19회 공연	에드워드 J. 무어; Edward J. Moore	연극	1978	극단 중앙	한국공연윤리위원회
심의대본	해바라기의 죽음		유미리 연극展 1994	유미리; 柳美里	연극	1994	극단 민중극단	공연윤리위원회
심의대본	해일		서울공대 연극회 제12회 공연	오세기	연극	1974	서울공과대학 연극회	한국예술문화윤리위원회
심의대본	해질녘			원작 윤정선, 각색 박상현	연극	1992	극단 연우무대	공연윤리위원회
심의대본	해피 프린스			원작 오스카 와일드; Oscar Wilde, 각색 김영덕	연극	1990	-	공연윤리위원회
심의대본	해협을 건너는 나비	세기말 삼문 오페라		소네하라 준이치; 曾根原後一	연극	1988	극단 서낭당, 극단 유메이찌소꾸	공연윤리위원회
심의대본	해협을 건너는 나비	세기말 삼문 오페라		소네하라 준이치; 曾根原後一	연극	1988	극단 서낭당, 극단 유메이찌소꾸	공연윤리위원회
심의대본	햄릿		극단 현대극장 셰익스피어 걸작 시리즈 1981-1982	윌리엄 셰익스피어; William Shakespeare	연극	1981	극단 현대극장	한국공연윤리위원회
심의대본	햄릿			윌리엄 셰익스피어; William Shakespeare	연극	1989	-	공연윤리위원회
심의대본	햄릿			윌리엄 셰익스피어; William Shakespeare	연극	1974	-	한국예술문화윤리위원회
심의대본	햄릿		소련 유고자파드극단 내한공연	윌리엄 셰익스피어; William Shakespeare	연극	1990	유고자파드극단	공연윤리위원회
심의대본	햄릿		이길재의 '86 햄릿; 극단 하나의 제5회 공연	원작 윌리엄 셰익스피어; William Shakespeare, 각색 이길재	연극	1986	극단 하나	공연윤리위원회
심의대본	햄릿			윌리엄 셰익스피어; William Shakespeare	연극	1982	-	한국공연윤리위원회
심의대본	햄릿			윌리엄 셰익스피어; William Shakespeare	연극	1982	-	한국공연윤리위원회
심의대본	햄릿		극단 풀이 제2회 정기공연	윌리엄 셰익스피어; William Shakespeare	연극	1986	극단 풀이	공연윤리위원회
심의대본	햄릿			윌리엄 셰익스피어; William Shakespeare	연극	1988	중앙대학교 연극영화과	공연윤리위원회

심의대본	햄릿		소련 유고자파드극단 내한공연	윌리엄 셰익스피어; William Shakespeare	연극	1990	유고자파드극단	공연윤리위원회
심의대본	햄릿		소극장 하나방 개관8주년 기념 공연	원작 윌리엄 셰익스 피어; William Shakespeare, 번안 이 길재	연극	1993	극단 하나	공연윤리위원회
심의대본	햄릿		극단 자유 제145회 정기 공연	윌리엄 셰익스피어; William Shakespeare	연극	1993	극단 자유	공연윤리위원회
심의대본	햄리트		극단 실험극장 제38회 공연	윌리엄 셰익스피어; William Shakespeare	연극	1971	극단 실험극장	한국예술문화 윤리위원회
심의대본	햄리트(Hamlet)		광복 30주년 및 가교 창립 10주년 기념 공연	윌리엄 셰익스피어; William Shakespeare	연극	1975	극단 가교	한국예술문화 윤리위원회
심의대본	햄리트(Hamlet)		이길재 Mono Drama No.2	원작 윌리엄 셰익스 피어; William Shakespeare, 각색 이 길재	연극	1979	극단 76극장	한국공연윤리 위원회
심의대본	햄릿		중앙아트홀 개관기념 공연	윌리엄 셰익스피어; William Shakespeare	연극	1985	-	한국공연윤리 위원회
심의대본	햄릿			윌리엄 셰익스피어; William Shakespeare	연극	1984	극단 76	한국공연윤리 위원회
심의대본	햄릿(Hamlet)	Prince of Denmark		윌리엄 셰익스피어; William Shakespeare	연극	1985	-	한국공연윤리 위원회
심의대본	햄릿 다시 태어나다(원제: Le mariage d'Hamlet)		극단 사계 제6회 공연	장 사르망; Sarment, Jean	연극	1977	극단 사계	한국공연윤리 위원회
심의대본	햄릿4			미상	연극	1994	극단 월드	공연윤리위원회
심의대본	햇님 달님			엄인희	연극	1984	극단 민예극장	한국공연윤리 위원회
심의대본	햇님 달님	떡 하나 주면 안 잡 아먹지		각색 김웅하	연극	1994	극단 키드	공연윤리위원회
심의대본	햇볕 밝은 아침			킨테로 형제; Álvarez Quintero Brothers	연극	1969	극단 자유극장	한국예술문화 윤리위원회
심의대본	햇볕 밝은 아침			킨테로 형제; Álvarez Quintero Brothers	연극	1969	극단 자유극장	한국예술문화 윤리위원회
심의대본	햇빛			전해원	연극	1966	-	한국예술문화 윤리위원회
심의대본	햇빛 밝은 아침			킨테로 형제; Álvarez Quintero Brothers	연극	1975	극단 무대	한국예술문화 윤리위원회
심의대본	햇빛 밝은 아침		극단 자유극장 41회 공연; 까페 떼아뜨르 금요무대	킨테로 형제; Álvarez Quintero Brothers	연극	1974	극단 자유극장	한국예술문화 윤리위원회
심의대본	햇빛 밝은 아침 / 불이 그치 잖도록		두 편의 연극과 한 잔의 커피	킨테로 형제; Quintero Brothers, 조 지 S. 코프만; George S. Kaufman	연극	1974	-	한국예술문화 윤리위원회
심의대본	햇빛속의 건포도(乾葡萄)		동국대학교 연극영화학 과 졸업공연	로레인 헨즈베리; Lorraine Hansberry	연극	1969	-	한국예술문화 윤리위원회
심의대본	행복한 토끼들		제1회 서울 국제인형극 제 참가작품	조용수, 각색 여영숙	연극	1984	나라인형극회	한국공연윤리 위원회
심의대본	행주댁	군고구마		리보라	연극	1987	창고극장	공연윤리위원회

부록

심의대본	海は深く青く		한일연극교류 극단 스바루 공연	테렌스 래티건; Terence Rattigan	연극	1979	극단 스바루;劇出昴	한국공연윤리 위원회
심의대본	향항 천일야(香港 千一夜)		뮤직칼스타 풀레이 그랜드 쇼; 김지미 · 박노식 쇼	구성 김성천	대중	1969	새별쇼	한국예술문화 윤리위원회
심의대본	향항 천일야(香港 千一夜)		뮤직칼스타 풀레이 그랜드 쇼; 김지미 · 박노식 쇼	구성 김성천	대중	1969	새별쇼	한국예술문화 윤리위원회
심의대본	허생전			박지원	연극	1984	녹색인형극단	한국공연윤리 위원회
심의대본	허생전		수도여자사범대학 연극부 제2회 공연	오영진	연극	1975	수도여자사범대학 연극부	한국예술문화 윤리위원회
심의대본	허생전		고려대학교 극예술연구회 제45회 정기공연	오영진	연극	1978	고려대학교 극예술 연구회	한국공연윤리 위원회
심의대본	허생전		극단 민예극장 송년 공연 판소리 인형극	극본 전진호, 각색 장삼열	연극	1975	극단 민예	한국예술문화 윤리위원회
심의대본	허생전		극단 사조 제19회 공연; 창단 10주년 기념 공연	오영진	연극	1988	극단 사조	공연윤리위원회
심의대본	허생전(許生傳)		중앙대학교 연극영화학과 4년 졸업작품	박지원	연극	1980	중앙대학교 연극 영화학과	한국공연윤리 위원회
심의대본	허생전(許生傳)		성균관대학교 성균극회 제26회 정기 대공연	오영진	연극	1983	성균관대학교 성균극회	한국공연윤리 위원회
심의대본	허생전(許生伝)			박지원, 극본 장윤환	연극	1983	민예인형극회	한국공연윤리 위원회
심의대본	허수아비는 눈사람을 좋아 했지만			미상	연극	1991	극단 손가락	공연윤리위원회
심의대본	허약한 신(神)의 아이들		극단 춘추 31회 공연	마크 메도프; Mark Medoff	연극	1985	극단 춘추	한국공연윤리 위원회
심의대본	허연 개구리			미상	연극	1983	극단 연우무대	한국공연윤리 위원회
심의대본	허영감 이야기			우봉규	연극	1993	극단 원방각	공연윤리위원회
심의대본	허튼소리			원작 고창율, 각색 이상화	연극	1987	극단 미래	공연윤리위원회
심의대본	허풍장이		극단 앙띠 제15회 공연	이언호	연극	1979	극단 앙띠	한국공연윤리 위원회
심의대본	허풍쟁이		민예극단 제10회 공연	이언호	연극	1975	극단 민예	한국예술문화 윤리위원회
심의대본	허풍쟁이			이언호	연극	1987	극단 앙상블	공연윤리위원회
심의대본	헌팅소동		극단 춘추 제17회 공연	닐 사이먼; Neil Simon	연극	1982	극단 춘추	한국공연윤리 위원회
심의대본	헤다가블러			원작 헨릭 입센; Henrik Ibsen, 각색 존 오스본; John Osborne	연극	1986	극단 서울앙상블	공연윤리위원회
심의대본	헤어(Hair)			마이클 웰러; Michael Weller	연극	1994	극단 한량	공연윤리위원회
심의대본	헤어(Hair)	1980년의 머리칼		구성 제임스 라도; James Rado · 제롬 라 그니; Gerome Ragni, 각색 김정옥	연극	1980	극단 자유극장	공연윤리위원회

심의대본	헤어(Hair)			마이클 웰러 ; Michael Weller	연극	1994	극단 한량	공연윤리위원회
심의대본	헨리8世와 그의 女人들		극단 산울림 제4회 공연	헤르만 그레시에케르 ; Hermann Gressieker	연극	1971	극단 산울림	한국예술문화 윤리위원회
심의대본	헨리8世와 그의 여인들		제16회 정기공연 및 연극반 10주년 기념공연	헤르만 그레시에케르 ; Hermann Gressieker	연극	1978	숭의여자전문학교 학도호국단 문예부 연극반	한국공연윤리 위원회
심의대본	헨젤과 그레텔		미상		연극	미상	-	공연윤리위원회
심의대본	헨젤과 그레텔		새들어린이극장 제31회 대공연	원작한스 안데르센 ; Hans Andersen, 극본 이성	연극	1985	새들어린이극장	한국공연윤리 위원회
심의대본	헨젤과 그레텔	과자로 만든 집	세계 아동의 해 기념 ; 새들 27회 대공연	원작한스 안데르센 ; Hans Andersen, 각색 이성	연극	1979	극단 새들	한국공연윤리 위원회
심의대본	헨젤과 그레텔			원작한스 안데르센 ; Hans Andersen, 극본 이성	연극	1981	-	한국공연윤리 위원회
심의대본	헨젤과 그레텔			그림형제 ; Brüder Grimm	연극	1986	-	공연윤리위원회
심의대본	헨젤과 그레텔			그림형제 ; Brüder Grimm	연극	1988	-	공연윤리위원회
심의대본	헨젤과 그레텔			미상	연극	1992	-	공연윤리위원회
심의대본	헨젤과 그레텔			그림형제 ; Brüder Grimm	연극	1988	극단 대중극장	공연윤리위원회
심의대본	헨젤과 그레텔			그림형제 ; Brüder Grimm	연극	1988	극단 대중극장	공연윤리위원회
심의대본	헨젤과 그레텔			미상	연극	1990	우리인형극단	공연윤리위원회
심의대본	헨젤과 그레텔			각색 윤태희	연극	1994	교육극단 동화나라	공연윤리위원회
심의대본	헨젤과 그레텔			미상	연극	1994	극단 朴家	공연윤리위원회
심의대본	헨젤과 그레텔			원작 그림형제 ; Brüder Grimm, 각색 이희철	연극	1994	교육극단 오성과한음	공연윤리위원회
심의대본	헨젤과 그레텔			그림형제 ; Brüder Grimm	연극	1991	극단 쑥갓	공연윤리위원회
심의대본	헨젤과 그레텔		.	그림형제 ; Brüder Grimm	연극	1992	-	공연윤리위원회
심의대본	헨젤과 그레텔의 요술궁전			각색 윤승일	연극	1987	극단 동아	공연윤리위원회
심의대본	헬로 미스터 후라이데이			미셸 아드리안 ; Mitchell Adrian	연극	1988	극단 대중극장	공연윤리위원회
심의대본	헬로 미스터 후라이데이			미셸 아드리안 ; Mitchell Adrian	연극	1988	극단 대중극장	공연윤리위원회
심의대본	헬로 미스터 후라이데이			미셸 아드리안 ; Mitchell Adrian	연극	1988	극단 대중극장	공연윤리위원회
심의대본	헬름		극단 작업 제16회 공연	한스 귄터 미헬센 ; Hans Gunter Michelsen	연극	1976	극단 작업	한국예술문화 윤리위원회
심의대본	현세대와 구세대(現世代와 旧世代)			구성 이영일	연극	1966	럭키악극단	한국예술문화 윤리위원회

617

심의대본	혈맥		극단 고향 75년도 신춘 대공연 ; 광복 30주년 기념 공연	김영수	연극	1975	극단 고향	한국예술문화 윤리위원회
심의대본	혈맥(血脈)		제10기생 졸업공연발표회	김영수	연극	1969	-	한국예술문화 윤리위원회
심의대본	혈해지창		원작 까마귀, 각색 이상화		연극	미상	극단 세계로	공연윤리위원회
심의대본	호두까기 인형			미상	연극	1993	-	공연윤리위원회
심의대본	호랑이(The Tiger)			머레이 시스갈 ; Murray Schisgal	연극	1970	극단 자유극장	한국예술문화 윤리위원회
심의대본	호랑이 이야기			미상	연극	1994	-	공연윤리위원회
심의대본	호랑이 형님(원작 : 한국 구비 문화)			각색 박혜경	연극	1995	개구쟁이 인형극단	공연윤리위원회
심의대본	호랑이와 곶감 외 3편(금도끼 은도끼 / 떡은 누구의 것 / 개구리와 소년)		인형극단 환타지 제3회 공연	각색 김형석, 구성 김형석	연극	1986	인형극단 환타지	공연윤리위원회
심의대본	호리 까와 나미 쯔즈미(堀川波鼓)			치카마쯔 몬자에몽 ; 近松門左衛門, 각색 사사끼 마모루 ; 佐々木守	연극	1986	극단 민예극장	공연윤리위원회
심의대본	호모 세파라투스		제7회 대한민국연극제 참가작품 ; 제90회 극단 실험극장 공연	이강백	연극	1983	극단 실험극장	한국공연윤리 위원회
심의대본	호모 세파라투스			이강백	연극	1987	극단 교실	공연윤리위원회
심의대본	호수에 가을비 내리다			김남	연극	1968	-	한국예술문화 윤리위원회
심의대본	호제(Die Hose)		극단 우리극장 '84 봄공연	원작 카를 슈테른하임 ; Carl Sternheim, 번안 임수택	연극	1984	극단 우리극장	한국공연윤리 위원회
심의대본	호텔보이는 무엇을 보았는가?		극단 민중극장 제44회 공연	조 오튼 ; Joe Orton	연극	1979	극단 민중극장	한국공연윤리 위원회
심의대본	혹부리 영감			미상	연극	1986	현대인형극회	공연윤리위원회
심의대본	혹부리 영감		극단 부활 제2회 어린이 극장	이재현	연극	1991	극단 부활	공연윤리위원회
심의대본	혹부리 영감			미상	연극	1993	-	공연윤리위원회
심의대본	혹부리 영감			미상	연극	1994	교육방송극회	공연윤리위원회
심의대본	혹부리 영감			각색 박태윤	연극	1992		공연윤리위원회
심의대본	혹부리 영감			미상	연극	1993	극단 모시는 사람들	공연윤리위원회
심의대본	혹부리 영감			미상	연극	1995	극단 파랑새	공연윤리위원회
심의대본	혹부리 영감 / 토끼의 재판			미상	연극	1986	서울인형극회	공연윤리위원회
심의대본	혹부리 할아버지 (원작 : 한국 전래 동화)			각색 박혜경	연극	1995	개구쟁이 인형극단	공연윤리위원회
심의대본	혹부리영감		극단 부활 제2회 어린이 극장	이재현	연극	1986	극단 부활	공연윤리위원회
심의대본	혼의 소리		청음농아극단 창립 공연	김홍우	연극	1987	청음 농아극단	공연윤리위원회
심의대본	훌 닿소리 춘향전			박범수	연극	1993	-	공연윤리위원회
심의대본	훌리스제어, 어디로 가고있죠/ 프랑스의 여왕들/장미꽃과 닭고기 샌드위치		극단 창고극장 개관 4주년 기념공연	밴자민 브래드포드 ; Benjamin Bradford, 손톤 와일더 ; Thornton Wilder, 패트 플라워	연극	1980	극단 창고극장	한국공연윤리 위원회

심의대본	홍길동		극단굴렁쇠어린이두번째 정기공연	미상	연극	1994	극단 굴렁쇠어린이	공연윤리위원회
심의대본	홍길동(洪吉東)		'95 가족뮤지컬	원작 허균, 극본 조 덕섭, 구성 정운섭 · 김채경	연극	1995	극단 예일	공연윤리위원회
심의대본	홍길동전(洪吉童傳)		문화방송 창사32주년 기 념공연	허균, 극본 김지일	연극	1993	MBC 문화방송	공연윤리위원회
심의대본	홍당무		극단 쎄실 22회 공연	쥘 르나르 ; Jules Renard	연극	1982	극단 쎄실	한국공연윤리 위원회
심의대본	홍당무		극단 쎄실극장 제14회 특별공연	쥘 르나르 ; Jules Renard	연극	1980	극단 쎄실극장	한국공연윤리 위원회
심의대본	홍당무			미상	연극	1985	극단 손가락	한국공연윤리 위원회
심의대본	홍당무		극단 산울림 제14회 공연	쥘 르나르 ; Jules Renard	연극	1976	극단 산울림	한국공연윤리 위원회
심의대본	홍당무		극단 산울림 제32회 공연	쥘 르나르 ; Jules Renard	연극	1986	극단 산울림	공연윤리위원회
심의대본	홍도야우지마라(원제: 사랑 에속고 돈에울고)		극단 에저또 극장 제24회 공연	원작 임선규, 각색 김용락	연극	1975	극단 에저또	한국예술문화 윤리위원회
심의대본	홍도야우지마라(紅桃야우 지마라)			박운학, 각색 김완수	연극	1980	극단 대하	한국공연윤리 위원회
심의대본	홍도야 울지마라		극단 시민극장7회 공연	구성 고학찬	연극	1980	극단 시민극장	한국공연윤리 위원회
심의대본	홍도야 울지마라			이길주	연극	1982	국극단 금호	한국공연윤리 위원회
심의대본	홍도야 울지마라			임선규	연극	1982	한국연극협회 인천 직할시지부	한국공연윤리 위원회
심의대본	홍도야 울지마라			임선규	연극	1994	캐츠박스 극단 ; CAT'S BOX	공연윤리위원회
심의대본	홍두깨		극단 부활 제26회 정기 공연	이로마	연극	1990	극단 부활	공연윤리위원회
심의대본	홍백가(紅白가)			엄인희	연극	1981	극단 시민극장	한국공연윤리 위원회
심의대본	홍범도		동아일보 주최 제16회 명 인명창 대공연 1989년도 창극공연	원작 태장춘, 각색 허규	연극	1989	-	공연윤리위원회
심의대본	화가 이중섭			이재현	연극	1985	-	한국공연윤리 위원회
심의대본	화가 이중섭			이재현	연극	1985	극단 실험극장	한국공연윤리 위원회
심의대본	화가 이중섭(畵家 李仲燮)			이재현	연극	1990	-	공연윤리위원회
심의대본	화가 이중섭(画家 李仲燮)			이재현	연극	1983	-	한국공연윤리 위원회
심의대본	화가 이중섭(画家 李仲燮)		제65회 극단 실험극장 공연	이재현	연극	1979	극단 실험극장	한국공연윤리 위원회
심의대본	화내지마세요			박진	연극	1971	이해랑 이동극장	한국예술문화 윤리위원회
심의대본	화니			마르셀 파뇰 ; Marcel Pagnol	연극	1982	-	한국공연윤리 위원회

619

심의대본	화니		극단 실험극장 제100회 공연	마르셀 파뇰 ; Marcel Pagnol	연극	1986	극단 실험극장	공연윤리위원회
심의대본	화니		극단 실험극장 제59회 공연	마르셀 파뇰 ; Marcel Pagnol	연극	1977	극단 실험극장	한국공연윤리 위원회
심의대본	화니		극단 실험극장 제21회 공연	마르셀 파뇰 ; Marcel Pagnol	연극	1966	극단 실험극장	한국예술문화 윤리위원회
심의대본	화니		극단 중앙 제16회 공연	마르셀 파뇰 ; Marcel Pagnol	연극	1977	극단 중앙	한국공연윤리 위원회
심의대본	화니		동덕여자대학 창립23주년 기념공연	마르셀 파뇰 ; Marcel Pagnol	연극	1973	동덕여자대학	한국예술문화 윤리위원회
심의대본	화니와 마리우스		극단 자유 제143회 공연	마르셀 파뇰 ; Marcel Pagnol, 각색 김정옥	연극	1992	극단 자유	공연윤리위원회
심의대본	화랑원술 : 수정, 보완 악보			미상	연극	1989	극단 현대극장	공연윤리위원회
심의대본	화랑탑			동화춘	연극	1966	여성국악단 서울, 박미숙과 그 일행	한국예술문화 윤리위원회
심의대본	화적(火賊) 임꺽정			최인석	연극	1987	-	공연윤리위원회
심의대본	화적(火賊) 임꺽정			최인석	연극	1987	-	공연윤리위원회
심의대본	화조		극단 광장 제30회 공연 ; 제1회 대한민국연극제 참가작품	차범석	연극	1977	극단 광장	한국공연윤리 위원회
심의대본	활		극단 제3세계 제3회 정기 공연	이현세	연극	1988	극단 제3세계	공연윤리위원회
심의대본	활		극단 제3세계 제3회 정기 공연	이현세	연극	1988	극단 제3세계	공연윤리위원회
심의대본	화혼제	꽃과 사람 그리고 친화	극단76극장 10주년 기념제	구성 김성구	연극	1986	극단 76극장	공연윤리위원회
심의대본	환(幻)	여자 한 사람의 모 노드라머		하유상	연극	1971	극단 현대극회	한국예술문화 윤리위원회
심의대본	환도와 리스		극단 극사랑 창단 공연	페르난도 아라발 ; Fernando Arrabal	연극	1993	극단 극사랑	공연윤리위원회
심의대본	환도와 리스			페르난도 아라발 ; Fernando Arrabal	연극	1981	-	한국공연윤리 위원회
심의대본	환도와 리스		극단 자유극장 제56회 공연	페르난도 아라발 ; Fernando Arrabal	연극	1975	극단 자유극장	한국예술문화 윤리위원회
심의대본	환도와 리스		극단 자유극장 제56회 공연	페르난도 아라발 ; Fernando Arrabal	연극	1975	극단 자유극장	한국예술문화 윤리위원회
심의대본	환도와 리스			페르난도 아라발 ; Fernando Arrabal	연극	1979	성균관대학교 법정대 신문방송학과	한국공연윤리 위원회
심의대본	환도와 리스			페르난도 아라발 ; Fernando Arrabal	연극	1979	극단 자유극장	한국공연윤리 위원회
심의대본	환상 부부		문협 제1회 문인극 공연	호영송	연극	1974	-	한국예술문화 윤리위원회
심의대본	환상(幻像), 그 뒤		유진규 무언극 공연	유진규	연극	1977	-	한국공연윤리 위원회
심의대본	환상과 착각(SMOKE & MIRRORS)		실극회 제3회 공연	윌 오스본 ; Will Osborne · 안소니 헤 레라 ; Anthony Herrera	연극	1994	-	공연윤리위원회
심의대본	환상무대		극단 가교 제112회 공연	이반	연극	1984	극단 가교	한국공연윤리 위원회

심의대본	환상무대	제2회 전국청소년연극축전 참가작품	이반	연극	1991	(사)한국청소년공연예술진흥회	공연윤리위원회
심의대본	환상살인	극단 사조 제14회 정기공연	정하연	연극	1986	극단 사조	공연윤리위원회
심의대본	환상의 시각(幻想의 時刻)	푸로그래머 예대 1977 작품 제20	이보라	연극	1977	예대	한국공연윤리위원회
심의대본	환상의 초대(원제 : 산에서)	극단 은하 제7회 공연	김상민	연극	1976	극단 은하	한국예술문화윤리위원회
심의대본	환상의 초대(원제 : 산에서)	극단 은하 제7회 공연	김상민	연극	1976	극단 은하	한국예술문화윤리위원회
심의대본	환생	극단 「성좌」 제7회 공연	박연수	연극	1971	극단 성좌	한국예술문화윤리위원회
심의대본	환생(還生)		김성수	연극	1987	극단 광대	공연윤리위원회
심의대본	환절기	광복 30주년기념 연극제 참가; 극단 산울림 제10회 공연	오태석	연극	1975	극단 산울림	기타
심의대본	환절기	광복 30주년기념 연극제 참가; 극단 산울림 제10회 공연	오태석	연극	1975	극단 산울림	한국예술문화윤리위원회
심의대본	환타스틱		톰 존스 ; Tom Jones	연극	1974	홍익대 연극부	한국예술문화윤리위원회
심의대본	환타스틱		톰 존스 ; Tom Jones	연극	1974	홍익대 연극부	한국예술문화윤리위원회
심의대본	환타스틱스		톰 존스 ; Tom Jones	연극	1986	총체극단 서울	공연윤리위원회
심의대본	환타스틱스		톰 존스 ; Tom Jones	연극	1983	극단 떼아뜨루 추	한국공연윤리위원회
심의대본	환희의 가도(歡喜의 街道)		구성 박명	복합	1968	합동연예공사	한국예술문화윤리위원회
심의대본	환희의 노래		황유철	연극	1979	한국방송통신대학 극예술연구회	한국공연윤리위원회
심의대본	황금 과자 궁전	제65회 어린이날 기념공연 ; MBC가 보여드리는 87어린이 뮤지컬 드라마	원작 그림형제 ; Brüder Grimm, 극본 김상열	연극	1987	극단 현대극장	공연윤리위원회
심의대본	황금 과자 궁전	제65회 어린이날 기념공연 ; MBC가 보여드리는 87어린이 뮤지컬 드라마	원작 그림형제 ; Brüder Grimm, 극본 김상열	연극	1987	극단 현대극장	공연윤리위원회
심의대본	황금 구슬	극단 성 시어터 라인 3번째 작품	원작 그림형제 ; Brüder Grimm, 각색 김성제	연극	1994	극단 성 시어터 라인	공연윤리위원회
심의대본	황금 구슬	극단 성 시어터 라인 3번째 작품	원작 그림형제 ; Brüder Grimm, 각색 김성제	연극	1994	극단 성 시어터 라인	공연윤리위원회
심의대본	황금거위		미상	연극	1990	극단 로얄씨어터	공연윤리위원회
심의대본	황금거위(외 2편)	극단 영 제43회 정기공연	미상	연극	1991	극단 영	공연윤리위원회
심의대본	황금물고기		미상	연극	1994	우리인형극단	공연윤리위원회
심의대본	황금실은 호화선		김진	연극	1971	호화선 쇼	한국예술문화윤리위원회
심의대본	황금아		Clifford Odets	연극	1952	극단 신청년	문교부

심의대본	황금연못			어니스트 톰슨; Ernest Thompson	연극	1984	극단 신협	한국공연윤리위원회
심의대본	황금연못			어니스트 톰슨; Ernest Thompson	연극	1987	극단 신협	공연윤리위원회
심의대본	황무지(荒蕪地)		성균관대학교 극예술연구회 문행극회 제25회 정기대공연	원작 T. S. 엘리엇; Thomas Stearns Eliot, 각색 이흥환	연극	1982	성균관대학교 극예술연구회 문행극회	한국공연윤리위원회
심의대본	황새가 된 왕자			미상	연극	1992	우리인형극회	공연윤리위원회
심의대본	황색집단		극단 위위 6회 공연	신대남	연극	1984	극단 위위	한국공연윤리위원회
심의대본	황제	일사각오; 소양주 기철 목사 일대기	'97 성탄절 특집 가족 뮤지컬	오현주	연극	1997	서울창무극단	기타
심의대본	황진이(黃眞伊)		극단 뿌리 제18회 공연작품; 제4회 대한민국 연극제 참가작품	구상	연극	1980	극단 뿌리	한국공연윤리위원회
심의대본	황태자의 첫사랑			빌헬름 마이어 푀르스터; Wilhelm Meyer Forster	연극	1971	-	한국예술문화윤리위원회
심의대본	황태자의 첫사랑		극단 창조극장 제6회 정기공연	원작 빌헬름 마이어 푀르스터; Wilhelm Meyer Forster, 각색 양일권 번안 양일권	연극	1984	극단 창조극장	한국공연윤리위원회
심의대본	황태자의 첫사랑(皇太子의 첫사랑)			빌헬름 마이어 푀르스터; Wilhelm Meyer Forster	연극	1978	극단 예술극장	한국공연윤리위원회
심의대본	황토별(원명 : 惡魔의 弟子)		극단 동인무대(신 거론) 제19회 대공연	원작 조지 버나드 쇼; George Bernard Shaw, 각색 김응수	연극	1978	극단 동인무대 (신 거론)	한국공연윤리위원회
심의대본	황혼녘에 생긴 일			프리드리히 뒤렌마트; Friedrich Durrenmatt	연극	1972	실험극장	한국예술문화윤리위원회
심의대본	황혼녘에 생긴 일		극단 보라수좌 3회 작품	프리드리히 뒤렌마트; Friedrich Durrenmatt	연극	1977	극단 보라수좌	한국공연윤리위원회
심의대본	황혼녘에 생긴 일		서울대학교 의과대학 연극부 제22회 정기공연	프리드리히 뒤렌마트; Friedrich Durrenmatt	연극	1975	서울대학교 의과대학 연극부	한국예술문화윤리위원회
심의대본	황혼녘에 생긴 일		극단 중앙 14회 공연	프리드리히 뒤렌마트; Friedrich Durrenmatt	연극	1977	극단 중앙	한국공연윤리위원회
심의대본	황혼녘에 생긴 일		극단 가가 워크숍 공연	프리드리히 뒤렌마트; Friedrich Durrenmatt	연극	1986	극단 가가	공연윤리위원회
심의대본	황홀한 밤			스와보미르 므로제크; Slawomir Mrozek	연극	1983	극단 창고극장	한국공연윤리위원회
심의대본	햇불		예총 주최 3. 1절 기념 행사	황유철	연극	1967	-	한국예술문화윤리위원회
심의대본	햇불		극단 현장 제1회 민족극 한마당 참가작	구성 박인배	연극	1988	극단 현장	공연윤리위원회
심의대본	회색 결혼 잔치		극단 은하 제10회 기념 공연	유금호	연극	1976	극단 은하	한국공연윤리위원회

심의대본	회색 소년에 대한 임상 보고서		극단 영그리 제2회 공연	권인찬	연극	1987	극단 영그리	공연윤리위원회
심의대본	회장님 좋읍니다			김형곤	연극	1987	-	공연윤리위원회
심의대본	효녀 심청			미상	연극	1994	극단 해냄	공연윤리위원회
심의대본	효자 달봉이			원작 황정안, 각색 박보예	연극	1995	-	공연윤리위원회
심의대본	효자어사	첫 출도 편		미상	연극	1988	안데르센 인형극회	공연윤리위원회
심의대본	효자어사 ; 호랑이의 후회			미상	연극	1988	안데르센 인형극회	공연윤리위원회
심의대본	후크선장과 피터팬		극단 파랑새 어린이 뮤지컬 시리즈 제4탄	김종철	연극	1993	극단 파랑새	공연윤리위원회
심의대본	후트네니- 고고고			구성 김성천	대중	1970	새별- 쇼	한국예술문화 윤리위원회
심의대본	훈장		극단 여인극장 제103회 공연	조원석	연극	1989	극단 여인극장	공연윤리위원회
심의대본	홀로라		극단 현대극장 제18회 공연	테네시 윌리엄스 ; Tennessee Williams	연극	1974	극단 현대극장	한국예술문화 윤리위원회
심의대본	훌륭한 크라이톤			제임스 매튜 배리 ; James Matthew Barrie	연극	1971	서울공대	한국예술문화 윤리위원회
심의대본	훔치고 봅시다		극단 춘추 제24회 공연	성준기	연극	1983	극단 춘추	한국공연윤리 위원회
심의대본	훼드라		극단 산하 제6회 특별공연 ; 강효실 연기생활 30주년 기념	장 라신 ; Jean Racine	연극	1980	극단 산하	한국공연윤리 위원회
심의대본	휘가로의 결혼		단국대학교 단대극회 제8회 공연	보마르셰 ; Beaumarchais	연극	1972	단대극회	한국예술문화 윤리위원회
심의대본	휘가로의 결혼		극단 실험극장 제26회 상연극본	보마르셰 ; Beaumarchais	연극	1969	극단 실험극장	한국예술문화 윤리위원회
심의대본	휘가로의 결혼(結婚)		극단 실험극장 제52회 공연 ; 극단 실험극장 전문 극장개관 기념 공연	보마르셰 ; Beaumarchais	연극	1976	극단 실험극장	한국공연윤리 위원회
심의대본	휘가로의 결혼(結婚)			보마르셰 ; Beaumarchais	연극	1983	극단 실험극장	한국공연윤리 위원회
심의대본	휘가로의 결혼(結婚)		제11회 서울대학교 음악대학 오페라 공연	로렌초 다 폰테 ; Lorenzo Da Ponte	음악	1982	서울대학교 음악대학	한국공연윤리 위원회
심의대본	휘가로의 결혼(結婚)		제11회 서울대학교 음악대학 오페라 공연	로렌초 다 폰테 ; Lorenzo Da Ponte	음악	1982	서울대학교 음악대학	한국공연윤리 위원회
심의대본	휘가로의 결혼(結婚)		극단 실험극장 제108회 공연	보마르셰 ; Beaumarchais	연극	1988	극단 실험극장	공연윤리위원회
심의대본	휘가로의 결혼(結婚)			보마르셰 ; Beaumarchais	연극	1985	극단 실험극장	한국공연윤리 위원회
심의대본	휘가로의 이혼		극단 자유극장 제72회 공연작품	외된 폰 호르바트 ; Ödön von Horváth	연극	1977	극단 자유극장	한국공연윤리 위원회
심의대본	휘가로의 이혼(離婚)		극단 자유극장 제72회 공연작품	외된 폰 호르바트 ; Ödön von Horváth	연극	1977	극단 자유극장	한국공연윤리 위원회
심의대본	휘파람새		제2회 전국지방연극제 인천직할시 참가작품 ; 극단 극우회 제18회 공연작	윤조병	연극	1984	극단 극우회	한국공연윤리 위원회
심의대본	흉내내기		제3회 회원단체 합동극제 참가작품	각색 박기선	연극	1980	청소년극단 물레방아	한국공연윤리 위원회

623

심의대본	흉내쟁이			가토 미찌꼬, 각색 햇님 극장	연극	1994	햇님 극장	공연윤리위원회
심의대본	흑맥(黑麥)			이문희, 각색 이세향	연극	1966	극단 성좌	한국예술문화 윤리위원회
심의대본	흑인 창녀를 위한 고백	한 수녀(修女)를 위한 찬미(讚美)	극단 자유극장 제10회 추계대공연; 제6회 동아연극상 참가작품	원작 윌리엄 포크너; William Faulkner, 희곡 알베르 카뮈; Albert Camus	연극	1969	극단 자유극장	한국예술문화 윤리위원회
심의대본	흑인 창녀를 위한 고백		극단 자유극장 제74회 공연	원작 윌리엄 포크너; William Faulkner, 희곡 알베르 카뮈; Albert Camus	연극	1978	극단 자유극장	한국공연윤리 위원회
심의대본	흑인영가	햇빛 속의 건포도	극단 원방각 제2회 공연	로렌 핸즈베리; Lorraine Hansberry	연극	1975	극단 원방각	한국예술문화 윤리위원회
심의대본	흑태양			원작 전택이, 각색 박기선	연극	1975	극회 아카데미	한국예술문화 윤리위원회
심의대본	흑태양		극회 아카데미 제7회 공연	원작 전택이, 각색 박기선	연극	1975	극회 아카데미	한국예술문화 윤리위원회
심의대본	흔들 흔들 도깨비와 가난한 이발사		극단 꾸러기 제1회 무대 공연	목진석	연극	1992	극단 꾸러기	공연윤리위원회
심의대본	흔들리는 의자		극단 에저또 제72회공연	이용찬	연극	1989	극단 에저또	공연윤리위원회
심의대본	흔종		제13회 서울연극제 참가 작품	배봉기	연극	1989	극단 민예극장	공연윤리위원회
심의대본	흥거운 90년간의 만찬			손톤 와일더; Thornton Wilder	연극	1974	극단 작업	한국예술문화 윤리위원회
심의대본	흥거운 민속놀이			구성 강한용	전통	1978	오림프스민속예술단	한국공연윤리 위원회
심의대본	흥거운 우리가락			각색 강한용	전통	1978	장흥심무용단	한국공연윤리 위원회
심의대본	흥보가		아동극단 무지개 제3회 공연	편극 이진순	연극	1975	아동극단 무지개	한국예술문화 윤리위원회
심의대본	흥보가		동국대학교 연극영화학과 제9회 졸업공연	원본정리위원회 · 이진순	연극	1971	동국대학교 연극영화학과	한국예술문화 윤리위원회
심의대본	흥보와 놀보	흥보전(興甫傳)	제2회 주한 외국인 한국어 연극	미상	연극	1973	주한외국인연극회	한국예술문화 윤리위원회
심의대본	흥보와 놀보	흥보전(興甫傳)	제3회 주한 외국인 한국어 연극	미상	연극	1975	-	한국예술문화 윤리위원회
심의대본	흥보전			각색 김연수	연극	1970	국립창극단	한국예술문화 윤리위원회
심의대본	흥보전(興甫傳)			각색 김연수	연극	1969	윤리창극단	한국예술문화 윤리위원회
심의대본	흥부 놀부			각색 안정의	연극	1984	서울인형극회	한국공연윤리 위원회
심의대본	흥부 놀부			미상	연극	1987	극단 이레	공연윤리위원회
심의대본	흥부 놀부			미상	연극	1987	극단 이레	공연윤리위원회
심의대본	흥부 놀부		꼭두놀음패 초란이 창단 공연	각본 허규	연극	1980	꼭두놀음패 초란이	한국공연윤리 위원회
심의대본	흥부 놀부			미상	연극	1992	-	공연윤리위원회
심의대본	흥부굿		환상무대 25시 자선공연	미상	연극	1985	환상무대 25시	한국공연윤리 위원회

심의대본	흥부와 놀부				극본 강승균	연극	1982	현대인형극회	한국공연윤리위원회
심의대본	흥부와 놀부				미상	연극	1983	극단 현대극장	한국공연윤리위원회
심의대본	흥부와 놀부				미상	연극	1991	삐에로 인형극회	공연윤리위원회
심의대본	흥부와 놀부				미상	연극	1992	극단 동방	공연윤리위원회
심의대본	흥부와 놀부				구성 김성천	연극	1971	서울악극단	한국예술문화윤리위원회
심의대본	흥부와 놀부				미상	연극	1973	-	한국예술문화윤리위원회
심의대본	흥부와 놀부		극단 무지개 제3회 공연		남상백	연극	1993	극단 무지개	공연윤리위원회
심의대본	흥부와 놀부				각색 정상도	연극	1991	극단 모시는 사람들	공연윤리위원회
심의대본	흥부전				각색 김정숙	연극	1994	-	공연윤리위원회
심의대본	흥부전				미상	연극	1987	극단 가족	공연윤리위원회
심의대본	희극인(喜劇人) 훼스티발	황금의 성			김석민	복합	1971	-	한국예술문화윤리위원회
심의대본	희미한 옛사랑의 그림자				김상열	연극	1993	극단 신시	공연윤리위원회
심의대본	희야(姬야)				김화랑	연극	1976	대지연예공사, 악극 회태양	한국공연윤리위원회
심의대본	희한한 한 쌍				닐 사이먼 ; Neil Simon	연극	1985	민중극장, 서강극단	한국공연윤리위원회
심의대본	희한한 한 쌍				닐 사이먼 ; Neil Simon	연극	1990	극단 가나	공연윤리위원회
심의대본	희한한 한 쌍				닐 사이먼 ; Neil Simon	연극	1990	-	공연윤리위원회
심의대본	희한한 한 쌍				닐 사이먼 ; Neil Simon	연극	1991	극단 무궁화	공연윤리위원회
심의대본	희한한 한 쌍				닐 사이먼 ; Neil Simon	연극	1993	-	공연윤리위원회
심의대본	희한한 한 쌍				닐 사이먼 ; Neil Simon	연극	1984	극단 서강	한국공연윤리위원회
심의대본	흰고개 검은고개 목마른 고개넘어				유기형	연극	1988	극단 얼카뎅이	공연윤리위원회
심의대본	흰고개 검은고개 목마른 고개넘어		민족극한마당 참가작품		미상	연극	1988	-	공연윤리위원회
심의대본	히로시마 내 사랑(Hiroshima Mon Amour)				마르그리트 뒤라스 ; Marguerite Duras	연극	1986	-	공연윤리위원회
심의대본	히바쿠샤(Hibakusha)				홍가이 ; Kai Hong	연극	1987	-	공연윤리위원회
심의대본	히바쿠샤(Hibakusha)				홍가이 ; Kai Hong	연극	1987	-	공연윤리위원회
심의대본	히바쿠샤(I am a Hibakusha!)	원폭 피해자			홍가이 ; Kai Hong	연극	1988	-	공연윤리위원회
심의대본	히바큐사				홍가이	연극	1986	떼아뜨르 무	공연윤리위원회
심의대본	힛께임쇼- 청백전				구성 황정태	대중	1969	AAA쇼	한국예술문화윤리위원회
심의대본	힛트 힛트 힛트 쇼				미상	대중	1971	AAA 쇼	한국예술문화윤리위원회
심의대본	柛의 딸		극단 광대 제28회 공연작품		김성수	연극	1986	극단 광대	공연윤리위원회
심의대본	A.D.313		극단 여명 창단공연		박재서	연극	1988	극단 여명	공연윤리위원회
심의대본	A.D.313	낙랑공주, 호동왕자, 그리고 새끼줄			박재서	연극	1988	극단 여명	공연윤리위원회

부록

심의대본	Blues Man			최성호	연극	1989	청파소극장	공연윤리위원회
심의대본	Carving a Statue	극단 시민극장 제5회 공연작품		그레이엄 그린; Graham Greene	연극	1980	극단 시민극장	한국공연윤리위원회
심의대본	Damn Yankees			조지 애보트; George Abbott · 더글라스 월롭; Douglass Wallop	연극	1981	-	한국공연윤리위원회
심의대본	Damn Yankees			조지 애보트; George Abbott · 더글라스 월롭; Douglass Wallop	연극	1981		한국공연윤리위원회
심의대본	Darling Darling	5장으로 된 어릿 광대극		미상	연극	1983	-	한국공연윤리위원회
심의대본	Delire A Deux			외젠 이오네스코; Eugene Ionesco	연극	1967		한국예술문화윤리위원회
심의대본	Die Letzten Masken			아르투어 슈니츨러; Arthur Schnitzler	연극	1975	극단 능라촌	한국예술문화윤리위원회
심의대본	Die Schönste Blume			Kristina Brenkova	연극	1971	-	한국예술문화윤리위원회
심의대본	E . T			윌리엄 코츠윙클; William Kotzwinkle, 각색 이진수	연극	1983	극단 작업	한국공연윤리위원회
심의대본	E . T	넌 귀여운 외계인	청소년극장 은하수 제14회 공연작품	윌리엄 코츠윙클; William Kotzwinkle, 각색 김야설	연극	1983	청소년극장 은하수	한국공연윤리위원회
심의대본	E . T			윌리엄 코츠윙클; William Kotzwinkle, 각색 이정우	연극	1992	극단 객석	공연윤리위원회
심의대본	E . T			윌리엄 코츠윙클; William Kotzwinkle, 각색 이진수	연극	1983	극단 작업	한국공연윤리위원회
심의대본	Elevator	서울대학교 의대 연극부 봄공연		이재현	연극	1976	서울대학교 의과대학 연극부	한국공연윤리위원회
심의대본	Elevator	서울대학교 의대 연극부 봄공연		이재현	연극	1976	서울대학교 의과대학 연극부	한국공연윤리위원회
심의대본	Escena Primera			미상	연극	1969	-	한국예술문화윤리위원회
심의대본	F학점(學点)의 천재(天才)들	극단 성좌 제27회 공연작품		원작 이주희, 각색 이상화	연극	1981	극단 성좌	한국공연윤리위원회
심의대본	F학점(學点)의 천재(天才)들	극단 성좌 제27회 공연작품		원작 이주희, 각색 이상화	연극	1981	극단 성좌	한국공연윤리위원회
심의대본	FAME	1992학년도 중앙대학교 예술대학 연극학과 · 영화학과 합동 전국 신입생 환영 및 춘계대공연		원작 크리스토퍼 고어; Christopher Gore, 각색 박제현	연극	1992	중앙대학교 연극학과, 중앙대학교 영화학과	공연윤리위원회
심의대본	FAME	1992학년도 중앙대학교 예술대학 연극학과 · 영화학과 합동 전국 신입생 환영 및 춘계대공연		원작 크리스토퍼 고어; Christopher Gore, 각색 박제현	연극	1992	중앙대학교 연극학과, 중앙대학교 영화학과	공연윤리위원회
심의대본	Fantasticks(철부지들)			톰 존스; Tom Jones	연극	1988	-	공연윤리위원회

심의대본	Glaube Liebe Hoffnung		성균관대학교 독어독문학과 제6회 공연작품	외된 폰 호르바트; Ödön von Horváth	연극	1977	성균관대학교 독어독문학과	한국공연윤리위원회
심의대본	History of Jesus Christ			미상	연극	1986	총회 신학교 총학생회	공연윤리위원회
심의대본	Ici ou ailleurs	suivi de Architruc et de L'hypothese		로베르 팽제; Robert Pinget	연극	1983	-	한국공연윤리위원회
심의대본	Je Croque Ma Tante			외젠 라비슈; Eugène Labiche · 마르크 미셸; Marc Michel	연극	1968		한국예술문화윤리위원회
심의대본	K2		극단 반도 제4회 공연	패트릭 마이어스; Patrick Meyers	연극	1990	극단 반도	공연윤리위원회
심의대본	Key for Two			존 채프먼; John Chapman · 데이브 프리먼; Dave Freeman	연극	1990	한무개발주식회사	공연윤리위원회
심의대본	L'amour fou, ou la première surprise			앙드레 루생; André Roussin	연극	1979	-	한국공연윤리위원회
심의대본	La Paix Chez Soi			조르주 쿠르틀린; Georges Courteline	연극	1984	알리앙스 프랑세즈	한국공연윤리위원회
심의대본	La Peur Des Coups			조르주 쿠르틀린; Georges Courteline	연극	1984	-	한국공연윤리위원회
심의대본	La Senorita Se Aburre			하신토 베나벤테; Jacinto Benavente	연극	1966		한국예술문화윤리위원회
심의대본	Le Défunt			르네 드 오발디아; René de Obaldia	연극	1982	-	한국공연윤리위원회
심의대본	Le Theatre Etait son Vice / J'aime Feydeau			장 콕토; Jean Cocteau · 앙리 장송; Henri Jeanson	연극	1975	-	한국예술문화윤리위원회
심의대본	Les Bâtisseurs d'empire ou le Schmürz			보리스 비앙; Boris Vian	연극	1980	-	한국공연윤리위원회
심의대본	Les Boulingrin			조르주 쿠르틀린; Georges Courteline	연극	1984	-	한국공연윤리위원회
심의대본	Les Poissons rouges ou Mon père ce héros			장 아누이; Jean Anouilh	연극	1987	Voix-Amies (부아자미)	공연윤리위원회
심의대본	Life with father			하워드 린지; Howard Lindsay · 러셀 크루즈; Russel Crouse	연극	1977	-	한국공연윤리위원회
심의대본	Life with Father			원저 클래런스 데이; Clarence Day, 각색 러셀 크루즈; Russel Crouse	연극	1975		한국예술문화윤리위원회
심의대본	LOVE 피퓌유(원제: 아르쉬 투룩 大王)		극단 서울무대 제5회 공연	로베르 팽제; Robert Pinget	연극	1984	극단 서울무대	한국공연윤리위원회
심의대본	MBC TV탈렌트 대행진		새마을기금 자선 쑈	미상	대중	1973	-	한국예술문화윤리위원회
심의대본	Melo Dream : 작품 개요			미상	연극	1986	La Clown Kompanie	공연윤리위원회
심의대본	Melo Dream : 작품 개요 및 줄거리			미상	연극	1986	-	공연윤리위원회
심의대본	Monsieur Plume ; ZAZIE DANS LE METRO ; TRAFIC			Henri Michaux · D'après Raymond Queneau · Louis Calaferte, 각색 Evelyne	연극	1990	-	공연윤리위원회

627

심의대본	Moon Zooms			W. P. Puppeteers	연극	1990	W. P. Puppeteers	공연윤리위원회
심의대본	Mrs. 스미스, Mrs. 스미스	(심·바·새·메)		원작 레이 쿠니 ; Ray Cooney	연극	1993	극단 한양레파토리	공연윤리위원회
심의대본	Opéra parlé			자크 오디베르티 ; Jacques Audiberti	연극	1984	-	한국공연윤리위원회
심의대본	Orient Strange Inheritance			존 머레이 ; John Murray	연극	1977	-	한국공연윤리위원회
심의대본	Partners Are People			미상	연극	1976	-	한국공연윤리위원회
심의대본	Poivre De Cayenne			Arlette Reinerg	연극	1983	-	한국공연윤리위원회
심의대본	Program of Casanova Sette Band			미상	대중	1975	Casanova Sette Band, Casanova 7	한국예술문화윤리위원회
심의대본	Programme Propose Par Marcel Marceau	Pour la Coree en 1994 ; 한국공연 프로그램		미상	연극	1994	-	공연윤리위원회
심의대본	Red Carnation ; The Trysting Place			글렌 휴즈 ; Glenn Hughes, 부스 타킹틴 ; Booth Tarkington	연극	1968	명지대학영어영문학회	한국예술문화윤리위원회
심의대본	Series Company Band			미상	대중	1975	Series Company Band	한국예술문화윤리위원회
심의대본	SHOW는 세대의 물결 타고			구성 김일랑	복합	1971	한국연예공사	한국예술문화윤리위원회
심의대본	Spreading The News			레이디 그레고리 ; Lady Gregory	연극	1977	-	한국공연윤리위원회
심의대본	Stage Struck			사이먼 그레이 ; Simon Gray	연극	1983	-	한국공연윤리위원회
심의대본	TBC 올스타 대행진			미상	대중	1977	TBC TV, 동양방송	한국공연윤리위원회
심의대본	Thanglong 수상 인형극 : 작품 내용	'93 Vietnam Traditional Thanglong Water Puppet Troupe 서울 내한공연		미상	연극	1993	Thanglong Water Puppet Troupe	공연윤리위원회
심의대본	The Blind Men			미셸 드 겔드로드 ; Michel de Ghelderode	연극	1970	극예술동인 무녀리	한국예술문화윤리위원회
심의대본	The Boys from Syracuse			원작 윌리엄 셰익스피어 ; William Shakespeare, 각색 조지 애보트 ; George Abbott	연극	1979	한국외국어대학 학도호국단	한국공연윤리위원회
심의대본	The Flattering Word			조지 켈리 ; George Kelly	연극	1982	-	한국공연윤리위원회
심의대본	The Happy Journey			손톤 와일더 ; Thornton Wilder	연극	1979	-	한국공연윤리위원회
심의대본	The Little Black Book			장 클로드 카리에 ; Jean-Claude Carriere, 각색 Jerome Kilty	연극	1994	-	공연윤리위원회
심의대본	The Man Most Likely To……			조이스 레이번 ; Joyce Rayburn	연극	1986	-	공연윤리위원회
심의대본	The Man Who Wouldn't Go To Heaven			F. 슬레이든-스미스 ; Francis Sladen-Smith	연극	1975		한국예술문화윤리위원회

심의대본	The Man Who Wouldn't Go To Heaven			F. 슬레이든-스미스; Francis Sladen-Smith	연극	1973	-	한국예술문화 윤리위원회
심의대본	The Still Alarm			조지 S. 코프만; George S. Kaufman	연극	1977	-	한국공연윤리 위원회
심의대본	Theater Restaurant WORLD CUP			구성 김상원	복합	1978	정운택가무단	한국공연윤리 위원회
심의대본	Theater Restaurant WORLD CUP 노래일람표(국내가요)			구성 김상원	복합	1978	정운택가무단	한국공연윤리 위원회
심의대본	Theater Restaurant WORLD CUP 노래일람표(외국가요)			구성 김상원	복합	1978	정운택가무단	한국공연윤리 위원회
심의대본	Theater II	영원한 슬픔의 잔	극단 거론 제29회 공연 작품	사무엘 베케트; Samuel Beckett	연극	1979	극단 거론	한국공연윤리 위원회
심의대본	THEATRE DE CHAMBRE			장 타르티유; Jean Tardieu	연극	1981	-	한국공연윤리 위원회
심의대본	Theodore Cherche Des Allumettes			조르주 쿠르틀린; Georges Courteline	연극	1967	-	한국예술문화 윤리위원회한국 예술문화 윤리위원회
심의대본	X트라군단(軍團)	대역인간 (代役人間)	개관 1주년 기념 챔프 예술마당	김홍신	연극	1988	극단 챔프	공연윤리위원회
심의대본	X트라군단(軍團)	대역인간 (代役人間)	개관 1주년 기념 챔프 예술마당	김홍신	연극	1988	극단 챔프	공연윤리위원회
심의대본	Yes, I Do : 30년 후 (원작 : 화려한 침대)			잔 드 하툭; Jan de Hartog, 각색 박영	연극	1991	극단 띠오빼빼	공연윤리위원회
심의대본	You Can't Take It With You			조지 S. 코프만; George S. Kaufman · 모스 하트; Moss Hart	연극	1977	-	한국공연윤리 위원회
심의대본	You Can't Take It With You			조지 S. 코프만; George S. Kaufman · 모스 하트; Moss Hart	연극	1983	-	한국공연윤리 위원회
심의대본	You Can't Take It With You!		성심여대 영어 연극 제6 회 공연	조지 S. 코프만; George S. Kaufman · 모스 하트; Moss Hart	연극	1980	성심여대	한국공연윤리 위원회

개작과 검열의 사회 · 문화사 (2)

해방 이후 검열 · 개작 연구 목록

1. 국내 단행본

강진호, 『탈분단시대의 문학논리』, 깊은샘, 2003.

_____, 『현대소설사와 근대성의 아포리아』, 소명출판, 2004.

_____, 『현대소설과 분단의 트라우마』, 소명출판, 2013.

김영애, 『판본과 해적판의 사회문화사』, 역락, 2017.

김창남, 『대중음악의 이해』, 한울 아카데미, 2010.

노승림, 『음악과 권력』, 컬쳐북스, 2009.

문옥배, 『한국 금지곡의 사회사』, 예솔, 2004.

박찬호 · 이준호, 『한국가요사2: 해방에서 군사정권까지 시대의 희망과 절망을 노래하다, 1945-1980』, 미지북스, 2009.

송기섭, 『해방기 소설의 반영의식 연구』, 국학자료원, 1998.

유임하, 『전후 북한 문학예술의 미적 토대와 문화적 재편』, 역락, 2018.

_____, 『전쟁과 북한문학예술의 행방』, 역락, 2018.

이중연, 『책, 사슬에서 풀리다-해방기 책의 문화사』, 혜안, 2005.

2. 국내 논문

강숙영, 「최인호 원작 영화에 나타난 '고래'의 의미와 검열 양상-〈바보들의 행진〉, 〈고래사냥〉을 중심으로」, 『대동문화연구』89, 대동문화연구원, 2015.

강영미, 「정전과 검열 I -시조 시인과 작품을 중심으로」, 『우리문학연구』37,

우리문학회, 2012.

_____, 「남북한 시선집의 한용운 시 등재 양상」, 『대동문화연구』96, 대동문화
연구소, 2016.

_____, 「1970-90년대 노래운동에 대한 예비적 고찰」, 『정신문화연구』41(3),
한국학중앙연구원, 2018.

_____, 「검열의 흔적 지우기 – 채동선 작곡집의 판본 연구를 중심으로」, 『우
리어문연구』68, 우리어문학회, 2020.

_____, 「검열과 개작: 채동선 작곡 · 정지용 시의 개작 양상을 중심으로」, 『한
국학』44(1), 한국학중앙연구원, 2021.

강용훈, 「소설 『최후의 증인』의 영화화 양상과 한국 추리 서사에 재현된 법(法)
의 문제 – 영화〈최후의 증인〉(1980)의 검열 양상과 관련하여」, 『Journal
of Korean Culture』43. 한국어문학국제학술포럼, 2018.

강진호, 「반공주의와 자전소설의 형식– 박완서를 중심으로」, 『국어국문학』
133, 국어국문학회, 2003.

_____, 「한국 반공주의의 소설. 사회학적 기능」, 『한국언어문학』52, 한국언어
문학회, 2004.

_____, 「반공의 규율과 작가의 자기검열 –『남과 북』(홍성원)의 개작을 중심
으로」, 『상허학보』15, 2005.

_____, 「기억 속의 공간과 체험의 서사 – 박완서의 「그 여자네 집」을 중심으로」,
『아시아문화연구』28, 아시아문화연구소, 2012.

_____, 「작가의 정체성과 개작, 그리고 평가 – 황순원 『움직이는 성』의 개작
을 중심으로」, 『현대소설연구』59, 한국현대소설학회, 2015.

_____, 「퇴고와 개작; 이태준의 경우」, 『현대소설연구』68, 한국현대소설학
회, 2017.

_____, 「퇴고와 개작; 이호철의 「판문점」과 「판문점2」를 중심으로」, 『돈암어
문학』33, 돈암어문학회, 2018.

_____, 「이태준 소설의 개작 연구 : 해방 후 소설을 중심으로」, 『Journal of
korean Culture』46, 한국어문학국제학술포럼, 2019.

_____, 「전쟁기의 증언과 반공주의의 규율 – 박완서 『목마른 계절』의 개작 양
상」, 『人文科學研究』40, 인문과학연구소, 2019.

_____, 「개작과 작가의 정체성 – 해방 후 이태준과 김동리 소설의 개작」, 『人文

科學硏究』42, 인문과학연구소, 2020.

_____, 「반공의 규율과 자기검열의 서사-이병주의 「소설 · 알렉산드리아」 와 『그해 5월』의 경우」, 『현대소설연구』82, 한국현대소설학회, 2021.

강호정, 「해방기 ≪응향≫ 사건 연구-자기비판과 검열의 문제를 중심으로」, 『배달말』50, 배달말학회, 2012.

고종환, 「위장된 정치극과 저항의 유형:『바리오나』와 『낙화암』의 비교연구」, 『프랑스문화예술연구』32, 프랑스문화예술학회 2010.

곽형덕, 「김달수 문학의 '해방' 전후-「족보」의 개작 과정을 중심으로」, 『한민족문화연구』54, 한민족문화학회, 2016.

곽효환, 「구상의 『초토의 시』 연구-원본 시집 『초토의 시』를 중심으로」, 『동아시아문화연구』79, 동아시아문화연구소, 2019.

권혜경, 「이현화 희곡에 드러나는 '텍스트의 불안' 연구」, 서강대교 석사학위논문, 2009.

김경남, 「차범석의 〈태양을 향하여〉 개작 양상 연구」, 『한민족어문학』60, 한민족어문학회, 2012.

김낙현, 「『백두산』 개작에 대한 연구」, 『한국근대문학연구』30, 한국근대문학회, 2014.

김동권, 「함세덕 희곡의 개작과 그 의미-「當代 놀부傳」을 대상으로」, 『겨레어문학』23 · 24, 건국대국어국문학연구회, 1999.

김동현, 「신동엽 시극의 이데올로기」, 『한국문학논총』55, 한국문학회 2010.

김병길, 「한국전쟁기 김동리 소설 연구 (1)-서지 사항 확인과 판본 비교를 중심으로」, 『현대소설연구』47, 한국현대소설학회, 2011.

_____, 「김동리 소설의 개작 양상과 '정전(正典)'의 문제: 「眞興大王」 연작 발굴 사례를 중심으로」, 『한국학연구』30, 한국학연구소, 2013.

_____, 「김동리 신라 연작 역사소설의 판본 비교 연구」, 『대동문화연구』87, 대동문화연구원, 2014.

김선호, 「1945~1946년 북한의 부르주아민주주의혁명과 혁명동력의 설정 · 배제」, 『한국민족운동사연구』92, 한국민족운동사학회, 2017.

김성수, 「1960년대 문학에 나타난 문화정책의 지배이념과 저항이념의 헤게모니-남정현 「분지」 필화사건을 중심으로」, 『민족문학사연구』34, 민족문학사연구소, 2007.

김성화, 「박계주 이민소설의 개작 문제 연구」, 『한중인문학연구』30, 한중인문학회, 2010.

김영애, 「해적판의 계보와 『태평천하』의 계통」, 『현대소설연구』57, 한국현대소설학회, 2014.

_____, 「김동인 장편소설의 판본과 계보−표제 수정을 중심으로」, 『돈암어문학』31, 돈암어문학회, 2017.

_____, 「해방기 해적판 소설의 유형과 양상」, 『우리어문연구』59, 우리어문학회, 2017.

김옥란, 「냉전 센터의 기획, 유치진과 드라마센터−아시아재단 유치진·신협 파일을 중심으로」, 『한국학연구』47, 한국학연구소, 2017.

_____, 「반공의 로컬과 동아시아 지역냉전−대만 반공르포〈여비간〉과 남한 반공극〈여당원〉」, 『상허학보』61, 상허학회, 2021.

김유진, 「권정생 동시 연구−개작 양상을 중심으로」, 『아동청소년문학연구』19, 한국아동청소년문학학회, 2016.

김윤미, 「한국 대중음악의 통제와 저항의 정치적 함의」, 한국학중앙연원 석사학위논문, 2010.

김윤정, 「1970년대의 검열과 연극 상연」, 『겨레어문학』65, 겨레어문학회, 2020.

김인섭, 「김현승 시의 표기 변화와 개작 양상 고찰」, 『우리문학연구』22, 우리문학회, 2007.

김재웅, 「북한 대중들의 전략적 글쓰기와 당국의 대응−자서전·이력서를 중심으로」, 『史叢』97, 역사연구소, 2019.

김정아, 「대한민국 정부 수립기의 뉴스영화에 관한 고찰−〈前進朝鮮譜〉와〈전진대한보〉를 중심으로」, 『서울과 역사』105, 서울역사편찬원, 2020.

김종수, 「해방기 출판시장에서 이광수의 위상」, 『민족문화연구』52, 고려대학교 민족문화연구원, 2010.

김종헌, 「해방 전후 북한체제에서의 강소천 아동문학 연구」, 『우리말글』64, 우리말글학회, 2015.

김준현, 「반공주의의 내면화와 1960년대 풍자소설의 한 경향−이호철·서기원의 단편을 중심으로」, 『상허학보』21, 상허학회, 2007.

_____, 「해방 후 문학 장의 변화와 김동인의 문단회고」, 『한국근대문학연구』13(2), 한국근대문학회, 2010.

_____, 「단정 수립 후 문학 장의 변화와 이헌구의 문단회고-자기 서사의 재구성 양상을 중심으로」, 『어문논집』83, 민족어문학회, 2018.

김지미, 「박정희 시대의 '민족' 담론과 이만희 영화의 '민족' 표상」, 『한국현대문학연구』41, 한국현대문학회, 2013.

김지영, 「고쳐 쓴 식민 기억과 잊혀진 텍스트, 냉전의 두 가지 징후: 이태준의 「해방전후」 개작 연구」, 『상허학보』46, 상허학회, 2016.

김태희, 「1970년대 연극 검열 연구-신춘문예 기념공연을 중심으로」, 『드라마연구』52, 한국드라마학회, 2017.

김한식, 「해방기 황순원 소설 재론-작가의 현실 인식과 개작을 중심으로」, 『우리문학연구』44, 우리문학회, 2014.

김혜연, 「김사량과 북한 문학의 정치적 거리」, 『한국학연구』38, 한국학연구소, 2011.

김혜진, 「김수영 문학의 '불온'과 언어적 형식」, 『한국시학연구』55, 한국시학회, 2018.

남원진, 「리찬의 김일성장군의 노래의 '개작'과 '발견'의 과정 연구」, 『한국문예비평연구』32, 한국현대문예비평학회, 2010.

_____, 「문학과 정치-한설야의 「력사」의 개작과 평가의 문제성」, 『한국학연구』42, 한국학연구소, 2012.

_____, 「한설야의 『대동강』 창작과 개작의 평가와 그 의미」, 『어문론집』50, 중앙어문학회, 2012.

_____, 「한설야의 문제작 「혈로」의 개작 양상 연구」, 『한국현대문학연구』36, 한국현대문학회, 2012.

_____, 「한설야의 「승냥이」의 각색 양상 연구」, 『한국학연구』40, 한국학연구소, 2012.

_____, 「조선작가동맹 중앙위원회 기관지 연구-1950년대 중반, 『청년문학』의 변곡점과 편집주체」, 『우리어문연구』69, 우리어문학회, 2021.

노현주, 「5 · 16을 대하는 정치적 서사의 두 가지 경우」, 『문화와 융합』39, 한국문화융합학회, 2017.

류경동, 「조세희의 『난장이가 쏘아올린 작은 공』 연구-개작과 갈등 양상을 중심으로」, 『열린정신 인문학 연구』14(2), 인문학연구소, 2013.

류동규, 「채만식의 『어머니』 개작과 식민지 전사(前史)의 재구성」, 『어문학』

120, 한국어문학회, 2013.

류진희, 「"청소년을 보호하라?", 1990년대 청소년 보호법을 둘러싼 문화지형과 그 효과들」, 『상허학보』54, 상허학회, 2018.

문세영, 「1970년대 국립극단 희곡의 이데올로기와 남성성 연구」, 이화여자대학교 박사학위논문, 2013.

민명자, 「김구용 시의 개작과정 연구」, 『인문학연구』36(1), 인문과학연구소, 2009.

박금숙, 「강소천 동화의 서지 및 개작 연구」, 고려대학교 박사학위논문, 2015.

박금숙·홍창수, 「강소천 동요 및 동시의 개작 양상 연구」, 『한국아동문학연구』25, 한국아동문학학회, 2013.

박대현, 「5·16군사정권과 김정한 소설의 내적 모랄－미발표작『자유에의 길』을 통해 본 내적 분열과 자기 검열에 대하여」, 『인문사회과학연구』18(4), 인문사회과학연구소, 2017.

박명진, 「사전검열대상 희곡 텍스트에 나타난 정치성－1980년대 공륜의 검열에서 반려된 작품을 중심으로」, 『어문연구』31(2), 한국어문교육연구회, 2003.

_____, 「1970년대 연극 제도와 국가 이데올로기」, 『민족문학사연구』26, 민족문학사학회, 2004.

박민규, 「응향 사건의 배경과 여파」, 『한민족문화연구』44, 한민족문화학회, 2013.

박상은, 「연극성의 풍요와 민중적 상상의 기여－「돼지꿈」(황석영 작, 공동각색, 임진택 연출, 1977)의 공연 개작 양상 연구」, 『한국현대문학연구』59, 한국현대문학회, 2019.

박선영, 「1960년대 후반 코미디영화의 '명랑'과 '저속'」, 『한극극예술연구』51, 한국극예술학회, 2016.

박숙자, 「해방 후 고통의 재현과 병리성－반공체제 속 '부랑자'와 '비국민」, 『한국문학이론과 비평』21(3), 한국문학이론과비평학회, 2017.

박영정, 「함세덕 희곡의 개작 양상 연구①－〈해연〉을 중심으로」, 『한국극예술연구』6, 한국극예술학회, 1996.

박용규, 「황순원 소설의 개작과정 연구」, 서울대학교 박사학위논문, 2005.

박용찬, 「한국전쟁기 팔봉 김기진의 문학활동연구」, 『어문학』108, 한국어문학회, 2010.

_____, 「해방직후 조선문학가동맹의 매체투쟁과 미디어 전략」, 『국어교육연구』53, 국어교육학회, 2013.

박유희, 「남한영화에 나타난 태평양전쟁의 표상」, 『한국극예술연구』44, 한국극예술학회, 2010.

_____, 「박정희 정권기 영화 검열과 감성 재현의 역학」, 『역사비평』99, 역사문제연구소, 2012.

박종린, 「해방 후 맑스주의 원전 번역과 조선좌익서적출판협의회」, 『역사문화연구』61, 역사문화연구소, 2017.

박지영, 「'음란(외설)' 시비의 이면: 『채털리부인의 연인』(판례)의 번역과 젠더/섹슈얼리티/계급 정치(1945-1979)」, 『여성문학연구』42, 한국여성문학회, 2017.

박찬모, 「『겨울 골짜기』의 개작 양상 고찰」, 『현대문학이론연구』41, 현대문학이론학회, 2010.

_____, 「『지리산 그림자에 담긴 내 그림자 하나』의 개작 양상과 작가 의식 고찰」, 『호남학』61, 호남학연구원, 2017.

박헌호, 「'검열연구'의 여정과 가능성」, 『한국학연구』51, 한국학연구소, 2018.

방금단, 「황순원 소설의 이념의 문제와 경계인으로서의 글쓰기 – 해방기 작품의 개작과정을 중심으로」, 『돈암어문학』31, 돈암어문학회, 2017.

서승희, 「국민문학 작가의 해방 이후 글쓰기 전략 연구 – 이무영, 이석훈, 정인택을 중심으로」, 『한민족문화연구』43, 한민족문화학회, 2013.

서영인, 「갱신되는 텍스트, 전환하는 주체 – 백신애 문학의 개작과 작가적 정체성」, 『어문론총』75, 한국문학언어학회, 2018.

설혜경, 「반공주의의 검열과 『노을』의 서사 전략」, 『Journal of Korean Culture』43, 한국어문학국제학술포럼, 2018.

손남훈, 「1980년대 임수생의 리얼리즘 시와 검열 의식」, 『한국문학논총』75, 한국문학회, 2017.

손윤권, 「'번복'의 글쓰기에 의한 박완서 소설 「그 남자네 집」의 서사구조 변화」, 『인문과학연구』33, 인문과학연구소, 2012.

손증상, 「1950년대의 학생극과 유치진의 반공주의적 민족연극 – 전국대학연극경연대회를 중심으로」, 『국어국문학』192, 국어국문학회, 2020.

손혜민, 「단정 수립 이후 '전향'과 문학자의 주체 구성－박영준의 해방기 작품을 중심으로」, 『사이間SAI』11, 국제한국문학문화학회, 2011.

손혜숙, 「이병주 소설의 역사서술 전략 연구: 5·16 소재 소설을 중심으로」, 『비평문학』52, 한국비평문학회, 2014.

송숙이, 「이찬의 개작시(改作詩) 양상과 의의」, 『어문학』116, 한국어문학회, 2012.

_____, 「이찬의 개작시(改作詩) 양상과 의의(2)－내용적 층위를 중심으로」, 『우리말글』56, 우리말글학회, 2012.

송아름, 「사회적 승인으로서의 검열, 돌출된 목소리 '들'의 불응: '1981년' 영화 〈도시로 간 처녀〉 상영중지 사건의 의미」, 『서강인문논총』45, 인문과학연구소, 2016.

_____, 「영화 〈기적(汽笛)〉의 표절시비사건이 드러낸 심의기구의 위상」, 『우리문학연구』56, 우리말글학회, 2017.

송인선, 「미군정하 검열과 천황제의 존속－다나카 히데미쓰의 소설분석을 중심으로」, 『동아시아문화연구』55, 동아시아문화연구소, 2013.

_____, 「점령기 일본문학의 '패전' 표상과 검열－히사오 주란(久生十蘭)의 『무(だいこん)』를 중심으로」, 『동아시아문화연구』63, 동아시아문화연구소, 2015.

송효정, 「한국 소년SF영화와 냉전 서사의 두 방식－〈대괴수 용가리〉와 〈우주괴인 왕마귀〉의 개작 과정 연구」, 『어문논집』73, 민족어문학회, 2015.

양근애, 「외설 연극, 표현의 자유와 젠더 편향성－〈매춘〉(1988), 〈미란다〉(1994) 사태와 연극계의 변동」, 『구보학보』20, 구보학회, 2018.

양삼석, 「음악의 정치윤리적 독해: 한국 권위주의 정권하의 대중가요 통제를 중심으로」, 『윤리교육연구』23, 한국윤리교육학회, 2010.

여지선, 「조기천의 백두산과 개작의 정치성」, 『우리말글』36, 우리말글학회, 2006.

오성호, 「전후 복구건설기의 북한시 연구」, 『배달말』39, 배달말학회, 2006.

_____, 「북한 정권 수립기의 검열 문제에 대하여－'응향 사건'을 중심으로」, 『배달말』63, 배달말학회, 2018.

오현석·차윤정, 「요산 김정한의 자기검열과 이념적 모색」, 『한국문학논총』83, 한국문학회, 2019.

유승진, 「자유만세를 중심으로 본 미군정기 조선영화계의 '탈식민화' 과정」,

연세대학교 석사학위논문, 2012.

_____, 「'반공'의 감각과 불온의 정치학－박정희 체제 하의 '반공영화'를 읽는 방법론에 대한 고찰」, 『대중서사연구』21(2), 대중서사학회, 2015.

유임하, 「마음의 검열관, 반공주의와 작가의 자기 검열－김승옥의 경우」, 『상허학보』15, 상허학회, 2005.

_____, 「이데올로기의 억압과 공포－반공 텍스트의 기원과 유통, 1950년대 소설의 왜곡」, 『현대소설연구』25, 한국현대소설학회, 2005.

_____, 「월북 이후 이태준 문학의 장소 감각－체험된 공간과 소설 속 공간의 의미 연관」, 『돈암어문학』28, 돈암어문학회, 2015.

_____, 「해금 조치 30년과 근대문학사의 복원」, 『반교어문연구』50, 반교어문학회, 2018.

윤재웅, 「서정주 시 정본 확정의 원칙과 과정」, 『한국시학연구』43, 한국시학회, 2015.

이강하, 「김춘수의 「부다페스트에서의 소녀의 죽음」 연구－개작 과정에 나타난 시의식의 전회」, 『동악어문학』63, 동악어문학회, 2014.

이경수, 「『리용악시선집』 재수록 작품의 개작과 그 의미」, 『한국근대문학연구』25, 한국근대문학회, 2012.

이노형, 「김일성 『세기와 더불어』에 나타난 〈십진가〉 계열시가문학의 전승정보와 개작현상」, 『어문론총』59, 한국문학언어학회, 2013.

이동순, 「1980년대 광주 지역문예운동의 특수성」, 『상허학보』52, 상허학회, 2018.

이민혜, 「해방기 직후 염상섭 소설 연구」, 원광대학교 석사학위논문, 2008.

이봉범, 「반공주의와 검열 그리고 문학」, 『상허학보』15, 상허학회, 2005.

_____, 「검열의 내면화와 그 정치적 발현－1960년대 보수우익문학의 동향을 중심으로」, 『상허학보』21, 상허학회, 2007.

_____, 「단정수립 후 전향의 문화사적 연구」, 『대동문화연구』64, 성균관대학교 대동문화연구원, 2008.

_____, 「1950년대 문화 재편과 검열」, 『한국문학연구』34, 한국문학연구소, 2008.

_____, 「1950년대 문화정책과 영화 검열」, 『한국문학연구』37, 동국대학교 한국문학연구소, 2009.

_____, 「한국전쟁 후 풍속과 자유민주주의의 동태」, 『동악어문학』56, 동악어문학회, 2011.

_____, 「1960년대 검열체재와 민간검열기구」, 『대동문화연구』75, 대동문화연구원, 2011.

_____, 「8·15해방~1950년대 문화기구와 문학－문화관련 법제를 중심으로」, 『현대문학의 연구』44, 한국문학연구학회, 2011.

_____, 「1950년대 번역 장의 형성과 문학 번역－국가권력, 자본, 문학의 구조적 상관성을 중심으로」, 『대동문화연구』79, 대동문화연구원, 2012.

_____, 「8·15 해방 후 신문의 문화적 기능과 신문소설－식민유산의 해체와 전환을 중심으로」, 『한국문학연구』42, 한국문학연구소, 2012.

_____, 「불온과 외설－1960년대 문학예술의 존재방식」, 『반교어문연구』36, 반교어문학회, 2014.

_____, 「냉전과 월북, (납)월북 의제의 문화정치」, 『역사문제연구』37, 역사문제연구소, 2017.

_____, 「1980년대 검열과 제도적 민주화」, 『구보학보』20, 구보학회, 2018.

_____, 「검열국가 대한민국과 표현의 자유」, 『내일을 여는 역사』79, 내일을 여는 역사재단, 2020.

이상우, 「남북한 분단체제와 신상옥의 영화」, 『어문학』110, 한국어문학회, 2010.

이선미, 「냉전과 소설의 형식, '(경남)진영'의 장소성과 사회주의자 서사 (1)－김원일 소설의 아버지/아들 서사를 중심으로」, 『한국문학논총』87, 한국문학회, 2021.

이소영, 「민주화 이후 검열과 적대: 마광수와 장정일의 필화사건을 중심으로」, 『상허학보』54, 상허학회, 2018.

이순진, 「냉전체제의 문화논리와 한국영화의 존재방식－영화〈오발탄〉의 검열과정을 중심으로」, 『기억과 전망』29, 민주화운동기념사업회 한국민주주의연구소, 2013.

이승준, 「『남과 북』의 개작 연구」, 『우리어문연구』24, 우리어문학회, 2005.

이승희, 「『공연법』에 이르는 길－식민지검열에서 냉전검열로의 전환, 1945~1961」, 민족문학사연구』58, 민족문학사학회, 2015.

이영미, 「가요로 본 해방 50년」, 『역사비평』31, 역사비평사, 1995.

이인영, 「1950년대 북한 전쟁시의 개작 양상 연구: 안룡만의 전쟁시 개작 과정을 중심으로」,『한국학연구』31, 한국학연구소, 2013.

이재석, 「군정기(1961~63) 언론 정책과 통치 − 정화, 검열, 기업화」,『역사비평』
135, 역사문제연구소, 2021.

이정배, 「1960년대 영화의 검열 내면화 연구 − 신상옥의 사극을 중심으로」,『드
라마연구』32, 한국드라마학회, 2010.

이주성 · 문한별, 「조해일 장편소설『겨울여자』의 개작 방향과 검열 우회의 의
미」,『우리어문연구』69, 우리어문학회, 2021.

이준희, 「1950년대 한국 대중가요의 두 모습, 지속과 변화」,『대중서사연구』
17, 대중서사학회, 2007.

이지은, 「민족주의적 '위안부' 담론의 구성과 작동 방식 − 윤정모, 「에미이름
은 조센삐였다」의 최초 판본과 개작 양상을 중심으로」,『여성문학연구』
47, 한국여성문학학회, 2019.

이진아, 「유치진의 〈대추나무〉(1942) 개작 양상 연구 − 〈불꽃〉(1952), 〈왜 싸워?〉
(1957)와의 비교를 중심으로」,『드라마연구』50, 한국드라마학회, 2016.

이평전, 「'일민주의' 파시즘과 정치적 서사성 연구」,『한국문학연구』28, 한국
문학연구소, 2005.

이화진, 「'65년 체제'의 시각 정치와 〈총독의 딸〉」,『한국근대문학연구』18(1),
한국근대문학회, 2017.

임경순, 「검열논리의 내면화와 문학의 정치성」,『상허학보』18, 상허학회,
2006.

_____, 「1960년대 검열과 문학, 문학제도의 재구조화」,『대동문화연구』74, 대
동문화연구원, 2011.

_____, 「70년대 문학검열의 작동방식과 문학의 두 얼굴」,『한국문학연구』49,
동국대 한국문학연구소, 2015.

임기현, 「텍스트 개작을 통해 본 작가의 분단의식 변모과정 − 황석영의 「한씨
연대기」를 중심으로」,『현대소설연구』51, 한국현대소설학회, 2012.

임유경, 「1980년대 출판문화운동과 옥중기 출판 연구」,『민족문학사연구』59,
민족문학사연구소, 2015.

_____, 「체제의 시간과 저자의 시간 −『서준식 옥중서한』연구」,『현대문학의
연구』58, 한국문학연구학회, 2016.

_____, 「낙인과 서명 1970년대 문화 검역과 문인간첩」,『상허학보』53, 상허학

회, 2018.

임진영,「월남 작가의 자의식과 권력의 알레고리 – 황순원의「차라리 내목을」과 '신라 담론'의 문화사적 맥락」,『현대문학의 연구』58, 한국문학연구학회, 2016.

장영미,「검열과 언론 통제와 글쓰기 문화 – 마해송의『모래알 고금』을 중심으로」,『현대소설연구』82, 한국현대소설학회, 2021.

장영민,「1952년 '미국의 소리 한국어방송'의 부산정치파동 보도와 KBS 중계방송의 중단」,『역사와경계』80, 부산경남사학회, 2011.

장철환,「김기림『시론』의 개작과정 연구」,『한국근대문학연구』22, 한국근대문학회, 2010.

전승주,「개작을 통한 정치성의 발현 – 한설야의『청춘기』」,『세계문학비교연구』40, 세계문학비교학회, 2012.

전영선,「'사회주의 미풍양속'과 '준법기풍'을 통해 본 북한의 문화 검열」,『통일인문학』84, 인문학연구원, 2020.

전영주,「조명암의 개작(改作) 시 연구」,『한국시학연구』24, 한국시학회, 2009.

전용호,「백철 문학사의 판본 연구」,『민족문화연구』41, 민족문화연구원, 2004.

_____,「백철의『신문학사조사』개작에 관한 연구」,『어문논집』51, 민족어문학회, 2005.

전우형,「훼손과 분리의 영화 신체에 담긴 실험적 의미 –〈바보들의 행진〉의 검열 대응과 영상언어의 실험」,『한국현대문학연구』37, 한국현대문학회, 2012.

전지니,「반공과 검열, 그리고 불온한 육체의 기묘한 동거 – 1970년대 영화 "특별수사본부" 여간첩 시리즈에 대한 고찰」,『여성문학연구』33, 한국여성문학학회, 2014.

_____,「잡지『조선문학』의 합평회를 통해 본 전쟁기 북한 희곡의 검열 연구」,『한국극예술연구』48, 한국극예술학회, 2015.

_____,「해방기 종합지『민성(民聲)』의 매체전략 연구 : 창간~1947년 중반까지의 발행본을 중심으로」,『한국근대문학연구』31, 한국근대문학회, 2015.

_____,「희곡〈조국은 부른다〉(1952)의 개작 양상을 통해 본 유치진의 1950년대」,『한국연극학』64, 한국연극학회, 2017.

_____, 「유치진의 시나리오 작업을 통해 보는 반공과 냉전 - 「철조망」(1953) 을 중심으로」, 『구보학보』23, 구보학회, 2019.

정근식 · 최경희, 「해방 후 검열체제의 연구를 위한 몇 가지 질문과 과제 - 식민 지 유산의 종식과 재편 사이에서(1945-1952)」, 『대동문화연구』74권0호, 성균관대학교 대동문화연구원, 2011.

정미진, 「공산주의자, 반공주의자 혹은 휴머니스트: 이병주 사상 재론」, 『배달 말』63, 2018.

정치훈, 「김종삼 시 「돌각담」의 재수록 양상과 의미 - 『십이음계』와 『시인학 교』를 중심으로」, 『한국시학연구』58, 한국시학회, 2019.

정현경, 「1970년대 연극 검열 양상 연구」, 충남대학교 박사학위논문, 2015.

_____, 「개인과 국가의 길항과 주체의 위기 - 1970년대 희곡 「파수꾼」과 「우 리들끼리만의 한번」을 중심으로」, 『현대문학이론연구』60, 현대문학 이론학회, 2015.

_____, 「선전과 동원 정치로서의 새마을연극」, 『어문연구』91, 어문연구학회, 2017.

조건, 「제1차 교육과정 성립기 문교부 조직과 반공 교육정책」, 『역사와교육』 22, 역사와교육학회, 2016.

조대형, 「미군정기의 출판 연구」, 중앙대학교 석사학위논문, 1988.

조성면, 「금서의 사회학, 외설의 정치학 - 소설 『반노』를 통해서 읽어보는 한 국의 7, 80년대」, 『독서연구』13, 한국독서학회, 2005.

조은애, 「북한에서의 재일조선인 문학 출판과 개작에 관한 연구 - 김달수와 이 은직의 경우를 중심으로」, 『한국학연구』54, 한국학연구소, 2019.

조은정, 「1949년의 황순원, 전향과 『기러기』 재독」, 『국제어문』66, 국제어문학 회, 2015.

_____, 「해방 이후(1945~1950) '전향'과 '냉전 국민'의 형성 - '전향성명서'와 문화인의 전향을 중심으로」, 성균관대학교 박사학위논문, 2018.

조준형, 「박정희 정권 후반기 영화와 섹스 그리고 국가」, 『한국극예술연구』45, 한국극예술학회, 2014.

_____, 「이중검열인가 삼중검열인가 - 1960년대 후반 한국영화 각본검열 체 제 변화양상과 함의」, 『현대영화연구』25, 한양대학교 현대영화연구소, 2016.

_____, 「불안한 동맹: 전후 미국의 피점령지 영화정책과 미군정기 한국영화계」, 『한국학연구』48, 한국학연구소, 2018.

_____, 「총력안보 시대의 영화－1970년대 초 안보영화의 함의와 영향」, 『상허학보』62, 상허학회, 2021.

조장원, 「한국 대중음악 수용자 연구－일제강점기부터 제5공화국까지의 시기를 중심으로」, 『음악과 민족』56, 민족음악학회, 2018.

조항제, 「언론 통제와 자기검열－개념적 성찰」, 『언론정보연구』54(3), 서울대 언론정보연구소, 2017.

진선영, 「폭로소설과 백주의 테러: 1952년 『자유세계』 필화사건을 중심으로」, 『한국근대문학연구』20(2), 한국근대문학회, 2019.

최도식, 「초토의 시의 改作 양상 연구」, 『한국문학이론과 비평』10(3), 한국문학이론과비평학회, 2006.

최병우, 「〈범바위〉의 개작 양상과 그 의미」, 『한중인문학연구』17, 한중인문학회, 2006.

최승연, 「「맹진사댁 경사」의 각색 양상 연구」, 고려대학교 박사학위논문, 2006.

_____, 「해방 후 오영진의 좌표와 음악극 실험」, 『한국극예술연구』51, 한국극예술연구회, 2016.

최윤경, 「『광장』 개작의 의의: 폭력에 대한 인식의 변화」, 『현대문학이론연구』59, 현대문학이론학회, 2014.

최윤정, 「북한의 '계몽기동요' 선정기준과 남·북 개작 양상 비교」, 『동화와 번역』40, 동화와번역연구소, 2020.

최은옥, 「작가 오태영과의 만남: 블랙리스트의 수레바퀴, 응시와 저항의 글쓰기」, 『공연과 이론』72, 공연과 이론을 위한 모임, 2018.

최현식, 「(신)식민주의의 귀환, 시적 응전의 감각－1965년 한일협정과 한국 현대시」, 『현대문학의 연구』70, 한국문학연구학회, 2020.

한영현, 「문예 영화에 나타난 육체 표상과 서울의 물질성－영화 〈자유부인〉을 중심으로」, 『돈암어문학』22, 돈암어문학회, 2009.

홍주영, 「최인훈 『광장』의 신화적 모티브에 대한 연구: 1976년 개작을 중심으로」, 『문학과 종교』21(4), 한국문학과종교학회, 2016.

홍창수, 「극작가 오태영 희곡의 검열과 개작－희곡 「난조유사」와 개작본 「임금알」을 중심으로」, 『현대소설연구』82, 한국현대소설학회, 2021.

황태묵,「반공의 규율과 소설의 개작-『공복사회』를 중심으로」,『국제어문』
　　　51, 국제어문학회, 2011.
　　　　,「이호철 소설 텍스트 변화의 두 가지 양상」,『어문론집』46, 중앙어문학
　　　회, 2011.

3. 국외 단행본

에마뉘엘 피에라,『검열에 관한 검은 책』, 권지현 역, 알마, 2012.
제임스 C. 스콧,『지배, 그리고 저항의 예술-은닉대본』, 전상인 역, 후마니타
　　　스, 2020.

개작과 검열의 사회 · 문화사 (2)

| 초출일람 |

제1부 해방 이후 검열과 개작의 메커니즘 — 소설

|제1장| 김영애, 「이무영 소설『향가』의 개작과 검열 연구」, 『현대소설연구』82, 한국현대
소설학회, 2021.

|제2장| 조은정, 「1949년의 황순원, 전향과『기러기』재독」, 『국제어문』66, 국제어문학회,
2015.

|제3장| 유임하, 「월남민의 균형감각과 냉전의 분할선 – 개작과 검열의 관점으로『카인의
후예』다시 읽기」, 『한국문학연구』66, 한국문학연구소, 2021.

|제4장| 강진호, 「반공의 규율과 자기검열의 서사 – 이병주의 「소설·알렉산드리아」와
『그해 5월』의 경우」, 『현대소설연구』82, 한국현대소설학회, 2021.

|제5장| 이주성·문한별, 「조해일 장편소설『겨울여자』의 개작 방향과 검열 우회의 의미」,
『우리어문연구』69, 우리어문학회, 2021.

|제6장| 김영애, 「『일년』의 검열과 개작」, 『현대소설연구』79, 한국현대소설학회, 2020.

제2부 해방 이후 검열과 개작의 메커니즘 — 시, 희곡, 비평, 아동문학

|제1장| 강영미, 「검열과 개작 – 채동선 작곡·정지용 시의 개작 양상을 중심으로」, 『한국
학』44권 1호, 한국학중앙연구원, 2021.

|제2장| 김준현, 「단정수립 후 문학 장의 변화와 이헌구의 문단 회고 – 자기검열과 자기서
사의 재구성 양상을 중심으로」, 『어문논집』83, 민족어문학회, 2018.

|제3장| 강영미, 「홍난파의『조선동요백곡집』의 개사 양상 연구 – 초판본(1929·1933)과
개작본(1964)를 중심으로」, 『민족문화연구』91, 고려대학교 민족문화연구원,
2021.

|제4장| 장영미, 「검열과 언론 통제와 글쓰기 문화 – 마해송의『모래알 고금』을 중심으로」,
『현대소설연구』82, 한국현대소설학회, 2021.

|제5장| 홍창수, 「극작가 오태영 희곡의 검열과 개작 – 희곡「난조유사」와 개작본「임금
알」을 중심으로」, 『현대소설연구』82, 한국현대소설학회, 2021.

저 자 약 력

김영애 고려대학교 한국어문교육연구소 연구교수

강영미 고려대학교 민족문화연구원 연구교수

강진호 성신여자대학교 국어국문학과 교수

김준현 서울사이버대학교 웹문예창작학과 교수

문한별 선문대학교 국어국문학과 교수

유임하 한국체육대학교 교양교직과정부 교수

이주성 선문대학교 국어국문학과 박사과정

장영미 성신여자대학교 교양교육대학 강사

조은정 성균관대학교 동아시아역사연구소 선임연구원

홍창수 고려대학교 문화창의학부 교수